Die Botschaft des MERKUR
Eine Anthologie aus fünfzig Jahren der Zeitschrift

Herausgegeben von Karl Heinz Bohrer und Kurt Scheel

Die Botschaft des MERKUR

Eine Anthologie aus fünfzig Jahren der Zeitschrift

Herausgegeben von Karl Heinz Bohrer und Kurt Scheel

Die Deutsche Bibliothek – CIP-Einheitsaufnahme
Die *Botschaft des Merkur* : eine Anthologie aus fünfzig Jahren
der Zeitschrift / hrsg. von Karl Heinz Bohrer und Kurt Scheel.
– Stuttgart : Klett-Cotta, 1997
ISBN 3-608-91825-6
NE: Bohrer, Karl Heinz [Hrsg.]

Klett-Cotta

Printed in Germany
Schutzumschlaggestaltung: Philippa Walz unter Verwendung des Motivs »Mercurio« von Giovanni da Bologna (1580). Die Abbildung wurde uns freundlicherweise zur Verfügung gestellt von SCALA. Istituto Fotografico Editoriale S.p.A., Florenz.
Fotosatz: TypoScript Waldorf & Deiser, München
Druck und Bindung: Ludwig Auer, Donauwörth

Inhalt

Die Auswahl von vierzig *Merkur*-Essays aus fünfzig Jahrgängen, in denen an die achttausend Beiträge erschienen sind, darf nicht zufällig sein, muß aber subjektiv bleiben. Welche Prinzipien haben die Herausgeber bei der Auswahl geleitet? Einmal sollte jeder Text in seiner Weise repräsentativ sein für die geistige Eigenart oder auch die Entwicklung der Zeitschrift. Das konnte allerdings nicht bedeuten, daß dabei ein historisches Abbild der *Merkur*-Geschichte entstand. Bei einer solchen dokumentarischen Absicht hätte man auch viele solcher Aufsätze aufnehmen müssen, die heute keine intellektuelle Neugier mehr auf sich ziehen können, gerade weil sie so zeitgemäß waren und mit ihrer Zeit auch vergangen sind. Zum anderen sollte es sich um Texte handeln, die thematisch und stilistisch noch nichts von ihrer einstigen Attraktivität verloren haben, und das heißt gleichzeitig: wie sie der geistigen Konzentration, die der *Merkur* heute versucht, unabhängig von Thema und Zeitpunkt, am meisten entsprechen. Dabei mischen sich berühmte Namen mit solchen, die berühmt werden können, in einigen Jahren. Schließlich, als sozusagen technische Kriterien bei der Auswahl, wurden kaum Übersetzungen aufgenommen, nicht Lyrik noch Prosa, sondern bevorzugt Originalbeiträge, genuine *Merkur*-Essays.

Daß sich aus solcher Sammlung von Temperamenten und Individualitäten keine handliche Botschaft ergibt – das ist nicht *die,* aber eine Botschaft des *Merkur* und kennzeichnet auch diese Anthologie und ihren Titel, der in Anspielung auf den Götterboten und Namensgeber der Zeitschrift nicht ohne eine gewisse Ironie gewählt wurde. Was durchaus der Tradition der Zeitschrift entspricht, verweist doch ihr Gründer, Hans Paeschke, im ersten Heft, das im Februar 1947 in Baden-Baden erscheint, darauf, daß der *Merkur* eher einer Haltung als einer Weltanschauung oder Gesinnung verpflichtet sei. Keine programmatische Erklärung, sondern drei Versprechen gibt Paeschke ab: »Statuierung der Verantwortung für die Schuld als erster Verantwortung der Geistigen in dieser Zeit«; zweitens: »Verantwortung vor dem Wort«; drittens: »Mut zur Distanz gegenüber allen angeblich endgültigen Lösungen«. Man würde dies heute anders formulieren, aber in der Sache hat es Bestand, wie auch der Untertitel *Deutsche Zeitschrift für europäisches Denken:* die europäische Perspektive betonen, ohne sich dahinter zu verstecken; sich nicht aus der Geschichte davonstehlen, ein glaubwürdiger Europäer wird jedenfalls nicht, wer leugnet, Deutscher zu sein.

Diese Grundposition des *Merkur* war moralisch, in bezug auf die Nazivergangenheit, wie politisch fruchtbar: Auch beim Zusammenwachsen Europas sind die Nationalstaaten, entgegen den Behauptungen und Erwartungen, keineswegs obsolet geworden. Auch die beiden anderen Postulate Paeschkes sind aktuell geblieben: die Absage an verbale Scharfmacherei, die oft im Gewand des Visionären und Menschheitsbeglückens daherkommt, und das Verwerfen von Utopismus und Ideologie, was, nebenbei, bei keinem kleinen Teil der deutschen Intellektuellen immer noch wenig Begeisterung findet.

In den späten vierziger und fünfziger Jahren – von 1948 bis zu seinem Tod 1961 gibt der schöngeistige Joachim Moras mit Paeschke die Zeitschrift heraus – kam es vor allem darauf an, den Anschluß an die westliche Moderne zu erlangen, politisch, philosophisch, ästhetisch, was sich für jene Zeit mit den vielen Übersetzungen aus dem Englischen, Französischen, Italienischen und Spanischen niederschlug. 1956, im hundertsten Heft, nennt Paeschke als Ziel des *Merkur:* Ideologiekritik, Polarisierung, Zeitgeistkorrektur. Trotz solcher eher links anmutenden Konzepte hat im *Merkur* gleichzeitig – das war Paeschkes konservativ-bildungsbürgerlicher Zug, nicht ohne eine Prise der jugendbewegten Schwarmgeisterei seiner Generation – die rechtsintellektuelle Intelligenz von Gottfried Benn bis Ernst Jünger, von Martin Heidegger bis Arnold Gehlen, von Friedrich Sieburg bis Hans Egon Holthusen immer einen Raum für ihre Stimmen gehabt. Zunehmend allerdings im Sinne des Widerspruchs, denn solche Positionen blieben kaum unbeantwortet von der entgegengesetzten Seite, der Paeschke, der sich selbst im existentiellen Sprachgestus als »Radikaler« verstand, am Ende wohl doch eher zuneigte, was sich schon daran zeigt, daß Jean Améry seit Mitte der sechziger Jahre so etwas wie sein erster spiritueller Partner und einer der wichtigsten Mitarbeiter des *Merkur* gewesen ist.

Damit ist schon die zweite Epoche der Zeitschrift angekündigt. Das Jahr '68 ging einher mit dem Verlagswechsel von Kiepenheuer und Witsch zum Haus von Ernst Klett, dem nicht nur bildungspolitisch so einflußreichen Herrn des westdeutschen Schulbuchs und der Geistesgeschichte, sondern auch Verleger von Ernst Jünger und Georg Picht; ihm und seinem Nachfolger Michael Klett, dem Verleger von Klett-Cotta, ist der *Merkur* bis heute in Freundschaft und Unabhängigkeit verbunden. '68 brachte gleichzeitig aber auch die damals brisante Entscheidung Paeschkes für den notwendig gewordenen Geist der Reform in Gesellschaft (Studentenrevolte) und Politik (neue Ostpolitik). In jenen Jahren hatte sich Paeschke einen Kreis jüngerer Intellektueller ausgesucht, die, ohne ideologiekritisch fixiert zu sein, seinen Wunsch nach Provokation, geistiger Anspannung und originellen Perspektiven zu erfüllen versprachen. Das war die Zeit des seinen intellektuellen Einfluß vermehrenden Jürgen Habermas. Auch Hartmut von Hentig ist nachdrücklich zu nennen. Überhaupt wäre hier die Stelle, daran zu denken, daß ohne dieses Paeschkesche Vermögen, sich immer aufs neue entzünden zu lassen und diese Entzündung in vielen Assoziationen und Verbindungen und langen Briefen zu verströmen, sein Lebensprojekt, dem er 32 Jahre, bis 1978, vorstand, sich niemals erfüllt hätte.

Eine Monatszeitschrift ist keine Vierteljahresschrift. Es geht darum, fast die Aktualität einer Wochenzeitung zu erreichen und dennoch *sub specie aeternitatis* beurteilt zu werden. Dies hat Paeschke zuweilen in großartiger Weise für alle Nachfolger vorgemacht: sich nicht an eine modische Aufregung verlieren und dennoch von sich reden machen! Dabei ist, blickt man von heute zurück, allerdings nicht zu übersehen, daß Paeschke zuweilen seinem eigenen Hang zur Belehrung (daß sein Vater ein preußischer Schulmeister war, unterließ er nie zu erwähnen) so sehr frönte, daß der pädagogische Zeitgeist der siebziger Jahre sich allzusehr niederschlug (dessen repräsentative Beiträge nicht von ungefähr am meisten gealtert sind und daher bei der Auswahl zu dieser Anthologie weniger berücksichtigt wurden als andere).

1979 übernahm Hans Schwab-Felisch die Herausgeberschaft für fünf Jahre, Paeschkes Tradition fortsetzend, mit einer Verstärkung des politischen Engagements. Im gleichen Jahr wurde die Ernst H. Klett Stiftung Merkur errichtet, die der Zeitschrift seither die Existenz sichert. Mit Karl Heinz Bohrer, der 1984 Herausgeber wurde, fand dann doch ein prinzipieller Wechsel statt – nicht so sehr in der Haltung als dem Gehalt der Zeitschrift. Auf eine Formel gebracht, die wohl auch der Außenwahrnehmung entspricht: Ästhetik statt Moral. Das besagt nicht, die Zeitschrift wäre vorher moralistisch gewesen und dann ästhetizistisch geworden. Vielmehr entstand eine Verschiebung der inhaltlichen Prioritäten, die unterstützt wurde von dem Perspektivenwechsel, der sich im universitären Bereich Westeuropas und Nordamerikas generell vollzog. Nicht daß der *Merkur* ein Bannerträger der sogenannten Dekonstruktion und ein Destabilisator der historischen Vernunft geworden wäre: Gerade zu Anfang der dritten Periode erschienen sehr kritische Analysen der sogenannten Franzosenphilosophie, wofür schon Kurt Scheel, seit 1980 Redakteur, seit 1991 Mitherausgeber, stand. Was jedoch nicht bedeutet, daß im *Merkur* die große Klage über das Zerbrechen der »großen Erzählungen« angestimmt worden wäre. Montaignes Skepsis gegenüber prädikativen Sätzen wurde der Zeitschrift wichtiger als die Hegelsche Vernunft, wie scharfsinnig sie auch immer erneuert worden ist. Die eigentümliche Schwerblütigkeit, Schwerfälligkeit, oft genug auch Larmoyanz der westdeutschen Intelligenz, die jede Frage vor den Kadi einer Gewissensentscheidung zerrte und die Komplexität intellektueller Prozesse meist nur unter dem manichäischen Zwang zwischen Gut und Böse wahrnahm – diesen charakteristischerweise meist übersehenen Verlust an intellektueller Souveränität und innovatorischem Vermögen hat der *Merkur* seit Mitte der achtziger Jahre immer mehr methodisch konterkariert, beispielsweise mit Lyotards Essay über das Erhabene.

Mit diesem neuen Temperament und neuen Fragestellungen hing auch jene Veränderung zusammen, die zum schmerzlichen, aber notwendigen Dissens führte: die Verteidigung des Nationalstaates. Das war wahrscheinlich die riskanteste Entscheidung der Herausgeber der dritten Periode. Denn damit geriet der *Merkur* in unübersehbaren Widerspruch nicht nur zur intellektuellen Linken, die in ihrer linksliberalen Spielart immer auch zu den Lesern der Zeitschrift gehört hatte und noch gehört, sondern zur westdeutschen Intelligenz der alten Jahrgänge überhaupt. Ein Verlust mit Symbolkraft zeigt dies an: Jürgen Habermas, in den siebziger Jahren für Paeschke fast so etwas wie ein Gesetzesbewahrer, was die Grundlinie der Zeitschrift betraf, ist seit der Wiedervereinigung zum *Merkur* auf Distanz gegangen. Daß es ausgerechnet der »Frankfurter« Ulrich Oevermann war, der im *Merkur* mit linken Argumenten für die Wiedervereinigung plädierte, ist dabei von besonderer Ironie. Daß ein Liberaler wie Ralf Dahrendorf das Argument fortsetzte, war von strategischer Bedeutung.

Es gibt immer wieder Beiträge im *Merkur*, die den Ansichten und Präferenzen des einen oder des anderen Herausgebers widersprechen - gelegentlich sogar beider. Aber auch solche Essays werden veröffentlicht, wenn sie denn klug argumentieren, zum Widerspruch reizen und die Widerlegung schwer machen. Insofern hätte sich schon am Konformismus der deutschen Intellektuellen in West und Ost, als sie die Wiedervereinigung ablehnten, der merkurische Widerspruchsgeist entzündet; was keineswegs zu Illusionen über den Osten geführt hat: Bis heute ist der *Merkur* bundesrepublikanisch im Sinne des alten Westens, und auch Phrasen aus höchstem Munde - beide Teile hätten voneinander zu lernen - wird man hier nicht finden. Was wäre auch von der DDR zu lernen? Da aber gleichzeitig die Glaubensbekenntnisse der alten westdeutschen Intelligenz weiterbestehen, verliert der *Merkur* auch nach der Wende seine der Kritik bedürftige Klientel nicht.

Damit ist angedeutet, warum die Zeitschrift im Vergleich zu anderen intellektuellen Institutionen der alten Bundesrepublik wenig durch den Umbruch von 1989 verstört worden ist. Irritiert worden schon, aber ihr geistiges Wechselgeld war nicht über Nacht weniger wert, das Gespenst des Immergleichen, das sich hier und dort eingenistet hat, ist gnädigerweise, so glauben wir, über den facettenreichen und quecksilbrigen, schwer zu packenden *Merkur* hinweggezogen. Letztlich verdankt sich das dem, was an der Paeschkeschen Mitgift das Elitäre, Subversive, ja Hermetische war. Die Botschaft des *Merkur*? Wer auf eine kurze Antwort dränge, dem könnte man sagen: das Nichtvermittelte.

K.H.B. / K.S.

HANS PAESCHKE

Verantwortlichkeit des Geistes

Das Thema verlockt durch die Weite und gefährdet durch die Unverbindlichkeit, die solchen sehr allgemeinen Problemstellungen innewohnen. »Geist und Verantwortung«, das sind Formeln, die gewöhnlich die Antwort einschließen – so als sei es nicht das unaufhörliche »Fragen stellen«, ja das »in Frage stellen« überhaupt, was die eigentümliche Freiheit und Souveränität des Geistes, dieses seltsam fremden Gastes auf Erden, vornehmlich ausmacht.

Es wäre also davon zu sprechen,[1] daß die Verantwortlichkeit des Geistigen zum integrierenden Bestandteil im öffentlichen Leben einer Nation gehöre, daß Geist vor der Gesellschaft verpflichte, und daß die schlimmen Folgen eines Versagens dieser Funktion des »öffentlichen Geistes« (um ein Wort Rudolf Borchardts anzuwenden) heute in Deutschland vor unser aller Augen stehen. Ein Zitat aus den *Reden an die deutsche Nation* wäre mitzuteilen: »Was will denn der vernünftige Schriftsteller und was kann er wollen? Nichts anderes denn eingreifen in das allgemeine öffentliche Leben und dasselbe nach seinem Bilde gestalten und umschaffen; und wenn er dies nicht will, so ist alles sein Reden leerer Laut, zum Kitzel müßiger Ohren.« Eine solche Forderung – und wieviel ähnliche noch – müßte man proklamieren, und zwar so, als sei ihr Anwalt gar nicht Fichte gewesen, dessen Lehren zu den mißbrauchtesten und leider auch mißbrauchbarsten unserer Geistesgeschichte gehören – ja, sogar so, als habe die Propaganda der jüngsten Vergangenheit sich ihrer nie bedient!

Mit solcher *reservatio mentalis* müßte begonnen werden. Sie soll ein Element der Distanz und Kritik einführen, das bei der Betrachtung des Themas nicht nur als Methode, sondern darüber hinaus prinzipiell unerläßlich erscheint. Voraussetzung ist, daß heute niemand unter uns das Recht für sich in Anspruch nehmen kann, Gesinnungen zu proklamieren. Dies sollte sich allein schon aus Gründen nationalen Taktes verbieten, durch die Tatsache, daß die von außen her erzwungene Befreiung vom Nationalsozialismus für uns durch keine eigene innere Revolution legitimiert ist. Es verbietet sich aber auch aus dem tieferen Grunde, der mit dem ungeheuren Ideologie-Verschleiß gegeben ist, der in den letzten zwölf und mehr Jahren bei uns getrieben wurde. Man kann diesen technisch zu nennenden Raubbau an den Wahrheiten des Geistes nicht klar und nicht umfassend genug sehen. Es gibt in der Tat kaum ein Gegensatz-Paar, handele es sich nun um die Begriffe: Kollektivismus und Individualismus, Sozialismus und Kapitalismus, Technizismus und Mystizismus, Nationalismus und Imperialismus, Proletariat und Bürgertum – kaum eine Ideologie also, die der Nationalsozialismus nicht, im

[1] Notizen zu einem Vortrag, der auf der konstituierenden Tagung des Südwestdeutschen Kulturringes am 9. November 1946 in Baden-Baden gehalten wurde.

Wechsel von Maske zu Maske, gegeneinander auswechselbar gemacht hätte. Er war in diesem Sinne ebensosehr Revolution wie Gegenrevolution, was ein Rückblick auf das Charakterbild der Angeklagten des Nürnberger Prozesses bestätigen mag. Hermann Rauschning hat in seinem Buch *Die Revolution des Nihilismus* für diesen Vorgang der Funktionalisierung aller Ideen den treffenden Ausdruck von der »doktrinlosen Revolution« geprägt; sie wende sich gegen alles und nehme zugleich alles für sich in Anspruch. Die Weltanschauung als Kulisse, mit der man um so unbeschwerter und totaler manövrieren kann, je weniger sie der Gegensätzlichkeit einzelner Ideen verhaftet und verantwortlich ist: das ist die letzte Konsequenz des Nihilismus, der sich als Positivismus tarnt. Aus diesem Vorgang mag sich auch die eigentümliche Lähmung des geistigen Widerstandes erklären, die in Deutschland zu verzeichnen war. Sie ist nicht wenigen all derer gemeinsam gewesen, die die verlogenen *Antithesen* des Nationalsozialismus klar durchschauten: sie fühlten sich darüber hinaus auch um das zu Bejahende betrogen. Die eigenen Ideen erschienen ihnen gleichsam weggestohlen. Wer ist unter uns, mag er noch so unbeugsam das Nein zum Nein gesprochen haben, der nicht tief die Verstrickung in jenen Ketten auf Ja getarnter Thesen empfunden hätte, mit denen das Regime unsere Nation gefesselt hielt: sie reichen von dem sogenannten »positiven Frieden«, der »positiven Demokratie«, dem »positiven Christentum« bis hin zu jenem »positiven Untergang«, mit dem die letzten Mystagogen Adolf Hitlers einen sinnlosen Tod in das Mysterium der »Wiedergeburt« für Volk und Vaterland umzufälschen suchten.

Wenn wir uns heute fragen, was uns inmitten dieser systematischen Auszehrung aller nur möglichen Bekenntnisse übrigblieb, so könnte die Antwort nur lauten: es blieb uns einzig das Bekenntnis unserer Schuld. Denn es ist dies das einzige Ja, das nicht befleckt erscheinen kann, weil es eben *nicht* aus der Opposition lebt – und das einzige Ja, das wir heute sprechen können, wollen wir nicht Nein sagen zu alledem, was mit uns geboren ward und unsere Sprache spricht: ein Nein zu unserem Dasein als Deutsche. Karl Jaspers hat diesen Sachverhalt in seinem Büchlein über die *Schuldfrage* vorbildlich erhellt: ohne Schuldbewußtsein wird jede Klage zur Anklage, jede Reaktion auf einen Angriff zum Gegenangriff. Wer sich schuldlos fühlt, der schweige. Er wird in den Mauern dieses Schweigens dem Schuldbekennenden bald brüderlich begegnen müssen; denn auch dessen Gespräch mit sich selbst, gleich jedem Gespräch mit unserem Gott, erscheint vor den Menschen, nicht der Menschlichkeit, verhüllt. Nicht Selbstaussage, ist es jeder Aussage und jeder Haltung unabdingbare Voraussetzung. *Statuierung der Verantwortung für die Schuld als erster Verantwortung der Geistigen in dieser Zeit.*

Betonen, daß diese Feststellung als eine Art Senkblei zu nehmen ist, um den Begriff der Verantwortung in seiner Tiefe auszuloten und den Grad der Vereinzelung zu ermessen, der damit gesetzt wird. Und zwar abgesehen davon, daß heute, angesichts der noch unabsehbaren soziologischen Verlagerungen unserer jüngsten Völkerwanderung, vorläufig niemand anders denn als einzelner sprechen könne. Dahinter steht, als grundsätzlichere Erkenntnis, die

Einsicht in die Vereinzelung unserer geistigen Verantwortung überhaupt. Das mag selbstverständlich klingen, bedeutet aber Außerordentliches; *denn es stellt uns in die ständige, unaufhebbare Spannung eines Prozesses mit uns selbst.* Wir selbst, als einzelne, sind nunmehr als Subjekt wie als Objekt gleichermaßen verantwortlich. Es gibt keine Flucht mehr in den Halt programmatischer Ordnungen, in die Stellvertreterschaft einer Ideologie, nachdem alle Bekenntnisse für uns, die geistigen Deutschen, ihre Gleichung zu den unbefangenen Inhalten eines hoffenden, wünschenden Gemütes eingebüßt. Der Nationalsozialismus hat mit seinem mörderischen Bildersturm auf die Ideen des Abendlandes für den deutschen Geist liquidiert, was die Krise des modernen Geistes überall in der Welt seit langem in den Schmelztiegel geworfen hatte. Überall steht heute der geistige Mensch unter dem Druck des totalen Ideologie-Verdachtes. In Frankreich hat der Philosoph Julien Benda bereits vor fünfzehn Jahren mit seiner Frage nach der *trahison des clercs,* dem Verrat der Geistigen, die sich auf den politischen Ideenkampf des Tages verpflichten, den Finger auf die Wunde gelegt. Daß dies in einem soziologisch so durchgebildeten Lande wie Frankreich geschah, zeigt die Schärfe der Krise an. Aus ihr hat ein so repräsentativer Kopf wie Paul Valéry mit großartiger Unbestechlichkeit die Folgerungen gezogen, indem er die Verantwortung des Denkers, Dichters, Künstlers von allen täuschenden Identifikationen mit bestimmten Theorien und Weltanschauungen abstrahierte und auf das Subjekt, den Geist selber zurückbezog. Begriffe wie Gerechtigkeit, Vaterland, Humanismus, Sozialismus definiert er einmal als eine *chasse aux perroquets,* eine Jagd auf Papageien, solange man nicht wisse, ob der Stoiker, der Jesuit, der Protestant, der Marxist, der Atheist, der Romantiker sie im Munde führe. In diesen Tagen verschärft der französische Dichter Bernanos dies zu der Frage, was denn vom Begriff der Demokratie noch übrig bleibe, wenn Ford, der Scholastiker Maritain und Stalin ihn gleichermaßen für sich in Anspruch nähmen?

Solche Haltung ist, in ihrer Distanz zu allem Pathos der Gesinnung, das Gegenteil des L'art pour l'art, das wir Deutschen, von Skepsis allzuleicht anzukränkeln, unseren Geistigen so eilfertig zum Vorwurf machen. Vor allem ist aus dieser Haltung etwas zu lernen: nämlich das, was der Franzose *probité* nennt, jene Mischung von Rechtschaffenheit und unbestechlicher Kritik, die hinter dem bunten Schleier der verschiedenen Philosophien und Kunstauffassungen den Bestand ein und desselben Ethos sichert. Wir brauchen heute vorerst nicht wiederum eine neue Weltanschauung, eine neue Literatur oder Malerei, wir brauchen ein neues Vokabular. Es geht um die Richtigstellung der Bezeichnungen, die einst Konfuzius, in Zeiten eines ähnlichen Chaos aller geistigen und sozialen Ordnungen, oberstes Postulat gewesen ist. *In diesem Sinne wäre als nächste Verantwortung der Geistigen in dieser Zeit die Verantwortung vor dem Wort zu statuieren.*

Anzudeuten eine mögliche Definition der geistigen Haltung, die höchst gespannt erscheint. Sie gibt sich subjektiv und distanziert zugleich. Sie fordert in gleichem Maß den Mut, Ich zu sagen, und den Mut zu unbestechlicher

Kritik. Es ist nicht zufällig, daß diese Qualitäten gerade unserem Volk so oft mangeln; denn sein Charakter erscheint durch einen Überschuß an Objektivität gekennzeichnet. Der Objektivist, in seinen Auswüchsen entweder Prinzipienreiter oder Anarchist, hat ein schiefes Verhältnis zur Wirklichkeit; er setzt die Dinge und Ideen absolut. Er reißt auseinander oder »schweißt« zusammen, aber er weiß nicht zu verbinden. Es fehlt ihm die Einsicht in den schöpferischen Charakter des Kompromisses. Als Ergebnis einer solchen Haltung läßt sich oft ein Umschlag ins Gegenteil, der Verrat an das Gegensätzlichste beobachten. Es erscheint wichtig, diesen dialektischen Prozeß einmal klar zu sehen. Es blieb uns, dem wohl sachlichkeitsbeflissensten Volke vorbehalten, mit dem Nationalsozialismus sogar das Unsachlichste schlechthin, den blinden Instinkt, den Haß, die Grausamkeit zu objektivieren. Man haßte aus Weltanschauung in diesem Staat, man organisierte die Grausamkeit, man tötete nicht aus der Leidenschaft heraus, sondern mit System.

Es wird in dieser Zeit oft darauf hingewiesen, daß die falsche Spaltung von Politik und Moral, von Macht und Geist, das mangelnde Verhältnis der deutschen Intelligenz zum öffentlichen Leben für diese unheilvolle Entwicklung unserer Geschichte verantwortlich zu machen sei. Dabei dürfte nicht zu vergessen sein, daß wir ebensogut von einer falschen Identifikation sprechen könnten: es handelt sich hier in der Tat um ein Spiegelphänomen. Man könnte es vielleicht so sagen: der objektivistisch eingestellte Geist steht immer unmittelbar und allein vor seinem Gott, oder welches Prinzip man sonst als das Absolute setzen mag. Er muß sich daher bemühen, stets vor seinem persönlichen Gewissen gerechtfertigt zu erscheinen, wenn er sich nicht an einen blinden Aktivismus verlieren oder einen solchen gar als gewollt, durch ein falsch verstandenes Sacrificium intellectus, heroisieren will. Auf das Bewußtsein eines gesellschaftlichen Gebildes, einer Nation etwa, übertragen, schafft diese starre Relation zwischen persönlicher Moral und dem Sittlichen »an sich« eine Überbelastung unseres Gewissens und tötet eben darum die Möglichkeiten praktischer Verantwortung. Wie könnten wir als Einzelne auch für die Sittlichkeit aller anderen Einzelnen individuell geradestehen? So entsteht die Gefahr, daß man unter Verleugnung einer relativen Verantwortlichkeit des Individuums vorschnell nach überpersönlichen Prinzipien greift, die als »Das Schicksal« oder »Die historische Notwendigkeit« alles Geschehene *schlechthin* rechtfertigen und nichts ändern. Schließlich greift man zum Selbstbetrug. Man stellt das Geschehen und zuletzt sich selbst unter eine Glasglocke. Wie viele wollen heute nicht an die Greuel der Konzentrationslager glauben, weil sie fürchten, ihr Wissen könne dadurch nachträglich schuldhaft werden? Wie viele überredeten sich zum Guten dessen, was politisch geschah, weil sie es nicht ertrugen, einem objektiv Bösen ins Gesicht zu sehen? Wie viele glaubten ihr Gewissen zu befrieden, folgten sie nur gewissenhaft – dem Teufel? Wie viele fälschten nur zu gern ihre Objektivität zur Indifferenz!

Was fehlte hier und was tut not? Mut, Menschlichkeit, Güte, die Phantasie des Herzens? Genauere, hier nicht näher auszuführende Hinweise wären nötig. Es geht nicht so sehr um Tugenden als solche, sondern um die Korrektur einer Einstellung zu diesen. Was nottut, wäre die Findung des rechten Maßes, ein fortwährend neues Abstimmen der Verantwortung, die wir als Subjekt den Dingen gegenüber haben. Die Spannung, die dadurch gesetzt wird, müßte als unaufhebbar anzuerkennen und als solche auszuhalten sein. So wie sie Goethe aushielt, der uns immer wieder auf das tätige Leben verpflichtete, *obwohl* er mit seinem furchtbaren Wort »Der Handelnde ist immer gewissenlos« die Tragik der geistigen Position bis in Letzte aufriß. *Dies ergäbe, als weitere Formel für unsere Verantwortung, den Mut zur Anerkenntnis der Tragik, den Mut zur Distanz gegenüber allen angeblich endgültigen Lösungen.*

Mit diesem Ethos stehen wir im Herzraum des Abendlandes, seiner kämpferischen Humanität, seines unaufhörlichen Dramas zwischen Macht und Geist. Wir stehen vor allem tief in der deutschen Frage. Es heißt eigentlich Eulen nach Athen tragen, will man die regulierenden Gesetze im Spannungsgefüge Europas gerade am deutschen Gegenstand erörtern, in diesem Lande der Mitte innerhalb des elliptischen Kraftfeldes, das unser Kontinent darstellt. Dies gilt vor allem heute, nachdem wir die wohl stärkste Zerreißprobe unserer Geschichte eben erst durchlebten. Angesichts der Anklage gegen unsere Nation nimmt der Spannungszustand zwischen Ich und Welt im Seelenbild jedes einzelnen von uns wie unterm Mikroskop die klarsten und schmerzlichsten Konturen an. Unter dem Druck der Zonen verdichtet sich die Polarität von Ost und West, politisch wie geistig gesehen das *movens* deutschen Daseins, zu den Fragen: Einheit oder Föderalismus, Staat oder Provinz. Zu beachten, daß diese Probleme nicht Formfragen nationaler Existenz darstellen, sondern im Grunde Vorfragen sind, die die Anfänge der Geschichte einer Nation bezeichnen.

Und doch fehlt diesem Volk der Mitte wie kaum einem anderen der Sinn für Mitte, für das wie oft schon zu erlernende Maß. Aus dem ältesten Staatsgebilde des modernen Europa fälschte es sich zum jüngsten herab, aus dem zentralsten zum exzentrischsten. Je reicher die Möglichkeiten zur Einsicht waren, um so schwerer rächte es sich, ihrer nicht zu achten. Gibt es eine tiefere Formel zur Gegensatzstruktur Europas, dieses Kontinentes zwischen den Kontinenten, als unsere besten Geister, etwa die Polaritätsphilosophie unserer romantischen Staatsdenker, sie gegeben haben? Sie heißt *Mittlertum,* heißt: Dienst an der Welt im reinsten lautersten Sinn. In ihrem Namen wären wir berechtigt, als Untreue wider die deutsche Norm zu ahnden, was die immer wiederkehrenden gewaltsamen Versuche unserer politisch wie geistig so gewaltsamen Geschichte ausmacht: nämlich die Gegensätze im Grundsatz aufzulösen und der Pole nicht zu achten. Man kennt diese dunklen Parolen: das Pathos von dem schicksalhaften Entweder-Oder, von der geschichtlichen Notwendigkeit zur Entscheidung oder, vielleicht noch gefährlicher: das Pathos der sogenannten Synthesen. Wie bezeichnend ist nicht dieser Weg, der wider Willen selbstverräterische, ja selbstmörderische, den das Denken Hegels, des größten deutschen Synthetikers, nahm. Hegel als Vater von Marx und Heinrich Stahl, dem Führer der preußischen Konservativen, Vater der

Revolution wie der Reaktion, und schließlich saturnisch dunkler Vater darin, daß er diese beiden so verschiedenen Kinder und Kindeskinder immer wieder in sich selbst zurückschlingt: in die Idee des absoluten, des totalitären Staates. Es sind *eben* die Synthesen, durch die sich der Nationalsozialismus vor der Wirklichkeit der deutschen Gegensatzstruktur als jener Wechselbalg des Nichts enthüllte, für den die Pole sich wechselseitig aufhoben und widerlegten. So widerlegte der Imperialismus den Nationalismus, dieser den Sozialismus, dieser die Idee des einzelnen (des Herrenmenschen), diese das Programm der völkischen Gleichberechtigung und umgekehrt.

Der Vorwurf, unsere Nation habe um dieser polaren Anlage willen alle eindeutigen Entscheidungen der Geschichte versäumt, und daß es nicht angehe, ihr zu verweigern, diese nachzuholen, rennt offene Türen ein. Vielmehr sollte endlich für den deutschen Geistigen der Tag der Einsicht gekommen sein, als Wesensgesetz anzuerkennen, was er so oft im Kampf mit sich selbst als geschichtliche Entwicklungshemmung zu erklären – und ändern zu können glaubte. Bedurfte es wirklich erst der jüngsten Erfahrungen, uns zu lehren, daß die Verherrlichung des Aktivismus unserem Wesen besonders schlecht bekommt? Das Experiment wurde bereits zu Beginn unserer nationalen Geschichte ad absurdum geführt. Es waren die Kaiser des Heiligen Römischen Reiches Deutscher Nation, die mit ihrem Wahlspruch »Plus Ultra« (immer weiter) sich buchstäblich aus ihrem eigenen Raum hinausherrschten. Die Tatsache einer gewaltsamen Überlagerung deutscher Gesellschaftsformen durch abstrakte Staatsprinzipe nach Art der Pseudomorphose, die den Machtgedanken notwendig setzt, findet ihren ersten Höhepunkt nicht erst in dem preußischen Friedrich. Sie hat ihr ursprüngliches Komplement in den Verfassungsplänen, die Kaiser des Heiligen Reiches, so ein Friedrich von Hohenstaufen, von Sizilien her für Deutschland ersannen. Und nicht anders als im Politischen waren die krebsartigen Wucherungen, die jede Betonung des Machtprinzips im Geistigen bei uns ausgelöst hat. Man denke an den Weg eines Fichte, der als Schwärmer für die Ideale der Französischen Revolution begann und als nationalistischer Fanatiker endete; oder an den Weg Nietzsches, des Anti-Nationalisten, zum Kult für einen Cesare Borgia!

Diese Parallelen erscheinen wichtig, um das Problem von Geist und Macht nicht in jener, einander ausschließenden Art zu stellen. Die Frage ist eine solche des rechten Maßes, physikalisch gesprochen: ein Problem nach Art der *Katalyse.* Es kommt hier alles auf die größte Genauigkeit des Bildes an. Wenn wir Deutschland, seiner Mittlerposition getreu, die Rolle eines Katalysators beilegen, so schließt dies allerdings den Verzicht auf die Rolle eines Faktors der Geschichte ein. Es bedeutet eine Abkehr vom politischen Machtgedanken, nicht aber, daß Deutschland nur Objekt der Geschichte zu sein habe. Es besagt vielmehr, daß unsere Nation sich durch die Tatsache ihrer äußeren Machtlosigkeit eine außerordentliche Bedeutung zu erwirken vermag: eben die Bedeutung des Katalysators, an dem die Faktoren der umgebenden Völkerwelt sich zu Figuren ordnen. 1919 erklärte der große Historiker Delbrück, gerade aus seiner Ohnmacht vermöchte das deutsche Volk seine wahre

Sendung zu entwickeln. Ein gutes Wort für einen Zeitpunkt, da wir zu dieser Mittlerrolle, dieser sublimen Kraft des Ohnmächtigen, gleichsam erbarmungslos gezwungen werden. Jeden Tag läßt sich an Hand des Gesprächs der Weltmächte an dem kleinen, scheinbar so entlegenen Mikrokosmos unserer innerdeutschen Fragen wie im Brennspiegel der Spannungsgrad der Einheit und Vielfalt des Mikrokosmos Europas, ja der Welt ablesen. »Die Furcht vor einer Teilung der Welt bestimmt die Welt, und die Lösung liegt in Deutschland«, erklärte unlängst der südafrikanische Premierminister Smuts, und fügte hinzu: »Damit wird Deutschland über alle materiellen Fragen hinaus zu einem geistigen Problem für uns alle.«

Liegt in dieser Situation eine Chance? Wenn ja, bestünde sie darin, dem deutschen Geistigen heute die Einwirkung auf die Welt des Politischen zu ermöglichen, ohne daß er darum die *trahison des clercs* zu begehen fürchten muß. Denn die Aufgabe läge im Bereich der indirekten Aktion, in einem Ausgleich der politischen Erfahrungen, deren Kreis im Taumel der »ismen« der letzten dreißig Jahre als abgeschlossen bezeichnet werden kann. Zuweilen ist man versucht, von einer geheimen »List der Vernunft« zu sprechen. Sie wirkt dadurch, daß die Konstellation der Zeit uns zwar die Entscheidung über unsere nationalen Probleme weitgehend abgenommen hat, aber nur, um nun die Welt auf ihre Lösung um so dringlicher zu verpflichten. Was wir für uns leisten, nützte demnach der Solidarität der modernen Welt. Es würde sie verletzen, wer die innerdeutschen Fragen um die Gegensätze: Ost und West, Staatenbund und Bundesstaat usw. im Sinne des Entweder-Oder stellte. Er gäbe damit die Entscheidung zuletzt einem auswärtigen Machtkomplex anheim und müßte sich um so schmerzlicher auf sich selbst zurückgeworfen finden. Dies die Konsequenz einer Situation, mit der wir, wieder einmal, zu unserer eigentlichen Aufgabe gleichsam zurückgezwungen werden: der Aufgabe, die einst Leibniz mit seiner Deutung Deutschlands als eines Spiegels von Europa umrissen hat. *So dürfte man als nächste, höchste Verantwortung des Geistigen in dieser Zeit die Pflicht bezeichnen, uns mit jeder nationalen für die Aufgabe Europas verantwortlich zu fühlen.*

Mit Absicht soll der Luftballon der Spekulation so hoch wie möglich steigen. Aus der gewonnenen Überschau werden sich die Anwendungen im Moralischen in größerer Klarheit ergeben. Noch einmal also: Was bedeutet jenes Mittlertum, das als die deutsche Aufgabe herauszuarbeiten wäre, und zwar in bezug auf unsere Verantwortung im Hier und Jetzt?

Im *räumlichen* Sinn setzt Mittlertum die Entsprechung zwischen Nähe und Universalität, zwischen der kleinsten und der größten Welt. Seine Instrumente sind hier die Nächstenliebe, die Phantasie des Herzens, das Vertrauen auf die Fernwirkung des im kleinsten Lebenskreis Vollbrachten und damit die Beschränkung unserer praktischen Verantwortung auf diesen. Als Leitmotiv mag das Goethewort dienen, daß ein jeder die Dinge seiner eigenen Umwelt ordnen möge, wenn er die Ordnungen des Universums bessern wolle. Dies gilt vor allem für den Bannkreis der Gefühle; denn diese sind von Natur aus Nahkräfte, die mit ihrer Übertragbarkeit durch die technische

Apparatur der Moderne, in den viel zu weiten Gefühlsrahmen der Organisationen und Parteien, recht eigentlich zerdehnt erscheinen. All dies ist zu bekannt, um länger dabei zu verweilen. Wir können demgegenüber nur eines tun: nämlich immer wieder die natürlichen Bindungen, das Band von Mann zu Frau, von Freund zu Freund, das rechte Miteinanderreden und -umgehen unserer Pflege anvertrauen. In sozialem Sinne wäre der Sozialismus in der Umschreibung der glücklichen französischen Formel des »Mutualismus« (der Gegenseitigkeit) zu verstehen. Ein Rousseau, der seine Kinder ins Findelhaus gab, um ein Traktat über die Erziehung zu schreiben, steht wie ein Zerrbild am Anfang einer falschen sozialtheoretischen Auffassung, die folgerichtig in das nationalsozialistische System *des Sichschadloshaltens an fremder Not* gemündet ist. Der Brauch der Hitlerpresse, die eigenen Nöte nicht zu verschweigen, sondern sie mit Seiten etwa über das Elend in Indien zu belasten, zeigt das furchtbare Abgleiten der sozialen Verantwortung über die Selbsttäuschung in das Ressentiment.

Im politischen Bezirk würde dieses Gesetz der Entsprechungen in gleichem Sinne auf ein Wiederanfangen im kleinsten Kreis hinweisen. Damit dürfte indes nicht dem Föderalismus um jeden Preis das Wort gegeben werden. Grundsätzlich gesehen und vor dem Hintergrund der unverrückbaren Gemeinsamkeit schlimmster deutscher Erfahrungen wirkt er als ein teilendes Prinzip und setzte sich der Gefahr aus, im eigenen Raum Außenpolitik zu treiben. Denn was mit dem Sich-Voneinanderabsetzen der einzelnen deutschen Stämme und Provinzen beginnen mag, setzt sich angesichts der heutigen Verflechtungen von lokalem und Weltgeschehen nur zu leicht in einer Spaltung größeren Ausmaßes fort. Die von Ranke ausgebildete Lehre vom Vorrang der Außen- über die Innenpolitik, die erst dem preußischen und dann dem Hitlerischen Machtstaat zugute kam, als Verhängnis für Deutschland. Es gibt für uns heute nurmehr Innenpolitik. Wenn in diesem Sinne von einem Wiederanfangen in kleinstem Kreise gesprochen wird, so wäre darunter etwa zu verstehen, daß unser Studium der Demokratie nicht wieder, wie 1918, mit der letzten Lektion, nämlich der Parteiendemokratie, anzufangen habe. Parteien verkörpern die demokratischen Spielregeln gleichsam in abstrakter Form und setzen eine Regulierung aller soziologischen und geistigen Gewichte voraus, die wir uns neu zu erarbeiten haben. In der Herstellung eines Gleichgewichts zwischen den lokalen Verwaltungskörpern und in der Stufung ihrer Befugnisse nach unten wie nach oben gibt es Lehrstoff die Fülle für unsere demokratischen Exerzitien.

Am schwersten wiegt dieses Gesetz im geistigen Bereich. Denn hier hat man es mit dem übertragbarsten der Elemente zu tun: mit dem Wort, der Musik, dem künstlerischen Dokument. Hier bleibt nichts ohne Folgen, was einmal, sei es im engsten Kreise, im Gespräch, in einer Rede, einer Ausstellung an Genauigkeit und Ehrlichkeit verabsäumt oder nachgesehen wurde. Die Fernwirkung eines wahren oder falschen geistigen Aktes fordert in unserem Zeitalter der Mikrophysik den Vergleich mit der Verstärkertheorie der Atome heraus: Die Lageänderung eines kleinsten Teilchens vermag Riesenbrände zu entfachen. Der Schriftsteller und Künstler hätte sich heute zu sagen, daß er sich für das kulturelle Schaffen seiner Umwelt nicht weniger verantwortlich fühlen müsse als für sein eigenes. Der Kulturkritiker ist keine Rolle mehr, die getrennt von der des Schöpfers walten dürfte. Der Ausweg ins Zeitenlose, in die ewigen Werte des Klassischen, wann wurde er sorgfältiger vollzogen als in der deutschen Literatur des letzten Jahrzehntes? Jedenfalls dürfte er uns nicht zu Gedanken verführen wie: Es sei noch nicht an der Zeit – das Chaos müsse sich erst klären – die Entwicklung werde abzuwarten sein. *Der Verantwortung für das im Raume Nächstliegende entspricht die Verantwortung für das Zeitnahe, für das Gegenwärtige.*

Aufgabe: eine möglichst erschöpfende und genaue Definition der Gegenwart zu finden, die nicht einfach Aktualität bedeutet, sondern Kontinuität, das heißt Mittlertum im Strom der Zeit. Es geht um eine schöpferische Polarisierung von Tradition und zu Gestaltendem. An unsere Vergangenheit kettet uns die Verantwortung für die Schuld. Wir gehen damit in eine harte, aber gute Lehre über den Sinn aller politischen Freiheit: daß ein jeder für die Freiheit eines jeden einzustehen habe. Aus dieser Verantwortung ziehen wir den Mut zur Gestaltung des Künftigen. Dies bringt uns in eine selbstverständliche Distanz gegenüber avantgardistischen Parolen. Wir sind in diesem Jahrhundert so oft und in so furchtbar falschem Sinne neu geworden, daß ein *esprit de suite* das erste ist, was nottut. Es ist dies nicht nur ein Gebot der geschichtlichen Erfahrung, sondern auch der Selbstachtung. Was könnte uns, an diesem Tiefpunkt unserer Geschichte, auch anderes tragen als die Achtung vor den großen Weltgültigen unserer Vergangenheit? Wir sagen: tragen lassen – und nicht rückwärts schauen, um uns an den Analysen einer Geschichtsphilosophie zu sättigen. Diese Methode, sich große schicksalsmäßige Zusammenhänge auszudenken, dem Deutschen so besonders lieb, erscheint zumindest zweideutig. Sie neigt dazu, ebenso der Selbstrechtfertigung wie der Selbstbezichtigung Vorschub zu leisten, sie gefährdet letzten Endes den Charakter. An diesem Punkt erweist sich der im Vergangenen Befangene als anderer Bruder des Avantgardisten: gebricht es ihnen auch nicht an Mut, der Forderung des Tages ins Gesicht zu schauen, so doch an Unbefangenheit der Wertung, wie sie echtes Kontinuitätsbewußtsein verleiht. Wir müssen weg von dem Zwang, uns immer wieder neu vor der Welt zu erklären und zu rechtfertigen. Vom Standpunkt des Zuschauers besteht leicht die Neigung, der Selbstprüfung nicht minder zu mißtrauen als dem gewissenlosen Aktivismus. Beide stören das Natürliche der menschlichen Beziehung, die aus dem selbstsicheren Ruhen im Strom der Veränderungen erwächst.

Das Ziel liegt in einer Definition der geistigen Haltung, die ebenso die äußere wie die innere Form angeht. Es sind die Fragen des nationalen Taktes, der Tugenden des Seins, des echten Freimutes, um die wir uns bemühen müssen. Denn wir alle haben jenes Zwielicht zu ertragen und zu durchleuchten, in das eine systematische Befleckung des Wahren so manchen auch seiner echten Diener in Deutschland gerückt hat. In diesem Sinne wäre darauf hinzuweisen, daß der Nationalsozialismus uns nicht zu einem bloßen *repoussoir* werden dürfe, zu einer Kulisse also, vor deren allzu dunklem Hintergrund man neue Gesinnungen allzu leicht ins Licht setzen zu können glaubt. Einzig unbefangenes Sich-Darstellen aus der Kontinuität des europäischen Erbes unserer Humanität vermag das Seine zu tun, um vor der Welt aus unserer Rolle des Befragten eine solche des Gesprächspartners zu machen.

Unsere Nation hat ihr Gesicht verloren. Müßige Frage, ob es auch eine andere hätte sein können. »Wir wissen jetzt, wir anderen Zivilisationen, daß wir sterblich sind«, mit diesem Satz begann der große französische Dichter Paul Valéry seine Kritik des modernen Geistes nach dem Ersten Weltkrieg. Das bedeutet mehr noch als das Napoleonische Verdikt, daß die Politik das Schicksal über Tod und Leben von uns allen ward. *Es bedeutete, daß spirituelle Momente zum Schicksal der Politik geworden sind.* Ein Ergebnis, das Kriterien für eine moralische Betrachtung mancher, bisher nur technisch analysierter Disziplinen bieten sollte.

Nr. 1, Februar 1947

Phase II

Antworten auf ein Interview über meine neuen Bücher

1. Die Grundlagenkrise

Ein Gedanke begegnet dem anderen, der marxistische dem westeuropäischen, der faustische dem mittelmeerischen, der kollektive dem isolationistischen, der biologische dem geisteswissenschaftlichen, der kritische dem empirischen, der soziale dem aristokratischen – alle diese Begegnungen können aufs äußerste erregend sein, spannend, erschütternd, aber es bleibt das gleiche Milieu, ein Milieu aus Dialektik, Ratio und Ideologie. Der heute angreifende Gedanke ist morgen der geschlagene, die heute mit der Zeit identische Idee ist bei der nächsten Gegenbewegung die abgelebte und entleerte, einige Motive halten sich Jahrhunderte, ja Jahrtausende, wie das nazarenische oder das antike, aber sie bleiben das dialektische defensiv-offensive Milieu. Das Gefühl für diese Relativierung, Relativierbarkeit der europäischen Gedankenwelt, der Verlust des Bestimmten und Absoluten ist das augenblickliche Stigma des Kulturkreises. Dieses Gefühl ist ungemein verbreitet und allgemein, es ist schon populär. Überall sehen Sie Gesellschaften, die darüber diskutieren; Kreise, die eine Stadt finanziert, um die Erörterungen darüber zu betreiben; Akademien schießen wie Pilze aus der Erde; Clubs debattieren über die verzweifelte Lage – überall ein Kaninchengedränge von Analysen und Prognosen, ein Kaninchengedränge von Innerlichkeiten und Beschwörungen, auch von Ausflüchten und Verfaulungen über den ganzen Erdteil –, können Sie es da einem verdenken, wenn er sagt: schön, alles in Ordnung, muß wahrscheinlich alles so sein, aber bitte ohne mich, für die kurze Spanne meiner Tage: bitte ohne mich, ich kenne nämlich eine Sphäre, die ohne diese Art von Beweglichkeit ist, eine Sphäre, die ruht, die nie aufgehoben werden kann, die abschließt: die ästhetische Sphäre.

2. Artistik

Sie versprachen mir bei der Ankündigung Ihres Besuches, mich nicht zu fragen, ob ich Nihilist sei. In der Tat, diese Frage ist genau so inhaltlos, wie es die Frage wäre, ob ich Schlittschuhläufer sei oder Briefmarkensammler. Es kommt nämlich darauf an, *was man aus seinem Nihilismus macht.* Sonja Henie und Maxie Herber bei de Pas des Patineurs – die goldene Suaheli in der Philatelie – und der Ausdruck in der geistigen Welt – immer das Reinste, immer das, wo die Vollendung am nahesten. Stil ist der Wahrheit überlegen, er trägt in sich den Beweis der Existenz. Form: in ihr ist Ferne, in ihr ist Dauer. »Der Gedanke ist immer der Abkömmling der Not«, sagt Schiller, bei dem wir ja ein sehr bewußtes Umlegen der Achse vom Moralischen zum Ästhetischen wahrnehmen – er meint, der Gedanke steht immer sehr nahe bei den

Zweckmäßigkeiten und der Triebbefriedigung, bei Äxten und Morgenstern, er ist Natur –, und Novalis fährt dann fort: »Kunst als die progressive Anthropologie«.

Die Zeitalter enden mit Kunst, und das Menschengeschlecht wird mit Kunst enden. Erst die Saurier, die Echsen, dann die Art mit Kunst. Hunger und Liebe, das ist Paläontologie, auch jede Art von Herrschaft und Arbeitsteilung gibt es bei den Insekten – diese, wir, machten Götter und Kunst, dann nur Kunst. Eine späte Welt, untermauert von Vorstufen, Frühformen des Daseins, alles reift in ihr. Alle Dinge wenden sich um, alle Begriffe und Kategorien verändern ihren Charakter, in dem Augenblick, wo sie unter Kunst betrachtet werden, wo sie sie stellt, wo sie sich ihr stellen. Eine neue Haltung, eine neue Affektation. Von Homer bis Goethe ist eine Stunde, von Goethe bis heute 24 Stunden, 24 Stunden der Verwandlung, der Gefahren, denen nur der begegnen kann, der seine eigenen gesetzlichen Dinge betreibt. Man hört jetzt oft die Frage nach einem »richtigen« Goethebild – das wird es nicht geben, man muß sich damit begnügen, daß hier etwas ins Strömen geraten ist, das verwirrt, nicht zu verstehen ist, aber an die Wüste gewordenen Ufer Keime streut –: das ist die Kunst.

3. Das Religiöse und die Demut

Eine neue große Woge von Frömmigkeit geht über den Erdteil. Döblin, einst großer Avantgardist und Franz Biberkopf vom Alexanderplatz, wurde streng katholisch und verkündet *ora et labora,* Toynbee ist christlich, Eliot ebenso, Jünger gibt sich christlich-humanistisch –: alles Rückgriffe, schöne Haltung, aber Stilentspannung, Konformismus. Ich kann auch diese Frage nur artistisch sehen. »Gott ist ein schlechtes Stilprinzip«, schrieb ich früher einmal, ferner: »Götter im ersten Vers ist etwas anderes als Götter im letzten Vers« –, nämlich entweder extrovertiere ich mein Inneres oder ein anderer tut es, beides geht nicht. Würden Sie mich fragen: glauben Sie, würde ich sagen, Glauben stellt mich schon außerhalb der Substanz, in der ich arbeite, trennt mich also schon von der Grundsubstanz meines Auftrages und meiner Bindung, welcher Art dieser Auftrag und diese Bindung ist, ist mir dunkler als je. Ich finde Gebet und Demut arrogant und anspruchsvoll, es setzt ja voraus, daß ich überhaupt etwas bin, aber gerade das bezweifle ich, es geht nur etwas durch mich hindurch. Eine katholische Zeitung, die mich im einzelnen sehr gerühmt hatte, sagt zum Schluß: Fort mit diesem Mann, er findet Gott lächerlich und verachtet die Religionen. Welche Verkennung! Ich verachte die Menschen, die mit ihren eigenen Dingen nicht fertig werden und nun eine andere Stelle um Aushilfe angehen, eine Stelle, die sie doch kaum kennen kann, diese Schatten aus Nichts, Hasen, Wermutstropfen, die in ihrem Grunde stehn geblieben sind und für zehn Pfennig schon gut werden und deren größte Hoffnung sein müßte, bald ins Grab zu sinken, um dem Blick des Großen Wesens bald aus dem Auge zu gehen. Dieses Große Wesen – ein Thema für sich! Man überlege doch einmal, was es mit uns alles angerichtet hat, es hat mich doch keineswegs so reich beschenkt, daß ich mich durchfände, es hat viel verschleiert, was für mich wichtig wäre, ich muß viel herunterschlucken und bin am Ende so schlau, wie ich am Anfang war. Ergebnis: ich muß durch alles allein hindurch, durch meine Zerrüttungen, durch das Studium meiner selbst, durch die Phänomenologie meiner Ichbestände – soll ich da plötzlich an entscheidender Stelle demütig werden und sagen, das war ja alles nicht so schlimm gemeint –, wo bleibt da der Individualismus, von dem doch angeblich das Abendland lebt, wenn er sich plötzlich die Fassade absägte und hinwürfe und sich demütigte. – Demut: als Erweiterungsmotiv, als Stimmung, als Hohlraum zwecks Schleusenöffnung und Einströmungsnovität – gut, aber als moralistische und religiöse Überwölkung schafft sie nur stilistische Verwirrung. Dies Große Wesen – es hätte unbedingt seine Situation klarer herausarbeiten müssen, bevor es Forderungen präziser Art erhebt.

4. Die Prinzipien der Kunst

können nicht agoral und politisch verallgemeinert werden. Es ist provinzielle Unterentwickeltheit des Künstlers, zu erwarten, daß die Öffentlichkeit sich für ihn interessiert, ihn ökonomisch unterstützt, seinen sechzigsten Geburtstag mit Banketts und Blattpflanzen feiert. Er wütet in sich herum – wer müßte ihm das danken? Durchdenken Sie vielleicht auch, wieviel Egmont- und Leonoren-Ouvertüren über den Stammpolitiker hinweggebraust sind bei Eröffnungen und Festakten, ohne ihn verändert zu haben. Ich stimme daher der Monetschen Sentenz zu: *il faut décourager les arts* – und James Joyce variiert einen Talmudspruch: »Wir Juden sind wie die Olive, wir geben unser Bestes, wenn wir zermalmt werden, wenn wir unter der Last unserer Fronden zusammenbrechen« –, das gilt nach seiner Meinung für die Künstler. Das sind gesunde Ideen! Man unterscheide doch endlich zwischen Kunstträgern und Kulturträgern – das schlug ich schon in einem meiner Bücher vor fünfzehn Jahren vor. Der Kunstträger ist statistisch asozial, lebt nur mit seinem inneren Material, er ist ganz uninteressiert an Verbreitung, Flächenwirkung, Aufnahmesteigerung, an Kultur. Er ist kalt, das Material muß kalt gehalten werden, er muß ja die Idee, die Wärme, denen sich die anderen menschlich überlassen dürfen, kalt machen, härten, dem Weichen Stabilität verleihen. Er ist meistens äußerst nüchtern und behauptet auch gar nichts anderes zu sein, während die Idealisten unter den Kulturträgern und Erwerbsständen sitzen. So schrieb ich vor etwa fünfzehn Jahren, die Zukunft wird noch ganz andere Dinge offenbaren.

5. Der Stil der Zukunft

wird der Roboterstil sein, Montagekunst. Der bisherige Mensch ist zu Ende, Biologie, Soziologie, Familie, Theologie alles verfallen und ausgelaugt, alles Prothesenträger. Das Getue in den Romanen, als ob es an sich weiterginge und etwas geschähe, mit dem altmodischen Begriff des Schicksals oder dem neumodischen einer autochthonen gesellschaftlichen Bewegung, ist Unfug, es geht nichts an sich weiter und geschieht nichts, der Mensch stockt und arbeitet –, der Künstler ist es, der weiter muß, sammelt, gruppiert – ländlich-großväterlich mit Hilfe von zeitlich-räumlichen Kategorien, aktuell-neurotisch durch absolute transzendente Schwerpunktsbildungen, Fesselungen, Drehpunktskonstituierungen – nur so schafft er etwas jenseits von Relationen und Ambivalenz. Diese Technik selbst ist das Problem, und man soll sie ruhig bemerken.

Eine Dame, offenbar etwas Kluges, schrieb mir über ein Bild von Gauguin im neuen Folkwangmuseum, jetzt in einem alten Wasserschloß im Ruhrtal, es lag, wie sie hervorhob, eine Jardins-sous-la-pluie-Stimmung um das Haus: »Eine Insulanerin, für sich allein, bis in den graziös vorgehaltenen Fächer den Ausdruck des Gemaltwerdens wiedergebend, nur die Augen träumen« – das ist es: der Ausdruck des Gemaltwerdens muß immer hervortreten – man muß suchen; und wissen, was zusammengehört, was wirklich zusammengehört, und das muß man nehmen. Wenn Sie nämlich einmal darüber nachdenken, werden Sie zu dem Resultat kommen, wir bewegen uns mehr in unserer zerebralen Sphäre als in unserer sexuellen oder intestinalen oder muskulären. Uns beschäftigen Gedanken – die brennen. Wir kommen auf sie zurück auch während praktischer Tätigkeiten, kaufmännischen, wir fahren aus dem Schlaf auf, und sie sind sofort wieder da. Es ist fraglich, ob das immer so war, heute ist es jedenfalls die Lage.

Der Mensch muß neu zusammengesetzt werden aus Redensarten, Sprichwörtern, sinnlosen Bezügen, aus Spitzfindigkeiten, breit basiert –: *Ein Mensch in Anführungsstrichen.* Seine Darstellung wird in Schwung gehalten durch formale Tricks, Wiederholungen von Worten und Motiven –, Einfälle werden eingeschlagen wie Nägel und daran Suiten aufgehängt. Herkunft – Unsinn! Schwarzwald oder Königsberg, das hat jeder! Jetzt werden Gedankengänge gruppiert, Geographie herangeholt, Träumereien eingesponnen und wieder fallen gelassen. Nichts wird stofflich-psychologisch mehr verflochten, alles angeschlagen, nichts durchgeführt. Alles bleibt offen. Antisynthetik. Verharren vor dem Unvereinbaren. Bedarf größten Geistes und größten Griffs, sonst Spielerei und kindisch. Bedarf größten tragischen Sinns, sonst nicht überzeugend.

(Namen: St. John Perse, Auden, Comte de Lautréamont, Palinurus-Connolly, Langston Hughes, Elio Vittorini, Majakowski (ohne Bolschewismus), einige junge Deutsche aus dem Freiburger Kreis.)

Bezeichnung für den Stil, von mir geprägt: *Phase II,* – nämlich Phase II des expressionistischen Stils, aber auch Phase II des nachantiken Menschen.

Interessant – das ist ein wichtiges Wort! *Interessant* – das führt nicht in diese undurchsichtige quälende familiäre »Tiefe«, nicht sofort zu den »Müttern«, diesem beliebten deutschen Aufenthalt –, Interessant ist keineswegs identisch mit unterhaltend – übersetzen Sie es wörtlich: inter-esse: zwischen dem Sein, nämlich zwischen seinem Dunkel und seinem Schimmer – »Olymp des Scheins«, Nietzsche.

Die ewigen Dinge, das sogenannte Zeitlose, das sickert ja überall durch, das ist selbstverständlich, aber die phänotypischen, an denen muß man arbeiten. Das Gen werden wir nie erkennen, aber das Phänotypische läßt sich als Bild erarbeiten. Nach meiner Theorie müssen Sie Verblüffendes machen, bei dem Sie am Schluß selber lachen. (»Das nenne ich eine schlechte Weisheit, bei der es nicht ein Gelächter gab«, Nietzsche.) Sie müssen alles selber wieder aufheben: dann schwebt es. Charlatan – das ist kein schlimmes Wort, es liegt immerhin noch in der Richtung des Experimentellen, es gibt schlimmere: historisch und grundsuppig.

Und die Einladungen und die Blumen auf dem Tisch und das Gemüt? Ich persönlich besitze nichts davon. Ich besitze Müdigkeiten, Melancholie, produktives Aufbrausen, Zögern, Zaudern, Zaubern – das kann ich eine Stunde durchhalten, aber Gemüt, was fange ich damit an? Übrigens, wenn man drei Jahrzehnte geschrieben hat und liest dann jetzt zusammenfassende Rückblicke, Studien, da faßt man sich an den Kopf. Das kann doch nicht sein! Woher stammen dann diese Zitate? Verse von mir? Unmöglich! Diese Entfremdung von der Kontinuität, auch der eigenen, ist wahrscheinlich auch etwas, das die Zukunft weiterentwickeln wird.

6. *Soziologisch*

Ein Bedürfnis in der Art wie ich zu denken, liegt, soziologisch gesehen, bestimmt nicht vor, andererseits sind mir auch keine Gesetze bekannt, die es verbieten. Es sind individuelle Versuche, den inneren Strömungen, die in gewisser Weise die Strömungen der Zeit sind, Ausdruck zu verleihen. Daß dabei vielleicht einige Fremdkörper mit Zeitzündung unterlaufen, ist möglich, aber das betrifft die anderen. Ich blicke nicht in die Zukunft, meine Gedanken ergreifen und begreifen sich nur als eine regional begrenzte, phänotypische, höchstens drei Jahrzehnte repräsentative Zwangslage einer Generation. Nur keine Ausstrahlungen universalistischer Art! Darum sage ich immer wieder: »Stein, Vers, Flötenlied«, nämlich abschließbare und abgeschlossene Gebilde: Kunst – diese sagt nur sich selbst, ist ohne Idee und ist vollendet. Nun schreibt zwar Egon Vietta in der *Welt:* »Damit enden wir also mit G. B. wieder bei den Schwächen Oscar Wildes und der Ästhetik Mallarmés« – nun ich meine, wenn solche Kapazitäten auf dieser Linie liegen, wird etwas an ihr dran sein –, und Vietta fährt dann mit einem Heideggerschen Gedanken als Einwand fort: »Auch der Stil ist nur eine vorübergehende Form des geschichtlichen Seins.« Das ist etwas zu allgemein, antworte ich, denn was ist nicht vorübergehend für ein Weltgefühl, das sogar die Kulturkreise, die acht solaren Spenglers oder die zweiunddreißig Toynbees vorübergehen sieht –, aber überhaupt diese Drohung mit der Geschichte! Ich habe mit dieser Geschichte nichts zu tun, den Vogel der Minerva locke ich nicht in meinen Bunker – mich nützt nichts der Ausblick und das Versprechen auf angebliche Geistzusammenhänge, ideeliche Befruchtungen, Verzweigungen, Integrationen oder Auferstehungen –, ich schreite meinen Kreis ab, Moira, ich schreite nicht die Geschichte ab, ich prüfe meine Aufgaben, meine Bindungen, zerre auch vielleicht an ihnen, aber der Kreis ist in mir beschlossen, ich blicke nicht über mich hinaus, ich versage mir diese Erleichterung, ich arbeite, ich suche Worte, ich zeichne meine Morphologie, ich drücke mich aus. Dreißig Jahre! Dreißig Jahre unter Zwang, einem Zwang, nach dessen Wesen ich allerdings vergeblich fragte. Aber ahnen Sie, wer jetzt die Phase II in so vielen, geographisch weit auseinanderliegenden Gehirnen so nachdrücklich in die Wege leitet?

Nr. 23, Januar 1950

THEODOR W. ADORNO

Der Artist als Statthalter

Zu Valérys Degas-Buch

Wohl steht es an, darüber nachzudenken, ob der Geist in Deutschland und Frankreich bereit ist zu jener vollen Versöhnung, welche die objektive geschichtliche Tendenz fordert. Dabei stößt man in Deutschland auf einen überraschenden Sachverhalt, dessen französisches Analogon leicht genug zu konstatieren wäre. Nicht erst seit Hitler, sondern eigentlich schon seit der Weimarer Republik ist die Rezeption der französischen Literatur gestört. Das Verhältnis des deutschen Geistes zum französischen seit 1918 hat etwas Unfreies, Traumatisches, im Gegensatz etwa zu den angelsächsischen Ländern; man rührt nicht daran, fast als herrsche die Eifersucht von Geschwistern. Im nationalistischen Wilhelminischen Deutschland wirkte Frankreich weit intensiver als während einer Phase, in der nicht einmal mehr Hitler vom Erbfeind zu reden wagte. Die letzten französischen Schriftsteller großen Stils, die in Deutschland wahrhaft aufgenommen wurden, sind wohl Anatole France und Henri Bergson gewesen; die nächste Generation, die der deutschen von George und Thomas Mann entspricht, hat nur sporadisch hinübergereicht. Man kann spekulieren, wie sich solche Isolierung im Zeitalter der unbegrenzten Möglichkeiten von Kommunikation erklärt. Man mag sie von jenem Prozeß der Dekultivierung, des Verfalls der Bildung herleiten, der den Anteil am Bedeutendsten auch der eigenen zeitgenössischen Produktion auf eine Minorität einschränkte und den breiteren Geschmack der mehr oder minder kalkulierten Massenkultur zuführte. Das hat sicherlich das Bekanntwerden anspruchsvoller fremdländischer Autoren weiter erschwert. Ökonomisch mag das Schrumpfen der Weltwirtschaft hinter all dem stehen.

Von den drei repräsentativen Dichtern der französischen Generation, an die ich denke, Gide, Proust und Valéry, ist vielleicht nur Gide ähnlich zu einem integralen Element des deutschen Bewußtseins geworden wie France oder Bergson, oder gar wie Flaubert oder Baudelaire. Aber auch seine Figur stellt dem öffentlichen deutschen Bewußtsein kaum plastisch sich dar. Man hat seine freilich sehr widerspruchsvollen Äußerungen, die Stimme des *fin de siècle* und die des jansenistischen Rigoristen, die des chthonischen Romantikers und die des radikal aufgeklärten Humanisten, nebeneinander kennengelernt, genossen, wohl auch für einander entgegengesetzte politische Thesen in Anspruch genommen. Aber trotz vielfältiger Hinweise hat die große Öffentlichkeit die Einheit dieser Momente, das dialektische Wesen des Dichters selbst und damit seines weit ausgreifenden Versuchs nicht recht gewahrt. Bei Proust vollends, der nach Gehalt und Sprache so vielen Franzosen als eine Art deutsches Kuckucksei galt, ist die Kommunikation unterbrochen. Selbst die Übersetzung des Romanwerks, die vielleicht der wichtigste

Beitrag wäre, der in der Sphäre des objektiven Geistes zur deutsch-französischen Versöhnung sich leisten ließe, kam nicht zustande. Der letzte Roman aus dem großen Zyklus, der deutsch erschien, war *Le Côté de Guermantes.* Die Benjaminsche Übertragung von *Sodome et Gomorrhe* aber, die abgeschlossen vorgelegen haben soll, scheint bei den Wanderungen der *Recherche du temps perdu* von einem Verlag zum anderen verlorengegangen zu sein, und seitdem ist nichts mehr geschehen.[1] Ob das unbegreifliche Schicksal Prousts, der in Deutschland unabsehbar wirken könnte, daher rührt, daß sein Werk thematisch um tabuisierte Begriffe kreist, oder daher, daß die geistige Anspannung, die jeder seiner Sätze leistet und fordert, das Gebot, alle eingeschliffenen Anschauungen außer Kurs zu setzen und mit äußerster Anstrengung sich der Passivität unwillkürlicher Erinnerung zu überlassen, ist schwer zu entscheiden.

Mit Paul Valéry verhält es sich darum ein wenig anders, weil sein Anspruch vorab auf dem lyrischen Werk beruht. Es bedarf keines Wortes, daß Lyrik in einer fremden Sprache nicht annäherungsweise so zugänglich gemacht werden kann wie Prosa; ganz gewiß nicht die unerbittlich gegen jede Kommunikation mit einer vorgestellten Leserschaft abgedichtete *poèsie pure* des Mallarmé-Schülers. Mit Recht hat gerade George gesagt, daß es überhaupt nicht die Aufgabe der Übersetzung von Lyrik sei, einen fremdländischen Verfasser einzuführen, sondern ihm in der eigenen Sprache ein Denkmal zu errichten oder, wie wohl der Gedanke gewandt ward, die eigene Sprache durch den Einbruch des fremden Dichtwerks zu erweitern und zu steigern. Immerhin ist trotzdem, oder vielleicht gerade wegen der Intransigenz seines großen Übersetzers, Baudelaire aus dem geschichtlichen Material der deutschen Literatur nicht wegzudenken. Nichts dergleichen bei Valéry; übrigens blieb auch bereits Mallarmé Deutschland weitgehend verschlossen. Wenn die Auswahl Valéryscher Verse, an der Rilke sich versucht hat, nichts von dem leistete, was den großen Übersetzungswerken von George, auch etwa den Borchardtschen Swinburne-Übertragungen gelang, so liegt das nicht nur an der Sprödigkeit des Gegenstandes. Rilke hat das Grundgesetz jeglicher legitimen Übertragung, die Treue zum Wort, verletzt und ist gerade Valéry gegenüber in eine Übung des ungefähren Nachdichtens zurückgefallen, die weder dem Modell Gerechtigkeit widerfahren läßt, noch kraft dessen strenger Abbildung sich in sich selbst zur vollen Freiheit erhebt. Man braucht nur Rilkes Version eines der berühmtesten und in der Tat schönsten Gedichte von Valéry, *Les Pas,* mit dem Original zu vergleichen, um zu sehen, welcher Unstern über dem Rencontre waltete.

Nun besteht aber, wie man weiß, das Valérysche Werk keineswegs bloß in Lyrik, sondern auch in Prosa wahrhaft kristallinischer Art, die sich auf dem schmalen Grat zwischen ästhetischer Gestaltung und Reflexion über die Kunst provokativ bewegt. In Frankreich finden sich höchst kompetente

---

[1] Nach Drucklegung des Aufsatzes erfahren wir, daß der Suhrkamp-Verlag in Kürze mit der Herausgabe des großen Romanzyklus beginnen wird. (Die Red.)

Beurteiler, unter ihnen Gide, die diesem Teil von Valérys Produktion sogar das größere Gewicht zusprechen. In Deutschland ist auch sie, abgesehen von *Monsieur Teste* und *Eupalinos,* bis heute kaum erfahren worden. Wenn ich hier auf eines der Prosabücher zu sprechen komme, so geschieht das nicht bloß, um dem bekannten Namen eines unbekannten Autors etwas von der Resonanz zu erbitten, um die er nicht zu bitten brauchte, sondern um mit der sachlichen Kraft, die seinem Werke innewohnt, der sturen Antithese von engagierter und reiner Kunst zu Leibe zu rücken. Sie ist ein Symptom der verhängnisvollen Tendenz zur Stereotypie, zum Denken in starren und schematischen Formeln, wie sie die Kulturindustrie allenthalben hervorbringt und wie sie längst auch ins Bereich der ästhetischen Diskussion eingedrungen ist. Die Produktion droht sich zu polarisieren in die sterilen Verwalter der Ewigkeitswerte auf der einen Seite und auf der anderen die Unheilsdichter, von denen man schon manchmal nicht mehr weiß, ob ihnen nicht die Konzentrationslager als Begegnung mit dem Nichts ganz recht sind. Ich möchte zeigen, welcher geschichtliche und gesellschaftliche Inhalt gerade dem Werke Valérys innewohnt, das jeden Kurzschluß zur Praxis sich versagt; ich möchte deutlich machen, daß das Beharren auf der Formimmanenz des Kunstwerks nichts zu tun haben muß mit dem Anpreisen unveräußerlicher, aber lädierter Ideen, und daß in solcher Kunst und in dem Gedanken, der an ihr sich nährt und ihr gleicht, tieferes Wissen von historischen Veränderungen des Wesens sich kundgeben kann als in Äußerungen, die so behend es auf die Veränderung der Welt abgesehen haben, daß ihnen die lastende Schwere eben der Welt zu entgleiten droht, die es zu verändern gilt.

Das Buch, das ich meine, ist leicht zugänglich. Es ist in der Bibliothek Suhrkamp erschienen und trägt den deutschen Titel *Tanz, Zeichnung und Degas.* Die Übertragung stammt von Werner Zemp. Sie ist ansprechend, auch wenn sie nicht stets die mit unendlicher Anstrengung errungene Grazie des Valéryschen Textes so hintergründig wiedergibt, wie sie es erheischt. Aber es ist dafür doch das Element des Leichten als solches, das Arabeskenhafte, und dessen paradoxes Verhältnis zu den aufs äußerste belasteten Gedanken bewahrt; zumindest der Schrecken der Unverständlichkeit wird von dem Bändchen kaum ausgehen. Neid erregt Valérys Fähigkeit, die subtilsten und schwierigsten Erfahrungen spielerisch, schwerelos zu formulieren, so wie er es zu Beginn des Degas-Buchs sich selbst als Programm setzt: »Wie ein etwas zerstreuter Leser seinen Bleistift an den Rändern eines Buches spazierenführt, dank seiner Zerstreutheit und der Laune des Stifts, kleine Figuren oder unbestimmtes Schnörkelwerk neben den gedruckten Text kritzelt, so will ich das Folgende nach Einfall und Belieben an den Rand dieser paar Studien von Edgar Degas schreiben. Ich begleite diese Bilder mit ein wenig Text, der nicht unbedingt gelesen zu werden braucht, oder doch nicht unbedingt in einem Zug, und der nur einen ganz losen Zusammenhang mit diesen Zeichnungen hat, ja in überhaupt keiner unmittelbaren Beziehung zu ihnen steht.« Diese Fähigkeit Valérys ist nicht billig auf die stets wieder als Lückenbüßer bemühte romanische Formbegabung, nicht einmal auf seine eigene exzeptionelle zurückzuführen. Sie wird gespeist von seinem unermüdlichen Drang zum Objektivieren und, mit Cézannes Wort, Realisieren, der kein Dunkles, Unaufgehelltes, Ungelöstet duldet; dem die Transparenz nach außen zum Maß des Gelingens im Innern selbst wird.

Um so eher könnte man wohl Anstoß daran nehmen, wenn ein Philosoph über ein Buch spricht, das ein esoterischer Dichter über einen vom Handwerk besessenen Maler geschrieben hat. Ich möchte dies Bedenken lieber vorweg erörtern, als es naiv provozieren; um so mehr als dabei ein Zugang zur Sache selbst sich eröffnet. Ich halte es nicht für meine Aufgabe, über Degas mich zu äußern, und fühle mich dieser Aufgabe auch nicht gewachsen. Die Gedanken von Valéry, auf die ich hinweisen möchte, greifen allesamt über den großen impressionistischen Maler hinaus. Aber sie sind gewonnen vermöge jener Nähe zum künstlerischen Objekt, deren nur fähig ist, wer selbst in äußerster Verantwortung produziert. Große Einsichten in die Kunst geraten überhaupt entweder in absoluter Distanz, aus der Konsequenz des Begriffs, ungestört vom sogenannten Kunstverständnis, wie bei Kant oder auch Hegel, oder in solcher absoluten Nähe, der Haltung dessen, der hinter den Kulissen steht, der nicht Publikum ist, sondern das Kunstwerk mit vollzieht unter dem Aspekt des Machens, der Technik. Der mittlere, sich einfühlende Kunstverständige, der Mann mit Geschmack ist zumindest heute und wahrscheinlich schon stets in Gefahr, die Kunstwerke zu verfehlen, indem er sie zu Projektionen seiner Zufälligkeit erniedrigt, anstatt ihrer objektiven Disziplin sich zu unterwerfen. Valéry bietet den fast einzigartigen Fall des zweiten Typus, dessen, der vom Kunstwerk durchs *métier,* den präzisen Arbeitsprozeß weiß, in dem aber dieser Prozeß zugleich so glücklich sich reflektiert, daß er in die theoretische Einsicht umschlägt, in jene gute Allgemeinheit, die nicht das Besondere fortläßt, sondern es in sich bewahrt und es aus der Kraft der eigenen Bewegung ins Verbindliche treibt. Er philosophiert nicht über Kunst, sondern durchbricht, im gleichsam fensterlosen Vollzug des Gestaltens selber, die Blindheit des Artefakts. So drückt er etwas von der Verpflichtung aus, die jeglicher ihrer selbst bewußten Philosophie heute auferlegt ist; derselben Verpflichtung, die am entgegengesetzten Pol, dem spekulativen Begriff, in Deutschland vor hundertundvierzig Jahren von Hegel erreicht war. Das zur äußersten Konsequenz gesteigerte *l'art pour l'art*-Prinzip transzendiert bei Valéry sich selber, treu dem Satz der *Wahlverwandtschaften,* daß alles in seiner Art Vollkommene über seine Art hinausweise. Der Vollzug des dem Kunstwerk selbst streng immanenten geistigen Prozesses heißt zugleich: Blindheit und Befangenheit des Kunstwerks überwinden. Nicht umsonst haben Valérys Gedanken immer wieder um Lionardo da Vinci gekreist, in dem zu Beginn der Epoche eben jene Identität von Kunst und Erkenntnis unvermittelt gesetzt ist, die am Ende, durch hundert Vermittlungen hindurch, in Valéry zum großartigen Selbstbewußtsein gefunden hat. Das Paradoxon, um welches das Valérysche Werk geordnet ist und das auch im Degas-Buch immer wieder sich anmeldet, ist nichts anderes, als daß mit jeder künstlerischen Äußerung und mit jeder Erkenntnis der Wissenschaft der ganze Mensch und das Ganze der Menschheit gemeint sei, daß aber diese Intention nur durch selbstvergessene und bis zum Opfer der Individualität, zur

Selbstpreisgabe des je einzelnen Menschen gesteigerte Arbeitsteilung sich verwirklichen lasse.

Diesen Gedanken trage ich nicht willkürlich in Valéry hinein. »Das, was ich ›Große Kunst‹ nenne, ist, mit einem Wort, die Kunst, die gebieterisch alle Fähigkeiten eines Menschen für sich beansprucht und deren Werke so sind, daß alle Fähigkeiten eines andern sich von ihnen angesprochen fühlen und aufgeboten werden müssen, um sie zu begreifen ...« Und eben das wird, mit einem düsteren geschichtsphilosophischen Seitenblick, auch vom Künstler selber gefordert, vielleicht gerade in Erinnerung an Lionardo: »Hier wird nun mehr als einer ausrufen, was schon daran liege! Ich meinerseits glaube, es ist wichtig genug, daß an der Hervorbringung des Kunstwerks der ganze Mensch sich beteiligt. Aber wie ist es nur möglich, daß das, was man heute ohne weiteres glaubt vernachlässigen zu dürfen, ehemals so wichtig genommen wurde? Ein Liebhaber, ein Kenner aus der Zeit Julius II. oder Ludwig XIV. wäre höchlichst erstaunt, vernehmen zu müssen, daß beinahe alles, was ihm an der Malerei wesentlich erschien, heutzutage nicht nur vernachlässigt wird, sondern für die Absichten des Malers und für die Ansprüche des Publikums völlig belanglos ist. Ja, je verfeinerter dieses Publikum ist, desto fortgeschrittener, das heißt: desto weiter entfernt ist es von jenen früheren Idealen. Aber es ist der gesamte Mensch, von dem man sich solchermaßen entfernt. Der Vollmensch stirbt aus.« Es bleibe dahingestellt, ob der Ausdruck Vollmensch, der peinliche Assoziationen mit sich führt, die angemessene Übersetzung des von Valéry Gemeinten bietet; jedenfalls aber zielt er auf den ungeteilten Menschen, den, dessen Reaktionsweisen und Fähigkeiten nicht selber nach dem Schema der gesellschaftlichen Arbeitsteilung voneinander gerissen, einander entfremdet, zu verwertbaren Funktionen geronnen sind.

Aber Degas, dessen Ungenügsamkeit im Anspruch an sich selbst, Valéry zufolge, auf diese Idee der Kunst hinausläuft, wird von ihm als das äußerste Gegenteil eines Universalgenies dargestellt, obwohl der Maler nicht nur, wie man weiß, als Plastiker arbeitete, sondern auch Sonette schrieb, über die es zu denkwürdigen Kontroversen mit Mallarmé kam. Valéry sagt von ihm: »Die Arbeit, das Zeichnen waren bei ihm zur Leidenschaft geworden, einer strengen Übung, Gegenstand einer Mystik und einer Ethik, die sich selber genügten, zu einem höchsten Anliegen, das jeden andern Belang schlechterdings aufhob, einem Anstoß nie gelöster, genau umrissener Aufgaben, die ihn jeder weiteren Neugierde entband. Er war Spezialist, und wollte es sein, in einem Bereich, der sich bis zu einer gewissen Universalität zu steigern vermag.« Solche Steigerung des Spezialistentums zur Universalität, die verrannte Intensivierung der arbeitsteiligen Produktion enthält nach Valéry das Potential einer möglichen Gegenwirkung gegen jenen Zerfall der menschlichen Kräfte – im jüngsten Jargon der Psychologie würde man sagen: der Ichschwäche –, dem Valérys Spekulation nachhängt. Er führt eine Äußerung des siebzigjährigen Degas an: »Man muß eine hohe Meinung haben, nicht sowohl von dem, was man im Augenblick macht, als vielmehr von dem, was man eines Tages wird machen können; ohne das verlohnt es sich nicht, zu arbeiten.« Das interpretiert Valéry: »So spricht der echte Stolz, Gegengift jeder Eitelkeit. Wie der Spieler fieberhaft seinen Partien nachsinnt, nachts vom Gespenst des Schachbretts oder des Spieltisches, auf den die Karten fallen, heimgesucht, von taktischen Kombinationen und ebenso spannenden wie nichtigen Lösungen bedrängt wird, so auch der Künstler, der wesentlich Künstler ist. Ein Mensch, der nicht ständig von einer derart heftig ihn erfüllenden Gegenwart sich belagert fühlt, ist ein Mensch ohne Bestimmung: ein brachliegendes Erdreich. Die Liebe, ohne Zweifel, und der Ehrgeiz sowie die Habgier beanspruchen viel Raum in einem Menschenleben. Aber das Vorhandensein eines sicheren Ziels und die damit verbundene Gewißheit, daß es näher oder ferner, erreicht oder nicht erreicht ist, ziehen diesen Leidenschaften bestimmte Grenzen. Dagegen rückt der Wunsch, etwas zu schaffen, wovon eine größere Macht oder Vollkommenheit ausgehen soll, als wir sie uns selber zutrauen, den betreffenden, jedem irdischen Augenblick entschlüpfenden und sich versagenden Gegenstand von uns ab in unendliche Fernen. Jeder Fortschritt unsererseits entrückt ihn ebensosehr, als er ihn verschönert. Die Vorstellung, die Technik einer Kunst völlig zu beherrschen, dereinst in der Lage zu sein, über ihre Mittel ebenso sicher und mühelos verfügen zu können, wie man über den normalen Gebrauch seiner Sinne und Glieder verfügt, gehört zu jenen Wunschbildern, auf die gewisse Menschen mit einer unendlichen Beharrlichkeit, unendlichen Aufwendungen, Übungen, Qualen reagieren müssen.« Und Valéry faßt die Paradoxie des universalen Spezialistentums zusammen: »Flaubert, Mallarmé, jeder auf seinem Gebiet und auf seine Weise, sind literarische Beispiele für das völlige Aufgehen eines Lebens im Dienste des *alles umfassenden* imaginären Anspruchs, den sie der Kunst des Schreibens beimaßen.«

Ich darf an meine Behauptung erinnern, daß dem berüchtigten Artisten und Ästheten Valéry tiefere Einsicht in das gesellschaftliche Wesen von Kunst zufällt als der Doktrin ihrer unmittelbaren praktisch-politischen Nutzanwendung. Man mag das hier erhärtet finden. Denn die Theorie vom engagierten Kunstwerk, wie sie heute gang und gäbe ist, setzt sich über die in der Tauschgesellschaft unabdingbar herrschende Tatsache der Entfremdung zwischen den Menschen sowohl wie zwischen dem objektiven Geist und der Gesellschaft, die er ausdrückt und richtet, umstandslos hinweg. Sie will, daß die Kunst unmittelbar zu den Menschen spreche, als ließe sich in einer Welt universaler Vermittlung das Unmittelbare unmittelbar realisieren. Gerade damit aber degradiert sie Wort und Gestalt zum bloßen Mittel, zum Element des Wirkungszusammenhangs, zur psychologischen Manipulation, und höhlt die Konsistenz und Logik des Kunstwerks aus, das nicht mehr nach dem Gesetz der eigenen Wahrheit sich entfalten, sondern die Linie des geringsten Widerstands bei den Konsumenten verfolgen soll. Valéry ist aktuell und das Widerspiel jenes Ästheten, zu dem ihn das vulgäre Vorurteil stempelt, weil er dem kurzatmig-pragmatistischen Geist den Anspruch der unmenschlichen Sache um des Menschlichen willen entgegensetzt. Daß aber die Arbeitsteilung nicht durch ihre Verleugnung, daß die Kälte der rationalisierten Welt nicht durch empfohlene Irrationalität sich bannen läßt, ist eine gesellschaftliche Wahrheit, die durch den Faschismus aufs nachdrücklichste demonstriert worden ist. Durch ein Mehr, nicht durch ein Weniger an Vernunft lassen die Wunden sich heilen, welche das Werkzeug Vernunft im unvernünftigen Ganzen der Menschheit schlägt.

Dabei hat Valéry weder naiv die Position des vereinsamten und entfremdeten Künstlers hingenommen, noch von der Geschichte abstrahiert, noch sich Illusionen gemacht über den gesellschaftlichen Prozeß, der in der Entfremdung terminierte. Gegen die Pächter der privaten Innerlichkeit, die Schlauheit, die oft genug ihre Funktion auf dem Markt erfüllt, indem sie die Reinheit dessen vorspiegelt, der nicht nach rechts und nicht nach links blickt, zitiert er einen sehr schönen Satz von Degas: »›Wieder einer jener Eremiten, die wissen, wann der nächste Zug abgeht.‹« Mit aller Härte, ohne alle ideologische Zutat, wie kein Theoretiker der Gesellschaft es rücksichtsloser vermöchte, spricht Valéry den Widerspruch der künstlerischen Arbeit als solcher zu den heute herrschenden gesellschaftlichen Bedingungen der materiellen Produktion aus. Er zeiht, wie in Deutschland vor hundert Jahren Karl August Jochmann, die Kunst selber des Archaismus: »Bisweilen kommt mir der Gedanke, die Arbeit des Künstlers sei eine Arbeit noch ganz urtümlicher Art; der Künstler selber etwas Überlebtes; zu einer im Aussterben begriffenen Klasse von Arbeitern oder Handwerkern gehörig, die unter Anwendung höchst persönlicher Methoden und Erfahrungen Heimarbeit verrichtet; im vertrauten Durcheinander ihrer Werkzeuge lebt, blind für ihre Umgebung, nur sieht, was sie sehen will; die zerschlagene Töpfe, häuslichen Eisenkram und sonstiges überzähliges Zeug ihren Zwecken dienstbar macht ... Ob dieser Zustand sich je ändert und man vielleicht an Stelle des wunderlichen Wesens, das mit so weitgehend vom Zufall abhängigem Werkzeug sich behilft, dereinst einen peinlich in Weiß gekleideten, mit Gummihandschuhen versehenen Herrn in seinem Mal-Laboratorium antreffen wird, der sich an einen strikten Stundenplan hält, über streng spezialisierte Apparate und ausgesuchte Instrumente verfügt: jedes an seinem Platz, jedes einer bestimmten Verwendung vorbehalten? ... Bis jetzt freilich ist der Zufall aus unserem Tun noch nicht ausgeschaltet, so wenig als das Geheimnis aus der Technik, die Trunkenheit aus dem Stundenplan; aber ich möchte mich für nichts verbürgen.«

Man könnte wohl Valérys ironisch vorgetragene ästhetische Utopie als den Versuch bezeichnen, dem Kunstwerk die Treue zu halten und es zugleich durch Änderung der Verfahrungsweisen von der Lüge zu befreien, von der alle Kunst, und die Lyrik zumal, entstellt scheint, die unter den herrschenden technologischen Bedingungen sich regt. Der Künstler soll sich zum Instrument umschaffen: selbst zum Ding werden, wenn er nicht dem Fluch des Anachronismus inmitten einer verdinglichten Welt verfallen will. Valéry faßt den zeichnerischen Vorgang zusammen in dem Satz: »Der Künstler tritt vor und tritt zurück, er neigt sich bald nach dieser, bald nach jener Seite, er blinzelt, er benimmt sich, als sei sein gesamter Körper nur ein Zubehör seiner Augen, er selber vom Scheitel bis zur Sohle ein bloßes Instrument im Dienste des Zielens, Punktierens, Linierens, Präzisierens.« Damit rückt

Valéry jener unendlich verbreiteten Vorstellung vom Wesen des Kunstwerks zuleibe, die es, nach dem Muster des Privateigentums, dem gutschreibt, der es hervorgebracht hat. Er weiß besser als jeder andere, daß dem Künstler von seinem Gebilde nur das wenigste »gehört«; daß in Wahrheit der künstlerische Produktionsprozeß, und damit auch die Entfaltung der im Kunstwerk beschlossenen Wahrheit, die strenge Gestalt einer von der Sache erzwungenen Gesetzmäßigkeit hat, und daß ihr gegenüber die viel berufene schöpferische Freiheit des Künstlers nicht ins Gewicht fällt. Darin begegnet er sich mit einem anderen, ähnlich konsequenten, auch ähnlich unbequemen Künstler seiner Generation, mit Arnold Schönberg, der noch in seinem letzten Buch *Style and Idea* entwickelt, daß große Musik in der Einlösung von »obligations«, von Verpflichtungen bestünde, die der Komponist gleichsam mit der ersten Note eingehe. Im gleichen Geiste sagt Valéry: »Auf allen Gebieten ist der wahrhaft starke Mensch derjenige, der am besten einsieht, daß einem nichts geschenkt ist, daß alles gemacht, daß alles erkauft werden muß; und der zittert, wenn er keine Widerstände spürt; der sie sich selber schafft ... Bei ihm ist die Form ein begründeter Entscheid.«

In Valérys Ästhetik waltet eine Metaphysik der Bürgerlichkeit. Am Ende der bürgerlichen Epoche will er die Kunst vom traditionellen Fluch ihrer Unehrlichkeit reinigen, sie rechtschaffen machen. Er mutet ihr zu, daß sie die Schulden bezahle, in die unabdingbar jedes Kunstwerk sich stürzt, indem es als wirklich sich setzt, ohne wirklich zu sein. Zweifel sind daran erlaubt, ob Valérys und Schönbergs Vorstellung vom Kunstwerk als einer Art von Tauschvorgang die ganze Wahrheit, ob sie nicht eben jener Verfassung des Daseins hörig sei, mit der nicht mitzuspielen doch eben von Valérys Konzeption gefordert wird. Aber es liegt ein Befreiendes in dem Selbstbewußtsein, das schließlich die bürgerliche Kunst von sich als bürgerlicher erringt, sobald sie sich ernst nimmt wie die Realität, die sie nicht ist. Die Geschlossenheit des Kunstwerks, die Notwendigkeit seines Gepräges in sich soll es von der Zufälligkeit heilen, durch die es hinter Zwang und Gewicht des Wirklichen zurücksteht. Im Moment der objektiven Verpflichtung, nicht in einem Verwischen der Grenze der Bereiche ist die Affinität der Valéryschen Kunstphilosophie zur Wissenschaft zu suchen und nicht zuletzt seine Wahlverwandtschaft mit Lionardo.

Seine Pointierung von Technik und Rationalität gegenüber der bloßen Intuition, die es einzuholen gilt; die Hervorhebung des Prozesses gegenüber dem ein für allemal fertigen Werk läßt sich aber ganz verstehen nur auf dem Hintergrund von Valérys Urteil über die breiten Entwicklungstendenzen der neueren Kunst. In dieser gewahrt er ein Zurücktreten der konstruktiven Kräfte, ein sich Überlassen an die sinnliche Rezeptivität – kurz in Wahrheit eben die Schwächung der menschlichen Kräfte, des Gesamtsubjekts, auf das er alle Kunst bezieht. Die Worte, die er, abschiednehmend, der Dichtung und Malerei der impressionistischen Ära widmet, können in Deutschland vielleicht am ehesten verstanden werden, wenn man sie auf Richard Wagner anwendet, dessen genaues Signalement sie ungewollt entwerfen: »Eine Beschreibung setzt sich aus Sätzen zusammen, die man, im allgemeinen, miteinander vertauschen kann: ich vermag ein Zimmer vermittels einer Reihe von Sätzen zu schildern, deren Aufeinanderfolge beinahe belanglos ist. Der Blick schweift, wie er will. Nichts ist natürlicher und der ›Wahrheit‹ näher als dieses Schweifen, denn … die ›Wahrheit‹ ist das vom Zufall Gegebene … Aber wenn dieses unverbindliche Ungefähr, samt der daraus sich ergebenden Gewöhnung zur Leichtigkeit, in den Werken vorzuherrschen beginnt, so dürfte es die Schriftsteller schließlich dazu bringen, aller Abstraktion zu entsagen, ebenso wie es den Leser noch der geringsten Verpflichtung zur Aufmerksamkeit entbinden wird, um ihn einzig und allein für Augenblickswirkungen empfänglich zu machen, für die überzeugende Gewalt des Schocks … Diese Art von Kunstschaffen, die prinzipiell wohl zu verantworten ist und der wir so manche wunderschönen Dinge zu danken haben, führt indessen gleicherweise wie der mit der Landschaft getriebene Mißbrauch zu einer Schwächung der geistigen Seite der Kunst.« Und kurz danach noch grundsätzlicher: »Die moderne Kunst sucht fast ausschließlich die sinnenhafte Seite unseres Empfindungsvermögens auszuwerten auf Kosten der allgemeinen oder gemüthaften Sensibilität, auf Kosten auch unserer konstruktiven Kräfte, sowie unserer Befähigung, Zeitintervalle zu addieren und mit Hilfe des Geistes Umformungen zu vollziehen. Sie versteht es ausgezeichnet, Aufmerksamkeit zu erregen, und verwendet alle Mittel, um sie zu erregen: Höchstspannungen, Kontraste, Rätsel, Überraschungen. Bisweilen gewinnt sie dank ihren subtilen Mitteln oder der Kühnheit der Ausführung sehr kostbare Beute: höchst verwickelte oder höchst flüchtige Zustände, irrationale Werte, eben erst aufkeimende Empfindungen, Resonanzen, Übereinstimmungen, Ahnungen von ungewisser Tiefe … Aber diese Gewinne wollen bezahlt sein.«

Hier erst enthüllt sich ganz der objektive gesellschaftliche Wahrheitsgehalt Valérys. Er setzt die Antithese zu den anthropologischen Veränderungen unter der spätindustriellen, von totalitären Regimes oder Riesenkonzernen gesteuerten Massenkultur, die die Menschen zu bloßen Empfangsapparaten, Bezugspunkten von *conditioned reflexes* reduziert und damit den Zustand blinder Herrschaft und neuer Barbarei vorbereitet. Die Kunst, die er den Menschen, wie sie sind, entgegenhält, meint Treue zu dem möglichen Bilde vom Menschen. Das Kunstwerk, welches das äußerste von der eigenen Logik und der eigenen Konsistenz wie von der Konzentration des Aufnehmenden verlangt, ist ihm Gleichnis des seiner selbst mächtigen und bewußten Subjekts, dessen, der nicht kapituliert. Nicht umsonst zitiert er mit Enthusiasmus eine Äußerung von Degas gegen die Resignation. Sein Gesamtwerk ist ein einziger Protest gegen die tödliche Versuchung, es sich leicht zu machen, indem man dem ganzen Glück und der ganzen Wahrheit entsagt. Lieber am Unmöglichen zugrunde gehen. Die dicht organisierte, lückenlos gefügte und gerade durch ihre bewußte Kraft ganz versinnlichte Kunst, der er nachhängt, läßt sich nicht realisieren. Aber sie verkörpert die Resistenz gegen den unsäglichen Druck, den das bloß Seiende übers Menschliche ausübt. Sie steht ein für das, was wir einmal sein könnten. Sich nicht verdummen, sich nicht einlullen lassen, nicht mitlaufen: das sind die sozialen Verhaltensweisen, die im Werk Valérys sich niedergeschlagen haben, das sich weigert, das Spiel der falschen Humanität, des sozialen Einverständnisses mit der Entwürdigung des Menschen, mitzuspielen. Kunstwerke konstruieren heißt ihm: dem Opiat sich verweigern, in das die große sinnliche Kunst seit Wagner, Baudelaire und Manet sich verwandelt hat, und die Schmach abzuwehren, welche die Werke zu Medien und die Konsumenten zu Opfern psychotechnischer Behandlung macht.

Es geht um das gesellschaftliche Recht des als Esoteriker rubrizierten Valéry, um das, womit sein Werk einen jeglichen betrifft, auch und gerade weil es verschmäht, irgend jemand nach dem Munde zu reden. Aber einen Einwand erwarte ich, und ich möchte ihn nicht leicht nehmen. Man kann fragen, ob nicht in Valérys Werk und Philosophie, nach dem was geschehen ist und weiter droht, Kunst selber maßlos überschätzt sei; ob er nicht deswegen doch jenem 19. Jahrhundert angehöre, für dessen ästhetische Unzulänglichkeit er ein so hellsichtiges Organ hatte. Weiter kann man fragen, ob er uns nicht doch, trotz der objektiven Wendung der Interpretation des Kunstwerks, eine Künstlermetaphysik oktroyiere, etwa wie Nietzsche. Ob Valéry, oder auch Nietzsche, die Kunst überschätzt haben, wage ich nicht zu entscheiden. Wohl aber möchte ich, zum Ende, etwas sagen über die Frage der Künstlermetaphysik. Das ästhetische Subjekt Valérys, mag es nun er selber sein oder Lionardo oder Degas, ist nicht Subjekt in dem primitiven Sinn des Künstlers, der sich ausdrückt. Die ganze Valérysche Konzeption richtet sich gegen diese Vorstellung, gegen die Inthronisierung des Genies, wie sie insbesondere in der deutschen Ästhetik seit Kant und Schelling so tief eingewurzelt ist. Das, was er vom Künstler verlangt, die technische Selbsteinschränkung, die Unterwerfung unter die Sache, gilt nicht der Einschränkung, sondern der Erweiterung. Der Künstler, der das Kunstwerk trägt, ist nicht der je einzelne, der es hervorbringt, sondern durch seine Arbeit, durch passive Aktivität wird er zum Platzhalter des gesellschaftlichen Gesamtsubjekts. Indem er der Notwendigkeit des Kunstwerks sich unterwirft, eliminiert er aus diesem alles, was bloß der Zufälligkeit seiner Individuation sich verdanken könnte. In solcher Stellvertretung des gesamtgesellschaftlichen Subjekts aber, eben jenes ganzen, ungeteilten Menschen, an den Valérys Idee vom Schönen appelliert, ist zugleich ein Zustand mitgedacht, der das Schicksal der blinden Vereinzelung tilgt, in dem endlich das Gesamtsubjekt gesellschaftlich sich verwirklicht. Die Kunst, die in der Konsequenz von Valérys Konzeption zu sich selbst kommt, würde Kunst selber überwinden und sich erfüllen im richtigen Leben der Menschen.

Nr. 69, November 1953

MARGRET BOVERI

Die Deutschen und der Status quo

Eine zweite Studie aus den Landschaften von Schuld und Verrat

Wer in dieser Situation die Neutralisierung Deutschlands fordert, ist entweder ein Dummkopf allerersten Ranges oder ein Verräter.
Bundeskanzler Dr. Adenauer am 24. Juni 1951 in Bad Reichenhall

Wer der Überzeugung ist, daß Walter Lippmann in einer seltenen Verbindung von politischer Hellhörigkeit und scharfsinniger Logik entscheidende Wendungen in der Politik als erster aufzuspüren und zu benennen vermag, wird aufgehorcht haben, als er während seiner Europareise im Herbst 1953 in den Mittelpunkt seiner Betrachtungen das Wort von der Erhaltung des Status quo stellte. Er hat damals aus London berichtet, die Politik bewege sich zur Zeit auf zwei Ebenen: »der Ebene der offiziellen Ziele, des Austauschs von diplomatischen Noten und der vorgeschlagenen formellen Verhandlungen«, und einer zweiten wirklichkeitsnäheren Ebene, auf der »alle Regierungen, die westlichen und östlichen, und nicht zuletzt die deutsche, dazu neigen, die Lage zu akzeptieren, wie sie nun einmal ist«.

Von der oberen Ebene meinte er, nur ein Wunder könne auf dem Verhandlungswege ein Abkommen über die deutsche Frage herbeiführen. Auf der niederen Ebene dagegen hoffe man, »die Spannung zu vermindern«, indem man den Status quo akzeptiere. »Das Risiko, das offenbar zur Zeit niemand einzugehen bereit ist, wäre, an der Seite eines wiedervereinigten, wiedergerüsteten, nichtbesetzten und souveränen Deutschland zu leben. Ich glaube, dies gilt von Moskau, Bonn, Paris und London. Unterhalb aller Argumente über die Verteidigungsgemeinschaft besteht jetzt, wie ich glaube, eine feststehende Überzeugung, wonach britische und amerikanische Truppen auf unabsehbare Zeit in Westdeutschland bleiben müssen. Das bedeutet, daß die Rote Armee nicht aufgefordert werden kann, Ostdeutschland zu verlassen.«

Dieser ersten Feststellung aus London folgten zwei Berichte aus Bonn, von denen der eine mit den Worten begann: »Jetzt, da die Tore zur Einheit Deutschlands geschlossen sind«, während der andere erklärt, daß die westeuropäischen Regierungen »zur Zeit nicht in der Lage und nicht bereit sind, die großen Probleme ins Auge zu fassen, die die Wiedervereinigung Deutschlands stellen würde«, und mit der Frage schließt, wie lange es möglich sein werde, den Status quo aufrechtzuerhalten, »ohne entweder die Aussicht auf eine Einigung oder das Risiko des Krieges«.

Nachdem Lippmann auf diese Weise das Tor zwischen den anarchischen Gefilden des Kalten Kriegs und dem kaum weniger verwilderten Acker eines zu hegenden Status quo geöffnet hatte, sind Publizisten in aller Welt ihm mehr oder weniger bereitwillig gefolgt, und die Berliner Viermächtekonferenz hat dann bestätigt, was er als erster ausgesprochen hatte. Die großen Reden der vier Außenminister, die viel lesenswerter waren als die ihnen gewidmeten Interpretationen, bewegten sich auf der ersten Ebene.

Sie waren für den Spiegel gesprochen, für den Heimatkonsum, »for the record«, und *Time* hat schon eine Woche vor dem Konferenzbeginn einleuchtend dargestellt, was erreicht werden solle, falls eine Einigung über Deutschland nicht möglich sei: »Festzulegen, daß die amerikanischen Vorschläge das einzige Mittel bilden, ein freies, geeintes Deutschland wiederherzustellen ... klarzumachen, daß allein die Sowjetunion für die fortgesetzte Teilung Deutschlands und Europas verantwortlich ist.«

Auf der zweiten Ebene bewegten sich die Sitzungen im kleinen Kreis und unter Ausschluß der Öffentlichkeit. Daß die Themen Deutschland und Österreich nur auf der ersten Ebene behandelt wurden, zeigte an, daß von vornherein geplant war, für diese Gebiete den Status quo vorläufig in seinem wilden Zustand zu belassen und auf eine Entspannung nur in bezug auf den Status quo im Fernen Osten hinzuarbeiten.

Eine dritte Ebene neben der öffentlichen Proklamation und der offiziellen geheimen Diskussion, nämlich das vertrauliche Gespräch über den einen oder den anderen wunden Punkt, ist nach allem, was zu erfahren war, in Berlin nicht betreten worden.

Da wir Deutsche somit zwischen den Stacheldrähten unseres doppelten deutschen Status quo auf unbekannt lange Zeit festgehalten werden sollen, ist es notwendig, eine Bestandsaufnahme zu machen und uns zu fragen, ob es vielleicht noch eine vierte Ebene gibt, die innerdeutsche, auf der wir ohne Hilfe der Großmächte das erreichen könnten, was sie für uns nicht erreichen.

Bestandsaufnahme

Bisher sind Bedingungen für eine einheitliche innerdeutsche Aktivität nur von den Besatzungsmächten formuliert und auf der Berliner Konferenz, ohne den Versuch einer Auseinandersetzung über dieselben, ein letztes Mal gegeneinandergestellt worden. Die westliche lautet: freie Wahlen, die östliche: volksdemokratische Wahlen. Die Erfüllung der westlichen Bedingung würde das westeuropäische und amerikanische Militär kampflos bis zur Oder-Neiße-Linie führen. Daß dem so wäre, trotz den Auslegungsversuchen von Bidault und Dulles über die dem widersprechenden Paragraphen in den beiden Deutschlandverträgen, hat erstens der einstige französische Außenminister Robert Schuman bestätigt,[1] und zweitens nach Beendigung der Konferenz Bundeskanzler Adenauer, als er in einem Rundfunk-Interview mit Friedlaender erklärte: »Die Frage der außenpolitischen Handlungsfreiheit eines gesamtdeutschen Staates in bezug auf die EVG ist eine weitgehend akademische Frage. Steht die Europaarmee, wird kein Staat aus ihr austreten, auch kein gesamtdeutscher Staat.«

Der Vorschlag volksdemokratischer Wahlen, den Molotow in der zweiten

---

[1] Erklärung im außenpolitischen Ausschuß der französischen Nationalversammlung am 1. Februar 1954.

Konferenzwoche machte, war ein Schlag für alle, die gehofft hatten, daß Rußland ohne weiteres seine Zone gegen den Verzicht auf die EVG herausgeben würde. Zwar ist offiziell nie ein *junctim* zwischen diesen beiden Fragen hergestellt worden, und es ist – da die EVG nicht als Handelsobjekt verwendet werden durfte – auch niemals festgestellt worden, was Rußland für einen westlichen Verzicht auf die EVG zuzugestehen bereit gewesen wäre; aber der Eindruck hinterblieb auch bei denjenigen, die den Sowjets nicht nur böse Motive unterstellen, daß Moskau eine »Volksdemokratisierung« Gesamtdeutschlands erreichen wolle, wobei die Auffassungen nur darüber auseinandergingen, ob dieser Wunsch expansiven Charakter hat oder einem Sicherheitsbedürfnis entspringt.

Daß aber volksdemokratische Wahlen sowjetische oder sowjetisierte Truppen in absehbarer Zeit kampflos bis an die heutigen Westgrenzen Deutschlands führen würden, darüber besteht im Westen kaum ein Zweifel, obwohl kein Mensch annimmt, daß die Deutschen den Kommunismus freiwillig wählen könnten. Aber die Erfahrungen, die in den letzten neun Jahren in Polen, in Ungarn, in der Tschechoslowakei gemacht wurden, haben die Überzeugung entstehen lassen, daß Deutschland ein gleiches widerfahren würde. Dabei wird allerdings übersehen, daß Stalin von jeher klar gemacht hat, diese Gebiete, die ja auch von seinen Truppen eingenommen worden waren, betrachte er als seine Einflußsphäre. Darum war es *wishful thinking* auf seiten derer, die mit ihm in Teheran und Jalta verhandelten, wenn sie sich selber glauben machten, hier könnten Staaten nach westlich-demokratischem Muster entstehen. Inzwischen hat sich aber auch herausgestellt, daß die Gebiete des Balkans – Griechenland und Jugoslawien –, die Churchill, trotz entgegengesetzter Einflußnahme Roosevelts, immer zur britischen Einflußsphäre gerechnet und sehr früh mit seinen Streitkräften unterstützt hatte, tatsächlich entweder in das Lager der Westmächte zurückkehrten oder mindestens aus dem Ostblock ausbrachen, was mit deren innerer Verfassung – hie Monarchie, dort kommunistische Diktatur – wenig zu tun hatte.

Unberücksichtigt bleibt auch, daß in Österreich, dem einzigen Gebiet, das mit Deutschland verglichen werden kann, weil auch dort von vornherein ein Viermächteregiment vorgesehen war und durchgeführt wurde, die Dinge ganz anders gelaufen sind als weiter östlich. Aus dem österreichischen Beispiel kann gefolgert werden, daß da, wo alle vier Alliierten gleich viel zu sagen haben, die volksdemokratische Methode nicht die Eingliederung des betreffenden Staates in die sowjetische Machtsphäre zur Folge haben muß. Die russischen Truppen, die 1945 in Wien einrückten, brachten nämlich auch gleich die Regierung Renner mit, in der neun Kommunisten saßen. Trotzdem haben die Wahlen vom 26. November der katholischen Volkspartei 85 Sitze, den Sozialdemokraten 76, den Kommunisten nur 4 Sitze eingebracht, und als Leopold Figl im Dezember 1945 seine Koalitionsregierung bildete, erhielten die Kommunisten nur mehr die Wahl zwischen dem Elektrifizierungsamt und einem Ministerium ohne Portefeuille. Seitdem spielen sie, trotz der Anwesenheit der russischen Besatzungsmacht, in Österreich keine Rolle mehr.

Das Festhalten an den entgegengesetzten Standpunkten in der Wahlfrage hat neben der Furcht vor einer militärischen Grenzverschiebung, mit der sich daraus ergebenden Veränderung im politischen Kräftegleichgewicht, seine Wurzeln auch noch in anderen Regionen, darunter in den Gedankengängen der psychologischen Kriegführung. Amerika wünscht mit der freien Wahl eine moralische Niederlage der Sowjets vor aller Welt herbeizuführen, und nach dem, was sich an Haß, Furcht und Ressentiment seit 1945 in der Ostzone angesammelt hat, gibt es wenige Punkte in der Rechnung Washingtons, auf die es so sicher zählen kann wie auf diesen. Das Prestige der Russen aber kann eine solche Niederlage nicht erlauben. Vor allen Staaten Osteuropas werden sie darauf bestehen wollen, daß ihre Zone in der Übergangszeit zur Wiedervereinigung nicht gezwungen wird, als Schuldiger zu Kreuze zu kriechen, sondern daß mindestens äußerlich das von ihnen eingesetzte Regime anerkannt wird, selbst wenn es sich danach auf Grund von Viermächtevereinbarungen auf der strategischen und politischen Ebene gezwungen sieht, zur eigenen Liquidierung beizutragen, so wie der kommunistische österreichische Innenminister Honner in der Wahl von 1945 seine eigene Liquidierung mitvorbereiten mußte.

Während der Konferenz ergab sich aus Gesprächen mit Amerikanern, die aus Moskau, aus Paris und aus Washington nach Berlin gekommen waren, daß sie, ermutigt durch die Vorgänge des 17. Juni, überzeugt sind, ihre Konzeption werde sich auch ohne Verhandlungen und Vereinbarungen durchsetzen. Sie können sich nicht vorstellen, daß die Deutschen der Ostzone jahrelang das sowjetische Regime dulden werden; sie glauben an die überwältigende Macht, die nicht nur der hohe Grad persönlicher Freiheit, den die Deutschen der Bundesrepublik genießen, sondern auch der Anblick westlicher Prosperität ausüben müsse. Das westdeutsche Glück, der westdeutsche Wohlstand spielen die größte Rolle in ihren Gesprächen und Berechnungen. Von den Kräften und Einsichten, die aus der Not erwachsen können, haben sie wenig Vorstellung. Was für Früchte aus solchen weitgehend unsichtbaren Kräften einmal entstehen mögen, ist für niemand abzusehen; es kann daher auch nicht, gleich dem so viel sichtbareren Sog der Prosperität, in eine politische Rechnung eingesetzt werden.[2]

Voraussetzungen für ein gemeinsames innerdeutsches Handeln in einem von den vier Besatzungsmächten gebilligten Rahmen sind also zur Zeit nicht zu sehen. Der Status quo besteht aus zwei nicht souveränen deutschen Staaten – Bundesrepublik und Deutsche Demokratische Republik genannt –, von denen der erste mit der westlichen, der zweite mit der östlichen Welt diplomatische Beziehungen unterhält, während beide mindestens in einem

---

[2] Seit der Niederschrift dieses Artikels hat ein Bericht der *Frankfurter Hefte* (April 1954) über die Ostzone bestätigt, daß dort seit dem 17. Juni eine Wandlung im Selbstbewußtsein eingetreten ist. »Die bedingungslose Bewunderung des Westens«, heißt es da, »hat nachgelassen, – aber nicht, weil die Ostdeutschen doch in etwa kommunistisch geworden wären, sondern weil sie sich des eigenen Wertes, des eigenen politischen Gewichtes deutlicher bewußt wurden ... Nicht ›Heimkehr zum Westen‹, sondern Vorstoß in ein neues, unabhängiges Gesamtdeutschland heißt die Sehnsucht der Ostdeutschen.«

Handelsaustausch mit den neutralen Staaten stehen.[3] Die Deutsche Demokratische Republik unterhält eine sogenannte kasernierte Volkspolizei, die militärisch ausgebildet und ausgerüstet und eng mit dem militärischen Apparat der Besatzungsmacht verknüpft ist. In der Bundesrepublik sind neben einer kleinen Grenzpolizeitruppe vorläufig nur mancherlei Deutsche in wenig durchsichtiger Form und verschiedenen Uniformen den Truppenverbänden der Besatzungsmächte angegliedert. Die Pläne für die Aufstellung von vorläufig zwölf Divisionen sind fertig und bedürfen nur der endgültigen Ratifizierung des EVG-Vertrags durch fünf westeuropäische Staaten, um in die Wirklichkeit umgesetzt zu werden. Wenn das geschehen sollte, würden die unter sowjetischem und die unter westlichem Befehl stehenden deutschen Truppen im Kriegsfall eine besonders schauerliche Art der Neutralisierung vornehmen, indem sie gezwungen würden, sich im Bruderkrieg umzubringen.

Der deutsche Teig

Nach 1945 haben viele Amerikaner, Engländer, Franzosen und Russen in einer Organisation zusammengearbeitet, die Kontrollrat hieß. Das ist heute fast vergessen. Obwohl der Kalte Krieg damals schon begonnen hatte, waren die Fronten bei der sachlichen Arbeit noch nicht festgefahren. Es standen nicht immer nur die drei Westmächte den Sowjets als einheitlicher Block gegenüber. In der Steuerfrage zum Beispiel bestanden die schwersten Differenzen zwischen Amerikanern und Briten.

Jeder Abteilungsleiter einer Besatzungsmacht, ob in Finanz-, Rechts- oder Verkehrsfragen, hatte neben seinen eigenen Leuten für die Kontrollratsarbeit einen Schwanz deutscher Sachverständiger hinter sich. Das höchst Bemerkenswerte war nun, daß damals alle diese deutschen angestellten Berater, die in einem noch ungespaltenen Berlin lebten, arbeiteten und mehr oder weniger hungerten, untereinander nichts voneinander wußten. Sie kannten sich nicht, und falls sie sich etwa von früher her doch kannten, versuchten sie nicht, miteinander in Fühlung zu kommen. Jeder diente treu seinem amerikanischen, englischen, französischen oder russischen Major oder Oberst. Es ist möglich, daß sie, bevor sie eingestellt wurden, versprechen mußten, mit niemandem über das zu reden, was sie dienstlich erfuhren und taten.

Ist es aber möglich, daß die Angehörigen eines anderen europäischen Landes ein solches Versprechen eingehalten hätten? Wäre es nicht für jeden Engländer selbstverständlich gewesen, seine anderen drei Kollegen aufzusuchen? Und hätten die vier, wenn sie – vielleicht heimlich – zusammenkamen, nicht versucht, sich darüber zu einigen, was – zum Beispiel im Fall des anglo-amerikanischen Steuerkonflikts – für das eigene Land das Beste wäre?

---

[3] Die Erteilung der Souveränität durch Moskau an die Regierung in Pankow, die seit der Niederschrift des Artikels erfolgt ist, hat zwar die Gewichte um ein weniges verschoben und dem Westen neue Probleme aufgegeben, die Gültigkeit obiger Feststellung aber nicht berührt.

Vielleicht wären sie, hätten sie daraufhin getrennt versucht, ihre vier Majore oder Obersten auf die vereinbarte gemeinsame Linie zu bringen, nicht durchgedrungen. Ein deutscher Rat, sei es auch von einem erstklassigen Sachverständigen, stand im Jahr 1946 bei keinem der vier Alliierten hoch im Kurs. Die Steuern wären also wohl genau so festgesetzt worden, wie der Kontrollrat sie dann auch wirklich verfügte. Aber es wäre etwas entstanden, was uns bitter not tat: ein gemeinsames – wenn auch inoffizielles – deutsches Gremium – nein, nicht ein Gremium, sondern so viele, wie es alliierte Abteilungen mit deutschen Beratern gab.

Von diesem Sich-nicht-Suchen und Sich-nicht-Finden führt ein gerader Weg zu der heutigen Situation, in der es möglich ist, daß eine ost- und eine westdeutsche Delegation auf einer internationalen Sportveranstaltung sich von einem neutralen Ausländer die beiden gemeinsame schwarz-rot-goldene Flagge voraustragen lassen – weil sie sich nicht kennen wollen, weil sie untereinander nur zum Zank fähig sind und weil sie sich weigern müssen, gemeinsam dieselbe deutsche Fahne zu tragen. Das ist nur grotesk. Nicht nur grotesk, sondern ausgesprochen schädlich ist es, wenn in Genf bei der Wirtschaftskommission für Europa ein Antrag, daß Vertreter der beiden Deutschland zugezogen werden sollen, nicht debattiert werden kann, zum Teil weil die sich überkreuzenden Verhältnisse der Anerkennung und Nichtanerkennung zu unlösbar sind.

Die ganze Tragik dieser Situation aber wurde sichtbar, als Außenminister Eden auf der Viererkonferenz unwidersprochen erklären konnte, das Zusammenbringen von Vertretern der Bundesrepublik und der Deutschen Demokratischen Republik sei schon deshalb unmöglich, weil sie sich gegenseitig zerfleischen würden. Diese These ist den Westmächten ebenso lieb wie nützlich. Bewiesen ist sie jedoch nicht.

Hans Fleig hat in einem aufrüttelnden Artikel in der Züricher *Tat* geschildert, wie ein amerikanischer Offizier ihm einige Zeit nach der deutschen Kapitulation gesagt habe, »die größte Überraschung, von der er sich immer noch nicht erholt habe, sei die, wie gefügig und butterweich die Deutschen bei sich zu Hause seien ... Es sei, wie wenn man einen Kuchenteig in den Händen halte. Man könne ihn mit dem Messer nach Belieben zerteilen, ihn zusammenknüllen, als Ballen aufs Brett schmeißen oder ihn aufessen. Immer geschehe das gleiche: nämlich gar nichts. Dieser Teig lasse alles mit sich geschehen, ohne zu explodieren, zu reagieren oder zu protestieren.«

Diese Sätze sollte jeder Deutsche sich allmorgendlich vorsagen. Denn sie widerlegen die Legende, die für uns so angenehm und entlastend ist, daß wir ja nichts machen konnten, daß über uns verfügt wurde, daß wir hilflos waren, daß alle Übel, insbesondere das Übel der Teilung, von den Besatzungsmächten über uns verhängt wurden. In Wahrheit sind am heutigen Zustand eben nicht nur Teheran, Jalta und Potsdam schuld; nicht nur das »Nein« der Franzosen, als die Amerikaner, Briten und Russen bereit waren, gemäß dem Potsdamer Abkommen gesamtdeutsche Staatssekretariate einzurichten; nicht nur das »Nein« der Amerikaner, als die Russen aus Deutschland als Ganzem die Reparationen holen wollten, die ihnen in Jalta zugesagt worden waren;

und nicht nur alle »Nein« der Sowjets gegenüber den westlichen Vorschlägen zur Durchstoßung des Eisernen Vorhangs.

Am heutigen Zustand der Spaltung sind wir Deutsche selbst mit schuld, nicht allein schuld, aber mit schuld, die wir mit wenigen Ausnahmen nie gegengesteuert haben, sondern vielfach auch noch zur Verhetzung der Atmosphäre zwischen der sowjetischen und den westlichen Besatzungsmächten beitrugen und diejenigen, die am meisten hetzten, noch als Helden feierten. Die schwerere Schuld aber liegt auf den Westdeutschen und einer Gruppe von Westberlinern; denn entsprechend der Freiheit, in der wir im Westen leben und die wir täglich neu genießend anrufen, war für uns ein Gegen-den-Strom-Schwimmen nicht mit Lebensgefahr verbunden, sondern höchstens mit einem geringeren Lebensstandard und einem allerdings oft ehrenrührigen Verleumdetwerden.

Die Tatsache dieser Schuld, das immer neue Anerkennen und Bereuen dieser Schuld ist die einzige Quelle der Kraft und Einsicht, aus der uns neue Konzeptionen und neue Entschlüsse erwachsen können.

Natürlich sind wir hilflos und Objekt der Mächte. Finnland, das in vier Jahren zweimal hintereinander von den Sowjets besiegt wurde, ist ebenfalls hilflos – ohne eigene und ohne den Rückhalt überseeischer Stärke. Aber Finnland hat gelernt, an Stelle von Stärke den politischen Verstand einzusetzen; es weiß mit den Sowjets umzugehen, zu verhandeln, am richtigen Punkt nachzugeben und am richtigen Punkt festzubleiben. Das viergeteilte Österreich war und ist ebenfalls hilflos, wenngleich es durch die Gabe einer einheitlichen Regierung von vornherein um ein kleines besser gestellt wurde als wir. Aber wie hat es diese Gabe auch ausgenützt! Und wie gescheit und bedachtsam verfolgt es seinen Weg weiter! Die Viererkonferenz war für Wien eine Enttäuschung. Aber war das ein Grund zur Verbockung? Nein, das erste, was der Kanzler Raab und sein Außenminister Figl Anfang März in Angriff nahmen, war ein Weitergehen auf dem Weg der Einzelverhandlungen, um neue Erleichterungen zu erwirken. Herr Raab hat dabei eine Angewohnheit, die er nach seiner eigenen Aussage in der Kinderstube gelernt hat: er sagt »danke«, wenn er etwas bekommt, selbst wenn er der Meinung ist, daß es ihm zusteht. In Deutschland ist diese Gewohnheit unbekannt, wenn die Lagertore in Rußland geöffnet und langjährige Gefangene in die Heimat entlassen werden. Gewiß war ihre Behandlung fürchterlich und das jahrelange Zurückhalten nach dem Niederlegen der Waffen widerrechtlich. Und doch war die Freilassung ein Zugeständnis, weil niemand die Russen zwingen konnte, sie zu vollziehen, außer ihrem eigenen Willen. Wer erinnert sich aber in Deutschland noch daran, daß man etwa drei Millionen russischer Kriegsgefangener im Winter 1941 auf 1942 umkommen ließ, was auch nicht sehr rechtlich war, ebensowenig wie manche deutsche Taten in Rußland selbst, die dort wohl noch nicht vergessen sind?

Ferdinand Friedensburg hat in einer Erwiderung auf den Artikel über den »deutschen Teig« sehr richtig auf das Gefühl des Grauens gegenüber allem Sowjetischen hingewiesen, das unser ganzes Volk ergriffen hat. Wer, wie die Chronistin, selbst die Schlacht von Berlin miterlebt hat, wer vom heutigen

Leben in der Sowjetzone weiß, wird sich hüten, dieses Gefühl leicht zu nehmen. Aber wir alle sollten zusammenstehen, um zu verhindern, daß dieses Gefühl des Grauens und der Furcht für politische Zwecke im Kalten Krieg mißbraucht oder gar zu einem Mittel der psychologischen Kriegführung herabgewürdigt wird. Sind die Sowjets so durch und durch niederträchtig, wie sie oft dargestellt werden, dann mag ihnen das Vorhandensein dieser Furcht, die das politische Urteil beeinträchtigt, sogar als Wegbereiter für ihre Pläne willkommen sein. Glücklicherweise gibt es Ansätze, sie zu überwinden. Die Chronistin, die sich seit Jahren mit dem Schicksal bestimmter politischer Häftlinge im sächsischen Zuchthaus Waldheim befaßt hat und dadurch mit Angehörigen dieser Unglücklichen in Fühlung kam, hat die Erfahrung gemacht, daß gerade diejenigen, die am meisten Grund zur Furcht und zu unversöhnlichem Haß hätten, aus ihrem Schmerz heraus am besten erkannt haben, daß Versöhnung die einzige Rettung vor noch Schlimmerem ist.

Kleine Lösung

In einem Artikel, der für alle, die nicht vorher schon auf Lippmann gehört hatten, einen schweren Schock bedeutete, hat die Londoner *Times* fünf Tage vor Beginn der Konferenz die Forderung aufgestellt, daß für den Fall eines Scheiterns des ersten Planes eine andere Lösung vorbereitet werden müsse, »ein zweiter Plan, der nicht weniger durchdacht sein darf und die westlichen Vorschläge für die Friedensregelung auf der Grundlage der fortgesetzten Teilung Deutschlands enthalten muß«. Seitdem wurde in der europäischen Presse, auch in der deutschen, das Für und Wider einer »kleinen Lösung« diskutiert. Als klar war, daß in der Deutschlandfrage von der Konferenz nichts zu erhoffen sei, erwarteten die einheimischen und die zugereisten Beobachter von einem der westlichen Außenminister einen entsprechenden Vorschlag. Er ist nie gemacht worden. Dagegen hat Molotow einen Tag vor dem Abschluß der Konferenz folgenden Plan unterbreitet:

»Die Regierungen Frankreichs, Großbritanniens, der USA und der UdSSR halten es für wünschenswert, daß ein Übereinkommen der beiden Seiten in bezug auf die deutsche Polizei sowohl in Ost- als auch in Westdeutschland einschließlich der Fragen der Stärke und der Bewaffnung aller Arten der Polizei erreicht wird. In Anerkennung dessen, daß die Erleichterung und die Erweiterung wirtschaftlicher Beziehungen zwischen West- und Ostdeutschland für Deutschland wichtig sind, sowie in Anerkennung der Notwendigkeit der Schaffung günstiger Bedingungen für die Entwicklung der deutschen nationalen Kultur ist den entsprechenden Organen West- und Ostdeutschlands zu empfehlen: a) ein gesamtdeutsches Komitee mit den Funktionen der Abstimmung und Koordinierung auf dem Gebiet des Handels, der Finanzberechnungen, des Verkehrs, der Grenzen und anderen in Verbindung mit wirtschaftlichen Beziehungen stehenden Fragen zu bilden; b) ein gesamtdeutsches Komitee zur Förderung kultureller, wissenschaftlicher und sportlicher Beziehungen zu bilden, um die bei der Entwicklung der deutschen nationalen Kultur bestehenden Hindernisse zu beseitigen.«

Nach den vielen Polemiken, die in den letzten Jahren im Westen sowohl von leitenden Staatsmännern wie in der Presse gegen die kasernierte Volkspolizei geführt wurden, durfte man erwarten, daß das Angebot, diese Frage endlich zu erörtern, sehr interessieren würde. Das war nicht der Fall. Weder dieser Teil des Vorschlags, der die vier Mächte angeht, noch der innerdeutsche wurde diskutiert. Der ganze Vorgang ist in unserer Presse so eilig übergangen worden, daß er nur gewissenhaften Lesern sämtlicher Texte überhaupt zum Bewußtsein kommen konnte. – In diesem Zusammenhang möge erwähnt werden, daß überhaupt nur ein deutschsprachiges Blatt, die amerikanische *Neue Zeitung* in Berlin, ihren Lesern die gesamten verfügbaren Texte vorgesetzt hat. Das Versäumnis, das hier vorliegt, bildet einen weiteren Teil der deutschen Schuld.

Der Grund, warum der russische Vorschlag abgelehnt wurde und warum auch der inzwischen angelaufene Notenwechsel zwischen den Hohen Kommissaren kein Ergebnis zeitigen kann, liegt in der russischen Bedingung, daß diese Fragen auf der deutschen Ebene zwischen Vertretern von Bonn und Pankow ausgehandelt werden müssen. Das ist der springende Punkt. Wenn wir Westdeutsche, und zwar jeder einzelne von uns, ihn weiter ignorieren, wird die Schuld, die wir erneut auf uns laden, ein Vielfaches dessen sein, was wir im Zustand halber Betäubung als deutscher Teig nach 1945 mit uns geschehen ließen.

Es hat etwas zugleich Stärkendes und Beschämendes, daß ein Schweizer, Hans Fleig, in einer Schweizer Zeitung, der *Tat,* ein »Rezept für die deutsche Wiedervereinigung« veröffentlicht und darin sowohl die außen- wie die innenpolitischen Fragen mit einem beispielhaften Schwung angepackt hat. Zu der Frage einer Begegnung von Vertretern der beiden deutschen Republiken schreibt er:

»Das Argument, man könne sich nicht mit einer Regierung (Pankow) an einen Tisch setzen, die auf undemokratische Weise an die Macht gekommen sei, sich nur mit Hilfe von Bajonetten dort halte und im übrigen den Befehlen Moskaus gehorchen müsse, ist so fadenscheinig und unhaltbar, daß man sich wundert, es immer erneut vorgebracht zu sehen. Die Bonner Regierung ist selber so wenig Herr ihres eigenen Geschicks, daß sie nicht einmal direkte diplomatische Beziehungen zur russischen Regierung unterhalten darf, weil die Alliierten ihr das verbieten, obwohl Bonn zweifellos, wenn es dürfte, einen Diplomaten nach Moskau schicken würde – obwohl auch die Moskauer Regierung keine andere Legitimität aufweist als die von Pankow. Würde man untersuchen, wie ›demokratisch‹ gewisse andere asiatische, nordafrikanische oder südamerikanische Regierungen sind, zu denen Bonn diplomatische Beziehungen ohne alle Skrupel unterhält, dann käme man zu erstaunlichen Ergebnissen. (Es gibt, um in Europa zu bleiben, auch deutsche Botschafter bei Franco und Tito.) Das Argument, die Ostdeutschen würden es nicht verstehen, wenn Bonn zur Bildung einer provisorischen Regierung die Hand böte, ist nichts als eine Behauptung, der wir die Gegenbehauptung entgegensetzen, die Ostdeutschen würden das sehr gut verstehen und richtig deuten. Es wäre für sie und ihr Schicksal tausendmal vorteilhafter, wenn westdeutsche Kräfte durch das Mittel der gesamtdeutschen Ausschüsse und einer provisorischen Regierung eine Einwirkungsmöglichkeit auf die Ostzone hätten, als wenn der gegenwärtige Zustand andauert, wo diese Möglichkeit *nicht* besteht.«

So spricht – mit Recht, Vernunft und Temperament – ein Außenstehender, der rein politisch denkt. Bei uns hat sich die Frage des »Gesprächs an einem Tisch« aber zu einem solchen Komplex einerseits des echten Gewissenskonflikts, andererseits der verbohrten Ideologie verdichtet und verwickelt, daß es notwendig ist, deutscherseits genauer auf sie einzugehen.

Gespräch am gleichen Tisch

Das wichtigste Argument gegen Verhandlungen zwischen Vertretern der Bundesrepublik und der Deutschen Demokratischen Republik lautet: die Abgesandten der Sowjetzone haben kein Recht, die dortige Bevölkerung zu vertreten. Das ist richtig. Und auch daran haben die Deutschen des Westens einen Teil schuld. Indem die bürgerlichen Parteien Westdeutschlands schon in den Jahren, bevor die Spaltung durch die Währungsreform vertieft wurde, ihre Beziehungen zu den bürgerlichen Parteien der Ostzone abbrachen, haben sie den Angehörigen dieser Parteien einen wichtigen Rückhalt, der sie auch in den Augen der Besatzungsmacht hätte stützen können, genommen. Diese Parteien hatten immerhin in der Wahl vom Oktober 1946, trotz beträchtlichem Druck seitens dieser Besatzungsmacht, 46,4 Prozent der Stimmen gewonnen, und wer bedenkt, daß die Stimmen der SPD von der SED geschluckt worden waren, kann erkennen, daß die rein kommunistischen Stimmen damals auf alle Fälle eine Minderheit bildeten. Die Vertreter dieser bürgerlichen Parteien haben sich in den Dorfgemeinden und Stadtmagistraten, in den Universitäten und Länderparlamenten mit mehr oder weniger Mut, Anpassungsfähigkeit oder Charakterfestigkeit durchgeschlagen, wie man sich eben in einem totalitären Staat durchschlägt. Manche hätten gewiß mehr für ihre Überzeugungen tun können. Andere haben viel getan, wovon man erst in späteren Jahren hören wird. Zu dem geheimen Druck der Sowjets und dem offen organisierten Druck der SED haben sie aus dem Westen nur Schmähungen geerntet dafür, daß sie auszuharren versuchten. Und wenn sie schließlich aus diesem doppelten Bedroht- und Verlassensein die Flucht ergriffen, wurde ihnen noch mit Vorwürfen vorgerechnet, daß sie zu spät die Freiheit ergriffen hätten.

Das Ergebnis ist, daß es heute, vor allem in den oberen Schichten der Sowjetzone, nur noch ganz vereinzelte Männer gibt, die unter bösem Druck und mit mancherlei Kompromissen ihre Integrität bewahrten. Dazu muß noch gesagt werden, daß die Art und die Motive der eingegangenen Kompromisse dem Außenstehenden ebenso unverständlich bleiben müssen wie einst die individuellen Kompromisse der Widerstrebenden unter Hitler. In den unteren Rängen, unter Lehrern, Stadtverordneten, Ärzten, Handwerkern, kleinen Beamten und Arbeitern gibt es aber in allen Parteien, auch der SED, mehr Menschen, die das Recht hätten, für größere Gruppen zu sprechen, als im Westen angenommen wird. Sie sind still, aber sie sind da.

Wie steht es aber nun mit der Frage, ob die Gründung der Bundesrepublik dem Willen des Volkes in Westdeutschland entsprach?

Freie Wahlen, in denen Vertreter von Parteien in ein Parlament gewählt werden, sind zwar ausreichend, wo schon ein Staatswesen festgegründet ist. Wo ein Staat aufgelöst und in Besatzungszonen geteilt ist, genügen sie nicht. In der Wahl am 14. August 1949 ist den Bewohnern der amerikanischen, britischen und französischen Zone die entscheidende Frage nicht gestellt worden: »Wünscht Ihr die Gründung eines separaten deutschen West-Staates?« Da sie nicht gestellt wurde, wird historisch nie erforschbar sein, ob die damaligen deutschen Wahlteilnehmer wirklich durch eine solche Gründung die bisher nur durch Besatzungsgewalt vollzogene Spaltung freiwillig bejahen und effektiv machen wollten.

Vor jenem 14. August 1949 ist die Chronistin in der amerikanischen und französischen Zone gereist und hat gefunden, daß eine Mehrheit der Wähler, vor allem auf dem Lande, der Meinung war, es handle sich wieder, wie bei den Gemeinde- und Landtagswahlen nach 1945, nur um die Entscheidung für und wider bestimmte Parteien. Wenige hatten erfaßt, was die außenpolitischen Folgen dieser Wahl sein würden. Unter ihnen waren diejenigen, denen die Einheit Deutschlands oberstes Anliegen blieb, verzweifelt, weil sie wahltechnisch keine Möglichkeit hatten, ihren Willen gegen die Konstituierung eines separaten Weststaats kundzutun. Sie konnten der Urne fernbleiben, ihre Stimmzettel ungültig machen oder die KPD wählen, aber keine dieser negativen Alternativen brachte ihren Willen zum Ausdruck.

Die Anfänge unserer Länder reichen in Zeiten zurück, in denen Staaten nicht durch Volkswahlen und konstituierende Versammlungen gegründet wurden. Deswegen kommen die meisten Europäer gar nicht auf die Idee, daß eine Wahl, durch die ein neues, wenn auch offiziell noch so provisorisches Staatswesen konstituiert werden soll, anders beschaffen sein muß als die übliche Parteienwahl. Auch die jüngeren Staaten der Welt sind nicht durch Wahlen entstanden, sondern meist durch Aufstände (USA), durch Volksbewegungen (Gandhi), durch religiöse Gemeinschaftsbewegungen (Moslem-Liga für Pakistan). Diese Beispiele werden angeführt, um zu zeigen, daß die Bonner Regierung auf Grund der Wahlen von 1949 und 1953 wohl alles Recht hat, für Westdeutschland zu sprechen, wo es um Innenpolitik, um Rechts-, Sozial- oder Wirtschaftsfragen geht, daß aber, nach der Art, wie die Bundesrepublik gegründet wurde, gerade ihr Anspruch darauf, *allein* für *alle* Deutschen zu sprechen, auf weniger sicheren Fundamenten ruht. Vertretern der beiden, auf Wunsch der jeweiligen Besatzungsmächte entstandenen Staaten, die ihr gerütteltes Maß an Mitschuld an dem heutigen Ausmaß der Spaltung haben, stünde es also wohl an, sich bescheiden an einen Tisch zu setzen, sich gegenseitig keine Beschuldigungen an den Kopf zu werfen, sondern zu versuchen, einiges wiedergutzumachen.

Gibt es Grenzen des Deutsch-Seins?

Das zweite Argument, das die Chronistin, sooft sie es hört, mit Erregung und Empörung erfüllt, lautet: »Wir können diese Männer (aus Sowjetdeutschland) nicht mehr als Deutsche anerkennen.« Das kommt aus demselben Geist wie die einstige Erklärung, die Deutschen, die nach 1933 in Deutschland blieben, seien deshalb keine Deutschen mehr. Es enthält unter anderem ein unerhörtes Maß von Arroganz, indem es nämlich unterstellt, daß deutsch nur sein könne, was in einem bestimmten engen Sinne hundertprozentig gut ist. Doch ist im Deutschen, genau wie im Russen, Amerikaner, Franzosen, Juden oder Spanier gut und schlecht, gescheit und dumm, aufrecht und servil, wahrhaftig und unehrlich gemischt – und nur die Mischungen sind verschieden, weshalb gewisse Spezifika mehr diesem, andere jenem Volkscharakter anhaften.

Deshalb streitet die Chronistin jedem Deutschen – einschließlich sich selbst –, der zwischen 1933 und 1945 in Deutschland gelebt, geatmet, gegessen und also auf irgendeine Weise »mitgemacht« hat, das Recht ab, über die Deutschen, die heute unter so viel schwierigeren Verhältnissen in der Deutschen Demokratischen Republik »mitmachen«, ein Urteil zu fällen. »Mit diesen Banditen verhandelt man nicht«, ist ein Satz, der ebenso dumm wie bösartig ist.

Das Entscheidende ist aber nun, zwischen diesen Deutschen zu beiden Seiten des Eisernen Vorhangs den Kontakt, den Willen zur Zusammenarbeit und schließlich die staatliche Einheit wiederherzustellen. Das kann nicht allein durch Verhandlungen auf der Regierungsebene geschehen, so erstrebenswert baldige Abkommen über Handel, Verkehr, das Verhältnis der beiden Währungen, über Polizeifragen oder die freie Bewegungsmöglichkeit der Bürger beider Staaten auch sein mögen.

Es sieht so aus, als gäbe es eine Instanz, die dieses wichtigste deutsche Anliegen zu vertreten habe, das Bonner Ministerium für Gesamtdeutsche Fragen. Aber leider decken sich seine Funktionen nicht immer mit seinem Namen. Ein einstiger Vertreter der amerikanischen Besatzungsmacht in Berlin hat zur Zeit der ersten Bonner Regierungsbildung, als die Ernennung Jakob Kaisers noch umstritten war, vor den Ohren der Chronistin gesagt: »Das gäbe ja nur ein Ministerium für Spionage in der Ostzone.« Ganz so schlimm ist es gottlob nicht geworden. Aber es gibt bei dem notwendigen intensiven Interesse des Ministeriums für alle Vorgänge in der Sowjetzone eine Grenzlinie, die sich leicht verwischt. Diesseits der Grenze liegt der Wunsch, den Deutschen hinter dem Eisernen Vorhang wirksam zu helfen oder auf den verschiedenen Gebieten für die Wiedervereinigung vorbereitende Arbeit zu leisten; jenseits einer Linie, bei deren Einhaltung ein hoher Grad von Takt nötig wäre, liegt das Bestreben, alle Fehler der ostzonalen Behörden markant und zuweilen propagandistisch herauszustellen und die Verantwortlichkeit der einzelnen Personen vom Minister bis zum Zuchthausangestellten schon heute festzulegen. Das doppelte Gesicht, welches das Amt als Träger dieser doppelten Rolle angenommen hat, ist gesamtdeutsch bekannt und untergräbt einen

Teil der Wirkung, die der Integrität des Ministers an sich zukommen würde. Deshalb muß sich vorläufig die Arbeit für die Wiedervereinigung auf einzelne und auf Gruppen beschränken. Notwendig ist dabei zuallererst, daß das Herüber und Hinüber auf der unpolitischen Ebene entgiftet wird. Es muß wieder möglich werden, daß Orchester und Dirigenten aus der DDR in der Bundesrepublik konzertieren, ohne daß darüber beleidigende Polemiken entstehen; daß westdeutsche Künstler Konzerteinladungen nach Halle, Magdeburg und Dresden folgen können, ohne danach von ihren heimischen Behörden boykottiert zu werden; daß ein süddeutscher Musikwissenschaftler zum Bachfest in Leipzig reden kann, ohne daß ihm von hoher Stelle die »Durchbrechung der westlichen Solidarität« vorgeworfen wird. (Dies alles sind nur Verhaltensweisen für die westdeutsche Seite, auf die wir vorläufig ja allein Einfluß haben.) Es darf aber auch auf der politischen Ebene nicht vorkommen, daß ein privates Gespräch zwischen west- und ostdeutschen Freunden aus der Weimarer Parlamentszeit zu einem solchen Aufruhr der Verleumdungen führt, daß der westliche Gesprächspartner gezwungen wird zu beteuern, er habe selbst bei der Zusammenkunft in einem Westberliner Privathaus nicht geredet, sondern nur zugehört. Solches geschah dem heutigen Westberliner CDU-Fraktionsvorsitzenden Ernst Lemmer mit dem damaligen sowjetzonalen Außenminister Dertinger, dessen inzwischen erfolgte Verhaftung dafür spricht, daß er nicht nur ein Knecht Moskaus war. Paul Sethe schrieb damals in der *Frankfurter Allgemeinen,* es sei die Pflicht eines Westberliner Politikers, wo immer möglich Fühlung mit den Deutschen jenseits der Linie aufzunehmen, und wenn Lemmer nur zugehört, selbst aber geschwiegen habe, dann habe er diese Pflicht sogar nur halb erfüllt.

Als zweites wird es darauf ankommen, bestimmte verhängnisvolle Praktiken abzuschaffen oder so stark wie möglich einzuschränken. Die Besatzungsmächte müssen gezwungen werden, für die gegenseitige Spionage und Sabotage östlich und westlich des Eisernen Vorhangs nach altüberliefertem Brauch wieder ausschließlich bezahlte, das heißt also berufsmäßige Agenten zu verwenden und nicht ideologisch ausgerichtete Deutsche, die im ideologisch umgekehrt ausgerichteten anderen Deutschland nur als Verräter behandelt werden können. Es sollte verhindert werden – hüben wie drüben, aber wir Westdeutsche können direkt nur auf unseren Bereich einwirken –, daß jetzt schon Listen angelegt werden, die nach dem siegreichen Einzug in das zu befreiende Gebiet zur Bestrafung dortiger »Verbrecher« dienen werden. Derartige Listen haben wir schon einmal kennengelernt – und die Bundesrepublikaner des Jahres 1954 lassen sich ungern daran erinnern, daß auf einer derselben der Dirigent Furtwängler und der Chirurg Sauerbruch standen. Sie waren beide ohne ihr Zutun einmal zu Staatsräten ernannt worden, wie der Dresdner Dirigent Konwitschny ohne sein Zutun zum Nationalpreisträger ernannt worden ist.

Auch sollte der Geist der Überheblichkeit, der im Westen gegenüber den »18 Millionen Sklaven der Sowjetzone« so stark geworden ist, eingeschränkt werden. Er beruht in vielen Fällen nur auf einem höheren Standard im Butter-, Fleisch- und Textilverbrauch. Es läßt sich aber niemand, vor allem wenn er unverschuldet in Not geraten ist, gern als Bettler oder reiner Almosenempfänger behandeln. Seit das Reisen zwischen Ost und West in größerem Umfang wieder einsetzen durfte, hat schon manch ein Bürger der DDR bei aller Dankbarkeit für das, was ihm in Westdeutschland geboten wurde, seinen Unmut über diese herablassende Art geäußert. Die Leute in Weimar, Leipzig, Magdeburg und Rostock haben auch ihren Stolz, sogar auf der materiellen Ebene, und der beruht darauf, daß sie es, obwohl ihnen alles, von der Kuh über den Spaten bis zur Werkzeugmaschine, weggenommen worden war, aus eigener Kraft, ohne Anleihen, sozusagen mit den bloßen Händen, wieder zu etwas gebracht haben – und mag es noch so bescheiden sein.

Gegenseitigkeit und Initiative

Was das Deutsch-Sein anlangt, wäre es nötig – jeweils auf der entgegengesetzten Seite – festzustellen, daß weder Herr Adenauer ein Verräter ist, weil er die Politik der Amerikaner zu seiner eigenen gemacht hat, noch Herr Grotewohl, weil er das ausführt, was ihm die Russen befehlen. Über den Grad der Freiwilligkeit einerseits, der Gewissenskonflikte, Herzensnöte und Depressionen andererseits, die bei den beiden Genannten und ihren Mitarbeitern vorherrschend sind, wird erst eine spätere Zeit befinden können. Wir brauchen unsere Schwierigkeiten nicht zu vertiefen, indem wir – ohne genügenden Einblick in die verschiedenartigen Verhältnisse des Drucks und Zwangs – schon heute ein Urteil vorwegzunehmen versuchen.

Es ist schon schlimm genug, daß bei den heutigen freiwillig-unfreiwilligen, aber offenbar unverrückbaren Gegebenheiten allein die Tatsache, daß Pankow reden will (oder soll), bewirkt, daß Bonn »Nein« sagen muß. Fleig ist der Auffassung, daß das alles anders werden würde, falls sich der deutsche Wille zur Wiedervereinigung elementar Bahn bräche. »Keine Intervention der Hochkommissare und keine Drohung aus Paris, London oder Washington wären in der Lage, diesen Willen zu zähmen, wenn er vorhanden wäre. Daß er nicht vorhanden ist, wenigstens nicht entfernt in dem Maße, wie es notwendig wäre, um Bonn die eigene Initiative zu ermöglichen, kann schlechterdings nicht bestritten werden, und niemand kann den Westdeutschen die Schuld dafür abnehmen, daß sie diese erste Voraussetzung für Deutschlands Wiedervereinigung bisher nicht geliefert haben.«

Die Voraussetzung für diese Voraussetzung wäre aber, daß das deutsche Volk richtig informiert würde. Daß das in naher Zukunft geschieht, ist bei der heutigen Art der Bearbeitung der öffentlichen Meinung durchaus unwahrscheinlich. Die Chronistin hat bei einer führenden süddeutschen Zeitung folgendes erlebt: Sie hatte einen größeren Artikel über Berlin geschrieben; einer der leitenden Männer dieser Zeitung sagte zu ihr: »Wir wollen ja gern wieder einmal etwas für Berlin tun, trotz allem; denn Berlin und die Sowjetzone, das ist doch ein Haufen Schrott, den wir abschreiben müssen.« Solch ein Satz ist weder damals noch seitdem jemals in dieser Zeitung erschienen. Wer sie liest, muß glauben, daß ihr oberstes Ziel die Wiedervereinigung sei. Der Fall ist nicht vereinzelt. Offen aussprechen, was er denkt, tut nur Herr Walter von Cube, der Chefredakteur und politische Kommentator des Münchner Rundfunks. Wir teilen seine Meinung nicht, oder nur selten. Aber wir wünschten, daß alle heute führenden Männer Deutschlands, die so denken wie er und die »Limes«-Deutsche genannt werden könnten, ihre Meinung offen aussprächen. Dann wüßte die Mehrheit der Deutschen, woran sie ist und könnte entscheiden, ob auch sie so denkt oder ob ihr die Einheit Deutschlands das wichtigste ist. Statt dessen wird sie mit Schweigemärschen und öffentlichen Proklamationen im Glauben gehalten, daß alles getan wird, was getan werden kann. Man kann sagen: die Deutschen müßten, ohne ausdrücklich aufmerksam gemacht zu werden, erfassen, wohin die große Politik sie treibt. Sie haben es auch früher schon nicht erfaßt. Damals wurde es ihnen von der Außenwelt als Schuld angerechnet. Diesmal werden sie es sich, wenn es zu spät ist, vielleicht selbst als Schuld anrechnen müssen.

Falls die Linie der Bonner Politik nicht zu ändern, falls eine elementare Volksbewegung wegen mangelnder Kenntnisse und Einsicht nicht zu erzielen ist, falls Vertreter Bonns und Pankows nicht an einen Tisch zu bringen sind, dann bleibt für die, die anders denken, nur eines übrig: in der Bundesrepublik gegen die offizielle Politik Bonns zu wirken, in der Deutschen Demokratischen Republik gegen Pankow zu arbeiten (aber nicht umgekehrt: von der Bundesrepublik gegen Pankow, von der Deutschen Demokratischen Republik gegen Bonn, wie es heute unter Assistenz der Besatzungsmächte so gern geübt wird). Daraus könnte mit der Zeit für Bonn vielleicht die Möglichkeit einer Initiative entstehen – einer selbständigen deutschen Aktion, die sich auf den sichtbar gewordenen Willen des Volkes stützt.

Aus dem vorgeschlagenen Verhalten können, selbst wenn es mit Vorsicht geübt wird, leicht ähnliche Situationen der Illegalität entstehen, wie sie die meisten Deutschen, auch wenn sie nicht zu den eigentlichen Widerstandskreisen gehörten, unter Hitler kannten. Damals genügte es, daß man ausländischen Rundfunk hörte oder einem Juden von seinen Lebensmittelmarken gab. Heute genügt es für den Westberliner, wenn er in der Karl-Marx-Buchhandlung in Ostberlin unpolitische Kinderbücher kauft. Was in der Sowjetzone alles als illegal gilt, berichten die Flüchtlinge, die zu Tausenden einer befürchteten Verhaftung zu entgehen suchen.

Deutschland hat auch in ferner liegenden Zeiten des äußeren Zwangs schon Perioden der geheimen Arbeit, der Umgehung von Gesetzen, des Verrats zugunsten eines höheren Ziels gekannt: in der napoleonischen Zeit das Krümpersystem und den Abfall Yorcks von Wartenburg beim Rückzug Napoleons aus Rußland; in der Zeit des Versailler Vertrags die schwarze Reichswehr und das geheime Ausbilden deutscher Waffengattungen in Sowjetrußland. Was heute geschehen müßte, wäre von diesen früheren Beispielen deutscher Geschichte grundverschieden. Es hätte mit militärischer Stärke nicht das geringste zu tun. Es würde – auf deutsche Weise – eher Ähnlichkeit haben mit der Bewegung, die Gandhi in Indien ausgelöst hat: zwar kein Zurück zum Spinnrad, aber ein gewaltloser Widerstand gegen den Zwang des »Entweder-Oder«, ein Zusammentreffen derjenigen, die auseinandergehalten werden sollen, eine gemeinsame geistige Besinnung auf das, was wir wollen. Dabei können als Vorbereitung für das, was einmal gemeinsam geschaffen werden soll, viele Realien besprochen werden – Agrarreform, Arbeiterfragen, freie Wirtschaft, Mitbestimmungsrecht, Schulfragen. Entstehen müßte eine gesamtdeutsche Verbrüderung *unter* dem Eisernen Vorhang hinweg und gegen alle vier Besatzungsmächte.

Das klingt irreal. Es wäre jedenfalls unfaßbar. Aber gerade in der Unfaßbarkeit liegt die Stärke. Und aus lauter Unfaßbarem könnte ein Gewebe entstehen, demgegenüber der Wechselkurs West – Ost: 1 zu 5 plötzlich chimärisch erschiene.

Karenz

Vielleicht würden die vier Großen, sähen sie, daß die Deutschen selbst ihre Sache ernst nehmen, sich herbeilassen, ihre so oft wiederholte Behauptung, Ziel ihrer Politik sei die Wiedervereinigung Deutschlands, auch ein wenig ernster zu nehmen. Für diesen Fall sei schon heute einiges vorgebracht, was bei allen bisherigen Auseinandersetzungen offenbar noch nicht bedacht worden ist.

Wie das oben erwähnte Beispiel der Wahl vom 14. August 1949 zeigt, genügt es bei der geplanten Neugründung eines Staatswesens nicht, für dessen Festlegung nur eine innenpolitische Parteienwahl zu veranstalten. In der heutigen Situation wäre es zum Beispiel durchaus möglich, daß eine Mehrheit der Deutschen beiderseits der Trennungslinie den innenpolitischen, wirtschaftspolitischen, finanzpolitischen Kurs Adenauers wählen würde, daß aber ebenfalls eine Mehrheit eine ganz andere Außenpolitik als diejenige Adenauers wünschen würde. In diesen Mehrheiten befänden sich eine Reihe von Personen, die sowohl für wie gegen Adenauer stimmen würden.

Um den Wähler aus dieser schizophrenen Situation zu befreien, wären zwei Wahlgänge notwendig. Dabei würde es nicht genügen, der normalen freien Wahl im westlichen Sinne eine Volksabstimmung nach dem Vorschlag Molotows (»Seid Ihr für EVG oder Friedensvertrag?«) anzugliedern. Es ist überhaupt höchst unwahrscheinlich, daß die Deutschen vor ihrer Integrierung (nicht mit Kleinsteuropa im Westen oder dem Sowjetblock im Osten, sondern ihrer beiden deutschen Hälften) zu einer außenpolitischen Stellungnahme fähig sein werden. Erst müßten die Ressentiments aus der Besatzungszeit überwunden, ein Gemeinbewußtsein entstanden und die Möglichkeit gegeben sein, sich unbefangen in der Welt umzusehen. Ein Zustand, in dem das gelingen könnte, wäre nicht leicht herzustellen, da Deutschland ja nicht in einem Vakuum lebt, sondern, indem es sich selbst verändert, auch verändernd auf seine Umwelt einwirkt.

Trotzdem wäre es wohl möglich, unserem Land eine Art von Karenzzeit von vier oder fünf Jahren unter Viermächtegarantie zu gewähren, in der es sich selbst wiederfindet und nach der es erst instand gesetzt würde, außenpolitische Entscheidungen zu treffen. Das wäre eine befristete Neutralisierung, wie sie ja auch heute schon besteht. Daß ein Volk von der Leistungs- und der Wirkungskraft Deutschlands für immer auf die Möglichkeit einer Parteinahme in den großen Auseinandersetzungen der Welt verzichten wird, ist unwahrscheinlich. Aber daß Menschen, die erst durch das nationalsozialistische Regime, dann durch einen mörderischen Krieg, dann durch die ungeheuren Substanzverluste und psychologischen Krisen der Niederlage und schließlich durch die vergiftende Belastung der Spaltung gegangen sind, am ersten Tag nach ihrer Wiedervereinigung die innere Balance haben sollten, um ihren äußeren Weg richtig zu erkennen, ist nicht zu erwarten. Es müßte also in Etappen vorgegangen werden: erst die Parteienwahl mit der nachfolgenden Konstituierung des Staates, der mit dem Ausgleich der materiellen, verwaltungstechnischen, rechtlichen und geistigen Kluft zwischen West und Ost und seinen neuen handelspolitischen Aufgaben ausreichend beschäftigt und daher auch von innen her in einer Art von Neutralitätsquarantäne wäre. In der zweiten Etappe die Wahl, in der die Persönlichkeiten und Parteien ihre außenpolitischen Programme zu entwickeln und zur Entscheidung vorzulegen hätten.

Die vorgeschlagene Karenzzeit mit internationaler Garantie hätte den großen Vorteil, daß der von den Großen Mächten so geliebte Status quo fürs erste unberührt bliebe: sie könnten, um im Strategischen das erreichte Kräftegleichgewicht zu wahren, nach dem Abzug ihrer Besatzungstruppen in voraus zu bestimmenden Enklaven – von Bremen bis Kaiserslautern und von Rügen bis Zittau – Flugzeugstützpunkte unterhalten und gleichzeitig ein wachsames Auge darüber haben, daß die von West und Ost gleicherweise befürchtete Remilitarisierung Deutschlands nur in dem zugestandenen Maße durchgeführt wird.

Inzwischen würden aber Raum und Zeit gegeben sein, daß der *Status* sich in etwas Besseres als das bisherige *quo* verwandelte. Denn da die Quarantäne sich nicht auf Handel und Wandel zwischen Deutschland und seinen Nachbarn erstrecken würde, könnte nun endlich von der Mitte aus auf natürliche Weise beginnen, was bisher von einem Ende her auf so unnatürliche Weise versucht wurde. Denn es ist widersinnig, ein Europa auf Grund einer Europaarmee zu schaffen, wenn Zölle, Währungen und tausend andere Schranken die Länder, deren Söhne die gleiche Uniform tragen sollen, auseinanderhalten.

Es ist zu hoffen, daß die Deutschen in dieser Zeit nicht nur von Herrn Raab lernen, nach den verschiedenen Himmelsrichtungen hin »danke« zu sagen, wenn man ihnen etwas zugesteht, sondern auch zu erkennen, daß ein friedliches Zusammenleben mit den Nachbarn manches Opfer wert ist, materielle Opfer in Ost und West, Opfer aber auch, indem wir unserer oft so verhängnisvoll penetranten Tüchtigkeit nicht erlauben, uns selbst zu Kopf zu steigen und unsere Mitmenschen in anderen Ländern immer neu vor den Kopf zu stoßen. Denn Wiedervereinigung kann sowohl ein nationalistisches wie ein großeuropäisches Ziel sein. Wenn wir nur das erstere in ihr sähen, dann wäre uns wahrlich nicht zu helfen.

Nr. 76, Juni 1954

MARGRET BOVERI

Der Verrat im 20. Jahrhundert

In Norwegen kam 1945 ein alter, fast tauber Mann in Zwangsaufenthalt unter Polizeiaufsicht. Niemand sprach mit ihm. Die drei Krankenschwestern verschütteten absichtlich seinen Kaffee, seine Suppe. Er wollte ihnen erklären, daß er niemand umgebracht habe, nichts gestohlen, kein Haus in Brand gesteckt. Sie hörten nicht zu und gaben ihm keine Antwort. Ein Jahr später, in der Psychiatrischen Klinik, wußte er schon etwas mehr: »Ich bin mit der Polizei gekommen. Ich bin Gefangener, ich bin Landesverräter, wissen Sie.« Und auf die Frage der Oberschwester, wie er denn in dieses Unglück hineingeraten sei, sagte er: »Es macht nichts.«

»Es macht nichts.« Der norwegische Dichter Knut Hamsun war, als er das sagte, 85 Jahre alt. Für ihn gab es noch eindeutige Verbrechen: Mord, Diebstahl, Brandstiftung. Der Satz: »Ich bin Landesverräter, wissen Sie«, klingt wie von einem Kind, das erklärt: »Ich weiß etwas, was du nicht weißt.« Wußte er selbst, was er damit sagte? Tat er, der in seinen Büchern doch scheinbar die ganze Skala menschlicher Möglichkeiten gestaltet hat, nur so, als wisse er es nicht? Jedenfalls bezeugte er mit der Art seines Sich-Stellens, wissend und unwissend zugleich, daß etwas Unerhörtes vor sich ging. Landesverräter. Das neuartige Verbrechen ausgerechnet eines Mannes, der als Auswanderer in Amerika vor Heimweh bittere Tränen geweint hatte, der im Erfolg glaubte, sein Land, Norwegen, immer eindeutig geliebt, ja es über andere erhoben zu haben.

Wir, im Gegensatz zu Hamsun, können nicht mehr sagen: »Es macht nichts.« Denn der Verrat ist in unserem Leben zum Alltagsbegriff geworden, so umfassend, als habe er sein eigenes geheimes und so undurchsichtigmächtiges Reich auf einer Ebene errichtet, die sich nicht mit Völkern, Nationen, Verfassungen, Glaubensgemeinschaften deckt, aber doch alle zerstörend oder verwandelnd durchdringt. Der Inhalt des Verrats wechselt, indem sich das Rad der Geschichte dreht. Heute werden als Helden oder Märtyrer die gefeiert, die gestern als Verräter gehenkt wurden, und umgekehrt. Aber der Verrat bleibt bei uns, als sei er der dauernd sich wandelnde Schatten, der den stärker und schwächer werdenden, höher und tiefer steigenden Lichtern unserer Epoche zugehört. Wir begegnen ihm täglich: in den Zeitungen, in den Gerichtssälen, in den Maßnahmen von hohen und niederen Behörden. Er ist in die Sprache des Politikers eingedrungen: der erste Kanzler der westdeutschen Bundesrepublik nennt Narren oder Verräter diejenigen, die eine andere Außenpolitik als die seine für möglich halten. Der erste Oppositionsführer, Kurt Schumacher, nennt umgekehrt, Verrat unterstellend, Adenauer den Kanzler der Alliierten. Im amerikanischen Wahlkampf des Herbstes 1954 hat eine Gruppe der republikanischen Partei die demokratische Partei als die Partei des Verrats bezeichnet. Der drohende Schatten dringt in die

Universitäten, die Schulen, die Familien, die Flüchtlingslager. Ein Westberliner Primaner darf mit seinem langjährigen Schulfreund keine Briefe wechseln, seitdem dieser im ostzonalen Dresden wohnt. Der Atomphysiker, der in Regierungsdiensten steht, wagt nicht, auf einem Kongreß mit seinen Kollegen auch nur über das zu diskutieren, was die anderen genauso gut kennen wie er: denn die Färbung, die er seinen Worten über ein wissenschaftlich bekanntes Phänomen geben könnte, würde möglicherweise Forschungsergebnisse ahnen lassen, von denen die übrigen Physiker noch nichts wissen oder wenigstens nichts wissen sollten.

Träger des Verrats war früher ein Einzelner. Heute ist der Einzelne nicht ausgeschaltet, aber neben und hinter ihm, gegen ihn steht die Gruppe: fünfte Kolonne, ferngelenkte Zellengemeinschaft oder Untergrundbewegung. Die amerikanische Zeitschrift *Time* sprach 1946 von den Millionen in aller Welt, deren Ziel es geworden sei, die Institutionen, unter denen sie leben, zu verraten. »Im 20. Jahrhundert«, hieß es da, »wurde der Verrat zu einem Beruf, dessen moderne Form speziell im Verrat von Ideen besteht.«

Die Zahl ist nicht so übertrieben, wie sie klingt. Unter der »Jurisprudenz der Säuberung« waren in Frankreich im Jahre 1946 mehr als eine halbe Million Menschen verhaftet worden, die mit einer Anklage auf Verrat rechnen mußten; 160 000 Prozesse sind abgerollt. Nach amerikanischer Schätzung fielen 100 000 Franzosen der *liberation* zum Opfer – mehr Tote, als Frankreich auf dem Schlachtfeld oder in der Gefangenschaft zu verzeichnen hatte. In Belgien ist es zu 600 000 Prozessen und Untersuchungen gekommen, in Holland zu 130 000. Unter der »Jurisprudenz der Sicherheit«, die als Vorbeugungsmaßnahme die »Jurisprudenz der Säuberung« abgelöst hat, waren in Amerika unter Truman 570 Beamte entlassen worden, 2748 freiwillig zurückgetreten; in den ersten zwei Jahren der Eisenhower-Administration sind über achttausend Beamte unfreiwillig aus dem Dienst geschieden. In England hatte sich der Kreis von Personen, über deren Zuverlässigkeit »legitime Zweifel« bestanden, im Jahre 1954 von ursprünglich dreitausend schon auf zehntausend erhöht.

Die Entwicklung scheint heute dahin zu gehen, daß der Verräter und der, der einmal zum Verräter werden könnte, nicht nur bestraft, sondern aus der menschlichen Gemeinschaft ausgeschlossen wird. In Zeiten, die wir als barbarisch ansehen, geschah das mit der Ächtung. Seit dem Krieg werden nicht nur gegen den Einzelnen, sondern gegen ganze Gruppen Ausbürgerung, Massendeportation oder Zwangsaufenthalt verfügt. Der Großgrundbesitzer, der auf Grund seines Landbesitzes östlich der Elbe die Existenzberechtigung verloren hat, der Jude, der unter Hitler ausgerottet werden mußte, der Beamte, der in Amerika seine Stelle verliert, weil sein Schwiegervater eine radikale Zeitung herausgegeben oder er selbst den Kampf der Linken in Spanien unterstützt hat, sind alle »potentielle« Verräter eines verabsolutierten Wertes (der klassenlosen Gesellschaft, der Rassenreinheit, der Heiligkeit einer Verfassung), Opfer einer Weltbewegung, die noch kaum je einheitlich gesehen wurde, weil sie überall in verschiedenen Formen und mit verschiedenen Inhalten auftritt. Unter Eisenhower wurde ein Vorschlag debattiert, der alle amerikanischen Kommunisten zu Staatenlosen gemacht hätte. Und wenn er auch nicht zum Gesetz erhoben wurde, so konnte doch die Zeitschrift *Reporter* feststellen: »Keinem, der das Objekt einer lang ausgedehnten, stark beachteten Sicherheitsuntersuchung gewesen ist, ist es jemals gelungen, eine entscheidende und endgültige Feststellung seiner Unschuld zu erreichen.«

Zur Kennzeichnung der verschiedenen Landschaften des Verrats ist es nötig, festzustellen, daß die Franzosen das Problem in seiner heutigen Form kaum kennen, – vielleicht weil sie sich in den Säuberungsprozessen überanstrengt haben, vielleicht aber auch, weil es bei ihnen so viele Kommunisten gibt, keine versteckten, sondern wohlbekannte, manchmal sogar honorige Leute, an deren Franzosentum vorläufig noch niemand zweifelt. Dagegen die Engländer kennen das Phänomen, jedoch in einer weniger virulenten Abart als die Amerikaner, und sie behandeln es auf gelassenere Weise. Da bei ihnen der Kommunismus der zwanziger und dreißiger Jahre mit Humor und Lebensfreude durchsetzt war und oft nur die Form geistvoller Gedankenspiele annahm, können sie es sich leisten, die einzelnen renitenten Exemplare, die nach der großen Desillusionierung des letzten Jahrzehnts übrigblieben, mit einer Art liebevoller Toleranz als *cranks* (Exzentriker) zu behandeln. Sie sind auch im Grunde bereit, es auf noch ein paar Skandale mehr ankommen zu lassen, weil sie überzeugt sind, daß die freie Diskussion ebenso wie das weitgehend intakte Gefühl des Landes für echte Autorität ein Umsichgreifen des Virus verhindern und die Anfälligkeit auf einzelne Fälle beschränken wird.

Aber auch in England saß einmal der Schrecken tief. Er galt damals der Gefahr eines britischen Nationalsozialismus. Rebecca West hat ihn beschrieben, als sie beobachtete, wie während einer Mittagspause im Prozeß gegen William Joyce zwei Anhänger des Angeklagten zum Lunch gingen: »Zwei junge Männer unter Tausenden. Das ist der wirkliche Schrecken im internationalen Krieg der Ideologien, daß eine Stadt nicht weiß, wen sie beherbergt.«

Die Stadt weiß es nicht. Der Staat weiß es nicht. Oft weiß ja sogar der Einzelne lange Zeit nicht, wann er sich aus der Identifikation mit seinem eigenen Lande gelöst hat und von wann an er sich einer neuen Bewegung – repräsentiert durch ein anderes Land – zugehörig fühlte. Das Umheimlichste sind jedoch die Übergänge, die unentschiedenen Schwebezustände, das »Hier« noch hängen, während man vom »Dort« schon angezogen ist. Bei einem sind es Kräfte und Emotionen, deren er sich selbst kaum bewußt ist, die ihn in die eine oder andere Richtung treiben. Das Motiv ist vielleicht eine weit zurückliegende Verletzung der Seele, das Ressentiment des Erfolglosen, Zurückgestoßenen, Rachsüchtigen. Bei andern spielt der Verstand die leitende Rolle, die Kritik, die er an der Politik seiner Regierung übt, die Zustimmung, die er den Zielen einer anderen Regierung zollt.

Bei dieser zweiten Kategorie finden sich die meisten Beispiele mehrmaliger Loslösung und Neubindung. Es bleibt nicht beim einmaligen und endgültigen Hinüberwechseln, sondern die Kritik, die erst am eigenen Lande geübt wurde, wendet sich nach einer Weile auch gegen das Land oder System der Bekehrung. Im Zickzack solcher Wendungen spielt das Kreisen des Rads der Geschichte die wichtigste Rolle, und das Zick des Einzelnen oder seiner Gruppe ist nur die Reaktion auf das Zack, das die Weltgeschichte soeben vollführt hat. Ein schönes Beispiel für dieses Angezogen- und Abgestoßensein bieten die Linksliberalen der westlichen Welt, die im Strömungsgebiet zwischen bürgerlichem *way of life* und Kommunismus schwammen und entweder alle Wirbel mitausführten oder an einem der Wendepunkte die Entschlußkraft fanden, sich endgültig für eine Seite zu entscheiden. Die wichtigsten Stationen waren in diesem Zickzack bis 1945:

Positiv für Moskau	*Negativ für Moskau*
Hitler und der Nationalsozialismus und die Überzeugung, daß nur Rußland ein entschlossener Gegner sei.	Die sowjetischen Säuberungsprozesse.
Der Spanische Bürgerkrieg, in dem die Republikaner von den Kommunisten unterstützt wurden, während die westlichen Regierungen sich lau und zweideutig verhielten.	Der Pakt zwischen Stalin und Hitler im August 1939. Der Überfall Rußlands auf Finnland im November 1939 und der Siegfrieden im März 1940.
Der Einmarsch der deutschen Heere in Rußland (unter Bruch des Pakts von 1939) im Juni 1941. Die tapfere russische Verteidigung. Die Bundesgenossenschaft mit den Westmächten. Stalingrad. Das Versagen der Westmächte in bezug auf die zweite Front.	Das in Einzelfragen des Bündnisses sichtbar werdende sowjetische Mißtrauen gegen die Alliierten. Die Behandlung der polnischen Frage.

Hier wird schon sichtbar, daß nicht nur der Einzelne sich dreht und mit solcher Drehung für sein Land zur Gefahr werden kann, sondern daß auch die Regierungen selbst ihre Loyalitäten aufgeben und wandeln, oft sogar schneller, bedenkenloser und ungestrafter als ihre Bürger, womit dann wieder der Einzelne oder die Gruppe in Verwirrung gestürzt wird.

In den Jahren 1936 bis 1945 bezeichnete das Wort »Loyalisten« in England, in Frankreich, in Skandinavien und in Amerika selbstverständlich die Republikaner aller Schattierungen einschließlich der Kommunisten, die gegen Franco kämpften. 1945 zogen die Regierungen der westlichen Welt auf Betreiben Washingtons ihre Botschafter aus Madrid zurück. Noch im Dezember 1947 bezeichnete *Time* die berühmte »fünfte Kolonne« von Francos General Mola als eine der Kolonnen des Massenverrats. Aber im Jahre 1954, nachdem Bündnis- und Stützpunktverträge mit Franco abgeschlossen wurden, zählte zu den Vergehen, deren Robert Oppenheimer beschuldigt wurde, daß er 1937 bis 1939 so viele Dollars an links-spanische Hilfskomitees gezahlt hatte, und ein außenpolitisch genau orientierter Amerikaner bezeichnete mit dem Ausdruck »Spanish Loyalists« nun ganz selbstverständlich die Anhänger Francos.

Vom Herbst 1939 bis zum Frühjahr 1940 war Finnland gut und heldenhaft. Von 1941 bis 1944 war Finnland böse, bestenfalls irregeleitet. Im Jahre 1947 war Ernest Bevin als englischer Außenminister einer der stärksten, stursten und erfolgreichsten Kämpfer gegen die Sowjets. Im Jahre 1920 hatte derselbe Bevin wesentlich dazu beigetragen, einen entscheidenden, vielleicht endgültigen Sieg der polnischen Armee über die Sowjets zu verhindern, indem er und die von ihm geführten englischen Dockarbeiter sich weigerten, die für Warschau bestimmte Munition zu verladen.

Im Kreisen der Räder der Geschichte drehen die verschiedenen Völker sich verschieden, so daß der eine sich in seinem Kreise an einem Punkt befinden mag, der für den anderen gerade das Gegenteil bedeutet. So haben in Deutschland im Oktober 1939 viele Leute nur aus Opposition gegen Hitler eine ablehnende Rede Chamberlains »wundervoll« gefunden. Für sie war er der Mann, der ein Jahr zuvor Hitler den Frieden abgezwungen hatte. Für England war er der Mann, der den Frieden »um jeden Preis« erkauft hatte und der fallen mußte, sobald der Krieg ernst wurde. 1941 mußte sich Charles Lindbergh unter der nur andeutenden Anschuldigung des Verrats aus dem öffentlichen Leben Amerikas zurückziehen. Gleichzeitig gab es in Europa Menschen wie Saint-Exupéry und Alexis Carrel, die gerade in ihm die Hoffnung Amerikas sahen. 13 Jahre später wurde er wegen seiner Verdienste um das Vaterland zum General der Reserve der Luftwaffe befördert.

Am klarsten verkörpert aber der große Winston Churchill und das Zickzack seiner politischen Haltungen, wie ein Einzelner – immer dem eigenen Wesen treu bleibend – einen Kurs einschlagen und wieder aufgeben oder auch gleichzeitig ein »Ja« und ein »Nein« zur selben Sache in sich beherbergen kann: Vor 1911 erst für Verständigung mit Deutschland, dann einer der Treiber zum Krieg; 1940 bis 1945 in seiner Haltung gegenüber den Franzosen tausend Wendungen vollziehend, einmal in ehrerbietigen Schreiben an Pétain, dann diesen als Verbrecher betrachtend, dann wieder neue Hoffnungen auf ihn und Weygand setzend; im Herbst 1944 befriedigt darüber, daß Deutschland seine östlichen Provinzen an Polen und die Sowjets verlieren werde, ein Jahr später darüber schon wieder bestürzt; im März 1946 in der berühmten Rede von Fulton die Amerikaner zum Kampf gegen Moskau aufrufend, im Mai 1953 gegen die Amerikaner eine Aussöhnung mit den Sowjets einleitend. Die Geschichte wird darüber befinden, wie oft sein Urteil richtig und wie oft es falsch war. Aber niemand wird ihm wegen eines falschen Urteils Verrat vorwerfen. Heute ist es aber soweit, daß Politiker ihrer bloßen Urteile wegen – etwa auf dem Gebiet der amerikanischen Chinapolitik – angeklagt und manchmal auch verurteilt werden. Der Satz André Thérives: »Zu täuschen ist schändlich, aber nicht, sich selbst zu täuschen«, hat in einigen Landstrichen des Verrats heute keine Gültigkeit mehr.

Dem entspricht der Versuch von James Burnham, den Unterschied zwischen »bewußten« und »unbewußten Verrätern«, zwischen »subjektivem« und »objektivem Verrat« aus seiner kommunistischen Vergangenheit in das Denken der bürgerlichen Welt zu übertragen. Solche Unterscheidungen beruhen oft auf einer Verwechslung von Urteilsfähigkeit und Gesinnung. Beispiel dafür war die Gruppe deutscher Journalisten, die 1945, lange bevor die Fragebogen der Alliierten aufgekommen waren, als Maßstab für die Integrität einstiger Kollegen die Frage stellten, ob diese zu einem bestimmten Zeitpunkt noch an die Möglichkeit eines deutschen Sieges geglaubt hatten. Sie hatten nicht gefragt, ob einer den Sieg erhoffte oder wünschte, womit er einen Beweis seiner Gesinnung geliefert hätte, sondern ob er ihn für möglich hielt, was nur ein Examen seiner Verstandeskräfte bedeutete und für die in Frage stehende Unterscheidung unerheblich war.

Hier nähern wir uns einer zweiten Übergangs- und Zwischenlage, nämlich dem Zusammen- oder Gegeneinanderwirken des Herzens mit dem Denken, bei dem eine neuartige Region des Verhaltens entsteht. Wo beginnt der Verrat? Bei der Bewegung im Herzen, beim bloßen Denken oder erst mit der Tat? Hellmuth von Moltke, der sich im Kreis des deutschen Widerstandes am entschiedensten gegen den Umsturz, gegen die Gewaltanwendung, gegen den Mord gestellt hatte, war stolz darauf, daß Freisler erkannte, worum es bei ihm (und den Pfarrern Delp und Gerstenmaier, die mit ihm vor dem Volksgerichtshof standen) wirklich ging: »Wir werden gehenkt, weil wir zusammen gedacht haben.«

Da ist ein Fall von seltener Klarheit und Reinheit. Die deutschen Widerstandskämpfer bieten aber auch sonst ein eindrucksvolles Beispiel für den Unterschied zwischen Verrat des Denkens und der Tat, ja die Möglichkeit des gleichzeitigen Gegeneinander dieser beiden Haltungen. Denn bei ihnen gab es keine reinliche Scheidung zwischen »Identifikation« und »Desidentifikation«. Sie liebten ihr Vaterland. Hitler hatte dieses Vaterland in der Hand. Hitler zu beseitigen, bedeutete die Errettung des Vaterlandes auf einer Ebene, aber auf der anderen eine so unbedingte Gefährdung seines Bestandes, daß die eigentliche Errettung möglicherweise nicht durchgeführt werden konnte, falls nämlich das Objekt, Deutschland, nach der Errettung nicht mehr existierte.

*

Bis es so weit war, daß zwischen Führer und Vaterland keine Identität mehr bestand, mußten Jahrtausende europäischer Geschichte durchlaufen werden. Ursprünglich gab es Treue und Verrat nur gegenüber einer bestimmten Person. Das altgermanische Wort »Rat« wurde auf Gott und Herrscher angewendet, um deren Fürsorge für ihr Reich zu bezeichnen. »Raten« umfaßte damals alles, was ein Geschlechtsoberhaupt dem von ihm Abhängigen zu leisten schuldig war: Schutz, Hilfe, Vorsorge, Förderung, Anweisung, Belehrung. Verraten ist das Ausbrechen aus diesem Schutzbezirk, ursprünglich im Sinn von »irreleiten«, »falsche Unterstüzung geben«, »preisgeben«, »in die Hände liefern«. In dieser Urbedeutung ist das Zweiseitige des Verhältnisses noch ganz stark: auch der Herrschende kann die zum Gehorsam Verpflichteten verraten – eine Einsicht, die bei uns fast verloren war, bis sie an Hitler neu erkannt und erprobt wurde.

Ursprünglich war der Kreis, der im »Rat« beschlossen war, übersehbar. Das Familienoberhaupt, der Bandenführer, der Stammeshäuptling, der König waren die Schutzherren. Im Lehnswesen in der Zeit der vorstaatlichen Imperien und Königreiche regierten die Vasallen ihren Bezirk mit der gleichen Vollmacht, die der Herzog oder König ihnen gegenüber ausübte. Die größere Einheit wurde nur hergestellt durch die Treue, die der Unterherr dem Oberherrn schuldete.

Solange es in Europa nur einen Gott und eine Kirche gab, solange alle weltliche Macht von Gottes Gnaden ausging, gab es nicht Verräter, sondern Ketzer. Ein Papst, Paschalis II., fühlte sich als Vertreter Gottes mächtig, im Jahre 1109 dem deutschen Königssohn die Vergebung für den Bruch des Eides, den er dem Vater geleistet hatte, auch noch im »Jüngsten Gericht« zu erteilen. Doch indem das Ketzertum sich ausbreitete und damit eine der großen europäischen Revolutionen vorbereitete, verloren derartige Ansprüche an Kraft. Kaiser Sigismund ließ sich als Schirmherr des Konzils von Konstanz überreden, dem Böhmen Hus das Geleit zu brechen – einem Ketzer brauche man das Kaiserwort nicht zu halten, hieß es damals zur Begründung. Dieser Verrat von oben, der in der Verbrennung des Hus endete, hat seine vorläufig letzte Auswirkung in der Sudetenkrise des Jahres 1938 und in der Vertreibung aller Deutschen aus der Tschechei im Jahre 1945 gehabt.

Eine neue Ära begann, nachdem die Ketzer sich Anerkennung und Gleichberechtigung erzwungen hatten. Das große antik-christlich-europäische Vaterland zerbrach. Erasmus von Rotterdam, der schon am neuen Denken teilnahm, aber aller Revolution abhold war, ist, wie Ernst Jünger feststellte, eine der letzten Gestalten der Übergangs, die dieses Vaterland noch als Einheit gekannt haben, wenn er sich »zwischen Paris und London, Oxford, Orléans, Löwen, Cambridge, Basel, Freiburg und Warschau bewegte, wobei er nach Belieben in diesen Städten kurz oder jahrelang verweilte, immer sein Werk fortsetzend und oft dabei ein Amt verwaltend«.

In England und Frankreich war man gegenüber der Religionsspaltung konsequent: hier wurde alles Katholische, dort alles Protestantische ausgerottet. Englands Juristen wiesen nach, daß es die englische Verfassung verletze, wenn den Iren ihr Papismus nachgesehen werde. »Was wir heute als selbstverständliche Pflicht eines Königs ansehen«, schrieb dazu Eugen Rosenstock-Huessy, »wurde der Hochverrat Jakobs I.«

In Deutschland dagegen entstanden mit Luther Landesfürsten und Landeskinder. *Cuius regio eius religio* hieß das neue Gesetz für Glauben und Treue. Im engen deutschen landesherrlichen Nebeneinander mußte allerdings das Bewußtsein des Zwiefachen immer lebendig bleiben: Erlangen und Bayreuth protestantisch, Bamberg und Würzburg katholisch, Schweinfurt und Meiningen protestantisch, Aschaffenburg katholisch, Frankfurt vorwiegend protestantisch, Mainz katholisch – um nur eine schmale Linie nachzuziehen. Der protestantische Zweig der Familie Wirsing, den Julius von Echterdingen aus Würzburg verbannte, zog vierzig Kilometer weiter nach Schweinfurt – und hat das dem großen Gegenreformator heute noch nicht verziehen.

Aber immer noch bleiben Treue und Verrat auf das Verhältnis zwischen Fürst und Untertan bezogen. Einem Prinzen Eugen, der in Frankreich aufgewachsen war und französisches Blut hatte, nimmt niemand übel, daß er gegen Frankreich kämpft – denn er ist ja Gefolgsmann des Herrschers von Österreich geworden. Ein Trenck steht mit seinem Verrat zwischen Maria Theresia und Friedrich dem Großen, nicht zwischen Österreich und Preußen. Noch 1831 beginnt der preußische Fahneneid biedermeierisch umständlich: »Ich schwöre, daß ich Seiner Majestät dem Könige von Preußen, meinem allergnädigsten Landesherrn, in Kriegs- und Friedenszeiten und an welchen Orten es immer sei, treu und redlich dienen, allhöchst dero Nutzen und Bestes befördern will ...« Und selbst der alte Bismarck nahm in der Auseinandersetzung mit Wilhelm II., vom alten Lehnsrecht ausgehend, die Gegenseitigkeit der Treueverpflichtung so ernst und so persönlich, daß er deren Verletzung durch den Kaiser als »Felonie« betrachtete. Doch sind das nur anachronistische Reste in einem festgefügten Staat, dessen Geschlossenheit durch die Prinzipien der Französischen Revolution nie ganz erschüttert werden konnte, vielleicht weil er religiös so frühzeitig tolerant, sozial so frühzeitig gerecht war.

Die Französische Revolution aber, die sowohl Gott als auch den Monarchen abschaffte, hat ein neues Bezugsverhältnis zu Treue und Verrat geschaffen: die Volkssouveränität, staatlich gebunden in der Nation, repräsentiert im Parlament und in der öffentlichen Meinung. Talleyrand, der gesagt hat: »La trahison – c'est une question du temps«, ist ihre große Figur. Er hat das Noch-Gültige zugunsten des Nächsten immer erst verraten, wenn es im Grunde schon tot war, nur hat er sich vor seinen Zeitgenossen dadurch ausgezeichnet, daß er schneller als die anderen erkannte, wann die absolute Monarchie, wann Napoleon, wann die Restauration »erledigt« waren, und dadurch in allen Fällen dazu beigetragen, ihnen zugunsten des Kommenden noch einen Stoß zu versetzen. Außerdem kannte er keine Treue oder nur die zu einer Macht, deren diktatorische Ausmaße damals noch kaum jemand erkannte. In Rosenstock-Huessys Worten: »Die öffentliche Meinung hat Talleyrand zuerst erkannt und ihr von 1789 bis 1838 glaubend gedient. Deshalb ist er, der im Dictionnaire der Wetterfahnen schon 1817 den Vogel abschoß, mit seinen mindestens zehn verschiedenen politischen Überzeugungen der Spekulant der Großmacht geworden, die sogar nach Bismarcks Zugeständnis im 19. Jahrhundert herrschen sollte: der öffentlichen Meinung. Talleyrand verkörpert den neuen Kult als sein erfolgreichster Priester. – Die öffentliche Meinung geht wie die Börsenkurse von einer Sensation zur nächsten fort. Die Ministerkrisen sind deshalb die öffentliche Meinung in Permanenz, denn diese Meinung ist treulos: ›Plus ça change, plus c'est la même chose.‹«

Ein neues Zeitalter hebt an. Es ist in den verschiedenen Nationen verschieden, wie ja auch die Worte Treue, Vertrauen, Verrat, *loyalty, disloyalty, confidence, faith, treason, trahison* einen verschiedenen Klang und verschiedene Bedeutung in den Herzen und Ohren der Völker haben und der Verrat keineswegs bei allen als das schlimmste aller Verbrechen gilt.

Aber in dieser neuen Landschaft ist mit wenigen Ausnahmen, zu denen England gehört, allen eines gemein. André Thérive drückt es mit den Worten aus: »Das Verbrechen an der Gesellschaft hat das Verbrechen an der Majestät abgelöst, aber mit dem Unterschied, daß die Person des Souveräns leicht zu erkennen und daher außer Schußweite zu bringen war *(mettre hors d'atteinte),* während die Gesellschaft ein Moloch von unbestimmter Form und launenhaftem Zorn ist.« Und während die Monarchen es sich leisten können, Gnade zu üben, gibt es, wie er hinzufügt, gegenüber der Gesellschaft nur noch »gehorchen oder verraten, glauben oder verraten, zahlen oder verraten, zustimmen oder verraten«.

Der Übergang vom Vaterland zur Nation, der sich im Gefolge der Französischen Revolution vollzog, mochte politisch über Nacht vor sich gehen. In den Menschen war der Prozeß langsamer. In manchen hat er heute noch nicht stattgefunden. Es war der Übergang von einem Zugehörigkeitsgefühl, das unabhängig vom herrschenden Regime im Boden, in der Tradition, der Sprache, der Landschaft wurzelte und eine Angelegenheit des Herzens war, zu dem revolutionären Patriotismus, der auf dem Glauben an die *volonté générale* beruhte, der vom Kopf stärker als vom Gemüt dirigiert wurde und die Nation mit einer politischen Losung identifizierte. Hier liegt auch schon ein Keim dessen, was in der heutigen Landschaft des Verrats eine große Rolle spielt, weil es nun auch im Begriff ist, die Nation selbst zu sprengen. Raymond Aron, der Leitartikler des *Figaro,* der öfters über den Verrat geschrieben hat, erklärt es folgendermaßen: »Von dem Augenblick an, in dem das Vaterland nicht mehr in konkreten Worten, sondern ideologisch definiert wird, hört es auf, eine oberste Instanz zu sein. Es wird der Spielball der Parteikonflikte.«

Der deutsche Soziologe Hans Naumann führt das weiter, wenn er sagt: »In dem Augenblick, wo das eintritt, hört das Zeitalter der Nationalstaaten auf. Die Hierarchie der Pflichten ist nun nicht mehr eindeutig, jeder kann für sich entscheiden und durch Zustimmung zu einer säkularen Religion frei sein ideologisches Vaterland wählen, wie Klaus Fuchs. Heute verrät man nicht mehr sein Vaterland, man verrät heute eine Partei, eine ideologische Gruppe, d.h. eine politische Doktrin, auf die diese Gruppe sich stützt, und – falls sie die Macht errungen – verrät man einen imperialistischen Staat, der in den Händen dieser Gruppe ist.«

Kehren wir aus diesem Bild der heutigen Übergangssituation, in der vorläufig verschiedene Richtungen denkbar sind, noch einmal in die Übergangszeit der Französischen Revolution zurück, deren Folgen historisch festliegen. Ihr Hauptanliegen war: die Unterschiede zu beseitigen. Aus König und Bauer, Edelmann und Arbeiter, Bürger und Bettler wurde der Jedermann der *Egalité* gemacht, der gleichwertige, gleichrangige, zum Auswechseln gleiche Staatsbürger. So wie das Ketzertum und die Reformation es dahin gebracht hatten, daß nicht mehr die Kirche (die sich als so fehlbar und bestechlich erwiesen hatte) der Diener Gottes war, sondern jeder Einzelne wissen und sagen konnte, was Gott von ihm verlange, so hatten die Ketzereien der Aufklärung und die Revolution es jetzt dahin gebracht, daß auch jeder Einzelne wissen und bestimmen konnte, was die Nation erfordere.

Das hat sich in den verschiedenen Ländern verschieden ausgewirkt. In Frankreich rollten die Köpfe derer, die allzu unegal gewesen waren. In Amerika, das von vornherein unter radikal-religiösen Vorzeichen und einer Absage an die Lebens- und Herrschaftsformen der verlassenen Vaterländer besiedelt worden war, galt die Revolution der englischen Krone in ihrer Funktion als Kolonialmacht. Die Vorgänge in Amerika sind für die heutige Lage besonders aufschlußreich, weil sich dort schon sehr früh manche Formen der psychologischen Kriegführung und Propaganda zeigten, die Europa erst im 20. Jahrhundert kennenlernen sollte. So ist der Unabhängigkeitskrieg der erste moderne Krieg, der die psychologische Waffe einführte. Die Pamphlete, mit denen die Aufständischen die loyalen britischen Truppen auf ihre Seite herüberzulocken versuchten, zeigen, daß die Amerikaner den Briten auf diesem Gebiet schon damals weit überlegen waren.

Die Fortsetzung des Einwanderungsstromes im zweiten Drittel des 20. Jahrhunderts hat dann dazu beigetragen, daß in den USA ideologisch die Mentalität des ausgehenden 18. Jahrhunderts fixiert wurde. Denn nun kamen nicht mehr wie in den vorangegangenen Jahrzehnten Iren, Polen, Deutsche, Russen, Italiener, Litauer, Skandinavier, denen es in erster Linie um Geldverdienen und Wohlleben zu tun war, sondern aus Hitlers Deutschland, aus Francos Spanien, aus dem gleichgeschalteten Österreich und den nacheinander besetzten Ländern Europas kam eine andere Art Einwanderer, die eher der glich, die die ersten amerikanischen Kolonisten durchsetzt hatte: Ärzte, Musiker, Rechtsanwälte, Journalisten, Universitätsprofessoren, Dichter, Konservative, Liberale, Kommunisten, Sozialdemokraten. Gewiß, auch sie wollten leben. Aber ihr tägliches Brot war nicht der Dollar, sondern das, was ohne sie – gegen sie – in Europa geschah. So weit ihr Einfluß reichte, verstärkte er den angeborenen amerikanischen Kreuzzugseifer samt der Tendenz, die wahren Vertreter einer Nation außerhalb des bodenständig gebliebenen Volkes zu sehen und alle, die dem widersprachen, zu Verrätern zu stempeln.

Als Ausnahme wurde oben England genannt. Hier ist zwar die Monarchie konstitutionell geworden, aber der Souverän bleibt das Symbol für die Einheit des Reiches (nicht nur der Nation), ihm wird der Treueid geleistet; er bleibt der Landesvater; keine der Parteien, weder die regierende noch die Opposition, wird je zur Partei des Verrats, und für Königin Elisabeth II. ist es selbstverständlich, von »My People« zu sprechen, auch wenn es sich gerade um die Neger in Nigeria handelt. Aber sogar in England sind Risse im Gefüge zu sehen. Der Ruf nach der Trennung von Staat und Kirche, nachdem ihre Vereinigung in der Person der Monarchin es deren Schwester unmöglich machte, einen schuldlos geschiedenen langjährigen Freund der königlichen Familie zu heiraten, rührt an Wurzeln, die auf dem Kontinent schon im Gefolge der Reformation zerschnitten wurden. Die Einwanderungswelle, die nach 1933 auch nach England strömte, hat gezeigt, wie fiktiv der Treueschwur auf die Krone wird, wenn er auf keine angestammten, traditionsgebundenen Gefühle mehr trifft. Auch wenn Klaus Fuchs nicht schon als Kommunist nach England gekommen wäre, der Verwaltungsakt, der seine Einbürgerung vollzog, konnte kaum Gefühle der Treue in seinem Herzen entstehen lassen. Denn er folgte, kurz nachdem Fuchs böse Härten des Gefangenendaseins zwischen deutschen Nationalsozialisten in Kanada erduldet hatte; er erfolgte aus Gründen der Zweckmäßigkeit, da der junge Physiker Fähigkeiten besaß, die für die Kriegswissenschaft dringend benötigt wurden. So konnte der Treueid auf König Georg VI., einen Monarchen ohne sichtbaren Glanz oder herzbewegende Strahlkraft, keine Faser im Wesen des eingebürgerten Fremdlings berühren, und es ist verständlich, daß er später dem Staat und der Krone gegenüber keine Schuldgefühle empfand, wohl aber gegenüber den Freunden unter den Wissenschaftlern, mit denen er zum ersten Male in seinem Leben eine beglückende Gemeinschaft kennengelernt hatte.

Doch ist es nicht nötig, sich an Heimatlose zu halten, um zu zeigen, daß der persönlich gefaßte Treueid sogar in England viel von seinem ursprünglichen Sinn verloren hat. T. E. Lawrence, dem es gewiß nie an Nationalbewußtsein fehlte, hat in *The Mint* die Wirkung der Eideszeremonie auf die Rekruten des Jahres 1922 geschildert. Der Eid hat nicht gezündet: »Er faselte vom König; und bei allem Respekt ist kein gemeiner Soldat heute ein Royalist in dem alten Sinne, in dem sich die Armee der georgischen Zeit dem König zugehörig fühlte. Gewiß wahren wir in Herz und Sinn eine – nicht in Worte gefaßte – Treue. Aber unser Ideal darf nicht zwei Beine und einen Hut haben. Es ist dunkel in uns groß geworden, während wir die Straßen oder Pfade unseres Landes begingen und sie als die unsrigen empfanden.«

*

Mit Lawrence taucht eine Gestalt auf, die einen neuen Bruch, einen Sprung in der Geschichte anzeigt, ausgelöst durch den Ersten Weltkrieg, und vielleicht der Beginn einer Umwandlung, die sich nicht mehr in der Form einer Revolution, sondern einer langsamen Umschichtung vollzieht. Da wir noch mitten in dieser Bewegung stehen, ist es nicht möglich, ihr einen Namen zu geben. Der Verrat ist tief in sie eingebettet, und es wird sich immer wieder zeigen, daß im scharfen Gegensatz der Generationen die »Alten«, die schon vor dem Ersten Weltkrieg das Leben erfahren hatten, anders zu ihm stehen als die »Jungen«, die erst in und nach ihm geprägt wurden.

In diesem Gegeneinander von »alt« und »jung« gehörte Lawrence zu jener Zwischengeneration, die oft auch die »verlorene« genannt wurde. In Mitteleuropa gehörten die Jugendbewegten ihr an, die vom Weltkrieg und seinen Trommelfeuern erfaßt wurden. Ihre Revolte richtete sich gegen jede Konvention, gegen alles, was die Menschen trennte. Zuerst glaubten sie die ersehnte Gemeinschaft im Wandern, in der Dämmerung der Lagerfeuer zu finden. Nach dem Krieg sollte das gemeinsame Kriegserlebnis sie grenzüberwindend zusammenführen. Das sind die Abetz, Rahn und Epting auf der nationalen, die Sorge, Massing, Niekisch auf der sozialistischen, die Rauschning, Strasser auf der nationalrevolutionären Seite. Ihre Stärke und ihre Schwäche war die Intensität ihres guten Willens. Stärke: weil sie in der Unmittelbarkeit ihres Vertrauens zwischen Mensch und Mensch wirklich Schranken durchbrachen, die den »Alten« unüberwindlich erschienen; Schwäche: weil sie nicht erkannten, wo ihr Vertrauen verhängnisvoll fehlging.

Das große legendenumwobene Vorbild für viele dieser Revoltierenden war T. E. Lawrence, der wirklich einen Aufstand angeführt hat – man weiß heute nicht mehr zu wessen Vorteil –, der sich allen Ehrungen und Ämtern entzog und in der anonymen Masse des gemeinen und geschundenen Soldaten einebnen ließ, um dort seine Heimat zu finden. Harold Nicolson, der ihn bewunderte, hat von ihm geschrieben, daß er weder loyal noch mitfühlend, noch wahrhaftig, noch bescheiden, noch aufrichtig gewesen sei. England war stark genug, ihn zu verdauen und nach dem Tod unter seine Großen einzureihen.

Auf dem Festland waren die Vertreter dieser Generation, soweit sie überhaupt aus den Schützengräben zurückkehrten, in der Mehrzahl kleiner von Statur. Sie wurden ungeheuren Wirbeln ausgesetzt, wie das Inselland sie nicht kannte, ließen sich verstricken, gingen unter oder wurden zum mindesten schwer verletzt. Ein Mann von dem Range Ernst Jüngers, der derselben Zwischengeneration vorbildlich angehört, hat die Kraft gehabt, allen Verstrickungen zu widerstehen. Ob dieser äußerste Grad an Unbeteiligtheit ihm und seiner Wirkung zum Heile ausgeschlagen ist, mag die einzige Frage sein, die ihn schmerzen könnte. In keinem Land, das in den Zweiten Weltkrieg hineingezogen wurde, sind die Vertreter dieser Generation heil und wenige ohne Lager- oder Gefängnishaft, sei es vor oder nach 1945, aus den Prüfungen hervorgegangen.

Die »Alten« als Bewahrer der Ordnung gegen Sozialismus, Faschismus, Bolschewismus oder Nationalsozialismus haben an keiner der »Aus- und Umsiedlungsbewegungen« in der Landschaft der Loyalität teilgenommen. Die Zwischengeneration ist ein Stück des Weges gegangen und meist durch äußere Ereignisse zum Stehen gebracht worden. Die »Jungen« sind, wenigstens in Gedanken, viele Wege zu Ende gegangen. Die Oxforder Studenten der dreißiger Jahre faßten in ihrem parlamentarischen Klub mit großer Mehrheit die Resolution, in keinem Krieg für Krone und Vaterland zu kämpfen. In Cambridge, wo Burgess und McLean mit Ehren promovierten, dachte man ebenso. Der Ausbruch des Zweiten Weltkriegs hat die meisten erkennen lassen, daß sie doch einem Vaterland angehörten und es liebten, vielleicht in dem dunklen Gefühl, das Lawrence an den Rekruten kennengelernt und beschrieben hat. Einer von ihnen, Esmond Romilly, ein Neffe Churchills, mag als typisch beschrieben werden: Mit 15 Jahren entlief er seinem Internat Wellington und gründete eine Zeitung, die den Umsturz der Public Schools predigte; der Besserungsanstalt, in die er gesteckt wurde, entlief er wieder, nahm auf der Seite der Roten am Spanien-Krieg teil, kehrte enttäuscht zurück, verkündete kommunistische Ideen, wurde aber von der KP als unmoralisch abgelehnt, rückte nach Kanada aus und ward nicht mehr gesehen, bis er als Offizier der Kanadischen Luftwaffe bei Ausführung eines Bombenangriffes auf Deutschland »für Krone und Vaterland« den Tod fand.

Die allerjüngste Generation aber, die Halbwüchsigen unserer Tage, scheinen, soweit sie nicht alle Revolte ablehnen und sich mit den regierenden Großvätern gegen die Zwischengeneration verbünden, zu den Formen der Urzeiten zurückzukehren. Die Kid-Gangster, die in New York, Chicago und

Stockholm ihre Lehrer terrorisieren, Brand stiften, Einbrüche verüben und vor Mord nicht zurückschrecken, die »Ritter des Glanzes« und die »Scharlach-Kavaliere« kennen ein Treueverhältnis, wie es die demokratischen Staaten der Neuzeit nie mehr erlebt haben. Der amerikanische Schriftsteller John Steinbeck hat es beschrieben: »Sie haben Treue für nichts außer für die Bande. Sie denunzieren einander nicht. Der Grund dafür mag tiefer liegen als in den Kindern. Im Feudalgesetz war jedermann für etwas verantwortlich. Jedes Mitglied der Familie war für jedes andere Mitglied verantwortlich. Im Dorf galt dasselbe ... Heute halten wir solche gegenseitigen Verantwortlichkeiten für wild und barbarisch. Aber was haben wir an ihre Stelle gesetzt? Vielleicht sehnen wir uns danach. Vielleicht kommt das Verbrechertum genau daher. Die Jungen, die zu Hause nicht zur Verantwortlichkeit erzogen werden und das doch offenbar brauchen, gründen Banden, denen sie ihre Loyalität und ihren Mut schenken. Sie kämpfen füreinander, lügen füreinander, töten sogar füreinander. Kommt das nicht vielleicht daher, daß es das einzige ist, was sie haben? ... Es gibt ein fürchterliches Verlangen im Menschen, verantwortlich zu sein. Gewisse Einheiten in der Armee benutzen dieses Verlangen, um heroische Truppen aufzustellen, in denen jedes Mitglied eine leidenschaftliche Zelle bildet. Die Jungens-Bande beschützt alle, die ihr zugehören, und jedes einzelne Mitglied beschützt die ganze Bande. Einmal war die Familie etwas Ähnliches. Die Kid-Gangs verüben schreckliche Dinge, aber diese schrecklichen Dinge erfordern Mut, Schmerz, eine Art von Hingabe. Auf andere Ziele gerichtet, würden dieselben Tugenden heroisch heißen. Der Junge, der sich weigert, vor der Polizei auszusagen, ist ein Verbrecher; derselbe Junge, der einem militärischen Feind militärische Informationen verweigert, ist ein Held.«

Sind wir, sind unsere Jüngsten auf dem Rückzug zum persönlichen Schutzherrn und dessen »Rat«? Die Frage ist noch nicht zu beantworten, ebensowenig wie die Lehrer der Burgess, McLean und Romilly hätten sagen können, wer von den dreien den Weg des Verrats oder den der heroischen Vaterlandsliebe einschlagen würde.

Nr. 100, Juni 1956

Hans Magnus Enzensberger

Vergebliche Brandung der Ferne

Eine Theorie des Tourismus

Die Sonnenflamme schoß immer näher herauf an die entzündeten Morgenwolken – endlich gingen am Himmel und in den Bächen und in den Teichen und in den blühenden Taukelchen hundert Sonnen miteinander auf, und über die Erde schwammen tausend Farben, und aus dem Himmel brach ein einziges lichtes Weiß.

Wir starteten in La Guardia, New York, mit dreistündiger Verspätung infolge Schneestürmen. Unsere Maschine war, wie üblich auf dieser Strecke, eine Super-Constellation. Ich richtete mich sofort zum Schlafen, es war Nacht. Wir warteten noch weitere vierzig Minuten draußen auf der Piste, Schnee vor den Scheinwerfern, Wirbel über der Piste, ... die Motoren dröhnten, einer nach dem andern auf Vollgasprobe ... Endlich ging's los.

In seiner Seele stieg eine überirdische Sonne mit der zweiten am Himmel. In jedem Tal, in jedem Wäldchen, auf jeder Höhe warf er einige pressende Ringe von der engen Puppe des winterlichen Lebens und Kummers ab und faltete die nassen Ober- und Unterflügel auf und ließ sich von den Mailüften mit vier ausgedehnten Schwingen in den Himmel unter tiefere Tagschmetterlinge und über höhere Blumen wehen.

Als man die Bouillon gelöffelt hatte, blickte ich zum Fenster hinaus, obschon nichts anderes zu sehen war als das grüne Blinklicht draußen an unsrer nassen Tragfläche, ab und zu Funkenregen wie üblich, das rote Glühen in der Motor-Haube ... Später (flogen wir) irgendwo über dem Mississippi, in großer Höhe und vollkommen ruhig, unsere Propeller blinkten in der Morgensonne, die üblichen Scheiben, man sieht sie und sieht hindurch, ebenso glänzten die Tragflächen, starr im leeren Raum, nichts von Schwingungen, wir lagen reglos in einem wolkenlosen Himmel, ein Flug wie hundert andere zuvor, die Motoren liefen in Ordnung ... Es war noch früher Morgen, ich kenne die Strecke, ich schloß die Augen, um weiterzuschlafen.

Aber wie kräftig fing das bewegte Leben an, in ihm zu gären und zu brausen, da er aus der Diamantgrube eines Tales voll Schatten und Tropfen herausstieg, einige Stufen unter dem Himmelstore des Frühlings. Wie aus dem Meere, und noch naß, hatte ein allmächtiges Erdbeben eine unübersehliche neugeschaffne in Blüte stehende Ebene mit jungen Trieben und Kräften herausgedrängt – das Feuer der Erde loderte unter den Wurzeln des weiten hangenden Gartens, und das Feuer des Himmels flammte herab und brannte den Gipfeln und Blumen seine Farbe ein.

Unser Aufenthalt in der Wüste von Tamaulipas, Mexico, dauerte vier Tage und drei Nächte, total 85 Stunden, worüber es wenig zu berichten gibt – ein grandioses Erlebnis (wie jedermann zu erwarten scheint, wenn ich davon spreche) war es nicht ... Natürlich dachte ich sofort daran, zu filmen, und nahm meine Kamera; aber von Sensation nicht die Spur, ab und zu eine Eidechse, die mich erschreckte, eine Art von Sandspinnen, das war alles.

Nur das Schoßkind der unendlichen Mutter, der Mensch, stand allein mit hellen frohen Augen auf dem Marktplatz der lebendigen Sonnenstadt voll Glanz und Lärm, und schaute trunken rund herum in alle unzähligen Gassen. Aber seine ewige Mutter ruhte verhüllt in der Unermeßlichkeit, und nur an der Wärme, die an sein Herz ging, fühlte er, daß er an ihrem liege.

Ich habe mich schon oft gefragt, was die Leute eigentlich meinen, wenn sie von Erlebnis reden. Ich bin Techniker und gewohnt, die Dinge zu sehen, wie sie sind. Ich sehe alles, wovon sie reden, sehr genau; ich bin ja nicht blind. Ich sehe den Mond über der Wüste von Tamaulipas – klarer als je, mag sein, aber eine errechenbare Masse, die um unseren Planeten kreist, eine Sache der Gravitation, interessant, aber wieso ein Erlebnis?

Als er wieder ins Freie trat, löste sich der Glanz in Helle auf, die Begeisterung in Heiterkeit. Jedes rote Kirchendach, und jeder schillernde Strom, der Funken und Sterne sprühte, warf fröhliche Lichter und hohe Farben an seine Seele. Wenn er in den laut atmenden und schnaubenden Waldungen das Schreien der Köhler und das Widerhallen der Peitschen und das Krachen fallender Bäume vernahm – wenn er dann hinaus trat und die weißen Schlösser anschauete und die weißen Straßen, die wie Sternbilder und Milchstraßen den tiefen Grund aus Grün durchschnitten, und die glänzenden Wolkenflocken im tiefen Blau – so konnte ja wohl kein dunstiger Winkel seiner Seele, keine umstellte Ecke mehr ohne Sonnenschein und Frühling bleiben, und seine Seele mußte ja in die tausend um ihn fliegenden und sumsenden Singstimmen einfallen und mitsingen: das Leben ist schön, und die Jugend ist noch schöner, und der Frühling ist am allerschönsten.[1]

Wozu hysterisch sein? Gebirge sind Gebirge, auch wenn sie in gewisser Beleuchtung, mag sein, wie irgendetwas anderes aussehen, es ist aber die Sierra Madre Oriental, und wir stehen … in der Wüste von Tamaulipas, Mexico, ungefähr sechzig Meilen von der nächsten Straße entfernt, was peinlich ist, aber wieso ein Erlebnis? Ein Flugzeug ist für mich ein Flugzeug, ich sehe keinen ausgestorbenen Vogel dabei, sondern eine Super-Constellation mit Motor-Defekt, nichts weiter, und da kann der Mond sie bescheinen, wie er will. Warum soll ich erleben, was gar nicht ist? Ich kann mich auch nicht entschließen, etwas wie die Ewigkeit zu hören; ich höre garnichts, ausgenommen das Rieseln von Sand nach jedem Schritt.[2]

Zwischen der Reise des Armenadvokaten Firmian Siebenkäs von Kuhschnappel nach Bayreuth und derjenigen des UNESCO-Ingenieurs Walter Faber von New York nach Caracas liegen eineinhalb Jahrhunderte. Die zeitliche und phänomenale Differenz zwischen beiden Texten markiert die Entfaltung einer Sache, von der wir kaum wissen, ob wir sie zu der unsern oder ob sie uns zu den Ihrigen gemacht hat: des Tourismus.

Als Jean Paul den Zenit seines Ruhmes erreicht hatte, kam diese Sache auf, und mit ihr das Wort. Die Wörterbücher melden für das Jahr 1800 das Auf-

---

1 Jean Paul, *Blumen-, Frucht- und Dornenstücke; oder Ehestand, Tod und Hochzeit des Armenadvokaten F. St. Siebenkäs.* Drittes Bändchen. Zwölftes Kapitel. (Zitiert nach der Ausgabe der *Sämmtlichen Werke* von 1840f.)

2 Max Frisch, *Homo Faber. Ein Bericht.* Frankfurt a. M. 1957.

tauchen des »Touristen«, für das Jahr 1811 das des »Tourismus«. Diese Neubildungen sind, keineswegs zufällig, wie sich erweisen wird, der englischen Sprache zu verdanken.

Der Roman *Homo Faber* von Max Frisch ist 1957 geschrieben. In den eineinhalb Jahrhunderten seines Daseins hat der Tourismus die Aufmerksamkeit der Historiker nicht auf sich ziehen können. Seine Geschichte ist immer noch nicht geschrieben. Zwar hat sich die Einsicht durchgesetzt, daß Historie sich nicht allein zu Hofe, auf dem Schlachtfeld, in Kabinetten und Generalstäben abspielt, doch hat sich der Schematismus der Hofhistoriographie weithin auf die Kultur- und Geistesgeschichte, die seine Durchbrechung im Sinne hatte, übertragen. Voltaire ist neben Friedrich den Großen getreten, aber er fungiert wie dieser als historisches Versatzstück, das vor die Wirklichkeit gestellt wird. Wir haben eine Geschichte von Völkern. Die der Leute ist immer noch nicht geschrieben; deshalb fehlt es dem Tourismus, der eine Sache der Leute ist, an historischer Verständigung über sich selbst.

Dafür gibt es in unserer Zivilisation wenig Erscheinungen, die so ausgiebig mit Hohn überschüttet, so geflissentlich kritisiert werden. Aber diese Kritik ist blind. Sie ist am blindesten dort, wo sie sich am repräsentativsten gebärdet, wo sie artistisch formuliert und mit dem Federschmuck einer flügellahmen Metaphysik geziert wird: »Der abendländische Tourismus ist eine der großen nihilistischen Bewegungen, eine der großen westlichen Seuchen, die an bösartiger Wirksamkeit kaum hinter den Epidemien der Mitte und des Ostens zurückbleiben, sie aber an lautloser Heimtücke übertreffen. Die Schwärme dieser Riesenbakterien, Reisende genannt, überziehen die verschiedensten Substanzen mit dem gleichförmig schillernden Thomas-Cook-Schleim, so daß man schließlich zwischen Kairo und Honolulu, zwischen Taormina und Colombo nicht mehr recht unterscheiden kann ... Man muß begreifen, daß das Venedig der sight-seeing-Hennen in die Kategorie der Plunderhaufen Interlaken und Montreux gehört, im Vergleich zu denen Bochum und Nottingham nicht nur solide, sondern geradezu schön erscheinen ... Am deutlichsten wurde mir die zerstörende Kraft des Tourismus im oberen Engadin, dieser herrlich gelungenen Verschmelzung des Mediterranen und Polaren, diesem in Lärchen-Zartheit geglückten Ausgleich von Schwermut und Heiterkeit, von heroischem Schwung und stolzer Reinheit. Die Luft wird von der Kloake Sankt-Moritz verpestet, und das Auge wird beleidigt durch die nach Maloja sich ohne Unterbrechung hinziehende Kette von Komfort-Fabriken ... (Hier) bricht die europäische Krankheit in einer Kette von Eiterbeulen aus. Ein Land, das touristisch erschlossen wurde, verbirgt sich metaphysisch – es bietet eine Kulisse, aber nicht mehr seine dämonische Kraft dar.«[3]

Diese Äußerung von Gerhard Nebel wird hier nicht zitiert, weil sie originell wäre, sondern im Gegenteil: weil sie für die Kritik am Tourismus, wie sie landläufig geübt wird, nur allzu charakteristisch ist. Bezeichnend ist in

---

3 Gerhard Nebel, *Unter Kreuzrittern und Partisanen.* Stuttgart 1950.

erster Linie, daß sie von einem eingefleischten Touristen herrührt. Intellektuell beruht seine Kritik auf einem Mangel an Reflexion, der an Torheit grenzt; moralisch beruht sie auf Einbildung. Die Berufung auf den Nihilismus, von dem keiner recht weiß, was er ist, bringt kein Licht in die Sache; sie ist bloßes modisches Attribut, das auf alles und nichts paßt. Mangel an Historizität, an faktischer Durchdringung des Gegenstandes, soll durch schlechte Metaphysik wettgemacht werden. Der Sachverhalt wird mythologisiert statt geklärt.

Die Denunziation des Tourismus, die sich mit seiner Kritik verwechselt, ist übrigens von ehrwürdigem Alter. Bereits im Jahre 1903 erschien in London ein kleines Buch aus der Feder eines gewissen Shand, der ein besonders passionierter Tourist war, unter dem Titel *Reisen in der guten alten Zeit. Reminiszenzen aus den sechziger Jahren, verglichen mit den Erfahrungen der Gegenwart.* Darin heißt es: »Vor vierzig Jahren gab es gemütliche Hotels, aber keine ungemütliche Masse ... Touristen waren damals eine Seltenheit, und der billige Reisepöbel von heutzutage fehlte ganz ... Im Lauf des letzten halben Jahrhunderts ist eine erschreckende Veränderung eingetreten. Der Tourist von seinerzeit würde sich die Augen reiben, käme er heute nach Basel oder Genf. Eisenbahnen führen kreuz und quer durchs Land; durch das Innere der Alpen werden Tunnels gesprengt; Seilbahnen wurden angelegt, wo immer ein hervorragender Gipfel gute Aussicht bietet; riesige Hotels sind überall hervorgeschossen; schlichte Schutzhütten haben sich in komfortable Gasthöfe verwandelt. Die Spielwiese Europas ist mit sight-seeing-Volk überschwemmt, und die Heiligtümer, über die dereinst die alte Nacht des Chaos allein gebot, sind entweiht und zum Tummelplatz der Masse erniedrigt worden.«[4]

Was Kritik zu sein vorgibt, erweist sich hier wie dort als Reaktion im doppelten Sinn des Wortes. Gesellschaftlich reagieren beide Stimmen auf die Bedrohung oder Vernichtung ihrer privilegierten Stellung. Implizit verlangen sie, das Reisen solle exklusiv sein, ihnen und ihresgleichen vorbehalten bleiben. Worin sie sich selber von den »sight-seeing-Hennen«, vom »billigen Reisepöbel« eigentlich unterscheiden, bleibt ungesagt. Der Komfort, den man selbst ohne weiteres in Anspruch nimmt, wird jenem Pöbel wie eine Sünde aufgerechnet. Die technische Entwicklung der Verkehrsmittel, denen der Tourismus seine Existenz verdankt, wird verwünscht; idealisiert dagegen die schlichte Primitivität vortechnologischer Zustände, die »alte Nacht des Chaos«, an deren »dämonischer Kraft« sich von Rechts wegen nur der privilegierte »Tourist von seinerzeit« laben durfte.

Reaktion ist eine solche Kritik indessen nicht nur im gesellschaftlichen, sondern auch im psychologischen Sinn des Wortes. Daß sie den Tourismus von seinen Anfängen an ohne wesentliche Änderung ihrer Argumente begleitet, ist kein Zufall, kein Zufall auch, daß die Gegenbilder, die sie aufrichtet, sich ihrerseits wie Reklametexte für den Fremdenverkehr ausnehmen:

---

4 A. I. Shand, *Old-Time Travel. Personal Reminiscences of the Continent Forty Years Ago compared with Experiences of the Present Day.* London 1903.

indem er die verurteilt, die ihrer Anziehungskraft erliegen, preist Shand die »gute Aussicht«, die hervorragende Gipfel bieten, »die Spielwiese Europas«, damals die Schweiz, und die »Heiligtümer«, deren Entweihung er jeweils den anderen zuschreibt. Die Lyrismen Nebels vollends mit ihrem »in Lärchen-Zartheit geglücktem Ausgleich von Schwermut und Heiterkeit, von heroischem Schwung und stolzer Reinheit« könnten in jeden beliebigen Reiseprospekt nahtlos eingehen. Die Kritik am Tourismus, die er vorbringt, gehört in Wahrheit zu diesem selbst. Ihre heimliche Ideologie, der Preis, den sie auf das »Dämonische«, das »Elementare«, das »Abenteuer«, das »Unberührte« setzt, das alles ist ein Teil derjenigen, welche sich der Tourismus als Reklame vorhängt. Die Enttäuschung, mit der der Kritiker auf ihn reagiert, antwortet auf die Täuschung, die er mit dem Tourismus teilt.

Die Bloßstellung ihrer Kritiker kann Hinweise für das Verständnis der touristischen Bewegung liefern, doch kann sie es nicht fundieren. Wenn es zutrifft, daß die Erscheinung, mit der wir es zu tun haben, auf die letzten 150 Jahre fixierbar ist, so muß sich der Satz durch eine Gegenprobe beweisen lassen. Die Reise gehört zu den ältesten und allgemeinsten Figuren menschlichen Lebens; sie läßt sich bis in mythische Frühen zurückverfolgen. Immer schon sind Menschen gereist; mit welchem Recht läßt sich, was wir Tourismus nennen, historisch isolieren und als etwas Besonderes aus dem ausscheiden, was immer schon war?

Immer schon war es die Not, waren es biologische und wirtschaftliche Zwänge, was die Menschen veranlaßte, zu wandern. Die Züge der Nomaden haben geographische und klimatische Ursachen. Nie war die Lust zu reisen Antrieb für die kriegerischen Expeditionen der alten Völker. Die ersten Leute, die aus eignem Entschluß in die Ferne aufbrachen, waren Händler. Im frühesten Hebräisch waren die Worte »Kaufmann« und »Reisender« synonym. Mit einer einzigen Ausnahme (sie wird uns noch beschäftigen) war vom Anfang der Zeiten bis ins 18. Jahrhundert alles Reisen die Sache winziger Minoritäten, spezifischen und handgreiflichen Zwecken unterworfen. Soldaten und Kuriere, Staatsmänner und Gelehrte, Studenten und Bettler, Pilger und Verbrecher waren es, die man auf den Straßen antraf, vor allem aber und immer wieder Kaufleute: Gewürz und Myrrhe, Gold und Seide, Waffen und Perlen.

Die Reise als Abenteuer, als Selbstzweck, war bis tief ins 18. Jahrhundert hinein unbekannt. Odysseus selbst, mythisches Inbild aller späteren Reisenden, heißt im Gedicht »der herrliche Dulder«,

> Welcher so weit geirrt, nach der heiligen Troia Zerstörung,
> Vieler Menschen Städte gesehn und Sitte gelernt hat,
> Und auf dem Meer so viel' unnennbare Leiden erduldet; …
> Selbst da das Jahr nun kam, im kreisenden Laufe der Zeiten,
> Da ihm die Götter bestimmt, gen Ithaka wiederzukehren,
> Hatte der Held noch nicht vollendet die müdende Laufbahn,
> Auch bei den Seinigen nicht. Es jammerte seiner die Götter.

Und der »ängstlich harrende Dulder«,

> ... welcher so lang, entfernt von den Seinen, sich abhärmt, ...
> Sehnt sich, auch nur den Rauch von Ithakas heimischen Hügeln
> Steigen zu sehn, und dann zu sterben![5]

Die Ferne ist Verbannung, Reisen ist Irren, die »müdende Laufbahn« ein einziges Exil – sie bleibt es bis in die Tage des Robinson Crusoe. Das sentimentale Fernwh ist eine romantische Kategorie. Der Glanz, der die Gestalten der heroischen Periode der Entdeckungen heute umgibt, ist perspektivische Täuschung. Der Engländer Candish, einer der ersten Weltumsegler, berichtete nach seiner Rückkehr: »Dem Allmächtigen hat es gefallen, mir die Umfahrung des ganzen Erdballs zu erlauben ... Auf dieser Reise habe ich alle reichen Stätten der Welt, die die Christenheit nur kennen kann, entdeckt oder wenigstens sichere Kundschaft über sie erlangt. Ich segelte entlang der Küsten von Chile, Peru und Neu-Spanien und machte große Beute. Ich verbrannte und versenkte neunzehn Segelschiffe, groß und klein. Alle Dörfer und Städte, in denen ich an Land ging, habe ich ausgeraubt und verbrannt ...«[6]

Erst eine nachromantische Zeit hat ihre eigenen Wunschvorstellungen auf die Entdecker und Konquistadoren projiziert. Das Ziel dieser Männer bestand nicht darin, Sehnsüchte zu befriedigen; es war handfester. Sie waren Werkzeuge der Politik. Nachträglich erst hat ihnen der Tourismus jene Aura verliehen, mit der er sich in seinen Anfängen selber umgab.

Im Lauf des 18. Jahrhunderts begann sich die strenge Zweckhaftigkeit des Reisens zu lockern. Schon vorher hatte die Cavalierstour zu fremden Höfen zum Bildungsgang des jungen Adeligen gehört; in den vornehmeren Ständen hatte sich die Reise an einen Badeort zur Kur eingebürgert: beide Motive begannen damals an Ernst und Gewicht zu verlieren, ohne doch zu bloßen Vorwänden zu werden. Sie wirken in der Entwicklung des Tourismus übrigens bis heute nach, wenngleich der Bildungszweck sich vollkommen verändert hat; für den jungen Cavalier war die Welt, die es kennenzulernen galt, le monde: will sagen, die vornehme Gesellschaft, nicht etwa ein Kanon von kulturellen Denkmälern. Vom Fortwirken der alten Bäderreise legt die hohe Wertschätzung von touristischen Zielen wie Baden-Baden, Spa und Aix-les-Bains noch heute Zeugnis ab.

Immerhin konnte noch im Jahre 1792 ein Vertreter der Nationalökonomie, einer damals jungen Disziplin, allen Ernstes eine Reisesteuer vorschlagen. Marperger, ein Anhänger der merkantilistischen Lehre, begründete in seinen *Anmerkungen über das Reisen in frembden Ländern* seinen Vorschlag damit, daß die Reisenden das gute Geld außer Landes trügen. Diese Besorgnis läßt darauf schließen, daß das Reisevolumen sich damals auszudehnen begann.

---

5 Homer, *Odyssee.* Deutsch von Johann Heinrich Voß. Erster Gesang.

6 Brief des englischen Entdeckungsreisenden Candish, zitiert nach Robert Kerr, *Voyages and Travels.* Edinburgh 1811.

Mit der reinen Vergnügungsreise kann es gleichwohl noch nicht weit her gewesen sein. Das verbreitetste Reisehandbuch des damaligen Europa, Reichards *Guide des Voyageurs,* weist weder auf Naturschönheiten noch auf Sehenswürdigkeiten hin und gibt völlig nüchtern die kürzesten Routen, die Postverhältnisse und Preise, Unterkunftsmöglichkeiten und behördlichen Vorschriften an: kurzum, es betrachtet das Reisen als ein notwendiges Übel. Kein Wunder! Nach einem Tag auf den Poststraßen war der Reisende gerädert, wenn er überhaupt sein Ziel erreichte. Reichard empfiehlt dringend, stets geladene Pistolen mitzuführen. Sein Handbuch ist zehn Jahre nach Schillers *Räubern* erschienen. Überfälle auf der Landstraße waren damals noch nichts Ungewöhnliches.

Vierzig Jahre später hatte sich die Wende des Reisens vollzogen. Der Tourismus war geboren. Der Engländer John Murray bereiste den Kontinent, um das Material für seine Bibel zu sammeln. Sie erschien 1836 und wurde weltberühmt: das erste Red Book verzeichnete die Sehenswürdigkeiten von Holland, Belgien und dem Rheinland und empfahl dem Touristen die pittoreskesten und romantischsten Routen. Murray, einer der Propheten des Tourismus, ist auch der Erfinder des Sternsystems, das den Zielen, die es fortan zu besichtigen galt, gleichsam ihr Preisschild aufsteckte. Drei Jahre später folgte Karl Baedekers erster Reiseführer durch *Die Rheinlande.* Die neue Bewegung hatte ihre heiligen Schriften, sie hatte ihren Siegeszug angetreten.

Dieser Siegeszug war nicht von ungefähr. Er wurde ermöglicht durch eine ganz spezifische historische Situation. Es genügt für unsere Zwecke, ihre Komponenten vorzuzeigen. Die Frage, welche von ihnen als die »letzte Ursache« anzusehen ist, können wir, soweit sie überhaupt entscheidbar ist, unentschieden lassen. Wir beschreiben die geschichtliche Situation, aus der der Tourismus hervorgegangen ist, als ein Syndrom politischer, sozialer, wirtschaftlicher, technischer und geistiger Züge, deren Gemeinsames in ihrem revolutionären Wesen liegt.

Der Sieg der bürgerlichen Revolution pflanzte dem einzelnen ein Freiheitsbewußtsein ein, das sich an der Gesellschaft, die aus ihr hervorging, brechen mußte. Jede revolutionäre Öffnung der Gesellschaftsordnung schließt sich wieder, aber sie hinterläßt eine Erinnerung, die sich mit der restaurativen Verfestigung nicht mehr abfinden kann: eine bleibende Narbe im Bewußtsein, die nie wieder spurlos verheilt. Der politischen Revolution entsprach eine Revolution in der Produktionsweise. Die neue herrschende Klasse, das Bürgertum, organisierte die industrielle Arbeitswelt und den von ihr bedingten Weltmarkt. Der neue Zustand drängte zwar nicht unmittelbar auf soziale, jedoch auf räumliche Homogenität. Der technologische Fortschritt, besonders die Erfindung der Eisenbahn und des Dampfschiffs, gestattete dem Kapitalismus den Ausbau eines Verkehrsnetzes, wie es zu dieser Homogenisierung des Raumes nötig war.

Von hier aus ist die historische Ausnahme verständlich, von der wir gesprochen haben. Diese Ausnahme ist das Rom des späteren Kaiserreichs. In den letzten Jahrhunderten des römischen Imperiums gab es tatsächlich so etwas wie einen Tourismus vor dem Tourismus. Friedländer berichtet in seiner Sittengeschichte Roms, daß das Reisevolumen jener Zeit bis ins 19. Jahrhundert hinein in Europa nicht wieder übertroffen worden sei. Vom Strand der Toscana bis zum Golf von Salerno war damals die italienische Westküste ein Tummelplatz für Touristen. Marmorne Villen und luxuriöse Hotels nahmen die Gäste auf. Griechenland, Rhodos, Kleinasien und Ägypten waren bevorzugte Ziele für Erholungsreisen. Es gab feste Schiffsverbindungen, Reisebüros, Wechselstuben und Festivals; ja sogar das museale Interesse, das für unseren modernen Tourismus bezeichnend ist, machte sich damals schon geltend.

In mancher Hinsicht ist jener frühe touristische Ansatz mit dem modernen vergleichbar. In der römischen Gesellschaft hatte sich in gewissen Grenzen eine egalitäre Tendenz durchgesetzt. Sie war gewissermaßen verbürgerlicht. Ihre kapitalistischen Züge sind bekannt. Sowohl die politischen wie die wirtschaftlichen Verhältnisse forderten eine räumliche Homogenisierung des Imperiums. Sie wurde technisch erreicht durch den Bau des großartigen römischen Straßennetzes, dessen Spuren heute noch in ganz Europa bis zum Limes erkennbar sind. Dagegen fehlen im Bild des römischen Tourismus die revolutionären Züge. Er ist ein Minderheits-Tourismus geblieben. Weder die politischen noch die technologischen Antriebe reichten aus, um ihn aufs Ganze auszudehnen. Vor allem aber waren seine geistigen Wurzeln weit weniger stark ausgebildet als die des modernen Tourismus.

Diese Wurzeln liegen in der englischen und deutschen Romantik. Sie hat die Freiheit, die in der Wirklichkeit der beginnenden Arbeitswelt und in der politischen Restauration zu ersticken drohte, im Bilde festgehalten. Ihre Einbildungskraft hat die Revolution gleichzeitig verraten und aufbewahrt. Sie verklärte die Freiheit und entrückte sie in die Fernen der Imagination, bis sie räumlich zum Bilde der zivilisationsfernen Natur, zeitlich zum Bilde der vergangenen Geschichte, zu Denkmal und Folklore gerann. Dies, die unberührte Landschaft und die unberührte Geschichte, sind Leitbilder des Tourismus bis heute geblieben. Er ist nichts anderes als der Versuch, den in die Ferne projizierten Wunschtraum der Romantik leibhaftig zu verwirklichen. Je mehr sich die bürgerliche Gesellschaft schloß, desto angestrengter versuchte der Bürger, ihr als Tourist zu entkommen.

Diese Flucht vor der selbstgeschaffenen Realität wurde erleichtert durch dieselben Kommunikationsmittel, mit deren Hilfe diese sich verwirklichte. Hinter der fieberhaften Begeisterung, mit der in den dreißiger und vierziger Jahren des vergangenen Jahrhunderts die englischen Eisenbahnen ausgebaut wurden, steht mehr als bloß der spekulierende Eifer der Kapitalisten. Die Eisenbahnmanie verrät bereits den heftigen Wunsch, den Wohn- und Arbeitsplätzen der industriellen Revolution zu entrinnen. Aber was das Netz der Verkehrsmittel zu gestatten schien, vereitelte es zugleich. Mit der Festigung dieses Netzes, das sie für den Touristen zu öffnen schien, schließt sich alsbald die Gesellschaft wieder. Wie der Igel im Märchen den keuchenden Hasen am Ziel des Wettlaufs immer schon höhnisch erwartet, so kommt dem Tourismus allemal seine Widerlegung zuvor. Diese Dialektik ist der Motor seiner

Entwicklung; denn weit entfernt, den Wettlauf um den Preis der Freiheit resignierend aufzugeben, verdoppelt er nach jeder Niederlage seine Anstrengung von neuem.

Wie eng die Ausfaltung des Tourismus mit der der industriellen Zivilisation Hand in Hand geht, beweist der Vorsprung, den die englischen Touristen das ganze 19. Jahrhundert hindurch vor denen anderer Nationen gehalten haben. Schon um die Jahrhundertwende waren die Engländer die Reisenden par excellence. Die Italienreisen von Keats und Shelley legen von ihrer Reisemanie ebenso Zeugnis ab wie die Pionierleistungen Byrons, der als Archetyp des modernen Touristen gelten muß. Noch in unsern Tagen kann man in ländlichen Gegenden Griechenlands den Ausdruck »lordoi« für Touristen überhaupt hören. Die Schweiz verdankt ihren frühen Ruf als Fremdenverkehrsland ganz und gar den Engländern.

Eine Schlüsselrolle in der Geschichte des Tourismus fällt den Bergsteigern zu. Die Geburt des Alpinismus läßt sich auf das Jahr 1787 datieren. Damals bestieg Saussure als erster den Mont Blanc. Aber erst siebzig Jahre später begann die goldene Zeit der Alpinisten. Führend waren dabei die Engländer. Ziemlich genau vor hundert Jahren gründete Edward Kennedy den Alpine Club, die erste Vereinigung von Bergsteigern: eine englische Initiative!

Die Schlüsselrolle des alpinistischen Vorstoßes beruht darauf, daß er die romantische Ideologie des Tourismus besonders rein verkörpert. Er richtet sich auf das »Elementare«, das »Unberührte«, das »Abenteuer«: unter welchem Namen das Ziel auch verstanden wird, ändert an der Dialektik des Vorgangs nichts: indem es nämlich erreicht wird, ist es auch schon vernichtet. Nicht zufällig verbindet sich der touristische Zugriff mit den Methoden des Leistungssports. Da das Unberührte immer erst in der Berührung vergegenwärtigt werden kann, kommt es darauf an, der Erste zu sein. So kommt es zum Wettlauf um die Erstbesteigung, zum Erhaschen des Rekords. Vernes Romanheld Phileas Hogg setzte seine Ehre darein, »in 80 Tagen um die Erde« zu reisen. Noch die Satelliten, die wir in den Himmel schießen, eifern ihm nach, indem sie ihn unterbieten.

Auch die Entdeckungsreisenden werden zu Touristen. Die romantische Aura, die den früheren Entdeckern erst nachträglich verliehen wurde, fällt ihnen schon bei Lebzeiten zu. Wie den Alpinisten die unbestiegenen Gipfel, so faszinieren den Forscher die weißen Flecken auf der Landkarte. Das Jahrhundert begreift ihre Vernichtung als seine Aufgabe. Die Männer, die sich ihr unterziehen, von Livingstone bis zu Hillary, werden als Helden gefeiert. Die Venezianer des 13. Jahrhunderts hingegen hatten für ihren Mitbürger Marco Polo nur Spott und Hohn übrig. Sie begriffen nicht, was ihn bewogen haben konnte, das Unzugängliche zu seinem Ziel zu machen, und hielten ihn deshalb für einen Schwindler. Heute dagegen rüsten die Russen eine Expedition zum Unzugänglichkeitspol der Antarktis aus, einem Punkt, dessen einzige und ganz abstrakte Auszeichnung in der Schwierigkeit, ihn zu erreichen, besteht. Das Unberührte ist zur ideologischen Mystifikation geworden. Noch die mühevollste Expedition in die entferntesten Weltgegenden ist heute von vornherein touristischer Art, und noch ehe der erste Mensch in den Weltraum vorgedrungen ist, melden sich bereits die ersten touristischen Interessenten für die Astronautik an.

Wie die Pioniere, meist zu ihrem Widerwillen, bald erkennen mußten, blieb es bei ihrer privilegierten Rolle nicht. Die Gesellschaft, deren Interesse sie trug, verfolgte mit ihnen ihr eignes. Wer ihnen Ruhm spendete, war schon auf ihren Fersen. Das mündige Bürgertum bedachte sie mit einem Nimbus, den es sich selber zu verschaffen hoffte, indem es sich in die Wiederholung ihrer Taten stürzte, die Tourismus heißt. Die Freiheit, die diese im Fels des Berner Oberlands, im Eis der Polarkappen, in den äquatorialen Dschungeln gewonnen zu haben schienen, sollte bald von allen als ein neues Menschenrecht verlangt werden.

Freilich waren die touristischen Nachtreter nicht gewillt, den hohen Preis jener Freiheit zu erlegen. Das neue Menschenrecht, sich von der eignen Zivilisation in der Ferne zu befreien, nahm die harmlosen Züge der Urlaubsreise an. Doch pochen die Touristen bis heute ohnmächtig auf die Wertzeichen des Abenteuerlichen, Elementaren, Unberührten. Zugleich zugänglich und unzugänglich, zivilisationsfern und komfortabel soll das Ziel sein. Im Pullman-Bus wird die Wüste, im Schlafwagen die lappländische Tundra erfahren. Der Nordpol wird aus dem Fenster der Super-Constellation lässig gefilmt. In der Wüste von Tamaulipas verdunstet das Erlebnis, dem die atemlose Jagd gilt, unter dem kühlen Blick des Homo Faber.

Freilich fiel das neue Menschenrecht, wie stets, nicht allen zu, sondern allein der Klasse, die es erfand und durchsetzte: dem unabhängigen Bürgertum, das vom Ertrag seiner Kapitalien zehrte. Doch läßt sich ein solches Recht, einmal postuliert, nicht isolieren. Es wirkt vielmehr an der Durchmischung und Homogenisierung der Gesellschaft mit. Zwischen der egalitären Tendenz, die dem Bürgertum erst zu seinem Sieg, dann zu seinem Untergang verhalf, und der allseitigen Austauschmöglichkeit, die die neuen Verkehrsmittel hervorriefen, bestand und besteht eine Wechselwirkung. Die Voraussetzungen des Tourismus sind zugleich Wirkungen, seine Wirkungen Voraussetzungen für seine weitere Ausbreitung, wie Strom und Magnetfeld im Schwingkreis einander verstärken. Nach dem Großbürgertum ergriff der Prozeß weitere Schichten, zunächst die Beamten, Handwerker, Kleinbürger. Zwischen dem Stand der Produktivkräfte und der Entfaltung des Tourismus lassen sich genaue Entsprechungen feststellen.

Auch hier liegt England an der Spitze. Thomas Cook, Gärtner und Tischler, organisierte im Juli 1841 für die Mitglieder seines Temperenzler-Vereins eine erste Reise zwischen Loughborough und Leicester. Vier Jahre später gründete er sein Reisebüro, das sich innerhalb von drei Jahrzehnten zu einer weltumspannenden Organisation entwickelte. In Deutschland dagegen entstand das erste Reisebüro, das dem Tourismus diente, erst im Jahre 1868, also mit mehr als zwanzigjähriger Verspätung. Charakteristisch ist überdies, daß Karl Stangen in Berlin ausschließlich die sogenannten besseren Kreise bediente (sein erstes Ziel war Ägypten), während Cooks Arbeit bereits auf die Bedürfnisse des breiten, kleinbürgerlichen Publikums zugeschnitten war.

Ein solches Publikum, das die »zwecklose« Reise als Bedürfnis und Möglichkeit sah, gab es in Deutschland erst gegen Ende des Jahrhunderts.

Ausgeschlossen blieben von der fieberhaften Ausbreitung des Tourismus einmal die Bauern, die bis heute seiner Ideologie und Praxis als einzige soziale Schicht widerstehen, zum andern die Arbeiterschaft, die für seine Kosten letzten Endes aufkam. Erst nach dem Ersten Weltkrieg erkämpfte sie sich die Möglichkeit, dem ungeheuer angewachsenen Druck der industriellen Arbeitswelt wenigstens für die Dauer einiger Wochen, wenigstens scheinbar, zu entrinnen. Während Unternehmer und Lehrer, Beamte und Ärzte, Handwerker und Geschäftsleute längst im Tourismus eine Chance erkannt hatten, den Finsternissen von Birmingham und Glasgow, Wuppertal und Bochum den Rücken zu kehren, blieben die eigentlichen Leidtragenden der primären Akkumulation der trostlosen Gefangenschaft der Städte, dem Elend der Mietskasernen verhaftet. Bis auf den heutigen Tag gibt es in vielen Ländern keine allgemeine Urlaubsgesetzgebung, so zum Beispiel in England und den Vereinigten Staaten. Erst nach dem Ersten Weltkrieg wurde der bezahlte Urlaub nach und nach zum Bestandteil der Tarifverträge zwischen Arbeitgebern und Gewerkschaften. Noch im Jahre 1940 stand nur einem Viertel der amerikanischen Arbeiter ein bezahlter Urlaub zu. Heute liegt diese Zahl bei 90 Prozent. Gesetzliche Urlaubsregelungen bestehen in Deutschland, Frankreich und den skandinavischen Ländern. Der Kampf um das Recht auf Urlaub war mühsam; er zog sich über Jahrzehnte hin. Jeder Teilsieg verstärkte den Drang nach den Ferienzielen. Wo der Druck aus den Industriestädten ins Freie des Urlaubs wuchs, wuchs im gleichen Maß der Gegendruck. Im dichtbesiedelten England wurden Orte wie Brighton oder das berüchtigte Blackpool zu Synonymen menschlicher Überschwemmung. Auf den Badestränden lagen schon vor dem zweiten Krieg die erholungsuchenden Touristen enger aufeinandergepreßt als in den Slums, und die Ferienzüge waren überfüllt wie die U-Bahn zu den Spitzenzeiten des Pendelverkehrs.

Längst hatte sich inzwischen der Sieg des Tourismus als Pyrrhussieg erwiesen, längst war das Fernweh nach der Freiheit von der Gesellschaft, vor der es floh, in ihre Zucht genommen worden. Die Befreiung von der industriellen Welt hat sich selber als Industrie etabliert, die Reise aus der Warenwelt ist ihrerseits zur Ware geworden. Wenn ein Kritiker vom Schlage Gerhard Nebels die Schönheit von Bochum und Nottingham gegen die »Plunderhaufen« Interlaken und Montreux ausspielt, so versucht er damit nur, ein Phänomen der Arbeitswelt durch sein komplementäres zu bannen. Der Gegensatz ist fiktiv. Mit demselben Recht könnte man versuchen, ein Stahlwerk zu beschämen, indem man es mit einer Kohlengrube vergliche.

Der Fortschritt des Tourismus, der zugleich ein Fortschritt seiner Botmäßigkeit ist, läßt sich an drei Errungenschaften darstellen, deren jede für die Entwicklung einer Industrie großen Stils unentbehrlich ist: Normung, Montage und Serienfertigung.

Die Normung der Reiseziele beginnt schon mit der Erfindung des Reiseführers. Murrays Red Book von 1836 leitet den Touristenstrom bereits in vorgegebene Kanäle. Dieser Steuerung unterwirft sich der Reisende zunächst noch freiwillig. Er wird durch das Buch zwar psychisch, aber noch nicht physisch konditioniert. Das genormte Grundelement der Reise ist die »sight«, die Sehenswürdigkeit, sie wird nach ihrem Wert durch einen, zwei oder drei Sterne klassifiziert.

Der Begriff der Sehenswürdigkeit, für den Touristen von ausschlaggebender Bedeutung, verdient aufmerksame Analyse. Aus ihm geht zunächst hervor, daß der Tourist nicht frei von Gewissensbissen ist. Die Zwecklosigkeit der Reise, welche erst die ersehnte Freiheit garantiert, straft er Lügen. Denn die Sehenswürdigkeit ist der Besichtigung nicht nur würdig, sie verlangt nach ihr auf gebieterische Weise. Sehenswürdig ist, was man gesehen haben muß. Mit der Erfüllung dieser Pflicht gilt der Tourist die Schuld ab, die er heimlich in seiner Flucht von der Gesellschaft erblickt. Mit seinem Gehorsam bekennt er ein, daß er die Freiheit, auf die er aus zu sein vorgibt, gar nicht erträgt.

Was sich derart als Sehenswürdigkeit verkapselt, sind die Bilder der Ferne, als welche die Romantik Natur und Geschichte aufgerichtet hat. Diese Bilder schrumpfen zum Zoologischen und Botanischen Garten dort, zum Museum hier zusammen. Die Namen, die für zentrale Institutionen und Gedanken des 19. Jahrhunderts stellvertretend stehen, lassen sich vertauschen. Nimmt der Tourist mit Hilfe seines Handbuchs das antike Rom als einen Zoo der Geschichte, in dem er den Bestien der Historie gefahrlos und ungestraft ins Auge blicken darf, so wird ihm die Landschaft, wo der Doppelstern seiner Vorschrift sie auszeichnet, zum Gegenstand musealer Betrachtung. Heute arrangiert ihm sein Reisebüro Büffeljagden in Afrika, Tiger-Shikars in Indien und Elchjagden in Lappland. Auf der Photo-Safari zur Etoschapfanne erläutert der Zoologieprofessor die sights der Natur, vor den Teilnehmern eines 24tägigen Afrikafluges tanzen Watussis und Lippenpflockneger kommentiert von führenden Ethnologen; ihre Zuhörer lauschen andächtig wie dem kunsthistorischen Kollegen in den Uffizien die hurtig eingeflogenen College-Girls. In unseren Tagen übersteigt die Nachfrage nach Sehenswürdigkeiten das Angebot. Hielt sich das vergangene Jahrhundert noch an den Fundus, den Museum und Tiergarten voraussetzen, so produziert das unsere synthetische Sehenswürdigkeiten nach Bedarf. Vom Festival bis zum imitierten Lappenzelt wird für den Touristen, was ihn anzieht, allererst hingestellt.

Zu sich selbst kommt die Sehenswürdigkeit endlich in der Abstraktion, wo sie, aller fremden Kontingenz enthoben, zum touristischen Absolutum wird. Im Norden des amerikanischen Bundesstaates Kansas, unweit der Bundesstraße Nr. 281, befindet sich ein kleiner, wohlgepflegter Hain, der um einen Stein herum angelegt worden ist. Auf dem Stein steht: Hier ist das geographische Zentrum der Vereinigten Staaten. Auf der Straße, die zur Erreichung dieses Steins angelegt wurde und nur zu ihm führt, drängen sich die Wagen der Touristen, zu deren Norm seine Besichtigung gehört.

Zur industriellen Herstellung von Reisen genügen die genormten Elemente für sich jedoch nicht. Sie müssen montiert werden. Die für diesen Schritt repräsentative Erfindung ist das Fahr- und Gutscheinheft. Auch dieser Gedanke ist, und zwar im Jahre 1868, dem Gehirn des unglaublichen Thomas Cook entsprungen. Die Firma fädelte für den Touristen die Sehenswürdigkeiten zu einer Route auf und garantierte ihm die Einlösung der Papiere, die ihn dazu berechtigten, ihr zu folgen. Alles war fortan inbegriffen, die Reise wurde fertig montiert und verpackt geliefert. Das Abenteuer war zum Präparat geworden, bei dem jedes Risiko ausgeschlossen war.

Aber auch mit dem genormten und montierten Produkt war die neue Industrie noch nicht zufrieden. Es war zu teuer, solange es einzeln, Stück für Stück, angefertigt werden mußte. Wie jedes Konsumgut, so mußte auch die Reise in großen Serien hergestellt werden, wollte die Fremdenindustrie ihren Platz auf dem Markt behaupten. Behauptung aber bedeutete Expansion. Der Tourismus krönte seinen Sieg, die Niederlage seines menschlichen Sinns, durch die Erfindung der Gesellschaftsreise. Wem anders konnte sie gelingen als dem braven Thomas Cook? Er ahnte nicht, was er anrichtete. Den missionarischen Eifer, mit dem er zuvor den Teufel Alkohol bekämpft hatte, widmete er nun dem Tourismus. Zwischen dem Guten und dem guten Geschäft kannte sein biederes Ethos keinen Widerspruch. Im Jahre 1845 organisierte er die erste Gesellschaftsreise zum touristischen Vergnügen. Sie glich einem Triumphzug. Er hatte ihn sorgfältig vorbereitet. Alle Orte, die er berührte, hatte Cook vorweg aufgesucht. Hotelzimmer standen für jeden Teilnehmer bereit. Ein gedrucktes Programm unterwies die Mitglieder der Gesellschaft im rechten Genuß. Mit Trommelwirbel und Böllerschüssen wurden sie am Ziel empfangen. Die Erfindung der Gesellschaftsreise hatte die Produktionsmethoden der Fremdenindustrie komplettiert. Es gab kein Halten mehr, die Massenproduktion hatte begonnen. Noch in den siebziger Jahren startete die erste Gesellschaftsreise um die Welt.

Der Tourismus, ersonnen, um seine Anhänger von der Gesellschaft zu erlösen, nahm sie auf die Reise mit. Von den Gesichtern ihrer Nachbarn lasen die Teilnehmer fortan ab, was zu vergessen ihre Absicht war. In dem, was mitfuhr, spiegelte sich, was man zurückgelassen hatte. Der Tourismus ist seither das Spiegelbild der Gesellschaft, von der er sich abstößt.

Unverkennbar erscheint in diesem Spiegelbild der Fortgang vom klassischen Spätkapitalismus, von diesem zur totalitären Verfassung der Gesellschaft. Das Unberührte wird kapitalistisch »erschlossen«, totalitär »aufgerollt«. Militärische Analogien stellen sich ein. Der Tourismus parodiert die totale Mobilmachung. Seine Hauptquartiere gleichen Stäben, in denen Truppenbewegungen vorauskalkuliert werden. War der Fremdenführer der guten alten Zeit noch dienstbarer Geist, so setzt der Guide von heute bereits die Miene des Chefs auf, dessen Kommando dadurch nicht weniger dienstlich wird, daß der Kommandierte ihn dafür bezahlt. Der Reiseleiter vollends nimmt die Züge eines Transportführers auf, dessen Autorität die Kolonne gleichermaßen fürchtet und ersehnt. Unversehens verwandelt sich die auftrumpfende KdF-Reise in die geduckte Verschickung, und hinter den Ferienlagern stehen unsichtbar die Wachtürme jener anderen Lager, für die unsere Epoche einzustehen hat.

Der revolutionäre Impuls, der den Tourismus zum Weltphänomen erhoben hat, war zu blind, um Einsicht in seine Dialektik zu gewinnen, und zu mächtig, um sich mit der Vereitelung, die sein Los ist, abzufinden. In immer neuen Anläufen versucht der Tourismus erbittert, aus dem circulus vitiosus, der sein Lebensgesetz ist, und damit aus der Unfreiheit auszubrechen. Immer wieder scheitert er dabei.

Die deutsche Jugendbewegung ist vielleicht der charakteristischste dieser Versuche. Protestierend nicht nur gegen die Welt der Erwachsenen, als welche sie die Gesellschaft verstand, sondern auch gegen die touristischen Mittel, die zur Scheinflucht bereitstanden, verzichtete sie entschlossen auf den Komfort und begab sich mit Rucksack, Kochtopf und Zelt auf Fahrt. Programmatisch wurden die technischen Mittel des Reisens ausgeschlagen. Künstlich stellte man sich die harten Bedingungen des »echten« Abenteuers her. Durch die Treue, mit der man ihn übernahm, als wäre seither nichts geschehen, strafte man den romantischen Entwurf der Freiheit noch einmal Lügen. Die Flucht vor dem Hülsenhaften des Tourismus potenziert es nur. Als bloß Hülse ließ sich die Freiheit der Jugendbewegung ohne weiteres faschistischen Zwecken aufstecken. Die vorgebliche Ungebundenheit der HJ-Fahrten stand schon unter dem Gesetz jener anderen Fahrten, die ihre Teilnehmer später nach Stalingrad und Sibirien führen sollten.

Leichtherzig im Protest, harmlos im Scheitern ist dagegen ein anderer Anlauf gegen die Perversion des Tourismus geblieben. Seine ideologische Vermummung ähnelt freilich dem der Jugendbewegung: die Camping-»Bewegung« wurde unter den Schlagworten der Naturverbundenheit, der Zivilisationsferne, der Ungebundenheit groß. Doch lieferte man sich den Parolen, für deren Verbreitung in diesem Fall schon die Hersteller der nötigen Ausrüstungsgegenstände sorgten, ohne Fanatismus, eher mit jener abgebrühten Resignation aus, die sich als Reaktion auf die Slogans der Reklame eingebürgert hat. Mit polizeilicher Reglementierung des Zeltens, obligatorischen Campingplätzen, Lagerordnung, Lagermeister, fließendem Wasser und Steckdose für den Rasierapparat führte sich das Camping rasch ad absurdum. Heuer soll es bereits démodé sein. »Man« wohnt in Bungalow-Dörfern. Am fragwürdigen Kern der Sache ändert sich nichts.

Ein radikalerer Anlauf, die Grenzen, die im Tourismus selber liegen, zu durchbrechen, kündigt sich in den Überlegungen kluger Promotoren und Touristen an, die dem geheiligten Zeremoniell des sight-seeing den Garaus machen wollen. Sie haben es darauf abgesehen, an seine Stelle, wie es heißt, das life-seeing zu setzen. Wie die Leute, die man besucht, in Wirklichkeit leben, das wird als neuer Gegenstand touristischen Interesses eingesetzt. Die kommerzielle Seite des verlockenden Vorschlags ist es, aus der Hotel-Not, die der Andrang der Reisenden mit sich bringt, eine Tugend zu machen. Man wohnt statt dessen bei Privatleuten, an deren Alltag man teilzunehmen vorhat. Die Tugend der Gastfreundschaft soll in ihre alten Rechte wieder eingesetzt werden. Auch dieser Anlauf birgt, getreu der Dialektik des Tourismus, sein Scheitern in sich. Die Tugend, die man beschwören will, wird vernichtet, indem man sie in Anspruch nimmt. Tourismus ist der Bock, der sie vertrieb, Nichttourismus taugt zu ihrem Gärtner. Solange das Reisen Irrfahrt und Verbannung war, wurde Gastfreundschaft wie ein Asyl gewährt; als es zum freiwilligen Vergnügen wurde, schlossen sich die Türen. Es erhoben sich die Kathedralen des Tourismus: die Hotels.

Die Geschichte des Tourismus ist auch eine Geschichte der Hotels. Die primitive Notdurft der mittelalterlichen Herbergen, die anspruchslose Utilität der alten Post-Gasthöfe genügten der neuen Bewegung nicht. Die architektonischen Denkmäler, die sie sich setzte, stellten alles, was früher der Beherbergung von Fremden diente, in den Schatten. Das erste moderne Hotel war der Badische Hof, der in den ersten Jahren des 19. Jahrhunderts in Baden-Baden errichtet wurde. Eine komplizierte Hierarchie von Geschäftsführern, Pförtnern, Maîtres d'hôtel, Kellnern, Pikkolos, Pagen, Zimmermädchen und Hausburschen bediente hier zum ersten Mal den Apparat der Hallen, Festsäle, Speisesäle, Lesezimmer, Schlafzimmer und Bäder, Ställe, Terrassen und Wintergärten. Das Modell des Badischen Hofes von 1805 ist bis heute maßgebend geblieben. Bahnhofhotels nach seinem Muster verdrängten die alten Gasthöfe an den Stationen der Postkutsche. Je weiter der Tourismus im Zeichen des Hochkapitalismus fortschritt, desto mehr machte sich die Hotelindustrie dessen Wirtschaftsformen zu eigen. 1850 wurde in Paris das Grand Hotel eröffnet, das erste Unternehmen der Branche, das sich die Rechtsform der Aktiengesellschaft gab. Die fortschreitende Konzentration des Kapitals führte bereits 1880 zur Gründung des ersten Hotel-Trusts, der Ritz-Kette. Um die Jahrhundertwende entstanden in den Vereinigten Staaten die ersten Mammuthotels mit fünfhundert und mehr Zimmern.

An der alten Schale des Hotels nach dem Muster von Baden-Baden änderte sich dabei nichts, und diese Schale ist aufschlußreich für die Psychologie des Tourismus. Das Hotel ist das Schloß des Großbürgertums. In ihm usurpiert die neue Klasse demonstrativ die Lebensformen der Aristokratie. Sein Milieu ist der unbewältigte Luxus. Während der echte Aristokrat dem Reisen um seiner selbst willen ebenso abgeneigt ist wie der Bauer, stellt der bürgerliche Parvenu als Reisender zur Schau, was ihm zu Hause versagt bleibt. Die Freiheit, in die er als Tourist zu entkommen meint, ist nicht nur die einer historischen oder räumlichen Ferne, sondern auch die einer Lebensform, die er für die gesellschaftlich höhere hält. Er sucht nicht nur die Geschichte als Museum, nicht nur die Natur als Botanischen Garten, sondern auch gesellschafliche Entrückung im Bilde des high life auf.

Neben der Sehenswürdigkeit tritt als Reiseziel das soziale Prestige. In der Kalkulation ihres Preises spielt bei der Ware, als welche die Reise aus der Warenwelt zu verhelfen vorgibt, ihr Warenzeichen fortan eine maßgebliche Rolle. Wie die Marke eines Parfums dessen Wert steigert, ja halbwegs ausmacht, so der Name ihres Ziels den der Reise. Die Aura, mit welcher Romantik den Weitgereisten umgab, gefriert zum Warenzeichen, das den Fetischcharakter der Tour verbürgt. Im Fetisch des Souvenirs erscheint dieser Charakter leibhaftig. Als Blechschild am Spazierstock, als Zettel auf dem Koffer, als Plakette am Auto, als Zertifikat über Äquator- und Poltaufe versichert es den Touristen gegen den Zweifel am eigenen Erlebnis, der ihn wie Walter Faber befällt, und gibt ihm ein Beweisstück für seine Rückkehr zur Hand.

Zum Programm der touristischen Reise gehört als letzter Punkt die Heimkehr, die den Touristen selbst zur Sehenswürdigkeit macht. Was ihm seine Ideologie als unberührte Ferne hinstellt, muß er nicht nur berühren, sondern auch publizieren. Die Zuhausegebliebenen verlangen von ihm, daß er ihnen von seinen Abenteuern erzähle. In seinem Bramarbasieren ist ein uralter Zug alles Reisens aufgehoben, nämlich sowohl aufbewahrt als zunichte gemacht. Er geht auf die Zeiten zurück, in denen der Mund des Weitgereisten die einzig sichere Quelle war, aus der Kenntnis der Ferne zu gewinnen war. Dagegen verkündet heute der heimgekehrte Tourist nur, was alle längst wissen. Sein Bericht dient nicht nur dem Zweck, sein eigenes Prestige, sondern auch das des Arrangeurs zu festigen, dem er sich anvertraut hat. Der Tourismus ist die Industrie, deren Produktion mit ihrer Reklame identisch ist: ihre Konsumenten sind zugleich ihre Angestellten. Die bunten Aufnahmen, die der Tourist knipst, unterscheiden sich nur den Modalitäten nach von jenen, die er als Postkarten erwirbt und versendet. Sie sind die Reise selbst, auf die er sich begibt. Die Welt, deren er auf ihr ansichtig wird, ist von vornherein Reproduktion. Nur Abklatsch wird ihm zuteil. Er bestätigt das Plakat, das ihn verlockt hat, sich in sie zu begeben.

Diese Bestätigung des Vorgespiegelten als eines Wahren ist die eigentliche Arbeit, die der Tourist ableistet. Es ist keine leichte Arbeit, die da von ihm verlangt wird. Um die Langeweile, welche sie begleitet, zu lindern, ersann schon 1841 der Leipziger Verleger Tauchnitz die Reiselektüre als Palliativ. Die Sammlung diente mit ihren englischen Texten den Touristen von jenseits des Kanals, die damals noch das Bild der Bewegung bestimmten; sie trug ihm die Dankbarkeit aller englischen Reisenden, ein ansehnliches Vermögen und den Titel eines Barons ein. Gegen die Traurigkeit der heimlichen Enttäuschung, gegen die Verzweiflung des Voyageurs wuchs dem Tourismus indes kein Kraut.

Die Trostlosigkeit ist dem Touristen vertraut. Blind greift er nach den heftigsten Mitteln, um die Langeweile zu verscheuchen, obwohl er doch im Grunde von der Vergeblichkeit seiner Flucht weiß, noch ehe er sie unternimmt. Immer schon durchschaut er das betrügerische Wesen einer Freiheit, die ihm von der Stange verkauft wird. Aber er gesteht sich den Betrug, dem er zum Opfer fällt, nicht ein. Seine Enttäuschung läßt er nicht laut werden. Sie fiele nicht auf den Industriellen zurück, der ihn betreut, sondern auf ihn selbst. Der Kreis seiner Bekannten würde dem Touristen das Eingeständnis seiner Niederlage als soziales Versagen ankreiden. Der Dupierte will zu seinem Schaden nicht auch noch den Spott zu fühlen bekommen. Er läuft Gefahr, daß ihm von seinem Stammtisch eben jene Verachtung entgegenschlägt, mit der ihn eine reaktionäre Kulturkritik ohnehin straft.

Es ist in der Tat sehr leicht, sich über den Massentourismus unserer Tage wie Gerhard Nebel lustig zu machen. Gewaltig aber ist die Kraft, welche heute überall auf der Welt die Massen an den Strand ihres kleinen Urlaubsglückes wirft. Es ist die Kraft einer blinden, unartikulierten Auflehnung, die in der Brandung ihrer eigenen Dialektik immerfort scheitert. Es stellt der politischen Verfassung, in der wir uns befinden, ein vernichtendes Zeugnis aus, daß allein Omnibusunternehmer und Bettenhändler sie ernst nehmen. Die Flut des Tourismus ist eine einzige Fluchtbewegung aus der Wirklichkeit, mit der unsere Gesellschaftsverfassung uns umstellt. Jede Flucht aber, wie töricht, wie ohnmächtig sie sein mag, kritisiert das, wovon sie sich abwendet.

Der Wunsch, der sich in dieser hartnäckigen, erbitterten, aussichtslosen Kritik verbirgt, läßt sich mit keinem Mittel unterdrücken. Wohl bietet er sich zur geschäftlichen Ausbeutung an. Da er sich selber nicht durchsichtig ist, hat sie es leicht, ihn immer von neuem zu pervertieren. Damit, daß man ihn verhöhnt, kann man ihn weder erklären noch lähmen. Das Verlangen, aus dem sich der Tourismus speist, ist das nach dem Glück der Freiheit. Noch im Rummel von Capri und Ibiza bezeugt es seine ungebrochene Kraft. Die Bilder jenes Glücks, welche die Romantik aufgerichtet hat, behalten gegen alle Fälschung recht, solange wir nicht imstande sind, ihnen eigene entgegenzuhalten. Sie triumphieren noch über die Plakate, in die das Kapital sie medusisch verzaubert hat. Nicht für, sondern gegen uns zeugen sie. In ihren Gesichtern leuchtet das Wahre wie eine Erinnerung auf, die nicht verbleichen kann, weil wir uns mit ihr zufriedengeben.

In einem nachgelassenen Aphorismus von Otto Weininger heißt es, von einem Bahnhof aus könne man niemals in die Freiheit fahren. Der Satz gilt, solange wir uns abfinden mit dem, was in der Zeitung steht, die wir uns ans Ferienziel nachsenden lassen. Der Tourismus zeigt, daß wir uns daran gewöhnt haben, Freiheit als Massenbetrug hinzunehmen, dem wir uns anvertrauen, obschon wir ihn insgeheim durchschauen. Indem wir auf die Rückfahrkarte in unserer Tasche pochen, gestehen wir ein, daß Freiheit nicht unser Ziel ist, daß wir schon vergessen haben, was sie ist.

Nr. 126, August 1958

Ernst Bloch

Paradoxa und Pastorale in Wagners Musik

Non fumum ex fulgore,
sed ex fumo dare lucem.
Horaz, *De arte poetica,* v. 143

Einige nicht ganz unnötige Vorbemerkungen

Stets kam ein neuer Ton schwer an und unter. Gar Wagner, je mehr er den eigenen Weg ging, desto wilder wurde er abgelehnt. Es bedurfte eines außerordentlichen Glücksfalls, daß seine eigentlichen Werke aufgeführt wurden, und als es soweit war, wuchs die Feindschaft erst recht. Wagner wurde nicht nur als der eitle, komödiantische Mensch bekämpft, der er vielfach war und als der er sich musikalisch vielfach kenntlich machte. Er galt vor allem als unbequemer, dazu dauernd überhitzter Neutöner, so melodielos wie formlos. Bis in die achtziger Jahre hat diese erste feindliche Welle noch angehalten. Der große, vielfach auch schlimm-große Sieg, der nachher kam, ist bekannt.

Er verschwand wieder, als eine kühlere, sachlichere Jugend aufzukommen glaubte. Also in den zwanziger Jahren der sogenannten neuen Sachlichkeit und der fettlosen Mode überall, die damit zusammenhing. So kam die zweite feindliche Welle gegen Wagner, mit der ersten der Groß- und Urgroßväter gar nicht vergleichbar. Die Abkehr wurde verblüffend rasch Mode, ebenso rasch kam eine gleichgültige Unkenntnis des Wagner-Werks in der Jugend; das gerade in Deutschland. Diese zweite Abkehr ist bemühender als die erste, weil sie von der Jugend besorgt wird und nicht von Konservatoriumsvätern oder gar vom Logenpublikum der Ballettopern her. Die Korrekten des Konservatoriums hatten gegen Wagner meist nur Mendelssohnsches gemeint und ausgespielt, wenn sie Brahms sagten, den gleichen Brahms, der zwar angewidert war von aller Schminke und dem Theaterdonner, der aber, zum Mißfallen Hanslicks, die Meistersinger-Partitur wochenlang mit sich herumtrug. Jetzt dagegen lief die Abkehr von Wagner am wenigsten im Namen Mendelssohns, Wagners oft gemeine Polemik gegen ihn wäre jetzt leer gelaufen, und am wenigsten haben die Alten, Arrondierten sich an der neuen Abkehr beteiligt. Bei ihnen war vielmehr Ruhe, sie hatten ihren Wagner längst nicht mehr als den ehemaligen Neutöner in den Ohren, sondern ganz als Spätromantik und vor allem als sogenannten Ewigkeitswert (ein Lieblingswort von Pfitzner bis auch Hitler), als muffig geweihten dazu. Gerade die Spießerzunft konnte daran ruhig verschnaufen, und die Gefahr fürs Wagner-Bild wurde desto größer, als eben Hitler den Schwall und das Getöse, die Deutschtümelei und den Arier-Radau in Wagner neu pointierte, kurz Wagner in Blut und Boden zu hauen schien. Neue Butzenscheibenromantik, Hundings Hütte als Görings Blockhaus mit Met, die Halle der Gibichungen als Görings Karinhall, die Festwiese und Sachsens Schlußgesang als Reichsparteitag in Nürnberg – das alles hat gerade noch gefehlt, damit das Wagnersche für luzidere Naturen, um es schwach auszudrücken, vollends suspekt werde. Doch eben vorher schon hatte die Antiromantik, besser gesagt: der akzeptierte Hohlraum der Existenz (mit Glashaus und Ornamenthaß als architektonischem Ausdruck) den Wagner verhaßt gemacht, sein Seelengeschwöge, wie man sagte, seine Überladenheit. Abkehr von jeder Ausdrucksmusik machte erneut *taub* gegen einen Meister, der gerade das Orchester zu höchster Ausdruckskraft erziehen wollte; Durchsichtigkeit und stahlmöbelhafte Aussparung in den Orchesterstimmen, das trumpfte auf. In erster Reihe gegen die überhitzte, ja angeblich nicht gut auskomponierte, schwülträchtige Wagner-Partitur. Doch wenn freilich Musik so objektivistisch gefaßt wird, daß *aller und jeder Ausdruck* verschwinden soll, daß *alle Dynamik* des Teufels sei (gerade Mozart gibt für diese neue Übertreibung kein Beispiel), dann hört überhaupt jede *differenzierte* Einsicht in Wagner auf. Der Ausgangspunkt für diese Einsicht aber muß jetzt – einem so kolossalischen wie unentrinnbar potenzierten Werk gegenüber – der sicherste sein (sonst käme nichts als unkontrollierbare, ja uferlose Beliebigkeit heraus); und dies Sichere ist die *Partitur.* Mit anderen Worten: der *Musiker* Wagner ist entscheidend, nicht der vermeintliche Maler oder Bühnenarchitekt oder auch der Regisseur oder selbst der Textdichter, der hier allemal aus vorangehender musikalischer Konzeption bestimmte. So daß Musik die Handlung nicht nur doppelt stark, dreimal glühend geschehen läßt, sondern sie erst setzt (und das Sichtbare folgt nach). Die neuen Bayreuther Inszenierungen scheinen hier wirklich Neugeburt ihrer Bühne aus der Lichtregie der Musik zu bedeuten – nicht geringen Teils mit Glück. Die so lange fällige Wagner-Dämmerung nach der Morgenseite, nicht nur nach der Abendseite, ist mindestens in Gang, wird bis zur Klärung nicht mehr enden. Das prekärste, zugleich seit Händel spektakulärste Musikwerk verlangt das, und jeder entdeckende Beitrag ist recht. Also gehe es im folgenden noch um musikhaft Näheres als um Aufführungs- und Auffassungsfragen, es gehe um einiges bisher wenig Beachtete, wohl gar Unbekannte in dieser Musik selber; im Quellgebiet also der aufzuführenden Sache. Gewiß sind die Tiefen dieser Musik noch keineswegs alle herausgebracht; erst deren Erforschung, bis hin an die Anfänge einer eigenen »Sprache in der Musik«, könnte die Szene ganz erneuern. Hier liege zunächst ein Bemühen vor, das sich um etliche einfachere, obzwar gleichfalls unstrapazierte Zeichen kümmert. Diese heißen: Neu heran, Bel canto, tiefe Paradoxa, »Allwissenheit« des Leitmotivs, Pastorale bei Wagner. Gerade diese Zeichen (meist übersehen im Werk) verlangen *gedachte* Lichtregie.

Neu heran

Wie muß zunächst hier zugehört werden? Das ist mit einem einzigen Wort sagbar: bescheiden. Nur so ist ein zu neuer oder zu fürwitziger Gast Wagners (was oft zusammenfällt) imstande und wert, einer zu sein. Nur so begegnet er einigermaßen dem nicht einfachen Spiel, statt einer frechen, sicher trüben

Meinung darüber. Viele sehen Wagners Opern zum erstenmal, das liegt nicht an ihnen, sie hatten kein Geld dazu, sie müssen herangeführt werden. Aber ein anderes sind jene bürgerlichen jungen Leute, die buchstäblich ohne Not, dafür oft schnöselhaft absprechend, sich und Bessere um das immerhin nicht kleinliche Werk betrügen. Derart daß ihnen »mein lieber Schwan« nicht gefällt und sie sonst nichts im *Lohengrin* bemerken. Wonach ihnen auch dasjenige abgetan scheint, was nicht etwa süß pfeifenden, gar keuchenden, sondern langen Atem hat. Ein kesser Snob hört weder betroffen zu noch ist er imstande, um die Ecke zu hören. Das wird freilich nicht besser, wenn der zögernde Abnehmer unten von vermehrtem Getue oben, auf der Bühne, überrumpelt werden soll. So etwas ist übel, vielmehr wird der neue Hörer Wagners nur dort gepackt, wo dieser nicht auch noch künstlich vergrämt oder verkrampft wird. Nötig ist, daß neues Hören Wagner an seinen vielen bunten, schlagenden Stellen geradezu jungenhaft aufnehme. Die Sache wurde in der Zeit der Bärte geschrieben, aber außer bei Sachs, der ihn rechtens trägt, ist viel Bart abnehmbar als nur damals geklebter. Auch der Sprechgesang ist durchaus vernehmbar zu machen, als wäre er rezitativisch, die ariosen Stellen mögen dann fürs erste wie Lieder klingen, die nur etwas weniger deutlich als sonst vom parlando abgesetzt sind. Ein künstlerisch Gebild ist gewiß kein Krapfen, besteht nicht aus Teig und Füllung, am wenigsten beim späteren, durchkomponierenden Wagner. Doch bei seiner ersten Aufnahme ist das Bild des Krapfens zweifellos besser und helfender als das des ermüdenden fließenden Bands. Mit inneren Strichen darf und muß also der ungeübte Besucher zunächst fast nummernhaft genießen; das sei ihm nicht zu schwer gemacht. Die gleichmäßig dicke Tunke, mit der Wagner oft angerichtet wird, muß ohnehin weg. Auch das Ohr setzt immer wieder ab, liebt nicht zu schlingen.

Frage des Bel canto

Es bleibt unleidlich, will einer vom Schrei hier gar nicht herunter. Das ist falsch vom Sänger, eine Art schrille oder zackige Schlamperei. Abgesehen von einigen öden Strecken des Sprechgesangs, wie den Erzählungen Wotans, in fast gleich tiefer Stimmlage, läßt sich Wagner durchaus melodisch vortragen. Galt er erst als nicht singbar, so gilt er doch, nachdem sich dieser Unsinn längst gelegt hat, nicht als recht sangbar, das heißt jeder italienischen Singschule fremd. Die großen Soprane gellen hier gerne keifend und grell, die großen Tenöre trompeten gerne brünstig und dräuend. Rein gebildeter, deutlich abgetrennter Ton, wohlbereitetes Auf und Ab, Sinken und Steigen, das ist den Sängern Wagners selten an dieser Wiege gesungen worden. Statt dessen gibt es immer noch, wenn auch auf rasiertere Weise, den Brüll-, dann Feierton, – sinnlose Plage. Der Unterschied der gleichen Frauen und Männer, sobald sie Mozart, selbst Verdi darbringen, ist groß; man kann ihn, wie jeder bessere Korrepetitor bestätigen wird, wirklich nicht Klavier spielen. Zweifellos ist Wagner selber an den Hitz- und Drohstimmen, gegebenenfalls auch an ihrem falsch-biederen Cello nicht unbeteiligt, die durchgängige Manier oder Manie dieser Singart hat er aber nicht geliefert. Außer dem Streben nach südlicherem Bel canto gibt es in seinem Werk genug »Nachtigallenweis, auch roten, blauen und grünen Ton«, wie in den *Meistersingern* David singt, um von hierher zu gliedern und zu veredeln. Könnte man mehr so Wagner singen, wie Lotte Lehmann seine Fünf Lieder sang, dann wäre weniger Pedal in Klang und Sang, und der Schrei wäre weg. Ein anderer Wink kommt von den Liedern Hugo Wolffs, die Wagner so nahestehen, doch nie dem rhetorisch aufgezogenen. Und was dem Vortrag des Gesangs recht ist, wird den Geigen, Bläsern, Pauken ohnehin billig: indem sie nämlich nicht mehr überschrien werden noch gar selber überschreien. Ein guter Dirigent macht das hier unten, im Orchester, ohnehin seit langem leichter, durchsichtiger, als die Brünnen und die allwegs-Helden oben. Dazu verhilft der fast ständige Tanz, den das Spielwerk *Meistersinger* gegen das Fett kehrt und auch gegen die verschleppten Tempi. Dazu verhilft die subtile Klangmischung in allen Werken der Reife, dazu ermahnt ebenso das vielstimmig klarzuhaltende Gewebe. Ein kammermusikalischer Teppich hat zugrunde zu liegen; der Dirigent, der schmiert, mit Lärm verschmiert, tunlichst auf die Pauke haut, ist ein Feind Wagners, wie ihn der herkömmliche Wagner gerade noch gebraucht hat. Kaum sind feinste Fingerspitzen je so vonnöten, als wenn der *Ring* dirigiert wird, eben wegen der gut eingelaufenen Gefahren des Gegenteils. Verblüffend beispielsweise muß die Feinheit werden und hervorklingen, wenn ein Zwischenstück wie »Siegfrieds Rheinfahrt« mit lauter Glück im Rücken gegen den Strom schwimmt, als schwämme es mit ihm. Zeigt sich Forellenhaftes, so muß es rhythmisch sein, nicht Panzer, gerade das Lokkere und Leichte läßt sich nicht mit dicker Angabe bestreiten. Ebenso gehört ein reinscharfer Übergang zu dem meist so kostbaren Stufenwechsel der Akkorde, nicht das hineinkniende Schmachten, das überdies noch hinzugetan wird. Also muß hier allenthalben aufgelichtet werden, der wirkliche Wagner läuft festlich, aber nicht als Festrede durch seinen Gesang. Ein Leicht-Neues ist statt dessen da und findbar, tunlichst mehr Mosel als Warmbier. Das und mehr wirft den falschen Ton ab, der durch die viele falsche Kehle so sehr gemehrt wurde.

Frage der Paradoxa

Wer vieles bringt, wird jedem etwas bringen, dieser Spruch ist auch bedenklich. Besonders wenn das Gebrachte recht verschiedene Güte zeigt, laufend nebeneinander, wie sich's trifft. So gibt es bei Wagner zweifellos viel vulgäre Stellen, und dicht dabei staunt der Fachmann, während der Laie sich mehr an die alten Perlen hält. Doch selbst der Laie kann dann sagen: Oft nimmt es Wagner in der Erfindung, wo er es findet. Das gilt nicht nur für das Lied an den Abendstern, diese banale, doch immerhin gemütvolle Romanze; es gilt weit verantwortlicher für das kleinbürgerliche Ferien-Juhu im Hojotoho oder in Sachsens Jerum mit anschließendem Geklopfe. Gilt vermehrt für Siegfrieds brutale Schmiedelieder und auch für alles Reißerische, was Musik für Unmusikalische genannt worden ist. Das ist das eine und ist auch nicht aufzuheben, am wenigsten, wie sich von selbst versteht, durch Bel canto; einzige Auskunft ist die des Kaspar aus dem *Freischütz* (falls sie helfen sollte): »So etwas sieht ein Gescheiter gar nicht.« Und der Fachmann, dann auch der Laie legt desto weniger Gewicht auf dies irreparable Wesen, als er den weit überwiegenden Wagner kennt, erkennt, bei dem es so durchaus anders kommt und hergeht, als der Vulgäre denkt. Sonst wäre der Widerstand auch der stumpfen Welt, nicht nur der gebildeten, gegen Wagner schwerlich so groß gewesen; überwiegendes Hojotoho hätte gleich das Rennen gemacht. Doch feines, auch mächtiges Überraschen ist hier größer als das Durchkomponierte. So steht – was eben das Erstaunliche neben dem Familiären Wagners betrifft – dicht neben dem Preislied Walters (auch einer Art Abendstern im Grunde) nichts Geringeres als die Musik Beckmessers, gewiß nicht sein jämmerliches Ständchen, doch viel aus seinem anderen, stachligen Gesangsduktus und vor allem die Musik seiner Pantomime, die ohne diesen seinen Gesangsduktus nicht möglich wäre und eine der besten, kühnsten der *Meistersinger* ist. Sie ist – schon ganz wider das Verabredete – gerade bedeutend »moderner«, schwimmt bedeutend mehr gegen den herkömmlichen Strom als das Preislied Walters. Das ist dramaturgisch betrachtet ein Fehler, musikalisch aber ein ausgemachtes Paradox, und zwar eines, das gewiß nicht nur mit dem Vulgären unvereinbar ist. Was gar will dieses Paradox bedeuten gegen das für Wagner so Charakteristische des plötzlich andringenden, aufhaltenden Tonblicks aus unverabredeter Tiefe. Weit pointierter als Effekt und Monumentalität (die zurückzudrängenden) müßte gerade dies *esoterisch* Paradoxe Gehör und Darstellung finden, eine unscheinbar überstrahlende, orientierende. Der Tristan-Akkord im Vorspiel – wie geladen ist er dieser Art mit Stupor eines Verfremdens. So beschaffen ist er, daß nicht einmal seine Tonart eindeutig bestimmbar ist, und auch herkömmlich-harmonische Begriffe wie Durchgang, Alteration, Vorhaltsbildung werden davor schwach. Wie oft wirkt auch andere unaufgelöste »Dissonanz«, das heißt nicht mehr in den harmonischen Zusammenhang einbezogene »Dissonanz« im doppelten Sinn überraschend: nämlich ebenso als unvorhergesehen wie als vorhersehend, als fast unvermittelt einbrechendes Prévoir in tonika-fremden Satz. Brangänens Gesang vom Turm herab, weit und wie unzugehörig über der Takt- oder auch Mehrtakt-Periode schwebend, mit Violinen, die Thomas Mann höher als alle Vernunft nannte, steht in seiner musikalischen Ekstasis sogar quer zu der Angst und Warnung, die er im Gefüge der Oper bedeutet. Item, ein viel stärkeres Befremden an Wagner, gerade dieses, wäre fällig, als es vor dem bloß vulgär-sublim gemischten Musiker bisher üblich war. Indem dies Befremden dem Paradox in Wagners Tiefen zugewandt ist, den nicht zeitlosen, doch modelosen, hat es mit der stehengebliebenen, stehenden Wagnerei gar nichts gemein, aber auch nichts mit der gestürzten, sofern sie immer nur auf die stehende bezogen ist. Die starkleuchtenden Stellen schlagen ganz öffentlich Unerwartetes an, sie beginnen damit bereits in den ersten Takten der *Rienzi*-Ouvertüre, sie reichen hoch hinauf bis zu dem Es-werde-Licht-C-Dur-Thema des meistersingerischen Johannestags (Sommertagtraums, wie Wieland Wagner sagt). Und die gleichsam unterstrichen-dunklen Stellen sprechen erst recht Entlegenes für sich selbst, die kohlschwarzen übermäßigen Dreiklänge um Alberich, gar das Schlafmotiv, und gar der »unerforschlich tief geheimnisvolle Grund«, den Tristan Marke nicht sagen kann: dies Arkanum des »einen Wörtchens Und« ist eben im Tristan-Akkord gänzlich als Paradox abgehoben und spezifisch in seinem Meerwunder belassen. Also kommt es auch nicht darauf an, Wagners erotisches Umschlags-Paradox des Willens zum Leben oder gar den Pessimismus der *Götterdämmerung* durch Schopenhauer immer wieder zu erläutern; denn all dergleichen ist erstens längst bekannt, ja zu konform geworden, um im erstaunenden Sinn ein Paradox heißen zu können, und zweitens vor allem liegt darin am wenigsten das jeweilige Paradox der Wagnerschen Tiefen, auf das es zur Erneuerung ihres Werks anruft. Vielmehr: Unverabredetes des Unvorgesehen-Vorhersehenden steht zur Diskussion, wie angegeben; Jeweilig-Jähes *einzelner Instanzen* also, nicht das scheinbar Große-Ganze, nicht der abgelaufene Schopenhauer in Wagner, erst recht nicht Wagners so wenig ungemeine »Kunstreligion«. Auf ganz anders Aufgetanes kommt es an, oft sogar auf einen Contra-Wagner im echten Wagner, und vorab diese Paradoxe des Werks wirken – als solche von unterwegs, ja scheinbar wie ein Nebenbei – auch auf manch Kolossales darum her oder auch im allzu ausgemacht-herumgesprochenen Hintergrund. Die nervösen Farben des bloßen Raffinements, die prallen des bloßen theatralischen Effekts werden dadurch gewiß nicht aufgehoben, aber sie können, durch die einwirkende Nachbarschaft des plötzlich davon abgebogenen, still Erstaunlichen, andere Valeurs erhalten. Das gelingt nicht überall, durchaus nicht, vielleicht sogar selten auf längere Strecken, doch das Piano des Siegfried, der beim Fürchten fernste Ruhe um Brünhilde hört, bleibt stärker als alle Trompeten aus Nahfarbe und Theaterlärm. Jedenfalls stehen hier musikhaft-szenische Feinheiten zum Problem, mit Ausdrucksfähigkeit, ja Weisung über jeden konventionell erwartbaren Zusammenhang des Reagierens hinaus. Diese Art Paradoxa hängt zwar mit dem beginnenden Zerfall der bürgerlichen Gesellschaft eng zusammen und wäre ohne ihn nicht möglich. Bezieht aber eben daraus sein häufiges Andersherum, sein abrupt Anderes im Ausdruck, genau das Imprévu, worin ein allzu geheim gebliebener Wagner frei wurde. Das schockhaft Unterbrechende ist hierzu wichtig, es liefert dem Paradox die allemal intermittierenden Exempla.

Also auf scheinbares Nebenbei von unterwegs gehe jetzt der Blick, betroffen. Dieser stutzt bereits beim *Holländer,* ja hier mehr als bei den beiden reiferen Opern nachher. *Tannhäuser, Lohengrin,* gewiß, sie haben auch viel Nebenbei, das ritzt und nicht abstumpft. Mit kleinen Figuren, bescheiden durchaus, doch sie schon von abwegig lehrreichem Ausdruck. »Sag, wo weiltet ihr so lange?«, auf diese etwas gänseblümige Frage Elisabeths kommt das »Fern von hier« Tannhäusers, und »dichtes Vergessen« tritt auf. Um dieses aber tönen, ff beginnend, scharf angestrichene Bratschen und Celli, abnehmend: selten verstand Wagner, so kurz, so vielsagend zu sein. Oder im *Lohengrin* wird ein sehr hohes Wort ebenso kurz und ungewohnt musiziert, der Sprecherin und wenig zufriedenen Lage gemäß. »Gott? so nennst du deine Feigheit Gott?« ruft Ortrud, die Heidin, ihrem mittelmäßigen Telramund zu, und »furchtbar klingt das Wort in ihrem Munde«, nämlich höllisch. So ist es auch begleitet, synkopisierte Sechzehntel in Flöten und Violinen pfeifen als Nattern diesen Lobpreis. Doch eben, all dies sonderliche Nebenbei ist nicht nur breiter, sondern bewußter, auch positiver im *Fliegenden Holländer;* denn diese vorangehende Oper ist erfahrener, gleichsam echter als die beiden nachfolgenden. Wagner hat sich im *Holländer* entdeckt, und wäre er damals jung gestorben, wäre diese Musik seine letzte gewesen, dann würde man Wagner rauh und einsam sehen, gar nicht theatralisch. Dabei ist die erhaltene Liedform durchaus handlungsmäßig eingebaut, aber auf feine, fast entzückende Art; so das Lied des Steuermanns (einschlafend, wo er gar sehr wachen sollte), das Kuppellied Vater Dalands (der die Kuppelei doch weniger nötig hat als je irgendwer irgendwann). Der Widerspruch zwischen den »Interessen« Dalands und seiner Tochter Senta an dem Holländer ist allein schon paradox, er macht sich unmittelbar nach Eintritt des Friedlosen sonderbar lustig geltend. »Stimmst du dem Vater bei, ist morgen er dein Mann« – und Senta, die somnambulisch zum Holländer entrückte, ihm verfallene, »macht eine zukkende, schmerzliche Bewegung«. Daland zieht einen Schmuck hervor, zeigt ihn Senta: »Muß, teures Kind, dich's nicht verlangen? Dein ist es, wechselst du den Ring«, und beim verschmitzten Abgehen singt er: »Glaubt mir, wie schön, so ist sie treu.« Indem er derart den Köder Senta nochmals preist, singt er von der sozusagen selben »Treue bis in den Tod«, die Senta bewähren will, in der dämonischen Ballade von vorher; – Händereiben hier, in Dalands ruhigem Liedchen, zerreißender Schrei in Sentas Ballade am Ende, wenn der Holländer mitten in sie wirklich eintritt. Der Effekt dieses Schreies wirkt, kolportagehaft im besten Sinn; einzigartig aber ist nun, was an Stille nach Dalands Abgang folgt und sich musikhaft zuträgt. Unbewegt, durchaus getrennt und in Selbstgespräch, wenn auch in zweifachem, stehen sich Senta und der Holländer gegenüber, »in ihren gegenseitigen Anblick versunken«. Dieser lange Blick kommt später, in den *Meistersingern,* zwischen Eva und Stolzing in Sachsens Werkstatt wieder, doch dort ist sprachlos, was hier zu versunkenem Gesang wird, einem »wunderbaren Träumen« aus der Tiefe, in Wort wie Ton an *Tristan* anklingend. »Wie aus der Ferne längst vergangener Zeiten spricht dieses Mädchens Bild zu mir«: ein Aufstieg der Melodie unbegleitet und kühn bis zur None, hin zu einem Halbschluß, dann fragend zur Dominante hingewendet, verhallend. Wie paradox steht das zum sonst hier fälligen opernhaften Duett, wie wahrhaft tonangebend faßt das die Erschütterung, die durch den Sturm und gegen ihn, durch den Kontrast des Matrosentanzes hindurchgeht, mit so jauchzendem Sprung zur None im ersten Takt, durch die Chöre des Endes und den Umschlag ihrer Lustigkeit. Am Eingang dieser Chöre erscheint noch etwas, was noch nie war, nämlich ein seltsames Echo auf etwas, das gar nicht gemeint, gesagt, gerufen wurde. Mädchen und Matrosen rufen zu dem finsteren Holländerschiff hinüber, ein keimendes Entsetzen immer lauter übertäubend: »He, Seeleut', antwortet doch!« – darauf »große Stille«, darin ein einsamer cis-moll-Akkord, ppp, lang gehalten. Erneuter Anruf, immer stärker und ängstlicher: »Seeleut', Seeleut', wacht doch auf!« – und »langes Schweigen«, darin wieder, in g-moll, der einsame Akkord, – Antwort als keine, wieder völlig disparat, »ein' andre Welt«. Das Treuethema will am Ende in Dur die Antwort geben, doch gibt es sie? Der Sturm weht weiter, unheimlich wohlig geht es genau in seiner Kammer her.

Es kommt hier nicht darauf an, sogenannte Perlen aufzuzeigen. Wohl aber, wie besonders nun in den *Meistersingern,* viel »Fanget an«, worin sie sich bilden. Imprévu auch nach vielfachem Hören, oft fragmentlustig, voller Tricks, Tücken, Feinheiten wider den geradlinig laufenden Strich. Gerade die *Meistersinger* geben die edelste Überraschung, dies melancholisch-grundheitere Werk. Noch an seinen schmerzlichen Stellen ist es nur uneigentlich chromatisch gebrochen, ist diatonisch wie kein anderes des reifen Wagner; ein Stahlbad in C-Dur, wie es, obzwar geschmacklos und übertrieben, zu seiner Zeit genannt werden könnte. Höchst geordnet ist es doch ebenso reich an Instanzen für Unverabredetes, an Stimmen und Stimmungen einer nicht nur orchesterhaften Polyphonie. Da ist, unter so vielem, das erwähnte »Fanget an«, zuerst das grelle und grämliche Beckmessers, dann das leuchtende Walters, in der gleichen Quinte, aber in hell aufsteigendem F-Dur nach der insgeheim fallenden in Beckmessers a-moll, ein Frühlingsruf nach dem sauren. Näher auf den gleichen zwei Worten kann wohl kaum ein Gegensatz der Bedeutungen zusammenstehen, und kürzer, leichtmütiger, hat kein Hohes Plattes abserviert. (»Könnte jeder brave Mann solche Glöckchen finden«, singt Pamina in der *Zauberflöte* sehr richtig.) Dann im zweiten Aufzug die unerhörte Anrede Sachsens an den Flieder: »Will, daß ich was sagen soll – was gilt's, was ich dir sagen kann? ... gäbst, Freund, lieber mich frei.« Die wiegend-lösende Melodie hört auf, die Antwort an das Andrängende im Flieder (alle Dinge suchen ihren Dichter) ist nur in einer Sehnsuchtsmelodie da, in fruchtlosen Erinnerungen, das von Walter Gesungene zu halten, zu messen, zu erreichen. Dann das herrlich doppelbodige Gespräch Sachs-Evchens über den Morgen in der Singschul, mit den unaufhörlichen Achteln in der Begleitung, ihrer süßen, scheinbar ahnungslosen Melodie. Dann wenig später, vorm gleichen Haus, bei so viel eingetretener Kümmernis, das Anderssein an Walter selbst. Er ist unter der Linde mit Eva versteckt, greift beim Hornruf des Nachtwächters »mit emphatischer Gebärde ans Schwert«, und sogleich nach dem Fortissimo des Stierhorns folgt musica dolce mit sordinierten Streichern und Evas Satz: »Geliebter, spare den Zorn, 's war nur des Nachtwächters Horn.« (Th. W. Adorno hat mit Recht einmal darauf aufmerksam gemacht, hier läge ein Hinweis auf Don Quixote in Walter; dies sein Irreelles dürfte auch sonst an dieser Gestalt, als einer nicht egal heldenartigen, nicht übergangen werden.) Nun aber Eva unter der Linde weiter, in ihren erstaunlichen Bemerkungen zu Sachsens Paradieslied; eine wundersame weibliche Wandlung geht an. Von der verstoßenen Urmutter, die auf hartem Kies gehen muß, singt das Lied: »Wie nennt er dich?« fragt Walter, und Eva: »'s geht nicht auf mich, doch eine Bosheit steckt darin.« Das sagt sie zuerst, doch bei der zweiten Strophe, der im Thema gar nicht veränderten, merkt sie: »Mich betrübt das Lied«, und nach der dritten, gesteigert: »Mich schmerzt das Lied, ich weiß nicht wie«, dazu im Orchester das Entsagungsthema – Sachsens. Im Wechsel aber zwischen der ersten und zweiten Reaktion wird Eva plötzlich hellfühlend für Sachs: »O bester Mann, daß ich so Not dir machen kann«, das wieder über fremde Entsagungsmotive gelegt. So eine Veränderung, ja so ein Inkognito und seltsame Nobilitierung wird später sogar für Beckmesser musikalisch bedeutet, am Schluß des zweiten Aufzugs, nach Prügelszene und Nachtwächterruf. Durchaus edel, nur durch sehr ruhiges Zeitmaß und synkopisierende Pausen verändert, schließt das vorher so jämmerlich wirkende Thema des Beckmesser-Liedchens (»Den Tag seh ich erscheinen«) den Akt ab. Das ist doch eine große, nicht einfache Überraschung, und leicht mag sie mit einer Sache etwas zu tun haben, die sonst ein merkwürdiger Fehler ist: daß nämlich, wie oben bemerkt, die Musik zu Beckmesser (minus seinem erbärmlichen Liedchen, dem immerhin umfunktionierbaren, und seinem verballhornten Preislied am Ende, einem immerhin textlich höchst merkwürdigen) oft kostbarer und kühner ist also so mancherlei um Walter und besonders um sein pyramidöses Preislied. Die Beckmesser-Pantomime in Sachsens Werkstatt zeigt die interessanteste Musik der *Meistersinger,* ganz wider die Abrede, obwohl sie zur Verspottung dieses »Juden im Dorn«, also eines Schandflecks an Wagner, dienen soll. Schandfleck an Wagner – wie besonders rein hebt sich aber wieder die Musikgestalt Sachsens in fast allen ihren Szenen von der Schmierigkeit Beckmessers und auch von der zunehmenden Unschmierigkeit Walters ab. Wenn Walter in der Werkstattprobe, dann vollends auf der Festwiese seine Preislied-Effekte schmettert, statt Genie des Anfangs fast Trompeter von Säckingen: in dieser Gegend hat man den bekannten, allzu bekannten Heldentenor Wagners freilich zur Genüge, und die Rettung ist leider nicht möglich, daß der jeweils modernste Musiker das Preislied immer neu zu komponieren hätte, um sein anderes »Fanget an« auf der Festwiese ins Silentium einzusetzen. Doch wie dauernd konventionslos geriet und bleibt die Unterweisungsmusik Sachsens an Stolzing, wie rein aus ihr geboren ist noch die Lehre von der »Wahrtraumdeuterei«. Ist der kastalische Rat gegen geschwundene Ahnung: »Grad nehmt die Dichtkunst jetzt zur Hand, mancher durch sie das Verlorene fand« und der aurorische Trost: »Die Hoffnung laß ich mir nicht mindern, nichts stieß sie noch übern Haufen, wärs nicht, glaubt, statt eurer Flucht zu hindern, wär ich selbst mit euch fortgelaufen.« All dies wirkt hin bis zur »Morgentraumdeutweise« und ihrem Quintett, das mit dem Preislied dieser Weise nun eben wenig verbunden ist. Ja, was das Preislied selbst angeht, so ist zu unterscheiden zwischen ihm als einem fertig effektuierten und zwischen demjenigen, das sich – schon vom ersten Anblick Evas her in der Kirche – motivisch bildet, dann verblüffend fein durch die ganze Partitur hindurchgeht, von der fertigen Pièce gleichsam so verschieden wie die erste oder zweite Romantik von der dritten sogenannten, der butzenscheibig-patenten. Und bevor, ja während das Preislied zum zweitenmal, gleichsam als Generalprobe, in der Schusterwerkstatt gesungen wird, spielt sich in seinem fragwürdigen Hochglanz gerade eine der vieltönigsten, der paradoxesten Szenen zwischen den Hauptfiguren ab. Ist doch genau hier die erste Holländerszene mit Senta wieder da, sobald Walter unter die Türe tritt (freilich »in glänzender Rittertracht«), Eva gleich Senta »stößt einen Schrei aus und bleibt unverwandt auf Walter blickend«, nichts hörend, nichts hörenkönnend, was ihr Sachs jetzt endlich sagt. Seine Werbung bringt er vor, so aber, daß er ihr zugleich über Walter zu sagen weiß: »Lausch, Kind, das ist ein Meisterlied«, ja, immer an Evas Schuhchen weiterarbeitend: »Derlei hörst du jetzt bei mir singen.« Er sagt das zu Walters wirklich wundervollem Oktavenfall (g-c-e-g): »Huldreichstes Bild«, einem so einfachen Motiv, und doch die ganze Strahlung der Meistersingermusik, trotz Preislied, in nuce schenkend. Und nun das Paradox in der Irradiation des Gefühls, womit Eva bereits in die Werkstatt eingetreten war (»Meister, 's ist nicht so gefährlich«, mit wundersamer Melancholie einer Flötenfigur in dolce), – in diesem neuen Paradox löst sich der Bann ihrer Bezauberung überraschend: sie fliegt nicht zu Walter, in so naheliegender Konsonanz; konträr: »sie bricht jetzt in heftiges Weinen aus, sinkt Sachs an die Brust und drückt ihn schluchzend an sich«; das Entsagungsmotiv Sachsens, womit das Vorspiel zu diesem Aufzug so schweigsam und dunkel begann, ertönt dazu. Und das inwendig leuchtende Quintett gibt den einen Schluß des glücklichen Endes, mit Wagner in so einzigartiger Idealobjektivierung als Sachs und Walter zugleich, die Festwiese gibt den anderen, den völlig extravertierten. Die Nachbarschaft zwischen »Traum der höchsten Hulden« im Quintett und dem ausgesprochenen Spectaculum der Festwiese könnte überdies nicht enger sein; sie ist vermittelt durch die rhythmisch so merkwürdige Zwischenmusik, wirksam als lauter Nicht-Nacht, Anti-Tristan, gemeinsamer Johannistag Hörner und Trompeten auf dem Theater, entfernt aufgestellt und sehr stark geblasen, wirken durchaus jahrmarkthaft, durchaus nicht etepetete herein, bereiten die lustigste aller Expositionen eines Finales vor, die es gibt. Immer neu gesteigert bis zum Chor »Wachet auf«, – um dann freilich die Aussicht auf den geschundenen Beckmesser und auf das arrivierte Preislied zu eröffnen und auf etwas zu markige Deutschkunst-Apotheosen Sachsens (eines anderen als des weisen, des schlechthin uniformlosen). Doch Händel-Glanz überwiegt alles Kaisermarschhafte, und er hat das letzte Paradox in sich: ein an sich privates Lustspiel so gut hochzuwölben, als ströme nicht Ritter und Bürger, wohl aber Genie und Volk in ein gemeinsames C-Dur-Meer – und wisse das nur noch nicht so gut wie hier.

Es gibt zahlreiche Opern, in denen es anders klingt und dann singt, als der Fall sein müßte. In denen also Ton und Text nicht zueinander passen, sei es, daß ersterer ganz andere Wege geht, sei es, daß letzterer zu hanebüchen ist. Wagner hat hierzu, von der *Walküre* ab, auf italienische Opern hingewiesen, meist ungerecht, besonders was Bellini und gar Verdi angeht. In ein paar Einzelfällen wie dem »Eine Zigeunerin, furchtbar zu schauen« aus dem *Troubadour* und dem Dreitakt dazu hat er leider freilich nicht unrecht. Ein kurioser Seitenblick auf Koloratur tritt hinzu und nicht nur auf die Meyerbeers, sondern gar der Großen des Barock. So ergibt sich die Karikatur des Beckmesserlieds, wo Wort und Ton entschieden nicht passen (gleich breites Melisma für »erscheinen« und für das gleichgültige Artikelchen »einen«). Merkwürdig wird aber im *Siegfried* diese Unstimmigkeit benutzt, wenn es –

wie nie zuvor – gilt, Heuchelei auszudrücken. Hier stört die textfremde Musik nicht, sondern sie wird ein neues Mittel, Doppelzüngiges wirklich hören zu lassen, nämlich gleichzeitig. So in der dritten Szene des zweiten Aufzugs *Siegfried,* wenn das süßliche Melos Mimes den Worten, die er zu singen glaubt, total widerspricht. Die Ohren Siegfrieds, der außer Waldvöglein jetzt auch die Stimme der Galgenvögel versteht, hören zu der schmeichelnden Melodie Mimes wirklichen, ganz anderen Text (»Mit dem Schwert hau ich dem Kind den Kopf erst ab«); so hat gerade die Ton-Wort-Kongruenz Wagners hier sehr geladene Ausnahmen. Es gibt noch außerdem Fälle, wo die musikalische Begleitung des Worts diesem nicht nur auf schiefe oder intrigante Weise bewußt unangemessen scheint. Das sonderlich in heiteren Szenen oder denen, die sich so geben, etwa – um von Wagner vorübergehend abzusehen – im Trinklied der Studenten aus dem ersten Aufzug von *Hoffmanns Erzählungen,* einem Offenbach, worin es auch sonst zwischen Ton und Wort nicht immer geheuer ist. Das Trinklied, mit seinem »Vive la compagneia«, ist überdies höllisch treibend, also durchaus gegen den unmittelbaren Text übertrieben, und übertrieben ist nicht minder, trotz wahrhaft höllenloser Aura, das Musiklicht beim Aufzug der Meistersinger, nach dem Tanz der Lehrbuben; denn so als himmlische Heerscharen werden keine Bäkker, Schuster, Schneider heraufgeführt. Ja, das Paradox kann gewagt werden, daß bei Wagner weit öfter als bei der italienischen Oper Ton und Wort nicht so einfach hörfällig, sinnfällig zusammenpassen, obwohl das wieder genau um des Ausdrucks willen geschieht, als eines keinesfalls einschichtigen. Das Leitmotiv selber, das im *Ring* vor allem verwendete, bezeichnet dies Mehrschichtige des Ausdrucks zwischen Ton und Wort grundsätzlich, indem es – wie noch zu zeigen sein wird – teils untergleichzeitig, nämlich erinnernd zum Text steht, zuweilen aber auch übergleichzeitig, nämlich vorwegnehmend. Und das gerade in dem sonst so direkt wirkenden *Ring,* dem vollmündigen Werk, das mit Baßtuben und Heldensopranen das übliche Bild von Wagner-Musik hauptsächlich bestimmt hat. Weit öffnet sich hier die Textsprache einem allemal pathetisch schweifenden Orchester, und dieses hat genau in dieser Sprache vieldeutig Platz. Zwar gibt es hier von Zeit zu Zeit überhaupt keinen verständlich bindenden Text, der musikhaft auszuweiten wäre (man denke nur an einen Satz wie: »Glühender Glanz entgleitet dir weihlich im Wag«), doch in der Mehrzahl, ohne solch prae-Heideggerschen Schwulst, zwischen Rheintöchtern und Rheingold, gibt eben der *Ring* mächtige Gelegenheit, um Musikemotion fern um das Wort zu setzen oder im Zwischenraum des faltenwerfenden und seiner kolossalen Handlung. Wieder geht es nicht um Perlen, sondern um Paradoxes, das hier als eine Art Para-Textum sein indirektes Wesen treibt. So wenn Sieglinde sucht, wo sie den Gast, den Geliebten, schon gesehen, so sie seine Stimme schon gehört habe, gleich ihrer eigenen, »und jetzt gewahr ich es wieder« – ein Gesang in lauter Halbschritten, verlierend, auftauchend und dem ausgemachten Lenzjubel von vorher und nachher höchst unausgemacht überlegen. Dann gar, im zweiten Aufzug der gleichen *Walküre,* die Todverkündung Siegmunds durch Brünhilde, mit Tönen, dann Rhythmen wie in den Text eingebrochen aus einer anderen Welt. Unbewegt kauern Siegmund und Sieglinde, düster und ohnmächtig zwischen Bergwänden, fast wie ein Emigrantenpaar preisgegeben, sehr einsam klingt das Liebesmotiv, tiefes Schweigen. Brünhilde erscheint auf der von ihnen abgewandten Seite, Athena-haft, dem Zuschauer früher sichtbar als Siegmund, und nur mit schlaftraumhaft gestockter Bewegung wendet er sich ihrem Anruf zu. Auch sein Fragegesang an Brünhilde ist ganz eigentümlich stockend-synkopisch, bleibt starr wie die vorige Bewegung, freilich auch unnachgiebig insistierend. Das Schicksalsmotiv ertönt, das gleiche wie, soviel später, bei Siegfrieds Tod, die Triolenfiguren des Trauermarschs aus der *Götterdämmerung* mengen sich ein, mit unerhört textüberlegener Fern-Konkordanz, Siegmund ist schon, bevor er gekämpft hat, so unrettbar tot wie dereinst sein Sohn Siegfried auf der Bahre. Aber nun geschieht gleichzeitig ein unerwartetes Stück Beethoven bei Wagner: Siegmund verhält sich als der wachste, freieste, wenigst Konforme aller *Ring*-Helden, anders als der bloß naturburschenhaft »freie« Siegfried. Denn da Brünhilde nicht auch Sieglinde nach Walhall führen kann, nimmt Siegmund die »geschenkte Wonne« Walhalls nicht an, verschmäht sie – mit einer nur an dieser Stelle vorhandenen Dur-Auflösung des Schicksalsmotivs – als noch Lebender und auch im Totschlag durch Wotan nicht Widerlegter. Ein Stück Beethovens moralischer Wille, dies Quos ego!, ist hier am Werk, mitten unter sonstigen Getriebenen, unter den »tanzenden Schiffen« des *Ring*-Heldentums, »über die in jedem entscheidenden Augenblick nicht ihr Charakter und ihr musikalisch aufglühender Subjektkern, sondern die Weltwoge des Schopenhauerschen Willens hinweggeht« (*Geist der Utopie,* 1918, S. 159); auch Theodor W. Adornos *Versuch über Wagner* (1952, S. 194) hat das, an dieser Stelle, erkannt. Nicht überhörbar ist freilich auch das Pianissimo, womit Brünhildes Vortrag, noch bevor sie selber durch Siegmunds erzhumanen Widerstand zur Rebellin wird, Walhall malt, nämlich sehr menschennah, sehr ohne Wogenprall. Holder Empfang ist hier, in fast christkatholischer Wahl, »mit hochheiligem Gruß«, – ein Gesang, wunderbar einfach, diatonisch und still zur alles endenden Tonika absinkend. Doch gehört solche Palme mitten im Schlachtwillen wohl schon zu jener Irradiation der Gefühle, an der dann besonders die Paradoxstellen im *Siegfried* und der *Götterdämmerung* reich sind. Damit gehen zugleich neue Paradoxe auf, wahrhaft dialektische, aus dem Gegensinn des Radikalen entstammend. Und Wagner hat diese Irradiation, das ist: wechselseitige Einstrahlung der Gefühle, sowohl in betörenden Klangmischungen wie in einem seltsam Wohligen der stärksten Dissonanz wie in janushaften Leitmotiven zum Ausdruck gebracht. Nicht grundlos hat wohl von hierher Baudelaire diese Musik geliebt und eben nicht nur, ja nicht mehr als eine »bizarre«, sondern genau als die einer sachgerechten – Montage. Ein Höhepunkt von Irradiation geschieht im *Siegfried* an einer Stelle, wo Mime den Siegfried das Fürchten lehren will und dieser hört, sehr ruhig anklingend, das Lohemotiv mit der so fernen, von Siegfried gar nicht gewußten Brünhilde darin, also der noch völlig ungekannten Liebe verschmelzend mit der Furcht. Deren zitterndes Tonbild, die chromatisch heulenden Sechzehntelschreie Mimes und seines Entsetzens lösen sich für Siegfried zur Liebe auf

(»Sonderlich seltsam muß das sein«), als wäre sie das Dolcissimo der Furcht. Und zuletzt: Ein anderes, gar schlechthin erhabenes Beispiel von späterer Identität des konträrsten Affektausdrucks und dessen, was er erschließt, geschieht im Erwachensmotiv (e-moll, C-Dur-Dreiklang) bei Brünhilde, beim sterbenden Siegfried. Siegfried trank einst den Vergessenheitstrank, den ihm Hagen gemischt hat, der Trank wirkt dämonisch bis zu dem wahrhaft schneidenden Effekt, daß genau bei Nennung von Brünhildens Namen Siegfrieds Erinnerung an sie gänzlich verschwindet; wie tönendes Grab erscheint das Vergessenheitsmotiv. Dann aber, mancherlei Zeit später, gefüllt mit greulichem Betrug, Auslieferung Brünhildes, Schandhochzeit mit Gutrune, würzt Hagen bei der Jagd im Odenwald nochmals den gleichen Trank, für Siegfried, den bewußtlos Meineidigen. Und wie nun der entzauberte Siegfried, zur Erinnerung geweckt, von Hagens Speer durchbohrt, sterbend die Augen zum Tod aufschlägt, genau an dieser Stelle tönt zum zweitenmal das Erwachensmotiv, das gleiche, in gleicher C-Dur-Tonart, herrlich wieder zum d-moll-Dreiklang gerückt, das Brünhildes Augenaufschlag ins Licht, ins Leben, ins höchste Dasein urfeierlich geleitet hatte. Doch das gleiche Motiv klingt jetzt – eine Identität des Nichtidentischen – zum Kuß Brünhildes als dem zum Tod. An dieser letzten Identität von Licht und Tod (einer ganz anderen als der Nacht des Liebestods) ist wohl das tiefsinnigste Paradox des Wagnerschen Musikausdrucks erreicht. Und es wiederholt sich suo modo im folgenden Trauermarsch, hier an die Struktur des Beethovenschen erinnernd, im übervernünftigen Jubel inmitten seiner. Für Siegfried und Brünhilde gilt dieser Trauermarsch nicht, seine Mitte, wo die Nebel die Szene verhüllen, setzt vielmehr mit strahlendem C-Dur den Augenaufschlag der Ankunft fort. Wobei das vorherige Erwachensmotiv, das das Morgen- und das Abendtor dermaßen identisch heraufträgt, nicht einmal vieldeutig-verschlüsselte Akkorde gebraucht hat, sondern in völlig durchsichtigen Dreiklängen geschieht – geheimnisvoll am lichten Tag. Und das Ende der *Götterdämmerung*, nach der erhabenen Einsamkeit, der fast völlig erfüllten Größe des Schlußgesangs Brünhildes, dieses in mehrerem Sinne polyphonsten Monologs, – das Ende des Werks setzt nochmals aufs Paradoxe. Indem es nämlich, mittels der hallenden Bogenbewegung, Perspektivenbewegung seines Erlösungsthemas, gar kein Ende findet; trotz den aufgelösten Dreiklängen und dem Fortissimo-Schlag zuletzt, diminuendo. Der strömende Urton, womit die Tetralogie im *Rheingold* ihren Anfang als den Anfang von allem nehmen wollte, macht sich im hochbauenden Abgesang der *Götterdämmerung* nicht fertig. Wenn Brünhilde ehedem gesungen hatte: »Götterdämmerung, dunkle herauf, Nacht der Vernichtung, neble herein«, so gehen demungeachtet gerade in dieser Schlußnacht die Erwachens-, Entzückungs-, Erlösungs-Themen der *Ring*-Musik weiter, selbst im Abbrechen. Das Erlösungsmotiv am *Götterdämmerungs*-Ende, obwohl an melodischen Triebkräften nicht reich, ist viel zu weithin-hallend, um ein Ende zu sein statt des Paradoxes einer Wiederholung hin ins Neue.

Bei zwei Opern Wagners, die keine sind, läuft von vornherein alles befremdend, sozusagen. Im *Tristan* ist es sogar leichter, das Ungemeine zu hören als das Geziemende. Träger des Ungemeinen ist hier die Nacht, auch die Nacht am Tag, die gegen ihn ist. Die Nacht, der Schoß der Liebe, ist selber das ganz Umgekehrte, ja das zum Gesetz des Tags Disparate: Ohne Sitte und Ehre, ohne Steuer und Anker treibt Tristans Schiff in diesem Sturm. Der *Parsifal,* der dualistische, epatiert zwar nicht so, aber er hat als Ort den aus allem Gewohnt-Gemischten herausgetriebenen Berg Monsalvat, den zu zwei heftigsten Alternativen geteilten. Mit Klingsors Zaubergarten (einer verteufelten Tristan-Welt) auf der arabischen Seite, mit dem celesten Gralstempel, verdunkelt, dann entsühnt, auf der gotischen. Trotz reichlicher Verwendung verabredeter Zuordnungen (neuer Hörselberg hier, neuer Lohengrin dort, azuren in Askese) ist auch der *Parsifal* das Entlegene, allein schon durch die nahe Radikalität seines südlichen, seines nördlichen Berghangs und besonders durch die Gestalt der Kundry, die zu beiden gehört. Freilich ist die Tristan-Musik die meist paradoxere, ihr durchgängiges Chroma verstrickt den Ausdruck schlechthin. Da ist eben an der Tür schon der schwierige, in seiner Tonart schwer bestimmbare Tristan-Akkord des Vorspiels. Er ist zahlenmäßig ein ganz ungefüger Bruch, er ist die Hieroglyphe der Sehnsucht und des ineinanderblickenden *Und* zwischen zwei Menschen, das in der vorrückenden Nacht aufsteigt, indem es ertrinkt, versinkt. Im Unterwegs solcher »Handlung« entstehen dauernd Handlungs-Brechungen; alles wird nach dem Liebestrank von Tristan und Isolde, voll in Nachtmusik, anders gehört, ja gesehen. Die brennende Fackel wurde ausgesteckt, damit Tristan zur Geliebten findet, doch eben zu solchem Behuf wird sie von Isolde gelöscht, als »scheuchender Schein«. Der Hörnerschall der noch nahen Jagd wird nur von Brangäne bestimmt als solcher gehört, im stoßenden Nebeneinander von C-Dur, F-Dur, doch wie Isolde lauscht, tönen statt der Hörner Geigen, una corda. Erst als säuselndes Laub, dann als rieselnde Quelle im Schweigen der Nacht und: »wie hört ich sie«, fragt Isolde, »tönten noch Hörner?« Dazu gehört in der durchgehenden Umstellung (compunctio cordis durchs Erotikon) weiter, wie Tristan und Isolde den warnenden Gesang Brangänes umhören, gegen den Sinn der Worte. Ein Mirakel von Gesang geht über die Welt, in Worten des Tags zur Vernunft mahnend, doch nicht in der Nacht dieses Melos, seinen sehr entfernten Klangfolgen, dunkelsilbernen Bögen, in der Tat höher wirkend als alle Vernunft. Das Vorspiel zum dritten Aufzug und was ihm folgt, bis zu Isoldes Liebestod, schafft dazu noch jede Konsonanz des: »O sink hernieder, Nacht der Liebe« zu neuer Ausdeutung des Tristan-Akkords um, in todwunder Aktion, hin zum hypostasierten *Und* zwischen Tristan und Isolde »im göttlich ew'gen Ur-Vergessen«, gemeinsam. Nirwana in der Musik, gar in Identität mit Orgasmus, dies doppelte Lösen der Glieder in Isoldes Liebestod-Musik gibt ein Paradox, das auch in der romantischen, gar nur arktisch verschwülten Todessehnsucht keineswegs schon so beschriftet worden war, am wenigsten, was die hier vorliegenden Musikgestalten angeht. Zwar ist zuviel konsonante Kunst in dieser Ars moriendi, Isoldes Liebestod gibt sich fast als eine Art transportables Konzertstück und steht in der Tat hinter dem finster-linden Vorspiel zu diesem Aufzug zurück, der Englischhorn-Klage des Hirten, der Kunde Tristans vom Allvergessen-Eingedenken.

Doch die Verbindung Eros-Nirwana, sogar Nirwana-Brahma (»in des Weltatems wehendem All«) kraft »dem wogenden Schwall, dem tönenden Schall« ist in diesem Schlußgesang einmalig, gerade als keine Verneinung des Willens zum Leben, trotz musiziertem Schopenhauer. Folgerichtig sind mit Ausnahme des klagenden Englischhorn alle Instrumente am Schlußakkord des Werkes beteiligt; so reich blüht hier das Verwehen. Das Suchen und Sehnen in Ruhe, die völlig einschlagende Irradiation von »hold Umnachten« bleibt stärker als Verneinung; – Wagnersche Musik findet kein Nirwana ohne Glut. Und so wird das Sehnen des Tristan-Akkords, mit freilich ganz umgekehrter Wertung, sogar noch einmal dramatis persona im *Parsifal,* der jedoch, weil er keinen Fortgang ins Unaufhörliche zuläßt, auch in Form endet, ein Ende findet. Insofern ist der *Parsifal,* praeter opinionem, gerade ein weit weltlicheres Musiktheater als *Tristan,* auch als der *Ring;* er ist insofern, mit einer plastischen Festwiese höchster Ordnung am Ende, gerade das welthafteste der großen Wagner-Werke, neben den *Meistersingern.* All das freilich eingebettet in jene Weihe der Eklektik, welche einen katholischen Freimaurertempel bringen will und »Erlösung dem Erlöser« mit üppigstem Puritanertum. Der Musiker ersetzt den Priester, die Bühne wird zum Altar einer christbuddhistisch-rosenkreuzerischen Kunstreligion oder Religionskunst, Venus-Erda-Brünhilde werden getauft und Siegfried zum Mönch.

Näher hin zu dieser letzten Oper, so ist sie nicht die beste, doch abgekehrteste aller. Auch hier beginnt das Vorspiel mit Sehnen, Suchen durchaus, einstimmig in gebunden synkopischer Bewegung. Nach Erreichung der Oktave kehrt sie schmerzlich um, mit neuem Aufstieg zum doppelt angeschlagenen Schlußton. Wie bedeutsam aber, daß das gleiche Thema, ein schlechthin unseliges, später schlechthin gewährend wird, als das des Abendmahls. Das Vorspiel selber, trotz des still und sehr kräftig entfalteten Glaubensmotivs in seiner Mitte, schließt fragend, mit ungelöster Dominante; die lösende Tonika kommt erst später, bei schon offenem Vorhang. Völlig zu anderem hin als dem bloßen *zeitlichen* Tönen der Tonika soll aber dann die Verwandlungsmusik im ersten Akt hinführen. Sie beginnt, während Gurnemanz dem tumben Toren Parsifal den Tempel weisen will, ist erst unmerklich gleitend, wird wachsend diatonisch, ja homophon geschichtet. Und nun die Worte: »Ich schreite weit«, ruft Parsifal, und Petrus Gurnemanz antwortet: »Du siehst, mein Sohn, zum Raum wird hier die Zeit.« Dieser höchst seltsame Satz – über Klagelinien (es geht zum siechen Herrn des Gral, Amfortas), unaufhörlichen Schrittklängen, einsetzenden Glocken, Gralsharmonien und dem Weckruf – hat außer der eigenen noch Bedeutung für das ganze Musik-Szene-Verhältnis in den beiden Außenakten des *Parsifal.* Die eigene Bedeutung des Satzes liegt darin, daß räumlich Ruhendes, vorab als Gelungenes, über den zeitlichen Schritt gesetzt wird, ja ihn beschleunigen will, indem sie ihn findend verlangsamt. Der Zeit kommt im Gralstempel selbst ihre Zeit, sie weicht zu einem geschichteten Nebeneinander, also Übereinander, bis zu einem sich kaum mehr bewegenden Anwesendsein im Zugleich, eben dem gelungenen Tempelraum. So vertauscht sich, auf dem Weg zum Abendmahl, Liebesmahl, nicht nur der Schritt Parsifals, erst recht der Knappen, Ritter, dienenden Brüder rasch ins Anwesende, auch der Wald des bloßen Vordergrundraums schwindet, ein Torweg in Felswänden öffnet sich, Posaunen auf dem Theater nehmen das Suchensmotiv gekürzt und verwandelt, ohne die schmerzliche Umkehr, in sich auf, die Säulenhalle der Gralsburg erscheint in einer Kuppelwölbung aus lauter archaisch, gregorianisch bauendem Gesang. Das eröffnet nicht minder die zweite Bedeutung des seltsamen Satzes, nämlich diejenige, welche sich nicht auf Tausch von *Zeit* in *Raum,* sondern auf Tausch von *Musik* in *Szene* bezieht. Die Instrumente und Stimmen in den Außenakten des *Parsifal* werden nicht mehr klangmischend, sondern wesentlich schichtend behandelt, mit linienhafter Kontur der Themen, mit oft terrassenförmigem chorischem Aufbau. Diese Stufung will die *dynamische* Zeitkunst par excellence, die die Wagnersche trotz Archaisierendem, auch Altersstil von Haus aus ist, in hieratische Raumbildung überwechseln lassen, in die besonders bewegungsfreie eines byzantinischen Zentralbaus mit Kuppel. Der Klang soll sich also nicht nur mit dem Theatron, als der Schaukunst, verbinden (das war das dreiviertel dilettantische Anliegen eines sogenannten Gesamtkunstwerks), er soll darüber hinaus, indem der dynamische Rhythmus vor einem choralnäheren, auch dem des langsamen Marsches zurücktritt, vor allem jedoch durch die geschichteten Stimmgruppen sich in lauter Raum-Symmetrien umtauschen lassen. Amphion taucht mythisch auf, der Theben gemäß den Harmonien seines Gesangs aufbaute, und neben dieser Sage die physikalische Realität der Chladnischen Klangfiguren, aus Staub auf einem angestrichenen Glas sich bildend, die in der romantischen Musikphilosophie, mindestens in der Schellingschen, die Tonverhältnisse so sonderbar zu kosmisieren, mindestens zu figurieren schien (noch Schlegels Satz von der Architektur als geronnener Musik gehört hierher). Wie dem auch sei: Musik im Raum aus Gralsarchitektur führt die zweite Bedeutung des erstaunlichen Zeit-Raum-Satzes aus. Das unterscheidet der Absicht nach die Geburt der Szene aus behaupteter Verwandlungsmusik-Magie völlig von der gewohnten Wandelgalerie, etwa in Webers *Oberon,* selbst im *Rheingold:* beim gehört-geschauten Abstieg Wotans und Loges zu Alberich. Nun aber zerreißt im zweiten Akt, der eben vom *Tempelbau* auf die arabische, auf die *Haremsseite* des Monsalvat, in Klingsors Zaubergarten zu versetzen hat, der akkordische Harmoniebau jäh. Nach wilder Einleitung der Schrei, die chromatischen Drohmotive Klingsors, das alles dann falsch gesänftigt und durchglüht im Zaubergarten, in der hinreißend tönenden Zartheit der Blumenmädchen, im Venus-Gesang Kundrys. Bis gerade hier der Schlag aus gänzlich Überraschendem kommt, wieder eine Einheit aus Entgegengesetztem: Im Liebeskuß Kundrys spürt Parsifal die Wunde des Amfortas, – ein gellend niederfahrendes Chroma. In dieser jähen Einweihung soll er bei Wagner nicht nur den Bann über dem Gral, sondern das Unheil des venerischen Weltknotens insgesamt entdecken. Kundry selber, die seelenwanderisch durch alles Weibstum gejagte, lachend-verzweifelte, ist zwar auch als Musikgestalt unerschöpflicher als Parsifal, doch dieser hat am betäubendsten Augenblick den Blitzschlag von dessen Umkehr. Selten trat ein Ganz-Anderes so grell wie hier aus so wohligem Ablauf, freilich – zum Unterschied vom

Tristan – in den bekannten Maßen schopenhauerisch-buddhistischer Verneinung. Und wie Parsifal ein umgekehrter Tristan, ja Anti-Tristan ist, auch ein Siegfried als Mönch, so nimmt das letzte Wagner-Werk, im Verhältnis Kundry-Parsifal, auch das früheste seiner tonangebenden Verhältnisse, dasjenige zwischen Senta und dem Holländer zurück. Nicht der friedlose Mann wird hier durch ein ihm verfallen-treues Weib erlöst, sondern Frau Lilith in jedem Weibe soll durch einen heiligmäßigen Mann bekehrt werden und getauft, – nur *Lohengrin* kennt noch in so weithin effiminierter Musik so viel Patriarchat. Gleich dem Weib bricht auch die Gewalt großer Wunschgüter und in ihnen, wie der *Ring* sie zeigte: der Nibelungenhort und Walhall. Der Fluch des einen ist aufgehoben im golden glühenden Gral, gar nicht mehr als Rheingold in einer heidnischen Stromtiefe unten leuchtend, sondern in Lebechören von hoch herab. Und der Gralstempel steht nicht nur da gleich einem entsühnten Walhall, mit Wotan-Amfortas als gerettet und in Ordnung; hier erst grüßen Helden, wie die Wunschmaid Brünhilde sang, »mit hochheiligem Gruß«. Nicht buddhistisch, wohl aber katholisch bekannt, dann wieder protestantisch-reformatorisch, so in der schließlichen »Erlösung dem Erlöser«, nämlich der Reinigung Christi vom Kirchentheater vermittelst eines – Bühnenweihfestspiels. Groß aber stehen die echten Paradoxa im *Parsifal,* vor allem diejenigen Kundrys, wie sie zwischen Schrei und Winseln, Venusgesang und Karfreitagszauber um diese Musikgestalt versammelt sind. Auch der »Karfreitagszauber« selber, dies Seltene und Seltsame einer christlichen Naturmusik, ist lauter Wagner des Imprévu, als der Andersheit.

Frage des »allwissenden« Leitmotivs

Was zu überraschen versteht, will anderen Ortes auch recht vertraulich machen. Wagner setzt von Zeit zu Zeit Stellen, an denen der Hörer sich wohlgeleitet fühlt. Das bekannte Gesicht eines Leitmotivs taucht auf und bewirtet, zwar nur kurz, doch eindringlich. Einige sagen auch: aufdringlich; statt des Führens spüren sie ein Einhämmern, statt der Hand einen paukerhaften Zeigefinger. Das sogar am Gebaren singender Helden selber, wenn auch sehr beglänzter, voll tugendlicher Reine. »Nie sollst du mich befragen«, tönt das Motiv und hämmert immer wieder ein: »Elsa, hast du's auch wohl vernommen?« – der Hörer selber sieht sich von Lohengrin so gewiesen wie zurechtgewiesen. Bei unfreundlichem Blick aufs Leitmotiv fehlen auch aktuellere Vergleiche nicht, Musik als Ware betreffend. Dann erscheint es als Warenzeichen, ja infolge seiner ihm wesentlichen Wiederholungen als Vorspiel moderner Reklame. Und wo das zu weit führt (denn es grenzt an Frechheit, im paukenden Terror von »Persil bleibt Persil« Wagner zu erinnern), verglich Strawinsky das Leitmotiv immerhin mit einer Garderobennummer und Debussy den *Ring,* wo es sich häuft, mit einem Adreßbuch. Wagner freilich, in der Schrift *Oper und Drama,* nannte seine Leitmotive »plastische Gefühlsmomente«, »Säulen des dramatischen Gebäudes«, aus deren »wohlbedingter wechselseitiger Wiederkehr ganz von selbst auch die höchste einheitliche musikalische Form« entstehe. Er wies auf keinerlei pädagogische Fuchtel oder auch Krücke hin; alles blieb im objektiven Formgebiet des Werks. Und er dachte nicht daran, jedem Leitmotiv, wie das nachher von Bayreuth her geschehen ist, einen fixen, oft so fragwürdigen und phrasenhaften Namen zu geben. Die Spuren der Meistersingerei (»Welch endlos Tönegeleis!« »Das sind nur die Namen, nun lernt sie singen, recht wie die Meister sie gestellt«) hätten geschreckt. Wohl aber hätte Wagner nichts dagegen gehabt, das akustische déjà vu seines Leitmotivwesens mit dem, was Goethe »Wiederholte Spiegelung« nannte, verglichen zu sehen, ja sogar, ganz groß, mit den Konkordanzstellen in der Luther-Bibel. Historisch läuft die fragliche Sache weit zurück und ist doch, wie von vornherein festzuhalten ist, bei Wagner ein Neues, mindestens ein eigenst Verwandeltes. Ein Anfang liegt schon bei den typischen Floskeln, mit denen von Liebe oder Haß im alten Singspiel jeweils gesungen wurde. Weiter findet sich öfter die gleiche gegeigte oder geblasene Figur beim Auftritt eines Dieners, eines Zöfchens, eines Alten. »Bezeichnend« wiederkehrend wird das Samiel-Motiv im *Freischütz,* wobei sich auch das Todesmotiv in *Carmen* eher mit diesem Muster berührt als mit den dynamischen Wagners. Aber das deutlich Packende, auch mit Bann versehene, findet sich bei Berlioz, in der *Sinfonie fantastique,* im Thema der »idée fixe«, immer wieder durch die Sätze auftauchend. Das alles ist aber noch halb beliebige Anspielung, es fehlt noch die eigentlich strenge Reprise (die man insgesamt Wagner zugeschrieben hat), und diese kommt allerdings von der klassischen Sonate her. Auch die beiden oder mehr Themen der Sonate-Symphonie sind immer wieder erkennbare im Durchführungsteil, bis der Schluß die volle Reprise des ersten Themas, in gleicher Tonart, zu bringen hat. Das Vorspiel zu den *Meistersingern* ist derart fast völlig sonatenhaft gebaut, mit dem C-Dur des Meistersinger-Motivs in triumphaler Wiederkehr. Ja man versuchte auch noch alle anderen Reprisen bei Wagner, vorzüglich im *Ring,* aus musikalischen Symmetrien zu erklären, die dem klassischen Sonatenbau dergestalt entsprechen sollen. Es wird berichtet, Bruckner habe bei zugezogenem Vorhang seiner Loge die ganze *Walküre,* selbstverständlich mit allen Singstimmen, rein als Symphonie (nicht als dargebotenes »Musikdrama«) zu hören geglaubt. Und was bei einem großen Musiker Ausnahme war, das wurde – gerade auch Leitmotive und ihre Reprise betreffend – Musiktheoretikern insofern Regel, als sie Wagner so noch vom Musikdrama absetzen wollten, wie dieser sich von der Oper abgesetzt hatte. August Halm behauptete *(Von Grenzen und Ländern der Musik),* daß wenigstens der erste Akt der *Walküre* mit seinen wenigen festgehaltenen Motiven wie ein kolossaler Sonatensatz wirke; wonach die Wiederkehr der Leitmotive an die Themenplazierung der klassischen Sonate immerhin erinnere. Halm vertritt das unbeschadet der expressiven Bestimmtheit vieler dieser Motive, auch unbeschadet dessen, daß gerade Wagners Leitmotiv die seit alters so genannten eigentlichen »Motive«, nämlich Beweggründe, außerhalb einer sonatentechnischen, wenn auch innerhalb einer regierend-musikhaften, doch eben musikdramatischen Konzeption wiedergibt. Viel radikaler hat Alfred Lorenz (*Das Geheimnis der Form bei Richard Wagner,* Bd. I-IV) satztechnische Zusammenhänge nicht nur auf einzelne Akte, sondern auf das ganze weite Wagner-Werk auszudehnen versucht. Da gibt es – aus den Elementen, nämlich Leitmotiven, sich aufbauend, durch eine eigene Variationsweise unterstützt – die Bogenform, die dem klassischen Rondo entsprechen soll, und vor allem die Barform mit Stollen (so in den *Meistersingern* auch namentlich genannt) und Reprisenbar; diese Form soll, wenn die Stollen mehrthemig werden, gleichbedeutend sein mit der klassischen Sonatenform. Freilich ist es nun wieder hochübertrieben, wenn das Leitmotivische Wagners dergestalt gänzlich mit den thematischen Entwicklungen und Reprisen der Sonate-Symphonie gleichgesetzt wird, also schließlich dahinter – völlig formal, bedeutungsfremd – verschwinden soll. So richtig und dankenswert es ist, das Leitmotivische statt einer Reklame oder Garderobennummer wieder als hochmusikalisches »Bauelement« zu erkennen, so wenig darf doch seine spezifisch Wagnersche Bedeutung dadurch unterschätzt, nämlich überliefert-symphonisch eingeebnet werden. So wird nach Lorenz lediglich dasjenige wichtig, was Wagner aus den Leitmotiven *macht,* aus den »Bauelementen«, die zwar in rätselvoller Weise »den Willensantrieben in der Handlung gleich sind«, die jedoch wesentlich nur der Aufgabe dienen, »die von Singstimme und Orchester getragene Symphonie nach rein musikalischen Gesetzen aufzubauen«. Mit all diesen Reduktionen, so lehrreich sie für die primär symphonische und darin erst dramatische Motivarbeit Wagners sind, wird aber das Leitmotiv zu sehr wieder auf »absolute Musik« gebracht, gar mit ihr mathematisiert. Hier hat noch Spengler, im *Untergang des Abendlandes,* Beträchtliches geleistet, nicht zuletzt das Leitmotiv vom Text entfernend. Und hat so gleichfalls den eigenen, signitiven Charakter dieser »Elemente« zugunsten eines Variations- oder auch Transformationswesens an sich zurückgedrängt. Derart verglich Spengler das leitmotivische Musizieren gar mit den Zahlenmannigfaltigkeiten der entwickelteren Funktionentheorie, »worin Gruppen transzendenter Gebilde Verwandlungen erfahren, welche ebenfalls die Invarianz gewisser Formelemente desto deutlicher hervortreten lassen«. Ersichtlich gebraucht Spengler damit eine mehr vernichtende als erhellende Analogie, vernichtend eben insofern, als das genuine Wesen des Leitmotivs mit alldem versinkt. Diese sehr nervöse Sache ist weder durch ein Formelement völlig definiert, noch ist sie, trotz relativer Konstanz, eine »Invarianz« im mathematischen Sinn. Also stellt das Leitmotivische bei Wagner wirklich ein Eigenes dar, nämlich ein nicht nur symphonisch Expressives und Funktionelles; gerade die historischen Analogien dazu machen das deutlich. Item: weder die Abwertung des Leitmotivs zum Warenzeichen noch selbst seine absolut-musikalische Gleichung mit den Themen im Sonatensatz (um von der Funktionentheorie zu schweigen) sind erschöpfend. Gewiß nimmt das Leitmotiv, wenn es aufdringlich wird, an kapitalistischen Reklamen (nicht nur an kapitalistischen) teil; doch ist auch das viele *unaufdringliche* Bedeuten eine solche Hörwerbung? Gewiß zeigt das Leitmotiv erst recht seine vornehmen Beziehungen, die zu seinen Vorgängern und besonders zu den Sonatenthemen, zu deren Erlebnissen in der Durchführung und Reprise; doch arbeitet denn im Sonatenthema das *querschlagende* Bedeuten der Leitmotive? Es arbeitet zuverlässig nicht darin, und ebenso zuverlässig ist die Wagner-Musik, mit all ihren eigenen Variationen und enharmonischen Umdeutungen, ihren motivischen Konkordanzen vor allem, ein Anderes als Durchführung von Themen. So sehr auch diese Musik die Handlung setzt, so wirkte doch die Handlung bereits in die Konzeption dieser Musik herein, wohlverstanden: mit bleibendem Prius und Primat des Musikhaften, doch ein Amalgam schaffend, das Wagner-Musik selbst in den textfreien Vor- und Zwischenspielen von absoluter Musik trennt. Das Leitmotiv ist nicht nur von seinem eigenen Tonhaus her transparent zum Text, es ist auch selber, zum Unterschied vom Sonatenthema, metaphorisch. Und genau deshalb gibt es sogar einen Widerschein dieses metaphorisch hoch Geladenen in dem, was man poetische Leitmotive nennen könnte, im gleichfalls metaphorischen Sinn. Kennt doch auch Poesie den musikhaften Zug eines Unter- und Auftauchens, eines intermittierenden Wiederkehrens und Konkordierens, fast wie ein Schlaf- oder Lohe- oder Entzückungsmotiv und ebenso voll Allegorie. Beispiele solch poetischer Leitmotive bieten etwa der »Garten« in Storms *Viola tricolor* oder das »Regenbogenschüsselchen« in Kellers *Martin Salander,* gar das quer durchschlagende Theologicum »schneidende Kälte«, »die Hellen und ihr Spelunck«, »Hetaera esmeralda« und anderes mehr in Thomas Manns *Doktor Faustus.* Dem verwandt hat ja Wagner seine Leitmotive manipuliert, die stehenden und doch hindurchlaufenden, die Paradoxa einer gleichsam treibenden Haltestelle. Deshalb ist sein Werk in der Umgebung dieser Leitmotive wie das Ornament des antiken Mäander, nämlich sich zurückverschlingend und fortlaufend zugleich. Und was bisher kaum genügend beachtet wurde: Das Mäandrische im Wagnerschen Leitmotiv macht sich, wie zu zeigen sein wird, nicht nur als erinnernd geltend, mit *aufholender Regression,* sondern als vorwegnehmend, mit *beschleunigender Antizipation.*

Die erinnernde Rolle ist die am meisten, ja fast die einzig bekannte. Unbewußtes, *Vergessenes* in der handelnden Person tönt an, tönt auf, oft nur blitzartig vorüberjagend. Und dergleichen erinnert sich nicht nur subjektiv, sondern eine Situation von damals taucht auf, klanghaft angedeutet. Sie braucht noch nicht lange her zu sein: »Das Gedicht? hier ließ ich's«, sagt Sachs auf den Werktisch blickend, wo es verschwunden ist, und die Weise Walters klingt. Doch meist liegt das Vergangene ziemlich unter der Bewußtseinsschwelle, ziemlich im Gewesenen und meldet sich von dort. Meldet sich dann ausschließlich im Orchester, als einem selber unteren Stockwerk im Verhältnis zur oben agierenden Person. »Leer lag das vor mir, den Vater fand ich nicht«, singt Siegmund zu Sieglinde im ersten Aufzug der *Walküre:* und ppp, von sehr fernher stimmen die Posaunen das Walhall-Motiv an, mit gleichsam nachblickender Fermate auf dem letzten Ton. Der gesungene Text oben spricht und handelt also durchaus nicht dort, wo das Leitmotiv der Musik spricht und handelt; weshalb sehr oft eine doppelt situierte, obwohl ineinandertönende Aussage entsteht, eine Ungleichzeitigkeit zugleich. Bekundetermaßen ist die Technik des »inneren Monologs« bei Joyce unter dem Einfluß dieser doppelbodigen Aussage ausgebildet worden; so weit reicht also die »Psychoanalyse« des Leitmotivs als eines erinnernden, auch objektiv zum Damals zurückschlagenden. Und zweifellos sind die regressiven Leitmotive bei Wagner überwiegend, vor allem in den späteren Partien des *Ring*-Zyklus, den hauptsächlich aus älterem Motivmaterial gebauten. Ist doch selbst der erschütternde Niederschlag des Erwachensmotivs im letzten Augenblick Siegfrieds eine Reprise des gleichen Motivs bei Brünhildes Erwachen; freilich kommt hierbei, wie oben gesehen wurde, noch ein ganz Anderes, ein Ungeheures zur Reprise hinzu: die übergreifende Einheit eines metaphysischen Erwachens dort wie hier. Und indem der Augenaufschlag Brünhildes zum Leben dem Siegfrieds zum Tod überdies vorgreift, wird daran zugleich der *andere Charakter* mehrerer Leitmotive entdeckbar: eben der *vorwegnehmende.* Er bezieht sich auf eine Ferne nach vorwärts, daß sie nicht entfalle, er besteht statt der Überdehnungen des Unbewußten aus Anzeichen des Heraufkommenden. Diese Anzeichen sind dort besonders frisch, wo das »plastische Gefühlsmoment« des Leitmotivs noch im Werden ist, mindestens für die handelnde Person, weshalb er sich antönend oder fragmentarisch vergegenwärtigt. Als derart antönend, der handelnden Person unmöglich schon bekannt und doch antizipiert, wurde bereits die Stelle vom Fürchten im ersten Aufzug *Siegfried* ausgezeichnet. »Sonderlich seltsam muß das sein«, singt Siegfried mit scheuester Telepathie von Liebe, und dem zum Steuer tönt das Lohemotiv um den bevorstehenden Brünhildenstein; dessen Musik ist freilich schon vorher, im letzten *Walküre*-Akt erklungen, doch es gibt bei Wagner auch Leitmotive, die sich mit ihrer Sache selber erst bilden, erstmalig und unfertig. Dazu gehört das keimende Traumlied, leider bald Preislied Walters, beim ersten Anblick Evas, gehört im zweiten Aufzug dieser *Meistersinger,* bei Evas Ruf »Mich schmerzt das Lied, ich weiß nicht, wie«, der Anklang des resignierenden Wahnmotivs Sachsens. Gehört der Todesakkord, als der noch unwissentliche, zu dessen Fortissimo Isolde die Fackel auf die Erde wirft, wo sie verlischt. Gehört das Liebesmotiv, sich suchend beim ersten teilnehmenden Blick Sieglindes auf Siegmund, gehört vor allem aber – mit hinreißender utopischer Gewalt – die veritable Leitmotiv-Aurora um Brünhildes Verkündung des Kindes, das die zu rettende Sieglinde zur Welt bringen wird. Das Siegfried-Motiv tönt hier über dem noch Ungeborenen und danach, als Sieglinde die Rettung preist, tönt bereits das Weltuntergangs- und Erlösungsmotiv, das weithallende, fortklingende, das dann die letzten Takte der *Götterdämmerung* nochmals in Zukunft hüllt. Hierher gehört auch das leitmotivisch Wahrsagerische von Wotans »großem Gedanken« im *Rheingold,* wenn vor Eintritt in die Burg ein plötzliches C-Dur-Motiv der Trompeten erscheint, das spätere Schwertmotiv Siegmunds und Siegfrieds; es ist das, wie immer auch fatale, Signal des Furchtlos-Kommenden, des ersehnten künftigen Speer-Zerbrechers, Altwelt-Vernichters. Und wenn dann – oft sehr viel später – die Zeit solcher Motive erfüllt ist und sie ihre Reprise haben, kann es zuweilen scheinen – eben bei dem Weltuntergangs- und Erlösungsmotiv am Ende der Götterdämmerung –, als stünden sie um ihres Mystischen willen immer noch in Geburt. Nur bei Mahler trat eine Nachfolge in diesem Punkt ein, mit Themen, die sich erst bilden, verwehte Signale, »melismatische Depeschen vom fernen Hauptquartier«. Wie oft tönen bei Beethoven die merkwürdigen Takte, in denen die Musik sich dynamischharmonisch ladet, es gibt einen Marsch wie der im Finale der neunten Symphonie, worin ein Namenloses sich anzeigt und Ankunft nimmt, aus seinen unermessenen Räumen noch nicht hervortritt. Eine letzte Art vorgreifender Leitmotive Wagners sind schließlich noch die des Heraufrufens, der Beschwörung. So das großartige Erdamotiv (sein dämonisches Gegenstück ist das Klingsormotiv): nicht zum Raum ward hier die Zeit, aber die Zeit wird hier zur Magie des Raums. Vivant sequentes, läßt sich insgesamt zu Wagners *antizipierender* Leitmotivik sagen. Das Thema, das sich erst bildet, steht, wie auch Mahler zeigt, in der Geschichte der Musik nicht am Ende, sondern selber am Anfang; und es ist solch unbekanntem Wagner verpflichtet. Auch hier sind Paradoxe: nämlich die Themen und ihre Reprisen selber, nicht nur die Durchführung, befinden sich in statu nascendi, ja mit ihnen der ganze spezifische, weit über seinen Text hinausliegende Inhalt dieser Musik.

Frage des hallenden Pastorale

Nicht nur der innere Puls wollte in diesen Tönen klopfen, hier oft allzu hörbar. Heftig beruft Wagner auch das Draußen, die Dinge; das singt in seiner Weise mit. Rieselt, rauscht, flackert, verglimmt, leuchtet, donnert; ein Klang, auch Geräusch des Seins, vordringlich wie kaum je. Freilich ließ sich deshalb auch nichts leichter nachahmen, seit Grieg bricht jeder Morgen ganz ähnlich an, und der Wald rauscht im Salon. Vor allem ließ sich vor Wagner Quell und Flur schon einfacher sagen, ja geringerer Aufwand war nicht nur dem Zarten, auch dem Starken und sicher dem Herben näher. So bei Mozart, dem dauernd schlechten Gewissen aller ungeteilten Wagnerianer. Das Duettino Susannes und der Gräfin: »Wenn die sanften Abendlüfte über unsere Fluren wehen«, hier ist der süße Wechselgesang selber auf den Wegen, die sich im abendlichen Liebesgarten treffen. »Endlich naht sich die Stunde, da ich dich, o Geliebter, bald ganz besitzen werde«: und wieder, unter freundlich blickendem Hesperus, eine Melodie der Zeffiretti, doch ganz in die Nacht hineingesungen, voll Silber und Rosen in der Sehnsucht Susannes wie dem Liebesgarten. Und dann wieder, sobald nicht amouröse, sondern mehr autarke Natur ausmusiziert wird: wie durchsichtig gelang das in dem Beethovenschen *Pastorale.* Nicht nur, wie selbstverständlich, die »Szene am Bach«, auch der »Gewittersturm« kommt hier gänzlich ohne »Pedal« aus. Dieser Sturm schließt sogar ans Scherzo des Tanzes an, es grell unterbrechend, und das ganze kochende Unwetter ist da, mit Blitzen in hohem Sextlauf, Doppelschlägen des Einschlags in der Nähe und keiner Donnermaschine. So verhältnismäßig einfach, doch weittragend in ihren Mitteln war also die vorromantische Naturmusik großenteils beschaffen – das auch in Nachfolge noch deskriptiver Züge (die mit naturalistischen nicht zu verwechseln sind), wie sie schon von spätmittelalterlichen Tonmalereien, besonders französischen, überliefert waren. Und wie sie sich nicht nur, miniaturhaft-pinselnd, in Haydns *Schöpfung* finden, sondern, ganz graphisch-figurierend, in Bachs Oratorien und Kantaten, wo immer der Text von Erlebnissen auf Begebnisse und Umstände leitet (Geißelhiebe, Zerreißen des Vorhangs, Erdbeben, Finsternis, Umleuchtung). Anders wird das erst – gerade das Wagnersche dieser Gegend schreibt sich davon her –, als die eigentlich romantische Naturmusik entstand, romantisch auch wegen der überwiegenden und zunächst diffusen »Stimmung«. Diese allerdings beginnt, das Deskriptive überholend, auch bei Mozart und Beethoven, doch eben mit steter Durchsichtigkeit, und ohne daß Prämissen zu Glimmerschein, Tagerwachen, Waldweben, insgesamt: Naturweben vorhanden gewesen wären. Verlust an Luzidem, Gewinn von Klangaura sind im Naturbild der musikalischen Romantik folglich sehr prekär verteilt, doch der Verlust geschah schon lange vorher und der Gewinn, so wenig einfach er sich darbietet, enthält ebenfalls manch unbekannten Wagner, ja einen, der noch auf die romantisch vorhergehende Naturmusik eine Art weiterziehendes Licht werfen mag. Der Weg geht nun über Marschner, Weber, auch Mendelssohn, soweit diese in der neuen Naturmusik exzellierten. Er geht über Marschner, über den brandigmetalligen Landschaftston, den dieser abgebrochene, unausgeführte Riese brachte. So im Melodram des *Hans Heiling,* mit der dunklen Nacht und dem Flämmchen blau auf der verspukten Heide; so in dem sengenden Glanzbogen beim Erscheinen der Geisterkönigin. Der Weg geht über Webers ausgeführte Wolfsschlucht-Musik, über diese Unheimlichkeit aus veritablen Tonbildern hintereinander, aus einer malenden Fügsamkeit zu Grauen, jagendem Spuk, plötzlicher Stille, wie das so wechselnd kaum erhört war und gerade Beethoven hinriß. Auch nicht zu vergessen ist das erstmalige Mondlicht in den Violinen der Sommernachtstraum-Ouvertüre des noch genialen jungen Mendelssohn, einer romantischen Shakespeare-Übersetzung eigener Art und nicht zuletzt: eines Spuks ohne Grauen. All dies Romantische, der Abend- oder Nachtstimmung auch noch am Tag Hingegebene fand nun in Wagner seine neue Größe. Vor allem fügte ihm Wagner jenes eigentümlich Schallende, Fortschallende hinzu, was nun nicht nur abträglich als »Pedal« bezeichnet werden kann, sondern positiv als veritabler »Naturhall« erscheinen möchte und an den besten Stellen sich auch so gibt. Mit Wind, Wetter, Nebel, Feuer, Frühling gleichsam als dramatis personae, den menschlichen Personen fast homogen. Das aber wurde durch den Unterschied zu Mozart, Beethoven gewonnen, lief dann in der Wagner-Nachfolge mehr veräußerlicht weiter, musizierte aber auch in Wagner-Ferne oder Wagner-Abstand Naturbilder, die es ohne den Vorangang Bayreuths nicht gegeben hätte. Freilich, nichts als äußerlich wurde diese Wagnerei in einem Klingklang der »wohligen Welt«, wie er etwa in Pfitzners *Rose vom Liebesgarten* schönfärbt oder auch in Straußens *Alpensymphonie* sich sozusagen emporstuft. Nur wenig gehen die mythisch-eleganten Tonspiele, etwa der singende Lorbeer in Straußens *Daphne,* tiefer vor sich; auch Feinheit vertreibt nicht Äußerlichkeit. Wieviel echter zum romantisch Aufgegangenen steht hier, mit Wagner in Wagner-Ferne, die sparsame Kunst des reifen Verdi; sein oktavenhaft flirrendes Mondlicht, vor dem vierten Akt *Aida,* taucht das nächtliche Nilufer wirklich in sprechendes Licht. Und Mahlers Pastorale andererseits, mit wachsendem Wagner- auch noch Bruckner-Abstand, zeigt sich eher wieder als Naturlyrik im alten bukolischen, wenn auch sehr hochgelegten Sinn, denn als dynamisierte oder auch erotisierte Natur. Wagners »Karfreitagszauber« (zum Text: »daß die entsündigte Natur heut ihren Unschuldstag erwirbt«) wurde oben als das Paradox einer christlichen Naturmusik bezeichnet: dies Seltene und Seltsame bei Wagner war aber gleichfalls noch mit erotisierter Natur (Süchtigem, Umrankenden) verbunden. Mahlers mehrere Karfreitagszauber dagegen, so im ersten und letzten Satz seiner sechsten Symphonie, liegen hoch droben, jenseits aller Libido, – und sind freilich doch, bei all solch bukolischem Abstand, Wagners Pastorale tief verpflichtet. Seltsam rückende Dreiklänge in Mahlers sechster Symphonie, gar die Einleitungsmusik zum Schlußteil der achten, diese grauend-seraphischen Stummlaute, sprechen aus einem Schlaf von Natureinsamkeit hoch droben und künden, wie stets bei Mahler, zugleich an: genau Wagners *hallender Pan* wird hier ins Unbekannte hellhörend, transparent.

Wichtig bleibt bei alldem, womit und wozu man dies Singen anheben läßt. Ob mit menschlich bewußten Tönen oder aber mit ungefügen, hinter denen noch unruhiger, wo nicht gequälter Schlaf steht. Wagner läßt Musik insgesamt aus dem Schrei beginnen, durch den ein gequälter Träumer zu sich kommt, aufwacht. Mit diesem Schrei soll der »gequälte Wille« sich zuerst kundtun, das heißt, er tritt als solcher in die Klangwelt und nur bei weiterem Erwachen in die Lichtwelt ein. Was Wagner derart in der Schrift *Beethoven* ausgeführt hat, dies auf ihn selbst umgebogene Schopenhauersche, setzt also zunächst ein Heulen, nicht ein Singen an den musikalischen Anfang. Dann erst kommt der stufenbildende, in Stufen gebildete Ton, er kommt, um sich bei Wagner, im gehörten Effekt, sehr oft wieder rückgängig unter Rausch setzen zu lassen. Von daher das Regredierende Wagners auch in der Natur, das deren eigene Stufen nicht nur zum Kontra-Es der strömenden Rheintiefe abtragen, sondern recht urtümlich daraus sich herleiten und so auch rückfinden lassen will. Mit dem Bedeuten, daß so oft wie angängig das groß Gebaute, Scharfe wieder in Fließen, in Weben, Wabern, Gleißen, gleichsam in Ding-Emotionen eintaucht. Gerade auch das Konturierte hat diese Emotionen noch als Ränder, steht im Nimbus des Schopenhauerschen Triebwillens, der auf hörbare »Erscheinungen« seiner gebracht worden ist. Der Schrei aus dem Schlaf oder hier auch: aus dem Bauch der Natur hat sich allerdings, trotz ursprünglichen Wogens, höchst rhythmisiert, harmonisiert, raffiniert, er will in den Erscheinungen auf die jeweilige Tonschrift des Weltwillens hinaus. Das bereits in der Instrumentierung: schweres Blech für das Kriechen der Schlange, Naturtöne der Hörner für die wogende Rheintiefe, ausgespannte Harfenakkorde für den Regenbogen, weiche Holzbläser für den Frühling der Karfreitagswiese und so fort. Die nie so gehörte Umsetzung von Gesichts- in Gehöreindrücke erscheint möglich durch die Isolierung des Bewegungsklangs der Gegenstände; wobei dieser Klang eben den spezifischen rhythmisieren und harmonisieren soll. Der Gegenstand wird nun aus ihm geboren und nicht nur für Geisterohren, wie bei Goethe der junge Tag (»welch Getöse macht das Licht«), sondern für äußerst leibhaft irdische, die statt des Tags des premier cri in den Objektivationen des Weltwillens innewerden. Das ist die andere Seite des Amphionhaften in der Verwandlungsmusik des *Parsifal,* wo die Zeit gerade zum äußeren *Raum,* Musik gerade zur *Szene* wird, also sich zu Klang-*Figur* sichtbar umsetzen will. Denn eben zu diesen aus Musik reproduzierten Figuren soll durch Musik erst recht wieder der Schrei des Dingwillens, Weltwillens klingen. Als die Wahrheit des Ohrs hinter der nicht nur bühnenhaft unzureichenden Augen-Illusion, als die tönende Ansich-Seite der Dinge. Das Feuer sind nun selber lauter chromatisch auf- und niedereilende Sextakkorde, der Sturm selber die hämmernden Sextolen, aus denen er weltwillenshaft herkommt, das Gewitter ist selber die harmonische Verengung und die plötzliche Entladung in Quartsextakkorde, worin es die Musik nicht so sehr abbilden als urbilden will. Der Bewegungsklang der Dinge soll so auf ihre Klangwurzel »vertieft« werden, zugleich aber soll diese Klangwurzel keine andere sein als das Ding an sich des Weltwillens, mittels Musik aus den Erscheinungen fast unmittelbar vernommen. Die Richtung auf die Klangwurzel ist Schellingisch, das heißt romantisierter Pythagoras: Musik schwebt im Raum, wie Schelling in seiner *Philosophie der Kunst* sagt, »um aus dem durchsichtigen Leib des Lauts und Tons ein hörbares Universum zu weben«. Die andere, damit allerdings nicht ganz vereinbare Richtung, die bei Wagner substantiell dominierende, ist eben Schopenhauerisch: »Musik setzt zur Erscheinung allsogleich das Ding an sich, und dieses ist, auf verschiedenen Objektivationsstufen der Erscheinung, der begehrende, verzweifelte, jauchzende, kurz, passionierte Wille.« Damit wird also der Schrei, mit ihm die Klangwurzel, womit alles begonnen, durch ein überhaupt nicht mehr verursachendes, sondern metakausales Ding an sich vermehrt, wo nicht ersetzt. Mit anderen Worten: der musikhafte Schwingungsgrund zu den Chladnischen Klangfiguren der Welt wird verschluckt von der zeit-, raum-, kausallosen Alleinheit des Willens; und Feuer, Wasser, Erde, Personen, Schicksale sind nicht so sehr seine realen »Wirkungen« als seine »Kundgebungen«. Wagners Naturmusik will also letzthin nicht auf nur *jeweilige* Klangwurzeln zurück, sondern in einen *allgemeinsten Schreckens- oder Zauberbann* des Weltwillens hinein. Schopenhauers Ding an sich kennt kein principium individuationis, am wenigsten ein seinem Bann entzogenes, ihm selber willenshaft opponierendes; und so kennt auch Wagners Schicksalsmusik nicht oder nur selten echte Personen. Diese gehören eben, wie nun ganz deutlich wird, auch als Akteure zur allein agierenden Weltnatur: naturgetrieben handelnd und so dem Wetter, Nebel, Feuer, Frühling fast homogen erscheinend. Mit diesem wetterwendisch-Getriebenen an sich stimmt derart auch noch ihre Unzuverlässigkeit überein, der treulos treue Siegfried, selbst – minus Tiefe – die Astarte-Magdalene in Kundry. Auch noch die angegebene Irradiation der Gefühle, wie sie durch »Süße Not«, »Jauchzender Tod« und die irisierenden Akkorde dazu wiedergegeben wird, findet im Alleins-Gären eines Weltwillens mindestens Verwandtschaft. Und weil solche Musikgestaltung berauscht berauschend aus dem tropischen Ding an sich sprechen will (tropisch noch im verklärten Anti-Wahn des Gral), deshalb hat allerdings prometheisch Wendendes auf dieser Seite Wagners, in dieser Wahlverwandtschaft mit Glut-Pan keinen Platz. »Dem Ewig-Jungen«, singt zwar Wotan, »weicht in Wonne der Gott«, doch auch Siegfried, als gemeinter Täter des »Ewig-Jungen«, ist dieses nur in Gebärden. Obwohl furchtlos und halbwegs schuldlos ist er keinesfalls auf dem Posten eines wissenden Gegenschlags, ja er ist nicht anders ein verstrickter Täter der verstrikkenden Moira wie Wotan ihr schuldbewußt beförderndes Opfer. Und dennoch, auch an diesem Ende: Nicht überall haben Schrei und Bann gerade in Wagners *Naturmusik* das letzte Worte. Vielmehr bleibt statt des Schreis oder selbst tönenden Schweigens ein *Hallen* das letzte, jenes Weit-hinaus also, das am nicht-schließenden Abschluß der *Götterdämmerung* nur aufs mächtigste auftritt. Dies Hallen ist selber – und hier mit wichtigster Bedeutung – mehrdeutig; es nimmt zwar am »unendlich verschwimmenden Wesen der Musik« noch teil, wie Wagner die seine allzu scharf definiert, aber es hat mit keinerlei Moschus-Natur etwas gemein, am wenigsten mit einer darin erschöpften. Konträr, genau ein *offener Quellklang,* eine *neu treibende Klangwurzel* – ganz ohne Schopenhauer also – machen sich hier letzthinig geltend, Wärme gewinnend und Tag. Derart meldet sich – und gerade Mahler ist dafür ein Zeuge und Erbe – ein weithinaus Glänzendes im Naturklang, das dem bloß singulär-Vorwegnehmenden einiger Leitmotive unsichtiger, freilich auch noch unbestimmter entspricht. Wasser, Feuer, Luft und Erde, Flußtiefe, Gewitter, Sturm, Felskluft, Berghöhe, Nacht, Abendröte, Morgendämmerung, prangender Tag – all das zeigt nun auch sein Tongesicht wie kaum je zuvor, sein aus Klangelement getriebenes, fortgetriebenes. Das ergänzt und erweitert die malerischen, poetischen Landschaftsbilder bedeutend: Wagners Naturleben wird so zu einer besonderen Hörstelle gegenständlicher Qualität, und zwar zu einer, die – qua kochender Musik – recht nahe am Herd, am Quellen, Quallen (um Jakob Böhmes Termini zu gebrauchen) des Qualifizierens steht. Es gibt gewiß, glücklicherweise, noch andere Naturbilder als diese so oft atlasgesteppte oder mit Landschaftsmalerei der deutschen Gründerzeit versetzte; Mozarts Gärten, Beethovens Bachszene, seine Ruhe nach Gewitter, gar nach dem Trompetensignal der Leonoren-Ouvertüre, geben stilleren, tieferen Aufschluß. Doch Wagner eben gibt dem Hallenden das Seine, gleich einer Schwingung ante rem, die auch in re, um nicht zu sagen post rem datam noch Klangfigur aufwirft und die Naturgegenstände durch sie aufnimmt, künstlerisch potenzieren will. Und in der Transparenz des Hallens steckt immer wieder ein Erwartungsvolles, so eigentümlich, als ob hier selbst das allzu Unterirdische, Chthonische ein Fernes gärte, spänne, schüfe. »Dämmert der Tag schon auf?« fragt die Norne im Beginn der *Götterdämmerung* mit unheimlich verhängtem Ruf, – und die Musik wühlt durchaus nicht nur unterirdisch. »Fern, wo wir nicht sind, werden riesige Tore hallend beiseite geschoben«: Dieser Satz Maeterlincks aus einem seiner neuromantischen Essays wäre ohne Wagners Naturmusik kaum möglich, und ist doch ebenso alles andere als romantisches Regredieren, Mythisieren. »Sie bleibt aber Todeszauber, die Musik, und dem ossianischen Wesen benachbart, dem Regen, Herbst und der tiefen Freudigkeit des früh hereinbrechenden Dunkels, dem trüben Himmel und den schweren Wolken, dem Nebel und den Helden, die auf der einsamen Heide reiten und denen die Geister in Wolkengestalt erscheinen, nicht anders wie sie Bach und Wagner erschienen sind –

der Himmelsrichtung zugewendet, in der diese Welt ausgeht und untergeht«: Auch dieser Satz aus der *Philosophie der Musik* im *Geist der Utopie* (1918, S. 213) wäre ohne Wagners Landschaft nicht so formulierbar gewesen, und nicht ohne das Westlicht eines anderen Tags, das in diesem Dunkelglanz brennt. Mit Format brennt, wie zuletzt im Schlußgesang Brünhildes, weit in den Horizont geworfen und hinter ihn, noch ganz andere Spezereien verwendend und in Latenz haltend als die des Schicksals. Sehr komplex das alles, wie ersichtlich, und voll Dialektik der Tonbilder, voll abgetanem, hochreißendem Doppelblick zugleich. Das musikalische Pastorale der Zukunft wird Wagner im Rücken haben, doch so wie ein Schiff den Fahrtwind oder wie das Licht im Schlußchor der *Meistersinger,* die »rotbrünstige Morgenröt, die her durch die trüben Wolken geht«. Und das Licht wird, damit es nicht kahl scheint, auch diese dunklen Wolken immer wieder einladen, um buntgeladen mit ihnen zu sein.

Nr. 135, Mai 1959

HELMUTH PLESSNER

Elemente menschlichen Verhaltens

Die Sprache

Wir gehören zu den lautproduzierenden Wesen, aber unser Lautschatz übertrifft sie an Reichtum und Modulationsfähigkeit. Alles, was Tiere stimmlich von sich geben, ist artspezifisch festgelegt und situationsgebunden, auch wenn es dem ungeschulten Hörer nicht so vorkommt. Die Echolalie bei manchen Vögeln, die dann gern als Verstellung und Nachahmung gedeutet wird, begründet keinerlei Ausnahme von dieser Regel. Jede Lautgebung hat einen im wahrsten Wortsinne expressiven Charakter, das Tier macht seiner Erregung Luft und teilt sie dadurch anderen mit, Artgenossen wie Fremden, Freunden wie Feinden. Ihr Effekt ist also immer eine Kundgabe, deren biologische Funktion je nach Lage verschieden sein kann: Lockruf, Warnlaut, Angstlaut, Nestruf, vielleicht auch Drohung und Imponiergehabe. Der ausgestoßene Laut kehrt zum Ohr zurück. Schon Herder hat es für nötig befunden, auf diese Selbstverständlichkeit hinzuweisen, denn hier liegt ein Ansatz für die Entwicklung der stimmlichen Artikulation. Produktion erscheint unmittelbar als Produkt. Für Tiere hat dieser Kreisprozeß offenbar eine Grenze. Er erregt sich selber, wie er andere erregt. Durch die Lautäußerung wird eine mitschwingende Gemeinsamkeit erzeugt, die Impulse direkt überträgt. Es läßt sich vermuten, daß zwischen lautlosen Wesen andere Übertragungsweisen bestehen, durch Farben, durch Fühler»sprache« und Bewegungen (Schwänzeltänze zum Beispiel bei Bienen).

Es kann nur Verwirrung stiften, wenn derartige Kontaktformen Sprachen genannt werden. Sprache sagt aus und stellt dar. Sie ist also immer auf Sachverhalte bezogen, denen Worte und Wortverbindungen zugeordnet sind. Als Träger von Bedeutungen von diesen ablösbar und durch andere Träger wie Schriftzeichen, aber auch andere Zeichensysteme zu ersetzen, haben sie für die Bedeutungen verkörpernde Funktion. Worte meinen, während Laute allenfalls einen Zustand auszudrücken und dadurch zu signalisieren vermögen. Ein Schrei, ein Juchzer, Schluchzen und Stöhnen, Gurgeln und Grunzen gehören zu Zuständen und Situationen, haben also von daher Sinn, aber sie tragen ihn nicht. Ihre Ansteckungskraft (man denke an Lachen, Weinen, Gähnen, Husten) übermittelt nichts. Demgegenüber figuriert das Signal als bloße Anzeige. Auf Grund einer getroffenen Regelung ist ihm eine festgelegte Bedeutung zugeordnet: Strecke blockiert, Eisenbahnübergang. Die Zuordnung geschieht dann aber gerade unter Beiseitelassen sprachlicher Mittel, das Signal vermeidet das Wort. Immerhin signalisiert auch das Wort selbst eine Bedeutung, vermag aber durch seine Einfügung in variationsfähige Wortzusammenhänge (Sätze) seine Bedeutung vom Ganzen her zu ändern, zu verschärfen und Sachverhalte zu besagen. Sprechen bezieht sich auf die Entfaltung solcher Sachverhalte im Wege situationsunabhängiger und in fixierten Lautgebilden verkörperter Äußerungen, die dem Sprechenden als Zeichen zur Verfügung stehen.

Sprachliche Mitteilung läuft somit über eine Darstellung. Diese setzt die Fähigkeit voraus, das Gemeinte und das Mittel, mit dem man es meint, voneinander abzuheben, das heißt das Wovon der Rede und das Womit der Rede als zueinander passende oder nicht passende, adäquate oder inadäquate Sachbereiche zu behandeln. Ohne das Vermögen der Versachlichung gibt es ebensowenig Sprache und Sprechen wie Werkzeugerfindung. In beiden Richtungen des Umgehens mit Dingen und Wesen seinesgleichen ist der Sinn für Instrumentalität eine Conditio sine qua non, handelt es sich nun um die eigene Hand oder um die Laute, die ich willkürlich produzieren kann. Eindrucksvoll wird diese Bedingung durch die bekannten Vergleiche zwischen Schimpansenkind und Menschenkind illustriert, die N. Kohts anstellte. Der Bestand von 23 Lauten beim einjährigen Schimpansen und beim sieben Monate alten Jungen gleichen einander, dann beginnt beim Jungen im nächsten Monat bereits Nachahmung von Worten, und mit fünfzehn Monaten bedient er sich der Worte zur Bezeichnung von Gegenständen. Das Schimpansenkind aber kommt nie weiter, ahmt nie nach.

Früher half man sich, um die Differenz zwischen Affe und Mensch zu erklären, mit dem Hinweis auf den Mangel an Abstraktionsfähigkeit. Experimente im Wahrnehmungsgebiet mahnen jedoch zur Vorsicht und schränken den Begriff der Abstraktionsfähigkeit nicht unwesentlich ein. Ähnlichkeiten im Figuralen, auch Reihenfolgen können die Tiere erfassen. Insoweit sind sie nicht ans Einzelne gefesselt. Aber sie können das Spitze, Dreieckige, das jeweils Dritte usw. nicht als solches für sich von der Situation, in der sie auftreten, lösen. Das Generelle im begrifflichen Sinn bleibt ihnen verschlossen.

Daß dieses Unvermögen etwas mit dem Mangel an Nachahmungsfähigkeit zu tun haben muß, leuchtet allerdings um so weniger ein, als man von jeher gerade in den Affen die Imitatoren par excellence gesehen hat und Nachäffen als feststehende Redensart diese Auffassung noch unterstreicht. Es gehört zu den unausrottbaren Anthropomorphismen, die Imitationsfähigkeit, die offenbar ein menschliches Monopol ist – warum, werden wir gleich zu erörtern haben –, mit der sympathetischen Erregbarkeit zu verwechseln, deren Erscheinungsbild schwer von dem Erscheinungsbild der Nachahmung zu trennen ist, vor allem dann, wenn Körperbau und Verhalten sowieso Ähnlichkeit mit dem unsrigen besitzen. Durch seine Affektstruktur, seine Spielneigung und seine starke Einpassungstendenz ist der Schimpanse zum Mitvollzug menschlicher Bewegungen in besonderem Maße disponiert. Er macht sie nicht nach, sondern mit. Die Ähnlichkeit des Bewegungserfolges täuscht uns über den wahren Charakter des Vorgangs. Meistens sind es Antwortreaktionen auf unsere Bewegungen, die ihnen korrespondieren, sie aber nicht abbilden. Im Wesen unterscheiden sie sich nicht von dem Echogebell eines Hundes, mit dem er auf das Bellen eines anderen »antwortet«, weil er von ihm in Mitschwingung versetzt ist. Miterregung durch Laute, wie wir sie bei Vogelschwärmen kennen, man denke an das Gekakel von Spatzen oder

Staren, ist hier durch den inneren Zusammenhang von Erregung, Lautproduktion und Rückempfang des produzierten Lautes besonders begünstigt.

Nachmachen ist im Unterschied zum Mitmachen nur in einem reziproken Verhältnis von Original und Abbild möglich. Reziprozität besteht zwischen Menschen, nicht aber zwischen Tier und Mensch und nicht zwischen Tieren. Ein Kind reagiert sehr früh schon auf eine Grimasse, die ich ihm mache, auf Lächeln und zugekniffenes Auge, auf sein Spiegelbild, weil es das Gegenüber als sein Gegenüber versteht; dem Tier ist es verschlossen. Zwar scheint für den Fall des humanisierten Schimpansenbabys der Hayes' die Schranke durchbrochen zu sein, aber der richtige Gebrauch des Spiegels besagt an sich noch ebensowenig wie die zum Beispiel für Fische erwiesene Tatsache, daß sie auf ihr Spiegelbild so reagieren, als ständen sie einem Artgenossen gegenüber. Sich in einer Visavis-Situation zurechtfinden, garantiert offensichtlich nicht das Verständnis für den Dreh, der in ihr steckt. Ihn gar gedanklich zu fassen, geht allerdings auch darüber wieder hinaus und erschließt sich selbst dem Menschen erst auf entwickelterer Stufe der Abstraktion.

Imitation und Vergegenständlichung, auf denen Erwerb und Gebrauch einer Sprache beruhen, haben die gleiche Wurzel, nämlich das dem Menschen gegebene Vermögen, von sich absehen und sich in ein Anderes versetzen zu können. Die mit seiner aufrechten Haltung wenn auch labil gegebene und gerade dank ihrer Labilität ständige Innehaltung der Balance verlangende Kontrolle des eigenen Körpers begünstigt die Entdeckung seiner Emanzipation von ihm wie von dessen unmittelbarer Umgebung. Der Mensch vermag darum seinen Standort als ein Hier von einem Dort zu trennen, welches in umgekehrter Richtung seinen Sinn vertauscht und aus einem Dort zu einem Hier wird. Die eigene Hand oder den ausgestoßenen Laut als Sache wie in einem Dort vom Hier trennen zu können, ist die Grundvoraussetzung für ihre instrumentale Behandlung und Imitation in fixierten Gebilden, auf die sie zurückgreift und über die sie wie über Dinge verfügt. Verdinglichung ist mithin ein genuiner und legitimer Aspekt des Menschen und keineswegs ein entarteter Modus seiner Existenz, der ihm freilich ebenso verführerisch-verfälschend werden kann wie sein Gegenaspekt. Verdinglichung steht im übrigen hier noch ohne nuancierenden Zusatz für Versachlichung oder Vergegenständlichung. Daß ein Tisch kein Sachverhalt ist, aber als Gegenstand einer handwerklichen Bearbeitung eine sachgemäße Behandlung oder adäquate künstlerische Beurteilung verlangt und in dieser Hinsicht zum Bestandteil eines Sachverhaltes wird und daß es Mühe kostet, diese Dimensionen in ihrer Verschränkung auseinanderzuhalten, sei nur am Rande vermerkt.

Im Mittel sprachlichen Ausdrucks wird die Sache vergegenwärtigt, gefunden wie erfunden, gemacht wie entdeckt. Er hebt sich von ihr ab, da er in seiner Gliederung immer zugleich das an ihr Ungesagte als Hintergrund mit vermittelt. Darin unterscheidet sich das verbale Bedeuten und Meinen von der Anzeige durch Signale oder bloßer Etikettierung. Für einen streng ritualisierten, konventionell festgelegten und überwachten Sprachgebrauch, dem wir in altertümlichen sakralen Hochkulturen als privilegierten Hochsprachen, aber auch in primitiven und starren Verhältnissen begegnen, ist dieser

Zug vermittelter Unmittelbarkeit an der Sprache dem Sprechenden verdeckt. In unserer offenen, vielen umwandelnden Einflüssen ausgesetzten Sprachwelt verrät er sich dagegen bei jeder Gelegenheit, in der Suche nach dem treffenden Ausdruck, in der ständigen Bemühung um Klarheit und Korrektheit, beim Erlernen einer Fremdsprache, bei Übersetzungen. Sprache verdeckt die Sache wie ein Kleid und bildet zugleich ihr Skelett, das ihr zur Aussagbarkeit und Figur verhilft. Sprache artikuliert, zerstückelt und tut der ungeteilten Sache, dem Gegenstand »selbst«, Gewalt an und folgt ihr doch nur, schmiegt sich ihr an, läßt sie erscheinen, entbirgt sie.

Sprache wahrt als Ausdruck vermittelter Unmittelbarkeit die Mitte zwischen der zupackenden, greifenden und gestaltenden Hand, dem Organ der Distanz und ihrer Überbrückung, und dem Auge als dem Organ unmittelbarer Vergegenwärtigung. Sprache steht aber nicht etwa nur zwischen diesen Funktionen, sondern verschmilzt sie auf eine neue, in ihnen beiden nicht vorgegebene Weise. Ihr packender Zugriff macht sichtbar und evident, ist Hand und Auge in einem. Die Metapher selbst ist ihre spezifische Leistung: Sprache überträgt, schiebt sich an Stelle von etwas, ist das repräsentierende Zwischenmedium in dem labil-ambivalenten Verhältnis zwischen Mensch und Welt. Dem Menschen wächst in ihr ein virtuelles Organ zu, dessen Gebrauch den Gebrauch der physischen Organe zwar nicht entbehrlich macht, aber entlastet. Wie das Werkzeug spezielle Funktionen übernimmt, so übernimmt die Sprache den menschlichen Weltkontakt. Sie bekommt ihn in den Griff, indem sie ihn virtualisiert. Sie ist kraft der mit ihr erreichten »Ausschaltung der Organe«, wie Alsberg ihre Leistung charakterisierte, eine Sparmaßnahme; nicht des Menschen, sondern durch den Menschen, ein Ersatz für nicht geleistete und nicht mehr zu leistende physische Arbeit, eine planmäßige Handlung und zugleich eine Institution mit festen Regeln, die individuelle Absprachen überflüssig macht und Verständigung auf ihrem Niveau von vornherein sichert.

Als ein *milieu externe* hat Sprache stabilisierende und sozialisierende Funktion, für die wiederum das Ineinander von vorgegebener Ordnung: – man wächst in sie hinein und hat sich nach ihren Regeln zu richten – und zu leistender Bemühung: – man muß sie beherrschen lernen und lernt nie aus – charakteristisch ist. Wie beim Gehen befinden wir uns beim Sprechen in einem labilen Gleichgewicht, das uns wie durch unseren physischen Körper, so durch den Körper einer Sprache zwar ermöglicht, aber nicht garantiert ist. Sprechend bin ich wie ein Anderer, gegen ihn austauschbar, weil in die Reziprozität der Perspektiven eines Sprachgefüges von vornherein eingetaucht. Ihm ist das Füreinander der Sprechenden strukturelle Bedingung. Wenn ich mich als Mittelpunkt eines von meinem Leibe umschlossenen Innen, wie in einem Futteral steckend, erleben kann, undurchsichtig für andere in dem, was in mir vorgeht; wenn ich mich als Gefangenen meines Bewußtseins erleben kann, umschlossen von einem Horizont, der mit meinen Wahrnehmungen und Aktionen unübersteigbar, undurchbrechbar mitwandert, dann bin ich dieser Immanenz durch die Sprache enthoben. In ihr gibt es keinen *solus ipse.* Die Immanenz verliert sich als Möglichkeit nicht, wird aber vor der

Sprache zu einem bloßen Aspekt. Daß unter bestimmten gesellschaftlichen Verhältnissen, die den Individualismus und Subjektivismus begünstigten, die Überzeugung von der Prädominanz des Wissens gegenüber dem praktischen Tun philosophisch sich zu der Verstiegenheit des Solipsismus zuspitzen konnte, findet seine relative Legitimation in dem Egozentrismus unseres Binnenaspekts. Nur für ihn wird die Sprache – wie alle anderen Institutionen – zu einer Verabredung zwischen isolierten Individuen, zu einem *contrat social.* Als ob Verabredung nicht schon das voraussetzt, was ihr zugemutet wird, das Einverständnis nämlich in einem Medium von Gegenseitigkeit.

Einen selbstbewußten Individualismus hat dieses Argument allerdings nie überzeugt. Im 18. Jahrhundert war die Frage nach dem natürlichen Ursprung der Sprache ein beliebtes Thema, und die stammesgeschichtlichen Spekulationen variierten es weiter in ihrem Sinne. Was lag näher als die Herleitung der Worte aus dem Ruf, wenn Sprache und Stimme offensichtlich zueinander gehören? Heute weiß man, daß das Motiv der Zeichengebung für einen vorsprachlichen Zustand – wenn es ihn für den Menschen je gegeben hätte – nicht der Faktor sein konnte, der zur Bildung von Sprache führte. Sprechen schließt Sinn für Zeichengebung mit ein. Sprache kann, wenn überhaupt, nur mit dem Menschen »entstanden« sein, nicht aus ihm.

Deshalb verdient ihr Verband mit der Stimme besondere Beachtung, die ihr in Reaktion auf die alten Herleitungstheoreme heute von philosophischer Seite zu wenig geschenkt wird. Für die Entfaltung eines *milieu externe,* in dem Sprechender und Angesprochener für einander sind, bietet die lautliche Basis nicht nur Bequemlichkeitsvorteile: Wenn wir mit den Händen reden müßten, könnten wir sonst nichts tun. Daß hier die Stimme entlastend einspringt, bettet die sprachliche Artikulation in eine rückläufige Tätigkeit: Der hervorgebrachte Laut kehrt zum Ohr zurück. Nirgends sonst wird uns die Produktion eines Produkts so sinnfällig wie hier, wo das Produkt nicht wie ein Werk unserer Hand zum fremden Gebilde gerinnt oder wie eine Geste zwar Kontakt vermittelt, aber selber verschwindet, sondern ein Medium schafft. Überdies besitzen Stimme und Mund Nuancierungsmöglichkeiten, die dem Erregungszustand ebenso unterworfen sein können wie der bewußten Artikulation. Viele Sprachen verbinden denn auch mit verschiedenen Tonhöhen verschiedenen Sinn. Sprechen und Singen wahren hier noch ihre enge Nachbarschaft, die sich bis in Zonen der Musik, die vom Lied weit abliegen, als ihr innerer Sprachgestus erhält.

Imitation und Vergegenständlichung, von denen Spracherwerb und Sprachgebrauch leben, haben die gleiche menschliche Wurzel: Sinn für Reziprozität der Perspektiven im Verhältnis von meinem leibhaften Dasein zum Dasein des Anderen. Von dieser Rückbezüglichkeit ist eine Partie unseres Leibes wiederum besonders geprägt, die durch die aufrechte Haltung und die frontal gerichteten Augen eine bevorzugte Rolle spielt: das Gesicht. In ihm faßt sich, nur auf eine andere, eben nicht virtuelle, sondern unmittelbar ausdruckshafte Weise der Mensch zusammen. Das Gesicht ist, in Grenzen, die Zone einer Spiegelung der ganzen persönlichen Existenz, und zwar unter Einbeziehung des Gesehenwerdens. Als exponierte Front, mit der wir durch

Auge und Stimme uns dem Gegenüber ständig zuwenden, wird sie in dem Maße akzentuiert und verstanden, in welchem die übrigen Körperpartien durch Kleidung verdeckt werden. Ihre mimisch-physiognomische Durchlässigkeit pointiert sich im Auge, dessen aufnehmende Funktion dem anderen zugleich als anblickende, als Blick erscheint. Im Blick vermittelt sich das Einverständnis zwischen Menschen. Bei keinem Anthropoiden gibt die Anatomie des Kopfes ein Gesicht frei, vielmehr sind der vorgebauten Schnauze die übrigen Partien so zugeordnet, daß sich kein Mienenspiel entfalten kann. Mit der Freilegung des Gesichts durch die Anordnung von Stirn, Nase, Mund und Kinn in der Frontalebene erfüllt sich erst das Strukturprinzip der Vertikalität.

Lachen, Weinen, Lächeln

»Das Lachen ist ein Rudiment aus der Affenzeit, ein widerlicher und schamloser Ton aus der falschen Kehle. Wenn man mich unter dem Kinn kitzelt, wird es irgendwo aus meinem Körper herausgetrieben«, heißt es bei Knut Hamsun, und es ist wohl nur dem Respekt vor den überwiegend schmerzlichen Anlässen zuzuschreiben, daß nicht auch das Weinen unter sein Verdammungsurteil fällt. Lachen und Weinen passen schlecht in das Bild vom beherrschten, redegewaltigen Menschen, der seine körperliche Existenz zu kultivieren sucht und sich, mit den Worten der Bibel, seiner Nacktheit schämt. Macht man sich aber die ganze Skala der Anlässe klar, auf welche der Mensch mit Lachen und Weinen reagiert und offenbar nicht anders reagieren kann, so verliert sich das Unpassende und gewissermaßen Untermenschliche der Reaktionen. Sie passen zum Menschen, auch wenn es sich vielleicht nicht immer paßt, ihnen ihren Lauf zu lassen.

Lachen und Weinen sind Reaktionen auf Grenzen, an welche unser Verhalten stößt. Sie sind Äußerungen eines Unvermögens, das freilich nicht an den zahl- und regellosen kleinen oder großen Niederlagen abgelesen werden darf, die unser Leben durchziehen. Sie haben vielmehr prinzipiellen Charakter und hängen mit der menschlichen Verhaltensstruktur als solcher zusammen. Was ihr zuwider ist, nicht weil es unseren Mitteln unangemessen ist, die zu seiner Bewältigung nicht ausreichen, sondern weil es Verhalten überhaupt von sich aus außer Kraft setzt und abweist, erregt Lachen und Weinen. Durch sie bezeugt der Mensch, auf Grenzen möglichen Verhaltens gestoßen zu werden, und zwar in des Wortes eigentlicher Bedeutung. Diese Erfahrung, mit seinem Latein zu Ende gekommen zu sein, hat nicht den Charakter eines aus Überlegungen und Probierversuchen resultierenden Eingeständnisses, sondern muß – sonst lassen sich die vorsprachlichen Äußerungsformen aufquellenden Gelächters und aufsteigender Tränen nicht erklären – mit der Verkörperung als Instrument der Verhaltensbildung selber in Zusammenhang stehen.

Nach üblichem Schema gehört Lachen auf die helle und heitere, Weinen auf die dunkle und traurige Seite des Gefühlslebens, und Gefühle sollen es sein – und sind auch immer im Spiel –, denen sie Ausdruck verleihen. In einem sehr vagen Sinn lassen sie sich als Ausdrucksbewegungen bezeichnen, nur dürfen sie dann nicht mit den echten mimischen Expressionen zusammengebracht werden, in denen sich die Affekte entladen: Angst, Schrecken, Zorn, Wut, Freude, Neid, Verlegenheit, – Bilder, die an manchen hoch entwickelten Tieren ebenso zu beobachten sind. Zwar beteiligen sich Lachen und Weinen auch an Affektentladungen, aber kaum eindeutig. Vor Freude, vor Wut, aus Verlegenheit können wir ebenso gut lachen wie weinen. Aber dann werden wir von der Äußerung übermannt. Die Bildersprache unserer Affekte ist zwar nicht einfach in unsere Gewalt gegeben, aber sie ist transparent auf die seelische Verfassung, die sich in ihr malt und spiegelt. Lachen und Weinen sind dagegen völlig opak. Das gurgelnd-glucksende Gemecker, an welchem Zwerchfell und Atmung beteiligt sind oder der Knödel im Hals, die stoßweise Inspiration und der Tränenfluß haben weder mit der Gemütsverfassung noch mit dem ihr zugrundeliegenden Anlaß irgendeine erkennbare, malend-spiegelnde Verwandtschaft. Deshalb lassen sie sich als Ausdrucksbewegungen nicht fassen. Daß wir von ihnen übermannt werden, bildet einen Hinweis auf ihre mit einer offenbaren Störung der Verhaltensbildung irgendwie verknüpfte Funktion.

Menschliches Verhalten entspricht immer irgendwelchen Verhältnissen, die ihm Abstand gewähren, zu Dingen und Situationen wie zu sich selber. Irgend eine Ordnung muß herrschen, in der und mit der es sein Bewenden hat. Diese Bewandtnis trägt den Wortgebrauch, das verfügende Umgehen und planvolle Handeln. Sobald diese Ordnung nicht einfach in Unordnung geraten ist, die sich wieder beseitigen läßt, sondern als Ordnung sich begrenzt zeigt, das heißt das Andere ihrer selbst in Erscheinung tritt, wird das Verhalten gebremst. Der Schock verschlägt uns die Sprache und setzt uns außer Gefecht. Ist unser Abstand im Verhältnis zur Sache selber nicht aufgehoben, so erheitert uns die Situation, wir finden sie komisch oder witzig, wir lachen. Sind wir selber aber betroffen und um jeden Abstand gebracht, so erliegen wir dem Schmerz, dem Leid, der Rührung und Ergriffenheit, wir weinen.

Komik und Witz zeigen beide eine Überkreuzung von Ordnung: die unmögliche Situation, der Doppelsinn, der Widersinn. Bald ist es ein Mensch, der wie eine Vogelscheuche oder eine Marionette wirkt, bald stößt er an Tabus oder verheddert sich. Bald ist es ein Wort, ein Satz, der versteckten Sinn enthält, bald verblüfft ein Argument, das in aller Logik das Gegenteil seiner These beweist. Bald trifft die karikierende Übertreibung, dann wieder das Mißverhältnis zwischen Understatement und dem Gewicht der Sache. Satirische, ironische, humorvolle Einklammerung der gewohnten Verhältnisse heben nachdrücklich oder versteckt die Welt aus ihren normalerweise unbemerkten Angeln. In dieses Relativierungsverfahren vermögen Selbstironie und Humor den Betrachter selber mit einzubeziehen, um ihn seiner Distanz zu sich nur um so mehr zu versichern. Ob sie immer mit einem Gefühl der Überlegenheit getränkt sein wird, bleibe dahingestellt. Sicher aber verstärkt sie das Bewußtsein einer gewissen Freiheit und Erleichterung, welche dem plötzlichen Druckverlust entspricht, den die übliche Ordnung der Verhältnisse, das Korsett unseres Lebens, dadurch erleidet.

Die andere Möglichkeit der Unterbindung des Verhaltens ist für uns dann gegeben, wenn der Ansatz zu einer Ordnung durch Aufhebung der Distanz (zu mir, zu anderen und anderem) fehlt, wenn wir vom Schmerz gepackt, von Leid erfüllt, von Freude überwältigt, von Schönheit und Erhabenheit ergriffen sind. Vom rohesten Ausgeliefertsein bis zur sublimsten Ergriffenheit breitet sich die Skala der Anlässe des Weinens. Wir geben uns an ihnen auf und lassen uns fallen, denn die Verhältnismäßigkeit unseres Daseins ist in der unmittelbaren Konfrontation mit ihnen aufgehoben. Das kann beschämend, niederdrückend, aufreizend, aber auch beseligend empfunden werden. Entscheidend ist immer nur der Anlaß selbst, der - ob nichtig oder gewaltig, ob schmerzhaft oder beglückend - dadurch, daß er uns trifft, außer allem Verhältnis zu uns steht. Das Unverhältnismäßige, nicht im relativen, gebräuchlichen, sondern im absoluten, losgelösten Sinne verstanden, im Modus des Gepacktseins, beantwortet der Mensch mit Tränen.

Mit Lachen und Weinen meldet sich die Unterbindung der Verkörperung als des Mittels zur geregelten Bildung menschlichen Verhaltens. Sie stellen sinnvolle Fehlreaktionen auf die Unmöglichkeit dar, zwischen der Person und ihrem Körper das zum Verhalten entsprechende Verhältnis zu sichern. An ihnen wird die Distanziertheit der Person als Bruch im Verlust ihrer auf Ordnung der Verhältnisse bezogenen und gestützten Selbstbeherrschung sichtbar. Einem Wesen ohne Distanz, ohne Exzentrum, kann das nie passieren. Darum können Tiere weder lachen noch weinen. Nur der Mensch hat die Höhe, aus der er sich fallen läßt. Nur der Mensch kennt mit dem Sinn zugleich Doppelsinn, Unsinn und das, was darüber hinausreicht.

Wie zum Ausgleich für die in jedem Sinne unbeherrschten, explosiven und desaströsen Ausbruchsformen, in welche der Mensch durch die Unterbindung seines vermittelten Verhältnisses zur Welt gerät, verfügt er über eine, und zwar echte mimische Gebärde, das Lächeln. Unter allen Ausdrucksformen hat sie das Privileg der geringsten Bindung an eine besondere Emotion. Die leichte Auflockerung des Gesichts, in der sich alle Erregungen mit schwacher, unausgesprochener Antriebsform unmittelbar und unwillkürlich spiegeln: Staunen, Zufriedenheit, Geöffnetheit zum Andern, Verständnis, bietet sich von selbst als ein Spielfeld dar. In den starken Affekten und in den explosiven Reaktionen des Lachens und Weinens sind wir hingenommen und überwältigt. Jede Distanz zum eigenen Gesicht ist ausgelöscht. Im Lächeln dagegen herrscht ein Gleichgewicht zur eigenen Gebärde, die damit Maskenfunktion annehmen kann, mit der Zärtlichkeit wie Aggressivität, Geöffnetheit wie Verschlossenheit gleichermaßen zum Ausdruck kommen. Wie von selbst gleitet das Lächeln aus dem Bereich der unwillkürlichen mimischen Gebärde in den der abgewogenen Geste über, die unergründlich wirken kann, weil sie alles und nichts sagt. So bewahrt der Mensch seine Distanz zu sich und zur Welt und vermag sie, mit ihr spielend, zu zeigen. Lachend und weinend ist er das Opfer seiner exzentrischen Höhe, lächelnd gibt er ihr Ausdruck.

Mag man diese seltsamen, wiewohl zu den menschlichen Konstanten gehörenden Ausdrucksweisen für Randerscheinungen halten: Auch Randerscheinungen sind aufschlußreich. Die übliche Analyse menschlicher Natur bleibt freilich – wenn sie nicht eine Lehre vom Sein daraus macht – durch die kulturellen Vermögen der Sprache und des variablen Gestaltens in Kunst und Technik, Kult und sozialer Verfassung ebenso gefesselt wie durch die für die Daseinsbeherrschung durchgängig entscheidenden Fragen nach Leben und Tod, Sicherheit, Austausch und geselliger Ordnung. Aber nach der Wurzel dieser Sorgen und der Möglichkeiten, ihnen zu begegnen, die in der menschlichen Daseinsstruktur gegeben ist, wird nicht gefragt. Mit dem Schema von Vermögen und Trieben hat man nur ein Modell geschaffen, das unserer Art, uns zu verstehen, also einer historisch hoch belasteten Art, entspricht. Davor warnt uns das historische Gewissen. Wir müssen die Conditio humana unterhalb ihrer geschichtlichen Prägungen ansetzen und sehen uns deshalb auf die elementarste, gegen alle Deutungen invariante Daseinsweise verwiesen, die wir mit Verkörperung bezeichnen.

Entkörperung

Nur der Mensch weiß, daß er sterben wird. Zwischen Geburt und Tod eingeschlossen, erfährt er an sich und seinesgleichen Grenzen, die ihn auf Anderes verweisen, in das er übergehen muß, sichtbar–unsichtbar, und an denen sein Leben versagt. Die Radikalität solcher unüberholbaren Erfahrung weiß sich offenbar nicht erst in späten und zu hoher Abstraktion gediehenen Kulturen Antworten zurechtzulegen, die ausdrücklichen Fragen entsprechen, wie auch wir sie stellen: wo nun der Verstorbene sei, ob und wie er weiterlebe, ob und wann er wiederkomme. Seelenglaube und Seelenkult haben darum noch lange keinen bloßen Erklärungswert, als bedürfe erst der Verlust körperlicher Sichtbarkeit zusätzlicher Annahmen unsichtbarer Kräfte, sondern Todeserfahrung und Lebenserfahrung bilden von allem Anfang an eine Einheit, weil in der Verkörperung die Entkörperung als ihr Gegenzug mit enthalten ist. Im Außenfeld des Handelns gehören »Nicht« und »Leere« als Hintergrund und Gliederungsmedium zu dem in zerstreuten Dingen aufgesplitterten Realitätsbild, Kommen und Verschwinden, Machen und Zerstören sind ihre hantierbaren Übergangsweisen, und erst das vom unmittelbaren Bezug zur Praxis sich lösende Denken entdeckt an ihnen begriffliche Schwierigkeiten und die Rätsel des Werdens und Vergehens, des Nichts und des Seins.

Die Vertrautheit mit dem Negativen, die den Tieren fehlt, bildet ihrerseits die Grundlage für die Todeserfahrung und die Sorge um das eigene Leben. Sie hat sich seit den frühesten Tagen menschlichen Daseins den verschiedenen kulturellen Formen entsprechend gestalten müssen. Bei einem veitgehend isolierten Trupp schweifender Jäger etwa des Aurignacien stehen die Sorge um das Tier im Mittelpunkt, seine überlegene Kraft, seine Fruchtbarkeit, sein und das eigene Weiterleben, die Macht der Waffe. Mit dem Übergang zur siedelnden Lebensweise, zur Domestikation von Tieren, zum Anbau von Pflanzen, zur Gründung von Städten, die Jahrtausende später an die Schwelle der Frühgeschichte führen, verschiebt sich der Horizont der Sorge. Götter erscheinen, mythische Figuren dauerhaften Charakters, die den beharrend wiederkehrenden Gewalten der Erde und Gestirne, dem Zyklus der Jahreszeiten zugeordnet sind. Ihre Ordnung korrespondiert wiederum mit der sozialen Verfassung. Die magische Weltbewältigung aus der Jägerzeit wird von der jüngeren des Kultes an heiligen Stätten überlagert, umgeformt, aber nicht völlig verdrängt. Die alten Symbole der Identifikation mit dem machtvollen Tier überdauern den Transformationsprozeß und werden zu Tiergottheiten. Erst sehr spät, unter Führung der Griechen, vermenschlicht sich das Götterbild, um mit der Vorstellung des bildlosen Einen Gottes, die eine Leistung der Juden ist, den Kulminationspunkt der Theomorphie zu erreichen.

Für den Durchbruch der Rationalität als dem gestaltenden Entwicklungsprinzip der neueren Welt ist die Verbindung des griechischen mit dem jüdischen theologischen Gedanken entscheidend gewesen. Denn jeder für sich hat an der Freilegung einer Profansphäre mitgeholfen, die griechische Vermenschlichung wie die jüdische Entmenschlichung und Transzendierung göttlichen Wesens. Die Vaterfigur, von der man sich kein Bild noch Gleichnis machen soll und die den Raum für Gesetz und Prophetie freigibt, und die gesteigerten Spiegelfiguren des homerischen Pantheon, die der Philosophie und aufkeimenden Wissenschaft keinen Widerstand bieten, haben der Vergeistigung des Menschen gedient und den Gott-Menschen vorbereitet, in dem Profanität und Sakralität ihre Synthese fanden. In ihr sind, was die nachchristliche Theologie und Geistesgeschichte offenbart haben, ebenso die Möglichkeiten der Heiligung des Profanen wie die Profanierung des Heiligen, gleichermaßen der totale Anspruch der Kirche wie die totale Aufklärung angelegt.

Versucht man zu dieser unermeßlichen Vielfalt religiöser Erfahrung Abstand zu gewinnen und an ihre menschliche Wurzel heranzukommen, so zeigen sich zwar Tod und Sorge um das Fortleben als die einschneidenden Anlässe für Zauber und Beschwörung, magische Übung und mystische Versenkung, Opfer und Gebet. Aber das spezifische Vermögen, welches den religiösen Verhaltensweisen zugrundeliegt und aus den erwähnten Anlässen ins Spiel kommt, ist damit noch nicht bestimmt. Auch fehlt die Einsicht in eine durchgängige Verbindung mit den Momenten der Herausgehobenheit und Unnahbarkeit, des *tremendum* und *fascinosum,* die das Heilige auszeichnen. Daß es gefährlich ist, religiös bereits präformierte Begriffe an dieses gesuchte Fundament heranzubringen, weil sich auf diese Weise das Problem bereits in einer geschichtlichen Fassung zeigt, die seine Wurzel verdeckt, Begriffe wie Ich, Seele, Geist oder spezifische Zustände und Bedürfnisse wie Angst, Schutzbedürfnis, Trieb nach Verehrung, versteht sich zwar von selbst, wird aber sehr häufig übersehen. Denn die Angabe einer formalen Struktur scheint gerade an dieser Stelle der überwältigenden Eindringlichkeit der Sache besonders unangemessen zu sein.

Exponiertheit und beschränkte Weltoffenheit als Kennzeichen menschlicher Grundverfassung geben einer ambivalenten Lage Ausdruck, die bald in Überlegenheit, bald in Schwäche und Unsicherheit manifest wird. Unbehaustheit und planend-gestalterisches Können, das die Dinge im Griff hat, begegnen auf Schritt und Tritt der Chance einer übermächtigen Drohung, den Dingen ausgeliefert zu sein und ihnen zu erliegen. Jedem Verhalten stellt sich ein offenes überschießendes Plus entgegen, das räumlich in der ständig sich verschiebenden Horizontlinie jeweils übersehbarer Umgebung, zeitlich als Zukunft, an den Dingen als verborgene Möglichkeit, überall also als ein Nichtgegebenes in Erscheinung tritt. Dieses gilt es zu bannen, abzuwehren wie in die Gewalt zu bekommen. Nur ein Äußerstes bildet zu dieser Aufgebrochenheit das Gegengewicht und gibt ihm entsprechenden Rückhalt, ein Äußerstes an Macht und Hoheit. Nähe und Ferne müssen in ihm aufgehoben sein, weil beide in räumlich-zeitlichem Sinne das Verhalten beherrschen. Beobachtung und Berechnung, von Imagination getragen und verbunden, brauchen daher eine imaginäre Führung und Begrenzung.

Ohne ein solches Gegenüber kommt offenbar menschliches Verhalten in seinem ambivalenten Verhältnis zu seiner fragmentarischen Welt nicht aus. Wie es gestaltet und als was es verstanden wird, ob als anonyme Macht oder als Person, hängt von der Art der Daseinsbewältigung ab, in der es sich spiegelt und die es wiederum stützt. Im engen, bedürfnisarmen Lebenskreis schweifender Jäger der Steinzeit hält sich die Imagination an vergleichsweise simple Symbole. Ackerbauer, Viehzüchter, Städtegründer wiederum leben in Kontinuität und begrenzten Gebieten. Ihre Mächte haben eine Dauerordnung zu tragen und eine Herrschaftsordnung zu legitimieren. Dem Priester und Fürsten, dem Gebieter und Hüter entspricht die Gottheit. Von ihr her sieht sich der Mensch, nach ihr formt er sich, auf sie lebt er hin. Hier steht er bereits unter dem Gesetz der Theomorphie, das bis in die Gegenwart der hochindustriellen Welt Geltung beansprucht. Noch in der Verklärung des Menschenbildes durch die Aufklärung wirkt es weiter, die sich dabei des Rückhaltes an den klassischen Vorbildern nicht zufällig bedient. Und wenn heute in einer gottlosen, gottfernen Gesellschaft archaische Symbole in Plastik und Malerei ihre zunächst rätselhafte Anziehungskraft auf die Imagination wiederzugewinnen scheinen und eine *préhistoire moderne* in seltsamer Korrespondenz zu den entdeckten Felsbildern und Bildwerken der Frühzeit aus verschütteten Tiefen ans Licht drängt, möchte die Vermutung einige Wahrscheinlichkeit für sich haben, daß diese Phänomene Symptome jener Weigerung sind, dem Gesetz der Theomorphie das menschliche Leben noch länger unterzuordnen.

Soll das nun heißen, das Numinose sei eine Schöpfung des Menschen, und wenn nicht eine bewußte Schöpfung, dann jedenfalls doch eine Spiegelung und Projektion, der er verfällt, weil er von sich nicht loskommt? Feuerbach hat so gedacht und die Abspaltung einer überirdischen Sphäre auf die unerfüllten Bedürfnisse zurückführen wollen, denen kein anderer Ausweg gelassen sei. Sicher ist das Problem so nicht zu lösen. Wenn die Genesis sagt, Gott schuf den Menschen ihm zum Bilde, trifft sie mit der Ebenbildlichleit genauer das Verhältnis der Korrespondenz. Diesseits der Theologie läßt sich nur behaupten, daß beide füreinander sind und sich die Waage halten. Daß – so hieß es an früherer Stelle – Personifikation mit Identifikation gleichbedeutend sei, die dem Individuum kraft des Namens gewährt wird, zeigt im

Kleinen den gleichen Vorgang wie hier im Großen: die Angewiesenheit des Menschen auf ein Gegenüber, mit dem – mag es auch keine personhaften Züge besitzen – er sich gleichsetzen kann: als der Macht, durch die er lebt, gleichsetzen nur in dem paradoxen Abstand, der äußerste Ferne und unvermittelte Nähe vereint.

Das Ineinander von Verkörperung und Entkörperung bevölkerte einmal die menschliche Welt mit magischen Kräften und mythischen Figuren, Praktiken und Riten, die uns nur unvollkommen noch zugänglich sind, weil uns der Zugang zu einem kosmischen Verständnis der Dinge verlorengegangen ist und ihre sympathetische Ordnung an dem mechanisierten Naturverständnis und der von ihm geleiteten Arbeitsgesellschaft keine Stütze mehr findet. Was heute noch an kosmische Bezüge glaubt und sie zu effektuieren sucht – mit Horoskop und archaischen Heilpraktiken –, führt ein verstohlenes Dasein, genährt zwar von der Wundergläubigkeit halbgebildeter Massen, aber machtlos, weil geistig und gesellschaftlich entwurzelt. Ihr Inventar an Formen, dankbares Objekt der Tiefenpsychologie, zeigt in all seiner geschichtlichen Prägung tieferreichende Wurzeln. Es wäre verkehrt, die menschliche Grundverfassung, die zu solchen Gestaltungen drängte, für erschöpft zu halten. Sie wird, unendlicher Transformationen fähig, als machtvolle Konstante auch in den uns noch verborgenen Weltkonzeptionen weiterwirken.

Nr. 161, Juli 1961

Hans Magnus Enzensberger

Die Aporien der Avantgarde

Selber zur Avantgarde sich zu rechnen, das steht schon seit ein paar Menschenaltern einem jeden frei, der leere Flächen einfärbt, Buchstaben oder Noten aufs Papier setzt. Nicht jeder hat Gebrauch von dieser Möglichkeit gemacht. Wer einem Autor wie Franz Kafka unverzagt den Titel eines Avantgardisten anhängt, den überführt bereits das faustdicke Wort der Fahrlässigkeit: Kafka hätte es nie und nimmer über die Lippen gebracht. Weder Marcel Proust noch William Faulkner, weder Bertolt Brecht noch Samuel Beckett: keiner hat, soviel wir wissen, auf eine Vokabel sich berufen, die zwar heute zum Wortschatz eines jeden Waschzettels gehört, auf deren Sinn jedoch, als wäre er ein für allemal ausgemacht, kaum einer unter den Allzuvielen reflektiert, die sie im Munde führen.

Das gilt für die Anhänger der Avantgarde so gut wie für ihre Feinde. Sie unterscheiden sich in ihren Urteilen, nicht aber in ihren Prämissen. Unkritisch hingenommen wird, auf beiden Seiten, ein kritischer Begriff, der vor mehr als hundert Jahren in Paris Fortune gemacht und seitdem als ein Probierstein gegolten hat, dem selber keine Probe zuzumuten oder abzufordern wäre. Die Geister, die er scheidet, pflegen sich einem permanenten Streitgespräch zu überlassen, dessen Anfänge im Aschgrauen liegen, und das sich beliebig fortsetzen läßt. Schlagworte und Namen wechseln; unverändert bleibt das Schema. Seit Swifts *Full and True Account of the Battle between the Ancient and the Modern Books* (1710) hat dieser Zwist an Originalität und Brillanz verloren; geblieben ist die bescheidene Begrifflichkeit, mit der er sich von jeher begnügt hat. Die gußeisernen Attitüden der Streiter, gleichviel auf welcher Seite, sind von deprimierender Harmlosigkeit; sie erinnern an Figuren aus dem bürgerlichen Familiendrama, auf dessen längst verjährten Vater-Sohn-Konflikt sie den Gang der Geschichte reduzieren möchten. Redensarten wie die vom ungestümen Wildfang, der sich die Hörner schon noch abstoßen werde; vom Überschwang der Jugend und von der Weisheit der Reifezeit; vom abgeklärten, bewahrenden Sinn des Alters, der schmunzelnd auf die eigene aufrührerische Vergangenheit zurückblickt, bezeichnen die ganze Sphäre solcher Debatten, samt ihrem Mangel an geschichtlichem Sinn. Ahistorisch, und nicht nur abgedroschen, ist das blinde Vertrauen, das sie gern in den fadenscheinigen Begriff der Generation setzen, ganz als unterläge das Leben der Künste, und nicht das der Trichinen, dem biologischen Gesetz des Generationswechsels, oder als ließe der Gehalt einer Hymne von Hölderlin oder eines Stückes von Beckett sich am »Jahrgang« des Autors ablesen. Wer Alt und Neu, oder Alt und Jung, auf so bequeme Art unterscheidet, ist schon durch die Wahl seiner Kriterien mit dem Banausentum einverstanden. Unzugänglich müssen ihm die einfachsten dialektischen Sätze bleiben. Daß über die Fortdauer alter Kunstwerke immer nur ihre Anwesenheit in der gegenwärtigen Produktion entscheidet, die sie zugleich verzehrt und verjüngt, bleibt unverstanden, ja unverständlich, obschon diese Einsicht am Anfang alles europäischen Denkens zu gewinnen wäre: »Altes ist umschlagend Junges und dieses, zurück umschlagend, jenes.« Der Satz steht bei Heraklit.

Nicht sowohl, weil er sich unaufhörlich, unentschieden und unentscheidbar hinzieht, ist der Wortwechsel zwischen den Parteigängern des Alten und des Neuen unerträglich, sondern weil sein Schema selbst nichts taugt. Die Wahl, zu der es einlädt, ist nicht bloß banal; sie ist von vornherein verfälscht. Den Schein einer zeitlosen Symmetrie, mit dem sie sich umgibt, macht die Geschichte zunichte, die noch jede ahistorische Position überholt und Lügen gestraft hat. Kaum geraten die Künste nämlich ins Gravitationsfeld der totalen Herrschaft, so nimmt das biedere Hin und Her um die Avantgarde, oder vielmehr: was dafür gehalten wird, mörderische Züge an. Die Symmetrie des Alten und des Neuen, jenes zeitlose Spiegelbild wird brutal entzweigeschlagen, und sein realer Untergrund kommt zum Vorschein. Noch hat keine Avantgarde der Welt nach der Polizei gerufen, um sich ihrer Widersacher zu entledigen. Die »gesunden Kräfte der Beharrung« sind es, die eh und je Zensur, Bücherverbrennung, Schreibverbot, ja Mord als die Fortsetzung ihrer Kritik mit anderen Mitteln sanktioniert haben, und die sich liberal nur so lange geben, bis die politischen Umstände es ihnen erlauben oder vielmehr gebieten, Fraktur zu reden.

Erst wenn es soweit ist (aber es ist immer schon soweit auf der anderen Seite des Flusses), dann kommen die Kategorien des Progressiven und des Reaktionären in den Künsten zu ihrem Recht. Zwar sind sie kaum weniger fragwürdig und abgeschabt als die des Alten und des Neuen; auch haben so viele Falschspieler mit ihnen operiert, daß ihnen die Zinken des Mißbrauchs für immer einbeschrieben sind. Immerhin können sie sich auf ihre Historizität berufen: Sie eignen sich nicht zur Analyse biologischer, sondern geschichtlicher Prozesse. Solange irgendwo auf der Welt ästhetische Fragen mit Gewalt entschieden werden, ja solange damit auch nur, als einer realen Möglichkeit, zu rechnen ist, sind sie unentbehrlich: also überall und auf nicht absehbare Zeit. Sie erfordern keine metaphysische Begründung. Ihr Nutzen ist einzig und allein heuristischer Art.[1] Sie bedürfen daher der ständigen Überprüfung: Wie jedes Hilfsmittel, das nicht entbehrt werden kann, gefährden sie den,

---

[1] Wo Finsternis mit Tiefe verwechselt wird, pflegt man für Aufklärung das schmückende Beiwort platt parat zu haben. In einem solchen geistigen Klima ist vielleicht die Bemerkung nötig, daß der Begriff des Progressiven jeder rosigen Aura entraten kann. Nicht im mindesten setzt er Optimismus oder die Überzeugung voraus, als strebe der Mensch, am Ende gar noch zwangsläufig, der Vollkommenheit zu. Wer an ihm festhält, negiert damit lediglich eine Negation, deren Realität angesichts der überall geplanten Rückkehr in das Höhlenzeitalter schwerlich geleugnet werden kann. Schon wer seinen Platz zu behaupten sucht und sich der allgemeinen Regression nicht anschließen möchte, scheint in einer fliehenden Menge vorzudringen: er wirkt als Störenfried. So ist der Begrff des Fortschritts denen ein Hindernis, die den Rückschritt praktizieren.

der sich ihrer bedient, sobald er ihnen blind vertraut. Eben ihr Verhältnis zum Zweifel unterscheidet zutiefst die progressive von jeder reaktionären Haltung. Die Bereitschaft zur Revision aller zementierten Thesen, zur unendlichen Prüfung ihrer eigenen Prämissen, ist für alle progressive Kritik konstituierend. Dagegen glaubt sich die reaktionäre Kritik sozusagen von Natur aus und jederzeit im Recht. Sie ist der Reflexion auf ihre Voraussetzungen enthoben. So willfährig sie ihr Urteil den Herrschaftsverhältnissen von Fall zu Fall anzupassen weiß, so unzweifelhaft steht ihr fest, was für gesund, schön und positiv zu gelten hat.

Erst nach der Machtübernahme zeigt sie ihr gewalttätiges Gesicht. Bis dahin operiert sie im Unterholz der Konventikel, auf dem unübersichtlichen Terrain der Schulbücher und der »Kunsterziehung«; auf freiem Feld beobachtet sie eine gewisse Vorsicht. Unter demokratischen Bedingungen sieht sich die reaktionäre Kritik gezwungen, ihre eigene Existenz zu verleugnen. In ihren Kanon des Unvergänglichen nimmt sie sogar, stillschweigend, auf, was sie früher verfemt hat: Sobald ein modernes Werk nicht mehr neu, nicht mehr riskant ist, wird es von eben jener Kritik behende als »Klassiker der Moderne« reklamiert, die jahrzehntelang vergeblich versucht hat, es mit ihren »festen Maßstäben« totzuschlagen. Einmal dem Erbe, das es zu bewahren gilt, zugeschlagen, wird es dann erst eigentlich um sein Leben gebracht, nämlich der Kritik entrückt und als einbalsamierte Reliquie ausgestellt. Was ihm zu unterdrücken nicht gelungen ist, dem biedert der reaktionäre Kunstrichter sich an und glaubt damit auch noch seine Großzügigkeit unter Beweis zu stellen. Solange er seine Doktrin nicht mit Hilfe der Polizei durchsetzen kann, findet er sich gar zum Waffenstillstand bereit, gibt sich als Vermittler und als Mann des Common sense, der »über den Dingen steht«. Der gesellschaftliche Pluralismus wird, vorläufig, zum ästhetischen Ruhekissen: In der Finsternis der Freiheit sind dann alle Katzen grau. Jedes Werk hat neben jedem andern recht, der Schund »ergänzt« das Chef d'œuvre, und mit der Verbindlichkeit aller Urteile soll das kritische Vermögen schlechthin eskamotiert werden.

Neutralität von solchem Schlage, die gern auf den Namen der »Aufgeschlossenheit« hört, richtet sich selbst. Beim ersten Anzeichen dafür, daß ästhetische Fragen fortan von der Staatsmacht erledigt werden, schlägt sie in das um, was sie insgeheim immer schon gewesen ist. Dem Terror gegenüber, mag er von einem Goebbels oder einem Schdanow ausgeübt werden, gibt es keine Toleranz; was für die reaktionäre Kritik soviel bedeutet, als daß Toleranz den Opfern jenes Terrors gegenüber entbehrlich ist. Um so ungestörter kann sie sich auf ihren eigenen Gewißheiten ausruhen, solange sie dafür sorgt, daß die Maßstäbe ihrer Beckmesserei stets vorschriftsmäßig geeicht sind.

Diese Vorschriften sind immer dieselben: »Der Akzent muß auf die weltanschaulichen Fragen gelegt werden.« Das Kunstwerk selber ist nichts, es fungiert einzig und allein als »Vertreter« der jeweils verlangten »Weltanschauung«, die es »adäquat zu reproduzieren« hat. »Es kommt nicht auf die spezifische artistisch-formelle Schreibweise an, sondern auf diese weltanschaulich letzte Position.« An den Opportunismus, der's mit den stärkeren Bataillonen hält, wird offenherzig appelliert: »Anschluß an die entscheidenden Tendenzen der Zeit, die früher oder später auch die herrschenden sein werden«, soll der Schriftsteller finden, »auf den Boden« sich stehen, den die reaktionäre Kritik ihm anweist. Die »konkrete Richtschnur«, an der er sich aufhängen kann, ist damit gegeben, und »der berechtigte, für die Kunst außerordentlich fruchtbare weltgeschichtliche Optimismus« wird sich dann schon von selber einstellen. Die Künste sind dazu da, um »lebenswahren Realismus« und »umfassende Positivität« zu liefern und »den Menschen der Zukunft von innen zu gestalten«. »Wille und Eignung zum Schaffen einer solchen positiven neuen Wirklichkeit« erleichtern die »Wahl zwischen sozialer Gesundheit und Krankheit«. »Damit ist« – wörtlich! – »ein derartiges Erhöhen der Warte entstanden«, daß es nicht mehr zweifelhaft sein kann, welche Zwangsjacke der Wärter den Künsten anzulegen gedenkt: Avantgarde, oder was er darunter versteht, ist »dekadent«, »pervers«, »zynisch«, »nihilistisch« und »krankhaft«. Dieses Vokabular ist aus dem *Völkischen Beobachter* in guter Erinnerung, und daß der Geisteszustand, den es ausdrückt, in unserm Land nicht ausgestorben ist, lehrt jeder zweite Blick in die Zeitungen, die zwischen Passau und Bonn erscheinen. Die zitierten Phrasen sind aber nicht auf dem faschistischen Mist gewachsen; sie sind auch nicht dem *Neuen Deutschland* entnommen. Der sie niedergeschrieben hat, gilt als der gescheiteste, vornehmste und mutigste Literaturkritiker, den der Kommunismus überhaupt aufzuweisen hat; sie stehen in Georg Lukács Buch *Wider den mißverstandenen Realismus,* das jenseits der Elbe nicht hat erscheinen dürfen, weil es den Kultur-Polizisten, die dort das Wort führen, immer noch nicht reaktionär genug war: Er beanstandet zwar, in einer Sprache, die sich auf Schiller und Goethe wohl zu Unrecht beruft, »das immer stärker In-den-Vordergrund-Treten des Pathologischen« in der Literatur, spricht sich aber nicht für die Therapie aus, die solchen Diagnosen zu folgen pflegt und die darin besteht, den Patienten zu liquidieren. Lukács ruft keineswegs nach dem Revolver, wenn er das Wort Kultur hört. Er hat sich einen Rest jenes schlechten Gewissens bewahrt, das die Mitgift ihrer intelligenteren »Vertreter« an die reaktionäre Kritik ist. Es regt sich umsonst.

Das »Kunstwollen« solcher Kritik äußert sich nicht nur darin, daß ihre Sprache, unter welchem Parteiabzeichen auch immer, verlumpt und verrottet. Sie kann auch der Kenntnis dessen, was sie diffamiert, entraten. Der Bock als Gärtner ist auf die Botanik nicht angewiesen. Kraut und Unkraut scheidet er mit den Hörnern. Als gesund passiert am ehesten, was mittelmäßig ist: Theodore Dreiser, Sinclair Lewis, Norman Mailer, Romain Rolland und Roger Martin du Gard gelten Lukács als der Inbegriff der modernen Literatur. Welchem trüben Mißverständnis Thomas und Heinrich Mann es zu verdanken haben, daß sie in dieser Liste der k.v. Geschriebenen figurieren, bleibt unerfindlich. Krankhaft und dekadent dagegen, im Unterschied zum pausbäckigen Autor des *Erwählten:* Dos Passos und Beckett, Montherlant und Kafka, Proust und Jens Rehn, Koeppen und Jünger, Gide und Faulkner: eine Versammlung von Namen, wie sie unsinniger kaum gedacht werden könnte.[2] Über ein und denselben unsauberen Kamm wird geschoren, was nach Rang und Gehalt, nach Sprache und Herkunft schlechthin unvergleichbar ist. Diesen Taschenkamm nennt Lukács »Avantgardismus« – selbstverständlich ohne sich die Mühe einer Analyse dieses Begriffs zu machen.[3] Leichter haben sich auch Hanns Johst und Will Vesper die Kunst der Unterscheidung nicht gemacht.

Weder ihre westlichen noch ihre östlichen Nachtreter, von welchen Warten aus sie ihr Geschäft betreiben mögen, sind einer Kritik der Avantgarde fähig. Ihr Urteil darüber, was gesund und krank, was volksverbunden und entartet ist, muß von der Polizei vollstreckt werden, oder es bleibt bedeutungslos. Mit jedem ihrer Bannflüche bezeugen sie ihre eigene Unzuständigkeit.

Angesichts ihrer Zensuren, die es auf nichts anderes als Zensur abgesehen haben, versteht sich Solidarität von selbst. Jedes Werk verdient gegen seine Unterdrücker verteidigt zu werden: Dieser Satz geht aller ästhetischen Prüfung voran, und noch das überflüssigste »Experiment« kann sich auf ihn berufen. Um so schärfer hat eine Kritik, die sich als progressiv versteht, auf ihre Rechte und Pflichten gerade der avanciertesten Produktion gegenüber zu achten. Begnügt sie sich damit, die Urteilssprüche der Kulturwärter auf den Kopf zu stellen, so gibt sie ihnen damit noch einmal recht. Wer den Vögten der Gewalt die Kompetenz abspricht, kann sich nicht gleichzeitig rechtfertigen, indem er sich auf ihre Sprüche beruft. Solidarität kann in den Künsten nur gelten, solange sie nicht als *carte blanche* benutzt wird. Keineswegs ist gegen Kritik immun, was sich als Avantgarde deklariert. Manches spricht dafür, daß dieser Begriff heute zum Talisman geworden ist, der seine Träger gegen alle Einwände feien und ratlose Rezensenten einschüchtern soll: besonders der Umstand, daß seine Analyse bis heute aussteht. Die sie am liebsten ausmerzen wollen, haben sich nie sonderlich dafür interessiert, was Avantgarde eigentlich ist. Das ist begreiflich. Merkwürdiger dagegen, daß ihre Anhänger zur Bestimmung dessen, was sie bewundern, kaum mehr beigetragen haben als ihre Feinde. Der Begriff der Avantgarde bedarf der Aufklärung.

*

Hinter dem Stichwort erscheinen in allen Wörterbüchern, zum Zeichen seiner Herkunft aus dem Militärwesen, zwei gekreuzte Degen. Ältere Nachschlagewerke nahmen von der übertragenen Bedeutung keine Notiz:

---

2 Daß alle Klassiker, ohne jede Ausnahme, vor »Gesundheit« strotzen, versteht sich von selbst. Das »Erbe«, von Homer bis Tolstoi, muß als Knüppel herhalten, mit dem der modernen Literatur heimgeleuchtet wird. Aber nicht nur die erlauchten Schriftsteller der Vergangenheit werden als Kronzeugen rekrutiert: Lukács zögert nicht, neben sie den amerikanischen Trivialromancier Louis Bromfield in den Zeugenstand zu rufen, der ihm immerhin gut genug ist, um gegen Proust auszusagen.

3 Diese Fahrlässigkeit rächt sich, wenn Lukács schreibt: »Lenin kritisiert immer wieder den sektiererischen Standpunkt, als ob das, was für eine Avantgarde bereits bewußt geworden ist, von den Massen einfach übernommen werden könnte.« So schnell also ist ein Begriff von seinen Krankheiten zu heilen, wenn die Parteidisziplin es verlangt.

»*Avantgarde, Vorhut, Vortrab,* diejenige Abteilung eines marschierenden Truppenkörpers, welche dieser (das Gros) auf eine gewisse Entfernung vorschiebt ... Eine A. teilt sich nach vorwärts in immer kleiner werdende Abteilungen bis zu der ganz vorn marschierenden *Spitze.* Jede dieser Abteilungen hat den Zweck, der nachfolgenden stärkeren eine größere Sicherheit und Zeit zu gewähren ... Die vorgeschobenen kleinern Abteilungen haben sich nach der ihnen folgenden größern in betreff der Fortbewegung zu richten.«[4]

Auf die Künste wurde die strategische Vorstellung zuerst in den fünfziger Jahren des vergangenen Jahrhunderts, und zwar in Frankreich, übertragen. Die Metapher hat seitdem den ursprünglichen Sinn des Ausdrucks verdrängt und verdunkelt; sie muß es sich jedoch gefallen lassen, daß man sie beim Wort nimmt. Der Einwand, sie sei nicht so gemeint, liegt nahe, aber er verschlägt nicht. In der Sprachfigur ist aufbewahrt, was ihre Benutzer vergessen haben; die Analyse bringt nur an den Tag, welche Voraussetzungen sie mitschleppt. Der Begriff der Avantgarde ist, wie das Wort selber, ein Compositum.

Sein erster Bestandteil gibt keine Rätsel auf. Das Gelände, in dem die Avantgarde sich bewegt, ist die Geschichte. Die Präposition *avant,* im militärischen Fachausdruck eher räumlich gedacht, kommt in der Metapher wieder zu ihrem ursprünglichen zeitlichen Sinn. Die Künste werden nicht als geschichtlich invariante Tätigkeiten des Menschengeschlechts oder als Arsenal der zeitlos existierenden »Kulturgüter«, sie werden als ein stets voranschreitender Prozeß angeschaut, als ein *work in progress,* an dem jedes einzelne Werk teilhat.

Und zwar ist dieser Prozeß eindeutig gerichtet. Das allein macht es möglich, Vorhut, Gros und Nachhut zu unterscheiden. Nicht alle Werke sind gleich weit »vorn«; und es gilt keineswegs als gleichgültig, welche Position sie einnehmen. Das Pathos des Begriffs speist sich aus der Vorstellung, daß der Platz an der Spitze des Prozesses ein Werk auszeichnet, ihm einen Rang verleiht, der anderen Werken nicht zukommt. Verglichen wird dabei nicht so sehr die gegenwärtige Produktion mit der vergangenen. Zwar schließt die Avantgarde-Metapher die subalterne und dumpfe Meinung nicht aus, als ließe sich, was früher entstanden ist, eben deshalb schon zum alten Eisen werfen. Doch läßt sie sich auf vulgäre Anbetung des Neuesten nicht reduzieren. Mitgedacht ist in ihr die Ungleichzeitigkeit des Gleichzeitigen: Vorläufer und Nachzügler sind in jedem Augenblick des Prozesses zugleich anwesend. Äußere und innere Zeitgenossenschaft fallen auseinander. Das *en avant* der Avantgarde möchte gleichsam Zukunft im Gegenwärtigen verwirklichen, dem Gang der Geschichte vorgreifen.

Ihr Recht hat diese Vorstellung daran, daß Kunst ohne ein Moment der Antizipation überhaupt nicht zu denken ist. Es ist im produktiven Vorgang selbst enthalten: dem Werk geht der Entwurf voraus. Er verschwindet nicht in seiner Verwirklichung. Jedem Kunstwerk, und dem Chef d'œuvre zumal, wohnt etwas Unvollendetes inne, ja dieser notwendige Rest macht seine

4 Brockhaus' Konversations-Lexikon. 14. Auflage, 2. Band. Berlin 1894.

Dauer aus: Erst mit ihm vergeht das Werk. Eine Ahnung davon ist die Bedingung aller Produktivität. Die Idee des Ruhmes hat hier ihren Grund. Er ist von jeher Nachruhm gewesen, unvergleichlich mit dem Erfolg zu Lebzeiten. Erst die Nachgeborenen können das Kunstwerk vollenden, das unabgeschlossen in die Zukunft ragt, die Antizipation durch den Ruhm gleichsam einlösen. In dieser Zuversicht sind die antiken Werke entstanden. Sie äußert sich ausdrücklich in einem verbreiteten literarischen Topos als Anrufung der Nachwelt durch den Dichter.

Mit der Entfaltung des historischen Bewußtseins beginnt dieses Vertrauen auf die Nachwelt zu schwinden. Zwar öffnet sich jedem Werk, auch dem unbedeutendsten, die Aussicht auf eine neue Unsterblichkeit: Alles kann, ja muß aufbewahrt, im Gedächtnis der Menschheit aufgehoben werden: aber als »Denkmal«, als Relikt; die Frage der Überholbarkeit taucht auf. Die ewige Fortdauer im Museum wird mit der Aussicht erkauft, daß fortan der Gang der Geschichte über alles, ohne es auszulöschen, hinweggehen kann. Jeder wird sich des voranschreitenden Prozesses bewußt, und dieses Bewußtsein wird seinerseits zum Motor, der den Prozeß beschleunigt. Die Künste finden in ihrer Zukunft nicht mehr Schutz: Diese tritt ihnen als Drohung entgegen und macht sie von sich abhängig. Immer rascher verschlingt die Geschichte die Werke, die sie zeitigt.

Von nun an sind die Künste ihrer eigenen Historizität als Stimulans und Drohung eingedenk; aber es bleibt nicht bei dieser Veränderung des Bewußtseins. Der Sieg des Kapitalismus macht aus ihr eine handfeste ökonomische Tatsache: Er bringt das Kunstwerk auf den Markt. Damit tritt es nicht nur zu andern Waren, sondern auch zu jedem andern Kunstwerk in ein Verhältnis der Konkurrenz. Der geschichtliche Wettstreit um die Nachwelt wird zum kommerziellen Wettbewerb um die Mitwelt. Der Mechanismus des Marktes imitiert den verschlingenden Gang der Geschichte im kleinen: kurzatmig, nach dem Augenmaß der Betriebswirtschaft, auf raschen Umsatz bedacht. Das antizipierende Moment der Kunst wird zur Spekulation verkürzt, ihre Zukunft notiert wie die eines Börsenpapiers. Die historische Bewegung wird beobachtet, aufgefaßt und eskomptiert wie ein konjunktureller Trend, von dessen korrekter Vorhersage der ökonomische Erfolg abhängt. Doch begnügt sich die Bewußtseinsindustrie auf die Dauer nicht damit, den Markt der Künste durch ihre Auguren beobachten zu lassen. Sie versucht, sich gegen den Wechsel des Wetters zu versichern, indem sie es selber macht. Der Trend von morgen wird von ihr, wenn nicht geradezu erfunden, so doch proklamiert und befördert. Die Zukunft des Kunstwerks wird verkauft, noch ehe sie eingetroffen ist. Angeboten wird jeweils, wie in anderen Branchen auch, das Modell des nächsten Jahres. Aber diese Zukunft hat nicht nur immer schon begonnen: sie ist auch, wenn sie auf den Markt geworfen wird, jeweils schon vorbei. Das ästhetische Produkt von morgen, heute angeboten, gilt übermorgen als Ladenhüter, der nicht mehr verkäuflich ist und ins Archiv wandert: im Hinblick auf die Chance, daß es zehn Jahre später, als sentimentalisches Remake, noch einmal abgesetzt werden kann. Auch das Kunstwerk wird also dem industriellen Verfahren der künstlichen Alterung unterworfen: Sein Nachruhm wird sofort, im doppelten Sinn des Wortes, kassiert; ja er wird, als *publicity,* in Vorruhm verwandelt, der dem Werk zufällt, noch ehe es in Erscheinung tritt. Seine Nachwelt wird industriell hergestellt. Der Satz von der Ungleichzeitigkeit des Gleichzeitigen wird verwirklicht, indem man die Kundschaft zur Vorhut ausbildet, die mit dem Neuesten bedient werden will und Zukunft gleichsam als Konsumgut verlangt.

Als Lieferanten dieser Industrie nehmen Schriftsteller, Maler, Komponisten ökonomisch Angestelltenzüge an. Sie müssen »mit der Zeit gehen« und den Konkurrenten stets um eine Nasenlänge voraus sein. Um an der Spitze sich zu halten, dürfen sie »den Anschluß nicht verpassen«. Daß sich Fünfzigjährige als junge Autoren bezeichnen lassen, hat hier seinen Grund. Selbstverständlich lädt eine solche ökonomische Verfassung zu niederträchtigen Manövern ein. Sie ermöglicht die Entstehung einer Avantgarde als Bluff, als Flucht nach vorn, der das Gros aus Angst, zurückzubleiben, sich anschließt. Der Typus des Mitläufers, der als Vorläufer gelten möchte, tritt in den Vordergrund, im Run auf die Zukunft sieht jeder Hammel sich als den Leithammel. Wer derart auf dem laufenden bleibt, ist allemal Objekt eines Prozesses, den er als Subjekt zu führen glaubt.

Diese ökonomischen Konsequenzen machen aber nur eine Aporie sichtbar, die mit der Vorstellung einer Avantgarde der Künste selber gegeben ist. Fragwürdig ist nicht nur seine industrielle Verwertung, sondern das *en avant,* mit dem sie antritt, überhaupt. Wer nämlich, außer ihr selber, entscheiden soll, was zu jeder Zeit »vorne« ist, das bleibt offen. »Die vorgeschobenen kleinern Abteilungen haben sich«, wenn man Brockhaus glauben darf, »nach der ihnen folgenden größern in betreff der Fortbewegung zu richten«: das heißt aber, sobald die Vorstellung einer räumlichen auf die zeitliche Bewegung übertragen wird, nach einer Unbekannten.

Freilich läßt sich ohne große Mühe die Behauptung verifizieren, daß es zu jeder Zeit eine *Arrièregarde* gibt. Unfehlbar fällt sie mit dem zusammen, was die reaktionäre Kritik als gesund empfindet. Ihre Physiognomie läßt sich bis in die kleinsten Züge beschreiben, weil darin eben nur das historisch wohlbekannte epigonal wiederkehrt. Ein extremes, recht genau erforschtes Beispiel ist der Trivialroman, der stets ältere Muster abgenutzt und entstellt wiederholt. Dabei sinkt nicht eigentlich ab, was frühere Epochen hervorgebracht haben: Abgesunken sind eher die Produzenten dieser Arrièregarde, die sich gern, aber immer zu Unrecht, auf die Tradition beruft. Ihr anspruchsloser, kleinbürgerlicher Flügel ist durch seine Dummheit gegen jeden Einwand geschützt; er erfreut sich in kommunistischen Ländern staatlicher Protektion und beliefert in der neokapitalistischen Gesellschaft, von der Öffentlichkeit kaum beachtet, das Proletariat, das auf allgemeinen Wunsch in *lower middle class* umgetauft worden ist. Wie diese Mehrheit der Bevölkerung reibungslos mit Ästhetik aus fünfter Hand versorgt wird, läßt sich an den Katalogen der großen Kauf- und Versandhäuser studieren. Dieser unartikulierten Arrièregarde ist jene »gehobene« an die Seite zu stellen, die sich aus den »Kulturträgern« zusammensetzt. Ihre Spezialität ist die aristokratische Geste, mit der sie »geistige Belange wahrzunehmen« und »Werte« zu verteidigen meint;

ihr jahrzehntelanges Schattenboxen mit der Moderne bedarf keiner Erläuterung, und ihre Standpunkte sind bis zum Überdruß bekannt.

Dagegen läßt sich kein Standpunkt ausmachen, von dem aus zu bestimmen wäre, was Avantgarde ist und was nicht. Alle Versuche der Bewußtseinsindustrie, die historische Bewegung der Künste als Trend zu ermitteln und ihre Prognose zum Diktat zu erheben, schlagen als Spekulationen fehl: Treffer erzielt sie bestenfalls im Hasard. Der Prozeß macht nicht nur die ohnmächtigen Versuche der Kommunisten, ihn einzuplanen, sondern auch die gewitzteren Bemühungen der kapitalistischen Wirtschaft zuschanden, die ihn durch Reklame und Marktmanipulationen steuern möchte. Mit Sicherheit kann nur gesagt werden, was »vorne« *war,* nicht was »vorne« *ist.* Das Werk Kleists oder Kafkas ist den Zeitgenossen unsichtbar geblieben, nicht weil diese sich geweigert hätten, »mit der Zeit zu gehen«, sondern weil sie mit der Zeit gegangen sind. Damit ist nicht gesagt, daß in den Künsten verkannt werden müsse, was Zukunft enthält. Ohnehin hat der Begriff des Verkannten eine altmodische Färbung angenommen, seitdem die Kapazität der Reproduktionsapparate größer ist als die vorhandene Produktivität, seitdem infolgedessen wahllos und auf Verdacht publiziert wird, was überhaupt einer schreibt oder malt. Daß damit jedem Werk, gar dem, das Zukunft vorwegnimmt, Gerechtigkeit geschehe, davon kann keine Rede sein: Es gibt keine Instanz, bei der sie eingeklagt oder wie ein Tarifvertrag durchgesetzt werden könnte.

Wo das Wort Avantgarde mit dem Präsens konstruiert wird, entsteht ein doktrinärer Satz. Unrecht hat bereits, wer auf objektive Notwendigkeit, Materialzwang und zwangsläufige Weiterentwicklung sich versteift. Jede derartige Doktrin verläßt sich auf die Methode der Extrapolation: sie verlängert Linien ins Unbekannte hinein. Mit diesem Verfahren ist aber nicht einmal einem politischen oder ökonomischen Prozeß beizukommen, weil es nur auf lineare, nicht auf dialektische Vorgänge anwendbar ist: geschweige denn auf einen ästhetischen Prozeß, der durch keine Prognose, nicht einmal eine statistische, erfaßt werden kann, weil in seiner Charakteristik die Sprünge entscheiden. Ihrem spontanen Auftreten ist keine Theorie der Zukunft gewachsen.

Das Modell, an dem sich die Vorstellung der Avantgarde orientiert, ist untauglich. Das Voranschreiten der Künste in der Geschichte wird als lineare, eindeutige, übersichtliche und überschaubare Bewegung gedacht, in der jeder seinen Platz, Spitze oder Troß, selber bestimmen könnte. Ungedacht bleibt, daß diese Bewegung vom Bekannten ins Unbekannte führt; daß mithin nur die Nachzügler angeben können, wo sie sind. Was vorn ist, weiß niemand, am wenigsten, wer unbekanntes Terrain erreicht hat. Gegen diese Ungewißheit gibt es keine Versicherung. Mit der Zukunft kann sich nur einlassen, wer den Preis des Irrtums zu erlegen bereit ist. Das *avant* der Avantgarde enthält seinen eigenen Widerspruch: es kann erst a posteriori markiert werden.

Die Metapher von der Avantgarde enthält aber nicht nur zeitliche, sondern auch soziologische Bestimmungen. Sie werden im zweiten Bestandteil des Compositums ausgedrückt: »*Garden* werden außer den Leibwachen der Fürsten in vielen Armeen die durch vorzüglichen Einsatz und besonders glänzende Uniformen ausgezeichneten Elitetruppen (s. Elite) genannt, die meist in den Haupt- und Residenzstädten garnisonieren. Garde bedeutet ursprünglich eine Umhegung ... Als der eigentliche Schöpfer der G. muß Napoleon I. betrachtet werden ... Die Überlieferung legt ihrem Führer, dem General Cambronne (freilich mit Unrecht) den Ausspruch in den Mund: ›Die Garde stirbt, doch sie ergibt sich nicht‹.«[5]

Jede Garde ist ein Kollektiv; das ist das erste, was sich diesem Wort ablesen läßt. Zuerst die Gruppe, dann erst der Einzelne, auf dessen Entschlüsse es nicht ankommt, wenn die Garde etwas unternimmt: er wäre denn ihr Anführer. Denn zwischen dem Einen, der die Befehle und Parolen des Tages ausgibt, und den Vielen, die sie empfangen, weitergeben und befolgen, wird in jeder Garde aufs strengste unterschieden. Gemeinsam ist allen, die ihr angehören, die Disziplin. Ohne Vorschrift und Regel kann sie nicht auskommen. Sie einzuhalten ist nicht immer leicht, nimmt dem Gardisten aber auch manche Sorge ab. Mit seiner Freiheit delegiert er ans Ganze auch Zweifel, Angst und Unsicherheit: Seiner Sache, die nun nicht mehr die seine, sondern die des Kollektivs ist, kann er sich sichrer fühlen. Den Schutz, den die Garde gewährt, genießt zuallererst, wer ihr angehört. Er hat nicht nur Pflichten, sondern auch Rechte, nämlich Vorrechte. Zur Garde zu gehören, ist eine Auszeichnung. Sie ist ein exklusiver Männerbund: Das Gehege schließt andere aus. Jede, auch die Avant-Garde, versteht sich als Elite. Stolz ist sie nicht nur darauf, voran und weiter zu sein als die andern, sondern auch darauf, zu einer ausgezeichneten Minderheit zu zählen.

Die Bestimmung der Garde ist der Kampf. In ihm, und in ihm allein, erweist sich ihr Wert. Nicht Produktivität, sondern Auseinandersetzung ist ihre *raison d'être:* sie ist immer militant. Die Übertragung des Begriffs auf die Künste führt hier zu gewissen Schwierigkeiten. Auf welchen Gegner meint die Vorhut im Gelände der Geschichte zu stoßen, wenn sie allein, und niemand sonst, in der Zukunft oder in die Zukunft hinein operiert? Welches feindliche Heer könnte sie dort antreffen? An Gegnern wird es keinem fehlen, der das gesicherte, angeblich so »gesunde« Terrain des Mittelmaßes verläßt: Aber diese Gegner scheinen sich doch eher in seinem Rücken aufzuhalten; und abgesehen davon, daß er seinen Daseinszweck nicht gerade in ihrer Bekämpfung sehen wird, will es nicht recht zu der Idee einer Garde passen, daß ihr einziger Feind der Train desselben Heerwurms sein sollte, den anzuführen sie den Vorzug hat.

Der Begriff der Avantgarde ist nicht nur auf die Künste, sondern, mehr als ein halbes Jahrhundert später, mit mehr Glück und Verstand auch auf die Politik übertragen worden. Im Jahre 1919 hat Lenin die Kommunistische Partei als »Avantgarde des Proletariats« definiert.[6] Diese Formulierung ist in

---

[5] Op. cit. 7. Band. Berlin 1894.

[6] Werke, Band 31, S. 28f. Berlin 1958. Später unablässig wiederholt.

den Sprachgebrauch der Kommunisten in der ganzen Welt eingegangen.[7] Sie bezeichnet auf das schärfste, was in der Avantgarde-Metapher soziologisch mitgedacht oder vielmehr unaufgeklärt mitgeschleppt wird. Welche Rolle Sorels Elitebegriff für die Entwicklung der Leninschen Theorie gespielt hat, ist bekannt. Ganz im Sinn Sorels gilt Lenin die Partei als eine straff organisierte, elitäre Kampfgruppe, der die absolute innere Disziplin selbstverständlich ist; ebenso selbstverständlich steht ihr ein privilegierter Status gegenüber den Außenseitern, der Masse der Nicht-Parteimitglieder zu. Die Avantgarde-Metapher ist hier bis zur schneidenden Konsequenz durchdacht. Nur in einem Punkt weicht die übertragene Bedeutung von der ursprünglichen ab: Die kommunistische Avantgarde hat sich nicht nach dem Gros »in betreff der Fortbewegung zu richten«, sondern umgekehrt: Sie ist zugleich der Generalstab, nach dessen Plänen sich die ganze Operation zu richten hat, sie setzt nicht nur die Diktatur des Proletariats, sondern auch die Diktatur über das Proletariat durch. Verständlich, daß die Revolution, soll sie namens der Mehrheit, doch gegen deren Willen »durchgeführt« werden, im Gegensatz zu den Musen einer Leibwache bedarf. In allen andern Punkten aber ist der kommunistische Avantgarde-Begriff stringent. Was vorn ist, bestimmt ein für allemal eine unfehlbare Doktrin, und der Gegner, auf den sich ihr Vorstoß richtet, ist ausgemacht und realiter vorhanden.

Neben Lenins wohldefinierter Anwendung auf die Politik nimmt sich die Avantgarde-Vorstellung in den Künsten einigermaßen konfus aus. Am allerwenigsten leuchtet ihr kollektiver Zug ein. Natürlich wirken an einem historischen Prozeß viele mit, so viele, daß die Überlegung lächerlich wäre, aus wie vielen Einzelnen eine Literatur zu einem gegebenen Zeitpunkt »bestünde«. Aber so wahr jede Literatur eine kollektive Anstrengung ist, so wenig ist sie unter dem Bild einer disziplinarisch organisierten Truppe zu begreifen, die auf eine Doktrin eingeschworen wäre. Jeder, der an ihm teilhat, verhält sich gleich unmittelbar zu dem Prozeß im ganzen; seine Freiheit und sein Risiko kann er an keine Gruppe delegieren.

An sich enthält die Avantgarde-Metapher nicht den geringsten Hinweis auf eine revolutionäre oder auch nur revoltierende Absicht. Nichts ist auffallender als dieser Mangel. Denn noch jede Gruppe, die bisher von ihr Gebrauch gemacht hat, in den Künsten sowohl wie in der Politik, hat sich als Fronde verstanden und den Umsturz der bestehenden Verhältnisse proklamiert. Kein avantgardistisches Programm, das nicht gegen die Trägheit des bloß Vorhandenen protestiert und versprochen hätte, ästhetische oder politische Fesseln zu lösen, hergebrachte Herrschaft abzuwerfen, unterdrückte Kräfte in Freiheit zu setzen. Freiheit, revolutionär errungen, verheißen alle avantgardistischen Bewegungen. Diesem Anspruch, den er selber gar nicht ausdrückt, mehr als dem auf die Zukunft, mehr als dem, Elite zu bilden, verdankt der Begriff der Avantgarde sein Pathos. Auch in dieser Hinsicht hat

---

7 Daher eine amüsante terminologische Schwierigkeit, die sich für alle orthodoxen Marxisten ergibt, wenn sie über ästhetische Fragen schreiben: Avantgarde in den Künsten ist zu verdammen, Avantgarde in der Politik aber als Autorität zu verehren.

Lenin ihn schärfer zu Ende gedacht als alle Schriftsteller und Maler. Wovon und auf welche Weise die kommunistische Avantgarde ihre Anhänger und alle andern befreien möchte, das leidet keinen Zweifel. Ihren revolutionären Charakter wird ihr ärgster Feind nicht leugnen. Vage und verschwommen dagegen bleibt, welche Freiheit die Manifeste der Avantgarde in den Künsten meinen und was das Wort Revolution, so oft es darin auch erscheint, zu bedeuten hat. Allzuoft hören sich diese Manifeste zugleich großsprecherisch und harmlos an, so als wäre es ihnen nur darum zu tun, bürgerliche Konventionen zu verscheuchen, die ohnehin nichts weiter als Gespenster sind. Der Schrei nach absoluter Freiheit nimmt sich sonderbar aus, wenn es sich um die Frage handelt, ob man Fisch mit dem Messer essen darf oder nicht. Die Neigung zur revolutionären Rhetorik offenbart aber nicht nur die peripheren Blößen der Avantgarde, sie verdeckt ihre zentralen Aporien. Nur da, wo sie ihre Ziele und Methoden rücksichtslos formuliert, wie bei Lenin, kommen diese Aporien zum Vorschein.

Nicht anders als der Kommunismus in der Gesellschaft will Avantgarde in den Künsten Freiheit doktrinär durchsetzen. Ganz wie die Partei glaubt sie, als revolutionäre Elite, und das heißt als Kollektiv, die Zukunft für sich gepachtet zu haben. Aufs bestimmteste verfügt sie über das Unbestimmbare. Willkürlich diktiert sie, was morgen gelten soll, und unterwirft sich zugleich, diszipliniert und willenlos, dem Gebot einer Zukunft, die sie selber verhängt. Sie proklamiert als ihr Ziel die totale Freiheit und überläßt sich widerstandslos dem historischen Prozeß, der sie von eben dieser Freiheit erlösen soll.

Diese Aporien liegen im Begriff der Avantgarde selber. Sie lassen sich empirisch an allen Gruppen verifizieren, die sich auf ihn berufen haben; aber sie sind nie eklatanter zum Vorschein gekommen als an dem, was sich heute als Avantgarde ausstellt: am Tachismus, am *art informel* und an der monochromen Malerei; an der seriellen und der elektronischen Musik; an der sogenannten konkreten Dichtung und an der Literatur der *beat generation.*[8] Gemeinsam ist diesen »Bewegungen« die mehr oder weniger lauthals verkündete Überzeugung, »vorn« zu sein; ihr doktrinärer Zug; und ihre kollektive Verfassung. Daß ihre Namen im Laufe weniger Jahre zu Schlagworten, ja Warenzeichen geronnen sind, ist nicht nur auf ihr Einverständnis mit der Bewußtseinsindustrie zurückzuführen: als griffige Losung wurden diese Bezeichnungen von vornherein lanciert. Daß sich ihre Urheber zuweilen kokett von ihnen distanzieren, ändert daran nichts. Avantgardismus wird heute als

[8] Diese Feststellung ist keine pauschale Abfertigung all dessen, was sich zu den erwähnten Gruppen rechnet oder zu ihnen gerechnet wird. In diesem Aufsatz kann sie nur an gewissen literarischen Erscheinungen präzisiert werden; eine Analyse der entsprechenden Sachverhalte in der Malerei und der Musik überschritte seine Kompetenz. Über *Das Altern der Neuen Musik* hat Theodor W. Adorno geschrieben. Der Aufsatz steht in der aktuellen Musikkritik durch seinen Scharfsinn und seine Kompromißlosigkeit einzig da. Er ist abgedruckt in dem Band *Dissonanzen. Musik in der verwalteten Welt,* Göttingen 1956. Zur Problematik des Informel vergleiche Hans Platscheks vorzügliche *Versuche zur modernen Malerei, Bilder als Fragezeichen.* München 1962.

gängige Münze über Nacht in Verkehr gebracht. Um so mehr Grund, die Prägung etwas genauer zu betrachten.

Jack Kerouac, dem Oberhaupt der Beatnik-Sekte, von seinen Anhängern als Holy Jack kanonisiert, ist die folgende Maxime zu verdanken, die er in seinem »Glaubensbekenntnis«, zugleich einer »Liste der unentbehrlichen Hilfsmittel« des Schriftstellers, niedergelegt hat: »Sei immer blödsinnig geistesabwesend!« Der Satz kann der landläufigen Serienproduktion des Tachismus, des *art informell,* des *action painting,* der konkreten Dichtung insgesamt, sowie einem guten Teil der neuesten Musik als Motto dienen. Kerouac fährt fort: »My style is based on spontaneous get-with-it, unrepressed word-slinging ... Beseitige literarische, grammatische und syntaktische Hindernisse! Schlage so tief, wie du schlagen kannst! Visionäre Krämpfe durchzukken die Brust. Du bist allezeit ein Genie!«[9] Mit so viel, sei's auch falscher, Naivität stellt sich die Avantgarde freilich nur zwischen New York und San Francisco bloß. Die harmlose Einfalt, mit der sie die Barbarei proklamiert, wirkt geradezu liebenswürdig im Vergleich zu ihrem europäischen Widerpart. Hier drückt sich Beliebigkeit in einem abgebrühten akademischen Jargon aus, der das Delirium als Seminararbeit auftischt: Die angebotenen Texte bilden »ein System von Worten, Buchstaben oder Zeichen, die erst einen Sinn durch den persönlichen Beitrag des Lesers bekommen ... Sie sind willkürlich in die 16 Richtungen der quadratischen Seite gesetzt und in zufälliger Folge zusammengenutet ..., besitzen Stringenz allein durch die Strudel der Bewegung und Kraft der Zustimmung, die sie im Leser evozieren ..., münden bei konsequenter Durchführung ein in den schwarzen Stein, das letzte Stillstehen, als die nicht mehr zu steigernde, komplexe Bewegung. Sind damit konkrete Form, ununterbrochen zentrierter Punkt, objektiver Bestand an Natur (als material sine qua non) ahne warumbe.«[10]

Das liest sich wie eine Übersetzung von Kerouacs Katechismus ins okzidentale Kultur-Rotwelsch. Der Übersetzer hält sich strikt an die Vorschriften des Originals, das zwar mit Bildungsresten geschmückt wird, dessen intellektueller Dürftigkeit er aber durchaus die Treue hält. Die zum Selbst-

---

9 *Unterwegs.* Roman. Hamburg 1959 (Umschlagtext); ferner: *The New.American Poetry 1945-1960.* Edited by Donald M. Allen. New York 1960, S. 439.

Der ästhetischen Beliebigkeit entspricht soziologisch die blinde Mobilität, die sich schon im Titel von Kerouacs Roman äußert: der Ortswechsel als Selbstzweck; ferner eine programmatisch geforderte Promiskuität und die Obsession mit dem Gebrauch von Narkotika. Die Kehrseite dieser anarchischen Attitüde ist der strenge Kodex, dem sich die Angehörigen der Gruppe unterwerfen müssen. Zwischen ihnen und den Außenstehenden, den sogenannten *squares,* wird streng unterschieden. Norman Mailer, der sich der Bewegung angeschlossen hat, ist eine Aufstellung ihrer wichtigsten Regeln in handlicher Tabellenform zu verdanken. Diese Vorschriften erstrecken sich unter anderm auf die Kleidungsstücke, Philosophen, Speiselokale und Jazzmusiker, die der *hipster* zu bevorzugen hat. Dieser Kodex ist durchaus ernst gemeint; Mailer läßt sich keinerlei Ironie zuschulden kommen. Mit der gleichen Konsequenz zelebriert die Gruppe ihre eigens erfundene Geheimsprache, deren Ausdrücke als Losung fungieren. Hier ist keine Abweichung erlaubt, und das »hemmungslose Herumschleudern von Worten« wird zum fixen Ritual.

10 *material* 1. Darmstadt 1958.

zweck erhobene Mobilität kehrt als »Strudel der nicht mehr zu steigernden, komplexen Bewegung« wieder, und die »visionären Krämpfe« werden zum »schwarzen Stein ahne warumbe«. In beiden Fällen erfordert die Mystifikation »konsequente Durchführung«, und die Vorschrift: »Sei immer blödsinnig geistesabwesend« nimmt Stringenz für sich in Anspruch. Eine Vorstellung davon, welche Möglichkeiten diese Avantgarde eröffnet, gibt der folgende »Text«:

ra ra ra ra ra ar ra ra ra ar ar er ir
ra ra ra ra ar ar ar ka ra ra ar ar ar er
ra ra ra ar ar ar ak af ka ra ar ar ar ra
ra ra ar ar ar ak af ab af ka ar ar ra ra
ra ar ar ar ak af ab af ab af ak ra ra ra[11]

Dieses Resultat steht nicht einzig da. Werke von gleicher Beschaffenheit stehen in solcher Zahl zur Verfügung, daß es ungerecht wäre, den Urheber des Beispiels zu nennen, obwohl er sich durch seine Produktion bereits einen gewissen Namen gemacht hat. Da sie indessen von den Hervorbringungen seiner Weggenossen kaum zu unterscheiden ist, kommt als Autor, sofern dieses Wort noch anwendbar ist, eher das Kollektiv in Betracht: In solchen Texten stellt die Garde sich selber her. Auf den ersten Blick ist zu sehen (und dies allein rechtfertigt den Abdruck eines Musters), daß sie die soziologischen Aporien der Avantgarde recht genau formal wiederholen; ja sie erschöpfen sich geradezu in ihrer Reproduktion. Beliebigkeit erscheint als Doktrin, Regression als Fortschritt. Die Milchmädchen-Rechnung gibt sich als Delirium, der Quietismus als Aktion, der Zufall als Vorschrift.

Daß diese Charakteristik nicht nur für die »konkrete Dichtung« und für die Literatur der beat generation gilt, sondern für die selbsternannte Avantgarde in allen Künsten, zeigt ein internationales Album, in dem sie sich selbst darstellt und das »Bericht, Dokumentation, Analyse und Programm zugleich« zu sein beansprucht.[12] Es enthält eine Liste ihrer zentralen Begriffe und Kategorien, die für Literatur und Malerei, Musik und Plastik, Film und Architektur (soweit solche Unterscheidungen noch zugelassen werden) gleichermaßen gelten sollen. Hervorzuheben sind die folgenden: Improvisation, Zufall, Ungenauigkeitsmoment, Austauschbarkeit, Unbestimmtheit, Leere; Reduktion zur reinen Bewegung, reine Aktion, absolute Bewegung, Motorik, mouvement pur. Die willkürliche, blinde Bewegung ist der leitende Begriff des ganzen Albums; das geht schon aus seinem Titel hervor. Er ist insofern konsequent, als die Avantgarde von jeher auf Bewegung aus war, nicht nur im geschichtsphilosophischen, sondern auch im soziologischen Sinn. Jede ihrer Gruppen glaubte nicht nur eine Phase im historischen Prozeß vor-

---

[11] A.a.O.

[12] *Movens. Dokumente und Analysen zur Dichtung, bildenden Kunst, Musik, Architektur.* In Zusammenarbeit mit Walter Höllerer und Manfred de la Motte, herausgegeben von Franz Mon. Wiesbaden 1960.

wegzunehmen, sie verstand sich auch jeweils selbst als Bewegung, mouvement. In beiderlei Verstand proklamiert sich diese Bewegung nun als Selbstzweck. Die Verwandtschaft mit den totalitären Bewegungen liegt auf der Hand, deren Zentrum, wie Hannah Arendt nachgewiesen hat, eben die leere Motorik ist, die durchaus willkürliche, ja manifest absurde ideologische Forderungen aus sich heraus- und realiter durchsetzt.[13] Kerouacs Forderung: »Schlage so tief, wie du schlagen kannst!« ist nur deshalb völlig harmlos, weil sie sich gegen die Literatur richtet, und weil die Literatur, wie alle Künste, von seinesgleichen nicht terrorisiert werden kann. Auf die Politik übertragen könnte sie jeder faschistischen Organisation als Wahlspruch dienen. Die ohnmächtige Avantgarde muß sich damit begnügen, ihre eigene Produktion auszulöschen. Folgerichtig stellt der japanische Maler Murakami einen großen, bemalten Papierschirm her, das für sein Werk des »mehrere Löcher in einem Augenblick Schlagens« bestimmt ist: »Das Werk von Murakami machte ein mächtiges Getöse, als es durchschlagen wurde. Sechs Löcher werden durch den starken achtfachen Papierschirm gerissen. Dies geschah mit einer solchen Geschwindigkeit in eben einem Augenblick, daß die Kameramänner (!) den Augenblick verpaßten. Als die sechs Löcher da waren, hatte er einen Anfall von Blutleere im Gehirn. ›Ich wurde ein neuer Mensch seitdem‹, murmelte er später.«[14]

Zur Annahme obskurer Heilslehren neigen alle avantgardistischen Gruppierungen. Bezeichnend ist ihre Wehrlosigkeit gegenüber dem Zen-Buddhismus, der sich innerhalb weniger Jahre unter Verfassern, Malern und Musikern dieses Schlages rapide ausgebreitet hat. In seiner importierten Form dient der Zen-Buddhismus dazu, der blinden Aktion zu einer okkulten, quasi-religiösen Weihe zu verhelfen. Die Lehre ist in Beispielen, sogenannten *mondo,* überliefert. Die Pointe der bekanntesten Exempel besteht darin, daß metaphysische Fragen eines Jüngers vom Meister mit Stockschlägen oder Ohrfeigen beantwortet werden. Auch die »Aktion« Murakamis kann als Zen-Beispiel betrachtet werden. Sie weist auf die latente Gewalttätigkeit der avantgardistischen »Bewegungen« hin, die sich freilich zuallererst gegen das »Material« richten, mit dem sie es zu tun haben: blindlings geschleudert werden Farben, Töne und Wortstümpfe, nicht Molotow-Cocktails oder Handgranaten.

Die Kehrseite dieser Anfälligkeit für extrem irrationale, vorgeblich mystische Lehren ist die gleichermaßen extreme Wissenschaftsgläubigkeit, die von der Avantgarde zur Schau getragen wird. Die Beliebigkeit ihrer »Aktionen« gibt sich stets exakt. Diesen Eindruck versucht sie mit Hilfe einer Terminologie zu erwecken, die aus den verschiedensten Disziplinen zusammengeklaubt ist. Neben Leere und absoluter Bewegung finden sich Stichworte wie die folgenden: Konstellation, Materialstruktur, Korrelogramm, Koordination, Rastermodulation, Mikroartikulation, Phasenverschiebung, Autodetermination, Transformation, und so weiter und so fort. Ein Laborato-

---

13 *Elemente totaler Herrschaft.* Frankfurt 1958.

14 Vgl. *Movens,* S.8.

riumskittel verhüllt die von visionären Krämpfen durchzuckte Brust; und was die Avantgarde hervorbringt, seien es Gedichte, Romane, Bilder, Filme, Bauten oder Musikstücke, ist und bleibt »experimentell«.

Das »Experiment« als ästhetischer Begriff ist längst in den Sprachschatz der Bewußtseinsindustrie eingegangen. In Umlauf gebracht von der Avantgarde, verwendet als Beschwörungsformel, abgegriffen und unaufgeklärt, sucht es Tagungen und Kulturgespräche heim und setzt sich in Rezensionen und Essays fest. Das obligatorische Adjektiv ist »kühn«; wahlweise ist auch das schmückende Beiwort »mutig« erlaubt. Die bescheidenste Überlegung zeigt, daß es sich um einen simplen Bluff handelt.

Experimentum bedeutet »das Erfahrene«. In den modernen Sprachen bezeichnet das lateinische Wort ein wissenschaftliches Verfahren zur Überprüfung von Theorien oder Hypothesen durch die methodische Beobachtung von Naturvorgängen. Der aufzuklärende Vorgang muß isolierbar sein. Sinnvoll ist ein Experiment nur, wenn die auftretenden Variabeln bekannt sind und begrenzt werden können. Als weitere Bedingung tritt hinzu: jedes Experiment muß nachprüfbar sein und bei seiner Wiederholung stets zu ein und demselben, eindeutigen Resultat führen. Das heißt: ein Experiment kann gelingen oder scheitern nur im Hinblick auf ein vorher genau definiertes Ziel. Es setzt Überlegung voraus und beinhaltet eine Erfahrung. Keineswegs kann es Selbstzweck sein: sein inhärenter Wert ist gleich Null. Halten wir noch fest, daß ein echtes Experiment mit Kühnheit nichts zu tun hat. Es ist ein sehr einfaches und unentbehrliches Verfahren zur Erforschung von Gesetzmäßigkeiten. Es erfordert vor allem Geduld, Scharfsinn, Umsicht und Fleiß.

Bilder, Gedichte, Aufführungen genügen diesen Bedingungen nicht. Das Experiment ist ein Verfahren zur Herstellung wissenschaftlicher Erkenntnisse, nicht zur Herstellung von Kunst. (Selbstverständlich kann jede Veröffentlichung als ökonomisches und soziologisches Experiment betrachtet werden. Unter diesem Aspekt lassen sich Gelingen und Scheitern recht exakt feststellen, und die meisten Verleger, Kunsthändler und Intendanten zögern nicht, daraus die Theorie und Praxis ihrer Unternehmungen abzuleiten. Freilich ist, so betrachtet, Karl May ebenso experimentell wie Jack Kerouac. Der Unterschied beider Experimente liegt im Resultat, das heißt in den Auflageziffern. Daß solche Experimente ästhetisch relevant sind, kann bezweifelt werden.)

Das Experiment als Bluff kokettiert zwar mit der wissenschaftlichen Methode und ihren Ansprüchen, denkt aber nicht daran, sich ernstlich mit ihr einzulassen.[15] Es ist voraussetzungslose »reine Aktion«; irgendwelche Ab-

[15] Auszunehmen sind hier die Experimente, die Max Bense und seine Schüler mit Hilfe von elektronischen Rechenanlagen angestellt haben. Diese Versuche genügen wissenschaftlichen Ansprüchen. Begriffe aus der Kombinatorik und der Wahrscheinlichkeitsrechnung werden hier sinnvoll verwendet. Ob die dabei hergestellten »stochastischen Texte« als ästhetische Gegenstände gelten können, ist eine Definitionsfrage. Vgl. *Augenblick*, 4. Jahrgang, 1. Heft. Siegen 1959.

sichten sind ihm nicht zu unterschieben. Methode, Nachprüfbarkeit und Stringenz spielen keine Rolle. Je weiter sie sich von jeder Erfahrung entfernen, desto »experimenteller« sind die Experimente der Avantgarde.

Damit ist erwiesen, daß dieser Begriff unsinnig und unbrauchbar ist. Zu erklären bleibt, was ihn so beliebt macht. Das ist nicht schwer zu sagen. Ein Biologe, der ein Experiment an einem Meerschweinchen vornimmt, kann für dessen Verhalten nicht verantwortlich gemacht werden. Er hat nur dafür zu haften, daß die Versuchsbedingungen einwandfrei eingehalten werden. Das Resultat liegt nicht in seiner Hand; der Experimentator ist geradezu verpflichtet, in den Vorgang, den er beobachtet, so wenig wie irgend möglich einzugreifen. Eben die moralische Immunität, die er genießt, sagt der Avantgarde zu. Sie ist zwar keineswegs bereit, sich an die methodischen Forderungen zu halten, denen der Wissenschaftler sich unterwirft. Sie möchte sich jeder Haftung, sowohl für ihr Verfahren als auch für ihre Resultate, entziehen. Dies hofft sie zu erreichen, indem sie sich auf den »experimentellen« Charakter ihrer Arbeit beruft. Die Anleihen, die sie bei der Wissenschaft macht, dienen ihr als Ausrede. Mit der Bezeichnung »Experiment« entschuldigt sie ihre Ergebnisse, nimmt ihre »Aktionen« gleichsam zurück und schiebt jede Verantwortung dafür auf den Empfänger ab. Jede Kühnheit ist ihr recht, solange ihr nichts passieren kann. Der Begriff des Experiments soll sie gegen das Risiko aller ästhetischen Produktion versichern. Er dient als Handelsmarke und Tarnkappe zugleich.

Was hier untersucht wird, sind die Aporien der Avantgarde, ihr Begriff, ihre Voraussetzungen und Attitüden. Eine solche Analyse zeigt, daß alle Ansprüche, die namens der konkreten Dichtung, der beat generation, des Tachismus und anderer heutiger Avantgarde-Gruppierungen kollektiv erhoben werden, samt und sonders hinfällig sind. Dagegen kann sie keineswegs dazu dienen, die Produktion solcher Gruppen in Bausch und Bogen abzuurteilen. Sie stellt doktrinären Schwindel nicht bloß, um ihm ihrerseits zu verfallen. Kein einziges Werk ist zu widerlegen mit den Hinweis darauf, daß sein Urheber sich zu der oder jener Garde geschlagen habe, und noch das dümmste ästhetische Programm macht nicht eo ipso die Potenz derer zunichte, die es unterschreiben. Wer die terminologischen Tricks und die doktrinären Paravents zerstört, mit denen die heutige Avantgarde sich zu decken sucht, erspart sich damit nicht die kritische Prüfung dessen, was sie hervorbringt: Er macht eine solche Prüfung allererst möglich. Auf ihr ist um so entschiedener zu bestehen, je avancierter ein Werk sich gibt; und je eifriger es sich auf ein Kollektiv beruft, desto eher muß es sich als Einzelnes behaupten. Jeder Heimatfilm verdient mehr Schonung als eine Avantgarde, die zugleich arrogant das kritische Urteil überrumpeln und ängstlich die Verantwortung für ihre eigene Arbeit loswerden möchte.

Die Aporien, die ihn zerrissen und den Hochstaplern überliefert haben, hat der Begriff der Avantgarde von jeher in sich getragen. Nicht erst Mit- und Nachläufer haben sie eingeschleppt. Schon das erste futuristische Manifest von 1909, eines der ersten Dokumente organisierter »Bewegung«, macht den *dynamisme perpetuel* zum Selbstzweck: »Wir leben«, schreibt Marinetti, »bereits im Absoluten: wir haben die permanente und allgegenwärtige Geschwindigkeit geschaffen ... Wir rühmen die aggressive Bewegung, die fieberhafte Schlaflosigkeit, den Sturmschritt, die Ohrfeige und den Faustschlag über alles ... Es gibt keine Schönheit außer der des Kampfes ... Nur am Krieg kann die Welt gesunden.« (Der letzte Satz im Original: *»La guerre seule hygiène du monde.«*)[16]

Im Futurismus hat die Avantgarde sich zum ersten Mal als doktrinärer Clan organisiert, und sie hat schon damals die blinde Aktion und die offene Gewalt gepriesen. Daß der Kern der Bewegung 1924 kollektiv ins faschistische Lager überlief, ist kein Zufall. Formal haben die Futuristen, nicht anders als ihre Nachfahren, die Beseitigung aller »literarischen, grammatischen und syntaktischen Hindernisse« verlangt. Sogar das unverbundene Miteinander von Pseudo-Mathematik und zweifelhafter Mystik findet sich bereits bei ihnen. Die Maler der Bewegung haben 1912 erklärt, sie wollten »nach einem Gesetz ihrer inneren Mathematik die Emotionen des Betrachters stärken«; auch von Visionen und Ekstasen ist die Rede. In den futuristischen Texten tauchen neben okkulten Beschwörungsformeln und chaotischen Sprachtrümmern mathematische Formeln auf.[17] Der Katechismus der Avantgarde von 1961 enthält so gut wie keinen Satz, der nicht fünfzig Jahre früher von Marinetti und den Seinen formuliert worden wäre. Nur nebenbei sei vermerkt, daß die wenigen bedeutenden Autoren der Bewegung sie kurz nach der Veröffentlichung der ersten Manifeste verlassen haben, und daß diese Manifeste die einzigen Texte sind, die vom Futurismus geblieben sind.

Eine extensive Untersuchung der zahllosen avantgardistischen Kollektive aus der ersten Hälfte des zwanzigsten Jahrhunderts ist hier weder möglich noch geboten. Die Rolle der meisten wird überschätzt. Literatur- und Kunsthistoriker, die bekanntlich leidenschaftlich gern »Strömungen« und Ismen aufzählen, weil sie das der Sorge ums Detail enthebt, haben allzuviele derartige Gruppennamen für bare Münze genommen, statt sich ans Einzelne der jeweiligen Werke zu halten; ja sie haben sogar a posteriori solche Bewegungen gleichsam erfunden. So wurde der deutsche Expressionismus zu einer kollektiven Erscheinung hypostasiert, die es in Wirklichkeit gar nicht gegeben hat: Viele Expressionisten haben das Wort Expressionismus, von Hermann Bahr 1914 in die Literatur eingeführt, nie in ihrem Leben gehört; Heym und Trakl sind gestorben, ehe es aufkam; Gottfried Benn hat noch 1955 erklärt, er wisse nicht, was darunter zu verstehen sei;[18] Brecht und Kafka, Döblin und Jahnn haben sich nie einer »Bewegung angeschlossen«, die diesen Namen geführt hätte. Jeder Historiker kann für sich das Recht in Anspruch nehmen, Erscheinungen zu bündeln und Vielfältiges unter einem Namen zusammenzufassen, aber unter der Bedingung, daß er seine Hilfskonstruktionen nicht mit der Realität verwechselt, zu deren Darstellung sie dienen sollen.

---

[16] Abgedruckt bei A. Zervos, *Un demi-siècle d'art italien.* Paris 1950.

[17] Vgl. *Poeti futuristi.* Herausgegeben von Filippo Tommaso Marinetti. Mailand 1912.

[18] In seiner Einleitung zu der Anthologie *Lyrik des expressionistischen Jahrzehnts.* Wiesbaden 1955.

Im Gegensatz zum Expressionismus war der Surrealismus von Anfang an ein kollektives Unternehmen, das über eine ausgebildete Doktrin verfügte. Alle früheren und späteren Gruppierungen wirken, mit ihm verglichen, armselig, dilettantisch und unartikuliert. Der Surrealismus ist das Paradigma, das vollkommene Modell aller avantgardistischen Bewegungen. Er hat deren Möglichkeiten und Begrenzungen ein für allemal zu Ende formuliert und alle Aporien entfaltet, die solchen Bewegungen innewohnen.

»Allein das Wort Freiheit kann mich noch begeistern. Ich halte es für geeignet, den alten menschlichen Fanatismus noch auf unbestimmte Zeit aufrechtzuerhalten.« Mit diesen Worten eröffnet André Breton im Jahre 1924 das erste surrealistische Manifest.[19] Am Verlangen nach absoluter Freiheit kristallisiert sich, wie immer, die neue Doktrin. Das Wort Fanatismus deutet bereits darauf hin, daß diese Freiheit nur um den Preis einer absoluten Disziplin erworben werden kann: innerhalb weniger Jahre spinnt sich die surrealistische Garde in einen Kokon von Vorschriften ein. Je strikter die Bindung an das Kollektiv, um so blinder die »reine Aktion«: »Die einfachste surrealistische Tat besteht darin«, so ist bei Breton zu lesen, »mit Revolvern in der Hand auf die Straße zu gehen und so lange wie möglich blind in die Menge zu schießen.« Es sollten noch einige Jahre vergehen, bis diese Maxime in Deutschland verwirklicht wurde; immerhin kam Salvador Dali schon vor dem Ausbruch des Zweiten Krieges zu der Erkenntnis: »Hitler ist der größte Surrealist.«[20]

Längst vor der Machtübernahme dieses Surrealisten hatten ihre innern Aporien die Bewegung gesprengt. Ihre Soziologie wäre einer eingehenderen Betrachtung wert. Ende der zwanziger Jahre erreichten die Intrigen, Abfallserklärungen, Streitereien und »Reinigungen« innerhalb der Gruppe, die es von Anfang an gegeben hatte, ihren Höhepunkt. Ihre Entwicklung zu einer bornierten Sekte wirkt lächerlich und tragisch zugleich; sie ist durch die Tatkraft und den Opfermut ihrer Angehörigen nicht aufzuhalten, weil sie notwendig aus den Voraussetzungen der Bewegung folgt.[21] Ihr Oberhaupt nimmt mehr und mehr die Züge eines Papstes der Revolte an; er sieht sich gezwungen, immer mehr seiner Anhänger, einen nach dem andern, feierlich zu exkommunizieren. Zuweilen kommt es zu regelrechten Schauprozessen, die sich im Rückblick wie unblutige Parodien der späteren stalinistischen Säuberungen ausnehmen. Beim Ausbruch des Zweiten Krieges hat die surrealistische Bewegung ihre bedeutenden Köpfe ohne Ausnahme verloren: Artaud, Desnos, Soupault, Duchamps, Aragon, Eluard, Char, Queneau, Lei-

---

[19] Zitiert nach: *Surrealismus. Texte und Kritik.* Herausgegeben von Alain Bosquet. Berlin 1950.

[20] Zu den latenten totalitären Zügen der Avantgarde-Bewegungen äußert sich Hannah Arendt in dem bereits erwähnten Werk *Elemente totaler Herrschaft,* besonders in dem Kapitel über Mob und Elite, S. 90 ff. Selbstverständlich waren die gelegentlichen Sympathien der Avantgarde für die totalitären Bewegungen durchaus einseitig, wie das futuristische Beispiel in Italien und in Rußland zeigt. Sie fanden keine Gegenliebe, und bald wurde die moderne Kunst, avantgardistisch oder nicht, insgesamt auf den Index gesetzt.

[21] Die Einzelheiten dieser Entwicklung schildert Maurice Nadeau in seiner *Histoire du Surréalisme.* Paris 1948.

ris und viele andere haben ihr den Rücken gekehrt. Seitdem fristet die Gruppe ein Schattendasein.

Die linientreue surrealistische Literatur ist verblaßt und vergessen; die genannten Autoren haben, mit Ausnahme Bretons, nichts Nennenswertes hervorgebracht, solange sie sich der Disziplin der Gruppe unterwarfen. Dem Surrealismus war eine enorme Wirkung beschieden, aber er ist nur in denen produktiv geworden, die sich von seiner Doktrin befreit haben.[22]

Wir sehen keinen Grund, sein Scheitern hämisch auszurufen. Jeder Rückblick auf eine Avantgarde, deren Zukunft bekannt ist, hat leichtes Spiel. An den historischen Erfahrungen des Surrealismus hat heute jeder teil. Niemand hat das Recht, ihm mit Schadenfreude oder Besserwisserei zu begegnen; dagegen ist es unsere Pflicht, aus seinem Untergang die Konsequenzen zu ziehen. Das Gesetz der zunehmenden Reflexion ist unerbittlich. Wer sich ihm zu entziehen versucht, endet im Ausverkauf der Bewußtseinsindustrie. Jede heutige Avantgarde ist Wiederholung, Betrug oder Selbstbetrug. Die Bewegung als doktrinär verstandenes Kollektiv, vor fünfzig oder dreißig Jahren erfunden, um den Widerstand einer kompakten Gesellschaft gegen die moderne Kunst zu sprengen, hat die historischen Bedingungen, die sie hervorgerufen haben, nicht überlebt. Konspiration im Namen der Künste ist nur möglich, wo sie unterdrückt werden. Eine Avantgarde, die sich staatlich fördern läßt, hat ihre Rechte verwirkt.

Die historische Avantgarde ist an ihren Aporien zugrunde gegangen. Sie war fragwürdig, aber sie war nicht feige. Nie hat sie sich durch die Ausrede zu sichern versucht, was sie betreibe, sei nichts weiter als ein »Experiment«; nie hat sie sich wissenschaftlich getarnt, um für ihre Resultate nicht einstehen zu müssen. Das unterscheidet sie von jener Gesellschaft mit beschränkter Haftung, die ihre Nachfolge angetreten hat; das macht ihre Größe aus. Im Jahre 1942, als außer ihm niemand mehr an den Surrealismus glaubte, erhob Breton seine Stimme gegen »alle diejenigen, die nicht wissen, daß es in der Kunst keinen großen Aufbruch gibt, der sich nicht unter Lebensgefahr vollzieht, daß der einzuschlagende Weg ganz offensichtlich nicht durch eine Brustwehr geschützt ist, und daß jeder Künstler allein auf die Suche nach dem Goldenen Vlies ausziehen muß.«

Hier wird für keinen »mittleren Weg« plädiert und keiner Kehrtwendung das Wort geredet. Der Weg der modernen Künste ist nicht reversibel. Auf das Ende der Neuzeit, auf Bekehrungen und Reprisen mögen sich andere Hoffnung machen. Nicht daß sie zu weit ginge, ist der heutigen Avantgarde anzukreiden, sondern daß sie sich die Hintertüre offen hält, an Doktrinen und Kollektiven Rückhalt sucht und ihrer eigenen, längst von der Geschichte erledigten Aporien nicht inne wird. Sie handelt mit einer Zukunft, die ihr nicht gehört. Ihre Bewegung ist Regression. Avantgarde ist zu ihrem Gegenteil, ist zum Anachronismus geworden. Das unscheinbare, grenzenlose Risiko, von dem die Zukunft der Künste lebt – sie trägt es nicht.

Nr. 171, Mai 1962

[22] Vgl. Maurice Blanchots *Réflexions sur le Surréalisme.* In: *La part du Feu.* Paris 1949.

Theodor W. Adorno

Wozu noch Philosophie?

Bei einer Frage wie »Wozu noch Philosophie?«, für deren Formulierung ich selbst verantwortlich bin, obwohl ich den amateurhaften Klang nicht überhöre, werden die Leser im allgemeinen die Antwort erraten. Sie erwarten einen Gedankengang, der alle möglichen Schwierigkeiten und Bedenken anhäuft, um schließlich, mehr oder minder vorsichtig, in ein Jedennoch zu münden und das rhetorisch Bezweifelte zu bejahen. Dieser allvertraute Ablauf entspricht einer konformistischen und apologetischen Haltung; sie trägt sich als positiv vor und rechnet vorweg mit Einverständnis. Vollends traut man einem nichts Besseres zu, der von Amts wegen Philosophie lehrt, dessen bürgerliche Existenz davon abhängt, daß sie weiter betrieben wird, und der die eigenen handgreiflichen Interessen verletzt, sobald er sich dagegen äußert. Einiges Recht, trotzdem die Frage aufzuwerfen, habe ich bloß deshalb, weil ich der Antwort keineswegs gewiß bin.

Wer eine Sache verteidigt, die der Geist des Zeitalters als veraltet und überflüssig abtut, begibt sich in die ungünstigste Position. Seine Argumente klingen schwächlich beflissen. Ja aber, bedenken Sie doch, sagt er, als trachte er, solchen etwas aufzuschwatzen, die es nicht wollen. Diese Fatalität muß einbeziehen, wer von der Philosophie nicht sich abbringen läßt. Er muß wissen, daß sie nicht mehr für die Techniken der Bemeisterung des Lebens – Techniken im wörtlichen und übertragenen Sinn – verwendbar ist, mit denen sie so vielfach sich verschränkte. Philosophie bietet auch kein Medium der Bildung jenseits dieser Techniken mehr, wie während der Epoche Hegels, als ein paar kurze Jahrzehnte lang die damals schmale Schicht der deutschen Intellektuellen in ihrer kollektiven Sprache sich verständigte. Der Krisis des humanistischen Bildungsbegriffes, über die ich nicht viel Worte zu machen brauche, ist Philosophie als erste Disziplin im öffentlichen Bewußtsein erlegen, nachdem sie ungefähr seit Kants Tod durch ihr Mißverhältnis zu den positiven Wissenschaften, zumal denen von der Natur, sich verdächtig gemacht hatte. Die Kant- und Hegelrenaissancen, in deren Namen schon das Unkräftige sich anzeigt, haben daran nicht viel geändert. Schließlich hat Philosophie in der allgemeinen Situation von Verfachlichung selbst ebenfalls als Spezialfach sich etabliert, dem des von allen Sachgehalten Gereinigten. Sie hat dadurch verleugnet, woran sie ihren eigenen Begriff besaß: Freiheit des Geistes, der dem Diktat des Fachwissens nicht pariert. Sie hat zugleich durch Abstinenz von bestimmtem Inhalt, sei's als formale Logik und Wissenschaftslehre, sei's als Sage von einem allem Seienden entrückten Sein, ihren Bankrott den realen gesellschaftlichen Zwecken gegenüber erklärt. Freilich setzte sie nur das Siegel unter einen Prozeß, der weithin ihrer eigenen Geschichte gleichkam. Immer mehr Bezirke wurden ihr entrissen und verwissenschaftlicht; ihr blieb kaum eine Wahl, als entweder selber auch eine

Wissenschaft zu werden oder eine winzige und tolerierte Enklave. Noch die Newtonsche Physik hieß Philosophie. Das moderne wissenschaftliche Bewußtsein sähe darin einen archaischen Rest, Rudiment jener Epoche früher griechischer Spekulation, in der handfeste Naturerklärung und sublime Metaphysik im Namen des Wesens der Dinge ungeschieden noch ineinander waren. Entschlossene haben darum solche Archaik als das allein Philosophische proklamiert und wiederherzustellen gesucht. Aber das am zerspaltenen Zustand leidende Bewußtsein, das aus Not vergangene Einheit beschwört, widerspricht dem Inhalt, den es sich zu geben trachtet. Daher muß es willkürlich seine Ursprache veranstalten. Restauration ist in der Philosophie so vergeblich wie sonstwo. Diese müßte vorm Bildungsgeklapper sich hüten und vorm weltanschaulichen Abrakadabra. Sie darf sich aber nicht einbilden, wissenschaftstheoretische Facharbeit, oder was sonst als Forschung einherstolziert, sei Philosophie. Eine schließlich jedoch, die all das sich verbietet, tritt in unversöhnlichen Gegensatz zum herrschenden Bewußtsein. Nichts sonst enthebt sie dem Verdacht der Apologetik. Philosophie selbst, die dem genügt, was sie sein will, und nicht kindlich hinter ihrer Geschichte und der realen hertrottet, hat ihren Lebensnerv am Widerstand gegen die heute gängige Übung und das, dem sie dient, gegen die Rechtfertigung dessen, was nun einmal ist.

Auch die höchste Erhebung philosophischer Spekulation bis heute, die Hegelsche, ist nicht mehr verpflichtend. Gerade wer, nach den Klassifikationen der öffentlichen Meinung, denen keiner entgeht, der öffentlich etwas tut, unter die Dialektiker eingereiht wird, muß die Differenz von Hegel aussprechen. Es ist keine der individuellen Überzeugung. Sondern sie wird gefordert von der Bewegung der Sache selbst, der rein sich zu überlassen kein anderer als Hegel vom Gedanken verlangt. Der Totalitätsanspruch der traditionellen Philosophie, kulminierend in der These von der Vernünftigkeit des Wirklichen, ist nicht zu trennen von Apologetik. Die aber ist absurd geworden. Philosophie, die sich noch als total, als System aufwürfe, würde zum Wahnsystem. Gibt sie jedoch den Anspruch der Totalität auf; beansprucht sie nicht länger mehr, aus sich heraus das Ganze zu entfalten, das die Wahrheit sein soll, so gerät sie in Konflikt mit ihrer gesamten Überlieferung. Das ist der Preis, den sie dafür zu zahlen hat, daß sie, Wahnsystem nicht länger, das der Realität nennt. Nicht länger ist sie dann ein sich selbst genügender, stringenter Begründungszusammenhang. Ihrem Zustand in der Gesellschaft, den sie selber noch durchdringen sollte und nicht verleugnen, entspricht ihr eigener verzweifelter: die Notwendigkeit, das Absurde zu formulieren. Philosophie, wie sie angesichts des Unsäglichen, was geschah und weiter geschehen kann, allein zu verantworten wäre, dürfte nicht länger des Absoluten sich mächtig dünken, ja müßte den Gedanken daran sich verbieten, um ihn nicht zu verraten, und doch vom emphatischen Begriff der Wahrheit nichts sich abmarkten lassen. Dieser Widerspruch ist ihr Element. Es bestimmt sie als negative. Kants berühmtes Diktum, der kritische Weg sei allein noch offen, gehört zu jenen Sätzen, an denen die Philosophie, aus der sie stammen, sich bewährt, indem sie, als Bruchstücke, das System überdauern. Freilich rechnet die Idee der Kritik selbst zu der heute zerrütteten Tradition von Philosophie. Während mittlerweile der Schauplatz jeder Erkenntnis so sehr von den Spezialwissenschaften beschlagnahmt ist, daß der philosophische Gedanke sich terrorisiert fühlt und fürchtet, als dilettantisch sich widerlegen lassen zu müssen, wo immer er inhaltlich wird, ist reaktiv der Begriff der Ursprünglichkeit zu unverdienten Ehren gelangt. Je verdinglichter die Welt; je dichter das Netz, das der Natur übergeworfen wurde, desto mehr beansprucht ideologisch das Denken, das jenes Netz spinnt, seinerseits Natur, Urerfahrung zu sein. Die überlieferten Philosophen dagegen waren, seit den gepriesenen Vorsokratikern, Kritiker. Xenophanes, auf dessen Schule der heute gegen den Begriff gewendete Begriff des Seins zurückdatiert, wollte die mythologische Hypostasis von Naturkräften entzaubern. Die Platonische Hypostasis des Begriffs zur Idee wiederum wurde von Aristoteles durchschaut. In der Moderne hat Descartes die Scholastik der Dogmatisierung bloßen Meinens überführt. Leibniz war der Kritiker des Empirismus; Kant der Leibnizens und Humes in eins; Hegel der Kants, Marx der Hegels. Bei ihnen allen war Kritik nicht die bloße Zutat zu dem, was man im Jargon der Ontologie vor dreißig Jahren ihren Entwurf genannt hätte. Sie dokumentierte keinen nach Geschmack einzunehmenden Standpunkt. Sondern sie lebte im triftigen Argument. Jene Denker hatten in Kritik die eigene Wahrheit. Sie allein, als Einheit des Problems und der Argumente, nicht die Übernahme von Thesen, hat gestiftet, was als produktive Einheit der Geschichte der Philosophie gelten mag. Im Fortgang solcher Kritik haben auch diejenigen Philosophien ihren Zeitkern, ihren geschichtlichen Stellenwert gewonnen, deren Lehrgehalt auf dem Ewigen und Zeitlosen beharrte.

Philosophische Kritik heute nun ist mit zwei Schulen konfrontiert, die als Geist der Zeit, gewollt oder ungewollt, übers akademische Gehege hinaus wirken. Sie divergieren und sind gleichwohl komplementär. Zumal in den angelsächsischen Ländern hat der ursprünglich von dem Wiener Kreis inaugurierte logische Positivismus außerordentlich an Boden gewonnen. Vielen dünkt er als modern im Sinn konsequentester Aufklärung, als dem, wie man so sagt, technisch-wissenschaftlichen Zeitalter adäquat. Was ihm nicht sich einfügt, sei hinterwäldlerische Metaphysik, ihrer selbst unbewußte Mythologie, oder nach der Sprache der Kunstfremden, Kunst. Dagegen stehen, vorab im deutschen Sprachbereich, die ontologischen Richtungen. Unter ihnen treibt die Heideggersche, übrigens in den Veröffentlichungen seit der sogenannten Kehre dem Wort Ontologie eher abhold, Archaik am weitesten, während ihre französische Spielart, der Existentialismus, den ontologischen Ansatz aufklärerisch und mit politischem Engagement umbildete. Positivismus und Ontologie sind einander anathema; jener hat durch einen seiner Hauptexponenten, Rudolf Carnap, die Theorie Heideggers, und zwar zu Unrecht, als sinnleer attackiert. Umgekehrt heißt das positivistische Denken den Ontologen Heideggerscher Provenienz seinsvergessen; es profaniere die eigentliche Frage. Man fürchtet mit dem bloß Daseienden, das die Positivisten allein in Händen behalten, die Hände sich zu beschmutzen. Um so schlagender die Koinzidenz der beiden Richtungen in einem Entscheidenden. Sie haben Metaphysik als gemeinsamen Feind erkoren. Daß diese, weil sie wesentlich hinausgeht über das, was der Fall ist, vom Positivismus nicht geduldet wird, dessen eigener Name ja besagt, daß er sich ans Positive, Daseiende, Gegebene halten wolle, bedarf keiner Erläuterung. Aber auch Heidegger, geschult in der metaphysischen Tradition, hat von ihr nachdrücklich sich abzugrenzen gesucht. Metaphysik tauft er das Denken zumindest seit Aristoteles, wenn nicht schon das Platonische, insofern es Sein und Seiendes, Begriff und Begriffenes – man könnte, in einer freilich von Heidegger mißbilligten Sprache, auch sagen: Subjekt und Objekt trennt. Das scheidende, zerteilende Denken, das durch Reflexion zerstöre, was die Worte selber sagen, also all das, was Hegel die Arbeit und Anstrengung des Begriffs nannte und der Philosophie gleichsetzte, sei bereits Abfall von dieser und nicht einmal reparabel, sondern im Sein selbst, »seinsgeschichtlich«, vorgezeichnet. Beide Male, bei den Positivisten und bei Heidegger, zumindest in dessen späterer Phase, geht es gegen Spekulation. Dort wird der Gedanke, der selbständig, deutend über die Fakten sich erhebt und von diesen nicht ohne Rest eingeholt werden kann, als leere und eitle Begriffsspinnerei verfemt; Heidegger zufolge aber verfehlt eigentlich das Denken in dem von der abendländischen Geschichte geprägten Sinn die Wahrheit. Diese sei ein an sich Erscheinendes, sich Entbergendes; legitimes Denken nichts als die Fähigkeit, es zu vernehmen. Hintersinnig wird Philologie zur philosophischen Instanz. Unter dem Aspekt dieser gemeinsamen Aversion gegen Metaphysik ist es weniger paradox als auf den ersten Blick, wenn jüngst ein Schüler Heideggers, der in Kiel wirkende Walter Bröcker, Positivismus und Seinsphilosophie kombinieren wollte, indem er dem Positivismus den gesamten Bereich des Daseienden einräumte und wie eine höhere Schicht die Seinslehre, ausdrücklich als Mythologie, darüber legte. Das Sein, in dessen Namen Heideggers Lehre mehr und mehr sich zusammenzieht, ist ihm als ein dem passiven Bewußtsein rein sich Darstellendes ähnlich unmittelbar, von den Vermittlungen des Subjekts unabhängig wie den Positivisten die Gegebenheiten, die sinnlichen Daten. Denken wird beiden Richtungen zum notwendigen Übel, tendenziell diskreditiert. Es verliert das Moment von Selbständigkeit. Die Autonomie der Vernunft entschwindet; das an ihr, was sich nicht erschöpft im Nachdenken eines Vorgegebenen, dem sie sich anmißt. Damit aber auch die Konzeption der Freiheit und virtuell die der Selbstbestimmung der menschlichen Gesellschaft. Verböte nicht den meisten Positivisten ihre humane Gesinnung, so weit zu gehen, so müßten sie auch für die Praxis die Anpassung an die Tatsachen fordern, denen gegenüber Denken ohnmächtig sei, bloße Antizipation oder Klassifikation, hinfällig gegenüber dem einzigen, was zählt, dem, was nun einmal ist. – Bei Heidegger jedoch wäre Denken, als ehrfürchtig begriffsloses, passives Lauschen auf ein Sein, das immer nur Sein sagt, ohne kritisches Recht und genötigt, unterschiedslos vor allem zu kapitulieren, was auf die schillernde Seinsmächtigkeit sich berufen kann. Heideggers Einordnung in den Führerstaat war kein Akt des Opportunismus, sondern folgte aus einer Philosophie, die Sein und Führer identifizierte.

Ist Philosophie noch nötig, dann wie von je als Kritik, als Widerstand gegen die sich ausbreitende Heteronomie, als sei's auch machtloser Versuch des Gedankens, seiner selbst mächtig zu bleiben und angedrehte Mythologie wie blinzelnd resignierte Anpassung nach ihrem eigenen Maß des Unwahren zu überführen. An ihr wäre es, solange man sie nicht wie im christianisierten Athen der Spätantike verbietet, der Freiheit Zuflucht zu verschaffen. Nicht daß sich hoffen ließe, sie könne die politischen Tendenzen brechen, die in der gesamten Welt von innen und außen Freiheit abdrosseln, und deren Gewalt sich fortsetzt bis tief in die philosophischen Argumentationszusammenhänge hinein. Was im Innern des Begriffs sich vollzieht, darin erscheint stets auch etwas von der realen Bewegung. Sind aber die beiden Heteronomien die Unwahrheit und läßt diese zwingend sich demonstrieren, dann fügt das nicht nur der trostlosen Kette der Philosophien eine neue hinzu, sondern meldet auch eine Spur von Hoffnung an, Unfreiheit und Unterdrückung, das Übel, das so wenig eines philosophischen Beweises bedarf, daß es das Übel sei, wie daß es existiert, möchte doch nicht das letzte Wort behalten. Solche Kritik hätte die beiden vorherrschenden Richtungen als abgespaltene Momente einer Wahrheit zu bestimmen, die geschichtlich zwangshaft sich entzweite. So wenig sie zu einer sogenannten Synthese zusammenzuleimen sind, wären sie doch in sich selbst zu reflektieren. Falsch am Positivismus ist, daß er die nun einmal gegebene Arbeitsteilung, die der Wissenschaften von der gesellschaftlichen Praxis und die innerhalb der Wissenschaft, als Maß des Wahren supponiert und keine Theorie erlaubt, welche die Arbeitsteilung selbst als abgeleitet, vermittelt durchsichtig machen, ihrer falschen Autorität entkleiden könnte. Wollte Philosophie im Zeitalter der Emanzipation Wissenschaft begründen und hat sie sich in Fichte und Hegel als die alleinige Wissenschaft interpretiert, so wird dem Positivismus das von den Wissenschaften abgezogene allgemeinste Gefüge, ihre schon eingeschliffene und gesellschaftlich verhärtete Verfahrungsweise, zur Philosophie, der Betrieb zur Rechtfertigung seiner selbst, ein Zirkel, an dem die Fanatiker logischer Sauberkeit erstaunlich wenig sich stören. Philosophie demissioniert, indem sie dem sich gleichsetzt, was von ihr erst sein Licht empfangen sollte. Die Existenz der Wissenschaft telle quelle, wie sie im gesellschaftlichen Geflecht und mit all seinen Unzulänglichkeiten und Irrationalitäten vorkommt, wird zum Kriterium ihrer eigenen Wahrheit. In solchem Respekt vorm Verdinglichten ist der Positivismus verdinglichtes Bewußtsein. Bei aller Feindschaft gegen die Mythologie verrät er den antimythologischen Impuls der Philosophie, das bloß von Menschen Gemachte zu durchschlagen und auf sein menschliches Maß zurückzuführen.

Die Fundamentalontologie jedoch verblendet sich gegen die Vermittlung nicht des Tatsächlichen sondern des Begriffs. Sie unterdrückt die Erkenntnis, daß jene Wesenheiten oder wie immer sie es bei fortschreitender Sublimierung nennen mag, die sie gegen die Tatsachen des Positivismus ausspielt, immer auch Denken, Subjekt, Geist sind. Gerade das Subjekt- und Bedingtsein weist zurück auf ein nicht aus dem Sein bruchlos entspringendes Seiendes: auf die vergesellschafteten Menschen. Weil in der Seinsmythologie das Seiende und der Begriff kunstvoll ungeschieden verbleiben, stellt sie das Sein vor, als wäre es über dem Seienden wie über dem Begriff und erschleicht, mit Kant zu reden, seine Absolutheit. Verdinglichtes Bewußtsein ist auch sie, indem sie den menschlichen Anteil an den obersten Begriffen unterschlägt und sie vergötzt. Nichts anderes aber heißt Dialektik, als auf der Vermittlung des scheinbar Unmittelbaren und der auf allen Stufen sich entfaltenden Wechselseitigkeit von Unmittelbarkeit und Vermittlung zu insistieren. Dialektik ist kein dritter Standpunkt sondern der Versuch, durch immanente Kritik philosophische Standpunkte über sich und über die Willkür des Standpunktdenkens hinauszubringen. Gegenüber der Naivetät des willkürlichen Bewußtseins, das sein Beschränktes, ihm Gegebenes für unbeschränkt hält, wäre Philosophie die bindende Verpflichtung zur Unnaivetät. In einer Welt, die, als durch und durch vergesellschaftete, so übermächtig gegenüber allen Einzelnen ist, daß ihnen kaum etwas anderes übrigbleibt, als sie hinzunehmen, wie sie sich gibt, reproduziert solche Naivetät sich unablässig und verhängnisvoll. Was eine unmäßige Maschinerie ihnen aufdrängt, die sie selber bilden und in die sie eingespannt sind, und was naturhafte Momente virtuell eliminiert, wird ihnen zur Natur. Verdinglichtes Bewußtsein ist vollkommen naiv, und, als Verdinglichung, auch vollkommen unnaiv. Philosophie hätte den Schein des Selbstverständlichen wie den des Unverständlichen aufzulösen.

Die Integration von Philosophie und Wissenschaft, die virtuell schon in den frühesten Dokumenten der abendländischen Metaphysik sich abzeichnet, wollte einmal den Gedanken schützen vor der dogmatischen Bevormundung, zu der er Affinität hat durch Willkür, den Bodensatz aller Freiheit. Auf diese aber zielte das Postulat des unmittelbaren »Dabeiseins« des lebendig vollziehenden Geistes bei aller Erkenntnis, das seit Spinoza unverlierbare der Evidenz. Sie ist, in bloßer Logik, das antizipierende Bild eines realen Zustandes, in dem die Menschen ihrer mächtig wären, ledig jeglicher blinden Autorität. Das hat sich umgedreht. Die Berufung auf Wissenschaft, auf ihre Spielregeln, auf die Alleingültigkeit der Methoden, zu denen sie sich entwickelte, ist zur Kontrollinstanz geworden, die den freien, ungegängelten, nicht schon zugerichteten Gedanken ahndet und vom Geist nichts duldet als das methodologisch Approbierte. Wissenschaft, das Medium von Autonomie, ist zu einem Apparat der Heteronomie geworden. Studenten spüren es am eigenen Leib, die zur Universität kommen, unbewußt hoffend, daß ihnen die Augen geöffnet würden, und statt dessen mit Verfahrensweisen abgespeist werden, die das, worum es ihnen ging, abschneiden, es der Zufälligkeit des geschmähten Aperçus überantworten und als Isoliertes tatsächlich zum Weltanschauungsgeschwätz herabwürdigen. Die philosophische Kritik des Szientivismus, die jenes Denksystem bündig widerlegt, ist darum nicht, was ihre wohlgesinnten Gegner ihr vorwerfen, sondern eher die Destruktion der Destruktion. Kritik der bestehenden Philosophien plädiert nicht für das Verschwinden von Philosophie oder gar ihren Ersatz durch Einzeldisziplinen wie die Sozialwissenschaft. Sie möchte formal und material eben jener Gestalt geistiger Freiheit helfen, die in den herrschenden philosophischen Richtungen keine Stelle hat. Denken, das offen, konsequent und auf dem Stand vorwärtsgetriebener Erkenntnis den Objekten sich zuwendet, ist diesen gegenüber frei auch derart, daß es sich nicht vom organisierten Wissen Regeln vorschreiben läßt. Es kehrt den Inbegriff der in ihm akkumulierten Erfahrung den Gegenständen zu, zerreißt das gesellschaftliche Gespinst, das sie verbirgt, und gewahrt sie neu. Philosophie, die der Angst sich entschlüge, die der Terrorismus der herrschenden Richtungen verbreitet – der ontologischen, nichts zu denken, was nicht rein; der szientifischen, nichts zu denken, was nicht »verbunden« mit dem Corpus der als gültig anerkannten wissenschaftlichen Befunde sei – vermöchte dessen innezuwerden, was jene Angst ihr verbot, das, worauf unverschandeltes Bewußtsein eigentlich es abgesehen hätte. Wovon die philosophische Phänomenologie träumte, wie einer, der zu erwachen träumt, das »Zu den Sachen«, könnte einer Philosophie zufallen, die jene Sachen nicht mit dem Zauberschlag der Wesensschau zu gewinnen hofft, sondern die subjektiven und objektiven Vermittlungen mitdenkt, dafür aber nicht nach dem latenten Primat der veranstalteten Methode sich richtet, welche den phänomenologischen Richtungen, anstelle der ersehnten Sachen, immer wieder bloß Fetische präsentiert, selbstgemachte Begriffe. Wären nicht alle positiven Redeweisen tief verdächtig geworden, so könnte man sich ausmalen, daß erst in einem solchen zugleich freien und in sich reflektierten Bewußtsein das sich entfaltete, was die traditionelle Philosophie sich verbaute, indem sie sich selbst mit dem verwechselte, was sie deuten will. Die Müdigkeit der traditionellen Philosophie am Wechsel ihrer Spielarten hat das Potential einer Philosophie in sich, die dem Bann entronnen wäre.

Ungewiß gleichwohl, ob Philosophie, als Tätigkeit des begreifenden Geistes, überhaupt noch an der Zeit sei; ob sie nicht zurückbleibe hinter dem, was sie zu begreifen hätte, dem auf die Katastrophe zutreibenden Zustand der Welt. Für Kontemplation scheint es zu spät. Was in seiner Absurdität zutage liegt, sträubt sich gegens Begreifen. Die Marxische These gegen Feuerbach, die Philosophen hätten die Welt nur verschieden interpretiert, es käme aber darauf an, sie zu verändern, visierte bereits die Abschaffung der Philosophie. Daß im Osten als Diamat marxistische Philosophie verkündet wird, wie wenn das mit der Marxischen Theorie ohne weiteres vereinbar wäre, bezeugt die Verkehrung des Marxismus in ein gegen den eigenen Gehalt abgestumpftes, statisches Dogma oder, wie sie selber es nennen, in eine Ideologie. Wer noch philosophiert, kann es, nach der schneidenden Kritik, die Marx an der Philosophie par excellence, der Hegelschen, übte, nur, wenn er jene Marxische These verneint. Sie dachte die Möglichkeit der Veränderung der Welt von Grund auf als jetzt und hier gegenwärtig. Nur Sturheit aber könnte diese Möglichkeit hundert Jahre später noch so unterstellen wie Marx. Das Proletariat, an das er sich wandte, war noch nicht integriert: es verelendete zusehends, während andererseits die gesellschaftliche Macht noch nicht über die Mittel verfügte, im kritischen Augenblick mit überwältigender Chance sich zu behaupten. Philosophie, als der zugleich konsequente und freie Gedanke, findet sich in einer gänzlich anderen Situation. Marx wäre der letzte gewesen, den Gedanken vom realen Gang der Geschichte loszureißen. Hegel, der der Vergänglichkeit von Kunst inneward und ihr Ende prophezeite, hat ihren Fortbestand abhängig gemacht von dem »Bewußtsein von Nöten«. Was aber der Kunst recht ist, ist der Philosophie billig, deren Wahrheitsgehalt mit dem der Kunst konvergiert. Die ungeminderte Dauer von Leiden, Angst und Drohung nötigt den Gedanken, der sich nicht verwirklichen durfte, dazu, nicht sich wegzuwerfen. Nach dem versäumten Augenblick hätte er ohne Beschwichtigung zu erkennen, warum die Welt, die jetzt, hier das Paradies sein könnte, morgen zur Hölle werden kann. Solche Erkenntnis wäre ja wohl Philosophie. Sie abzuschaffen um einer Praxis willen, die zu dieser historischen Stunde unweigerlich eben den Zustand verewigte, dessen Kritik Sache der Philosophie ist, wäre anachronistisch. Praxis, welche die Herstellung einer vernünftigen und mündigen Menschheit bezweckt, verharrt im Bann des Unheils ohne eine das Ganze in seiner Unwahrheit denkende Theorie. Daß diese nicht den Idealismus aufwärmen darf, sondern die gesellschaftliche und politische Realität und ihre Dynamik in sich hineinnehmen muß, bedarf keines Wortes.

Während der letzten vierzig oder fünfzig Jahre behauptete Philosophie, meist fälschlich, dem Idealismus zu opponieren. Genuin daran war die Opposition gegen die dekorative Phrase; gegen die Hybris des Geistes, der sich zum Absoluten erhöht; gegen die Verklärung der Welt, als wäre sie schon die Freiheit. Der Anthropozentrismus, der allen idealistischen Konzeptionen innewohnt, ist nicht zu retten; man braucht sich nur im gröbsten Umriß an die Veränderungen der Kosmologie seit hundertfünfzig Jahren zu erinnern. Unter den fälligen Aufgaben der Philosophie ist sicherlich nicht die letzte, ohne amateurhafte Analogien und Synthesen dem Geist die naturwissenschaftlichen Erfahrungen zuzueignen. Sie und der sogenannte geistige Bereich klaffen unfruchtbar auseinander; so sehr, daß zuweilen die Beschäftigung des Geistes mit sich selbst und der gesellschaftlichen Welt wie eitles Spiel erscheint. Hätte die Philosophie nichts anderes zu tun, als das Bewußtsein der Menschen von sich selbst auf den Stand dessen zu bringen, was sie von der Natur wissen, anstatt daß sie wie Höhlenbewohner hinter der eigenen Erkenntnis des Kosmos herleben, in dem die wenig weise Gattung homo ihr hilfloses Wesen treibt, so wäre das schon einiges. Im Angesicht dieser Aufgabe und der ungeschmälerten Einsicht in die Bewegungsgesetze der Gesellschaft maßte sie schwerlich affirmativ sich an, aus sich heraus etwas wie positiven Sinn zu setzen. Soweit ist sie einig mit dem Positivismus, mehr noch mit der modernen Kunst, in deren Angesicht das meiste, was heute philosophisch gedacht wird, beziehungslos versagt. Aber die bis zum Überdruß verkündete Wendung der Philosophie gegen den Idealismus wollte nicht militante Aufklärung sondern Resignation. Der eingeschüchterte Gedanke getraut sich nicht länger, sich zu erheben, auch nicht in der ergeben seinshörigen Fundamentalontologie. Gegen solche Resignation tritt ein Wahrheitsmoment am Idealismus hervor. Der verwirklichte Materialismus wäre heute das Ende des Materialismus, der blinden und menschenunwürdigen Abhängigkeit der Menschen von den materiellen Verhältnissen. So wenig der Geist das Absolute ist, so wenig geht er auf in Seiendem. Nur dann wird er erkennen was ist, wenn er nicht sich durchstreicht. Die Kraft solchen Widerstandes ist das einzige Maß von Philosophie heute. So unversöhnlich ist sie mit dem verdinglichten Bewußtsein wie einst der Platonische Enthusiasmus; sein Überschuß allein erlaubt, das universal Bedingte beim eigenen Namen zu nennen. Sie wünscht den Frieden mit jenem Anderen, Seienden, das die affirmativen Philosophien erniedrigen, indem sie es preisen und ihm sich anpassen. Ihnen wird alles funktional; noch die Anpassung ans Seiende ist ihnen Vorwand, es im Geist sich zu unterwerfen. Was aber da ist, möchte um seiner selbst willen da sein. Was eine Funktion hat, ist in der funktionellen Welt verhext. Nur Denken, das ohne Mentalreservat, ohne Illusion des inneren Königtums seine Funktionslosigkeit und Ohnmacht sich eingesteht, erhascht vielleicht einen Blick in jene Ordnung des Möglichen, Nichtseienden, wo die Menschen und Dinge an ihrem rechten Ort wären. Weil Philosophie zu nichts gut ist, ist sie noch nicht verjährt; und selbst darauf dürfte sie nicht sich berufen.

Nr. 177, November 1962

HANNAH ARENDT

Adolf Eichmann

Von der Banalität des Bösen

Ein Prozeß erinnert an ein Schauspiel: Beide beginnen und enden mit dem Täter, nicht mit dem Opfer. Noch notwendiger als für einen gewöhnlichen Prozeß ist es für einen Schauprozeß, präzise zu umreißen, was getan wurde und wie es getan wurde. Im Mittelpunkt eines Prozesses kann immer nur der stehen, der gehandelt hat – in dieser Hinsicht gleicht er dem Helden eines Dramas; und wenn er leidet, dann muß er für das leiden, was er getan hat, nicht um dessentwillen, was andere wegen seiner Tat gelitten haben.

I

In 15 Punkten erhob der Staatsanwalt Anklage gegen Otto Adolf Eichmann, »zusammen mit anderen« während des Naziregimes, besonders aber während des Zweiten Weltkriegs Verbrechen gegen das jüdische Volk, Verbrechen gegen die Menschheit und Kriegsverbrechen begangen zu haben. Auf jeden Punkt der Anklage antwortete Eichmann: »nicht schuldig im Sinne der Anklage«.

In welchem Sinne meinte er denn, schuldig zu sein? In dem langen Kreuzverhör des Angeklagten – er nannte es »das längste Kreuzverhör, das überhaupt bekannt ist« – kam es weder dem Verteidiger noch dem Ankläger, noch schließlich einem der drei Richter in den Sinn, ihn danach zu fragen. Die stereotype Antwort auf diese Frage gab außerhalb des Gerichtssaals Robert Servatius aus Köln, den Eichmann mit seiner Verteidigung betraut hatte, in einem Presseinterview: »Eichmann fühlt sich schuldig vor Gott, nicht vor dem Gesetz«; aber der Angeklagte selbst bestätigte diese Antwort nicht. Eichmanns eigene Haltung war anders. Vor allem sei die Anklage wegen Mordes falsch: »Ich habe mit der Tötung der Juden nichts zu tun. Ich habe nie einen Juden getötet, aber ich habe auch keinen Nichtjuden getötet – ich habe überhaupt keinen Menschen getötet. Ich habe auch nie einen Befehl zum Töten eines Juden gegeben, auch keinen Befehl zum Töten eines Nichtjuden … habe ich nicht getan.«

Später verbesserte er diese Aussage: Es habe sich so ergeben, daß er es niemals tun mußte – denn er ließ keinen Zweifel daran aufkommen, daß er seinen eigenen Vater getötet hätte, wenn er den Befehl dazu erhalten hätte. Darum wiederholte er immer und immer wieder (was er bereits in dem sogenannten Sassen-Dokument erklärt hatte, einem Interview, das er 1955 in Argentinien dem holländischen Journalisten und ehemaligen SS-Mann Sassen gegeben hatte, der ebenfalls auf der Flucht vor der Justiz war), man könne ihn nur anklagen wegen »Beihilfe« zur Vernichtung der Juden, die er in Jerusalem »eines der kapitalsten Verbrechen innerhalb der Menschheitsgeschichte« nannte.

Ob er sich schuldig bekannt hätte, wenn er der Beihilfe zum Mord angeklagt worden wäre? Vielleicht, doch hätte er wesentliche Einschränkungen gemacht. Was er getan hatte, war nur im nachhinein ein Verbrechen; er war immer ein gesetzestreuer Bürger gewesen. Hitlers Befehle, die er nach bestem Vermögen befolgt hatte, besaßen im Dritten Reich »Gesetzeskraft«. Dies wüßten die Leute, die jetzt von ihm, Eichmann, verlangten, er hätte damals anders handeln sollen, einfach nicht, oder sie hätten vergessen, wie die Dinge zu Hitlers Zeiten ausgesehen haben. Er jedenfalls wolle nicht zu denen gehören, die nachträglich versichern, »daß sie immer schon dagegen gewesen wären«, wenn sie in Wirklichkeit eifrig getan hatten, was man ihnen zu tun befahl. Was er getan habe, habe er getan, er wolle nichts abstreiten, vielmehr wäre er bereit, »als abschreckendes Beispiel für alle Antisemiten der Länder dieser Erde sich selbst öffentlich zu erhängen«. Dies aber hieße nicht, daß er etwas bereue: »Reue ist etwas für kleine Kinder.«

Selbst unter erheblichem Druck seines Anwalts änderte er diese Haltung nicht. In einer Diskussion über Himmlers Angebot von 1944, eine Million Juden gegen 10000 Lastwagen zu tauschen, wurde Eichmann von der Verteidigung über seine eigene Rolle in diesem Unternehmen gefragt: »Herr Zeuge, haben Sie bei den Verhandlungen mit Ihren Vorgesetzten auch darauf hingewiesen, daß Sie Mitleid mit den Juden hätten und daß man doch helfen müsse?« Eichmann antwortete: »Ich stehe unter Eid und habe wahrheitsgemäß auszusagen. Ich habe nicht diese Sache aus Mitleid gemacht ...« – was der Wahrheit entsprochen hätte, wenn Eichmann überhaupt etwas »gemacht« hätte. Himmler hatte einen seiner eigenen Leute nach Budapest geschickt, um Fragen der jüdischen Auswanderung zu klären. Eichmann ärgerte sich, daß hier Emigrationsangelegenheiten von einer »polizeifernen Person« behandelt wurden, während er, der dies als »seine Domäne« betrachtet hatte, die »elende Arbeit« der Deportationen durchführen mußte. Da habe er zu »brüten« begonnen und zu überlegen, wie er wieder »die Auswanderungsangelegenheit an sich reißen« könne.

Den ganzen Prozeß hindurch suchte Eichmann – meist ohne Erfolg – seine Behauptung zu erklären, daß er »nicht schuldig im Sinne der Anklage« sei (sie unterstellte nicht nur, daß er mit Absicht, sondern auch, daß er aus niedrigen Motiven gehandelt habe). So war er sich ganz sicher, daß er, was die niedrigen Motive betraf, nicht seinem »inneren Schweinehund« gefolgt war; und er besann sich ganz genau darauf, daß ihm nur eins ein schlechtes Gewissen bereitet hätte: wenn er nicht getan hätte, was ihm befohlen wurde – Millionen von Männern, Frauen und Kindern mit unermüdlichem Eifer und peinlicher Sorgfalt in den Tod zu transportieren. Mit solchen und ähnlichen Versicherungen Eichmanns sich abzufinden, war nicht ganz einfach. Immerhin war ein halbes Dutzend Psychiater zu dem Ergebnis gekommen, er sei »normal« – »normaler jedenfalls, als ich es bin, nachdem ich ihn untersucht habe«, soll einer von ihnen gesagt haben; ein anderer fand, daß Eichmanns ganzer psychologischer Habitus, seine Einstellung zu Frau und Kindern, Mutter und Vater, zu Brüdern, Schwestern und Freunden »nicht nur normal, sondern höchst vorbildlich« sei; der Pfarrer schließlich, der Eichmann regelmäßig im Gefängnis besuchte, nachdem sein Revisionsgesuch vor dem Obersten Gericht verhandelt, aber das Urteil in zweiter Instanz noch nicht ergangen war, versicherte, Eichmann sei »ein Mann mit sehr positiven Ideen«, was denn wohl auch alle Welt beruhigen dürfte. Die Komödie der Seelenexperten konnte sich leider auf die traurige Tatsache berufen, daß dies tatsächlich kein Fall von moralischer, geschweige denn von gesetzlicher Unzurechnungsfähigkeit war. Ja schlimmer noch: dies war ebensowenig ein Fall von fanatischem Antisemitismus oder von besonderer ideologischer Verhetzung. »Persönlich« hatte er nie das geringste gegen die Juden gehabt; im Gegenteil, er besaß gute »private Gründe«, kein Judenhasser zu sein. Doch niemand glaubte ihm. Der Ankläger glaubte ihm nicht, denn das war nicht seines Amtes. Der Verteidiger achtete gar nicht darauf, weil er – im Gegensatz zu Eichmann – an Gewissensfragen nicht interessiert war. Und die Richter glaubten ihm nicht, weil sie zu »menschlich« dachten, vielleicht auch zu sehr gemäß dem Ethos ihres Berufes, um die Möglichkeit zuzugeben, daß ein durchschnittlicher »normaler« Mensch, der weder schwachsinnig noch eigentlich verhetzt, noch zynisch ist, ganz außerstande sein könnte, Recht von Unrecht zu scheiden. Lieber schlossen sie aus gelegentlichen Lügen Eichmanns, daß er ein Lügner sei – und so entging ihnen die größte und schwerste moralische, aber auch rechtliche Herausforderung der Angelegenheit, die sie verhandelten.

II

Er wurde am 19. März 1906 in Solingen geboren. Als ihm 54 Jahre später das Memoirenschreiben zur Lieblingsbeschäftigung geworden war, widmete er diesem erinnerungsschweren Augenblick folgende Worte: »Heute, 15 Jahre und einen Tag nach dem 8. Mai 1945, beginne ich meine Gedanken zurückzuführen bis zu jenem 19. März des Jahres 1906, als ich um 5 Uhr morgens in das irdische Leben als Erscheinungsform Mensch eintrat.« Es entsprach seinen Vorstellungen vom Jenseits, die er seit der Nazizeit nicht geändert hatte – in Jerusalem erklärte er sich als »Gottgläubiger« in dem Sinn, in dem die Nazis das Wort gebraucht hatten, und weigerte sich, auf die Bibel zu schwören –, daß er dieses Ereignis »einem höheren Sinnesträger« zuschrieb, einer irgendwie mit der »kosmischen Bewegung« identischen Wesenheit, der alles menschliche Leben, selbst »höheren Sinnes« bar, unterworfen ist. Diese Terminologie ist recht aufschlußreich: Gott als »höheren Sinnesträger« zu bezeichnen, hieß ihm einen Platz in der militärischeh Hierarchie zuteilen, denn aus den »Befehls*empfängern*« hatten die Nazis »Befehls*träger*« gemacht, um – in Anlehnung an die alten »Träger böser Kunde« – auszudrücken, welche Last der Verantwortung diejenigen zu tragen hatten, die Befehle ausführten. (Obendrein war Eichmann – wie alle, die mit der Endlösung zu tun hatten – auch offizieller »Geheimnisträger«, was sein Bewußtsein eigener Wichtigkeit gewiß nicht schmälerte.) In seinen Erinnerungen schwieg sich Eichmann, der zu metaphysischen Spekulationen nicht neigte, allerdings darüber aus, ob zwischen dem »Höheren Sinnesträger« und dem späteren »Befehlsträger« besonders innige Beziehungen existierten. Statt dessen beschäftigte er sich mit der anderen auf der Hand liegenden Ursache seiner Existenz – mit seinen Eltern: »Schwerlich hätten (sie) sich so über alle Maßen über dieses Ereignis gefreut, wie das üblicherweise bei der Ankunft des Erstgeborenen der Fall zu sein pflegt, hätten sie damals in meiner Geburtsstunde Kummer- und Leidfäden jener Unglücksnorne sehen können, die sie der Glücksnorne wohl zum Trotz in mein Leben wob. Aber ein gütiger undurchsichtbarer Schleier des Schicksals verwehrte meinen Eltern den Blick in die Zukunft.«

Das Mißgeschick begann früh genug; es begann in der Schule. Eichmanns Vater, zunächst Buchhalter für die Straßenbahn- und Elektrizitätsgesellschaft in Solingen und nach 1931 Direktor der gleichen Gesellschaft im österreichischen Linz, hatte fünf Kinder, vier Söhne und eine Tochter, von denen anscheinend nur Adolf, der Älteste, außerstande war, die Realschule zu beenden – auch an dem Polytechnikum, in das er dann gesteckt wurde, hat er kein Schlußexamen gemacht. Sein Leben lang täuschte Eichmann seine Umwelt über seine frühen »Mißgeschicke«, indem er sich hinter den ehrenhafteren finanziellen Mißgeschicken seines Vaters versteckte. Da er »nicht gerade der fleißigste Schüler gewesen war« – noch, wie man annehmen darf, der begabteste –, nahm ihn sein Vater zuerst von der Realschule und dann auch, lange vor dem Abschluß, vom Polytechnikum. (Die Berufsangabe, die auf seinen sämtlichen offiziellen Dokumenten erscheint – Maschinenbauingenieur –, hatte ungefähr ebensoviel mit der Wirklichkeit zu tun wie die Behauptung, daß er in Palästina geboren sei und fließend hebräisch und jiddisch spräche – blanke Lügen, die Eichmann seinen SS-Kameraden, aber auch seinen jüdischen Opfern zu erzählen liebte.) Der Vater kaufte ein kleines Bergwerksunternehmen und brachte dort seinen nicht gerade vielversprechenden Sprößling als einfachen Arbeiter unter, bis er ihm schließlich eine Stelle in der Verkaufsabteilung der Oberösterreichischen Elektrobau A.G. fand, in der Eichmann über zwei Jahre lang blieb. Er war jetzt etwa 22 Jahre alt und besaß keine Aussicht auf eine Karriere; das einzige, was er vielleicht gelernt hatte, war, zu verkaufen. Plötzlich hatte er zum ersten Mal Glück. In einem handgeschriebenen Lebenslauf, den er 1939 für seine Beförderung in der SS einreichte, beschrieb er es folgendermaßen: »In den Jahren von 1925 bis 1927 war ich als Verkaufsbeamter der ›Oberösterr. Elektrobau A.G.‹ tätig. Diese Stelle verließ ich auf eigenen Wunsch, da mir von der ›Vacuum Oil Company A.G.‹ in Wien die Vertretung für Oberösterreich übertragen wurde.«

Das Stichwort hier ist »übertragen« – denn nach dem, was er dem ihn verhörenden Polizeioffizier Captain Less in Israel erzählte, hat ihm niemand irgend etwas übertragen oder angeboten. Ein Vetter seiner Stiefmutter – zu dem er »Onkel« sagte – war Präsident des Österreichischen Automobilklubs und mit der Tochter eines jüdischen Geschäftsmannes in der Tschechoslowakei verheiratet. Dieser benutzte seine Beziehung zu dem Generaldirektor der österreichischen Vacuum Oil Company, einem jüdischen Herrn Weiss, um für seinen armseligen Verwandten einen Job als Reisevertreter zu beschaffen.

Eichmann war gebührend dankbar; die Juden in seiner Familie erwähnte er als einen seiner »privaten Gründe«, kein Antisemit zu werden. Noch 1943 oder 1944, als die »Endlösung« in vollem Gange war, hatte er jene Hilfe nicht vergessen: »Die Tochter aus dieser Ehe – glaube ich – war nach den Nürnberger Gesetzen Halbjüdin ... Sie kam noch zu mir ... 1943, um mit meiner Genehmigung in die Schweiz ausreisen zu können. Ich habe das natürlich genehmigt, und dieser selbe Onkel kam auch zu mir, um für irgendein Wiener Juden-Ehepaar zu intervenieren. Ich will damit nur sagen, von Haus aus kannte ich keinen Haß gegen Juden, denn die ganze Erziehung durch meine Mutter und meinen Vater war streng christlich, und meine Mutter hatte durch ihre z.T. jüdische Verwandtschaft eben hier andere Vorstellungen, wie sie an sich landläufig in SS-Kreisen üblich gewesen waren.«

Eichmann gab sich die größte Mühe, diesen Punkt zu beweisen: daß er niemals gegen seine Opfer irgendwelche feindseligen Gefühle gehegt, ja, daß er daraus auch nie ein Geheimnis gemacht hätte. »Ich sagte es Dr. Löwenherz (Leiter der Jüdischen Gemeinde Wien) genau wie Dr. Kastner (Vizepräsident der zionistischen Organisation in Budapest), ich sagte es – glaub' ich – jedem, jeder hat's einmal gehört, meine Männer wußten es.«

Wäre Eichmann nicht so zimperlich gewesen oder die Voruntersuchung (die auf Kreuzverhöre verzichtete, wohl um seine weitere Mitarbeit zu sichern) nicht ganz so diskret, hätte sich noch ein anderer Aspekt seiner »Vorurteilslosigkeit« gezeigt. Es sieht nämlich so aus, als hätte er in Wien, wo er so außerordentlich erfolgreich die »forcierte Auswanderung« der Juden organisierte, eine jüdische Geliebte gehabt, eine »alte Flamme« aus Linz.

Ende 1932 wurde er unerwartet von Linz nach Salzburg versetzt – was ihm »sehr gegen den Strich ging«: »Mich freute die Arbeit nicht mehr, und ich hatte keine Lust mehr, zu verkaufen, zu besuchen ...« Solch plötzliche Verluste aller Arbeitsfreude widerfuhren Eichmann immer wieder. Am schlimmsten war das, als er von dem Führerbefehl über die »physische Ausrottung der Juden« und seiner eigenen Rolle dabei unterrichtet wurde. Auch dies kam ganz unerwartet: »An so eine Gewaltlösung hatte ich selbst nie gedacht gehabt.« Und seine Reaktion beschrieb er mit den gleichen Worten: »Damit schwand auch bei mir alles, alle Arbeit, alle Bemühungen, alles Interesse; da war ich gewissermaßen ausgeblasen.« So ein »Ausblasen« muß es auch 1932 in Salzburg gegeben haben – das Jahr war jedenfalls ein Wendepunkt seines Lebens. Er trat in die NSDAP ein und wurde auch gleich Mitglied der SS auf Grund der Aufforderung von Ernst Kaltenbrunner, damals junger Rechtsanwalt in Linz und später Chef des Reichssicherheitshauptamts, in dem Eichmann im Amt IV, einer der sechs Hauptabteilungen, dann schließlich als Leiter der Sektion B-4 unter dem Kommando von Heinrich Müller landete.

Vor Gericht machte Eichmann den Eindruck eines typischen Kleinbürgers, und dieser Eindruck bestätigte sich mit jedem Satz, den er im Gefängnis sprach oder schrieb. Aber der Eindruck täuschte: er war eigentlich der deklassierte Sohn einer soliden Bürgerfamilie, und es war bezeichnend für sein gesellschaftliches Absinken, daß, obgleich sein Vater mit Kaltenbrunner senior gut befreundet war, die Beziehung der beiden Söhne recht kühl blieb. Kaltenbrunner behandelte Eichmann ganz unmißverständlich von oben herab. Schon vor seinem Eintritt in die NSDAP und SS hatte Eichmann mehrfach bewiesen, daß er so etwas wie einen Beitrittsfimmel hatte. Der 8. Mai 1945, das Datum der deutschen Niederlage, bedeutete ihm vor allem deshalb etwas, weil ihm aufging, daß er fürderhin leben müßte, ohne Mitglied von irgend etwas zu sein. »Ich spürte, daß ich nunmehr ein führerloses und schweres Eigenleben zu führen hatte, daß ich mir an keiner Stelle irgendwelche Richtlinien geben lassen konnte, daß von keiner Seite Befehle und Weisungen kamen, keinerlei einschlägige Verordnungen heranzuziehen waren – kurz, ein bisher nicht gekanntes Leben sich auftat.«

Als er ein Kind war, hatten ihn seine ganz unpolitischen Eltern beim Christlichen Verein Junger Männer eingetragen, von wo aus er später in die deutsche Jugendbewegung – den »Wandervogel« – ging. Während seiner vier erfolglosen Jahre auf der Realschule war er in den »Jungfrontkämpferverband« eingetreten, die Jugendgruppe der »Deutsch-Österreichischen Frontkämpfervereinigung«, die, obwohl leidenschaftlich prodeutsch und antirepublikanisch, von der österreichischen Regierung geduldet wurde. Als Kaltenbrunner ihm vorschlug, in die SS einzutreten, wollte er gerade Mitglied eines sehr andersartigen Vereins werden, nämlich der Freimaurerloge Schlaraffia – »eine Vereinigung von Kaufleuten, Ärzten, Schauspielern, Beamten usw., die sich zusammentaten zur Fröhlichkeit, zur Heiterkeit ... Es mußte jeder alle Zeitlang einen Vortrag halten, dessen Tenor Humor, feinen Humor beinhalten mußte ...«

Kaltenbrunner machte Eichmann klar, daß er diese humorvolle Gesellschaft aufgeben müßte, weil er als Nazi nicht Freimaurer sein könnte – damals ein völlig unbekanntes Wort für Eichmann. Die Wahl zwischen der SS und Schlaraffia wäre ihm vielleicht schwergefallen – aber »durch Zufall flog ich ... von selber raus«. Er hatte nämlich eine Sünde begangen, die ihn noch im israelischen Gefängnis erröten ließ, wie seinerzeit, als er »vor Ärger und Scham sicherlich rot über beide Ohren (wurde), denn etwas, was entgegengesetzt meiner Erziehung war, das passierte, nämlich ich versuchte die Tischgesellschaft zu einem Wein einzuladen, das als Jüngster ...«

So blies ihn der Sturm der Zeit aus dem Schlaraffenland – genauer gesagt, aus der Gesellschaft respektabler Spießbürger mit Doktortiteln, gesicherten Karrieren und »feinem Humor« – in die Marschkolonne des Tausendjährigen Reichs. Eins steht fest – er ist nicht aus Überzeugung in die Partei eingetreten, auch ist nie ein überzeugtes Parteimitglied aus ihm geworden; er wurde vielmehr, wie er vor Gericht aussagte, »wider mein Erwarten und auch ohne, daß ich den Vorsatz gefaßt hatte, gewissermaßen in die Partei vereinnahmt, wie ich das geschildert hatte. Das ging so schnell und so plötzlich ...« Er hatte keine Zeit und noch weniger Lust, sich wirklich zu informieren; er kannte nicht einmal das Parteiprogramm, nie hatte er *Mein Kampf* gelesen. Kaltenbrunner hatte ihm geraten: Warum treten Sie nicht der SS bei? Und er hatte erwidert: Warum nicht? So war es passiert, und mehr war nicht daran.

Natürlich war mehr daran. Was Eichmann im Kreuzverhör zu erzählen unterließ, war, daß er ein strebsamer junger Mann gewesen war. Aus einer Allerweltsexistenz hatte ihn der Wind der Zeit ins Zentrum der »Geschichte« geweht, wie er es verstand, nämlich in die »Bewegung«, die niemals stillstand und in der jemand wie er – eine gescheiterte Existenz in den Augen der Gesellschaft, seiner Familie und deshalb auch in seinen eigenen Augen – noch einmal von vorn anfangen und schließlich es doch noch zu etwas bringen konnte. Selbst wenn ihm nicht immer behagte, was er tun mußte (zum Beispiel Menschen waggonweise in den Tod zu schicken, anstatt sie aus dem Land zu jagen); selbst wenn er schon ziemlich früh ahnte, daß die ganze Geschichte ein böses Ende nehmen und Deutschland den Krieg verlieren würde; selbst wenn aus allen seinen Lieblingsplänen nichts wurde (aus der Evakuierung des europäischen Judentums nach Madagaskar, aus der Errichtung eines »jüdischen Heims« in der Gegend von Nisko in Polen, aus seiner selbstverfertigten Berliner Verteidigungsanlage gegen russische Tanks); selbst wenn er zu seinem »größten Kummer« niemals über den Rang eines SS-Obersturmbannführers hinauskam – mit einem Wort, selbst wenn mit Ausnahme des einen Jahres in Wien sein ganzes Leben aus einer Kette von »Fehlschlägen« bestand, so vergaß er doch niemals, was die Alternative gewesen wäre. Nicht nur in Argentinien, wo er eine armselige Flüchtlingsexistenz führte, sondern noch im Jerusalemer Gerichtssaal, als sein Leben so gut wie verwirkt war, hätte er – wenn ihn jemand gefragt hätte – es immer noch vorgezogen, als Obersturmbannführer a.D. gehängt zu werden, anstatt ein friedliches, normales Leben als Reisender der Vacuum Oil Company zu Ende zu leben.

III

Man steckte ihn in die Abteilung »Gegner-Erforschung und -Bekämpfung« des Reichssicherheitshauptamtes, und seine erste Aufgabe bestand darin, alle Auskünfte über die Freimaurerei (die in dem ideologischen Durcheinander der frühen Nazizeit mit Judentum, Katholizismus und Kommunismus in einen Topf geworfen wurde) zu katalogisieren und bei der Errichtung eines Freimaurermuseums zur Hand zu gehen. Jetzt hatte er reichlich Gelegenheit, zu lernen, was Kaltenbrunner mit seiner seltsamen Warnung vor der Schlaraffia gemeint hatte. (Übrigens war die Sucht, an die Existenz ihrer Gegner durch spezielle Museen zu erinnern, sehr typisch für die Nazis. Während des Krieges stritten sich mehrere Dienststellen erbittert um die Ehre, antijüdische Museen und Bibliotheken zu errichten. Dieser eigenartigen Manie verdanken wir die Rettung vieler bedeutender Schätze der jüdischen Kultur in Europa.) Das ärgerliche war, daß alles wieder sehr, sehr langweilig war, und er war höchst erleichtert, als er nach fünf Monaten Freimaurerei in die nagelneue Abteilung gesteckt wurde, die sich ausschließlich mit den Juden befaßte. In diesem Augenblick begann die Laufbahn, die vor dem Jerusalemer Gericht enden sollte.

Man schrieb damals 1935. Es war die Zeit von Hitlers Friedensreden – vor allem aber war 1935 das Jahr, in dem das Naziregime allgemeine und, leider, echte Anerkennung in Deutschland und im Ausland gewann, in dem Hitler fast überall als großer nationaler Staatsmann bewundert wurde. Deutschland selbst erlebte damals eine Übergangszeit. Mit dem enormen Rüstungsprogramm war die Arbeitslosigkeit beseitigt, der anfängliche Widerstand der Arbeiterklasse gebrochen worden, und die Angriffe des Regimes, die zuerst vornehmlich gegen »Antifaschisten« gerichtet waren – Kommunisten, Sozialisten, linke Intellektuelle und Juden in prominenter Stellung –, hatten sich noch nicht völlig auf die Verfolgung von Juden als solchen verlagert.

Zwar hatte bereits unmittelbar nach der Machtübernahme im Frühjahr 1933 die Naziregierung damit begonnen, Juden vom Staatsdienst auszuschließen und sie ganz generell aus öffentlichen Stellungen zu entfernen. Aber eine Reihe privater Wirtschaftsunternehmungen funktionierte weiter, und obwohl Juden nicht länger zum Universitätsstudium und den Staatsexamina zugelassen wurden, konnten gewisse freie Berufe bis 1938 mit Einschränkungen weiter ausgeübt werden. Auch jüdische Auswanderung ging in diesen Jahren ohne Überstürzung und in ziemlich geordneter Weise vor sich, und die Devisenbestimmungen, die es den Juden schwierig, jedoch nicht unmöglich machten, ihr Geld oder doch den größten Teil davon aus dem Lande mitzunehmen, galten auch für Nichtjuden; sie datierten aus der Zeit der Weimarer Republik. Zwar kamen zahlreiche »Einzelaktionen« vor, in denen auf die Juden Druck ausgeübt wurde, ihr Eigentum zu oft lächerlich niedrigen Preisen zu verkaufen; aber sie ereigneten sich gewöhnlich in kleinen Städten und entstanden tatsächlich aus »individueller« Initiative einzelner unternehmungslustiger Mitglieder der SA, die sich – abgesehen vom Führerkorps – vor allem aus den unteren sozialen Schichten rekrutierte. Zwar schritt die Polizei gegen solche »Exzesse« niemals ein, und die jüdische Bevölkerung in Deutschland war vom ersten Tage an dem Mob hilflos ausgeliefert, doch waren die Nazibehörden andererseits auch nicht sehr glücklich über solche Aktionen, die den Wert der Immobilien im ganzen Lande in Mitleidenschaft zogen. Die Emigranten – ausgenommen die politischen Flüchtlinge – waren meist junge Menschen, denen klar war, daß sie in Deutschland keine Zukunft hatten. Und da sie bald herausfanden, daß ihre Zukunft auch in anderen europäischen Ländern nicht viel besser aussah, kehrten einige jüdische Emigranten in dieser Periode sogar nach Deutschland zurück.

Als Eichmann gefragt wurde, wie er es fertiggebracht hätte, seine persönlichen Gefühle gegenüber den Juden in Einklang zu bringen mit dem offenen, gewalttätigen Antisemitismus der Partei, der er beigetreten war, antwortete er mit dem Sprichwort: »Nichts wird so heiß gegessen, wie es gekocht wird« – und an dieses Sprichwort hielten sich auch viele Juden. Sie lebten in einem Narrenparadies, in dem sogar Streicher – ein paar Jahre lang – von einer »legalen Lösung« des Judenproblems sprach. Erst mußten in den organisierten Pogromen vom November 1938 alle Synagogen in Brand gesetzt und 20000 jüdische Männer in Konzentrationslager gebracht worden sein, um Juden wie Nichtjuden von dem Legalitätswahn zu heilen. Denn – und das wird heute oft vergessen oder übersehen – die berüchtigten Nürnberger Gesetze vom Herbst 1935 hatten gerade das nicht geschafft, sondern eher das Umgekehrte bewirkt. Sie beraubten die Juden ihrer politischen, doch nicht ihrer bürgerlichen Rechte; sie waren nicht mehr Reichsbürger, doch sie blieben deutsche Staatsangehörige. Selbst wenn sie auswanderten, wurden sie nicht automatisch staatenlos. So entstand der Eindruck, daß die Nürnberger Gesetze die neue Situation der Juden im Deutschen Reich stabilisiert hätten. Die Juden glaubten, nun hätten sie eigene Gesetze erhalten und seien nicht länger vogelfrei. Und da Hitler anläßlich der Röhm-Affäre 1934 die Macht der Braunhemden von der SA gebrochen hatte, die fast allein für die frühen Pogrome und Grausamkeiten verantwortlich gewesen waren, die Juden sich aber, was die wachsende Macht der Schwarzhemden von der SS betraf, zumeist in Ahnungslosigkeit wiegten, glaubten sie allgemein, ein Modus vivendi werde möglich sein: So boten sie sogar an, an der »Lösung der Judenfrage« mitzuarbeiten.

Als Eichmann seine Lehrzeit in »Judenangelegenheiten« antrat und seine ersten Kontakte mit jüdischen Funktionären aufnahm, hatten sowohl Zionisten wie Assimilanten Vorstellungen von einer großen »jüdischen Wiedergeburt«, einer »großen Aufbaubewegung des deutschen Judentums«[1], wobei sie das Für und Wider jüdischer Auswanderung erbittert diskutierten, als sei dies eine innerjüdische Frage, deren Entscheidung noch von ihnen abhing. Der trotz vieler Entstellungen nicht absolut unwahre Bericht, den Eichmann während der Polizeivernehmung über seine Anfangszeit in der neuen Abteilung gab, ruft auf seltsame Weise diese »idyllischen Zeiten« ins Gedächtnis. Als erstes veranlaßte ihn sein neuer Chef, ein gewisser von Mildenstein, Theodor Herzls *Judenstaat* zu lesen, das klassische Werk des Zionismus, das Eichmann prompt und für immer zum Zionisten machte. Von dieser Zeit an, das wiederholte er immer wieder, hatte er kaum etwas anderes im Kopf als eine »politische Lösung« und wie man »festen Grund und Boden unter die Füße der Juden« bekommen könnte. Um dieses Vorhaben zu fördern, verbreitete er sein Evangelium unter seinen SS-Kameraden, hielt Vorträge und schrieb Broschüren. Als zweites Buch las er Adolf Böhms *Geschichte des Zionismus* (das er während des Prozesses ständig mit Herzls *Judenstaat* verwechselte), und das kann als beachtliche Leistung gelten bei jemandem, der nach seiner eigenen Auskunft nur mit äußerstem Widerstreben je irgend etwas anderes als Zeitungen las. Im Anschluß an Böhm studierte er die Organisation der zionistischen Bewegung mit all ihren Parteien, Jugendgruppen und verschiedenen Programmen. Es ist bemerkenswert, daß sein Studium der jüdischen Angelegenheiten sich fast ausschließlich auf den Zionismus beschränkte.

Den Grund, weswegen ihn die »jüdische Frage« so faszinierte, sah er in seinem eigenen »Idealismus«; anders als die Assimilanten, die er verachtete, und als die orthodoxen Juden, die ihn langweilten, waren die Zionisten für Eichmann »Idealisten« wie er selbst. Nach seiner Vorstellung war ein »Idealist« nicht lediglich ein Mann, der an eine »Idee« glaubte, sondern der für seine Idee *lebte* und bereit war, seiner Idee alles und vor allem jeden zu opfern.

---

1 Hans Lamm, *Über die Entwicklung des deutschen Judentums* (1951).

Wenn Eichmann im Polizeiverhör sagte, daß er seinen eigenen Vater in den Tod geschickt hätte, wenn das verlangt worden wäre, so wollte er damit nicht nur hervorheben, in welch hohem Grade er von Befehlen abhängig und zum Gehorchen bereit war; er wollte auch dartun, welch ein »Idealist« er immer gewesen war. Der größte »Idealist«, den er, Eichmann, jemals unter den Juden getroffen hätte, war Dr. Rudolf Kastner, mit dem er während der Judendeportationen aus Ungarn verhandelt hatte und übereingekommen war, die »illegale« Ausreise einiger tausend Juden nach Palästina zu gestatten (die Züge wurden tatsächlich von deutscher Polizei bewacht) – und zwar im Austausch gegen »Ruhe und Ordnung« in den Lagern, aus denen Hunderttausende nach Auschwitz transportiert wurden. Da die wenigen tausend, die durch diesen Handel gerettet wurden, prominente Juden und Mitglieder der zionistischen Jugendbewegung waren, also im Sinne Eichmanns »bestes biologisches Material«, hätte Dr. Kastner eben die anderen Juden seiner »Idee« geopfert, wie es sich für einen Idealisten gehörte. Richter Benjamin Halevi, einer der drei Richter im Prozeß gegen Eichmann, war Vorsitzender in dem Verfahren gegen Kastner gewesen, in dem sich dieser in Israel wegen seiner Kooperationen mit Eichmann und anderen hohen Nazis verteidigen mußte; nach Halevis Meinung hatte Kastner »seine Seele dem Teufel verkauft«. Nun saß der Teufel selbst auf der Anklagebank und entpuppte sich als »Idealist«; und so unglaublich es klingt: es ist durchaus möglich, daß derjenige, der seine Seele verkauft hatte, ebenfalls ein »Idealist« gewesen war.

Die erste Gelegenheit, in der Praxis anzuwenden, was er während seiner Lehrzeit gelernt hatte, erhielt Eichmann nach dem Anschluß, im März 1938. Er wurde nach Wien geschickt, um eine Art von Auswanderung zu organisieren, die in Deutschland noch unbekannt war. Hier wurde bis zum Herbst 1938 die Fiktion aufrechterhalten, daß es sich nicht um Zwang, sondern um Erlaubnis zum Verlassen des Landes handelte – falls Juden das wünschten, konnten sie gehen. Einer der Gründe, warum die deutschen Juden an diese Fiktion glaubten, ist im Parteiprogramm der NSDAP von 1920 zu erblikken, das mit der Weimarer Verfassung das merkwürdige Schicksal teilte, niemals offiziell außer Kraft gesetzt zu werden; Hitler hatte die 25 Punkte des Programms für »unabänderlich« erklärt. Im Licht späterer Ereignisse sind die antisemitischen Pläne dieses Programms in der Tat harmlos: Juden könnten nicht vollgültige Bürger sein, sie dürften nicht Beamte sein, sie sollten aus der Presse ausgeschlossen werden, und alle Juden, die nach dem 2. August 1914 deutsche Staatsbürgerschaft erworben hatten, sollten ausgebürgert werden. Das Parteiprogramm wurde von den Naziführern niemals ernstgenommen; es war ihr Stolz, einer Bewegung – im Unterschied zu einer Partei – anzugehören, und eine Bewegung konnte nicht an ein Programm gefesselt sein. Als Eichmann dem Jerusalemer Gericht erzählte, daß er bei Eintritt in die Partei Hitlers Programm nicht gekannt hätte, sprach er höchstwahrscheinlich die Wahrheit: »Um das Parteiprogramm hat man sich nicht gekümmert, aber man wußte, wem man sich anschloß.«

Die Juden jedoch waren altmodisch, sie kannten die berühmten 25 Punkte auswendig und glaubten an sie; und was dann der legalen Verwirklichung des Parteiprogramms zuwiderspach, schrieben sie eben vorübergehenden »revolutionären Ausschreitungen« undisziplinierter Mitglieder oder Einheiten der NSDAP zu. Doch was sich im März 1938 in Wien ereignete, war etwas gänzlich anderes. Eichmanns Aufgabe war als »forcierte Auswanderung« bezeichnet worden, was nichts weniger hieß, als daß alle Juden, ohne Rücksicht auf ihre Absichten und ihre Staatsangehörigkeit, zur Auswanderung gezwungen werden sollten. Es handelte sich also um die Austreibung der Juden aus dem Reich, mit der man in Österreich begann. Sooft Eichmann sich an die zwölf besten Jahre seines Lebens erinnerte, hob er hervor, daß dieses Jahr in Wien seine glücklichste und erfolgreichste Zeit gewesen sei. Innerhalb von acht Monten verließen 45000 Juden Österreich, während nicht mehr als 19000 in der gleichen Zeit aus Deutschland weggingen; in weniger als 18 Monaten war Österreich »gereinigt« von annähernd 150000 Menschen, etwa 60 Prozent der jüdischen Bevölkerung, die alle das Land »legal« verließen; noch nach Kriegsausbruch konnten einige 60000 entkommen. Wie hat er das gemacht? Das Grundkonzept stammte natürlich nicht von ihm, sondern aller Wahrscheinlichkeit nach von Heydrich, der ihn nach Wien geschickt hatte. Eichmann ließ sich über die geistige Urheberschaft dieser Idee nicht festlegen, versuchte nur, sie wenigstens indirekt für sich in Anspruch zu nehmen; die israelischen Behörden andererseits waren (wie das *Yad Vashem Bulletin* es ausdrückte) an die phantastische »Hypothese von der allumfassenden Verantwortlichkeit Adolf Eichmanns« gebunden; und die noch phantastischere »Vermutung, daß ein Gehirn (und dazu das seine) hinter alledem steckte«, unterstützte seine ohnehin beträchtliche Neigung, sich mit fremden Federn zu schmücken, weitgehend. Das Konzept, das Heydrich nach der Kristallnacht in einer Besprechung mit Göring entwickelte, war einfach und zweckentsprechend: »Wir haben das in der Form gemacht, daß wir den reichen Juden, die auswandern wollten, bei der jüdischen Kulturgemeinde eine gewisse Summe abgefordert haben. Mit dieser Summe und Devisenzahlungen konnte dann eine Anzahl der armen Juden herausgebracht werden. Das Problem war ja nicht, die reichen Juden herauszukriegen, sondern den jüdischen Mob.«

Sofort nach seiner Ankunft nahm Eichmann Verhandlungen mit den Vertretern der jüdischen Gemeinde auf, die er zunächst aus Gefängnissen und Konzentrationslagern herausholen mußte, da der »revolutionäre Eifer«, der in Österreich jene frühen »Ausschreitungen« in Deutschland bei weitem übertraf, zur Verhaftung praktisch aller prominenten Juden geführt hatte. Nach diesem Erlebnis erkannten die jüdischen Beamten auch ohne Eichmanns Nachhilfe die Vorteile der Emigration, und sie unterrichteten ihn vor allem über die enormen Schwierigkeiten, die bevorstanden. Abgesehen von finanziellen Problemen, die ja bereits »gelöst« waren, bestand die Hauptschwierigkeit in der Unzahl von Papieren, die jeder Emigrant zusammenbekommen mußte, ehe er das Land verlassen konnte. Jedes dieser Papiere war nur für begrenzte Zeit gültig, so daß die Gültigkeit des ersten meistens erloschen war, ehe er in den Besitz des letzten gelangen konnte. Eichmann ließ sich alles erklären, bis er begriffen hatte, wie die ganze Angelegenheit funktionierte oder vielmehr, weshalb sie nicht funktionierte: »Ich ging mit mir zu Rate, und noch am selben Nachmittag hatte ich die Idee geboren, von der ich glaubte, daß es wiederum beiden Stellen recht wäre. Und zwar stellte ich mir ein laufendes Band vor, vorne kommt das erste Dokument drauf und die anderen Papiere, und rückwärts müßte dann der Reisepaß abfallen.«

Das ließ sich verwirklichen, wenn alle in Frage kommenden Beamten und Funktionäre – des Finanzministeriums, der Polizei, der jüdischen Gemeinde etc. – unter demselben Dach untergebracht würden und gezwungen wären, ihre Arbeit an Ort und Stelle in Gegenwart des Antragstellers zu erledigen. Als alles bereit war und das laufende Band auf vollen Touren lief, beeilte sich Eichmann, die jüdischen Funktionäre aus Berlin zur Besichtigung »einzuladen«. Sie waren entgeistert: »Es ist wie ein automatisch laufender Betrieb, wie eine Mühle, in der Getreide zu Mehl zermahlen wird und die mit einer Bäckerei gekoppelt ist. Auf der einen Seite kommt der Jude herein, der noch etwas besitzt, einen Laden oder eine Fabrik oder ein Bankkonto. Nun geht er durch das ganze Gebäude von Schalter zu Schalter, von Büro zu Büro, und wenn er auf der anderen Seite herauskommt, ist er aller Rechte beraubt, besitzt keinen Pfennig, dafür aber einen Paß, auf dem steht: ›Sie haben binnen 14 Tagen das Land zu verlassen, sonst kommen Sie ins Konzentrationslager.‹«

So sah natürlich die Wahrheit über diese Prozedur im wesentlichen aus; doch war es nicht die ganze Wahrheit. Man konnte nämlich diese Juden nicht allen Geldes berauben, weil kaum ein Land sie zu jenem Zeitpunkt ohne Geld aufgenommen hätte. Sie brauchten und bekamen ihr »Vorzeigegeld«, die Summe, die sie vorzeigen mußten, um die Einwanderungskontrollen der Aufnahmeländer zu passieren. Für diese Summen brauchten sie ausländische Währung, und das Reich hatte nicht die geringste Neigung, Devisen an Juden zu verschwenden. So schickte Eichmann jüdische Funktionäre ins Ausland, um Fonds bei den großen jüdischen Organisationen zusammenzubetteln, die dann von der jüdischen Gemeinde mit beträchtlichem Profit an die künftigen Emigranten verkauft wurden – ein Dollar wurde zum Beispiel für 10 oder 20 Mark verkauft, während sein Marktwert nur 4,20 Mark betrug. Eichmann konnte dieses Arrangement nicht in Gang bringen ohne beträchtliche Opposition von seiten der deutschen Finanzbehörden, des Finanzministeriums und der Reichsbank, denn es war ja klar, daß diese Transaktionen auf eine Abwertung der Mark hinausliefen.

IV

Der Hang zur Wichtigtuerei war bei Eichmann erheblich stärker ausgebildet als der Selbsterhaltungstrieb. Es war reine Angeberei, wenn er seinen Leuten in den letzten Kriegstagen erzählte, »er würde lachend in die Grube springen, denn das Gefühl, daß er fünf Millionen Menschen auf dem Gewissen hätte, wäre für ihn außerordentlich befriedigend« (diese Version stammt von Dieter Wisliceny, andere sprechen von fünf Millionen Juden, die er natürlich gemeint hat, während er selbst stets behauptete, er habe »Reichsfeinde« gesagt). Nun, er ist nicht gesprungen, obwohl er jedem versichert hatte, er würde Selbstmord begehen, und was sein Gewissen anlangte, so stellte sich heraus, daß nicht Mord, sondern eine Ohrfeige es bedrückte, die er »in der Unbeherrschtheit eines plötzlichen Zornes« Dr. Löwenherz, dem Präsidenten der jüdischen Gemeinde Wien, »verabreicht« hatte, der später einer seiner Lieblingsjuden wurde. (Eichmann hat sich seinerzeit vor seinen Untergebenen bei Löwenherz entschuldigt, aber trotzdem verfolgte ihn dieser Vorfall.) Den Tod von fünf Millionen Juden auf sein eigenes Konto zu buchen – so hoch berechnet man etwa die Summe der Verluste, die das europäische Judentum durch die vereinten Bemühungen nazistischer Behörden und Einheiten erlitten hat –, war geradezu widersinnig; das wußte er auch selbst recht gut, obgleich er den für ihn verhängnisvollen Satz bis zum Überdruß vor jedermann, der ihn hören mochte, sogar noch zwölf Jahre später in Argentinien wiederholte. Denn es verlieh ihm ein »außerordentlich erhebendes Gefühl sich vorzustellen, daß (er) auf diese Weise von der Bühne abtreten würde«.

Es war reine Prahlerei, wenn er behauptete, daß er das Gettosystem »erfunden« oder »die Idee geboren« hätte, alle europäischen Juden nach Madagaskar zu verfrachten. Der Madagaskar-Plan scheint in den Büros des deutschen Auswärtigen Amtes »geboren« worden zu sein, und Eichmanns eigener Beitrag dazu war, wie sich zeigen sollte, den Gedankengängen seines hochgeschätzten Dr. Löwenherz sehr verpflichtet; diesen hatte er nämlich dazu angehalten, »einige Grundgedanken zu einem ... Plane zu verankern«, wie man nach dem Kriege rund vier Millionen Juden aus Europa herausschaffen könnte und zwar angeblich nach Palästina; das Madagaskar-Projekt war streng geheim. (Als ihm während des Prozesses der Bericht von Dr. Löwenherz vorgelegt wurde, leugnete er die eigentliche Herkunft des Planes nicht – dies war einer der seltenen Augenblicke, in denen er echte Verlegenheit zeigte.) Sein Trieb zur Großmannssucht führte letztlich zu seiner Gefangennahme – er war es »satt, ein anonymer Wanderer zwischen den Welten zu sein« –, und dieser Trieb muß mit der Zeit immer stärker geworden sein, nicht nur weil es für ihn nichts mehr zu tun gab, was in seinen Augen sich lohnte, sondern auch deshalb, weil die Nachkriegsepoche ihm so viel unerwarteten »Ruhm« beschert hatte.

Doch Angeberei ist ein weitverbreitetes Laster; spezifischer und auch entscheidender war ein anderer Fehler Eichmanns – seine nahezu totale Unfähigkeit, jemals eine Sache vom anderen her zu sehen. Er und die Juden »zogen an einem Strang«; wenn Schwierigkeiten auftauchten, kamen die jüdischen Funktionäre zu ihm gerannt und »ich habe die Klagen und die ewigen Bitten um Unterstützung seitens der jüdischen Funktionäre gehört ... und war bemüht ... zu helfen.« Die Juden waren »bestrebt« auszuwandern, und er, Eichmann, versprach ihnen seine »freudige Mitarbeit«, zumal die Naziführung gerade damals den Wunsch äußerte, ihr Reich »judenrein« zu bekommen. Zwei Bestrebungen trafen sich also – und er verstand es, »beiden Teilen gerecht« zu werden. Als im Prozeß die Methoden der Wiener Auswanderungszentrale zur Sprache kamen, rückte Eichmann nicht einen

Millimeter von dieser Version der Vorgänge ab – er räumte allenfalls ein, daß das Wort »Zusammenarbeiten« nicht mehr ganz am Platz sei, es »würde die Menschen heute vielleicht heruntersetzen«, er gab zu, daß die Juden sich vielleicht an jene Zeiten des »An-einem-Strang-Ziehens« nicht mehr gern erinnerten, und er wolle ihnen ja auch »in keinster Weise zu nahe treten«.

Für einen Psychologen könnte der deutsche Text des auf Band aufgenommenen Polizeiverhörs, das vom 29. Mai 1960 bis zum 17. Januar 1961 dauerte, jede Seite mit Eichmanns Korrektur und Signatur, eine wahre Fundgrube der Einsicht bilden, wenn er es über sich brächte, nicht zu verheimlichen, daß das Grauenhafte nicht nur grotesk, sondern ausgesprochen komisch sein kann. Eichmanns heldenhafter Kampf mit der deutschen Sprache, die ihn regelmäßig besiegte, ist einfach komisch – es wirkte komisch, wenn er immer wieder von »geflügelten Worten« spricht und Redensarten oder Schlagworte meint wie zum Beispiel Himmlers Neujahrsparolen. Es war komisch, als er im Kreuzverhör, das vom vorsitzenden Richter auf deutsch geführt wurde, davon sprach, er hätte »kontra gegeben«, als Sassen ihn drängte, seine Geschichte ein bißchen aufzufrisieren. Richter Landau, offensichtlich unvertraut mit den Mysterien der Kartenspiele, verstand den Ausdruck nicht, aber Eichmann fiel keine andere Formulierung ein. Er spürte wohl dunkel jenen Mangel, der ihm schon in der Schule zu schaffen gemacht hatte, und entschuldigte sich: »Amtssprache ist meine einzige Sprache.«

Doch die Amtssprache war eben gerade deshalb seine Sprache geworden, weil er von Hause aus unfähig war, einen einzigen Satz zu sagen, der nicht ein Klischee war. (Waren es die Klischees, die die Psychiater so »normal« und »vorbildlich« fanden? Sind dies die »positiven Ideen«, die ein Pfarrer bei denen zu finden hofft, über deren Seelen er wacht?) Die Richter hatten zwar recht, als sie dem Angeklagten bei der Urteilsverkündung sagten, daß alles, was er vorgebracht habe, »leeres Gerede« gewesen sei, aber sie glaubten – zu Unrecht –, daß diese Leere vorgetäuscht war und der Angeklagte dahinter Gedanken zu verbergen wünschte, die zwar abscheulich, aber nicht leer waren. Dagegen spricht schon die verblüffende Konsequenz, mit der Eichmann trotz seines sehr schlechten Erinnerungsvermögens Wort für Wort die gleichen Phrasen und selbsterfundenen Klischees wiederholte (wenn es ihm mal gelang, einen wirklichen Satz zu konstruieren, wiederholte er ihn so lange, bis ein Klischee daraus wurde), wann immer er sich auf Sachen oder Ereignisse bezog, die ihm wichtig waren. Ob er seine Memoiren in Argentinien schrieb oder in Jerusalem, ob er zu dem verhörenden Polizeibeamten sprach oder vor Gericht, was er sagte, war stets das gleiche, und er sagte es stets in den gleichen Worten. Je länger man ihm zuhörte, desto klarer wurde einem, daß diese Unfähigkeit, sich auszudrücken, aufs engste mit einer Unfähigkeit zu *denken* verknüpft war, und das heißt: vom Gesichtspunkt eines anderen Menschen aus zu denken. Verständigung mit Eichmann war unmöglich – nicht weil er log, sondern weil ihn der denkbar zuverlässigste Schutzwall gegen die Worte und die Gegenwart anderer, und daher gegen die Wirklichkeit selbst umgab: absolute Phantasielosigkeit.

So hatte Eichmann, der doch acht Monate lang beinahe täglich einem jüdischen Polizisten deutscher Herkunft beim Verhör gegenübersaß, nicht die geringsten Hemmungen, diesem immer wieder auseinanderzusetzen, warum er es trotz größter Anstrengungen und beim besten Willen in der SS zu keinem höheren Rang hatte bringen können. Außerdem erzählte er ihm von seinen Hoffnungen, im März 1941 zu den »Einsatzgruppen«, den fliegenden Mordkommandos an der Ostfront, zu kommen, da sein eigenes Büro zur Zeit ihres Entstehens ganz »tot« war: es gab keine Auswanderung mehr, und Deportationen waren noch nicht angelaufen. Schließlich erzählte er ihm noch von seinem größten Ehrgeiz – zum Polizeichef in einer deutschen Stadt befördert zu werden –, und auch daraus war nichts geworden. Diese Seiten des Verhörs sind deshalb so komisch, weil all das im Ton eines Menschen vorgebracht wird, der völlig sicher ist, daß er »normales, menschliches« Mitgefühl für all sein Pech finden wird. Als Hauptmann Less Eichmann über einige für ihn sehr belastende und möglicherweise gelogene Aussagen eines ehemaligen SS-Obersten befragte, rief er plötzlich stotternd vor Wut: »es wundert mich sehr, daß der Mann SS-Standartenführer gewesen ist – es wundert mich sehr«.

Niemals sagte er diese Dinge in trotzigem Ton, als wolle er, auch jetzt noch, die Maßstäbe verteidigen, nach denen er in der Vergangenheit gelebt hatte. Er brauchte bloß zu hören: »SS«, »Laufbahn«, »Himmler« (den er stets mit seinem langen offiziellen Titel bezeichnete: Reichsführer der SS und Chef der Deutschen Polizei, obwohl er ihn ganz und gar nicht bewunderte), oder was sonst ihn in die Vergangenheit zurückversetzen mochte, und ein Mechanismus war ausgelöst, der absolut zuverlässig funktionierte.

Gelegentlich bricht die Komik in das Grauen selbst ein und bringt dann Geschichten hervor – wahre Geschichten vermutlich –, deren unheimliche Lächerlichkeit alles übertrifft, was dem Surrealismus zu diesen Dingen hätte einfallen können. Eine solche Geschichte erzählte Eichmann während des Polizeiverhörs über den Kommerzienrat Storfer aus Wien, einen der Vertreter der jüdischen Gemeinde. Eichmann hatte von Rudolf Höß, dem Kommandanten von Auschwitz, ein Telegramm bekommen, daß Storfer ins Lager eingeliefert worden wäre und dringend verlangt hätte, Eichmann zu sehen. »Und da hab ich mir gesagt: Gut, der Mann war immer ordentlich gewesen, man hat die ganzen Jahre schließlich und endlich, er für sich und ich in meiner Zentralstelle, jeder am Strang gezogen. Das lohnt sich mir, da fahre ich hin, da wollen wir mal sehen was da los ist. Und bin auf dem Wege zu Ebner (dem damaligen Leiter der Wiener Gestapo), und Ebner sagte mir: ich erinnere mich heute nur dunkel – Ja, sagte er, hätte er sich nicht so ungeschickt benommen, hier hat er sich versteckt gehalten und wollte flüchten oder irgend etwas war da gewesen. Da haben die Beamten zugegriffen, haben ihn eingesperrt, ins Konzentrationslager gesteckt, nach dem Reichsführerbefehl, wer drin war durfte nicht wieder heraus. Konnte nicht gemacht werden, weder ein Dr. Ebner, noch ich, noch irgend jemand konnte da etwas machen. Konnte nicht rauskommen. Ich fuhr nach Auschwitz und sage – besuchte, suchte Höß auf – und sagte: ›Hier sitzt Storfer ein‹ – ›Ja, ja, er wurde einem

Arbeitsblock zugeteilt.‹ Dann ist er geholt worden. Storfer, ja, es war ein normales, menschliches Treffen gewesen. Er hat mir sein Leid geklagt. Ich habe gesagt: ›Ja, mein lieber guter Storfer, was haben wir denn da für ein Pech gehabt?‹ Und habe ihm auch gesagt: ›Schauen Sie, ich kann Ihnen wirklich gar nicht helfen, denn auf Befehl des Reichsführers kann keiner Sie herausnehmen ... Ich hörte, daß Sie hier eine Dummheit gemacht haben, daß Sie sich versteckt hielten oder türmen wollten, was Sie doch gar nicht notwendig gehabt haben.‹ Aber ich weiß nicht mehr, was mir darauf gesagt wurde. Und dann sagte mir Storfer ...: Ja, er möchte doch bitten, ob er nicht arbeiten brauchte, es wäre Schwerarbeit, und dann hab ich dann Höß gesagt: Arbeiten braucht Storfer nicht. Sagte Höß: Hier muß aber jeder arbeiten: Da sag ich: Gut, sage ich, ich werde eine Aktennotiz anlegen, sagte ich, daß Storfer hier mit dem Besen (vor der Kommandantur war ein Garten, eine Gartenanlage) mit dem Besen die Kieswege in Ordnung hält. So kleine Kieswege waren dort, und daß er das Recht hat, sich jederzeit mit dem Besen auf eine der Bänke zu setzen. Sage ich: Ist das recht, Herr Storfer? Paßt Ihnen das? Da war er sehr erfreut, und wir gaben uns die Hand, und dann hat er den Besen bekommen und hat sich auf die Bank gesetzt. Das war für mich eine große innere Freude gewesen, daß ich den Mann, mit dem ich so lange Jahre, den ich so lange Jahre zumindestens sah – und man sprach.«

Sechs Wochen nach diesem »normalen, menschlichen Treffen« war Storfer tot – offenbar wurde er nicht vergast, sondern erschossen.

Was ist das nun – der klassische Fall pathologischer Verlogenheit, gepaart mit abgründiger Dummheit? Oder einfach der gewöhnliche Fall verbrecherischer Verstocktheit, die es sich nicht leisten kann, der Wirklichkeit ins Gesicht zu sehen, weil das eigene Verbrechen aus ihr nicht mehr wegzudenken ist? Immerhin liegt Eichmanns Fall anders als der des gewöhnlichen Verbrechers, weil dieser sich vor der Wirklichkeit einer nichtkriminellen Welt nur in dem eng begrenzten Umkreis seiner Bande verschanzen kann, während Eichmann, wenn er sicher sein wollte, daß er nicht log und keiner Selbsttäuschung unterlag, sich nur in eine nicht zu ferne Vergangenheit zurückzuversetzen brauchte, als zwischen ihm und der Welt, in der er lebte, vollkommene Übereinstimmung bestanden hatte. Eichmanns erstaunliche Bereitwilligkeit, seine Verbrechen zuzugeben, ob in Argentinien oder in Jerusalem, entstammte weniger einem individuellen verbrecherischen Hang zur Selbsttäuschung als der Aura systematischer Verlogenheit, die im Dritten Reich die allgemeine, und allgemein akzeptierte Atmosphäre bestimmt hatte. »Selbstverständlich« hatte er eine Rolle bei der Ausrottung der Juden gespielt; selbstverständlich wären sie, wenn er »sie nicht transportiert hätte, nicht dem Schlächter ausgeliefert worden«. »Was gibt es da zu ›gestehen‹?« fragte er. Jetzt aber, so fuhr er fort, würde er gern »mit (seinen) ehemaligen Gegnern Frieden schließen« – ein Wunsch, den er nicht nur mit Himmler teilte, der ihn während des letzten Kriegsjahres nachdrücklichst verspürt hatte; nicht nur mit dem Leiter der Arbeitsfront Robert Ley (der vor seinem Selbstmord in Nürnberg auf die Idee kam, daß ein »Versöhnungsausschuß« aus den für die Massaker verantwortlichen Nazis und den jüdischen Überlebenden gebildet werden sollte); sondern unglaublicherweise auch mit vielen gewöhnlichen Deutschen, die bei Kriegsende den gleichen Satz wortwörtlich im Munde führten. Keine Sprachregelung und keine Propaganda hat den Deutschen mehr dies empörende Klischee aufgezwungen; sie haben es selbst fabriziert, gewissermaßen für den moralischen Hausgebrauch, und es besaß nicht mehr Wirklichkeitsgehalt als jene Klischees, die man dem Volk zwölf Jahre von oben verabreicht hatte; es ließ sich förmlich mit Händen greifen, welch »erhebende Gefühle« die Leute beseelten, wenn sie so daherquatschten.

Eichmanns Gemüt war bis zum Rand mit solchen Sprüchen vollgestopft. Wenn es um Fakten ging, erwies sich sein Gedächtnis als recht unzuverlässig. (Es fiel ihm stets schwer, sich an das genaue Datum des Kriegsausbruchs oder des Einmarschs nach Rußland zu erinnern.) Das Wesentliche ist, daß er nicht einen einzigen seiner eigenen Aussprüche vergessen hatte, die ihm in der einen oder anderen Situation ein »erhebendes Gefühl« verschafft hatten. Wenn nun die Richter im Kreuzverhör versuchten, sein Gewissen anzusprechen, tönte ihnen »Erhebung« entgegen, und es entsetzte sie ebenso wie es sie verwirrte, als sie entdeckten, daß der Angeklagte ein spezielles erhebendes Klischee für jeden Abschnitt seines Lebens und für jede der Tätigkeiten, die er ausgeübt hatte, parat hatte. In seinem Gemüt bestand überhaupt kein Widerspruch zwischen dem »ich werde lachend in die Grube springen«, das bei Kriegsende angemessen geklungen hatte, und jenem »ich bin bereit, mich selbst öffentlich zu erhängen als abschreckendes Beispiel für alle Antisemiten der Welt«, das jetzt, unter radikal veränderten Umständen, genau die gleiche Funktion erfüllte – nämlich, ihm erhebende Gefühle zu verschaffen.

Diese Gepflogenheiten Eichmanns schufen während des Prozesses erhebliche Schwierigkeiten – nicht für Eichmann selbst, aber für diejenigen, die dort waren, um ihn anzuklagen, zu verteidigen, zu richten und über ihn zu berichten. Wer diese Aufgabe hatte, mußte ihn ernst nehmen, und das war sehr schwer – es sei denn, man suchte den bequemsten Ausweg aus dem Dilemma zwischen dem namenlosen Entsetzen vor seinen Taten und der unbestreitbaren Lächerlichkeit des Mannes, der sie begangen hatte, und betrachtete ihn als schlauen, berechnenden Lügner – was er offensichtlich nicht war. Ungeachtet der Bemühungen des Anklägers mußte jeder sehen, daß dieser Mann kein »Ungeheuer« war – aber es war in der Tat sehr schwierig, sich des Verdachts zu erwehren, daß man es mit einem Hanswurst zu tun hatte. Da jedoch solch ein Verdacht das ganze Unternehmen ad absurdum geführt hätte und auch schwer auszuhalten war angesichts der Leiden, die Eichmann und seinesgleichen Millionen von Menschen zugefügt hatten, sind seine Clownerien wenig zur Kenntnis genommen und fast gar nicht publiziert worden. Was sollte man mit einem Mann anfangen, der erst mit großem Pathos erklärte, daß er eines immerhin in seinem Leben gelernt hätte: nämlich daß man niemals einen Eid schwören dürfe (»Ich würde heute, heute würde mich kein Mensch mehr dazu bringen, kein Richter mehr dazu bringen, etwa einen Zeugeneid zu leisten. Ich lehne es ab, und zwar aus, aus moralischen

Gründen. Weil ich die Erfahrung gemacht habe, wie, wenn man sich an den Eid hält, dann hat man eines Tages die Konsequenzen zu ziehen«) – und der dann, nachdem man ihn ausdrücklich belehrte, daß er als Zeuge in eigener Sache »unter Eid oder ohne Vereidigung« aussagen dürfe, ohne Umschweife erklärte, er wolle lieber unter Eid aussagen?

Was Eichmann anlangte, handelte es sich hier lediglich um wechselnde Stimmungen, und solange er irgend imstande war, zu der jeweiligen Stimmung die ihr entsprechende erhebende Redensart zu finden, war er ganz zufrieden und merkte überhaupt nicht, daß da so etwas wie eine »Inkonsequenz« zutage trat. Diese schaurige Begabung, sich selbst mit Klischees zu trösten, verließ ihn auch nicht in der Stunde seines Todes. In seinen letzten Worten unter dem Galgen erklärte er erst, daß er »gottgläubig« sei, was im Sprachgebrauch der Nazis hieß, daß er kein Christ war und nicht an ein Leben nach dem Tod glaubte. Und dann fuhr er fort: »In kurzer Zeit, meine Herren, werden wir uns alle wiedersehen. Dies ist das Schicksal aller Menschen. Es lebe Deutschland, es lebe Argentinien, es lebe Österreich. *Ich werde sie nicht vergessen.*«

Im Angesicht des Todes fiel ihm nichts ein, als was er in unzähligen Grabreden gehört hatte. Unter dem Galgen spielte sein Gedächtnis ihm den letzten Streich, fühlte sich »erhoben« wie bei einer Beerdigung und hatte vergessen, daß es seine eigene war. In diesen letzten Minuten war es, als zöge Eichmann selbst das Fazit der langen Lektion in Sachen menschlicher Verruchtheit, der wir beigewohnt hatten – das Fazit von der furchtbaren *Banalität des Bösen,* an der das Wort wie der Gedanke scheitert.

Nr. 186, August 1963

Arnold Gehlen

Das Engagement der Intellektuellen gegenüber dem Staat

Vorbemerkung der Redaktion: Die folgenden Gedanken, die Arnold Gehlen als Gastredner des Evangelischen Arbeitskreises der CDU/CSU am 3. April 1964 in München vortrug, bewegen sich im Felde einer seit langem schwelenden, seit kurzem auch von Vertretern der Parteien aufgenommenen und öffentlich geführten Auseinandersetzung. Aber nicht deshalb allein hält der *Merkur* es für geboten, sie ausdrücklich zur Diskussion zu stellen. Hinzu kommt, daß hier einer der nicht eben häufigen Versuche vorliegt, die Intellektuellen einmal nicht nur mit ihrer Situation innerhalb unserer Staats- und Gesellschaftsordnung, sondern auch mit sich selbst zu konfrontieren. Damit wird zwangsläufig, schon dank der Unbestimmtheit, ja Vieldeutigkeit des Begriffs »Intellektueller«, eine Reihe von Fragen aufgeworfen, die sich dem Widerspruch aussetzen, weil sie ihn sozusagen in sich tragen – ganz abgesehen davon, daß Gehlen das Seine dazu tut, ihn herauszufordern.

Um nur einige dieser Fragen anzudeuten, die zu debattieren dem *Merkur* vordringlich erscheint: Ist der Intellektuelle, zu dessen Voraussetzungen als Zuschauer und Kritiker jedenfalls Unabhängigkeit gehört, in unserer Welt der sozialen Interdependenzen noch auf einen bestimmten Typ oder gar Berufsstand festzulegen – zum Beispiel den des Publizisten, der in der Mehrzahl der Fälle ein im wörtlichen Sinn »Engagierter«, nämlich Angestellter ist? Inwieweit beruht das Spannungsverhältnis der Intellektuellen zu den »Sachverständigen« aller Art in unserer modernen Gesellschaft auf Gegenseitigkeit – und zwar als Spiegelung des sehr viel allgemeineren Problems einer ständig wachsenden, laut Gehlen uns alle »überfordernden« Diskrepanz von Wissen und Erfahrung, Theorie und Praxis, dem *know what* und dem *know how,* wovon alle Wissenschaften, die politischen voran, ein Lied zu singen wissen? Und inwieweit wäre, demnach, die Unmutshaltung so vieler Intellektueller, ja gerade ihr »Vergeblichkeitsbewußtsein«, von dem Gehlen spricht, auch positiv zu deuten, als Ausdruck einer Anstrengung, eben diese Diskrepanz zu überwinden, die Überforderung zu bestehen, also verantwortlich zu denken, statt zu resignieren?

Wie steht es im Lichte dieser Fragen um das vielzitierte Verhältnis von Gesinnungsethik und Verantwortungsethik? Inwieweit ist Max Webers Alternative, an sich eine der eindrucksvollsten Neuformulierungen des moralphilosophischen Problems von Geist und Macht, noch heute gültig: Und inwieweit sind hier die Grenzen – nach den Erfahrungen mit den totalitären Diktaturen, nach Auschwitz und Hiroshima – neu zu bestimmen? Was bedeutet in diesem Zusammenhang der immer offenkundiger werdende Widerspruch zwischen der Ideologieverhaftung der Intellektuellen und der Ideologiekritik, ja -destruktion, die sie nicht minder stark – und wie oft zum Kummer so mancher »Verantwortungsethiker« betreiben?

Schließlich wäre zu erörtern, inwieweit das Mißverhältnis der Intellektuellen zu den Instanzen der Macht als ein internationales Problem zu sehen ist – man denke an das Kennedy-Experiment oder an Frankreich, wo immerhin ein Malraux Kultusminister ist (in Ungarn hätte es ein Lukács werden können) –; und inwieweit als ein spezifisches der Deutschen, denen es, mit Gehlen zu sprechen, an der »positiven Kohäsion« fehlt. *H. P.*

Einleitend sei bemerkt, daß ich zwar *als* Soziologe, jedoch nicht im Namen *der* Soziologie spreche, denn deren Entwicklung ist selbst in elementaren Fragen noch unabgeschlossen. Der Einzelne kann sich daher nicht auf schon erreichte Einverständnisse stützen, er kann das Risiko des Versuchs nicht vermeiden. Zu der Fassung des Themas wäre außerdem zu sagen, daß das durchaus problematische Verhältnis der Intellektuellen, die sich engagiert fühlen, hier vor dem Hintergrund unserer bundesdeutschen Staats- und Gesellschaftsordnung zu sehen ist; wir verstehen also unter Staat »das Gemeinwesen« in der geschichtlich so zustande gekommenen Einmaligkeit.

Zum Glück kann ich mich für den Anfang, nämlich für die Frage: wen meint der Ausdruck »Intellektuelle«, auf einen klassischen Vorgänger stützen, auf Joseph A. Schumpeter, in dessen unschätzbarem Buch *Kapitalismus, Sozialismus und Demokratie,* das zuerst 1942 in New York erschien, sich im 13. Kapitel ein langer Abschnitt mit der Soziologie der Intellektuellen befaßt.

Es heißt dort: Die Intellektuellen bilden keine Klasse in dem Sinne, wie die Bauern oder Industriearbeiter soziale Klassen bilden, denn sie kommen aus allen Ecken und Enden der sozialen Welt, und obzwar sie sich zum Teil gegenseitig bekämpfen, so entwickeln sie doch Gruppeninteressen von genügender Stärke, um eine große Zahl von ihnen zu einer Ähnlichkeit des Verhaltens zu bringen, wie man es gewöhnlich mit dem Begriff der sozialen Klasse verbindet. Es handelt sich um Menschen, die die Macht des gesprochenen und geschriebenen Wortes handhaben, und gewisse Berufe, sagt er, wie etwa die Journalisten, gehören beinahe völlig zur Domäne des intellektuellen Typs. Schumpeter vergißt aber nicht die wichtige Bemerkung, daß eigentlich jeder, der die moderne Bildung genossen hat, ein potentieller Intellektueller ist. Er gibt dann drei Merkmale, die den gemeinten Kreis wenigstens ungefähr abgrenzen sollen, nämlich erstens das Fehlen der direkten Verantwortlichkeit für praktische Dinge, weiter das Fehlen jener Kenntnisse aus erster Hand, wie sie nur die tatsächliche Erfahrung geben kann, und drittens die Neigung zu einer kritischen Haltung.

Das klingt abwertend, aber man kann die Bewertung zurechtrücken mit der Einsicht, daß wir alle ja nur in dem stets beschränkten Bereich der hautnahen Praxis eigentlich zuständig sind, während wir uns angesichts der überwältigend größeren Bereiche des gesellschaftlichen Lebens, von denen wir nur informatorisch, aus zweiter oder dritter Hand einiges erfahren, mit Vorstellungen, mit Gefühlen der Billigung oder Ablehnung begnügen. Wenn wir uns das klarmachen, dann verstehen wir die, ich möchte sagen: sozialtechnisch hervorgerufene Zwangslage besser, in der sich die Intellektuellen befinden. Wir müssen als ihre Kerngruppe die Publizisten aller der Medien ansprechen, die heute Informationen vermitteln, zuzüglich der engagierten Schriftsteller, die in ihre freie Schriftstellerei sozialkritische Tendenzen hineinnehmen, sich folglich damit rein künstlerischen Wertungen entziehen.

Nun hatte Schumpeter einen Hauptzug im Verhalten der Intellektuellen, nämlich ihre Unzufriedenheit und Kritikbereitschaft, auf die Unfähigkeit der kapitalistischen Gesellschaftsordnung bezogen, eine gefühlsmäßige Anhänglichkeit zu erwecken; und diese Argumentation war, von Amerika um 1940 aus gesehen, einleuchtend. Man könnte ihr heute nicht beitreten. Wir haben Grund anzunehmen, daß auch die östlichen Systeme, die man nicht kapitalistisch nennen kann, mit einer erheblichen Opposition unter ihren eigenen Intellektuellen rechnen müssen, und was uns betrifft, so wendet sich der hohe Grad des Unmuts, wie er beispielsweise in Schriften wie *Die Alternative* oder *Ich lebe in der Bundesrepublik* erschien, gegen eine Gesellschaft, die sich von der amerikanischen um 1940 sehr stark unterscheidet. Wir haben ein riesiges Produktions- und Verteilungsgefüge aufgebaut, in dem sich Elemente der freien wirtschaftlichen Initiative mit sehr zahlreichen gezielten Produktionshilfen des Staates mischen und durchdringen, in dem in einer beispiellosen Vollständigkeit Millionen von Menschen wirksam gegen die verschiedensten Lebensrisiken abgesichert sind, und das eine langfristige Steigerung des Lebensstandards und des Anspruchsniveaus aller Klassen erzielt hat; das alles mit einer sehr wachen Rechtsschutzgarantie, einer einzigartigen Bewegungsfreiheit, Gesinnungsfreiheit, Äußerungsfreiheit selbst gegenüber solchen Menschen, deren Bindung an dieses System bloß noch darin zu bestehen scheint, daß sie diese Freiheiten in Anspruch nehmen – und dennoch: die Aggressivität großer Teile der Intellektuellen scheint eher zu- als abzunehmen, man kann sie also nicht als Antwort auf die kapitalistische Epoche verstehen.

Damit ist der Gang meiner Untersuchung vorgezeichnet. Auch ich glaube, daß die sozialkritische Aggressivität, vielleicht sogar Überreiztheit so vieler Intellektueller objektive und strukturelle Ursachen hat, und ich stelle diese Überlegungen in der Absicht an, das gegenseitige Verständnis zwischen ihnen und der Fachwelt der Praktiker jeder Art verbessern zu helfen. Diese Praktiker der Politik, der Wirtschaft, der Verwaltungen jeder Art, der Verbände und Gewerkschaften, der gelehrten Berufe sind verantwortlich für die Gestaltung des Gemeinwesens, an sie richtet sich die Kritik der Publizisten, zwischen diesen Mächten müssen die Kontakte verbessert werden.

Ich wiederhole noch einmal, daß ich unter der Kurzformel »Intellektuelle« diejenigen verstehe, die die Macht des gesprochenen und geschriebenen Wortes handhaben, im Schwerpunkt also die Publizisten und engagierten Schriftsteller. Es sind strukturelle Gründe, die hier zu einer Ansammlung von Groll und Unzufriedenheit führen, die sich nun umsetzt in eine Kritik an der Sozialordnung. Dies macht die typische Haltung des intellektuellen Zuschauers gegenüber den Institutionen der großen hochindustrialisierten Gesellschaften aus. Jene Gruppe existiert also kraft einer objektiven Notwendigkeit, und sie ist aus denselben Gründen frustriert, das heißt in einer

Vergeblichkeitslage – eben diese Situation kann sich nur als tiefsitzende Unzufriedenheit und Haßbereitschaft niederschlagen.

Um nun zu den Einzelheiten zu kommen, wähle ich die folgende Ordnung: Zunächst soll die geistige und moralische Situation der Menschen beschrieben werden, die sich mit der Wirklichkeit nicht so sehr handelnd, als im Bewußtsein auseinandersetzen, und in dieser Lage befinden sich die Intellektuellen. Anschließend will ich auf die Idee des *Fortschritts* zu sprechen kommen, dem sie sich verschreiben müssen, und dessen praktische Chancen einmal zu überlegen sind.

Beginnen wir mit der Feststellung, daß wir alle, in einer so schnell sich verändernden, so riesigen und komplizierten Welt lebend, nicht mehr jeder den engen Bereich unserer ehrlichen praktischen Erfahrung in diese Welt hinaus verlängern können. In früheren Zeiten hatte ein Bauer achtzig Prozent der Probleme seiner Gesellschaft begriffen, weil achtzig Prozent der Bevölkerung so lebten wie er. Hauchdünn war die Schicht der Gebildeten, der Wissenschaftler und Theologen, der Hofbeamten, der größeren Kaufleute, die weitere Horizonte hatten, auch sie kamen mit den moralischen Erfahrungen ihrer Väter und Großväter aus. Wir dagegen leben inmitten von Ereignisströmen, die nach Dimension und Eigenart sich jeder Beschreibung entziehen, die auch grundsätzlich ihrer Qualität nach erstmalig sind, so wie die Welt-Industrie-Kultur selber erstmalig ist. Eine Anzahl von auffälligen Einzelheiten aus diesen ozeanischen Ereignismassen werden täglich um den Erdball herum telegraphiert und abgebildet, kaum je wissen wir Einzelne, was diese Informationen jeweils bedeuten, für was sie stehen. Andererseits ist es unmöglich, sie zu ignorieren, denn wir haben erlebt, daß sich hinter dem, was sich so stündlich an Nachrichten absetzt, bedrohliche Großwetterlagen zusammenziehen können, die sich bis in unser Haus hinein entladen könnten. Es gibt Trends, die jeder Vorstellbarkeit spotten, wie zum Beispiel die laufende sogenannte Bevölkerungsexplosion, die zu einer Verdoppelung der Menschheit im Laufe der nächsten vierzig Jahre führen kann.

Unser Bewußtsein ist daher zu einem ausschweifenden Weltverkehr genötigt, ohne daß wir uns doch wirklich orientieren könnten und ohne daß der Reichweite dieses Neuigkeitenbereichs auch nur annähernd Möglichkeiten echter Praxis entsprechen würden. Über die moralische Seite dieser technisch erzeugten modernen – ich möchte sagen: reich informierten Weltfremdheit spreche ich nachher; hier soll uns nur die intellektuelle Seite interessieren. Auch auf dem engeren Bereich einzelner Kulturzweige lassen sich überall Beweise finden, daß die Erstmaligkeit der Industriekultur schlechthin auf jeden einzelnen Zustand abfärbt, mit der Folge, daß unsere aus der Vergangenheit überlieferte Sprache versagt. Die berühmte Frage: »Ist das noch Kunst?« bietet ein Beispiel für diese Verlegenheit. Zu den erregenden Ereignismassen der Aktualität tritt daher die steigende Mühe, die Einzelheiten überhaupt noch in den Begriff zu zwingen, der nicht mehr richtig greift. Die Sprache ist älter als *diese* Welt, und infolgedessen entfremden sich uns beide. Dennoch können wir uns nicht abschließen, denn die Ereignisse entstehen nicht nur, sondern sie werden uns informativ aufgenötigt.

Man kann zu der Vorstellung kommen, die Kompliziertheit der großen gesellschaftlichen Trends mit ihrer Verwicklung von wirtschaftlichen, biologischen, geistigen Daten habe einen solchen Grad erreicht, daß wir uns durch dazwischen geschobene Begriffe und Schablonen ihre Erkennbarkeit vortäuschen müssen, um überhaupt mitspielen zu können. Und wenn, was heute vorgeht, sich kaum noch erheben läßt, so muß um so rätselhafter werden, was in der Vergangenheit sich abspielte oder gar was sich ereignen wird. Die Frage, was eigentlich mit Kuba während der Raketenkrise vorging, erscheint mir als ebenso dunkel wie die, was aus den Verschiebungen in Italien sich ergeben wird. Dabei ist es selbstverständlich, daß es Menschen gibt, für die solche Fragen im Umkreis ihrer Berufsarbeit liegen; aber gerade der Experte hat ein genaues Bewußtsein seiner Wissensgrenzen, er erweckt um so mehr Vertrauen, je bereitwilliger er diese Grenzen zugibt.

Wenn ich mir nun die Gereiztheit der Intellektuellen oder eines sehr großen und wortfähigen Teiles von ihnen gegenüber der Gesellschaft klarmachen will, in der sie leben, so scheint mir die Vermutung plausibel, daß der dauernde ausschweifende Weltverkehr des Bewußtseins ohne die Möglichkeit, handelnd und praktisch tätig zu werden, ungemein belastend ist. Unter einem pausenlosen Beschuß von Schwachstrominformationen über entfernte, undurchdringliche und sehr oft schockierende Ereignisse kann man sich nicht anders halten als so, daß man Meinungs- und Gesinnungsschablonen folgt.

Damit haben wir die ideologische Verhaftung verstanden, die bei denjenigen, die aus Worten in Worte tätig sein müssen, geradezu ein Standesmerkmal bildet. Wir alle leben in einer Erfahrung zweiter Hand neben unserer je engen Praxis, leben in Informations-Montagen, die rätselhafte Ereignismassen chiffrieren, sie aber leben darin als in ihrem Element. Dann hält man sich nur so, daß man seine Aktivität in den Enthusiasmus von Meinungen und Gesinnungen umgießt. Mit den ehrlichsten Überzeugungen zielt man dann oft genug an der Wirklichkeit der Tatsachen genau vorbei. Der deutsch-amerikanische Soziologe Schoeck berichtet, daß die amerikanische Publizistik von Anfang 1959 bis Ende 1960 eine Diskussion, ob Kuba unter Castro auf dem Wege zum Sowjetsatelliten sei, souverän erstickte, und es anschließend bis Oktober 1962 praktisch unrespektabel machte, die Frage ernsthaft zu diskutieren, ob es dort zu sowjetischen Raketenstützpunkten kommen könne. Ganz ähnlich lag es mit der Berichterstattung in Süd-Vietnam zur Zeit der Herrschaft jener damals gestürzten Familie. In solchen Fällen kommt die Rätselhaftigkeit der erstmaligen Ereignisse zusammen mit schon längst festliegenden Meinungs- und Gesinnungsschablonen, diesmal der Nordost-Intellektuellen der USA, und die Folge war, daß sie alle und auch sich selbst getäuscht haben, wobei ich die Lauterkeit der Überzeugungen bereitwillig zugebe.

Um das Gesagte zusammenzufassen, so meine ich: Der Erdball ist von der Technik her klein geworden, die Ereignismassen, über die wir informiert werden, wachsen mit der Schnelligkeit der Übermittlung und der Größe des Einzugsbereiches. Dennoch ist unser Bescheidwissen zum größten Teil fiktiv, die Erstmaligkeit und Kompliziertheit der Ereignisse macht sie undurchdringlich, aber sie rücken uns auf die Haut. Folglich reagieren wir mit Meinungen, mit hülsenhaften, schematischen Vorstellungen, die wir mit Gefühlen aufladen, von denen schwer zu sagen ist, ob sie nicht auch Hülsen sind. Man kann die Lage auch mit dem Begriff »Überforderung« kennzeichnen. Daß man große Massen von Menschen mit Politik überfordern und ihnen Entscheidungen auferlegen kann, von deren Tragweite sie kaum eine Ahnung hatten, die sie aber dann verantworten mußten – das haben wir gesehen. Aber jenseits unserer eigenen Geschichte sieht es so aus, als ob etwas wie eine Überpolitisierung der gegenwärtigen Menschheit überhaupt vor sich ginge, einfach als Folge des informatorischen Weltverkehrs, der die Angelegenheiten eines jeden Volkes um die Welt herum quasi jedem anderen zur Beurteilung vorlegt, wobei kein einzelner Mensch konkret tätig werden kann. Ich habe keine Zweifel an der Tatsache einer Bewußtseinsüberforderung als allgemeiner Folge des technischen Informationspotentials: Hier im Kopf erlebt man, daß die Menschen, wie die Zeitschrift *Time* im Dezember 1962 sagte, eher Opfer als Kontrollierende einer Gesellschaft sind, die zu groß geworden ist, um in menschlichen Maßen verstehbar zu sein: *grown too big to be comprehensible in human terms.* In der Mitte dieser Situation leben die Intellektuellen, sie können so wenig wie wir verarbeiten, was täglich in uns hineingeschüttet wird – eine geistig tief entmutigende, frustrierende Lage.

*

Damit erreichen wir den Punkt, wo zu fragen ist, wie es um das spezifische Ethos der Intellektuellen steht: Ich meine die hauptsächlich von ihnen aus verbreitete progressive philanthropische Ethik. Hier können sich auch die Wege trennen: Die vorher beschriebene Bewußtseinslage des Zuschauers im informatorischen Weltverkehr teilen wir alle irgendwie, das Feld der Werte dagegen bleibt ein Kampfplatz. Vor einem Kreise christlicher Politiker brauche ich wohl kaum zu betonen, daß es bei höheren Graden der Verantwortung stets darum geht, Motive sehr verschiedenen Ursprungs in *einem* Handeln zusammenzuzwingen. Ob man von dem Diesseits in seiner Spannung zu Verheißungen ausgeht, die sich auf ein metaphysisches Jenseits beziehen, oder ob man die Forderungen der Sachen mit denen des Gewissens konfrontieren muß – stets bewegt man sich doch in Situationen, deren Gesetze auseinanderklaffen, sie liegen nicht harmonisch zueinander. *Sein* Reich war nicht von dieser Welt, er nahm den Menschen das antike gute Gewissen des Sieges und der Grausamkeit, er versprach ihnen aber auch keineswegs das größte Glück der größten Zahl, das Wohlleben und das Miteinander-Auskommen. Wenn heute viele Bekundende des Christentums die Tugend der Hoffnung wiedergefunden zu haben scheinen, und zwar der Hoffnung auf eine friedsame sozialeudämonistische Harmonie, dann spricht aus ihnen *seine* Stimme mit der der Aufklärung gefärbt. Ich bin der Meinung, daß Gott in vielen Herzen allzusehr Mensch geworden ist, und daß es eine neuartige Säkularisierung der Religion gibt, die diesmal nicht nur über die materielle

Verweltlichung läuft, sondern über die Moral. Dann wird die Menschheit Subjekt und Objekt ihrer eigenen Verherrlichung, aber im Incognito der christlichen Liebesreligion.

Die dem Weltverkehr des Bewußtseins zugeordnete Intellektuellen-Moral kommt daher in beiden Formen vor: einmal in der Folge der Aufklärung als diesseitige, progressiv gemeinte Solidarethik, und zweitens in der eben genannten neochristlichen Feier der Menschheit durch sich selbst im Namen Gottes. Hier liegt eines der zementiertesten Vorurteile unserer angeblich toleranten Zeit, und es erscheint mir bisweilen als ein Don-Quichote-Unternehmen, gegen die innere Schiefheit einer Moral anzugehen, die derart weltverbreitet, derart einleuchtend ist. Alles spielt ihr zu: der Rationalismus unserer Zeit, ihre demokratischen Selbstverständlichkeiten, das weit verbreitete Elend in der Welt, dessen Ausmaß wir jetzt erst übersehen und dem noch abzuhelfen ist, der Wille zum Hoffen in einem so betäubend zerschlagenen Volk, und nicht zuletzt der Wahn, die Umarmungsbreite unserer Gesinnungen könne den Maßstäben des Weltverkehrs folgen –: alles das scheint sich wie in einem Brennpunkt in einer philanthropischen Ethik zu vereinigen.

Dennoch ist gegen diese *Gesinnungsethik,* wie gegen jede andere, geltend zu machen, daß sie nur zur Hälfte überzeugt. Jede ist fragmentarisch, auch wenn sie das Herz ganz füllt, die nicht von einer *Verantwortungsethik* kontrolliert wird. Wir werden hier über Max Weber nicht hinauskommen. »Wir müssen uns klar machen«, sagte er in der Schrift *Politik als Beruf,* »daß alles ethisch orientierte Handeln unter zwei voneinander grundverschiedenen, unaustragbar gegensätzlichen Maximen stehen kann: es kann ›gesinnungsethisch‹ oder ›verantwortungsethisch‹ orientiert sein. Nicht daß Gesinnungsethik mit Verantwortungslosigkeit und Verantwortungsethik mit Gesinnungslosigkeit identisch wäre. Davon ist natürlich keine Rede. Aber es ist ein abgrundtiefer Gegensatz, ob man unter der gesinnungsethischen Maxime handelt – oder unter der verantwortungsethischen: daß man für die (voraussehbaren) Folgen seines Handelns aufzukommen hat.« Soweit Max Weber.

Unter diesem Licht sehe ich jetzt die humanitäre Gesinnungsethik der Intellektuellen: Sie ist wirklich dem Intellekt zugeordnet, dem abstrakten Weltverkehr, so wie ihn die Kulturbedingungen heute herstellen; sie ist eine Ethik der Zuschauenden und Kritisierenden, sie kann nur als Rede, als Ausdruck, als Agitation, vor allem als Vorwurf und Beschuldigung gelebt werden. Zwar schiebt sie sich auch dem Handelnden ins Gewissen, aber er kann mit ihr allein nicht leben, er muß für die Folgen seines Handelns aufkommen; so erlebt er, wie der Zwang der Sachen und sein Gewissen quer zueinander liegen, und das ist das Kreuz, das er tragen muß, der Wahl des Schuldigwerdens kann er oft genug nicht entgehen.

Ich will Ihnen einen philosophischen Aspekt der Sache nicht vorenthalten. Es gehört zu den rätselhaften Dingen, daß man – nach zweitausend Jahren christlicher Erfahrung vom Gegenteil – von der Glücksfähigkeit des Daseins überzeugt ist. Anscheinend ist dem Verfall des Glaubens an Gott der Verfall des Glaubens an die Ideale nicht gefolgt, sondern nun werden die Ideale gegen die bestehenden Verhältnisse aufgerichtet, die dann natürlich immer eine schlechte Figur machen. Und so kann auch das Gewissen selbst idealistisch überfordert werden, wenn man glaubt, man könne die dunklen Seiten der menschlichen Natur durch Moral »loswerden«, während man doch hier das Wort »Erlösung« heranzuführen hätte, oder wenigstens das Wissen um den dauernden Hintergrund kreatürlicher Not und Erblindung, von Mensch zu Mensch unaufhebbar, das Wissen vom Schuldigwerdenmüssen des Handelnden und von dem Verstummen in diesen Erfahrungen.

Deshalb sind die Kritik und die ethische Gesinnung selber zweideutig, sie sind nicht ohne weiteres im Recht, sie haben sich noch auszuweisen. Kritik mag sachlich richtig sein, sie setzt doch immer einen anderen voraus, der etwas getan und hingestellt hat und auf dessen Schultern man sich emporschwingt. Wer kritisiert, überzeugt nur, wenn er irgendeine Instanz angeben will, vor der er seine Kritik schweigen läßt; und die Gesinnungsethik muß zeigen, daß sie nicht bloß im Anmoralisieren anderer besteht, während man selbst nicht in der Verantwortung steht.

Ich will da ein aktuelles und deutliches Beispiel bringen. In Nagold zeigten sich wirkliche und bedauerliche Mängel. Der Fall wurde nun mit jenem ungeheueren Prangereffekt überbeleuchtet, der psychologisch und juristisch noch gar nicht begriffen ist, wie ich glaube. Er besteht in einer echten gesinnungsethischen Empörung, in einer sogleich ansteckenden Verallgemeinerung und in einer Infamie-Setzung. Das Ganze geschah nun aus der idealistischen Verantwortungsbefreiung heraus, denn die realen Effekte erfuhren wir, wenn überhaupt, aus der Londoner *Times* vom 6. Februar, in einem gründlichen Artikel über den herabgedrückten Status der Bundeswehrunteroffiziere, wo berichtet wird, daß seit dem Calwer Prozeß die Zahl der Unteroffiziere, die sich für eine weitere Dienstzeit verpflichtet haben, katastrophal gesunken ist.

Wenn ich hier auf die politischen Bezüge der allgemeinmenschlich-philanthropischen Ethik zu sprechen komme, von der ich glaube, daß man sie grundsätzlich nicht ablehnen kann, daß sie aber fragmentarisch ist und sehr leicht zu einer Angriffswaffe gegen das Bestehende entartet, dann muß ich noch eine Tatsache erwähnen: Sie rechnet nicht mit einer Grundforderung aller Moral: der Gegenseitigkeit. Denn ihr ist schon gekündigt worden, und zwar von importanter Seite: durch die Chinesen. Es gibt von Mao Tse Tung eine *Rede an die Schriftsteller und Künstler im neuen China,* die 1952 in Ost-Berlin erschien und uns hier interessiert, zumal sie unterstellt, daß auch dort die philanthropische Welt-Solidar-Ethik als eine Intellektuellengesinnung erscheint. Es heißt dort: »Manche Genossen sagen, daß alles aus Liebe hervorgehen muß. Nehmen wir diese sogenannte Liebe als Beispiel – da müssen wir doch erkennen, daß es in der Klassengesellschaft nur die klassenbedingte Liebe gibt. Diese Genossen jedoch fordern eine über den Klassen stehende allgemeine Menschenliebe, eine abstrakte Liebe, sowie eine abstrakte Freiheit usw. Es gibt jedoch keine über den Klassen stehende abstrakte ›menschliche Natur‹ ... Die sogenannte Liebe zur Menschheit, eine allumfassende Menschenliebe, hat es seit der Spaltung der Menschheit in Klassen nicht mehr gegeben. Die wahre Liebe zur Menschheit wird sicher einmal kommen, aber erst nach der Beseitigung der Klassen auf der Welt.«

Dies bedeutet doch, daß man sich die Weltrevolution, und zwar nach chinesischer Vorstellung, nicht abkaufen lassen will, Mao Tse Tung will sie nicht humanitär unterlaufen lassen, er kündigt bereits vorsorglich und verschiebt die Menschenliebe bis auf die Zeit, da er den Klassenkampf seines Stils gewonnen haben wird. Das muß enttäuschend sein – freilich nicht für das authentische Christentum, welches ja nicht damit rechnet, daß dem Menschen Genugtuung geschehe, sondern vielmehr damit, daß der Mensch vom Menschen verlassen wird.

*

Ich habe jetzt gesprochen über die Bewußtseinslage und die Gesinnungsethik der Intellektuellen, natürlich durchaus im Bewußtsein, daß meine Aussagen nur zutreffen auf einen Teil derjenigen, die die Macht des gesprochenen und geschriebenen Wortes handhaben, aber wohl auf den einflußreichsten Teil. Nun soll noch etwas über ihre soziologische Lage gesagt werden. Der Ausdruck »Links-Intellektuelle« ist deswegen vermieden worden, weil das Wort »links« mehrdeutig ist. Es wird ja auch in Anspruch genommen von den alten, historisch in der deutschen Geschichte und Leidensgeschichte tief verwurzelten sozialdemokratischen und gewerkschaftlichen Organisationen, denen niemand die Regierungs- und Verwaltungserfahrung, die Sachnähe und die Verantwortlichkeit bestreiten kann. Aber die Intellektuellen, auch die linksstehenden, haben aus ihrer Geistigkeit und Moral heraus zu *allen* Institutionen ein gebrochenes Verhältnis, zur Verwaltung, zum Parteiwesen, zur Wirtschaft auf allen Ebenen, zum Rechtsvollzug, zur Armee. Dieses gebrochene Verhältnis kam gerade dann sehr klar heraus, als vor einigen Jahren einige Intellektuelle in der Schrift *Die Alternative* versuchten, der SPD zu sekundieren; mit halbem Herzen, wie man kurz sagen kann.

Woher stammt dieses gebrochene Verhältnis zur Macht der anderen? Doch wohl daher, daß es sich im Grunde um einen Kampf zwischen zwei Aristokratien handelt. Auf der einen Seite haben wir die engagierten Publizisten und Schriftsteller von bekanntlich sehr großer potentieller Macht, auf der anderen Seite diejenigen, die in Staat und Wirtschaft die Dinge in Gang halten: als Arbeitgeber und Gewerkschaftsführer, als Abgeordnete aller Parteien, als Beamte, Richter, leitende Angestellte in allen Büros usw.; und nun kann man wohl nicht leugnen, daß die Intellektuellen einen Herrschaftsanspruch haben, der in dieser Welt der Geschäfte nicht unterzubringen ist. Ich erinnere da an die Besprechung eines Vortrages, den Hermann Kesten auf der Herbsttagung der Deutschen Akademie für Sprache und Dichtung im Jahre 1961 gehalten hat, und zu dem Karl Korn in der *FAZ* vom 17. Oktober 1961 berichtete. Dort hieß es: »Kesten schien auf die alte brennende Frage hinauszuwollen, warum die Literatur in unserem Lande nicht die Macht darstelle, die stärker ist als die Politik. Die Humanisierung, die Kesten von der Literatur erwartet, soll das politisch-gesellschaftliche Leben selbst so verändern, daß die Schriftsteller den Staat gleichsam von innen heraus mit Leben, *ihrem* Leben erfüllen«.

Das ist, möchte man sagen, ein weltfremder Herrschaftsanspruch, aber er scheint im Wesen solchen Geistes zu liegen, es handelt sich wirklich um eine alte, brennende Frage, zuerst erscheinend in der Forderung Platos, die Philosophen sollten regieren. Deshalb muß man wohl von einem Kampf einer Aristokratie gegen eine andere, in den Institutionen etablierte, sprechen, von einem Kampf um die Macht. Dafür habe ich volles Verständnis, ich sehe in einem Anspruch auf Macht nichts Verwerfliches, und zwar deswegen, weil man sein Ethos nur aus der Lage des Obenseins heraus voll ausleben kann, nicht aus einer gedrückten, eingeschnürten gesellschaftlichen Lage heraus. Auch dem progressiven Intellektuellen, der gegen die Macht kämpft, geht es doch immer um seine Macht, denn er will ja doch das durchsetzen helfen, was er für Fortschritt hält. Wenn nun, wie es scheint, die Verbitterung zunimmt, so kann ich das verstehen, wenn man eine Ahnung der Auswegslosigkeit unterstellt, und damit kämen wir am Schluß wieder auf den Ausgangspunkt zurück: zu der Frustration, dem Vergeblichkeitsbewußtsein als der – ich möchte sagen – klassenimmanenten Gefahr.

»Fortschritt« bedeutet nämlich mehreres: als Sieg des meßbar Besseren über das als Leistung Unvollkommenere ist er bei den Technikern und Naturwissenschaftlern gut aufgehoben und wahrscheinlich noch für lange Zeit gesichert. *Sozialer* Fortschritt bedeutet andererseits, daß die Güter und Produkte unserer Kultur immer weiteren Kreisen zugänglich gemacht werden, bedeutet eine Entprivilegisierung der Lebensreize und Lebensreichtümer einschließlich der Bildungsgüter; hier scheint es so zu stehen, daß ein solcher Fortschritt im Funktionssinn der großen Industriegesellschaften liegt, die die Gründe abschleift und hinwegarbeitet, aus denen man diesem Fortschritt widerstehen könnte. Der soziale Fortschritt wird heute nicht mehr durch die Agitation für ihn erzeugt, sondern durch die Gesetzlichkeit der Produktion selbst, die da heißt: immer mehr und immer zugänglicher. Auf diesen Gebieten können daher die Publizisten und Schriftsteller zum Fortschritt wenig beitragen. Ihre geschichtliche Hauptleistung lag ja aber auch an anderer Stelle, nämlich in der Zerstörung von Privilegien, insbesondere politischen, und von Tabus. Nun hat die ganz radikale Demokratie, in der wir hier leben, politische Privilegien nicht mehr übrig gelassen; was es noch gibt, sind natürlicherweise und wünschbarerweise Machtkämpfe von Gruppen, an denen die Intellektuellen ja aber selber teilnehmen. Und was die Abtragung von Tabus betrifft: die Auflösung sogenannter Vorurteile, oder die Durchleuchtung dessen, was für sich bleiben sollte, so scheint mir auch hier der Fortschritt konsumiert zu sein. In den Künsten, in der Literatur werden selbst Neuigkeiten offenbar immer seltener, von Fortschritt gar nicht zu reden. Tabu in dem Sinne, daß man nur in ihren eigenen Formeln von ihnen sprechen darf, sind noch die Kirchen und die Arbeiter, aber an die wird sich ja niemand wagen wollen; sonst sind alle Dächer abgedeckt, und seit die Staatsanwaltschaft Duisburg entschieden hat, der Film *Das Schweigen* sei nicht unzüchtig, ist auch da die Endstelle des Fortschritts erreicht, überbieten läßt sie sich wohl schwer. Alles zusammengenommen sieht es so aus, als ob die großen Aufklärungsideale die Zukunft nicht mehr für sich hätten: teils deshalb, weil sie immerhin realisiert sind, oder weil sie widerlegt sind, an den Tatsachen scheiterten. Diese Situation muß den inneren Protest der Intellektuellen sowohl anreizen wie aussichtslos machen.

Dieses Unbehagen an den Zuständen und Strukturen einer Gesellschaft, die längst zu groß geworden ist, um der Initiative Einzelner noch Handgriffe zu bieten, muß sich nun noch weiter verstärken, wenn man an die Statusfragen denkt. Ich würde glauben, daß die Intellektuellen im Verhältnis zu ihrer gesellschaftlichen Funktion prestigemäßig unterprivilegiert sind, ähnlich wie der Offiziersstand, wenn auch aus anderen Gründen. Als Soziologe teile ich nicht die rhetorische Geringschätzung solcher Probleme, es handelt sich da um objektive Daten von großer gesellschaftlicher Wirksamkeit. Die Unterprivilegierung der Intellektuellen hängt damit zusammen, daß *heute Geist nicht mehr nobilitiert.* Es stellt sich eben jetzt heraus, daß die Nobilitierung des Geistes eine Qualität der Feudalgesellschaft und ihrer großbourgeoisen Nachfolger war, die fähig waren, etwas, das sie nicht selbst hatten, bei anderen zu bewundern. Diese Nobilitierung liegt aber nicht im Richtungssinn hochdemokratischer Zeiten, wie man am amerikanischen Beispiel längst hätte ablesen können. Eine Gesellschaft wie die unsere funktioniert von innen her wissenschaftsförmig, sie muß immer breitere Kreise an Bildung und Begrifflichkeit heranführen, jeder zweite Beruf ist heute mit Rationalität und Wissen durchtränkt – das sind nicht Bedingungen, unter denen der Geist eine Seltenheitsrente hat, sondern er liegt für den Verkehrsgebrauch ausformuliert überall herum, nur ganz unwahrscheinliche Leistungen können sich noch herausheben.

Das ist die Lage, die den Intellektuellen sehr große Hypotheken auferlegt, denn sie laufen jetzt dasselbe Risiko, dem schon offensichtlich die Künste sich aussetzen mußten: nämlich sich in einem Eigenreich der Phantasie abzukapseln, in das die Radikalisierung abgeschoben werden kann. Dann aber kommen sie wieder mit den Sicherheitsforderungen der Massen in Konflikt.

Ich bin damit am Ende. Die unmittelbare Konsequenz dieser Darlegungen, wenn sie realistisch sind, wäre natürlich die, daß alle in der Öffentlichkeit tätigen staatlichen, administrativen, wirtschaftlichen und kulturellen Organisationen ihrerseits aktiv Kontakte mit den Intellektuellen suchen und aufnehmen sollten. Es genügt grundsätzlich nicht, sich bloß von den Publizisten anzapfen zu lassen und zögernd Auskünfte zu dosieren, oder die Schriftsteller auf den Büchermarkt zu verweisen. Man müßte für solche Kontakte eigene Institutionen einrichten, das heißt sie aus dem Ungefähr subjektiver Begegnungen herausheben, und würde dann sehen, daß eine große Zahl konkreter Probleme plötzlich zur gemeinsamen Lösung anstünde. Mehr kann ich dazu nicht sagen, weil ich auf dem Standpunkt stehe, daß konkrete Ratschläge bereits in den gouvernementalen Raum gehören und von Privatleuten nicht ohne Verantwortung zu erteilen sind. Aber vielleicht läßt sich noch eins sagen: Die gezogene, eben ausgesprochene Konsequenz könnte vielleicht die öffentliche Atmosphäre entgiften helfen, was wir Deutsche um so nötiger haben, als uns die positive Kohäsion fehlt, welche die großen Nationen charakterisiert.

Nr. 195, Mai 1964

Jean Améry

Die Tortur

Wer als Tourist Belgien besucht, den mag vielleicht ein Zufall nach dem halbwegs zwischen Brüssel und Antwerpen gelegenen Fort Breendonk führen. Die Anlage ist eine Festung aus dem Ersten Weltkrieg; im Zweiten war sie das letzte Hauptquartier des Königs Leopold, unter der deutschen Besatzung wurde sie eine Art von kleinem Konzentrationslager, ein »Auffanglager«, wie es im Rotwelsch des Dritten Reiches hieß. Heute ist sie belgisches Nationalmuseum.

Die Festung Breendonk wirkt auf den ersten Blick sehr alt, fast historisch, wie eine melancholische Gravüre aus dem Siebzigerkrieg: man denkt an Gravelotte und Sedan und glaubt, gleich müsse in einem der mächtigen, geduckten Tore der geschlagene Kaiser Napoleon III. erscheinen. Man muß näher herantreten, damit das flüchtige Bild aus abgelebten Zeiten abgelöst werde von einem anderen, das uns geläufiger ist: Wachttürme erheben sich längs des Grabens um die Festung, Stacheldrahtzäune umspinnen sie. Der Kupferstich von 1870 wird jählings überlagert von den Greuel-Photos aus jener Welt, die David Rousseau *L'univers concentrationnaire* genannt hat. Die Kuratoren des Nationalmuseums haben alles so gelassen, wie es 1940–44 war. Vergilbte Maueranschläge: »Wer weitergeht, wird erschossen.« Es hätte des pathetischen, vor der Festung errichteten Widerstands-Denkmals nicht bedurft, dem Besucher klar zu machen, *wo* er sich befindet und *was* da in Erinnerung gebracht wird.

Man tritt durchs Haupttor und befindet sich bald in einem Raum, der damals »Geschäftszimmer« hieß. Ein Bild Heinrich Himmlers an der Wand, eine Hakenkreuzfahne als Tuch über einen langen Tisch gelegt, ein paar kahle Stühle. Geschäftszimmer. Jeder ging an sein Geschäft, und ihres war der Mord. Dann die feuchten, kellerigen Korridore, schwach erhellt von den gleichen dünn und rötlich leuchtenden Glühbirnen, wie sie damals schon dort hingen. Gefängniszellen, von zolldicken Holztüren verschlossen. Schwere Gittertore, immer wieder zu durchschreiten, bis man sich schließlich in einem fensterlosen Gewölbe befindet, in dem mancherlei befremdliches Eisenwerkzeug herumliegt. Von dort drang kein Schrei nach draußen. Dort geschah es mir: die Tortur.

Wer von der Tortur spricht, muß sich hüten, den Mund voll zu nehmen. Was mir in dem unsäglichen Gewölbe in Breendonk zugefügt wurde, war bei weitem nicht die schlimmste Form der Folter. Man hat mir keine glühenden Nadeln unter die Fingernägel getrieben, noch brennende Zigarren auf meiner nackten Brust ausgedrückt. Was mir dort zustieß, war vergleichsweise gutartig, und es hat keine auffälligen Narben an meinem Körper zurückgelassen. Und doch wage ich, zweiundzwanzig Jahre später, auf Grund einer Erfahrung, die das Maß des Möglichen keineswegs auslotete, die Behauptung: die Tortur ist das fürchterlichste Ereignis, das ein Mensch in sich bewahren kann.

Es wird aber dergleichen in sehr vielen Menschen aufgehoben, und das Fürchterliche hat keinen Anspruch auf Einzigartigkeit. Man hat in den meisten Ländern des Westens die Folter zum Ende des 18. Jahrhunderts als Institution und Methode abgeschafft. Und dennoch weiß niemand, wie viele Männer und Frauen noch heute, zwei Jahrhunderte danach, von erlittener Tortur zu erzählen haben. Während ich diesen Text schreibe, fällt mir ein Zeitungsblatt in die Hände mit Photos, darauf Angehörige der südvietnamesischen Armee gefangene Vietcong-Rebellen foltern. Graham Greene schrieb dazu einen Brief an den Londoner *Daily Telegraph,* in dem es heißt: »Das Neuartige an den von der englischen und der amerikanischen Presse veröffentlichten Photographien ist, daß man sie offenbar mit Einverständnis der Folterknechte aufnahm und daß sie ohne Kommentare publiziert wurden. Das ist ja, als handle es sich um Tafeln aus einem zoologischen Werk über das Leben der Insekten! Heißt dies, daß die amerikanischen Behörden die Tortur als eine gesetzliche Form der Einvernahme von Kriegsgefangenen betrachten? Diese Photos sind, wenn man will, ein Zeichen von Ehrlichkeit, denn sie zeigen, daß die Behörden ihre Augen nicht verschließen. Nur frage ich mich, ob einer solchen Art von unbewußter Aufrichtigkeit nicht am Ende die Hypokrisie der Vergangenheit vorzuziehen ist ...«

Graham Greenes Frage wird auch jeder von uns sich stellen. Das Eingeständnis der Tortur, das Wagnis – aber ist es denn noch ein solches? –, mit derartigen Photos vor die Öffentlichkeit hinzutreten, ist erklärlich nur unter der Annahme, daß eine Revolte der Gewissen nicht mehr befürchtet wird. Man möchte meinen, daß diese Gewissen sich an die Praxis der Tortur gewöhnt haben. Die Folter wurde und wird in diesen Jahrzehnten ja auch keineswegs nur in Vietnam angewandt. Ich möchte nicht wissen, wie es zugeht in südafrikanischen, angolesischen, kongolesischen Gefängnissen. Aber ich weiß, wie es getrieben wurde zwischen 1956 und 1962 in den Kerkern der Algérie Française. Es gibt ein schreckhaft genaues und nüchternes Buch hierüber, *La question* von Henri Alleg, ein Werk, das den Horror zu Protokoll gab und dessen Verbreitung verboten wurde. Noch zahlreiche andere Bücher und Pamphlete erschienen damals zum Thema: die gelehrte kriminologische Abhandlung des berühmten Anwalts Alec Mellor, der Protest des Publizisten Pierre-Henri Simon, die moralphilosophische Untersuchung eines Theologen namens Vialatoux. Die halbe französische Nation stand auf gegen die Tortur in Algerien. Das ist, man kann es nicht ausdrücklich genug sagen, die Ehrenleistung dieses Volkes. Linksintellektuelle protestierten; katholische Gewerkschaftler und andere christliche Laien warnten und schritten unter Gefahr für Sicherheit und Leben gegen die Tortur ein; Kirchenfürsten erhoben ihre Stimmen, wenngleich für unser Empfinden viel zu leise.

Aber das geschah in dem auch in diesen dunklen Tagen nicht durchaus freiheitsberaubten Frankreich. Von anderswo drangen die Schreie so wenig in die Welt wie einst mein eigenes, mir fremdes und unheimliches Geheul aus dem Gewölbe von Breendonk. In Ungarn amtiert ein Ministerpräsident, von dem es heißt, es wurden ihm unter dem Regime eines seiner Vorgänger von Folterknechten die Fingernägel ausgerissen. Und wo und wer sind alle die anderen, von denen man überhaupt nichts erfuhr und wahrscheinlich niemals etwas vernehmen wird? Völker, Regierungen, Polizeibehörden, Namen, die man kennt, aber die niemand nennt. Es wird aufgeheult unter der Tortur. Vielleicht zu dieser Stunde, in dieser Sekunde.

Wie komme ich da eigentlich dazu, von der Tortur gerade nur im Zusammenhang mit dem Dritten Reich zu sprechen? Weil ich selbst sie unter den Schwingen gerade dieses Raubvogels erlitt, natürlich. Aber *nicht nur* darum, sondern weil ich jenseits aller persönlichen Erlebnisse überzeugt bin, daß für dieses Dritte Reich die Tortur kein Akzidens war, vielmehr seine Essenz. Da höre ich heftigen Widerspruch sich erheben, und ich weiß, daß ich mich mit dieser Behauptung auf gefährlichen Grund begebe. Ich werde später versuchen, sie zu begründen. Zuvor aber ist zu berichten, was eigentlich der Inhalt meiner Erfahrungen war und was sich zutrug in der Kellerluft der Festung Breendonk.

*

Ich wurde im Juli 1943 von der Gestapo verhaftet. Flugzettel-Affäre. Die Gruppe, der ich angehörte, eine kleine deutschsprachige Organisation innerhalb der belgischen Widerstandsbewegung, bemühte sich um antinazistische Propaganda unter den Angehörigen der deutschen Besatzungsmacht. Wir stellten ziemlich primitives Agitationsmaterial her, von dem wir uns einbildeten, es könne die deutschen Soldaten vom grausamen Wahnwitz Hitlers und seines Krieges überzeugen. Heute habe ich manchen Grund zur Annahme, daß wir unser dürftiges Wort an taube Ohren richteten und die feldgrauen Soldaten, die unsere vervielfältigten Schriften vor ihren Kasernen fanden, sie stracks ihren Vorgesetzten weitergaben, die ihrerseits dann mit der gleichen dienstlichen Fixigkeit die Sicherheitsbehörden verständigten. Auf einem der Flugblätter, die ich im Augenblick meiner Festnahme bei mir trug, stand ebenso bündig wie propagandistisch ungeschickt: »Tod den SS-Banditen und Gestapo-Henkern!«

Wer mit Schriftzeug solcher Art von den Männern in Ledermänteln festgenommen wurde, der konnte sich keinerlei Illusionen machen. Ich bereitete sie mir auch keinen Augenblick lang, denn ich fühlte mich – zu Unrecht, wie mir heute klar ist – als alter Kenner des Systems, seiner Männer, seiner Methoden. Leser der *Neuen Weltbühne* und des *Neuen Tagebuchs* von einst, bewandert in der KZ-Literatur der deutschen Emigration von 1933 an, glaubte ich vorauszusehen, was mir bevorstand. Schon in den ersten Tagen des Dritten Reiches hatte ich von den Kellern der SA-Kaserne in der Berliner General-Pape-Straße gehört. Bald danach hatte ich das meines Wissens erste deutsche KZ-Dokument, das Büchlein *Oranienburg* von Gerhart Segers, gelesen. Seitdem waren mir so viele Berichte von ehemaligen Häftlingen zur Kenntnis gelangt, daß ich meinte, es könnte für mich nichts Neues mehr geben auf diesem Felde. Gefängnis, Vernehmungen, Prügel, Folter – am Ende aller

Wahrscheinlichkeit nach der Tod: so stand es geschrieben und so würde es verlaufen.

Weiß man aber wirklich? Nur so halb und halb. »Rien n'arrive ni comme on l'espère, ni comme on le craint«, heißt es bei Proust. Aber nicht darum, weil etwa, wie man so sagt, das Geschehnis »die Vorstellungskraft überstiege« (es ist keine quantitative Frage), sondern weil es Wirklichkeit ist und nicht Imagination. Man kann ein Leben daran wenden, das Eingebildete und das Wirkliche gegeneinander zu halten, und wird dennoch niemals damit zu Rande kommen. Vieles geschieht in der Tat ungefähr so, wie man es vorstellend vorwegnahm: Gestapo-Männer in Ledermänteln mit gezückten Pistolen, damit hat es schon seine Richtigkeit. Aber dann eröffnet sich fast verblüffend die Einsicht, daß die Kerle nicht nur Ledermäntel und Pistolen haben, sondern auch Gesichter: keine »Gestapo-Gesichter«, wie sie im Buche stehen könnten. Vielmehr: Gesichter wie irgendwer. Dutzendgesichter. Und die ungeheure, neuerlich jede abstrahierende Vorstellung zerstörende Erkenntnis eines späteren Stadiums macht uns deutlich, wie die Dutzendgesichter dann schließlich doch zu Gestapo-Gesichtern werden und wie das Böse die Banalität überlagert und überhöht. Es gibt nämlich keine »Banalität des Bösen«, und Hannah Arendt, die in ihrem Eichmann-Buch davon schrieb, kannte den Menschenfeind nur vom Hörensagen und sah ihn nur durch den gläsernen Käfig.

Wo ein Ereignis uns bis zum äußersten herausfordert, dort sollte nicht von Banalität gesprochen werden; denn an diesem Punkte gibt es keine Abstraktion mehr und niemals eine der Realität sich auch nur annähernde Einbildungskraft. Daß jemand in einem Auto gefesselt weggeführt wird, ist »selbstverständlich« nur, wenn man davon in der Zeitung liest und sich dann, während man gerade Flugzettel verpackt, vernünftig sagt: Nun ja, und was weiter? So kann es, so wird es auch mir eines Tages ergehen. Aber das Auto ist anders und der Druck der Fesseln wurde nicht vorgespürt und das Tor des Gestapo-Hauptquartiers, man mochte vordem unzählige Male daran vorübergeschritten sein, hat andere Quadern, wenn man als Häftling über seine Schwelle tritt. Alles versteht sich von selbst und nichts ist selbstverständlich, sobald wir hineingestoßen werden in eine Wirklichkeit, deren Licht uns blind macht und bis ins Mark versehrt. Das, was man so das »normale Leben« nennt, mag aufgehen in vorwegnehmender Vorstellung und trivialer Aussage. Ich kaufe eine Zeitung und bin »ein Mann, der eine Zeitung kauft«: Der Akt unterscheidet sich nicht von dem Bild, in dem ich ihn vorausnahm, und ich selbst differenziere mich kaum von den Millionen, die ihn vor mir vollzogen. Weil meine Vorstellungskraft ausreichte, um die Realität eines solchen Vorgangs ganz zu umgreifen? Nein: sondern weil die sogenannte Wirklichkeit des Alltags selbst im unmittelbaren Erlebnis nichts ist als chiffrierte Abstraktion. In Wahrheit stehen wir dem Ereignis und damit der Wirklichkeit nur in seltenen Momenten unseres Lebens Auge in Auge gegenüber.

Das muß nicht schon die Tortur sein. Da genügt die Festnahme und allenfalls der erste Schlag, den man empfängt. – »Wenn Du sprichst«, sagten die

Männer mit den Dutzendgesichtern zu mir, »dann kommst Du ins Gefängnis der Feldpolizei. Gestehst Du nicht, dann geht's nach Breendonk und was das heißt, weißt Du.« – Ich wußte und wußte nicht. Jedenfalls verhielt ich mich annähernd wie der Mann, der eine Zeitung kauft, und redete wie vorgesehen. Leider sei mir nichts oder fast nichts bekannt. Komplizen? Von denen könnte ich nur die Decknamen nennen. Schlupfwinkel? Zu denen wäre man nur nachts geführt worden und die genauen Adressen habe man uns niemals anvertraut. Das aber war den Männern ein allzu geläufiges Geschwätz, sie lachten verächtlich. Und plötzlich fühlte ich – den ersten Schlag.

Schläge beim Verhör haben kriminologisch nur geringe Bedeutung. Sie sind eine stillschweigend praktizierte und akzeptierte Repressalie gegen geständnisunwillige Häftlinge. Wollen wir dem erwähnten Anwalt Alec Mellor und seinem Buch *La torture* glauben, dann werden Prügel in mehr oder weniger starken Dosen von fast allen Polizeibehörden, auch denen der westlich-demokratischen Länder, mit Ausnahme Englands und Belgiens, angewandt. In Amerika spricht man vom »third degree«, und Frankreich hat dafür sogar ein verharmlosendes Argot-Wort: man redet von der »passage à tabac« der Häftlinge. Noch nach dem Zweiten Weltkrieg hat ein hoher französischer Kriminalbeamter in einem für seine Untergebenen bestimmten Buch in Einzelheiten dargelegt, daß auf physischen Zwang »im Rahmen der Legalität« bei den Verhören nicht verzichtet werden könne.

Die Öffentlichkeit zeigt sich zumeist nicht zimperlich, wenn ihr dann und wann derartige Vorgänge publizistisch enthüllt werden. Und ich habe noch niemals gehört, daß ein prügelnder Polizeibeamter von seinen vorgesetzten Stellen nicht energisch gedeckt worden wäre. Bewirken also die simplen Schläge, die natürlich mit der eigentlichen Tortur ganz inkommensurabel sind, fast nie weittragende Echowellen im Publikum, so sind sie doch für den, der sie erleidet, tief markierende Erlebnisse, um nicht die großen Worte jetzt schon zu verausgaben und klar zu sagen: Ungeheuerlichkeiten. Hier ist alles spätere schon im Keim enthalten. Folter und Tod in der Zelle werden beim ersten Schlag als reale Möglichkeiten vorgespürt. Man darf mich mit der Faust ins Gesicht schlagen, fühlt in dumpfem Staunen das Opfer, und schließt in ebenso dumpfer Gewißheit: man wird mit mir anstellen, was man will. Es ist nur wenig ausgesagt, wenn irgendein Ungeprügelter die ethisch-pathetische Feststellung trifft, daß mit dem ersten Schlag der Inhaftierte seine Menschenwürde verliere.

Ich muß gestehen, daß ich nicht genau weiß, was das ist: die Menschenwürde. Der eine glaubt sie zu verlieren, wenn er in Verhältnisse gerät, unter denen es ihm unmöglich wird, täglich ein Bad zu nehmen; ein anderer, wenn er vor einer Behörde eine andere als seine Muttersprache sprechen muß. Hier ist die Menschenwürde an einen bestimmten physischen Komfort gebunden, dort an freie Meinungsäußerung. Ich weiß also nicht, ob die Menschenwürde verliert, wer von Polizeileuten geprügelt wird. Doch bin ich sicher, daß er schon mit dem ersten Schlag, der auf ihn niedergeht, etwas einbüßt, was wir vielleicht vorläufig das *Weltvertrauen* nennen wollen. Zum Weltvertrauen gehört vielerlei: der irrationale und logisch nicht zu rechtfertigende Glaube an unverbrüchliche Kausalität etwa, oder die gleichfalls blinde Überzeugung von der Gültigkeit des Induktionsschlusses. Wichtiger aber – und in unserem Zusammenhang allein relevant – ist als Element des Weltvertrauens die Gewißheit, daß der Andere auf Grund von geschriebenen oder ungeschriebenen Sozialkontrakten meinen physischen und damit auch metaphysischen Bestand respektiert. Die Grenzen meines Körpers sind die Grenzen meines Ichs. Die Hautoberfläche schließt mich ab gegen die fremde Welt: auf ihr darf ich, wenn ich Vertrauen haben soll, nur zu spüren bekommen, was ich spüren *will.*

Mit dem ersten Schlag aber bricht dieses Weltvertrauen zusammen. Der Andere, *gegen* den ich physisch in der Welt bin und *mit* dem ich nur solange sein kann, wie er meine Hautoberfläche als Grenze nicht tangiert, zwingt mir mit dem Schlag seine eigene Körperlichkeit auf. Es ist wie eine Vergewaltigung, ein Sexualakt ohne das Einverständnis des einen der beiden Partner. – Freilich, sofern eine auch nur minimale Aussicht auf erfolgreiche Gegenwehr besteht, kommt ein Mechanismus in Bewegung, in dessen Verlauf ich die Grenzverletzung durch den Anderen begradigen kann. Ich expandiere mich in der Gegenwehr meinerseits und objektiviere so meine eigene Körperlichkeit. Der Sozialkontrakt hat dann andere Klauseln: Aug um Auge, Zahn um Zahn. Man kann auch danach sein Leben einrichten. Man kann es *nicht,* wo man den Gegen-Menschen, zu dem der Mitmensch wurde, *wehrlos* an sich erleidet. Und vollends wird schließlich die körperliche Überwältigung durch den Anderen zum existentiellen Vernichtungsvollzug, wenn keine Hilfe zu erwarten ist.

Die Hilfserwartung gehört ja zu den Fundamentalerfahrungen des Menschen wie des Tieres; das haben der alte Kropotkin, der von der »gegenseitigen Hilfe in der Natur« sprach, und der moderne Tierverhaltens-Forscher Lorenz recht überzeugend vorgetragen. Die Hilfserwartung ist ebenso ein psychisches Konstitutionselement wie der Kampf ums Dasein. In nahezu allen Lebenslagen wird die körperliche Versehrung zusammen mit der Hilfserwartung empfunden: jene erfährt Ausgleich durch diese. Selbst auf dem Schlachtfeld finden die Rotkreuz-Ambulanzen ihren Weg zum Verletzten. Mit dem ersten Schlag der Polizeifaust aber, gegen den es keine Wehr gibt und den keine helfende Hand parieren wird, endigt ein Teil unseres Lebens und ist niemals wieder zu erwecken.

Einzufügen ist hier allerdings, daß der existentielle Schreck des ersten Schlages schnell verfliegt und psychischer Raum frei bleibt für eine Anzahl von praktischen Überlegungen. Es stellt sich sogar eine gewisse freudige Überraschung ein; denn die körperlichen Schmerzen sind durchaus nicht unerträglich. Die auf uns niedergehenden Schläge haben subjektiv vor allem eine räumliche und eine akustische Qualität: räumlich insofern, als der ins Gesicht und auf den Kopf geschlagene Häftling den Eindruck hat, als verschiebe sich ruckweise das Zimmer samt allen darin sichtbaren Gegenständen; akustisch, weil man ein dunkles Donnern zu hören glaubt, das schließlich untergeht in einem allgemeinen Brausen. Der Schlag wirkt also als seine eigene Anästhesie. Ein Schmerzempfinden, das einem heftigen Zahnschmerz oder dem pulsierenden Brand einer eiternden Wunde vergleichbar wäre, stellt sich nicht ein. Darum denkt der Geprügelte auch ungefähr dies: Na ja, das wäre doch auszuhalten, das führt Euch zu gar nichts.

Es führte sie zu nichts, und sie wurden der Faustschläge leid. Ich wiederholte nur, daß ich nichts wisse, und darum ging es alsbald, wie man mir angedroht hatte, nicht in das von der Wehrmacht verwaltete Gefängnis von Brüssel, sondern nach dem »Auffanglager Breendonk«, über das die SS herrschte. Als es durch das erste Tor über die Zugbrücke ging, mußten sogar die Gestapo-Männer ihre Legitimationen den wachthabenden SS-Leuten vorweisen, und hätte der Verhaftete trotz allem noch an dem Ernst der Lage gezweifelt: im Angesicht dieses Eintritts-Rituals, das nicht ohne eine gewisse finstere Feierlichkeit war, mußte er erkennen, daß er angelangt war am Ende der Welt. – Sehr schnell ging es in das »Geschäftszimmer«, von dem ich schon sprach. Das Geschäft, das man hier führte, war offensichtlich ein florierendes. Türenschlagend gingen Männer ein und aus, die auf den schwarzen Aufschlägen ihrer Uniformen die eingewirkten Buchstaben SD trugen. Sie würdigten die Ankömmlinge, Gestapo-Männer und Häftlinge, keines Gesprächs, nahmen nur mit großer Fixigkeit die Daten meiner falschen Identitätskarte auf und entledigten mich meines nicht weiter beachtlichen Besitzes. Ein dünnes goldenes Armband erweckte spöttische Aufmerksamkeit, und ein flämischer SS-Mann, der sich wichtig machen wollte, erklärte seinen deutschen Kameraden, dies sei das Kennzeichen der Partisanen. Mit jener Genauigkeit, wie sie den Vorgängen in einem Geschäftszimmer zukommt, wurde alles schriftlich festgehalten. Zufrieden blickten die kalten Kneiferaugen des Himmler-Bildes auf das Fahnentuch, das den rohen Holztisch bedeckte, und auf die Leute. Es war Verlaß auf sie.

*

Der Augenblick ist gekommen, ein Versprechen einzulösen: ich muß begründen, warum ich die Folter eine Essenz des Nationalsozialismus nannte, genauer gesagt: warum gerade in ihr sich das Dritte Reich in seiner ganzen Bestandsdichte verwirklichte. Daß auch anderswo gefoltert wurde und wird, davon war schon die Rede. Vietnam 1965. Algerien 1957. Rußland wahrscheinlich zwischen 1919 und 1953. Gefoltert haben 1919 in Ungarn die Weißen und die Roten, im Spanischen Bürgerkrieg die Franquisten wie die Republikaner. Folterknechte waren am Werk in den osteuropäischen Staaten der Zwischenkriegszeit, in Polen, Rumänien, Jugoslawien. Die Folter war keine Erfindung des Nationalsozialismus; aber sie war seine Apotheose. Kein goldenes Parteiabzeichen, kein Blutorden machte den Hitler-Gefolgsmann zum vollgültigen Repräsentanten seines Führers. Damit dieser ihm das geschichtliche Maturitätszeugnis ausstelle, mußte er *foltern,* vernichten, um »groß zu sein im Ertragen von Leiden anderer«. Erst dann würden spätere Generationen ihn bewundern um der Austilgung seiner eigenen Barmherzigkeit willen.

Ich höre nochmals entrüsteten Widerspruch sich erheben, höre sagen, daß nicht Hitler die Folter gewesen sei, sondern irgend etwas Undeutliches, der »Totalitarismus«. Ich höre namentlich das Beispiel des Kommunismus aufgerufen. Und habe ich nicht eben selbst gesagt, es sei während vierunddreißig Jahren in der Sowjetunion torturiert worden? Und hat nicht schon Arthur Koestler ...? Ich weiß, ich weiß. Es ist unmöglich, hier auf die politische Haupt- und Staatsmystifikation der Nachkriegszeit einzugehen, die uns Kommunismus und Nationalsozialismus als zwei nicht einmal sehr verschiedene Erscheinungsformen ein- und derselben Sache definierte. Man hat uns bis zum Überdruß Hitler und Stalin, Auschwitz und Sibirien, die Warschauer Getto-Mauer und die Berliner Ulbricht-Mauer zusammen genannt wie Goethe und Schiller, Klopstock und Wieland. Nur andeutend sei hier im eigenen Namen und auf jede Denunziationsgefahr hin wiederholt, was in einem vielbefeindeten Interview einmal Thomas Mann gesagt hat: daß nämlich der Kommunismus, wie schrecklich er sich zeitweilig auch darstellen möge, immerhin *eine Idee* vom Menschen versinnbildliche, während der Hitler-Faschismus überhaupt keine Idee war, sondern nur eine Schlechtigkeit. Unleugbar ist ja schließlich, daß dieser Kommunismus sich entstalinisieren konnte und daß heute im sowjetischen Einflußbereich, soweit wir übereinstimmenden Berichten Glauben schenken dürfen, nicht mehr gefoltert wird. Es kann in Ungarn ein Ministerpräsident walten, der selbst einmal das Opfer der stalinistischen Tortur war. Wer aber könnte sich einen enthitlerisierten Nationalsozialismus vorstellen und als maßgebenden Politiker eines nazistisch neugeordneten Europa einen seinerzeit durch die Tortur geschleiften Röhm-Anhänger? Das kann sich niemand vorstellen. Das hätte nicht sein können. Denn der Nationalsozialismus, der zwar über keine Idee gebot, wohl aber ein ganzes Arsenal verworrener Mißideen besaß, hat bislang als einziges politisches System dieses Jahrhunderts die Herrschaft des Gegen-Menschen nicht nur praktiziert, wie andere rote und weiße Terror-Regime auch, sondern ausdrücklich als Prinzip statuiert. Das Wort Humanität war ihm verhaßt wie dem Frommen die Sünde, und darum sprach er von Humanitätsduselei. Die Nazis folterten wie andere, weil sie sich mittels der Tortur in den Besitz staatspolitisch wichtiger Informationen setzen wollten; daneben aber folterten sie mit dem guten Gewissen der Schlechtigkeit. Sie bedienten sich der Folter zu bestimmten, jeweils genau spezifizierten Zwecken. Inbrünstiger aber noch dienten sie ihr.

Rufe ich mir die Ereignisse von damals zurück, sehe ich noch den Mann vor mir, der plötzlich eintrat ins Geschäftszimmer und auf den es anzukommen schien in Breendonk. Er trug auf seiner feldgrauen Uniform die schwarzen Aufschläge der SS, aber man sprach ihn mit »Herr Leutnant« an. Er war klein, von gedrungener Gestalt und hatte jenes fleischige Gesicht, das man wohl in der Banal-Physiognomik »bärbeißig-gutmütig« nennen würde. Seine Stimme rasselte heiser, der Tonfall war berlinisch dialekthaft. Am Handgelenk hing ihm in einer Lederschlaufe ein Ochsenziemer von der Länge vielleicht eines Meters. Aber warum soll ich eigentlich seinen Namen verschweigen, der mir später so geläufig wurde? Es geht ihm vielleicht gut zur Stunde und er fühlt sich wohl in seiner gesundgeröteten Haut, wenn er vom Sonntagsausflug im Auto heimkehrt. Ich habe keinen Grund, ihn nicht zu nennen. Der Herr Leutnant, der hier die Rolle eines Spezialisten für Folterungen spielte, hieß Praust. »Jetzt passiert's«, sagte er rasselnd und gemütlich zu mir. Und dann führte er mich durch die rötlichdünn erleuchteten Korridore, in denen immer wieder Gittertore aufgingen und dröhnend zufielen, in das schon beschriebene Gewölbe, den Bunker.

Will ich endlich zur Analyse der Tortur kommen, dann kann ich dem Leser leider die sachliche Beschreibung dessen, was sich nun ereignete, nicht ersparen, kann nur versuchen, es knapp zu machen. Im Bunker hing von der Gewölbedecke eine oben in einer Rolle laufende Kette, die am unteren Ende einen starken, geschwungenen Eisenhaken trug. Man führte mich an das Gerät. Der Haken griff in die Fessel, die hinter meinem Rücken meine Hände zusammenhielt. Dann zog man die Kette mit mir hinauf, bis ich etwa einen Meter über dem Boden hing. Man kann sich in solcher Stellung oder Hängung an den hinterm Rücken gefesselten Händen eine sehr kurze Weile mit Muskelkraft in der Halbschräge halten. Man wird während dieser wenigen Minuten, in denen man die äußerste Kraft verausgabt, keine Fragen beantworten. Das in einem einzigen Körperbereich, nämlich in den Schultergelenken, gesammelte Leben reagiert nicht, denn es erschöpft sich ganz und gar im Kraftaufwand. Was mich betrifft, so mußte ich ziemlich schnell aufgeben. Und nun gab es ein von meinem Körper bis zu dieser Stunde nicht vergessenes Krachen und Splittern in den Schultern. Das eigene Körpergewicht bewirkte Luxation, ich fiel ins Leere und hing an den ausgerenkten, von hinten hochgerissenen und über dem Kopf nunmehr verdreht geschlossenen Armen. Tortur, vom lateinischen *torquere,* verrenken: Welch ein etymologischer Anschauungsunterricht! Dazu prasselten die Hiebe mit dem Ochsenziemer und mancher von ihnen durchschnitt die dünne Sommerhose, die ich an diesem 23. Juli 1943 trug.

Es wäre ohne alle Vernunft, die mir zugefügten Schmerzen hier beschreiben zu wollen; ein Vergleichsbild würde nur für das andere stehen. Der Schmerz war, der er war. Darüber hinaus ist nichts zu sagen. Gefühlsqualitäten sind so unvergleichbar wie unbeschreibbar, sie markieren die Grenze sprachlichen Mitteilungsvermögens. Wer seinen Körperschmerz mitteilen wollte, wäre darauf gestellt, ihn zuzufügen und damit selbst zum Folterknecht zu werden.

Wenn sich aber das *Wie* des Schmerzes der sprachlichen Kommunikation entzieht, so kann ich doch vielleicht annähernd aussagen, *was* er war. Er enthielt alles, was bereits über die Polizeiprügel ausgemacht wurde, nämlich: die Grenzverletzung meines Ichs durch den Anderen, die weder durch Hilfserwartung neutralisiert noch durch Gegenwehr begradigt werden kann. Die Tortur ist all das, aber noch sehr viel mehr. Wer nämlich in der Folter vom Schmerz überwältigt wird, erfährt seinen Körper wie nie zuvor. Sein Fleisch realisiert sich total in der Selbstnegation. Teilweise gehört die Tortur zu jenen Lebensmomenten, wie sie in gemilderter Form auch dem Kranken bewußt werden, und das populäre Wort, nach welchem es uns gut geht, so lange wir unseren Körper nicht spüren, spricht eine unbestreitbare Wahrheit aus. Aber erst in der Tortur wird die Verfleischlichung des Menschen vollständig. Wenn es wahr ist, was Thomas Mann im *Zauberberg* beschrieb, daß nämlich der Mensch desto körperhafter ist, je hoffnungsloser dieser sein Körper dem Leiden gehört, dann ist die Tortur das furchtbarste aller Körperfeste.

Man ist versucht, weiter zu spekulieren. Der Schmerz, sagten wir, sei die höchste denkbare Steigerung unserer Körperlichkeit. Vielleicht ist er aber auch noch mehr, wir meinen: der Tod. Es führt uns zum Tode keine logisch befahrbare Straße, doch mag erlaubt sein zu denken, daß uns durch den Schmerz ein gefühlsahnender Weg zu ihm gebahnt wird. Am Ende stünden wir vor der Gleichung: Körper = Schmerz = Tod, und diese ließe sich in unserem Fall wieder reduzieren auf die Hypothese, daß die Tortur, in der wir vom Anderen zum Körper gemacht werden, die Todeskontradiktion auslöscht und uns den eigenen Tod erleben läßt. Doch dies ist Sach-Flucht. Wir haben für sie nur die Entschuldigung des persönlichen Erlebens und müssen auch erläuternd noch beifügen, daß die Folter den *character indelebilis* hat. Wer gefoltert wurde, bleibt gefoltert. Unauslöschlich ist die Folter in ihn eingebrannt, auch dann wenn keine klinisch-objektiven Spuren nachzuweisen sind.

*

Ich spreche vom Gemarterten. Es ist aber Zeit, auch ein Wort zu sagen über die Peiniger. Von jenem zu diesen gibt es keine Brücke. Die moderne Polizeitortur kennt nicht die theologische Komplizität, die etwa noch in der Inquisition die beiden Partner verband: Der Folterknecht glaubte, Gottes Recht auszuüben, da er doch die Seele des Delinquenten reinigte; und der gefolterte Häretiker oder die Hexe sprachen ihm dieses Recht gar nicht ab. So war eine schreckliche und pervertierte Zweisamkeit gegeben. Davon ist in der Tortur unserer Zeit keine Spur mehr. Der Folterknecht ist für den Gefolterten nur noch der Andere – und als solcher soll er hier angeschaut werden.

Wer waren die Anderen, die mich da an den ausgerenkten Armen hochzogen und den baumelnden Körper mit dem Ochsenziemer züchtigten? Man kann fürs erste einen Standpunkt einnehmen, von dem aus gesehen sie bloß verrohte Kleinbürger und subalterne Beamte waren. Es ist aber vonnöten, diesen Standpunkt schnellstens wieder zu verlassen, wenn man zu einer mehr als banalen Einsicht in das Böse vorstoßen will. Handelte es sich also um Sadisten? Im engen sexualpathologischen Sinne waren sie es meiner begründeten Überzeugung nach nicht, so wie ich überhaupt glaube, daß ich während meiner zweijährigen Gestapo- und Konzentrationslagerhaft nicht einem einzigen echten Sadisten dieser Sorte begegnet bin. Sie *waren* es aber wahrscheinlich, wenn wir die Sexualpathologie beiseite lassen und versuchen, die Folterknechte nach den Kategorien der – nun ja, der *Philosophie* des Marquis de Sade zu beurteilen. Sadismus als die im eigentlichen Wortverstande ver-rückte Weltbetrachtung ist anderes als der Sadismus der gängigen psychologischen Handbücher, anderes auch als die Sadismus-Deutung Freuds. Es sei darum hier der französische Anthropologe Georges Bataille angeführt, der sehr gründlich über den närrischen Marquis nachgedacht hat.

Wir werden dann vielleicht sehen, daß nicht nur meine Peiniger am Rande einer sadistischen Philosophie hausten, sondern daß der Nationalsozialismus in seinem Gesamtumfang weniger vom Siegel eines schwer zu definierenden »Totalitarismus« geprägt war als von dem des *Sadismus*.

Für Georges Bataille ist der Sadismus nicht sexualpathologisch aufzufassen, vielmehr existentialpsychologisch, wobei er sich abzeichnet als die radikale Negation des Anderen, als die Verneinung zugleich des Sozial- und des Realitätsprinzips. Der Sadist will diese Welt aufheben, indem er seine eigene totale Souveränität in der Negation des Mitmenschen zu verwirklichen sucht. Der Mitmensch wird verfleischlicht und in der Verfleischlichung schon an den Rand des Todes geführt; allenfalls wird er schließlich über die Todesgrenze hinausgetrieben ins Nichts. Damit realisiert der Peiniger zugleich seine eigene zerstörerische Fleischlichkeit, ohne daß er sich darin, wie der Gemarterte, verlieren müßte: er kann ja mit der Folter einhalten, wenn es ihm paßt. Der Schmerzens- und Todesschrei des Anderen ist in seine Hand gegeben, als Herr über Leben und Tod ist er auch Herr über Fleisch und Geist. Solcherart wird die Folter zur totalen Umstülpung der Sozialwelt: denn in dieser können wir nur leben, wenn wir auch dem Mitmenschen das Leben gewähren, sein Leiden lindern, die Ausdehnungslust unseres Ichs zügeln. In der Welt der Tortur aber besteht der Mensch nur dadurch, daß er den Anderen vor sich zuschanden macht, den Anderen samt seinem Kopf, in dem vielleicht Kant und Hegel und alle neun Symphonien und die Welt als Wille und Vorstellung aufbewahrt sind. Der Peiniger selbst kann, wenn das geschehen ist, wenn er sich ausgedehnt hat in den Körper des Mitmenschen und ausgelöscht hat, was dessen Geist war – zur Zigarette greifen oder sich zum Frühstück setzen oder, wenn es ihn danach gelüstet, auch bei der Welt als Wille und Vorstellung einkehren.

Meine Kerle von Breendonk begnügten sich mit der Zigarette und ließen, sobald sie des Folterns müde waren, gewiß den alten Schopenhauer ungeschoren. Darum aber war das Böse, das sie mir bereiteten, doch nicht banal. Sie waren, wenn man durchaus will, stumpfe Bürokraten der Tortur. Und waren doch auch viel mehr: das sah ich in ihren angespannten, nicht etwa von sexualsadistischer Lust verquollenen, sondern in mörderischer Selbstrealisierung gesammelten Gesichtern. Mit ganzer Seele waren sie bei ihrer Sache, und die hieß Macht über Geist und Fleisch, Exzeß der ungehemmten Selbstexpansion. Ich habe auch nicht vergessen, daß es Momente gab, da ich der folternden Souveränität, die sie über mich ausübten, eine Art von schmählicher Verehrung entgegenbrachte. Denn ist nicht, wer einen Menschen so ganz zum Körper und zur Beute des Todes machen darf, ein Gott oder zumindest Halbgott?

Damit ich es nur gleich gestehe: Ich hatte nichts als Glück, daß unsere Gruppe im Hinblick auf Informationserpressung recht gut organisiert war und ich einfach nicht wußte, was man in Breendonk von mir hören wollte. Denn es war durchaus nicht so, daß ich ihnen das heldenhafte Schweigen entgegengesetzt hätte, das dem Manne in solcher Lage zukommt und von dem man liest (beiläufig: fast immer in Aufzeichnungen von Leuten, die nicht selbst dabei waren). Ich bezichtigte mich erfundener und phantastischer Staatsverbrechen, von denen ich heute noch nicht weiß, wie sie einem baumelnden Bündel wie mir überhaupt hatten einfallen können. In mir war offenbar die Hoffnung, ein wohlgezielter Schlag über den Schädel würde nach solch belastenden Geständnissen dem Elend ein Ende machen, mich hinüberbefördern in den Tod, zumindest aber in Bewußtlosigkeit. Bewußtlos wurde ich schließlich wirklich – und damit war es für einmal vorbei. Es ist noch immer nicht vorbei. Ich baumele noch immer, zweiundzwanzig Jahre danach, an ausgerenkten Armen über dem Boden, keuche und bezichtige mich. Da gibt es kein »Verdrängen«. Verdrängt man ein Feuermal? Man mag es vom kosmetischen Chirurgen wegoperieren lassen, aber die an seine Stelle verpflanzte Haut ist nicht die Haut, in der einem Menschen wohl sein kann.

Man wird die Folter so wenig los wie die Frage nach den Möglichkeiten und Grenzen der Widerstandskraft. Ich habe mit manchen Kameraden darüber gesprochen und vielerlei Erfahrungen nachzuerleben versucht. Ist es so, daß der tapfere Mann widersteht? Ich bin nicht sicher. Da war zum Beispiel jener zum Kommunismus konvertierte junge belgische Aristokrat, der so etwas wie ein Held war, und zwar im Spanischen Bürgerkrieg, wo er auf republikanischer Seite gefochten hatte. Als man ihn in Breendonk der Tortur unterwarf, »spie er es aus«, wie es im Jargon der gemeinen Verbrecher heißt: Er fuhr mit den Gestapomännern in die Häuser seiner Kameraden und redete ihnen in hocherregtem Eifer zu, doch nur ja alles, aber auch alles zu gestehen, nur darin liege das Heil, und es gelte, jeden Preis zu erlegen, damit man der Tortur entgehe. Und ich habe einen anderen gekannt, einen bulgarischen Berufsrevolutionär, dem man Foltern auferlegt hatte, mit denen verglichen die meine nur ein etwas anstrengender Sport war, und der geschwiegen hatte, einfach und beharrlich geschwiegen. Es soll hier auch des unvergeßlichen Jean Moulin gedacht werden, der im Pariser Pantheon beigesetzt ist. Er wurde als erster Vorsitzender des Nationalen Rates der Widerstandsbewegung Frankreichs verhaftet. Hätte er gesprochen, wäre die gesamte Résistance gefällt worden. Aber er ließ sich bis über die Todesgrenze hinaus martern und verriet auch nicht einen einzigen Namen.

Worin liegt die Kraft, worin die Schwäche? Ich weiß es nicht. *Man* weiß es nicht. Noch keiner hat übersichtliche Grenzen ziehen können zwischen der sogenannten »moralischen« und der gleichfalls unter Anführungszeichen zu setzenden »körperlichen« Widerstandskraft gegen physischen Schmerz. Es gibt nicht wenige Fachleute, die das Problem des Schmerzertragens auf rein physiologische Grundtatsachen reduzieren. Zitiert sei hier nur der Professor der Chirurgie am Collège de France, René Leriche, der folgendes Urteil gewagt hat: »Wir sind nicht gleich vor dem Phänomen des Schmerzes. Der eine leidet dort schon, wo der andere offensichtlich noch kaum etwas verspürt. Es hängt dies zusammen mit der individuellen Qualität unseres Sympathicus, mit dem Hormon der Nebenschilddrüse, mit den vaso-kontraktiven Substanzen der Nebennierenrinde. Wir können uns dem Begriff der Individualität auch in der physiologischen Betrachtung des Schmerzes nicht entziehen.

Die Geschichte zeigt uns, daß wir Menschen von heute schmerzempfindlicher sind als unsere Voreltern es waren, und dies unter rein physiologischem Gesichtspunkt. Hier spreche ich nicht von irgendeiner hypothetischen moralischen Widerstandskraft, sondern bleibe im Bereiche der Physiologie. Die schmerzstillenden Mittel und die Narkose haben mehr zu unserer größeren Empfindlichkeit beigetragen als moralische Faktoren. Auch sind die Reaktionen verschiedener Völker auf Schmerz durchaus nicht die gleichen. Zwei Kriege haben uns Gelegenheit gegeben zu sehen, wie die körperliche Sensibilität der Deutschen, der Franzosen, der Engländer unterschiedlich ist. Vor allem gibt es darin eine große Kluft zwischen den Europäern einerseits und den Asiaten und Afrikanern andererseits: diese ertragen physische Schmerzen unvergleichlich besser als jene …«

Dieses Urteil wird von den Erfahrungen des Nichtfachmanns, der viele Individuen und Angehörige zahlreicher Volksgruppen körperliche Schmerzen erleiden sah, kaum bestritten werden. Ich selbst konnte im Konzentrationslager beobachten, daß die Slawen physische Unbill leichter und stoischer ertrugen als etwa Italiener, Franzosen, Holländer, Skandinavier. Wir sind in der Tat als Körper nicht gleich vor dem Schmerz und der Tortur. Aber das löst nicht unser Problem der Widerstandskraft und gibt uns keine schlüssige Antwort auf die Frage nach dem Anteil, den moralische und physische Faktoren dabei haben. Werden wir uns einig in der Reduktion auf das bloß Physiologische, dann laufen wir Gefahr, am Ende jede Art von Wehleidigkeit und physischer Feigheit zu pardonieren. Legen wir aber allen Nachdruck auf die sogenannte moralische Resistenz, müßten wir den schwächlichen Gymnasiasten, der vor der Tortur versagt, nach den gleichen Maßen messen wie einen athletisch gewachsenen, an Härten gewöhnten dreißigjährigen Arbeiter. Lassen wir denn die Frage auf sich beruhen, so wie ich damals meine Widerstandskraft nicht analysierte, als ich zerschlagen in der Zelle lag und nachdachte.

Es zieht nämlich in den, der die Folter überstanden hat und dessen Schmerzen abklingen (bevor sie später wieder aufflammen) ein ephemerer Friede ein, der dem Denken förderlich ist. Einerseits ist er es zufrieden, daß er nur noch Körper war und damit, so meint er, aller politischen Sorge ledig wurde. Andererseits ist auch das Verflüchtigen jener Körperlichkeit, die sich in Schmerz und Tortur enthüllt, befriedend und beschwichtigend. Es gibt sogar euphorische Momente, in denen die Rückkunft schwacher Denkkräfte als ein außerordentliches Glück empfunden wird, so daß man den Drang verspürt, jetzt gleich, auf der Stelle, ohne die geringste Zeit zu verlieren, das Erlebnis geistig zu artikulieren; denn ein paar Stunden danach könnte es schon zu spät sein.

Sofern überhaupt aus der Erfahrung der Tortur eine über das bloß Alptraumhafte hinausgehende Erkenntnis bleibt, ist es die einer großen Verwunderung und einer durch keinerlei spätere menschliche Kommunikation auszugleichenden Fremdheit in der Welt. Ein Staunen über die Existenz des grenzenlos in der Tortur sich behauptenden Anderen – und über das, was man selber werden kann: Fleisch und Tod. Daß das Leben fragil ist und man es enden kann »mit einer Nadel bloß«, diese Binsenwahrheit war immer bekannt. Daß man aber den lebenden Menschen schon im Leben halb und halb zum Raub des Todes machen kann, dies wird erst in der Tortur erfahren. Die Schmach solcher Vernichtung läßt sich nicht mehr tilgen. Wer gemartert wurde, bleibt waffenlos der Angst ausgeliefert. *Sie* ist es, die fürderhin über ihm das Szepter schwingt. Sie – und dann auch das, was man die Ressentiments nennt, welche bleiben und nicht einmal die Chance haben, sich in einem Verlangen nach Rache zu verdichten – und zu reinigen.

Darüber blickt keiner hinaus in eine Welt, in der das Prinzip Hoffnung herrscht.

Nr. 208, Juli 1965

Hans Schwab-Felisch

In der Mitte des Taifuns

Der Polizist Kurras »wollte einen nicht auf Menschen gerichteten Warnschuß abgeben. Plötzlich *wurde* aus der Waffe ein Schuß abgefeuert.« So jedenfalls, ins Passiv gewendet, steht es in der Anklageschrift. Der irrationale Schuß vom 2. Juni 1967, heißt das, zu dessen Werkzeug gewissermaßen wurde, der ihn abgab, hat das Drama unserer derzeitigen Entwicklung *nicht* ausgelöst, nur seine Irreversibilität mit dem Blut eines Unschuldigen beglaubigt. Das Drama war schon vorher, für jeden sichtbar, in Gang gekommen. Die Große Koalition vom November 1966 mag in der redlichen Absicht geschlossen worden sein, mit ihrer Hilfe die Phase des Nachkriegs in der Bundesrepublik zu beenden und eine neue Ära geräuschlos einzuleiten. Der 2. Juni ist ein Symboldatum dafür geworden, daß dies nicht gelang.

Wo halten wir – ein Jahr danach? Die Frage stellen heißt, sich zur Ratlosigkeit bekennen. Niemand vermag heute zu sagen, wo wir morgen stehen werden. Die kommune Einsicht, daß wir nicht mehr allein leben, sondern Interdependenzen unterworfen sind, hat seit den Ereignissen in Frankreich und in der Tschechoslowakei ihren technologisch-wirtschaftlichen Charakter eingebüßt. Hüben und drüben werden Kräfte frei, die auf andere Weise kommunizieren, als von Machthabern und Technokraten vorgesehen. Ganz Europa befindet sich in einem Zustand des Übergangs. Die in der Nachkriegszeit gefundenen und inzwischen verfestigten Formen haben im Bewußtsein der Völker keine Deckung mehr.

Im Osten Europas will der Sozialismus sich mit den klassischen Bürgerfreiheiten (auf sozialistischer Basis) verbinden. Im Westen wächst das Unbehagen an einer Herrschaftsform, die eben diesen Freiheiten erst den Lebensraum geschaffen hat, weil die Gesetze, nach denen die bürgerlich-freiheitliche Gesellschaft bisher funktionierte, ganz offensichtlich nicht mehr ausreichen. Das Spannungsgefälle hinüber und herüber hat, gerade indem es Annäherungen am Horizont auftauchen ließ, eine Gefahrenzone eröffnet: Europa steht Gewehr bei Fuß.

Die Gewehre werden nicht losgehen. Die Ordnungsmächte beiderseits der politischen Demarkationslinie sind am Frieden in Europa interessiert. Gerade deshalb aber sind sie in eine paradoxe Lage geraten. Sie müssen sich, was die politische Durchsetzung ihrer jeweiligen Gesellschaftsvorstellungen (und Ideologien) angeht, im jeweils anderen Teil des Kontinents ein ungewöhnliches Maß an Zurückhaltung auferlegen. Beide Systeme aber, das kapitalistische im Westen und das sozialistische im Osten, sehen sich einem Druck von unten ausgesetzt, der sie zu Reformen zwingt. Sie begegnen sich daher in ihrem Interesse, Zeit zu gewinnen. Der jeweilige Druck von unten muß aufgefangen, seine Stoßrichtung nicht nur mit dem jeweiligen System harmonisiert, sondern auch in die Ausgleichsbemühungen zwischen Ost und

West integriert werden. Das ist eine der entscheidenden Aufgaben, vor die Europa sich gestellt sieht.

Ein Balanceakt ist in jedem einzelnen Lande zu vollführen, der das seltsame Bild einer Komplizenschaft zwischen den Establishments in Ost und West vermittelt, das partiell gegen die sich mehr und mehr komprimierende Ungeduld der eigenen Jugend gerichtet ist. Die zur allgemein europäischen Frage gewordene Eskalation der Revolte zwingt auch dort, wo sie noch verdeckt ist, die Machthaber zu einer Revision der seit zwanzig Jahren begangenen Fehler, damit der Weg zur Erneuerung offen und später - was sehr bald sein kann - auch beschreitbar bleibe.

Die Bundesrepublik ist hierfür denkbar schlecht gerüstet. Ihre rebellierende Jugend hat es in den zwei Jahren ihres sichtbaren Aufbegehrens zwar verstanden, die Widersprüche der Demokratie westlicher Prägung aufzudekken. Sie hat die Schwächen des parlamentarischen Systems logisch zergliedert und allen, allein durch ihre vitale Existenz, klargemacht, welchen Schaden ein Staatswesen nehmen kann, das den Basiskonflikten aus dem Wege geht. Sie hat es andererseits nicht verstanden, ein praktikables gesellschaftspolitisches Konzept zu entwerfen. Ihre Gedanken an ein Rätesystem oder an die direkte Demokratie finden weder im eigenen Volk spürbaren Widerhall, noch bei denen, die ihre künftigen politischen Kontrahenten in den Ländern des sowjetischen Hegemoniebereichs sein werden. Ihre punktuellen Proteste, die sachlich fast immer berechtigt waren, wird sie weiter vorbringen, es wird auch an neuen Angriffsflächen künftig nicht fehlen. Aber ihre Opposition der kleinen (freilich heftigen) Schritte formiert noch keine Opposition. Sie hat, um einen Vergleich aus der Musik heranzuziehen, bisher mehr oder minder aleatorischen Charakter.

Was damit gemeint ist, wird vielleicht deutlich an einer Passage aus dem Interview Sartres mit Cohn-Bendit. »Zunächst«, so Cohn-Bendit, »als das offene Wort in Paris plötzlich erlaubt war, war es wichtig, die Leute reden zu lassen. Sie sagen konfuse Sachen, sprechen vage Gedanken aus, die obendrein noch manchmal langweilig sind, weil man sie schon hundertmal gehört hat. Aber dann, nachdem alles gesagt wurde, kommt der Moment, wo man sich die Frage stellt: ›Und nun‹.« Kein Wunder, daß der Verfasser von *Les Mots* davon beeindruckt war.

Der Augenblick ist gekommen, an dem die Frage »Und nun?« an unsere außerparlamentarische Opposition gerichtet werden muß. Lange Zeit war es ein Faszinosum besonderer Art, daß die Soziologie, als Wissenschaft zur Erforschung von Gesellschaftsvorgängen, zu einem Instrument geworden war, das seinerseits Politik bewirkte. Das Faszinosum beginnt zu verblassen. In der Dialektik von Wort und Tat ist ein Umschlag zu registrieren. Wallenstein, daran kann man in diesem Zusammenhang erinnern, legt sich bei Schiller - dem politischsten deutschen Dichter neben Brecht - zweifelnd die Frage vor: »Könnt' ich nicht mehr wie ich wollte? Nicht mehr zurück, wie's mir beliebt? Ich müßte die Tat *vollbringen,* weil ich sie *gedacht*!« Aber Wallenstein war im Besitz der Macht, als er sich selbst und den rätselhaften Zusammenhang von Denken und Tun prüfte.

Nach der dritten Lesung der Notstandsgesetze sagte ein Studentenvertreter: »Wir haben eine Niederlage erlitten.« Als wären hundert Neinstimmen kein Erfolg des allgemeinen Protestes; als wäre eine Ablehnung der Gesetze denkbar gewesen! In ungewöhnlicher Verkennung von Machtverhältnissen, deren theoretische Grundlagen ihr doch geläufiger sind als jeder deutschen Generation vor ihr, besteht die außerparlamentarische Opposition überdies auf dem alten Intellektuellen-Irrtum, mit der Entlarvung der Macht habe man sich ihrer auch schon (halbwegs) bemächtigt. Schon ihr Name ist eine Art Beschwörungsformel. Er soll den Machthabern eine Institution vortäuschen. Aber es gehört zur Tragik der Oppositionellen, daß dieser Begriff inzwischen ein Bestandteil ihrer Selbsttäuschung geworden ist.

Diese Erkenntnis sollte freilich weder die Machthaber über die wahre Lage in der Bundesrepublik hinwegtäuschen, noch gar die außerparlamentarische Opposition lähmen. Ohne ihre Aktivitäten wären die anstehenden Konflikte zum Schaden des ganzen Volkes unter Aufrechterhaltung einer trügerischen Ruhe noch länger und gründlicher umgangen worden. Nur: Wie dieser ganze Staat seit seiner Begründung in weiten und entscheidenden Bereichen unter dem leidet, was Heimito von Doderer die »ständige Apperzeptions-Verweigerung« nennt, so neigen auch seine Rebellen, darin deutsch wie ihre Väter, zu dieser Gefahr. Die Apperzeptions-Verweigerung erzeugt, wiederum nach Doderer, eine »zweite Wirklichkeit«, die notwendigerweise einmal auseinanderfällt, »wie eine geplatzte Wurst ... Jede errichtete zweite Wirklichkeit muß einmal platzen. Sie hält nur beisammen und in einiger Form, so lange die Scheidewand, alias Wursthaut hält. Mit dem Leben aber in direkten Kontakt gebracht, zerfällt sie sofort. Sie wird sogar ganz unverständlich.«

Es ließe sich auch von der »normativen Kraft des Faktischen« sprechen. Sie kann eine politische Landschaft fast mit einem Schlage verändern: Die Opposition gegen die Notstandsgesetze ist mit dem Tage zusammengebrochen, an dem diese den Bundestag passiert hatten. Sie kann nur wieder virulent werden, wenn sie von außen genährt und durch politische Schritte etwa der Sowjetunion oder der DDR mit einer neuen Sachlage konfrontiert wird oder wenn die innerstaatliche Macht sich von ihrer bloßen Existenz zur flagranten Verletzung der Bürgerrechte hinreißen läßt.

Man braucht diese Befürchtung nicht zu hegen. Ein Mißbrauch der Notstandsgesetze würde bei den augenblicklichen innenpolitischen Machtverhältnissen eine Staatskrise heraufbeschwören. Das hat Willy Brandt in seiner großen, staatsmännischen (und einsamen) Rede deutlich und ernst genug zu erkennen gegeben: Jeder Mißbrauch der Vorsorgegesetze würde die Sozialdemokraten »auf den Barrikaden zur Verteidigung der Demokratie finden – das ist ganz wörtlich gemeint«. Dennoch bleiben Mißtrauen und Unbehagen gerade dieser Gesetzgebung gegenüber angebracht. Sie bekräftigt für die Bundesrepublik den nationalstaatlichen Souveränitätsgedanken, damit zugleich aber auch den Widerspruch zu ihrer Staatsidee der Vorläufigkeit. Dieser Widerspruch ist nur noch aufgehoben im Begriff des einen Staatsvolkes, der zunehmend an Lebendigkeit verliert. Aus diesem Paragraphenwald der staats- und völkerrechtlichen Fiktionen werden wir aber ohnehin kaum mehr herausfinden. Bedenklicher ist die – trotz allem – fortwährende innenpolitische Belastung, die sich aus den Vorsorgegesetzen durch ihre bloße Existenz ergibt. Die Mentalität der »Ordnung« wird durch sie ermuntert, und es wächst die Gefahr, daß der Staat eine gigantisch-lautlose Maschinerie zur Überwachung seiner Bürger errichtet. Zentralisierung und Autorität sind schon heute seine Vokabeln, und schon sind die Phrasen hörbar, in denen der Geist der »Vorsorge« und der Geist des »Notstandes« sich zum Verwechseln ähnlich sehen.

Damit ist eine entscheidende Frage aufgeworfen. Es ist weniger die nach der Demokratie, sondern die nach den Demokraten. Als Willy Brandt sprach, wurde nicht nur die Demokratie sichtbar, sondern ein Demokrat. Er war der einzige, der in der ganzen Debatte erkennen ließ, daß er weiß, worum es eigentlich in der modernen Gesellschaft geht: eben »nicht mehr um Ecklöhne und Arbeitszeit, sondern um die Strukturen der Gesellschaft und den Standort des arbeitenden Menschen«. Er allein hatte den Mut auszudrücken, was jeder weiß: daß »elementare Vorgänge nicht durch Paragraphen zu reglementieren sind« und daß »ungeschriebene Gesetze gelten, wenn einmal das Volk aufsteht«.

Wir befinden uns mitten in einer Umwälzung, die nicht heute, vielleicht aber morgen zu einer Revolution werden kann. Die Tragik will es, daß die einzige politische Kraft von Bedeutung, deren Standort, Tradition und Substanz sie – trotz allem und noch immer – dazu prädestinieren müßte, sich an die Spitze der revolutionierenden Erneuerung zu setzen, zwar möglicherweise den Staat gerettet, sich selbst aber durch eine Strategie der Anpassung und autoritäre Töne geschädigt hat. Zerstritten im Innern, mit geschwächten Bataillonen steht sie nun einer Situation gegenüber, in der es ihr kaum gelingen wird, den Pendelschlag noch weiter nach rechts aufzuhalten, den sie durch ihr eigenes Verhalten begünstigt hat. Es ist ein Tatbestand von düsterer Ironie, daß der SPD die staatstragende Funktion von ihren politischen Gegnern in dem Augenblick so nachdrücklich bescheinigt wird, in dem sie das revolutionäre Prinzip vertreten müßte: Nichts fürchtet die CDU mehr, als einen Wahlerfolg 1969, der ihr eine absolute Mehrheit im Bundestag bringen würde.

Wo stehen wir? Eine Phase relativer Ruhe könnte sich einstellen. Der Staat, verlassen von großen Teilen seiner Jugend, mit äußerstem Mißtrauen beobachtet von bedeutenden Teilen seiner geistigen Repräsentanz, wird sich anschicken, Reformen einzuleiten. Seine Technokraten werden versuchen, die Dinge »in den Griff« zu bekommen – und es dürfte ihnen sogar partiell gelingen. Eine Hochschul-Verwaltungsreform wird als die eigentliche Hochschulreform ausgegeben werden, ein halbherziges Pressegesetz wird an einigen Symptomen herumlaborieren. Es wird manches getan werden, aber nicht genug. Die Grundfragen – etwa die der Mitbestimmung und damit die Verfügungsgewalt über Produktionsmittel, unser Verhältnis zur DDR und andere – werden indessen, so steht zu vermuten, weiter ausgeklammert bleiben. Eine Regierung, deren Chef nur wenige Wochen vor den Oster-Unruhen und fast ein Jahr nach dem offenen Beginn der Revolte in seinem Bericht zur Lage der Nation eben diese Unruhen nur beiläufig erwähnte und sie nicht zum zentralen Punkt seiner Rede machte, kann nicht von sich behaupten, sie hätte die Zeichen der Zeit erkannt.

Wir befinden uns in der Mitte des Taifuns, dort, wo Stille herrscht. Das Bild ist innen- und außenpolitisch zu verstehen. Aber in dieser Mitte werden wir nicht verharren können. Untergründig meldet sich der zweite Sturm schon an. Woher seine Winde wehen werden, ist ungewiß. Sicher ist nur, daß wir in ein anderes Klima eingetreten sein werden, wenn wir diese Mitte verlassen haben oder wenn wir aus ihr herausgetragen werden. Die Technokraten sind nicht geeignet, uns auf diese Stunde vorzubereiten.

Nr. 242, Juni 1968

KARL HEINZ BOHRER

Surrealismus und Terror

Die Farben waren intensiv, wie es sich für ein solches Thema gehörte: Der Rasen war grün, auf dem die beiden Toten lagen, die Wand im Hintergrund des Bildes so dunkel, daß sich das Blutrot geradezu heftig erkennen ließ. Es bildete den ersten Blickfang, denn in ihm schnitten sich alle denkbaren Diagonalen der Bildfläche, in der man weitere Rotpunkte hätte placieren können. Die beiden Toten im Vordergrund bildeten die ruhige Gruppe, liegend, die Gesichter im fahlen Ockergelb, das sich von dem Hellgrün des Rasens abhob. Dahinter, die Tiefe des Bildes nur andeutend, jeweils zwei mal zwei Figuren, weiß und giftgrün, in bewegter Position, die Gesichter den auf dem Boden Liegenden zugewandt. Die Gewehre in den Händen der Grünen sagten dem Betrachter, daß die grün-roten Toten zu ihren Füßen ihre Opfer waren.

Die sechs Personen bildeten eine überdeutliche, aber sanfte Genre-Szene. Sie war tödlich gefärbt, eine leichte Abweichung nur von einem Frühstück im Grünen, wodurch die Vorstellung von Bösartigkeit nahegelegt wurde. Das Reale des Bildes setzte sich im Kopfe des Betrachters zu etwas Surrealem fort, denn das Sichtbare kontrastierte in der Farbverteilung von rot, weiß, grün hier mit dem Unsichtbaren, dem Thema, das durch die Zuordnung der Lebenden und Toten angedeutet wurde. Die Starrheit des abgebildeten, tödlichen Augenblicks ließ die Bewegtheit der vorangegangenen und darauf folgenden Augenblicke assoziieren. Surrealistische Bilder terrorisieren so die Einbildungskraft, indem sie den schönen Schrecken hinter einer Maske verbergen, die zu lüften dem gereizten Zuschauer nicht gelingt. Er wird so zum Voyeur, der ein Rätsel lösen will. Hatten die vier lebendigen Figuren mit den zwei toten Figuren noch gesprochen, welches Verhältnis hatten sie zueinander?

In diesem Falle ist das Rätsel leicht geklärt. Das Beschriebene ist kein surrealistisches Bild, das Abgebildete kein ästhetisches Arrangement. Es handelt sich um ein Buntfoto aus dem amerikanischen Magazin *Time,* auf dem man zwei der erschossenen Vietcong-Attentäter sieht, die im Februar 1968 während der großen Offensive versuchten, in die amerikanische Botschaft in Saigon einzudringen. Das rote Rinnsal an der Hauswand stammt aus Kopfwunden, die beiden bewegungslos dreinschauenden GI's haben vor wenigen Minuten ihre Magazine leergeschossen. Der amerikanische Botschafter ist auf die weiße Terrasse getreten und bespricht mit dem Begleiter gleichmütig etwas. – Eine Garden-Party, man wird die beiden Leichen gleich wegschaffen. Das Irreguläre wird wenige Minuten später wieder abgesaugt sein. Das Grün ist wieder grün, das Blut und das Hirn sind von der Mauer abgewischt, und das neue Foto, das wir dann anschauen können, würde keine Sekunde die authentische Realität verschwimmen lassen, vor die sich in diesem Falle für Sekunden eine imaginäre Realität schieben konnte. Es ist die Information des Bildes, die latente Aggression, der nicht mehr überbietbare Zynismus der fotografierten Szene, die hier Züge des Fiktiven angenommen hat.

Deshalb denkt man zunächst etwas Künstliches zu sehen, denn man hat derlei schon als Kunst gesehen. Zuletzt auf irgendeinem tomatenroten Ketchup-Popbild. Der Schrecken, seine gräßliche Faszination, kommt von daher, daß der für Sekunden in die falsche Erwartung gedrängte Blick Stück für Stück die scheinbar »surreale« Szene als authentische Szene erkennt. Die Authentizität hat in diesem Augenblick die Vorstellung des Schrecklichen als immer noch schönen Schein nachdrücklich erledigt, die Überholung der Einbildungskraft durch die Wirklichkeit jede reine Einbildung unmöglich gemacht. Aber erst die Übersicht, daß diese gerade erfahrene Überholung der Terror-Vorstellung durch die Terror-Wirklichkeit massenhaft zu erfahren wäre, hat die Beziehung von Kunst und Wirklichkeit überall dort verändert, wo Wirklichkeit nicht bloß für ein Zitat genommen oder theoretisch antizipiert wird.

Diese ästhetisch herausfordernde Wirklichkeit zeigt sich immer in solchen Ereignissen, in denen der Terror anschaulich wird und zunehmend Elemente des künstlich Schrecklichen angenommen hat: die Verbrennung dreier amerikanischer Kosmonauten in ihrer Kapsel, die Selbstverbrennung des Saigoner Mönchs, die japanischen Selbstmord-Happenings. Andererseits sind Filme wie Godards *Weekend* oder Gedichte aus dem New Yorker Underground (etwa von Robert Sward oder Harold Norse) Ereignisse, in denen sich die ehemals gegensätzlichen Sphären von Kunst und Realität bis zur Dekkungsgleichheit ineinander geschoben haben: Die Realität wird zunehmend stilisiert wahrgenommen, die Kunst fast nur noch als Realitätspartikel erträglich. Jene als prästabilierte Harmonie zu denkende Distanz zwischen Leben und Literatur, von den Vertretern eines gemäßigten Modernismus nach wie vor nachdrücklich empfohlen – sie ist eben jetzt eindeutiger zerbrochen als etwa nach dem Ersten Weltkrieg, als der Terror-Charakter der Wirklichkeit immer noch aufgehoben werden konnte in Metaphysik und Symbolismus. Der Terror kennzeichnet heute keinen Ausnahmezustand mehr, sondern den Alltag – so unabweisbar, daß seine Sublimierung durch Literatur und Kunst sich nicht mehr in Ablenkungsmanövern vollzieht, sondern durch seine Potenzierung. Das Schrecklich-Schöne des Alltags hat die Schönheit abgeworfen, verweigert sich inzwischen dem beruhigenden Blick des Phänomenologen und der abstrahierenden Titelgebung. Die Form, in der Terror sich darstellt, ist zwar noch immer ästhetisch vermittelt, scheint aber nur noch politisch erfaßbar zu sein; und genau aus solch neuartiger Wahrnehmung ergibt sich, daß der ästhetische Gegenstand den ihm bis zur Stunde anhaftenden schönen Schein verliert und nichts anderes mehr darstellt als die intensivste Vorstellung von dem, was ist.

Experimente mit dem Innenleben

Daß die Literatur nicht von Literatur, sondern von Wirklichkeit betroffen werden könnte, das zu empfehlen oder nur zu konstatieren heißt nach dem

Gesetz des zur Zeit noch herrschenden Modernismus einem überwundenen Expressionismus, ja schlicht dem Irrationalismus das Wort reden. Solcher Vorwurf entstammt einer Argumentation, die das Inhaltliche als akzidentielles Merkmal abtut, vor allem deshalb, weil es sich dem Zwang zur Antizipation historischer Notwendigkeit entziehen könnte. Nun gibt es aber ein bestimmtes Beispiel einer Kunst, die ein Äußerstes an Realität, Erfahrung, an objektiver Kontrolle sich abverlangte und deren Vorstellungen in unserem Zusammenhang von Interesse sein könnten: der klassische Surrealismus.

Es ist hier nicht die Rede von jener modischen, neoromantischen Wiederentdeckung, die seit Jahren die surrealistische Malerei feiert. Vielmehr sind eben jene Vertreter der surrealistischen Theorie und Literatur gemeint, die seit langem von der Kritik des literarischen *juste milieu* mehr oder weniger als Sektierer disqualifiziert werden. Entgegen dieser schon kanonisierten Totsagung wären eben Theorie und literarische Praxis des klassischen Surrealismus der Breton und Aragon auf Antworten für unser Problem zu überprüfen. Es könnte sich nämlich herausstellen, daß nicht der Surrealismus überholt wurde von neuen literarischen Erfindungen, sondern daß diese neuen Erfindungen immer schon überholt waren vom Surrealismus. Seine Wahrheit drängt sich auf, weil er die einzige bisher bedeutende Literaturtheorie lieferte, in der eben jenes Verhältnis von »Realität« und »Kunst«, von »schönem Schein« und »Wahrheit« als Herausforderung wirklich angenommen worden ist und die diesen Widerspruch in sich aufnahm – bis zur Explosion seines Scheiterns.

Dieser vom Surrealismus formulierte Widerspruch wurde von keiner folgenden literarischen Generation neu formuliert bis auf die unsrige. Er bedrängt zur Zeit sowohl eine noch ästhetische, als auch eine schon politische Gruppe jüngerer Intellektueller, und eben deshalb ist die Erinnerung an die surrealistische Avantgarde nicht von ungefähr, sondern konkret hervorgerufen durch Bilder, wie sie zu Beginn beschrieben wurden. Bilder, die sich wiederum nicht durch zufällige, subjektive, psychologisch bedingte Dispositionen des Betrachters aufdrängen, sondern die erst möglich wurden durch den Zustand aller Industrienationen in den sechziger Jahren.

Die Renaissance surrealistischer Motive und Verhaltensweisen ist in Westdeutschland nicht allmählich bewußt gemacht worden. Sie wurde eher durch einen Schlag ruchbar: durch jenes Flugblatt 8 der Kommune I, das am 22. Mai 1967 vor der Mensa der Freien Universität Berlin verteilt wurde. Es heißt dort: »Ob leere Fassaden beworfen, Repräsentanten lächerlich gemacht wurden – die Bevölkerung konnte immer nur Stellung nehmen durch die spannenden Presseberichte. Unsere belgischen Freunde haben endlich den Dreh heraus, die Bevölkerung am lustigen Treiben in Vietnam wirklich zu beteiligen: sie zünden ein Kaufhaus an, dreihundert saturierte Bürger beenden ihr aufregendes Leben und Brüssel wird Hanoi. Keiner von uns braucht mehr Tränen über das arme vietnamesische Volk bei der Frühstückszeitung zu vergießen. Aber heute geht er in die Konfektionsabteilung von KaDeWe, Hertie, Woolworth, Bilka oder Neckermann und zündet sich diskret eine Zigarette in der Ankleidekabine an … Wenn es irgendwo brennt in der nächsten Zeit, wenn irgendwo eine Kaserne in die Luft geht, wenn irgendwo in einem Stadion die Tribüne einstürzt, seid bitte nicht überrascht. Genau so wenig wie beim Überschreiten der Demarkationslinie durch die Amis, der Bombardierung des Stadtzentrums von Hanoi, dem Einmarsch der *Marines* nach China.«[1]

Wahrscheinlich hat damals keiner verstanden, welche Neuigkeit mit diesem Flugblatt auf den Markt gekommen war. Die gutwillig Liberalen werden sich gesagt haben: Was sich die Jungens da wieder ausgedacht haben! Indes war das Ausgedachte eine bis dahin in der deutschen Literatur unerhörte Sprache. Es hat dergleichen bis zum 22. Mai 1967 bei uns nicht gegeben. Das Flugblatt enthält jene Aggressivität, die auch die beschriebene Fotografie vom Attentat in Saigon vermittelt. Es hat vor allem aber jenen Widerspruch von Literatur und Leben in sich aufgenommen, der das wesentliche Merkmal des surrealistischen Traktats gewesen ist. Der vermutliche Urheber des Flugblattes wurde denn auch wegen Aufrufs zur Brandstiftung verhaftet, und der Berliner Philosoph Jacob Taubes hat dann diese Anklage durch ein Gutachten entkräftet, demzufolge es sich bei dem Flugblatt um eine »surrealistische Provokation« gehandelt habe. Die Widersprüchlichkeit des Textes zeigt sich an den beiden gegensätzlichen Reaktionen.[2] Gewiß waren die Angeklagten im Sinne der Anklage nicht schuldig, aber es wäre eine sehr oberflächliche Sicht des Vorgangs, begriffe man die schützende Formel »surrealistische Provokation« im Sinne der überkommenen Exzentrik einer libertinösen Boheme. Das Flugblatt war in dem Grade ernst, das heißt wortwörtlich gemeint, wie eine literarische Formel das sein kann, die nicht Befehl, Aufruf und Kommando ist, vielmehr auf literarische Weise versucht, politische Zusammenhänge darzustellen; dabei aber nicht nur mit Information arbeitet, sondern gleichzeitig mit dem unterschwelligen Reiz, dadurch einen »surrealistischen« Vollstreckungsbefehl zu erteilen, der weiß, daß er nicht vollstreckt werden kann: Der surrealistische Zynismus terrorisiert die Nerven der moralisch Ansprechbaren. Die Technik der Satire ist um jenen Grad weitergedreht, wo sie ein Gefühl von blutigem Ernst um sich zu verbreiten vermag.

Das aber ist genau jenes literarische und politische Merkmal, das an den frühesten Traktaten und Provokationen der klassischen Surrealisten aufgefallen war. Jene Skandale der Jahre 1923/24 – etwa die Affäre des Pamphlets *Un cadavre* gegen den toten Anatole France – haben die herkömmlichen Literaturfehden überholt. Ein bis dahin nicht gehörter Ton wurde angeschlagen. Das Pamphlet war ein Äußerstes an Aggressivität und entsprach der wegwerfenden Geste gegenüber der überkommenen Kultur, wie das erst in diesen Jahren wiederkehrte und – das scheint jetzt schon sicher – nicht mehr nur die Sprache und Verhaltensweise kleiner exklusiver Gruppen ist. Der Skandaltext von damals hatte folgenden Wortlaut: »Haben Sie schon einmal eine

---

[1] Siehe *Freie Universität und politisches Potential der Studenten.* In: *Soziologische Texte,* Bd. 57, Luchterhand 1968.

[2] Vgl. *Merkur,* Nr. 236, November 1967.

Leiche geohrfeigt? – In Frankreich löst sich, wie man so sagt, auch das Widerwärtigste am Ende noch in Wohlgefallen auf. Da könnte doch auch der in Rauch aufgehen, der endlich zur größten Freude aller Hinterbliebenen krepiert ist. Nur wenig bleibt von einem Menschen übrig, doch bei diesem da ärgert man sich schon, wenn man bloß daran denkt, daß er überhaupt gelebt hat. Oft schon hätte ich gewünscht, einen Gummi zu haben, mit dem man die ganze Schmierigkeit der Menschen wegradieren könnte.«

Es ist für die Situation kennzeichnend, daß die surrealistische Wiederkehr sich spektakulär und massenhaft, reproduziert durch Zeitungen und Rundfunkstationen, zuerst in einer politischen Demonstration gezeigt hat. Versteht man den klassischen Surrealismus als *Negierung der Wirklichkeit,* dann ist seine *Wiederkehr als Ästhetik einer neuen »Revolution«,* als Vehikel kulturrevolutionärer Tendenzen um so mehr plausibel, als diese Entwicklung – die charakteristischerweise ebenso bei den Literaten wie bei den politischen Agitatoren unter so verhältnismäßig leeren Wörtern wie »neue Wahrnehmung« und »neues Bewußtsein« auftritt – vorerst nur in der Verweigerung dessen, was ist, klar erkennbar wird. Der Ruf der französischen Studenten »Die Wirklichkeit ist tot, es lebe die Phantasie« oder der Wandspruch »Die Freude an der Zerstörung ist eine schöpferische Freude« zitierten oberflächlich die surrealistische Tradition dort, wo ihr Zentrum lag. Wenn man einige der frappanten Übereinstimmungen zwischen der »Ästhetik« der Studenten-Revolution und den favorisierten Ideen des Surrealismus ausklammert: Feier der »Augenblicke des Vergessens«, Epidemie von Schlaf- und Rauschzuständen, antieuropäischer (-amerikanischer) Affekt, Solidarität vor allem mit den asiatischen Massen, Gegnerschaft gegenüber der alteuropäischen Universität, antikünstlerischer und antiliterarischer Affekt (um nur einige Übereinstimmungen der kulturrevolutionären Flügel bei Hippies und linken Studenten zu nennen) – dann bleibt als wichtigste Gemeinsamkeit die Wiederholung des Banalen als »Geheimnis« des Alltagslebens: die jähe und findige Entwicklung eines *ästhetischen Materialismus.*

Dieses Phänomen läßt sich nicht einordnen in eine flinke Abwehrtheorie, nach der alles schon einmal dagewesen ist. Denn diese scheinbare Wiederkehr muß nun eher als Versuch einer realen Vollstreckung dessen gedeutet werden, was einige wenige vor vierzig Jahren gedacht, gefordert und vorweggenommen haben. Die Spannung von Phantasie und Praxis, ein im Grunde erkenntnistheoretisches Dilemma, wird nun zu einer moralischen Frage gemacht. Die Saat geht spät auf? Eher sollte man sagen, es wurde noch einmal das von jenen ersten Rechnern Errechnete von anderen neugezählt, und man kam auf die gleiche Zahl.

Diese Wiederentdeckung der Banalität freilich, das heißt das Abräumunternehmen gegen idealistische Beruhigung, konnte nicht von der politischen Linken vollbracht werden. Es ist die Leistung einiger unpolitischer Literaten gewesen, die in den fünfziger Jahren mehr oder weniger unbemerkt ihr Werk begannen, das jetzt erst bekannt wurde: die Happening-Veranstaltungen und Fluxus-Unternehmungen, die Exzesse von Vostell, Bazon Brock, Joseph Beuys, vor allem aber auch die längst historisch gewordenen Versuche der

Wiener Gruppe um Rühm und Artmann. Die äußersten Konsequenzen der ästhetischen Absicht aller Genannten verletzen so sehr das moralische System jeder denkbaren Gesellschaft, daß man ihre Versuche auch nicht mehr mit dem Hinweis auf das sattsam bekannte *épater le bourgeois* zum Literatenblödsinn entschärfen kann. Man muß vielmehr erkennen, daß hier Kunst an eine nicht übersteigbare Grenze getrieben worden ist, so daß sich Fluxus und Happening als Endpunkt jedweder ästhetischen Entwicklung darstellen und von daher relativiert werden können. Man muß aber auch die neue Qualität erkennen, in welche die Summe jener von Fluxus und Happening aufgebrachten Quantitäten umgeschlagen ist.

Denn was geschah, wenn in jener internen Aktion vom November 1963 Hermann Nitsch für Fotografen ein geschlachtetes Lamm kreuzigte? Und was wäre schließlich geschehen, wenn Zuschauer wirklich gehört und gesehen hätten, was ihnen nach der Vorstellung von Ben Vautier als Theater zugemutet worden ist: einem lebendigen Huhn die Federn ausrupfen, eine Dynamitladung auf der Bühne hochgehen lassen, das Entkleiden einer achtzigjährigen Dame?[3] Was auch immer die Theoretiker von Fluxus und Happening im einzelnen gesagt und geschrieben haben, bisher unter fataler Zustimmung die Narrenfreiheit immer auf sich ziehend, so bleibt doch als unauflösbarer, weil nicht konsumierbarer Rest: die genannten Aktionen sind objektiv mehr als nur Vollstreckungen einer »subversiven« Absicht. Sie leisten vielmehr das, was die surrealistische Ästhetik einst gefordert hatte: Sie erklären das Wirkliche als etwas Ästhetisches und reziprok, sie legen den Wirklichkeitscharakter von an sich theatralischen Vorgängen bloß und erreichen dadurch den surrealistischen Effekt. Dabei soll jeweils vermieden werden, Phänomene des plötzlich in Erscheinung Tretenden zu ästhetisieren. Statt dessen wird die Realität mystisch interpretiert. So schrieb Oswald Wiener im Zusammenhang der bekannten Skandal-Aktion an der Wiener Universität im Sommer 1968, als Günter Brus sich öffentlich den Körper mit Fäkalien beschmierte: »Weg mit dem Wahnsinn des Alltags!!! Nieder mit dem Arbeitslager Staat!!! Die Bundesheer-Milliarden für den Bau von Lustmaschinen!!! Psychiatrisierung des Künstlers!! Befreiung der Ehesklaven. Schluß mit der Wirklichkeit!«

Das ist originaler Breton und von der überkommenen Originalitätsfrage her nicht mehr zu beurteilen. Es zählt hier nur noch die Absicht, ob es gelingen kann, die Seelen zu verändern. Der Düsseldorfer Akademielehrer Joseph Beuys hat diese eindeutig mystische Seite der Aggressions- und Terrorkunst offenbart, wenn er zu ihrer Definition sagt: »Raum und der bisher erarbeitete unzureichende und verschwommene Zeitbegriff – unser Leben zwischen Geburt und Tod ruft auf zur Erforschung von Gegen-Raum, -Wärme, -Zeit – unsterblicher Wesenskern des Menschen, Leben nach dem Tod.«[4]

---

[3] Nachzulesen in dem Band *Happenings,* herausgegeben von Jürgen Becker und Wolf Vostell. Reinbek: Rowohlt 1966.

[4] Siehe Interview mit dem Magazin *Kunst,* abgedruckt in *Happening.*

Das klingt nach Däubler, nach dem Expressionismus des charontischen Mythos, und es ist gar kein Zweifel, daß Beuys' Selbstauslegung von der Kritik des *juste milieu* nur noch belustigt oder peinlich berührt aufgenommen wurde. Warum? Weil hier Realität als vermittelnder Maßstab – wie man es in diesen Kreisen noch immer fordert – endgültig aufgegeben ist. Natürlich ist es nicht Däubler, der hier anklingt, sondern eine radikale Methode wird vorgeschlagen, nach der man möglicherweise dem Zugzwang dessen, was bisher für real galt, entgehen könnte. Dieses ästhetische Manifest entspricht der surrealen Methode.

Entgeht solche ästhetische Aktion dem Konsumverschleiß nur dann, wenn sie (moralisch) die Grenze der Obszönität oder (logisch) die des Nicht-mehr-Vermittelbaren bis zum Schizophrenen hin überschreitet? Mystik und Pornographie jedenfalls – beide berühren sich hier in der Gemeinsamkeit des Wirklichkeitsentzugs – scheinen noch unbesetzte Felder offenzuhalten. Ihr dionysischer und magischer Charakter[5] ist bisher noch nicht durch lukullische Erwartungen verdorben, zieht auf lange Zeit noch keine wohlfeile romantizistische Auslegung auf sich und hat daher noch den revolutionären Impuls, welcher der kombinatorischen, alles denkenden menschlichen Phantasie innewohnt. Dennoch wäre eine Abnutzung theoretisch absehbar, so wie die Aggressionsformen des Happening und von Fluxus abgenutzt worden sind; wobei freilich zu klären wäre, was hier abgenutzt wurde: die »surrealen« Angebote oder ihr Veranstaltungscharakter. Immerhin ist auffallend, daß diese Grenzüberschreitungen bisher nur innerhalb der darstellenden Künste (Malerei, Theater und Film), nicht aber in der Literatur praktiziert worden sind, wo bis auf Ausnahmen das *juste milieu* mit seiner Wahrscheinlichkeitsrechnung aufwartet. Dort steht die revolutionäre Antwort auf Fragen der Wirklichkeit in der Tat noch aus, und das heißt auch: eine Literatur, die nicht abnutzbar wäre durch Verbraucher und Manipulatoren; und die auslöste, was André Breton forderte: »Erfahrungen und Experimente mit dem Innenleben.« Bisher hatten wir nur einsame Vorläufer, die das *juste milieu* aus politischen Gründen übersehen möchte: außer den Surrealisten sind es Schriftsteller wie Céline und Ernst Jünger.

Vom Hermetismus zur Politik

Als ob man darauf aus gewesen wäre, den klassischen Surrealismus in den zeitlich bedingten Skandal abzudrängen, ist von allen Sätzen Bretons vor allem nur einer im Bewußtsein der Nachlebenden geblieben. Er steht im zweiten surrealistischen Manifest und heißt: »Die simpelste Tat des Surrealisten ist, mit Revolvern in den Händen auf die Straße zu gehen und wahllos wie wild in die Passanten zu schießen.« Dieser Satz, in dem sich die Quintessenz des surrealistischen Phänomens zu verbergen scheint, ist ein literarisierter Gemeinplatz der Anarchisten, der zwanzig Jahre zuvor in die Praxis umge-

---

5 Vgl. P. Gorsen, *Das Prinzip Obszön. Kunst, Pornographie und Gesellschaft.* Reinbek: Rowohlt 1969.

setzt wurde. Er ist Inbegriff aller provokativen Handlungen, welche die Surrealisten begangen haben. Er schien nicht wiederholbar, bis ihn die Kommune I und früher schon Bazon Brock wiederholt haben. Die Aufforderung, Kaufhäuser in Brand zu stecken, und die Ankündigung, daß die Städte wieder zu bombardieren sind, hat man als liturgische Handlungen des Surrealismus zu verstehen. Sie sagen dem Hörer und Leser: Das, was ihr seht, stimmt nicht. Ihr legt das Gesehene falsch aus. Ihr müßt neue Auslegungstechniken erlernen und andere Beziehungen knüpfen. Nehmt diese Wirklichkeit nicht an. Die surrealistische Originalität liegt nicht in neuen literarischen Techniken, sondern in ihrem Anspruch auf eine konstruktive, diktatorische Intuition.

Es ist nicht zu umgehen: Es war Walter Benjamin, der Vielzitierte, dessen Bemerkungen zum Surrealismus 1928 und 1934 das Unerhörte und Einmalige dieses Ereignisses zuerst deuteten: »Die Kräfte des Rausches für die Revolution zu gewinnen – mit anderen Worten, eine dichterische Politik.«[6] Benjamin schrieb damals ahnungsvoll: »Hier wird der Bereich der Dichtung von innen gesprengt, indem ein Kreis von eng verbundenen Menschen dichterisches Leben bis in die äußersten Grenzen des Möglichen trieb.« Er nannte den Surrealismus »die letzte Momentaufnahme der europäischen Intelligenz«. Dieser letzte Moment hieß: an die Utopie gestoßen sein durch »prophane Erleuchtung einer materialistischen, anthropologischen Inspiration«. Benjamins eigene Sprache hatte den surrealistischen Klang angenommen, der gestern noch vergessen und heute schon wieder verständlich ist. Er schrieb Surrealismus mit »ü«, als wenn er damit den Blick des Lesers überfallen, für immer festhalten wollte: Eine unerhörte neue Praxis. Dichterisch leben! Und das nicht gedacht als Prozeß der Verinnerlichung, sondern als Prozeß der Exzentrik, den Breton 1935 folgendermaßen formulierte: »Die Welt verändern, predigte Marx. Das Leben ändern, forderte Rimbaud. Uns aber verschmelzen beide Ansprüche zu einem einzigen Schlachtruf.« Es war dieser imperative Ton, der spätere Ausleger, etwa die westdeutschen Ideologiekritiker im Schatten Adornos, gegenüber diesem Programm mißtrauisch machte und ihnen verbarg, daß hier der fast schmerzhafte Widerspruch von Subjektivismus und Politik, von Ästhetik und sozialer Solidarität auf die genaueste Formel gebracht worden ist: das Ernstmachen mit dem Moralischen, dem Außerliterarischen, die allererste Witterung der Spur, auf der wir uns heute befinden, die blitzartige Erkenntnis, daß hier nicht einfach »Dichtung« und dort nicht einfach »Leben« ist. Weiter: die Ahnung, daß diese Trennung nicht mehr naiv aufrechtzuerhalten ist, sondern nur noch begründet und daß die Sprache wenn nicht zu Gott, so doch zu den Dingen, die sie bezeichnet, in einer anderen Relation steht, als es die formalistischen Rettungsversuche von gestern und heute wahrhaben wollen. Benjamin hat in der Politisierung des Surrealismus – sie scheiterte endgültig nach dem Kongreß für die Freiheit der Kultur 1935 – dessen Erfüllung gesehen. Er hat die Problematik folgendermaßen formuliert: »Bei der Umwandlung einer extrem kontemplati-

[6] Vgl. *Ausgewählte Schriften II.* Frankfurt: Suhrkamp 1966.

ven Handlung in die revolutionäre Opposition spielt die Feindschaft der Bourgeoisie gegen jedwede Bekundung radikaler geistiger Freiheit eine Hauptrolle. Diese Feindschaft drängte den Surrealismus nach links.«

Man hat später dieses Antriebsmotiv des Bürgerhasses noch betont und behauptet, dieser Haß könne nicht davon ablenken, daß die Impulse des Surrealismus aus der gleichen Lebensphilosophie stammten, von der die Bourgeoisie ihren Pessimismus nehme.[7] Die kontemplative Haltung wird dabei aber romantisch mißverstanden. Benjamins authentische Einsicht in dieser entscheidenden Frage könnte hier weiterhelfen. Er hat nämlich die »allzu kurz gefaßte, undialektische Anschauung vom Wesen des Rausches«, wie sie bei den heutigen Fürsprechern auftritt, bereits treffend kritisiert, wenn er schreibt: »Die Ästhetik des Peintre, des Poète *en état de surprise,* der Kunst als Reaktion des Überraschten, ist in einigen sehr verhängnisvollen romantischen Vorurteilen befangen. Jede ernsthafte Ergründung der okkulten, surrealistischen, phantasmagorischen Gaben und Phänomene hat eine dialektische Verschränkung, die ein romantischer Kopf sich niemals aneignen wird. Es bringt uns nämlich nicht weiter, die rätselhafte Seite am Rätselhaften pathetisch oder fanatisch zu unterstreichen; vielmehr durchdringen wir das Geheimnis nur in dem Grade, als wir es im Alltäglichen wiederfinden, kraft einer dialektischen Optik, die das Alltägliche als das Undurchdringliche, das Undurchdringliche als das Alltägliche erkennt.«

Wenn Benjamin die Frage stellte, wo die Voraussetzungen zur Revolution lägen, in der Änderung der Gesinnung oder in den äußeren Verhältnissen, dann gab er beidem die Ehre. Und es scheint, daß eben diese Frage im Schatten einer späteren Ideologiekritik sehr einseitig entschieden worden ist. Hans Magnus Enzensberger hat in seinem 1962 veröffentlichten Essay *Aporien der Avantgarde* für diesen Vorgang die prägnanteste Begründung geliefert. Seines Lehrers Adorno Kritik der neuen Musik auf seine eigene Sache, die Literatur, anwendend, richtete er ganz im Gegensatz zu Benjamin sein Interesse nicht mehr auf die Inhalte des Surrealismus, vor allem auf seinen einsamen Versuch, die Kontemplation in die politische Solidarität zu überführen. Sein Interesse galt allein dem formalistischen Problem. Er sah nur die Techniken des Surrealismus, das inzwischen zerschundene Pathos des literarischen Experiments, die schlaff gewordene Fahne der Avantgarde. So verurteilte er die avantgardistischen Bewegungen des Futurismus ebenso wie den Surrealismus wegen der scheinbar gemeinsamen Erkennungsmarke: dem doktrinären Clan-Bewußtsein, dem elitären »Dezisionismus«. Er ging dabei so weit, Bretons oben zitierten Revolverschrei in direkten Zusammenhang mit dem heraufkommenden Faschismus zu bringen. Seine ironischen Anmerkungen über die totalitären Züge der klassischen Avantgarde zeigen freilich im Lichte des geschilderten surrealistischen Zieles, wie aufreizend aufgeräumt, privat und entscheidungslos »nett« sich diese Haltung ausnimmt. Es ist die Sicht des damals herrschenden unhistorischen Bastlers und Gesinnungsfetischisten.

---

[7] S. Peter Gorsen, *Das Bild Pygmalions. Kunstsoziologische Essays.* Reinbek: Rowohlt 1969.

Heute ist es interessant, festzustellen, daß der einzige radikale Kopf der westdeutschen Literatur nach 1945, der nun seinen Dichterkollegen und »Musterschülern des Reformismus« die kalte Schulter zeigt, vor zehn Jahren noch die Radikalität des Surrealismus ideologiekritisch abwertete. Diktiert wurde dieses Mißverständnis durch die herausfordernd naiven Positionen der damaligen »Avantgarde«, vor allem der amerikanischen Beat-Literaten (Kerouac) und ihre pathetische Inanspruchnahme längst abgegriffener Experimente. Das fiel auf die surrealistischen Erfinder selbst zurück, zumal Enzensberger damals noch befangen argumentierte. Seine Abwertung konnte durch einen einzigen richtigen Satz abgestützt werden, der inzwischen aber für jede Art von Anämie und literarischer Einfallslosigkeit herhalten muß: »Das Gesetz der zunehmenden Reflexion ist unerbittlich. Wer sich ihm zu entziehen versucht, endet im Ausverkauf der Bewußtseinsindustrie. Jede heutige Avantgarde ist Wiederholung, Betrug oder Selbstbetrug.«[8]

Wie man sieht, kann die praktische Anwendung von Adornos Kulturphilosophie schrecklicher sein als der Satz »A rose is a rose is a rose«. Sie entspricht nämlich haarscharf einer endgültig begrabenen Hoffnung: dem Zustand nach allen Revolutionen, dem Zustand des endgültig Absehbaren. Die Reflexion, die Enzensberger damals forderte, bedeutete im Grunde Antizipation von Zukunft und konnte sich im Widerspruch zu seinen heutigen Überzeugungen[9] keine Zukunft vorstellen. Deshalb verkam ihm die Geschichte der Avantgarde zu einem Musterkoffer à la mode: Die literarische Entwicklung könne sich nur noch selbst zitieren, beziehe sich auf kein »Ereignis« mehr. Alle Züge des Surrealismus, in denen kollektivistische, doktrinäre, dogmatische Elemente hervortraten, mußten im Jahre 1962 einer privaten, auf exklusive Individualität zurückgenommenen Position mit Recht peinlich sein.

Doch ist Enzensbergers Traktat nur ein Symptom dafür, wie sehr der Konflikt André Bretons nicht gelöst, sondern verdrängt wurde. Der Konflikt hieß: die Möglichkeit der reinen Reflexion angesichts einer bedrängenden Realität. Man ließ diesen Konflikt verschwinden, indem man die Reflexion freisetzte, die Realität aber als ein *déjà vu* verbannte. Der wahre Realismus des surrealistischen Mystikers, sein Bezug auf die Banalität, liegt schon im Begriff der »Kontemplation« verborgen. Benjamin schrieb über diese Art des den Dingen zugewandten Verhaltens: »Der Leser, der Denkende, der Wartende, der Flaneur, sind ebenso wohl Typen des Erleuchteten wie der Opium-Esser, der Träumer, der Berauschte. Und sind profanere.«

Profanere! Also nicht abzudrängen in jenen gern dafür bereitgehaltenen, romantisch mystifizierten Exotismus. Die Politisierung des Surrealismus ist daher auch kein exzentrischer Tick, sondern sie kam folgerichtig. Und die marxistische Entscheidung ist *nicht* austauschbar mit jener Entscheidung, die die Futuristen trafen. Bretons Lektüre von Trotzkis Lenin, die ihn de Sade und Rimbaud vergessen ließen, brachten ihn zu dem Satz: »Diese neuen

---

[8] Vgl. *Einzelheiten.* Frankfurt: Suhrkamp 1962.

[9] Vgl. *Berliner Allgemeinplätze.* In: *Kursbuch* 11.

Schauder, die die Atmosphäre durchbebten.«[10] Solche Politisierung war nur die Erfüllung des hermetischen Anfangs. Das Staccato von Tagesbefehlen, von Gesinnungsprozessen, von Selbstbezichtigungen und Ausstoßungen sollte man nicht mehr unter der verunklärenden Formel des Sektierertums sehen, sondern als eine letzte Konsequenz der hermetischen Disposition. Denn Hermetismus ist der definierte Widerspruch zur Literatur des *juste milieu:* Breton gegen Drieu la Rochelle, den einstigen Weggefährten, der beklagte, daß am Surrealismus eine herrliche künstlerische Bewegung verlorengegangen sei. In der Tat! Wenn der Surrealismus aber daran scheiterte, Phantasie und Wirklichkeit in Übereinstimmung zu bringen, dann kann sich eine Kritik der surrealistischen Selbstbespiegelung nicht darin genügen, diesen Sachverhalt philosophiegeschichtlich zu belegen, sondern man muß dieses Scheitern auf die zeitgenössische Literatur beziehen. Man müßte davon ausgehen, daß paradoxerweise nur dort, wo die Literatur hermetisch geworden ist, sich gleichzeitig die Explosion nach außen, ins Nichtliterarische vollzieht. Hermetismus und Politik – das wäre der interessante Befund, übrigens strukturell angelegt in der deutschen Frühromantik, in den Schriften des Novalis vor allem.

Der Surrealismus ist keine Geröllhalde mehr, wo Bausteine für einen Neo-Surrealismus zu finden wären. Er ist ein unwiederholbares, aber herausforderndes Wagnis, eine Anleitung zur literarischen Methode. Würde man den surrealistischen Begriff der »Gegenwart« aktualisieren, hätte man auch eine neue Gegenwartsliteratur von der des *juste milieu* für immer geschieden. Oswald Wieners *Verbesserung von Mitteleuropa* zum Beispiel wäre ein Werk dieser Literatur. Es gibt für sie keine stilistischen oder tendenziellen Gruppenmerkmale mehr. Die Gemeinsamkeit läßt sich nicht in formalen Kennzeichen finden. Es gibt vielleicht eine neue oder uralte Grammatik, nach der Phänomene erzählt werden können, ein Stil nicht ohne Emphase, auch wenn er sich lakonisch ausdrückt. Prinzipiell aber gilt, daß die Literatur aus sich heraustritt, daß sie ein Maximum an Spielraum für den Leser schafft, daß sie der Tatsache entspricht, die der schwedische Dichter und Essayist Lars Gustafsson so umschrieb: »Eine seiner entscheidenden Eigenschaften trägt also der Roman nicht in sich als einen Teil seiner inneren Struktur, sondern als eine Beziehung zwischen dem Leser und der historischen Voraussetzung des Textes insgesamt.«[11]

Das ist zwar fast schon eine Binsenweisheit. Reinhard Baumgart entwikkelte ähnliche Überlegungen vor drei Jahren in seinem Essayband *Aussichten des Romans,* aber in der Kritik ist diese Weisheit folgenlos geblieben. Die akademische Strukturanalyse, das zähe literaturimmanente Verhalten beherrscht weithin das Feld. Vergleicht man Stil und Fragestellungen solcher Abhandlungen etwa mit Gustafssons Essay oder mit Christian Enzensbergers *Versuch über den Schmutz,* dann wird die zu suchende Grammatik deutlich: in ihr wird Literatur schon definiert. Die Erwartungsmöglichkeit des Lesers ist

---

[10] Zitiert nach M. Nadeau, *Geschichte des Surrealismus.* Reinbek: Rowohlt 1965.

[11] In seinem Essay *Richthofens Problem,* erschienen in *Akzente,* Heft 3/1969.

als ästhetisches Organisationsprinzip in sie hineingenommen worden. Das freilich ist nur möglich, wenn die Gegenstände der Realität, die äußerlichste Erfahrung, die banalste sinnliche Wahrnehmung mit von der Partie sind, denn sie gerade sind es, welche die Erwartung des Lesers ausmachen. Davor aber steht der Snobismus des *juste milieu.*

Achtung: Mythos!

Das zeigte sich auf eine für unseren Zusammenhang höchst interessante Weise bei der Diskussion um die Thesen des amerikanischen Literaturwissenschaftlers Lesley A. Fiedler. Fiedler hatte im Sommer 1968 in Freiburg Meinungen zu einer zukünftigen Literatur geäußert, die dann in der Wochenzeitung *Christ und Welt* in einigen Folgen veröffentlicht wurden. Es antwortete ihm eine durchaus repräsentative Schar: Jürgen Becker, Helmut Heißenbüttel, Reinhard Baumgart, Martin Walser, Wolfgang Hädecke, Hans Egon Holthusen, Robert Neumann, Heinrich Vormweg, Peter 0. Chotjewitz und Rolf Dieter Brinkmann. Fiedler wurde von den meisten als literarischer Hochstapler, zumindest als Abenteurer klassifiziert, der alte Kleider für neue ausgeben wolle. Auffallend bei diesen Antworten, daß die entschiedensten Verächter seiner Thesen – vor allem Baumgart und Walser – sich unbewußt jenes Enzensbergerschen Argumentationsschemas bedienten, das oben dargelegt wurde. Fiedler hatte eine neue mythologische Literatur anempfohlen, die ihre Stoffe aus Science fiction, Pornographie und Indianer-Mythen beziehen solle. Er hatte das ohne viel Federlesens getan, wo es doch auf jede einzelne Feder angekommen wäre, und obendrein die Unvorsichtigkeit begangen, dem hier versammelten *juste milieu* – sieht man von ein paar Namen wie Becker, Brinkmann, Chotjewitz ab – auch noch zu sagen, daß die »Neo-Neo-Hegelianer in Deutschland ... sich wie Idioten oder Naivlinge benähmen, wenn sie sich mit einem Gedicht von Allen Ginsberg oder einem Roman von John Barth beschäftigen«.

Die Neo-Neo-Hegelianer! Vor allem das nahm man ihm übel. Was Enzensberger in seinen *Aporien der Avantgarde* den amerikanischen Beat-Literaten vorgehalten hatte, das wird im Zeichen einer spätintellektuellen Allüre dem »Mythologen« Fiedler entgegengehalten. Man reduziert die angebotenen Probleme restlos auf Schreibprobleme, denen kein Gegenwartsstoff mehr zur Hilfe kommen könne. Eine literaturhistorische Schwermut wird da zur Manier, hält Heerschau und gibt sich bekümmert, nichts Neues sehen zu können. Die vielzitierte Konsumierbarkeit wird nach modischem Rezept zum Nachweis der Unmöglichkeit, etwas Neues zu machen. Vor allem aber: dies Neue ist so neu nicht, es war alles schon einmal da. Da Baumgart bei solch besorgter Musterung nur Haustiere einfallen, ist es nicht verwunderlich, daß sie nicht beißen: »Nein, Pornographie beißt nicht mehr.« Die Frage ist nur, ob eine andere Literatur es könnte. Amüsant, daß Holthusen Enzensbergers Avantgarde-Kritik besonders lückenlos wiederholt, wobei plötzlich, dank gemeinsamer formalistischer Kategorien, die ehemals linke »Ideologiekritik« seiner Art von Kulturphilosophie seltsam naherückt. Holthusen findet Fiedler nur dort ausgezeichnet, wo dessen Abenteuerlichkeit problematisch wird: bei der Idee des Archetypischen. Walser machte es sich am leichtesten. Wieder müssen die »Marktgesetze« her, wird mit gutmütigem Humor das von Fiedler Angebotene auf Irrationalismus stilisiert, dem dann mit behendem Augenaufschlag die Idee einer »demokratischen Literatur« den Garaus machen soll. Walser nimmt Fiedler nur als dessen Parodie an: »Paßt mal auf: nachmodernistisch, apokalyptisch, antirational, sentimental, das Mythische, Leidenschaften, seherisch, magisch, verrückt, Kunst ist tot, komisch, respektlos, letzte Stunde ...« Das eben ist die Ironie des *juste milieu.* Sie verblockt die möglichen Zugänge zu Fiedlers Plädoyer. Was aus seinen zweifellos zum Kauderwelsch geratenen Einfällen herauszupräparieren wäre, hat Jürgen Becker benannt, und das hätte man von den übrigen Partnern auch verlangen können: »Denn nicht im Kunstprodukt selber liegen die neuen Kriterien verborgen, sondern in den Widersprüchen der Realität, in den Reaktionen der Psyche, in den Zumutungen der gesellschaftlichen Existenz, in den Offenheiten der Utopie.«

Die notwendigen Einwände gegen Fiedlers Thesen brauchen nicht memoriert zu werden. In der Tat: wir haben keine Indianer. Wichtiger ist, daß charakteristische Repräsentanten der westdeutschen Literatur und Kritik über alle Einwände hinaus nicht bereit waren, Fiedlers Sätze fairer zu interpolieren, das heißt ihn im Zusammenhang jener amerikanischen Literatur zu lesen, zu dessen Sprecher er sich (neben Susan Sontag) gemacht hat. Offensichtlich ist die Angst vor »Irrationalismus«, vor »Mythos« und wie die Warntafeln des westdeutschen Literaturbetriebs alle heißen, so groß, daß man anstelle einer Flucht nach vorne eine Flucht nach hinten antritt. Dagegen wäre von Fiedlers angebotenen Stoffen zu abstrahieren, überhaupt von diesen oder jenen Pop-Inhalten und nur festzustellen, ob und was sie für die alte surrealistische Forderung hergeben: »Erfahrungen und Experimente mit dem Innenleben«. Denn es sieht ganz danach aus, daß Jürgen Beckers Frage nach den »neuen Kriterien« bei einigen der jungen Amerikaner, die Brinkmann so liebt, eine Antwort bekäme.

Da wäre zum Beispiel die pornographische Poesie mit der Zentralmetapher »Ficken«. Sie wurde zum Leitmotiv in Tuli Kupfenbergs Vietnam-Drama *Ficknam* und in David Rudkins Drama *Vor der Nacht.*[12] Da wären die Gedichte und Prosa von Steve Richmond, Ed Sanders, Robert Creeley, Frank O'Hara.[13] Die relevante Frage heißt hier, inwiefern es sich um ein »reaktionäres« Ausweichen in Exotismus und Mystifikation handelt (was die Gegner dieser Literatur unterstellen) oder ob hier bisher nicht bewußte Zusammenhänge, die nachzuvollziehen ein politisches Ereignis wäre, ausgesprochen wurden. Dabei ist die lustvolle Voyeurrolle des Lesers durchaus keine verachtenswerte Ausgangssituation. Die Antwort auf die Frage hinge von der utopischen Qualität der pornographischen Phantasie ab. Sie wird immer dort

---

12 *Radikales Theater.* Köln: Kiepenheuer & Witsch 1968.

13 *ACID. Neue amerikanische Szene,* herausgegeben von R. D. Brinkmann, R. R. Rygulla. März Verlag 1969.

fehlen, wo es sich um eine manieristische Rekonstruktion von letztlich außermenschlichen erotischen Motiven handelt, meist der Malerei und den bildenden Künsten entliehen. Arrabals *Garten der Lüste* wäre hierfür ein Beispiel, oder ganz allgemein gesprochen: die Übernahme jener von de Sade erstmalig entwickelten sexuellen Konstruktionen in ein rein additorisches oder ornamentales Schema, wie es durchweg in der pornographischen Reizliteratur geschieht. Hier ist dem von Oswald Wiener empfohlenen surrealistischen Prinzip »Schluß mit der Wirklichkeit« genau zuwider gehandelt: Die Wirklichkeit wird auf dem Umweg einer phantastischen Verfremdung angenommen und bestätigt, sie wird interessant gemacht.

Im entgegengesetzten Falle, im Fall einer surrealen oder agitatorischen Pornoliteratur, geschieht etwas anderes: Die pornographische Phantasie verdinglicht nicht die Motive, sondern legt ein Informationsnetz von politischen und sozialpsychologischen Assoziationen frei, bis hin zum reinen Politsymbol. Benjamins Ruf »profanere!« anläßlich der surrealistischen Kontemplation gilt auch hier. Die pornographischen Gegenstände verlieren nicht ihren Bezug zum Menschen als sozialem Subjekt. Das Drama *Ficknam* und *Vor der Nacht,* aber auch John Cages Sex-Expertisen zeigen das. Hier figurieren die obszönen Bilder für eine Atmosphäre von Mord und Aggression innerhalb moderner Arbeitsvorgänge, wozu auch der Krieg gehört, oder für die Verhärtung und Programmierung sozialer Verhaltensweisen. Diese neue amerikanische Pornoliteratur steht nur in einem äußerlichen Kontakt mit der klassischen erotischen Literatur. Es fehlt die psychologische Raffinesse, der spekulierende Romantizismus, das selbstgenießerische Spiel mit dem individuellen Tode. Wo in der amerikanischen Pornoliteratur die soziale Beziehung aufgegeben wird, etwa in Ed Sanders Prosastück *Das Treffen zwischen Elisabeth Barrett und Robert Browning* oder in Steve Richmonds Gedicht *Jetzt,*[14] vertritt man den emanzipatorischen Anspruch einer omnipotenten Illusion. Auf diese Weise entstehen utopische Märchen, in denen jeder Wunsch des Helden in Erfüllung geht. Man könnte sie verstehen als hypothetische Entwürfe des Als-ob: Die primitiven Pop-Inbilder befriedigen nicht eine nach innen gerichtete Erregung wie im Falle der klassischen Erotiker, sondern stellen Signale eines absoluten Freiheitsanspruchs auf. Man könnte auch sagen, daß sich in der amerikanischen Pornoszene ein alles verzehrender Wahrnehmungsanspruch erhebt.

Vom Verfertigen der Gedanken beim Handeln

Herbert Marcuse hat in seiner letzten Publikation *Versuch über die Befreiung* (1969) den »surrealistischen« Charakter der subkulturellen amerikanischen Inszenierungen und Wahrnehmungsriten angerufen und die Funktion der obszönen Sprache dabei erörtert. Wenn auch Skepsis gegenüber seinem expressionistischen Pathos anzumelden ist, so ist es interessant, die vermutete ästhetische Aktualität des Surrealismus in einer politischen Schrift bestätigt

[14] *ACID,* S. 62 und 94.

zu finden. Die Wiederkehr einer surrealistischen Literatur und Verhaltensweise ist absehbar, trotz des indignierten Abwinkens des *juste milieu.* Ist sie aber auch wünschenswert? Das wird von dem Grade abhängen, in dem es gelingt, dem verzehrenden Anpassungsprozeß zu widerstehen. Selbstverständlich ist, entgegen Fiedlers fulminanten Angeboten, in Deutschland eine andere Realisierung zu finden. Imitationen oder Übertragungsversuche scheitern mit Sicherheit, wie der erste Versuch gezeigt hat: der neue Lyrikband von Rolf Dieter Brinkmann, wo die »Blaue Blume« nur durch »superman« ersetzt worden ist. In jedem Fall aber wird die Realitätserfahrung und der Stoff, den sie abwirft, eine Rolle dabei spielen müssen, denn nur durch sie wird die surrealistische Idee, die Kombination von Phantasie und Praxis, gewährleistet. Sollte eine Massenrezeption solcher Literatur einsetzen, was für lange Zeit noch nicht zu denken ist, dann wäre die surrealistische Tradition an ihr Ziel gelangt: der Leser wäre »psychiatrisiert« (Oswald Wiener).

Mehr nicht? Mehr nicht. Man wird darauf bestehen müssen, Phantasie und Praxis getrennt zu halten. Das ist nicht nur ein politisch-pragmatisches Postulat, weil Folgerungen des Surrealismus zu Irrsinn, Kriminalität und monströser Diktatur führen würden. Es ist auch eine intellektuelle Notwendigkeit. Würde die Trennung nämlich aufgehoben – was hypothetisch einmal unterstellt werden mag –, dann müßte sich die Phantasie der Praxis anpassen; und schon wäre ihr »surrealer« Charakter verloren. Die Gefahr einer solchen Trivialisierung zeigt sich heute schon in den von Marcuse gepriesenen »surrealistischen« Kollektiven des amerikanischen Underground, in der »Ästhetik« der Campus-Revolution, den optischen Produkten des Pariser Mai: Die Erfindungen dieser kulturrevolutionären Bewegungen haben künstlerisch nichts gebracht, das irgendwelche geistigen Folgen haben könnte. Ihre Anleihe am Surrealismus ist nur in dem Maße fruchtbar gewesen, als der Sinn für einen paradoxen Wirklichkeitsbegriff sprachlich zum Ausdruck kommen konnte – bei einigen wenigen. Kein gesellschaftliches, sondern ein individuell-originelles Ereignis also. Und diese Möglichkeit ging den Revolutionären in dem Augenblick verloren, als sie zur reinen Aktion übergingen und sich dabei auf den Marxismus als praktische Anweisungslehre stützten.

Hieße das am Ende jene zu Anfang gestellte Frage verneinen: ob die sich an den Rändern der Gesellschaft abzeichnende Kulturrevolution die massenhaft vollzogene Vollstreckung des surrealistischen Auftrags ist? So ist es. Eine Bejahung nämlich wäre nur möglich, wenn man den marxistischen Einwurf übernähme, nach dem die surrealistische Phantasie, das heißt ihr Widerspruch zur Wirklichkeit, nur Ausdruck von »Selbstentfremdung« ist, nur eine Ersatzhandlung derjenigen, die sich nicht in der Welt verwirklichen können und denen man zur Verwirklichung verhelfen müsse – eben durch die Kulturrevolution.

Die bisher charakteristischste und folgerichtigste Darstellung einer solchen »kulturrevolutionären« Haltung enthielt ein Aufsatz von Peter Schneider *Die Phantasie im Spätkapitalismus und die Kulturrevolution* (in *Kursbuch,* Nr. 16, 1969). Schneider versucht, die künstlerische Phantasie zu erledigen mit Hilfe einer Kombination der beiden axiomatischen Begriffe der Kulturrevolutionäre, nämlich mit Marx' Begriff der »Entfremdung« und Freuds Begriff der »Libido«. Dabei wird ein kaum merkbarer terminologischer Trick verwandt: Von vornherein verzichtet Schneider darauf, den möglichen Unterschied zwischen künstlerischer Phantasie und jener Phantasie der unerfüllten Wünsche, um die es ihm allein geht, zu erörtern. So wird der nicht zu leugnende Unterschied von den angeblich gleichen subjektiven Antrieben eskamotiert. Für unseren Zusammenhang entscheidend ist, daß sich ein so summarischer Phantasiebegriff als unbrauchbar erweist, konfrontiert man ihn mit unserer Frage, nämlich dem Übergang der surrealistischen Phantasie in die kulturrevolutionäre Praxis. Indem Schneider das, was zu beweisen wäre, als von vornherein Gesetztes ausgibt, ist sein Aufsatz nicht aufschlußreich für das Problem, sondern nur für die ästhetische Argumentation der kulturrevolutionären Anführer. Keineswegs stößt sich Schneider an dem unauflösbaren Dilemma, das er heraufbeschwört, indem er die Realisierung der Phantasie gleichsetzt mit der Realisierung von unerfüllten Wunschträumen der »entfremdeten« Massen. Denn »Phantasie« als Vehikel der Kulturrevolution macht absehbar, daß diese »entfremdeten« Massen gerade so werden möchten, wie der Volksmund sagt: wunschlos glücklich.

Nur deshalb, weil »Phantasie« von der Kulturrevolution ausschließlich mechanisch und funktionell, nicht aber inhaltlich bestimmt wird, erscheint die von uns für unmöglich gehaltene Überführung der Phantasie in die Praxis denkbar. Dieser Trick läßt schließlich Suggestivsätze entstehen, in denen die Analyse sich zum Gesang aufschwingen kann: »Wenn aber der Kapitalismus zum Künstler wird, dann müssen die Künstler zu Revolutionären und die Revolutionäre zu Künstlern werden.« Wie das? Weil vorher die Ästhetisierung der Warenwelt nach dem beschriebenen Trick mit dem Begriff der Schönheit überhaupt gleichgesetzt wird. Dieser Gleichsetzung können dann als weitere Programmsätze folgen: »Die Kulturrevolution ist die Eroberung der Wirklichkeit durch die Phantasie. Die Kunst ist im Spätkapitalismus die Eroberung der Phantasie durch das Kapital.«

Es ist nur folgerichtig, daß Schneider – beim Fragen nach der Zukunft der Kunst – Marcuses Empfehlung, sie müsse »surrealistisch und atonal« werden, ablehnt. Denn Marcuse gebraucht den Begriff des »Surrealistischen« fast synonym mit dem des »Atonalen« und folgt hier wohl tatsächlich der von Schneider vermuteten Anregung durch Adorno. Danach wäre der Begriff »surrealistisch« entgegen unserem Verständnis weitgehend leer von Anschauung und entspräche eher dem metaphysischen Sinn von »progressiv«, »modern«, »antitraditionalistisch«, »funktional«, »formalistisch«. Er ist überhaupt nicht an den Begriff der Phantasie gebunden und damit ohne systematischen Wert für die hier erörterte surrealistische Lösung.

Der omnipotenten Entfremdungsthese ist prinzipielle Skepsis entgegenzuhalten, solange jene nur durch die Wünschbarkeit eines Axioms, nicht aber durch Beweise legitimiert ist. Ihr liegt eine anthropologische, das heißt eine metaphysische These, nicht aber eine historisch ableitbare Erfahrung zugrunde. Logisch haben wir ebenso Grund anzunehmen, daß das mit dem

Terminus »Entfremdung« Gemeinte eine vorab gegebene Konstitution des Menschen ist. Die Surrealisten selbst benötigten das marxistische Mißverständnis, weil sie sonst in einen beliebigen Romantizismus abgeglitten wären. Erst durch die marxistische Episode brachte der Surrealismus seine Idee von einer paradoxen Realität rein hervor. Erst durch den arbeitshypothetisch bedeutenden Versuch, die Phantasie zu etwas Wirklichem zu machen, also beide Bereiche zu vereinigen, wurden die surreale Verfassung des Wirklichen und die reale Bedeutung der Phantasie überdeutlich. Sie sind nicht zu vereinigen. Der Konkretismus der Studentenrevolte, dieser kombinatorische, sozusagen nach-kleistische Versuch eines »allmählichen Verfertigens der Gedanken beim Handeln« (bei Kleist heißt es »Reden«) blieb durchweg auf sprachliche und mimetische Aktionen beschränkt. Beim Übergang zur reinen Gewalt (Terminus technicus: »Gegengewalt«) verlor sich die Originalität jenes von Kleist vorweggenommenen heuristischen Prinzips, aus einer Unmittelbarkeit, einem Ereignis zu Gedanken zu kommen – so wie es Kleist in seinem berühmten, gleichnamigen Aufsatz dargelegt hat, indem er Mirabeaus plötzlichen Einfall entwickelte, hier und jetzt die Französische Nationalversammlung zu konstituieren.

Dieser Überlegung würde von seiten der radikalen Kulturrevolution wahrscheinlich entgegengehalten: Es kommt nicht darauf an, originell zu sein, es kommt nur darauf an, hundert Jahre alte Wahrheiten zu wiederholen und zu realisieren. Wer solches verkündet, der sagt aber auch: »Denken ist repressiv«. Der Versuch, die Phantasie und ihre symbolistischen und direkten Aktionen in die Techniken des Terrors zu überführen (»Das Hochhaus steht nur, weil ich es will«) sind Symptome einer sich bewußt »neurotisch« gebärdenden *Ästhetisierung der Politik.* Eine solche Ästhetisierung entzieht sich der innerweltlichen Ausweglosigkeit durch eine außerweltliche Argumentation, die sich innerweltlich ausgibt: Ein maskierter Chiliasmus. Sie gerät vollends zu einer geistlosen Akklamation irgendwelchen Revolutionsspektakels, wo das »Öde«, »Mittelmäßige«, »Langweilige« des Alltags nicht mehr ertragen und die Revolutionsgeste wie eine Wiederholung historischer Vergangenheit genossen wird.[15] Diesen Show-Charakter hat Norman Mailer als Augenzeuge in seinem dokumentarischen Roman *Heere aus der Nacht* erkannt und distanziert beschrieben. Der Abschied von der Geschichte, der hier vollzogen wird, ist ein Abschied von der Reflexion. Es ist das Zurückfallen auf jenen Zustand, den wiederum Kleist ahnungsvoll in seinem Aufsatz *Über das Marionettentheater* beschrieb: »Wir sehen, daß in dem Maße, als, in der organischen Welt, die Reflexion dunkler und schwächer wird, die Grazie darin immer strahlender und herrschender hervortritt.«

Unsere Erkenntnis ist nicht, wie Kleist es – hierin ganz Surrealist – prophetisch forderte, »durch ein Unendliches gegangen« und die von ihm prophezeite, neu zu gewinnende »Grazie« wird sich nicht einstellen. Sich als Ersatz hierfür an jener ersten, von Reflexion nicht mehr belasteten »Grazie« zu delektieren, heißt den erwähnten Versuch des »allmählichen Verfertigens

[15] Vgl. hierzu François Bondy, *Material zur Gewalttheorie.* In: *Akzente,* Heft 4/1969.

der Gedanken beim Handeln« sabotieren. Die Sabotage dieses, in der ersten Phase der Studentenrebellion gewonnenen intellektuellen Experiments wurde vollends bewerkstelligt durch einen neuen Typus von Studentenführern und ihres Anhangs. Die Wirklichkeit der »Kulturrevolution« hat den surrealen Gedanken aufgehoben.

*

Postscriptum: Als Terminus technicus wurde hier der Begriff des literarischen *juste milieu,* im Gegensatz zu dem Begriff »Surrealismus«, eingeführt und beibehalten. Als Ausdruck für eine gemäßigte, bürgerlich-konservative Richtung entstand er im Pariser Sommer des Bürgerkönigs Louis Philippe, im Volksmund vertraulich-gönnerhaft »die Birne« genannt. In korrekter deutscher Übersetzung meint er »Mittelmaß«, »Mittelweg«. Die Vorstellung der zweckmäßigen Mäßigung verwandelt sich zum Vorwurf in dem Augenblick, da aus dem bloß politischen ein literarischer Stil wird. Carl Sternheim hat 1920 in einem vergessenen Aufsatz *Berlin oder Juste Milieu* den geistigen Zuschnitt genau gekennzeichnet: »Das Wesentliche blieb die literarische Beleuchtung der Belanglosigkeit. Brillanten und Schmocks dazu ... Passierte trotz Hegel und seiner ›Belauschung des Objekts in seiner vernünftigen Entwicklung‹ doch einmal das ganz Unwahrscheinliche, Unvernünftige, blieb es in Zeitungen unerwähnt und existierte also nicht.«

Sternheims hemmungsloser Ausfall gegen die »Verkünder mittlerer intellektueller Aufgeklärtheit und all dessen, was dialektischen Kurs hat«, würde von den heutigen Vertretern des *juste milieu* vor allem aus einem Grunde gebrandmarkt: es war zugleich ein antisemitisches Pamphlet. Unabhängig davon aber war Sternheims Urteil, das Merkmal des literarischen *juste milieu* sei der Opportunismus: nämlich das Verbot, denkenswerte Gedanken unabhängig von ihrer praktischen Anwendbarkeit zu denken. Dieser Ungeist repräsentiert sich heute zum Beispiel in der Übereinkunft, den Namen Ernst Jüngers nur in einem pejorativen Sinne auszusprechen. Es ist die moralisierende Geste ohne intellektuelle Moral (im Verstande der französischen Moralisten oder Nietzsches). Dieser Tatbestand konnte lange Zeit mehr oder weniger unbemerkt bleiben, weil folgender Umstand hilfreich war: Einige hervorragende Vertreter des literarischen *juste milieu* begannen im Zeichen eines sowohl hermetischen als auch oppositionellen Nonkonformismus, der die drohende Anpassung von Beginn an zu seinem kulturkritischen Thema gemacht hatte – lernend von Horkheimer/Adorno: »Kein Ausdruck bietet sich mehr an, der nicht zum Einverständnis mit herrschenden Denkrichtungen hinstrebt, und was die abgegriffene Sprache nicht selbsttätig leistet, wird von den gesellschaftlichen Maschinerien präzise nachgeholt ... Der Prozeß, dem ein literarischer Text wenn nicht in automatischer Vorausschau seines Herstellers, so jedenfalls von dem Stab von Lektoren, Herausgebern, Umarbeitern, Ghost-writers in und außerhalb der Verlagsbüros unterworfen wird, überbietet an Gründlichkeit noch jede Zensur.«[16]

[16] *Dialektik der Aufklärung. Philosophische Fragmente.* Amsterdam 1947.

Es war nicht abzusehen, daß diese 1947 veröffentlichten Sätze einmal auf niemanden besser zutreffen würden als auf jene, die zu ihren Botschaftern wurden. Vielleicht war es die tiefe Trauer in diesen Sätzen, die es den späteren Adepten ermöglichte, ihre gefallene Unschuld ästhetisch oder zynisch zu überspielen beziehungsweise zu rechtfertigen. Über diese pervers anmutende Bewahrheitung von Horkheimer/Adornos Kulturindustrie-These an ihren ersten Schülern wird einmal ausführlich zu handeln sein.

Eine große Zweideutigkeit liegt in der Sprache von Adorno. Sie hat das zweideutige Verhalten dieser ersten »linksintellektuellen« Generation, die zum *juste milieu* degenerieren konnte, wahrscheinlich mitbeeinflußt. Der Sirenengesang in den Sätzen Adornos ist ihre musikalische Qualität: eine orchestrale Aufeinanderfolge begrifflich überinstrumentalisierter Behauptungssätze, die den Nachweis ihrer These oft schuldig bleiben, aber gleichzeitig den Eindruck suggerieren, diesen Nachweis gerade vollbracht zu haben. Die ständige Verbindung der Anstrengung des Begriffs und der Anstrengung der Anschauung, die eigentümliche Verknüpfung des Objektiven mit dem Subjektiven, brachte ein nervöses Amalgam hervor, das sich vor dem Zugriff des Skeptikers schützte, weil die Metapher »Kritische Theorie« davorstand. Die Paradoxie des Phänomens liegt darin, daß eine im Grunde hermetische Geistigkeit, die sich von Beginn an vor dem Ruin durch den Konsum schützen wollte, in ihrer Aufnahme gerade zum intellektuellen Standard einer ganzen Generation wurde. Warum? Weil sie den Adepten die Überlegenheit des Durchschauens versprach und sie gleichzeitig aus der Konsequenz entließ.

Am Anfang einer solchen Analyse hätte der Satz zu stehen, daß die derzeitige Kulturrevolution sich der betäubend schönen Aura, der Begriffshypnose durch das Werk der Väter der »Kritischen Theorie«, entzogen hat. Der Blick auf das Schicksal des literarischen *juste milieu* erklärt diesen gewiß barbarischen Vorgang. Es ist deshalb eine Verunklärung der Zusammenhänge, wenn nicht ohne Schadenfreude versucht worden ist, die Rebellen gegen die »Frankfurter Schule« auszuspielen. Sie sind nie deren direkte Schüler gewesen, wie es das literarische *juste milieu* gewesen ist. Weil es diese komplizierte Bewandtnis hat mit den »linken« Hütern der westdeutschen Literatur, wurden sie *juste milieu* genannt – als der formulierte Widerspruch zum historischen wie auch zu jedem hypothetischen »Surrealismus«.

Nr. 258, Oktober 1969

Reflexionen über die Gewalt

An Anlässen, sich über das Wesen der Gewalt, ihre Rolle in Geschichte und Politik, Gedanken zu machen, hat es in diesem Jahrhundert, das Lenin bereits vor mehr als fünfzig Jahren als ein Jahrhundert der Kriege und Revolutionen diagnostizierte, nicht gefehlt; und es ist eigentlich erstaunlich, daß erst die Ereignisse der letzten Jahre dies Thema in den Mittelpunkt der öffentlichen Aufmerksamkeit und Diskussion gerückt haben. Der unmittelbare Anlaß war zweifellos die in ihrer Weise einzigartige, weltweite Rebellion an den Universitäten und die Debatten über gewalttätigen oder gewaltlosen Widerstand, die sie von vornherein begleiteten; aber die tiefere Ursache dürfte wohl doch ein Faktor sein, der, von niemandem vorausgesagt, offensichtlich die gesamte Problematik des Verhältnisses von Macht und Gewalt entscheidend verändert hat.

Die technische Entwicklung der Gewalt*mittel* hat in den letzten Jahrzehnten den Punkt erreicht, an dem sich kein politisches Ziel mehr vorstellen läßt, das ihrem Vernichtungspotential entspräche oder ihren Einsatz in einem bewaffneten Konflikt rechtfertigen könnte.[1] Damit ist ein wirklicher Wendepunkt eingetreten. Der Krieg – seit undenklichen Zeiten letzte Instanz der Außenpolitik – hat seine Effektivität und das Kriegshandwerk seinen Glanz eingebüßt. Das »apokalyptische Schachspiel« zwischen den Supermächten, den Staaten nämlich, die auf der Höhe der gegenwärtigen Zivilisation stehen, hat keine Ähnlichkeit mehr mit den bisherigen Kriegsspielen; es wird nach der Regel gespielt: »wenn einer siegt, sind beide am Ende«.[2] Und auch der Wettlauf der Rüstungen hat nicht mehr den Sinn, den Krieg vorzubereiten, sondern im Gegenteil ihn durch wechselseitige Abschreckung zu verhindern. Auf die Frage nach einem Ausweg aus dieser offensichtlich unhaltbaren Position gibt es bisher keine Antwort.

Da Gewalt (im Unterschied zu Macht, Kraft oder Stärke) als »reale Vorbedingungen zu ihrer Betätigung … *Werkzeuge* erfordert« (Engels), hatte die technische Revolution, eine Revolution in der Herstellung von Geräten, besonders weitreichende Folgen auf dem Gebiet der Gewaltbetätigung, also vor allem der Kriegsführung. Es liegt im Wesen der Gewalthandlung, daß sie wie alle Herstellungsprozesse im Sinne der Zweck-Mittel-Kategorie verläuft. Wird diese Kategorie auf den Bereich der menschlichen Angelegenhei-

---

1 Mit einiger Verblüffung liest man, daß Engels nach dem Deutsch-Französischen Krieg meinte, »die Waffen (sind nun) so vervollkommnet, daß ein neuer Fortschritt von irgendwelchem umwälzenden Einfluß nicht mehr möglich ist«. (*Herrn Eugen Dührings Umwälzung der Wissenschaft,* II. Abschnitt, Kap. 2 f.) Die weiteren Zitate von Engels stammen, wenn nicht anders vermerkt, aus dieser Schrift.

2 Harvey Wheeler, *The Strategic Calculators.* In: Nigel Calder (Hrsg.), *Unless Peace Comes.* New York 1968; deutsch unter dem Titel *Eskalation der neuen Waffen* 1969 im Desch Verlag erschienen.

ten angewandt, so hat sich noch immer herausgestellt, daß die Vorrangstellung des Zwecks im Verlauf der Handlung verlorengeht; der Zweck, der die Mittel bestimmt, die zu seiner Erreichung notwendig sind und sie daher rechtfertigt, wird von den Mitteln überwältigt. Denn das Resultat menschlichen Handelns läßt sich niemals mit der gleichen Sicherheit voraussagen, mit der das Endprodukt eines Herstellungsprozesses bestimmt werden kann; daher sind die zur Erreichung politischer Ziele eingesetzten Mittel für die Zukunft der Welt zumeist von größerer Bedeutung als die Zwecke, denen sie dienen sollen.

Zu diesem Unsicherheitsfaktor, der dem Handeln ohnehin innewohnt, fügt die Gewalthandlung noch ein nur ihr eigentümliches Element des rein Zufälligen hinzu. Napoleon hatte ganz recht, wenn er sagte, seine Generäle müßten »fortune« haben. Nirgends spielt Fortuna, spielen Glück und Pech eine entscheidendere Rolle als auf dem Schlachtfeld. Und dieses Eindringen des gänzlich Unerwarteten wird nicht dadurch beseitigt, daß man versucht, es als »random event« in »wissenschaftliche« Kalkulationen miteinzubeziehen oder es mit Hilfe von Simulationen, Scenarios, Spieltheorien und dergleichen auszuschalten. Es gibt auf diesem Gebiet keine Gewißheit; nicht einmal die gegenseitige totale Vernichtung, auf der die Theorie der wechselseitigen Abschreckung beruht, läßt sich mit absoluter Sicherheit unter im vorhinein errechneten Voraussetzungen voraussagen. Daß die Vervollkommnung der Gewaltmittel schließlich den Grad erreicht hat, an dem die zur Verfügung stehenden Mittel im Begriff sind, ihr Ziel, nämlich die Kriegsführung, unmöglich zu machen,[3] ist wie eine letzte ironische Reflexion auf die grundsätzliche Willkür und Un-sinnigkeit, der wir überall begegnen, wo wir uns dem Bereich der Gewalt nähern. Wie wir aber dieses Un-sinns Herr werden sollen, wissen wir nicht. Denn wenn Kriege immer noch geführt werden und immer noch gerüstet wird, so nicht, weil die Menschheit von einem geheimen Todes- oder einem unkontrollierbaren Aggressionstrieb besessen wäre, noch nicht einmal, weil – was immerhin einleuchtender wäre – die Abrüstung der ungeheuren Militärmaschinen in den in Frage stehenden Ländern ernste politische, gesellschaftliche und ökonomische Probleme zur Folge haben würde,[4] sondern einzig und allein, weil bisher nirgends ein annehmbares Surrogat für die Willkür der Gewalt als Ultima ratio in den Konflikten der Völker zum Vorschein gekommen ist. Es gilt immer noch Hobbes' Wort: »Covenants without the sword are but words.«

---

[3] Vgl. die Ausführungen von General André Beaufre in dem Sammelband von Nigel Calder. Danach sind nur »in den nicht von der atomaren Abschreckung erfaßten Teilen der Welt« noch Kriege möglich, und auch diese »konventionelle Kriegführung« wird, ungeachtet ihrer Schrecken, de facto limitiert durch die stets drohende Gefahr der Eskalation zum Atomkrieg.

[4] Der anonym erschienene *Report from Iron Mountain* (deutsch unter dem Titel *Verdammter Friede* bei Scherz, 1968), eine Satire auf die Rand Corporation und andere »think tanks«, kommt der Wirklichkeit wahrscheinlich näher als die meisten »ernsthaften« Untersuchungen. Sein Hauptargument: der Krieg sei für das Funktionieren unserer Gesellschaft so wichtig, daß wir nicht wagen könnten, ihn abzuschaffen, ehe wir nicht noch mörderischere Methoden, mit unseren Problemen fertigzuwerden, erfunden haben.

Und unter der Herrschaft des heutigen Staatsbegriffs, den bekanntlich keine Revolution bisher auch nur erschüttert hat, ist selbst eine theoretische Lösung des Kriegsproblems, von der nicht so sehr die Zukunft der Menschheit wie die Frage, ob die Menschheit überhaupt eine Zukunft haben wird, abhängt, auch gar nicht vorstellbar. Solange nationale Unabhängigkeit, die Freiheit von Fremdherrschaft, auf die jedes Volk ein Recht hat, und Staatssouveränität, unkontrollierte und unbegrenzte Macht in außenpolitischen Angelegenheiten, gleichgesetzt werden, ist ein gesicherter Friede so utopisch wie die Quadratur des Kreises. Und wenn Freiheit und Souveränität nicht mehr gleichgesetzt würden, sähen wir uns, wie die Dinge heute liegen, mit einer Staatskrise konfrontiert, die über den gesamten Erdball ginge und von der nur sehr wenige Länder vielleicht verschont blieben. (Theoretisch könnten die Vereinigten Staaten zu diesen wenigen gehören; ihrer Verfassung ist in der Tat, wie Justice James Wilson 1793 feststellte, »der Begriff der Souveränität völlig unbekannt«, was sich schon daran erweist, daß vom Senat gebilligte Verträge mit anderen Nationen laut der Verfassung zum Gesetz des Landes gehören. Aber die Zeiten, da Amerika sich in voller Klarheit von den politischen Kategorien des europäischen Nationalstaats trennte, sind lange vorbei. Die amerikanische Regierung handelt und argumentiert nicht im Sinne der Amerikanischen Revolution und der *Founding Fathers,* sondern ganz im Sinne des europäischen nationalstaatlichen Denkens, als sei dies schließlich und endlich doch das ihr angestammte Erbe. Und dies ungeachtet der Tatsache, daß sie dies Erbe überhaupt nur hat übernehmen können, weil Europa politisch bankrott war und dieser Bankrott von dem Bankrott des Nationalstaates und seinem Souveränitätsbegriff verursacht und begleitet wurde.)

Inzwischen hat sich herausgestellt, daß die Großmächte kaum noch imstande sind, Kolonialkriege zu führen, so daß das Kriegshandwerk mehr und mehr zu einer Art Luxus wird, den sich nur noch die unterentwickelten Länder leisten können. Das ist kein Trost, denn jedermann weiß, daß das gefürchtete »random event«, das alle Kalkulationen und Intentionen des wechselseitigen Abschreckungsspiels über den Haufen werfen könnte, am ehesten dort auftauchen kann, wo die unter den heutigen Gegebenheiten einfach stupide Redensart des »there is no alternative for victory« immerhin noch einen hohen Grad von Plausibilität hat.

Unter diesen Umständen ist in der Tat das in den letzten Jahrzehnten ständig wachsende Ansehen der wissenschaftsgläubigen »brain trusters«, von denen die Regierungen sich beraten lassen, höchst beunruhigend. Gegen ihre Kaltblütigkeit, »das Undenkbare zu denken«, wäre kaum etwas einzuwenden, wenn man nur sicher sein könnte, daß sie überhaupt *denken.* Anstatt sich auf ein so altmodisches, von Computern nicht zu übernehmendes Geschäft wie das Denken einzulassen, *rechnen* sie sich mit Hilfe ihrer Maschinen die Konsequenzen gewisser hypothetisch angenommener Konstellationen aus, ein in den Wissenschaften durchaus berechtigtes Verfahren, weil man nämlich aufgrund solcher Berechnungen die Hypothesen experimentell kontrollieren und verifizieren kann. Dies ist in dem Kriegsspiel keineswegs der Fall;

dies Rechnen kommt mit wirklichen Begebenheiten nie in Berührung. Der logische Fehler in diesen hypothetischen Konstruktionen möglicher zukünftiger Ereignisse ist immer der gleiche: Was zuerst – je nach dem intellektuellen Niveau mit oder ohne Berücksichtigung der implizit gegebenen Alternativen – als Hypothese erscheint, wird sehr schnell, oft nach wenigen Abschnitten, zur »Tatsache«, einem Datum, das dann eine ganze Serie ähnlicher Daten gebiert, deren hypothetischer Charakter vergessen ist – und damit der rein spekulative Charakter des ganzen Unternehmens. Natürlich ist das nicht Wissenschaft, sondern Pseudo-Wissenschaft, die darin besteht, »die oberflächlichen Merkmale der Wissenschaften, die ihrerseits einen sinnvollen intellektuellen Gehalt haben, nachzuahmen« (so Noam Chomsky in *Amerika und die neuen Mandarine,* Suhrkamp 1969). Und der evidenteste und tiefste Einwand gegen diese Sorte strategischer Theorien ist nicht ihr begrenzter Nutzen, sondern ihre Gefährlichkeit; denn sie führen dahin zu meinen, man verstehe Ereignisse und könne ihren Ablauf kontrollieren, die man weder versteht noch kontrolliert.

Ereignisse sind dadurch gekennzeichnet, daß sie automatische Prozesse oder zur Gewohnheit gewordene Verfahrensweisen unterbrechen; nur eine Welt, in der sich nichts ereignet, entspräche der Grundprämisse der Futurologen. Zukunftsprognosen projizieren gegenwärtige Prozesse und Verfahrensweisen; sie sagen voraus, was aller Wahrscheinlichkeit nach eintreten wird, wenn Menschen nicht handelnd eingreifen und wenn nichts Unerwartetes geschieht. Jede Handlung und jeder Zwischenfall zerstört mit einem Schlag alle Voraussetzungen, in deren Rahmen die Prognose erfolgt und ihre Indizien zusammenstellt. (Eine gelegentliche Bemerkung Proudhons: »Die Fruchtbarkeit des Unerwarteten übersteigt bei weitem die Weisheit des Staatsmanns«, könnte man mit noch größerem Recht auf die Berechnungen der Experten anwenden.) Solche unerwarteten, unvorausgesehenen und unvorhersagbaren Zwischenfälle als bloße Zufälle oder »die letzten Zuckungen der Vergangenheit« abzutun beziehungsweise sie in Engels' »Rumpelkammer« oder in Trotzkis berühmtem »Abfalleimer der Geschichte« unterzubringen, ist der älteste Trick der zu Propheten gewordenen Historiker; zweifellos helfen solche Kunststücke dabei, in sich widerspruchslose Theorien aufzustellen, doch um den Preis, sie weiter und weiter von der Wirklichkeit zu entfernen. Als Projektionen tatsächlich beobachtbarer gegenwärtiger Prozesse haben sie immer eine gewisse Wahrscheinlichkeit für sich; gefährlich werden sie erst, wenn sie als in sich schlüssige Theorien auftreten, mit deren Hilfe man angeblich wissen kann, was *wirklich* war, ist und sein wird. Dann tritt jene hypnotische Wirkung ein, derzufolge der von den Theoretikern ohnehin so verachtete gesunde Menschenverstand auch ganz untheoretisch veranlagte Menschen verläßt – und mit ihm der *common sense,* dem wir es verdanken, daß wir Wirklichkeit und Tatsächlichkeit wahrnehmen, verstehen und uns handelnd in ihnen orientieren können.

*

Keinem, der dem Wesen der menschlichen Angelegenheiten, das sich in Geschichte und Politik manifestiert, nachdenkt, kann die Rolle, welche die Gewalt seit eh und je in den Beziehungen der Menschen zueinander gespielt hat, entgehen; und es ist auf den ersten Blick einigermaßen überraschend, daß sie so selten zum Gegenstand besonderer Untersuchungen gemacht wurde.[5] Die Rolle der Gewalt in der Politik galt offenbar als so selbstverständlich, daß man sie noch nicht einmal eigens zu untersuchen oder in Frage zu stellen brauchte. Diejenigen zudem, die in der Geschichte ohnehin nichts anderes sahen als das schiere Geratewohl oder den Beweis dafür, daß Gott immer mit den stärkeren Bataillonen ist, hatten verständlicherweise über den Gegenstand weiter nichts zu sagen und wandten sich lieber lohnenderen Gebieten zu. Wer aber in der Geschichte nach einer Art Sinn suchte, dem mußte der dem gewalttätigen Handeln innewohnende Zufalls- und Willkürcharakter als der eigentliche Stein des Anstoßes in seinem ganzen Unternehmen erscheinen, so daß er beinahe zwangsläufig dazu kommen mußte, die Gewalt für ein bloßes Randphänomen zu erklären. Ob Clausewitz den Krieg »die Fortsetzung des politischen Verkehrs mit Einmischung anderer Mittel« nennt, oder ob Engels die Gewalt als eine »die gesetzmäßige ökonomische Entwicklung« beschleunigende Kraft definiert – der Akzent liegt bei beiden auf der politischen oder wirtschaftlichen Kontinuität, auf der Kontinuität eines Prozesses, der determiniert bleibt durch Faktoren, die schon vor der gewaltsamen Aktion existierten. Demgemäß war man bis vor kurzem noch der Meinung, auf dem Gebiete der Außenpolitik gelte »die Maxime, daß keine militärische Lösung von Dauer sein könne, die im Widerspruch zu den tieferen kulturellen Quellen nationaler Macht steht«, oder daß, wie Engels sagt, die politische Macht mit ihren Gewaltmitteln notwendigerweise unterliegen muß, »wo die ... innere Staatsgewalt eines Landes in Gegensatz tritt zu seiner ökonomischen Entwicklung«.

Nichts von alledem trifft auf die Bedingungen zu, unter denen wir leben. Es ist, als habe sich das Verhältnis von Politik und Krieg, von Macht und Gewalt umgekehrt. Die Friedenspolitik, die auf den Zweiten Weltkrieg folgte, war der Kalte Krieg, also die Fortsetzung des Krieges mit anderen Mitteln, und ein Atomkrieg kann überhaupt nicht mehr als »Mittel« betrachtet werden, es sei denn als »das Selbstmordmittel für die ganze Welt«.[6] Aber wir brauchen uns nicht an die Extreme zu halten, in denen ein paar Bomben genügen würden, »alle anderen Machtquellen eines Landes in wenigen Augenblicken zu vernichten« (Wheeler im Sammelband Calder). Wir wissen von biologischen Kampfmitteln, die es »kleinen Gruppen Einzelner ermöglichen, ... das strategische Gleichgewicht über den Haufen zu werfen«, und

[5] Es gibt natürlich eine reiche Literatur über Krieg und Kriegsführung; sie befaßt sich jedoch nur mit den Gewalt*mitteln,* nicht mit der Gewalt als solcher. In der letzten Ausgabe der *Encyclopaedia of the Social Sciences* wird »violence« nicht einmal eines eigenen Artikels gewürdigt.

[6] Andrej D. Sacharow, *Wie ich mir die Zukunft vorstelle.* Zürich 1968, S. 20. Vgl. auch den *Report from Iron Mountain,* der den Frieden kurzerhand als die Fortsetzung des Krieges mit anderen Mitteln bezeichnet.

die zudem wegen ihrer geringen Herstellungskosten auch für »Länder, die sich eine eigene nukleare Streitmacht nicht leisten können«, erschwinglich sind (Calder); zudem werden vermutlich »innerhalb weniger Jahre« Roboter »den Einsatz von Menschen in Kampfhandlungen überflüssig gemacht haben« (M. W. Thring bei Calder), schließlich beobachten wir bereits heute, um wieviel weniger verwundbar die armen Länder in konventionell geführten Kriegen sind als die Großmächte, eben weil sie »unterentwickelt« sind und weil im Guerillakrieg technische Überlegenheit »viel eher eine Belastung als ein Vorteil ist« (V. Dedijer bei Calder). All dies läuft auf eine Umkehrung des Verhältnisses von Macht und Gewalt hinaus; von nun ab kann, wie Engels sagt, die »Staatsgewalt eines Landes in Gegensatz (treten) zu seiner ökonomischen Entwicklung«, ohne daß dies »mit dem Sturz der politischen Gewalt« zu endigen braucht.

Zudem zeichnet sich in der Umkehrung von Macht und Gewalt eine vermutlich noch entscheidendere Umkehrung des Kräfteverhältnisses zwischen den Staaten ab; die Kleinstaaten oder auch die unterentwickelten Länder brauchen nicht mehr notwendigerweise den Großmächten und voll entwikkelten Industriestaaten unterlegen zu sein. Das Quantum an Gewaltmitteln, über das ein Land verfügt, wird vermutlich in absehbarer Zukunft kein sicheres Indiz seiner Stärke und keine verläßliche Garantie gegen Zerstörung seitens einer erheblich kleineren und schwächeren Macht mehr bieten. Und dies wiederum erinnert in bedenklicher Weise an eine der ältesten Einsichten der politischen Wissenschaft: daß nämlich Macht und Wohlstand nicht zusammenfallen; daß wirtschaftliche Potenz und gesellschaftlicher Reichtum vielmehr ein Staatswesen genauso unterminieren können wie wirtschaftliche Unfähigkeit und gesellschaftliches Elend; daß schließlich gerade Republiken für die Gefahren des Wohlstandes besonders anfällig sind – Einsichten, die heute vergessen sind, aber darum nichts von ihrer Gültigkeit eingebüßt haben, zumal nicht in einer Zeit, in der ihre Wahrheit sich in einer neuen Dimension, der Dimension der Gewalt, manifestiert.

Nun haben die Ereignisse und Debatten der letzten Jahre merkwürdigerweise gezeigt, daß, je selbstmörderischer sich die Gewalt als letzte Instanz der Außenpolitik erweist, desto höher ihr Ansehen in Fragen der Innenpolitik gestiegen ist, vor allem in Sachen der Revolution. Der starke marxistische Einschlag in der Rhetorik der Neuen Linken koinzidiert mit einem stetigen Anwachsen der von Mao Tse-tung verkündeten, ganz und gar unmarxistischen Überzeugung: »Die politische Macht kommt aus den Gewehrläufen.« Natürlich war auch Marx sich der Rolle der Gewalt in der Geschichte bewußt, aber für ihn war sie sekundär; nicht Gewalt, sondem die der alten Gesellschaft inhärenten Widersprüche würden ihr ein Ende bereiten und in die Revolution führen. Das Aufkommen einer neuen Gesellschaft werde durch gewaltsame Ausbrüche eingeleitet, nicht jedoch verursacht. Die Gewalt ist die Geburtshelferin der Geschichte, und sie macht Geschichte oder Revolution so wenig wie die Hebamme das Kind erzeugt oder gebiert. In derselben Weise betrachtet Marx den Staat als ein Instrument der Gewalt im Dienst der herrschenden Klasse; doch die wirkliche Macht der herrschenden Klasse beruht nicht auf deren Gewaltmitteln und verläßt sich nicht auf sie. Sie ist definiert durch die Rolle, die diese Klasse in der Gesellschaft beziehungsweise dem gesellschaftlichen Produktionsprozeß spielt.

Man hat oft festgestellt, gelegentlich auch bedauert, daß die revolutionäre Linke unter dem Einfluß Marxscher Lehren der Anwendung von Gewalt abgeschworen hat; die »Diktatur des Proletariats« – die in Marx' Schriften tatsächlich offen repressiven Charakter trägt – sollte erst nach der Revolution kommen und war wie die Diktatur im alten Rom für eine streng befristete Periode gedacht. Politischer Mord – einzelne Akte »individuellen Terrors« von seiten kleiner Anarchistengruppen ausgenommen – war weitgehend das Prärogativ der Rechten, während der bewaffnete Aufstand und der Staatsstreich den Militärs vorbehalten blieben. Die Linke blieb mit Engels überzeugt, »daß alle Verschwörungen nicht nur nutzlos, sondern sogar schädlich sind. (Die Kommunisten) wissen zu gut, daß Revolutionen nicht absichtlich und willkürlich gemacht werden, sondern daß sie überall und zu jeder Zeit die notwendige Folge von Umständen waren, welche von dem Willen und der Leitung einzelner Parteien und ganzer Klassen durchaus unabhängig sind.«[7]

Auf dem Felde der politischen Theorie gibt es einige wenige Ausnahmen. Georges Sorel, der Anfang des Jahrhunderts den Marxismus mit Bergsons Lebensphilosophie zu kombinieren versuchte – ein Unternehmen, das auf weit niedrigerem intellektuellem Niveau eine eigentümliche Ähnlichkeit mit Sartres Amalgamierung von Existentialismus und Marxismus aufweist –, interpretierte den Klassenkampf mit militärischen Begriffen, hatte jedoch letzten Endes nichts Gewaltsameres vorzuschlagen als den »Mythos des Generalstreiks«, eine Form der Aktion, die wir heute eher dem Arsenal der gewaltlosen Politik zuweisen würden. Vor fünfzig Jahren trug ihm selbst dieser bescheidene Vorschlag, ungeachtet seiner Begeisterung für Lenin und die russische Revolution, den Ruf eines Faschisten ein. Noch Sartre, der in seinem Vorwort zu Fanons *Die Verdammten dieser Erde* in der Glorifizierung der Gewalt weit über Sorels berühmte *Réflexions sur la violence* hinausgeht – weiter auch als Fanon selbst, aus dessen Argumentation er die Konsequenzen ziehen will –, spricht von Sorels »faschistischen Äußerungen«. Dies zeigt, wie wenig sich Sartre über seinen fundamentalen Widerspruch zu Marx in puncto Gewalt im klaren ist, so wenn er etwa behauptet: »Diese ununterdrückbare Gewalt ... das ist der Mensch, der sich selbst schafft«, und meint, daß erst in der »außer sich geratenen Wut« die »Verdammten dieser Erde« zu Menschen werden.

Diese Vorstellungen sind um so bemerkenswerter, als die Idee des sich selbst schaffenden Menschen durchaus in der Tradition des Hegel- und Marxschen Denkens liegt; sie ist in der Tat die theoretische Basis jedes linken Humanismus. Aber nach Hegel »produziert« sich der Mensch durch das

---

7 Jacob Barion zitiert diese aus einem Manuskript von 1847 stammende Bemerkung des jungen Engels in seiner Schrift *Hegel und die marxistische Staatslehre,* Bonn 1963.

Denken,[8] und bei Marx, der Hegels »Idealismus« »vom Kopf auf die Füße« stellt, übernimmt diese Funktion die Arbeit als die menschliche Form des »Stoffwechsels mit der Natur«. Und obwohl man einwenden könnte, daß alle Vorstellungen vom sich selbst schaffenden Menschen auf eine Rebellion gegen eines der Grundfakten menschlicher Existenz hinauslaufen - schließlich ist nichts offenkundiger, als daß der Mensch, als Gattungswesen wie als Individuum, seine Existenz *nicht* sich selbst verdankt - und daß somit, was Sartre, Marx und Hegel gemeinsam haben, von größerer Relevanz ist als die spezifischen Wege zur Verwirklichung dieses Non-factums (der Selbsterschaffung), so läßt sich doch kaum leugnen, daß ein Abgrund die wesentlich friedlichen Tätigkeiten des Denkens und Arbeitens von allen Tätigkeitsformen der Gewalt trennt. »Einen Europäer umbringen heißt zwei Fliegen mit einer Klappe schlagen ... Was übrig bleibt, ist ein toter Mensch und ein freier Mensch«, schreibt Sartre in seinem Vorwort zu Fanon. Diesen Satz hätte Marx nie schreiben können.[9]

Ich habe Sartre zitiert, um zu zeigen, daß dieser neue Trend zur Gewalt im Denken der heutigen Revolutionäre selbst einem ihrer repräsentativsten und artikuliertesten Wortführer entgehen konnte.[10] Ich halte das für um so be-

---

[8] Es ist recht aufschlußreich, daß Hegel in diesem Zusammenhang von »Sichselbstproduzieren« spricht; vgl. *Vorlesungen über die Geschichte der Philosophie.*

[9] Es gibt in der *Deutschen Ideologie,* also den Notizen aus dem Jahre 1846, einen merkwürdigen Passus. Hier sagt Marx, daß zur »massenhaften Erzeugung eines kommunistischen Bewußtseins ... eine massenhafte Veränderung des Menschen nötig ist, die nur in einer praktischen Bewegung, in einer Revolution vor sich gehen kann; daß also die Revolution nicht nur nötig ist, weil die *herrschende* Klasse auf keine andere Weise gestürzt werden kann, sondern auch, weil die *stürzende* Klasse nur in einer Revolution dahin kommen kann, sich den ganzen alten Dreck vom Halse zu schaffen und zu einer neuen Begründung der Gesellschaft befähigt zu werden«. Der auffälligste Unterschied zu Sartres Position, der Marx hier in seiner eigentlich noch vor-marxistischen Jugend nahezukommen scheint, liegt natürlich in dem Unterschied zwischen einer »massenhaften Veränderung« des menschlichen Bewußtseins überhaupt in einer Massenbewegung und der Befreiung des Einzelnen durch einen vereinzelten Gewaltakt. Der nur ein Jahr später geschriebene, eben nach J. Barion zitierte Satz von Engels zeigt, wie wenig Einfluß selbst der hier ausgesprochene Gedanke auf das eigentliche Werk von Marx und Engels gehabt hat. Er steht wie vieles aus dieser frühen Zeit - z.B. auch die ganz »unmarxistischen« Reflexionen in dem Aufsatz *Zur Judenfrage* - ganz unter dem Einfluß des zeitgenössischen französischen Sozialismus und Kommunismus.

[10] Das unbewußte Abrücken der Neuen Linken vom Marxismus ist mehrfach vermerkt worden, so von Leonard Schapiro (in der *New York Review of Books,* 5. Dezember 1968) und von Raymond Aron (*La Révolution Introuvable,* Paris 1968). Beide sehen in der nachdrücklichen Hinwendung zur Gewalt eine Art Rückfall, und zwar entweder zum vormarxschen utopischen Sozialismus (Aron) oder zum russischen Anarchismus von Nechaev und Bakunin (Schapiro), »die hundert Jahre vor Jean-Paul Sartre und Frantz Fanon, in deren Werken die gleichen Ideen auftauchen, einiges zu sagen hatten über die Bedeutung der Gewalt als einem einigenden Faktor, als bindender Kraft in einer Gruppe oder einem Verein«. Aron äußert sich im gleichen Sinn: »Die Verkünder der Mai-Revolution glauben den Marxismus überholt zu haben; .. sie vergessen ein Jahrhundert Geschichte.«

In der *Critique de la raison dialectique* sucht Sartre ausführlichst sein Eintreten für die Gewalt zu begründen. Er geht davon aus, daß Mangel (*rareté,* das »Für-alle-reicht-es-nicht«) die Bedingung der Möglichkeit menschlicher Geschichte ist, die dann allerdings, um sich zu realisieren, noch anderer Faktoren bedarf. Da dem »Mangel« das »Bedürfnis« entspricht, merkenswerter, als es zeigt, daß wir es hier nicht mit einem abstrakten, ideengeschichtlich zu erklärenden Phänomen zu tun haben. (Wenn man den »idealistischen« *Begriff* des Denkens ehrt, kann man wohl zu dem »materialistischen« *Begriff* der Arbeit kommen, nie jedoch zur Idee der Gewalt.) Zweifellos hat eine solche Entwicklung ihre guten Gründe, aber diese Gründe stammen nicht aus theoretischen Überlegungen, sondern aus der Erfahrung, und zwar aus Erfahrungen, die früheren Generationen unbekannt waren.

*

Das Pathos und der Elan der Neuen Linken, das, was ihr Glaubwürdigkeit verleiht, hängen aufs engste zusammen mit der unheimlichen, selbstmörderischen Entwicklung der modernen Waffen. Dies ist die erste Generation, die im Schatten der Atombombe aufgewachsen ist. Von der Generation ihrer Väter hat sie die Erfahrung des Verbrecherstaats, des massiven Einbruchs der Kriminalität in die Politik, geerbt; sie weiß Bescheid über Konzentrations- und Vernichtungslager, über Völkermord, Folter und Terror, über die Massaker der Zivilbevölkerung im Kriege, den die moderne Kriegsführung, auch wenn sie sich auf »konventionelle« Waffen beschränkt, unweigerlich zur

---

muß »Unmenschlichkeit« so lange die Beziehungen der Menschen untereinander bestimmen, als »der Mensch das geschichtliche Produkt des Mangels« bleibt. Der Aggressionstrieb entspringt dem Bedürfnis, und »Gewalt ist definierbar als die Struktur menschlichen Handelns unter der Herrschaft des Manichäismus und im Rahmen des Mangels«. Unter solchen Umständen ist die Gewalt kein Randphänomen mehr; da es für alle nicht reicht, ist jeder für jeden »de trop«, überzählig und eigentlich überflüssig. Gewalt und Gegengewalt, das ist, was die Geschichte beherrscht; und wenn die von Gewalt provozierte Gegengewalt »im Gegner die Unmenschlichkeit des Gegen-Menschen (zu vernichten glaubt), vernichtet sie in Wahrheit nur die Menschlichkeit des Menschen in eben diesem Gegner und realisiert in sich selbst die eigene Unmenschlichkeit«.

Sartres Modell für eine Lage der Dinge, in welcher jeder im anderen den »Überzähligen« sieht, ist die Schlange von Wartenden an einer Bushaltestelle. Diese Gruppe zeichnet sich dadurch aus, daß zwischen den Wartenden keine Beziehung besteht; sie sind daher für Sartre »une pluralité de solitudes«; sie sprechen nicht miteinander und nehmen voneinander keine Notiz. Hieraus schließt er, daß sie einander »negieren« – aus dem keine Notiz nehmen wird ein »dem Andern den Rücken kehren«; der »Mangel« an verfügbaren Plätzen auf dem Autobus macht jeden in den Augen des anderen zu einem Überzähligen, jeder ist der Rivale des anderen, gerade weil sie in diesem Augenblick alle miteinander identisch sind – Wartende in der Schlange. Also wird aus der einfachen Beziehungslosigkeit eine »contradiction«, deren Folgen, ein Kampf aller gegen alle, nur durch die in Frankreich übliche Regelung der Platzkarten vermieden wird, in der Sartre aber gerade die »Unmöglichkeit« sieht, »die Überflüssigen auf Grund der ihnen als Individuen innewohnenden Eigenschaften zu bestimmen«. Aus all dem folgt dann, daß die Praxis die Negation der Alterität (des Andersseins) ist, die qua Alterität selbst eine Negation ist – ein willkommener Schluß natürlich, da die Negation einer Negation eine Affirmation ist.

Die Unschlüssigkeit dieser Argumentation scheint mir offensichtlich. Wenn ich von jemandem keine Notiz nehme, besagt das weder, daß ich seine Existenz »negiere«, noch daß ich ihm den Rücken kehre, noch schließlich daß ich in ihm einen Überzähligen sehe oder einen Rivalen. Und selbst wenn man Sartre diese Beschreibung der Gruppe als zahlenmäßiger Serie zugestehen wollte, dürfte von diesem »Negieren« für normale Menschen schlechterdings kein Weg zum wirklichen »Töten, Foltern, Versklaven« führen.

Folge hat. Die erste Reaktion war Abscheu gegen Gewalt in all ihren Formen, ein fast selbstverständliches Eintreten für eine Politik der Gewaltlosigkeit. Die Bewegung setzte in Amerika mit dem Kampf um die Bürgerrechte der Neger ein; die anfänglichen Erfolge waren sehr groß. Auf sie folgte die Widerstandsbewegung gegen den Krieg in Vietnam, die wiederum in beträchtlichem Ausmaß das Klima der öffentlichen Meinung in Amerika bestimmt hat. Auch sie war in den Anfangsstadien prinzipiell gewaltlos. Aber wir wissen alle, daß die Dinge sich seither geändert haben, und es ist vergeblich, sich diesen Tatbestand mit der Redensart von der »Handvoll von Extremisten« zu verschleiern, die allein der Faszination durch die Gewalt erliegen und – wie Fanons algerische Bauern – entdeckt haben, daß »nur die Gewalt sich auszahlt«.[11]

Man hat die Rebellen als Anarchisten denunziert, als Nazis, rote Faschisten, ja als Konterrevolutionäre und, mit erheblich mehr Berechtigung, als die Maschinenstürmer des 20. Jahrhunderts,[12] und die Studenten haben mit ebenso unsinnigen Schlagworten geantwortet; mit »Polizeistaat« oder »la-

---

[11] Ich benutze Fanons Buch *Die Verdammten dieser Erde* wegen seines großen Einflusses auf die heutige Studentengeneration. Allerdings hat Fanon selbst der Gewalt gegenüber sehr viel mehr Vorbehalte als seine Bewunderer, die nur das erste Kapitel des Buches »Von der Gewalt« gelesen zu haben scheinen. Fanon kennt »diese reine, totale Brutalität, die unweigerlich binnen weniger Wochen zur Niederlage der Bewegung führt, wenn sie nicht sofort niedergeschlagen wird« (S. 93/94).

[12] Sie sind in der Tat eine gemischte Gesellschaft. Radikale Studenten tun sich gern mit Außenseitern, Hippies, Rauschgiftsüchtigen und Psychopathen zusammen. Die Situation wird noch komplizierter dadurch, daß den etablierten Mächten oft jedes Gefühl für die subtilen, aber wichtigen Unterschiede zwischen verbrecherischem und regelwidrigem Verhalten fehlt. Sit-ins und die Besetzung von Gebäuden sind nicht dasselbe wie Brandstiftung und bewaffneter Aufstand, und es handelt sich hier auch nicht nur um Gradunterschiede. Alarmierender noch ist, daß Fakultäten wie Verwaltungsinstanzen Rauschgiftsüchtigen und offen kriminellen Elementen gegenüber zu größerer Nachsicht neigen als gegenüber den Rebellen und politisch motivierten Delikten.

Helmut Schelsky hat schon 1961 (in *Der Mensch in der wissenschaftlichen Zivilisation*) die Möglichkeit eines »metaphysischen Nihilismus« beschrieben – das radikale Nein zu der wissenschaftlichen Zivilisation überhaupt. Diese Haltung »nihilistisch« zu nennen, heißt, die moderne Welt als die einzig mögliche Welt zu unterstellen, und dies gerade bestreiten die jungen Rebellen. Man kann in der Tat ohne weiteres den Spieß umdrehen und mit Sheldon Wolin und John Schaar (vgl. ihre Reportage über *Berkeley: The Battle of People's Park* in der *New York Review of Books* vom 19. Juni 1969) sagen: »Die große Gefahr heute ist, daß die Etablierten und Arrivierten sich zu der am tiefsten nihilistischen Verleugnung hinreißen lassen, die überhaupt möglich ist: zur Verleugnung der Zukunft, indem sie ihre eigenen Kinder, die Träger der Zukunft, verleugnen.«

Nathan Glazer schreibt in einem Artikel über die »Studentenmacht in Berkeley« (in *The Public Interest's* interessanter Sondernummer *The Universities*, Herbst 1968): »Die radikalen Studenten erinnern mich mehr an die Maschinenstürmer als an die sozialistischen Gewerkschaftler, die den Arbeitern Bürgerrechte und Macht verschafften«; er kommt unter diesem Eindruck zu dem Schluß, daß Zbigniew Brzezinski (in einem Artikel über die Columbia-Universität in *The New Republic*, 1. Juni 1968) mit folgender Diagnose recht haben könnte: »Revolutionen sind oft die letzten Zuckungen der Vergangenheit und in Wirklichkeit daher gar keine Revolutionen, sondern Konterrevolutionen, die im Namen von Revolutionen operieren.«

tenter Faschismus des Spätkapitalismus« oder (mit erheblich mehr Berechtigung) »Konsumgesellschaft«.[13] Man hat alle nur erdenklichen sozialen und psychologischen Gründe für ihr Verhalten gefunden – in Deutschland oder Japan soll natürlich die zu autoritäre Erziehung an allem schuld sein, in Amerika dagegen das Fehlen derselben; in Osteuropa die Freiheitsberaubung, im Westen hingegen ein Übermaß an Freiheit; in Frankreich der verhängnisvolle Mangel an Arbeitsplätzen für Soziologiestudenten, in Amerika wiederum die unbegrenzten Möglichkeiten für Soziologen, Psychologen und Politologen, die darum nicht weniger rebellisch sind als ihre Kollegen in Europa. Da es sich hier um ein weltweites Phänomen handelt, können die Ursachen, auch wenn sie jeweils noch so plausibel erscheinen, nicht gut lokaler Natur sein. Einen gemeinsamen sozialen Nenner gerade scheint es nicht zu geben, aber psychologisch fällt doch auf, daß diese Generation überall sich durch gewisse Eigenschaften auszeichnet: sie ist ungewöhnlich mutig, sie hat Lust am Handeln und besitzt auch, wenigstens in Ländern mit politischer Tradition, einige Erfahrung darin, und sie verfügt über einen vorläufig noch nicht aufgebrauchten Vorrat an Vertrauen in die Möglichkeit, durch Handeln die Welt zu verändern.[14]

Aber solche Qualitäten sind keine Ursachen, und wenn man fragt, was denn nun eigentlich diese gänzlich unvorhergesehene Entwicklung an den Universitäten in der ganzen Welt ausgelöst hat, kann man nicht gut übersehen, daß *eine* Erfahrung dieser Generation in der Tat überall gemeinsam ist, die überdies ohne Beispiel und ohne Analogie ist die Erfahrung, daß gerade der »Fortschritt« in mancherlei Hinsicht das Leben auf der Erde katastrophal bedroht.[15] Mit diesen »Fortschritten« beziehungsweise ihren wissenschaft-

---

[13] Das letzte dieser Epitheta wäre sinnvoll, wenn es beschreibend gemeint wäre. Dahinter steckt jedoch Marx' Ideal einer Gesellschaft von freien Produzenten und von der Befreiung der gesellschaftlichen Produktivkräfte, die jedoch, wie sich herausstellte, nicht von der Revolution, sondern von Wissenschaft und Technik befreit wurden. Und diese »Befreiung« hat keine Revolution je beschleunigt, sondern sie ist in allen Ländern, die durch eine Revolution gegangen sind, erheblich verlangsamt worden. Hinter der Verketzerung des Konsums steht also die Idealisierung der Produktion und damit die Idolisierung der Produktivität und Kreativität. »Die Freude an der Zerstörung ist eine schöpferische Freude« – wenn man nämlich glaubt, daß die sog. »Arbeitsfreude« produktiv ist; denn Zerstörung ist ungefähr die einzige »Arbeit«, die man noch mit einfachen Werkzeugen, ohne die Zuhilfenahme von Maschinen, tun kann, obwohl Maschinen dieses Geschäft natürlich viel gründlicher besorgen.

[14] Diese Lust am Handeln läßt sich besonders bei kleineren und relativ harmlosen Unternehmungen feststellen. Es gab erfolgreiche Studentenstreiks gegen schlechte Bezahlung der unteren Arbeiter und Angestellten an den Universitäten – sie erhielten weniger als das gesetzliche Minimum. Der Beschluß der Studenten von Berkeley, mitzuhelfen, um ein unbenutztes Universitätsgelände in einen »Volkspark« zu verwandeln, gehört zu diesen Unternehmungen, obwohl dies gerade die bisher brutalste Reaktion der Obrigkeiten hervorgerufen hat.

[15] Nach Präzedenzfällen und Analogien Ausschau zu halten, wo es keine gibt, und sich – unter dem Vorwand, daß wir aus der Vergangenheit, besonders aus den Jahren zwischen den beiden Weltkriegen, lernen sollten – gar nicht erst darauf einzulassen, auf Grund der Ereignisse selbst zu berichten und darüber nachzudenken, ist für einen Großteil der gegenwärtigen Diskussionen charakteristisch. Gänzlich frei von einem Eskapismus dieser Art ist Ste-

lichen Grundlagen werden sie an den Universitäten vertraut gemacht, und was sie dabei lernen, ist unter anderem auch, daß die Wissenschaften nicht nur unfähig scheinen, die verhängnisvollen Folgen ihrer eigenen Technik rückgängig zu machen, sondern daß man nun nachgerade das Stadium erreicht hat, »where there's no damn thing you can do that can't be turned into war« (so der Physiker Jerome Lettvin vom M.I.T. in *The New York Times Magazine,* 18. Mai 1969). In Amerika ist im Interesse der Universitäten zweifellos nichts dringlicher als die Liquidierung der Waffenforschung und aller Unternehmungen, die mit dem Militärestablishment zu tun haben. Aber es wäre naiv zu meinen, daß man damit das Wesen der modernen Naturwissenschaften ändern oder auch nur verhindern könnte, daß rein wissenschaftliche Entdeckungen für Rüstungszwecke benutzt werden, ganz abgesehen davon, daß die für die Integrität der Universität als einer Institution unabdingbare, rigorose Entpolitisierung sehr wohl dazu führen könnte, daß sie an wissenschaftlichem Niveau verliert.[16] Kurz, der anscheinend unwiderstehliche technische Fortschritt, der im Verlauf der industriellen Revolution nur bestimmte Volksschichten mit Erwerbslosigkeit bedrohte und die Maschinenstürmerei auslöste, bedroht heute die Existenz ganzer Volksgruppen und potentiell die der Menschheit, ja des organischen Lebens überhaupt.

---

phen Spenders Bericht über die Studentenbewegung in *Das Jahr der jungen Rebellen* (Piper 1969). Spender gehört zu den wenigen seiner Generation, die an der Gegenwart lebendigen Anteil nehmen und sich gleichzeitig ihrer eigenen Jugend so gut erinnern, daß ihnen die Unterschiede in Stimmung, Stil, Denken und Handeln auffallen. »Studenten von heute unterscheiden sich grundsätzlich von ihren Kommilitonen, wie sie vor vierzig Jahren in Oxbridge, Harvard, Princeton oder Heidelberg anzutreffen waren.« So wie Spender denken heute alle diejenigen, gleich welcher Generation, die, anstatt über sich selbst zu reflektieren oder im Sinne der Futurologen Denkspiele mit der Zukunft zu arrangieren, um die Zukunft der Welt und des Menschen im Ernst besorgt sind.

Dies trifft besonders für die Naturwissenschaftler zu, obwohl die Studenten in diesen Fakultäten, wohl weil sie an ihrem Studium leidenschaftlicher interessiert sind als ihre Kollegen in den Sozial- und Geisteswissenschaften, sich erst verhältnismäßig spät der Studentenrebellion angeschlossen haben. Adolf Portmann hat natürlich ganz recht, wenn er meint, daß die Generationskluft wenig oder nichts mit einem Konflikt zwischen Jung und Alt zu tun hat, daß sie vielmehr zusammenfällt mit der Entwicklung der Atomwissenaft (*Manipulation des Menschen als Schicksal und Bedrohung,* Zürich 1969). Der Physiker und Nobelpreisträger George Wald von Harvard hat in einer berühmt gewordenen Ansprache (vor den Studenten des M.I.T. am 4. März 1969) klargestellt, daß die Lehrer »die Gründe des Unbehagens (ihrer Studenten) besser verstehen als diese selbst« und daß sie vor allem dies Unbehagen mit ihnen teilen (*The New Yorker,* 22. März 1969).

16 Für die gegenwärtige Politisierung der Universitäten werden gemeinhin die Studenten verantwortlich gemacht; sie griffen die Universitätsbehörden nur an, weil die Universität das schwächste Glied in der Machtstruktur des Landes darstelle. Nun ist es natürlich ganz richtig, daß das Ende der »unvoreingenommenen Suche nach der Wahrheit und der geistigen Unparteiischkeit« auch das Ende der Universitäten wäre; zudem ist es höchst unwahrscheinlich, daß eine Industriegesellschaft gleich welcher Art imstande wäre, ohne diese merkwürdigen Institutionen weiter zu funktionieren, die außerhalb der gesellschaftlichen und politischen Apparaturen etabliert und darum unabhängig sind von ihren Machtkonstellationen. Macht und Wahrheit sind wesensmäßig verschiedene Phänomene, die je ihren eigenen legitimen Zuständigkeitsbereich haben und existentiell verschiedene Lebensführungen verlangen. Zbigniew Brzezinski ist sich der Gefahr einer Politisierung beziehungs-

Bei der neuen Generation haben wir es mit einer Menschengruppe zu tun, der die unheimlich destruktiven Tendenzen des rasanten technischen »Fortschritts« der letzten Jahrzehnte in Fleisch und Blut sitzt, sie ist »gleichsam die Inkarnation der Zukunftsprobleme, die der älteren Generation abstrakt und unverständlich erscheinen« (Stephen Spender). Daß diese Generation stärker im Bewußtsein eines Jüngsten Gerichts, das die Menschheit sich selbst bereitet, lebt als die »über dreißig«, ist nur natürlich, nicht weil sie jünger sind, sondern weil dies ihre ersten und entscheidenden Erfahrungen in der Welt waren. Fragt man einen Angehörigen dieser Generation: »Wie soll die Welt in fünfzig Jahren aussehen?« und »Wie möchtest Du, daß Dein Leben in fünf Jahren aussieht?«, so wird man viele verschiedene Antworten hören, aber sie werden fast durchgängig von einem: »Vorausgesetzt, daß es dann noch eine Welt gibt« und »Vorausgesetzt, daß ich dann noch lebe«, eingeleitet sein. In der Tat: »Womit wir konfrontiert sind, ist eine Generation, die in keiner Weise sicher ist, daß sie eine Zukunft hat« (George Wald), oder für die, in Worten Stephen Spenders, »die Zukunft eine vergrabene Zeitbombe (ist), deren Zeitzünder in der Gegenwart abläuft«; die man also als die Gruppe definieren könnte, die das leise Ticken der Bombe im Lärm der Gegenwart hört. Jedenfalls dürften wir alle die Erfahrung gemacht haben, daß diejenigen, die sich am heftigsten und kompromißlosesten über sie entrüsten, zumeist auch der Meinung sind, daß wir in der besten aller mög-

---

weise Funktionalisierung der Universität bewußt, glaubt aber (wie er in einem Artikel über *America in the Technotronic Age* im *Encounter,* Juni 1968, ausführte), daß sie kaum eine Rolle spiele, da die modernen »organisationsorientierten und nur auf Anwendbarkeit bedachten Intellektuellen« eine neue »Superkultur« vorbereiteten, in der die Maßstäbe der technischen Nutznießung alle früheren objektiven Maßstäbe ersetzen könnten. (Für eine Kritik dieser Position s. Noam Chomskys Kapitel *Objectivity and Liberal Scholarship,* a.a.O.) Diese »Superkultur« unter der Herrschaft von Intellektuellen, die man Technokraten nennt, dürfte sich dann wohl eher als ein Zeitalter der Gewaltherrschaft und äußerster Sterilität entpuppen.

Was uns in diesem Zusammenhang interessiert, ist die einfache Tatsache, daß der Politisierung der Universitäten durch die Studenten ihre Politisierung durch den Staat vorausgegangen ist. Die Tatsachen sind zu bekannt, um noch eigens aufgezählt zu werden; nur sollte man nicht übersehen, daß es sich hier wenigstens in Amerika keineswegs nur um Waffenforschung handelt. Der amerikanische Historiker Henry Steele Commager hat erst kürzlich auf die kuriose Rolle der Universitäten als »Stellungsvermittlungsbüros« hingewiesen – zum Beispiel für die Dow Chemical Company, die das Napalmgas erzeugt, die CIA, die Armee und die Flotte, Institutionen also, von denen man in der Tat nicht sagen kann, daß sie zum »Erziehungswesen« gehören oder etwas mit Wahrheitsfindung zu tun haben (s. *The New Republic,* 24. Februar 1968). Zu behaupten, die Universität sei das »Gehirn der Gesellschaft« oder der Machtstruktur eines Landes, ist gefährlicher, arroganter Unsinn – und sei es nur, weil die Gesellschaft kein Körper ist und bestimmt kein hirnloser.

Um Mißverständnissen vorzubeugen: Ich stimme mit Stephen Spender darin überein, daß es Torheit wäre, wenn die Studenten die Universitäten zerschlügen, da die Universität ihre einzig mögliche Operationsbasis ist und bleibt. Aber die Universität wird nur so lange diese Basis bleiben, als sie den einzigen Ort in der Gesellschaft darstellt, an dem Macht, ungeachtet aller faktisch bestehenden Perversionen und Täuschungsmanöver, nicht das letzte Wort hat. In der gegenwärtigen Situation besteht die Gefahr, daß entweder die Studenten oder die Exponenten der Macht Amok laufen.

lichen Welten leben und sich weigern, die Dinge, wie sie wirklich sind, auch nur zur Kenntnis zu nehmen.

Zwar ist die Studentenrebellion ein weltweites Phänomen, ihre Manifestationen aber sind natürlich lokal bestimmt und darum recht verschieden. Dies gilt besonders für die Frage der Gewalt. Wo der Generationsbruch nur den eben erwähnten Faktoren geschuldet ist und nicht mit handfesten Interessen zusammengeht, ist Gewalt zumeist eine theoretische Angelegenheit und eine Sache des rhetorischen Stils geblieben. In Deutschland trat schon zu Beginn der Unruhen solch eine Kollision von Gruppeninteressen ein, insofern als in der Ordinarienuniversität die Professoren ein finanzielles Interesse an überfüllten Vorlesungen und Übungen hatten. In den Vereinigten Staaten hingegen, wo der Lehrkörper nicht so überaltert ist und wo es Kolleggelder nicht gibt, kam es zu einer ernsteren Radikalisierung der Studentenbewegung anfänglich nur, wo die Polizei oft mit großer Brutalität gegen gewaltlose Demonstrationen, Besetzungen von Gebäuden, Sit-ins usw. eingriff. Dies hat sich erst mit dem Auftreten der Black-Power-Bewegung geändert. Im Gefolge der Bürgerrechtsbewegung haben die Universitäten und Colleges eine große Anzahl von Negerstudenten aufgenommen, ohne von ihnen die üblichen akademischen Qualifikationen zu verlangen; und die Folge war, daß diese Studenten, die besser als irgend jemand sonst wußten, daß der ihnen gebotene Nachhilfeunterricht ein hoffnungsloses Unternehmen war, sich von der Studentenschaft absonderten, organisierten und nun verständlicherweise einfach forderten, das Universitätsniveau so weit zu senken, daß sie mitkommen konnten – beziehungsweise, da dies vielleicht doch nicht möglich war, ihnen ein eigenes »Studiengebiet«, die sogenannten *Black studies,* einzurichten.

Dies war das erste Auftreten einer Interessengruppe an den Universitäten, und sie war und ist erheblich gefährlicher als etwa die Interessenkollision in Deutschland, weil es sich hier nicht um eine universitätsinterne Angelegenheit handelt, sondern um eine Gruppe, die zu Recht oder Unrecht beansprucht, die Interessen der gesamten Negerbevölkerung zu repräsentieren. Wo immer wirkliche Interessen kollidieren, ist die Gefahr der Gewalttätigkeit gegeben; und obwohl die Negerstudenten gewöhnlich erheblich vorsichtiger vorgehen als die weißen Rebellen, mit denen sie nichts zu tun zu haben wünschen, da ja in der Tat keine gemeinsamen Interessen existieren, so war es doch von vornherein – und nicht erst nach den Vorfällen in der Cornell-Universität und am City College in New York – klar, daß Gewalt für sie keine theoretische oder bloß rhetorische Angelegenheit ist. Hinzu kommt, daß im Gegensatz zu den weißen Studenten, die jedenfalls im Westen auf keine Unterstützung aus anderen Bevölkerungskreisen rechnen können, ja zumeist in der Öffentlichkeit ausgesprochener Feindseligkeit begegnen, hinter den schwarzen organisierten Studenten zumindest die Black-Power-Bewegung, also eine nicht unerhebliche Minderheit der Negerbevölkerung steht. Hier liegt eine Parallele mit der in Amerika auch recht gewalttätigen Arbeiterbewegung in den zwanziger und dreißiger Jahren nahe. Viel entscheidender aber ist die offensichtliche Neigung der Universitätsbehörden,

den oft absurden Forderungen der Negerstudenten entgegenzukommen, auch wenn ihre Erfüllung den Interessen der Universität nur schaden kann. Man hat den Eindruck, daß nicht nur die Administration, sondern auch die Fakultäten sich erheblich wohler in diesen reinen Interessenkämpfen fühlen, als wenn sie sich den uneigennützigen und gemeinhin hochmoralischen Forderungen der Rebellen gegenübersehen. Interesse plus Gewalt oder Erpressung, das versteht man; »Mitbestimmungsdemokratie« und gewaltloser Widerstand mit allen seinen oft auch nicht sehr feinen Kniffen ist, denkt man, viel bedrohlicher.

Wie steht es nun aber mit der allgemeinen theoretischen Verherrlichung der Gewalt, die wir auch bei denen finden, die keine gesellschaftlichen Interessen repräsentieren? Das Merkwürdige an der Rhetorik der Neuen Linken ist, daß sie zwar im wesentlichen eindeutig von Fanon inspiriert ist, aber trotzdem in ihrer theoretisch-kritischen Argumentation kaum mehr bietet als ein meist recht primitives, mit Schlagwörtern durchsetztes Gemisch aus allen möglichen marxistischen Restbeständen. Dies Amalgam von Fanon und Marx ist für Leute, die Marx und Engels gelesen (und nicht nur Zitate aufgeschnappt) haben, einigermaßen verblüffend. Wer kann im Ernst eine Ideologie marxistisch nennen, die ihre Hoffnung »auf die Erwerbslosen und Deklassierten« setzt, die meint, daß »der Aufstand seine städtische Vorhut im Lumpenproletariat« finden werde, und darauf baut, daß »die Gangster ... dem Volk die Leuchtfeuer, die Aktionspläne und die ›Helden‹ liefern« (Fanon) werden? Sartre hat mit dem ihm eigenen Geschick die Formel für den Glauben gefunden, der hinter dieser Rhetorik steht: »Die Gewalt gleich der Lanze des Achill ist imstande, die Wunden zu heilen, die sie schlägt«. Wenn das stimmte, dann wäre Rache eine Art Allheilmittel. Diese neuen Vorstellungen von der Gewalt und dem, was sie vermag, sind abstrakter und realitätsferner, als es Sorels Mythos vom Generalstreik je war. Sie stehen auf einer Stufe mit Fanons ärgsten rhetorischen Entgleisungen – wie daß es besser sei, in Würde zu hungern, als das Brot der Sklaverei zu essen. Es bedarf keiner Geschichte und keiner Theorie, um diesen Ausspruch als Unsinn zu durchschauen; es genügt die flüchtigste Beobachtung der Körperprozesse. Hätte aber Fanon gesagt, daß sein Brot in Würde essen besser ist als Kuchen in der Sklaverei, was natürlich richtig ist, so wäre die rhetorische Pointe verloren.

Liest man solche unverantwortlich großsprecherischen Redensarten – und die von mir zitierten sind recht typisch, nur daß Fanon immer noch realitätsnaher ist als die meisten anderen – und betrachtet man sie aus der Perspektive der Geschichte der Rebellionen und Revolutionen, so ist man versucht, ihnen jede Bedeutung abzusprechen und sie bestenfalls mit der Ratlosigkeit und Gefühlsnoblesse zu entschuldigen, die sich stimmungsmäßig leicht einstellt, wenn eine Generation sich unversehens mit Ereignissen und Entwicklungen konfrontiert sieht, auf die sie geistig in keiner Weise vorbereitet ist oder sein kann. Das Ergebnis jedenfalls ist ein kurioses Wiederaufleben von Gedanken und Emotionen auf der Linken, die Marx ein für allemal begraben zu haben meinte. Denn es ist ja nichts Neues, daß die Vergewaltigten von Gewalt träumen, die Unterdrückten »mindestens einmal am Tag« von Unterdrückung, die Armen von dem Reichtum der Reichen, die Verfolgten davon, »die Rolle des gehetzten Wilds mit der des Jägers« zu vertauschen, und die Letzten von dem Reich, »in dem die Letzten die Ersten« und die Ersten die Letzten sein werden (Fanon). Entscheidend ist ja nur, daß solche Träume, wie Marx wußte, sich nie verwirklichen. Wie selten waren Sklavenaufstände in der Geschichte, wo hören wir schon von Revolten der Erniedrigten und Beleidigten! Und wo es schon einmal zu einer Verwirklichung solcher Träume kam, da war es die Entfesselung der »blinden Wut«, die den Traum für alle zum Alptraum werden ließ. Ich kenne keinen Fall, in dem die Kraft »vulkanischer« Ausbrüche sich mit »der Kraft des Druckes (vergleichen ließe) ... mit dem die Unterdrückten unterdrückt wurden« (Sartre). Zu meinen, daß wir in den Nationalen Freiheitsbewegungen solche Ausbrüche vor uns haben, heißt ihren Untergang prophezeien – ganz abgesehen davon, daß auch im Falle des Sieges sich weder die Welt noch das System, sondern nur das Personal, das ihm dient, ändern würde. Von einer »Einheit der Dritten Welt« zu träumen, an die man in der Ära der Entkolonisierung mit dem Wort: »Eingeborene aller unterentwickelten Länder, vereinigt Euch!« appellieren könnte, heißt die schlimmsten Illusionen von Marx, nur in viel größerem Maßstab und mit erheblich weniger Berechtigung, wiederholen. Die Dritte Welt ist keine Realität, sondern eine Ideologie.[17]

*

Bleibt die Frage, warum die neuen Prediger der Gewalt nicht merken, daß sie keine Marxisten mehr sind, oder, anders gewendet, warum sie mit so hartnäckiger Zähigkeit an Begriffen und Doktrinen festhalten, die nicht nur durch die Entwicklung faktisch widerlegt sind, sondern auch eindeutig in Widerspruch zu ihrer eigenen Politik stehen. Zwar stammt die einzige positive Losung der neuen Bewegung, der Ruf nach »Mitbestimmungsdemokratie«, aus dem Besten der revolutionären Tradition: dem Rätesystem, dieser immer wieder vernichteten, einzig authentisch aus der Revolution geborenen Staatsform; aber sie läßt sich weder dem Wortlaut noch dem Sinne nach bei Marx und Lenin nachweisen, die beide in den Räten nicht mehr sahen als vorübergehende Organe revolutionärer Aktion. Und dies ist auch ganz natürlich, da beiden eine Gesellschaftsordnung vorschwebte, in der zugleich mit dem Staat die Notwendigkeit politischer Betätigung und Beteiligung

---

[17] Eingekeilt zwischen die beiden Supermächte und von Ost und West gleichermaßen enttäuscht, ist es »kein Wunder, daß (die Studenten) sich einer dritten Ideologie verschrieben, wie sie Mao oder Fidel Castro anzubieten haben« (Spender, a.a.O., S. 113). Ihre Rufe nach Mao, Castro, Che Guevara und Ho Tschi Minh klingen wie pseudoreligiöse Beschwörungen, mit denen man nach dem Retter ruft, der aus einer anderen Welt erscheinen möge; sie würden auch nach Tito rufen, wenn Jugoslawien weiter weg und weniger leicht erreichbar wäre. Bei der Black-Power-Bewegung liegt der Fall anders; ihre ideologische Bindung an die nichtexistierende »Einheit der Dritten Welt« ist nicht einfach romantische Gefühlsduselei. Die Neger haben ein offensichtliches Interesse an der Zweiteilung der Welt in Weiß und Schwarz; auch das ist natürlich reiner Eskapismus – die Flucht in eine Traumwelt, in der die Neger eine überwältigende Mehrheit innerhalb der Weltbevölkerung darstellen.

an öffentlichen Angelegenheiten »abgestorben« sein würde.[18] Und da der Mut dieser Generation in Sachen der Praxis mit einer ausgesprochenen Zaghaftigkeit in theoretischen Angelegenheiten Hand in Hand geht, ist die Losung der Neuen Linken rein rhetorisch-deklamatorisch geblieben, eine Art Beschwörungsformel im Kampf gegen die östlichen Einpartei-Bürokratien, welche Mitbestimmungsrecht prinzipiell ausschließen, wie gegen die westliche parlamentarische Parteien-Demokratie, die im Begriff steht, selbst ihre rein repräsentative Funktion an die riesigen Parteimaschinen zu verlieren, die nicht einmal mehr die eigenen Mitglieder, sondern nur noch die Funktionäre »repräsentiert«.

Denkt man an den Gesamttenor von Marx' Werk, so ist vielleicht noch auffallender, daß die Neue Linke sich nicht darüber klargeworden ist, in welchem Ausmaß der moralische Charakter ihrer Rebellion, den heute kaum noch jemand bestreitet,[19] in Widerspruch steht zu ihrer marxistischen Rhetorik. Nichts ist in der Tat auffälliger als die Uneigennützigkeit der Bewegung, und es ist mit Recht gesagt worden, daß Péguy sich vorzüglich »zum Schutzpatron der Kulturrevolution in Frankreich geeignet hätte mit seiner Verachtung des Mandarinentums an der Sorbonne und der Losung: ›Die soziale Revolution wird eine Revolution der Moral sein oder sie wird nicht sein‹«.[20] Nun sind zwar revolutionäre Bewegungen immer von »klassenfremden« Elementen geführt worden, also denen, die an dem Umsturz persönlich kein Interesse hatten, und dies gilt natürlich auch für Marx und Le-

18 Aber haben nicht auch Marx und Lenin, als sie mit dem Rätesystem konfrontiert waren, ihm zugestimmt? Hat Marx nicht die Kommune von 1871 verherrlicht, und proklamierte Lenin nicht »Alle Macht den Sowjets«? Zweifellos, aber für Marx bedeutete die Kommune nicht mehr als ein vorübergehendes Werkzeug der revolutionären Aktion; sie sollte »als Hebel dienen, um die ökonomischen Grundlagen umzustürzen, auf denen der Bestand der Klassen und damit der Klassenherrschaft ruht«; Engels stellte sie zu Recht mit der gleichfalls vorübergehenden »Diktatur des Proletariats« auf eine Stufe. Der Fall Lenin ist komplizierter. Immerhin war es schließlich Lenin, der die Sowjets entmachtete und alle Macht der Partei gab.

19 Für die Rebellen, schreibt Spender, handelt es sich um »einen Konflikt zwischen ihrem moralischen Anliegen und dem unmoralischen Verhalten der offiziellen Führung. Sogar wenn sie sich, wie es zum Beispiel bei doktrinären Marxisten vorkommt … als indifferent gegenüber der Moral betrachten, verfallen sie schon in ihrer Rhetorik immer wieder darauf, ihren Kampf als den zwischen Gut und Böse hinzustellen.« Noam Chomsky (a.a.O., S. 368) führt Tatsachen an: »Tatsache ist, daß die meisten der tausend Einberufungsbefehle und anderen Dokumente, welche die (Wehrdienstverweigerer) am 20. Oktober (1967) im Justizministerium abgaben, von Männern kamen, die sich dem Wehrdienst hätten entziehen können, aber darauf bestanden, das Schicksal der weniger Privilegierten zu teilen.« Das gleiche gilt für alle möglichen Demonstrationen und Sit-ins der Wehrdienstverweigerer an den Universitäten und Colleges. In anderen Ländern ist die Situation ähnlich. *Der Spiegel* schilderte die lähmenden und oft demütigenden Bedingungen, unter denen Assistenten an den Forschungsinstituten der deutschen Universitäten arbeiten müssen: »Angesichts dieser Verhältnisse nimmt es geradezu wunder, daß die Assistenten nicht in der vordersten Front der Radikalen stehen« (23. Juni 1969, S. 58). Es ist immer das gleiche: Interessengruppen verbinden sich nicht mit Rebellen.

20 So Peter Steinfels in einem Artikel *French Revolution 1968* in der katholischen Wochenschrift *Commonweal* vom 26. Juli 1968.

nin; aber Marx hat bekanntlich sehr erfolgreich die eigentlichen Motive der »Klassenfremden«, also das Mit-Leiden mit den Leidenden und das leidenschaftliche Engagement für Gerechtigkeit, als pure Sentimentalitäten verfemt. Das Problem einer klassenfremden, also von keinem Interesse gebundenen Führerschaft hat sich dann wenigstens theoretisch so lösen lassen, daß diese die Menschheit im Ganzen repräsentierte und sich mit den Interessen der »fortschrittlichsten« Klasse identifizierte. Und diese Identifikation, wie wir wissen, klappt heute nicht mehr. Die rebellierenden Studenten haben trotz verzweifelter Anstrengungen außerhalb der Universitäten keine Klasse, keine gesellschaftliche Gruppe hinter sich bringen können.[21] Die feindselige Haltung der Arbeiter in allen Ländern ist bekannt, und das totale Scheitern jeglicher Zusammenarbeit mit der Black-Power-Bewegung in den Vereinigten Staaten und ihren Repräsentanten an den Universitäten, wo sie eine so viel bessere Verhandlungsbasis haben, war für die weißen Rebellen die bisher bitterste Enttäuschung.

Es ist nicht weiter verwunderlich, daß unter diesen Umständen in Deutschland, der Heimat der Jugendbewegung, jetzt die Idee aufgetaucht ist, »nahezu sämtliche Jugendverbände« als »Bundesgenossen« zu gewinnen;[22] aber dies ist offensichtlich nicht weniger absurd als die »These, daß die außerparlamentarische und antiautoritäre Opposition dort anzuknüpfen habe, wo vor hundert Jahren die Arbeiterbewegung ihren Ausgangspunkt genommen hat«.[23]

Es scheint mir außer Frage, daß die zahlreichen theoretischen Unstimmigkeiten seitens der Neuen Linken, die samt und sonders daher rühren, daß man die Wirklichkeit des 20. Jahrhunderts mit Kategorien des 19. zu verstehen sucht, nicht einfach der Unfähigkeit dieser Generation geschuldet sind, anders als in abstrakten, vorgeprägten Schemata zu denken. Ich vermute vielmehr, daß der eigentliche Grund für diesen verblüffenden Konservativismus[24] einiges mit dem Fortschrittsbegriff zu tun hat beziehungsweise mit dem Widerstand gegen die Zumutung, den Grundbegriff aufzugeben, der seit mehr als hundert Jahren der gesamten Linken von den Liberalen über die Sozialisten zu den Kommunisten gewissermaßen heilig gewesen ist und den

---

21 Die Tschechoslowakei scheint eine Ausnahme zu sein. Aber hinter der Reformbewegung, für die die Studenten in der vordersten Linie kämpften, stand das ganze Volk ohne Unterschied der Klassen. Eine solche Einmütigkeit paßt natürlich auch nicht in das Marxsche Revolutionsmodell.

22 Vgl. das *Spiegel*-Interview mit Christian Ehmann vom 10. Februar 1969.

23 So Bernd Rabehl in *Rebellion der Studenten oder Die neue Opposition,* rororo 1968.

24 Jürgen Habermas, wohl der intelligenteste und einfallsreichste der jüngeren deutschen Soziologen, ist ein gutes Beispiel dafür, wie schwer es diesen Marxisten fällt, sich von irgendeinem Stück der Lehre des Meisters zu trennen. In *Technik und Wissenschaft als »Ideologie«* (Suhrkamp 1968) spricht er mehrfach davon, daß gewisse »Schlüsselkategorien der Marxschen Theorien, nämlich Klassenkampf und Ideologie, nicht mehr *umstandslos* angewandt werden können« (S. 84, vom Vf. gesperrt). Ein Vergleich mit dem oben zitierten Aufsatz von Sacharow zeigt, wie viel leichter es offenbar aus der Perspektive der sozialistischen Experimente im Osten ist, sich dieser veralteten Bestandstücke aus der revolutionären Tradition zu entledigen.

wir zweifellos nirgends auf einem so hohen geistigen Niveau finden wie in den Schriften von Karl Marx. (Inkonsequenz war immer die Achillesferse liberalen Denkens; nur weil der Liberalismus es mit dem Durchdenken der eigenen Theorien nie so genau genommen hat, konnte er es sich leisten, an dem Fortschrittsgedanken festzuhalten, ohne die Geschichtskategorien von Marx und Hegel zu akzeptieren.)

*

Die Vorstellung, daß es so etwas wie einen Fortschritt der Menschheit im Ganzen gibt, war vor dem 17. Jahrhundert unbekannt, entwickelte sich im 18. zu einer von den Gebildeten vielfach geteilten Meinung und wurde im 19. zu einem nahezu allseits anerkannten Dogma. Aber der Unterschied zwischen diesem Dogma und den anfänglichen Vorstellungen ist doch recht entscheidend. Natürlich mußte man von Anfang an unterstellen, daß man von dem Menschengeschlecht so reden könne wie von irgendeiner Tiergattung. Pascal, merkwürdigerweise einer der ersten Denker, der an den Fortschritt *des* Menschen geglaubt hat, geht direkt davon aus, daß der Unterschied zwischen der menschlichen Vernunft und dem tierischen Instinkt darin bestehe, daß die »Resultate des raisonnement ständig zunehmen, während der Instinkt immer der gleiche« bleibe; »Bienenwaben sind vor tausend Jahren genau so wohl gebildet gewesen wie heute.« Bei den Tieren trägt die Natur nur dafür Sorge, daß die Gattungen »in einer Ordnung begrenzter Vollkommenheit« erhalten bleiben; so ist es nicht mit dem Menschen »qui n'est produit que pour l'infinité«. »So schreitet nicht nur jeder Mensch täglich in den Wissenschaften fort, sondern alle Menschen zusammen machen darin einen ständigen Fortschritt ..., weil in der Abfolge der Menschen sich das gleiche begibt wie in den verschiedenen Altersstufen eines jeden. Daher muß die Abfolge der Generationen durch so viele Jahrtausende hindurch wie der gleiche Mensch angesehen werden, der immer weiterlebt und ständig zulernt.« Diejenigen, die wir die Alten nennen, sind eigentlich die in allen Dingen Neuen, sie bilden die Kindheit der Menschheit, und auf das Alter, das wir in ihnen verehren, haben im Grunde wir selbst Anspruch (zitiert aus Pascals *Préface pour le Traité du Vide*).

Es ist sehr bezeichnend, daß der Fortschrittsgedanke, der bei Pascal zweifellos von den großen naturwissenschaftlichen Errungenschaften seines Jahrhunderts inspiriert war, von vornherein den Prozeß des Fortschreitens der Menschheit im Ganzen in Analogie zu den Lebensprozessen des einzelnen Exemplars der Gattung versteht. Es scheint ihm nicht aufgefallen zu sein, daß die logische Konsequenz dieser Analogie ist, daß auf den Fortschritt der Untergang folgen muß. Wenn die Menschheit eine Kindheit kennt, dann kann sie dem Alter nicht entgehen, auf den biologischen Aufstieg folgt unweigerlich ein Abstieg. Die Fortschrittsideologie ist denn auch seit dem 18. Jahrhundert bis in die Gegenwart immer von einer Untergangsideologie begleitet gewesen. Dieser Schwierigkeit hat das 18. Jahrhundert auf die Weise Rechnung getragen, daß es Geschichte überhaupt als eine »Erziehung des Menschengeschlechts« (Lessing) begriff, die mit der Mündigkeit *des* Menschen endigt. Dieser Fortschritt war also expressis verbis nicht unbegrenzt, und Marx' klassenlose Gesellschaft in einem Reich der Freiheit ist noch ganz im Sinne der Aufklärung das Endziel der Geschichte, aber nicht das Ende der Menschheit. Diese Vorstellung ist bei Marx nicht viel mehr als eine Verlegenheitslösung, die Antwort auf die unbeantwortbare Frage: Und was dann? – ein Restbestand, der für die eigentliche Doktrin des Marxismus kaum eine Rolle spielt.

Denn mit dem Aufkommen der industriellen Revolution hatte das, was man unter Fortschritt verstand, an Rapidität so zugenommen, daß der ideologische Akzent sich von der Betrachtung des Menschengeschlechts und seiner in der Geschichte aufgespeicherten Kenntnisse auf die Bewegung des Prozesses als solchen verlagerte. In der Sicht Proudhons, der wie Marx von Hegel herkam, ist die Bewegung das »Urfaktum« *(le fait primitif);* »ewig sind nur die Gesetze der Bewegung«, und diese Bewegung hat weder Anfang noch Ende. »Le mouvement est; voilà tout!« Was den Menschen anlangt, so kann man nur sagen: »wir sind vervollkommbar, aber wir werden nie vollkommen«.[25] Man sollte meinen, daß dieser unendliche Fortschritt nicht mehr in biologischen Kategorien verstanden werden konnte; schließlich ist der *Lebens*prozeß, was das Individuum anlangt, von Geburt und Tod begrenzt. Damit wäre aber der Fortschritt des Menschen*geschlechts* im Ganzen nicht mehr vorstellbar gewesen. Fortschritt als das Grundgesetz der Geschichte ist undenkbar, wenn man ihm nicht die Vorstellung der Menschengattung, verkörpert in dem Begriff *des* Menschen als eines Gattungswesens, zugrunde legt.

Marx' von Hegel entliehene Idee, daß jede alte Gesellschaft den Keim der auf sie folgenden ebenso in sich trägt wie jeder lebende Organismus den Keim seiner Nachkommenschaft, ist in der Tat nicht nur die genialste, sondern die einzig mögliche Konzeption, die eine Kontinuität des Fortschritts in der Geschichte garantieren kann; und da die fortschrittliche Bewegung durch »Widersprüche« beziehungsweise durch Kräfte zustande kommt, von denen eine jede die ihr eigene Gegenkraft selbst erzeugt, kann jeder »Rückschritt« als notwendiger und notwendig vorübergehender Rückschlag aufgefaßt werden. Nun ist natürlich eine Garantie, die letzten Endes auf nicht viel mehr als einer Metapher beruht, nicht gerade die solideste Basis einer Doktrin. Aber dies ist ein Schönheitsfehler, den der Marxismus leider mit einer ganzen Anzahl von philosophischen Lehrmeinungen teilt. Im Vergleich mit anderen Geschichtsauffassungen, die sich historisch genau so gut dokumentieren und rechtfertigen lassen – wie etwa die Lehre von der ewigen Wiederkunft des Gleichen oder des Aufstiegs und Untergangs einzelner Völker oder auch der rein zufälligen Abfolge wesentlich unzusammenhängender Ereignisse – besitzt die Fortschrittsidee den großen Vorteil, ein gradlinig verlaufendes Zeitkontinuum zu gewährleisten, das die geschichtliche Kontinuität, in der Fortschritt statthaben soll, erst ermöglicht. Solch ein Kontinuum sichert sonst nur die uralte Vorstellung von dem goldenen Zeitalter, mit

[25] Für Proudhon vgl. *Philosophie du Progrès* (1853) und *De la Justice* (1858).

dem alle geschichtliche Entwicklung anhebt; und sie hat den Nachteil, daß sie den unendlichen Rückschritt impliziert.

Zwar sind mit der beruhigenden Vorstellung, daß wir nur in die Zukunft zu marschieren brauchen, was wir ja ohnehin tun, um eine bessere Welt zu finden, einige beunruhigende Nebenerscheinungen verknüpft. Da ist einmal die einfache Tatsache, daß die Zukunft der Menschheit dem Einzelnen, dessen einzig gewisse Zukunft der Tod ist, kaum etwas zu bieten hat, es sei denn die Hoffnung, daß seine Kinder und Kindeskinder besser dran sein werden als er selbst. Und da ist ferner, wenn man von dem Menschenschicksal absehen will, der ebenso einfache Einwand gegen den Fortschrittsglauben, den etwa Alexander Herzen wie folgt formuliert: »Die menschliche Entwicklung ist eine chronische Ungerechtigkeit, da die Späteren von den Anstrengungen ihrer Vorgänger profitieren können, ohne denselben Preis zu zahlen«,[26] und den wir bereits in Kants *Idee zu einer allgemeinen Geschichte in weltbürgerlicher Absicht* finden: »Befremdend bleibt es immer hierbei: daß die älteren Generationen nur scheinen um der späteren willen ihr mühseliges Geschäft zu treiben ... und daß doch nur die spätesten das Glück haben sollen, in dem (vollendeten) Gebäude zu wohnen« (Dritter Satz).

Daß sich der Fortschrittsgedanke gegen diese erheblichen Einwände hat durchsetzen können, ja daß sie kaum je ernsthaft in Betracht gezogen wurden, ist verständlich genug. Nicht nur kann diese letztlich unbewiesene und unbeweisbare Hypothese die Vergangenheit auslegen, ohne das Zeitkontinuum aufzubrechen – sie liefert vor allem auch dem Handeln einen Zukunftsentwurf, an dem es sich orientieren kann. Dies eben ist es, was Marx entdeckte, als er Hegel vom Kopf auf die Füße stellte: Er akzeptierte von Hegel die Idee der einen in sich schlüssigen Menschheitsgeschichte, die sich dem rückwärts gewandten Blick des Historikers erschließt; in der Marxschen Konzeption ändert sich diese Blickrichtung, der Historiker wird zum Politiker, indem er, aufgrund der gleichen Hypothese, vertrauensvoll in die Zukunft blickt. Der Fortschrittsgedanke beantwortet die höchst unbequeme Frage, die sich jeder neuen Generation stellt: Und was machen wir nun? Auf dem untersten Niveau lautet die Antwort: Laßt uns, was wir haben, verbessern, erweitern, vergrößern, vervielfachen (statt einem Auto pro Familie zwei). (Die Vorstellung, daß der wirtschaftliche Stand eines Landes an der Wachstumsrate der Produktion und des Nationaleinkommens abzulesen ist, ist das A und O aller Wirtschaftstheorien; sie beruht auf einem blinden Glauben an Fortschritt, den alle teilen.) Auf dem erheblich weniger primitiven Niveau der Linken gilt es, die der Gegenwart jeweils inhärenten Widersprüche auf die ihnen notwendigerweise folgenden Synthesen hin zu entwickeln. In beiden Fällen meint man, daß etwas ganz und gar Neues und Unvorhersehbares sich nicht ereignen kann, nichts, was nicht »notwendigerweise« aus dem folgt, was wir kennen. Wie beruhigend, wenn man mit Hegel sagen kann: »Es kommt nichts anderes heraus, als was schon vorhanden war.«

---

[26] Hier zitiert nach Isaiah Berlins Einführung zu Franco Venturi, *Roots of Revolutions.* New York 1966.

*

Ich brauche kaum hinzuzufügen, daß alle unsere Erfahrungen in diesem Jahrhundert, das uns ständig mit dem völlig Unerwarteten, von niemandem Vorhergesehenen konfrontiert hat, in flagrantem Widerspruch zu diesen Vorstellungen und Lehrmeinungen stehen. Deren Popularität beruht gerade darauf, daß sie ein bequemes, sei es spekulativ, sei es pseudo-wissenschaftliches Ausweichen vor der Wirklichkeit ermöglichen. Zu dem gänzlich Unerwarteten gehört auch eine Studentenrebellion, die sich nahezu ausschließlich in moralischen Kategorien versteht. Diese Generation, der man auf den Universitäten kaum etwas anderes in Soziologie und Politologie angeboten hat als die verschiedenen Varianten der Interessenpolitik beziehungsweise ihrer Entlarvung, hat uns eine Lektion über die Manipulierbarkeit von Menschen oder besser deren Grenzen erteilt, die nur ein erneutes Ausweichen vor der Wirklichkeit wieder zunichte machen könnte. »Manipuliert« werden können Menschen nur durch physischen Zwang, durch Furcht, Folter oder Hunger, und die Meinungsbildung kann zuverlässig nur durch organisierte, gezielte Falschinformation gelenkt werden, aber nicht durch »hidden persuaders«, Fernsehen, Reklame oder andere psychologische Mittel, deren sich die freien Länder gern bedienen.

Zweifellos verdient es die Fortschrittsideologie, ernster genommen zu werden als die meisten Dinge, die auf dem Jahrmarkt des Aberglaubens in unserem Jahrhundert angeboten worden sind.[27] Schließlich entstammt sie den erstaunlichen Fortschritten der Naturwissenschaften seit dem Beginn der Neuzeit, und wenn sich seit dem 19. Jahrhundert der Glaube an einen *unbegrenzten* Fortschritt durchsetzen konnte, so doch auch, weil diese Wissenschaften tatsächlich »universal« waren und geblieben sind. Wenn der Gegenstand der Forschung das für den menschlichen Verstand in jedem Sinn unendliche Universum und nicht mehr die begrenzte Erdnatur ist, so liegt es nahe, einen unendlichen Fortschritt der Erkenntnis anzunehmen, wie wohl auch dies durchaus nicht sicher ist. Sicher aber ist, daß die eigentlich wissenschaftliche Forschung der Geisteswissenschaften und ihr »Fortschritt« nicht unbegrenzt sein kann. Die unsinnige Forderung nach neuen Forschungsergebnissen auf Gebieten, wo alle spezifisch wissenschaftliche Arbeit schon geleistet und nur noch Gelehrsamkeit sinnvoll ist, hat entweder zu dem Aufbauschen von Nebensächlichkeiten geführt oder zu einer Art Pseudo-Forschung, die sich selbst ad absurdum führt.[28]

---

[27] Stephen Spender berichtet, daß die französischen Studenten während der Mai-Unruhen in Paris die »Ideologie des Erfolgs und des Fortschritts kategorisch ablehnten«. In Amerika gibt es das, sofern es um den Fortschritt geht, noch nicht. Dort wie bei uns redet man immer noch von »progressiven« und »regressiven« Kräften, »progressiver« und »repressiver« Toleranz usw.

[28] Die oft grotesken Resultate sind glänzend exemplifiziert in Edmund Wilsons Schrift *The Fruits of the MLA*. New York 1968. Das Groteskeste, das mir in den letzten Jahren unter die Augen kam, ist ein neu erschienenes Kant-Lexikon, in dem jedes Wort, das Kant je zu Papier gebracht hat, als Stichwort verzeichnet ist. Das Resultat ist natürlich völlig unbrauchbar.

So hat sich denn auch die Rebellion der Jugend, soweit sie nicht ausschließlich moralisch-politisch motiviert ist, vor allem gegen die akademische Verherrlichung der geistes- und naturwissenschaftlichen Disziplinen gerichtet, die in ihren Augen, wenn auch aus verschiedenen Gründen, gleichermaßen kompromittiert sind – die einen wegen ihrer Irrelevanz, die anderen wegen der ihnen inhärenten Technik. Und es ist durchaus möglich, daß wir in beiden Fällen an einem Wendepunkt stehen: dem Punkt, an dem die Ergebnisse unseres wissenschaftlichen Tuns sich auf das jeweilige Gebiet selbstzerstörerisch auswirken. Nicht nur fällt der Fortschritt der Naturwissenschaften nicht mehr mit dem Fortschritt der Menschheit (was immer man darunter verstehen mag) zusammen, er könnte das Ende der Natur und der Menschengattung bedeuten – so wie der weitere Fortschritt in den Geisteswissenschaften schließlich mit der Zerstörung des geistigen Gutes enden könnte, um dessentwillen die Forschung sich überhaupt erst auf den Weg gemacht hatte. Kurz: Fortschritt kann auf keinem wissenschaftlichen Feld mehr als Maßstab und Kriterium dienen, mit denen man die von uns entfesselten, reißenden Veränderungsprozesse messen oder beurteilen könnte.

Nr. 261, Januar 1970

Peter Bender

Die Gegennation

Ostdeutschland in Osteuropa

Als Chruschtschow zum ersten Mal zu offiziellem Besuch nach Ost-Berlin kam, mußte er wie jeder Staatsgast die Front einer Ehrenkompanie der Natioalen Volksarmee abschreiten. Doch was sonst bloßes Zeremoniell ist, wurde dem Ukrainer zur Zumutung. Er schaffte – wie ein Augenzeuge beschrieb – den Weg an den feldgrauen Uniformen und den weltkriegsähnlichen Stahlhelmen entlang nur bis zur Hälfte, drehte sich dann abrupt um und ging, von dem verdutzt dreinblickenden Ulbricht gefolgt, zu seinem Wagen. Die Erinnerung war zu stark, die Ähnlichkeit zu groß: Auch wenn dies, wie man in Moskau zu sagen pflegt, »unsere« Deutschen sind, es sind nun einmal Deutsche.

Gleichartige Szenen, Empfindungen und Urteile lassen sich aus allen Ländern Osteuropas berichten, und den Grund liefern nicht nur preußische Parademusik und Wehrmachtsuniformen. Den Hauptgrund liefert, daß den Formen auch der Inhalt zu entsprechen scheint, daß sich in der Kleidung das Denken und im Auftreten die Mentalität ausdrückt. Ostdeutschland ist heute wahrscheinlich »deutscher« als Westdeutschland, im Guten und noch mehr im Schlechten. Während in der Bundesrepublik liberaler Westwind wenigstens die Hauptstraßen der öffentlichen Meinung vom nationalen Kleinbürgermief freigeweht hat, hält sich in der DDR die Stickluft der Vergangenheit unter der Dunstglocke einer Staatsautorität, die Obrigkeit ist wie eh und je in Deutschland. Der »erste Staat der Arbeiter und Bauern« erweist sich nach zwanzig Jahren als eine Idylle der Kleinbürger und Spießer. Die sozialen Änderungen haben das Denken vielleicht teilweise verändert, bestimmt aber nicht erweitert. Die Enge des Urteils, der Kult des »Modernen« aus der Angst vor wahrer Modernität, die Bewunderung der Weltläufigkeit aus dem Geiste der Provinzialität – all das ist alte und sich immer wieder neu erzeugende urdeutsche Verklemmung, die zur Arroganz wird, je mehr das Bewußtsein der eigenen Tüchtigkeit hinzukommt.

Wenn man in Ostberlin (wie immer nachahmend) beansprucht, das wahre Wirtschaftswunder habe sich in der DDR ereignet, so ist daran bekanntlich viel Richtiges. Gemessen an den, fast in jeder Hinsicht, schlechteren Start- und Arbeitsbedingungen hat der einzelne Ostdeutsche wahrscheinlich mehr geleistet als sein westdeutscher Landsmann. Er tat es nicht, weil ihn der Sozialismus inspirierte, sondern weil er ohne Arbeit, Ordnung und gewissen Wohlstand nicht leben kann. So hat Ostdeutschland heute innerhalb Osteuropas den höchsten Lebensstandard, ist der wirtschaftlich stärkste Staat nach der Sowjetunion und deren erster Handelspartner. Die DDR scheint sogar fertiggebracht zu haben, was noch keinem sozialistischen Land gelungen ist: die Landwirtschaft funktionstüchtig zu machen.

Die Verbündeten der DDR reagieren auf das sozialistische Deutschland ähnlich, wie Europäer auch sonst auf Deutschland reagierten, vom Kaiserreich bis zur Bundesrepublik: Bewunderung und Neid für die Effektivität, Verärgerung über Besserwisserei und Lehrhaftigkeit, Verständnislosigkeit für Prinzipienreiterei und manchmal stille Sorge, was daraus in Zukunft werden könnte.

Einige Beispiele:

Die *Polen* haben in der DDR mit den Deutschen zu tun, mit denen sie während ihrer früheren Geschichte zu tun hatten, nämlich Preußen und Sachsen, und ihre Gefühle sind auch von ferneren historischen Erinnerungen nicht frei. Gegenwärtig bestimmend erscheint aber zunächst eine Verärgerung über wirtschaftlichen »Egoismus«: die DDR heimse West-Valuta im Handel mit der Bundesrepublik ein und lasse die Polen daran nicht partizipieren (angeblich gehen auch polnische Erzeugnisse auf diesem Wege in den Westen); sie sei kurzsichtig auf schnellen Gewinn bedacht, statt sich Partner heranzubilden, von denen auch sie langfristig ihre Vorteile haben würde. Innerhalb des RGW (COMECON) konzentriere sich die DDR ganz auf die Sowjetunion, ohne die Erfordernisse ihrer nächsten Nachbarn hinreichend zu beachten.

In Ostberlin sagt man zu solchen Vorwürfen kühl, Wirtschaft sei Wirtschaft; doch in Warschau wird hinter den ökonomischen Beschwerden politische Sorge spürbar: die alte Sorge der Polen, eingeklemmt zu werden zwischen Russen und Deutschen. Gäbe es nicht die Bundesrepublik, wäre das Ressentiment gegen Ostberlin wahrscheinlich stärker und auch deutlicher artikuliert. Immerhin: »preußisch«, »megaloman«, »arrogant« und »frech geworden« sind Ausdrücke nicht nur aus Volkes Mund; und recht gut informierte Leute meinen, die DDR wolle die Deutschlandpolitik des ganzen sozialistischen Lagers bestimmen, deshalb sei die Gomulka-Rede vom 17. Mai 1969 unter anderem auch eine Warnung an Ostberlin gewesen. Erträglich ist die DDR für die Polen eigentlich nur, weil sie ein *Viertel*-Deutschland ist: »Ein sozialistisches *Gesamt*deutschland – wir sind doch keine Selbstmörder!«

Auch in der *Tschechoslowakei* trifft man den Neid auf Ostberlins exklusiven Westhandel; und die Vorstellung eines einheitlichen Deutschland nach SED-Muster bereitet dort alles andere als das Gefühl eines Sieges im Klassenkampf. In der KPC besteht nach wie vor ein Bewußtsein der Überlegenheit über die SED, die sich von Anfang an ganz auf die Sowjetunion habe stützen müssen. Die tschechischen Kommunisten verweisen demgegenüber auf die traditionelle Stärke ihrer Partei und ihre breite Basis im Volke. Als sozialistisch empfinde man die DDR zwar, sagte jemand, doch nur in der Form der Karikatur. Und ein anderer meinte, die DDR sei das beste, was man aus dem *stalinistischen* Modell machen könne.

Doch seit der Okkupation im August 1968 sind all das nur Belanglosigkeiten. Als ein Beispiel für viele: Ein alter tschechischer Kommunist berichtete über einen langen Abend mit einem Westdeutschen, der zuerst auf Kiesinger und Strauß schimpfte und am Ende meinte, der schlimmste sei aber Ulbricht. Der Tscheche entgegnete: »Immerhin, von *dem* droht uns jedenfalls nichts, was man von Euch, wenn man so manche Reden hört, nicht ohne weiteres behaupten kann.« Das war, so schloß die Erzählung, am Abend des 20. August 1968.

In *Ungarn* gerinnt – mehr noch als anderswo – alle Politik in die epigrammatische Form einer Witzpointe: »Was ist der Unterschied zwischen Ost- und Westdeutschen? Die Ostdeutschen müssen wir sogar lieben.« Anstaunen – das ginge noch, etwa jenen ostdeutschen Techniker, der einen Auftrag in Ungarn fast beendet hatte und seinen ungarischen Kollegen sagte: Die letzten Kleinigkeiten, die nur noch ein bis zwei Stunden kosteten, sollten sie am nächsten Morgen erledigen; er werde noch am Abend abreisen, weil er sonst einen ganzen Arbeitstag verlöre. In einem Lande, in dem man das Fehlen von Streiks damit begründet, daß niemand sie bemerken würde, ist das eine Haltung, die gleichermaßen lächerlich und fürchterlich erscheinen muß. So soll auch die Erfahrung lehren, daß man ganz ungebärdige junge Ungarn am besten für ein paar Monate in die DDR schickt; die Verhältnisse zu Hause erscheinen ihnen nachher ganz erträglich. Ein älterer Mann, der zum ersten Mal nach Ostdeutschland kam, faßte seine Eindrücke in zwei Sätzen zusammen: »*Das neue Deutschland* ist absolut unlesbar, und die Transparentitis wirkt faschistisch. Ich kann zwar verstehen, weshalb Ulbricht das so macht, aber das Verständnis hört auf, wenn er seine Formen auch anderen oktroyieren will.«

Eben das ist aber nach vielerlei Berichten der Fall. Ob es sich um Belehrungen über den »Sozialfaschisten« Heinemann oder um die Störung kultureller Verbindungen zur Bundesrepublik handelt – was in dieser und anderer Art permanent versucht und zum Teil erreicht wird, fällt oft schon unter den Begriff der Einmischung in innere Angelegenheiten. Allgemeinen Applaus bekam deshalb ein Funktionär, der seine Antwort auf eine DDR-Beschwerde mit dem Hinweis schloß, daß die deutsche Besetzung Ungarns vor neunzehn Jahren beendet worden sei. Auch der ungarische Botschafter Tömpe, der sein Land in Ostberlin vertrat, war dieser Ansicht, doch er gab sie mit einer Entschiedenheit zu erkennen, die ihn am Ende seinen Posten kostete. Viele Ungarn sind erbittert über die Nachgiebigkeit ihrer Regierung gegenüber Ostberliner Pressionen, und der mutmaßliche Grund dafür läßt sich am treffendsten in der Pennälersprache ausdrücken: Die Ungarn haben Angst, wenn sie innenpolitisch eigene Wege gehen, von den ostdeutschen Strebern in Moskau verpetzt zu werden.

Was die *Rumänen* über die DDR denken, zeigt ihre Politik. Aber selbst unter den *Bulgaren,* deren überschwengliche Reden uneingeschränkte Freundschaft versprechen, wächst die Zahl derer, denen der Zwang zu dauernden Solidaritätsbekundungen mit der DDR-Politik allmählich auf die Nerven geht: »Einmal, zweimal und auch dreimal kann man ja sein Bekenntnis ablegen – aber immer und immer wieder ...«

Die deutsche Version des Sozialismus

Diese Töne sind auch westdeutschen Ohren vertraut, wie es überhaupt ganz hilfreich ist, sich die Lage der DDR innerhalb des Warschauer Pakts ähnlich zu denken wie die Stellung der Bundesrepublik im Kreise ihrer Verbündeten. Beide sind Opfer und Nutznießer des Ost-West-Konflikts, aber beide sind auch Erben des Hitlerreiches, nur daß die Politiker der DDR das nicht wahrhaben wollen. Wer sich zwanzig Jahre lang daran gewöhnt hat, alle Last der Vergangenheit dem westlichen Deutschland zuzuschieben, fühlt sich selbst davon allmählich frei und benimmt sich so penetrant »deutsch«, wie es selbst bornierten Repräsentanten Bonns segensreiche Hemmungen meist immer noch verbieten.

Nicht Mentalität oder Ideologie, sondern Politik erklärt jedoch vor allem, was Ostdeutschland von den anderen sozialistischen Ländern unterscheidet und was seine Beziehungen zu ihnen bestimmt. Die Erklärung beginnt historisch. Die DDR wurde (im Herbst 1949) überhaupt erst gegründet, als alle anderen Länder im sowjetischen Einflußbereich schon als »Volksdemokratien« den Sozialismus anstrebten. In Ostdeutschland, das nur eine »demokratische«, nicht eine »volksdemokratische« Verfassung erhielt, wurde der Aufbau des Sozialismus erst im Sommer 1952 proklamiert.

Während alle anderen Oststaaten mit der Sowjetunion und untereinander durch Beistandspakte verbunden und gesichert waren, blieb die DDR bis zur Mitte der fünfziger Jahre ohne jede vertragliche Abdeckung; allein die Anwesenheit der sowjetischen Truppen garantierte ihre Existenz. Als Schutz gegen einen, ohnehin unwahrscheinlichen, militärischen Angriff aus dem Westen war das zwar mehr als genug, *politisch* aber war es völlig unzureichend, ja noch mehr: Bis Anfang 1955 stellte die Sowjetunion selbst den Fortbestand des ostdeutschen Staates wiederholt in Frage, indem sie eine Wiedervereinigung durch freie Wahlen unter der Bedingung vorschlug, daß der Westen einer Neutralisierung des wiedervereinigten Deutschland zustimme. In der Bundesrepublik wurde zwar die Ernsthaftigkeit dieser Angebote, die DDR zu liquidieren, vielfach bezweifelt; doch das ändert wenig daran, daß die sowjetischen Noten und Vorschläge von 1952 bis 1955 die Konsolidierung der DDR außerordentlich behindert und die hauchdünne »staatstragende« Schicht in permanenter Unsicherheit gehalten haben. Sie seien damals, so konnte man später von jungen Kadern der SED hören, darauf eingestellt gewesen, den Kampf für den Sozialismus aus der Opposition weiterzuführen.

Eine vertragliche Sicherung für die DDR gab es erst im Herbst 1955, nachdem die Bundesrepublik in die NATO aufgenommen worden war. Aber auch dann war zweierlei noch nicht erreicht: die uneingeschränkte Gleichberechtigung mit den anderen Staaten des Blocks und deren volle Solidarität. Wo übergeordnete Interessen (wie der Atom-Test- oder Nichtverbreitungs-Vertrag) es gebieten, war die Sowjetunion bis jetzt noch bereit, internationalen Verfahren zuzustimmen, die Ostberlin zwar nicht diskriminieren, aber offenkundig in der Rücksicht auf die diskriminierenden Vorbehalte des Westens ihren Ursprung haben. Erst 1964 erhielt auch die DDR einen Freundschafts- und Beistandsvertrag mit Moskau; erst 1967 – unter dem Eindruck der neuen Bonner Ostpolitik – gelang ihr die volle formale Einbeziehung in den Block durch Freundschafts- und Beistandsverträge mit den übrigen Paktmitgliedern außer Rumänien. Erst damals erreichte Ostberlin auch, was für Bonn seit seinem Beitritt zur NATO selbstverständlich ist: die Solidarität seiner Verbündeten in der Anerkennungsfrage. Als Gegenstück zur »Hallstein-Doktrin« setzte die DDR mit sowjetischer und polnischer Hilfe die »Ulbricht-Doktrin« durch, eine ungeschriebene Verpflichtung, nach der jeder Staat des Warschauer Pakts diplomatische Beziehungen zur Bundesrepublik nur aufnimmt, wenn die Bundesrepublik die staatliche Existenz der DDR anerkannt hat. Aber selbst diese Solidarität erscheint seit Gomulkas Rede im Mai 1969 etwas gelockert.

Auch innerhalb des eigenen Lagers hat die DDR eine Garantie ihres Bestandes also nur allmählich erworben; ihre Gleichberechtigung im Kreise der Verbündeten mußte sie sich langsam und wahrscheinlich mühsamer erkämpfen als die Bundesrepublik. Doch ihr entscheidendes Problem, die Nachbarschaft eines überlegenen anderen deutschen Staats, bleibt nach wie vor ungelöst. *Die Not der ostdeutschen Kommunisten ist: sie wollen, und zwar nicht nur aus Taktik, gute Deutsche sein, können es aber nicht.*

Aus dem Fehlen einer nationalen Identität ihres Staates stammt fast alles, was die SED von ihren Bruderparteien und die DDR von den anderen Staaten des Ostblocks trennt. Für jeden dieser Staaten gibt es zwei Möglichkeiten, eine eigene Version des Sozialismus zu entwickeln und damit Führung, Partei und Bevölkerung in gewisse Harmonie zu bringen. Man kann entweder liberalisieren (wenn auch nicht, wie die Tschechoslowakei von Januar bis August 1968 versuchte, demokratisieren); oder man kann eine betont nationale Politik treiben, wie es vor allem die Rumänen tun. Ostdeutschland ist auf beiden Wegen behindert. Als Teil eines geteilten Landes erscheint es als der Staat des östlichen Bündnisses, der von innen wie außen am meisten gefährdet ist. Aus dieser »besonderen Lage der deutschen Genossen«, auf die jeder Kommunist Rücksicht zu nehmen verpflichtet ist, resultiert zweierlei: Die DDR ist stärker auf sowjetischen Schutz angewiesen und enger an die Sowjetunion gebunden als alle anderen Mitglieder des Pakts. Umgekehrt aber verhält sich der Kreml, wenn es um Ostdeutschland geht, vorsichtiger, zugleich ängstlicher und mißtrauischer, als in jedem anderen Fall. Wäre in der DDR eine Entwicklung eingetreten wie 1968 in der Tschechoslowakei, die Sowjetunion und ihre orthodoxen Anhänger wären sehr viel früher eingeschritten.

Nationalismus und Internationalismus, eigene Interessen und Blockdisziplin zu vereinbaren, ist für jeden Staat Osteuropas ein Problem, nach dem 21. August 1968 und der Proklamierung der sogenannten Breschnew-Doktrin besonders. Aber die Möglichkeiten, Kommunist *und* Patriot zu sein, sind für alle sozialistischen Politiker in Osteuropa größer als für die Ostdeutschen. Die SED hat keine Wahl, als den absoluten Vorrang des »Klassenstandpunkts« vor der »nationalen Frage« zu proklamieren. Ihr bleibt, da sie auf dem liberalen und dem nationalen Wege nur wenig vorankommt, allein die Möglichkeit, die materiellen Lebensverhältnisse nach Kräften zu bessern, um Regime und Bevölkerung auszusöhnen. Die Wirtschaft ist daher für die DDR wichtiger als für jeden anderen Ostblockstaat. Die ostdeutsche Führung hatte das Glück, 1945 das – von der Tschechoslowakei abgesehen – höchstindustrialisierte Gebiet des politischen Osteuropa zu übernehmen. Anders jedoch als Novotny in Prag erkannte sie zu Anfang der sechziger Jahre nicht nur die Unvermeidbarkeit wirtschaftlicher Reformen, sondern zog daraus energischer und auch meist früher als andere die Folgerungen.

Das Resultat ist, daß die DDR heute keineswegs das mitteleuropäische »Albanien« ist, das manche westliche Beobachter in ihr sehen wollen. Gemessen an der verzweifelt schlechten Voraussetzung, kleinerer und ärmerer Teil eines geteilten Landes zu sein, erscheinen die Verhältnisse in Ostdeutschland verhältnismäßig zufriedenstellend, der Unterschied zu den anderen Ostländern geringer, als man annehmen möchte. Das Verdienst daran gebührt wahrscheinlich vor allem Walter Ulbricht, der wohl nicht zufällig als einziger im ganzen sowjetisch bestimmten Osten von 1945 bis heute erster Mann blieb. Sein ausgeprägter Sinn für das jeweils Mögliche und Nötige ließ ihn im allgemeinen einen mittleren Kurs steuern. Er vermied und bekämpfte jede heftige Schwenkung; unvermeidliche Änderungen hingegen leitete er meist rechtzeitig und vorsichtig ein; wirkliche, und manchmal auch vermeintliche Gefahren schlägt er erbarmungslos nieder. So wußte er einen Slansky-, Rajk- oder Kostoff-Prozeß und vor allem deren blutige Konsequenzen in der DDR zu verhindern, stand trotzdem als Hauptvollstrecker der Stalinschen Politik im Frühjahr 1953 zur Ablösung. In richtiger Erkenntnis der Gefahren widerstand er damals der überstürzten Einführung des »Neuen Kurses«, behielt recht, überlebte und führte die Sozialisierung der DDR vorsichtiger weiter als seine Kollegen in Ungarn und der Tschechoslowakei. In der nächsten Krise 1956 bewährte er sich durch straffe Zügelführung, überwand in langem Ringen seine internen Gegner, die ökonomischer, vielleicht auch liberaler und nationaler dachten als er. Im Sommer 1961 setzte er bei den Sowjets den Bau der Berliner Mauer durch und schuf sich mit der Schließung der Grenzen endlich die gleiche Macht über die Ostdeutschen, die seine Parteifreunde über ihre Völker von Anfang an hatten. Nachdem die erste Erbitterung durch brutale Machtdemonstration unterdrückt war, zeigte sich Ulbricht – innerhalb seiner Grenzen – flexibel und kompromißbereit.

Obwohl der Pendelschlag nach wie vor den Rhythmus der Ostberliner Politik zu bestimmen scheint – seit etwa 1963 wird ein Verfahren erkennbar, das eine allmähliche Konsolidierung des ostdeutschen Staats erreichen soll und zum Teil auch erreicht hat. Ulbricht reformierte dort, wo die geringsten Gefahren und der größte Nutzen zu erwarten waren: in der *Wirtschaft.* Er verweigert hartnäckig Änderungen, dreht die Entwicklung sogar zurück oder behält sie jedenfalls scharf unter Kontrolle, wo sich »revisionistische« Tendenzen zeigen, geistige Selbständigkeit sich regt und breitere oder tiefere Berührung mit dem Westen entstehen will. Diese Mischung aus Abriegelung und Wohlstand ergab die DDR-Version des Sozialismus. Die Abriegelung soll die Ostdeutschen dem Westen entfremden und ihren geistigen Horizont sowie ihre Möglichkeiten zu materiellem Vergleich auf den Osten beschränken. Der Wohlstand soll kompensieren, was in anderen Ländern Nationalismus, Liberalisierung, Schlendrian und Korruption zur Milderung und Erträglichkeit des Kommunismus beisteuern. Berechnet ist diese Methode darauf, eine Mehrheit der Konsumenten (aller sozialen Gruppen) von einer Minderheit derer zu trennen, die mehr wollen und brauchen.

Was Ulbricht während der letzten Jahre in der DDR etabliert hat und seinen Nachfolgern hinterlassen wird, ist eine durch und durch konservative Politik. Es ist der taktisch geschickte, ideologisch unvertretbare Versuch, den historischen und dialektischen Materialismus in der DDR durch die Einführung eines vulgären Materialismus zu sichern. Es ist eine Technik der Machtbewahrung, nützlich vielleicht für eine Übergangszeit, ungeeignet aber für eine Lösung der anstehenden Probleme.

Die Ostpolitik der DDR

Was die Innenpolitik Ostberlins bestimmt, bestimmt auch seine Außenpolitik. Den Rückhalt, den die DDR bei ihren Verbündeten findet, verdankt sie zunächst ihrer Existenz: Für Polen und in geringerem Maße für die Tschechoslowakei bildet ein kommunistisches Ostdeutschland ein wesentliches Element ihrer Sicherheit, für die übrigen Staaten der Ost-Allianz ist die Teilung des sonst übermächtigen deutschen Potentials in zwei Staaten eine Beruhigung. Hinzu kommt die natürliche Solidarität kommunistischer Führer, die wissen, daß der Sturz des einen von ihnen alle anderen gefährden kann.

Die Geltung, die Ostdeutschland im eigenen Lager erwarb, verdankt es (wie Westdeutschland und Japan in ihrem Umkreis) größtenteils seiner Wirtschaftskraft.[1] Die DDR tätigt – abgesehen von Bulgarien – einen höheren Anteil ihrer Außenumsätze innerhalb der RGW als dessen andere Mitglieder; in absoluten Werten gemessen erzielt sie (nach der Sowjetunion) den zweitgrößten Außenhandelsumsatz. Von Bedeutung ist hier nicht nur die Quantität, sondern auch die Qualität: »Im Außenhandel mit der DDR können die RGW-Länder häufig Maschinen und andere Industrie-Erzeugnisse von ›westlicher‹ Qualität gegen solche Waren ihrer eigenen Produktion eintauschen, die von den Industriestaaten des Westens überhaupt nicht oder lediglich in geringen Mengen abgenommen werden. Dieser Qualitätsgewinn muß für osteuropäische Staaten einen Teil des Außenhandels mit dem ›Goldenen Westen‹ des RGW etwa so interessant erscheinen lassen wie den echten Westhandel.« Trotzdem sind, wie die zitierten Äußerungen aus Polen zeigen, die Verbündeten nicht zufrieden – vermutlich aus den gleichen

[1] Die folgenden Angaben stammen aus: Hans Dieter Schulz, *Braucht der Osten die DDR?* Schriftenreihe des Forschungsinstituts der Deutschen Gesellschaft für auswärtige Politik. Opladen 1968.

Gründen, aus denen Bonns Verbündete von der westdeutschen Wirtschaft mehr verlangen, als sie geben kann und will.

Problematisch wird aber das Verhältnis der DDR zu anderen sozialistischen Staaten vor allem aus einem Grund: Die ostdeutsche Parteiführung ist innerhalb des Lagers der rigoroseste Kämpfer gegen »Revisionismus«, »Nationalismus« und engere Zusammenarbeit mit dem Westen; sie ist vor allem – neben der Sowjetunion – der konsequenteste Streiter für die Einheit und Geschlossenheit des Blocks. Was die SED sich selbst nicht leisten kann, muß sie in anderen sozialistischen Ländern bekämpfen, und zwar nachdrücklicher noch als Einflüsse aus der Bundesrepublik. Denn was von Westen kommt, läßt sich als »dekadent«, »klassenfeindlich« und »imperialistisch« diffamieren und unterdrücken; was hingegen in den befreundeten Ländern geschieht, trägt den Stempel »sozialistisch«. Es birgt – seien es nun die Betonung nationaler Besonderheiten, philosophische oder literarische Theorien, politische Reformen oder auch nur praktische Lockerungen – die heute wahrscheinlich einzig relevante Gefahr für das Ostberliner Regime: Wenn und wo die SED-Führung ernstzunehmende Opposition zu bekämpfen oder zu erwarten hat, handelt es sich um Kräfte, die den Sozialismus nicht abschaffen, sondern verändern wollen.

Die DDR-Außenpolitik war und ist daher – leninistischen Prinzipien wie den Ostberliner Interessen gemäß – die folgerichtige Fortsetzung der Innenpolitik. Als nach dem Herbst 1956 der polnische Oktober blühte, verschlechterte sich das Verhältnis zu Warschau in einem Maße, wie es damals zwischen sozialistischen Staaten noch ganz ungewöhnlich war; und es verbesserte sich erst in dem Umfang, in dem die polnische Innenpolitik konservativer wurde und beide Seiten einsahen, daß ihre Staatsräson ein enges Bündnis empfehle.[2] So trübten sich die Beziehungen der DDR zu Rumänien, je entschiedener Bukarest seinen nationalen Kurs steuerte; von den »Zigeunern« sprachen Ostberliner Parteikreise schon lange, bevor Rumänien und die Bundesrepublik Anfang 1967 diplomatische Beziehungen aufnahmen. Um zu verhindern, daß dieses Beispiel Schule machte, unternahm die DDR-Führung damals äußerste Anstrengungen. Sie stoppte Ungarn und Bulgarien, die kurz davor waren, dem rumänischen Vorbild zu folgen, beargwöhnte sogar schon das Prag Novotnys, daß es Bonn nur eine Handelsmission und nicht mehr zugestehe, und erzwang mit sowjetischer Hilfe die »Ulbricht-Doktrin«.

Über die Rolle, die Ulbricht gegenüber Prag im Frühjahr und Sommer 1968 gespielt hat, wurde viel spekuliert. Im Hinblick auf die eigene Bevölkerung und die Peinlichkeit, daß Deutsche zum zweiten Mal in die Tschechoslowakei einmarschierten, war der SED-Führung die militärische »Lösung« kaum sympathisch; doch sie hielt sie für notwendig im genauen Wortsinn – mit Sicherheit mehr als die Ungarn und auch die Bulgaren, wahrscheinlich auch mehr als die Polen und vielleicht sogar mehr als die Sowjets.

---

2 Das Wort »Staatsräson« gebrauchte Ulbricht ausdrücklich, als er im November 1968 zum polnischen Parteitag nach Warschau fuhr (*Neues Deutschland,* 13.11.1968).

Daß Ostberlin auf deren Entschluß zur Okkupation *entscheidenden* Einfluß hatte, ist damit aber nicht gesagt; daß die Rücksicht auf Ostdeutschland für das Politbüro in Moskau eine Rolle spielte, ist hingegen anzunehmen. In den anderen Ländern des Pakts neigt man dazu, die Rolle der DDR sehr hoch einzuschätzen, und vielleicht ist hier die Meinung über die Tatsachen ebenso wichtig wie die Tatsachen selbst. Daß man in Osteuropa, und zwar auch in »politischen und diplomatischen Kreisen«, Ulbricht für den Hauptschuldigen hält, illustriert das Verhältnis der DDR zu ihren Verbündeten.

Was dieses Verhältnis schwierig und zuweilen kaum erträglich macht, sind eben nicht nur wechselseitige Ressentiments und Animositäten, sondern vor allem handfeste Interessengegensätze. Wer in Osteuropa reformieren oder mit Westeuropa kooperieren will – und das sind alle Mitglieder der Allianz –, muß nicht nur auf Moskau achten, sondern auch auf Ostberlin. Die DDR hält größte Vorsicht bei Reformen für lebenswichtig, und sie ist der einzige Staat im Pakt, der an einer Erhaltung der Spannungen in Europa ein gewisses Interesse hat. Die Folge besteht in einer Kette von Zumutungen, wie sie (außer der Sowjetunion) kein anderes Ostland seinen Verbündeten aufzuerlegen wagt: Sie dürfen ihr Verhältnis zur Bundesrepublik, meist dem wichtigsten Handelspartner, nicht politisch, ja nicht einmal diplomatisch normalisieren; sie dürfen mit Bonn keine Verträge schließen, die Westberlin einbeziehen; sie dürfen – darauf laufen die Ostberliner Wünsche am Ende hinaus – mit der Bundesrepublik nicht mehr Kontakt haben als die DDR, wobei der umfangreiche ost-westdeutsche Handel natürlich als DDR-Sonderrecht zu gelten hat. Wenn sich die Deutschen um Fahnen, Embleme und Staatshymne streiten, wenn um Ostberlin eine Mauer gebaut oder in Westberlin ein Bundespräsident gewählt werden soll – die Verbündeten müssen sich solidarisieren, obwohl ihnen all das meist ganz gleichgültig ist und sie zuweilen argwöhnen, daß es der SED weniger auf das Streitobjekt als auf den Streit ankommt. Aber auch unabhängig von den Ostberliner Zielen bleibt das Ergebnis für die Osteuropäer gleich: Die *querelles allemandes* stören ihre Interessen.

Diese Störung ist so wirkungsvoll, weil Ostberlin seine Politik ganz auf Moskau ausgerichtet hat. Hier liegt ein weiterer Interessengegensatz zwischen der DDR und wenigstens einigen ihrer Verbündeten. Staaten wie Rumänien sind bestrebt, sich unabhängig zu machen von der Sowjetunion; die DDR-Führung ist bemüht, sich unentbehrlich zu machen für die Sowjetunion. Im einen Falle geht es um Emanzipation, im anderen um Integration. Das Hauptmotiv der SED liegt natürlich in der extremen Lage Ostdeutschlands, zugleich spielt aber auch Taktik mit: In einer Zeit, da Treue nicht mehr selbstverständlich ist, versucht man, daraus Gewinn zu ziehen.

Der Erfolg dieser Methode ist nicht zu leugnen. Dank relativer innerer Stabilität und wirtschaftlicher Kraft hat die DDR ihre Stellung im östlichen Bündnis erheblich gestärkt. Sie gehört zu den einflußreichsten Staaten des Lagers, und ihre wachsende Unbeliebtheit reflektiert ihre wachsende Bedeutung. Allmählich zeigt sich jedoch eine kritische Grenze. Früher bestand die einzige Stärke Ostberlins in seiner Schwäche, auf die alle Rücksicht nehmen mußten. Heute verfügt Ostdeutschland schon über natürliche Stärke und hat Aussicht, weitere zu gewinnen; doch kann das nur auf Kosten der Rücksicht geschehen. Bereits jetzt muß die SED-Führung die Unterstützung mancher Bundesgenossen erkaufen, und dafür genügt Geld nicht immer.

»Wir sind wieder wer« ist ein Satz, den man seit längerem auch östlich der Elbe hören kann. Nun sieht er sich herausgefordert, seit die Sowjetunion und auch Polen, Ostberlins Hauptverbündete bei der Distanzierungspolitik gegenüber der Bundesrepublik, versuchen, ob mit der Regierung Brandt/Scheel ein Ausgleich möglich sei. Nun muß sich die SED-Führung – schon um im eigenen Lager nicht isoliert zu werden – der Verhandlungsstrategie ihrer Verbündeten anpassen. Einigkeit besteht dabei sicherlich darüber, daß Gespräche mit Bonn eine besonders straffe Führung der Innenpolitik verlangen, um bei den Ostdeutschen nicht unerwünschte Erwartungen aufkommen zu lassen. Um so mehr dürfte es Meinungsunterschiede (nicht Gegensätze) über die Frage geben: Wie groß sind die Gefahren, die aus Verhandlungen und Verträgen mit der Bundesrepublik für die innere Stabilität der DDR entstehen können? Wie lange ist es möglich und sinnvoll, das eigene Staatsbewußtsein vorwiegend auf den – großenteils künstlich genährten – Gegensatz zur Bundesrepublik zu gründen? Von der Antwort darauf wird es abhängen, ob Ostberlin mit Brandt nur weiterspricht, um mit seinen Verbündeten im Takt zu bleiben, oder ob es ein eigenes Verhandlungsergebnis anstrebt. Wer in der SED mehr an der Vergangenheit orientiert ist, wird für die taktische Variante plädieren. Wer die Zukunft im Auge hat, wird die Abkehr vom konservativen Weg empfehlen. Denn auch gegenüber seinen östlichen Nachbarn kann sich das sozialistische Deutschland aus seiner verkrampften Sonderstellung nur befreien, wenn es von der Konfrontation zur (im genauen Wortsinn) Koexistenz mit der Bundesrepublik gelangt.

Nr. 264, April 1970

Jean Améry

Wider den Strukturalismus

Das Beispiel des Michel Foucault

Man mag nicht Inflation treiben mit Schlagworten, will auch nicht durch den Mißbrauch eines modischen Begriffs ein Werk und das Profil einer denkenden Persönlichkeit verfälschen. Mit solchen Skrupeln belastet hat man es dann recht schwer, über Michel Foucault und sein magnum opus *Les Mots et les Choses,* das seit einiger Zeit deutsch unter dem Titel *Die Ordnung der Dinge* (Suhrkamp 1971) vorliegt, zu sprechen. Ist Foucault Strukturalist – sofern diese Bezeichnung überhaupt einen guten Sinn hat? Er selbst sagt nein, mit aller Deutlichkeit. Im Vorwort zur deutschen Ausgabe heißt es: »In Frankreich beharren gewisse halbgewitzte ›Kommentatoren‹ darauf, mich als einen Strukturalisten zu etikettieren. Ich habe es nicht in ihre winzigen Köpfe kriegen können, daß ich keine der Methoden, Begriffe oder Schlüsselwörter benutzt habe, die die strukturale Analyse charakterisieren.«

Man darf indes daran erinnern, daß der Klappentext die *Ordnung der Dinge* als ein »Hauptwerk des französischen Strukturalismus« preist und daß seit Erscheinen von *Les Mots et les Choses* im Jahre 1966 Michel Foucault immer wieder als einer der »großen Vier« des Strukturalismus in Frankreich bezeichnet wurde – die anderen drei sind der Ethnologe Claude Lévi-Strauss, der Psychoanalytiker Jacques Lacan, der Marxist Louis Althusser. Ich bin denn also gestimmt, Michel Foucault als Strukturalisten anzusehen, und dies aus zweierlei Gründen. Aus einem historischen zuvor: Foucault ging bereits als Strukturalist in die Geistesgeschichte des abgelaufenen Jahrzehnts ein, wurde *sozial* und *geschichtlich* von seinen Zeitgenossen als solcher definiert, was schwerer wiegt als seine Selbstaussage. Und aus einem methodologischen Grund danach: seine Grundbegriffe »Diskurs«, »episteme«, seine Berufung auf die *Sprache*, seine Besessenheit vom »System« – in einem berühmt gewordenen, gegen Sartre gerichteten Interview vom Jahre 1966 sprach er ganz ausdrücklich von der »Leidenschaft« seiner Generation für den Begriff und das System –, all dies weist ihn als Mitglied jener Bewegung aus, die langsamerhand von der Esoterik der Fachwelt absorbiert wird, so daß gewisse fundamentale Fragen in einer möglichst einfachen Form endlich wieder neu gestellt werden müssen.

Was hat, um zunächst bei der *Ordnung der Dinge* zu verbleiben, Foucault mit diesem Buche beabsichtigt? Es ist gut, ihn hier selbst sprechen zu lassen; alsogleich erscheint dann die Eigentümlichkeit seiner Ausdrucksweise, die einen *rigor intellectus* markiert, welcher nur noch in konseqentester Werkimmanenz als solcher zu akzeptieren ist, den man aber im Augenblick, in dem man sich aus dem Referenzsystem dieses Autors löst, vergeblich am »Himmel der Reflexion« zu entdecken trachtet. Also spricht Foucault: »Die fundamentalen Codes einer Kultur, die ihre Sprache, ihre Wahrnehmungsschemata, ihren Austausch, ihre Techniken, ihre Werte, die Hierarchie ihrer Praktiken beherrschen, fixieren gleich zu Anfang für jeden Menschen die empirischen Ordnungen, mit denen er zu tun haben und in denen er sich wiederfinden wird. Am entgegengesetzten Ende des Denkens erklären wissenschaftliche Theorien oder die Erklärungen der Philosophen, warum es im allgemeinen eine Ordnung gibt ... aus welchem Grund eher diese Ordnung als jene errichtet worden ist. Aber zwischen diesen so weit auseinanderliegenden Gebieten herrscht ein Gebiet, das, obwohl es nur eine Zwischenkontrolle hat, nichtsdestoweniger fundamental ist. Es ist konfuser, dunkler und wahrscheinlich schwieriger zu analysieren ... So gibt es zwischen dem bereits kodierten Blick und der reflektierenden Erkenntnis ein Mittelgebiet, das die Ordnung in ihrem Sein selbst befreit ... Was wir an den Tag bringen wollen, ist das epistemologische Feld, die *episteme,* in der die Erkenntnisse, außerhalb jedes auf ihren rationalen Wert oder ihre objektiven Formen bezogenen Kriteriums betrachtet, ihre Positivität eingraben und so eine Geschichte manifestieren, die nicht die ihrer wachsenden Perfektion, sondern eher die der Bedingungen ist, durch die sie beide möglich werden.«

Ich bitte den Leser um Geduld, schlage ihm auch vor, sich nicht an gewissen stilistischen Ungeschicklichkeiten zu stoßen: sie liegen an der Übersetzung (Ulrich Köppen). Wie ein Gebiet »herrscht«, darüber wollen wir nicht weiter nachdenken. Foucault schreibt im Französischen einen brillanten bis *flackernden* Stil, von dem eine nicht geringe Faszinationskraft ausgeht. Auch wird es sich als notwendig erweisen, sich von den auf den ersten Anhieb schwer verständlichen Gedanken nicht einschüchtern zu lassen. Das Buch ist (ich gestatte mir ein vorwegnehmendes Urteil) voll von interessanten Ideen, wenn auch leider von einer gewissen, hinter dem hoffärtigen Gestus von Wissenschaftlichkeit sich verbergenden geistigen Inkonsistenz. Zu widerstehen ist also zweierlei Versuchungen: erstens den Band ärgerlich zuzuklappen und von der *Ordnung der Dinge* zur Tagesordnung überzugehen; und zweitens, sich mitreißen zu lassen von des Autors unleugbarer literarischer Begabung, die eine gewisse poetisch-metaphysische Euphorie erzeugt. Wir halten uns darum beim Nachdenken der angeführten Sätze an die Begriffe des »epistemologischen Feldes«, der *episteme* – zwei, beiläufig notiert, ausgesprochen strukturalistische Begriffe, die uns den Schlüssel zum Verständnis an die Hand geben.

Epistemologisches Feld, *episteme* sind für Foucault die – strukturalen – Bedingungen, unter denen ein Wissen erst möglich wird. Sie sind das historische a priori, das uns je verschiedene Ordnungen der Dinge verzeichnet: Wenn wir so und nicht anders erkennen oder zu erkennen glauben, dann ist es nicht unsere kreative Erkenntnisfreiheit und sind es auch nicht die im kausalen Verstand historischen Verläufe, die das So bestimmen, sondern die Ordnungen der Dinge, eben das je in Betracht kommende epistemologische Feld. Auf den ersten Blick wird offenbar, daß wir uns hier im Angesicht einer *erkenntnistheoretischen Metaphysik* befinden; beim zweiten Anschauen des Foucaultschen Konzepts, oder, um im Stile zu bleiben, beim genaueren Hinhören auf seinen »Diskurs«, werden wir dann gewahr, daß unterhalb der Erkenntnismetaphysik in einer, wie Foucault wohl sagen würde, *région médiane* oder Mittelregion eine nun nicht mehr metaphysische, sondern schlicht metaphorische Weltanschauung liegt, in deren Zwielicht unser Philosoph sich bewegt.

Ehe polemischer Elan uns mitreißt, ist kurz die inhaltliche Essenz dieses immerhin 460 Seiten starken Buches zu beschreiben. Die strukturellen Schichten der Epoche vom Ende des 16. Jahrhunderts bis in unsere Gegenwart interessieren Foucault als »Archäologen«, wie er sich – wiederum metaphorisch – zu nennen liebt. Die Sprachüblichkeit schert ihn nicht weiter. Daß der Begriff »Archäologie« einen allgemein akzeptierten Sinn hat, interessiert ihn kaum. Er gibt dem Wort eine neue Bedeutung, sieht die »Archäologie des Wissens« der vergangenen drei Jahrhunderte auf folgende Weise: Im 16. Jahrhundert erkennt er die *episteme* als wesentlich durch Ähnlichkeiten, Verwandtschaften bestimmt – dergestalt, daß die Dinge durch das Wissen so aufgereiht werden, wie sie im Raume oder durch Sympathie einander angenähert sind. Die Rolle der Sprache in diesem Jahrhundert besteht darin, Ähnlichkeiten zu fixieren beziehungsweise Signaturen zu lesen, »die in den Dingen selbst eingezeichnet sind«. Die Sprache dieses Jahrhunderts ist ein Teil der Natur selbst – sie hat keinen Symbolcharakter. Sie spricht direkt die »Prosa der Welt aus«. Foucault spricht diese Prosa nach, wenn er im ersten Kapitel, die *episteme* der Renaissance erläuternd, sagt: »Die Kraft (der Sympathie) ist so groß, daß sie sich nicht damit begnügt, bei einer einzigen Berührung auszubrechen und die Räume zu durchlaufen. Sie ruft die Bewegung der Dinge in der Welt hervor und bewirkt Annäherung der entferntesten Dinge. Sie ist Ursprung und Mobilität, zieht die Schweren zur Schwere des Bodens, die Leichten zum gewichtlosen Äther. Sie treibt die Wurzeln ins Wasser und läßt die Sonnenbahn von der Sonnenblume nachvollziehen. Indem sie die Dinge einander in einer äußeren und sichtbaren Bewegung anziehen läßt, ruft sie außerdem insgeheim eine innere Bewegung hervor, eine Verlegung der Eigenschaften, die einander in ihrem Platz ablösen.«

Es fällt mir nicht ein, zu sagen, daß dergleichen Aussprüche und dichterische Vorgriffe »sinnlos« seien. Ich denke nicht daran, hier allenfalls die strengen Sinnkriterien des frühen Neopositivismus anzuwenden, also etwa zu erklären: Alle sinnvollen Sätze müßten rückführbar auf Sätze mit wahrnehmbaren Prädikaten sein, dies sei hier nicht der Fall und darum handle es sich um leeres Gerede. Durchaus bin ich vielmehr der Auffassung des späten Carnap, der zugegeben hat, es könnten nach positivistischen Kriterien zunächst sinnlos erscheinende Aussagen sich schließlich als sprachliches Vortasten des Denkens in Richtung auf authentische und intersubjektiv kontrollierbare Wissenschaftlichkeit hin bewegen. Ich bin auch nicht unempfänglich für die Schönheit des Bildes, darin die *episteme* in der die Sonnenbahn nachvollziehenden Sonnenblume sich spiegelt. Nur fehlt mir jede Neigung, über solcher Poesie in ein Freudengeschrei auszubrechen und zu behaupten: hier ist eine neue und unerhörte Form des Denkens im Begriff, sich zu gestalten.

Doch sehen wir weiter. Eine erste Revolution oder *Mutation* vollzog sich nach Foucault im klassischen 18. Jahrhundert. Nunmehr ist die Sprache nicht mehr direkter, nach Ähnlichkeiten sich konstituierender Ausdruck des Seins der Welt, sondern *Repräsentation*. Das Wissen gründet jetzt nicht mehr in der natürlichen Verwandtschaft der Dinge – etwa: Sonnenblume und Sonnenbahn –, sondern in der Fähigkeit zur Klassifikation, zur Analyse und logischen Deduktion.

Hierzu Foucault: »Plan einer allgemeinen Wissenschaft der Ordnung; Zeichentheorie zur Analyse der Repräsentation; Anordnung geordneter Tableaus von Identitäten und Unterschieden: so hat sich im klassischen Zeitalter ein Raum der Empirizität herausgebildet, der bis zum Ende der Renaissance nicht existiert hat und seit dem Anfang des neunzehnten Jahrhunderts wieder verschwinden sollte ... In diesem Gebiet trifft man auf die *Naturgeschichte* – eine Wissenschaft von Merkmalen, die die Kontinuität der Natur und ihrer Verzahnung gliedert. In diesem Gebiet trifft man auch die *Geldtheorie* und die *Werttheorie* an, Wissenschaften von Zeichen, die den Warenaustausch gestatten und es erlauben, zwischen den Bedürfnissen und den Wünschen der Menschen Gleichwertigkeit herzustellen. Schließlich siedelt sich da die *allgemeine Grammatik* an, eine Wissenschaft der Zeichen, durch die die Menschen die Besonderheit ihrer Wahrnehmungen ordnen und die fortgesetzte Bewegung ihrer Gedanken zerschneiden.«

Halten wir inne beim Stichwort Geldtheorie. Sie, als deren wichtigsten Vertreter Foucault den Engländer David Ricardo heranholt, entstand also nicht, wie populäre Banausenweisheit das allenfalls annehmen würde, aus der kausal verfolgbaren Entwicklung des Kapitalismus. Sie ist – neben Naturgeschichte und allgemeiner Grammatik – Emanation des epistemologischen Feldes, dieser mysteriösen Unentrinnbarkeit, die noch verbindlicher ist als Spenglers »Kulturseele«, welchselbe wir geisterhaft auftauchen sehen aus dem mutterrechtlichen Dunkel, in dem wir sie schon versunken glaubten. Es ist ja so, daß Foucault von den herkömmlichen, kausal-historischen Erklärungs- oder Deutungsversuchen nichts hält; diese Verfahren sind ihm heillose Banalitäten und Verfälschungen. Die Geschichte des Wissens, sagt er, »kann nur ausgehend von dem gebildet werden, was ihm gleichzeitig war, und nicht in Termini gegenseitiger Beeinflussung, sondern in Termini von Bedingungen und in der Zeit gebildeter a priori.«

Schon langen wir bei unserer flüchtigen Überschau über Foucaults geistiges Gelände bei der zweiten revolutionären Mutation, die er beschreibt, und mit ihr beim *Menschen* an. Wir werden sehen, wie nach unserem Autor dieser Mensch, kaum daß er erschien, im Netzwerk einer neuen *episteme* auch schon wieder zu verschwinden sich anschickt; wie das gleiche epistemologische Feld, das ihn hervorbrachte, der Boden ist, in dem er versinken wird, verlöschen »wie am Meeresufer ein Gesicht im Sand«. Wie kam es, daß er überhaupt auf die Szene trat? Er war, so meint Foucault, noch nicht da, als in der Renaissance die Ordnung der Dinge durch Ähnlichkeiten bestimmt war. Man fand ihn nicht auf im klassischen Zeitalter; denn das cartesianische *Cogito* war nur der anonyme Ort, an dem »Repräsentation und Sein sich verknüpften« – so eng, daß die Bindung des Ich-denke an das Ich-bin sich ganz von selbst verstand, ohne daß das »Ich« sich durch sich selbst gesetzt hätte, wie später bei Fichte. Das *Cogito* war niemals ein *Sum*: es enthielt darum auch nicht sich selbst als einen sich als solchen denkenden Menschen.

Als dieser Mensch plötzlich erschien, hatte es mit ihm eine ganz andere, gar nicht mehr cartesianische Bewandtnis. Er war das anthropologische Phänomen gerade jenes Humanismus, dem Foucault als einer bürgerlichen und vor allem: einer unwissenschaftlichen Mystifikation das Ende voraussagt. Er spricht, wohlverstanden, diese Vorwürfe nicht aus; sie sind aber, um seine Ausdrucksweise zu gebrauchen, in einer dunklen konfusen Region seines Denkens, eben *seines* spezifischen epistemologischen Feldes, als Faktoren undeutlich erkennbar. Der Mensch im Sinne unseres traditionellen Humanismus war also im klassischen Zeitalter noch nicht da. Und Descartes hat nur *formal* die Frage gestellt: Wer bin ich? Erst zu Anfang des 19. Jahrhunderts tritt dann dieser Mensch gleichsam aus dem Nichts hervor: aus dem *Nichts*, sage ich deutlich, denn bei Foucault werden nirgendwo die Verwandlungen des epistemologischen Feldes historisch erklärt. Er begnügt sich mit lapidaren Feststellungen, die sich dann etwa so anhören: »Erst als die Naturgeschichte zur Biologie, die Analyse der Reichtümer zur Ökonomie und vor allem die Reflexion der Sprache zur Philologie wird und jener klassische Diskurs erlischt, in dem das Sein und die Repräsentation ihren gemeinsamen Platz fanden, erscheint in der tiefen Bewegung einer solchen archäologischen Veränderung der Mensch mit seiner nicht eindeutigen Position als Objekt für die Wissenschaft und als Subjekt, das erkennt ...«

Nunmehr, jenseits der klassischen Ordnung, werden die Möglichkeiten des Lebendigen im Leben erkannt: durch den Zoologen Georges Cuvier, der die Korrelativität der Formen des Lebenden erkannte und beschrieb. Nun werden die Bedingungen des Tausches und des Profits in der Tiefe des Arbeitsvorganges erkannt: durch den Nationalökonomen David Ricardo, der erstmals den *homo oeconomicus* definiert als einen, der sein Leben »verbringt, verbraucht und verliert, indem er versucht, der Drohung des Todes zu entgehen«. Jetzt erst werden die Möglichkeiten der Rede und der Grammatik – beide sind ja nicht mehr Repräsentation auf dem Tableau einer allgemeinen Ordnung! – gesucht und aufgefunden in der geschichtlichen Tiefe der Sprachen: von Jakob Grimm und im besonderen von Franz Bopp, der die geschichtliche Verwandtschaft und gemeinsame Verwurzelung im Sanskrit, der griechischen, lateinischen, persischen und germanischen Sprachen nachwies. Der Mensch tritt heraus und entdeckt sich als einerseits beherrscht von seiner Arbeit, seiner physiologischen Existenz, seiner Sprache, andererseits als derjenige, der sich in den Humanwissenschaften als *endlich* erkennt.

Die Endlichkeit ist schon im Begriff, sich zu vollziehen. Eine neue *Mutation*, ein anderes epistemologisches Feld, zeigt sich an. Die Humanwissenschaften, die auf der falschen Voraussetzung eines transzendentalen Subjekts beruhten, werden der Chancen ihrer Wissenschaftlichkeit – ich sage auf eigene Hand: ihrer strukturalistischen Wissenschaftlichkeit – gewahr. Die Wörter und die Dinge werden transparent. Sie stehen zur Diskussion und nicht das Scheinproblem Mensch. Das *Cogito*, sagte ich, enthält in der klassischen Ordnung kein *Sum.* Die strukturalistische Revolution, in deren Mitte wir uns geistesgeschichtlich befinden, muß denn, so scheint mir, den Satz erzwingen, vor dem es für den Humanismus geboten ist, alle Hoffnung fahrenzulassen. Vor uns steht in Feuerschrift auf der Wand: *Cogito ergo non sum.* Hören wir die Worte, mit denen Foucault sein Buch beschließt: »Eines ist auf jeden Fall gewiß. Der Mensch ist nicht das älteste und auch nicht das konstanteste Problem, das sich dem menschlichen Wissen gestellt hat. Wenn man eine ziemlich kurze Zeitspanne und einen begrenzten geographischen Ausschnitt herausnimmt – die europäische Kultur seit dem sechzehnten Jahrhundert –, kann man sicher sein, daß der Mensch eine junge Erfindung ist. Nicht um ihn und seine Geheimnisse hat das Wissen lange Zeit im dunkeln getappt.«

Begriffs-Dichtung

Es wurde bis zu dieser Stelle der schwierige – oder soll ich sagen: ausweglose? – Versuch unternommen, über ein eigenwilliges, zum Teil schwer verständliches und immer überaus komplexes Buch zu referieren, zu dessen Denkbahnen sich nirgendwo Vergleiche finden lassen. So wie Foucault mit Vorliebe (und wie ich argwöhne: zu Verblüffungszwecken) wenig bekannte Autoren zitiert – Benoît de Maillet, Jean-Joseph Graslin, Jean-François Melon, Guillaume-François Le Trosne, Johann Christoph Adelung –, so liebt er undurchsichtige Formulierungen, kühne poetische Metaphern und aggressive Behauptungen, die hingesetzt werden, ohne daß getrachtet würde, sie auf eine nur einigermaßen für den durchschnittlich Gebildeten einsichtige Weise zu belegen. Da ich annehme, daß die zitierten Stellen dem Leser immerhin einen vagen Begriff von Foucaults Schriftstellerei gegeben haben, und da zum andern dieser Beitrag nicht eigentlich als eine Besprechung des Werkes von Foucault gedacht ist, sondern diesen Philosophen zum Anlaß einer Auseinandersetzung mit den »Königsgedanken« des Strukturalismus nehmen will, werde ich mich im folgenden nur gelegentlich auf die *Ordnung der Dinge* beziehen.

Nur einige wenige Momente seien noch festgehalten, und auch sie nur, weil sie direkt in die generelle Strukturalismus-Debatte hineinführen. Zunächst sei wiederholt, was häufig genug schon gegen Foucault und andere Strukturalisten eingewendet wurde: die völlige Ahistorizität solcher Betrachtungsweise. Wenn jeweils ein bestimmtes »epistemologisches Feld« ein anderes ablöst, so wird an keiner Stelle expliziert, *warum* es zu diesem Wandel kommt. Es scheint, als habe die in der Tat erschreckende Multikausalität geschichtlicher Ereignisfolgen, die schon Lévi-Strauss im *Wilden Denken* zu der Behauptung verführte, es sei die Geschichte eine Wissenschaft, der kein eigentliches Objekt entspricht – es scheint, als habe diese Multikausalität auch Foucault an der Geschichte zweifeln und schließlich verzweifeln lassen. Die Ungeschichtlichkeit führt notwendigerweise zu einem starren Einbahndenken. Man darf sich guten Rechtes mit Michel Dufrenne, dem besten und radikalsten Kritiker des Strukturalismus, dessen Buch *Pour l'Homme* leider im Deutschen nicht vorliegt, die Frage stellen: Warum sieht Foucault allerwegen nur die *episteme*? Warum nicht *technē,* warum nicht *polis*? Warum wird an keiner Stelle der Versuch unternommen, die Mutationen und Diskontinuitäten der *episteme* einzugliedern in die reale Totalität der Zivilisation? Mit der Bemühung, diese Fragen zu beantworten, überschreiten wir schon den Fall Foucault und langen bei ganz fundamentalen Themenkreisen des Strukturalismus überhaupt an.

Was uns zuvor ins Auge springt, sofern wir trachten, kritische Distanz zu nehmen, nicht in der anschwellenden Sekundärliteratur zu ertrinken und daraufhin gegen unsere bessere Einsicht erschrocken vor dem Tagesphänomen in die Knie zu sinken – *das ist die angemaßte Wissenschaftlichkeit der strukturalistischen Unternehmungen*. Handle es sich nun um die Paraphrasen Lacans, die, am Rande vermerkt, noch erheblich dunkler sind als unser Foucault; handle es sich um die Delirien der *Nouvelle Critique* oder sogar die ethnologischen Deutungen von Claude Lévi-Strauss, der doch wohl nicht ganz zufällig in der Heimat der *cultural anthropology,* in den USA, nur zögernd rezipiert wurde: Der Strukturalismus will sich wissenschaftlich und will sich auch positivistisch, wird sogar häufig von seinen hegelianisch-marxistischen Gegnern als »Positivismus« denunziert. Die Ansprüche sind abwegig – und die Denunziation ist ein Mißverständnis. Wissenschaftlichkeit, sofern wir den Wörtern ihren sprachüblichen Sinn belassen, ist unlösbar verknüpft mit dem Modell der *Naturwissenschaften*: eine wissenschaftliche Aussage ist durch empirische Wahrheitsprüfung und durch logische Deduktion gekennzeichnet; wobei dann der Satz gilt, daß eine einzige aus einer wissenschaftlichen Theorie logisch ableitbare Tatsache, die dieser Theorie widerspricht, sie sofort und unwiderruflich falsifiziert.

Empirische Verifikation und logische Deduktion sind die beiden Grundpfeiler jedes wissenschaftlichen Vorhabens; wer von ihnen absehen zu dürfen glaubt, begibt sich nicht nur des wissenschaftlichen Prestiges, er verzichtet auf wissenschaftliche Legitimation. Es liegt nun auf der Hand, daß die Aussagen nicht nur Foucaults mit diesem Begriff von Wissenschaftlichkeit, mit diesem Begriff von Positivismus, der ja sowohl in seiner älteren wie in seiner jüngeren neopositivistischen Form von den Fakten unmittelbarer Erfahrung ausgeht – oder richtiger: stets wieder auf sie zurückweist –, nichts, aber rein gar nichts zu tun haben. Daß die Geistes- und Humanwissenschaften in einer komplizierten Beziehung stehen zur Erfahrung und deren letzter Quelle, den Sinnesdaten, ist nur eine allzuoft durchdiskutierte Selbstverständlichkeit; und daß man also das naturwissenschaftliche Modell nicht so einfach in den geisteswissenschaftlichen Raum hineintragen und dort für verbindlich erklären darf, ist klar. Immerhin muß sich, so scheint mir, jede Geisteswissenschaft, die auf intersubjektive Gültigkeit abzielt, *wissenschaftsmoralisch* (wenn dieser Ausdruck erlaubt ist) verpflichten, sich der Sachstrenge der Naturwissenschaften soweit wie möglich anzunähern. Das mindeste, was man in diesem Sinne von der Geisteswissenschaft fordern darf, ist Behutsamkeit bei der Aufstellung von Hypothesen und logische Stringenz bei den Ableitungen. Über beide Forderungen setzt sich der philosophische Strukturalismus, wie ihn Foucault (und nicht er allein) praktiziert, in dichterischer Gelöstheit hinweg.

Ich möchte meinen, daß die angeführten Stellen aus Foucault eine deutliche Sprache sprechen; und nur zu Illustrationszwecken seien hier ein paar willkürlich aufgelesene Textfragmente aus der Welt des Strukturalismus präsentiert. Sie sind geeignet darzulegen, wie es um die Wissenschaftlichkeit des Strukturalismus bestellt ist. – Es spricht der Sprach- und Literaturkritiker Roland Barthes: »Die Kritik ist keine Übersetzung, sondern eine Paraphrase; sie darf nicht hoffen, den ›Grund‹ des Werkes zu erreichen, denn dieser Grund ist das Subjekt selbst, also eine Absenz, jede Metapher ist ein Zeichen ohne Grund … gerade das Fernsein des Bedeuteten wird durch die Fülle der Symbole bezeichnet.«

Es spricht der strukturalistische Psychoanalytiker Jacques Lacan: »Ich denke nicht, daß der Mensch gedacht ist, denn ich vermeide vom Menschen zu sprechen. Ich versuche zu konstruieren, was daraus resultiert, daß beim redenden Wesen ›es‹ anderswo spricht als dort, wo der Mensch sich als sprechend begreift und woraus er mit Bestimmtheit schließt, daß der Mensch sei, weil er spricht.«

Es spricht der strukturalistische Marxist Louis Althusser: »Wenn der Bereich der ökonomischen Phänomene nicht länger jener plane Raum ist, sondern vielmehr ein tiefer und komplexer Raum: wenn die ökonomischen Phänomene bestimmt werden durch ihre ›Komplexität‹ (das heißt: durch ihre Struktur), läßt sich der Begriff der linearen Kausalität nicht länger auf sie anwenden. Ein anderer Begriff ist erforderlich, der der neuen Form von Kausalität Rechnung trägt, die durch die neue Definition des Gegenstandes der Politischen Ökonomie, durch dessen ›Komplexität‹, das heißt durch die ihm eigene Determination bestimmt ist: Determination durch eine Struktur.«

Die Exempel sind brutal aus ihrem jeweiligen Kontext gerissen, wird man mir vorhalten, man könne mit einer solchen Methode jede Philosophie ad absurdum führen. Der Vorwurf trifft natürlich. Dennoch ist es nicht möglich, Gangarten des Denkens zu vermitteln, ohne verkürzte sprachliche Beispiele für sie zu geben. Ich habe mich übrigens der Beispiele nicht nur bedient, um den strukturalistischen Wissenschaftlichkeitsanspruch abzuweisen. Wiewohl ich sie ganz unsystematisch heranholte, fügen sie sich doch in schöner Zufälligkeit nicht nur zu einem Sprachabbild des Strukturalismus, sondern sagen auch Wesentliches über strukturalistische Denkinhalte aus: das Subjekt als Absenz bei Roland Barthes; der Mensch, der sich nur durch ein Mißverständnis als Mensch begreift, bei Lacan; die Determination durch Struktur, die an die Stelle der kausalen Determination bei Althusser zu treten hat – sie lassen uns die Eigentümlichkeit strukturalistischen Philosophierens ahnen: Der Mensch verschwindet sowohl als empirisches wie als transzendentales Subjekt. Die Wirklichkeit wird dem Rahmen der Kantschen Kategorie Kausalität, in der das Subjekt die Welt erfährt, entrissen, und an die Stelle der diachronen Ursache-Wirkung-Kette, an den Platz des verbindend-verbindlichen *propter hoc,* tritt eine synchron determinierende Struktur.

Zwei weitere Wesenselemente des Strukturalismus werden uns damit in ihrer ganzen Problematik, um nicht zu sagen: in ihrer konsternierenden Fragwürdigkeit deutlich. Ich meine die Abkehr vom Subjekt, was in anderer Terminologie heißen würde: die Verwerfung nicht nur von Psychologie und Phänomenologie, sondern der gesamten philosophischen wie der empirisch-wissenschaftlichen Tradition; und die entschlossene Hinwendung zu einem in exaktwissenschaftlicher Terminologie nicht definierbaren *System*. Das System ist alles. Der Mensch ist nichts. Die Wirklichkeit ist – wenig. Dieses System oder dieser »Diskurs« ist nicht historisch erklärbar, man kann ihn nur feststellen. Es hat die verschiedenartigsten spezifischen Züge: bei Lévi-Strauss sind es die strukturalen Relationen von Verwandtschaft und Mythos. Bei Lacan ist es die Struktur der unbewußten Rede, bei Althusser das »System« der Ökonomie, bei Foucault seine *episteme.* Der gemeinsame Nenner, auf den wir schließlich kommen, ist die totale Formalisierung unseres Wissens, einfacher gesagt: der Vorrang der Form vor dem Inhalt.

Alles Inhaltliche, das letztlich zurückgeht auf Sinnesdaten der Perzeption, also auf ein *vécu,* soll aus dem Denken eliminiert werden. Der Schrecken vor der Unverläßlichkeit und der unmittelbaren Unmitteilbarkeit der im *vécu* wurzelnden Erfahrung, die Angst vor dem subjektiven Idealismus, führt zum Refus jeglicher Erfahrung schlechthin und geradenwegs in die Abstraktion, der eine durchaus transzendentale Existenz verliehen wird. Was der Strukturalismus als Philosophie und Ideologie – und ich sehe ab von einigen gewiß nicht uninteressanten Entdeckungen der formalistischen Linguistik und strukturalistischen Ethnologie – hervorgebracht hat, ist haargenau das, was im 19. Jahrhundert im Hinblick auf die konstruktive Metaphysik Friedrich Albert Lange »Begriffsdichtung« genannt hat.

Ich sage *Begriffs-*, nicht *Gedanken*dichtung. Eine Gedankendichtung, wie etwa Sartres Flaubert-Werk, kann, auch wenn sie ihrerseits nicht wissenschaftlich und nicht verifizierbar ist, unbekannte Räume der gelebten Wirkfichkeit aufschließen: Wir wissen oder ahnen zumindest mehr von der Wirklichkeit Flauberts und des Frankreich im 19. Jahrhundert, wenn wir Sartres hochspekulativen, aber immer im phänomenalen und historischen Existenzbereich sich bewegenden Interpretationen Flauberts folgen. Wir wissen nichts vom Mythos – ja, es entleert sich der Mythos auf mysteriöse Weise und wird zum abstrakten, inhaltsleeren Modell seiner selbst –, wenn wir Lévi-Strauss lesen. Nichts Neues wird uns zugebracht über die Epoche des 16. Jahrhunderts bis zum 19. Jahrhundert, wenn wir Foucaults Exerzitien über die verschiedenen epistemologischen Felder mitmachen. Keinen Einblick in den Prozeß der literarischen Kreationen und keine Überschau über deren Wirkung wird uns ermöglicht durch Roland Barthes' berühmt-berüchtigte Arbeit über Racine. Die »Begriffsdichtungen« sind Kathedralen von erkältender geistiger Ödnis. In einer Folge terroristischer Gewaltakte werden die Begriffe aus dem sie determinierenden Anschauungsmaterial herausgebrochen – und damit entleert.

Antihumane Ideologie

Es ist nicht meine Absicht, hier das strukturalistische Spiel mitzuspielen, da meines Erachtens die mysteriöse *episteme,* Foucaults historisches a priori, jeder Plausibilität auf beklagenswerte Weise ermangelt. Darum soll in der vom Strukturalismus verpönten, herkömmlich-kausalen, geschichtlichen Kategorie die Frage gestellt werden: Woher kommt der Strukturalismus? Aus welchen Wurzeln nährt er sich? In einem vor sechs Jahren verfaßten Aufsatz[1] habe ich eine geschichtliche Deutung des Phänomens zu geben versucht und hierbei die folgende Erklärung vorgeschlagen: Der Strukturalismus sei das Resultat der »linken Frustration« in Frankreich. Frankreichs Linksintellektuelle – und das heißt nichts anderes als seine Intellektuellen schlechthin – hätten, enttäuscht vom geschichtlichen Ablauf, der die Revolutionshoffnungen der großen Tage des Nachkriegs und des Existentialismus zunichte machte, nach einer ahistorischen Ideologie gesucht und diese im Strukturalismus gefunden. Ich befand mich damit nicht sehr weit von der Auffassung des Marxisten Henri Lefèbvre, der zur gleichen Zeit in seiner Schrift *Position: contre les technocrates* den Strukturalismus als die Ideologie der Technokraten, als die Philosophie dessen, was Burnham zuvor die *managerial revolution* genannt hatte, denunzierte.

Heute erscheint mir diese Position denn doch allzu einfach. So monokausal geht es in der Geschichte nicht zu; so schlicht darf nicht ein »Überbau« auf einen ökonomischen Unterbau zurückgeführt werden. Die Herrschaft oder die scheinbare Herrschaft der Technokraten ist jedenfalls nur ein Strang im Wurzelgeflecht der Ursachen. Die technokratische Gesellschaft allein erklärt uns nicht den Strukturalismus und die Resonanz, die er fand. Es gibt andere Faktoren. Ich gebe mir selbst gegen meine frühere Hypothese zu bedenken, daß die von Foucault evozierte »Leidenschaft für das System« vielleicht doch in einem gewissen Zusammenhang stehen mag mit den Wegen der exakten Naturwissenschaften, wenn auch der Strukturalismus sehr wenig authentischen Wissenschaftsgeist atmet. Immerhin kann man nicht übersehen, daß die Naturwissenschaften ihrerseits sich mehr und mehr formalisieren, daß sie auf schwindelerregende Weise aufsteigen in die Regionen totaler Abstraktion, so daß der Nichtwissenschaftler dem falschen Eindruck unterliegen kann, auch sie seien nur noch Begriffskonstruktionen und hätten für immer den Boden des Irdischen – der Empirie – verlassen.

Dazu kommen andere geistesgeschichtliche Verbindungslinien. Wir haben einerseits ein erhöhtes erkenntnistheoretisches Mißtrauen in das empirico-transzendentale Subjekt festzustellen, andererseits wachsende Zweifel an der *Sprache* als dem getreuen Spiegel der Wirklichkeit. Der Verdacht oder sogar die Verdächtigung des Subjekts wird uns deutlich aus der Phänomenologie Husserls, dessen scharfer Kritik am Psychologismus. Der Argwohn gegen die Sprache, den wir im Strukturalismus wiederfinden, woselbst er sich

1 *Französische Sozialphilosophie im Zeichen der »linken Frustration«.* In: *Merkur,* Nr. 215, Februar 1966.

aber gelegentlich in eine vertrackte Sprachmystik oder Sprachmagie konvertiert, geht zurück auf einen der Väter modernen Denkens überhaupt: auf Wittgenstein, und zwar vor allem auf den späten Wittgenstein. Dessen Losungswort, das seine Oxford-Vorlesungen inspirierte: »Don't ask for the meaning, ask for the use« – gerade dieses Wort versperrt dem denkenden Menschen den Zugang zur Realität und schließt ihn ganz in die Sprache ein. Ich erinnere hier an eine Anekdote, die über Bertrand Russell und Wittgenstein erzählt wird. Wittgenstein habe in einem Gespräch mit Russell darauf beharrt, daß man in sprachlichen Äußerungen keinen Sinn zu suchen habe. Hierauf habe Russell gefragt, ob sein Partner auch der Meinung sei, es habe der Satz »In diesem Raum befindet sich kein Nilpferd« keinen Sinn. Wittgenstein habe eine Weile nachgedacht und schließlich auch diese Aussage als sinnlos bestätigt. Worauf Russell den Raum, einen Universitätshörsaal, gewissenhaft abgesucht, dortselbst kein Nilpferd aufgefunden und schließlich nach vollzogener Wahrheitsprüfung darauf beharrt habe, daß der strittige Satz sehr wohl einen guten Sinn habe.

Man verzeihe die Abschweifung: Es ging mir um den Versuch einer historischen Nachzeichnung der Genese des *philosophischen* Strukturalismus aus dem theoretischen Mißtrauen gegen Subjekt, Sprache, Sinn einer Aussage. Hierbei werde ich, was Sprache und Sinn sprachlicher Aussagen betrifft, von Foucault bestätigt, der an einer Stelle sagt, der Sinn sei nur ein »oberflächlicher Schaum«. Aus dem *Zweifel* an der Sprache als Darstellerin der Wirklichkeit und Trägerin eines Sinns wird schließlich der *Kult* der Sprache, beziehungsweise ihrer formalen Elemente. Man hat oft genug auf die Herkunft des Strukturalismus aus der formalen Linguistik verwiesen, namentlich aus den Arbeiten der russischen Formalisten und den Werken Ferdinand de Saussures, so daß ich es mir ersparen darf, hier näher darauf einzugehen. Nur am Rande sei vermerkt, daß die strukturale Linguistik, eine reine Fachwissenschaft, deren synchrone Betrachtung der Sprache zu linguistisch wahrscheinlich wertvollen Einsichten geführt hat, sich niemals als Philosophie konstituierte. Während Wittgenstein in der Vergangenheit und die Strukturalisten in der Gegenwart sehr wohl philosophischen Anspruch erheben – auch dann, wenn sie das leugnen, wie Lévi-Strauss. Wogegen ich mich wehre, ist nicht die strukturale Linguistik, zu deren Beurteilung ich mich auch gar nicht qualifiziert fühle, sondern der philosophische Gebrauch und Mißbrauch strukturalistischer Prinzipien.

Ich habe, wenn mir ein Selbstzitat erlaubt ist, an anderer Stelle gesagt, es führe ein direkter Weg von der Welt-als-Sprache in die Sprache-als-Welt. Dieser Weg ist eingeschlagen worden, auf durchaus verhängnisvolle Weise. Jene Kreise, die man in Frankreich durch den Begriff der *Nouvelle Critique* kennzeichnet, und namentlich die Equipe der Zeitschrift *Tel Quel*, sind seit Jahr und Tag damit befaßt, den Sinn einer Aussage als »oberflächlichen Schaum« hinzustellen. Man kann einwenden, daß *Tel Quel* sich ausdrücklich gegen den Strukturalismus abgegrenzt habe und ich mich hier einer unstatthaften Amalgamierung schuldig mache. Demgegenüber stehe ich nicht an zu behaupten, daß derlei Unterscheidungen in einem größeren geistesgeschichtlichen Zusammenhang nicht mehr gelten. Der Strukturalismus ist kein Verein, in den man eintritt und den man wieder verläßt: Er ist eine bestimmte intellektuelle Haltung. So verstanden, faßt er die neue avantgardistische Kritik aller Spielarten und natürlich auch *Tel Quel* ein. Von Philippe Sollers, dem geistigen Inspirator von *Tel Quel*, spielt mir der Zufall einen Satz zu, der symptomatisch ist für vieles, was das strukturalistische Denken, die strukturalistische Sprachmagie charakterisiert. Es heißt da vom »neuen Roman«: »Der moderne Roman hat sich langsam zu einer Befragung der Sprache entwickelt. Von nun an geht es nicht mehr um eine ›Sicht der Welt‹, sondern, über eine schwierige und vielwertige Lektüre von Zeichen, um den offenen und unpersönlichen Raum des Denkens ...«

Jedem Leser moderner kritischer Beiträge sind solche Sätze geläufig. Er schluckt sie zumeist resigniert, und sei es auch nur darum, weil er sich nicht durch Ablehnung von derartigen Verbalismen als rückschrittlich decouvrieren will; und weil er schließlich nicht glauben kann, daß so viele kenntnisreiche Leute, die solches ohne Protest hinnehmen, einem Unsinn aufsitzen. Hierbei hat es die der sogenannten »öffentlichen Meinung« eigentümliche Bewandtnis: Jeder schielt verschämt nach jedem, meinend, der andere wisse besser Bescheid, und läßt seine eigene Meinung in der Meinung über Meinungen ertrinken. Niemand wagt das entzaubernde Wort.

Was mich angeht, so sage ich klar und ohne ängstliche Haarspalterei: Der Schlag möge mich auf der Stelle rühren, wenn ein Satz wie der von Sollers etwas meint! Die Sprache kann nicht befragt werden, sondern nur ein Sprechender. Es gibt keinen »unpersönlichen Raum des Denkens«, denn gedacht wird stets nur von einem des Denkens fähigen Subjekt. Allerdings schiebt sich die Frage dazwischen: Will denn eine Aussage wie die zitierte im semantischen Verstande etwas meinen? Wir entdecken hier, so glaube ich, einen fundamentalen inneren Widerspruch des aus Skepsis an der Sprache dialektisch in Sprachvergötzung umschlagenden strukturalistischen Denkens oder, wenn man will, strukturalistischen »Diskurses«. Es wird da einerseits mit Wittgenstein angenommen, es sei die Sprache nichts als sie selber, und das ganze Sinn- oder Bedeutungsproblem der Semantik sei oberflächlich und mißverständlich. Foucault deutet darauf mit den folgenden Worten hin: »In der modernen Zeit ist die Literatur das, was das signifikative Funktionieren der Sprache kompensiert (und nicht bestärkt). Durch sie glänzt das Sein der Sprache erneut an den Grenzen der abendländischen Kultur und in ihrem Herzen ... Deshalb erscheint die Literatur immer mehr als das, was gedacht werden muß, aber ebensowohl und aus dem gleichen Grunde als das, was in keinem Fall, ausgehend von der Theorie der Bedeutung, gedacht werden kann.«

Es wird also einerseits auf den Sinn des Aussagemöglichen verzichtet, ja dieser Sinn wird ausdrücklich verworfen. Andererseits aber werden Bücher vorgelegt, die implizite darauf Anspruch erheben, sie hätten im herkömmlichen Verstande Sinn und Bedeutung. Niemand wäre überraschter als Foucault, wenn man ihm zu verstehen gäbe, daß seine Untersuchung *Die Ordnung der Dinge* zwar möglicherweise das Sein der Sprache erglänzen lasse, daß sie aber, da sie doch sowohl modern als auch literarisch ist, das denkt, was »in keinem Falle, ausgehend von der Theorie der Bedeutung, gedacht werden kann«; und daß sie denn also logischerweise bedeutungslos sei und allenfalls noch als privates Denkspiel des Autors ein paar zum Mitspielen bereiten Lesern Plaisir zu bereiten vermöge. Der groteske Anspruch von Wissenschaftlichkeit, beziehungsweise wissenschaftslogischer Strenge, den die Strukturalisten erheben, und die begriffsdichterische Extravaganz, der sie sich überlassen, ist in einem solchen Grade konsternierend, daß man die Hoffnung aufgibt, es möchten in diesen Kreisen die Einwände einer der Werkimmanenz sich entziehenden kritischen Ratio überhaupt noch angehört werden. Wird die sich fortgeschritten dünkende, vom Strukturalismus beeinflußte Sprachphilosophie, wird eine Sprachkritik, die zur Sprachmystik wurde und ihre kritische Aufgabe längst vergaß, mich überhaupt einer Antwort für würdig erachten, wenn ich sage, daß das »Sein der Sprache« nichts ist, nichts sein *kann* als die *Funktion* der Sprache im intersubjektiven Raum? Ich frage, das ist klar, nur noch rhetorisch. Allzusehr bin ich mir bewußt, wie der Verzicht auf den Sinn der Aussage, der längst in Widersinn und Unsinn einmündete, schon die Intelligenzen gelähmt und zugleich in einen euphorischen, einen sozusagen glossogenen Rausch hineingerissen hat. Es wird noch manches Wort gesagt werden müssen, ehe die Vernunft und mit ihr die Humanität sich wieder Gehör verschaffen.

Und damit komme ich ans Ende meiner Überlegungen. Sie münden in das Ergebnis, daß der Strukturalismus in allen seinen vielfältigen Erscheinungen sich antihumanistisch will, da er (zu Recht, das müssen wir ihm nicht erst bestätigen) im klassischen Humanismus eine bürgerliche Mystifikation erkannte. Daß er zugleich aber auch, was gewiß nicht in den Intentionen seiner Vertreter liegt, zu einer *anti-humanen* Ideologie wurde. Er hat das Verschwinden des Menschen verkündet um der Präzision der Wissenschaftlichkeit willen. Doch läßt er uns mit leeren Händen und hungrigen Augen zurück; denn der Preis – der Mensch – wurde erlegt für nichts. Die Wissenschaft hat durch den Strukturalismus wenig gewonnen, das beweist die unerwartete Wendung des strukturalen Linguisten Noam Chomsky zum klassischen Cartesianismus, wie Jean Piaget in seinem Buch *Le Structuralisme*[2] scharfsinnig feststellt. Es ist, so scheint mir, eine Frage des Willens der freien Wahl, ob wir den strukturalistischen Anti-Humanismus, die Absorption des Menschen durch das »System«, den »Diskurs« akzeptieren oder ob wir uns dagegen mit aller Entschiedenheit wehren. Denn wie der schon erwähnte Dufrenne sagt: »Der Mensch denkt sich nur in dem Maße, wie er sich will!«

Einen Beweis für die Abwesenheit des Menschen oder seine zeitliche Begrenztheit auf einen bestimmten historischen Raum hat der Strukturalismus nicht geliefert. Die Frage: »Steckt in den Bekennern St. Augustin und Jean-Jacques Rousseau nicht der Mensch?« mag den Euphorikern der Codes und Systeme naiv klingen. Sie drängt gleichwohl den nicht vom geistigen Lärm des Tages Betäubten sich unabweislich auf. Auch sind, dies wollen wir nicht

[2] Soeben deutsch im Walter-Verlag, Freiburg, erschienen.

vergessen, die Konstruktionen strukturalistischer Betriebsamkeit gar nicht so neu. Manches von dem, was sich heute mit so erregter Gestikulation an die Rampe drängt, war schon da, sogar in überzeugenderer und geistig beflügelterer Form. Strukturale oder strukturanalytische Gedankengänge finden wir bei Ernst Cassirer in seiner *Philosophie der symbolischen Formen.* Wir finden sie in Spenglers geschichtsmorphologischer Betrachtungsweise, auch in Carnaps Definition aller wissenschaftlichen Aussagen als Strukturaussagen. Es besteht kein Grund, die Flucht zu ergreifen oder sich widerstandslos zu unterwerfen, wenn hier ein Denken – das oft, und besonders bei Michel Foucault, nichts ist als Metaphorik und scharfes Vokabular –, uns *seine* Strukturen aufzwingen will.

Der Widerstand gegen die reißende Strömung des Strukturalismus soll und muß geleistet werden im Namen der existentiellen Freiheit des einzelnen. Der Mensch als geschichtliches und moralisches Wesen ist frei nur, wenn er aus dem Panzer der Strukturen auszubrechen vermag: *daß* dies im Felde seines Möglichen liegt, hat er oft genug bewiesen. Jede große wissenschaftliche Entdeckung, jedes umwälzende künstlerische Werk, jede soziale Revolution legt Zeugnis davon ab. Das »epistemologische Feld« ist kein historisches a priori, sondern ist jeweils in seiner Eigentümlichkeit die Schöpfung des freien Menschen. Es ist der Mensch, der die Sprache schafft, die soziale Praxis verwandelt, die Natur erkennend neu gestaltet. Er ist Subjekt und Objekt der Erfahrung, Ursprung und Ziel der Geschichte, er ist Be-deuter einer Realität, die ihn hervorgebracht hat und die er, be-deutend, zu jeder Stunde neu hervorbringt.

Vielleicht hat er deshalb diese Fürsprache gar nicht nötig. Vielleicht ist die strukturalistische Strömung so reißend nicht mehr. Mag sein, sie ist morgen schon, um ein auf den Menschen gemünztes Wort Foucaults hier *gegen* Foucault zu richten, »verschwunden wie am Meeresufer ein Gesicht im Sand«.

Nr. 300, April/Mai 1973

Jürgen Habermas

Was heißt heute Krise?

Legitimationsprobleme im Spätkapitalismus

Wer den Ausdruck »Spätkapitalismus« verwendet, stellt implizit die Behauptung auf, daß auch noch im staatlich geregelten Kapitalismus die gesellschaftlichen Entwicklungen »widerspruchsvoll« oder krisenhaft verlaufen. Ich möchte daher zunächst den Begriff der Krise erläutern.

Vorwissenschaftlich ist uns der Krisenbegriff aus dem medizinischen Sprachgebrauch vertraut. Wir haben dabei die Phase eines Krankheitsprozesses im Auge, in der es sich entscheidet, ob die Selbstheilungskräfte des Organismus zur Gesundung ausreichen. Der kritische Vorgang, die Krankheit, scheint etwas Objektives zu sein. Eine Infektionskrankheit beispielsweise wird durch äußere Einwirkungen auf den Organismus ausgelöst; und die Abweichungen des betroffenen Organismus von seinem Sollzustand, dem Normalzustand des Gesunden, kann beobachtet und notfalls anhand von Indikatoren gemessen werden. Das Bewußtsein des Patienten spielt dabei keine Rolle; *wie* sich der Patient fühlt und *wie* er seine Krankheit erlebt, ist allenfalls ein Symptom für ein Geschehen, das er selbst kaum beeinflussen kann. Dennoch würden wir, sobald es medizinisch um Leben und Tod geht, nicht von einer Krise sprechen, wenn der Patient nicht in diesen Vorgang mit seiner ganzen Subjektivität verstrickt wäre. Eine Krise ist nicht von der Innenansicht dessen zu lösen, der ihr ausgeliefert ist: Der Patient erfährt seine Ohnmacht gegenüber der Objektivität der Krankheit nur, weil er ein zur Passivität verurteiltes Subjekt ist, dem zeitweise die Möglichkeit genommen ist, ein Subjekt im vollen Besitz seiner Kräfte zu sein.

Mit Krisen verbinden wir die Vorstellung einer objektiven Gewalt, die einem Subjekt ein Stück der Souveränität entzieht, die es normalerweise hat. Indem wir einen Vorgang als eine Krise begreifen, geben wir ihm unausgesprochen einen normativen Sinn: Die Lösung der Krise bringt für das verstrickte Subjekt eine Befreiung.

Das wird deutlicher, wenn wir vom medizinischen zum dramaturgischen Begriff der Krise übergehen. In der klassischen Ästhetik von Aristoteles bis Hegel meint Krise den Wendepunkt eines schicksalhaften Prozesses, der bei aller Objektivität nicht einfach von außen hereinbricht. Der Widerspruch, der sich in der katastrophischen Zuspitzung eines Handlungskonfliktes ausdrückt, ist in der Struktur des Handlungssystems und in den Persönlichkeitssystemen der Helden selbst angelegt. Das Schicksal erfüllt sich in der Enthüllung widerstreitender Normen, an denen die Identität der Beteiligten zerbricht, wenn diese nicht ihrerseits die Kraft aufbringen, ihre Freiheit dadurch zurückzugewinnen, daß sie die mythische Gewalt des Schicksals zerbrechen.

Der im klassischen Trauerspiel gewonnene Krisenbegriff findet seine Entsprechung im heilsgeschichtlichen Krisenbegriff. Über die Geschichtsphilosophie des 18. Jahrhunderts dringt diese Denkfigur in die evolutionistischen Gesellschaftstheorien des 19. Jahrhunderts ein. So entwickelt Marx zum erstenmal einen sozialwissenschaftlichen Begriff von Systemkrise. Auf diesem Hintergrund sprechen wir heute von sozialen oder wirtschaftlichen Krisen. Wenn etwa von der Großen Wirtschaftskrise zu Beginn der dreißiger Jahre die Rede ist, sind die Marxschen Konnotationen unüberhörbar.

Da kapitalistische Gesellschaften die Fähigkeit haben, relativ stetig technische Produktivkräfte zu entfalten, versteht Marx unter ökonomischer Krise das Muster eines *krisenhaften Verlaufs des ökonomischen Wachstums*. Kapitalakkumulation ist an die Aneignung von Mehrheit gebunden; das bedeutet, daß wirtschaftliches Wachstum über einen Mechanismus geregelt wird, der zugleich ein Gewaltverhältnis etabliert und verschleiert. Daher ist das Muster der Komplexitätssteigerung widersprüchlich in dem Sinne, daß das ökonomische System auf jeder neuen Stufe der Problemlösung neue und vermehrte Probleme erzeugt. Die Akkumulation des Gesamtkapitals vollzieht sich über periodische Entwertungen von Kapitalbestandteilen: diese Verlaufsform ist der Krisenzyklus, den Marx zu seiner Zeit beobachten konnte. Er hat versucht, den klassischen Krisentypus mit Hilfe des Gesetzes vom tendenziellen Fall der Profitrate werttheoretisch zu erklären. Darauf möchte ich aber hier nicht eingehen. Meine Frage ist vielmehr: ob auch noch der Spätkapitalismus demselben oder einem ähnlich selbstdestruktiven Entwicklungsmuster folgt wie der klassische, der Konkurrenzkapitalismus. Oder hat sich das Organisationsprinzip des Spätkapitalismus so geändert, daß der Akkumulationsprozeß keine bestandsgefährdenden Probleme mehr erzeugt?

Ausgehen möchte ich von einem Modell der wichtigsten strukturellen Merkmale spätkapitalistischer Gesellschaften (1). Dann möchte ich drei Krisentendenzen erwähnen, die heute, obgleich sie systemunspezifisch sind, im Vordergrund der Diskussion stehen (2). Und schließlich möchte ich auf Argumente eingehen, die Krisentendenzen des Spätkapitalismus begründen sollen (3).

I

Der Ausdruck organisierter oder staatlich geregelter Kapitalismus bezieht sich auf zwei Klassen von Phänomenen, die beide auf den fortgeschrittenen Stand des Akkumulationsprozesses zurückgeführt werden können: einerseits auf den Konzentrationsprozeß der Unternehmen (die Entstehung nationaler und inzwischen auch multinationaler Korporationen) und die Organisierung der Güter-, Kapital- und Arbeitsmärkte; andererseits darauf, daß der interventionistische Staat in die wachsenden Funktionslücken des Marktes einspringt. Die Ausbreitung oligopolistischer Marktstrukturen bedeutet zwar das Ende des Konkurrenzkapitalismus; wie immer aber die Unternehmen ihre Zeitperspektive erweitern und die Kontrolle über ihre Umgebung ausdehnen, der Steuerungsmechanismus des Marktes wird so lange nicht außer Kraft gesetzt, wie die Investitionsentscheidungen noch nach Kriterien betriebswirtschaftlicher Rentabilität gefällt werden. Ebenso bedeutet die Ergänzung und teilweise Substituierung des Marktmechanismus durch staatliche Interventionen das Ende des Liberalkapitalismus; aber in welchem Umfang auch immer der Bereich des privatautonomen Verkehrs der Warenbesitzer administrativ eingeschränkt wird, eine politische Planung der Allokation knapper Ressourcen tritt so lange nicht in Kraft, wie sich die gesamtgesellschaftlichen Prioritäten naturwüchsig, nämlich als Nebenfolgen privater Unternehmensstrategien, herausbilden. In den fortgeschrittenen kapitalistischen Gesellschaften lassen sich das ökonomische, das administrative und das legitimatorische System etwa folgendermaßen charakterisieren:

Das ökonomische System

Während der sechziger Jahre haben verschiedene Autoren am amerikanischen Beispiel ein Dreisektorenmodell entwickelt, das auf der Unterscheidung zwischen privatem und öffentlichem Sektor beruht. Die privatwirtschaftliche Produktion ist marktorientiert, wobei ein Sektor nach wie vor durch Wettbewerb reguliert wird, während der andere Sektor durch die Marktstrategien von Oligopolen, die einen *competitive fringe* dulden, bestimmt ist. Demgegenüber sind im öffentlichen Sektor, insbesondere im Gefolge der Rüstungs- und Raumfahrtproduktion, große Unternehmen entstanden, die in ihren Investitionsentscheidungen marktunabhängig operieren können: entweder handelt es sich um direkt vom Staat kontrollierte Unternehmen oder um Privatfirmen, die von Staatsaufträgen leben. Im monopolistischen und im öffentlichen Sektor herrschen kapitalintensive, auf dem Wettbewerbssektor arbeitsintensive Industrien vor. Im monopolistischen und im öffentlichen Sektor stehen den Unternehmen starke Gewerkschaften gegenüber, im Wettbewerbssektor ist die Arbeiterschaft weniger gut organisiert; dem entsprechen verschiedene Lohnniveaus. Im monopolistischen Sektor beobachten wir relativ schnelle Produktionsfortschritte. Im öffentlichen Sektor *brauchen* die Unternehmen nicht im gleichen Maße zu rationalisieren, im Wettbewerbssektor *können* sie es nicht.

Das administrative System

Einerseits reguliert der Staatsapparat den gesamtwirtschaftlichen Kreislauf mit Mitteln globaler Planung, andererseits verbessert er die Verwertungsbedingungen des Kapitals.

Die Globalplanung bestimmt sich negativ an den Grenzen privatautonomer Verfügung über die Produktionsmittel (die Investitionsfreiheit der privaten Unternehmen darf nicht eingeschränkt werden) und positiv an der Vermeidung von Instabilitäten. Insofern haben die kreislaufregulierenden Maßnahmen der Fiskal- und Geldpolitik wie auch die Einzelmaßnahmen, die Investition und Gesamtnachfrage regulieren sollen (Kreditvergabe, Preisgarantien, Subventionen, Anleihen, sekundäre Einkommensumverteilung, konjunkturpolitisch gesteuerte Staatsaufträge, indirekte Arbeitsmarktpolitik usw.), den reaktiven Charakter von Vermeidungsstrategien im Rahmen eines Zielsystems, das durch den lehrformelhaft geforderten Ausgleich zwischen den konkurrierenden Imperativen des stetigen Wachstums, der Geldwertstabilität, der Vollbeschäftigung und der ausgeglichenen Außenhandelsbilanz bestimmt ist.

Während die Globalplanung die Randbedingungen der privaten Unternehmensentscheidungen manipuliert, um den Marktmechanismus im Hinblick auf dysfunktionale Nebenfolgen zu *korrigieren, ersetzt* der Staat den Marktmechanismus überall dort, wo er für das überschüssig akkumulierte Kapital Verwertungsbedingungen schafft und verbessert:
- durch »Stärkung der nationalen Wettbewerbsfähigkeit«, durch Organisation übernationaler Wirtschaftsblöcke, durch imperialistische Sicherung der internationalen Schichtung usw.;
- durch unproduktiven Staatskonsum (Rüstungs- und Raumfahrtindustrie);
- durch strukturpolitische Lenkung des Kapitals in marktautonom vernachlässigte Sektoren;
- durch Verbesserung der materiellen Infrastruktur (Verkehrs-, Schul- und Gesundheitssysteme, Erholungszentren, Stadt- und Regionalplanung, Wohnungsbau usw.);
- durch Verbesserung der immateriellen Infrastruktur (allgemeine Wissenschaftsförderung, Investitionen in Forschung und Entwicklungsaktivitäten, Vermittlung von Patenten usw.);
- durch Steigerung der Produktivkraft menschlicher Arbeit (allgemeines Bildungssystem, Berufsbildungssystem, Ausbildungs- und Umschulungsprogramme usw.);
- durch die Ablösung sozialer und sachlicher Folgekosten privater Produktion (Arbeitslosenunterstützung, Wohlfahrt; Umweltschäden).

Das legitimatorische System

Mit den Funktionsschwächen des Marktes und den dysfunktionalen Nebenfolgen des Marktmechanismus bricht auch die bürgerliche Basisideologie des gerechten Tausches zusammen. Andererseits entsteht ein verstärkter Legitimationsbedarf: Der Staatsapparat, der jetzt nicht mehr nur Bestandsvoraussetzungen des Produktionsprozesses sichert, sondern initiativ in diesen eingeschaltet wird, muß in den wachsenden Bereichen staatlicher Intervention legitimiert werden, ohne daß jetzt die Möglichkeit bestünde, auf die im Konkurrenzkapitalismus untergrabenen und verbrauchten Traditionsbestände zurückzugreifen. Über die universalistischen Wertsysteme der bürgerlichen Ideologie sind zudem die Staatsbürgerrechte, darunter auch das Recht zur Teilnahme an politischen Wahlen, allgemein geworden. Deshalb kann die Legitimationsbeschaffung nur unter außerordentlichen Umständen und vorübergehend vom Mechanismus allgemeiner Wahlen abgehangen werden. Das Problem, das damit entsteht, wird durch formale Demokratie gelöst.

Der Zuschnitt formaldemokratischer Einrichtungen und Prozeduren sorgt dafür, daß die administrativen Entscheidungen relativ unabhängig von den konkreten Zielen und Motiven der Staatsbürger gefällt werden können. Eine breite Partizipation der Staatsbürger an den politischen Willensbildungsprozessen, also materiale Demokratie, müßte den Widerspruch zwischen der administrativ vergesellschafteten Produktion und einer nach wie vor privaten Form der Aneignung der produzierten Werte ans Licht bringen. Um diesen Widerspruch der Thematisierung zu entziehen, muß das administrative System gegenüber der legitimierenden Willensbildung hinreichend autonom sein. Das geschieht durch einen Legitimationsprozeß, der Massenloyalität beschafft, aber Partizipation vermeidet. Inmitten einer an sich politischen Gesellschaft genießen die Staatsbürger den Status von Passivbürgern mit dem Recht zur Akklamationsenthaltung. Die privatautonome Entscheidung über die Investitionen findet ihre Ergänzung im staatsbürgerlichen Privatismus der Bevölkerung.

Klassenstruktur

Die Strukturen des Spätkapitalismus lassen sich als eine Art Reaktionsbildung verstehen. Zur Abwehr der Systemkrise lenken spätkapitalistische Gesellschaften alle sozialintegrativen Kräfte auf den Ort des strukturell wahrscheinlichsten Konfliktes, um ihn desto wirksamer latent zu halten.

In diesem Zusammenhang spielt die quasipolitische Lohnstruktur, die von den Verhandlungen zwischen Unternehmer- und Gewerkschaftsorganisationen abhängt, eine wichtige Rolle. Die »Machtpreisbildung«, die auf den oligopolistischen Märkten die Preiskonkurrenz ersetzt, findet ihr Pendant auf dem Arbeitsmarkt: wie die großen Konzerne die Preisbewegungen auf ihren Absatzmärkten quasi administrativ kontrollieren, so erzielen sie andererseits über Lohnverhandlungen quasi politische Kompromisse mit ihren gewerkschaftlichen Kontrahenten. In den für die wirtschaftliche Entwicklung zentralen Industriezweigen des monopolistischen und des öffentlichen Sektors erhält die Ware Arbeitskraft einen »politischen« Preis. Die »Tarifpartner« finden eine breite Kompromißzone, da die gesteigerten Faktorkosten auf die Preise abgewälzt werden können und die Forderungen beider Seiten gegenüber dem Staat mittelfristig konvergieren. Die Folgen dieser Immunisierung der ursprünglichen Konfliktzone sind a) disparitäre Lohnentwicklungen; b) eine Dauerinflation mit der entsprechenden zeitlichen Umverteilung der Einkommen zuungunsten der nichtorganisierten Erwerbstätigen und anderer marginaler Gruppen; c) eine Dauerkrise der staatlichen Finanzen mit öffentlicher Armut, das heißt Pauperisierung des öffentlichen Verkehrs-, Schul-, Wohnungsbau-, Gesundheitssystems und d) ein unzureichender Ausgleich disproportionaler wirtschaftlicher Entwicklungen sowohl sektoral (Landwirtschaft) wie regional (Randgebiete).

In den Jahrzehnten seit dem Zweiten Weltkrieg ist es in den fortgeschrittensten kapitalistischen Ländern gelungen, den Klassenkonflikt in seinen Kernbereichen latent zu halten; den Konjunkturzyklus zeitlich zu strecken und die periodischen Schübe der Kapitalentwertung in eine inflationäre

Dauerkrise mit milderen konjunkturellen Schwankungen umzuwandeln; schließlich die dysfunktionalen Nebenfolgen der abgefangenen ökonomischen Krise breit zu filtern und über Quasigruppen (wie Verbraucher, Schüler und Schülereltern, Verkehrsteilnehmer, Kranke, Alte usw.) oder über Teilgruppen mit geringem Organisationsgrad zu streuen. Dadurch ist die soziale Identität der Klassen aufgelöst und das Klassenbewußtsein fragmentiert worden. Der in die Struktur des Spätkapitalismus aufgenommene Klassenkompromiß macht (fast) alle zu Beteiligten und zu Betroffenen in einer Person; bei der deutlichen und wachsenden Ungleichverteilung der Vermögenswerte und der Macht ist freilich gut zu unterscheiden, wer mehr zu den einen oder mehr zu den anderen gehört.

II

Die rapiden Wachstumsprozesse spätkapitalistischer Gesellschaften haben das System der Weltgesellschaft mit Problemen konfrontiert, die sich *nicht als systemspezifische* Krisenerscheinungen verstehen lassen, wenngleich die Möglichkeiten der Krisenverarbeitung systemspezifisch begrenzt sind. Ich denke dabei an die Störung des ökologischen Gleichgewichts, an die Verletzung des Persönlichkeitssystems (Entfremdung) und an die explosive Belastung internationaler Beziehungen.

Die ökologische Balance

Wenn abstrakt wirtschaftliches Wachstum auf die technisch informierte Anwendung von mehr Energie zur Steigerung der Produktivität menschlicher Arbeit zurückgeführt werden kann, dann zeichnet sich die kapitalistische Gesellschaftsformation dadurch aus, daß sie das Problem des wirtschaftlichen Wachstums eindrucksvoll gelöst hat. Freilich ist mit der Kapitalakkumulation das wirtschaftliche Wachstum naturwüchsig institutionalisiert worden, so daß eine Option für die selbstbewußte Steuerung dieses Prozesses nicht besteht. Die zunächst vom Kapitalismus befolgten Wachstumsimperative haben inzwischen über Systemkonkurrenz und erdumfassende Diffusion (ungeachtet der Stagnation oder gar rückläufiger Tendenzen in einigen Ländern der Dritten Welt) globale Geltung erlangt.

Die etablierten Wachstumsmechanismen erzwingen Bevölkerungswachstum und Produktionssteigerung im weltweiten Maßstab. Dem ökonomischen Bedarf einer wachsenden Bevölkerung und der steigenden produktiven Ausbeutung der Natur stehen als materielle Grenzgrößen gegenüber: einerseits endliche Ressourcen (also die Fläche bebaubaren und bewohnbaren Landes sowie Frischwasser und Nahrungsmittel; außerdem nicht regenerierende Rohstoffe: Mineralien, Brennstoffe usw.); andererseits nicht ersetzbare ökologische Systeme, welche Schadstoffe wie radioaktive Abfälle, Kohlendioxyd oder Abwärme absorbieren. Freilich haben die von Forrester und anderen vorgenommenen Schätzungen über die Grenzen des exponentiellen Wachstums von Bevölkerung, industrieller Produktion, Ausbeutung der natürlichen Ressourcen und Umweltverschmutzung noch recht schwache empirische Grundlagen. Die Mechanismen des Bevölkerungswachstums sind ebensowenig bekannt wie die Maximalgrenzen für die Absorptionsfähigkeit der Erde auch nur für die wichtigsten Schadstoffe. Außerdem können wir die technologische Entwicklung nicht hinreichend voraussagen, um zu wissen, welche Rohstoffe in Zukunft technisch ersetzt oder wieder aufgearbeitet werden können.

Selbst bei optimistischen Annahmen läßt sich indessen *eine* absolute Wachstumsschranke angeben (wenn auch vorerst noch nicht genau bestimmen), nämlich die Schranke der thermalen Umweltbelastung in Abhängigkeit vom Energieverbrauch. Wenn wirtschaftliches Wachstum mit steigendem Energieverbrauch notwendig gekoppelt ist, und wenn alle in wirtschaftlich nutzbare Energie verwandelte Naturenergie letztlich als Wärme freigesetzt wird – dann muß der steigende Energieverbrauch auf die Dauer eine globale Erwärmung zur Folge haben. Die Ermittlung der kritischen Zeitspannen ist wiederum empirisch nicht einfach. Immerhin zeigen diese Überlegungen, daß ein exponentielles Wachstum von Bevölkerung und Produktion, also die Ausdehnung der Kontrolle über die äußere Natur, eines Tages an Grenzen der biologischen Umweltkapazität stoßen muß.

Das gilt unspezifisch für alle komplexen Gesellschaftssysteme. *Systemspezifisch* sind die Möglichkeiten, ökologische Gefährdungen *abzuwenden*. Spätkapitalistische Gesellschaften dürften Imperativen der Wachstumsbegrenzung ohne Preisgabe ihres Organisationsprinzips nur schwer folgen können, weil die Umstellung vom naturwüchsigen kapitalistischen Wachstum auf qualitatives Wachstum eine gebrauchswertorientierte Planung der Produktion verlangt.

Die anthropologische Balance

Während die Störung ökologischer Gleichgewichte die Ausbeutung natürlicher Ressourcen anzeigt, gibt es für die Kapazitätsgrenzen von Persönlichkeitssystemen keine eindeutigen Signale. Ich bezweifle, daß sich überhaupt so etwas wie psychologische Konstanten der menschlichen Natur, die den Vergesellschaftungsprozeß nach innen begrenzen, identifizieren lassen. Eine Begrenzung sehe ich allerdings in der Art der Sozialisation, durch die gesellschaftliche Systeme bisher Handlungsmotive erzeugt haben. Unser Verhalten orientiert sich an rechtfertigungsbedürftigen Normen und an identitätsverbürgenden Deutungssystemen. Diese kommunikative Verhaltensorganisation kann für komplexe Gesellschaften zu einem Hindernis werden. In Organisationen wächst nämlich die Steuerungsfähigkeit im Maße der Unabhängigkeit der Entscheidungsinstanzen von der Mitgliedermotivation. Wahl und Verwirklichung der Organisationsziele müssen in Systemen mit hoher Eigenkomplexität von der Zufuhr eng umschriebener Motive unabhängig gemacht werden: dem dient die Beschaffung generalisierter Zustimmungsbereitschaft (die in politischen Systemen die Form von Legitimation hat). Solange wir es mit einer Sozialisationsform zu tun haben, die die innere

Natur in eine kommunikative Verhaltensorganisation einbringt, ist aber keine Legitimation von Handlungsnormen denkbar, die ein motivloses Akzeptieren von Entscheidungen sicherstellt. Das Motiv für die Bereitschaft zur Konformität gegenüber inhaltlich noch unbestimmten Entscheidungen ist die Überzeugung, daß ihnen eine legitime Handlungsnorm zugrunde liegt. Erst wenn die Handlungsmotive nicht mehr über rechtfertigungsbedürftige Normen laufen würden und die Persönlichkeitsstrukturen nicht mehr unter identitätsverbürgenden Deutungssystemen ihre Einheit finden müßten, könnte das motivlose Akzeptieren von Entscheidungen zur Sache vorwurfsloser Routine gemacht, könnte also Konformitätsbereitschaft in beliebigem Umfang hergestellt werden.

Die internationale Balance

Auf einer anderen Ebene liegen die Gefahren der Selbstzerstörung des Weltsystems durch Anwendung thermonuklearer Waffen. Das angesammelte Vernichtungspotential ist eine Folge des hohen Entwicklungsstandes der Produktivkräfte, die wegen ihrer technisch neutralen Grundlagen auch die Form von Destruktivkräften annehmen können (und infolge der Naturwüchsigkeit des internationalen Verkehrs angenommen haben). Heute ist die lebensgefährliche Beschädigung des natürlichen Substrats der Weltgesellschaft in die Reichweite des Machbaren gerückt. Seitdem steht der internationale Verkehr unter einem historisch neuen Imperativ der Selbstbegrenzung. Wiederum gilt das unspezifisch für alle hochmilitarisierten Gesellschaftssysteme, aber wiederum sind die Möglichkeiten, dieses Problem zu bearbeiten, systemspezifisch begrenzt. Effektive Abrüstung ist zwar, wenn man die Antriebskräfte kapitalistischer und postkapitalistischer Klassengesellschaften berücksichtigt, nicht wahrscheinlich; jedoch ist die Regulierung des Rüstungswettlaufs mit der Struktur spätkapitalistischer Gesellschaften nicht *a limine* unvereinbar, sofern es gelingen sollte, den Kapazitätseffekt der staatlichen Nachfrage nach unproduktiven Konsumgütern durch eine Steigerung des Gebrauchswerts des Kapitals auszugleichen.

III

Ich möchte diese drei weltweiten Folgeprobleme des spätkapitalistischen Wachstums auf sich beruhen lassen und im folgenden die *systemspezifischen Störungen* untersuchen. Ich beginne mit der unter Marxisten verbreiteten These, daß die kapitalistischen Grundstrukturen unverändert fortbestehen und ökonomische Krisen in veränderten Erscheinungsformen erzeugen. Im Spätkapitalismus betreibt der Staat die Politik des Kapitals mit anderen Mitteln. Diese These begegnet in zwei Versionen.

Die *orthodoxe Staatstheorie* behauptet, daß die Tätigkeiten des interventionistischen Staates, nicht weniger als im Liberalkapitalismus die Tauschvorgänge, spontan wirkenden ökonomischen Gesetzen gehorchen. Die veränderten Erscheinungsformen (die Krise der Staatsfinanzen und Dauerinflation, wachsende Disparitäten zwischen öffentlicher Armut und privatem Reichtum usw.) erklären sich aus dem Umstand, daß die Selbstregulierung des Verwertungsprozesses eher über das Steuerungsmedium der Macht als des Tausches verläuft. Da aber die Krisentendenz nach wie vor durch das Wertgesetz, und das heißt die strukturell erzwungene Asymmetrie im Austausch von Lohnarbeit gegen Kapital, bestimmt ist, kann die Staatstätigkeit die Tendenz der fallenden Profitrate auf Dauer nicht kompensieren, sondern allenfalls vermitteln, das heißt mit politischen Mitteln selber vollziehen. Die Ersetzung von Marktfunktionen durch Staatsfunktionen verändert nicht den bewußtlosen Charakter des gesamtwirtschaftlichen Prozesses. Das zeigt sich an den engen Grenzen des staatlichen Manipulationsspielraums. Der Staat kann weder substantiell in die Vermögensstruktur eingreifen, ohne einen Investitionsstreik auszulösen; noch gelingt es ihm, zyklische Strömungen des Akkumulationsprozesses, also die endogen erzeugten Stagnationstendenzen, auf Dauer zu vermeiden.

Eine *revisionistische Fassung* erhält die marxistische Staatstheorie bei führenden DDR-Ökonomen. Dieser *zweiten* Version zufolge gehorcht der Staatsapparat nicht mehr naturwüchsig der Logik des Wertgesetzes, sondern nimmt bewußt die Interessen der vereinigten Monopolkapitalisten wahr. Diese auf den Spätkapitalismus zugeschnittene Agenturtheorie begreift den Staat nicht als blindes Organ des Verwertungsprozesses, sondern als potenten Gesamtkapitalisten, der die Akkumulation des Kapitals zum Inhalt seiner politischen Planung macht. Der hohe Grad der Vergesellschaftung der Produktion bringt eine Konvergenz zwischen den Einzelinteressen der großen Korporationen und dem Interesse an der Bestandserhaltung des Systems zuwege, und dies um so mehr, als der Systembestand durch systemtranszendierende Kräfte im Inneren bedroht ist. So bildet sich ein gesamtkapitalistisches Interesse aus, das die vereinigten Monopole bewußt mit Hilfe des Staatsapparates durchsetzen.

Ich halte beide Fassungen der ökonomischen Krisentheorie für unzureichend. Die eine Version traut dem Staat zu wenig, die andere mutet dem Staatsapparat zu viel zu.

1. *Gegenüber der orthodoxen These* ergeben sich Zweifel, ob nicht die staatliche Organisation des wissenschaftlich-technischen Fortschritts und das System tariflich ausgehandelter Löhne (das vor allem in den kapital- und wachstumsintensiven Wirtschaftssektoren einen Klassenkompromiß herbeiführt) die Produktionsweise modifiziert haben. Der in den Reproduktionsprozeß einbezogene Staat hat die Determinanten des Verwertungsprozesses selbst verändert. Auf der Grundlage eines partiellen Klassenkompromisses gewinnt das administrative System eine begrenzte Planungskapazität, die im Rahmen der formaldemokratischen Beschaffung von Legitimation für Zwecke reaktiver Krisenvermeidung genutzt werden kann. Der über Zeit verteilte und in seinen sozialen Folgen entschärfte Krisenzyklus wird durch Inflation und eine Dauerkrise der öffentlichen Finanzen ersetzt. Ob diese Ersatzphänomene die erfolgreiche Beherrschung der ökonomischen Krise oder nur deren temporäre Verschiebung ins politische System anzeigen, ist eine

empirische Frage. Das hängt in letzter Instanz davon ab, ob das in Forschung, Entwicklung und Bildung *indirekt produktiv* angelegte Kapital eine Steigerung der Arbeitsproduktivität, eine Erhöhung der Mehrwertrate und eine Verbilligung der festen Kapitalbestandteile erzielt, die ausreichen, um den Akkumulationsprozeß in Gang zu halten.

2. *Gegenüber der revisionistischen These* sind die folgenden Bedenken erhoben worden. *Einmal* läßt sich die Annahme, daß der Staatsapparat, in wessen Interesse auch immer, *aktiv planen,* eine zentrale Wirtschaftsstrategie entwerfen und durchsetzen könne, empirisch nicht belegen. Die Theorie des staatsmonopolistischen Kapitalismus verkennt (in derselben Weise wie westliche Technokratie-Theorien) die Grenzen administrativer Planung im Spätkapitalismus. Die Bewegungsform planender Bürokratien ist die reaktive Vermeidung von Krisen. Die verschiedenen Bürokratien sind unvollständig koordiniert und wegen ihrer mangelnden Perzeptions- und Planungskapazität vom Einfluß ihrer Klienten abhängig. Gerade die mangelnde Rationalität der Staatsverwaltung sichert die Durchsetzung von organisierten Teilinteressen. Ebensowenig läßt sich *die andere Annahme*, daß der Staat als Agent der vereinigten Monopolisten tätig wird, empirisch stützen. Die Theorie des staatsmonopolistischen Kapitalismus überschätzt (in derselben Weise wie westliche Elite-Theorien) die Bedeutung persönlicher Kontakte und unmittelbarer Handlungsnormierungen. Untersuchungen über Rekrutierung, Zusammensetzung und Interaktion der verschiedenen Machteliten können die funktionalen Zusammenhänge zwischen ökonomischem und administrativem System nicht triftig erklären.

Ich meine, daß die Funktionsweise des spätkapitalistischen Staates weder nach dem Modell des unbewußt agierenden Vollzugsorgans der nach wie vor spontan wirksamen ökonomischen Gesetze noch nach dem Modell eines planmäßig handelnden Agenten der vereinigten Monopolkapitalisten angemessen begriffen werden kann. Statt dessen möchte ich mit Claus Offe die These vertreten, daß spätkapitalistische Gesellschaften mit zwei Schwierigkeiten konfrontiert sind, die sich beide aus dem Umstand herleiten, daß der Staat in die wachsenden Funktionslücken des Marktes einspringen muß. Wir können den Staat als ein System auffassen, welches legitime Macht verwendet. Sein *output* besteht in hoheitlich durchgesetzten administrativen Entscheidungen; dafür benötigt er einen *input* von möglichst unspezifischer Massenloyalität. In beiden Richtungen kann es zu krisenhaften Störungen kommen. Output-Krisen haben die Form der *Rationalitätskrise:* Es gelingt dem administrativen System nicht, die Steuerungsimperative, die es vom Wirtschaftssystem übernommen hat, zu erfüllen. Daraus ergibt sich die Desorganisation von Lebensbereichen. Input-Krisen haben die Form der *Legitimationskrise:* Es gelingt dem legitimatorischen System nicht, das erforderliche Niveau von Massenloyalität aufrechtzuerhalten. Machen wir uns das an dem Beispiel der akuten Schwierigkeiten der öffentlichen Finanzen, mit denen alle spätkapitalistischen Gesellschaften heute zu kämpfen haben, klar.

Der Fiskus wird, wie erwähnt, mit den Gemeinkosten einer immer weiter vergesellschafteten Produktion belastet: Er trägt die Kosten des internationalen Wettbewerbs und die Kosten für die Nachfrage nach unproduktiven Gebrauchsgütern (Rüstung und Raumfahrt); er trägt die Kosten für die unmittelbar produktionsbezogenen Infrastrukturleistungen (Verkehrssysteme, wissenschaftlich-technischer Fortschritt, Berufsbildung); er trägt die Kosten für den mittelbar produktionsbezogenen sozialen Konsum (Wohnungsbau, Verkehr, Gesundheit, Freizeit, Bildung, Sozialversicherung); er trägt die Kosten für die soziale Versorgung der Arbeitslosen; und schließlich die externalisierten Kosten der durch private Produktion erzeugten Umweltbelastungen. In letzter Instanz müssen diese Ausgaben über Steuern finanziert werden. Der Staatsapparat steht daher gleichzeitig vor zwei Aufgaben: Einerseits soll er die erforderliche Steuermasse über die Abschöpfung von Profiten und Einkommen aufbringen und *so rational* verwenden, daß krisenhafte Wachstumsstörungen vermieden werden können; andererseits sollen die selektive Aufbringung der Steuern, das erkennbare Prioritätenmuster ihrer Verwendung und die administrativen Leistungen selber so beschaffen sein, daß der entstehende *Legitimationsbedarf* befriedigt werden kann. Wenn der Staat in Ansehung der einen Aufgabe versagt, entsteht ein Defizit an administrativer Rationalität; versagt er im Hinblick auf die andere Aufgabe, entsteht ein Legitimationsdefizit.

Theoreme der Legitimationskrise

Ich möchte mich auf das Legitimationsproblem beschränken. Die Entstehung dieses Problems hat nichts Geheimnisvolles: Für administrative Planung muß legitime Macht zur Verfügung stehen. Die dem Staatsapparat im Spätkapitalismus zuwachsenden Funktionen und die Erweiterung der administrativ bearbeiteten gesellschaftlichen Materien steigern den Legitimationsbedarf. Nun hatte sich der Liberalkapitalismus, was sich aus Zusammenhängen der bürgerlichen Revolutionen leicht erklären läßt, in den Formen bürgerlicher Demokratie konstituiert. Deshalb muß der wachsende Legitimationsbedarf heute mit Mitteln der politischen Demokratie (auf der Grundlage des allgemeinen Wahlrechts) befriedigt werden. Die formaldemokratischen Mittel sind aber kostspielig. Der Staatsapparat sieht sich nämlich nicht nur gegenüber den widerstreitenden Interessen der verschiedenen Kapitalfraktionen in der Rolle des Gesamtkapitalisten; er muß vielmehr auch die verallgemeinerungsfähigen Interessen der Bevölkerung in dem Maße berücksichtigen, wie es nötig ist, um den Pegel der Massenloyalität nicht unter die Marke eines konfliktträchtigen Legitimationsentzuges sinken zu lassen. Der Staat muß die Ränder dieser drei Interessenbereiche (einzelkapitalistische, gesamtkapitalistische und verallgemeinerungsfähige Interessen) abtasten, um sich durch die konkurrierenden Ansprüche hindurch einen Kompromißpfad zu bahnen. Ein Krisentheorem muß begründen, warum der Staatsapparat dabei nicht nur auf *Schwierigkeiten*, sondern auf langfristig *unlösbare Probleme* stoßen muß.

Zunächst ein naheliegender Einwand. Legitimationsproblemen kann der Staat in dem Maße entgehen, wie es gelingt, das administrative System unabhängig zu machen von der legitimierenden Willensbildung. Dem dient etwa die Trennung der expressiven Symbole, die eine allgemeine Folgebereitschaft auslösen, von den instrumentellen Funktionen der Verwaltung. Bekannte Strategien dieser Art sind die Personalisierung von Sachfragen, der symbolische Gebrauch von Anhörungsverfahren, Expertenurteilen, juristischen Beschwörungsformeln usw., aber auch die dem oligopolistischen Wettbewerb entlehnten Reklametechniken, die bestehende Vorurteilsstrukturen zugleich bestätigen und exploitieren und die durch Gefühlsappelle, Reizung unbewußter Motive usw. bestimmte Inhalte positiv besetzen und andere abwerten. Die legitimationswirksam hergestellte Öffentlichkeit hat vor allem die Funktion, die Aufmerksamkeit durch Themenbereiche zu strukturieren und dadurch unbequeme Themen, Probleme und Argumente unter die Aufmerksamkeitsschwelle herunterzuspielen. Mit einem Wort von Niklas Luhmann: Das politische System übernimmt Aufgaben der *Ideologieplanung*.

Dabei ist jedoch der Manipulationsspielraum eng begrenzt, denn das kulturelle System verhält sich gegenüber administrativer Kontrolle eigentümlich resistent: es gibt keine *administrative Erzeugung von Sinn*, allenfalls ideologischen Verschleiß von kulturellen Werten. Die Legitimationsbeschaffung ist selbstdestruktiv, sobald der Modus der »Beschaffung« durchschaut wird. Eine systematische Grenze für Versuche, Legitimationsdefizite durch gezielte Manipulation auszugleichen, besteht also in der strukturellen Unähnlichkeit zwischen Bereichen administrativen Handelns und kultureller Überlieferung.

Ein Krisenargument läßt sich daraus freilich nur in Verbindung mit dem weiteren Gesichtspunkt konstruieren, daß die Expansion der Staatstätigkeit die Nebenfolge einer überproportionalen Steigerung des Legitimationsbedarfs hat. Eine überproportionale Steigerung halte ich deshalb für wahrscheinlich, weil kulturelle Selbstverständlichkeiten, die bisher Randbedingungen des politischen Systems waren, in den Planungsbereich der Administration einbezogen werden. So werden Überlieferungen thematisiert, die bis dahin der öffentlichen Programmatik und erst recht praktischen Diskursen entzogen waren. Ein Beispiel für die unmittelbar administrative Bearbeitung kultureller Überlieferung ist etwa die Bildungsplanung, insbesondere die Planung des *Curriculums*. Während die Schulverwaltung bisher einen Kanon, der sich naturwüchsig herausgebildet hatte, nur zu kodifizieren brauchte, liegt der Curriculum*planung* die Prämisse zugrunde, daß die Überlieferungsmuster *auch anders* sein könnten: die administrative Planung erzeugt einen universalen Rechtfertigungszwang gegenüber einer Sphäre, die sich gerade durch die Kraft zur Selbstlegitimierung ausgezeichnet hatte.

Für die mittelbare Aufstörung kultureller Selbstverständlichkeiten bieten sich weitere Beispiele aus der Regional- und Stadtplanung (Privatbesitz an Grund und Boden), der Planung des Gesundheitssystems (»klassenloses Krankenhaus«), schließlich der Familienplanung und des Eherechts (die Sexualtabus verunsichern und Emanzipationsschwellen senken) an. Ein Kontingenzbewußtsein wird schließlich nicht nur für Traditionsinhalte, sondern auch für die Techniken der Überlieferung, das heißt der Sozialisation, erzeugt. Die formale Schulbildung tritt schon im Vorschulalter in Konkurrenz zur Familienerziehung. An den volkspädagogischen Aufgaben, welche die Schulen beispielsweise über die Institutionen des Elternrechts wahrnehmen, läßt sich die Problematisierung der Erziehungsroutinen ebenso ablesen wie an der einschlägigen pädagogisch-psychologischen Wissenschaftspublizistik.

Auf allen diesen Ebenen hat die administrative Planung unbeabsichtigte Beunruhigungs- und Veröffentlichungseffekte, die das Rechtfertigungspotential der aus ihrer Naturwüchsigkeit aufgescheuchten Traditionen schwächt. Wenn deren Fraglosigkeit erst einmal zerstört ist, kann die Stabilisierung von Geltungsansprüchen nur noch über Diskurse gelingen. Die Aufstörung kultureller Selbstverständlichkeiten fördert deshalb die Politisierung von Lebensbereichen, die bis dahin der Privatsphäre zugeschlagen werden konnten. Das bedeutet aber eine Gefahr für den über die Strukturen der Öffentlichkeit informell gesicherten staatsbürgerlichen Privatismus. Anzeichen dafür sehe ich in Partizipationsbestrebungen und Alternativmodellen, wie sie insbesondere in Schulen und Hochschulen, Presse, Kirche, Theatern, Verlagen usw. entwickelt worden sind.

Die angeführten Argumente stützen die Behauptung, daß spätkapitalistische Gesellschaften in Legitimationsnöte geraten. Aber reichen sie auch hin, die Unlösbarkeit der Legitimationsprobleme und das heißt: die Voraussage einer Legitimationskrise zu begründen? Auch wenn es dem Staatsapparat gelänge, die Produktivität der Arbeit so zu steigern und die Produktivitätsgewinne so zu verteilen, daß ein zwar nicht störungs-, aber krisenfreies Wirtschaftswachstum gesichert wäre, vollzöge sich dieses Wachstum nach Prioritäten, die sich nicht in Abhängigkeit von verallgemeinerungsfähigen Interessen der Bevölkerung herausbilden. Die Prioritätenmuster, die Galbraith unter dem Gesichtspunkt »privater Reichtum vs. öffentliche Armut« analysiert hat, ergeben sich aus einer wie immer auch latent gehaltenen Klassenstruktur: *Sie* ist in letzter Instanz Ursache des Legitimationsdefizits.

Nun haben wir gesehen, daß der Staat das kulturelle System nicht einfach in Regie nehmen kann, daß vielmehr die Expansion der Bereiche staatlicher Planung kulturelle Selbstverständlichkeiten problematisiert. »Sinn« ist eine knappe und immer knapper werdende Ressource. Darum steigen im Publikum der Staatsbürger die gebrauchswertorientierten und das heißt: am Erfolg kontrollierbaren Erwartungen. Das steigende Anspruchsniveau verhält sich zum wachsenden Legitimationsbedarf proportional: die fiskalisch abgeschöpfte Ressource »Wert« muß die knappe Ressource »Sinn« substituieren. Fehlende Legitimationen müssen durch systemkonforme Entschädigungen ausgeglichen werden. Eine Legitimationskrise entsteht, sobald die Ansprüche auf systemkonforme Entschädigungen schneller steigen als die disponible Wertmasse, oder wenn Erwartungen entstehen, die mit systemkonformen Entschädigungen nicht befriedigt werden können.

Warum indessen sollten sich die Anspruchsniveaus nicht innerhalb der operablen Grenzen halten? Solange die wohlfahrtsstaatliche Programmatik in Verbindung mit einem verbreiteten technokratischen Gemeinbewußtsein, welches für Engpässe unbeeinflußbare Systemzwänge verantwortlich macht, ein hinreichendes Maß an staatsbürgerlichem Privatismus aufrechterhält, *müssen* sich die Legitimationsnöte *nicht* zur Krise zuspitzen. Freilich könnte die formaldemokratische Form der Legitimation Kosten verursachen, die nicht gedeckt werden können, wenn sie die konkurrierenden Parteien dazu nötigt, einander programmatisch zu überbieten und dadurch die Erwartungen der Bevölkerungen hoch und höher zu schrauben. Gesetzt, dieses Argument ließe sich hinreichend empirisch belegen, muß aber noch erklärt werden, warum in spätkapitalistischen Gesellschaften die formale Demokratie überhaupt beibehalten wird. Sie könnte, wenn man nur das administrative System vor Augen hat, ebensogut ersetzt werden durch die Variante eines konservativ-autoritären Wohlfahrtsstaates, der die politische Beteiligung der Bürger auf ein risikoloses Maß reduziert, oder durch die Variante eines faschistisch-autoritären Staates, der die Bevölkerung auf einem relativ hohen Niveau der Dauermobilisierung bei der Stange hält. Offensichtlich sind beide Varianten mit dem entwickelten Kapitalismus auf Dauer weniger verträglich als die Verfassung einer parteien-staatlichen Massendemokratie, weil das soziokulturelle System Ansprüche erzeugt, die in autoritär verfaßten Systemen nicht befriedigt werden können.

Diese Überlegung führt mich zu der These, daß nur ein starres soziokulturelles System, das nicht für Bedürfnisse des administrativen Systems beliebig funktionalisiert werden kann, eine Zuspitzung der Legitimationsnöte zur Legitimationskrise erklären könnte. Ihr muß also eine *Motivationskrise* zugrunde liegen, das heißt eine Diskrepanz zwischen dem Bedarf an Motiven, die der Staat und das Beschäftigungssystem anmelden, einerseits und dem Motivationsangebot von seiten des soziokulturellen Systems andererseits.

Theoreme der Motivationskrise

Der wichtigste Motivationsbeitrag, den das soziokulturelle System in spätkapitalistischen Gesellschaften leistet, besteht in Syndromen eines staatsbürgerlichen und eines familial-beruflichen Privatismus. Staatsbürgerlicher Privatismus soll heißen: entwicklungsfähige Interessen an den Steuerungs- und Versorgungsleistungen des administrativen Systems bei geringer Beteiligung am Willensbildungsprozeß (hohe »output«- vs. geringe »input«-Orientierung). Der staatsbürgerliche Privatismus entspricht also den Strukturen einer entpolitisierten Öffentlichkeit. Der familial-berufliche Privatismus verhält sich zum staatsbürgerlichen komplementär: Er besteht in einer Familienorientierung mit ausgebildeten Konsum- und Freizeitinteressen einerseits und einer dem Statuswettbewerb angemessenen Karriereorientierung andererseits. Dieser Privatismus entspricht mithin den Strukturen eines über Leistungskonkurrenz geregelten Ausbildungs- und Beschäftigungssystems.

Beide Motivationsmuster sind für das politische und das ökonomische System bestandswichtig. Nun verlieren aber die für die privatistischen Orientierungen unmittelbar relevanten Bestandteile bürgerlicher Ideologien durch sozialen Wandel ihre Basis. Dazu nur einige Stichworte.

Leistungsideologie. Nach bürgerlichen Vorstellungen, die seit den Anfängen des modernen Naturrechts bis zu zeitgenössischen Wahlreden konstant geblieben sind, sollen soziale Entschädigungen nach Maßgabe individueller Leistungen verteilt werden: Die Verteilung der Gratifikationen soll das Muster der Leistungsdifferentiale aller Einzelnen isomorph abbilden. Bedingung ist die chancengleiche Teilnahme an einem Wettbewerb, der so geregelt ist, daß externe Einflüsse neutralisiert werden können. Ein solcher Allokationsmechanismus war der Markt. Seitdem auch in der breiten Bevölkerung erkennbar geworden ist, daß in den Formen des Tauschverkehrs soziale Gewalt ausgeübt wird, verliert aber der Markt als leistungsgerechter Mechanismus für die Zuteilung von systemkonformen Lebenschancen seine Glaubwürdigkeit. In den neueren Versionen der Leistungsideologie tritt daher an die Stelle des Markterfolges der durch formale Schulbildung vermittelte berufliche Erfolg. Allein, *diese* Version kann ihrerseits Glaubwürdigkeit nur beanspruchen, wenn die folgenden Bedingungen erfüllt sind:
- chancengleicher Zugang zu weiterführenden Schulen;
- nichtdiskriminierende Bewertungsstandards für Schulleistungen;
- synchrone Entwicklungen des Bildungs- und des Beschäftigungssystems;
- Arbeitsprozesse, deren sachliche Struktur eine Bewertung nach individuell zurechenbaren Leistungen erlaubt.

Während die »Schulgerechtigkeit« in *terms* der Zugangschancen und der Bewertungsstandards seit dem Zweiten Weltkrieg in allen kapitalistisch fortgeschrittenen Gesellschaften zugenommen haben dürfte, ist in den beiden anderen Dimensionen eine gegenläufige Tendenz zu beobachten: Die Expansion des Bildungssystems wird zunehmend unabhängig von Veränderungen des Beschäftigungssystems, so daß sich auf längere Sicht der Zusammenhang zwischen formaler Schulbildung und beruflichem Erfolg lockern dürfte; gleichzeitig wachsen die Bereiche, in denen Produktionsstrukturen und Arbeitsabläufe eine Bewertung nach individuell zurechenbaren Leistungen immer schwieriger machen und statt dessen die extrafunktionalen Berufsrollenelemente für Zuteilungen des beruflichen Status immer wichtiger werden.

Im übrigen dringen fragmentierte und monotone Arbeitsvorgänge zunehmend auch in Sektoren ein, in denen bisher eine persönliche Identität über die Berufsrolle ausgebildet werden konnte. Eine »innengeleitete« Leistungsmotivation wird in marktabhängigen Arbeitsbereichen durch die Struktur der Arbeitsprozesse immer weniger gestützt; eine instrumentalistische Einstellung zur Arbeit verbreitet sich auch in den traditionell bürgerlichen Berufen (mittlere und höhere Angestellte, Professionals). Eine von außen angestoßene Leistungsmotivation kann aber über Lohneinkommen hinreichend nur stimuliert werden,
- wenn die Reservearmee auf dem Arbeitsmarkt einen wirksamen Konkurrenzdruck ausübt;

– wenn ausreichende Einkommensdifferentiale zwischen den unteren Lohngruppen und der beruflich inaktiven Bevölkerung besteht.

Beide Bedingungen sind heute nicht mehr ohne weiteres erfüllt. Auch in kapitalistischen Ländern mit chronischer Arbeitslosigkeit (wie in den USA) unterbricht die Zweiteilung des Arbeitsmarktes (nach organisierten und nach Wettbewerbssektoren) den naturwüchsigen Konkurrenzmechanismus. Mit steigender (wohlfahrtsstaatlich anerkannter) *poverty line* gleichen sich auf der anderen Seite in den subproletarischen Schichten die Lebensstandards der unteren Einkommensgruppen und der vom Arbeitsprozeß zeitweise freigesetzten Gruppen aneinander an.

Besitzindividualismus. Die bürgerliche Gesellschaft versteht sich als eine instrumentelle Gruppe, die gesellschaftlichen Reichtum allein über privaten Reichtum akkumuliert, das heißt wirtschaftliches Wachstum und allgemeine Wohlfahrt über den Wettbewerb zwischen strategisch handelnden Privatleuten sichert. Kollektive Ziele können unter diesen Umständen nur über individuelle Nutzenorientierungen verwirklicht werden. Dieses Präferenzsystem setzt freilich voraus,

– daß die privaten Wirtschaftssubjekte einen über Zeit konstanten Bedarf subjektiv eindeutig kennen und kalkulieren können;

– daß dieser Bedarf durch individuell nachfragbare Güter (über systemkonforme, in der Regel monetäre Entschädigungen) befriedigt werden kann.

Beide Voraussetzungen sind in den entwickelten kapitalistischen Gesellschaften nicht mehr selbstverständlich erfüllt. Hier ist ein Niveau des gesellschaftlichen Reichtums erreicht, auf dem es nicht mehr um die Abwehr von einigen wenigen fundamentalen Lebensrisiken und um die Befriedigung von *basic needs* geht; deshalb wird das individualistische Präferenzsystem unscharf. Die stetige Interpretation und Uminterpretation der Bedürfnisse wird eine Sache kollektiver Willensbildung, wobei freie Kommunikation allein durch massive Manipulation, das heißt durch eine starke indirekte Steuerung, ersetzt werden kann. Je mehr Freiheitsgrade das Präferenzsystem der Nachfrager hat, um so dringlicher stellen sich für die Anbieter Probleme der Absatzpolitik – jedenfalls dann, wenn der Schein aufrechterhalten bleiben soll, daß die Verbraucher privatautonom entscheiden können. Opportunistische Anpassung der Konsumenten an die Marktstrategien ist die ironische Form jener Konsumenten-Autonomie, die als Fassade des Besitzindividualismus erhalten bleiben soll. Im übrigen wächst mit zunehmender Vergesellschaftung der Produktion der Anteil kollektiver Gebrauchsgüter an den Konsumgütern insgesamt. Die urbanen Lebensbedingungen in komplexen Gesellschaften werden zunehmend von einer Infrastruktur abhängig (Verkehr, Freizeit, Gesundheit, Bildung usw.), die sich den Formen differentieller Nachfrage und privater Aneignung immer stärker entzieht.

Tauschwertorientierung. Hier sind die Tendenzen zu erwähnen, die die Sozialisationseffekte des Marktes schwächen: vor allem das Anwachsen der Bevölkerungsteile, die ihr Leben nicht durch Arbeitseinkommen reproduzieren

(Schüler und Studenten, Wohlfahrtsempfänger, Rentner, Kranke, Kriminelle, Soldaten usw.) auf der einen Seite; und auf der anderen Seite die Ausdehnung von Tätigkeitsbereichen, in denen, wie im öffentlichen Dienst oder in den Lehrberufen, abstrakte Arbeit durch konkrete ersetzt wird. Auch die Relevanz, die im Zusammenhang mit verringerten Arbeitszeiten (und gestiegenen Realeinkommen) die Freizeit gegenüber den Berufsthematiken erhält, privilegiert nicht ohne weiteres monetär zu befriedigende Bedürfnisse.

Die Erosion des bürgerlichen Traditionsbestandes läßt normative Strukturen hervortreten, die für die Reproduktion des staatsbürgerlichen und des familialberuflichen Privatismus ungeeignet sind. Die heute dominierenden Bestandteile der kulturellen Überlieferung kristallisieren sich um einen Wissenschaftsglauben, um »nachauratische« Kunst und universalistische Moralvorstellungen. Auf jedem dieser Gebiete haben irreversible Entwicklungen stattgefunden. Dadurch sind kulturelle Sperren entstanden, die nur um den psychologischen Preis von Regressionen, das heißt mit außerordentlichen motivationalen Belastungen, durchbrochen werden könnten. Der Faschismus in Deutschland war ein Beispiel für den aufwendigen Versuch einer kollektiv veranstalteten Regression des Bewußtseins unter die Schwellen szientistischer Grundüberzeugungen, moderner Kunst und universalistischer Rechts- und Moralauffassungen.

Szientismus. Die politischen Folgen der Autorität, die das Wissenschaftssystem in entwickelten Gesellschaften genießt, sind ambivalent. Einerseits können traditionalistische Glaubenseinstellungen dem mit der Entfaltung der modernen Wissenschaft etablierten Anspruch auf diskursive Rechtfertigung nicht standhalten; andererseits sichern kurzlebige Popularsynthesen aus Einzelinformationen, die an die Stelle von Globaldeutungen getreten sind, die Autorität der Wissenschaft in abstracto. Die Instanz »Wissenschaft« kann daher beides decken: sowohl die breitenwirksame Kritik an beliebigen Vorurteilsstrukturen wie auch die neue Esoterik von Sachverstand und Expertenurteil. Eine Selbstaffirmation der Wissenschaften kann ein positivistisches Gemeinbewußtsein fördern, welches die entpolitisierte Öffentlichkeit trägt. Andererseits setzt der Szientismus Maßstäbe, nach denen er selber kritisiert und einer Restdogmatik überführt werden kann. Technokratie- und Elite-Theorien, die die Notwendigkeit eines institutionalisierten staatsbürgerlichen Privatismus behaupten, sind, weil sie mit dem Anspruch von Theorien auftreten müssen, gegen Einwände nicht immun.

Nachauratische Kunst. Etwas weniger ambivalent sind die Folgen der modernen Kunst. Die Moderne hat die Autonomie der bürgerlichen Kunst gegenüber kunstexternen Verwendungszusammenhängen radikalisiert; mit ihr zeichnet sich erstmals eine aus der Mitte der bürgerlichen Gesellschaft selbst entstehende Gegenkultur gegen den besitzindividualistischen, leistungs- und nutzenorientierten Lebensstil des Bürgertums ab. In der Boheme, die sich zunächst in Paris als der Hauptstadt des 19. Jahrhunderts etabliert, verkörpert sich ein kritischer Anspruch, der in der Aura des bürgerlichen Kunstwerks noch unpolemisch aufgetreten war: das *alter ego* des Warenbesitzers, der »Mensch«, dem der Bürger einst in der einsamen Kontemplation des Kunstwerks begegnen konnte, hat sich alsbald von ihm abgespalten und ist ihm, in Gestalt der künstlerischen Avantgarde, als feindliche, bestenfalls als verführerische Macht entgegengetreten. Während das Bürgertum einst im Kunstschönen zunächst die eigenen Ideale und die wie immer fiktive Einlösung des im Alltag bloß suspendierten Glücksversprechens erfahren konnte, hat es alsbald in der radikalisierten Kunst eher die Negation der gesellschaftlichen Praxis als deren Ergänzung erkennen müssen.

Die moderne Kunst ist die Hülle, in der sich die Transformation der bürgerlichen Kunst zur Gegenkultur vorbereitet hat. Der Surrealismus bezeugt dann den geschichtlichen Augenblick, da die moderne Kunst programmatisch die Hülle des nicht mehr schönen Scheins zerstört, um entsublimiert ins Leben überzutreten. Die Einebnung der Realitätsstufen zwischen Kunst und Leben wird durch die neuen Techniken der Massenreproduktion und der Massenrezeption zwar nicht, wie Walter Benjamin annahm, erst herbeigeführt, wohl aber beschleunigt. Schon die moderne Kunst hatte die Aura der klassischen bürgerlichen abgestreift, indem das Werk den Produktionsvorgang transparent machte und sich als ein Hergestelltes präsentierte; aber ins Ensemble der Gebrauchswerte dringt Kunst erst im Stadium der Preisgabe ihres autonomen Status ein. Dieser Vorgang ist gewiß ambivalent. Er kann ebensowohl die Degeneration der Kunst zu propagandistischer Massenkunst oder kommerzialisierter Massenkultur wie andererseits auch die Umsetzung in eine subversive Gegenkultur bedeuten.

Universalistische Moral. Der Sperrklinkeneffekt, den die ihrer funktionalen Bestandteile entkleideten bürgerlichen Ideologien für die Entwicklung des politischen und des ökonomischen Systems erzeugen, wird am Moralsystem noch deutlicher als an der Autorität der Wissenschaft und der Selbstauflösung der modernen Kunst. Sobald traditionale Gesellschaften in einen Modernisierungsprozeß eintreten, ergeben sich aus der wachsenden Komplexität Steuerungsprobleme, die eine Beschleunigung des Wandels sozialer Normen erforderlich machen. Das der naturwüchsigen kulturellen Überlieferung innewohnende Tempo muß erhöht werden. So entsteht das bürgerliche Formalrecht, das erlaubt, die Normeninhalte aus der Dogmatik bloßer Überlieferung zu lösen und intentional zu bestimmen. Die Rechtsnormen werden einerseits von dem Korpus privatisierter moralischer Normen abgekoppelt, auf der anderen Seite bedürfen sie der Erzeugung (und Rechtfertigung) nach Prinzipien. Während das abstrakte Recht nur für den von der Staatsgewalt pazifizierten Bereich gilt, findet die ebenfalls auf das Niveau allgemeiner Prinzipien gehobene Moral der bürgerlichen Privatleute keine Schranke am fortwährenden Naturzustand zwischen den Staaten. Da die prinzipielle Moral allein durch die rein innerliche Instanz des Gewissens sanktioniert ist, ist in ihrem Universalitätsanspruch der Konflikt mit der immer noch an ein konkretes staatliches Subjekt gebundenen öffentlichen Moral angelegt: der Konflikt zwischen dem Kosmopolitismus des »Menschen« und den Loyalitäten des Staatsbürgers.

Eine Auflösung dieses Konfliktes ist, wenn man der Entwicklungslogik gesamtgesellschaftlicher Normensysteme folgt (und damit den Bereich historischer Beispiele verläßt), nur in der Weise denkbar, daß die Dichotomie zwischen Innen-/Außenmoral verschwindet, der Gegensatz zwischen moralisch und rechtlich geregelten Bereichen relativiert und die Geltung *aller* Normen an die diskursive Willensbildung der potentiell Betroffenen gebunden wird.

Der Konkurrenzkapitalismus hat zum erstenmal streng universalistischen Wertsystemen bindende Kraft gegeben, weil der Tauschverkehr selber universalistisch geregelt werden mußte und weil im übrigen der Äquivalententausch eine im Bürgertum wirksame Basisideologie anbot. Nun bricht im organisierten Kapitalismus die Grundlage dieses Legitimationsmodells zusammen, während zugleich neue und vermehrte Legitimationsforderungen entstehen. Sowenig jedoch das System der Wissenschaft intentional hinter einen erreichten Stand kumulativen Wissens zurückfallen kann, so wenig kann auch das Moralsystem, wenn erst einmal praktische Diskurse zugelassen worden sind, einen kollektiv erreichten Stand des moralischen Bewußtseins einfach vergessen machen.

*

Ich möchte mit einer letzten Überlegung schließen: Wenn zwischen den normativen Strukturen, die heute noch eine gewisse Kraft haben, und dem politisch-ökonomischen System keine hinreichende Übereinstimmung besteht, könnten Motivationskrisen immer noch durch eine Entkoppelung des kulturellen Systems vermieden werden – die Kultur würde dann zur unverbindlichen Freizeitbeschäftigung oder zum Gegenstand professionellen Wissens. Genau dieser Ausweg wäre verbaut, wenn die Grundüberzeugungen einer kommnunikativen Ethik und die Erfahrungskomplexe der Gegenkulturen, in denen sich die nachauratische Kunst verkörpert, für typische Sozialisationsprozesse bestimmende, also motivbildende Kraft erlangen würden. Für diese Vermutung sprechen immerhin einige Verhaltenssyndrome, die sich unter den Jugendlichen in zunehmendem Maße verbreiten: *entweder* Rückzug als Reaktion auf eine Überforderung der Persönlichkeitsressourcen, *oder* Protest infolge einer autonomen Ich-Organisation, die unter gegebenen Bedingungen nicht konfliktfrei stabilisiert werden kann. Auf der *aktivistischen* Seite finden sich: Studentenbewegung, Schüler- und Lehrlingsrevolten, Pazifisten, Womens' Lib; die *retreatistische* Seite wird repräsentiert durch Hippies, Jesus-People, Drogen-Subkultur, Phänomene der Untermotivation in Schulen usw. In diesen Bereichen vor allem müßte unsere Hypothese, daß spätkapitalistische Gesellschaften durch Legitimationszerfall gefährdet sind, überprüft werden.

Nr. 300, April/Mai 1973

Jörg Drews

Wider einen neuen Realismus

»Die Lage wird dadurch kompliziert, daß weniger denn je eine einfache *Wiedergabe der Realität* etwas über die Realität aussagt. Eine Photographie der Kruppwerke oder der AEG ergibt beinahe nichts über diese Institute. Die eigentliche Realität ist in die Funktionale gerutscht. Die Verdinglichung der menschlichen Beziehungen, also etwa die Fabrik, gibt die letzteren nicht mehr heraus. Es ist also tatsächlich *etwas aufzubauen,* etwas Künstliches, Gestelltes.«

Daß sich die »Lage«, seit Brecht diese Sätze Anfang der dreißiger Jahre niederschrieb, wenig geändert hat, daß seine Sätze, die fast eine Binsenwahrheit aussprechen, noch immer aktuell sind und als Memento weiter nützlich, hängt genau damit zusammen, daß bei bestimmten literarischen Gruppierungen die Sehnsucht nach einer Rückkehr zu den bewährten, scheinbar so handfesten »realistischen« Schreibweisen immer wieder auftaucht, wie sie im Osten durch die sozialistische Kulturbürokratie dekretiert worden sind. Daß in Abständen der Ruf nach einem neuen literarischen Realismus auch in der Bundesrepublik oder in Österreich ertönt, angestimmt von linksbürgerlichen oder DKP-nahen Schriftstellergruppierungen, ist wohl weniger einer kulturpolitischen Hörigkeit dieser Schriftsteller gegenüber dem Osten zuzuschreiben als vielmehr der eingestandenen oder uneingestandenen traurigen Einsicht, daß Literatur von Rang sich in einer arbeitsteiligen Welt (analog der Differenzierung anderer gesellschaftlicher und technisch-wissenschaftlicher Praktiken) so hochspezialisiert hat, daß sie nur noch ein schmales Publikum erreicht. Hält man aber aus politischen Gründen an der Vorstellung fest, Literatur müsse weiterhin massenwirksam sein oder dies sogar erst werden, so folgt daraus natürlich konsequent die Forderung nach einem Abbau oder einer Mißachtung all jener Differenzierungen, welche die literarischen Techniken in den letzten siebzig Jahren erfahren haben, und nach einer Rückkehr zu weniger komplizierten, allgemeinverständlicheren Schreibweisen. Am liebsten hätte man wohl einen Simmel, der so denkt wie Günter Wallraff.

So kommt der Realismus schubweise immer einmal wieder ins literarische Credo. Die Reflexion darüber, ob literarischer Realismus überhaupt noch eine adäquate Darstellungsweise ist, wird suspendiert zugunsten der Hoffnung, daß eine realistische Literatur ein brauchbareres Vehikel abgibt für politische Aufklärungsarbeit – brauchbarer deshalb, weil realistische Literatur (und sei es in trivialisierten Formen vom 08/15-Bestseller bis herunter zur Heftchen-Literatur) ähnlich wie die Tonalität in der Musik so etwas wie die zweite Natur geworden ist, das scheinbar Selbstverständliche, von dem abzuweichen immer noch nur Neutönerei, Avantgarde und – ganz schlimm – »Experiment« zu sein scheint.

Analysen wie die zitierte Brechts, die darauf hinweisen, daß die simple Wiedergabe der Realität, sei's in der Photographie, sei's in der Literatur, kaum noch die Wahrheit über die Realität erbringt, muß man dabei natürlich geflissentlich beiseite lassen; und das kann man unter politischen Vorzeichen auch noch rechtfertigen. Denn da gibt es ja den Begriff »spätbürgerlich«, der sich nicht dagegen wehren kann, unterschiedslos auf Basis- wie auf Überbauphänomene angewendet zu werden, und so ist dann die Literatur der spätbürgerlichen Epoche Europas eben oft nur »spätbürgerlich« und damit quantité négligeable. Wenn dies Verdikt – bisweilen vermehrt um eine Attacke gegen den »formalen Innovationsrummel«, der nur die »Verpackung« (Uwe Friesel) der Produkte betreffe und also unter literarischem Fetischismus zu rangieren habe – einmal gesprochen wurde, braucht man auch nicht mehr zu fragen, ob nicht die »spätbürgerlichen« Schriftsteller dieses Jahrhunderts gerade zum Problem der Adäquanz literarischer Techniken zur gesellschaftlichen Wirklichkeit Entscheidendes gesehen haben, um das kein Schriftsteller, welcher politischer Couleur auch immer, herumkommt.

Offenbar haben Brecht und Ernst Bloch vergebens in den dreißiger Jahren mit Georg Lukács gestritten, dem Verdammer des Expressionismus (der für ihn die kleinbürgerlich-verirrte Literaturavantgarde katexochen darstellte), dem Chefideologen jenes »Realismus«; Lukács ist zwar im Osten noch immer Persona non grata und im DDR-*Lexikon deutschsprachiger Schriftsteller* etwa gleich gar nicht erwähnt, seine Realismus-Konzeption wirkt dort aber noch immer fort. Vergebens auch hat Brecht für »Weite und Vielfalt der realistischen Schreibweise« plädiert und sich während der Expressionismus-Debatte notiert: »Es kann der Literatur nicht untersagt werden, sich der neuerworbenen Fähigkeiten des zeitgenössischen Menschen, wie der, simultan aufzunehmen oder kühn zu abstrahieren oder schnell zu kombinieren, zu bedienen ... Man darf dem Schriftsteller *alle* Mittel zugestehen, die er braucht, um die Wirklichkeit beherrschbar zu machen.«

Daß es ausgeklügelter literarischer Operationen bedürfe, also sozusagen abstrakter Verfahren, um die konkrete Wahrheit sichtbar zu machen, die vergleichsweise naiven Darstellungsverfahren wie denen des Realismus gar nicht mehr zugänglich ist – diese Einsicht formulierte Brecht *gegen* Lukács und weiter noch gegen die Diskussionen über den »Sozialistischen Realismus« in der Sowjetunion der dreißiger Jahre. Doch ist es nützlich, bei Überlegungen zur Frage, ob denn die Forderung nach einem literarischen Realismus noch sinnvoll, der Begriff »Realismus« selbst vernünftig abgrenzbar sei, noch weiter bei Brecht zu verweilen. Seine Erwiderungen auf Lukács lassen nämlich den historischen Hintergrund durchscheinen, vor dem Lukács nach dem Realismus rief; die geheimen Vorbilder tauchen auf, auf welche Lukács sich immer wieder berief, um alle literarischen Formalismen in Acht und Bann zu tun, die ihm ganz undialektisch nur als Formalismen galten; und Brecht diagnostiziert auch die Motive, die hinter den schrecklich vereinfachenden Rufen nach literarischem Realismus stehen. Er schreibt: »Ein eigentümlicher Hang zum Idyllischen zeigt sich in der Betrübnis Lukács' über die Sprengung der klassischen bürgerlichen Erzählung des Balzac durch

Schriftsteller wie Dos Passos. Er sieht nicht und will nicht sehen, daß der moderne Schriftsteller eine Erzählungsart nicht brauchen kann, welche wie die Balzacsche der Romantisierung der Konkurrenzkämpfe des nachnapoleonischen Frankreich diente.« Ein anti-intellektueller, ressentimentgeladener Ton ist, wie Brecht richtig feststellt, bei Lukács' Proklamationen nicht zu überhören, die Sehnsucht nach einer Vereinfachung literarischer Techniken, und die Vorbilder sind gar nicht zu übersehen: Balzac steht an erster Stelle, ihm zur Seite treten Autoren wie Tolstoi und Dickens – die kritischen Realisten des 19. Jahrhunderts also, deren Erzählformen Lukács unhistorisch kanonisieren wollte.

Sieht man sich genauer an, welches die Voraussetzungen und Kennzeichen des historischen literarischen Realismus, des Erzähl-Realismus des 19. Jahrhunderts waren, so entdeckt man, daß diese Charakteristika untergründig bis in die heutigen Realismus-Proklamationen nachwirken: sowohl bei jenem »Neuen Realismus«, den Dieter Wellershoff etwa um 1965 als Programm skizzierte, als auch bei jenen »realistischen« Autoren, die sich noch nicht zusammenhängend theoretisch-programmatisch äußerten, aber 1973 als Gruppe in einem Verlag auftraten und denen eine Art kritischer Neo-Realismus gemeinsam ist; ich meine Uwe Wandrey, Richard Hey, Gerd Fuchs, Henry Jaeger, Uwe Timm und ihre Bücher in der Autoren-Edition des Bertelsmanns-Verlages.[1] Schon seinen Namen gab sich der Realismus des 19. Jahrhunderts in Opposition zum Idealismus und zur Romantik, und diese Opposition gegen alle Hinterweltlerei, alle Metaphysik, alle Verklärung, alle Schönfärberei haftet dem Begriff auch bis heute an. Realismus – das hieß aber auch: Unmittelbarkeit zur Erfahrungswelt in Motiven und Gestalten, kein Rückbezug auf klassisch-klassizistische poetische Formen und Techniken. Das Erzählte wird festgemacht an Einzelfiguren, deren Schicksal modellhaft Bedeutung trägt und in die der Erzähler als ein objektiv gegenüberstehender sich verstehend einfühlt. Zweifel daran, daß über solch einfühlendes Verstehen entscheidende Einsichten in Leben und Seelenleben und Motivationen der Menschen zu gewinnen seien, gab es dabei kaum; die erzählten Subjekte sind vielleicht »Zerrissene«, aber der Mensch ist als solcher noch nicht gebrochen und gespalten, das Individuum hat noch Substanz. Gesellschaft ist ebenfalls noch darstellbar, indem das Gegen- und Zusammenspiel von Individuen geschildert wird; sie ist noch nicht so total und ungreifbar, daß sie völlig hinter dem Rücken des Individuums als ein übermächtiges Abstraktum regieren würde. Anders und mit Brecht gesagt: die Verdinglichung ist noch nicht so weit fortgeschritten, daß sie die menschlichen Beziehungen nicht mehr herausgäbe. Wirklichkeit ist noch anschaulich darstellbar, die sinnliche Anschauung ist noch nicht täuschend vordergründig, das Wesentliche läßt sich anschaulich erzählen. Dabei wird keine besondere Stil-

1 Die kurzbeinigen, bodenlos naiven Programmsätze, die vorn in jedem Buch der Autoren-Edition zu lesen sind – »Angestrebt wird eine realistische Schreibweise. Nicht die Schreibschwierigkeit des Autors angesichts einer widersprüchlichen Realität, sondern die Realität selber ist das Thema der Autoren-Edition« –, sollen hier fairerweise undiskutiert bleiben.

und Spezialsprache angewendet, die Erzählsprache ist der Alltags- und Umgangssprache noch sehr nahe, und mit ihrer Hilfe ist Wahrheit direkt benennbar; grundsätzliche Zweifel an der Sprache gibt es noch nicht. Es besteht auch kein Grund, die chronologische Sequenz des Erzählens radikal aufzuheben oder umzukehren, weil das Erzählen am Leben von Einzelnen festgemacht wird.

Doch wer solche Voraussetzungen blind ins 20. Jahrhundert überträgt, dem ist nur entgegenzuhalten, daß er die Realität, die er darstellen will, gar nicht sieht. Die aufgezählten Prämissen realistischen Erzählens lesen sich heute wie ein Wunschkatalog, und das genau ist es, was Brecht Lukács als »Hang zum Idyllischen« vorwarf. Die Verhältnisse, die sind nicht mehr so, und Lukács muß dergleichen auch gespürt haben; die Vermutung ist nicht von der Hand zu weisen, daß er, immerhin doch der an Einsichten reiche Verfasser der *Theorie des Romans,* um der Übereinstimmung mit dem marxistischen Credo willen in der Folge das Sacrificium intellectus begehen mußte, das ihn dann später – auch *nach* der Zeit der Überlegungen der dreißiger Jahre zu einer Art Volksfronttaktik in der Literatur – Brecht, Beckett und Joyce so verdächtig vehement ablehnen ließ. Der Realismus, den Lukács und seine erklärten wie unerklärten Jünger so peinlich zu konservieren bestrebt waren, ist das Produkt einer Zeit, da der Verdacht gegen den Idealismus schon stark war; da Hegels Satz »Das Geistige allein ist das Wirkliche« angesichts der beginnenden industriellen Revolution, des Aufstiegs der Technik, der abstrakter werdenden Organisationsprinzipien von Staat und Gesellschaft und des massiven Einbruchs materieller Interessen in die Handlungsweise des Bürgertums schon keine Gültigkeit mehr zu haben schien (oder doch zumindest nicht mehr verstanden werden konnte). Weder Naturwissenschaften noch die Gesellschaftslehre oder die Psychologie waren um die Mitte des vorigen Jahrhunderts schon so weit in die Bereiche des Unanschaulichen vorgestoßen, hatten jenen Komplexitäts- und Abstraktheitsgrad erreicht, der heute den Begriff der Realität so schwierig macht, daß der Griff derer, die da »realistisch« schreiben wollen, fast zum Gespött werden muß. Man braucht alle, die blanken oder politisch entschlossenen Auges nach einem neuen Realismus rufen, gar nicht unbedingt an Karl Marx' Einsicht von der essentiellen Abstraktheit aller Beziehungen in der kapitalistischen Gesellschaft zu erinnern; es genügt notfalls auch der Hinweis auf durchaus bürgerliche Soziologen, etwa auf Max Weber oder Arnold Gehlen und deren Einsichten zur Gesellschaft des 20. Jahrhunderts, um sie der Unreflektiertheit ihres Ansinnens, mit realistischen Mitteln ein komplexes, durch und durch vermitteltes Gefüge von menschlichen und sachlichen Beziehungen zu schildern, überführen zu können. Um mit den Worten Friedrich Tombergs aus dem *Literaturmagazin 2* zu sprechen: »So leicht ist Realismus heute nicht mehr zu haben. Erst durch das begriffliche Schauen, erst durch die ›Theorie‹ der Wissenschaft wird die Sicht auf die Erscheinungen der Wirklichkeit zur Einsicht in die Konstituentien.«

Die Krise realistischer Literatur – sie dauert nun schon, nebenbei gesagt, länger als unser Jahrhundert alt ist – hängt aber genau damit zusammen, daß

Erzählen selbst als diejenige Art, wie in der epischen Literatur eben die spezifische »Einsicht in die Konstituentien der Wirklichkeit« erreicht wird, schwierig geworden ist. Nicht unmöglich, das zu behaupten war eine Übertreibung, die einige Jahre im Schwange war; aber schwieriger. Denn die historischen, für das 19. Jahrhundert noch gültigen Voraussetzungen sind, wie gesagt, nicht mehr gegeben. Ganz Wesentliches läßt sich gar nicht mehr anschaulich erzählen, und auf jeden Fall sind genau jene Erzählverfahren notwendig geworden, gegen die der Ruf nach einem neuen Realismus sich wendet, die er als elitär, dekadent, überkompliziert, abseitig-experimentell verschreit. Balzacs Spekulanten und Finanzmakler waren noch plastische Gestalten, aber was geben moderne Industriemanager, die mit Millionen jonglierenden »plastic people« des Big business noch her an sinnlicher Anschaulichkeit, an unverwechselbarer Individualität? Bei Balzac konnten ihre Liebesaffären noch ihre Firmen ruinieren; wenn heute der Manager aber nicht mehr von seiner Person abstrahieren kann, so wird er gefeuert, und die Firma wird höchstens ruiniert durch ökonomische Trends, auf die der einzelne Manager kaum noch Einfluß hat, durch Beschlüsse, bei denen nicht mehr seine Mätresse, sondern der Staatshaushalt, der Weltbankrat oder die OPEC mitbestimmen. Der Romancier als intuitiver Psychologe war im 19. Jahrhundert vielleicht der avancierteste Menschenkenner, aber die Romanpsychologie droht zum Dilettantismus zu verkommen, zum hoffnungslos abgeschlagenen Ein-Mann-Betrieb, wenn die Psychologie Testbatterien zur Verfügung stellt und die Tiefenpsychologie das Handeln von Menschen auf Motive zurückführen kann, die nicht mehr anschaulich von einem geneigt in die Psyche seines Protagonisten sich versenkenden Autor darzustellen sind. Es ist fraglich, ob die modellhaft Bedeutung exemplifizierende Erzählung vom Leben eines Einzelnen überhaupt noch Aufschlußkraft über mehr als ein zufälliges Einzelschicksal bieten kann, und noch schlimmer: ob eine Sprache, die unserer täglichen Umgangssprache nahe ist, nicht nur die Klischees von Menschen wiedergibt, ob sie nicht notwendig den Fach- und Spezialsprachen sich annähern muß, in denen Erkenntnisse heute formuliert werden.

Der Wunsch nach einer neuen »realistischen« Literatur läuft weitgehend auf den Wunsch nach einer Entlastung von der ganzen Bürde der Erkenntnisse hinaus, die das naive Erzählen immer schwieriger machen. Er ist fast gleichzusetzen mit dem Wunsch nach Entlastung von intellektueller Anstrengung, mit der Sehnsucht nach einer Welt, die endlich wieder weniger kopflastig wäre. Was dabei nicht gesehen wird, ist am Ende wohl einfach die Tatsache der Arbeitsteilung. Literatur soll ein Bereich des Unmittelbaren bleiben, der komplikationslosen Kommunikation, des Common sense, ein Bereich, in den die Spezialisierung nicht eindringen soll. Literatur soll Kunst sein, natürlich, zugleich aber – aus sozialen und politischen Gründen – das Vehikel von Massenaufklärung. Es ist, als wollte man die Philosophie wieder aus ihren Abstraktionshöhen herabholen und sie auf den gesunden Menschenverstand einschwören als der Basis, da sie doch gefälligst für alle verständlich sein müsse. Aber wie etwa die sprachanalytische Philosophie nicht mehr umgangssprachlich, wie Atomphysik, Gesellschaftslehre und Kybernetik nicht mehr allgemeinverständlich formulierbar, sondern höchstens – um den Preis der Simplifikation – popularisierbar sind, so führt auch bei der Literatur kein Weg mehr zurück in eine neue Einfachheit, die man nur wollen müßte, damit sie sich alsbald und ohne gravierende Qualitätsverluste einstellt. Was übrigens das politische Motiv angeht, das Bestreben, über einfachere Erzähltechniken wieder an mehr Leser heranzukommen, die dann auch für aufklärerisch-politische Inhalte ansprechbar wären, so liegt dem ebenfalls ein groteskes Wunschdenken zugrunde. Denn Literatur als ein das Bewußtsein schärfendes, politische Aufklärung beförderndes Mittel wird es in Zukunft ohnehin immer weniger aufnehmen können mit der Berieselung der Aufzuklärenden durch die anderen Massenmedien – allen voran das Fernsehen, das ja auch schon bei der Sozialisation der Kinder eine viel wichtigere Rolle spielt als etwa die traditionellen Kinderbücher. Motiviert man die Forderung nach einem neuen Realismus in der Literatur politisch, so setzt man Leser voraus – aber jede Untersuchung der letzten Jahre zu den Lesegewohnheiten müßte die Proklamatoren eines anderen belehren; denn die Leser werden weniger, das Buch ist nicht mehr das entscheidende Medium zur Schärfung des kritischen Bewußtseins der vielen: im Chor der Stimmen, die auf den Einzelnen einreden, hat es nur noch eine schwache Stimme.

Zweierlei folgt daraus: Die Forderung nach einer Re-Simplifizierung der Literatur zu einer »realistischen« sollte als unrealistisch eingestellt werden. Wenn literarische Techniken etwas mit einer spezifischen Art der Findung und Darstellung von Wahrheit zu tun haben, so kann nicht mit politischen Gründen dekretiert werden, die Literatur habe so oder so auszusehen. Wir reagieren inzwischen empfindlich auf Gängelungsversuche in der Literatur, und schließlich sollten die jämmerlichen Ergebnisse, die die bürokratische Abschaffung der Phantasie und die Installation einer realistischen Literatur in der Sowjetunion und – für uns besonders gut zu beobachten – in der DDR erbrachten, für alle eine Warnung sein. Im Westen aber sind die quasifreiwilligen Erben des Realismus des 19. Jahrhunderts in der Literatur jene Bestseller-Schinken, deren konventionelle Erzählmuster ja weitgehend den Erzähltechniken des 19. Jahrhunderts entsprechen. Das ist ein lehrreicher Fall, denn daran erweist sich als an einem negativen Beispiel, daß die Forderung nach Realismus, definiert man sie nicht sehr genau, nur auf eine Auswechslung der politischen Vorzeichen vor einer zu Trivialmustern herabgekommenen Literatur hinausläuft. Politische Aufklärung, der Aufbau eines kritischen Weltverständnisses für möglichst viele kann heute nicht mehr der Literatur aufgebürdet, es muß an die Schule und allgemeiner an Bildungs- und politische Schulungsarbeit delegiert werden.[2]

[2] Nebenbei bemerkt: Es definiert den politischen wie den schriftstellerischen Rang Günter Wallraffs, daß er auf solche »realistischen«, halb-literarischen Wechselbälge – Trivialformen ausnützende Romane mit reduzierten, zu ermäßigten Preisen abgegebenen literarischen Techniken, die als Vehikel für Botschaften an die Massen dienen sollen – verzichtet und sich in seinen Reportagen eine schriftstellerische Form erfunden hat, die konsequenterweise auf den »Kunst«-Charakter absolut pfeift.

Hat man aber erst einmal eingeräumt, daß im Medium Literatur überhaupt nur erkannt werden *kann,* wenn ungehindert alle Operationen durchgeführt werden dürfen, mittels derer Realität heute literarisch zu explorieren ist, so tritt hervor, was Brecht, verstrickt in Rücksichtnahmen und in schlauer Vorsicht, auch immer wieder angedeutet hat: daß der Begriff »Realismus« nur *historisch* sinnvoll zu definieren ist, hundert Jahre nach seiner Prägung aber nur noch einen bürokratischen Sinn hat, vielleicht noch den einer Verständigungsmarke, eines Stichworts; daß aber die Realität inzwischen sich so gewandelt hat, daß vom Inneren Monolog bis zur Konkreten Poesie, vom Surrealismus bis zur cut-up-Technik von William Burroughs ein weiterzuentwickelndes, nicht im voraus zu begrenzendes Instrumentarium von Methoden zur Verfügung steht, Wirklichkeit literarisch adäquat zu analysieren. Will man sich überhaupt noch auf einen objektivistisch-geschlossenen Wirklichkeitsbegriff einlassen, so entspricht einer solchen Wirklichkeit eine Vielzahl von Techniken, die dann alle »realistisch« sind.

In diesem Sinn hat etwa Dieter Wellershoff vor kurzem beim deutsch-französischen Dichtertreffen in Mondorf (Luxemburg) thesenhaft den Begriff Realismus neu zu definieren versucht: »Realismus ist eine Tendenz, vereinfachende realitätsabweisende Schemata aufzulösen zugunsten größerer Komplexität ... Realistische Kunst ist inhaltlich und formal nicht festzulegen, denn sie erweitert dauernd ihren Aufmerksamkeitsbereich und ihre Darstellungsformen, sie ist eine unabschließbare Entdeckungsreise.« Wellershoff sieht auch, daß mit dem historischen Begriff von Realismus, mit dem sich einigermaßen genau umreißbare Vorstellungen verbinden, nicht mehr viel anzufangen ist, er erweitert und aktualisiert den Begriff also versuchsweise. Ähnliches formulierte Hans-Christoph Buch in Mondorf: »Realismus bedeutet für mich nicht ein photographisches Abbild, das heißt ein bloßes Abziehbild der Wirklichkeit, sondern Verfremdung und Verzerrung der vorgefundenen Fakten, mit dem Ziel, die automatisierte Wahrnehmung zu durchbrechen und so *wesentliche Züge* der dargestellten Wirklichkeit sichtbar zu machen, die sich der einfachen Wahrnehmung entziehen. ›Wirkliche Realität ist immer unrealistisch‹, sagte Kafka. Gerade die ›phantastischsten‹ Einfälle eines Autors kommen der Realität oft am nächsten, wie umgekehrt die Wirklichkeit selbst immer wieder phantastischer erscheint als jede Imagination.« Mit einem solchen enthistorisierten und entdogmatisierten, *keine* bereits existierende oder zukünftige literarische Technik tabuisierenden Realismus-Begriff kann man sich sofort einverstanden erklären; man muß dann aber sehen, daß damit der Begriff Realismus notwendigerweise eine solche Ausweitung erfährt, daß er nichtssagend und unpraktikabel wird. Am Ende ist dann alle Literatur von Rang realistisch, das heißt ein sei's auch noch so vermittelter Reflex von Wirklichkeit oder umgekehrt eine Veranstaltung, um einen Aspekt von Realität mit spezifischen Mitteln sichtbar zu machen. Darauf zielte auch die Frage, die Anna Seghers in den dreißiger Jahren in der Expressionismus- und Realismus-Debatte an Lukács stellte: ob es »*überhaupt* ein wirkliches Kunstwerk gibt, in dem nicht eine Substanz Realismus enthalten ist, nämlich eine Tendenz zur Bewußtmachung von Wirklichkeit.«

*

Drei Beispiele zum Schluß, drei Bücher, die jüngst erschienen sind und in verschiedenem Sinn »realistisch« heißen dürfen. Dieter Kühn hat 1973 den Roman *Die Präsidentin* veröffentlicht, den Versuch einer vertrackten Rekonstruktion von Leben und Taten einer französischen Wirtschaftshochstaplerin der zwanziger Jahre. Hätte er von dieser Figur im alten Sinne »realistisch« erzählt, so wäre er bei pittoresken Details steckengeblieben. Eine farbige Gestalt hätte die Spekulantin und Aktienmanipulateurin schon abgegeben, sie hätte sich Balzac'sch stilisieren lassen, hatte ein exzentrisches Privatleben, Hobbys, Leidenschaften, alles also, was ihrer Auflösung ins Anschaulich-Anekdotische hätte Stoff verleihen können. Aber daß sie als Figur in gewissem Sinn ganz uninteressant ist, daß ihre Finanzstrategien aufschlußreicher sind für unsere (bis heute fortdauernd kapitalistische) Wirklichkeit, daß die Umstände wichtiger und instruktiver sind als die anschaulichen Details – das alles wäre unter den Tisch gefallen; die, wie Brecht sagte, »in die Funktionale« gerutschte Realität wäre nicht zum Vorschein gekommen. Kühn »baute« nun konsequent bei seinem Schreiben etwas »auf«, etwas »Künstliches, Gestelltes«: sein Roman wurde zu einer Montage von immer neuen Schreibansätzen, die vorführen, wie verfälschend der Zugriff auf die *Person* einer Heldin wäre, wenn man sie nicht als Schnittpunkt von Erziehungseinflüssen, finanztechnischen Möglichkeiten und politischen Zufällen sähe. Zur Wahrheit über die Finanzhochstaplerin gehört auch das Aktienrecht, die Börsenpraktik und nicht zuletzt die Einsicht, daß die damalige Investment-Präsidentin gar kein einmaliger Fall ist, ja das scheinbar Einmalige an ihr gerade das Unwichtige ist; denn Fälle von Wirtschaftskriminalität, im Zuschnitt dem der Präsidentin Marthe Hanau oft verblüffend ähnlich, ereignen sich bis heute: Marthe Hanau heißt heute eben Bernie Cornfeld oder Dany Dattel. Die Darstellung der Person allein wäre zur Täuschung über die Realität geworden, hätte das Interesse am leicht erzählbaren Vordergrund des Falles festgemacht.

Das zweite Beispiel sei Alfred Behrens' Roman *Künstliche Sonnen. Bilder aus der Realitätsproduktion*, ebenfalls 1973 erschienen. Schon im Untertitel weist Behrens auf etwas bei der Diskussion eines für die Literatur sinnvollen Realitätsbegriffes Wichtiges hin: daß nämlich Realität, sowohl gesellschaftliche als auch die Realität des einzelnen wahrnehmenden Individuums, nicht etwas Unmittelbares, Natürliches ist, sondern durch die Sehweisen, die wir bewußt oder unbewußt im Umgang mit den Medien erlernen, erst *produziert* wird. Indem Behrens in drei der fünf Erzählstränge seines Buches nicht in der Gegenwart bleibt, sondern auf die nahe Zukunft vorausgreift, demonstriert er zugleich, daß mit satirischer Science-Fiktion auch über gegenwärtige Verhältnisse Präziseres gesagt werden kann als in der Abschilderung dessen, was schon ist: die leichte Übertreibung, die Antizipation schärft die Aufmerksamkeit. Möglichkeiten der Bewußtseinsmanipulation, die auf der Ich-Schwäche der konsumierenden Zuschauer und Käufer beruhen und diese dann noch weiter verstärken; der Starkult als Indiz für solche Ich-Schwäche, die ein neues Ich in der Identifikation mit »Medienpersönlichkeiten« von Filmschauspielern bis Fußballern sucht; der Ersatz von Wirklichkeit durch ganze Produkt-Pakete, die den Käufern ein scheinhaft anderes »Environment« suggerieren – solche Tendenzen in unserer zeitgenössischen Wirklichkeit entziehen sich dem planen realistischen Erzählen, sie kommen nur in der durchdachten Verfremdung, durch kalkulierte Übertreibung, erzähltechnisch: durch sehr »künstliche« Arrangements heraus.

Drittes Beispiel: Vielleicht liegt es an einem Talent, das eben nicht weiter reicht, vielleicht ist es aber auch fatale Selbstbescheidung, wenn Uwe Timm in seinem 1974 erschienenen Roman *Heißer Sommer*, dem ersten Versuch eines Romans über die Studentenbewegung, sich alle Phantastik, alle ausgreifende Reflexion und alle sprachliche Kühnheit versagt. Dabei hätte der Gegenstand doch solches erlaubt oder gar gefordert: die zähneknirschende moralische Empörung, die utopischen Hoffnungen, die die Studentenrevolte der Jahre 1967/68 antrieben und beflügelten – welche Sprache, welche erzählerischen, kommentierenden, zitierenden Operationen hätten sie gestattet, ja, um Misere und Überschwang, Höhenflüge und Ernüchterung noch einmal vorstellbar zu machen, unbedingt nötig gehabt! Statt dessen bietet Timm in einer Sprache von seltener Dürftigkeit die Rekapitulation der Erlebnisse des Studenten Ullrich Krause, das Stenogramm der Entwicklung eines mausgrauen Bewußtseins, das kein Gran an Klarheit über sich selbst dazugewinnt. »Realistisch« heißt hier die Wiedergabe des Typischen, das um keinen Preis durch die Mittel der Wiedergabe überstiegen werden darf: Studentenjargon, einschlägige Szenen aus Seminar und Bett, anekdotisches Rankenwerk, innerhalb dessen der Einsatz von Zitaten aus Flugblättern mit Anweisungen zur Demonstrationstaktik oder gar die Reihung von Diskussionsphrasen (analog zu Heißenbüttels Verfahren in den frühen *Textbüchern*) geradezu deplaciert kühn wirken. Nur ja nicht zu kompliziert schreiben, ja nicht die »Schreibschwierigkeit des Autors« schreibend reflektieren, sondern so redlich wie naiv »die Realität selber« zum Thema machen! Was dabei herauskommt, sind Figuren von der Plastizität eines Spielkartenkönigs und eine Studentenbewegung mit dem gedanklichen Tiefgang eines Bertelsmann-Romans. Anders gesagt, der Modellfall Ullrich Krause wird durch solche ästhetische und intellektuelle Selbstzensur zu einem Fall ohne Aufschlußkraft, literarisch belanglos, tauglich höchstens für ein kopfnickendes partielles Wiedererkennen durch solche, die auch dabei waren.

Für wen sind solche Bücher eigentlich geschrieben? Die politische und sozialpsychologische Aufarbeitung der Studentenrevolte ist heute schon viel weiter; daher wird das skizzenhafte epische Stationendrama des Ullrich Krause zum bloßen Dokument einer unbewältigten jüngsten Vergangenheit, die zur dürftigen Mischung aus Nostalgie und Ernüchterung verkommen ist und sonst nichts herzugeben scheint; die Fülle neuer Erfahrungen und Glücksverheißungen aber, das im guten wie im schlechten Sinne Exzessive, was gerade als etwas der *erzählerischen* Darstellung Bedürftiges einen Roman hätte rechtfertigen können, bleibt ausgeschlossen, und kein zukünftiger Leser wird sich durch dieses Buch eine »realistische« Vorstellung davon machen können. Alle sollen das Buch gleich verstehen können, natürlich; die Folge ist, daß bei solcher literarischen Selbstverstümmelung durch Ausschluß aller nicht unmittelbar eingängigen Stilmittel (und das heißt zugleich aller nicht schematisch wiedergebbarer Aspekte von Realität) am Ende niemand mehr etwas von dem Buch hat.

Wenn aber alle im herkömmlichen Sinn nicht-realistischen Techniken: satirische Übertreibung, Phantastik, alle Arten von Montage und Collage, von Stil- und Spezialsprachen (die inzwischen oft unverzichtbar sind für die Beschreibung bestimmter Sektoren der Realität), an der Tiefenpsychologie geschulte Darstellungstechniken psychischer Vorgänge, die Stilmittel des Surrealismus – wenn sie alle aus der literarischen Praxis per Programm ausgeschlossen würden, so liefe ein solches Programm auf die Aufforderung zur literarischen Selbstkastration hinaus. Entweder akzeptiert man, daß grundsätzlich nicht vorweg entscheidbar ist, welche literarische Technik von Aufschlußkraft der Wirklichkeit gegenüber sein kann, dann ist der Realismus-Begriff sinnlos geworden, weil er dann alles umfassen kann. Die literarische Ästhetik aber, die der herkömmliche und, soweit das bis jetzt zu sehen ist, der neue Realismus implicite enthält, ist ein lachhafter Anachronismus. Zitieren wir als Kronzeugen noch einmal Brecht, der sich während der Realismus-Debatte, nach Abschluß des *Dreigroschenromans* und bei der Arbeit am Projekt des *Tui*-Romans, notierte: »Über den zweiten Roman, an dem ich schon lange arbeite, wage ich kaum zu sprechen, so kompliziert sind da die Probleme und so primitiv ist da das Vokabular, das mir die Ästhetik des Realismus, wie sie jetzt ist, liefert.« Dem ist auch heute kaum etwas hinzuzufügen.

Nr. 320, Januar 1975

Michael Rutschky

Unsere Agni

Ein ethnologisches Vexierbild

Man kennt das zur Genüge, es hat sich immer wieder herausgestellt: die Berichte, die Ethnologen über »Wilde«, »Primitive«, »Naturvölker« vorlegen – inzwischen gibt es kaum noch ein Prädikat, das man ohne Skrupel niederschreiben könnte –, diese Berichte erweisen sich oft genug als Projektionen. Die Ethnologen haben nicht die fremde Kultur beschrieben, sondern ihre eigene, wie sie sich auf dem Projektionsschirm der fremden abzeichnet. Das gilt erst recht für die Theorien, die anhand dieser Berichte aufgestellt worden sind. Wenn diese Kulturen zum Anlaß genommen wurden, über das Funktionieren von Kultur überhaupt nachzudenken, dann konnte man sicher sein, daß da einer ein Rohrschachbild ausfüllte, auf dem sich seine eigenen Orientierungen abzeichneten; und je sorgfältiger er das machte, um so deutlicher erschien ein Bild der Kultur, aus der der Theoretiker stammte.

Um den Sachverhalt zu illustrieren: Freuds Untersuchungen über *Totem und Tabu* (1913), die »einige Übereinstimmungen im Seelenleben der Wilden und der Neurotiker« nachweisen sollten, enthalten höchst eindrucksvolle Darstellungen aus dem Seelenleben mitteleuropäischer Neurotiker – an amerikanischen Colleges muß es lange wie ein Sport betrieben worden sein: nachzuweisen, daß Freuds Untersuchungen kein wahres Wort über das Seelenleben der »Wilden« enthalten, daß diese »Wilden« nichts anderes sind als verkleidete Neurotiker aus der Wiener Bourgeoisie um 1900.

Ich will der Lust, das Fremde gegen den theoretischen Zugriff, der es als Vorstufe oder Variation der eigenen Lebensform erweisen will, als Fremdes zu restituieren – ich will dieser Lust hier nicht nachgehen, wie eindringlich sie sich heute auch kundgibt: in den Bemühungen von Claude Lévi-Strauss etwa, das »wilde Denken« gegen das europäische zu rehabilitieren, oder in denen von Michel Foucault, den »Wahnsinn« aus den Definitionsversuchen der »Vernunft« zu befreien – Bemühungen, die ebenso viel Zustimmung gefunden haben wie heftige Reaktionen der europäischen Vernunft. Mich interessiert ein anderer Punkt. Gut, Freuds ethnologische Spekulationen sagen wenig über die Kultur der australischen Aborigines und viel über die alteuropäische Kultur, deren Figuren er als »Wilde« verkleidet hat. Das heißt aber doch auch: Wenn man die Kostümierung beseitigt, erhält man gültige Bilder der Originalfiguren. Nach diesem Muster jedenfalls möchte ich zwei ethnologische Untersuchungen über zwei westafrikanische Stämme lesen, die in den sechziger Jahren vorgenommen worden sind. Und ich will gleich sagen, daß sich – wie schwierig das auch zu erklären ist – die Originalfiguren für diese Untersuchungen erst in den siebziger Jahren enthüllen.

Die Dogon. Die Agni

1960 hat der Zürcher Psychoanalytiker Paul Parin gemeinsam mit seiner Frau Goldy Parin-Matthéy und seinem Kollegen Fritz Morgenthaler eine Expedition zum Volk der Dogon unternommen, das in der schwer zugänglichen Bergwelt am Abfall des Niger lebt, in kleinen Dörfern, die als Nester auf bizarren Felsen angesiedelt sind. In diese Gegend hat sich das Volk der Dogon wohl schon vor Jahrhunderten geflüchtet, vor feindlichen anderen Völkern wie vor den europäischen Kolonisatoren. Die Unzugänglichkeit des Ortes ist eine wesentliche Voraussetzung dafür gewesen, daß sich die Dogon mit ihrer eigenen Kultur haben erhalten können – nicht die einzige Voraussetzung, wie die Parin-Gruppe erklärt, aber eine wesentliche. In dieser Form überleben die Dogon anscheinend weiterhin: Ich habe nicht ohne Befriedigung gelesen, daß die von Willy Brandt geleitete UNO-Kommission kürzlich in der armen Republik Mali auch die Dogon besucht und als ein ebenso armes wie lebensfähiges Volk bewundert hat. Denn tatsächlich macht die Darstellung der Dogon, wie sie die Parin-Gruppe gegeben hat, diese Kultur außerordentlich liebens- und bewunderungswürdig.

Die Ethnologen haben ein ungewöhnliches Verfahren praktiziert: Sie suchten sich unter den Dogon Informanten, mit denen sie während ihres Aufenthaltes regelmäßig einstündige Gespräche führten, die der Technik der Psychoanalyse nachgebildet sind. Der Informant sagt, was ihm einfällt, der Ethnologe hört zu und gibt von Zeit zu Zeit Interpretationen, die das Erzählte strukturieren. Aus dem Material dieser Gespräche haben die Autoren, wie es der Analytiker in der analytischen Situation zu tun pflegt, die Psyche der Dogon zu rekonstruieren versucht: in ihrem Triebleben, in ihren Abwehrmechanismen, in ihrer Ich-Struktur.

Beginnen wir mit der Ich-Struktur. Bei den Dogon gibt es eigentlich keine Individuen im europäischen Sinne, keine fest abgegrenzte und um ihre Abgrenzung kontinuierlich besorgte Subjektivität. Die Dogon leben mit einem »Gruppen-Ich«, das familiale wie aktuelle Sozialbeziehungen ad hoc zu verknoten, sich außerordentlich rasch und schmerzlos umzuorientieren, vielfältige und widersprüchliche Erwartungen konfliktlos zu verarbeiten vermag. Entsprechend gibt es kein individuelles Über-Ich, sondern ein »Clan-Gewissen«, das gleichsam kasuistisch mit vielen Präzedenzfällen operiert und niemals auf die Durchsetzung eines einzigen Prinzips dringt. Nichts liegt den Dogon ferner als moralischer Rigorismus.

Die Dogon verfügen über flexible Abwehrmechanismen, ganz anders als die Mitteleuropäer, denen man vor allem die Kultivierung eines Abwehrmechanismus nachgesagt hat, der Reaktionsbildung: »Ich liebe nicht den Schmutz, sondern die Sauberkeit«, »ich bin nicht verschwenderisch, sondern sparsam«, »ich bin nicht chaotisch und unordentlich, sondern sorgsam und genau« – das ist der Geist des Protestantismus. Demgegenüber können die Dogon, eben weil sie über vielfältige Identifikationsmöglichkeiten und entsprechend flexible Abwehrmechanismen verfügen, eine Vielzahl von Triebtendenzen zulassen, ohne unter Triebdruck zu geraten. Nicht daß sie aggressionsfrei wären: aber die Aggression bleibt häufig in der Phantasie, dringt kaum in die Handlung vor, wo sie sich, wenn sie bis dorthin gelangt, leicht an symbolischen Gesten befriedigt.

Ich will es gleich sagen: diesem Buch, das Paul Parin, Fritz Morgenthaler und Goldy Parin-Matthéy 1963 über die Dogon publiziert haben – *Die Weißen denken zuviel* (Atlantis, Zürich, als Kindler-Taschenbuch wiederaufgelegt) –, lassen sich viele, vielleicht alle Elemente der Utopie von einem neuen, glücklicheren, friedlicheren Menschen entnehmen, wie sie die Protestbewegung wenige Jahre später leidenschaftlich und ausführlich zu entwickeln begonnen hat. Das kann schon eine einzige Geschichte illustrieren: Die Dogon haben, bis sie unter Kolonialherrschaft gerieten, ihre Landwirtschaft kollektiv betrieben; die Kolonialherren auferlegten ihnen Kopfsteuer. Um sie entrichten zu können, legten die Dogon viele einzelne Felder an, auf denen Zwiebeln angebaut wurden; mit dem Verkaufserlös bezahlten sie die Kopfsteuer. Klar, denkt melancholisch der marxistisch geschulte Kulturtheoretiker: Die Kolonialherren auferlegten den Dogon das Privateigentum und den Individualismus, der, weil ökonomisch begründet, die einheimische Kultur zerstören wird. Aber so ist es nicht gekommen. Wenn die »individuellen« Zwiebelfelder eine gewisse Größe erreicht hatten, wurden sie von den Dogon wieder in Kollektiveigentum überführt. So praktizierten sie einen Primat der Psycho- und Sozialpolitik, von dem sich die Protestbewegung die Revolutionierung des Kapitalismus versprach.

*

1966 hat die Parin-Gruppe einen zweiten westafrikanischen Stamm besucht: die Agni, die im Gebiet der Republik Elfenbeinküste leben, also nicht wie die Dogon in einer hellen, trockenen, armen Landschaft, sondern im Urwald, in einer üppigen Vegetation auf fruchtbarem Boden, mit dem sie in großen Plantagen Kaffee für den Weltmarkt produzieren und für deren Bewirtschaftung sie ein Heer von Gastarbeitern angestellt haben.

Ich will es gleich sagen: diesem Buch, das Paul Parin, Fritz Morgenthaler und Goldy Parin-Matthéy 1971 über die Agni publiziert haben – *Fürchte deinen Nächsten wie dich selbst* (Suhrkamp) –, lassen sich viele, vielleicht alle Züge der Subkultur ablesen, die das Scheitern, der Zerfall, die Auflösung der Protestbewegung hervorgebracht hat. Genauer: in dem von der Parin-Gruppe gezeichneten Bild der Agni läßt sich diese Subkultur in ihren einheitlichen Zügen dechiffrieren, so überraschend das ist.

Um mit einem besonders krassen Detail zu beginnen: Die Agni sind außerstande, Subjekt und Objekt, Person und Sache genau zu unterscheiden; manchmal werden Sachen wie Personen, manchmal Personen wie Sachen behandelt. Das kommt einem doch bekannt vor, nicht wahr? »Gewalt gegen Sachen: ja – Gewalt gegen Personen: nein«, lautete die Parole. Inzwischen wird die Gewalt gegen Personen bis zum Mord praktiziert, mit einer kaum nachfühlbaren Kaltblütigkeit. Vielleicht deshalb, weil die Praktiker den Mord gar nicht als Gewalt gegen Personen, sondern als Gewalt gegen Sachen erleben?

In der Zeitschrift *Autonomie* (Heft 1/1978, München) wird in einer komplizierten Argumentation nachzuweisen versucht, daß Hanns Martin Schleyer sich als kapitalistischer »Sozialingenieur« zu einer »Unperson« gemacht hatte, die von der Logik, der sie ihr Leben lang gefolgt ist, am Ende liquidiert wurde. »Der Mensch Schleyer ist tot«, heißt es am Anfang des Aufsatzes, »er muß auch irgendwo Subjekt gewesen sein, wenn wir auch nicht wissen wo, das zeigen die fast schon staatsfeindlichen Trauergesten seiner Anverwandten. Reden wir über die Unperson, an der eine abenteuerliche Abstraktheit und Kälte über das Funktionieren als Charaktermaske des Kapitals hinausgetrieben worden ist. Es geht uns dabei nicht um ein psychologisierendes Nachzeichnen des Entwicklungsgangs eines Menschen zur entäußerten Repräsentation der Macht. Wir wollen uns mit ein paar historischen Skizzen darüber begnügen, wie die Kontinuität des ›Modells Deutschland‹ einen Menschen fortschreitend ausleert und schließlich aus dem Weg geräumt hat.«

Die folgende Argumentation, die Schleyers Rolle im ökonomischen Apparat des Nationalsozialismus und dann in der Bundesrepublik nachzeichnet, ist eindrucksvoll »sachlich« – man könnte an Schleyer ja auch notieren, daß er seine Rolle mit einer Lebensfülle gespielt hat, die man nur noch aus Berichten über die Zeiten des Frühkapitalismus kennt. Am Ende des Aufsatzes heißt es, immer noch in diesem »sachlichen« Gestus, als würden physikalische Vorgänge beschrieben: »Einige Zirkel hofften, die Einkreisung (der Linken) zu sprengen, indem sie anfingen, den Terrorismus der Sozialingenieure auf diese selbst anzuwenden. Dabei begaben sie sich von vornherein in einen aussichtslosen Clinch. Sie pokerten mit dem ›Krisenstab‹ der herrschenden Macht in der Überzeugung, daß er seine eigene Kontrolle über die Körper der Isolationsgefangenen zurücknehmen würde, um die Person Schleyer zu retten. Aber Personen und Körper bedeuten den Sozialingenieuren nichts, auch und gerade die, die zu Hüllen der Macht geworden sind. Was wäre geschehen, wenn die Entführer die »Person« Schleyer freigelassen hätten? Befangen in der Imitation der von ihnen angegriffenen Macht, hatten sie diese Größe nicht. Sie haben die »Unperson« zurückgegeben (deren Bedeutung voll in dem Staatsbegräbnis realisiert wurde), indem sie die Person vernichteten. Sie haben ihre Niederlage selbst vollstreckt.«

Wohlgemerkt: dies ist keine Rechtfertigung des Terrorismus oder gar der Ermordung Schleyers – und die Argumentation ist mit einer Kohärenz durchgeführt, die den Schriften *unserer Agni* gewöhnlich fehlt. Aber die Argumentation beeindruckt eben vor allem durch eine Perspektive, der politisch-soziale Vorgänge wie physikalische erscheinen. Ein Wort wie »Größe« wirkt wie ein theatralisches Zitat aus einem anderen, fremden, abgelebten Sprachgebrauch.

»Beziehungsprobleme«

Die Agni, berichtet die Parin-Gruppe, anerkennen die Sexualität als Lebensgenuß. Es gibt keine Sexualmoral, die ihnen gebieten würde, den Geschlechtsverkehr als eine eigentlich lästige, von der menschlichen Natur auferlegte Notwendigkeit auszuführen. Das gilt auch für *unsere Agni.* Nichts liegt ihnen ferner als die puritanische Sexualmoral, ein Verzicht auf Sexualbefriedigung im Dienst von Arbeit, Kultur, Sublimierung. Die Protestbewegung hat diese, gewiß schon weit früher einsetzende Tendenz mächtig gefördert; die breite Rezeption der Schriften Wilhelm Reichs mit ihrer geradezu mystischen Propaganda des Orgasmus ist dafür ein Indiz.

Aber die Agni, berichtet die Parin-Gruppe, sind außerstande, ihre eigene lustfreundliche Sexualmoral zu leben. Der Geschlechtsverkehr ist eine Quelle von Leiden und Enttäuschungen, wie Liebesbeziehungen überhaupt. Die Agni haben, um ein Lieblingswort *unserer Agni* zu verwenden, »Beziehungsprobleme«. Zwar gibt es die Institution der Ehe, aber jeder Mann und jede Frau ist von einem Satellitenring anderer Liebesobjekte umgeben, zwischen denen es andauernd Krisen und Konflikte gibt, so daß das Zusammenleben der Geschlechter eine Quelle kontinuierlich fließenden Unglücks ist.

Besonders zu leiden haben die jungen Männer. Sie sind der Triebentwicklung in der Pubertät nicht gewachsen, ihre psychische Struktur bricht unter dem Triebdruck zusammen. Auch unter den Anforderungen der Mädchen, die, nachdem sie zum ersten Mal menstruiert haben, sich offiziell als Sexualpartner anbieten, also die Annäherung der jungen Männer erwarten. Die suchen aber, so lange es geht, in der Horde von ihresgleichen zu bleiben. Die Horde kultiviert vor allem ein Laster: den Alkoholismus. Manchmal macht ihnen der Schnaps genug Mut, sich den Mädchen zu nähern. Auch später, wenn sie sich ein wenig stabilisiert haben, bleibt der Zusammenhang von Sexualität und Alkohol vielfach erhalten. Der Zusammenhang ist in den Heiratsbräuchen kodifiziert: Wenn ein Mann eine Frau heiraten will, muß er ins Haus der Eltern drei Flaschen Gin mitbringen.

Unter den Broschüren, die man in den Buchhandlungen *unserer Agni* kaufen kann, findet man im Augenblick auch eine mit dem Titel *Ausgerissen* von einem Udo Untergrund (Selbstverlag, Kassel 1976). Der jugendliche Erzähler berichtet, wie er aus der Bundeswehr desertiert und nach Schweden flüchtet. Unter den Szenen, die er berichtet, findet sich die folgende in ihren Grundzügen regelmäßig wieder: »Ich saß auf einer Mauer am Pier und ließ die Beine runterbaumeln, unter mir ölig schwappendes Wasser. Was tun. Ein Mädchen mit langen Beinen. Ich hatte mich nach ihr umgedreht. Sie kam und fragte nach einer Zigarette und warum ich so in das Wasser sehe. Ich erzählte ihr, daß ich ein Deserteur sei und überhaupt die ganze Geschichte, und ich kam mir vor wie ein Abenteurer. Sie holte eine Flasche Wein aus der Tasche, und ich drückte mit dem Daumen den Korken runter. Bald war das Mädchen besoffen und hing schief in meinen Armen. Die zweite Flasche war halb leer, als sie ihr aus den Fingern glitt und in tausend Stücke zersprang. Dann wollte sie zu ihrem Hotel. Wie wir so auf der Straße gingen, merkte ich, daß sie einen halben Kopf größer war als ich. Wir lagen ausgestreckt auf dem Bett und zogen uns schnell die Hosen runter. Aber sie war zu besoffen, viel zu besoffen. Sie krallte sich zu fest in meinen Rücken und biß mir in die Brust, daß ich aufschrie und ihr in das Gesicht schlug. Dann bekam sie einen gefährlichen Anfall (einen Orgasmus?), und ich ging noch in der gleichen Nacht.«

So gewalttätig und angsterregend muß es nicht immer zugehen (auf die Gewalttätigkeit komme ich noch). Unter den Zeitungen, die man in jenen kleinen Buchhandlungen kaufen kann, findet sich auch *Pflasterstrand*, von Daniel Cohn-Bendit in Frankfurt herausgegeben; im 30. Heft (Mai 1978) berichtet ein ehemaliger Protagonist der Frankfurter Hausbesetzungen, wie er sich aufs Land zurückgezogen hat, als Knecht bei einem Bauern arbeitet. Hier entwickelt er ein Sexualleben, wie es die Parin-Gruppe an den Agni beschreibt: »Wenn seine Frau dienstags zum Handball ging, traf er (der Bauer) sich regelmäßig mit Doris – einem sechzehnjährigen Mädchen aus der Nachbarschaft: er kaufte dann eine Flasche Sekt bei Tante Anni (dem Nachbarschafts-Shop), und sie fuhren mit dem Melkwagen (einem Opel, der Liegesitze hatte) irgendwohin und fickten. Später – als ich schon eine Weile bei ihm arbeitete und wohnte – lernte ich die Doris auf dem Schützenfest auch kennen, und seit dem Tag waren wir fast jeden Abend zusammen. Meist trafen wir uns bei Tante Anni, die in ihrer Wohnstube eine kleine nicht-angemeldete Kneipe betrieb, und soffen uns einen. Samstags übernahmen wir beide manchmal eine Babysitter-Aufgabe für irgendein junges Ehepaar im Dorf, das ausgehen wollte. Wenn die Kinder dann eingeschlafen waren, fickten wir im Schlafzimmer der Eltern, in diesen scheußlichen Ehebetten mit Nachtschränkchen auf beiden Seiten, mit einem riesigen Kleiderschrank daneben und einer Frisierkommode, auf der die Hochzeitsphotos und die Photos der Kinder standen, der ganze Raum meistens in hellblau oder rosé. Das war eigentlich ganz schön. Einigermaßen erträglich war die Tatsache, daß Doris sich auch weiterhin jeden Dienstag mit dem Bauern traf. Und witzig war die Episode, die mir Jan – ein ehemaliger Bauer, der jetzt bei der Bundesbahn arbeitete – erzählte: er hatte mit mehreren in der Kneipe gesoffen, Doris war auch dort gewesen, und sie hatten sich draußen am Friedhof verabredet. Sie war dann vorgegangen. Er hatte seinen Wagen von zuhause geholt, und sie waren an die Weser gefahren und hatten herrlich zusammen gefickt. Doris erzählte mir eine andere Version: Jan war unheimlich (das ist, in adverbialer Funktion, übrigens eines der Lieblingsworte *unserer Agni*) besoffen gewesen, und während sie noch am Fluß im Wagen im Clinch lagen und sie anfing sich auszuziehen, sei er plötzlich eingeschlafen. Sie sei dann zu Fuß nach Hause gegangen, weil er nicht wieder wach geworden war. Weniger lustig dagegen war die ewige Wiederholung dieser drei Spielchen: Arbeiten, Saufen, Ficken (oder darüber reden).«

Das ist kraß genug und wird sich anderswo in blasseren Varianten abspielen. Ebenso jedenfalls geht es bei den Agni zu: Die dauernd präsente Sexualität wird in genau dieser trüben, zwanghaften Weise praktiziert, als müßte das sexuelle Glücksversprechen wie eine Schulaufgabe erfüllt werden – der man sich zuweilen auch unlustig entziehen kann. Ob die Sexualität praktiziert oder »bestreikt« wird, das bleibt sich letztendlich gleich.

Das zweite Charakteristikum jener Geschichte aus dem *Pflasterstrand* findet man gleichfalls bei den Agni kultiviert: die Kunst der Intrige, im Kreis herum allen heimlich peinliche Geschichten über alle erzählen.

Bei Udo Untergrund, im *Pflasterstrand* wie in den Schilderungen der Parin-Gruppe geht es stets um heterosexuelle »Beziehungsprobleme«. Bei der Lektüre der Autobiographie Rosa von Praunheims – *Sex und Karriere* (Roger & Bernhard 1976, als Rowohlt-Taschenbuch 1978 wieder aufgelegt) – gewinnt man aber den Eindruck, daß die Subkultur der (männlichen) Homosexuellen diese Strukturen in einem Grade kultiviert, daß man ihr wie einer fotografischen Vergrößerung die »Beziehungsprobleme« *unserer Agni* genauer ablesen kann: die Dauerpräsenz des Sexualtriebes; Angst und Mißtrauen, die fortwährend nach neuen Objekten suchen lassen; Lust am Schmerz, werde er nun erlitten oder zugefügt; und dies alles in einer kunstvoll verwickelten Kommunikation darüber verdoppelt.

Einem Psychoanalytiker wird es nicht schwerfallen, die Parallele herzustellen: Auch die Agni halten hartnäckig an der Analerotik fest – deren Ausgestaltungen Rosa von Praunheim ausführlich darlegt –, freilich nicht in der Gestalt homosexuellen Geschlechtsverkehrs, sondem in der Gestalt von Klistieren aus scharfen Kräutern, die sie sich mehrmals täglich einführen; daran werden schon die Säuglinge von ihren Müttern gewöhnt, das zählt die Parin-Gruppe zu den Traumata, die die psychische Struktur der Agni so nachhaltig beschädigen.

Diese Einzelheiten sind auf die heterosexuellen »Beziehungsprobleme« *unserer Agni* natürlich nicht ohne weiteres umzuschreiben. Immerhin fällt aber auf, daß die Träumereien über Veränderungen der Männerrolle, die man so zu lesen bekommt, häufig genug um eine Aktivierung der Analerotik kreisen.

»Gewalt gegen Frauen«

Die Parin-Gruppe berichtet, daß sich viele Szenen, die sie zwischen Frauen und Männern beobachtet haben, wie Vergewaltigungsversuche darstellten. Auf einer dunklen Straße wird ein junges Mädchen von zwei Burschen angefallen; der eine hält ihren Kopf fest und beugt sie nach vorn, der andere streift ihren Rock hoch; als die Beobachter eingreifen wollen, haben sich die drei schon voneinander gelöst, und das Mädchen streichelt einen der Burschen zärtlich am Hals.

Vergewaltigung ist ein Thema, das die feministisch organisierten Frauen *unserer Agni* mit unheimlicher Intensität verfolgen. Wenn man ihre Schriften liest, bleibt kein Zweifel daran, daß sie Sexualbeziehungen zwischen Frauen und Männern überhaupt als Aggression auffassen wollen, deren Inbegriff die Vereinigung der Genitalien sei. Umgekehrt gibt es unter den Männern *unserer Agni* genug, die gern auf diese Vereinigung verzichten wollen, weil sie ihr Genitale selber für eine gefährliche Waffe halten – im *Spiegel* (Nr. 19/1978) hat Peter Brügge süffisant über diese Männer berichtet.

Zu den feministisch organisierten Frauen darf einem auch einfallen, daß die Agni matrilinear organisiert sind: der Mann tritt mit der Heirat in die Familie der Frau ein. Aber – und daraus versteht die Parin-Gruppe ein großes Stück der Desorientierung, an der die Agni leiden – sie haben kein Matriarchat, es sind Männer, die den Höfen und Dörfern vorstehen. Ein kleiner Junge wächst zwar bei seinem Vater auf, arbeitet später auch für ihn. Aber er wird seinen Vater nicht beerben; das tut in der Regel sein Cousin, der Sohn, den der Bruder der Mutter in einem entfernten Hof oder Dorf gezeugt hat. Gut denkbar, daß sich informell, ohne juristische Kodifizierung, solche matrilinearen Strukturen auch bei *unseren Agni* einspielen. Die Frauen, die programmatisch Kinder haben, aber nicht heiraten wollen, wären der Ausgangspunkt für das Einspielen dieser Struktur.

Für das Konzept, Aggression bestimme das sexuelle Verhältnis zwischen Männern und Frauen, lassen sich unzählige Belege in den Schriften *unserer Agni* finden. Ich wähle einen Artikel aus dem 120. Heft von *Blatt-Stadtzeitung für München*. Eine Margit berichtet – das ist ein anderer Punkt: daß *unsere Agni* nur per Vornamen miteinander verkehren und ungern den Familiennamen preisgeben – von einer Kampagne für ein Frauenhaus in München, in dem vergewaltigte Frauen Zuflucht finden sollen. Die Stadtverwaltung wollte das unterstützen, aber Margit und ihre Gruppe befürchten eine heimliche Sabotage ihres Projekts durch seine angeblich wohlwollenden Förderer – das ist ein anderes Merkmal der Agni: ihr ungeheures Mißtrauen. Daß die Stadtverwaltung das Projekt eigentlich sabotieren wollte, wurde der Gruppe an verschiedenen Vorschlägen klar, etwa an dem, »eine Cafeteria soll (dem Frauenhaus) angeschlossen werden, in der sich Mann und Frau treffen können. So etwas kann nur planen, wer von der Problematik keine Ahnung hat!« In der Cafeteria würden doch bloß die neuen Vergewaltigungen angebahnt, so würde das Frauenhaus um seine eigentliche Funktion gebracht.

Am Ende des Artikels berichtet Margit eine Szene, die prägnant die Konfusion darstellt, die die Kinder der Agni zu erleiden haben. Im Schwabinger Bräu soll ein großes Fest für Frauen stattfinden. Bei den Vorbereitungen dafür hat Margit die folgende Szene beobachtet: »Ein vielleicht 6jähriger Junge ... schmuste ganz lieb mit einer der Frauen und stellte dann fest, daß sie sicher nimmer mit ihm schmusen wird, wenn er erwachsen ist. Und dann: ›Ich gehe später in ein Männerzentrum, das liegt direkt neben dem Frauenzentrum, und dazwischen gibts ein Fenster, und da kann ich dann immer meiner Mama drüben rufen.‹ Damit«, fährt Margit fort, die Szene interpretierend: »wie ich mit den Jungen im Schülerladen (in dem sie offenbar arbeitet) umgehen will, komme ich nicht mehr zurecht. Ich denke, das geht vielen Frauen, die mit (männlichen) Kindern leben, so. Wir sollten uns dazu im Frauenzentrum zusammensetzen, finde ich.«

Konfusion und Desorientierung. Im Januarheft der Berliner Frauenzeitung *Courage* findet man zum Thema »Transsexuelle« zwei Interviews mit Männern, die sich operativ (und medikamentös) in Frauen haben verwandeln lassen – so wird es gesagt, und man muß erst nachdenken, daß es nicht ganz stimmt: Männer lassen sich (noch) nicht restlos in Frauen verwandeln. Konfusion: die beiden befragten »Frauen« – und das fasziniert die Autorinnen – haben jetzt nicht etwa sexuelle Beziehungen zu Männern aufgenommen, sondern zu Frauen! Das heißt doch wohl, daß diese beiden Männer sich haben kastrieren, operativ und hormonal als Frauen maskieren lassen, um endlich Beziehungen zu Frauen eingehen zu können, von denen sie sich irgendeine unbestimmte Befriedigung versprachen.

Gewalttätigkeit: In der Vorbemerkung zu den beiden Interviews wird der Zusammenhang hergestellt: »Wenn immer es zu Demonstrationen gegen Gewalt gegen Frauen kam, tauchte in Teilen der Frauenbewegung die Forderung auf: ›Entwaffnet Vergewaltiger!‹ (d.h. kastriert sie). Gegen Potenz-, Macht- und Stärkemißbrauch von Männern, als Strafe. Sie beinhaltet eine erzwungene Anpassung an das weibliche Geschlecht. Kann Gewalt gegen Frauen aber durch Zwangsanpassung an Frauen aufgehoben werden? Ist sie zu wünschen?« Auch hier muß man erst genauer nachdenken. Es handelt sich nicht um skeptisch-anregende Fragen, sondern um weitere Beiträge zur Desorientierung. Denn ein kastrierter Mann ist ein kastrierter Mann und keine zwangsangepaßte Frau. Die Verknüpfung kann man nur verstehen, wenn man dahinter das Wirken einer Theorie erkennt, der auch die Agni nach dem Bericht der Parin-Gruppe anhängen: daß Frauen keine authentische anatomische Struktur haben, sondern eigentlich kastrierte Männer sind, die darum aus Rache die Männer verfolgen, um ihnen das verlorene männliche Genitale zu rauben.

»Gegen jede Form von Leistung«

Das ist eine mit Filzstift geschriebene Inschrift in einer Männertoilette des Germanischen Seminars an der Freien Universität Berlin: »Gegen jede Form von Leistung. Wir faulen Schweine wollen alles umsonst.« Die konservativen Kritiker *unserer Agni* lieben es, solche Parolen als Gefährdungen des »gesellschaftlichen Basiskonsenses« zu denunzieren – so zum Beispiel Hermann Lübbe im *Merkur* (Februar 1978) – eine Kritik, die stets nahelegt, man solle *unsere Agni* exkommunizieren oder umerziehen. Wie das zu bewerkstelligen sei, darüber schweigen sich die Kritiker dann aus.

Tatsächlich findet man bei *unseren Agni* viele explizite Erklärungen gegen Leistung, gegen Arbeit überhaupt. Sie werden auch gelebt. Ein beiläufiges Indiz: viele der Lokale, in denen *unsere Agni* in Berlin verkehren, bieten ein Frühstück an, von dem sie auf der Speisekarte ausgedruckt mitteilen, daß es bis 17 Uhr serviert werde. Um die Lage richtig zu sehen, empfiehlt es sich aber wiederum, in der Agni-Darstellung der Parin-Gruppe nachzulesen.

Die Agni leben ökonomisch von der Kaffeeproduktion für den Weltmarkt; ganz anders als die quasi-autarken Dogon sind sie unmittelbar abhängig von einem ökonomischen System, das sie nicht im mindesten überschauen und weder in ihren Köpfen noch ihrer politisch-ökonomischen Organisation zu repräsentieren vermögen. Die Plantagen, auf denen sie den Kaffee anbauen, werden vor allem von Gastarbeitern betrieben, die den verschuldeten

Einheimischen – das steigert das Mißtrauen der Agni, ihre Angst vor Manipulation – über kurz oder lang die großen Plantagen abgenommen haben werden. In einem der Dörfer ist es schon so weit: Der reichste und angesehenste Mann ist ein ehemaliger Gastarbeiter. Die Agni sind außerstande, ihre Arbeit effektiv zu organisieren.

Zwei Szenen, die sich zugleich gut als metaphorische Darstellungen des Arbeits- und des ökonomischen Verhaltens *unserer Agni* verstehen lassen: Die Kaffeernte ist abgeschlossen; die Kaffeebohnen liegen in einem großen Haufen auf dem Dorfplatz, um verlesen zu werden. Die Agni versammeln sich, das Verlesen der Kaffeebohnen ist eine angenehme Arbeit, bei der man zugleich kommunizieren kann (»kommunizieren« ist auch ein Lieblingswort und eine Lieblingstätigkeit *unserer Agni*); von dem großen Haufen soll jeder für sich einen kleinen mit tadellosen, klar-grünen Bohnen ansammeln. Der Ethnologe kommt dazu und beteiligt sich an der Arbeit. Nach einer Weile muß er aber bemerken, daß erstens sein Häuflein mit Kaffeebohnen viel rascher wächst als die der einheimischen Arbeitenden; zweitens muß er bemerken, daß er tatsächlich tadellose Kaffeebohnen zusammengelesen hat, während die Häuflein der Einheimischen immer noch das schmutzige Braungrün des großen Haufens zeigen, den die Arbeit eigentlich in seinen guten und seinen schlechten Teil zerlegen sollte. Die Agni vermögen eine solche Arbeit nicht auszuführen.

Die zweite Szene lehrt, daß die Agni außerstande sind, ein Geldsystem zu verstehen und aufrechtzuerhalten. Auch dies kann man als metaphorische Darstellung von Verhaltensweisen *unserer Agni* nehmen. Nach der Kaffeernte kommen Lastwagen, die Säcke mit Kaffeebohnen abzuholen. Sie werden ausgewogen, die Agni bekommen Geld in die Hand. Aber sie können das Geld nicht verwenden, für das Abzahlen ihrer Schulden etwa, die das ganze Jahr beigetragen haben zu ihrer Lebensstimmung des Unglücks und der Abhängigkeit; die Geldscheine gehen regelrecht verloren, als könnten die Agni sich überhaupt nicht vorstellen, was man damit anfängt: einen Teil verschenken sie auf dem Heimweg von der Verkaufsstelle, mit einem anderen Teil kaufen sie sich Schnaps, der dritte wird in der Hütte in einer Ecke deponiert, wo ihn Termiten zernagen.

Unzweifelhaft arbeiten die Agni. Aber nicht auf ökonomischen Erfolg hin. Der größte Teil ihrer Kraft geht in die Aufrechterhaltung ihres desorganisierten sozialen Lebens, ihres Intrigen-Systems, einer komplizierten Etikette, deren Einhaltung mit großer Aufmerksamkeit überwacht wird: In der Regel befaßt sich die Rechtsprechung der Agni mit Verletzungen der Etikette.

Ich glaube, so ist es auch bei *unseren Agni*. Wenn sie effektiv arbeiten, so haben sie seit langem darauf verzichtet, das ökonomische System, in dem diese Arbeit stattfindet, in ihren Köpfen zu repräsentieren, sie unternehmen seit langem schon keinen Versuch mehr dazu. Jedermann weiß, daß es der Kapitalismus ist, mit dem sich zu beschäftigen nicht lohnt, und der ohnehin bald am Ende sein wird. Im übrigen können sie intensiv arbeiten, wie schon das Netz jener kleinen Buchläden bezeugt, die unzähligen Schriften, in denen sie sich darstellen, die sie nicht nur schreiben, sondern auch drucken und vertreiben. Auch bei ihnen ist aber eine »unheimliche« Psycho- und Sozialpolitik das eigentliche Arbeitsfeld, Verdächtigungen, Intrigen, Fragen der Etikette, eine minutiöse Organisation der Desorientierung.

Besonders klar ist das an den sogenannten K-Gruppen zu erkennen, jenen zahlreichen »Parteien«, die sich »kommunistisch« nennen und den größten Teil ihrer Kraft auf die Teilung und Differenzierung untereinander verwenden, so daß ein vollkommen undurchsichtiges Geflecht entsteht, das den Schemata sehr ähnlich sieht, in denen die Parin-Gruppe die verworrenen Sozialbeziehungen der Agni abzubilden sucht.

Ein Beispiel dieser Art von Psycho- und Sozialpolitik soll genügen. Unter den vielen Parteien gibt es auch eine winzig kleine, die sich KPD/Marxisten-Leninisten (Neue Einheit) nennt (es gibt auch eine KPD und eine KPD/Marxisten-Leninisten). Eine ihrer Broschüren – *Zur Frage des Kampfes gegen den reaktionären Mordterror* (Berlin 1972) – kommentiert die Erschießung Thomas Weisbeckers im März 1972, eines Mitglieds der ersten »Bewegung 2. Juni«; wenig zuvor war Georg von Rauch, ein anderes Mitglied der Gruppe, erschossen worden; der Kommentar gilt auch der Demonstration, die in Berlin wegen des Falles stattfand. Weil der Anlaß ein blutiges Ereignis ist, tritt die Logik dieser Psycho- und Sozialpolitik besonders kraß zutage: »Der Fall des geplanten, systematischen Mordes an Weisbecker ist zugleich eine äußerst wichtige Lehre für die gesamte Linke, weil er zeigt, in welcher Art verbrecherischer Terror gegen die revolutionäre Linke in Zukunft durchgeführt werden soll. Es ist damit zu rechnen, daß die Reaktion durch gezielte, heimtükkische Morde an festen Revolutionären die revolutionäre Bewegung im Mark zu treffen versucht. Das ist insbesondere für unsere Partei wichtig. Seit Wochen werden eine Reihe von Mitgliedern in einem unerhörten Ausmaß von einer ganzen Bande von Spitzeln, Agenten, Kriminellen, unverfroren verfolgt … Die Reaktion bedroht unsere Partei, weil wir schon die ganze Zeit das faschistische Element dieser Gesellschaft, das ausgewachsene Agentenwesen und den Terror gegen die revolutionären Massen und die Massen überhaupt, den restlos verfaulten Charakter des Imperialismus aufgezeigt haben; weil unsere Politik von dieser Einschätzung ausgeht und weil mit der Ausbreitung dieser Politik unter den Massen eine Kraft geschaffen wird, die mit diesem System fertig wird … Um so wütender mußte die Bourgeoisie über die massenhafte Demonstration, über den starken Protest bei der Ermordung Georg von Rauchs und Thomas Weisbeckers sein. Sie zeigte ihr, daß es ihr noch nicht gelungen ist, die revolutionäre Bewegung zu zerschlagen … In diesem Zusammenhang ist es notwendig, auf das Treiben der sog. ›KPD‹ hinzuweisen. Wir haben schon verschiedentlich darauf hingewiesen, daß diese Partei eine besonders üble Agentur der Sozialdemokratie ist. Auch in diesem Fall zeigte sich dies … Die ganze Sabotage der ›KPD‹ bzw. des ›KSV‹ (= Kommunistischer Studentenverband) wurde klar, als der ›KSV‹ die Protestdemonstration gegen die Ermordung Georg von Rauchs zu verhindern suchte und eine Teilnahme an der Demonstration unter dem lächerlichen Vorwand, daß die ›KPD‹ erst eine Woche lang die Arbeiter mobilisieren müßte, ablehnte. Dies führte zu scharfem berechtigten Protest bei den Studenten. Die ›KPD‹ ihrerseits sah sich veranlaßt, eine sogenannte ›Selbstkritik‹ zu üben. Die ›KPD‹ hat aber nur die Taktik bei der Sabotage geändert ... Ihre neue Taktik besteht darin, zwar an solchen Demonstrationen teilzunehmen, aber sie dafür von innen her zu zersetzen, sie mit aller Kraft vom Widerstand zurückzuhalten und Pazifismus unter pseudomarxistischen Phrasen zu verbreiten.«

»Die Gesellschaft«

Die Agni, berichtet die Parin-Gruppe, sind außerordentlich abergläubisch, sie leiden an einer intensiven Angst vor Gespenstern, insbesondere vor Hexen, die sie manipulieren, hinter ihrem Rücken ein dicht gewebtes Kommunikationsnetz entfaltet haben, in dem ihre Lebensschicksale vorbestimmt werden, in dem sogar das Fleisch ihrer Körper gehandelt und getauscht wird.

Ich glaube, daß die Theorien über den Kapitalismus, die industrielle Gesellschaft, über die politischen und kulturellen Apparate, wie sie *unsere Agni* vortragen, die Form eines angsterregenden Aberglaubens haben; »die Gesellschaft«, »der Kapitalismus«, »der Staat«, das sind allgegenwärtige ungreifbare Mächte, auf deren Wirken man jederzeit voller Mißtrauen gefaßt sein muß.

Was Margit der Münchner Stadtverwaltung nachsagt, weil sie dem Haus für vergewaltigte Frauen eine Cafeteria angliedern will, das ist schon ein prägnantes Beispiel. Es gibt unzählige. Im vergangenen Jahr hat eine anonyme Gruppe unter den Einbänden verschiedener Schülerzeitungen und innerschulischer Publikationen ein Pamphlet gegen die Schule verbreitet, so auch unter dem Cover der Hannoveraner Schülerzeitung *Griffel*. Unter der Überschrift »Wie man gekocht wird, so wird man gefressen« heißt es da – und auch im folgenden erinnert die Metaphorik an das, was die Agni von ihren Hexen befürchten: »Mit welchem Rohmaterial arbeitet nun diese Erziehungsanstalt für Produzenten (alias ›Schule‹)? Seltsamerweise für diese Welt der Dinge: immer noch mit Kindern, d. h. mit jungen Menschen. Der Schüler ist ein Kind und doch keins mehr. Er steht als das gerade gewünschte, biegsame Rohmaterial in einer *Alterszwischenzeit,* ist selbst eine Widerspiegelung der zerstückelten Zeit der Gesellschaft ... Die Zeit des *Spiels* hört auf und die des *Ernstes* fängt an, dieser Jagdhund, der ihn (den Schüler) sein ganzes ›Leben‹ lang nicht in Ruhe lassen wird. Der Schüler ist ein Kind, das nicht mehr ausschließlich seinen Erzeugern, sondern von nun an direkt der Gesellschaft selbst unterworfen ist. Auf die private Willkür der Erzeuger folgt als 1. die systematische, öffentliche Willkür der Schulbehörden. Dazu gehört natürlich, wie auf jeder Stufe der hierarchisierten Gesellschaft, etwas Ritus, also eine Einweihung. Wie der süßliche Weihrauch den stinkenden, mit allen Würmern der Verwesung durchsetzten Brei des Christentums schmackhafter machen soll, wird dem Sechsjährigen unter Applaus der Wachhunde eine Schultüte in die Hände gedrückt – eine versüßte Erinnerung an die Eselsmütze, die Seinesgleichen in früheren Zeiten auf den Kopf gestülpt wurde, wenn man sie in die Ecke stellte. So wird auch weiterhin jede Stufe der Hierarchie, die keiner freiwillig betreten wird, zuerst *zwangsläufig* durch eine versüßende Henkersmahlzeit – ›'ne Zigarette, 'nen Cognac gefällig?‹ – zu einer angenehmen und sogar anziehenden Angelegenheit gemacht. So wie das öde alltägliche Leben nur durch einen besonders spektakulären Aufwand (Ferien, Sport, all die sogenannten ›Spiele‹) ›attraktiv‹ gemacht, d. h. eine Zeitlang vergessen wird, so wird auch die banale Unerträglichkeit des Schülerlebens durch eine solche angewandte Kunst der Attrappen verdeckt und ›erträglich‹ gemacht ... Der Schüler ist im größten Teil der Schulzeit ein ökonomisch völlig abhängiges Wesen. Sein verlängerter Nabelschnurzustand zwingt ihn in die Rolle des ewigen Bettlers und Erpressers seiner Erzeuger – des ›Unmündigen der Familie‹ im wahrsten Sinne. Ein permanentes *Zwischending ohne Autonomie,* das nicht einmal weiß, wohin es eigentlich gehört, wartet als jämmerliches Rohmaterial ›Schüler‹ darauf, geformt und bearbeitet zu werden.«

Diese Struktur – die hier mit einer für *unsere Agni* ungewöhnlichen Schärfe und Genauigkeit durchgeführt ist – wird man in verschiedenen Publikationen an verschiedenen gesellschaftlichen Lebensbereichen durchgeführt finden. Wer in »die Gesellschaft« eintritt, wird zerstückelt, verschlungen, verdaut, als nichtswürdiges Produkt wieder ausgeschieden; er versinkt in einem alptraumhaften Zustand fahler Lebendigkeit, des Scheintods. Das Leben, ein präsentes Dasein, sinnliche Empfindung für das Hier und Jetzt erscheinen wie eine Utopie, sind Gegenstand eines ungenauen Wünschens, das hinter die Institutionen, hinter die Bestimmungen, hinter die Sprache vordringen möchte, in einen paradiesischen Zustand der Auflösung.

So formuliert es ein anonymer Artikel in der Berliner Zeitung *Traumstadt* (Heft 2/1978): »Wir beschweren uns (zu Recht), gemaßregelt, verwaltet, aufgeteilt, selektiert zu werden, ohne zu akzeptieren, daß auch wir es sind, die diese Welt ordnen, aufteilen. Unser Bewußtsein funktioniert wie die Blicke eines Suchscheinwerfers: wir werfen dort Licht drauf, wo wir etwas sehen *wollen.* Das geschieht nicht unbewußt, nein, ganz bewußt. (Nicht von ungefähr sehen Menschen auf Steckbriefen so aus, als ob sie nicht mehr lange unter den Lebenden weilen werden; das Suchbild ›schießen‹ die Sicherheitsbehörden; ihr Blickwinkel, ihre Linse deuten dem Gejagten an, was er zu erwarten hat.) Das gleiche Spiel bei Sprache, für uns – vor allem für Männer – zentrales Moment in der Aneignung als auch Verwandlung von Realität. Wir tun so, als ließen sich alle Phänomene, Gefühle in uns und um uns herum in Wörter verpacken, ordnen ... Wir akzeptieren genauso ohne Skrupel, daß Dinge, die uns unerträglich sind, in unsere Sprache keinen Eingang finden. Die Tatsache, daß wir in puncto Sexualität mit Hilfsbegriffen herumjonglieren, spricht Bände. Ordnung oder keine? Wenn es Herrn Glotz schlaflose Nächte bereitet, daß ihm die Sprache der Subkultur fremd ist, so sollten wir frohlocken – er hat uns nämlich nicht im Griff … Wir sollten uns deshalb hüten, Sprache zum Herrschaftsinstrument werden zu lassen. Um die Welt zu beherrschen, muß man sie erst mal benennen.« – Also lassen wir das besser. Die anonymen Verfasser jenes Antischulpamphlets erklären es zum zentralen Moment ihrer Strategie, daß sie sich nie wieder melden werden.

Die Parin-Gruppe hat während ihres Aufenthaltes bei den Agni nicht nur ihre Befragungen durchgeführt, sondern auch eine Arztpraxis betrieben. Hier spielten Schlüsselszenen, die das Verhältnis der Agni zu den Fremden erhellen. Eine dieser Szenen ist: immer wenn ein Agni Böses von einem der Fremden befürchtet, pflegt er um irgendeine Injektion zu betteln. Das heißt, der angsterregende soziale Eindringling wird zum weiteren Eindringen aufgefordert, tatsächlich in den Körper. Auch dies läßt sich als Metapher für das Verhalten lesen, das viele *unserer Agni* Fremden zeigen, die sie als Agenten »der Gesellschaft« identifizieren.

Bei den Agni, berichtet die Parin-Gruppe, wird diese Hingabe aus Mißtrauen komplettiert durch eine ebenso vage wie unstillbare Sehnsucht nach »Wohltätern«, die sie aus ihrem Elend und Unglück erlösen mögen. Denda, die Schwester eines Agni-Königs – und wegen der matrilinearen Organisation: die wichtigste Person des Dorfes –, empfing regelmäßig den Besuch der Ethnologen, die ihr stets eine Flasche Coca Cola brachten, deren Inhalt sie aus einer Kürbisschale trank. Eines Tages versicherte die Königsschwester, sie habe endlich verstanden, wer die Ethnologen seien: ihre Ahnen, die endlich wiedergekehrt sind, um ihr Gutes zu tun – anders könne sie sich ihr Verhalten nicht erklären.

Auch *unsere Agni* sind oft genug von dieser Sehnsucht nach Wohltätern erfüllt. Sie ist schon jenem Udo Untergrund abzulesen, dem jungen Bundeswehr-Deserteur, mit dem ich diesen Bericht über *unsere Agni* angefangen habe: Jede Person, der er in Schweden begegnet, schaut er erst einmal passiverwartungsvoll an, ob sie ihm nicht etwas überwältigend Gutes tun werde. Meist sind es dann freilich alte Männer, die ihn mit ins Bett nehmen, wenn er verloren irgendwo herumgesessen hat.

In einer anderen jener Broschüren berichten P. Brandt und Elga Sorbas über *Marokko. Erlebnisse in einem fremden Land* (Selbstverlag, Westerham 1976). P. Brandt hatte Physik studiert, Elga Sorbas war Schauspielerin gewesen, aber sie hatten diese Karrieren nicht wirklich ergreifen wollen, sie haben einen alten VW-Bus gekauft – in ihnen kann man sie häufig auf den Straßen beobachten, *unsere Agni* – und sind nach Afrika gereist. Hier finden sie oft Gelegenheit, die Sehnsucht nach Wohltätern zu erfüllen, denn jeder Einheimische kann sich als Wohltäter erweisen, sobald er nicht Mißtrauen erweckt und rechtfertigt, sondern freundlich ist. Überwältigend wirken die Einheimischen als Wohltäter, sobald sie wirklich etwas geben. Ich wähle zur Illustration die Beschreibung eines Essens, zu dem die beiden Reisenden von einem marokkanischen Ehepaar eingeladen worden sind. Die anspruchslose Beschreibung liest sich, als hätten P. Brandt und Elga Sorbas noch nie zuvor etwas Substantielles zu essen bekommen, als wäre dies das erste Mal, daß sie Essen wirklich befriedigt: »fatima hatte von draußen mitgekriegt, worüber wir sprachen (nämlich über Europa, Deutschland, seine Lebensbedingungen, die Situation der Gastarbeiter). als sie kam und einen runden flachen holztisch für das essen vor uns hinstellte, sagte sie zu hamida (ihrem Ehemann), er solle mal lieber hier in marrakesch bleiben und nicht immer nach europa sehen. hier sei er jemand und sie könnten ihr leben einigermaßen selbst bestimmen. dort sei er nichts und müsse sich nur anderen unterordnen. sie sagte noch dergleichen mehr, und wir waren erstaunt, wie gut sie da durchblickte. sie ging wieder nach draußen, und nach einer weile kam sie zurück mit einer großen tonschale, die mit einem hohen, ebenfalls tönernen deckel bedeckt war. sie stellte sie auf den tisch und hob dann den deckel hoch. darunter war ein weißer berg kouskous, umgeben von einer soße, die ihre farbe von tomaten und safran hatte und viel feines gemüse und fleischstücke enthielt. fatima kam mit einer kanne und goß uns wasser über die finger der rechten hand, damit wir sie über einer schale waschen konnten. es war üblich, mit den fingern zu essen. mit der linken hand nahm man das brot, um es in die soße zu tauchen. fatima hatte uns zwar auch löffel hingelegt, aber wir wollten lieber sehen, ob wir das auch mit den fingern konnten. es wurde ein herrliches mahl. als wir schon dachten, wir hätten jetzt genug gegessen, und uns satt und zufrieden zurücklehnten, brachte fatima noch eine schüssel. darin war ein ganzes huhn. das essen fing noch einmal an, bis wir wirklich nicht mehr konnten. danach kam fatima wieder mit dem wasser, diesmal auch mit seife und handtuch, damit wir uns das fett von den händen waschen konnten. dann gab es noch kaffee.«

Perspektive

Die Agni, berichtet die Parin-Gruppe, sind elend und unglücklich, sie sagen es selbst; sie sagen auch, daß ihre Gesellschaft keine Zukunft hat, daß sie bald untergehen wird; ihre Gesellschaft ist ein Produkt der Dekadenz. Die Agni haben zu dem großen und mächtigen Imperium der Aschanti gehört, das noch den angelsächsischen Kolonisatoren lange erfolgreich kriegerischen Widerstand entgegengesetzt hat; den französischen Kolonisatoren dagegen haben sich die Agni widerstandslos in die Hand gegeben, sie anscheinend bereits für »Wohltäter« haltend. Die Parin-Gruppe bezweifelt, daß die Agni-Kultur bald zerfallen wird. Sie meint, daß die Agni ein funktionsfähiges soziales System entwickelt haben, das noch lange überleben kann, auch wenn es die Gesellschaftsmitglieder kontinuierlich unglücklich macht.

Ich will sagen: *unsere Agni,* das ist zwar ein Kunstprodukt, das ich eben hervorgebracht habe, aber es scheint mir nützlich, die Tendenzen, die ich darin zusammengefaßt habe, so zu studieren, als handle es sich hier tatsächlich um eine strukturierte, kohärente Kultur. Auch *unseren Agni* sollte man nicht glauben, wenn sie fortwährend ihren eigenen Untergang beschwören. Ebensowenig glauben sollte man den Kritikern *unserer Agni,* die sie für »Auswüchse« der »Wohlstandsgesellschaft«, »utopischer Reformpolitik« oder was weiß ich erklären und ihre restlose Unterwerfung vorschlagen.

Dies Studium, für das ich hier nur Ausgangsmaterial geliefert habe, eine Ethnographie *unserer Agni*[1] also könnte auch eine praktisch-politische Tätigkeit sein. Es ist ja offensichtlich sinnlos, hier mit kulturkritischem Lamento zu reagieren oder mit Programmen für eine Erziehungsdiktatur, die den demokratischen Basiskonsens wiederherzustellen hätte. Dem Berliner Wissenschaftssenator Peter Glotz ist es zu verdanken, daß endlich einer offiziell, aus einer Position im staatlichen Apparat gesagt hat: Es gibt diese Subkultur, man muß sie wahrnehmen, und das schließt blindes Einschreiten aus. Der Mescalero-Nachruf auf Buback verdankt seinen Ruhm der Unkenntnis; das tumultuarische Einschreiten verhindert die Beobachtung dessen, was es da alles gibt. Man muß es sammeln und interpretieren, und das nicht nur zu dem Zweck, damit irgendwann einmal Material für Indizienbeweise in der Hand zu haben.

Ich habe die Erklärungen ausgespart, die die Parin-Gruppe für das Unglück der Agni gibt, ich will sie auch nicht nachtragen. Ich will auch keine Erklärungen für das Unglück *unserer Agni* skizzieren. Mag sein, daß sie sich bei näherem Zusehen als Produkte des »wahrheitsunabhängigen Sozialisationsmodus« erweisen, dessen Schreckbild Jürgen Habermas entworfen hat. Mag auch sein, daß sich beim näheren Zusehen *unsere Agni* auflösen, als Produkte ganz anderer Tendenzen erweisen. Vielleicht sind sie die Zeugen einer Krise, durch die *wir alle* in den siebziger Jahren hindurch mußten.

Nr. 365, Oktober 1978

---

[1] Es wäre eine eigene Aufgabe, Publikationen zusammenzustellen, die schon zu einer solchen Ethnographie beitragen und nicht von *unseren Agni* selbst stammen. Ich zähle zu diesen Publikationen auch zwei Cartoon-Bücher von Chlodwig Poth – *Mein progressiver Alltag* und *Unser täglich Frust* (Rowohlt-Taschenbücher 1976 und 1978) –, in denen mit großer komischer Kraft Szenen aus dem Alltagsleben eines Mannes dargestellt sind, der einmal zur Protestbewegung gehört hat und an ihren Programmen festzuhalten sucht. Freilich kann der Held nicht zu einem *unserer Agni* werden, er ist zu alt dafür, auch zu fest mit der sozialen Realität verwoben. Die Komik darf nicht vergessen machen, daß die beiden Bücher als historische Dokumentationen gelesen zu werden verdienen.

Die Fotografien in dem Band *Jugendliche* von Gisela Schmeer und Volker Schöbel (Klett-Cotta 1978) laden dazu ein, die Bemerkungen der Parin-Gruppe über die körperliche Erscheinung der Agni zu überprüfen. Sie fassen diese Bemerkungen zusammen in dem Goethe-Zitat: »Sie scheinen mir aus einem edlen Haus, / Sie sehen stolz und unzufrieden aus.« Die Agni sind schön, sie sind groß und schlank, sie bewegen sich selbstbewußt und anmutig. Freilich bricht ihre sorgfältige Gestik immer wieder zusammen. Ihr Kleiderschmuck, ihre Frisuren und ihre Kosmetik sind manchmal bis zur Bizarrerie kultiviert; manchmal laufen sie in zerrissenen Hemden herum.

Manfred Schneider

»Ich zahle für jeden Literarhistoriker dreizehn Heller ...«

Möglichkeiten und Grenzen, Karl Kraus zu verstehen

Für Hans Wollschläger

Vor wenigen Monaten fand ich in meinem Briefkasten eine Broschüre, die der Time-Life-Buchvertrieb an mich persönlich adressiert hatte. In dem Begleitschreiben teilte man mir diskret mit, daß ich nun 35 Jahre alt bin. Schonungslos folgte dem jedoch die Ankündigung, daß nun die »Krise der mittleren Jahre« eintreten werde. Dies klang sehr unangenehm im Resonanzraum meiner Seele nach. Der Absender der Broschüre, ein mir unbekannter Herr Bernhard Förstenberg, machte sich nun offenbar Sorgen, ob ich die Schwierigkeiten meiner heranrückenden Lebenskrise überhaupt allein würde bewältigen können. In seiner herzlichen Anteilnahme bot er mir ein Buch an, das mir helfen würde, meine »eigenen, ganz persönlichen Probleme nicht nur zu verstehen, sondern auch zu lösen«. Das von ihm offerierte Buch trug den eindrucksvollen Titel *Der erwachsene Mensch* und stellte sich als Einführungsband in die »wertvolle« Time Life-Buchreihe *Menschliches Verhalten* vor.

Als ich nach dem Studium des farbigen Prospektes mein Seelenleben befragte, ob ich tatsächlich bereits an der Krise der mittleren Jahre krankte, da erhielt ich zur Antwort, daß ich vielmehr an einem bodenlosen Zorn darniedersäße. Doch konnte ich auch schon absehen: Ich würde ohne das Buch auf meinem ohnmächtigen Zorn darüber, daß ein zynischer Konzern mir Lebensschwierigkeiten zu suggerieren sucht, um sie dann auszubeuten, lange sitzen bleiben. Dieser Essay kam mir zur Hilfe: Ich beschloß, meinen Zorn zu lieben und ihn produktiv werden zu lassen.

*

Es fällt nicht schwer zu vermuten, daß der Prophet und Stichwortgeber meines Zorns Karl Kraus gewesen ist. Er dient mir als Kronzeuge dafür, daß es in unserer Zeit mindestens so lebensnotwendig ist, hassen zu können, wie zu lieben. Freilich muß der Haß ein erkennender sein, sonst verwandelt er sich in einen Selbstverzehrer der Seele. Kraus war einer der produktivsten, sprachmächtigsten, scharfsinnigsten literarischen Hasser im ersten Drittel dieses Jahrhunderts. Die unendliche Rede seines Hasses bildete allerdings nur die machtlose Kehrseite eines schwer durchschaubaren, elementaren Schutzbedürfnisses. Die repräsentative Figur der Krausschen Aversionen verkörpert der von ihm zur Spottgeburt aus Dreck und Tinte stilisierte Journalist, der bocksbeinige Zeuge der verkehrten Welt, der mephistophelische

Ratgeber, der uns tagtäglich belehrt, wie das Leben läuft und wie es zu bewältigen sei. Tatsächlich aber steht dieser Journalist nur als Archetypus an der Spitze einer Genealogie von dunklen Figuren, zu denen die Staatsanwälte, Kaufleute, Kulturfunktionäre und Generäle ebenso gehören wie die Literaturwissenschaftler und Psychoanalytiker.

Wenn ich mich nun daran versuche, die Kraussche Kronzeugenschaft für meine dunklen Gefühle anzurufen und den Ruf zu begründen, und dies auch noch auf dem Wege einer psychoanalytisch illuminierten Interpretation, so begebe ich mich auf ein Terrain der Neugierde, das Kraus selbst mit den Waffen seines Zorns und seines Hasses zu entvölkern gesucht hat. Zur Einstimmung möchte ich gleich einige Zitate anführen, an denen sich das Tremolo seines Hasses auf die Literaturhistoriker und auf die Psychoanalyse vernehmen läßt. Ohne einen Wink, daß es sich nur um einen satirischen Spaß handeln könnte, bläst Kraus mehrfach zur »Razzia auf Literarhistoriker«, die »Schmarotzer des Wahren, Guten und Schönen«. Und den Professoren, die am »Blut der Künstler ... verdienen«, geht er dann auch ans empfindliche Fleisch: »Wo ich geh' und steh', wimmelt es jetzt von Literarhistorikern, also von Historikern, die in keinem Zusammenhang mit der Literatur stehen ... Was soll ich mit den Leuten anfangen? Ich will die, die es schon sind, verstümmeln und darum die nachfolgenden verhindern. Ich will das Handwerk verächtlich machen ... Ich sammle die Fälle und bitte um Unterstützung. Stille Kreuzottern zu töten, ist schnöde und der steirische Landtag zahlt für jede zwölf – (...). Ich zahle für jeden Literarhistoriker dreizehn Heller. Man folge mir in die Seminare, aber man scheue auch die Redaktionen nicht. Gerade dort nisten sie.« (*Fackel* 341/42, S. 29)

Es ist zwar ein Trost, wenn Kraus zehn Jahre nach diesem Aufruf seine Ankündigung, die Literaturhistoriker zu »kastrieren«, als metaphysische Prozedur erläutert und mildert. Es ging ihm damals vor allem darum, jene Produktivkräfte der literaturwissenschaftlichen Überflüssigkeiten mattzusetzen, die ihn ständig dazu zwangen, seine satirischen Mittel zu »vergeuden«. Aber noch solche Schnitte ins metaphysische Fleisch sind schmerzhaft. – Dies bekamen zur gleichen Zeit auch die Psychoanalytiker zu spüren. Ich gebe dafür gleichfalls eine kleine Blütenlese der metaphysischen Streiche in der *Fackel*. Im Jahre 1913 empörte sich Kraus darüber, daß das *Zentralblatt für Psychoanalyse* einige seiner polemischen Aphorismen gegen die neuere Seelenkunde ohne Autorisierung abgedruckt hatte. Auf die juristische Intervention von Kraus hin erklärte sich der Herausgeber des *Zentralblattes* bereit, zur gütlichen Beilegung des Streites einen Betrag für »philanthropische Zwekke« abzuführen. Diese Erklärung nutzte der *Fackel*-Autor gleich für einige seiner satirischen Messerstiche. Zunächst erklärte er, daß der Bußbetrag der Psychoanalytiker für Else Lasker-Schüler bestimmt war, die, »wiewohl sie weit mehr für die Menschheit leistet, mit ihren eigenen Träumen auch nicht annähernd so viel verdient als ein Psychoanalytiker mit fremden«. Doch dann gings auch den Psychoanalytikern ans Fleisch: »Die Psychoanalyse – dieses neueste Judenleid, die älteren haben noch Zucker – kann von mir nur als ganze betrachtet werden, aber, trotz aller Terminologie, nicht als die Wissenschaft, sondern als die Leidenschaft der zu keiner andern mehr fähigen Generation. (Diese Wendung ist mit Recht doppelsinnig: die Generation ist weder zu einer andern Leidenschaft noch zu einer andern Generation fähig.)« (*Fackel* 387/88, S. 18f.)

Der polemischen Kastration wird zu guter Letzt noch eine apokalyptische Perspektive aufgedrückt: »In der dem Schöpferwillen zuwiderlebenden Entwicklung, im jüdischen Lauf der Weltdinge, dringt die Schwäche immer sieghafter ins Gebiet der Kraft vor. Sie weiß mit Intelligenz Bescheid, wie man ans Ende aller Tage kommt. Wenns der Journalismus nicht gemacht hat: ihr letzter, bis zur Verzweiflung hoffnungsvoller Aufstand heißt Psychoanalyse ...« (S. 22)

Es ist hier vor jedem Kommentar gewiß der Hinweis notwendig, daß dem Antisemitismus des jüdischen *Fackel*-Autors keineswegs rassistische Züge anhaften. Kraus war 1899 aus der israelischen Kultusgemeinde ausgetreten und hatte sich 1911 der katholischen Kirche angeschlossen, von der er sich 1923 wieder löste. »Jüdisch« steht in den *Fackel*-Polemiken »gebrochen synonym für Eigenschaften jüdisch repräsentierter Gruppen, vor allem des Liberalismus – oder genauer: seines Herrschaftsinstruments, der liberalen Presse. Das zentrale Subjekt, der Journalismus, färbte auch die antijudaische Position mit ein« (Hans Wollschläger). Es war auch aus meinem Zitat-Arsenal der polemischen Schwertstreiche herauszuhören: Die Germanisten repräsentieren eine Vorform – »Literaturgeschichte ist die Unfähigkeit zum Journalismus« –, die Psychoanalytiker eine apokalyptische Steigerung des Journalismus.

Ich möchte mich hier zurückhalten mit psychoanalytischen Erklärungsversuchen und lebensgeschichtlichen Deutungen dieser Fixierung des Hasses und der mörderischen Affekte von Kraus. Die ödipale Grundstimmung, in welcher der Satiriker sein metaphysisches Messer schwingt, ist deutlich vernehmbar. Ich möchte vielmehr im wörtlichen Sinne über die Möglichkeiten und Grenzen der Krausschen neurotischen Schreibarbeit nachdenken: nicht über die pathologische Verformung seiner seelischen Struktur, nicht über die Wirksamkeit eines rekonstruierbaren Verdrängten, sondern über die *Funktion* seines lebenslangen Schreibens.

Den hermeneutischen Zugang zur psychischen Funktion des Schreibens bei Kraus verschaffe ich mir zunächst auf radikal subjektivem Wege: Ich analysiere meine Übertragungen auf den Autor Kraus während meiner langjährigen Beschäftigung mit dessen Texten, meine mehr oder minder bewußten Gefühle, die sich im Zuge dieser Lektüre um den Verfasser kristallisierten. Dabei muß – um korrekt zu sein – eigentlich von »Gegenübertragungen« gesprochen werden, denn der Leser der *Fackel* ist eine innerhalb dieses Diskurses bereits festinstallierte Figur. Das wird noch zu zeigen sein. Von Bedeutung ist zunächst, daß das Vergnügen und das Unbehagen, das ich als Leser empfand, das Kaleidoskop der Autorbilder, die ich mit den Texten assoziierte, als Reaktionen zu begreifen sind, die ich auf die Instrumentation der in den Diskurs selbst eingegangenen Affekte entwickelt habe. Der Leser ist Komplize der Krausschen Affekte oder erschreckter Beobachter; stets aber sieht er sich in emotionaler Weise angesprochen. Keine seiner Reaktionen verschafft ihm gleich einen Spielraum zum freien Urteil. Dies ist – mag man sagen – eine bedenkliche Voraussetzung für einen wissenschaftlichen Text, der sich im Raum der vernünftigen Diskussion zu behaupten wünscht.

Darüber lohnt es sich jedoch, einen Augenblick nachzudenken. Die traditionelle literarische Auslegungslehre, die Hermeneutiken von Schleiermacher über Dilthey bis hin zu Heidegger und Gadamer, betrachten die Subjektivität im Zuge jeder Interpretation zugleich als Organ und als Komplikation oder Trübung einer Erkenntnisleistung. Die Parallaxe zwischen der Perspektive des Interpreten und der fluktuierenden Linie der Wahrheit erfaßt in ihrem Winkel die stets sich verändernden Felder historischer und individueller Lebenskontexte. Diese Verstrickung des Interpreten in die subjektive und in die allgemeine Geschichte läßt sich auch als historisch und gesellschaftlich gegebene Struktur der Erfahrung sowie der Sprache beschreiben. Die hermeneutische *Reflexion* auf diese Bedingungen ihrer Erfahrung hebt die parallaktische Verzerrung zwar nicht auf; wohl aber stabilisiert sich die Linie der Wahrheit in dem Maße, wie die Position des Betrachters beweglich wird, wie er die Spielmöglichkeiten seiner Subjektivität als Varianten der Erfahrung durchprobiert. In neuerer Zeit hat Georges Devereux die hermeneutisch als »Vor-urteil« reflektierte Komplikation wissenschaftlicher Erkenntnis auf dem Gebiet der Verhaltenswissenschaften als Problem der Gegenübertragung analysiert. In seinem Buch *Angst und Methode* hat er umfangreiches empirisches Material zusammengetragen und dokumentiert, auf welche Weise in der Psychoanalyse, der Ethnologie und Soziologie die affektiv gefärbte Position des Beobachters Daten und Wahrnehmungen verfälscht. Nun besteht zwischen dem hermeneutisehen »Vorurteil« und der verhaltenswissenschaftlichen Gegenübertragung nur eine Analogie. Die Hermeneutik kann ihren Begriff der Wahrheit nur als transzendentalen Orientierungspunkt setzen, auf den hin sich die Geschichte der literarischen Erfahrung beziehen läßt. Hingegen bildet sich das »objektive« Substrat der Verhaltenswissenschaften als Methodologie aus. Im Gegensatz zum Text, dem hermeneutischen Objekt, läßt sich die Situation, der sich die empirische Beobachtung verdankt, nicht als identische rekonstruieren. Der Fluchtpunkt der umfassendsten Datenerhebung erscheint in der Kategorie der Vollständigkeit und Korrektheit, nicht aber als Wahrheit.

Der Versuch einer Annäherung an das Wesen und die Funktion des Krausschen Diskurses, wie ich ihn jetzt beschreibe, ist methodologisch zu charakterisieren als Kombination, oder besser: als Montage hermeneutischer und verhaltenswissenschaftlicher Interpretation. Das Kraussche Schreiben – so darf ich, die Analyse meiner Übertragungen vorwegnehmend, behaupten – ist als eine diskursive Variante pragmatischen Verhaltens zu deuten. Nicht der Inhalt, sondern die Bewegung, das Ritual einer Grenzziehung zwischen dem Sprecher und einer feindlichen Welt, die sich in Gesprochenem repräsentiert, bildet das spezifische Moment der unendlichen Rede in der *Fackel*. Die stupende Gebärde der Abwehr und des Angriffs läßt nur aus der Choreographie ihrer Bewegung einen Schluß auf jene Inhalte zu, die verteidigt werden. Einfühlbar sind lediglich die »negativen« Affekte, nicht aber die »positiven«, die sich von ihnen geschützt sehen wollen. Im Zusammenspiel der Autor-Übertragung und meiner Gegenübertragung kommt mir zunächst lediglich die Schutzwürdigkeit von verletzlichen Zonen als ein gemeinsames Bedürfnis zum Bewußtsein. Die Analyse der Gefühlsbeziehung erlaubt, wie mir scheint, vorerst keine weiter- oder tiefergehende Hermeneutik dieses Schutzbedürfnisses selbst.

Nun aber zur eigentlichen Erfahrung: als Leser der Schriften von Karl Kraus habe ich mich stets als frohgestimmten Parasiten seiner sprachlichen und satirischen Überlegenheit gefühlt. Es ist, mag man sagen, eine infantile Position, wenn sich ein Leser auf diese Weise eine Alimentation seiner Größenbilder verschafft. Denn dieses Kraftgefühl, das die Krausschen Texte übertragen, ist eine Wirkung ihrer polemischen Gewalt, keineswegs aber stets ihrer rationalen, intellektuellen Dominanz. Meine bewundernde Zuneigung gilt dem vom Krausschen Sprechen aktualisierten und zugleich erfüllten Wunsch nach Unangreifbarkeit. Doch ich unterstreiche erneut: Die Gegenübertragung überzieht mit ihren positiven Regungen den Verfasser in der *Funktion* seines Sprechens und Schreibens, nicht primär als Repräsentanten von Meinungen und Ansichten. Es läßt sich aus den physiognomischen Bruchstücken, worin die Idiosynkrasien der *Fackel* die Bilder ihrer Autorschaft finden, kein identifikationsfähiges Profil zusammenlegen. Hinter den verwischten Konturen jener »Instanz«, aus welcher der *Fackel*-Diskurs hervorgeht, liegt nur der Schatten einer archetypischen Gestalt: Es ist der über sein Papier gebeugte leidende Schreiber, der gegen die schreienden, redenden, stammelnden allgegenwärtigen Räsoneure, gegen die journalistischen Wechselhändler des Realitätsprinzips die »chinesischen Mauern« seiner *Fackel*-Prosa errichtet. Zu Karl Kraus als Person läßt sich durch das Medium seiner Rede kaum eine feste Beziehung gewinnen. Und dies in dem doppelten Sinne: Es ist unmöglich, und: Er ließ es nicht zu. In welcher Weise Kraus, den Zustimmung angeblich »entmutigte«, mit der Möglichkeit von Leser-Sympathien umging, das dokumentieren zwei Textproben. So las man in einer *Fackel*-Notiz vom Februar 1913: »Diese Sympathien – o könnte ich ausdrücken, was es mit ihnen für eine Bewandtnis hat, und wie wenig mich ein schleißiges Gewand vor Kälte schützt, und wie ich nicht gewußt habe, daß ich dem Publikum sympathisch war! Sympathisch – das wagt man einem Mann von Ehre ins Gesicht zu sagen? Daß ich's nur gestehe: diese Sympathien habe ich nie verdient! Endlich muß es heraus. Diese Sympathien, sie waren eine böse Absicht oder ein Irrtum. Denn da ich bestimmt weiß, daß ich mich nicht verändert habe, so scheinen die Leute, denen ich bisher sympathisch war, nicht bemerkt zu haben, wie unsympathisch ich bin ... Wenn sie künftig noch behaupten können, die anständigen Leute, daß eine Minute der vierzehnjährigen Arbeit eines Tag- und Nachtredakteurs ihnen zugedacht war, so werfe ich das ganze Werk in den Ofen! Als mir ein Pelz gestohlen wurde, nahmen die Wucherer Partei für mich gegen den Dieb. Jetzt verlassen mich gar die anständigen Leute. Vielleicht geht alles noch gut aus. Ich kann euch Wunden zeigen, wenn wir allein sind.« (*Fackel* 368/69, S. 55f.; zitiert nach *Untergang der Welt ...*, S. 302)

Nun hat Karl Kraus – die ironische Emphase der »anständigen Leute« läßt dies auch anklingen – durchaus Sympathisanten und Anhänger geduldet, stumme Inspektoren und Teilhaber seiner Wunden. Dies gilt insbesondere für die Zeit seiner großen öffentlichen Auseinandersetzungen mit dem korrupten Zeitungsverleger Imre Bekessy, dem zynischen, blutbefleckten Polizeipräsidenten Schober oder später mit der Sozialdemokratie. Aber die Funktion der Leser, Anhänger oder auch die Funktion der Zuhörer bei seinen 700 öffentlichen Vorlesungen war für Kraus stets die gleiche: Ihnen oblag die Repräsentation des Schweigens, welches die tiefste Sehnsucht und das eigentliche Objekt seiner Rede war. – Wie Kraus in meiner Gegenübertragung, so ist auch der Leser oder Hörer in der Krausschen Übertragung nur ein Funktionselement des Diskurses. Dies liest sich deutlich an der Rolle ab, die Kraus dem Publikum in seinem *Theater der Dichtung* zuweist: »Die Masse kann und soll nicht verstehen. Sie leistet genug, wenn sie sich aus trüben Einzelnen zu jenem Theaterpublikum zusammenschließt, das der unentbehrliche Koeffizient schauspielerischen Wertes ist.« (*Fackel* 384/85, S. 28)

Die Repräsentation des Schweigens darf sich noch im Beifall Ausdruck verschaffen; sobald aber das Publikum zu sprechen beginnt, setzt auch wieder die Kraussche Abwehr und Polemik ein. Der stumme Zuhörer und Leser, der durch kathartische Erschütterung für eine Zeitlang seiner Sprache verlustig geht und der zugleich die elementare Wirkung und Funktion des schweigengebietenden Sprechens von Kraus bezeugt, er ist das Objekt der diskursiven Begehrlichkeit in der *Fackel*. Oder genauer: als Schweigender ist er der Repräsentant des Objektes, nämlich der Stille. Die »Atemzüge der Ewigkeit«, die für Kraus allegorisch alles poetische Sprechen bezeichnen, sie machen das metaphysische Geräusch vernehmbar, das er im Schweigen begehrte. Es gibt zahlreiche Zeugnisse für die geradezu elementare Wirkung der Krausschen öffentlichen Vorlesungen: Oftmals saß das Publikum am Ende minutenlang stumm. Und als Leser von heute darf ich sagen: Im akustischen Schatten der *Fackel*-Rede läßt sich immer noch gut schweigen. Durch die kathartische Wirkung ihrer sprachlich agierten Affektivität erzeugt sie nacheinander Spannung und entspanntes Wohlbefinden.

Der von Kraus bisweilen halluzinierte Effekt seiner Rede, nämlich ein universales Schweigen zu erzeugen, stellt sich nicht zuletzt auch auf der pragmatischen und polemischen Ebene ihrer Aktionen ein: Diese Wirkung verdankt sich der besessenen Anstrengung, stets das letzte und siegreiche Wort zu behalten. Darin beschreibt sich das Ziel der mörderischen Feldzüge in der *Fackel*. Die erste große Polemik, mit der Karl Kraus im Jahre 1911 den Berliner Journalisten und Theaterkritiker Alfred Kerr im wahrsten Sinne des Wortes heimsuchte, ist aus unserer Sicht nach ihrem Anlaß und Inhalt bedeutungslos. Unanfechtbar frisch jedoch vermittelt sie auch heute noch ein literarisches Vergnügen, sofern sich der Leser der polemischen Überlegenheit von Kraus ohne Widerstände anvertraut. Die vier Artikel gegen Kerr inszenieren in der Dramaturgie ihrer Überschriften das theatralische Spiel einer

Vivisektion, der ein tödlich verstummendes Opfer unterzogen wird. Die Schlagzeilen der Artikel personifizieren Kerr unter dem Namen der Zeitschrift, in der dieser damals publizierte, nämlich als »Pan«. Die Apostrophen der vier Artikel lauten wie folgt: *Der kleine Pan ist tot – Der kleine Pan röchelt noch – Der kleine Pan stinkt schon.* – Und im vierten Artikel: *Der kleine Pan stinkt noch.* Dieser letzte Text spielt mit der Fiktion, daß eigentlich Kerr in der Auseinandersetzung das letzte Wort behalten habe. Und diese Illusion gehorcht einer präzisen satirischen Regie: Zu Beginn wird eine giftige Replik des *Pan*-Journalisten ohne Kürzung und Kommentar abgedruckt. Dann setzt die *Fackel* wie folgt ein: »Es (nämlich das Zitat von Kerr) ist das Stärkste, was ich bisher gegen Herrn Kerr unternommen habe. Gewiß, die drei Aufsätze haben einige Beachtung gefunden. Was aber bedeutet aller Aufwand von Kraft und Kunst gegen die spielerische Technik des Selbstmords? Gewiß, ich habe ihn in die Verzweiflung getrieben; aber er, er hat vollendet. Ich habe ihn gewürgt, aber er hat sich erdrosselt. Mit der wohlfeilsten Rebschnur, deren er habhaft werden konnte. Es ist mein Verhängnis, daß mir die Leute, die ich umbringen will, unter der Hand sterben.« (*Fackel* 326/28, S. 30) Und der Artikel schließt: »Nun ist er hin. Und ließ mir nichts übrig, als ihn aufzubahren. Vielleicht hält er sich noch den Nachruf. Ich druck ihn ab. Man kann nicht besser dastehen, als wenn man dem Herrn Alfred Kerr das letzte Wort läßt.« (S. 34)

Das Geheimnis der Krausschen Überlegenheit und »Unbesiegbarkeit« erschließt sich nur durch ein Verständnis dafür, daß sein Leben Schreiben war. Eine grobe Schätzung ergibt, daß Kraus in der Zeit seiner selbständigen publizistischen Aktivität zwischen 1899 und 1936 rund 45000 Seiten gedruckter oder druckfähiger Texte verfaßt hat, *Fackel*-Artikel, Glossen, Kommentare, Reden, Theaterstücke, Gedichte und eine immense Zahl von Privat- und Geschäftsbriefen. Dies sind pro Tag und Nacht etwa vier Seiten. 37 Jahre lang jeden Tag vier Seiten. Eine solche Arbeitsleistung wird freilich erst dann angemessen zu würdigen sein, wenn man einen Begriff von der Qualität der Krausschen Prosa gewonnen hat; wenn man weiß, mit welcher ungeheuerlichen Mühe jeder Text durch seine verschiedenen Stadien getrieben wurde, mit welcher Akribie eine Endfassung ausgeführt und mit welcher peniblen Wachsamkeit der Druck kontrolliert wurde. Angesichts dieses Pensums gerät die Feststellung zur Plattheit: Sein Leben war Schreiben. Vielmehr war sein Schreiben Leben, denn Kraus verstummte nicht mit seinem Tod, sondern er starb, als er nicht mehr schreiben konnte.

Ich glaube, es ist unzureichend – wie ich es selbst einmal versucht habe –, das Kraussche Schreiben als kreative Selbstausbeutung einer empfindlichen, hoch geängstigten, zwanghaften Persönlichkeit zu verstehen. Ich habe die Zitate aus den Polemiken nicht nur wegen ihrer thematischen Bezüge zur Psychoanalyse und zur Literaturwissenschaft ausgewählt; mir ging es zugleich darum, die Felder der sprachlichen Aktion und Reaktion zu bezeichnen. Mit seiner auf den metaphysischen Körper der Journalisten gezielten polemischen Gewalttätigkeit antwortet der *Fackel*-Autor auf an sich selbst repräsentierte Verletzungen sprachlicher Territorien. Kraus hat jedes öffentlich gesprochene Wort egozentrisch an sich gerichtet genommen. Alle Zeitungsartikel, Reden, Kriegsberichte, Beschlüsse, Erklärungen, Parteiprogramme, den ganzen Stoffwechsel an leeren Worten und Phrasen, den die summende Masse der öffentlich Sprechenden tagtäglich ausscheiden mußte, hat er am eigenen Leib gespiegelt. Der Diskurs der *Fackel* verstummte stets dann, wenn die Repräsentation der Sprache am eigenen und fremden Körper dadurch unmöglich wurde, daß die realen Gewalten die körperliche Integrität der Menschen öffentlich zerstörten: Dies geschah während des Ersten Weltkrieges und zu Beginn des Faschismus. Über den zerschossenen und gequälten Leibern verdunkelte sich jene Metaphysik der Leiblichkeit, unter den Photos der Kriegstoten brachen die Schreibflächen der fremden und eigenen Diskurse zusammen. Die längeren Phasen publizistischer Stummheit 1914/15 und 1933/34 beschloß Kraus jeweils mit atemlosen Reden über seine körperlichen Bedrängnisse und über seine Sprachlosigkeit. Im Dezember 1914 erklärte er zu Beginn seiner Rede *In dieser großen Zeit*: »in dieser lauten Zeit, die da dröhnt von der schauerlichen Symphonie der Taten, die Berichte hervorbringen, und der Berichte, welche Taten verschulden: in dieser da mögen Sie von mir kein eigenes Wort erwarten. Keines außer diesem, das eben noch Schweigen vor Mißdeutung bewahrt. Zu tief sitzt mir die Ehrfurcht vor der Unabänderlichkeit, Subordination der Sprache vor dem Unglück. In den Reichen der Phantasiearmut, wo der Mensch an seelischer Hungersnot stirbt, ohne den seelischen Hunger zu spüren, wo Federn in Blut tauchen und Schwerter in Tinte, muß das, was nicht gedacht wird, getan werden, aber ist das, was nur gedacht wird, unaussprechlich. Erwarten Sie von mir kein eigenes Wort.« (*Fackel*, 404, S. 1f.)

Und zu Beginn der erst postum 1952 erschienenen, aber 1933 bereits verfaßten Auseinandersetzung mit dem Faschismus, der *Dritten Walpurgisnacht,* heißt es: »Ich fühle mich wie vor den Kopf geschlagen, und wenn ich, bevor ich es wäre, mich gleichwohl nicht begnügen möchte, so sprachlos zu scheinen, wie ich bin, so gehorche ich dem Zwang, auch über ein Versagen Rechenschaft zu geben, ... über das persönliche Erschlaffen bei Erweckung einer Nation und Aufrichtung einer Diktatur, die heute alles beherrscht außer der Sprache.« (*Walpurgisnacht*, S. 9)

Gewiß ist es nicht diese Sprachlosigkeit, an der sich jeweils ein blutiges Entsetzen brach, welche Kraus begehrt hat. Doch das Schweigen aus Sprachlosigkeit und jenes Schweigen, durch das »die Atemzüge der Ewigkeit« rauschen, haben ein Gemeinsames: Sie sind die tönende Stille, in der sich die *Authentizität von Erfahrung* beweist. Das Sprechen über das sprachlose Schweigen – beispielsweise in dem 300 Seiten umfassenden, längsten aller *Fackel*-Diskurse vom April 1934 mit dem paradoxen Titel *Warum die Fackel nicht erscheint* –, dieses Sprechen zerquält sich an dem Versuch, ein Schweigen in seiner Funktion zu bestimmen: Die Stummheit tönend und den Ton der Stummheit als Entsetzen vernehmbar zu machen. Das wenig später endgültig eintretende Schweigen der *Fackel* ist die entmächtigte Reaktion auf jene von Heinrich Fischer überlieferte Einsicht von Kraus: »Gegen Hitler gibt es nur eines: Die Waffe«.

Ich möchte nun, in einer letzten Annäherung, meine aus der Übertragung filtrierte These zur Funktion des Krausschen Sprechens ein Stück weit ausführen. Diese These besagte, daß der *Fackel*-Diskurs der Rettung eines Schweigens gilt, das den Bereich authentischer Erfahrung versiegelt. Ich versuche mich daran, das unsichtbare Innere der *Fackel*-Festung, die nach Kraus »keine Tribüne, sondern ein Zufluchtsort« war, topographisch zu erschließen; auf diesem Wege werde ich zunächst mein im Kraftfeld der *Fackel*-Satire erfahrenes Schutzbedürfnis zu beschreiben suchen, um dieses Verständnis dann noch einmal gegen den Krausschen Diskurs zu reiben. Dabei geht es nicht um eine Aktualisierung mit leichter Hand: Zweifellos bewegen sich die Polemiken gegen das Presseunwesen des ersten Jahrhundertdrittels noch in einem idyllischen Ambiente angesichts der apokalyptisehen Zerstörungen, die unsere Lebens- und Verständigungsformen durch die neuen Medientechnologien erleiden werden.

Ich möchte noch einmal meine Begegnung mit dem Time-Life-Prospekt *Der erwachsene Mensch* zum Paradigma machen. Nicht die Tatsache, daß – skandalös genug – das Vertriebssystem dieses Konzerns in den Besitz meines Geburtsdatums und meiner Adresse gelangt ist, hat mich so erzürnt; vielmehr erschien mir diese Broschüre als ein besonders perfides Beispiel und Produkt jener wild wuchernden Lebenshilfe-Industrie, die – ohne von irgend jemand gewünscht zu werden – alle Bereiche des Lebens und der Erfahrung zu präparieren sucht. Der Äther, die Presse, der Buchmarkt entfalten ein dissonantes Konzert von Stimmen, die im Duktus pastoraler Zuwendung mir alles sagen wollen, was ich noch nicht weiß und was mir noch begegnet: Wie ich gezeugt, geboren, ernährt, erzogen werden, wie ich pubertieren, leben, krank sein, sterben soll – alles ist gedruckt, geschrieben, gefilmt, auf Kassette gesprochen. Tausend Hände strecken sich mir helfend entgegen, wenn ich lieben, essen, schreiben, etwas verstehen möchte. Die apokalyptischen Reiter unserer Zeit kommen auf den schnaubenden Rossen der kapitalistischen Profitsüchte und tragen die Masken der Caritas. Auf jeder Plakatwand, auf jeder Zeitungsseite, bei meiner täglichen Inspektion des Briefkastens stoße ich auf ein liebreiches Lächeln, das mir nahelegt, meine Impotenz mit einem Aphrodisiakum, meine Erkältung mit einer Heimsauna und meine Melancholie mit einer Ostasienreise zu bekämpfen.

Und nun klingt mir bereits die nächste Helferstimme im Ohr: Ich solle alles dies einfach nicht beachten; den farbigen Prospekt, der mir die »Krise der mittleren Jahre« verschönern will, soll ich in den Papierkorb werfen; den Versicherungsvertreter, der mir am Telefon die düsteren Folgen der Erwerbsunfähigkeit oder meines Todes ausmalt, kann ich doch zum Schweigen bringen; und dem Religionsmenschen, der mich besucht, um mich auf die Unsterblichkeit vorzubereiten, möge ich die Türe weisen. Ich tue dies alles, aber ist das wirklich die Rettung? Möchte ich mit einem Freund über meine Melancholie oder mit einem Literaturwissenschaftler über meine Unsterblichkeit reden, so vernehme ich die eben zum Schweigen gebrachten Stimmen erneut. Der absolute Geist ist ein Sprecher und kein Hörer. Es gibt kein Entrinnen durch Ignorieren. Denn was mache ich mit meinem Zorn und mit meiner Ohnmacht? Nicht immer gibt es einen Essay zu schreiben. Ich glaube, die völlige Betonierung unserer Erfahrung durch Helfer, Ratgeber, Werber, Interpreten, Wortführer und Kommentatoren ist eine Wahrnehmung, die mehr oder minder bewußt meinen Zorn speist: Das ubiquitäre Gerede über unsere realen und imaginären Lebensnöte erzeugt einen Maschinenschall, an dem sich dieses Elend permanent erneuert und verschärft. Der maskierte caritative Diskurs antwortet auf ein Verhängnis, das er selbst produziert hat. Ich behaupte: Die Triebfeder der Krausschen Rede ist der existentiell organisierte Widerstand gegen die völlige Territorialisierung der Erfahrung unter dem ständig anschwellenden Geräusch des öffentlichen Sprechens. Dafür steht die satirisch deformierte Spottgeburt des Journalisten. Im wörtlichen Sinne hat sich die *Fackel* der Rettung von Wahrnehmungs- und Erfahrungsmöglichkeiten verschrieben, Flächen, Sphären, Prärien, die noch nicht beschrieben sind. Der Zufluchtsort, die Festung der *Fackel* umschließt imaginäre Räume, Heimaten des Unbekannten. Ihr aggressives Programm bildet die Wiedereinführung der weißen Flecke auf der Kartographie des Lebens. So wird auch die Polemik gegen die Literaturwissenschaft und Psychoanalyse ein Stück weit durchsichtig als Rettungsschlacht mit Gegnern, die Stellvertreter der sprechenden Anonymität sind. Die poetischen und hypnagogischen Träume offenbarten Kraus die kostbarsten Bereiche authentischer Erfahrung. Das, was ich experimentell als die »Idiosynkrasie« der *Fackel* gekennzeichnet habe, erfaßt auch nur allegorisch die Reaktionsform und Empfindlichkeit seines sprachlichen Sensoriums. Idiosynkratisch reagiert Kraus, insofern er an Körper und Seele reflektierte, wenn die von ihm verteidigten weißen Flächen durch fremde Reden infiltriert wurden. In diesen Flächen wiederum suchte sich sein Bedürfnis nach körperlicher und seelischer Integrität symbolische Felder und Objekte. Sie tragen bei Kraus die verschiedensten Namen: Kunst, Landschaft, Erotik, Sprache, Frauen, Natur. Diese Bezeichnungen sind Charaden, und ich glaube nicht, daß sie sich analytisch restlos auflösen lassen. Ich halte es daher für sinnvoll, diesen rätselhaften und unauflösbaren Vertretungen unauflösbarer seelischer Bedürfnisse eine andere – gewiß recht zweifelhafte – sprachliche Charakterisierung zu geben. Ich vertraue dabei auf einen Begriff, den Walter Benjamin in seinem bis heute unvergleichlichen Essay über Karl Kraus geprägt hat, den Begriff des *Heiligen.* Es geht mir dabei – wie man sich denken mag – nicht um restlose terminologische Präzision. Wichtig ist nur der Hinweis, daß sich die Wortbedeutung nicht im Kontext jüdisch-christlicher Religiosität auffüllt – dies ist der Rekurs Benjamins. Ich denke dabei vor allem an die semantischen Wiederbelebungsversuche, die der französische Schriftsteller und Ethnologe Michel Leiris im Anschluß an Georges Bataille mit dem Begriff unternommen hat; Leiris hat den säkularisierten Terminus mit den persönlichsten Erfahrungen angereichert. In dem kleinen Artikel *Das Heilige im Alltagsleben* aus dem Jahre 1938 findet sich der folgende Passus: »Wenn uns unsere Mutter oder unsere ältere Schwester bald im Bois de Boulogne, bald in den öffentlichen Anlagen neben den ›Treibhäusern der Stadt Paris‹ spazierenführte, hatten wir oft diesen ungenau definierten Bereich zu durchqueren (der sich von der bürgerlichen Welt der Häuser genauso unterscheidet wie für die Angehörigen der sogenannten ›primitiven‹ Zivilisationen das Dorf sich dem Busch gegenüberstellt: der unbestimmten Welt, dem eigentlichen Schauplatz aller mythischen Abenteuer und seltsamen Begegnungen, welche schon unmittelbar nach Verlassen der gebührend abgesteckten und ausgewiesenen Welt des Dorfes beginnt), diese tatsächlich von Räubern und Unholden unsicher gemachte ›Zone‹. Wenn wir uns schon einmal dort zum Spielen aufhielten, warnte man uns denn auch vor den Unbekannten (in Wirklichkeit, wie ich heute weiß: vor den Satyren, den Lüstlingen), die unter irgendwelchen fadenscheinigen Vorwänden hätten versuchen können, uns ins Dickicht zu locken. Ein Milieu außerhalb des Normalen, mit außerordentlichen Tabus belegt, ein tief vom Übernatürlichen und Heiligen durchdrungener Bereich, grundverschieden von den öffentlichen Anlagen, in denen alles vorhergesehen ist, geordnet, mit dem Rechen geglättet; ihnen konnten auch die Schilder, die das Betreten des Rasens verbieten – Zeichen des Tabus immerhin auch sie – nur ein stark abgekühltes Heiliges verleihen.«

Selbstverständlich gewinnen diese Objekte und Felder ihre spezifischen Besetzungen in der Kindheit. Sie entfalten vermutlich die gleiche lebensgeschichtliche Struktur wie jene unregelmäßig wiederkehrenden Exaltationen in der epischen Biographie von Marcel Proust: In den Begegnungen und Wiederbegegnungen mit Gerüchen, atmosphärisch eingehüllten Objekten, Kirchen, Blumen, Körperzustanden erschließen sich dem Erzähler der *Recherche* Erinnerungs- und Wahrnehmungsbereiche in einem nicht kodifizierbaren Raum. So umschreibt der Begriff des *Heiligen,* dem die Kraussche Liebe und sein Schweigen galten, nur topographische Flächen und Objekte, an denen die *Möglichkeit* von Erfahrung – jenseits aller Sprache – bewahrt ist. Sie sind keineswegs identisch mit dem bürgerlich definierten Raum des Privaten oder der Intimität, wenn es auch manchen Interpreten von Kraus so scheinen mag. Das Private ist heute unrettbar sprachlich territorialisiert. Die Möglichkeit authentischer Erfahrung bleibt gebunden an den Modus des Zufalls. In achtunggebietender Verkennung dieser Bedingung und in erbarmungsloser Radikalität hat Karl Kraus sich selbst und der Gesellschaft seiner Zeit gegenüber seine Rettungsmanöver am Heiligen unternommen. Seine messianische Rede zielte auf den utopischen Fluchtpunkt einer im universalen Schweigen neu zu gewinnenden Zeit und Wirklichkeit. Diese Utopie und die Selbstaufgabe in ihrem Dienst finden sich am schärfsten in der paradoxen Aufforderung gekreuzt, die Kraus einmal an die eigene »Instanz« gerichtet hat: »Wer etwas zu sagen hat, trete vor und schweige.«

Nr. 391, Dezember 1980

Jean-François Lyotard

Das Erhabene und die Avantgarde

I

In den Jahren 1950/51 malt Barnett Baruch Newman ein Bild von 2,42 m mal 5,42 m und nennt es *Vir heroicus sublimis*. Zu Beginn der sechziger Jahre erhalten seine drei ersten Skulpturen die Titel *Here I, Here II, Here III*. Ein anderes Bild heißt *Not over there, here (Nicht dort, hier)*, zwei Bilder tragen den Titel *Now (Jetzt,* oder *Nun)*, zwei andere *Be (Sei)*. Im Dezember 1948 schreibt Newman einen Essay mit dem Titel: *The Sublime is Now (Das Erhabene ist nun)*.

Wie hat man zu verstehen, daß das Erhabene oder, sagen wir vorläufig, der Gegenstand der Erfahrung des Erhabenen, hier und jetzt ist? Liegt das Wesentliche dieses Gefühls nicht im Gegenteil darin, auf etwas anzuspielen, das nicht gezeigt oder, wie Kant sagt, nicht dargestellt werden kann? In einem kurzen, unvollendeten Text von Ende 1949, *Prologue for a New Aesthetic (Vorrede zu einer neuen Ästhetik)*, schreibt Newman, daß es ihm in seinen Gemälden nicht »um die Manipulation des Raumes noch um das Bild, sondern um ein »Zeitempfinden« gehe. Es handle sich nicht um eine Zeit, fügt er hinzu, die mit dem Gefühl der Sehnsucht beladen sei, mit Dramen, mit Assoziationen und Geschichte, und die das beständige Sujet der Malerei gewesen sei. Der Text bricht mit dieser Verneinung ab.

Um welche Zeit handelt es sich, welcher Art war das *Now*, das Newman im Auge hatte? Sein Freund und Kommentator Thomas B. Hess glaubt schreiben zu können, diese Zeit sei der *Makom* oder *Hamakom* der hebräischen Tradition, das *da*, der Situs, der Ort, einer der Namen also, die die Thora dem Herrn, dem Unnennbaren gab. Über den Makom weiß ich nicht genug, um sagen zu können, er sei das, woran Newman dachte. Aber wer weiß genug über das *Now*? Sicher konnte Newman nicht an den *instant présent*, den gegenwärtigen Augenblick denken, der sich zwischen Zukunft und Vergangenheit zu halten sucht und von ihnen verschlungen wird. Dieses *Jetzt* ist eine der »Ekstasen« der Zeitlichkeit, die seit Augustinus und Husserl von einem Denken analysiert wurden, das versucht hat, die Zeit vom Bewußtsein aus zu konstituieren. Das *Now* von Newman, ganz einfach *Now*, ist dem Bewußtsein unbekannt und kann nicht von ihm konstituiert werden. Es ist eher das, was das Bewußtsein außer Fassung bringt, es destituiert, was ihm nicht zu denken gelingt und was es vergißt, um sich selbst zu konstituieren. Was wir nicht zu denken vermögen ist, *daß etwas geschieht*, oder vielmehr und einfacher: *daß es geschieht*. Kein »großes« Ereignis im Sinne der Medien. Auch kein kleines. Sondern *eine occurrence*, ein Vorkommnis.

Es handelt sich nicht um die Frage nach dem Sinn und der Wirklichkeit dessen, *was* geschieht, oder was *das* bedeutet. Bevor man fragt: was ist das?, was bedeutet das?, vor dem *quid*, ist »zunächst« sozusagen erfordert, daß es geschieht, *quod*. Daß es geschieht, geht sozusagen immer der Frage nach dem, was geschieht, »voraus«. Denn *daß es geschieht*: das ist die Frage als Ereignis; »danach« erst bezieht sie sich auf das Ereignis, das soeben geschehen ist. Das Ereignis vollzieht sich als Fragezeichen, noch bevor es als Frage erscheint. *Es geschieht, Il arrive* ist »zunächst« ein *Geschieht es? Ist es, ist das möglich?* Dann erst bestimmt sich das Fragezeichen durch die Frage: geschieht dies oder das, ist dies oder das, ist es möglich, daß dies oder das geschieht?

Ein Geschehnis, ein Vorkommnis, das, was Martin Heidegger Ereignis nannte, ist unendlich bloß, und dieser Blöße vermag man sich nur in der Entäußerung zu nähern. Was Denken genannt wird, ist zu entwaffnen. Es gibt eine Tradition und eine Institution der Philosophie, der Malerei, der Politik, der Literatur. Als solche sind sie »Disziplinen«, haben sie eine Zukunft, in Form von Schulen, Programmen, Forschungsprojekten, »Tendenzen«. Das Denken bezieht sich darin auf das, was überliefert wird, versucht es zu reflektieren und zu überwinden. Es versucht, was schon gedacht, geschrieben, gemalt, vergesellschaftet worden ist, zu bestimmen, um dasjenige bestimmen zu können, das es noch nicht ist. Wir alle kennen das, es ist unser tägliches Brot. Es ist Kommißbrot, Ration des Soldaten. Aber diese Agitation, im vornehmsten Sinne des Wortes (*Agitation* hat Kant die Tätigkeit des Geistes genannt, der über Urteilskraft verfügt und sie ausübt), diese Agitation ist nur solange möglich, als etwas zu bestimmen bleibt, was noch nicht bestimmt ist. Man mag sich bemühen, es zu bestimmen, indem man ein System, eine Theorie, ein Programm, Projekt konstruiert, und man muß das tun. Indem man es vorwegnimmt. Aber man kann auch diesen »Rest« befragen, das Unbestimmte geschehen lassen als Fragezeichen.

Von den Disziplinen und Institutionen des Denkens wird vorausgesetzt, daß nicht alles gesagt, geschrieben, aufgezeichnet worden ist. Die Worte, die vernommen oder gesprochen wurden, sind nicht die letzten Worte. »Nach« einem Satz, »nach« einer Farbe, wird noch ein Satz, eine Farbe kommen. Man weiß nicht welche. Man glaubt es zu wissen, wenn man den Regeln vertraut, die gestatten, Satz mit Satz, Farbe mit Farbe zu verketten, und die in den Institutionen der Vergangenheit und Zukunft, von denen ich gesprochen habe, aufbewahrt werden. Schule, Programm, Projekt erklären, daß nach einem bestimmten Satz dieser Satz oder wenigstens diese Art von Satz obligatorisch, jene Art von Satz erlaubt, eine andere Art von Satz verboten ist. Das gilt für die Malerei wie für alle Tätigkeiten des Denkens. Nach einem bildnerischen Werk ist ein anderes notwendig, erlaubt oder untersagt. Nach einer bestimmten Farbe eine andere, nach einem bestimmten Strich ein anderer. Es gibt keinen wesentlichen Unterschied zwischen einem avantgardistischen Manifest und dem Vorlesungsverzeichnis einer Kunsthochschule, wenn man sie in ihrem Verhältnis zur Zeit betrachtet. Beide sind Optionen dafür, daß es weitergehen soll. Aber zugleich vergessen beide die Möglichkeit: daß nichts geschieht, daß es nicht weitergeht, daß die Wörter, die Farben, die Formen oder die Töne fehlen, daß der Satz der letzte sein wird, daß das Brot nicht täglich ist. Dieses Elend erwartet den Maler, wenn er mit der bildnerischen Oberfläche zu tun hat, den Musiker vor der *surface sonore*, den Denker vor der Wüste des Denkens usw. Nicht nur vor der weißen Leinwand oder der weißen Seite, zu »Beginn« des Werks, sondern jedesmal, wenn etwas auf sich warten läßt, das heißt in Frage steht, vor jedem Fragezeichen, jedem *was nun?*

Oft wird mit der Eventualität, daß nichts geschieht, das Gefühl der Angst in Verbindung gebracht. Dieser Ausdruck verweist auf die modernen Philosophien der Existenz und des Unbewußten. Er verleiht dem Warten, sofern es sich wirklich um ein Warten handelt, einen prinzipiell negativen Wert. Aber dieses Warten, dieser *suspense* kann auch mit einer Lust verbunden sein, zum Beispiel der Lust, das Unbekannte zu empfangen, und selbst mit einer Freude, um wie Baruch Spinoza zu sprechen – der Freude der Steigerung des Seins, die durch das Ereignis ausgelöst wird. Wahrscheinlicher aber ist, daß es ein widersprüchliches Gefühl ist. Es ist zumindest ein Zeichen, das Fragezeichen selbst, die Weise, in der das *Es geschieht* sich zurückhält und ankündigt: *Geschieht es?* Die Frage kann sich in allen Tonarten modulieren, wie Derrida sagen würde. Aber das Fragezeichen ist »jetzt«, *Now*; und ebenso das Gefühl, daß nichts geschehen könnte: das Nichts jetzt. Dieses widersprüchliche Gefühl, Lust und Unlust, Freude und Angst, Exaltation und Depression, ist im Laufe des 17. und 18. Jahrhunderts in Europa immer wieder mit dem Namen des *Erhabenen* benannt worden. Unter diesem Namen hat die klassische Poetik ihren Einsatz gewagt und verloren, unter ihm hat die Ästhetik ihr kritisches Recht gegenüber der Kunst geltend gemacht und die Romantik, das heißt die Moderne, gesiegt.

Es ist die Aufgabe des Kunsthistorikers zu erklären, wie es möglich war, daß der Name des Erhabenen in den vierziger Jahren unter der Feder eines New Yorker Malers wiederkehrt. Das Wort *sublime* wird heute in der französischen Umgangssprache gewöhnlich verwandt, um zu bezeichnen, was Erstaunen (ähnlich wie zum Beispiel das amerikanische *great*) und Bewunderung auslöst. Die Vorstellung aber, auf die es verweist, gehört seit mindestens zwei Jahrhunderten der strengsten Reflexion über die Kunst an. Newman ist sich der ästhetischen und philosophischen Tragweite, die das Wort *erhaben* impliziert, durchaus bewußt. Er hat die *Philosophical Enquiry* Edmund Burkes gelesen. Er kritisiert die seiner Meinung nach allzu »surrealistische« Beschreibung des erhabenen Werks durch Burke. Was umgekehrt heißt, daß Newman zufolge der Surrealismus noch zu sehr einer vorromantischen oder romantischen Auffassung des Unbestimmten verhaftet bleibt. Wenn er also die Erhabenheit im Hier und Jetzt sucht, bricht Newman mit der Eloquenz der romantischen Kunst. Aber er verwirft nicht die grundlegende Aufgabe: daß die bildnerische, wie jede andere, Expression vom Unausdrückbaren Zeugnis abzulegen hat. Das Unausdrückbare ist nicht in einem Jenseits, einer anderen Welt oder einer anderen Zeit beheimatet, sondern darin, *daß es geschieht, daß etwas geschieht*. In der bildenden Kunst ist das Unbestimmte, das *Es geschieht*, die Farbe, das Bild. Die Farbe, das Bild ist als Vorkommnis, als Ereignis nicht ausdrückbar, und davon hat sie Zeugnis zu geben.

Um dieser Verschiebung, in der vielleicht der ganze Unterschied zwischen der Romantik und dem modernen Avantgardismus liegt, die Treue zu halten, wäre *The Sublime is Now* nicht zu übersetzen mit: *Das Erhabene ist nun*, sondern mit: *Nun, das ist das Erhabene*. Nicht anderswo, nicht da oder dort, nicht früher oder später oder ein anderes Mal, sondern: hier, jetzt geschieht es, daß ..., und das ist dies Bild. Daß hier und jetzt dies Bild ist, und nicht vielmehr nichts, das ist das Erhabene. Die Fassungslosigkeit der Intelligenz, die zu fassen sucht, ihre Entwaffnung, das Eingeständnis, daß dies, dieses Vorkommnis der Malerei nicht notwendig, nicht einmal vorhersehbar war, ihre Blöße angesichts des *Geschieht es*, die Hut des Vorkommnisses »vor« aller Abwehr, aller Illustration, allem Kommentar, die Hut vor allem Blick, unter der Ägide des *Now*, das ist die *rigueur* der Vorhut, der Avantgarde. In der literarischen Kunst ist dieser Anspruch des *Geschieht es?* kaum je strenger ins Werk gesetzt worden als in Gertrude Steins *How to Write*. Es ist das Erhabene im Sinne Burkes und Kants, und doch ist es nicht mehr das ihre.

II

Das widersprüchliche Gefühl, wodurch sich das Unbestimmte ankündigt und entzieht, war von Ende des 17. bis Ende des 18. Jahrhunderts der Angelpunkt der Reflexion über die Kunst, und vielleicht ist das Erhabene die Weise künstlerischer Sensibilität, die die Moderne kennzeichnet. Eine Paradoxie ist, daß es von eben dem französischen Schriftsteller in die Diskussion der Gebildeten gebracht und leidenschaftlich verfochten wurde, den die Literaturgeschichte zu den hartnäckigsten Verfechtern des Klassizismus der Alten zählt. 1674 veröffentlicht Nicolas Boileau-Despréaux seine *Art poétique* und gleichzeitig den *Traité du sublime (Über das Erhabene)*, seine Übersetzung oder Transkription von *Perí hýpsous*, ein Traktat oder vielmehr ein Essay, der einem gewissen Longinus zugeschrieben wird, und von dem man heute annimmt, daß er gegen Ende des ersten Jahrhunderts unserer Zeitrechnung entstanden ist. Der Autor ist ein Rhetoriker, das heißt er lehrt die Mittel, über die der Redner verfügen muß, um – entsprechend dem jeweiligen Genre – sein Publikum zu überzeugen oder zu bewegen. Die Didaktik der Redekunst war seit Aristoteles, Cicero und Quintilian zu einer Tradition geworden. Sie war an die Institution der Republik gebunden, denn vor Versammlungen und Gerichten muß man reden können.

Zu erwarten wäre also, daß Longinus die Maximen und Empfehlungen aufnimmt, die diese Tradition überliefert, um die didaktische Form der *téchnē rhētorikḗ* fortzuführen. Die Ökonomie des Textes verrät jedoch eine Unsicherheit, als ob sein Gegenstand, das Erhabene, das Unbestimmte, die pädagogische Absicht erschütterte. Ich kann hier dieses Zögern nicht analysieren. Boileau und viele andere Kommentatoren sind ihm nachgegangen und haben den Schluß gezogen, man könne über das Erhabene nur im erhabenen Stil handeln. Longinus versucht durchaus, die Erhabenheit in der Rede zu definieren, sie sei unvergeßlich, unwiderstehlich, sagt er, und vor allem gebe sie viel zu denken, es werde »durch sie viel Nachdenken« (*hoũ pollḕ anatheṓrēsis*) veranlaßt. Er bemüht sich auch, den Ursprung des Erhabenen im Ethos des Redners, in seinem Pathos, in den Verfahrensweisen der Rede aufzuzeigen: den Figuren, der Wahl der Worte und der Ausdrucksregister, ihrer Komposition. Er sucht so dem Kanon des Traktats (der Rhetorik, der Poetik, der Politik) zu entsprechen, dessen Funktion es ist, den Praktikern als Vorbild zu dienen.

Gleichwohl stehen, wenn es um das Erhabene geht, der systematischen Darstellung von Rhetorik und Poetik erhebliche Schwierigkeiten entgegen. Es gibt zum Beispiel, schreibt Longinus, eine Erhabenheit des Denkens, die sich in der Rede bisweilen durch äußerste Einfachheit des Ausdrucks kundtut - und dies in jenen Teilen, wo die Emphase des Redners mehr Feierlichkeit erwarten ließe, und manchmal gar durch schlichtes Schweigen. Mir liegt daran, daß auch dieses Schweigen als eine Figur der Rede aufgefaßt wird. Man wird mir zugeben, daß sie von allen Figuren die unbestimmteste ist. Aber was bleibt von der Rhetorik - und nicht weniger von der Poetik - bestehen, wenn der Rhetoriker in der Übersetzung Boileaus erklärt, daß es, um die Wirkung der Erhabenheit herbeizuführen, »keine hervorragendere Figur gibt als jene, die ganz und gar verborgen ist, und somit nicht im mindesten mehr zu erkennen ist, daß es sich um eine Figur der Rede handelt«? Oder gibt es tatsächlich Verfahren, Figuren zu verdecken, gibt es Figuren, die andere Figuren verwischen können? Wie eine verdeckte Figur von einer Nicht-Figur unterscheiden? Und was ist eine Nicht-Figur? Und ein weiterer Hieb, scheint es, wird der didaktischen Funktion versetzt: ist sie erhaben, so wird die Rede durch Mängel, Geschmacksirrtümer oder formale Unvollkommenheiten nicht beeinträchtigt. Der Stil Platons zum Beispiel ist geschwollen und voller gezwungener Vergleiche, kurz: Platon ist manieriert und barock im Vergleich zu einem Lysias, oder Sophokles zu einem Ion, oder Pindar zu einem Bakchylides, aber trotzdem ist er, wie die erstgenannten, erhaben, während letztere nur vollkommen sind. Ein Mangel an Kunstfertigkeit ist also entschuldbar, wenn dies der Preis ist, der für »wahre Größe« zu entrichten ist. Und die Größe der Rede ist wahr, wenn sie Zeugnis ablegt von der Inkommensurabilität von Denken und wirklicher Welt.

Ist es die Transkription Boileaus, die dieser Analogie zuneigt, oder kündet sich hier bei Longinus der Einfluß des entstehenden Christentums an? Eine Bemerkung von der Art, die Größe des Geistes sei nicht von dieser Welt, ruft unwillkürlich die Pascalsche Unterscheidung der Ordnungen in Erinnerung. Vollkommenheit, die im Bereich der *téchnē* durchaus zu fordern ist, ist nicht notwendig auch eine Auszeichnung, wenn es um das erhabene Gefühl zu tun ist, und Longinus geht sogar so weit, die Erschütterung der angeblich natürlichen und vernünftigen Syntax als Beispiel einer erhabenen Wirkung anzuführen. Und was Boileau angeht, so vollzieht er im Vorwort, das er 1674 dem Text von Longinus vorausschickt, und mehr noch in den Ergänzungen, die er 1683 und 1701 anfügt sowie in der X. Reflexion, die 1713, nach seinem Tode, veröffentlicht wurde, endgültig den angedeuteten Bruch mit der klassischen Institution der *téchnē*: das Erhabene kann nicht gelehrt werden, alle Didaktik bleibt ihm gegenüber ohnmächtig; es ist nicht an Regeln, die in einer Poetik festgelegt werden könnten, gebunden; es verlangt vom Leser oder

Hörer nur Auffassungsvermögen, Geschmack und »Empfindung für das, was alle Welt empfindet«. Boileau vertritt mithin denselben Standpunkt wie der Père Bouhours, der 1671 erklärt, daß Beachtung der Regeln allein nicht ausreiche, ein schönes Werk hervorzubringen, daß es außerdem eines »je ne sais pas quoi« bedürfe, das man auch *Genie* nennt und das »unverständlich und unerklärlich« sei, ein »Geschenk des Himmels«, seinem Wesen nach »verborgen« und erkennbar nur an den »Wirkungen«, die es auf den Empfänger auszuüben vermag. Und in der Polemik, die er mit Huet um die Frage führt, ob das *fiat lux, et lux fuit*, wie Longinus meinte, erhaben ist, beruft sich Boileau auf die Herren von Port-Royal und insbesondere Silvestre de Saci: denn die Jansenisten sind Meister in Sachen verborgener Bedeutung, beredtem Schweigen, Gefühlen, die alle Vernunft übersteigen, und schließlich in der Empfänglichkeit für das *Geschieht es?*

Es ist der Status des Kunstwerks, der in diesem theologisch-poetischen Disput auf dem Spiel steht. Sind die Werke Abbilder eines idealen Vorbilds? Kann die Reflexion auf die vollkommenen Werke die Formationsregeln freilegen, durch die sie ihren Zweck erreichen, Überzeugung und Lust? Kann der Verstand dieser Reflexion Genüge tun? Indem sie sich auf das Thema der Erhabenheit und der Unbestimmtheit konzentriert, unterzieht die Meditation über die Werke, die Technik und die Institutionen, die ihr verbunden sind, Akademien, Schulen, Meister und Schüler, Geschmack, das aufgeklärte Publikum der Fürsten und Höflinge, einer einschneidenden Veränderung. Was in Frage steht, ist die Bestimmung, das Schicksal der Werke selbst. Die Herrschaft der Idee der *téchnē* unterwarf die Werke einer vielfältigen Regulation, durch die Vorbilder, die in Werkstätten, Schulen, Akademien gelehrt wurden, durch den Geschmack, den ein aristokratisches Publikum teilte, durch die Zweckhaftigkeit der Kunst, die den Ruhm eines göttlichen oder menschlichen Namens illustrieren sollte, der für die Vollkommenheit verschiedenster kardinaler Tugenden einstand. Die Idee des Erhabenen dereguliert diese Harmonie.

Umreißen wir in großen Zügen diese Verschiebung. Die *téchnē* wird unter der Feder Diderots zur »kleinen Technik«. Der Künstler wird nicht länger von einer Bildung geleitet, die ihn zum Autor und Meister ruhmrediger Botschaften macht; als Genie ist er nurmehr der unfreiwillige Empfänger einer Inspiration, die ein »je ne sais pas quoi« ihm eingibt. Das Publikum urteilt nicht mehr nach den Kriterien eines Geschmacks, der der Tradierung eines geteilten Vergnügens folgt: Individuen, die der Künstler nicht kennt (»das Volk«), lesen seine Bücher, ziehen durch die Säle der Salons, drängeln sich in Theatern und öffentlichen Konzerten. Sie sind unvorhersehbaren Gefühlen ausgesetzt, bestürzt, voller Bewunderung oder voller Verachtung, oder nur gleichgültig. Die Frage ist nicht, ihnen zu gefallen, indem man sie veranlaßt, sich mit einem Namen zu identifizieren und an der Verherrlichung seiner Tugend teilzunehmen, sondern sie zu überraschen. »Das Erhabene«, schreibt Boileau, »ist streng genommen nichts, was bewiesen oder gezeigt werden könnte, sondern etwas Wunderbares, das ergreift, das erschüttert und die Empfindung rührt«. Selbst Unvollkommenheiten, Geschmacksverwirrungen, das Häßliche haben Teil an der Wirkung des Schocks. Die Kunst ahmt nicht die Natur nach, sie schafft eine zweite Welt, eine Zwischenwelt, wie Paul Klee sagen wird, eine Nebenwelt, könnte man sagen, in der das Ungeheure oder das Formlose sein Recht hat; denn beide können erhaben sein.

Man möge entschuldigen, daß ich den Wandel, der mit der modernen Entwicklung der Idee des Erhabenen einsetzt, in solchem Maße vereinfache. Spuren dieser Veränderung wird man schon in der Vormoderne finden, in der mittelalterlichen Ästhetik, zum Beispiel der Ästhetik der Viktoriner. In dieser wird deutlich, daß sich die Reflexion über die Kunst nicht mehr wesentlich auf den Schöpfer der Werke bezieht – den überläßt man der Einsamkeit des Genies –, sondern auf ihren Adressaten. Künftig wird es darauf ankommen, die Weisen, wie dieser affiziert wird, zu untersuchen, seine Art, die Werke aufzunehmen, sie zu erfahren und zu beurteilen. Die Ästhetik, die Untersuchung der Gefühle der Kunstliebhaber, tritt an die Stelle der Poetiken und der Rhetorik, die Didaktiken für Künstler sind. Die Frage lautet nicht länger: wie Kunst machen?, sondern: was heißt es, Kunst zu erfahren? Die Unbestimmtheit aber reicht rückwirkend bis in die Untersuchung dieser Frage hinein.

III

Baumgarten veröffentlicht 1750 die *Aesthetica*, die erste Ästhetik. Kant wird über dieses Werk einfach sagen, daß es auf einem Irrtum beruhe. Baumgarten verwechselt das Urteil im bestimmenden Gebrauch, in dem der Verstand die Erscheinungen den Kategorien gemäß organisiert, mit dem Urteil im reflektierenden Gebrauch, wo es unter der Form des Gefühls auf die unbestimmte Beziehung zwischen den Vermögen des Subjekts bezogen ist. Die Ästhetik Baumgartens bleibt einer begrifflichen Bestimmung des Verhältnisses zum Kunstwerk verhaftet. Für Kant dagegen ist das Gefühl des Schönen eine Lust, die, anläßlich eines Kunst- oder Naturgegenstands, von der freien Übereinstimmung des Vermögens der Bilder mit dem der Begriffe hervorgerufen wird.

Das Gefühl des Erhabenen ist noch unbestimmter: es ist eine Lust, die mit Unlust vermischt ist, eine Lust, die aus der Unlust hervorgeht; und zwar aus Anlaß eines Gegenstands, der schlechthin groß ist – der Wüste, eines Berges, einer Pyramide – oder schlechthin mächtig – des sturmbewegten Ozeans, eines Vulkanausbruchs –, der also, wie alle Absoluta, ohne sinnliche Anschauung ist und nur als Venunftidee gedacht werden kann. Das Darstellungsvermögen, die Einbildungskraft, scheitert im Versuch, eine Vorstellung zu liefern, die dieser Idee angemessen wäre. Dieses Scheitern des Ausdrucks ruft Unlust hervor, eine Art Spaltung im Subjekt zwischen dem, was es begreifen, und dem, was es in Bildern vorstellen kann. Aber diese Unlust erzeugt wiederum eine Lust, eine doppelte Lust sogar: die Ohnmacht der Einbildungskraft bezeugt e contrario, daß sie selbst noch das sichtbar zu machen sucht, was nicht sichtbar gemacht werden kann; daß sie in dieser Weise strebt, ihren Gegenstand mit dem der Vernunft in Einklang zu bringen; und daß andererseits das Ungenügen der Bilder zugleich ein negatives Zeichen ist für die Unermeßlichkeit der Macht der Ideen.

Dieser Widerstreit der Vermögen untereinander veranlaßt jene äußerste Spannung (die Agitation, wie Kant sagt), die das Pathos des Erhabenen im Unterschied zu dem ruhigen Gefühl des Schönen charakterisiert. An der Grenze des Bruchs sind so das Unendliche oder Absolute der Idee zu erkennen in dem, was Kant negative Darstellung oder Nicht-Darstellung nennt. Er zitiert das jüdische Gesetz des Bilderverbots als herausragendes Beispiel einer negativen Darstellung: in ihm gibt die auf fast nichts reduzierte Lust der Augen unendlich das Unendliche zu denken. Noch bevor die romantische Kunst sich von Klassik und Barock löst, ist so der Suche in Richtung abstrakter Kunst und Minimal Art das Tor geöffnet; der Avantgardismus ist keimhaft in der kantischen Ästhetik des Erhabenen enthalten. Gleichwohl besteht die Kunst, deren Wirkungen diese Ästhetik untersucht, offenbar im wesentlichen darin, erhabene Sujets darzustellen. Und die Frage der Zeit, die Frage *Geschieht es?* ist zumindest nicht ausdrücklich Teil der kantischen Problematik.

Ich glaube aber, daß sie im Zentrum der *Philosophical Enquiry into the Origin of our Ideas of the Sublime and Beautiful* steht, die Edmund Burke 1757 veröffentlicht. Mag Kant auch die These Burkes als empirisch und physiologisch zurückweisen, mag er von ihm auch die Analyse des Widerspruchs entlehnen, der das Gefühl des Erhabenen charakterisiert, so nimmt er der Burkeschen Ästhetik doch, worauf es ihr, wie ich meine, entscheidend ankommt, nämlich zu zeigen, daß das Erhabene durch eine Drohung hervorgerufen wird, die Drohung, daß nichts mehr geschieht. Das Schöne gewährt eine positive Lust. Aber es gibt eine andere Art der Lust, und diese ist an etwas gebunden, das stärker ist als die Befriedigung: an den Schmerz und das Nahen des Todes. Im Schmerz affiziert der Körper die Seele. Aber die Seele kann auch den Körper affizieren, als ob sie einen Schmerz empfände, der äußeren Ursprungs ist, und dies einzig dadurch, daß sie unbewußt Vorstellungen mit schmerzhaften Situationen assoziiert. Diese ganz und gar geistige Leidenschaft heißt im Lexikon Burkes: Schrecken. Und dieser Schrecken ist an Beraubungen gebunden: Beraubung des Lichts: Schrecken der Finsternis; Beraubung des Nächsten: Schrecken der Einsamkeit; Beraubung der Sprache: Schrecken des Schweigens; Beraubung der Gegenstände: Schrecken der Leere; Beraubung des Lebens: Schrecken des Todes. Was schreckt, ist, daß das *Es geschieht* – nicht geschieht, daß es zu geschehen aufhört.

Damit dieser Schrecken sich mit Lust vermischt und mit ihr das erhabene Gefühl hervorbringt, ist außerdem erfordert, schreibt Burke, daß die Drohung, die es veranlaßt, außer Kraft gesetzt, auf Distanz gehalten, zurückgehalten wird. Dieser *suspense*, diese Verringerung einer Drohung oder einer Gefahr, ruft eine Art von Lust hervor, die freilich nicht die einer positiven Befriedigung ist, sondern eher die einer Erleichterung. Zwar handelt es sich nach wie vor um eine Beraubung, aber nunmehr um eine Beraubung zweiten Grades: die Seele ist der Drohung der Beraubung des Lichts, der Sprache, des

Lebens beraubt. Diese Lust der sekundären Beraubung unterscheidet Burke von der positiven Lust und nennt sie *delight*, Frohsein.

Das erhabene Gefühl läßt sich also wie folgt analysieren: ein sehr großer, sehr mächtiger Gegenstand, der die Seele von allem *Es geschieht* zu berauben droht, versetzt sie gleichwohl in »Erstaunen« (ist die Affektion weniger intensiv, wird die Seele von Bewunderung, Verehrung, Achtung ergriffen). Sie ist benommen, erstarrt, sie ist wie tot. Indem die Kunst diese Drohung fernhält, verschafft sie eine Lust der Erleichterung, des Frohseins. Dank der Kunst wird die Seele der Agitation, der Bewegung zwischen dem Leben und dem Tod zurückgegeben, und diese Agitation ist ihre Gesundheit und ihr Leben. Das Erhabene ist für Burke keine Frage der Erhebung (dieser Kategorie bediente sich Aristoteles, um die Tragödie zu kennzeichnen), sondern eine Frage der Intensivierung.

Eine weitere Beobachtung verdient Beachtung, da sich in ihr eine mögliche Befreiung der Werke von der klassischen Regel der Nachahmung ankündigt. In der langen Debatte über die Vorzüge von Malerei und Dichtkunst ergreift Burke für letztere Partei. Die Malerei ist zur Nachahmung von Vorbildern und deren figurativer Darstellung verurteilt. Wenn aber der Zweck der Kunst darin besteht, die Adressaten der Werke intensive Gefühle verspüren zu lassen, dann stellt die Figuration durch bildliche Mittel einen Zwang dar, der die Möglichkeiten des emotionalen Ausdrucks beschränkt. In den Sprachkünsten hingegen, zumal in der Dichtkunst – und diese wird von Burke nicht als Genre mit bestimmten Regeln, sondern als Feld betrachtet, auf dem sich Forschungen über die Sprache zutragen –, ist die Macht, die Seele zu bewegen, von aller figurativen Wahrscheinlichkeit befreit. »Um einen Engel in einem Gemälde darzustellen, kann man nur einen schönen jungen Menschen mit Flügeln zeigen, – aber welches Gemälde könnte etwas so großartig zur Vollendung bringen, wie es die Sprache durch Hinzufügung eines einzigen Wortes tut: »der Engel *des Herrn*?« Und wie vermöchte man mit ebensolcher Macht des Gefühls das »universe of death« zu malen, mit dem Milton in *Paradise Lost* die Wanderung der gefallenen Engel beschließt?

Die Wörter erfreuen sich also im Ausdruck der Gefühle mehrerer Privilegien: in ihnen ist die Assoziation der Leidenschaften gespeichert; sie vermögen ohne Rücksicht auf das Sichtbare auszusprechen, was der Seele zugehört; und schließlich, fügt Burke hinzu, »steht es in unserer Macht, aus Wörtern in solchem Umfange Kombinationen zu bilden, wie wir dies mit anderen Mitteln niemals tun könnten«. Angespornt durch die Ästhetik des Erhabenen, können und müssen die Künste, welches auch immer ihre Materialien sind, auf der Suche nach intensiven Wirkungen von der Nachahmung lediglich schöner Vorbilder absehen und sich an überraschenden, ungewöhnlichen und schockierenden Kombinationen versuchen. Und der Schock par excellence ist, daß *es geschieht*, daß etwas geschieht und nicht nichts, daß die Beraubung suspendiert ist.

Diese Untersuchungen Burkes können gewiß ohne große Schwierigkeit einer lacanisch-freudianischen Problematik eingefügt und von ihr ausgehend kommentiert werden (wie Pierre Kaufman und Blandine Saint-Girons dies versucht haben). Ich möchte an sie in anderer Absicht erinnern, in Anbetracht des Problems der Avantgarde, das hier mein Gegenstand ist. Ich wollte andeuten, daß noch vor Beginn der Romantik die Erarbeitung einer Ästhetik des Erhabenen durch Burke und, in geringerem Maße, durch Kant eine Welt von Möglichkeiten künstlerischer Erfahrung eröffnet, in der die Avantgarden ihre Wege bahnen werden. Zwar handelt es sich im allgemeinen nicht um eine direkte, empirisch beobachtbare Beeinflussung: Manet, Cézanne, Braque und Picasso haben wahrscheinlich weder Kant noch Burke gelesen; eher handelt es sich um eine unwiderrufliche Abweichung in der Bestimmung der Werke, die alle Aspekte künstlerischen Daseins erfaßt. Der Künstler versucht Kombinationen, die das Ereignis ermöglichen. Der Liebhaber empfindet kein einfaches Vergnügen, er zieht keinen ethischen Gewinn aus seinem Umgang mit den Werken, er erwartet von ihnen eine Intensivierung seines Gefühls- und Begriffsvermögens, einen zwiespältigen Genuß. Das Werk beugt sich keinem Vorbild, es versucht darzustellen, daß es ein Nicht-Darstellbares gibt, es ahmt nicht die Natur nach, es ist ein Artefakt, ein Trugbild. Das Gemeinwesen erkennt sich in den Werken nicht wieder, es ignoriert sie, es verwirft sie als unverständlich und nimmt schließlich hin, daß die intellektuelle Avantgarde sie in Museen aufbewahrt als Spuren von Versuchen, die Zeugnis ablegen von der Macht des Geistes und seiner Blöße.

IV

Mit der Ästhetik des Erhabenen wird es zur Aufgabe der Künste des 19. und 20. Jahrhunderts, dafür zu zeugen, daß es ein Unbestimmtes gibt. Für die Malerei besteht die Paradoxie, die Burke in seinen Beobachtungen über das Vermögen der Wörter angedeutet hat, darin, daß dies Zeugnis nur in bestimmter Weise abgelegt werden kann, da Untergrund, Linien, Farben, Raum und Figuren in der romantischen Kunst im wesentlichen dem Zwang der Repräsentation unterworfen bleiben. Aber der Widerspruch zwischen dem Zweck und den Mitteln hat schon bei Manet und Cézanne zur Folge, daß eine Reihe von Regeln, die seit dem Quattrocento die Abbildung von Figuren und die Anordnung von Farben und Werten bestimmen, in Frage gestellt werden. Liest man Cézannes Briefwechsel, so begreift man, daß sein Werk nicht das eines talentierten Malers ist, der seinen »Stil« gefunden hat, sondern ein Versuch, auf die Frage zu antworten: Was ist ein Gemälde? Seiner Arbeit geht es darum, auf den Untergrund »Farbempfindungen«, »kleine Empfindungen« aufzutragen, die, der Hypothese Cézannes zufolge, das gesamte bildnerische Dasein eines Gegenstands ausmachen, Obst, Berg, Gesicht, Blume, ohne Rücksicht auf die Geschichte oder das »Sujet«, auf die Linie oder den Raum, ja nicht einmal auf das Licht. Der gewöhnlichen Wahrnehmung, die unter der Herrschaft der alltäglichen oder der klassischen Sehweise steht, sind die elementaren Empfindungen verborgen.

Nur um den Preis einer inneren Askese, die das Wahrnehmungs- und das geistige Feld von den Vorurteilen befreit, die bis in das Sehen selbst hineinreichen, sind sie dem Maler zugänglich und können von ihm wiedergegeben werden. Solange der Betrachter sich seinerseits nicht einer vergleichbaren Askese unterzieht, wird das Bild für ihn verschlossen und ohne allen Sinn bleiben. Der Maler muß es riskieren, in den Augen der anderen als Kleckser zu gelten. »On peint pour très peu.« »Man malt für sehr wenige.« Die Anerkennung durch die Institutionen, die über die Regeln der Malerei wachen, Akademie, Salons, Kritik, Geschmack ist von geringer Bedeutung neben dem Urteil, das der Maler-Forscher und seinesgleichen über das Gelingen oder Mißlingen des Werks fällen, angesichts dessen, was mit ihm wirklich auf dem Spiel steht: sehen zu lassen, was sehen läßt, und nicht, was sichtbar ist.

Maurice Merleau-Ponty hat kommentiert, was er zu Recht den »Zweifel Cézannes« nannte: in der Meinung, es ginge dem Maler darum, die Wahrnehmung im Augenblick ihrer Entstehung, die Wahrnehmung »vor« der Wahrnehmung zu erfassen und wiederzugeben, oder, wie ich sagen würde: die Farbe als Vorkommnis, das Wunder, daß *es geschieht* (daß etwas geschieht: nämlich die Farbe), daß zumindest dem Auge etwas widerfährt. Vielleicht ist dieses Vertrauen des Phänomenologen in den »ursprünglichen« Wert der kleinen Empfindungen Cézannes ein wenig leichtfertig. Der Maler nämlich, der häufig über deren Ungenügen klagt, schreibt, daß es sich bei diesen um »Abstraktionen« handle, daß »sie ihm nicht erlauben, die Leinwand zu bedecken«. Aber warum sollte er die Leinwand bedecken? Ist es verboten, abstrakt zu sein?

Der Zweifel, der die Avantgarden nicht zur Ruhe kommen läßt, endet nicht mit den »Farbempfindungen« Cézannes, so als ob diese unbezweifelbar wären, und übrigens auch nicht mit den Abstraktionen, die sie ankündigen. Die Aufgabe, vom Unbestimmten Zeugnis zu geben, reißt Zug um Zug die Sperren nieder, die von den Schriften der Theoretiker und den Manifesten der Maler gegen die Woge dieser Fragen errichtet worden sind. Eine formalistische Definition des bildnerischen Gegenstands wie die, die 1961 Clement Greenberg vorschlägt, als er mit der »nachplastischen« amerikanischen Abstraktion konfrontiert war, wird bald darauf von minimalistischen Strömungen unterlaufen. Bedarf es wenigstens eines Rahmens für die Leinwand? Nein. Farben? Das schwarz auf weiß gemalte Quadrat von Malewitsch hatte diese Frage bereits 1915 beantwortet. Ist ein Gegenstand notwendig? Body Art und Happening verstanden zu zeigen, daß Gegenstände entbehrlich sind. Wenigstens einen Ort, um auszustellen, wie Duchamps »Fountain« andeuten mochte? Das Werk Daniel Burens ist ein Hinweis, daß selbst dies in Zweifel gezogen werden kann.

Ob sie den Strömungen angehören oder nicht, die die zeitgenössische Kunstgeschichte Minimalismus oder Arte Povera nennt, die Forschungen der Avantgarden erschüttern nacheinander die Bestandteile der Kunst des Malens, die man für »elementar« oder »ursprünglich« zu halten geneigt war. Sie operieren ex minimis. Und die Forderung der Strenge, von der sie beseelt sind, wäre dem Prinzip zu konfrontieren, das Adorno am Ende der *Negativen Dialektik* skizziert und an dem die *écriture* der *Ästhetischen Theorie* ihr Movens hat: daß Denken, das »mit Metaphysik in ihrem Sturz« solidarisch ist, sich nur in der Weise von Mikrologien zu vollziehen vermag.

Mikrologien sind nicht die Krümel der Metaphysik, ebensowenig wie das Gemälde Barnett Newmans Bruchstück eines Delacroix ist. Die Mikrologie schreibt das Vorkommnis eines Gedankens in den Zerfall des großen philosophischen Denkens ein, als das Ungedachte, das zu denken bleibt. Der avantgardistische Versuch schreibt das Vorkommnis eines sinnlichen *Now* in den Zerfall der großen repräsentativen Malerei ein, als ein *Now*, das nicht dargestellt werden kann, gleichwohl aber darzustellen bleibt. Wie der Mikrologie ist es der Avantgarde nicht um das zu tun, was dem »Subjekt« widerfährt, sondern um das *Geschieht es?*, die Blöße. Und in dieser Weise gehört sie der Ästhetik des Erhabenen zu.

Indem sie das *Es geschieht*, das das Werk ist, befragt, begibt sich die avantgardistische Kunst der Identifikation, die das Werk bis dahin gegenüber der Gemeinschaft der Adressaten erfüllte. Auch dann, wenn man versuchte, diese, wie Kant, eher als Horizont oder als Forderung denn als faktische Realität zu denken, vermag sich angesichts von Werken, die fragen, kein sensus communis zu stabilisieren – von dem Kant im übrigen nur hinsichtlich des Schönen, nicht aber des Erhabenen spricht. Nur Ansätze zu einem solchen bilden sich, und wenn, dann zu spät: untergebracht in Museen, werden die Werke dem Erbe des Gemeinwesens zugerechnet, wird angenommen, sie seien zu seiner Bildung und zu seinem Vergnügen vorhanden. Wobei noch vorausgesetzt ist, daß sie Gegenstände sind oder zumindest vergegenständlicht werden können, zum Beispiel durch die Fotografie.

In dieser Situation der Isolation und des Unverständnisses ist die Avantgarde-Kunst verletzlich und der Repression ausgesetzt. Sie scheint die Identitätskrise zu verstärken, die die Gesellschaften im Zuge der langen »Depression« von den dreißiger Jahren bis zum Ende des »Wiederaufbaus« Mitte der fünfziger Jahre ergreift. Es ist unmöglich, hier auch nur anzudeuten, wie die Staatsparteien, die aus der Angst vor dem »Wer sind wir?« und der Angst vor dem Nichts entstanden sind, versucht haben, diese in Haß gegen die Avantgarden umzuwandeln. Untersuchungen wie die von Hildegard Brenner über die Kunstpolitik des Nazismus, oder die Filme von Hans Jürgen Syberberg analysieren nicht nur diese repressiven Machenschaften. Sie erklären auch, wie die neuromantischen und symbolischen Formen, die von Kulturkommissaren und kollaborierenden Künstlern in der Malerei und vor allem der Musik durchgesetzt wurden, die negative Dialektik, die von dem *Geschieht es?* bewegt ist, blockieren mußten, indem sie die Frage in die Erwartung eines mythischen »Subjekts« übersetzten: Wird das Volk kommen? Wird der Führer kommen? Wird Siegfried kommen? Dergestalt neutralisiert und in eine Politik des Mythos transformiert, konnte die Ästhetik des Erhabenen dann auf dem Zeppelinfeld in Nürnberg ihre Architekturen menschlicher »Bildungen« errichten.

Angesichts der Überakkumulations-»Krise«, die die sogenannten entwickeltsten Länder durchlaufen, ist heute eine andere Art von Angriff gegen die Avantgarden im Gange. Die Drohung, der die avantgardistische Suche nach dem Ereignis-Werk ausgesetzt ist, die Aufnahme, die sie dem *Now* widerfahren zu lassen sucht, ist nicht auf Staatsparteien angewiesen. Sie geht »direkt« von der Marktökonomie aus. Das Verhältnis zwischen dieser und der Ästhetik des Erhabenen ist zwiespältig und in mancher Hinsicht pervers. Außer Zweifel steht, daß die Ästhetik des Erhabenen eine Reaktion gegen den Positivismus und das realistische Kalkül des Marktes war und weiterhin sein wird; Schriftsteller, die zugleich Kunstkommentatoren waren, wie Stendhal, Baudelaire, Mallarmé, Apollinaire, Breton haben das betont.

Dennoch aber gibt es ein geheimes Einverständnis zwischen dem Kapital und der Avantgarde. Die Kraft des Skeptizismus und die geradezu zerstörerische Macht, die vom Kapitalismus ins Werk gesetzt werden und die Marx unentwegt analysierte und anerkannte, ermutigen in gewisser Weise die Künstler, sich den etablierten Regeln zu verweigern, ihnen das Vertrauen zu entziehen; sie spornen den Willen an, mit Ausdrucksmitteln, Stilen und immer neuen Materialien zu experimentieren. Es ist etwas Erhabenes in der kapitalistischen Ökonomie. Sie ist nicht akademisch, sie ist nicht physiokratisch, sie läßt keinerlei Natur zu. Sie ist in gewisser Weise eine Ökonomie, die ihre Regel an einer Idee hat, der Idee unendlichen Reichtums und unendlicher Macht. Es gelingt ihr nicht, auch nur ein einziges Beispiel in der Wirklichkeit zu präsentieren, das diese Idee verifizieren könnte. Im Gegenteil, indem sie sich die Wissenschaft durch Technologien unterordnet, insbesondere durch Technologien der Sprache, bewirkt sie nur, daß die Wirklichkeit immer weniger greifbar, kaum noch zu befragen, kraftlos wird.

Die Erfahrung des menschlichen Subjekts, ob individuell oder kollektiv, und die Aura, die sie umgibt, lösen sich auf in Rentabilitätskalkülen, in Bedürfnisbefriedigung, in der Selbstbestätigung durch den Erfolg. Selbst die fast gar theologische Tiefe der Arbeit und der Lage der arbeitenden Klassen, die die sozialistische und Gewerkschaftsbewegung mehr als ein Jahrhundert lang gekennzeichnet hat, entwertet sich in dem Maße, wie die Arbeit zur Kontrolle und Manipulation von Informationen wird. Diese Beobachtungen sind banal, was hingegen Aufmerksamkeit verdient, ist das Verschwinden jenes zeitlichen Kontinuums, vermöge dessen sich die Erfahrung von Generationen tradieren konnte. Die Verfügung über Information wird zum einzigen Kriterium gesellschaftlicher Relevanz. Information aber ist per Definition ein kurzlebiges Element. Sobald sie übertragen und mitgeteilt worden ist, ist sie nicht länger Information und wird zu einem Umweltdatum: dann ist »alles gesagt«; man »weiß Bescheid«. Sie wird in die Gedächtnismaschine eingegeben. Sie dauert sozusagen nur einen Augenblick. Zwischen zwei Informationen passiert per Definition nichts. In dieser Weise wird eine Verwechslung möglich zwischen dem, was die Information und ihre Verwalter interessiert und der Frage der Avantgarden, zwischen dem, was geschieht, dem Neuen, und dem *Geschieht es?*, dem *Now*.

Man versteht, daß der Kunstmarkt, der wie alle Märkte der Regel des Neuen unterliegt, auf Künstler verführerisch wirken kann. Diese Anziehung läßt sich nicht allein durch Korruption erklären. Sie wird vielmehr möglich durch die Verwechslung von Innovation und Ereignis, durch die dem zeitgenössischen Kapitalismus eigene Zeitlichkeit. Eine »starke« Information ist, wenn man so sagen kann, umgekehrt proportional der Bedeutung, die ihr nach dem Kode, über den der Empfänger verfügt, zukommt. Sie ähnelt dem »Geräusch«. Es ist leicht für Publikum und Künstler, beraten von Vermittlern, den Verteilern der Kulturwaren, aus dieser Beobachtung zu folgern, daß ein Werk um so avantgardistischer ist, je mehr es aller Bedeutung entbehrt. Hat es nicht gerade dann den Charakter eines Ereignisses?

Zwar muß gewährleistet sein, daß seine Absurdität die Käufer nicht abschreckt, ähnlich wie die Innovation, die in eine Ware eingeführt wird, zulassen muß, daß sich die Konsumenten ihr nähern, sie abschätzen und erwerben. Das Geheimnis künstlerischen Gelingens wie das des kommerziellen Erfolgs hängen ab von der Dosierung von Überraschung und Wohlbekanntem, von Information und Kode. Darin besteht die Innovation in den Künsten: man greift auf Lösungen zurück, die durch frühere Erfolge bestätigt sind, man modelt sie um, indem man sie mit anderen, im Grunde unvereinbaren Lösungen kombiniert, mit Amalgamen, Zitaten, Ornamenten, Pasticci. Man kann bis zum Kitsch, bis zum Barocken gehen. Man schmeichelt dem »Geschmack« eines Publikums, das keinen Geschmack haben kann, und dem Eklektizismus eines Sensoriums, das von der Vervielfältigung verfügbarer Formen und Objekte geschwächt ist. In dieser Weise glaubt man, den Zeitgeist auszudrücken und spiegelt doch nur den des Marktes wider. Erhabenheit ist dann nicht mehr in der Kunst, sondern in der Spekulation über die Kunst.

Das Rätsel des *Geschieht es?* löst sich aber deshalb nicht auf, und es bleibt die Aufgabe, zu malen, daß es etwas gibt, das nicht bestimmbar ist: das »Es gibt« selbst. Das Vorkommnis, das *Ereignis* (im Original deutsch) hat nichts mit dem Prickeln, dem Pathos des Rentablen zu tun, das eine Innovation begleitet. Gewiß verbirgt sich im Zynismus der Innovation die Enttäuschung darüber, daß sich nichts mehr ereignet. Aber Innovationen zu produzieren heißt, so zu tun, als ob sich viel ereignete, und diese Ereignisse herbeizuführen. Der Wille behauptet damit seine Herrschaft über die Zeit. Und er gleicht sich der Metaphysik des Kapitals an, das eine Technologie der Zeit ist. Die Innovation »läuft«, »funktioniert«. Das Fragezeichen des *Geschieht es?* unterbricht. Im Vorkommnis ist der Wille besiegt. Die Aufgabe der Avantgarden bleibt, die Anmaßung des Geistes gegenüber der Zeit aufzulösen. Das Gefühl des Erhabenen ist der Name dieser Blöße.

Aus dem Französischen von Heike Rutke und Clemens-Carl Härle

Nr. 424, März 1984

JÜRGEN HABERMAS

Die Neue Unübersichtlichkeit

Die Krise des Wohlfahrtsstaates und die Erschöpfung utopischer Energien

I

Seit dem späten 18. Jahrhundert bildet sich in der westlichen Kultur ein neues Zeitbewußtsein aus, wird die Geschichte als ein weltumgreifender, problemerzeugender Prozeß begriffen. In ihm gilt Zeit als knappe Ressource für die zukunftsorientierte Bewältigung von Problemen, die uns die Vergangenheit hinterläßt. Exemplarische Vergangenheiten, an denen sich die Gegenwart unbedenklich orientieren könnte, sind verblaßt. Die Moderne kann ihre orientierenden Maßstäbe nicht mehr den Vorbildern anderer Epochen entlehnen. Die Moderne sieht sich ausschließlich auf sich gestellt – sie muß ihre Normativität aus sich selber schöpfen. Die authentische Gegenwart ist von nun an der Ort, wo sich Traditionsfortsetzung und Innovation verschränken.

Die Entwertung exemplarischer Vergangenheiten und der Zwang, den eigenen, den modernen Erfahrungen und Lebensformen normativ gehaltvolle Prinzipien abzugewinnen, erklärt die veränderte Struktur des »Zeitgeistes«. Der Zeitgeist wird zum Medium, in dem sich fortan das politische Denken und die politische Auseinandersetzung bewegen. Der Zeitgeist erhält Anstöße von zwei konträren, aber aufeinander verwiesenen und sich durchdringenden Denkbewegungen: Der Zeitgeist entzündet sich an dem Zusammenstoß von geschichtlichem und utopischem Denken.

Auf den ersten Blick schließen sich diese beiden Denkweisen aus. Das erfahrungsgesättigte *historische Denken* scheint dazu berufen zu sein, die utopischen Entwürfe zu kritisieren; das überschwengliche *utopische Denken* scheint die Funktion zu haben, Handlungsalternativen und Möglichkeitsspielräume zu erschließen, die über die geschichtlichen Kontinuitäten hinausschießen. Tatsächlich hat aber das moderne Zeitbewußtsein einen Horizont eröffnet, in dem das utopische mit dem geschichtlichen Denken verschmilzt.[1] Dieses Einwandern utopischer Energien ins Geschichtsbewußtsein kennzeichnet den Zeitgeist, der die politische Öffentlichkeit der modernen Völker seit den Tagen der Französischen Revolution prägt.

So jedenfalls schien es sich zu verhalten – bis gestern. Heute sieht es so aus, als seien die utopischen Energien aufgezehrt, als hätten sie sich vom geschichtlichen Denken zurückgezogen. Der Horizont der Zukunft hat sich zusammengezogen und den Zeitgeist wie die Politik gründlich verändert. Die Zukunft ist negativ besetzt; an der Schwelle zum 21. Jahrhundert zeich-

---

1 Jörn Rüsen, *Utopie und Geschichte.* In: Wilhelm Voßkamp (Hrsg.), *Utopieforschung*, Bd. 1. Stuttgart: Metzler 1982.

net sich das Schreckenspanorama der weltweiten Gefährdung allgemeiner Lebensinteressen ab: Die Spirale des Wettrüstens, die unkontrollierte Verbreitung von Kernwaffen, die strukturelle Verarmung der Entwicklungsländer, Arbeitslosigkeit und wachsende soziale Ungleichgewichte in den entwickelten Ländern, Probleme der Umweltbelastung, katastrophennah operierende Großtechnologien geben die Stichworte, die über Massenmedien ins öffentliche Bewußtsein eingedrungen sind. Die Antworten der Intellektuellen spiegeln nicht weniger als die der Politiker Ratlosigkeit. Es ist keineswegs nur Realismus, wenn eine forsch akzeptierte Ratlosigkeit mehr und mehr an die Stelle von zukunftsgerichteten Orientierungsversuchen tritt. Die Lage mag objektiv unübersichtlich sein. Unübersichtlichkeit ist indessen auch eine Funktion der Handlungsbereitschaft, die sich eine Gesellschaft zutraut. Es geht um das Vertrauen der westlichen Kultur in sich selbst.

II

Für die Erschöpfung der utopischen Energien gibt es freilich gute Gründe. Die klassischen Utopien haben die Bedingungen für ein menschenwürdiges Leben, für das gesellschaftlich organisierte Glück *ausgemalt*; die mit geschichtlichem Denken verschmolzenen Sozialutopien, die seit dem 19. Jahrhundert in die politischen Auseinandersetzungen eingreifen, wecken realistischere Erwartungen. Sie stellen Wissenschaft, Technik und Planung als verheißungsvolle und unbeirrbare Instrumente einer vernünftigen Kontrolle von Natur und Gesellschaft vor.

Genau diese Erwartung ist inzwischen durch massive Evidenzen erschüttert worden. Die Kernenergie, die Waffentechnologie und das Vordringen in den Weltraum, die Genforschung und der biotechnische Eingriff ins menschliche Verhalten, Informationsverarbeitung, Datenerfassung und neue Kommunikationsmedien sind von Haus aus Techniken mit zwiespältigen Folgen; und je komplexer die steuerungsbedürftigen Systeme werden, um so größer wird die Wahrscheinlichkeit dysfunktionaler Nebenfolgen. Wir erfahren täglich, daß sich Produktivkräfte in Destruktivkräfte, Planungskapazitäten in Störpotentiale verwandeln. Deshalb nimmt es nicht wunder, daß heute vor allem jene Theorien an Einfluß gewinnen, die zeigen möchten, daß dieselben Kräfte der Machtsteigerung, aus denen die Moderne einst ihr Selbstbewußtsein und ihre utopischen Erwartungen geschöpft hat, tatsächlich Autonomie in Abhängigkeit, Emanzipation in Unterdrückung, Rationalität in Unvernunft umschlagen lassen. Jacques Derrida zieht aus Heideggers Kritik der neuzeitlichen Subjektivität den Schluß, daß wir der Tretmühle des abendländischen Logozentrismus nur durch ziellose Provokation entkommen können. Statt die vordergründigen Kontingenzen *in der Welt* beherrschen zu wollen, sollten wir uns besser den geheimnisvoll verschlüsselten Kontingenzen der *Welterschließung* ergeben. Foucault radikalisiert Horkheimers und Adornos Kritik der instrumentellen Vernunft zu einer Theorie der Ewigen Wiederkehr der Macht. Auch seine Botschaft vom immer gleichen Machtzyklus der immer neuen Diskurs-Formationen muß den letzten Funken von Utopie und von Vertrauen der westlichen Kultur in sich selbst ersticken.

Auf der intellektuellen Szene breitet sich der Verdacht aus, daß die Erschöpfung utopischer Energien nicht nur einer der vorübergehenden kulturpessimistischen Stimmungslagen entspricht, sondern tiefer greift. Sie könnte eine Veränderung des modernen Zeitbewußtseins überhaupt anzeigen. Vielleicht löst sich jenes Amalgam von geschichtlichem und utopischem Denken wieder auf; vielleicht verwandeln sich die Struktur des Zeitgeistes und der Aggregatzustand der Politik. Vielleicht wird das Geschichtsbewußtsein von seinen utopischen Energien entladen: Wie am Ende des 18. Jahrhunderts die Paradieseshoffnungen mit der Verzeitlichung der Utopien ins Diesseits eingewandert sind, so würden heute, zweihundert Jahre danach, die utopischen Erwartungen ihren säkularen Charakter verlieren und wiederum religiöse Gestalt annehmen. Ich halte diese These vom Anbruch der Postmoderne für unbegründet. Nicht die Struktur des Zeitgeistes, nicht der Modus des Streites über künftige Lebensmöglichkeiten ändert sich; nicht die utopischen Energien überhaupt ziehen sich vom Geschichtsbewußtsein zurück. An ein Ende gelangt ist vielmehr eine *bestimmte* Utopie, die sich in der Vergangenheit um das Potential der Arbeitsgesellschaft kristallisiert hat.

Die Klassiker der Gesellschaftstheorie von Marx bis Max Weber waren sich darin einig, daß die Struktur der bürgerlichen Gesellschaft durch abstrakte Arbeit, durch den Typus einer über den Markt gesteuerten, kapitalistisch verwerteten und betrieblich organisierten Erwerbsarbeit geprägt ist. Weil die Form dieser abstrakten Arbeit eine derart prägende, alle Bereiche penetrierende Kraft entfaltet hat, konnten sich auch die utopischen Erwartungen auf die Produktionssphäre richten, kurz: auf eine Emanzipation der Arbeit von Fremdbestimmung. Die Utopien der frühen Sozialisten haben sich zum Bild der Phalanstère verdichtet – einer arbeitsgesellschaftlichen Organisation freier und gleicher Produzenten. Aus der richtig eingerichteten Produktion selbst sollte die kommunale Lebensform frei assoziierter Arbeiter hervorgehen. Die Idee der Arbeiterselbstverwaltung hat noch die Protestbewegung der späten sechziger Jahre inspiriert.[2] Bei aller Kritik am Frühsozialismus hatte auch Marx in der *Deutschen Ideologie* dieselbe arbeitsgesellschaftliche Utopie verfolgt: »Es ist also jetzt so weit gekommen, daß die Individuen sich die vorhandene Totalität von Produktivkräften aneignen müssen, ... um zu ihrer Selbstbetätigung zu kommen ... Die Aneignung dieser Kräfte ist selbst weiter nichts als die Entwicklung der den materiellen Produktionsinstrumenten entsprechenden individuellen Fähigkeiten ... Erst auf dieser Stufe fällt die Selbstbetätigung mit dem materiellen Leben zusammen, was der Entwicklung der Individuen zu totalen Individuen und der Abstreifung aller Naturwüchsigkeit entspricht«.

Die arbeitsgesellschaftliche Utopie hat ihre Überzeugungskraft eingebüßt – und dies nicht nur, weil die Produktivkräfte ihre Unschuld verloren

---

2 Aus dieser Perspektive hat Oskar Negt eine bemerkenswerte Studie vorgelegt: *Lebendige Arbeit, enteignete Zeit*. Frankfurt: Campus 1984.

haben oder weil die Abschaffung des Privateigentums an Produktionsmitteln offensichtlich nicht per se in Arbeiterselbstverwaltung einmündet. Vor allem hat die Utopie ihren Bezugspunkt in der Realität verloren: die strukturbildend und gesellschaftsformierende Kraft der abstrakten Arbeit. Claus Offe hat überzeugende »Anhaltspunkte für eine objektiv abnehmende Determinationskraft der Tatbestände von Arbeit, Produktion und Erwerb für die Gesellschaftsverfassung und die Gesellschaftsentwicklung insgesamt« zusammengetragen.[3]

Aber warum sollte die schwindende Uberzeugungskraft der arbeitsgesellschaftlichen Utopie für die breitere Öffentlichkeit von Bedeutung sein und eine *allgemeine* Erschöpfung utopischer Antriebe erklären helfen? Nun, diese Utopie hat nicht nur Intellektuelle angezogen. Sie hat die europäische Arbeiterbewegung inspiriert und in unserem Jahrhundert in drei sehr verschiedenen, aber weltgeschichtlich wirksam gewordenen Programmatiken ihre Spuren hinterlassen. In Reaktion auf die Folgen des Ersten Weltkrieges und die Weltwirtschaftskrise haben sich die entsprechenden politischen Strömungen durchgesetzt: der Sowjetkommunismus in Rußland; der autoritäre Korporatismus im faschistischen Italien, in Nazi-Deutschland und im falangistischen Spanien; und der sozialdemokratische Reformismus in den Massendemokratien des Westens. Allein dieses Sozialstaatsprojekt hat sich das Erbe der bürgerlichen Emanzipationsbewegungen, den demokratischen Verfassungsstaat zu eigen gemacht. Obschon aus der sozialdemokratischen Tradition hervorgegangen, ist es keineswegs nur von sozialdemokratisch geführten Regierungen betrieben worden. Nach dem Zweiten Weltkrieg haben in westlichen Ländern alle regierenden Parteien ihre Mehrheiten mehr oder weniger prononciert im Zeichen sozialstaatlicher Zielsetzungen gewonnen. Seit Mitte der siebziger Jahre kommen aber die Grenzen des sozialstaatlichen Projektes zu Bewußtsein – ohne daß bis jetzt eine klare Alternative erkennbar wäre. Ich möchte deshalb meine These dahingehend präzisieren, daß die Neue Unübersichtlichkeit zu einer Situation gehört, in der eine immer noch von der arbeitsgesellschaftlichen Utopie zehrende Sozialstaatsprogrammatik die Kraft verliert, künftige Möglichkeiten eines kollektiv besseren und weniger gefährdeten Lebens zu entwerfen.

III

Der utopische Kern, die Befreiung von heteronomer Arbeit, hatte freilich im sozialstaatlichen Projekt eine andere Form angenommen. Die menschenwürdigen, emanzipierten Lebensverhältnisse sollen nicht mehr unmittelbar aus einer Revolutionierung der Arbeitsverhältnisse, also aus der Umwandlung von heteronomer Arbeit in Selbsttätigkeit hervorgehen. Reformierte Beschäftigungsverhältnisse behalten jedoch einen zentralen Stellenwert auch in

[3] Claus Offe, *»Arbeitsgesellschaft«. Strukturprobleme und Zukunftsperspektiven*. Frankfurt: Campus 1984.

diesem Projekt.[4] Sie bleiben der Bezugspunkt nicht nur für Maßnahmen der Humanisierung einer weiterhin fremdbestimmten Arbeit, sondern vor allem für die kompensatorischen Leistungen, die die Grundrisiken der Lohnarbeit (Unfall, Krankheit, Verlust des Arbeitsplatzes, unversorgtes Alter) auffangen sollen. Daraus ergibt sich die Konsequenz, daß alle Arbeitsfähigen in das derart abgeschliffene und abgefederte Beschäftigungssystem eingegliedert werden müssen – Vollbeschäftigung. Der Ausgleich funktioniert nur, wenn die Rolle des vollzeitbeschäftigten Lohnempfängers zur Norm wird. Für Belastungen, die mit einem gepolsterten Status abhängiger Erwerbsarbeit immer noch verknüpft sind, wird der Bürger in seiner Rolle als Klient wohlfahrtsstaatlicher Bürokratien mit Rechtsansprüchen und in seiner Rolle als Konsument von Massengütern mit Kaufkraft entschädigt. Der Hebel für die Befriedung des Klassenantagonismus bleibt also die Neutralisierung des im Lohnarbeiterstatus angelegten Konfliktstoffes.

Dieses Ziel soll auf dem Wege über die sozialstaatliche Gesetzgebung und die Kollektivverhandlungen unabhängiger Tarifparteien erreicht werden. Die sozialstaatlichen Politiken beziehen ihre Legitimation aus allgemeinen Wahlen und finden in autonomen Gewerkschaften wie in Arbeiterparteien ihre gesellschaftliche Basis. Über den Erfolg des Projektes entscheidet freilich erst die Macht und Handlungsfähigkeit eines interventionistischen Staatsapparates. Der soll ins Wirtschaftssystem mit dem Ziel eingreifen, das kapitalistische Wachstum zu hegen, die Krisen zu mildern, gleichzeitig die internationale Wettbewerbsfähigkeit der Unternehmen und Arbeitsplätze zu sichern, damit Zuwächse entstehen, aus denen umverteilt werden kann, ohne die privaten Investoren zu entmutigen. Das beleuchtet die methodische Seite: der sozialstaatliche Kompromiß und die Befriedung des Klassenantagonismus sollen dadurch erreicht werden, daß demokratisch legitimierte staatliche Macht zur Hegung und zur Zähmung des naturwüchsigen kapitalistischen Wachstumsprozesses eingesetzt wird. Die substantielle Seite des Projektes zehrt von Resten der arbeitsgesellschaftlichen Utopie: Indem der Status der Arbeitnehmer durch staatsbürgerliche Teilnahme- und soziale Teilhaberechte normalisiert wird, erhält die Masse der Bevölkerung die Chance, in Freiheit, sozialer Gerechtigkeit und wachsendem Wohlstand zu leben. Dabei wird vorausgesetzt, daß zwischen Demokratie und Kapitalismus durch staatliche Interventionen eine friedliche Koexistenz gesichert werden kann.

In den entwickelten Industriegesellschaften des Westens konnte diese prekäre Bedingung im großen und ganzen erfüllt werden, jedenfalls unter den günstigen Konstellationen der Nachkriegs- und Wiederaufbauperiode. Aber nicht mit der seit den siebziger Jahren veränderten Konstellation will ich mich beschäftigen, nicht mit den Umständen, sondern mit den inneren Schwierigkeiten, die dem Sozialstaat aus seinen eigenen Erfolgen entstanden sind.

---

4 Aus dieser Perspektive jüngst Horst Kern und Michael Schumann, *Das Ende der Arbeitsteilung?* München: Beck 1984.

In dieser Hinsicht sind immer wieder zwei Fragen aufgetaucht. Verfügt der interventionistische Staat über genügend Macht und kann er effizient genug arbeiten, um das kapitalistische Wirtschaftssystem im Sinne seiner Programmatik zu bändigen? Und ist der Einsatz politischer Macht die richtige Methode, um das substantielle Ziel der Förderung und Sicherung menschenwürdiger, emanzipierter Lebensformen zu erreichen? Es handelt sich also erstens um die Frage nach den Grenzen der Versöhnbarkeit von Kapitalismus und Demokratie und zweitens um die Frage nach den Möglichkeiten, neue Lebensformen mit rechtlich-bürokratischen Mitteln hervorzubringen.

Erstens: Von Anfang an hat sich der Nationalstaat als ein zu enger Rahmen erwiesen, um die keynesianischen Wirtschaftspolitiken nach außen, gegen die Imperative des Weltmarktes und die Investitionspolitik weltweit operierender Unternehmen hinreichend abzusichern. Sichtbarer sind aber die Grenzen der Interventionsmacht und der Interventionsfähigkeit des Staates im Inneren. Hier stößt der Sozialstaat, je erfolgreicher er seine Programme durchsetzt um so deutlicher, auf den Widerstand der privaten Investoren. Es gibt natürlich viele Ursachen für eine verschlechterte Rentabilität der Unternehmen, für schwindende Investitionsbereitschaften und fallende Wachstumsraten. Aber die Verwertungsbedingungen des Kapitals bleiben eben auch nicht unberührt vom Ergebnis der sozialstaatlichen Politiken – weder tatsächlich noch – und erst recht nicht – in der subjektiven Wahrnehmung der Unternehmen. Zudem fördern steigende Lohn und Lohnnebenkosten Rationalisierungsinvestitionen, die – im Zeichen einer zweiten industriellen Revolution – die gesamtgesellschaftlich notwendige Arbeitszeit so dramatisch senken, daß trotz des säkularen Trends zur Arbeitszeitverkürzung anscheinend immer mehr Arbeitskräfte freigesetzt werden.

In einer Situation, in der mangelnde Investitionsbereitschaft und wirtschaftliche Stagnation, steigende Arbeitslosigkeit und die Krise öffentlicher Haushalte auch in der Wahrnehmung der Öffentlichkeit mit den Kosten des Wohlfahrtsstaates in eine suggestive Verbindung gebracht werden können, machen sich die strukturellen Beschränkungen fühlbar, unter denen der sozialstaatliche Kompromiß gefunden und aufrechterhalten werden muß. Weil der Sozialstaat die Funktionsweise des Wirtschaftssystems unangetastet lassen muß, hat er nicht die Möglichkeit, auf die private Investitionstätigkeit anders als durch systemkonforme Eingriffe Einfluß zu nehmen. Er hätte dazu auch gar nicht die Macht, weil sich die Umverteilung von Einkommen im wesentlichen auf eine horizontale Umschichtung innerhalb der Gruppe der abhängig Beschäftigten beschränkt und die klassenspezifische Vermögensstruktur, insbesondere die Verteilung des Eigentums an Produktionsmitteln, kaum berührt. So schlittert gerade der erfolgreiche Sozialstaat in eine Situation, in der die Tatsache zu Bewußtsein kommen muß, daß er selbst, wie Claus Offe in *Arbeitsgesellschaft* zeigt, keine autonome »Quelle von Wohlstand« ist und Arbeitsplatzsicherheit nicht als Bürgerrecht garantieren kann.

In einer solchen Situation gerät der Sozialstaat zugleich in die Gefahr, daß ihm seine gesellschaftliche Basis wegrutscht. Die aufwärtsmobilen Wählerschichten, die von der Sozialstaatsentwicklung unmittelbar den größten Nutzen hatten, können in Krisenzeiten eine Mentalität der Besitzstandswahrung ausbilden und sich mit dem alten Mittelstand, überhaupt mit den »produktivistisch« gesonnenen Schichten zu einem defensiven Block gegen die unterprivilegierten oder ausgegrenzten Gruppen zusammenschließen. Durch eine solche Umschichtung der Wählerbasis sind in erster Linie die Parteien bedroht, die sich, wie die Demokraten in den Vereinigten Staaten, die englische Labourparty oder die deutsche Sozialdemokratie über Jahrzehnte auf eine feste sozialstaatliche Klientel verlassen konnten. Gleichzeitig geraten die Gewerkschaftsorganisationen durch die veränderte Situation des Arbeitsmarktes unter Druck; ihr Drohpotential wird geschwächt, sie verlieren Mitglieder und Beiträge und sehen sich zu einer Verbandspolitik gedrängt, die auf die kurzfristigen Interessen der noch Beschäftigten zugeschnitten ist.

Zweitens: Selbst wenn der Sozialstaat unter glücklicheren Rahmenbedingungen die Nebenwirkungen seines Erfolgs, die seine eigenen Funktionsbedingungen gefährden, verzögern oder ganz vermeiden könnte, bliebe ein weiteres Problem ungelöst. Die Anwälte des sozialstaatlichen Projektes hatten immer nur in eine Richtung geblickt. Im Vordergrund stand die Aufgabe, die naturwüchsige ökonomische Macht zu disziplinieren und die zerstörerischen Auswirkungen eines krisenhaften ökonomischen Wachstums von der Lebenswelt der abhängig Arbeitenden abzuwenden. Die parlamentarisch errungene Regierungsmacht erschien als eine ebenso unschuldige wie unerläßliche Ressource; aus ihr mußte der interventionistische Staat gegenüber dem systemischen Eigensinn der Ökonomie Stärke und Handlungsfähigkeit schöpfen. Daß der aktive Staat nicht nur in den Wirtschaftskreislauf, sondern auch in den Lebenskreislauf seiner Bürger eingriff, hatten die Reformer als ganz unproblematisch angesehen – die Reform der Lebensbedingungen der Beschäftigten war ja das Ziel der sozialstaatlichen Programme. Tatsächlich ist auf diesem Wege ein höheres Maß an sozialer Gerechtigkeit errungen worden.

Aber gerade diejenigen, die diese historische Errungenschaft des Sozialstaates anerkennen und sich die Kritik an seinen Schwächen nicht zu billig machen, erkennen inzwischen auch *den* Fehlschlag, der nicht diesem oder jenem Hindernis, nicht einer halbherzigen Verwirklichung des Projektes zuzuschreiben ist, sondern einer spezifischen Einäugigkeit dieses Projektes selber. Ausgeblendet war jede Skepsis gegenüber dem vielleicht unerläßlichen, aber nur vermeintlich unschuldigen Medium der Macht. Die sozialstaatlichen Programme verbrauchen davon eine ganze Menge, damit sie Gesetzeskraft erlangen, aus öffentlichen Haushalten finanziert und in der Lebenswelt ihrer Nutznießer implementiert werden können. So überzieht ein immer dichteres Netz von Rechtsnormen, von staatlichen und parastaatlichen Bürokratien den Alltag der potentiellen und tatsächlichen Klienten.

Ausgedehnte Diskussionen über Verrechtlichung und Bürokratisierung im allgemeinen, über die kontraproduktiven Wirkungen der staatlichen Sozialpolitik im besonderen, über Professionalisierung und Verwissenschaftlichung der sozialen Dienste haben die Aufmerksamkeit auf Tatbestände gelenkt, die eines deutlich machen: die rechtlich-administrativen Mittel der Umsetzung sozialstaatlicher Programme stellen kein passives, gleichsam eigenschaftsloses Medium dar. Vielmehr ist mit ihnen eine Praxis der Tatbestandsvereinzelung, der Normalisierung und der Überwachung verknüpft, deren verdinglichende und subjektivierende Gewalt Foucault bis in die feinsten kapillarischen Verästelungen der Alltagskommunikation hinein verfolgt hat. Die Verformungen einer reglementierten, zergliederten, kontrollierten und betreuten Lebenswelt sind gewiß sublimer als die handgreiflichen Formen von materieller Ausbeutung und Verelendung; aber die aufs Psychische und Körperliche abgewälzten und verinnerlichten sozialen Konflikte sind darum nicht weniger destruktiv. Kurzum, dem sozialstaatlichen Projekt als solchem wohnt der Widerspruch zwischen Ziel und Methode inne. Sein Ziel ist die Stiftung von egalitär strukturierten Lebensformen, die zugleich Spielräume für individuelle Selbstverwirklichung und Spontaneität freisetzen sollten. Aber offensichtlich kann dieses Ziel nicht auf dem direkten Wege einer rechtlich-administrativen Umsetzung politischer Programme erreicht werden. Mit der Hervorbringung von Lebensformen ist das Medium Macht überfordert.

IV

Anhand von zwei Problemen habe ich Hindernisse behandelt, die sich der erfolgreiche Sozialstaat selbst in den Weg legt. Damit will ich nicht sagen, daß die Sozialstaatsentwicklung eine Fehlspezialisierung gewesen ist. Im Gegenteil: die sozialstaatlichen Institutionen kennzeichnen in nicht geringerem Maße als die Einrichtungen des demokratischen Verfassungsstaates einen Entwicklungsschub des politischen Systems, zu dem es in Gesellschaften unseres Typs keine erkennbare Alternative gibt – weder im Hinblick auf die Funktionen, die der Sozialstaat erfüllt, noch im Hinblick auf die normativ gerechtfertigten Forderungen, denen er genügt. Vor allem die in der Sozialstaatsentwicklung noch zurückgebliebenen Länder haben keinen plausiblen Grund, von diesem Pfad abzuweichen. Es ist gerade die Alternativenlosigkeit, vielleicht sogar Irreversibilität dieser immer noch umkämpften Kompromißstrukturen, die uns heute vor das Dilemma stellen, daß der entwickelte Kapitalismus ebensowenig ohne den Sozialstaat leben kann – wie mit dessen weiterem Ausbau. Die mehr oder weniger ratlosen Reaktionen auf dieses Dilemma zeigen, daß das politische Anregungspotential der arbeitsgesellschaftlichen Utopie erschöpft ist.

Stark vereinfacht, lassen sich in Ländern wie der Bundesrepublik und den USA drei Reaktionsmuster unterscheiden. Der *industriegesellschaftlich-sozialstaatliche Legitimismus* der rechten Sozialdemokratie befindet sich in der Defensive. Diese Kennzeichnung verstehe ich in einem weitgefaßten Sinne, so daß sie beispielsweise auch auf den Mondale-Flügel der Demokraten in den

Vereinigten Staaten oder auf die zweite Regierung unter Mitterrand Anwendung finden kann. Die Legitimisten streichen aus dem sozialstaatlichen Projekt genau die Komponente, die es der arbeitsgesellschaftlichen Utopie entlehnt hatte. Sie verzichten auf das Ziel, die heteronome Arbeit so weit zu bezwingen, daß der in die Produktionssphäre hineinreichende Status des freien und gleichberechtigten Bürgers zum Kristallisationskern autonomer Lebensformen werden kann. Die Legitimisten sind heute die eigentlich Konservativen, die das Erreichte stabilisieren möchten. Sie hoffen, den Gleichgewichtspunkt zwischen Sozialstaatsentwicklung und marktwirtschaftlicher Modernisierung wieder ausfindig zu machen. Die gestörte Balance zwischen demokratischen Gebrauchswertorientierungen und abgemilderter kapitalistischer Eigendynamik soll sich wieder einpendeln. Diese Programmatik ist auf die Bewahrung sozialstaatlicher Besitzstände fixiert. Sie verkennt aber die Widerstandspotentiale, die sich im Sog einer fortschreitenden bürokratischen Erosion der aus naturwüchsigen Zusammenhängen freigesetzten, kommunikativ strukturierten Lebenswelten ansammeln; ebensowenig nimmt sie Verschiebungen in der sozialen und der gewerkschaftlichen Basis ernst, auf die sich die sozialstaatlichen Politiken bisher stützen konnten. Im Hinblick auf die Umschichtungen der Wählerstruktur und die Schwächung der gewerkschaftlichen Position droht einer solchen Politik ein verzweifelter Wettlauf mit der Zeit.

Im Aufwind befindet sich der *Neokonservativismus*, der ebenfalls industriegesellschaftlich orientiert ist, aber entschieden sozialstaatskritisch auftritt. Die Reagan-Administration und die Regierung von Margaret Thatcher sind in seinem Namen angetreten; die konservative Regierung in der Bundesrepublik ist auf eine ähnliche Linie eingeschwenkt. Der Neokonservativismus ist im wesentlichen durch drei Komponenten gekennzeichnet.

Erstens soll eine angebotsorientierte Wirtschaftspolitik die Verwertungsbedingungen des Kapitals verbessern und den Akkumulationsprozeß wieder in Gang setzen. Sie nimmt, der Intention nach nur vorübergehend, eine relativ hohe Arbeitslosenquote in Kauf. Die Einkommensumschichtung geht, wie die Statistiken in den Vereinigten Staaten belegen, zu Lasten der ärmeren Bevölkerungsschichten, während nur die großen Kapitalbesitzer deutliche Einkommensverbesserungen erzielen. Damit geht eine gewisse Einschränkung sozialstaatlicher Leistungen Hand in Hand.

Zweitens sollen die Legitimationskosten des politischen Systems gesenkt werden. »Anspruchsinflation« und »Unregierbarkeit« sind Stichworte für eine Politik, die auf eine stärkere Entkoppelung von Administration und öffentlicher Willensbildung abzielt. In diesem Zusammenhang werden neokorporatistische Entwicklungen gefördert, also eine Aktivierung des nichtstaatlichen Steuerungspotentials von Großverbänden, in erster Linie von Unternehmerorganisationen und Gewerkschaften. Die Verlagerung von normativ geregelten parlamentarischen Zuständigkeiten auf nur noch funktionierende Verhandlungssysteme macht den Staat zu einem Verhandlungspartner unter anderen. Die Kompetenzverschiebung in die neokorporativen Grauzonen entzieht immer mehr gesellschaftliche Materien einem Entscheidungsmodus, der durch Verfassungsnormen darauf verpflichtet ist, alle jeweils berührten Interessen gleichmäßig zu berücksichtigen.[5]

Drittens erhält die Kulturpolitik den Auftrag, an zwei Fronten zu operieren. Sie soll einerseits die Intellektuellen als die zugleich machtbesessene und unproduktive Trägerschicht des Modernismus in Mißkredit bringen; denn postmaterielle Werte, vor allem die expressiven Bedürfnisse nach Selbstverwirklichung und die kritischen Urteile einer universalistischen Aufklärungsmoral gelten als Bedrohung für die motivationalen Grundlagen einer funktionierenden Arbeitsgesellschaft und der entpolitisierten Öffentlichkeit. Auf der anderen Seite soll die traditionelle Kultur, sollen die haltenden Mächte der konventionellen Sittlichkeit, des Patriotismus, der bürgerlichen Religion und der Volkskultur gepflegt werden. Diese sind dazu da, um die private Lebenswelt für die persönlichen Belastungen zu entschädigen und gegen den Druck von Konkurrenzgesellschaft und beschleunigter Modernisierung abzufedern.

Die neokonservative Politik hat eine gewisse Chance der Durchsetzung, wenn sie in jener zweigeteilten, segmentierten Gesellschaft, die sie zugleich fördert, eine Basis findet. Die ausgegrenzten oder an den Rand gedrückten Gruppen verfügen über keine Vetomacht, da sie eine ausgehaltene, aus dem Produktionsprozeß ausgegliederte Minderheit darstellen. Das Muster, das sich im internationalen Rahmen zwischen den Metropolen und der unterentwickelten Peripherie mehr und mehr eingespielt hat, scheint sich im Innern der entwickeltsten kapitalistischen Gesellschaften zu wiederholen: Die etablierten Mächte sind für ihre eigene Reproduktion auf die Arbeit und die Kooperationsbereitschaft der Verarmten und Entrechteten immer weniger angewiesen. Allerdings muß sich eine Politik nicht nur durchsetzen können, sie muß auch funktionieren. Eine entschlossene Aufkündigung des sozialstaatlichen Kompromisses müßte aber Funktionslücken hinterlassen, die nur durch Repression oder Verwahrlosung geschlossen werden könnten.

Ein drittes Reaktionsmuster zeichnet sich ab in der *Dissidenz* von *Wachstumskritikern*, die gegenüber dem Sozialstaat eine ambivalente Einstellung haben. So sammeln sich beispielsweise in den neuen sozialen Bewegungen der Bundesrepublik Minderheiten der verschiedensten Herkunft zu einer »antiproduktivistischen Allianz« – Alte und Junge, Frauen und Arbeitslose, Schwule und Behinderte, Gläubige und Ungläubige. Was sie einigt ist die Ablehnung jener produktivistischen Fortschrittsvision, die die Legitimisten mit den Neokonservativen teilen. Für diese beiden Parteien liegt der Schlüssel zur möglichst krisenfreien gesellschaftlichen Modernisierung darin, die Aufteilung der Problemlasten zwischen den Subsystemen Staat und Wirtschaft richtig zu dosieren. Die einen sehen die Krisenursachen in der entfesselten Eigendynamik der Wirtschaft, die anderen in den bürokratischen Fesseln, die dieser auferlegt werden. Soziale Bändigung des Kapitalismus oder

---

5 Claus Offe, *Korporatismus als System nichtstaatlicher Machtsteuerung*. In: *Geschichte und Gesellschaft*, H. 2, 1984. – Zur systemtheoretischen Rechtfertigung des Neokorporatismus vgl. Helmut Willke, *Entzauberung des Staates*. Königstein: Athenäum 1983.

Rückverlagerung der Probleme von der planenden Verwaltung auf den Markt sind die entsprechenden Therapien. Die eine Seite sieht in der monetarisierten Arbeitskraft, die andere in der bürokratischen Lähmung von Eigeninitiative die Quelle von Störungen. Aber beide Seiten stimmen darin überein, daß die schutzbedürftigen Interaktionsbereiche der Lebenswelt gegenüber den eigentlichen Motoren der gesellschaftlichen Modernisierung, Staat und Ökonomie, nur eine passive Rolle einnehmen können. Beide Seiten sind davon überzeugt, daß die Lebenswelt von diesen Subsystemen hinreichend entkoppelt und gegen systemische Übergriffe geschützt werden kann, wenn sich Staat und Ökonomie nur im richtigen Verhältnis ergänzen und gegenseitig stabilisieren.

Allein die industriegesellschaftlichen Dissidenten gehen davon aus, daß die Lebenswelt durch Kommodifizierung *und* Bürokratisierung in gleichem Maße bedroht ist – keines der beiden Medien, weder Macht noch Geld, ist von Haus aus »unschuldiger« als das jeweils andere. Allein die Dissidenten halten es auch für notwendig, daß die Autonomie einer in ihren vitalen Grundlagen und in der kommunikativen Innenausstattung bedrohten Lebenswelt gestärkt wird. Nur sie fordern, daß die Eigendynamik der über Macht und Geld gesteuerten Subsysteme durch Formen basisnaher und selbstverwalteter Organisationen gebrochen, wenigstens eingedämmt werden sollte. In diesem Zusammenhang kommen dualwirtschaftliche Konzepte und Vorschläge zur Entkoppelung von sozialer Sicherung und Beschäftigung ins Spiel.[6] Die Entdifferenzierung soll freilich nicht nur an der Rolle des Erwerbstätigen, sondern auch an der des Konsumenten, des Staatsbürgers und des Klienten wohlfahrtsstaatlicher Bürokratien ansetzen. Die industriegesellschaftlichen Dissidenten beerben mithin die Sozialstaatsprogrammatik in der von den Legitimisten preisgegebenen radikaldemokratischen Komponente. Allein, soweit sie über bloße Dissidenz nicht hinausgehen, soweit sie im Fundamentalismus der Großen Weigerung befangen bleiben und nicht mehr anbieten als Negativprogramme des Wachstumsstopps und der Entdifferenzierung, fallen sie hinter *eine* Einsicht des Sozialstaatsprojektes zurück.

In der Formel von der sozialen Bändigung des Kapitalismus steckte ja nicht nur die Resignation vor der Tatsache, daß sich das Gehäuse einer komplexen Marktwirtschaft nicht mehr mit den einfachen Rezepten der Arbeiterselbstverwaltung von innen aufsprengen und demokratisch umformen läßt. Jene Formel enthielt auch die Einsicht, daß eine von außen ansetzende, indirekte Einflußnahme auf Mechanismen der Selbststeuerung etwas Neues erfordert, nämlich eine höchst innovative Kombination von Macht und intelligenter Selbstbeschränkung. Dem lag freilich zunächst die Vorstellung zugrunde, daß die Gesellschaft mit dem neutralen Mittel politisch-administrativer Macht gefahrlos auf sich selber einwirken könne. Wenn jetzt nicht mehr nur der Kapitalismus, sondern der interventionistische Staat selber

6 Thomas Schmid (Hrsg.), *Befreiung von falscher Arbeit. Thesen zum garantierten Mindesteinkommen*. Berlin: Wagenbach 1984.

»sozial gebändigt« werden soll, kompliziert sich die Aufgabe erheblich. Denn dann kann jene Kombination von Macht und intelligenter Selbstbeschränkung nicht länger der staatlichen Planungskapazität anvertraut werden.

Wenn sich Eindämmung und indirekte Steuerung nun auch gegen die Eigendynamik der öffentlichen Verwaltung richten soll, muß das erforderliche Reflexions- und Steuerungspotential woanders gesucht werden, und zwar in einem vollständig veränderten Verhältnis zwischen autonomen, selbstorganisierten Öffentlichkeiten einerseits, den über Geld und administrative Macht gesteuerten Handlungsbereichen andererseits. Daraus ergibt sich die schwierige Aufgabe, die demokratische Verallgemeinerung von Interessenlagen und eine universalistische Rechtfertigung von Normen bereits *unterhalb* der Schwelle der zu Großorganisationen verselbständigten und ins politische System gleichsam abgewanderten Parteiapparate zu ermöglichen. Ein naturwüchsiger Pluralismus von *abwehrenden* Subkulturen, der nur aus spontaner Verweigerung hervorginge, müßte sich an den Normen staatsbürgerlicher Gleichheit vorbeientwickeln. Es entstünde dann lediglich eine Sphäre, die sich zu den neokorporatistischen Grauzonen spiegelbildlich verhielte.

V

Die Sozialstaatsentwicklung ist in eine Sackgasse geraten. Mit ihr erschöpfen sich die Energien der arbeitsgesellschaftlichen Utopie. Die Antworten der Legitimisten und der Neokonservativen bewegen sich im Medium eines Zeitgeistes, der nur noch defensiv ist; sie drücken ein Geschichtsbewußtsein aus, das seiner utopischen Dimension beraubt ist. Auch die Dissidenten der Wachstumsgesellschaft verharren in der Defensive. Ihre Antwort könnte nur ins Offensive gewendet werden, wenn das Sozialstaatsprojekt nicht einfach festgeschrieben oder abgebrochen, sondern auf höherer Reflexionsstufe fortgesetzt würde. Das reflexiv gewordene, nicht nur auf die Zähmung der kapitalistischen Ökonomie, sondern auf die Bändigung des Staates selbst gerichtete Sozialstaatsprojekt verliert freilich als seinen zentralen Bezugspunkt die Arbeit. Es kann nämlich nicht mehr um die Einfriedung einer zur Norm erhobenen Vollzeitbeschäftigung gehen. Ein solches Projekt dürfte sich nicht einmal darin erschöpfen, durch Einführung des garantierten Mindesteinkommens den Bann zu brechen, den der Arbeitsmarkt über die Lebensgeschichte *aller* Arbeitsfähigen verhängt – auch über das wachsende und immer weiter ausgegrenzte Potential derer, die nur noch in Reserve stehen. Dieser Schritt wäre revolutionär, aber nicht revolutionär genug – sogar dann nicht, wenn die Lebenswelt nicht allein gegen menschenunwürdige Imperative des Beschäftigungssystems abgeschirmt werden könnte, sondern gegen die kontraproduktiven Nebenfolgen einer administrativen Daseinsvorsorge im ganzen.

Solche Hemmschwellen im Austausch zwischen System und Lebenswelt könnten erst funktionieren, wenn zugleich eine neue Gewaltenteilung entstünde. Moderne Gesellschaften verfügen über drei Ressourcen, aus denen sie ihren Bedarf an Steuerungsleistungen befriedigen können: Geld, Macht und Solidarität. Deren Einflußsphären müßten in eine neue Balance gebracht werden. Damit will ich sagen: die sozial-integrative Gewalt der Solidarität müßte sich gegen die »Gewalten« der beiden anderen Steuerungsressourcen, Geld und administrative Macht, behaupten können. Nun waren Lebensbereiche, die darauf spezialisiert sind, tradierte Werte und kulturelles Wissen weiterzugehen, Gruppen zu integrieren und Heranwachsende zu sozialisieren, immer schon auf Solidarität angewiesen. Aus derselben Quelle müßte nun auch eine politische Willensbildung schöpfen, die auf die Grenzziehung und den Austausch zwischen diesen kommunikativ strukturierten Lebensbereichen auf der einen, Staat und Ökonomie auf der anderen Seite Einfluß nehmen soll.

Es geht um die Unversehrtheit und Autonomie von Lebensstilen, etwa um die Verteidigung traditionell eingewöhnter Subkulturen oder um die Veränderung der Grammatik überholter Lebensformen. Für das eine bieten regionalistische Bewegungen, für das andere feministische oder ökologische Bewegungen Beispiele. Diese Kämpfe bleiben meist latent, sie bewegen sich im Mikrobereich alltäglicher Kommunikationen, verdichten sich nur dann und wann zu öffentlichen Diskursen und höherstufigen Intersubjektivitäten. Auf solchen Schauplätzen können sich autonome Öffentlichkeiten bilden, die auch miteinander in Kommunikation treten, sobald das Potential zur Selbstorganisation und zum selbstorganisierten Gebrauch von Kommunikationsmedien genutzt wird. Formen der *Selbst*organisation verstärken die kollektive Handlungsfähigkeit unterhalb einer Schwelle, an der sich die Organisationsziele von den Orientierungen und Einstellungen der Organisationsmitglieder ablösen und wo die Ziele vom Bestandserhaltungsinteresse verselbständigter Organisationen abhängig werden. Die Handlungsfähigkeit basisnaher Organisationen wird immer hinter ihrer Reflexionsfähigkeit zurückbleiben. Das muß für die Bewältigung jener Aufgabe, die sich bei der Fortführung des Sozialstaatsprojektes in den Vordergrund schiebt, kein Hindernis sein. Die autonomen Öffentlichkeiten müßten eine Kombination von Macht und intelligenter Selbstbeschränkung erreichen, die die Selbststeuerungsmechanismen von Staat und Wirtschaft gegenüber den zweckorientierten Ergebnissen radikaldemokratischer Willensbildung hinreichend empfindlich machen könnte. Vermutlich kann das nur gelingen, wenn die politischen Parteien eine ihrer Funktionen ersatzlos, das heißt ohne einem funktionalen Äquivalent bloß Platz zu machen, aufgeben: die der *Erzeugung* von Massenloyalität.

Diese Überlegungen werden um so provisorischer, ja unklarer, je mehr sie sich ins normative Niemandsland vorantasten. Da sind negative Abgrenzungen schon einfacher. Das reflexiv gewordene Sozialstaatsprojekt nimmt Abschied von der arbeitsgesellschaftlichen Utopie. Diese hatte sich am Kontrast der lebendigen mit der toten Arbeit, an der Idee der Selbsttätigkeit orientiert. Dabei mußte sie freilich die subkulturellen Lebensformen der Industriearbeiter als eine Quelle von Solidarität voraussetzen. Sie mußte voraussetzen, daß Kooperationsbeziehungen in der Fabrik die naturwüchsig eingespielte Solidarität der Arbeitersubkulturen sogar verstärken würden. Diese sind aber inzwischen weitgehend zerfallen. Und ob deren solidaritätsstiftende Kraft am Arbeitsplatz regeneriert werden kann, ist einigermaßen zweifelhaft. Wie dem auch sei – was für die arbeitsgesellschaftliche Utopie Voraussetzung oder Randbedingung war, wird heute zum Thema. Und mit diesem Thema verschieben sich die utopischen Akzente vom Begriff der Arbeit auf den der Kommunikation. Ich spreche nur noch von »Akzenten«, weil sich mit dem Paradigmenwechsel von der Arbeits- zur Kommunikationsgesellschaft auch die Art der Anknüpfung an die Utopietradition ändert.

Gewiß, mit der Verabschiedung von utopischen Gehalten der Arbeitsgesellschaft schließt sich keineswegs überhaupt die utopische Dimension von Geschichtsbewußtsein und politischer Auseinandersetzung. Wenn die utopischen Oasen austrocknen, breitet sich eine Wüste von Banalität und Ratlosigkeit aus. Ich bleibe bei meiner These, daß die Selbstvergewisserung der Moderne nach wie vor von einem Aktualitätsbewußtsein angestachelt wird, in dem geschichtliches und utopisches Denken miteinander verschmolzen sind. Aber mit den utopischen Gehalten der Arbeitsgesellschaft verschwinden zwei Illusionen, die das Selbstverständnis der Moderne verhext haben. Die erste Illusion entsteht aus einer mangelnden Differenzierung.

In den Ordnungsutopien waren die Dimensionen von Glück und Emanzipation mit denen der Machtsteigerung und der Produktion gesellschaftlichen Reichtums zusammengeflossen. Die Entwürfe rationaler Lebensformen gingen mit der rationalen Beherrschung der Natur und der Mobilisierung gesellschaftlicher Energien eine trügerische Symbiose ein. Die in Produktivkräften entfesselte instrumentelle Vemunft, die in Organisations- und Planungskapazitäten sich entfaltende funktionalistische Vernunft sollten den Weg zum menschenwürdigen, egalitären und zugleich libertären Leben bahnen. Das Potential der Verständigungsverhältnisse sollte am Ende umstandslos aus der Produktivität der Arbeitsverhältnisse hervorgehen. Die Hartnäckigkeit dieser Konfusion spiegelt sich noch in der kritischen Umkehrung, wenn zum Beispiel die Normalisierungsleistungen zentralistischer Großorganisationen mit den Verallgemeinerungsleistungen des moralischen Universalismus in einen Topf geworfen werden.[7]

Noch einschneidender ist die Abkehr von der methodischen Illusion, die mit den Entwürfen einer konkreten Totalität künftiger Lebensmöglichkeiten verbunden war. Der utopische Gehalt der Kommunikationsgesellschaft schrumpft auf die formalen Aspekte einer unversehrten Intersubjektivität zusammen. Noch der Ausdruck »ideale Sprechsituation« führt, soweit er eine konkrete Gestalt des Lebens suggeriert, in die Irre. Was sich normativ auszeichnen läßt, sind notwendige, aber allgemeine Bedingungen für eine kommunikative Alltagspraxis und für ein Verfahren der diskursiven Willensbildung, welche die Beteiligten *selbst* in die Lage versetzen könnten, konkrete Möglichkeiten eines besseren und weniger gefährdeten Lebens nach *eigenen*

---

[7] Vgl. dazu Axel Honneths Kritik an Lyotard in: *Merkur*, Nr. 430, Dezember 1984.

Bedürfnissen und Einsichten aus *eigener* Initiative zu verwirklichen.[8] Die Utopiekritik, die von Hegel über Carl Schmitt bis auf unsere Tage das Menetekel des Jakobinismus an die Wand malt, denunziert zu Unrecht die angeblich unvermeidliche Verschwisterung der Utopie mit dem Terror. Immerhin – utopistisch ist die Verwechslung einer hochentwickelten kommunikativen Infrastruktur *möglicher* Lebensformen mit einer bestimmten, im Singular auftretenden Totalität des gelungenen Lebens. Diese läßt sich nicht antizipieren.

Nr. 431, Januar 1985

8 Karl Otto Apel, *Ist die Ethik der idealen Kommunikationsgemeinschaft eine Utopie?* In: Voßkamp, *Utopieforschung*, Bd. 1.

Martin Broszat

Plädoyer für eine Historisierung des Nationalsozialismus

Wie historisch ist der Nationalsozialismus vierzig Jahre nach der Kapitulation des Dritten Reiches; blockiert Hitler noch immer den Zugang zur deutschen Geschichte; was heißt das: vergangene Geschichte? Solche Fragen leicht zu vermehren, richten sich nicht nur an den Historiker. Sie berühren individuelle und kollektive Geschichtserinnerung, rechtliche Festschreibung der Vergangenheitsbewertung, politische Pädagogik, zeitgeschichtliche Medien-Publizistik mit allen ihren Eigengesetzlichkeiten. Und diese Fragen zu stellen, hat fast etwas politisch Verdächtiges, denn der Nationalsozialismus als Negativ-Maßstab der politischen Erziehung, als Gegenmodell von Recht, Freiheit und Friedensordnung, scheint unverzichtbar für die Orientierung und Begriffswelt der Gegenwart. Dem steht gegenüber, daß die Moralität der Betroffenheit von der NS-Vergangenheit sich mittlerweile stark erschöpft hat. Sie hat durch neue weltgeschichtliche Gewalt- und Katastrophenerfahrungen an Singularität eingebüßt und ist inzwischen vielfach zu einem etablierten Set ebenso risikoloser wie vager Gesinnungsbekenntnisse ohne moralische Kraft geworden. Das zur Stereotopie verflachte Diktum der »nationalsozialistischen Gewaltherrschaft« kann wohl nur durch stärker differenzierende historische Einsicht auch moralisch neu erschlossen werden. Deshalb erscheint das schon gewandelte und sich wahrscheinlich weiter verändernde Verhältnis von Moralität und historischem Verstehen auch als der eigentliche Sinn und Angelpunkt der Frage, wie vergangen, wie geschichtlich der Nationalsozialismus inzwischen geworden ist.

Der Nazi-Schock besteht weiter

»Die Faszination der wenigen verrückten Jahre wird vielleicht eines Tages dahinschwinden, aber dieser Tag ist noch nicht in Sicht.« Die Bemerkung stammt nicht von einem deutschen Beobachter der zeitgeschichtlichen Literatur- und Medienproduktion in der Bundesrepublik, sondern von dem amerikanischen Historiker Istvan Deak, ausgelöst durch die stattliche Zahl allein in englischer Sprache neu erschienener Fachliteratur über den Nationalsozialismus (*The New York Review of Books*, 31. Mai 1984). Mit Selbstverständlichkeit nennt Deak als Grund für die erstaunliche Literaturfülle den »noch immer nicht überwundenen Zivilisationsschock«, den die nationalsozialistischen Massenverbrechen auslösten. Das gilt nicht nur für Israel, sondern auch für die Großstädte der amerikanischen Ostküste, wo Hunderttausende von Emigranten und Überlebenden der Hitlerzeit aus Mittel- und Osteuropa Zuflucht fanden.

Aber nicht nur die Opfer halten die Erinnerung wach. Die unerhörte Suggestions-, Mobilisations- und Leistungskraft des nationalsozialistischen Deutschland, das Image der Erfolgsfähigkeit alten oder neuen faschistischen Potentials ist präsent. Zur Hinterlassenschaft des Nationalsozialismus gehört auch die Sensibilität und Hypersensibilität des Faschismusverdachts in der Gegenwart, der sich angesichts vielfältiger verwandter Erscheinungsformen totalitärer Manipulation, ideologischer Gewaltlegitimation oder irrationaler Protestbewegungen aufdrängende Eindruck: »still, the thing exists« (Istvan Deak).

Widersprüchlichkeit und scheinbare Unvereinbarkeit vieler Züge und Erscheinungsformen des Nationalsozialismus haben ein übriges getan, um die Diskussion, aber auch die Suggestion aufrechtzuerhalten. Die verwirrende Sprach- und Geistesverfassung jener »rechtschaffen verfolgenden Unschuld«, die im Frühjahr 1933 mit den Aktivisten der nationalsozialistischen Machtergreifung auf den Plan trat, gab damals schon Karl Kraus das Bild vom Hexensabbat einer »Dritten Walpurgisnacht« ein. Die pseudoreligiöse Ergriffenheit, mit der die »Unperson« Hitler große Teile des deutschen Volkes einschließlich seiner gebildeten Schichten jahrelang in den Bann schlug, trieb nicht nur deutsche Nachkriegshistoriker auf den erklärungsohnmächtigen Ausweg dämonologischer Deutung. Am rational nicht Reimbaren entzündete sich Syberbergs quälende Film-Neuschöpfung des Dritten Reiches mit den phantasmagorischen Stilmitteln künstlerischer Bild-, Wort- und Musikmontage. Auf intellektueller Ebene führte die aus moralischem Abscheu und Gewaltfaszination gemischte Nachwirkung zum Begriff der faschistischen Ästhetik (Susan Sontag), auf subkultureller Ebene zu der weltweit verbreiteten Groschenliteratur über das Dritte Reich und zu dem regelrechten Genre des Nazi-Abenteuerfilms. Die Wirkungen des Kulturschocks haben sich auch in *dieser* Weise verselbständigt, in der Massenproduktion von Zerrbildern über das Dritte Reich, gegen die Historiker mit ihrer geringeren Resonanz kaum aufzukommen vermögen.

Die Beschäftigung mit der NS-Zeit war nie nur eine deutsche Sache, und sie läßt sich auch nicht allein von deutscher Seite und auf deutsche Weise bestimmen. Das Besondere an unserer Situation ist die Notwendigkeit und Schwierigkeit, den Nationalsozialismus in die deutsche Geschichte einzuordnen. Vierzig Jahre Abstand haben dabei, so scheint es auf den ersten Blick, nicht viel bewirkt. Welches Geschichtsbuch man auch aufschlägt: Wenn das Dritte Reich beginnt, geht der Autor auf Distanz. Das Einfühlen in historische Zusammenhänge bricht ebenso ab wie die Lust am geschichtlichen Erzählen. Die Geschichte des Nationalsozialismus wird nicht mehr verdrängt, aber sie verkümmert zur Pflichtlektion. Eines immerhin wird deutlich: Die aus dem Rückblick so kurz erscheinende Hitlerzeit und die ihr vorangegangene Agonie der Weimarer Republik stellen ein dramatisches Geschichtskapitel mit besonders voll beschriebenen Blättern dar. Bedeutung und Nachwirkung lassen sich nicht an der nur kurzen Dauer messen, und auch nicht allein an der schon viel längeren, stabilen, erfolgreichen, in vieler Hinsicht auch sanierenden Geschichte der Bundesrepublik, die uns inzwischen davon trennt. Zu vermuten ist: Die auffällige Kargheit der Farbgebung bei der Geschichtsschreibung über das Dritte Reich entspricht nicht der – vom positiven oder negativen Erlebnisinhalt weitgehend unabhängigen – Intensität der Erinnerung im populären Geschichtsbewußtsein und seiner traditionellen Bindung an die Nation und den nationalen Staat.

Wie leidvoll die Geschichte in der Hitlerzeit auch für viele Deutsche gewesen ist oder endete, die so pathetische Erfahrung einer nationalsozialistischen »Schicksalsgemeinschaft« bindet noch immer stark die historische Erinnerung, zumal sie die letzte Erfahrung der gemeinsamen Nationalgeschichte gewesen ist. Die Bemühungen, Bundesrepublik-Geschichtsbewußtsein dagegen aufzubieten, haben es auch deshalb schwer, weil die postnationale Erfahrung der Bundesrepublik ganz anderer, viel weniger emotionaler Art ist, nicht über eine so starke Singularität geleitet. Was an Affirmation des aus dem Abbruch der nationalen Geschichte hervorgegangenen Provisoriums Bundesrepublik in der großen Mehrheit seiner Bevölkerung mit der Zeit zustande kam, äußerte sich weniger in Bekenntnissen als durch positive Eingewöhnung in eine annehmliche Wohlstands-, Rechts- und Zivilisationsgemeinschaft.

Man sagt, die Blockade eines kräftigeren Geschichtsbewußtseins in der Bundesrepublik sei vor allem der nationalsozialistischen Vergangenheit zuzuschreiben. In gewisser Weise ist auch das Gegenteil richtig: Gerade weil die Bundesrepublik in die westliche politische Kultur integriert ist und demzufolge nur in abgeschwächter Weise Gegenstand politisch nationaler Identifikation zu sein vermag, bleibt in einer tieferen Schicht des kollektiven Bewußtseins die Erinnerung an die geschichtsträchtige letzte Phase der nationalen Geschichte lebendig. Darauf beruht offenbar auch ein guter Teil des zweifellos noch immer bestehenden nationalen Zusammengehörigkeitsgefühls mit den Deutschen in der DDR, mit denen man, anders als mit den Deutschen in Österreich, nicht nur die zweite, bald nur noch schlimme Hälfte der Hitler-Zeit, sondern die ganze vorangegangene nationale Geschichte teilte.

Vierzig Jahre Erforschung des Nationalsozialismus

Die geschichtswissenschaftliche Auseinandersetzung mit dem Nationalsozialismus stand in der Bundesrepublik unter besonderen Rahmenbedingungen. Sie konnte sich nicht wie in der DDR einfach in die Traditionslinie der antifaschistischen Vorhut der Arbeiterklasse stellen und als Fortsetzung des »anderen Deutschland« stilisieren. Vielmehr griff sie beim Wiederaufbau in hohem Maße zurück auf die alten Funktionseliten, die schon dem NS-Regime gedient hatten. Damit war, kompensatorisch sozusagen und mit Rücksicht auf die westlichen Besatzungsmächte und späteren Bündnispartner, eine klare offizielle Distanzierung von der Nazi-Vergangenheit notwendig: einerseits nachsichtiges Vergeben und Verschweigen der *konkreten* persönlichen Mitverantwortung in der NS-Zeit, andererseits das Regulativ *grund-*

sätzlicher Ablehnung des Nationalsozialismus als Voraussetzung für jegliche Art von Repräsentation in der neuen Gesellschaft und Staatsordnung. Wie immer es mit der Bereitschaft zur ehrlichen Auseinandersetzung mit der NS-Vergangenheit wirklich aussah, offene Verstöße gegen die Norm hatten mit scharfen Sanktionen zu rechnen.

In diesem Rahmen begann sich die deutsche Geschichtswissenschaft neu einzurichten. Die Wortführung beim kritischen Umdenken in bezug auf die »jüngste Vergangenheit« fiel dabei fast zwangsläufig an diejenigen Neuzeit-Historiker, die aus rassischen oder politischen Gründen nach 1933 aus der Hochschulkarriere verbannt, zur Emigration gezwungen worden waren oder während der NS-Zeit bald auf kritische Distanz gegangen waren (Friedrich Meinecke, Hans Rothfels, Gerhard Ritter, Ludwig Dehio, Ludwig Bergsträsser, Hans Herzfeld, Franz Schnabel u. a.), in der Mehrzahl Historiker christlich-konservativer oder liberal-konservativer Observanz. Dabei beschränkte man sich nicht auf Dokumentation und Darstellung deutschen Widerstandes gegen Hitler, um Kollektivschuld-Vorwürfe abzuwehren. Die neue Zeitgeschichtsforschung setzte auch zu einer Generalrevision des nationalen Historismus an, nicht zuletzt dank der Repräsentanten der neuen demokratischen Disziplin der Politikwissenschaft (Heinrich Otto v. d. Gablentz, Theodor Eschenburg, Arnold Bergsträsser, Hans Rosenberg, Dolf Sternberger u. a.), die seit den fünfziger Jahren starken Einfluß auf die sich entfaltende zeitgeschichtliche Erforschung des Nationalsozialismus und der Weimarer Republik nahmen. Diese Entwicklung war gefördert worden durch den Verbund mit der von deutschen Emigranten in den USA (Franz Neumann, Ernst Fraenkel, Hannah Arendt) und vor allem einigen angelsächsischen Historikern (Alan Bullock, Wheeler-Bennet, Trevor-Roper u. a.) schon vorher im Ausland angebahnten Analyse und Forschung. Die umfangreiche Dokumentation der Nürnberger Prozesse, dann die sukzessive Freigabe großer, zunächst von den Alliierten beschlagnahmter deutscher Aktenbestände aus der NS-Zeit bildeten schließlich eine nicht unwesentliche Voraussetzung dafür, daß die deutsche Geschichte der Weimarer und nationalsozialistischen Zeit seit den sechziger Jahren zum Hauptobjekt und -exerzierfeld einer sich international ausbreitenden Zeitgeschichtsforschung wurde.

Schon bis zu Beginn der siebziger Jahre sind in ihrem Verbund unter zunehmender deutscher Beteiligung fast alle politisch-moralisch besonders »empfindlichen« Bereiche der NS-Herrschaft mehr oder weniger offengelegt, wenn auch nicht vollständig erkundet worden. Die Dokumentation der spezifisch nationalsozialistischen Politik- und Weltanschauungsinhalte stand im Vordergrund. Erst allmählich, mit zunehmender Akademisierung, geriet anderes stärker ins Blickfeld: die innere Struktur und Bewegungsdynamik des Regimes, die Motivationen der Beteiligten, Wirtschafts- und Sozialverfassung, Literatur, Kunst und Vergnügungskultur, Volksmeinung und »Alltag« im Dritten Reich. Unter dem Einfluß vergleichender Faschismus-Forschung und auch linker neomarxistischer Faschismusinterpretationen wurde das deutsche Geschichtsthema auch stärker auf eine allgemeine, komparatistische und soziologische Ebene der Betrachtung gehoben.

Alles in allem bewirkte die Verselbständigung der Forschung im Laufe der Zeit auch eine zunehmende Historisierung der Fragestellungen. Die Veränderungen der Perzeption, die sich daraus ergaben, lassen sich exemplarisch auf verschiedenen Feldern der Geschichtswissenschaft zeigen. Als ein erstes Beispiel bietet sich die Entwicklung des Nachdenkens über die geschichtlichen Voraussetzungen des Nationalsozialismus an.

Typische Disposition aus der Zeitgenossenschaft oder der noch engen Nähe zu dem eben erst beendeten Geschichtskapitel des Dritten Reiches war dabei die überwiegend nationalgeschichtliche Perspektive und die Neigung, weit zurückreichende Linien der Entwicklung – von Luther bis Hitler oder wenigstens von der deutschen Romantik bis zum Nationalsozialismus – abzustecken. Die »Deutsche Katastrophe« von 1945, durch die alles verwüstet schien, was sich an großen Leistungen und Hoffnung in der neueren deutschen Nationalgeschichte entfaltet hatte, stellte sich dar als das verschlammte Mündungsgebiet aller verderbten, alles verderbenden Wasser aus den verschiedenen Strömen deutscher Geschichte. Friedrich Meinecke empfahl, die deutsche Geschichte nicht mehr nur mit liebevollem Verständnis, sondern mit großer »Strenge« auf die Ursache der Katastrophe abzusuchen.

Die bedenklichen Züge solcher Perspektive sind bekannt: die vielerlei Formen und Stufen deutscher Abschottung von der westlichen Kultur des Humanismus und der Aufklärung schon im 17. und 18. Jahrhundert; die dann im Zustand nationalpolitischer Frustration seit der napoleonischen Zeit aufkommenden rigoros überhöhten oder mythologisierten Ideen von deutscher Kulturnation und deutschem Volksgeist; schließlich vor allem die im 19. Jahrhundert viel zu schwach vom liberalen Bürgertum, um so mehr von der monarchischen Obrigkeit und vorindustriellen Eliten bestimmte politische Entwicklung in Deutschland, die rückschrittliche, bis 1914 stagnierende politische Verfassung des bismarckisch-wilhelminischen Nationalstaates. Diese und andere Elemente sind in gewisser Weise Allgemeingut der postnationalsozialistischen Revision der deutschen neueren Geschichte geworden. Jeder deutsche Neuzeit-Historiker kennt seinen Plessner, und der Begriff der »verspäteten Nation« ist im Kategoriensystem des historischen Nachdenkens über die deutsche Sonderentwicklung fest etabliert. An die Stelle der langfristigen, national- und stark geistesgeschichtlichen Herleitung des Nationalsozialismus trat in den sechziger Jahren die Vorstellung eines enger begrenzten »präfaschistischen« Vorraums: die Zeit der kaiserlichen nationalen Machtstaaten mit ihren inneren »Verwerfungen« (Ralf Dahrendorf), im Mittelpunkt einer allgemeinen »Krise des Liberalismus« und der Modernisierung im Zeichen des gemeineuropäischen Imperialismus, Kapitalismus und der neuen Herausforderung des Sozialismus.

Die neuere Diskussion über den deutschen Sonderweg in der Geschichte hat indessen – bemerkenswerterweise unter maßgeblichem Einfluß nichtdeutscher Historiker – auch manche daran geknüpfte Thesen über das präfaschistische Potential des Wilhelminismus erheblich zurückgeschraubt. Sie hat vor allem unter vergleichendem Aspekt (Deutschland – Großbritannien) in Frage gestellt, ob das *Gewicht* der in Deutschland besonders brisanten inneren Spannungen so groß war, daß eine Integration und evolutionäre Spannung nur durch Krieg oder faschistische Lösung möglich gewesen wäre.

Inzwischen besteht, auch international, weitgehende Übereinstimmung: Den eigentlichen Auftakt des Nationalsozialismus und überhaupt der »Epoche des Faschismus« (Ernst Nolte) gaben der Erste Weltkrieg und die in seinem Kielwasser entstandene neue Gefährdung der bolschewistischen Revolution, mit der Wirkung aggressiver antirepublikanischer und antisozialistischer nationalistischer Protestbewegungen vor allem in den Verlierer-Nationen oder bei den Zukurzgekommenen (Italien, Ungarn), infolge der deprimierenden nationalen und sozialen Folgen des Krieges, mit ihrer nicht mehr nur ideologischen, sondern aktivistisch-pseudorevolutionären Entschlossenheit und Energie. Trotz der massiven, hier im einzelnen nicht zu rekapitulierenden Hypotheken, die sich daraus für die Weimarer Republik ergaben, läßt sich doch auch für ihre Überlebensfähigkeit eine ähnliche heuristische These aufstellen wie für die des kaiserlichen Nationalstaates. Die allmähliche Republik-Eingewöhnung des deutschen Bürgertums und der deutschen Führungsschichten, in den kurzen Jahren der Konsolidierung zwischen 1924 und 1929 verschiedentlich schon angebahnt, hätte durchaus Chancen gehabt, wären diese nicht durch die Weltwirtschaftskrise und die mit ihr schnell entfachte Staatskrise der Republik zunichte gemacht worden.

Vierzig Jahre intensiver historischer Erforschung der geschichtlichen Voraussetzungen des Nationalsozialismus haben vom anfänglichen Determinismus wenig übriggelassen, dafür etwas ganz anderes erbracht: die Wiedereinsetzung sowohl der bismarckisch-wilhelminischen wie der Weimarer Zeit zu Perioden eigener Historizität. Ihre Entlassung aus der Rolle bloßer »Vorgeschichte« war aber erst möglich, nachdem die durch die Nationalsozialismus-Erfahrung entstandene allgemeine Sensibilisierung für die vielen langfristigen *einzelnen* Bestimmungsgründe des Nationalsozialismus soweit entwickelt war, daß es einer pauschalen Vorgeschichtsfunktion ganzer Geschichtskapitel nicht mehr bedurfte. Dabei handelt es sich nicht um eine »neokonservative Wende« der Geschichtswissenschaft, eher um eine Hinwendung zu Authentizität und Konkretheit auch des Moralischen in der Geschichte.

Plädoyer für eine Historisierung des Nationalsozialismus

Um so mehr stellt sich die Frage, wie es mit der Historizität des Nationalsozialismus selbst steht, ob das geschichtliche Verstehen vor ihm haltmachen kann. Die verhängnisvoll falsche historische Antwort, die Hitler auf die Grundfragen der Zeit und der deutschen Entwicklung gab, seine zunehmende Flucht zu weltanschaulich egozentrischem, aggressivem und expansivem Aktionismus, in den er sich in hybrider Verkennung der inneren wie äußeren Tragfähigkeit seiner Herrschaft immer mehr stürzte, sind keinerlei Revision durch geschichtliches Verstehen zugänglich. Anders steht es aber mit den vielerlei fehlgeleiteten Motiven, Veränderungsbedürfnissen und Problemlösungsanstrengungen unterhalb der Schwelle nationalsozialistischer Weltanschauungspolitik, die in den Nationalsozialismus eingegangen sind und ohne die seine zeitweilig so hohe Zugkraft gar nicht zu verstehen wäre. Die Schwierigkeit der Historisierung der nationalsozialistischen Zeit besteht vor allem, immer noch, darin, dies zusammenzusehen und gleichzeitig auseinanderzuhalten: das Nebeneinander und die Interdependenz von Erfolgsfähigkeit und krimineller Energie, von Leistungsmobilisation und Destruktion, von Partizipation und Diktatur. Hier liegt auch im besonderen Maße die Kluft zwischen den Befunden der historischen Einzelforschung und dem geschichtlichen Gesamtbild der NS-Zeit.

Erstere hat im Laufe der Zeit zahlreiche innere Widersprüche des Nationalsozialismus herausgearbeitet und beleuchtet: die Diskrepanz zwischen der normativen und der realen Verfassung, zwischen dem Harmonisierungs- und Ordnungsanspruch des Führerprinzips und seiner tatsächlich desorganisierenden polykratischen Wirkung; die unterschiedlichen Bereiche und Ebenen der administrativen, rechtlichen, wirtschaftlichen, sozialen oder kulturellen Entwicklung im Dritten Reich mit ihren jeweiligen Spielräumen, Eigengesetzlichkeiten und Anverwandlungen der NS-Ideologie; die Multikausalität und Improvisation von Entscheidungsprozessen, die qualitativ zu unterscheidenden Phasen der Struktur und Politik des Regimes, die heterogene Durchsetzungsfähigkeit und Dichte seiner Herrschaft, populistische Sensitivität neben brachialer Gewalt; die vielfältigen Formen der Assimilation von Repräsentanten und Institutionen des Dritten Reiches an ihnen vorgegebene Interessen, Traditionen und Einstellungen etc.

Die Ergebnisse der Einzelforschungen in den letzten zwanzig Jahren haben sich gleichwohl, das zeigen auch die historiographischen Gesamtdarstellungen, noch nicht in eine »neue Sachlichkeit« des Gesamtbildes und der Geschichtsschreibung umsetzen lassen. Aus der Geschichte der nationalsozialistischen Diktatur ist noch keine Geschichte der nationalsozialistischen Zeit geworden. In der Historiographie dominiert noch immer der übermächtige Eindruck des katastrophalen Endes und Endzustandes. Er wird a posteriori auch als roter Faden zur Erklärung der Motive, Instrumente und Etappen des Nationalsozialismus, seiner Entwicklung und Herrschaft eingesetzt. Es regiert noch immer stark die Vorstellung vom systematischen Charakter, der kalkulierten Stufenfolge und weltanschaulichen Zielgerichtetheit einer machiavellistisch mit verteilten Rollen arbeitenden Herrschaft unter der alles dominierenden Führungsfigur Hitlers. Um den Gegensatz und die Spannung zwischen bilanzierend-retrospektiver und von der Zeit her denkender historisierender Darstellung zu verdeutlichen, sind wir auf punktuelle Einzelbeispiele angewiesen.

Die große Zahl inzwischen vorliegender lokal- und regionalgeschichtlicher Untersuchungen über den Aufstieg der NSDAP zur Massenbewegung vor 1933 hat das Bild dieses Vorgangs stark differenziert und vor allem die Motivation der damals von der NSDAP angezogenen »Massen« genauer erkennbar gemacht. Dabei zeigt sich u.a.: Was im nachhinein oder auf der Ebene der Reichsstatistik als »massiver Erdrutsch« des parteipolitischen Gefüges, als »katastrophaler Zusammenbruch« vor allem des politischen Liberalismus oder als »wüste Radikalisierung« der politischen Auseinandersetzungen (sprunghaftes Ansteigen der politischen Gewalttätigkeiten) erscheint, stellt sich meist viel weniger dramatisch dar aus der Nahoptik der ländlichen oder kleinstädtischen provinziellen Milieus, in denen die NSDAP sich zuerst die meisten Stimmen holte. Der »Liberalismus« auf dem Lande z. B., in Gestalt ursprünglich liberaler Bauernvereine (wie in Schleswig-Holstein), war oft schon lange vorher brüchig und zu Beginn der Agrarkrise 1928 fast überall zugunsten von nervösen bäuerlichen Interessenparteien verschwunden.

Es zeigt sich ferner: Die nationalsozialistische »Infiltration« oder »Machtübernahme« in vielen ursprünglich liberalen provinziellen Interessenorganisationen war häufig verbunden mit der Ablösung alter Verbandshonoratioren, mit einer Verjüngung der Führung und Verstärkung der Repräsentanz bisher nicht adäquat vertretener sozialer Teilgruppen (z. B. der Kleinbauern, der Landhandwerker u. a.). Vor allem ergibt sich, wie unterschiedlich das politisch-soziale Profil der NSDAP von Fall zu Fall beschaffen war, wie stark dem jeweiligen Milieu angepaßt und wie sehr der Führerwille von oben nur in Bewegung setzen konnte, was unten sehr konkret motiviert war durch zum Teil schon lange aufgestaute, infolge der Wirtschaftskrise aber reizbarer, abrufbarer gewordene soziale Ängste und Veränderungsungeduld. Die manipulative Fähigkeit der NS-Propaganda konnte nur ansprechen, was schon vorhanden war an potentieller Mobilität, an latenten Bedürfnissen, aus verkrusteten sozialen Verhältnissen oder der Vormundschaft alter sozialer Autoritäten auszubrechen.

Das bedeutet – verallgemeinert – auch: Wenn der Nationalsozialismus in der Wirtschaftskrise imstande war, fast alle diejenigen Unzufriedenen hinter sich zu scharen, die von der marxistischen oder sozialistischen Ideologie oder vom politischen Katholizismus aus konfessionellen oder traditionellen Gründen nicht erreichbar waren (nicht nur im unteren Mittelstand und Landvolk, sondern, wie gerade neuere Forschungen zeigen, in beträchtlichem Maße auch in der nicht organisierten Arbeiterschaft und im gehobenen Bürgertum), so war das auch eine Antwort auf manche in der Weimarer Republik unterbliebene gesellschaftliche Reform, eine Reaktion auf die Fortschreibung der seit der Kaiserzeit immer noch stark ständisch verfaßten deutschen Gesellschaft, ein Stück nachgeholter sozialer bürgerlicher Revolution, wenn auch mit rückwärts gewandter Ideologie.

Es bedeutet ferner: Die vage populistische Attraktivität des Nationalsozialismus ist viel höher einzuschätzen als die ideologische Indoktrination seiner sozialen Massenbasis. Und nicht zuletzt wegen dieser populistischen Zugkraft vermochte er sich in der Endphase der Weimarer Republik durchzusetzen. Vom Blickpunkt vieler seiner Wähler und Anhänger war er keine Radikalbewegung, ganz und gar in Gegensatz zum sozialen Volksstaat der Weimarer Republik, sondern eher ein Mittelweg zwischen Demokratie und obsolet gewordenem konstitutionellem Obrigkeitsstaat, zu dem Brüning oder Papen zurücklenken wollten.

Das Bild einer weltanschaulich fanatisierten, dem politischen Irrationalismus und der Hitler-Hypnose gänzlich verfallenen »Masse«, das nicht zuletzt infolge der NS-Propaganda entstanden ist, wird aus solcher Sicht stark korrigiert und eingeschränkt. Sowohl vor 1933 wie später auch im Dritten Reich gründete die Massenbasis des Nationalsozialismus nicht oder nur in geringem Maße in der Übereinstimmung mit dem Kern der Weltanschauung Hitlers, die den Zeitgenossen von damals gar nicht voll erkennbar und vor allem auch im Hinblick auf ihre Konsequenzen nicht absehbar war. Sie gründete vielmehr auf den gleichzeitigen, logisch und politisch zwar widersprüchlichen, aber real nebeneinander existierenden elementaren Protektions- und Mobilisationsbedürfnissen gerade im Mittelstand, für die der Nationalsozialismus mit seiner Mischung von Aufstiegs-, Wiedergesundungs- und Erneuerungsparolen instinktsicher zugleich eine sozial-konservative Legitimation und dynamisierende Evokation lieferte.

Und das Dritte Reich hielt schließlich mit den tausendfachen kleinen und großen Führerpositionen, die es zu vergeben hatte, auch sehr reale Spielräume bereit, in denen junge dynamische Kräfte aus dem Mittelstand sich im harten Konkurrenzkampf mit anderen »Führern« bewähren, ihre Energie und Improvisationsfähigkeit erfolgreich einüben konnten, wobei ihnen aber durch das politische Regime auch genügend Rückversicherung und Risikogarantie gewährt wurde. Das Weltanschauliche, auch in Gestalt des rassetheoretischen Selektionsprinzips, das hierbei zur Legitimation herhalten mußte, war oft nur Überbau. Wichtiger, historisch durchschlagender war der neue hier herangezüchtete Sozialtyp des nationalsozialistischen »Sonderführers«, Prototyp des politisch protektionierten unselbständigen Unternehmers mit großen Vollmachten. Er gedieh im Dritten Reich auf allen Stufen der Gesellschaft, war fast zu allem zu gebrauchen, brachte dann aber auch gute Voraussetzungen mit für neue Bewährung und Karriere unter den sozusagen frühkapitalistischen Bedingungen des Wiederaufbaus und Gründungsbooms nach der Währungsreform.

Die Rückprojektion der katastrophalen Bilanz der Weltanschauungspolitik des Regimes und ihre Übereinstimmung mit den stereotyp festgehaltenen rasse- und raumpolitischen Wahnideen Hitlers legt es nahe, auch die Dynamik des Dritten Reiches primär weltanschaulich zu erklären. Gegenüber dieser nur scheinbar plausiblen Sicht rückten die mentalitäts- und sozialgeschichtlichen Detailstudien das große Gewicht der sozialen Schubkräfte in den Vordergrund, aber auch ihre hinter das Dritte Reich zurückgehenden Gründe und ihre darüber hinausreichende Wirkung. Die Erhellung der sozialen Dynamisierungsfunktion des Nationalsozialismus unterschlägt keineswegs die moralischen Auswirkungen des weltanschaulichen Normensystems des Dritten Reiches. Sie fügt aber das scheinbar nur NS-Spezifische ein in die weitere Perspektive periodenübergreifender Veränderungen der deutschen Gesellschaft.

Nehmen wir den Bereich Widerstand und Verfolgung im Dritten Reich. Das lehrhafte Bedürfnis, gerade in bezug auf diese Thematik eindeutige Bilder und Maßstäbe zu schaffen, hat vielfach zu unhistorischer Monumentalisierung wie zur Ausklammerung von Tabu-Zonen besonders beigetragen.

Das aus legitimatorischen Gründen auch außerhalb der sozialistischen Arbeiterbewegung von den politischen Kräften der Bundesrepublik besonders gern in Anspruch genommene »Vermächtnis« gerade des konservativen Widerstandes gegen Hitler verbarg oft, daß die verfassungspolitischen, national- und außenpolitischen Vorstellungen der meisten Repräsentanten dieses Widerstands mit dem gewandelten Selbstverständnis der Bundesrepublik wenig gemein hatten. Solche historische »Entdeckung« führte deshalb fast stets auch zu Kontroversen, an denen sich der Gegensatz von authentischer historischer Rekonstruktion und Pädagogisierung des Widerstandsthemas exemplarisch enthüllte. Zur Verdeutlichung greifen wir ein jüngstes Beispiel heraus, das sich zur schematischen Gegenüberstellung dieser Aspekte besonders anbietet.

Als führender Repräsentant konservativen Widerstandes gegen Hitler rangiert seit langem der ehemalige Leipziger Oberbürgermeister Carl Goerdeler. Die große Biographie Gerhard Ritters hat ihm ein eindrucksvolles Denkmal gesetzt und dargestellt, daß Goerdeler 1937 auch aus Protest gegen die Kulturschande der Entfernung des Mendelssohn-Denkmals vor dem Leipziger Gewandhaus sein Oberbürgermeisteramt in der Stadt niederlegte. In einer kürzlich abgeschlossenen Untersuchung über die Haltung des deutschen Widerstandes zur Judenpolitik des NS-Regimes fand der Historiker Christof Dipper, gestützt auf untrügliche Dokumente, heraus, daß Goerdeler in den ersten Jahren des Dritten Reiches mit den begrenzten gesetzlichen Maßnahmen zur Ausschaltung der Juden aus dem öffentlichen Leben und selbst mit dem Grundgedanken der Nürnberger Gesetze von 1935 im wesentlichen übereingestimmt hatte. Wie so manchem Nationalkonservativen, nicht nur in Deutschland, schien Goerdeler die Revision des staatsbürgerlichen Gleichheitsgrundsatzes und die Zielsetzung einer Reduzierung der Rechte und der Freiheiten der jüdischen Minderheit nicht abwegig. Die Dokumentation dieser historischen Tatsache, ausgebreitet mit dem Unterton moralischer Entrüstung, ist von namhaften Gegnern des Nationalsozialismus und Verehrern Carl Goerdelers ebenso entrüstet als Schmähung des Ansehens dieses Mannes empfunden worden.

Das Beispiel zeigt: Für die statuarische moralisch-politische Erinnerung, die Vorbilder zeigen will und dabei auch monumentalisieren muß, ist die Unterscheidung zwischen dem nationalsozialistischen und dem »anderen Deutschland« schwer entbehrlich. In historischer Perspektive verschwimmt diese Schwarz-Weiß-Optik. Aus ihr ergibt sich, daß fast aller Widerstand in der NS-Zeit genaugenommen nur zeitweilig und partiell war und häufig verbunden mit passivem Geschehenlassen, partieller Affirmation oder gar aktiver Beteiligung an den Zwecken des Regimes. Unter dem Aspekt der späteren Entwicklung der nationalsozialistischen Judenpolitik muß die anfängliche zeitweilige Unterstützung des Nazi-Antisemitismus durch einen Mann wie Carl Goerdeler als eines jener typischen, entscheidenden und nicht mehr revidierbaren Versäumnisse der frühen konservativen Partner des Nationalsozialismus angesehen werden. In historischer Perspektive bildet die konkrete Zeitphase der ersten Jahre des Dritten Reiches, die damalige Nicht-Vorhersehbarkeit der künftigen mörderischen Radikalisierung der antijüdischen Maßnahmen und der auch qualitativen Strukturveränderung des Regimes ein wesentliches Moment zum Verständnis der Fehleinschätzung oder auch des Fehlverhaltens. Goerdelers später unter Beweis gestellte, mit dem Leben bezahlte moralische Leistung begründet sich in solcher Sicht gerade auch aus seiner Fähigkeit, sich durch Irrtümer hindurchzuarbeiten.

Schließlich ein letztes Beispiel zur Kennzeichnung unseres Problems: Seit einer Reihe von Jahren hat in der Zeitgeschichtsforschung das Interesse für die Entwicklung der Sozialpolitik in der NS-Zeit deutlich zugenommen und die lange Zeit nur institutionengeschichtliche und sozusagen herrschaftstechnische Analyse der Deutschen Arbeitsfront (DAF) und ihrer sozialpolitischen Propaganda hinter sich gelassen. Im Kontext dieser Wissenschaftsentwicklung referiert Marie-Luise Recker in ihrer Habilitationsschrift über die nationalsozialistische Sozialpolitik während des Zweiten Weltkrieges ausführlich den Plan einer künftigen allgemeinen Volksversicherung, der im Auftrag der Deutschen Arbeitsfront 1941/42 erarbeitet wurde. Nur ein Plan, gewiß, aber mit Grundgedanken (z. B. der staatlichen Renten-Garantie und der dynamischen Rentenanpassung), die später wiederkehrten und die Sozialversicherungs-Gesetzgebung der Bundesrepublik in den fünfziger Jahren zu einer bedeutenden Errungenschaft machten. Ebenso bemerkenswert ist, daß der DAF-Plan fast zeitgleich mit dem britischen Beveridge-Plan zustande kam, der gedanklichen Grundlage der wohlfahrtsstaatlichen Reform der britischen Labour-Regierung nach dem Kriege. Es scheint evident: der Urheber des DAF-Plans, darunter Experten in dem 1935 gegründeten Arbeitswissenschaftlichen Institut der DAF, die meist erst nach 1933 der NSDAP beigetreten waren, verfolgten mit dem Plan gewiß auch das Ziel nationalsozialistischer Systemerhaltung, aber sie folgten dabei letzten Endes vor allem den nicht NS-spezifischen, schon aus den Jahren 1914 bis 1918 bekannten sozialpolitischen Geburtshilfe-Zwängen des Krieges. Auch auf angrenzenden Gebieten des Sozialrechts (Verbesserung des Jugendschutzes, Angleichung des Sozialstatus von Angestellten und Arbeitern) erbrachte der Zweite Weltkrieg in Deutschland einen Schub progressiver sozialpolitischer Neuerungen trotz der eher manipulativen und repressiven Funktionen der DAF.

Das Beispiel zeigt: Nicht alles, was sich in der NS-Zeit ereignete und historisch bedeutsam war, diente nur den diktatorischen und inhumanen Herrschaftszielen des Regimes. Die zum Teil auch in der Geschichtswissenschaft noch immer bestehende Tendenz, alle in die NS-Zeit fallenden Veränderungen, etwa auf dem Gebiet der Wirtschaft und des Rechts, gänzlich unter dem Gesichtspunkt ihrer Funktion für die Stabilisierung dieser Herrschaft zu interpretieren, zwingt sozusagen noch nachträglich auch die vor- und außernationalsozialistischen Bestände deutscher Geschichte unter das Diktat der Nazi-Herrschaft und schottet die zwölf Jahre nach vorn und hinten hermetisch ab. Die Schändlichkeit, die im großen die Bilanz dieser Epoche ausmacht, kann nicht bedeuten, daß den vielen sozialen, wirtschaftlichen, zivilisatorischen Wirkungskräften, den zahlreichen Modernisierungsbestrebungen ihre geschichtliche Bedeutung allein durch die Verknüpfung mit dem Nationalsozialismus genommen wird.

Statt der pauschalen moralischen Absperrung der Hitler-Zeit ist eine Entschlackung unseres eingefahrenen Begriffs- und auch Sprachinstrumentariums vonnöten, eine historische Befreiung auch mancher ereignis- und personengeschichtlicher Perspektiven aus dem Zwangskorsett der Vorstellung von einer alles erfassenden Gewaltherrschaft. Vor allem muß eine periodenübergreifende Betrachtung des ganzen neuzeitlichen deutschen Geschichtsraums entwickelt werden, in dem sich auch der Nationalsozialismus abgespielt hat. In solcher erweiterten Perspektive wird in mancher Hinsicht der Ort des Nationalsozialismus in der deutschen Geschichte neu zu bestimmen sein. Es werden schon lange vorher angelegte problematische Modernisierungstendenzen und Sozialpathologien sichtbar werden, die, im Nationalsozialismus legitimiert und zusammengerafft, in äußerste Gewaltsamkeit umschlugen. Mit solchem Blick wird es aber auch möglich sein, manche der bislang tabuisierten historischen Nachwirkungen der NS-Zeit in der gesellschaftlichen oder rechtlichen Verfassung der Bundesrepublik kritisch, aber ohne pauschale Denunziation in den Blick zu nehmen.

Man kann nicht gleichzeitig die Blockade des deutschen Geschichtsbewußtseins durch den Nationalsozialismus bedauern und an seiner Abriegelung gegenüber geschichtlichem Verstehen festhalten. Die »Normalisierung« unseres Geschichtsbewußtseins kann auf die Dauer die NS-Zeit nicht aussparen, kann nicht nur um sie herum erfolgen. Auch die Pauschaldistanzierung von der NS-Vergangenheit ist noch eine Form der Verdrängung und Tabuisierung. Sie kann, je länger desto mehr, gar den Eindruck eines kompensatorischen Alibis für den restaurierten Historismus auf den wieder »heilen« Gebieten machen, die vor oder hinter der nationalsozialistischen Vergangenheit liegen. Auflösung dieser Blockade zugunsten einer moralischen Sensibilisierung der Historie überhaupt, gerade aufgrund der Erfahrung des Nationalsozialismus – das ist der Sinn dieses Plädoyers für seine Historisierung.

Nr. 435, Mai 1985

Karl Heinz Bohrer

Das Böse – eine ästhetische Kategorie?

I

Wenn der Pädagoge A nach Anhörung eines Vortrags über Kleists Selbstmord als imaginatives Projekt meint, diese Katastrophe müsse doch vom Vortragenden vermittelt werden; wenn der Philosoph B anläßlich einer Diskussion über Friedrich Schlegels Absage an die Geschichtsphilosophie zugunsten einer ästhetischen Utopie sich erregt, wer derlei gedanklich nachvollziehe, sei ein Anwalt des Bösen; und wenn der Soziologe C schließlich eine Versöhnung herstellt zwischen Aufklärung und Romantik, dann haben alle drei, der mahnende Pädagoge, der zürnende Philosoph und der vermittelnde Soziologe, einen Beleg dafür gebracht, inwiefern der künstlerisch-literarischen Rede für den akademisch-politischen Menschen noch immer ein Skandal innewohnt, der, wie aufgeräumt Pädagogen, Philosophen und Soziologen im allgemeinen sich auch gegenüber dieser Sphäre des Scheins zu verhalten wissen, bis heute nicht gezähmt werden konnte beziehungsweise mit unrichtigen theoretischen Vorschlägen zu zähmen versucht wird.

Das Beunruhigende liegt darin, daß sich ästhetische Konstrukte offenbar nicht auf die moralisch-diskursive Rede rückübersetzen lassen, so gerne man dies auch möchte, und zwar nicht erst seit der Romantik. Max Webers Theorem von der Ausdifferenzierung der kulturellen Wertsphäre, mit welchem man sich gegenüber der Beunruhigung der Kunst bis heute beruhigt, begriff die neue Autonomie beziehungsweise den Autonomieanspruch der modernen Kunst und Literatur funktional, als das historische Korrelat zum Rationalisierungsprozeß der Moderne. Sofern die Kunst als Sphäre des Subjektiv-Expressiven dieses Primat quasi entlastend begleitet, kann ihr ein Stellenwert innerhalb dieses Prozesses angewiesen werden. Sofern sie aber diesem Prozeß, wie verhüllt oder erkennbar auch immer, widerspricht, wird sie als das neue Irrationale tabuisiert und verfällt der ideologiekritischen Aufklärung. Jürgen Habermas hat diese funktionalistische Begründung und Duldung der ästhetischen Wertsphäre übernommen, um gleichzeitig das eingangs angedeutete moralisch-intellektuelle Verdikt auf den aktuellen Begriff zu bringen: Er nennt die »*schwarzen* Schriftsteller des Bürgertums, allen voran der Marquis de Sade und Nietzsche«, die die letzten Verbindungen zur Marxschen Gesellschaftstheorie unterbrochen hätten.

Was der Pädagoge A, der Philosoph B und der Soziologe C meinen, das hat Habermas unmißverständlich ausgesprochen: Wenn sich die Literatur von der Kommunikationsinstanz Gesellschaft beziehungsweise von der gesellschaftlichen Theorie der Moderne radikal abkoppelt, wird sie »schwarz«. Habermas nimmt Webers kultursoziologischen Hinweis auf die »diabolische« Wendung innerhalb der modernen Kunstentwicklung *(Die Wirtschaftsethik der Weltreligionen)* sozusagen moralisch ernst. Hatte Weber 1920 eher die aktuellen Exzesse einer noch von Décadence und Ästhetizismus geprägten Boheme-Moderne relativiert, so sieht Habermas 1980 die Geschichte der ästhetischen Wertsphäre als Alternative zum rationalen Diskurs »Moderne«. Habemas unterstellt sozusagen die Möglichkeit eines graduellen Schuldigwerdens bis hin zu jenem endgültigen Sündenfall, bei dem die moderne Literatur sich von der höchsten Instanz, der gesellschaftlichen Vernunft, ablöst wie Miltons Satan von Gott. Dieses von Max Weber abgeleitete funktionale Theorem bekommt seine moralische Dignität vom Wissen um jene historisch-politische Entwicklung, die Georg Lukács als »Zerstörung der Vernunft« beschrieb, eine These, deren theoretische Relevanz der Habermas-Schüler Hauke Brunkhorst, nachdem sie etwas in Vergessenheit geriet, in seinem hier veröffentlichten Aufsatz wieder stark zu machen versucht. Weder er noch Habermas stellen indes die Frage, ob jener angebliche Sündenfall der Literatur nicht möglicherweise das Apriori der modernen Kunst seit ihrer Entstehung zu Beginn des 19. Jahrhunderts sein könnte: nicht bedingt durch eine Verfehlung dieses oder jenes Künstlers beziehungsweise ästhetischen Programms – was man abermals sozialhistorisch und funktionsgeschichtlich zu erklären hätte –, sondern durch die Verfaßtheit eines ästhetischen Konstrukts seit der europäischen Romantik, dem man sich mit einer anderen Methode zu stellen hätte.

Es war Hegel, der diese Vermutung als erster kategorisch formulierte, wenn er in seiner *Ästhetik* das Werk E.T.A. Hoffmanns als ein Beispiel des »Bösen«, das heißt des wesenlos »Negativen«, aus dem künstlerisch Zulässigen auszugrenzen versuchte. Hegel hat die »Schwärze« der modernen romantischen Kunst, von der Habermas spricht, also nicht sanktioniert, sondern er hat sie als erster Philosoph unter der Kategorie des »Bösen« aus der Sphäre des »Geistes« ausgeschlossen. Er steht am Anfang der Geschichte eines theoretischen Bannfluchs, dem sich von ihm inspirierte Philosophen wie Karl Rosenkranz in seiner *Ästhetik des Häßlichen* (1853) und Publizisten wie Arnold Ruge in der *Neuen Vorschule der Ästhetik* (1837) entschieden und weniger entschieden anschlossen. Vornehmlich Ruge, den der Systematiker Rosenkranz, der um das Heterogene an dem Phänomen Kunst wirklich theoretisch bemüht war, allerdings auch kritisiert, hat unter dem Begriff des »Bösen« ebenfalls über Hoffmann, aber auch über Heinrich Heine in einer Sprache das Urteil gesprochen, in welcher der moralische Rigorismus der späteren Ideologiekritik festgelegt wurde. Seit Hegel wird die romantische und die ihr folgende »schwarze« Literatur der Moderne unter jenen Verdacht des »Bösen« gestellt, der im Kategoriensystem von Habermas oder Apel und deren Schülern bis heute wiederkehrt.

Ich möchte also nach dem Bösen in der Literatur im Sinne eines historischen Begriffs, nicht im Sinne einer wieder Mode werdenden kryptosakralen Symbolik oder aber einer ontologischen Kategorie fragen. Dabei soll es allerdings nicht um die Erörterung des soeben gekennzeichneten philosophischen Verdachts selbst gehen, den die Phänomenalität einer böse gewordenen Kunst gar nicht interessiert, der sie vielmehr unter diesem Begriff denunziert. Vielmehr geht es um die Umkehrung dieser Negativität zu einer ästhetischen Kategorie. Um vorweg anzudeuten, was damit gemeint sein könnte, zitiere ich den von Habermas als »schwarzen« Schriftsteller apostrophierten Nietzsche: Dieser hat in einem sehr ironischen Kommentar aus dem Nachlaß der achtziger Jahre zu der Tragödiendefinition des Aristoteles geschrieben, wenn dieser die griechische Tragödie unter den »deprimierenden«, das heißt den moralisch-reflexiven Affekten von »Schrecken« und »Mitleid« mißverstehe, dann übersehe er, daß die Tragödie ein »tonicum« sei, also etwas Erhebendes. Und dieses Verkennen komme aus der »absoluten Verlogenheit eines Systematikers«. Vor Nietzsche hatte nur Heinrich von Kleist in einem Brief an Marie von Kleist vom Spätherbst 1807 schon dagegen polemisiert, daß die »Anforderung an Sittlichkeit und Moral« das »ganze Wesen des Dramas« vernichte. Die griechische Tragödie, so Kleist, hätte unter solchen moralisierenden Kriterien, wie sie ein gegenwärtiges bürgerliches Publikum vertrete, nie entstehen können! Was Kleist und Nietzsche für das 19. Jahrhundert fordern, ist nichts anderes, als daß die Ausgrenzung des Bösen ästhetisch wieder rückgängig gemacht werde, denn des Aristoteles Tragödiendefinition, die bis in die ästhetische Diskussion des 18. Jahrhunderts bei allen Differenzierungen der Auslegung verbindlich blieb, hätte die erste theoretisch begründete Ausgrenzung des Bösen vorgenommen: Das erste Verbrechen des Mythos, das Atreus-Grauen – nicht bloß in seiner Urform bei Aischylos und Sophokles, sondern noch in Goethes *Iphigenie auf Tauris* als Rückkehr des Mythos ästhetisch präsent – wurde schon von Aristoteles theoretisch-moralisch gezähmt. Diesem stellte sich nicht das Problem, daß es das Grauen selbst sein könnte, was an der Tragödie fasziniert.

Diese Zähmung hat ihre eigene Geschichte gehabt und ist durch folgende Elemente geprägt: 1. Dem Bösen kam innerhalb der dem Aristoteles folgenden mittelalterlich-neuzeitlichen Philosophie (Augustin, Thomas, Kant, Hegel) kein eigenständiger, ontologischer Begriff zu. Augustin hat allerdings die ästhetische Faszination des Bösen entgegen seinem sich selbst auferlegten Rigorismus sehr genau erkannt und beschrieben, so daß man ihn neben den großen Mystikern als ersten Ästheten des Bösen charakterisieren könnte.

2. Der Gegenzug zu dieser theologisch-philosophischen Annihilation, wie er sich im ausgehenden 18. Jahrhundert als materialistische Kritik des Theodizee-Konzepts und als psychologistische Ästhetik (Burke, Diderot) vollzog, ist in Deutschland aufgehalten und in immer neuen Rationalisierungsmodellen gegenüber dem Bösen idealistisch umgebogen worden. Die wenigen deutschen Philosophen und Schriftsteller, die an einer materialistischen Kritik der Theodizee in Form von negativen Imaginationen teilhatten, etwa Wezel und Klinger, gehören nicht zum deutschen Bildungskanon, der von den Klassikern usurpiert beziehungsweise vom deutschen Bildungsbürgertum des 19. Jahrhunderts diesen zugesprochen wurde. Schon dieser Tatbestand allein muß vor einer gradlinigen Verbindung zwischen »romantischem« Pessimismus und irrationalistischer Gegenaufklärung am Ende des 19. Jahrhunderts warnen: Vielmehr ist zu fragen, ob nicht gerade die »idealistische« Ausblendung der schwarzen Skepsis den Beginn einer Entwicklung

setzte, die im Idealismus der deutschen Germanistik zur Jahrhundertwende ihre weiterführende Perversion fand. Die übel beleumundete schwarze oder blaue Romantik hat daran jedenfalls keinen Anteil.

3. Die also stattgehabte Unterschlagung des Bösen als einer hermeneutischen Kategorie, die die Gegenwart begreift, hat vor Hegel in Theorie und Werk der deutschen Klassik ihren folgenschweren Ausdruck gefunden: Schiller, der anläßlich der Frage nach dem »Grund des Vergnügens an tragischen Gegenständen« bewies, daß er an einer ästhetischen Attraktion des Bösen nur unter der Kategorie der Freiheit interessiert war; Goethe, der dem Mephisto weder im ersten noch im zweiten Teil des *Faust* eine eigenständige ästhetische Rolle zugestand, die sich vergleichen ließe mit dem Satan bei Milton oder Klinger. Es erscheint deshalb noch als ein spätes Erbe der idealistischen Ausblendung, wenn Albrecht Schöne anläßlich von Goethes Darstellung später Teufelskulte affirmativ von einer »Bergpredigt des Bösen« spricht. Umgekehrt: Nicht weil Goethe sein Publikum etwa an Bösem überfordert hätte, sondern weil er es in einer »anachronistischen«, historisch nicht mehr glaubhaften Fassung tat, stießen seine burlesken Obszönitäten auf so heftige Kritik. Er entschärfte parodistisch-ironisch die satanische Überlieferung. Man kann diese idealistische oder aufklärerische Verdrängung des Bösen als Nachgeschichte bis ins 20. Jahrhundert verfolgen. Beispielhaft genannt seien hierfür Herrnann Brochs Aufsatz *Das Böse im Wertsystem der Kunst* (1933) und Thomas Manns *Doktor Faustus* (1947). Manns Nachkriegsroman hat das Böse der faschistischen Gegenwart nicht wirklich sprachlich imaginativ dargestellt, sondern im Rekurs auf einen deutschen Bildungstopos namens Mephisto epigonal zitiert, das heißt er hat den Teufel unglücklicherweise zuviel altdeutsch reden lassen. Dabei hatte schon Kierkegaard, neben Nietzsche der andere Diagnostiker der ästhetischen Rede im 19. Jahrhundert, im *Begriff der Angst* (1844) den Bösen als das »Schweigen« definiert.

Der beschriebene philosophisch-idealistische Begriff des Bösen faßt das Böse immer nur als Gegenstand einer bestimmten literarischen Schule, die grob markiert von Miltons *Paradise Lost* (1667) bis zu Baudelaires *Les fleurs du mal* (1857) reicht: Ihre Themen wechseln von der »erhabenen« Neubewertung Satans und des großen romantischen Verbrechers bis zur affirmativen Darstellung verbrecherischer Handlungen und Perversionen. Während Nietzsche und Kierkegaard das Böse in der Kunst offenbar als das Erschrekkende und Verblüffende der Erscheinung der Kunst selbst thematisieren und an rezeptionsästhetischen oder phänomenologischen Konzepten dartun und Hegel immerhin die Negativität des Bösen formal erfaßt, gehört der generelle Hinweis, es gäbe eine »Schule des Bösen« innerhalb der Romantik, zur Strategie der historischen Relativierung und der funktionalistischen Entlastung: Die Neigung der Byron, Delacroix, E.T.A. Hoffmann, Edgar Allan Poe, Baudelaire und Flaubert zur satanisch zu umschreibenden Thematik wird nämlich so lange für das philosophisch-pragmatische Normensystem nicht gefährlich, so lange die Konstrukte dieser Maler und Dichter inhaltlich verstanden werden.

Der Satz einer solchen Deutung lautet: Die Dichter stellen das Böse in der Welt dar. Dieser Satz schreibt ihnen zu: Erstens eine mimetische Funktion, das heißt die Wiederholung der bösen Wirklichkeit, die nicht zu leugnen ist, auf einer anderen Ebene. Etwas Eigenes kommt demnach nicht dazu. Das ist nicht nur die realistische Doktrin, in der sich der deutsche Idealismus, der sozialistische Realismus und der sogenannte gesunde Menschenverstand treffen. Das ist vor allem die Leugnung des neuen romantisch-modernen Prinzips, wonach die Dichter »erfinden«. Zweitens: Zugestanden wird eine therapeutische Funktion, da die Kunst Freiräume emotioneller Verführung bietet, die vom Prozeß der modernen Rationalität gefährdet sind. Man wird unter solch einer mimetischen Deutung die Wollust Delacroix' in der Darstellung des Gemetzels, das Grauen in Goyas Kriegsbildern, die sadistischen Erotismen von Baudelaires Metaphern und die nihilistischen Symbole von Poes schwarzen Szenerien bloß als Reflexe eines Leidens an der Wirklichkeit sehen, eines Leidens, dem die ideologiekritische, aufklärerische Deutungsanweisung im Sinne des späten Sartre schon eingeschrieben ist: daß nämlich der in der entfremdeten Gesellschaft neurotisch erkrankte bürgerliche Schriftsteller noch im ästhetischen Grauen den Vorschein einer besseren Wirklichkeit zeige. Wer die Ästhetik des Bösen, wer den Befund des Bösen in der Literatur erkennen will, sollte von solchen liebgewordenen Plausibilisierungen Abschied nehmen. Er sollte nicht mehr länger nur als Historiker danach fragen, warum Literatur und Kunst seit Anfang des 19. Jahrhunderts das Böse darstellen, er sollte als Forscher danach suchen, ob Literatur und Kunst nicht selbst durch ihre spezifischen Formen Anteil an diesem Bösen haben könnten: Gibt es das böse Kunstwerk?

II

Ich möchte diese Möglichkeit an zwei poetologischen Innovationen erörtern, die jene schwarze beziehungsweise böse Literatur des 19. Jahrhunderts prägen und für die Moderne im Prozeß ihres Autonomwerdens bereitstellen: Erstens am Begriff der Imagination des Bösen, zweitens an der semantischen Organisation dieser Imagination. Der Begriff der Imagination des Bösen ist zu verdeutlichen an Baudelaires und Poes relevanten Reflexionen, die Organisation dieser Imagination an Textbeispielen von Flauberts Roman *Salammbô*. Daß die deutsche Literatur, abgesehen von E.T.A. Hoffmann und einigen Schriftstellern der Spätaufklärung, an diesem Diskurs des Bösen nicht teilnimmt, hängt mit der angedeuteten idealistischen Verdrängung zusammen. Von dieser eigentlichen Zone des imaginativ Bösen muß die romantisch-vorromantische Rhetorik des Bösen unterschieden werden. Zur letzteren ist zu zählen: Miltons *Paradise Lost*, die *gothic novel* und der europäische Schauerroman, Byrons Dramen, partiell Baudelaires *Les fleurs du mal*. In diesen als eigentlichen Repräsentanten der bösen Kunst immer angeführten Beispielen erscheint das Böse vornehmlich als eine Rhetorik des Bösen als des Schönen. Für sie gilt der Schrei von Miltons Satan: »Böses, sei du mein Gutes!« – das heißt hier ist noch die frenetische Umkehrung des als Verlust beklagten alten Wertsystems zu erkennen.

Die mit dieser Rhetorik korrespondierende ästhetisch-historische Kategorie des Erhabenen bei Edmund Burke wird in seiner Schrift *A Philosophical Enquiry into the Origin of Our Ideas of the Sublime and Beautiful* vornehmlich durch zwei Begriffe operabel gemacht: »terror« und »obscurity«. Diese beiden Begriffe sollten das Wohlgefallen an beunruhigenden, abstoßenden oder furchteinflößenden Erscheinungen der Natur und Kunst erklären: Wohlgefallen an der Düsterkeit der Nacht, am schrecklichen Untergang anderer (Schlachtbeschreibungen), an Phänomenen von extremer Größe, Unendlichkeit oder Ungewißheit. Burkes Ästhetik hat relativ spät etwas erklärt, was mit dem Schrecken der griechischen Tragödie und dem Sadismus der europäischen Ikonographie (Märtyrerdarstellung) längst zivilisatorische Praxis war: die von der rhetorischen Tradition nicht begriffene, nur von Augustin gesehene und als Abgründigkeit des ästhetischen Bewußtseins gefaßte sinnliche Lust am Infernalischen. Zweifellos war Burkes Ästhetik des Erhabenen, die das Düster-Schöne empfahl, eine Lizenz für die Rhetorik des Bösen als des Schönen im frühen 19. Jahrhundert und hat sogar noch die esoterisch-sadistische Phantasie von Lautréamont, dem Vorläufer des emphatischen Surrealismus, abgedeckt.

Es ist zum Verständnis der eigentlich imaginativen Zone des Bösen wichtig, daß es diese nur gibt, wenn die Erhabenheitsästhetik Burkes nicht mehr gilt. Diese Bedingung trat ein, so unsere These, im Fall von Baudelaires Theorem des *Ennui* am Ende des an den Leser gerichteten ersten Gedichts der *Fleurs du mal*.[1] Ebenso ist Baudelaires Phantasma *Le mauvais vitrier* zu nennen. Und diese Bedingung ist ebenfalls erfüllt im Falle von Poes Erzählungen, insbesondere *The Black Cat* (1843) sowie seiner Reflexion *The Imp of the Perverse* (1845). Von den unter Verdacht des Bösen stehenden deutschen Schriftstellern hat nur E. T. A. Hoffmann die bei Baudelaire und Poe entfaltete Imagination des Bösen gekannt (was u. a. seinen poetologischen Stellenwert in der modernen europäischen Literatur definiert).

Was besagt nun Baudelaires Theorem des *Ennui*? Die Vorstellung, daß aus der Passivität des nicht mehr sozial Integrierten, des an den Tagtraum Hingegebenen in radikaler Gegenwehr zur bürgerlichen Langeweile der »Traum von Blutgerüsten« entsteht. »Il rêve d'échafauds«: die wollüstige Vorstellung von Hingerichteten ist nur angedeutet. Sie wird nicht rhetorisch ausgemalt wie auf dem bekannten Gemälde Delacroix' *Tod des Sardanapal*, aber die Wörter »das Auge schwer von willenloser Träne« und die arabische Wasserpfeife situieren die Haltung phantasiebildender Passivität in den Kontext eines vorgestellten grausamen Orients, der zur Grundszenerie der Rhetorik des Bösen gehört. (Delacroix hat sie dergestalt arrangiert, daß sich das orientalische Genrethema, wie es in der französischen Malerei seit der Eroberung von Algier (1830) aufkam, dagegen bloß als eine lüsterne Harmlosigkeit aus-

[1] Zitiert werden die *Fleurs du mal* nach der zweisprachigen Ausgabe (Frankfurt: Fischer 1962) in der Übersetzung von Friedhelm Kemp.

stellt.) Baudelaire hat der sadistischen Phantasie Delacroix' in dem Gedicht *Les phares* (Die Leuchtfeuer) als Ästhetik einer neuen Kunst gehuldigt: »Delacroix, lac de sang hanté des mauvais anges« (»Delacroix, Blutsee, von bösen Engeln überflogen«). Insofern zitiert Baudelaire ganz bewußt die Rhetorik des Bösen als des Schönen in seiner vollendeten Form. Ein Blick auf das Delacroix vorliegende Muster des Sardanapal-Motivs, nämlich Lord Byrons Drama *Sardanapalus* (1821), zeigt, wie Delacroix den romantisierten Märtyrerhelden Byrons umgeformt hat zu einem Medium eben jener Imagination, die Baudelaire als Theoretiker fesseln mußte. In Baudelaires spartanisch-esoterischer Reduktion aber hat sich diese Vorstellung konzentriert zu einem neuen Theorem: daß die kreative, unendliche Imagination des Künstlers eine unauslotbare Potentialität enthält, »böser noch« (»plus méchant«) als alle anderen Laster. Baudelaire hatte schon im *Salon von 1846* den Begriff der unermeßlichen Träumerei (»rêverie immense«) an den Vorstellungsbereich des Bösen, nämlich die obszöne Vorstellung, geknüpft: wie uns ein obszönes Buch in die »mystischen Ozeane der Bläue stürzt«.[2]

Es ist deutlich geworden, inwiefern sich das Theorem von der Imagination des Bösen, das Baudelaire im ersten Gedicht der *Fleurs du mal* entwirft, von der Rhetorik des Bösen als des Schönen unterscheidet: Es handelt sich hier nicht mehr um eine noch so skandalöse Blasphemie des Guten, wie in anderen Gedichten des Zyklus, wodurch die Rhetorik des Bösen noch immer an eine positive Seinskategorie gefesselt ist. Es handelt sich auch nicht mehr um ein immanent poetologisches Argument, wie es die Erhabenheitsästhetik des 18. Jahrhunderts noch zeigt, wo zunächst erst nur die klassizistische Konzeption harmonischer Schönheit angezweifelt und aufgegeben wird.

Diese Ablösung des klassizistischen Konzepts, das immer an die Nachahmung der schönen Natur gebunden war, ist nicht erst mit Baudelaire vollzogen worden. Schon die romantische Poetologie Friedrich Schlegels hatte die neuen Kategorien entwickelt, und Goya, den Baudelaires Gedicht *Les phares* als »Alptraum voll unbekannter Dinge« umschreibt (»Goya, cauchemar plein de choses inconnues«), hat seine berühmte Serie der Caprichos mit einer Annonce (1799) angekündigt, in der er das Prinzip der Einbildungskraft und künstlerischen Erfindung dem der Nachahmung selbstbewußt gegenüberstellte. Das Resultat zeigt schon hier, wie das Imaginationsprinzip und das ästhetisch Böse zusammentreten. Baudelaire hat diesen Zusammenhang aber auf eine so hintergründige Weise ausgesprochen, daß es seitdem eigentlich gar nicht mehr möglich sein sollte, die künstlerische Produktion mit gesellschafts- und tugendaffirmativen Forderungen zu belasten und sie dort, wo dem nicht entsprochen wird, ins ideologiekritische Aus zu stellen. Der

---

2 Delacroix' vom Gemetzel träumender Blutherrscher Sardanapal steht noch im Zeichen der ästhetischen Kategorie der »obscurity«, eines der Bestimmungsmerkmale von Burkes Erhabenheitsschönheit. Man kann indes bei Delacroix fragen, ob dessen eigener Begriff von »Le vague« (»Das Unbestimmte«) nicht schon die Rhetorik des Bösen als des Schönen transzendiert, indem an die Stelle der inhaltlichen Idee von »Düsternis« und »Verwirrung« die formale Kategorie einer die Idee auflösenden »Vagheit« tritt. Diese »Vagheit«, dieses Unbestimmte, käme der Traumpotentialität des *Ennui* bei Baudelaire schon entgegen.

»Traum«, der aus dem *Ennui* kommt, enthält wie der »Alptraum«, den Goya darstellt, die imaginative Potentialität. Das böse Bewußtsein stellt so etwas dar wie die utopische, zu überschreitende Grenze.

Baudelaire hat diese Theorie einer Imagination des Bösen nicht erfunden, er ist hierzu von Poe angeregt worden, dessen Werk er seit 1845 intensiv las. Und innerhalb dieses Werks war es eben die Erzählung *The Black Cat*, deren 1847 erschienene französische Übersetzung Baudelaire Poes Werk wirklich enthüllte, das heißt ihn notwendigerweise auf die Phantasie des Bösen führte. Diese 1845 erstmals in Amerika veröffentlichte Geschichte ist berühmt geworden wegen ihres schaurig-kriminalistischen Plots: dem einen Mord enthüllenden und einen anderen Mord rächenden schwarzen Kater. Indes enthält die Vorgeschichte die Baudelaire eigentlich faszinierende Thematisierung des Bösen: Nachdem der Ich-Erzähler davon berichtet, wie er aus einer nur angedeuteten, nicht letztlich erklärten Haßregung seiner Katze ein Auge aus der Höhle schnitt, reflektiert er, überkommen vom »Geist der Perversheit« die Lust, das Tier nicht endgültig einfach zu töten, sondern aufzuhängen: »Diesen Geist hat die Philosophie noch gar nicht zur Kenntnis genommen. Doch so gewiß ich bin, daß meine Seele lebt, – nicht weniger bin ich's, daß die Perversheit einer der Urantriebe des menschlichen Herzens ist«. »Es war dies unerforschliche Verlangen der Seele, *sich selbst zu quälen* – der eigenen Natur Gewalt anzutun – unrecht zu handeln allein um des Unrechts willen«. Poe hat diesem Geist der Perversität, den die Philosophie nicht zur Kenntnis nimmt, eine grundsätzliche Betrachtung gewidmet. In *The Imp of the Perverse* versucht er das in *The Black Cat* schon Angedeutete genauer zu fassen: »Und dieser überwältigende Drang, das Unrechte zu tun um des Unrechten willen, läßt keinerlei Analyse, keinerlei Zerlegung in anderweitige, tiefer gelegene Elemente zu. Er ist selber ein Grund-, ein Urtrieb – ist selber elementar.«[3]

Poe gibt hier so etwas wie eine anthropologische Erstbegründung für die von ihm geschilderte perverse Dimension des menschlichen Bewußtseins überhaupt. Die Figur, an der er dies in *The Black Cat* exerziert, ist selbst kein ästhetischer Mensch, und insofern ist die Verbindung von böser Phantasie und ästhetischer Dimension in Poes Thema selbst nicht gegeben. Wo ist sie gegeben? Sie ist gegeben in der Tatsache, daß die schauerlich-effektvolle Darstellung des bösen Aktes die Reflexion dieses bösen Aktes und dessen Resultat erst evident macht: Poes Behauptung, die Philosophie habe dieses Böse nicht zur Kenntnis genommen, ist erläutert durch die oben schon erwähnte Situation, daß bis Kant und trotz Schellings Lösungsversuch *(Philosophische Untersuchungen über das Wesen der menschlichen Freiheit)* dem bösen Bewußtsein selbst keine ontologische Qualität, geschweige denn die Möglichkeit einer ästhetischen Thematisierung zugesprochen wurde. Auch bei de Sade erscheint die Perversion als ein negativer Akt der Freiheit, nicht als »das Andere« des Diskurses.

---

3 Zitiert werden *The Black Cat* und *The Imp of the Perverse* nach Edgar Allen Poe, *Werke* (Freiburg: Walter 1967) in der Übersetzung von Hans Wollschläger.

In Poes Sätzen ist also die philosophische Seite von der ästhetischen schon zu trennen. Die philosophische lautet: Es gibt eine menschliche Affinität zum »Perversen«. Die ästhetische Seite: diese Affinität darzustellen gelingt nicht der philosophischen, sondern nur der poetischen Rede. Mehr noch: die poetische Rede und der »Geist der Perversheit« haben etwas Prinzipielles miteinander zu tun – Poes Erzählungen erfüllen den doppelten Zweck, eine Geschichte des Bösen zu erzählen und die Grundsatzerklärung zu einer neuen Ästhetik zu sein. Und so beschreibt Poe die Lust am Abgrund des Perversen denn auch als einen Akt ästhetischer Ekstase: Schwindel und Schauder angesichts dieses Abgrundes verschwinden und gehen in »einem Gewolk von unbenennbarem Fühlen« auf. Der Geist der »Arabischen Nächte« stellt sich ein und ein Gedanke, »dessen Horror in uns so wildes Entzücken weckt, daß wir ins Mark unserer Knochen hinein erschauern«. Die Vorstellung, »was wir beim rasend jähen Sturz« in den Abgrund »empfinden würden«, fasziniert uns um so mehr, als sie »das eine allergräßlichste und -widerwärtigste von all den gräßlichen und widerwärtigen Bildern des Todes und des Leidens in sich beschließt, die je vor unsrer Einbildungskraft aufgestiegen sind«.

Poe hatte zwar eine metaphysische Motivation zu seiner Phantasie vom Abgrund des Perversen, aber schon er hat, wie die zuletzt zitierten Sätze belegen, ihr eine ästhetisch-metaphorische Fassung gegeben, die den *rêve* Baudelaires von den Blutgerüsten unmittelbar vorbereiteten bzw. begleiteten: Das Böse kommt aus einem »Gewolk von unbenennbarem Fühlen«. Diese Wortkombination verweist nicht mehr bloß auf eine anthropologische Fundamentalisierung, sondern auf den ästhetischen Diskurs der grenzenlosen Imagination, wie sie etwa zu Beginn dieses Jahrhunderts von Robert Musil theoretisch erwogen und poetisch versucht worden ist. Baudelaire hat sicherlich Poes literarische Botschaft so aufgenommen. Sein erstes Imaginationskonzept, nämlich den Traum an die Obszönität zu binden und daraus den mystischen Zustand abzuleiten, zeigt die Analogie im Bewußtsein beider Dichter. Damit ist auch von der Genesis, d.h. von Poes Vermittlung her, bestätigt, daß das Theorem von der Imagination des Bösen den künstlerischen Akt selbst, nicht etwa bloß seine Vorstellungsinhalte, mit dem Bösen verbindet.

Damit legte Baudelaire die Grundlage eines ästhetisch-anthropologischen Diskurses, den Sartre kritisch am Beispiel von Genets obszöner Imagination, Georges Bataille am Beispiel heterogener Phänomene innerhalb der Gesellschaft affirmativ untersucht hat, wobei man heute sagen muß, daß Batailles Darstellung dieses Heterogenen dem Bewußtseinszustand der Jetztzeit förderlicher erscheint als Sartres Kritik. Foucaults Verständnis der literarischen Phantasie unter der Kategorie des »Schweigens« belegt das, obwohl Foucaults Literaturtheorie die historisch erste Möglichkeit des ästhetisch Bösen, die Rhetorik des Bösen als des Schönen, erkennen läßt. Der Umstand hingegen, daß Freuds Theorie künstlerischer Kreativität nicht eigentlich dem Heterogenen galt, sondern eher umgekehrt der Wiederkehr des Gleichen, erläutert schließlich, warum sich Poes und Baudelaires Imaginationsmodelle auch psychoanalytischer Determination entziehen.

III

Der Nachweis, daß die Imagination des Bösen Grundstein einer Poetologie der Moderne ist, setzt noch nicht selbstverständlich die semantische Organisation dieser Imagination frei, obwohl man sich fragen darf, ob dies nicht in einigen Gedichten der *Fleurs du mal* oder in Poes Erzählungen geschehen ist. Ich möchte abschließend diese Frage nicht an diesen beiden Beispielen erörtern, sondern an jenem, in dem die ästhetische Tradition der Schule des Bösen im 19. Jahrhundert ihren künstlerisch relevanten Ausdruck gefunden hat: an Flauberts 1862 erschienenem Roman *Salammbô*. Ich benenne dabei nur das vom Orient-Motiv gesetzte, schon erläuterte Thema der emphatischen Grausamkeit, den sogenannten »Molochismus«, dessen Darstellung einen zentralen Platz in Flauberts Roman besetzt. Dieser Molochismus betrifft sowohl die Darstellung der Schlächtereien in den Kämpfen zwischen den Karthagern und dem aufständischen Söldnerheer als auch bestimmte sadistische Rituale, vornehmlich die Kreuzigung der Löwen und die Opferung der Kinder an Moloch. Wir fragen danach, ob diese zentralen Inszenierungen des Bösen innerhalb des Flaubertschen Romans - wenn nicht direkt ideologisch, so doch indirekt semantisch - eine Vermittlung von Sinn enthalten, und sei es den der Klage oder der Aggression angesichts des geschilderten Grauens. Poetologisch hieße das: Wenn diese Zeichen des Bösen - wie wir sie nennen können - einen allegorischen Bedeutungskern hätten, dann wäre eine semantische Organisation der Imagination des Bösen nicht gegeben. Was aber, wenn diese Bilder schweigen und in einem Arrangement ästhetisch verschlossener böser Vorstellungen verharrten, ohne daß ein Sinn, welcher auch immer, vermittelt würde? Wenn letzteres möglich wäre, dann könnte man von dem Bösen im Modus des Kunstwerks sprechen und sagen, das Böse sei eine ästhetische Kategorie in dem Sinne, daß hermeneutisch eine Perspektive auf die Welt freigelegt werde. Dann würde sich auch genauer erklären lassen, wieso die These von der Ausdifferenzierung der kulturellen Wertsphäre im 19. Jahrhundert das Problem nicht faßt, sondern nach Maßgabe wissenschaftlicher Prärogative verdrängt.

Zunächst: Flauberts Roman verweigert auf der Ebene der Struktur und generellen Thematisierung jeden Sinn: Weder tritt ein Sieg der List als Überlegenheit der politisch-zivilisatorischen Vernunft ein (Hamilkar), noch zeigt sich die Versöhnung des Entsetzens mit einer menschlichen Vorstellung, etwa in einer finalen Utopie der ekstatischen Liebe zwischen den beiden Hauptfiguren.[4] Das Motiv des Massakers funktioniert ebenfalls nicht als kritischer Kommentar zu den imperialistischen Verhältnissen des 19. Jahrhunderts, noch läßt sich die Dekadenz Karthagos als warnende Seismographie des zweiten Kaiserreichs einem Moralitätsgestus einverleiben, wenngleich die negativen Analogien vorhanden sind (Finanzoligarchie, Herrschaft der Großbourgeoisie, Defizit des einstigen Heroismus).

[4] Zweifellos deutet Flaubert eine ekstatische Möglichkeit in der Liebe des Söldnerführers Mâtho zu Salammbô an. Diese Möglichkeit aber wird sowohl in der ironischen Adaption des Judith-Motivs als auch im grauenhaften Ende Mâthos dementiert.

Vor allem: es fehlt der Ansatz zu einer geschichtsphilosophischen Perspektive – deshalb sind die Schlachtdarstellungen keine historisch oder psychologisch noch vermittelten Ereignisse, sondern Darstellungen des schieren Massakers, in dem der einzelne Mensch nicht mehr als Subjekt, sondern als isoliertes Objekt unter isolierten Objekten subjektiv-objektiv keinen Begriff von Menschlichkeit mehr herstellt, ein auslöschender Organismus in einer Unendlichkeit von Zeiträumen ohne historische oder moralische Strukturierung. Dieser auf der Ebene der Struktur und Thematik gegebene Sinnentzug bekommt in Flauberts Darstellung an keiner Stelle den Symbolwert einer Warnung, auch nicht den einer aggressiv-pessimistischen Botschaft im Sinne einer gegenaufklärerischen Doktrin. Schon auf dieser Ebene stellt sich Flauberts Roman als der radikalisierte poetische Diskurs dar, der sich Sinn herstellenden Eintragungen entzieht. Es fragt sich nun, welches mögliche Sinnpotential, welche die Phantasie des Bösen konterkarierenden Mittel übriggeblieben sein könnten? Damit sind wir auf die ästhetische Form selbst, auf die Sprache verwiesen.

Alles konzentriert sich auf das Problem des im semantischen Material selbst steckenden Zeichens: die Allegorie. Diese Möglichkeit ist um so mehr zu erwägen, als ja Baudelaires *Fleurs du mal* als Zyklus eines solchen allegorischen Systems gelesen werden können, das den Zeichen des Bösen Sinn stiftet. Wir dürfen davon ausgehen, daß Burkes Erhabenheitsästhetik von »terror«, »obscurity« und »infinity«, die für viele Gedichte Baudelaires herangezogen werden könnte, im Falle von Flauberts Roman, trotz der Methode der Gigantomachie, nicht zu Hilfe kommt. Es ist auch vorab schon zu sehen, daß eine andere mögliche sinnstiftende semantische Analogie zwischen Baudelaires und Flauberts Metaphorik sich am Ende auflöst: die Darstellung des Schmuckmotivs, das über Flaubert hinaus eine zentrale Rolle in der Dichtung der literarischen und malerischen Dekadenz bekommen wird. Auch Flaubert verwendet, schon beim ersten Auftreten Salammbôs, das Schmuckdetail, durch welches Salammbôs unbegriffener mythischer Fetischcharakter, den ihre männliche Umgebung nicht versteht, definiert ist. Während nun aber Baudelaire durch das Schmuckmotiv eine bestimmte mythische Perspektive des deutenden Liebespartners Mann (Leser) eröffnet, verweigert Flaubert eine solche Perspektive der kritischen Bedeutungsherstellung.

Die oft beschriebene Neutralität von Flauberts genereller Erzählhaltung wird von einer spezifischen, grausamen Bildlichkeit abgedeckt. Ist diese allegorisch? Da ist die zentrale Bildphantasie des »Molochs«. Das Motiv des Molochs ist allegorisch vorbesetzt! Baudelaire nämlich hatte dieses Motiv in seinem Essay über Delacroix erläutert: eine molochartige Kunst – so seine entscheidende Deutung – lege »Zeugnis ab gegen die ewige und unverbesserliche Barbarei der Menschheit. Brennende und rauchende Städte, erwürgte Opfer, vergewaltigte Weiber, Kinder unter den Hufen der Pferde oder unter dem Stahle rasender Mütter – alles ähnelt einer furchtbaren Hymne zur Ehre des Schicksals und einer unheilbaren Qual.«

Das ist Baudelaires Deutung der Rhetorik des Bösen als des Schönen in Delacroix' Gemälden als einer großen Allegorie. Baudelaire übersetzt hier die Delacroixschen Motive nicht im Sinne seiner esoterischen »Traum«-Imagination des Bösen, sondern im Sinne einer moralisch-pragmatischen Vermittlung – ein widersprüchliches Verhalten, das aber für Baudelaires Strategien charakteristisch war. Die entscheidende Frage ist nun: Wäre Flauberts grauenhafter, molochartiger Roman ebenfalls als eine solche »Hymne zur Ehre des Schicksals und einer unheilbaren Qual« zu werten? Wäre dem so, dann ergäbe sich das Thema des Bösen am Ende doch in die Form der sinnstiftenden Allegorie.

Das Moloch-Kapitel vollzieht sich als eine langsame, gleichbleibende, neutrale Darstellung zur Vorbereitung und Durchführung der Menschenopfer. Der indifferente Tonfall in der Darstellung des schlechthin nicht mehr psychologisch und moralisch Integrierbaren schließt die Baudelairesche Deutung einer emphatischen Allegorie von vornherein aus. Es ist charakteristisch, daß der Moloch-Ritus in allen grauenhaften Details wiedergegeben wird, daß diesen Details aber eine ethnologisch-religiöse Erklärung fehlt, wie dies der pessimistische Roman der Spätaufklärung anläßlich der Schilderung ritueller Menschenfresserei noch als notwendig empfindet (Wezels *Belphegor*). Selbst der Hinweis auf die nur noch formal funktionierende »Gläubigkeit« der beteiligten Personen – der Priester und der vom Ritus angewiderten Vertreter des einstigen Heroismus (Hamilkar) – eröffnet keine Perspektive eines historischen Prozesses, sondern bestätigt das Grauen als ein unabweisbares Geschick. Anstatt einer wertenden Distanzierung durch den Erzähler erscheinen die einzelnen sadistischen Vorgänge in absoluter, unaufklärbarer Verschlossenheit, die sich in dem Satz kommentiert: »denn es gibt Dinge, die schwerer auszusprechen als auszuführen sind«.[5]

Dieser Satz scheint entscheidend zu sein; er muß nämlich als ein Selbstkommentar Flauberts zu seiner eigenen Methode gelesen werden, denn Flauberts langsame Darstellung des Opferritus verläuft synchron mit der Sache selbst: Die Vorbereitung der Opfer wird zur Vorbereitung der Leser. Was immer Flaubert an negativen Oppositionen noch einbauen konnte, diese erscheinen bei der Abwesenheit von Wertung bloß als Zitationen eines hypothetischen Protests der konventionellen Moral, die von der objektiv grausamen Prosa jeweils schon dementiert ist. Das bedeutet aber: Der Erzähler Flaubert ist selbst der eigentliche Initiator des mythisch Grauenhaften. Dieses vollzieht sich als fortschreitende Antizipation des Moloch-Grauens bis zu dessen Vollstreckung: das Sichergötzen an entsetzlichen Qualen, die voyeuristische Darstellung des Blutkults als obszöne Handlung. Und so funktioniert der Hinweis auf die »unbeschreibliche Angst« der zuschauenden Bevölkerung und deren »Begierde nach dem Entsetzlichen« als eine Deutung des Leseakts. Dem Leser wird das Panorama »sadistisches Opfer« auf der gleichen Sinnebene angeboten wie das Panorama »Festgelage«: Die wahrnehmbare Welt ist in dieser semantischen Form reduziert auf sinnliche Vorgänge ohne Sinn außer dem einen, daß sie die ästhetisch-emotionale Imagi-

[5] Zitiert wird *Salammbô* nach der von Monika Bosse und André Stoll herausgegebene Ausgabe (Frankfurt: Insel 1979) in der Übersetzung von Georg Brustgi.

nation evozieren. Deshalb muß auch eine symbolische Repräsentanz der Moloch-Figur selbst ausgeschlossen werden: Die Schilderung der Vereinnahmung der Opferkolonnen als ein maschineller Prozeß (»Die erzenen Arme arbeiteten rascher und bald ohne Unterbrechung«) könnte verlocken, hier einen parabolischen Hinweis auf die menschenzerstörenden Zustände innerhalb der frühkapitalistischen Fabrikarbeit zu sehen. Das ist eine anregende und angeregte Spekulation, die aber am Zustand des Textes vorbeigeht. Flaubert entzieht seinem Text gerade an dieser Stelle solch plausibilisierende Sinnunterlegung. Vielmehr wird der Leser Zeuge eines tatsächlich stattfindenden archaischen Opfers, das aber, und dies ist Flauberts Methode, sowohl der mythologisch-religiösen Bedeutung als auch moderner Parabolik entbehrt!

Schließlich die bildliche Inszenierung des Grauenhaften selbst, sie wird zum Grenzüberschritt Flauberts: »Dann nahmen die Innenwände des Kolosses eine dunklere Färbung an. Man sah nun verbrennendes Fleisch, und einige glaubten sogar Haare, Glieder, ganze Körper zu erkennen.« Und: »Über und über rot wie ein mit Blut bedeckter Riese, schien er mit seinem zurückgeworfenen Kopf unter der Last seiner Trunkenheit zu schwanken.« Die Reaktion der Zuschauer: »Es schien, als würden die mit Menschen überladenen Mauern unter den Schreien des Entsetzens und der mystischen Wollust zusammenstürzen.« Wenn das ethnologisch-historiographische Wissen über solch imaginierte Welten nicht mehr als ein exotisch fernes, sondern gleichzeitiges für den Leser imaginiert wird, wenn gleichzeitig aber die traditionellen Sinngebungen menschlicher Existenz angesichts solcher Semantik des Entsetzens nicht mehr funktionieren, dann tritt der Fall ein, der sich in der Literatur des 20. Jahrhunderts wiederholen wird: eine allegorische Lösung ist nicht in Sicht; sie zu erzwingen wäre eine Fehldeutung. Es handelt sich um ein Schweigen der bösen Bilder: um die Strategie kontinuierlicher Sinnverweigerung.

Noch klarer zeigt sich dies an jenem zentralen Bild des Romans, das am stärksten einen allegorischen Sinn vermuten läßt, dem Motiv der gekreuzigten Löwen. Flaubert verwandelt hier ein Leitmotiv der orientalisch-afrikanischen Genremalerei, das Delacroix erhöht hatte, auf bösartige Weise: Zeigt er doch nicht mehr das Raubtier im Akt seiner atavistischen Entfesselung (wie Delacroix), sondern in seiner totalen Zerstörung, im Zustand des Todes nach der Folter. Aus dieser Spannung wird jedoch keine Reflexion gewonnen, die im Gefühl der Trauer um die entstellte Natur endete. Die Löwen treten niemals mehr in der romantischen Entfesselung auf, sondern – sofern als lebende dargestellt – als Leichenfresser: das heißt sie sind vorab integriert in den Prozeß des zerstörten Sinns. Zum anderen ist mit der Zitation der Kreuzigung, die sich am Ende des Romans, im Schlußbild der gekreuzigten Söldner wiederholt, kein blasphemischer Protest gesetzt, sondern umgekehrt nur die Ungültigkeit des höchsten Symbolzeichens der christlichen Zivilisation angesagt: Die gekreuzigten Söldner können sich und ihren Tod auf keiner menschlich-historisch-symbolischen Ebene mehr verstehen, sondern nur noch auf der Ebene der gekreuzigten Löwen: es gibt immer nur Natur.

Diesem Kontext der Löwenbilder entspricht stärker noch als der Darstellung des Molochs, daß bei der semantischen Organisation einer Phantasie des Bösen das Verweigern von Sinn den Höhepunkt darstellt. Das scheinbare Angebot allegorischer Trauer und blasphemischer Symbolik wird textimmanent verwandelt in die Undeutbarkeit, in das Rätsel. Vielleicht darf man hier auch an das »Gefühl des Absurden« erinnern, das grundsätzlich für Flaubert gilt.[6] Dieses Rätsel, diese Undeutbarkeit aber entspricht eben der entgrenzten Imagination, dem »Traum« des Bösen als Theorem eines ästhetischen Akts, wie es Poe und Baudelaire erfanden.

Wir hatten gesagt, daß es notwendig sei, drei Möglichkeiten der Ästhetik des Bösen zu unterscheiden: zunächst die Rhetorik des Bösen als des Schönen, allgemein als Schule des Bösen bekannt. Hier ist die Rückbindung an das Ideal der schönen Erscheinung (nur noch der Böse ist schön) als wichtigstes Motiv noch erkennbar. Dann das Theorem von der Imagination des Bösen als der eigentlichen Produktivkraft des Künstlers: Hier erst vollzieht sich der beunruhigende Schritt in das Namenlose unbegrenzter Vorstellungskraft, die durch keinen der bekannten Diskurse mehr kontrolliert wird, nun erst erscheint die Möglichkeit der Imagination des Bösen als einer zukünftigen Literatur und Kunst. Und schließlich: die semantische Organisation dieser von Poe und Baudelaire gedachten Imaginationstheorie. Diese semantische Organisation erst läßt das Böse als Kunstwerk verstehen und zwar dann, wenn, wie im Falle Flauberts, die metaphorisch-stilistischen Mittel in der Darstellung des Bösen dieses nicht mehr allegorisch-symbolisch reflektieren, positiv oder negativ repräsentieren. Flaubert nimmt Nietzsches Satz vorweg, der das poetische »Gleichnis« zu Ende des 19. Jahrhunderts als ein »Erschleichnis« des idealistischen Dichters entlarvt. Kafka wird diese Zerstörung der Identitätserwartung folgendermaßen ausdrücken.

»*Von den Gleichnissen*. Viele beklagen sich, daß die Worte der Weisen immer wieder nur Gleichnisse seien, aber unverwendbar im täglichen Leben, und nur dieses allein haben wir. Wenn der Weise sagt: ›Gehe hinüber‹, so meint er nicht, daß man auf die andere Seite hinübergehen solle, was man immerhin noch leisten könnte, wenn das Ergebnis des Weges wert wäre, sondern er meint irgendein sagenhaftes Drüben, etwas, das wir nicht kennen, das auch von ihm nicht näher zu bezeichnen ist und das uns also hier gar nichts helfen kann. Alle diese Gleichnisse wollen eigentlich nur sagen, daß das Unfaßbare unfaßbar ist, und das haben wir gewußt. Aber das, womit wir uns jeden Tag abmühen, sind andere Dinge. Darauf sagte einer ›Warum wehrt ihr euch? Würdet ihr den Gleichnissen folgen, dann wäret ihr selbst Gleichnisse geworden und damit schon der täglichen Mühe frei.‹ Ein anderer sagte: ›Ich wette, daß auch das ein Gleichnis ist.‹ Der erste sagte: ›Du hast gewonnen.‹ Der zweite sagte: ›Aber leider nur im Gleichnis.‹ Der erste sagte: ›Nein, in Wirklichkeit; im Gleichnis hast du verloren.‹«

---

6 Vergleiche Jacques-Louis Douchin, *Le sentiment de l'absurde chez Gustave Flaubert*. Paris: Archives des lettres modernes 1970.

Auch diese Rede über das Gleichnis verweigert sich der Inanspruchnahme durch Sinnauslegung. Sie ist Kafkas Theorem zu dieser Verweigerung. Und ebenso verweigert sich die anscheinend politische Parabel *In der Strafkolonie* der lauernden Sinn-Deutung. Vielmehr liefert diese Erzählung das fortgeschritten-moderne Beispiel für eine Imagination, die selbst teilhat an dem Bösen, das sie darstellt. Wenn aber moderne Literatur sich der Stiftung von Sinn entzieht, dann ist auch geklärt, warum aus der ästhetischen Kategorie des Bösen kein transzendentes oder fundamentalistisches Argument gewonnen werden kann, etwa die Kategorie des Heiligen, die zur Zeit eine Renaissance erfährt: Das Imaginationstheorem vom Bösen verbietet inhaltsästhetische Affirmationen.

Die Dichtung stellt nicht einfach das Böse dar, sondern die Struktur des imaginativen Bewußtseins ist auf eine solche Darstellung angelegt. Es ist nun auch einsichtig, daß die Imagination des Bösen nicht von Adornos Begriff der »Negativität« hinreichend gefaßt ist. Die soziologisch-historischen Funktionsbegründungen aber halten die ästhetische Problematik völlig ausgeblendet unter der Annahme des nicht mehr revidierbaren Diskurses der rationalistisch-wissenschaftlich geprägten »Moderne«. Diesem aber ist seit Beginn des 19. Jahrhunderts, wie wir sahen, in der Imagination des Bösen widersprochen worden. Die Tatsache, daß dieser Widerspruch in der ästhetischen Imagination der französischen Literatur des 19. Jahrhunderts stärker war als in der deutschen, verweist indes auf eine pragmatisch-politische und eine theoretisch-ästhetische Einsicht:

1. Der Diskurs des deutschen Idealismus und seiner Nachfolger, dem erst Kleist, dann Nietzsches zitiertes Wort vom »tonicum« der Tragödie widersprach, hat das Böse schon als Gegenstand der Dichtung unterschlagen und, wo es in dieser Form auftaucht, bei Kleist, bei Hoffmann, unter das sittlich-geistige Verdikt gestellt. Diese Linie der Denunziation hat sich bis zur marxistischen oder faschistischen Ächtung der Moderne als »entartete Kunst« fortgesetzt, findet aber auch in den Forderungen einer »humanitären« Aufklärung ihre Fortsetzung. Wenn das so ist, dann sollte die ideologiekritische Verbindung zwischen irrationalistischer Kulturkritik der Jahrhundertwende und pessimistischer Romantik, die ja das zentrale Argument wider die »schwarzen Schriftsteller des Bürgertums« ist, revidiert werden. Auch Hauke Brunkhorsts in diesem Sinne unternommener Versöhnungsvorschlag unterschlägt die ästhetische Imagination des Bösen und zählt ideologische Analogien von Aufklärung und Romantik auf, die ihr Verhältnis veräußerlichen.

2. Das von Poe und Baudelaire formulierte Imaginationstheorem, das sich der modernen Literatur mitteilte, ist in westdeutschen ästhetischen Theorien bisher nicht reflektiert worden. In dieser Befangenheit spiegelt sich auch die angedeutete Ausblendung des Bösen durch die idealistische Philosophie, Pädagogik und Geisteswissenschaft wider. Hingegen ist das Imaginationstheorem kompatibel mit dem modernen französischen Poesieverständnis, namentlich in Foucaults Schriften zur Literatur, zum Beispiel *Un si cruel savoir*.

Um den ästhetischen Diskurs von der Imagination des Bösen zu verstehen, müßte man den Skandal akzeptieren, von dem ich eingangs sprach. Die historische Überlegenheit des Diskurses aufklärerischer Moderne ist bloß eine der Institutionen und der pragmatischen Vernunft. Die Dichter der Moderne aber haben, von Baudelaire bis Kafka, diesem Diskurs nicht »irrationalistisch«, sondern im Namen der Imagination des Bösen aufgekündigt.

Nr. 436, Juni 1985

Norbert Elias

Über die Natur

1. Die Entwicklung des Wissens hat den Charakter einer relativ autonomen Strähne innerhalb der Menschheitsentwicklung. Sie ist auf vielfältige Weise mit anderen Strähnen verflochten und interdependent, aber niemals auf sie zu reduzieren. Im Zusammenhang mit einem evolutionären Durchbruch, dem einzigartigen Durchbruch zu kortikaler Dominanz, sind die Menschen auf erlerntes Wissen angewiesen, um sich in ihrer Welt zu orientieren. Menschengruppen vom Typ *homo sapiens* hatten zu jeder Zeit nur dann eine Überlebenschance, wenn die jeweils gegenwärtigen Generationen von den vorangehenden einen Fundus an realitätsgerechtem Wissen erlernten, wie sehr es auch in Phantasiewissen eingebettet war. Philosophen, die darüber nachdenken, ob Erkenntnisse je realitätsgerecht oder, wie man es früher ausdrückte, »wahr« sein können, mögen sich die Frage vorlegen, ob die Menschen, in ihrer völligen Abhängigkeit von erlerntem Wissen als Orientierungsmittel, überhaupt hätten überleben können, wenn sie nicht von ihren Müttern und Vätern immer aufs neue ein Gutteil »wahres«, also wirklichkeitskongruentes Wissen übernommen hätten. Die Antwort auf diese Frage ist Nein. Man kann mit Zuversicht sagen, daß nur diejenigen Menschengruppen überlebten, die einen ausreichenden Fundus an realitätsgerechten Symbolen besaßen. Ohne ihn wären sie nicht einmal in der Lage gewesen, ihre Nahrung zu finden; sie hätten sich nicht vor Tieren und vor anderen Menschengruppen zu schützen vermocht.

Das Problem der »Wahrheit«, der Sachgerechtheit von Erkenntnissen, der Wirklichkeitskongruenz von Symbolen ist stets das gleiche, ob es sich um das Wissen einfacher Stämme von den Heil- und Giftpflanzen, von den Fährten der Hasen und Hirsche handelt oder um das Wissen der Wissenschaftler von der Struktur der Galaxien, von den kleinsten Teilchen der Atome. Descartes, Kant und ihre Nachfolger haben das Problem des menschlichen Wissens auf eine falsche Bahn gelenkt. Sie haben, mit anderen Worten, eine Fehltheorie aufgestellt. Man muß sie erst als solche erkennen, ehe man sie als Entwicklungsschritt wieder zu schätzen vermag. Es geht nicht darum, ob das Wissen im Inneren eines einzelnen Subjekts Objekten in der Außenwelt entspricht, sondern darum, ob soziale Symbole, die der einzelne in seiner Gesellschaft erlernt, Symbole wie »Mutter«, »Pflanze«, »Natur« oder »Ursache«, wirklichkeitsgerecht sind und so den Menschen der Gesellschaft, die diese Symbole gebraucht, eine sichere Orientierung in ihrer Welt ermöglichen.

Die Subjekt-Objekt-Beziehung stellt sich in den Erkenntnistheorien als eine unveränderliche Universalie dar. Die Sachgerechtheit der Symbole aber ist wandelbar. Sie kann größer und geringer werden. Sie kann sogar vollkommen und endgültig sein; und die Sachgerechtheit vieler Symbole für Naturereignisse ist das heute in der Tat. Erst in diesem Jahrhundert ist das Wortsymbol »Sonne« in höchstem Maße wirklichkeitsgerecht geworden. Man weiß, es handelt sich um einen Heliummeiler, der in ein paar Milliarden Jahren ausgebrannt sein wird. Natürlich kann dieses Sachwissen noch verbessert werden; aber im wesentlichen weiß man jetzt, was die Sonne ist.

Gerade weil allerdings die Realitätskongruenz des Symbols »Sonne« in unserer Gegenwart so weit vorgetrieben worden ist, sollte man eigentlich Verständnis dafür haben, daß Menschen auf einer früheren Stufe der Menschheitsentwicklung dieses Wissen noch nicht haben konnten. Man kann leicht einsehen, daß für sie zunächst einmal die Frage im Mittelpunkt der Erfahrung stand, ob es die Sonne gut mit ihnen meine oder nicht. Es ist unter den gegebenen Voraussetzungen völlig begreiflich, daß Menschen sich der Gewalt der Sonne auf Gedeih und Verderb ausgeliefert fühlten und sie deshalb wie ein lebendes Wesen mit sehr großer Macht behandelten, das man durch Bitten und Opfergaben beschwören konnte, das sich aber den Gebeten der Menschen oft genug entzog. Man kann es nur zu gut verstehen, daß sie das Symbol »Sonne« als engagierte Beteiligte verwendeten und nicht wie wir mit einem hohen Maß an Distanzierung im Sinne eines Naturablaufs, der den Menschen nützt oder schadet in totaler Gleichgültigkeit gegenüber ihrem Schicksal.

Im Verlauf der langen Menschheitsentwicklung machte also der menschliche Wissensschatz bestimmte Veränderungen durch. Eine kurzfristige Perspektive, eine historische Betrachtungsweise mag es so erscheinen lassen, als ob diese Wandlungen unstrukturiert und zufällig seien. Bei einer langfristigen Perspektive, einer Betrachtung unter dem Aspekt der Entwicklung, wird es leichter, die Ordnung und die jeweilige Richtung in der Abfolge der Wandlungen zu erkennen. So hatten Veränderungen in den Orientierungsmitteln, im Wissen der Menschen manchmal die Gestalt eines Fortschritts und manchmal die eines Rückschritts oder auch einer Mischung von beiden Tendenzen, in der die eine oder die andere Tendenz überwog. In einigen Phasen wurde der menschliche Wissensfundus entschieden größer, differenzierter und realistischer; in anderen blieb er mehr oder weniger auf dem gleichen Stand, oder er wurde kleiner in bezug auf seine Realitätskongruenz, wenn auch vielleicht größer in bezug auf seinen Phantasiegehalt. Veränderungen des menschlichen Wissens können hier in Schritten zu erhöhter Distanzierung und dort zu verstärktem Engagement vor sich gehen.[1] Wenn man die menschliche Vergangenheit als Geschichte wahrnimmt, braucht man keine diagnostischen Hilfsmittel in der Form von Synthesebegriffen. Wenn man sie als Entwicklung sieht, kommt man ohne begriffliche Repräsentanten einer hohen Synthese nicht aus.

Die Relation von Engagement und Distanzierung kann als ein solches Mittel zur Diagnose der Ordnung und Richtung des Wandels in der Entwicklung der Menschheit und speziell des menschlichen Wissens dienen. Wenn man diese Entwicklung von ihren früheren zu ihren späteren Stufen

---

[1] Die Bedeutung der Begriffe »Engagement und Distanzierung« für eine Theorie des Wissens wird in dem so betitelten Buch des Autors entfaltet (Frankfurt: Suhrkamp 1983).

hin verfolgt, findet man auf den früheren Stufen vorherrschend Symbole, die ein starkes persönliches Engagement repräsentieren, also durch einen hohen Affekt- und Phantasiegehalt geprägt sind; sie sind unscharf umrissen, auf kurzfristige Ereignisse abgestimmt, häufig nur locker miteinander verknüpft und stellen eine Synthese auf relativ niedriger Ebene dar. Selbst wenn sich die Relation von Engagement und Distanzierung zugunsten der letzteren verschiebt, erweitert sich der Sektor des Wissens, in dem Distanzierung und Wirklichkeitskongruenz dominant sind, im gesamten Wissensbestand einer Gesellschaft nur sehr langsam. Sowie man sich daran gewöhnt, entwicklungsbedingte Unterschiede des Wissens zu sehen, wird es auch einfacher, zwischen dem charakteristischen Wissen einer früheren und einer späteren Stufe zu unterscheiden.[2] Man gewinnt ein Auge für die Kennzeichen eines Wissensfortschritts oder auch eines Rückschritts. Und man lernt, die Balance von Engagement und Distanzierung zu bestimmen, die ein einzelner Begriff verkörpert.

2. Man nehme als Beispiel den Begriff »Natur«. Er ist ein Symbol, das eine Synthese auf sehr hoher Ebene repräsentiert. Um damit einen Sinn verbinden zu können, muß man sich bestimmter Aspekte von Ereignissen sehr sicher sein, über die niemand durch individuelle Erfahrung und Reflexion allein ein sicheres Wissen zu erwerben vermag. Zu dieser Art von Wissen gehört die Kenntnis der grundlegenden Gleichförmigkeit aller physikalischen Vorgänge der Welt oder, in kleinerem Maßstab, die Kenntnis der Regelmäßigkeit, mit der sich das Erscheinen und Verschwinden des Mondes vollzieht, oder sogar der Identität von Neu- und Vollmond. Eine notwendige, wenn auch nicht hinreichende Bedingung für Gewißheit in solchen Dingen ist eine kontinuierliche Weitergabe von Wissen über eine lange Reihe von Generationen hin. Viele Jahrtausende müssen Menschen gebraucht haben, bis es ihnen gelang, von einer Position des Nicht-Wissens aus – also des Fehlens genauer und gut sitzender Symbole außerhalb des Bereiches direkter Überlebenswichtigkeit – nun Symbole auszuarbeiten, die eine solche Fülle sicheren Wissens mit sich tragen, wie es heute bei Begriffen wie »Natur« oder auch wie »Mond«, im Sinne eines Teiles der Natur, der Fall ist.

Das Erleben von Geschehnissen auf den nicht- oder vormenschlichen Ebenen dieser Welt als »Natur« ist heutzutage eine Selbstverständlichkeit. Es ist ein Zubehör des sozialen Habitus der einzelnen Mitglieder vieler, wenn auch beileibe nicht aller zeitgenössischer Gesellschaften. Wo ein realitätsgerechtes Wissen von der Natur, in Verbindung mit einer entsprechenden Kontrolle und Manipulation, ein relativ hohes Niveau erreicht hat, werden die Menschen von klein auf mit einer relativ distanzierten Haltung zu Regen, Blitz

---

[2] Vgl. die Hinweise auf die babylonische und die antike griechische Mathematik als Repräsentanten verschiedener Synthesehöhen oder auf den Gebrauch von Sprichwörtern in weniger differenzierten Gesellschaften, verglichen mit dem von allgemeinen Substantiven in differenzierteren Gesellschaften. In: Norbert Elias, *Über die Zeit.* Frankfurt: Suhrkamp 1984.

und Sonnenschein, zum Wachsen der Nahrungsmittel und vielen anderen Naturvorgängen vertraut. Sie eignen sich in solchen Gesellschaften schon früh im Leben Symbole an – darunter eben auch das der »Natur« –, die ihnen die Vorstellung vermitteln, daß die Natur ein Zusammenhang von großer Ordnung und weitgehend von Menschen kontrollierbar sei. Diese Sicht der »Natur« wird dadurch verstärkt, daß alle anderen Menschen, mit denen man verkehrt, die »Natur« in derselben distanzierten Weise wahrnehmen, das heißt als einen Komplex von Ereignissen, die ihren eigenen Gesetzen folgen und die von Menschen gesteuert werden können, sofern sie diese Gesetze kennen. Auch wenn die »Naturordnung« von Zeit zu Zeit in Erdbeben oder Wirbelstürmen ihre wilde Gewalt offenbart, erleben die Mitglieder von Gesellschaften, in denen die Masse der physikalischen und biologischen Ereignisse als »Natur« wahrgenommen wird, »Natur« im großen und ganzen nur in ihrer domestizierten Form, durch menschliche Kontrolle gezähmt und umgestaltet.

In Gesellschaften dieses Typs wird die Standardauffassung der Natur als einer Gegebenheit, deren bloßer Name Regelmäßigkeit und gute Ordnung symbolisiert, von beinahe jedermann geteilt. Es ist daher nicht überraschend, wenn man unter ihren Angehörigen die fast allgemein verbreitete Überzeugung findet, daß es leicht sei, die Welt als »Natur« zu erleben, daß jeder es könne, ohne Lernen und unabhängig von allen anderen Menschen. Es erscheint, mit einem Wort, schlichtweg als »vernünftig«, Sterne und Berge, Erdbeben, Apfelbäume und Rosen ebenso wie Fische und Fliegen und eine Unzahl anderer Dinge, die allesamt völlig verschieden voneinander sind, unter einem vereinigenden Oberbegriff zusammenzufassen und entsprechend wahrzunehmen – als »Natur«. Jeder vernunftbegabte Mensch, so scheint es, kann unschwer und im Handumdrehen den einheitlichen Charakter dieser großen Fülle verschiedenartiger Objekte erkennen, einfach aufgrund einer angeborenen Verstandeskraft oder seiner eigenen Sinneserfahrungen. Ein Mehltau des Vergessens, eine kollektive Verdrängung versperrt den Blick für die lange Wissensentwicklung, die nötig war, bevor Menschen die Einheit in der Vielfalt der Dinge sehen und ihrer sicher werden konnten und bevor sie einen übergreifenden Begriff als deren Symbol auszubilden vermochten.

Die heute Lebenden besitzen, wie man hier sehen kann, ein außerordentlich weitgespanntes sachgerechtes Wissen, zum Beispiel von der Natur, und wissen es nicht einmal. Der Horror des Nicht-Wissens (den die Menschen früherer Zeiten durch Phantasiegebilde aus ihrem Bewußtsein auszuschließen versuchten und nie ganz ausschlossen) ist ihnen fremd.

3. Es wäre nicht allzu schwierig, die langfristige Entwicklung des Begriffs »Natur« oder seiner Äquivalente bis zum gegenwärtigen Niveau der Distanzierung und Wirklichkeitskongruenz nachzuzeichnen. Aber das ist eine Aufgabe, die noch vor uns liegt. Soweit man sehen kann, tauchte ein entsprechender Begriff, *physis* – dessen Abkömmlinge wie »Physik« oder »Physiologie« in vielen heutigen Sprachen noch weiterleben –, erstmals im antiken Griechenland auf, als ein spezifisches Produkt des ersten großen Säkularisie-

rungsschubs. Sein römisches Pendant, das lateinische *natura,* dem man in einer weithin säkularen Form zum Beispiel noch in Lukrez' Gedicht *De rerum natura* begegnet, wurde im Mittelalter, einer neuen Phase des von Priestern beherrschten Wissens, als ein minderwertiger Teil von Gottes Schöpfung umdefiniert. Dann entwickelte sich der Begriff während des zweiten großen Säkularisierungsschubs der letzten circa 500 Jahre in engem Zusammenhang mit dem Aufstieg der Naturwissenschaften erneut in die Richtung größerer Sachgerechtheit.

Der Naturbegriff wurde so auf der einen Seite das oberste Symbol für die Einheit der Ordnung, die alle möglichen Gegenstände der Naturwissenschaften miteinander verbindet. In diesem Sinne drückte er eine hohe Stufe der Distanzierung und Realitätskongruenz aus. Auf der anderen Seite aber übernahm er – oder behielt er –, wie es schon seine Äquivalente in der Antike getan hatten, einige der Funktionen eines Symbols, das eine Antwort auf ganz persönliche Wünsche und Bedürfnisse der Menschen bot. Er blieb also auch das Symbol eines affektiven Engagements. Als Repräsentant einer hohen Distanzierung war der Naturbegriff das klar erkennbare Symbol einer unpersönlichen Ordnung, die dem Schicksal der Menschen völlig indifferent gegenübersteht. Zugleich diente er als eine Antwort auf bestimmte Gefühlsbedürfnisse der Menschen und damit als Repräsentant ihres Engagements.

Wenn man den Begriff der Natur auf seine Balance von Engagement und Distanzierung hin untersucht, kann man also gewissen Zweideutigkeiten in seinem Gebrauch mit größerem Verständnis nähertreten. Man stößt hier auf eine Eigentümlichkeit des zweiten Säkularisierungsschubs, die sich, vielleicht in einer etwas gemilderten Form, auch im ersten, dem antiken Schub beobachten läßt. Der begriffliche Repräsentant eines blinden und ziellosen Geschehenszusammenhangs kann in der menschlichen Vorstellung zugleich eine Macht symbolisieren, deren Wirken den Wünschen, Bedürfnissen oder Idealen der Gruppen, die den Begriff verwenden, auf magische Weise entgegenkommt.

Die doppelte Funktion des Naturbegriffs hatte Vorläufer in der Antike. Unter den Gelehrten des alten Griechenland begegnet man einer fast beispiellosen Fähigkeit zur Ausarbeitung neuer und scharf definierter Begriffssymbole auf einem hohen Syntheseniveau, die mehr auf Tatsachen als auf Gefühle bezogen waren und die wie die Stücke eines Puzzlespiels, die Steinchen eines Mosaiks, präzise zueinander paßten. So erscheint das griechische Wort für Natur wohl zum ersten Mal klar und deutlich als Symbol einer Ordnung, die etwas anderes ist als die Ordnung des sozialen Lebens der Menschen, wie sie in menschengeschaffenen Gesetzen ihren Ausdruck findet. *Physis* wird gegen *nomos* gestellt und als das Reich der Atome und Elementarsubstanzen wie Feuer, Wasser, Luft und Erde aufgefaßt. Gleichzeitig aber wird die Natur auch als ein Symbol der Unsterblichkeit und der unendlichen Schöpferkraft angesehen. Die Götter Homers wurden bis zu einem gewissen Grade ersetzt durch das, was Euripides die alterslose Ordnung der unsterblichen Natur nannte. Stoische Philosophen lehrten die Menschen, gemäß der Natur zu leben. Und Lukrez begann seine große poetische Darstellung der epikureischen Philosophie mit einem Gebet an die Schöpferkraft der Natur, personifiziert als Venus.

In jüngerer Zeit dienten dann die ewigen Naturgesetze den Menschen wieder und wieder als symbolisches Antidot gegen ihre eigene Vergänglichkeit. Kants Ausspruch von den ewigen Gesetzen des Himmels über uns und dem ewigen Moralgesetz in uns ist ein bekanntes Beispiel.

Es gibt noch viele neuere Beispiele für diese Mischung von Realitätskongruenz und Phantasie, von Distanzierung und Engagement in der menschlichen Wahrnehmung der Natur. In Gesellschaften, die sich nicht zuletzt durch die fortschreitende Faktenarbeit der Naturwissenschaften stetig transformierten, blieb die magisch-mythische Naturauffassung lebendig und stark. Sie macht sich mit besonderem Nachdruck im späteren 20. Jahrhundert bemerkbar, wo viele Menschen sie als ein Refugium, ein Heilmittel oder einfach als ein symbolisches Gegenbild benutzen, mit dessen Hilfe man dem Elend der rapide sich wandelnden sozialen Welt Paroli bieten oder vielleicht auch entrinnen kann. In dieser Situation ist man leicht geneigt, das realistischere und oft ziemlich düstere Bild der Natur zu vernachlässigen, das aus der tatsachenbezogenen Arbeit der verschiedenen Naturwissenschaften zutage tritt, von der physikalischen Kosmologie bis hin zur Krebsforschung und der Untersuchung menschlicher Geisteskrankheiten. Das bloße Wort »Natur« wird weithin mit Gesundheit und Zuträglichkeit assoziiert. Wenn man sagt, daß etwas »natürlich« sei, ist dabei mitgemeint, daß es gut für die Menschen sei.

4. Man muß viel übersehen, um das glauben zu können; und die Leichtigkeit, mit der es oft genug übersehen wird, verrät die Stärke des Bedürfnisses, das hinter dem Vergessen steckt. Um an die Güte der Natur zu glauben, muß man die Schrecken der Nahrungsketten vergessen, in denen sich die listigeren und kräftigeren Tiere von den weniger listigen und kräftigen ernähren, und die Todesangst der Gejagten auf der ganzen Welt. Man muß das Gift der Schlangen und Pilze vergessen und fleischfressende Pflanzen, das ständige Fressen und Gefressenwerden in der Natur. Man muß auch die Qualen all derer vergessen, die an Krebs oder an einer der anderen schleichenden Krankheiten sterben, von denen Lebewesen – Tiere nicht weniger als Menschen – betroffen werden können. Sie alle leiden, verfallen und desintegrieren, ohne jede eigene Schuld – ein »natürlicher« Tod, wie wir sagen.

Die Natur ist voller Wollust und Leiden. In ihrem blinden Entwicklungsgang ist sie auf tausenderlei Kniffe gestoßen, wie in dem gnadenlosen Überlebenskampf aller Lebewesen diese oder jene Art vor anderen einen Vorteil gewinnen kann. Tatsächlich gibt es so etwas wie die »Natur« gar nicht. Es gibt nur diese Menge von Ereignissen, große Massen unorganisierter Materie, wo Zufall und Notwendigkeit nicht zu unterscheiden sind, und die vielgestaltigen Vertreter zahlreicher Integrationsebenen, die leben, zerfallen und miteinander kämpfen.

Aus diesem Kampf sind die Menschen hervorgegangen, mit Fähigkeiten, die es ihnen ermöglicht haben, die meisten ihrer Feinde und Rivalen auszurotten oder zu bezwingen und den größten Teil der Erde nach ihren eigenen Bedürfnissen umzuformen. Zu den spezifisch menschlichen Fähigkeiten gehört auch die zur Kommunikation mittels unendlich wandelbarer Symbole, die gespeichert werden und die Wissen von einer Generation zur anderen transportieren können. Sie ist vielleicht diejenige Eigentümlichkeit der Gattung Mensch, die am direktesten dazu beigetragen hat, daß die Menschen zu Herren über viele andere Lebewesen und weite Teile der Erde geworden sind.

Noch haben die Menschen nicht ganz begriffen, welche Verantwortung mit dieser Situation unausweichlich verbunden ist. Nur sie verfügen über eine eigene Welt in der Form von menschengeschaffenen Symbolen, die Wissen verkörpern, das unter Umständen wachsen, das differenzierter und realitätsgerechter werden kann und das sie so in die Lage versetzt hat, die Herrschaft über die Erde zu erlangen. Es liegt jetzt in ihrer Hand, ob sie die Erde, ihre Mitlebewesen und die Menschheit selbst zur Blüte bringen oder ob sie alles zerstören und in seinen stummen und blinden Ablauf zurückfallen lassen. Aber sie scheinen noch nicht zu sehen, daß mittlerweile die Menschheit gegenüber dem Rest der Natur am Zuge ist. Einige von ihnen machen aus der Natur einen Gott. Lassen wir sie ihren Gang gehen, sagen sie, das wird für die Menschheit das Beste sein. Aber die »Natur« ist eine Metapher; sie ist nur eines der vielen Symbole, auf die Menschen die Wunschphantasien projizieren können, daß sie von einer Elternfigur, die den rechten Weg weiß, an die Hand genommen und zu Gesundheit und Wohlergehen hingeführt werden. Die Schwierigkeit ist, daß niemand als die Menschen selbst eine Entscheidung treffen und niemand als sie selbst den Weg wissen kann.

In diesem Licht tritt vielleicht die Relation von Engagement und Distanzierung, die den heutigen Naturbegriff kennzeichnet, etwas deutlicher hervor. Es gibt die tatsachenbezogene Sicht der Natur, das Resultat der Forschungsarbeit vieler Generationen von Wissenschaftlern. Sie hat uns unter anderem ein klareres Bild als je zuvor von dem ziellosen, mechanischen Ablauf der physikalischen Ereignisse verschafft, und besonders von dem monumentalen, stummen Geschehen des physikalischen Universums mit seinen zahllosen Gas- und Staubwolken, seinen wachsenden und vergehenden Sonnensternen, seinen Weißen Zwergen und Schwarzen Löchern. Forscher haben begonnen, die Mechanismen der biologischen Vererbung, der Übertragung lebender Strukturen von einer Generation auf die nächste zu enthüllen, und sie werden vielleicht auch noch die Erklärung für Krankheiten wie Krebs oder für den Verfallsprozeß des Alterns entdecken, die allesamt Naturprozesse sind.

Wenn man es mit einiger Distanzierung betrachtet, kann man leicht erkennen, daß die Natur weder gut ist noch schlecht, weder wohlwollend noch böswillig gegenüber den Menschen, sondern nur völlig indifferent. Von allen Manifestationen der Natur besitzen lediglich die Menschen die Fähigkeit, den ziellosen Fortgang des Naturgeschehens so zu beeinflussen, daß er für sie selbst erfreulicher und nutzbringender wird. Sie können auch das Gegenteil tun; sie können Naturereignisse in eine Richtung steuern, die zu Massenvernichtung und großem Leid für Menschen führt.

Das Seltsame und gewiß auch Nachdenkenswerte ist, daß die Nützlichkeit oder Schönheit, die der menschlichen Kontrolle und Transformation von Naturereignissen zu danken ist, oft als das Werk der Natur gepriesen wird, während die schlechten Folgen oder die Zerstörung von Schönheit oft allein als Menschenwerk erscheinen. Was man hier antrifft, ist ein Muster der Selbstwahrnehmung von Menschen, das gleichsam so alt ist wie Adam und Eva, für das sich jedenfalls viele andere Beispiele in Vergangenheit und Gegenwart finden lassen. Die Natur, so hat man den Eindruck, ist immer freundlich, und nur der Mensch ist böse.

Es scheint eine wiederkehrende und bisher noch unerklärte Tendenz zu geben, den menschlichen Beitrag zur Entwicklung der Menschheit im Vergleich zu dem Anteil imaginärer Figuren, von denen die »Natur« eine sein kann, herunterzuspielen. Zweifellos können Menschen irren und völlig sinnloses Unheil über einander bringen. Aber es wird keine Hilfe kommen, wenn man deshalb von Menschen zu übermenschlichen Instanzen flieht. Es ist niemand anders da. Die Menschen müssen ihr Haus selbst bestellen. Sie können der Verantwortung und dem Zwang, den diese Aufgabe jedem einzelnen auferlegt, nicht entgehen. Was die Natur anbelangt, so können ihre ziellosen Prozesse von Menschen in einer Weise benutzt werden, die anderen hilft oder schadet. In Reaktion auf den schädlichen Gebrauch von Naturprozessen durch manche Menschengruppen haben andere den alten Mythos von der essentiellen Güte der Natur wiederbelebt. Sie verwenden den Naturbegriff so, als ob er eine allzeit gütige und wohltätige Muttergöttin bezeichne. Das bloße Wort »Natur« wird auf diese Weise zu einem Lobwort. Daß man Produkten das Etikett »natürlich« aufklebt, scheint per se ihren Anspruch zu rechtfertigen, daß sie gesund seien. Eine Nachprüfung ist nicht erforderlich.

Die Tatsache, daß der Begriff der Natur – in unserer eigenen Zeit wie in der Vergangenheit – so umstandslos Phantasien von einer Welt der Güte und der reinen Wohltaten auf sich zu ziehen vermag, ist vielleicht ein wenig erstaunlich, wenn man sich daran erinnert, daß die »Natur« die imaginäre Mutter all derer ist, die in einem unablässigen Überlebenskampf töten oder getötet und gefressen werden. Man erinnert sich auch daran, daß die »Natur« eine Quelle von Leben und Tod, von Krankheit wie von Gesundheit und Freude ist. Es kann als ein Zeichen für die Stärke und Intensität der menschlichen Sehnsucht nach Hilfe in den Ängsten und Unsicherheiten ihres Lebens genommen werden, daß sie die »Natur«, die zumindest teilweise wie die Büchse der Pandora voller Übel ist, in der Vorstellung der Menschen so leicht in ein Füllhorn des Guten verwandeln kann.

5. Die selektive Verwendung des Wortes »Natur« als Symbol der Zuträglichkeit und Gesundheit, die Aura positiver Gefühle, die es umgibt, haben eine fast paradigmatische Bedeutung, über die Idealisierung der Natur selbst hinaus. Man kann daran ablesen, wie die Menschen wieder und wieder außerhalb ihrer Welt nach Heilmitteln gegen ihre Nöte und Leiden suchen, wie sie sich nach dem Schutz einer außermenschlichen Macht gegen ihre nie enden-

den Unsicherheiten sehnen. Im hier besprochenen Fall heften sich Hoffnungen dieser Art an das Symbol der Natur, in anderen an Geistersymbole. Es ist, als ob die Last der Eigenverantwortung, der Notwendigkeit, sich und einander selbst so weit wie möglich vor den Gefahren des Lebens zu schützen, für die Menschen zu schwer wäre. Sie verhalten sich so, als ob sie sich nie auf Vorschriften und Zwänge verlassen könnten, die sie selbst einander auferlegen, und immer die einer nicht-menschlichen Gewalt bräuchten, um die Bedrohungen ihres fragilen Daseins zu mindern. Und doch sind die Phantasiezwänge, die außermenschlichen Instanzen zugeschrieben werden, ob Symbolen wie der »Natur« oder Symbolen von Geistern, immer menschliche Vorschriften und Zwänge in Verkleidung. Eine Unterstützung und Verstärkung ihres unzuverlässigen Selbstzwanges können Menschen realistischerweise nur von innermenschlichen, also von sozialen Instanzen oder, mit anderen Worten, von Menschen erwarten.

Alte Legenden wie die von der Vertreibung Adams und Evas aus dem Paradies, aber auch andere aus unserer eigenen Zeit, zeigen immer wieder das bereits erwähnte Muster, das sich im gegenwärtigen Mythos der »Natur« findet: Was Menschen als gut für sich bewerten, wird außermenschlichen Instanzen zugerechnet, und nur was sie als schlecht ansehen, gilt als das Werk der Menschen selbst. Zweifellos können Menschen als Gruppen und Individuen sich selbst und einander der schlimmste Feind sein. Sie fügen einander große Leiden und Schmerzen zu, häufig genug im Namen ihrer Götter oder luftiger Ideale. Sie mißtrauen einander in hohem Maße, und allzu oft ist ihr Mißtrauen gerechtfertigt. Voneinander im Stich gelassen und von Gefahren umringt, suchen sie Zuflucht bei Phantasiegestalten und setzen ihr Vertrauen in sie. Und während diese Gestalten tatsächlich keinerlei Hilfe bieten, kann man jedenfalls davon träumen, daß sie es tun. Bei Geschöpfen der Phantasie ist man, trotz oder wegen ihres illusionären Charakters, vor Enttäuschungen sicher.

Obwohl aber die Menschen in ihrem Umgang miteinander oft unzuverlässig und boshaft sind, gibt es doch auch viel Freundlichkeit, die sie einander schenken. Es gibt Vertrauen, das nie gebrochen wird. Wenn man eine gewisse Distanzierung aufbringt, ist unschwer zu sehen, daß die Menschheit auf ihrem ungeplanten Weg sogar in bezug auf die Humanisierung des sozialen Zusammenlebens viel erreicht hat und noch mehr erreichen kann; denn sie befindet sich ganz ohne Zweifel immer noch in einer Frühphase ihrer Entwicklung.

Einige ihrer Mitglieder beginnen soeben, sich dieses Entwicklungspotentials bewußt zu werden, ohne jedoch bereits voll zu begreifen, daß solche Kräfte als Gegengewicht bestimmte Zwänge erfordern. Auf lange Sicht wird vielleicht deutlicher werden, daß in dieser Welt keine Zuverlässigkeit, keine Güte und Zuneigung, keine Liebe und keine Hilfe zu haben ist außer der, die von Menschen zu Menschen geht. Viel bleibt noch zu tun, bevor mehr Menschen als heute diese Feststellung akzeptieren, und zwar als das akzeptieren können, was sie ist, als ein Stück Tatsachenwissen, und bevor sie ihr Handeln darauf einzurichten vermögen.

Bis dahin werden nicht wenige fortfahren, ihr großes Bedürfnis nach einem Heilmittel gegen die Unsicherheiten, die Not und Vergänglichkeit ihres Lebens auf Symbole zu projizieren, die sie selbst geschaffen haben. Sie werden weiter ihr Vertrauen in sie setzen und sie in ihrer Vorstellung mit der Fähigkeit ausstatten, all diesen Bedürfnissen abzuhelfen, denen, soweit eine Abhilfe überhaupt möglich ist, nur Menschen selbst abhelfen können.

In einer milden Form hat, wie gesagt, der Begriff der »Natur« das Gepräge eines solchen Symbols angenommen. Als ein Bezugspunkt der Gefühlseinstellungen von Menschen kann der Ausdruck »Natur« in ihrem Reden und Denken gebraucht werden, als ob er eine übermenschliche Person bezeichne. Während so auf der einen Seite die sich beschleunigenden Fortschritte der Naturwissenschaften ein Bild der »Natur« hervorgebracht haben, das realitätsgerechter, distanzierter und weniger durch menschliche Wünsche bestimmt ist als je zuvor, erfüllt auf der anderen Seite der Begriff der Natur weiterhin eine Vielfalt von emotionalen Bedürfnissen. Die Natur als Symbol der Ewigkeit oder die Natur als Spenderin ausschließlich gesunder Nahrungsmittel sind Beispiele für die engagierteren Sektoren im Spektrum der Bedeutungen, die der Ausdruck »Natur« an sich trägt.

6. Man begegnet in unserer Zeit einer starken Bereitschaft, den Begriff der »Natur« mit einem entschieden höheren Wert zu verbinden als Begriffe, die sich auf die Menschenwelt beziehen, wie etwa »Gesellschaft« oder »Kultur«. Den nicht-menschlichen Ebenen der Natur wird, mit anderen Worten, ein höherer Wert beigemessen als den menschlichen Ebenen. Das ist also einer der vielen Fälle, in denen sich Menschen, auf der Suche nach einer Zuflucht vor den Gefahren und Unsicherheiten ihres sozialen Lebens, an ein selbstgeschaffenes Symbol klammern, das sie in ihrer Vorstellung mit der Macht begaben, ihnen in ihrer Not zu helfen.

Wie andere Begriffe dieses Typs ist der Naturbegriff, mit seinen starken reifizierenden und personifizierenden Tendenzen, irreführend. Er stellt ein Gewebe von Prozessen, das sich in einem ständigen Wandel befindet, auf einem sehr hohen Syntheseniveau so dar, als ob es sich um eine unveränderliche und ewig ruhende Gegebenheit handle. Nach einer in früheren Zeiten recht verbreiteten Überzeugung verlangt Begriffsbildung als solche eine Reduktion des Wandels auf Unwandelbarkeit. Das ist eine irrige Annahme – Ausfluß eines Wunschtraumes von Philosophen, die am Grunde all der beobachtbaren Veränderungen, und sei es als ein Prinzip oder Gesetz, etwas Festes, Unveränderliches und Ewiges zu entdecken suchen. Tatsächlich haben menschengeschaffene Symbole keine derartigen eingebauten Grenzen. Sie sind durchaus imstande, alle möglichen Bedeutungen zum Ausdruck zu bringen, die von den Gruppen ihrer menschlichen Benutzer entwickelt und verstanden werden können.

Man kann das sofort sehen, wenn man sich daran erinnert, daß das, was wir als »Natur« bezeichnen, in der Substanz identisch ist mit dem »sich entwickelnden Weltall«, von dem gegenwärtige Kosmologen reden. Beide Begriffe beziehen sich auf das ganze Universum. Beide betonen seine physikalischen im Vergleich zu seinen menschlichen Ebenen. »Natur« ist ein Begriff eines älteren Typs. Er spiegelt noch in erheblichem Maße die jahrhundertealte Tendenz wider, Begriffe eines sehr hohen Syntheseniveaus so zu bilden, daß Prozesse symbolisch auf einen statischen Zustand reduziert werden. Der Begriff des sich entwickelnden Weltalls bezieht sich auf dasselbe Objekt ohne diese Reduktion. Wenn man von der »Natur« spricht, scheint man ein unwandelbares Ding oder eine ruhende Person zu meinen. Wenn man von dem sich entwickelnden Weltall spricht, gebraucht man ein Symbol, das eindeutig den Charakter des Universums als Prozeß mit einer klaren Ordnung des Wandels, einer bestimmten Phasenabfolge repräsentiert.

Die Relation von Engagement und Distanzierung ist in den beiden Fällen verschieden. Auch wenn der Begriff der Natur für die Objekte der Natur- und vor allem der physikalischen Wissenschaften gebraucht werden und insoweit eine recht hohe Ebene der Distanzierung ausdrücken kann, hat er doch, wie gezeigt, nicht selten auch massive metaphysische Konnotationen. Seine Bedeutung kann mehr durch die Bedürfnisse der Personen bestimmt sein, die ihn verwenden, als durch die Tatsachen, auf die er verweist. Begriffe wie der des sich entwickelnden Weltalls repräsentieren ein höheres Distanzierungsniveau. Sie eignen sich weniger leicht als der Begriff »Natur« zur Kommunikation persönlicher Gefühle. Zugleich sind sie realitätsgerechter. Es ist ganz üblich und in der Tat unumgänglich, überprüfbare Modelle eines sich entwickelnden Weltalls auszuarbeiten. Ein überprüfbares Modell der »Natur« läßt sich schwer vorstellen.[3]

7. Aber das ist noch nicht alles, was über das Mischungsverhältnis von Engagement und Distanzierung im Naturbegriff höher entwickelter Gesellschaften gesagt werden muß. Wenn engagierte Bedeutungen in die kognitiven Funktionen eines Begriffs eindringen, sind sie zumeist fehl am Platze. Der Begriff »Natur« jedoch kann auch andere als rein kognitive Funktionen haben. Ein Bauer mag einen Hagelschlag oder einen Heuschreckenschwarm als Naturkatastrophe erleben. Stadtbewohnern andererseits kann »Natur« als ein Symbol für ländliche Gegenden dienen. Dort können sie bewundern,

[3] Schwer vorstellbar ist im übrigen auch – alle sonstigen Wandlungen ungeachtet, die das kosmologische Modell unseres Weltalls noch durchmachen wird –, daß man auf lange Sicht die heute oft vertretene These von einem absoluten Anfang des Universums wird aufrechterhalten können. Sie besagt nichts weiter, als daß man aufhört, Fragen zu stellen. Wie immer es im einzelnen aussehen mag, das kosmologische Modell wird aller Wahrscheinlichkeit nach das eines anfanglosen, sich selbst perpetuierenden Prozesses sein.

In einer allgemeinen Form scheint dies bereits in der Antike von manchen Gelehrtengruppen recht deutlich erkannt worden zu sein. So schreibt Lukrez in seinem Gedicht über die Natur des Weltalls, das den Römern die Grundlage der Lehre Epikurs nahebringen sollte: »Du wirst selber, zermürbt vom schreckenverkündenden Worte / unserer Seher, von uns zu Zeiten dich lossagen wollen … Diesen Schrecken nun, dies Dunkel der Seele muß füglich / nicht der Sonnen Strahl noch das helle Gewaffen des Tages / schlagen entzwei, vielmehr Naturbetrachtung und Lehre. / Ihr Beginn aber wird von da den Ausgang uns nehmen, / *daß kein Ding aus nichts entsteht auf göttliche Weise*« (zitiert nach: Titus Lucretius Carus, *De rerum natura / Welt aus Atomen.* Zürich: Artemis 1956).

was einige Menschengruppen in den letzten circa 500 Jahren als die Schönheit der Landschaft wahrzunehmen gelernt haben. Oder sie pflanzen, näher bei sich zu Hause, Schneeglöckchen und Narzissen, Magnolien und Rhododendren, Lilien und Rosen an, und auch hier bewundern sie dann die Schönheit der »Natur«. Aber was sie da bewundern, ist zugleich das Werk von Menschen, ist die durch menschliche Erfindungskraft gezähmte und transformierte »Natur«, also mit einem Wort die Kultur der Natur. Die Lilien und Rosen sind von Menschen zu ihrer Freude gezüchtet worden. In vielen Ländern gibt es keinen einzigen Fleck mehr, der nicht von Menschenhand umgestaltet wurde.

Natur im Rohzustand, mit Zähnen und Klauen, kann sehr unterschiedliche Gefühle auslösen. Die Eiswüsten auf dem Kontinent um den Südpol mögen grandios in ihrer Einsamkeit wirken. Eine Löwin, die sich umsonst zur Jagd nach einer entfernten und bereits in voller Flucht befindlichen Zebraherde anschickt, mag herrlich anzusehen sein, auch wenn sie ohne Nahrung zu ihren Jungen zurückkehrt. Man weiß nicht, wen man mehr bedauern soll, die hungrige Löwin mit ihren um ihre Mahlzeit betrogenen Jungen oder die gejagten Zebras, die beim Anblick oder Geruch des noch entfernten Raubtiers um ihr Leben zu laufen beginnen. Die Naturliebhaber, die den Frieden ländlicher Gegenden dort genießen, wo ihre Vorväter mitgeholfen haben, alle für Menschen gefährlichen Tiere wie Wölfe, Bären und Wildkatzen auszurotten, tun heute ein gutes Werk, wie reuige Sünder, indem sie anderswo vom Aussterben bedrohte Tierarten schützen helfen. Vielleicht sollte man auf der gegenwärtigen Stufe der Sensibilität nicht die Natur im Rohzustand vergessen – die Tiere, die töten, um selbst zu leben, und die anderen, schnellfüßigen, die ihnen zu entkommen suchen. Was man heute oft als den Frieden und die Schönheit der Natur genießt, ist weithin menschengeschaffen. Es ist eine selektiv von Menschen kultivierte und zivilisierte Natur, die wir bewundern.

8. Bisher ging es vornehmlich um die Problematik einer tief engagierten Einstellung zur Natur, sei es in kognitivem Kontext, sei es in der Form ihrer Vergöttlichung. Einige Worte verdient nun noch die Frage, wieweit ein engagiertes Interesse an der »Natur«, an ihrer Schönheit, an den Erquickungen und Freuden, die sie gewährt, im menschlichen Leben seinen Platz hat. Ganz gewiß ist nichts berechtigter und sogar notwendiger als ein solches Gefühlsinteresse von Menschen an der gegenwärtigen und zukünftigen Entwicklung der »Natur« auf dieser Erde und über sie hinaus – kurz, an der »Umwelt«, wie sie heute oft genannt wird. Nichts ist berechtigter als die Besorgnis, daß diese Freuden, daß die Gesundheit der Menschen selbst durch eine Schädigung der begrifflich als »Umwelt« verkleideten Natur zerstört werden. Diejenigen aber, die in vorderster Front an dieser Aufgabe engagiert sind, stützen sich dabei vielfach auf eine bemerkenswert einseitige und romantisch gefärbte Ideologie. Halten wir deshalb noch einmal fest: Die Menschen – die einzigen Naturgeschöpfe, die wissen – tragen die volle Verantwortung und dann auch die Sorgepflicht für das, was heute die »Umwelt« heißt, also im

wesentlichen für die nicht- oder vormenschlichen Ebenen der Natur im Raum dieser Erde und jenseits seiner, so weit sie eben kommen. Er ist ihre Heimstätte. Er ist die Welt, zu deren Herren sie sich gemacht haben. Da ist niemand, der ihnen diese Verantwortung abnehmen kann. Nur Menschen können Verantwortung übernehmen. Denn die nicht-menschliche Natur ist ein unwissender Prozeß, der keine Verantwortung für sich selbst, für die Umwelt oder für irgend etwas anderes tragen kann.

Allerdings sind die Menschen sich noch nicht einmal der Verantwortung bewußt, die sie für sich selbst, für die Menschheit tragen. Es ist nützlich, um beides, um die Selbstverantwortung und die Verantwortung für die nicht-menschliche Welt, zu kämpfen. Man kann nicht gut Verantwortung für die Umwelt ohne Verantwortung für die von ihr »Umgebenen« übernehmen. Es ist, anders ausgedrückt, eine Selbsttäuschung, zu glauben, daß man wirksame Maßnahmen zum Schutz der nicht-menschlichen Natur auf diesem Planeten ergreifen könne, ohne gleichzeitig etwas für den Schutz und das Wohlergehen der Menschheit in Gegenwart und Zukunft zu tun. Die Situation der »Natur« auf dieser Erde hängt in letzter Instanz immer von der Situation der Menschheit und besonders von ihren Machtverhältnissen ab. Das Schicksal der Umwelt und das Schicksal dessen, was von ihr »umgeben« wird, also des globalen Netzwerks der Staaten, sind untrennbar miteinander verflochten. Man kann sicherlich die »Natur« nicht »retten«, ohne sich um die Situation der Menschheit zu kümmern, die eine solche »Rettung« nötig gemacht hat.

Tatsächlich ist die Neigung, Natur und Menschheit voneinander zu trennen, die eine ohne die andere zu sehen, ganz illusorisch. Denn was wir auf unserer Erde »Natur« nennen, ist – wie erwähnt – in hohem Maße von Menschen umgestaltete, domestizierte oder zivilisierte Natur, die im Fortgang der Zeit zwangsläufig noch weiter umgestaltet und menschlicher Kontrolle unterworfen werden wird. Das noch zu lösende Problem ist freilich, welche Form und Richtung diese Umgestaltung und Kontrolle in Zukunft nehmen soll – zum Wohle beider, der Natur und der Menschen.

Übersetzung aus dem Englischen und Redaktion von Michael Schröter

Nr. 448, Juni 1986

RALF DAHRENDORF

Das Elend der Sozialdemokratie

Beobachtungen

Die achtziger Jahre haben den sozialdemokratischen Parteien der freien Welt wenig Freude gebracht. Noch ihre besseren Momente werden vielfach arg getrübt. Die britische Labour Party hat im Juni 1987 anerkanntermaßen einen modernen, ja überlegenen Wahlkampf geführt, aber ihr Ergebnis von 32 Prozent läßt Zweifel aufkommen, ob sie in diesem Jahrhundert noch einmal an eine regierungsfähige Mehrheit denken kann. Frankreich hat einen sozialistischen Präsidenten, doch muß er die Regierungsgewalt mit einer konservativen Mehrheit im Parlament teilen. Häufiger sind unübersehbare Niederlagen. Die schweizerischen Sozialdemokraten waren nie sehr stark, aber ihre 18 Prozent im Oktober 1987 werfen sie weit zurück. Weit zurückgeworfen wurden 1987 (wie schon 1983) auch die deutschen Sozialdemokraten, die einmal mehr um die Schwelle der 40 Prozent kämpfen müssen, die sie 1969 überschritten hatten, endgültig, wie sie glaubten. Wo Sozialdemokraten Wahlerfolge erringen, beruhen diese auf einer Politik, die auch andere, rechtere Parteien hätten betreiben können. Bettino Craxi in Italien ist ein Beispiel. Der mutige Felipe Gonzales in Spanien war mit zwei gleichermaßen schwierigen Absichten angetreten. Er wollte die demokratische Ordnung durch innere Befriedung vor allem der Militärs und äußere Anbindung an den Westen sichern, und er wollte Spanien den Winden der Weltwirtschaft aussetzen. Beides ist ihm gelungen. Ist es auch spezifisch sozialdemokratisch? Die portugiesischen Sozialdemokraten unter Cavaco Silva beschreiben sich gleich selbst als eine Mitte-Rechts-Partei. Und wenn die amerikanischen Demokraten sich irgendeiner Sache gewiß sind, dann der Überzeugung, daß sie nicht noch einmal den Fehler von Walter Mondale machen dürfen, der ihnen mit seiner traditionell-sozialdemokratischen Politik 1984 eine der großen Niederlagen ihrer Geschichte eingebracht hat.

Derlei Erfahrungen sind vor allem verblüffend, weil zwar vielfach konservative Parteien regieren, diese aber eher schwach sind und jedenfalls zur entschiedenen Opposition Anlaß geben. Präsident Reagans letzte zwei Jahre dürften allenfalls trübsinnige Geschichte machen; sie werfen ihren Schatten zurück auf die ersten sechs Jahre. Premierministerin Thatcher liebt starke Worte, hat aber auch beim dritten Anlauf nicht mehr als 43 Prozent der Wähler für sich einnehmen können. In der Bundesrepublik bietet die Regierung Kohl ein Bild der Ziellosigkeit und Schwäche. Allerorten hat eine neue Wachstumsphase neue Anrechtsfragen aufgeworfen. Aber an Antworten herrscht Mangel. Die demokratischen Präsidentschaftskandidaten in Amerika stochern im Nebel, über dem nur ihr Liebesleben für die Wähler erkennbar wird. Sie suchen übrigens, wie der Führer der britischen Labour Party (und die nach enttäuschten Hoffnungen sieche Allianz aus SDP-Sozialdemokraten und Liberalen), nach einer Politik, die gleichzeitig die Neureichen und die Neuarmen befriedigt. Darin steckt ein wichtiger Gedanke. Die deutschen Sozialdemokraten graben mittlerweile in tieferen Schichten und erarbeiten ein Grundsatzprogramm. Wird es ihnen auch nur das Verständnis der neuen sozialen und wirtschaftlichen Fragen eröffnen?

Etwas ist jedenfalls zu Ende gegangen. Mindestens ist es die Unübersichtlichkeit der siebziger Jahre. In den achtziger Jahren ist wieder Bewegung in Wirtschaft und Gesellschaft der OECD-Länder gekommen. Weder die Beschwörung von Grenzen – »Grenzen des Wachstums«, ja »Grenzen der Zukunft« – noch die Angst vor der Stagnation beschreiben das Lebensgefühl dieses Jahrzehnts. Eher schon beschreiben es die vielbeschworenen *yuppies,* die ja schon längst nicht mehr nur *young* urban *professionals,* sondern *young* upwardly mobile *professionals* sind. Für viele geht es nach oben, ging es zumindest nach oben mit den Börsenkursen und den Rocksäumen. Daß der Prozeß auch seine prekäre Seite hatte, wissen wir zumindest seit dem »schwarzen Montag«, dem 19. Oktober 1987. Aber diejenigen, die das Gehäuse von Korporatismus und Stagnation satt hatten, werden auch dann keine Ruhe geben, wenn der Dow-Jones-Index der Börsenkurse an der Wall Street erheblich unter die 2000er Marke gerutscht ist. Zugleich nützt die neue Angst vor dem großen Krach denen nichts, die in den achtziger Jahren zu kurz gekommen sind, also den langfristig Armen und Arbeitslosen.

Das alles ist keine Wiederholung von 1929. Es spielt sich nicht nur auf einem viel höheren Gesamtniveau der Lebenschancen ab, sondern bedroht auch die Mehrheit weit weniger – jedenfalls die Mehrheit in den reichen Ländern der Welt – und ist wahrscheinlich besser zu kontrollieren. Der Unterschied ist beträchtlich, und man könnte sagen, daß wir ihn zum guten Teil Sozialdemokraten verdanken. Zugleich findet die neue Lage gerade die Sozialdemokraten ratlos. Für sie ist mehr zu Ende gegangen als ein Jahrzehnt. Parteien, die den Namen »sozialdemokratisch« führen, wird es gewiß noch lange geben. Organisationen werden zuweilen zu Schläuchen, in die man immer neue Weine füllen kann. Ein Geschmack des alten Weins bleibt zwar, aber sonst haben beispielsweise die Liberalen von 1848, 1871, 1933 und 1987 wenig miteinander gemein. Hier ist entsprechend nicht die Rede von Parteien namens SPD oder Labour Party als solchen, sondern von dem Gesetz, unter dem sie angetreten sind. Dieses Gesetz scheint in eigentümlicher Weise an Geltung eingebüßt zu haben. Insofern erleben wir das Ende des sozialdemokratischen Jahrhunderts.

Willy Brandt mag diese These nicht. In seiner »Abschiedsrede« stellt er mit bitterem Unterton die Frage, was denn so sozialdemokratisch gewesen sei an diesem Jahrhundert der Kriege, der Tyrannis und des Elends. Der große Unbequeme würde wohl unwirsch reagieren, wenn man ihn an die Bewilligung der Kriegskredite 1914, die Rolle der Sozialisten 1918/19, gar an Reichskanzler Hermann Müller und Premierminister Ramsay MacDonald erinnerte. Indes besagt die These ja nicht, daß Sozialdemokraten ein Jahrhundert lang regiert hätten, sondern daß sie ein Jahrhundert lang treibende Kraft der politischen Entwicklung waren, bis sie am Ende (um mit Harold

Wilson zu reden) zur »natürlichen Regierungspartei« wurden und prompt ihre Kraft verloren. Das Jahrhundert war in seinem Antrieb und in seinen besten Möglichkeiten sozialdemokratisch. Als es dem Ziel nahe kam, war es folgerichtig mit der Kraft der Sozialdemokraten vorbei.

Die Geschichte ist weit über das Schicksal einer Partei hinaus von Interesse. Es ist, was die achtziger Jahre betrifft, die Geschichte der fehlenden Alternative. Gewiß regen sich neben dem Yuppietum hier und da ein paar Kräftchen, aber diese sind doch ihrer Natur nach von begrenzter Bedeutung. Umweltfragen gehören zu jenen Disparitäten, die Frankfurter Soziologen schon vor zwanzig Jahren als moderne Entsprechung des Klassenkampfes bezeichnet haben. Sie betreffen alle zum Teil, nicht einen Teil ganz und gar. Daher sind sie zur Parteibildung auf die Dauer ungeeignet. Die Wahrscheinlichkeit spricht eher dafür, daß konservative Gruppen sie aufnehmen werden. Bürgerrechtsfragen alten Stils sind virulenter. Vor allem zur effektiven Durchsetzung der sozialen Gleichstellung der Geschlechter bleibt noch viel zu tun. Minderheiten kämpfen nach wie vor, und manchmal erneut, um ihre Staatsbürgerrechte. Aber die Regenbogenkoalition der sich um solche Themen scharenden Bewegungen – Präsidentschaftskandidat Jackson hat sie in den USA Anfang der achtziger Jahre erfunden, die »Grünen etc.« im Europäischen Parlament haben das Wort übernommen – eignet sich schon darum nicht zur Partei, weil soziale Bewegungen im Fraktionsgehege naturgemäß schwächer sind als auf der freien Wildbahn.

Bleibt also die Sozialdemokratie. Ich verstehe darunter zunächst eine politische Haltung, die die entschiedene Verteidigung von Rechtsstaat und Demokratie mit dem ausgeprägten Sinn für die Benachteiligten und Schwachen verbindet. Das ist eine von Grund auf anständige Haltung, die immer neu auf Veränderung drängt, weil es stets Gruppen gibt, deren soziale Stellung sie im Dunkeln hält, während doch alle das Licht des Tages genießen sollen und wollen.

Beide Elemente dieser Haltung haben Sozialdemokraten in unserem mörderischen Jahrhundert oft genug zu Opfern gemacht. Keine andere politische Gruppe kann sich rühmen, den Totalitarismen ähnlich entschieden widerstanden zu haben. Die Wendung der Stalinisten gegen die Sozialdemokraten (»Sozialfaschisten«) vor 1933 hat keinen Augenblick Zweifel am Antifaschismus der Sozialdemokraten erlaubt; im Gegenteil waren es die Kommunisten, die es 1939 möglich fanden, den Hitler-Stalin-Pakt zu schließen und zu akzeptieren. Gelegentliche Volksfronterfahrungen, wie in Frankreich in den dreißiger Jahren, haben andererseits die Grenze zu den Kommunisten nicht verwischt. (Das Drama der Zwangsvereinigung von SPD und KPD in der Sowjetischen Besatzungszone 1946 erzählt eine eigene Geschichte, eine allerdings, die die jüngsten Annäherungsversuche von SPD und SED auch als Symptome einer sozialdemokratischen Identitätskrise erscheinen läßt.) Man hat Sozialdemokraten zuweilen zum Vorwurf gemacht, daß sie Recht und Gesetz geradezu pingelig verteidigt haben. Das ist nicht mein Vorwurf. Wenn Rechtsstaat und Verfassung der Freiheit in diesem Jahrhundert bedroht waren, dann galt durchweg, daß ihre Verteidiger bei Sozialdemokraten

Freunde und die Opfer von Unrecht und Unfreiheit Schutz fanden.

Das soziale Element der sozialdemokratischen Haltung hatte eine kompliziertere Geschichte. Nicht daß an seiner Ernsthaftigkeit je ein Zweifel bestand, ist damit gemeint, sondern daß es alle jene Entwicklungen in Gang gesetzt hat, die heute auf Sozialdemokraten zurückschlagen. Stichworte müssen genügen. Sozialdemokratische Sozialpolitik war Umverteilungspolitik. Sie setzte voraus, daß es etwas zu verteilen gab. Was immer die ältere sozialistische Theorie über den Primat des Ökonomischen gesagt haben mag, gerade auf das Ökonomische verstanden Sozialdemokraten sich nicht. Gewiß, Maynard Keynes, der Liberale, gab ihnen Hilfestellung. Mit der »effektiven Nachfrage« entdeckte er einen Hebel, der Umverteilung und Wirtschaftswachstum auf das befriedigendste zu verbinden versprach. Keynes wurde denn auch das sozialdemokratische Schicksal. Gleichsam an seinem Leitfaden entstand der moderne Wohlfahrtsstaat. Es wuchsen mächtige öffentliche Bürokratien, die oft in organisierter Kooperation mit den Großorganisationen der Wirtschaft zugleich die Leitlinien des Wirtschaftsprozesses zu bestimmen und dafür zu sorgen suchten, daß niemand zu kurz kommt. Das klingt großartiger als die Realität war. Immerhin, steigende Reallöhne, beträchtliche Transfereinkommen für große Gruppen und der durch staatliche Instanzen inszenierte Konsensus aller Beteiligten wurden zum sozialdemokratischen Thema.

Auch solche Entwicklungen gehören in das Kapitel, das ich mit »anständig« überschrieben habe. Sozialdemokraten wollten eine anständige Gesellschaft, ohne Raubritter und Revoluzzer ohne Ausbeuter und Aufrührer. Und falls durch die sanfte Ironie solcher Formulierungen ein leiser Verdacht der Anarcho-Träumerei hindurchklingen sollte, sei hinzugefügt, daß die neuere Geschichte keine erfolgreichere Version der bürgerlichen Gesellschaft kennt als die sozialdemokratische. Wer sie nicht mag, muß schon sehr viel anzubieten haben, es sei denn, er oder sie wolle nur zerstören.

Doch die Geschichte ist nicht zu Ende. Sie ist glücklicherweise nie zu Ende. Immer schaffen die Lösungen von gestern die Fragen von morgen. Die Suche nach mehr Lebenschancen für mehr Menschen geht weiter. Es gibt viele Länder, die noch einen langen Weg zu gehen haben, bevor sie sich als sozialdemokratisch beschreiben lassen; in allen Ländern bleibt die hier angedeutete Option ein für viele befriedigender Lebensrahmen, in dem Menschen ihre Lebenspläne mit Aussicht auf Erfolg verfolgen können. Aber zunehmend machen die neuen Fragen sich bemerkbar. Man kann sie mit Max Weber beschreiben, der schon am Anfang des sozialdemokratischen Zeitalters Alpträume eines »Gehäuses der Hörigkeit« hatte, in dem wir uns »dermaleinst« finden könnten. Das war für ihn die Extrapolation der Bürokratie und ihrer unentrinnbaren Rationalität, in der kein Raum mehr bleibt für den Einzelnen, seine Initiative, seine Idiosynkrasien. Man kann die neuen Fragen auch mit Mancur Olson beschreiben, der sie ökonomisch wendet und die Stagflation zu einer Art Entropie verlängert, in der nichts mehr geht. Am Ende helfen nur noch dramatische Brüche, Kriege, Revolutionen. Bei Weber war es das Charisma begnadeter Führer, das das Gehäuse zerbricht. Solche Dramatisierungen lassen sich leicht weglachen, aber ihr Verdacht schlummert doch in vielen. Man muß sich fragen, ob nicht noch die Fluchtszenarios unserer Zeit, vom massenhaften Drogenkonsum bis zum *acte gratuite* eines zwecklosen Terrorismus Versionen derselben Angst sind. Die Zufriedenheiten des sozialdemokratischen Zeitalters scheinen jedenfalls prekär. Wie so oft, war der beschwerliche Weg befriedigender als das angeblich erlösende Ziel.

Doch lassen wir die Metaphern und Spekulationen, um zunächst noch eine Beobachtung hinzuzufügen. Willy Brandt könnte ja erneut darauf verweisen, daß es eigentlich nicht Sozialdemokraten waren, die die Welt geschaffen haben, die hier soeben gepriesen und zugleich madig gemacht worden ist. Überhaupt haben Sozialdemokraten, sieht man von den skandinavischen Ländern einmal ab, nirgends lange genug regiert, um der Welt ihren Stempel aufzudrücken. Das stimmt, und es ist doch nicht richtig. Das Paradox führt in vermintes Gelände der Sozialanalyse, nämlich in den scheinbaren Konflikt von Klassentheorie und Elitetheorie. Doch ist Theorie hier allenfalls Rhythmus und nicht Melodie der Argumentation.

Schon vor Beginn des Ersten Weltkrieges war in vielen entwickelten Ländern klar, daß die sozialistische Bewegung keine Eintagsfliege bleiben würde. Gewerkschaften und sozialistische Parteien begannen sich als sichtbare und spürbare politische Kräfte zu etablieren. Sie nahmen den Platz der alten Reformparteien, vor allem der Liberalen ein, die ihrerseits nach wiederholten Spaltungen in ihrer Mehrheit zu Verteidigern des Status quo wurden. Der Ablösungsprozeß fand zwischen dem Anfang des Jahrhunderts und der Mitte der zwanziger Jahre statt. Er bezog seine Kraft nicht nur aus der wachsenden Zahl der Wähler für sozialistische Parteien aller Schattierungen, sondern auch aus der Plausibilität der sozialdemokratischen Haltung. Das ist die eine, die Klassenseite der Entwicklung.

Die andere, wenn man so will die Elitenseite, ist zwar für sozial Bewegte schwer erträglich, aber darum nicht minder real. Auf das hier erörterte Thema bezogen besagt sie, daß viele sozialdemokratische Forderungen nicht etwa von sozialdemokratischen Regierungen, sondern entweder von bürgerlichen Regierungen oder von großen Koalitionen verwirklicht worden sind. Das Beispiel Bismarcks, der die Unterdrückung der sozialistischen Organisationen mit der Sozialgesetzgebung verband, ist mittlerweile klassisch. Die ersten bedeutenden Sozialreformen in Großbritannien fanden unter liberalen Regierungen zu Beginn des Jahrhunderts statt. Am Ende des Ersten Weltkrieges war in den meisten kriegführenden Ländern die Meinung verbreitet, daß man den zurückkehrenden Soldaten etwas schulde, das allgemeine Wahlrecht zum Beispiel. Am Ende des Zweiten Weltkrieges galt Ähnliches für wichtige Sozialgesetze, für den National Health Service in England, für eine Betriebsverfassung der Mitbestimmung in Deutschland. Die wirkliche Geschichte verläuft anders als die stilisierte Geschichte der Soziologen, anders auch, als die Hoffnungen der Bewegten es wollen. (Keith Middlemas hat das für England in seinem Buch *Politics in Industrial Society* im Detail geschildert.) Doch ändert der Verlauf der wirklichen Geschichte nichts an der Bedeutung der Forderungen, die eine neue politische Kraft anmeldet. Ohne diese Forderungen hätten die Veränderungen nicht stattgefunden. Fast ist man versucht zu sagen, die Sozialdemokraten waren nie wieder so stark wie in den Jahrzehnten, in denen ihr zählbares politisches Gewicht begrenzt war, aber scheinbar unaufhaltsam zunahm. Sie haben aus der Opposition mehr erreicht als in der Regierung.

Das ist übrigens kein Argument für die Opposition als Prinzip. Das hier über soziale Kräfte und politische Entscheidungen – Klassenkampf und Elitenpolitik – Gesagte läßt sich nicht umkehren. Man gewinnt nicht dadurch schon seine Kraft wieder, daß man auf das Regieren verzichtet. Opposition ist mächtig, wenn sie eine große Kraft der Zeit repräsentiert; sonst bleibt sie einfach nur draußen vor der Tür. Das hat etwas zu tun mit der Suche nach der politischen Alternative in den achtziger Jahren. Doch fehlen noch ein paar Glieder in der Kette der Argumentation, die zu dieser These zurückführt.

Das sozialdemokratische Jahrhundert begann mit den ersten Erfolgen der Organisation und des Programms in den achtziger Jahren des letzten Jahrhunderts. Am Anfang des Ersten Weltkrieges war es für viele erkennbar eingeläutet. Die Zwischenkriegszeit indes wurde für die sozialdemokratischen Reformparteien zu einer traumatischen Periode. Vor allem die große Wirtschaftskrise fand diejenigen am wenigsten präpariert, die sie immer vorhergesagt hatten. Im Grunde ist die einzige wichtige Ausnahme von dieser Verallgemeinerung Amerika, wo Roosevelts New Deal eine Antwort auf die Probleme fand, die die trügerische Coolidge-Prosperität und die offenbare Unfähigkeit der Konservativen unter Hoover hinterlassen hatten. In Italien regierte seit 1922 Mussolini. In Deutschland zerbrach die letzte sozialdemokratisch geführte Reichsregierung, und mit ihrem Fall begann das Ende der ersten Republik. In Frankreich blieb der Versuch der Volksfront unter Léon Blum, eine linke Antwort auf die Krise zu finden, kurzlebig. In Großbritannien führte die große Koalition des *National Government* zur Spaltung der Labour Party.

Aber die demokratischen Sozialisten überlebten. Mehr noch, bei Kriegsende hatten sie in den Siegermächten Mehrheiten. Präsident Truman überraschte viele mit seinem Wahlsieg 1948. In Frankreich konnte auch Charles de Gaulle nicht verhindern, daß Kommunisten, Sozialisten und Radikalsozialisten zusammen bis in die fünfziger Jahre 60 Prozent der Stimmen hatten. In Großbritannien gewann die Labour Party 1945 mit 48 Prozent ihren höchsten Stimmenanteil überhaupt (die 48,8 Prozent reichten ihr übrigens 1951 nicht zum Wahlsieg). In Italien und Deutschland hatte die Linke einen schwierigeren Start, zu dem wohl nicht zuletzt der Kalte Krieg beigetragen hat. Die ersten Jahre der Bundesrepublik fanden die Sozialdemokraten im »Gefängnis der 30 Prozent«, aus dem sie erst 1957 mit 31,8 Prozent ausbrachen. Dann ging es bis zu dem mittlerweile legendären Ergebnis von 45,8 Prozent im Jahre 1972 bergauf. Bei allen nationalen Unterschieden rechtfertigen solche Tatsachen den Schluß, daß in den entwickelten Ländern der Welt bis in die siebziger Jahre hinein nicht viel weniger als die Hälfte der Wähler bereit waren, sozialdemokratischen Reformparteien ihre Stimme zu geben.

Zudem ist das nur ein Teil der Geschichte. Weit über die Grenzen der sozialdemokratischen Parteien hinaus bildete sich ein sozialdemokratischer Konsensus, der vor allem den Erfolg dieser politischen Kraft markiert. In den fünfziger und sechziger Jahren übernahmen andere Parteien die hier sozialdemokratisch genannte Haltung. Sie wurde zur Haltung der Mehrheit, und mehr noch, sie repräsentierte zunehmend die Haltung der Mehrheitsklasse. Die Sozialdemokratisierung der bürgerlichen Parteien wäre ein eigenes Thema. Es war Winston Churchill, der 1951, als die britischen Tories wieder an die Macht kamen, seine Partei mahnte, man dürfe jetzt nicht versuchen, alles rückgängig zu machen, was die Labour-Regierung nach dem Krieg getan hatte, sondern müsse »dem Sozialismus seinen Lauf lassen«. Als in den sechziger Jahren dem konservativen Schatzkanzler Butler der Labour-Schatten-Schatzkanzler Gaitskell gegenüberstand, kam das Wort vom »Butskellism« auf, das später im deutschen »Plisch-und-Plum«-Gespann von Strauß und Schiller seine Entsprechung fand.

Der Sieg der Sozialdemokraten war total. Aber als er errungen war, stand der Niedergang schon vor der Tür. Das lag nicht nur an der Ungerechtigkeit der Geschichte, nicht einmal nur an den Wechselfällen der aufgeregten siebziger Jahre. Vielmehr gab es tiefere Gründe, denen nachzugehen sich lohnt, bevor noch einmal von den Alternativen der achtziger Jahre die Rede ist.

Erklärungen

Am Anfang der sozialdemokratischen Geschichte stand ein kurioser, beinahe absurder Irrtum, den man wohl mit dem Namen von Karl Marx verbinden muß. Er besteht in der Vorstellung, daß die Arbeiterklasse der industriellen Welt die Kraft zu einer ganz anderen Zukunft verkörpert. Marx hätte es besser wissen sollen. Er selbst weist (im *Kommunistischen Manifest*) mit Recht darauf hin, daß die treibenden Kräfte der Geschichte immer Minderheiten waren, deren Interessen und Visionen von anderen, herrschenden Minderheiten abgeblockt wurden. Die Bourgeoisie war schwerlich die unterdrückte Klasse der feudalen Gesellschaft. Sie war vielmehr eine konkurrierende Minorität, deren Chancen im feudalen Gehäuse keine Entfaltung finden konnten. Angesichts solcher Erfahrungen ist es an sich schon überraschend zu vermuten, daß nun, in der industriellen Gesellschaft, auf einmal die »übergroße Mehrheit« die Vision der Zukunft haben soll. Die Mehrheit will eigentlich immer vor allem die Verbesserung der eigenen Lebenslage hier und jetzt – und wer wollte ihr diese Präferenz verübeln?

Dennoch nährte das Pathos der frühen Sozialisten sich aus dem Irrtum von Marx. Genauer: es nährte sich aus der Verbindung einer intellektuell, um nicht zu sagen hegelisch angehauchten Elite und dem Elend des Proletariats. Die beiden Gruppen fanden übrigens auch in den sozialistischen Organisationen zusammen. Sie teilten die Unzufriedenheit mit den obwaltenden Umständen und suchten der Gemeinsamkeit in der Theorie vom revolutionären Charakter der Arbeiterklasse Ausdruck zu geben.

Die Enttäuschungen konnten nicht ausbleiben. Drei davon erwiesen sich als besonders folgenschwer; sie hallen bis in die Gegenwart nach. Die erste Enttäuschung betraf den Ausnahmecharakter des Proletariats und seiner Organisationen, damit zugleich die revolutionäre Natur der bevorstehenden Veränderungen. Der Mann, der diesen Luftballon zuerst durchstach, war Robert Michels. Als er 1911 seine *Soziologie des Parteiwesens* veröffentlichte, war er noch enttäuschter Sozialist; zum Zeitpunkt der zweiten Auflage 1925 zählte er schon zu den professoralen Beratern von Mussolini. Die Entdeckung der Realität hat bei ihm die Erwartung des Ungewöhnlichen, des Ganz-und-gar-Anderen nicht vertrieben. Insofern ist er einer der ersten in einer langen Reihe trauriger intellektueller Gestalten, die die Ungewißheiten der offenen Gesellschaft nicht ertragen konnten und daher ein gerüttelt Maß Verantwortung an den falschen Gewißheiten des Totalitarismus tragen.

Michels' Analyse ist voller Konfusionen und Spekulationen, aber ihr einfacher Kern hat seine Geltung bis heute nicht verloren. Er besagt, daß wenn eine soziale Kraft sich politisch organisiert, bestimmte Imperative der Organisation sie auch dann einholen, wenn sie gerne etwas ganz Unerhörtes und Neues vertreten möchte. Zu diesen Imperativen gehört vor allem die Tatsache, daß eine Minderheit (Michels nennt sie »Oligarchie«) das Heft in der Hand hält. Es ist ein »ehernes Gesetz«, daß Organisation Oligarchie heißt. Wer das nicht will, muß darauf verzichten, sich zu organisieren; wer sich organisiert, muß den Preis zahlen.

Was die letztere Alternative betrifft, so bleibt Michels unentschieden. Manchmal scheint er von einer Welt zu träumen, in der alle ehernen Gesetze (durch einen Führer?) außer Kraft gesetzt werden, dann wieder scheint er zu empfehlen, daß wir uns in das Notwendige fügen. Aber darum geht es hier nicht. Wichtiger ist die Entdeckung, daß die Arbeiterparteien nichts qualitativ anderes sind als alle übrigen politischen Parteien. Den eigentlichen Arbeiterführern, also August Bebel, Keir Hardie, vielleicht Jean Jaurès, war das nicht neu; sie hatten sich schon auf den langen Marsch begeben. Für die intellektuellen Begleitmusikanten aber war der Schock groß, und seine Wellen ließen zumindest die Gloriole der Arbeiterbewegung nicht unberührt.

Dann kam die Russische Revolution. Zunächst galt sie vielen als Bestätigung der älteren, messianischen Hoffnungen, zumal Lenins Erwartung nicht abwegig schien, daß Deutschland der nächste Revolutionskandidat sein würde. Irgendwann zwischen dem Anfang der zwanziger Jahre und dem Spanischen Bürgerkrieg dämmerte es indes vielen, daß Petersburg kein Modell sein konnte für Berlin oder Paris, geschweige denn London oder New York. Die Russische Revolution glich mehr den vormodernen als den modernen Umwälzungen; sie fand in einem Entwicklungsland statt, nicht in einer Industriegesellschaft. Für revolutionäre Erschütterungen gab es in den entwikkelten Ländern kaum einen Hinweis. Man mußte sich auf ganz andere politische Prozesse einstellen, auf normale Politik sozusagen. Im Licht des Alltags der sozialen und politischen Auseinandersetzung schmolz der Traum der Einmaligkeit der sozialistischen Parteien dahin.

Die zweite Enttäuschung folgte der ersten auf dem Fuß. Sie hatte es mit der Eigenart des Proletariats zu tun, auf das die frühen Verfechter der Arbeiterbewegung große Stücke gesetzt hatten. Auf einmal wurde die Frage gestellt, ob die Industriearbeiterschaft denn wirklich etwas so besonderes sei, daß man sich von ihr die Schaffung einer neuen Welt versprechen könne. Auch diese Frage tauchte unmittelbar vor dem Ersten Weltkrieg zuerst auf und wurde dann nach seiner Beendigung virulent. Sie hat etwas zu tun mit der Entdeckung der »Masse«, die ja bis hin zur Totalitarismus-Theorie von Hannah Arendt eine wichtige Rolle im analytischen Haushalt der Zwischenkriegsintellektuellen spielte. Gustave Le Bon vor allem hatte in seiner *Psychologie der Massen* den Vielen ganz im Gegensatz zu Marx eher Indolenz und Formbarkeit, Unselbständigkeit und Manipulationsanfälligkeit nachgesagt. Später, als die ersten empirischen Untersuchungen sozialer Gruppen vorgenommen wurden, kamen noch Beobachtungen hinzu, die Martin Lipset unter dem Begriff des »Autoritarismus der Arbeiterklasse« zusammenfassen sollte. Im Gegensatz zu intellektuellen Hoffnungen sind Arbeiter weder für die moderne Kunst noch für ein liberaleres Strafrecht, weder für die freie Liebe noch für die Unordnung des Lebens in Kommunen. Sie sind im Gegenteil durchaus entschiedene Verfechter von Recht und Ordnung und von kleinbürgerlichen Traditionswerten.

Derlei Entdeckungen blieben nicht unangefochten. Sie sind in der Tat in dieser Form unvertretbare Verallgemeinerungen. Unter dem bunten Strauß von Zielsetzungen der Arbeiterbildung war die Blume der Liberalität eine der farbenkräftigsten, und sozialdemokratische Parteien haben mehr als einmal Entwicklungen eingeleitet oder doch unterstützt, die auf Öffnung verhärteter Strukturen, auf mehr Wahlchancen zielten. Weitergehende Versuche der Verteidiung der These von der Besonderheit des industriellen Proletariats blieben indes ohne nachhaltigen Erfolg. Theodor Geiger setzte sich Mitte der zwanziger Jahre in seinem Buch *Die Masse und ihre Aktion* mit Le Bon auseinander. Das Buch ist als Kritik der allzu generalisierenden Massenpsychologie eindrucksvoll; doch gelingt es Geiger nicht, das Bild der amorphen, nach einem Führer suchenden Masse durch das eines stolzen, solidarischen Proletariats zu ersetzen. Die Geschichte der Weimarer Republik und ihres Endes stellt da ohnehin ihre eigenen Fragen.

Es ist nicht leicht, die Bedeutung der Entzauberung des Proletariats zu überschätzen. Sie hat einer Generation von Intellektuellen das Subjekt ihres Geschichtsbildes genommen. Auf einmal sollte es niemanden mehr geben, der zugleich die Mehrheit und das Gute vertritt? Viele konnten oder wollten es nicht fassen. Man kann sie bei einiger Anstrengung der Phantasie verstehen. Wenn die Mehrheit und das Gute nicht mehr zusammenfallen, dann muß man entweder den demokratischen Anspruch aufgeben und auf Minderheiten bauen (Faschismus, Stalinismus) oder alle absoluten Hoffnungen fahren lassen und sich auf normale Politik beschränken (bürgerliche Demokratie). Von Lukács bis zu Adorno und darüber hinaus sind daher immer wieder Rettungsversuche am Proletariat vorgenommen worden. Sie bestanden meist in der Verflüchtigung realer sozialer Gruppen in einem »Gesamtsubjekt«, einer »Totalität«, auf die sich politische Bewegungen jedenfalls nicht mehr bauen lassen. Allenfalls gelegentliche Aufgeregtheiten können im Namen imaginärer Gesamtsubjekte herbeigeführt werden. Sozialdemokraten haben sich schon in den zwanziger Jahren von derlei krampfhaften Interpretationen entfernt und in die normale Politik begeben.

Die dritte Enttäuschung indes, die den beiden ersten alsbald folgte, mußte auch Normalpolitiker berühren. Mindestens diese Marxsche Annahme blieb ja lange Zeit unbestritten, daß die Industriearbeiterschaft ständig wachsen und daher mit immer größerer Kraft ihre Forderungen anmelden würde. Die Arbeiterbewegung von Gewerkschaften und sozialistischen Parteien sah sich als Sprecher dieser Entwicklung und zog ihre Zuversicht aus der Annahme ihrer sozialen Unausweichlichkeit. Dabei störte es die meisten nicht, daß die These zu keiner Zeit ganz richtig war. Es gab immer Arbeiter, für die andere, zum Beispiel kirchliche Loyalitäten wichtiger waren als die der Klasse. Es gab auch große Restgruppen der vorindustriellen Welt, die nicht in das Bild paßten. Sozialistische Parteien in den meisten Ländern sahen sich dennoch als praktischer Ausdruck einer Interessenlage, die einen zunehmenden Prozentsatz der Bevölkerung kennzeichnete. Früher oder später, so schien es, mußte die Vertretung dieser Interessenlage die politische Mehrheit haben.

Das war, wie wir gesehen haben, tatsächlich der Fall, wenn auch unter Umständen, die die frühen Führer der Arbeiterbewegung schwerlich vorhersehen konnten. Zu diesen Umständen gehörte vor allem die soziale Peripetie der Arbeiterschaft. Als Emil Lederer und Jakob Marschak in jenem »Grundriß der Sozialökonomik«, in dem auch Max Webers *Wirtschaft und Gesellschaft* zuerst erschien, Anfang der zwanziger Jahre ihren berühmt gewordenen Beitrag über den »neuen Mittelstand« veröffentlichten, konnten sie schon auf eine ansehnliche Liste von Untersuchungen dieses Phänomens verweisen. Mit fortschreitender Industrialisierung wuchs nicht nur die Arbeiterschaft, sondern es wuchs auch die Zahl der in Büros Beschäftigten, und zwar bald rascher als die der Fabrikarbeiter. Von 5 Prozent der Bevölkerung stieg ihr Anteil auf 20 Prozent und mehr. Das war nicht vorgesehen in der traditionellen, auf Marx bauenden Analyse.

Oder doch? Waren die Angestellten und Beamten des »neuen Mittelstandes« nicht am Ende nur »Stehkragenproletarier«? War ihre Abhängigkeit von Privatunternehmern, aber auch öffentlichen Instanzen, nicht ebenso total wie die der Arbeiter? Konnte man daher nicht annehmen, daß sie sich politisch ebenso verhalten und der Arbeiterbewegung neue Kraft geben würden? Das Thema hat bis in die fünfziger Jahre hinein die Diskussion geprägt. Dabei sind immer neue Versuche gemacht worden, den »eigentlich« proletarischen Charakter der Angestelltenschaft zu begründen. Auch Theodor Geiger konnte in seiner wichtigen Analyse der *Sozialen Schichtung des deutschen Volkes* diesem Versuch nicht ganz widerstehen. Immerhin wies er zugleich auf den Widerspruch zwischen sozialer Lage und Mentalität des neuen Mittelstandes hin. Diese Schicht mag zwar abhängig und benachteiligt sein, fühlt sich aber eher dem alten Mittelstand nahe und hat eine Tendenz, Kapitalismus und Sozialismus gleichzeitig zurückzuweisen. Sie ist das Material für nationalsozialistische, auch wohl faschistische, also ständestaatlich-autoritäre Parteien. Der große Austromarxist der zwanziger und Sozialdemokrat der vierziger Jahre Karl Renner hat an Hand dieser Entwicklungen den Begriff der »Dienstklasse« eingeführt, die sich zwischen Kapital und Arbeit geschoben und das politisch-soziale Bild kompliziert hat.

Vielleicht ist es gerade an diesem Punkt falsch, von Enttäuschungen auf dem Weg der Arbeiterbewegung zu sprechen; vielleicht handelt es sich hier eher um Erfolge. Die angedeuteten Entwicklungen haben etwas zu tun mit dem kollektiven Aufstieg der Arbeiterschaft. Der Prozeß hatte mehrere Aspekte. Einer davon war ein gewisses Maß an Umverteilung. Die schreckliche Zeit der Kriege – Fritz Stern hat die Jahrzehnte von 1914 bis 1945 mit Recht als den »Zweiten Dreißigjährigen Krieg« bezeichnet – war gewiß keine Zeit beträchtlichen Wachstums, aber sie hat doch soziale Gewichte verschoben und zuvor Benachteiligten gewisse Erleichterungen verschafft. Ein anderer Aspekt war eben die Entstehung der Angestelltenschaft, also die Eröffnung von Aufstiegschancen für viele durch Auffächerung statt der von vielen vorhergesagten Nivellierung. Dazu kamen, zuerst in den dreißiger Jahren, dann während des Nachkriegs-Wirtschaftswunders, steigende Reallöhne, die am Ende allen Beschäftigten ein halbwegs anständiges Leben eröffneten.

In der Zeit des Wirtschaftswunders begann auch jener Prozeß, der bis heute nicht abgeschlossen ist und der nun wirklich alle Marxschen Prognosen über den Haufen wirft, das ist das Schrumpfen der Arbeiterschaft. Colin Clark und Jean Fourastié haben zuerst den Übergang von den »sekundären«, industriellen, zu den »tertiären«, Dienstleistungsberufen beobachtet. Das ist in aller Regel auch ein Übergang von Arbeiter- zu Angestelltenberufen. Nur in wenigen Ländern hat der Anteil der Arbeiter an den Beschäftigten je die 50-Prozent-Marke überschritten. In vielen Ländern aber ist dieser Anteil seit den sechziger Jahren zurückgegangen. Es sieht ganz so aus, als ob dieser Rückgang sich in den achtziger Jahren beschleunigt hat. Wenn heute in den USA oder in Großbritannien von »De-Industrialisierung« die Rede ist, dann ist damit nicht nur, und vielleicht nicht einmal in erster Linie, der Rückgang der industriellen Produktion gemeint, sondern vor allem der in der Industrie Beschäftigten. Manchmal kommt einem der Gedanke, daß wir vielleicht in der industriellen Produktion eine Wiederholung dessen erleben, was uns aus der landwirtschaftlichen Produktion vertraut ist: immer weniger Menschen produzieren immer mehr. Jedenfalls bleibt dabei die klassische Industriearbeiterschaft ebenso auf der Strecke wie die Landwirte vor Jahrzehnten.

Das alles ist teils Vorgriff, teils Hintergrund für eine These, die Aufstieg, Sieg und Niedergang der Sozialdemokratie zugleich erklären kann. Es stimmt schon, daß die sozialistischen Parteien einen beträchtlichen Teil ihrer Kraft aus der Existenz einer großen sozialen Gruppe gezogen haben, die zugleich unentbehrlich für den industriellen Fortschritt war und in seinem Schatten blieb. Der Widerspruch zwischen der wirtschaftlichen Rolle und der sozialen Stellung der Arbeiterschaft war ein Motor der Reform. Sozialistische Parteien waren in diesem Sinne Arbeiterparteien. Sie hatten übrigens, was anzumerken sich lohnt, ein Interesse an der repräsentativen Demokratie, weil sie wußten, daß sie eine große Zahl, potentiell eine Mehrheit vertraten. Es ist aber zugleich der Fall, daß der Erfolg sozialistischer Parteien ihnen mit innerer Logik die Basis ihrer Existenz rauben mußte. Dankbarkeit ist bekanntlich nicht das beherrschende Motiv von Wählern. Arbeiter, die zu Angestellten geworden sind, oder auch nur zu Hauseigentümern, finden sich weniger gut vertreten durch sozialdemokratische Reformparteien als die nach wie vor Benachteiligten.

Doch ist das nur ein Teil der Geschichte, deren innerer Kern eine überraschendere Oualität hat. Sozialdemokratische Programmatik – gleichgültig, ob sie von sozialdemokratischen oder andersfarbigen Regierungen umgesetzt wurde – bedeutete in aller Regel, daß das unbeschränkte Wirken dessen, was viele Markt nennen, beschränkt wurde. Oft verdiente der Markt den Namen nicht; vielmehr handelte es sich um das Wirken von Macht; aber das kann nur angemerkt werden. Die überlegte Beschränkung des Marktes oder auch der unkontrollierten Macht hatte fast immer das Eingreifen des Staates zur Folge. Wirtschaft wurde nicht länger sich selbst überlassen, sondern durch Wirtschafts*politik* ergänzt; das Soziale war nicht mehr nur karitative Veranstaltung, sondern Sozial*politik*. Aus der Natur ihrer Absichten und Interessen heraus wurden sozialdemokratische Parteien zu Staatsparteien. Ein Stück Hegel wurde dabei fast unvermeidlich. Der Staat sollte ja ein anständiger Staat sein, wenn schon nicht gleich die Wirklichkeit der sittlichen Idee, dann doch eine kantisch relativierte Annäherung daran.

Diese Folge sozialdemokratischer Politik hatte auch einen praktischen Aspekt. Mir klingt noch die Regierungserklärung der sozialliberalen Koalition im Herbst 1969 in den Ohren, in der der schöne Satz stand: »Wir müssen mehr Demokratie wagen!« Fragt man im nachhinein, was daraus und aus den versprochenen Reformen geworden ist, dann kommt man zu einem eher deprimierenden Schluß. Innenpolitisch läßt sich kein einziges großes Reformwerk der sozialliberalen Koalition nennen; von der Lohnfortzahlung im Krankheitsfall bis zur Ausweitung der Mitbestimmung war alles nur Ergänzung, Erweiterung schon vorhandener Gesetze und Institutionen. Diese Ergänzung und Erweiterung hatte aber eine unübersehbare Folge, nämlich die enorme Vergrößerung des öffentlichen Dienstes. Heute leben mindestens ein Viertel aller Menschen in der Bundesrepublik von Einkommen des öffentlichen Dienstes (und viele andere genießen analoge Bedingungen); Mitte der sechziger Jahre war die Zahl kaum mehr als halb so groß.

Das Bild ist nicht in allen Ländern gleich. In Schweden hat das Meinungsforschungsinstitut SIFO vor der letzten Reichstagswahl berechnet, daß 52 Prozent aller Schweden im wesentlichen von der öffentlichen Hand leben. Die Zahl schließt indes nicht nur Bedienstete des Staates, sondern auch Rentner und andere Empfänger von Transfereinkommen ein. In Großbritannien ist der Anteil geringer, von den Vereinigten Staaten ganz zu schweigen, wo Lehrer und Lokomotivführer und Schonsteinfeger weder direkt noch indirekt dem öffentlichen Dienst angehören. Überall aber gilt, daß sozialdemokratische Politik dazu beigetragen hat, die Dienstklasse im engeren Sinn, also den Anteil der de jure oder de facto öffentlich Bediensteten, zu steigern.

Das hat sich, was nicht überrascht, auch in sozialdemokratischen Parteien niedergeschlagen. Sie sind nicht nur Staatsparteien, sondern auch Öffentliche-Dienst-Parteien, Beamtenparteien und vor allem Lehrerparteien geworden.

Die Verbindung handfester Interessen an der Verbesserung der Lebenslage von Benachteiligten mit intellektuellem Anspruch hat die Arbeiterbewegung durchweg gekennzeichnet. In den letzten zwei Jahrzehnten hat diese Verbindung indes einen neuen Charakter angenommen. Gewiß gibt es nach wie vor Benachteiligte und ihre Interessen. Auch fühlen manche davon sich durch Sozialdemokraten vertreten. Das hat bei Wählern nicht immer Erfolg gehabt. Die *loony left,* die sogenannte »verrückte Linke« in den englischen Städten und vor allem in London hat dem Ruf der Labour Party im ganzen Land geschadet. In Deutschland haben Grüne ähnliche Erfahrungen gemacht, vor allem wenn sie sich Reizthemen wie der Pädophilie oder dem Terrorismus nähern. Aber die Verbindung von Arbeiter- und Lehrerpartei bedeutet etwas anderes. Arbeiter suchen heute eher Schutz als Reform. Sie wollen halten, was sie haben, und sei es mit staatlichen Subventionen und gesetzlichen Bestimmungen. Lehrer haben solche Sorgen nicht, jedenfalls nicht wenn sie Beamte auf Lebenszeit sind. Sie verbinden daher mühelos die Verteidigung ihrer Privilegien mit einem bunten Strauß extremer Forderungen, bis an die Grenze der *loony left* oder auch darüber hinaus. Das führt sie weit weg von den verbleibenden Arbeitern, jener absteigenden Schicht der modernen Gesellschaften. Weit weg sind sie auch in ihrem Lebensstil, bis hin zu der Fähigkeit, bis spät in die Nacht Parteiversammlungen zu besuchen und in einer für andere schwer verständlichen Sprache zu reden. Doch ist beiden der Wunsch gemeinsam, Besitzstände zu schützen. Der Geist der frühen Arbeiterbewegung ist geronnen, die Reformkraft erlahmt. Es bleibt ein überwältigendes protektionistisches Interesse, also ein Interesse am Status quo.

Das ist teils Übertreibung, teils Extrapolation, und trifft doch eine Tendenz, die übrigens nicht auf sozialdemokratische Parteien beschränkt ist. Der sozialdemokratische Konsensus selbst, der die Mehrheit der Parteien beherrscht, ist zum Instrument des Schutzes der Interessen der Mehrheit geworden. Manchmal führen Kritiker Klage über das Vorherrschen des öffentlichen Dienstes in den Parlamenten und das Fehlen von Arbeitern, Unternehmern und anderen Gruppen. Die Klage ist unberechtigt, denn der öffentliche Dienst repräsentiert die Gesellschaft, in der wir leben und in der die Arbeiterschaft rapide schrumpft und für Unternehmer wenig Platz ist.

Oder sollte das alles doch im Tempus der Vergangenheit gesagt werden? Sozialdemokratische Parteien erlebten den Scheitelpunkt ihrer Wählergunst, als die große Zahl der relativ Benachteiligten in ihnen noch eine Hoffnung und die wachsende Zahl der öffentlich Bediensteten in ihnen schon einen Ausdruck ihrer Positionsinteressen sah. Dort aber, an diesem Moment der Verbindung des Unvereinbaren, sind sie stehengeblieben, und mit ihnen der vorherrschende Konsensus der Zeit. Die Zeit selbst bleibt bekanntlich nicht stehen. Die Welt der achtziger Jahre findet die Verfechter des alten Konsensus teils defensiv, teils ratlos. Für sozialdemokratische Parteien stellt sich die Alternative, entweder für lange Zeit zur möglicherweise noch weiter schrumpfenden Minderheit zu werden oder neue Kräfte für neue Ziele zu mobilisieren.

Hoffnungen

Eine säkulare politische Kraft hat sich erschöpft. Wichtige Teile ihres Programms sind realisiert; die sozialen Gruppen, die sie trugen, finden sich damit in neuen Interessenlagen. Die Vertreter dieser politischen Kraft sind auch erschöpft. Es bleibt ihnen nur, auf verbleibende Unvollkommenheiten der von ihnen geschaffenen Welt hinzuweisen und im übrigen das Erreichte zu verteidigen. Beides ruft nicht gerade Begeisterungsstürme hervor; es reicht noch nicht einmal, um regierungsfähige Wählermehrheiten zu gewinnen. Das ist das Elend der Sozialdemokratie.

Die meisten Reaktionen sozialdemokratischer Parteien in den letzten Jahren werden vor diesem Hintergrund verständlich. Da gibt es diejenigen, die nicht ohne Pathos auf die Unzulänglichkeiten des Wohlfahrtsstaates verweisen. Sie haben recht in der Sache, aber ihr Pathos klingt hohl. Andere suchen für sozialdemokratische Parteien die Regenbogenkoalition zu mobilisieren. Das gelingt zum Teil, unterliegt aber denselben Zweifeln wie diese Koalition überhaupt, die eher aus sozialen Bewegungen als aus politischen Parteien besteht. Der Versuch, die Bewegungen zu vereinnahmen. stößt übrigens nicht nur bei diesen selbst auf Widerstand, sondern auch bei den altsozialdemokratischen Gruppen im eigenen Lager. Wieder andere mühen sich mit der Erfindung eines ganz neuen Sozialismus ab, der meist Rousseausche Wendungen annimmt und von der Idee der Genossenschaft fortschreitet zu alternativen Lebensstilen und herrschaftsfreier Kommunikation. Das sind liebe Spiele; politische Kraft entsteht bei ihnen nicht. Die Summe der Verlegenheiten legt sich wie ein Schleier über die verbleibenden Klarheiten der sozialdemokratischen Politik.

Es kommt hinzu, daß Sozialdemokraten mit rührender Treue an den Kategorien einer Welt festhalten, deren Überwindung sie doch mit so großem Erfolg betrieben haben. Irgendwo schlummert da noch immer das Bild der Klassen und mit ihnen der Stammwähler, auf die man letzten Endes bauen kann. Die Arbeitsgesellschaft bleibt sozialdemokratischer Denkbestand, auch wenn ganz andere Lebensdimensionen sich zunehmend in den Vordergrund drängen. Daß man etwas tun muß und nichts einfach lassen darf, ist ein Thema aus derselben Kiste. »Die Regierung kann es doch nicht hinnehmen, daß ...« So kommt es denn, daß sozialdemokratische Antworten auf die neuen Fragen der achtziger Jahre oft einen starken Beigeschmack der sechziger Jahre haben. Sie sind sympathisch, aber irrelevant.

Die neuen Fragen der achtziger Jahre: Es ist an der Zeit, sie wenigstens zu benennen, damit die Hoffnungen auf eine Alternative nicht gänzlich nebulös bleiben. Die Fragen hängen wahrscheinlich zusammen. Sie haben etwas mit dem Aufbruch zu tun, von dem gelegentlich schon die Rede war, also mit dem Überdruß an wirtschaftlicher Stagnation, bürokratischer Organisation und sogar sozialdemokratischem Konsensus. Da denkt man an Thatcher und Reagan, aber eben auch an Craxi und Gonzales und die Prediger der Informationsgesellschaft, die Gralssucher der Postmoderne, die Außenseiter und neuen Idiosynkraten, die *yuppies* natürlich – kurz, eine kunterbunte Mischung, der nur dieses Aroma gemeinsam ist, daß die große Langeweile des mühsam erkämpften Konsensus der sechziger Jahre nicht weitergehen darf. Es muß etwas unternommen werden. Schumpeter hat Konjunktur, der im Unternehmer die Bewegkraft des Kapitalismus sah. Solche Anspielungen können hier nicht vertieft, müssen aber in ein paar Richtungen verbreitert werden.

Einer der Widersprüche der Politik der achtziger Jahre ist der zwischen der internationalen Qualität aller neuen Entwicklungschancen und dem Protektionismus des alten Konsensus. Wer die Weltwirtschaft aus dem eigenen Land fernzuhalten versucht, hat sich auf den Abstieg begeben; aber die Neigung der Mehrheitsklassen ist groß, ihre Stellung durch Schutzmaßnahmen zu zementieren. Sozialdemokraten sind fast überall in Gefahr, dieser Neigung nachzugeben, nach innen zu blicken, Subventionen zu verlangen und Sicherheiten und Schranken. (Felipe Gonzales ist hier erfrischend antizyklisch, und wenn er neuerdings in Schwierigkeiten mit seiner Partei und den Wählern gerät, ist das eher die normale Abnutzung eines Politikers, der zwei große Wahlsiege errungen hat, als ein Beleg für Irrtümer.) Man muß gewiß die Weltwirtschaft nicht so hinnehmen, wie sie ist; aber wer sie verändern will, muß sich an ihr beteiligen. Konkurrenzfähigkeit ist nicht etwa ein Privatinteresse der Besitzenden, sondern Bedingung der Wohlfahrt aller. Man mag Anpassungsprozesse abzufedern versuchen, verhindern kann man sie nur um einen hohen Preis.

Das bedeutet im Inneren von Gesellschaften, daß die Zeit der Verwalter vorbei und die der Initiatoren, der Unternehmer, Erfinder und Neuerer gekommen ist. Um es einmal mit verletzender Deutlichkeit zu formulieren: nur politische Gruppen, die bereit sind, bürokratische Macht – Büro*kratie* im Wortsinn – in ihre Schranken zu weisen, können eine Alternative bieten. Das bedeutet auch den Kampf gegen alle Privilegien des öffentlichen Dienstes. Fast möchte man sagen, daß in der Bereitschaft, diesen Drachen anzunehmen, ihn also weder zu besänftigen noch vor ihm wegzulaufen, der Test moderner Reformpolitik liegt. Wenn die hier skizzierte Analyse auch nur halb richtig ist, stellt das Thema Sozialdemokraten vor eine fast unlösbare Aufgabe. Sie müßten sich von eben jenen Gruppen trennen, die das greifbare Resultat eines Jahrhunderts ihrer Politik sind. Die Schwierigkeit ist gewiß nicht auf sozialdemokratische Parteien begrenzt; zumal in Deutschland ist sie allen Bundestagsparteien, auch den Grünen, die ja meist frustrierte Beamte sind, gemein; doch unterstreicht eben diese Tatsache ihre kritische Bedeutung.

Die andere, positive Seite des Kampfes gegen die Bürokratie ist die Ermutigung der Neuerer, also der Unternehmer im weitesten Sinn des Wortes. Sie sind nicht zu verwechseln mit den Vorstandsbeamten der Mammutunternehmen. Andererseits gibt es sie auch in großen Unternehmen, manchmal sogar in Verwaltungen. Wahrscheinlich ist hier vor allem ein massiver Prozeß der Dezentralisierung von Verantwortung nötig. In der Wirtschaft gibt es dafür Ansätze; im öffentlichen Bereich gibt es diese in Deutschland jedenfalls nicht, obwohl andere Länder bessere Beispiele liefern.

In Großbritannien findet nach dem dritten aufeinanderfolgenden Wahlsieg von Frau Thatcher in den Oppositionsparteien eine aufschlußreiche Diskussion über die Frage statt, ob es nicht nötig sei, von einer Anti-Thatcher-Politik zu einer Nach-Thatcher-Politik überzugehen. Das sind nicht nur Vokabeln. Anti-Thatcher-Politik heißt, daß man den zivilisierten Konsensus der Vergangenheit gegen den Darwinismus der Brutalkonservativen verteidigt. Nach-Thatcher-Politik heißt dagegen, daß man bestimmte Veränderungen des letzten Jahrzehnts nicht nur als unwiderruflich gegeben, sondern sogar als notwendig akzeptiert und nun auf ihrer Grundlage eine alternative Politik formuliert. Diese Veränderungen betreffen vor allem die Wahlchancen für Menschen, ihren individuellen Bewegungsspielraum. Thatcher-Politik hat diesen vergrößert, teils durch Erhöhung der Realeinkommen, teils aber auch durch beabsichtigte oder unbeabsichtigte Folgen anderer Politiken. Zu diesen gehört der Verkauf von Sozialwohnungen, die Förderung privater Gesundheitsfürsorge, die Entstaatlichung des Schulwesens, die Privatisierung großer Unternehmen mit der dazugehörigen Streuung des Aktienbesitzes, die Brechung gewerkschaftlicher Organisationsmonopole – also eine ansehnliche Liste von Dingen, die übrigens auch die Labour Party nicht mehr rückgängig machen will.

Nun ist Nach-Thatcher-Politik natürlich nicht Thatcher-Politik; hier soll ja von Alternativen die Rede sein. Das führt vor allem zu einem zentralen Thema. Die achtziger Jahre sind ein Jahrzehnt der Angebotsseite menschlicher Lebenschancen. Damit ist nicht nur die sogenannte angebotsorientierte Wirtschaftspolitik gemeint, die Wachstum durch Anreize für Produzenten, nicht durch Stützung der Konsumenten fördern will. Die Angebotsseite von Lebenschancen betrifft alle jene erstrebenswerten Dinge, die Menschen Wahlchancen eröffnen, also die Vielfalt der materiellen und immateriellen Güter auf den Regalen des Lebens. Solche Angebotsjahrzehnte schaffen in aller Regel neue soziale Fragen. Beträchtliche Gruppen werden von den Optionen der Zeit einfach vergessen. Sie bleiben im Schatten des wirtschaftlichen Wachstums, wie die langfristig Arbeitslosen Europas und die langfristig Armen Amerikas. Für sie sind Dinge wie Aktien, Bildungsgutscheine oder freie Ärztewahl schlicht nicht relevant. Jeder Prozeß der Erweiterung von Optionen stellt in verschärfter Form die Frage der Anrechte für alle, der Staatsbürgerrechte. Es gibt also eine neue soziale Frage. Sie findet ihren Ausdruck nicht mehr in Klassenkämpfen, sondern darin, daß ein erheblicher Prozentsatz nicht dazuzugehören scheint und daher auch keine Verpflichtung gegenüber den vorherrschenden Werten empfindet. Das ist für eine zivilisierte bürgerliche Gesellschaft – eine *civil society* – unerträglich. Es ist die große Herausforderung einer alternativen Politik der achtziger Jahre.

Angesichts dieser Herausforderung helfen die alten Rezepte wenig. Man kann das in einem Bild formulieren, das zugleich ein anderes Zukunftsthema bezeichnet. Wir wissen heute, daß weder Marshall-Pläne noch Großprogramme der Weltbank die Armut der Dritten Welt beseitigen. Die Desillusionierung hat viele zur Abkehr von der Frage verführt. Doch ist solche Abkehr moralisch wie praktisch gleichermaßen unerträglich. Ein neuer Ansatz wird von der Universalität der Bürgerrechte ausgehen und zugleich den langsamen Weg der Hilfe vor Ort suchen müssen. Insistenz auf Anrechten und dezentrale Praxis statt makroökonomischer und makropolitischer Illusionen, könnte man sagen. Entsprechendes gilt möglicherweise für die Sozialpolitik der OECD-Länder. Die Alternative der achtziger Jahre – die Nach-Thatcher-Politik – ist eine Politik der Anrechte, die den Gewinn des Angebotsjahrzehnts nicht aufs Spiel setzt.

Das führt nun schon tief in die Fragen der Programmatik für morgen, die hier ja nur einen Hintergrund abgeben sollen. Wenn die Farben dieses Hintergrundes die Realität widerspiegeln, ist es nicht schwer zu sehen, warum Sozialdemokraten sich schwertun werden. Fast kein Element des geschilderten Bildes entspricht traditionellem sozialdemokratischem Denken. Dennoch haben sozialdemokratische Parteien vielfach eine gewisse Sensibilität für die neue Problematik. Es handelt sich übrigens um eine liberale Problematik der Verbindung von Anrechten und Wahlchancen. Noch ist offen, wer sie im politischen System der entwickelten Länder der Welt aufnehmen wird.

Drei abschließende Anmerkungen sind mehr als Fußnoten zu diesem Schluß. Die erste betrifft den Sozialismus. In diesem Essay war mit Absicht von der demokratischen Version sozialistischer Politik die Rede. Der eine Kern des Sozialismus hat indes zu vielen Blüten und Auswüchsen geführt. Dazu gehört vor allem der Sozialismus der Entwicklungsländer, der großen, also Rußlands und Chinas und der kleinen, von denen manche deren Modell gefolgt sind. Es ist nicht ohne Interesse anzumerken, daß diese nahezu sämtlich in den achtziger Jahren entdeckt haben, daß das alte Rezept der staatlich geplanten und von einer Nomenklatura-Bürokratie getragenen (behinderten?) Entwicklung nichts mehr hergibt. Teng Hsiao-ping und Gorbatschow sind sozusagen die Thatcher der sozialistischen Welt; und in Afrika und Lateinamerika sind manche ihnen teils vorausgegangen, teils gefolgt. Auch die umfassendere historische Kraft des Sozialismus erlebt also ihre Peripetie, wobei ihr Niedergang heftigere Folgen hat als der der Sozialdemokratie, die sich frühzeitig auf den humaneren Rhythmus der offenen Gesellschaft eingestellt hat.

Die zweite Anmerkung ist eher selbstkritisch; sie enthält jedenfalls eine Einschränkung der hier geweckten Hoffnungen. Es ist ja gelegentlich gesagt worden, daß die letzten zehn, fünfzehn Jahre zu den seit der Französischen Revolution seltenen Zeiten gehören, in denen der Geist nicht links, sondern rechts weht. Ich will die Gemeinplätze über die Begriffe »links« und »rechts« hier nicht wiederholen. Richtig ist, daß in einer Zeit, in der die Sozialdemokratie zur konservativen Kraft geworden ist und vor allem beamtete Intellektuelle ihr treu bleiben, radikales Denken aus anderen Ecken kommt. Augebotsorientierte Ökonomen, Verfassungsökonomen, Theoretiker der *public choice,* Bürokratiekritiker, Verfechter des minimalen Staates fühlen sich oft Parteien oder doch Politikern näher, die auf der traditionellen politischen Rechten angesiedelt sind. Der einzige große politische Theoretiker einer anderen Richtung, John Rawls, ist interpretierbar (wie sich das für bedeutende Denker gehört) und wird manchmal für traditionell-sozialdemokratische Politik in Anspruch genommen; er könnte indes auch Bezugspunkt neuer Reformideen sein. Läßt man indes die privaten Präferenzen der heute über Politik und Gesellschaft Nachdenkenden einmal beiseite, dann gilt vor allem, daß sie die Unsicherheiten politischer Strukturen widerspiegeln. Der Geist weht aus wechselnden Richtungen, und übrigens meist nur schwach. Möglicherweise liegt das größte Desiderat der achtziger Jahre im angestrengten Nachdenken und der lebhaften Diskussion.

Nachdenken, wird mancher sagen, ist schön und gut, aber auf wen soll man bei der nächsten Wahl bauen? Die Frage führt zur dritten Anmerkung. Es ist zwar verlockend, aber auch unbefriedigend, von der Feststellung der Erschöpfung einer historischen Kraft zur Andeutung neuer Ziele zu springen, ohne zu sagen, wer diese denn fordern und vertreten wird. Die negative Antwort zumindest scheint eindeutig. Keine radikale Partei der achtziger und neunziger Jahre kann sich dauerhaft auf bestimmte abgrenzbare Wählergruppen verlassen. Es gibt die Klassenstrukturen nicht, die die politische Auseinandersetzung zum Ausdruck sozialer Gruppenbildungen machen. Wer also mit einem Reformprogramm antritt, muß sich immer neu die Koalitionen von Wählern suchen, die in bestimmten Situationen bereit sind, den Wandel zu unterstützen. Wie in der Wirtschaft, so sind auch in der Politik Konkurrenzfähigkeit und Initiativbereitschaft wichtige Tugenden. Das Aufgleißen und Verglühen neuer Parteien, von den holländischen Demokraten '66 bis zur Schweizerischen Auto-Partei, von der dänischen Steuerverweigerungspartei bis zu den deutschen Grünen gibt da ebenso Hinweise wie die für alte Parteien verwirrende Zunahme der Wechselwähler.

Ein Essay kann ohne Extrapolation, ja ohne ein bißchen Übertreibung nicht sein. Gewiß gibt es auch bleibende Interessenlagen, zum Beispiel die der Mehrheitsklasse am sozialdemokratischen Status quo. Innerhalb der Mehrheitsklasse trennen mehr als Nuancen die Armen von den Reichen. Es gibt nicht nur eine Untergrenze, unter die sozialdemokratische Parteien auf absehbare Zeit nicht fallen können, sondern auch eine Beharrungskraft des sozialdemokratischen Konsensus, die noch lange wirksam bleiben wird. Darüber sollten freiheitsliebende Bürger nicht jammern. Noch in ihrem Elend ist die Sozialdemokratie eine Garantie anständiger Politik in einer zivilisierten Gesellschaft. Für viele Bürger ist jede Alternative eine Beunruhigung. Daß Unruhe die erste Bürgerpflicht ist, bleibt wohl immer eine Minderheitsmeinung.

Nr. 466, Dezember 1987

Katharina Rutschky

Sehen und gesehen werden

Erziehungsdefizite weiblicher Augen und ihre Ursachen

1 Wie anfangen? Schon das »und« der Überschrift ist falsch und müßte durch die Disjunktion »oder« ersetzt werden. Man könnte sagen: benutzen wir das »und« im Vorgriff auf die Zukunft, als einen Hoffnungsträger. Vorläufig herrscht immer noch die Alternative: man sieht oder man wird gesehen. Frauen werden gesehen – bestenfalls. Schlimmstenfalls werden sie übersehen und hören damit völlig auf zu existieren, selbst als Gegenstände der Betrachtung. Das ist fatal; denn mehr als je zuvor wird die Subjekthaftigkeit des Einzelnen in den Akten des Sehens und Gesehenwerdens konstituiert.[1] Wer hier nicht mitmachen kann, weil er unansehnlich ist, kein Ansehen genießt, wird zwar auch vergesellschaftet, aber in der Art des Plastilin. Aus diesem farblosen Kunststoff dachte sich die bürgerliche Gesellschaft Frauen und Kinder, so daß bis in die jüngste Zeit die gegensätzlichsten und widersprüchlichsten Formen und Urteile für diese Wesen kursieren konnten. Es gibt buchstäblich nichts, das man Frauen nicht schon zu- oder abgesprochen hätte, und für alles findet sich mehr als ein Kirchenvater. In dieser Lage genügt es daher nicht, bloß die falschen oder geschmacklosen oder entwürdigenden Bilder zurückzuweisen, wie manche meinen, und das Plastilin als rein weibliche Natursubstanz zu postulieren, die wir für uns behalten wollen. Das führt zu Mief und Muff und intellektueller Selbstvergiftung, wie die Debatte um die Pornographie im vergangenen Jahr gezeigt hat. Statt einer Bewegung – zum Glück ist sie ja wenigstens ordentlich zersplittert – wünschte ich mir weibliche Münchhausens, die alle einschlägigen Zumutungen und Extras mit dem Satz »Ich bin keine Frau« zurückweisen, bis endlich die Stille eintritt, in der man dann vielleicht erkennen kann, was wirklich los ist mit uns und da draußen.

2 Die Behauptung, daß Frauen gesehen werden, widerspricht nur scheinbar der zweiten, daß Frauen nicht von sich absehen können. Ich meine damit nicht bloß, daß viele, wenn sie schon nichts zu sagen wissen, etwas Persönliches, fein Gefühltes, Unerwartetes beizutragen haben, ein weiblicher Zug, der zumindest unter meinen Generationsgenossinnen trotz einer gewissen Integration ins Arbeits- und Berufsleben noch recht verbreitet ist. So zeigt man auf nette Art, daß man da ist, ein harmloser Tick, verglichen mit der stummen, aber steten Bereitschaft, sich zurückgesetzt und verkannt, kurz: übersehen zu glauben – eine schwere Krankheit, unter der gerade gescheite, ehrgeizige und keineswegs unterprivilegierte Frauen zu leiden haben. Nach-

[1] Vgl. Jürgen Manthey, *Wenn Blicke zeugen könnten. Eine psychohistorische Studie über das Sehen in Literatur und Philosophie.* München: Hanser 1983.

dem ich länger im Selbstversuch tätig war, sind mir ähnliche paranoide Reaktionen auch bei anderen immer auffälliger geworden. Manche argumentativen Exzesse, beispielsweise hinsichtlich der permanenten Gewalt, mit der Frauen leben müssen, werden nur mit der Vermutung einer paranoiden Projektion verständlich, sonst nicht. Ganz nebenbei kam kürzlich ein Foto der Wahrheit nahe, mit dem in der Berliner *tageszeitung* für die Einrichtung eines Damenwaggons in den U-Bahnzügen geworben werden sollte. Es zeigte einen kräftigen jungen Mann in Jeans und Blouson, der breitbeinig dasitzt und die Hände, nun, sagen wir mal, vor dem Bauch gefaltet hat, sehr *relaxed.* Den Kopf sieht man nicht. Welche visuelle Evidenz unterstellen die Frauen mit diesem Bild und der Unterschrift »So nicht mehr! Frauen gegen Männergewalt«? Sie sehen die Einschüchterung durch phallisches Protzentum als Vorstufe zur Vergewaltigung, wo man ebensogut einen *Prolo* ausmachen kann, der sich in der Öffentlichkeit allzusehr entspannt, legt man den Verhaltenscode der Mittelschichten ab. Warum sehen Frauen Gespenster? Die andere Deutungsmöglichkeit, daß der weibliche Blick eben anderes sieht, als meine unter männlichem Einfluß degenerierten Augen, will ich erst einmal verwerfen. Die Wahrheit kann durch den weiblichen Blick vielleicht – ausgemacht ist es noch lange nicht – verbessert, aber doch wohl kaum unterlaufen werden.

3 Frauen haben es schwer. Der Einwand, für andere sei das Leben auch kein Honigschlecken und der Hinweis auf zum Beispiel Schwule, Alte, Behinderte, Arbeitslose usw. usf., beides verfängt nicht. Frauen haben es schwerer. Sie können all das sein, schon schlimm genug, und dann sind sie außerdem noch weiblich. Schon von ganz kleinen Mädchen wird erwartet, daß sie sich mit der Tatsache abfinden, körperlich irgendwie unvollständig zu sein, jedenfalls auf unvorstellbar lange Zeit. Dann, so stellen einfühlsame Erzieher heute in Aussicht, wächst ihnen zur Entschädigung ein Busen und gegebenenfalls im Bauch ein Kind. Ich habe noch nie gehört, daß man kleine Mädchen mit der zur gleichen Busenzeit dann fälligen Menstruation verlockt hätte. Dergleichen mehr oder weniger geschickte Tröstungen kannte man seinerzeit, das heißt meinerzeit noch nicht, statt dessen gab es die Stammhalterideologie. Das kleine Mädchen lebte nicht in einer Männergesellschaft, im Patriarchat, diese Ausdrücke sind viel zu unbestimmt, nein, es litt unter der Phallokratie. Der Satz: »An der ist wirklich ein Junge verloren gegangen«, den ich oft zu hören bekam, war Lob, Anerkennung und Demütigung in einem. Was heißt denn hier verloren? fragte ich mich gezwungenermaßen, ich war doch so präsent wie man nur sein konnte. Was mir damals zu fehlen schien, haben heute offenbar andere zuviel. In der Gemeinschaftstoilette eines Universitätsinstituts las ich kürzlich an der Wand die längeren Ausführungen eines Studenten, der seine Kommilitonen aufforderte, auf einen Brauch zu verzichten, zu dem sie die Besonderheit des männlichen Harnapparats befähigt. Er drückte das natürlich anders aus und begründete den Vorschlag mit der Rücksichtnahme auf das Reinigungspersonal, zumal dies in der Regel ja weiblich sei! Beim Nachdenken darüber fiel mir wieder auf, daß die Geschichte nur hin

und her springt, nicht voran kommt, wie man doch unbelehrbar weiter hofft. Die männliche Rücksichtnahme, das Zartgefühl, das sich im angeführten Beispiel zur falschen Solidarität steigert, vorgeblich mit dem Reinigungspersonal, in Wirklichkeit aber mit den als behindert aufgefaßten Mädchen, diese Rücksichtnahme grenzt nahe an (Selbst-)Verleugnung. Auf lange Sicht und bei engerer Verflechtung der Geschlechter – im Volksmund Liebe, neusprachlich Beziehung genannt – läßt sie sich ohnehin nicht aufrechterhalten.

4 Die ästhetische Anspruchslosigkeit der Frauen hinsichtlich der Männer, mit denen sie ihr Leben oder doch viele Jahre davon verbringen, muß nicht extra nachgewiesen, sie muß nur noch erklärt werden. Man prüfe die bekannten Paare, man sehe sich um im öffentlichen Leben, der Sachverhalt steht fest. Es ist, als ob Frauen sich nicht trauen, richtig hinzusehen. Ein Mann wird als Mann identifiziert, dazu reicht es noch, und in den Rest fügt man sich gottergeben. Die Einschüchterung des weiblichen Schönheitssinns geht wie anderes auch auf Kindheitserfahrungen zurück, die man schwer abschaffen kann. Kleine Mädchen müssen, jedenfalls grundsätzlich, begreifen, daß ihr zukünftiges Liebesobjekt keineswegs so aussieht und sich so anfaßt, wie das bisher geschätzte und vertraute. Auch im günstigsten Fall wird aber das willigste und leidenschaftlichste kleine Mädchen praktische Versuche in der Vaterrichtung immer wieder aufgeben und zum Mutterausgangspunkt zurückflüchten. Genau das würden Sie auch tun, wenn Sie, drei Jahre alt, im Gemeinschaftsbrauseraum eines Berliner Hallenbades exakt in Höhe Ihres Kopfes und Gesichtes diese riesigen baumelnden ... Überall. Die Farben: braun-violett. Gegen Eindrücke dieser Art ist jede Aufklärung machtlos. Daß es sich hier um etwas Natürliches handelt, wird irrtümlich für ein beruhigendes Argument gehalten. Was kann einen mehr erschrecken als diese Natur!

Eine Kollegin führt ihre in bestimmten Streßsituationen auftretenden Schluckbeschwerden darauf zurück, daß ihr Vater ein Anhänger des Kneippgedankens war. Damit wurde jedenfalls begründet, daß er splitterfasernackt vom Schlafzimmer der Eltern durchs Wohnzimmer und den Flur ins Badezimmer sprintete, wo er dann kalt duschte. Dann der Weg zurück. Es bestanden also gute Aussichten, daß das kleine Mädchen an den Wochenenden des väterlichen Genitalapparats ansichtig wurde. »Das Bild habe ich heute noch vor Augen!« Trotzdem hätte die Kollegin nie den Einfall gehabt, zwischen diesem Bild und ihren Schluckbeschwerden einen Zusammenhang herzustellen. Aus Angst vor der Diagnose »Knoten! Tumor! Kehlkopfkrebs!« ging sie trotz erheblicher Beschwerden lange nicht zum Arzt, der ihr dann nach sorgfältiger Untersuchung bescheinigte: »Globus nervosus«. Sie war so erleichtert, daß sie allen Bekannten den Befund mitteilte: »Es gibt also noch klassische hysterische Symptome und ausgerechnet ich habe eins!« – Ich ziehe daraus den Schluß, daß Väter viel vorsichtiger werden müssen. Jedenfalls dürfen sie sog. natürliches Verhalten nicht mit ungefährlichem verwechseln.

5 Vielleicht sollte ich hier einschalten, daß sich meine eigenen Erinnerungen und Beobachtungen an anderen dem Freudianischen Dogma vom Penisneid der Mädchen und dem schwierigen Objektwechsel im zartesten Kindesalter bestens fügen und ich deshalb keinen Grund habe, von der so gern geschmähten Orthodoxie des Wiener Professors abzufallen. Mit seiner urgroßväterlichen Hilfe kann man aktuelle Probleme lösen und Fragen beantworten, deren bloße Formulierung revisionistische Theoretiker nicht hinkriegen. Warum, um nur ein Beispiel zu nennen, sehen Sie nirgends Mädchen auf Skateboards herumflitzen, nur Jungen? Diese Bretter scheinen doch völlig geschlechtsneutral und sind nicht einmal historisch durch die Verwendung in einem Männersport belastet, wie Seifenkisten, Rennräder oder Boxhandschuhe. Trotzdem werden sie von zwei Mädchen meiner selbstverständlich voll emanzipierten, fast schon feministischen Bekanntschaft völlig abgelehnt. Dabei sind die beiden nicht zimperlich: die eine ist begeisterte Fußballerin, die andere hätschelte lange ihr kleines Rennrad. Die bohrenden Fragen der besorgten Mutter, die genau wie ich bloß dieser zaubrischen Fortbewegungsmittel wegen gern noch einmal elf wäre, führten zu keiner plausiblen Erklärung, warum sie und die anderen Mädchen ebenso sich gerade bei diesem Spiel so säuberlich von den Jungen absetzten. Das bei den Skateboards eingesparte Geld wird nun, sehr mädchenspezifisch, in Reitstunden und einem Voltigierkurs angelegt. Als ich die kleine L. dort einmal abhole, sehe ich weit und breit – vom Stallknecht abgesehen – nur Mädchen, die vor diesen großen, schweren Tieren überhaupt keine Angst zu haben scheinen. Die Frage, warum Mädchen die Skateboards links liegen lassen, muß ich jetzt durch die zweite erweitern, was ein Pferd in den Augen der Mädchen vor dem Brett voraus hat. Ich fasse mich kurz: Mit einem Tier kann man den Körper komplettieren; die erfolgreiche Benutzung eines Skateboards erfordert dagegen die projektive Expansion des Körpers beziehungsweise des Körperbildes. Im Mut zur Expansion auf der einen und dem Bedürfnis nach Komplettierung auf der anderen Seite sehe ich den folgenreichsten Unterschied im psychischen Habitus der Geschlechter. Ob Mädchen oder Frauen etwas machen oder mögen, hängt davon ab, ob eine Tätigkeit oder eine Ausdrucksform diesem Wunsch nach Komplettierung, letzten Endes nach Perfektion, entgegenkommt oder nicht.

Es kommt mir so vor, als habe sich in diesem entscheidenden Punkt seit der Ära Adenauer, in der ich meine Mädchenzeit absolvierte, gar nicht so viel verändert. Weggefallen ist die Repression vom altväterlichen Typus: »Wenn du wie ein Mensch behandelt werden willst, dann benimm dich auch wie eine Dame!« Ein langer Katalog von Verboten, Einschränkungen und Ausschließungen wird nicht mehr angewandt, und gerade deshalb kann jetzt aus dem, was getan oder unterlassen wird, viel berechtigter auf das sog. weibliche Wesen zurückgeschlossen werden, als es ehedem möglich war. Ich fürchte, wir sind zum schamhaften Niederschlagen der Augen, zur privatisierten Beschränkung des Horizonts und des Aktionsradius nicht nur erzogen, wir sind auch so, wenn wir nicht auf uns aufpassen.

6 Nun halten leider viele die Diagnose für die eigentliche Krankheit und schaffen sie deshalb ab. »Wir sind komplett!« Unvermeidlich wird dieser Widerspruch laut, wenn an Freuds Beobachtungen erinnert wird. Hat nicht der sonst so dogmatische Übervater selbst die Beschränkung seines männlichen Blicks gelegentlich erwogen und zuverlässigere Auskünfte von den weiblichen Analytikern erhofft? »Alles Erziehungssache, uns fehlt nichts!« – »Im Prinzip richtig«, sagt dazu mein boshafter Bekannter, der als Anhänger des alten Damenprogramms ein feines Gespür für feministische Schwachstellen hat, »im Prinzip ganz richtig. Bloß sagen Sie das auch Ihrem Unbewußten!«

Wie absurd die Hypothese vom Penisneid, ja schon das Wort selber sei, illustriert mir eine Soziologie-Professorin – Anfang vierzig und, wie sie betont, seit vielen Jahren fest gebunden – durch den lebhaft und laut artikulierten Abscheu, den sie vor dem Anblick des männlichen primären Geschlechtsorgans entwickelt. Behauptet sie jedenfalls. Ich traue meinen Ohren nicht, obwohl alle anderen Gäste noch zwei Tische weiter jedes Wort mithören können. Abschwächungs- und Beschwichtigungsversuche von meiner Seite, des Inhalts, doch bittte über ästhetischen Eindrücken von vielleicht trügerischer Evidenz nicht die entwicklungspsychologische Plausibilität und die hermeneutische Ergiebigkeit dieser Hypothese ganz zu vergessen, diese Versuche zur Güte beantwortet mein Gegenüber mit einem noch schärferen Appell an mich: »Neidisch? Darauf? Absurd! Hast du denn keine Augen im Kopf? Sieh doch mal hin!« Die Worte, die sie dann findet, um meine schwache Vorstellung zu bebildern, habe ich mir nicht merken können. Eigentlich war mir zumute wie einer Gläubigen, die unfreiwillig Zeuge lästerlicher Reden wird und nun fürchtet, vom rächenden Blitzschlag mit dahingerafft zu werden, der ja auf diese Hybris hin nicht ausbleiben kann …

Ob dieser archaische Ausbruch mit persönlichen Problemen zu tun hat? Und wieso kann überhaupt Freuds Theorie vom Penisneid mit einem ästhetisch negativen Urteil erledigt werden? Der Wiener Professor war sogar selbst der Ansicht, daß die primären Geschlechtsorgane, und zwar die männlichen wie die weiblichen, allgemein als unschön empfunden würden. Marcel Proust lehnte nur das männliche ab. Sehr skeptisch urteilten auch die meisten Männer, die ich zu einer ästhetischen Stellungnahme bringen konnte. Vielleicht erklärt das auch, warum in der griechischen Plastik das Genitale so befremdlich stilisiert wurde. Als ideal galt bei diesen ja von Männern produzierten Jünglingen in der Blüte ihrer Jugend und Kraft das, was die Schwaben »Bubespitzle« nennen, ein Kinderpenis also, von großer Harmlosigkeit, den man gemütlich als gebackenes Röllchen aus Kartoffelbrei verspeisen kann – jedenfalls in Schwaben. Neben diesem Ideal kennt die griechische Plastik – zur Unter- auch die Übertreibung – noch den Riesenpenis an lächerlichen und grotesken Zwittern wie den Satyrn, die psychisch und physisch zu Anhängseln ihres Geschlechtsapparats geworden sind. Auf Bocksfüßen müssen sie ihrem Schwanz hinterherhoppeln, so lächerlich wie potent. Weiter können Ästhetik und Sexualität nicht auseinander sein. Folgt man Kenneth Dover, war die Untertreibung ein stilistisches Merkmal der männlich-homosexuellen Oberschicht, die Übertreibung entwertete zusammen mit der Heterosexualität die Unterschichten.[2] Unsere Klassen- und Männergesellschaft hat sich wieder ganz anders entschieden.

Dem männlichen Zentrum hat sich der amerikanische Fotograf Robert Mapplethorpe, oft sogar unter Verzicht auf Kopf und Füße, mit beeindrukkender Einseitigkeit genähert. Ob eine Frau vor diesen Mittelstücken auch behaupten würde, Männer seien wesentlich häßlich? Wohl kaum. Allerdings wendet Mapplethorpe so gut wie immer eine ganze Reihe schmutziger Tricks an. Zum Beispiel sind alle Männer schwarz, die ihm Modell stehen. Unsere Sehgewohnheiten erlauben uns aber nicht, schwarze Haut als Haut zu erkennen, so daß auch der nackteste Negerpenis wie mit Samt und Seide bekleidet, wie lackiert oder wie metallisch wirkt. Um so besser, sagen die einen, warum nicht, die andern, schließlich sind die Playmates der Softpornomagazine auch nicht echt. »Streichen Sie den Kunstbonus meinetwegen«, sagt mein boshafter Bekannter, »und werten Sie die muskulösen Genitalpräparate bei Mapplethorpe eben als *appetizer,* als *pin-up-men!*« – Bescheiden wende ich ein, daß meines Wissens *the late* Robert Mapplethorpe doch schwul gewesen sei und die Potenzierung des männlichen durch den schwulen Blick auf den Fotos zu schönen, aber doch auch sehr speziellen Ergebnissen geführt habe, die ich als Frau doch eigentlich nur wie eine Ausländerin anstaunen könnte. »Im Prinzip richtig«, kontert der boshafte Mensch, »aber die von Ihnen so bewunderte Stilisierung der Frauen zu esoterischen Wesen von hochartifizieller Eleganz in den Magazinen der fünfziger Jahre geht auf dieselbe Kombination von männlich und schwul hinter der Kamera zurück!« Namen zu nennen erübrigt sich, ich kenne sie inzwischen selbst.

7 Auch Männer, die nicht so weit gehen, sich selbst in wesentlicher Hinsicht oder mehr im allgemeinen häßlich zu finden, räumen bereitwillig ein, daß Frauen und Freundinnen, vor allem ihre eigenen, entschieden schöner sind, besser riechen, sich gut anfassen und daß ihnen selbst Fehler wie Sommersprossen, Leberflecke, zuviel Fettgewebe hie und da letzten Endes wohl bekommen. Und die Frauen selbst? Daß sie sich über das Aussehen ihrer Männer keine Gedanken machen können, weil sie mit dem Prinzip zufrieden sind, sagte ich schon. Ihr eigenes genügt ihnen nie und ist Gegenstand steter Sorge. Nie habe ich eine Frau kennengelernt, die mit ihrem Aussehen zufrieden gewesen wäre, mochte sie in meinen und aller Augen noch so schön und vollkommen sein. Aushorchungen bei Männern über ihre Freundinnen, Lebensgefährtinnen, Ehefrauen usw. haben zu dem immer gleichen Ergebnis geführt. Wiederholt kommt es zu *breakdowns* des Selbstbildes, manchmal wegen bestimmter Dinge wie Haare, Füße, Beine, Busen, oft sind Ursachen aber auch gar nicht zu bestimmen, und selbst der verliebteste, zärtlichste, also überzeugteste Mann steht ratlos vis-à-vis und weiß nicht mehr, was er sagen soll; denn je mehr er gegen die zerstörerische Selbstkritik anargumentiert und komplimentiert, desto erbitterter wird sein weiblicher Partner.

[2] Kenneth J. Dover, *Homosexualität in der griechischen Antike.* München: Beck 1983.

Claire Brétecher hat diese völlige Blockade in der Kommunikation der Geschlechter vor Jahren einmal genau beschrieben. Die Szene zwischen dem Paar endet im Strip damit, daß die Frau unter Tränen erklärt: »Ja, du bist eben verliebt, da übersieht man manches. Eines Tages wirst du aufwachen und sehen, wie häßlich ich wirklich bin!« Und dann macht sie eine geradezu abgründige Pointe: »Ja, dir macht das nichts, aber wenn ein richtiger Kerl kommt!«

Die Anmerkungen zu diesem Satz geben mir wieder Gelegenheit, zu meiner Lieblingstheorie zurückzukehren und sie so zu radikalisieren, daß mancher mir nicht mehr folgen, sondern mich für verrückt erklären wird. Ich will es trotzdem versuchen. Die Frau stellt in der Auseinandersetzung fest: Er ist kein Mann, denn ein richtiger würde niemals mit so einer Mißgeburt vorlieb nehmen, wie sie es ist. Der unausrottbare Zweifel der Frau, ob sie so, wie sie ist, liebenswert ist, macht den Mann, der sie liebt, zum Sisyphos, der sich ohne Hoffnung verausgabt. Aus dessen Position ist der Großteil jener misogynen Psychologie entwickelt, mit der wir uns heute noch herumschlagen. Rousseau war wohl der erste, der den weiblichen Selbstzweifel so geschickt ausdeutete, daß die kränkende Herabsetzung der männlichen Potenz so wenig wie möglich empfunden werden mußte: Zur Unersättlichkeit des weiblichen Liebesverlangens kommt die Kraft der Verführung, und hätte die vernünftige Natur mit der weiblichen Schamhaftigkeit nicht ein zuverlässiges Bremssystem installiert, dann hätte sich die Menschheit in einem permanenten Liebesakt längst selbst ausgerottet. So weit Rousseau. Man darf wohl unterstellen, daß ihm seine eigene exhibitionistische Problematik den Gedanken von der natürlichen Schamhaftigkeit der Frauen eingegeben hat: denn sie können sich wirklich nicht sehen lassen ...

Während die weibliche Triebhaftigkeit eine Vermutung geblieben ist, können wir uns sehr wohl eine Vorstellung von den grenzenlosen Möglichkeiten der Scham machen. Sie rühren daher, daß noch niemand wirklich an die Existenz zweier Geschlechter glauben kann, die Frauen selbst noch weniger als die Männer. Sie hängen eben, wie die Frau bei Brétecher, der Theorie an, daß richtige Kerle keine weiblichen Mißgeburten, sondern – Männer lieben. Da es aber nicht den Tatsachen entspricht, daß alle Männer schwul sind, muß ich die Paradoxie noch steigern: die Frauen sind es, insofern sie an der Idee ihrer Unvollkommenheit, ihres irgendwie Zukurzgekommenseins hartnäckig festhalten. Die unbestreitbare Disparität der gesellschaftlichen Entwicklung sorgt lange dafür, daß dieses Problem in der allgemeinen Ungerechtigkeit unverstanden mitbehandelt wird. Dann liegt es aber um so unübersehbarer auf dem Tisch.

Anders gesagt: Wir sind unsere eigenen Phallokraten und auf Machos und Chauvis nicht angewiesen, die man ja ohnehin schon in Verstecken suchen muß. Ich las kürzlich, daß man das Mackerverhalten in der Grundschule schärfer beachten und bearbeiten will ... »Schöne Aussichten«, sagt mein boshafter Bekannter, »so männlich wie mit acht ist man auch nie wieder!«

Und wo ich schon einmal beim Polemisieren bin: Es kommt mir so vor, als ob gerade die im radikalsten Feminismus operierenden Frauen ganz ahnungslos die besten Belege für meine These liefern, daß Frauen, wenn sie nicht besser auf sich aufpassen, schwul werden. Wohlgemerkt, ich rede von sog. normalen heterosexuellen Frauen und ihrem psychischen Untergrund. Andrea Dworkin ist bei uns durch ihr Buch über die Pornographie bekanntgeworden, dessen verspätete Übersetzung den letzten Auslöser für die Debatte des vergangenen Jahres geliefert hat. In ihrem neuesten Werk thematisiert sie mit noch frappanterer Einseitigkeit den Beischlaf und nichts als diesen in literarischen Texten von Flaubert über Tolstoi und Singer bis zu Vargas Llosa.[3] Es ist eine endlose Litanei über den männlichen Zwang, im und durch den Liebesakt die Frau zu vergewaltigen, auszubeuten, zu erniedrigen und zu verachten, zu zerstören und lächerlich zu machen. Sind solche hellhörigen, spitzfindigen, ja paranoiden Exegesen denkbar, ohne daß ihnen die tiefste Selbstverachtung vorgearbeitet hat?

Die vermute ich auch hinter der Pornographiediskussion, die Alice Schwarzer ja nun schon zum zweiten Mal angezettelt hat. Das anstößige Titelbild des *Stern* damals zeigte eine grazile schwarze Frau mit Ketten dekoriert. Was Alice Schwarzer dazu sagte, kann sich jeder denken. Ich habe mich über die wieder einmal millionenfach verbreitete Lüge einer gestylten und natürlich retuschierten Makellosigkeit geärgert, die es mir, Lieschen Müller, schwer macht, mein bißchen Selbstbewußtsein beisammenzuhalten; denn obwohl ich viel Zeit, Geld und Grips auf mein Aussehen verwende, bin ich dieser Konkurrenz, die zudem jedes Jahr jünger wird, nicht entfernt gewachsen …

8 Wenn Frauen nicht gesehen werden und daran denken, daß dies gerade geschieht, sondern selber sehen – dann sehen sie Frauen. Viel zu wenig hat man sich bisher darüber gewundert, daß alle Zeitschriften, die sich an Frauen wenden, nicht anders als der koedukative *Stern,* als Lockbild auf dem Titel Frauen zeigen. Das ist so, seit es in der Bundesrepublik diese Zeitschriften gibt, und daran hat sich auch in zehn Jahren Feminismus nicht das geringste geändert. Was versprechen uns die weiblichen Appetizer? Nun, sie wiederholen jede Woche, Monat für Monat, Jahr für Jahr dasselbe: Liebe Leserin, du bist nicht perfekt, das weißt du selbst am besten – aber wenn du ein artiges Mädchen sein und dich an alle guten Ratschläge und Vorschriften halten willst, dann … Ja, was dann? Dann ist das Leben vorbei. Es ist vergangen über dem Ausprobieren von vierzig neuen Frisuren, die jede Saison neu auf den Markt kommen, von Hungerdiäten, Körnerkuren, Make-ups, von Strick-, Stick- und Häkelmustern, von Schmück- und Putzorgien in Haus, Hof und Garten. Beim Tanzen, Malen, Töpfern hat man sich ein wenig selbstverwirklicht, womöglich sogar Karate gelernt oder Bodybuilding getrieben: denn die schönen starken Frauen sind en vogue.

In dieser emsigen Welt herrscht nicht der Weiblichkeitswahn, wie eine oberflächliche Betrachtung nahelegen könnte. Wenn das so wäre, müßten doch die Männer irgendwo vorkommen – sie tun es aber so wenig und selten

[3] Andrea Dworkin, *Intercourse.* London: Secker & Warburg 1987.

wie im Harem. Gewiß, es gibt sie, aber nur wie eine schlechte Ausrede für den Betrieb, ein Punkt im Imaginären.

Frauen sehen Frauen heißt, daß wir uns wechselseitig prüfen; so aufmerksam, interessiert und streng wird nie ein Mann gemustert. Bei der Abstimmung über die weiblichen Senatorinnen der rotgrünen Koalition in Berlin hätte ein Sozialforscher einmal die Reaktionen der Fernsehzuschauerinnen festhalten müssen. Vermutlich hätte er neben einer gewissen Euphorie des weiblichen Kollektivs viel Ängstlichkeit ausgemacht angesichts jeder einzelnen Kandidatin: Schafft sie's, kann sie's, macht sie keinen Fehler? Unter der stillschweigenden Voraussetzung der Perfektion (was die im Unbewußten bedeutet, will ich nicht wiederholen) fallen Rezensionen von Frauen über Frauen oft sehr streng aus. Männer verstehen das oft nicht. Wie sollten sie auch? Wir verstehen es ja selber nicht.

Mehrere Kolleginnen waren sich darüber einig, daß Frau N. gegenüber nur eins angebracht war: Mitleid! Frau N. ist sehr groß, aber auch ziemlich breit. Zugegeben, sie hat schöne schwarze naturgelockte Haare – aber das Pferdegebiß, das sie beim süßen Lächeln entblößt und die falsche Mädchenstimme, mit der sie offensichtlich über ihr Riesenformat hinwegtäuschen will! Am Telefon glaubt man unweigerlich, sie sei klein und zierlich, wir aber, die wir sie täglich sehen, geraten immer wieder aus dem Häuschen angesichts des Widerspruchs von Trampligkeit und Weibchengetue. »Sie könnte doch immerhin mal ein bißchen abnehmen!« Statt dessen futtert sie mit Gusto immer weiter. Über das Geheimnis von Frau N. klärt uns dann ein Freund auf, den wir, gewissermaßen aus wissenschaftlichem Interesse, auf sie angesetzt haben und dem wir mehr trauen als den zwei Kollegen, die geradezu für sie schwärmen. Ja, sagt dann der beauftragte Experte, das ist schon richtig, was ihr da sagt und gesehen habt, aber ... Und hinter diesem Aber folgt dann eine umständliche Erklärung zu dem Verhältnis von Schönheit, Erotik und Glücksversprechen auf der einen, Übergewicht und andere Verletzungen des Standards auf der andern Seite, ein Verhältnis, das wir uns offenbar zu einfach denken, zu linear, nicht so komplex wie es doch ist. »Die Frau hat was. Euer Mitleid könnt ihr euch sparen.«

Es sind solche Erfahrungen im Leben, die einen daran zweifeln lassen, daß es zwischen Männern und Frauen je eine direkte Verständigung über die wichtigsten Fragen des Lebens geben wird. Die hinter dem Rücken der Beteiligten, wo ein Mißverständnis das andere aufhebt, wie in der Mathematik, wo Minus mal Minus Plus ergibt, passiert ja gelegentlich. Dieser Zustand ist aber auch unbefriedigend. Oder?

9 Unsere weiblichen Sicht- und Prüfgeräte taugen also nicht viel. Gerade den scheinbar bescheidenen Zweck der Selbstprüfung erfüllen sie nicht; denn die Frau, die allein in den Spiegel sieht, um die Wahrheit über sich selbst zu erfahren, wie es die Ratgeber immer empfehlen, bleibt in den Stereotypen stecken, die das Spiegelbild nur noch einmal befestigt. Der Systemtheoretiker verspricht mehr Individualität durch entschiedene Vergesellschaftung und Steigerung von Komplexität als es jede ontologische Grübelei, jede

Selbstbespiegelung und Selbstverwirklichung vermöchte. Daß der materialistische Systemtheoretiker recht hat, kann man gerade an einer Vergesellschaftungsform zeigen, die nach wie vor von Frauen bevorzugt wird, oft um den Preis schwerer Leiden. Ich meine die Liebe, für die sie zwar nicht besondern talentiert, aber auf die sie sehr angewiesen sind, heute nicht mehr wie so lange, weil Haus und Familie, das Dasein als Ehefrau und Mutter ohnehin die einzigen Lebensangebote enthielten. Jeder kennt das: Eine Studentin, Jahrgang 1965, verwandelt sich aus einem schrulligen Wesen mit vielen fixen Ideen, über die sie so lang wie langweilig zu dozieren liebt, in eine witzige, selbstironische Person, die man auch optisch erst auf den zweiten Blick wiedererkennt. Daß man solche dramatischen Veränderungen an verliebten jungen Männern nicht beobachten kann, hat damit zu tun, daß ihnen in puncto Vergesellschaftung/Individuation ein historischer Vorsprung zugute kommt, sie auf die Liebe also gar nicht mehr so angewiesen sind wie die Frauen.

Natürlich gibt es auch andere Vergesellschaftungsformen. Ich selbst habe beispielsweise, ehe ich ein wissenschaftliches Buch, René Königs Soziologie der Mode las, nicht geglaubt, daß der weibliche Oberarm ein hocherotisches Territorium darstellt, obwohl ich das nach wiederholter Lektüre von Thomas Manns *Zauberberg* schon hätte wissen können. Mir war zwar Hans Castorps Andacht für die Arme der Madame Chauchat aufgefallen, aber daß der Dichter hier nicht bloß wieder eines seiner Ostereier (Leitmotiv) versteckt, sondern etwas sehr Wahres mitgeteilt hatte – wie sollte ich das wissen? Damals hätte ich mich also ruhig auf meine gar nicht so üblen Arme verlassen sollen anstatt mir, wie alle meine Generationsgenossinnen damals auch, über vier Zentimeter Brustumfang zuwenig und drei Zentimeter Hüfte zuviel solche Sorgen zu machen. Eine der eisernen Grundlehren der ästhetisch-erotischen Attraktion, die kritiklos übernommen und geglaubt wurde, lautete: Haare sind der schönste Schmuck einer Frau – damit waren selbstverständlich ganz lange Haare gemeint. Da meine über einen Pagenkopf keinesfalls hinauswachsen wollten, litt ich beträchtlich – nicht weil irgendwer, an dessen Meinung mir lag, lange Haare an mir vermißt hätte, sondern einfach so. Erst kürzlich, also viel zu spät, las ich eine Glosse über die Erotik des Bubikopfes und die Verlockung eines schlanken Nackens, womöglich mit Herzchen, noch dazu in einer alten Nummer der *Weltbühne.* Ja warum sagt einem das niemand? Aber hätte ich damals hingehört?

Manche Vorschrift, die seinerzeit, auch meinerzeit noch galt, ist vergessen; andere gelten noch, neue sind dazu gekommen. So läppisch sie scheinen, so sehr beeinflussen und beeinträchtigen solche Regeln das Selbstgefühl, die Erfahrungsmöglichkeiten und die Glückschancen der Leute, nicht bloß der verblendeten Frauen, die man vielleicht nur zu einem voluntaristischen Akt nach dem Modell »Weg mit ...« überreden müßte, damit die Dinge ins Lot kämen. So einfach geht es aber doch nicht, denn die Vorschriften werden nicht von einem Subjekt erlassen, auch nicht von einem männlichen Kollektiv, dem Patriarchat oder der Männergesellschaft, dann würden sie keine vier Wochen befolgt. Ich denke, die Regeln sind das Produkt wechselseitiger

Verkennung und Täuschung, die ganz gesetzmäßig im Prozeß der Zivilisation zwischen den Geschlechtern auftreten und noch langer, gründlicher Erforschung bedürfen.

Was uns betrifft, halte ich fest, daß wir uns zwar gern und viel mit der Verbesserung, Perfektionierung, Komplettierung unserer eigenen Person und unter Umständen der Nahwelt beschäftigen, aber trotzdem nicht verläßlich wissen, wer wir sind und was wir können. Vielleicht wäre das ja gar nicht so schlimm, wenn wir wenigstens etwas von anderen, zum Beispiel von Männern verstünden. Aber da steckt ja nun das größte Defizit der weiblichen Optik. Man kann getrost von Blindheit sprechen.

10 Einesteils ist der Zeitmangel daran schuld, daß wir von Männern keine Ahnung haben. Wer dauernd mit sich selbst beschäftigt ist, von sich nicht absehen kann, wird sich über die Verhältnisse beim Gegenüber, seine Vorzüge und Fehler keine differenzierenden Gedanken mehr machen. Selbst wenn eine Frau nicht so einfalls- und anspruchslos ist und gleich Papi heiratet, der schon immer jenseits von Gut und Böse steht, sozusagen außer Konkurrenz siegt, hat sie nicht mehr als einen äußerst groben Raster im Hinterkopf, den sie außerdem auch bei dringlichster Nachfrage nicht präzisieren kann. Hin und wieder hört man es leise rauschen, meist im Blätterwald, daß auch Frauen ... Dann werden Körperteile genannt, auf denen der prüfende weibliche Blick gegebenenfalls mit Wohlgefallen ruht. Selbst vorausgesetzt, daß es überhaupt stimmt, haben wir es noch mit Analphabetismus zu tun – verglichen mit den elaborierten Ausführungen, die ein auch nur durchschnittlich erotisch begabter Mann leicht machen kann. Man kann es gar nicht oft genug sagen: Nicht nur auf dem Gebiet der sinfonischen Komposition, des Hoch- und Tiefbaus, des Verbrechens, der Börsenspekulation und ähnlichem, sondern auch auf dem wirklich wichtigen und interessanten Gebiet der erotischen Delektion sind uns die Männer im Schnitt weit voraus. Den besten Beweis liefern die Frauen, die in letzter Zeit gerade ihre Ahnungslosigkeit auf erotischem Gebiet mit dem kindlichen Eifer zu kompensieren trachten, mit dem sie Bilder, Filme und Texte als frauenverachtend diskriminieren, bloß weil in ihnen Frauen als Objekte aller möglichen Begierden inszeniert werden. Ich teile hier die Position der Umweltschützer, die das ökologische Gleichgewicht für so gefährdet halten, daß sie selbst Unkraut unter Naturschutz stellen. So lange wir nicht genau wissen, was der weibliche Blick erfaßt, können wir den männlichen nicht in toto und auf Verdacht hin kriminalisieren.

Leider habe ich damals die Soziologie-Professorin nicht gefragt, als wir über den Penisneid stritten, ob sie denn das weibliche Genitale schöner fände als das männliche oder ob die Moral ein gleiches Bilderverbot über beide verhänge? Darf man es fotografieren oder nur zeichnen und malen? Wird das weibliche deutlich gezeigt und nicht konventionell versteckt, dann fällt sein ästhetisches Plus, das Proust dem weiblichen Körper vor dem männlichen zugestanden hat, weg, und die auseinandergelegten Schenkel, auch der Blick von unten und nah signalisieren – ja, was eigentlich? Die Akte und Detailskizzen von Lucian Freud, einem wirklichen Enkel des Wiener Professors, stellen jede Betrachterin auf eine harte Probe. Man muß schon sehr alt oder sehr abgebrüht, am besten beides sein, um sich nicht schmerzhaft betroffen und bloßgestellt zu fühlen beim Anblick dieser gefältelten Hautpartien. Die vorhin schon erwähnte, von der Liebe so wundersam verwandelte Studentin beschwert sich über das kranke und schwache Aussehen dieser Frauen. »Niederziehend«, befindet sie. Kraft schöpft sie wunderbarerweise aus den Selbstporträts von Frida Kahlo, die nun wiederum für mich als folkloristisch-feministischer S/M-Kitsch nicht in Frage kommen ...

Doch zurück zur weiblichen Blindheit. Nicht nur aus Zeitmangel schauen wir nicht so genau hin, sondern auch aus einem gewissen Trotz heraus; Männer, denken wir, schon gar als Bewegung, haben alles, wirklich alles, und wir, wir haben es schwer und verdienen jede Aufmerksamkeit und Rücksicht von ihrer Seite. Leider sind Männer auch viel zu oft dieser Meinung und neigen daher zur eigenen erotisch-ästhetischen Verwahrlosung. Warum auch nicht: auf der einen Seite haben sie wirklich mehr für Frauen übrig, auf der anderen können sie in dieser Gesellschaft als Mann mit Macht und Geld und Ruhm Anspruch auf alles erheben – sogar auf Liebe, ohne liebenswürdig zu sein oder auch nur zu scheinen.

11 Reisen bildet. Viele Frauen haben einschneidende Bildungserlebnisse in Italien oder anderen südlichen Ländern gemacht – und ich denke dabei nicht an die Uffizien, das Forum Romanum oder gar den schiefen Turm von Pisa. Ich fuhr als Studentin 1961 zum ersten Mal nach Rom. Bisher hatte ich die Kellner unserer Pizzeria und in der Kaffebar »da Bruno« für ausgewählte Luxusexporte gehalten – nun stellte sich heraus, daß mehr oder weniger jeder Italiener ein verführerisches Talent für Selbstinszenierung hatte und davon auch jederzeit Gebrauch machte. Für eine ganze Weile herrschte der Eindruck vor, alle Männer im Süden seien schöner oder sähen jedenfalls um Klassen besser aus als die daheim – was man sich mit der größeren Durchschlagskraft schwarzer Haare, dunkler Augen und des olivfarbenen Teints zu erklären suchte. Es war die Zeit, wo man Touristinnen verdächtigte, jedenfalls in der Presse, deutsche Frauenehre an käufliche Papagallos zu verraten. Sei's drum! Zu den scheinbaren physischen Vorzügen der Italiener kamen ihre psychischen: ihre Entschlossenheit zum Flirt mit allem, was weiblich und nur halbwegs ansehnlich war. Sehen und gesehen werden, diese Erfahrung machten die Reisenden aus Deutschland zum ersten, leider oft zum letzten Mal. Die englischen Homosexuellen, die um die Jahrhundertwende Marokko entdeckten, müssen vergleichbare Erlebnisse gehabt haben, und dort wie in Italien waren einige Mißverständnisse die Bedingung des Ferienglücks. Der linksradikale Maler, der mir Rom zeigte, beutete seine Mutter und seine Schwester als echter Macho aus, damit er den dunkelblauen Anzug, das täglich frische Hemd und die feinen Slipper zur Verfügung hatte, die er sich vom selbstverdienten Geld nie hätte leisten können. So eitel wie er selber war, so kundig und verständig wußte Feruccio aber auch meinen *outfit* zu beurteilen. Er sah, was mir stand, was nicht, und er wußte, welche Entwicklung

mir auf längere Sicht zu wünschen war: Coco Chanel, behauptete er. Keiner meiner Freunde damals hätte mit diesem Namen irgend etwas verbunden. Männer wie Feruccio, die so offensichtlich eitel paradierten, außerdem aber auch Geschmacksinteressen an anderen entwickelten, Stilgefühl hatten und es auch anwendeten, galten damals und auf lange noch bei uns als halbseiden – wenn Sie wissen, was damit gemeint war!

Heute schwanke ich in der Beurteilung der Lage. Sind die Frauen immer noch so blind und die Männer so verwahrlost, weil sie niemand ansieht – oder macht der Nachwuchs es schon besser? Auf der Straße gibt es mehr zu sehen, denn die Show wird nicht mehr nur von weiblichen Pflichtübungen bestritten. An Trainingsmaterial fehlt es nicht, wer will, kann. Den Männern haben wahrscheinlich mehr als alles andere die exhibitionistischen Rockstars Mut gemacht, eitle Selbstdarstellung mit sexueller Aggressivität unter einen Hut zu bringen. Wenn ich mit meiner Freundin aus dem Kino trete, beginnt sofort die fachfrauliche Diskussion der Vorzüge und Schwächen der männlichen Darsteller. Handelt es sich dabei um die schüchterne Imitation der Materialprüfung, unter der wir so lange geseufzt haben? Oder gibt es ein richtiges Rückspiel?

Nr. 483, Mai 1989

Ulrich Oevermann

Zwei Staaten oder Einheit?

Der »dritte Weg« als Fortsetzung des deutschen Sonderweges

Der historische Kontext der gegenwärtigen Revolution im ehemaligen Ostblock

Auch wenn man nicht an Zahlenmystik glaubt: zwischen den historischen Vorgängen des Jahres 1989 und den in Frankreich im Jahre 1789 eingeleiteten revolutionären Transformationen besteht in mehreren Hinsichten ein innerer Zusammenhang, erst recht für die Deutschen.

So wie die Französische Revolution nicht eine soziale oder ökonomische war, sondern eine primär politische, in der die schon bestehende bürgerliche Gesellschaft sich revolutionär die ihr angemessene Staatsform des notwendig demokratisch verfaßten Nationalstaates schuf und darin die Autonomisierung der Sphäre des Politischen sich durchsetzte, in der die Herrschaft des Volkssouveräns über sich selbst ihre Ausformungsmöglichkeiten erprobte, so sind die gegenwärtigen revolutionären Vorgänge im ehemaligen Ostblock Ausdruck der Eigenständigkeit des Politischen.

Was sich 1989 zu vollziehen begonnen hat, erscheint wie eine entscheidende Etappe in dem noch offenen Ringen zwischen zwei polaren Strukturmodellen der Legitimation politischer Herrschaft in der modernen Massendemokratie, das in der Französischen Revolution, nachdem am 10. August 1792 die Variante einer konstitutionellen Monarchie endgültig ausgeschieden war, zum ersten Mal auf die Tagesordnung gesetzt wurde: Der Kampf zwischen der repräsentativen bürgerlichen Demokratie der Girondisten einerseits und der – notwendigen – Kombination von unmittelbarer Volksdemokratie der Sansculotten und zentralistischer jakobinischer Regierungsbürokratie andererseits, beide verklammert durch die »Terreur«, als Gesinnungsterror dort und technokratischer Terror hier.

Die eigentliche Leistung der Französischen Revolution, die Konstitution der notwendigen Verklammerung von politischem Nationalstaat und demokratischer Herrschaft, hinterließ zugleich ein eigentümliches, sich in den gegenwärtigen Vorgängen anscheinend wieder aktualisierendes Gefälle der politischen Rationalität von West- nach Osteuropa. Nachdem schon zum Beginn der Revolutionskriege das französische Volksheer, sinnfälligster Ausdruck des demokratischen Patriotismus, die strukturelle Ambivalenz von Befreiung und Unterdrückung außerhalb der Grenzen der eigenen Nation zeitigte, überzog Napoleon ganz Europa mit dieser Ambivalenz, indem er den potentiellen nationalen Volkssouveränen der eroberten Territorialstaaten in der Doppelrolle als Vertreter der bürgerlichen Revolution und Befreier einerseits, als Eroberer und Fremdherrscher andererseits begegnete. Als Reaktion darauf konstituierte sich im osteuropäischen Zarenreich der eigentümliche Typus einer den Weg in die nationalstaatliche politische Moderne verlegenden volksreligiösen nationalen Bewegung: Die russischen Bauern, statt den französischen Verheißungen auf ein Ende der Leibeigenschaft und ein modernes Recht zu erliegen, verbrannten aus eigenen, religiös-brüderlichkeitsethisch geformten Motiven vor der französischen Armee die Ernte und leiteten damit die endgültige Niederlage Napoleons ein. Dies bewirkte mit dem Ende Napoleons das Ende der ersten, kurzen Phase der politischen Moderne, die zugleich den Anfang in deren langfristiger Entfaltung darstellt. – Dazwischen, in der Mitte Europas, in Preußen-Deutschland, setzte sich die Doppelstellung Napoleons als strukturelle Ambivalenz echohaft fort. Indem man sich von Napoleon als Fremdherrscher befreite, ohne ihn zuvor als Befreier hineingelassen zu haben, vollzog man den zweiten Schritt der nationalen Befreiung vor dem ersten der Konstitution eines politischen Nationalstaates durch innere Befreiung per bürgerlicher Revolution. Diese Auslassung war die initiale Konstellation des deutschen Sonderweges. Fortan befestigte sie sich in der Verschiebung des Nationalstaatlichen auf die Ebene von Kultur und Geist. Statt selbstbewußter Ausformung eines nationalstaatlichen politischen Gemeinwesens erschuf sich im Volk der Dichter und Denker, ideologisch angeführt vom unpolitischen Bildungsbürgertum und dessen literarischen Spitzen, immer wieder neu das deutsche Wesen, an dem die Welt genesen sollte. Der Schwäche der politischen Nationalstaatlichkeit korrespondierten die Schwäche der Rationalität der Machtpolitik, des Parlamentes und der Ausbildung einer liberalen Substanz sowie die Stärke des unpolitischen Nationalismus und des unpolitischen Moralismus.

Die These

Für die Deutschen hat sich mit den revolutionären Vorgängen in der DDR die unvollendete Aufgabe der Konstitution der politischen Nationalstaatlichkeit urplötzlich von neuem praktisch gestellt, und kaum zeigte sich diese Konstellation – spätestens seit dem 9. November für jedermann unabweislich –, begannen in Deutschland-West wie in Deutschland-Ost, unter ideologischer Führung der Intellektuellen, die alten Manöver der Transposition des Politischen auf die Ebene von Kultur und Geist. In der nun plötzlich real gewordenen Entscheidungskonstellation: unter der Bedingung der Selbstbestimmung Einheit mit der DDR oder zwei deutsche Staaten, formierten sich die Mehrheit der Intellektuellen und die moralistische »Avantgarde« zum Lager derjenigen, die ausgerechnet in der Wiedervereinigung die Fortsetzung des deutschen Sonderweges erblickten und dies mit der falschen, unpolitischen Alternative von deutscher Einheit gleich Nationalismus und Zweistaatlichkeit gleich moralisch sühnevoller Annahme der Strafe für den Faschismus u.a. begründeten.

Ich möchte hier zeigen, daß nicht die Wiedervereinigung das politisch Irrationale und die Fortsetzung des deutschen Sonderweges bedeutet, sondern umgekehrt die Forderung der Zweistaatlichkeit zu diesem Zeitpunkt; daß mithin also nicht die vermeintlich moralkalten Interessen-Politiker, sondern die gesinnungstüchtigen Literaten die Möglichkeiten der historischen Realität verdrängen.

Legitimationsprobleme einer künftigen DDR

Die Bedingungen für eine selbstbestimmte Entscheidung darüber, welche nationale Zugehörigkeit sich die Bevölkerung der DDR künftig geben will, scheinen durch die politische Revolution unumkehrbar erkämpft zu sein. Diese Entscheidung wäre in sich eine souveräne und als solche nicht kritisierbar. Bis zu diesem Punkt ist es berechtigt, vom »Volk der DDR« als Souverän zu sprechen. Aber ob der eine mögliche Ausgang dieser Entscheidung, die Eigenstaatlichkeit der DDR, sich historisch material legitimieren ließe, ob also das »Volk der DDR« historisch material ein wirklicher nationaler Souverän ist, das ist die zu untersuchende zentrale Frage. Welche historische, materiale Legitimation könnte ein zweiter, in freier Selbstbestimmung sich konstituierender souveräner deutscher Staat für sich beanspruchen, der aus der jetzigen DDR hervorgegangen ist? Die Legitimation als sozialistischer Staat der Arbeiter und Bauern ist zerbrochen, der bisherige Staatssozialismus ist davongejagt worden. Was bliebe dann noch, woraus sich die Eigenstaatlichkeit bei gleichzeitiger Existenz der BRD historisch rechtfertigen ließe?

Die Berufung auf den antifaschistischen Widerstand und das Selbstverständnis als antifaschistischer Staat könnten aus den folgenden Gründen nicht tragen: Das Nazi-Regime ist militärisch von außen, nicht durch erfolgreichen Widerstand von innen besiegt worden. Entsprechend gründen sich die dem Faschismus abschwörenden beiden Nachfolgestaaten, nicht nur die Bundesrepublik, auf diese Niederlage, nicht auf einen antifaschistischen Widerstand. – Zwar sind nach dem Kriege viele Antifaschisten aus dem Exil oder als Überlebende aus den Konzentrationslagern in das Staatsgebiet der DDR zurückgekehrt. Daraus hat die DDR einen wesentlichen Anteil ihres Selbstbewußtseins als antifaschistischer Staat beziehen können, aber eine Legitimation von Eigenstaatlichkeit gegenüber der Bundesrepublik ergäbe sich daraus nur, wenn im westlichen Deutschland mit der faschistischen Vergangenheit nicht explizit gebrochen worden oder dessen Staat durch faschistische Tendenzen faktisch weiterhin geprägt wäre. Davon kann ernsthaft nicht die Rede sein. Aber diese Überlegung erhellt auch, warum die offizielle DDR aus Gründen der Legitimationsbeschaffung immer ein großes Interesse daran haben mußte, die Bundesrepublik als zumindest latent »braunen« Staat erscheinen zu lassen. – Die Machthaber in der DDR, die sich persönlich, in ihrem politisch-biographischen Selbstverständnis in der Regel auf einen opfervollen, standhaften antifaschistischen Widerstand berufen konnten – und das sollte man zum Beispiel auch dann nicht vergessen, wenn ein Erich Honecker demnächst als Verräter an der Arbeiterklasse oder als der Korruption Verdächtiger vor Gericht stehen sollte –, waren genau diejenige Herrschafts-Clique, die durch die jetzige Revolution hinweggefegt wurde. Damit hat deren Berufung auf den Antifaschismus als gewissermaßen personalisierte Legitimationsbasis politischer Herrschaft ausgedient. Jede andere Berufung auf antifaschistische Inhalte geht ohnehin in einer demokratischen Staatsverfassung auf, die die Menschenrechte anerkennt, vermag also die Eigenstaatlichkeit gegenüber der BRD nicht mehr zu tragen.

Das »Volk der DDR«, so könnte zweitens argumentiert werden, hat sich in einer vierzigjährigen Staatsgeschichte als Volkssouverän eigenständig konstituiert. Es gäbe im Falle einer Vereinigung mit dem anderen Volk deutscher Nation die darin angeeignete politisch-praktische Substanz und Autonomie unersetzbar auf. Ein solches Argument, auf das sich gegenwärtig implizit auch in der Bundesrepublik einige zu berufen scheinen, trifft jedoch nicht eine reale historische Substanz. Denn zum einen ist der Staat der DDR aus einem fremdbestimmten Akt der Einteilung in Besatzungszonen und der Verfestigung einer dieser Zonen zu einem sowjetischen Satellitenstaat hervorgegangen, also nicht aus einem Akt der volkssouveränen Selbstbestimmung. Zum zweiten ist es auch nicht so, daß das Regime jetzt als eines in Frage gestellt worden wäre, das sich aus der Deformation eines ursprünglich vom Volkssouverän legitimierten demokratischen Herrschaftssystems ergeben hätte. Es war im Kern von Anbeginn wie zum Schluß, früher eher noch weniger akzeptiert und nie vom Volk legitimiert. Und schließlich stand die gewaltfreie gegenwärtige politische Revolution in der DDR genau an jenen Tagen in Konfrontation zum alten SED-Regime, als dieses sein vierzigjähriges Bestehen feierte. Deutlicher kann der Bruch zwischen dessen Geschichte und den Inhalten der Revolution nicht markiert werden.

Drittens: Das wirtschaftliche Gefälle sei so groß und die Differenz der beiden Wirtschaftssysteme so einschneidend, daß jede andere Lösung als die Eigenstaatlichkeit der DDR zu ihrer »Versklavung«, zu ihrer Vereinnahmung im Westen führen müsse. – Abgesehen davon, daß es sich hier bestenfalls um eine negativ bestimmte Legitimationsbasis der neuen Eigenstaatlichkeit handelte, wäre diese Begründung in sich ohnehin nicht schlüssig, weil sich die wirksamste und schnellste Beseitigung besagten Gefälles ohnehin unter der Bedingung der vollständigen Einheit, das heißt auch: unter Bedingungen eines gesetzlich vorgeschriebenen Finanzausgleichs, bewerkstelligen ließe. Allerdings bedeutete das einen vollständigen Bruch mit den bisherigen Formen einer zentralistischen sozialistischen Wirtschaft und die Einführung des Kapitalismus.

Wenn alles das also nicht ausreicht zur substantiellen Legitimation einer Eigenstaatlichkeit einer demokratisch verfaßten, erneuerten DDR, dann könnte die schiere Erneuerung als solche zum inhaltlichen Ausgangspunkt der Legitimation von Zweistaatlichkeit gemacht werden, sofern sie zugleich auch gegenüber der Bundesrepublik etwas überzeugend kontrastiv Neues hervorbrächte. Aber worin könnte das bestehen, wenn zum einen der real existierende Sozialismus abgewirtschaftet hat und zum anderen in der Bundesrepublik ein Volk deutscher Nation sich schon demokratisch verfaßt als Staat konstituiert hat? Was könnte da mit Erneuerung noch anderes, Drittes gemeint sein? Eine andere Demokratie? Was wäre sie, wenn es sich um mehr handeln sollte als Varianten der Delegation der Macht des souveränen Volkes an seine Vertreter, wenn es also mehr sein sollte als das, was sich in einer neu zu verabschiedenden Verfassung für eine vereinte Nation grundsätzlich regeln ließe? Diese Frage ist kaum zu beantworten. Aber es werden dazu gegenwärtig in der Bundesrepublik von gewissen Politikern und von Intellektuellen permanent für die DDR illusionistische Antworten gegeben: Die Rede ist vom dritten Weg, von einem neuen Sozialismus, von einer menschlicheren Gesellschaft, die nicht die angebliche Ellenbogengesellschaft der Bundesrepublik ist, von einem neuen Humanismus usw.

Die Logik der Argumentation vom »dritten Weg«

Damit sind wir bei dem alten Traum der deutschen Literaten und Intellektuellen und bei dem alten Traum der gesinnungsvirtuosen deutschen Protestanten angelangt: Es gäbe so etwas wie einen spezifisch deutschen Weg zum modernen Staat und zur gesellschaftlichen Gerechtigkeit. Dieser Traum vom dritten Weg der Deutschen ist eng verbunden mit der Geschichte des deutschen Sonderweges. Im 19. Jahrhundert war es das deutsche Wesen, an dem die Welt genesen sollte, der Geist der deutschen Kultur, immer irgendwie gespeist vom Selbstverständnis des unpolitischen Bildungsbürgertums als Volk der Dichter und Denker. Dann paarte sich dieses Selbstverständnis mit einem deutlichen Affekt gegen die westlichen Demokratien und deren vorgeblichen Materialismus und Rationalismus. Darin flossen auch antikapitalistische Strömungen ein. Im Dritten Reich wurde daraus die allseits bekannte Überlegenheit der deutschen Rasse. Noch heute glauben Professoren wie Ernst Nolte, Heidegger habe sich davon klar distanziert, denn wenn er von der inneren Wahrheit des Nationalsozialismus gesprochen habe, dann habe er damit eine sehr ernst zu nehmende Kritik sowohl am Bolschewismus wie am westlichen Liberalismus artikuliert. Mag sein, aber es ist und bleibt eine unpolitische Kritik am westlichen Modell der nationalstaatlichen bürgerlichen Demokratien, eine sehr deutsche Verwechslung von Philosophie und Politik und damit eine zur Fundamentalphilosophie geadelte Form des deutschen Sonderwegdenkens.

Nach dem Wahnsinn des deutschen Faschismus sind die »rechten« Stränge des Sonderwegdenkens bis auf wenige Ausnahmen nicht mehr weiter geflochten worden. »Linke« Varianten dagegen sind bei vielen Anlässen (Polen und Ungarn 1956, Prag 1968, Portugal, Chile usw.) für das intellektuelle Milieu bestimmend gewesen. Heute verstehen seine Anhänger den dritten Weg als Variante eines neuen Sozialismus, eines übergreifenden Humanismus, einer neuen Art sozialer Gerechtigkeit irgendwie zwischen Kapitalismus und real existierendem Sozialismus, die es gesellschaftlich zu verwirklichen gilt.

Diese Vorstellung vom dritten Weg ist primär moralisch, gewollt utopisch. Sie artikuliert sich auf einer Ebene, auf der es um moralisch-inhaltliche programmatische Differenzen geht, suggeriert aber zugleich, strukturell eine Alternative zu den politischen Herrschaftssystemen des Westens und des Ostens zu bieten. Jedoch findet man spezifische Bestimmungen eines alternativen dritten Modells politischer Organisation von Massendemokratien über die bloß moralische, gesinnungsethische Programmatik hinaus nicht. In dieser mangelnden Differenzierung der Ebenen des Inhaltlich-Moralischen und der Organisation des Politischen als der Sphäre des geregelten Interessenstreites liegt das Problem. Wenn diese Eigenständigkeit des Politischen nicht gesehen wird, kann nicht mehr zureichend unterschieden werden, ob man, jeweils unter der Bedingung der Anerkennung der Menschenrechte, bestimmte inhaltliche Programme als Verfassungsziele festschreiben und damit dogmatisierend aus dem Parteienstreit herausnehmen will oder ob man bezüglich derselben, aber auch konkurrierender Programme die strukturellen Voraussetzungen ihrer Durchsetzbarkeit unter Bedingungen des auf Mehrheitsentscheidungen ausgelegten Parteienstreites grundsätzlich sichern will. Wenn die Ideologie des dritten Weges sich auf die Werte des Humanismus, des Antifaschismus und des demokratischen Sozialismus beruft, dann müßte sie, eingedenk des Scheiterns des real existierenden Sozialismus, zum einen es als zwingend nachweisen, daß diese Werte sich in der real existierenden nationalstaatlichen Demokratie (eine andere Form von Demokratie existiert bisher nicht, weil es einen übernationalen politisch-praktisch handelnden Volkssouverän noch nicht gibt) westlichen Typs nicht praktisch verwirklichen lassen; und zum zweiten müßte sie zeigen, inwiefern eine Staatsform des dritten Weges die spezifische Voraussetzung für die Realisierung dieser Werte strukturell erfüllt. Genau um diese beiden Nachweise redet die Ideologie des dritten Weges herum. Sie bleibt daher bloße Gesinnungspflege.

Die wechselseitige Bedingung von Nationalstaatlichkeit und der Autonomie des Politischen: Kritik des »Verfassungspatriotismus«

Die Vorstellungen vom dritten Weg sind dadurch geprägt, daß sie die Eigenständigkeit der Strukturgesetzlichkeit des Politischen zurücktreten lassen hinter den inhaltlich-moralischen Gesichtspunkt. In der Ideologie des dritten Weges deckt sich die Ablehnung des politisch Nationalstaatlichen mit der Blindheit für die Eigenständigkeit der Sphäre des Politischen überhaupt. Man kann dies erläutern am in Mode geratenen ambivalenten Begriff des Verfassungspatriotismus, der gegen einen befürchteten »alten« Patriotismus gesetzt wird. »Verfassungspatriotismus« ist ein Widerspruch in sich, denn erst durch den demokratisch verfaßten Nationalstaat werden ja die universell geltenden, vorstaatlich konstituierten Menschenrechte von der Theorie in die Konkretion der politischen Praxis übersetzt; und die Verfassung als das die historische Konkretion des Nationalstaates jeweils schon immer transzendierende Universelle kann gerade nicht zum Gegenstand eines Patriotismus gemacht werden, wenn man nicht die universelle Geltung der Verfassungsgehalte leugnen will. Gegenstand eines Patriotismus kann nur der historisch-konkret gegebene Nationalstaat in seiner konkreten Bildungsgeschichte und seiner daraus resultierenden Zukunftsperspektive sein. Von Verfassungspatriotismus zu reden wäre selbst dann falsch, wenn die Voraussetzung eines souveränen Weltvolkes mit von ihm gewählten politischen Entscheidungsinstanzen erfüllt wäre. Denn dann wäre die Notwendigkeit der Sicherung der politischen Gemeinschaft nach außen, mithin auch der

»patriotischen« Interessenvertretung einer konkreten politischen Praxis nach außen entfallen.

Wenn also heute von Verfassungspatriotismus die Rede ist, dann impliziert das, bei aller nachvollziehbaren Distanzierung von Chauvinismus und Nationalismus als Abarten der Identifikation des Bürgers mit seinem Nationalstaat als seiner politischen Gemeinschaft, zugleich die Tilgung der Eigenständigkeit des Politischen als konkreter Praxis und seine Ersetzung durch Ethik oder Moral als Inhalten der Verfassung. Wenn aber mit Verfassungspatriotismus die verfaßte konkrete Staatlichkeit der politischen Gemeinschaft, in der wir leben, gemeint sein sollte, dann läge der Schwerpunkt nicht auf der Verfassung, sondern auf dem politischen Handeln dieses konkreten Staates als einer auf anderes nicht reduzierbaren Praxis. Diese Praxis wäre das konkrete Handeln des konkreten Nationalstaates, und damit wären wir wieder bei dem ursprünglichen Gegenstand von Patriotismus, von dem die Wortwahl »Verfassungspatriotismus« nur in irreführender Weise ablenkte. Sie suggeriert nämlich, daß es eine vernunftfähige eigenständige nationalstaatliche Praxis zwischen dem degenerierten Nationalismus vergangener Prägung einerseits und einem übernationalen Moralismus oder Technokratismus andererseits nicht geben könne. – Die Vorstellungen vom dritten Weg teilen mit solchen Begriffsprägungen, daß sie nicht neben repräsentativer, bürgerlicher Demokratie (im Nationalstaat) und monolithischer Einparteien-Volksdemokratie sozialistischer Provenienz (ohne Gewaltenteilung) einen dritten Staatstyp meinen, sondern ein drittes Weltanschauungssystem, eine humanistische Utopie, in der die Politik oder das Politische als eigenständige Sphäre des Interessenkampfes stillgestellt ist zugunsten einer einsichtsvollen, interesselosen, konsensuellen Realisierung universalistischer Ethik.

Demgegenüber gründet sich meine Argumentation auf ein Modell von der Autonomie des Politischen im modernen Nationalstaat. Gegenstand und Aufgabe von Politik ist es, nach legitimierten Verfahren gerechte Interessenkompromisse per Entscheidung in einer Situation herzustellen, in der diese Interessen gleichermaßen berechtigt und unreduzierbar aufeinanderstoßen. Es kennzeichnet die Dialektik von autonomer politischer Praxis, die Gerechtigkeit im Kompromiß zwischen Gegensätzen zu verwirklichen, die sich eben nicht durch Rückführung auf inhaltliche Prinzipien im Sinne einer Irrtumsvermeidung auflösen lassen. Wäre das der Fall, dann handelte es sich nicht mehr um Entscheidungen, sondern um Berechnungen. Interessen stehen aber nur dann als Interessen im wirklichen Gegensatz zueinander, wenn man sie ihrerseits als die berechtigten, weil authentischen, nicht durch bessere Argumente als falsch zu beseitigenden Äußerungen konkreter, partikularer, in sich autonomer Lebenspraxen grundsätzlich anerkennt. Angesichts dieses unaufhebbaren Widerspruchs zwischen Eigeninteresse-Rationalität und Gemeinwohl-Rationalität – dessen Komplementärseite Pluralität ist – läßt sich Gerechtigkeit nur im verfahrensmäßig gewährleisteten politischen Kompromiß einer je konkreten politischen Gemeinschaft herstellen. Die entwickelte Kompromißbildung setzt frei miteinander kooperierende Interessengegner voraus. Diese konnte es erst im demokratisch verfaßten Nationalstaat geben. Es ist zwar heute viel von übernationalen politischen Einheiten die Rede, aber sie haben sich als souveräne politische Vergemeinschaftungen noch nicht so weit entwickelt, daß sie derzeit schon den souveränen Nationalstaat in seiner Funktion der konkreten Praxis eines Volkssouveräns ersetzen könnten.

Nationalstaat und Legitimation durch den Volkssouverän

Vor dem Hintergrund dieses Modells erweisen sich die Vorstellungen vom dritten Weg geradezu als Vermeidung oder als Verleugnung der Eigenständigkeit des Politischen, indem sie das Problem, woraufhin überhaupt etwas Drittes zu konstruieren wäre, entweder ins überpolitisch Moralisch-Ethische erheben oder aufs Ökonomische reduzieren. Letzteres geschieht exemplarisch, wenn die Notwendigkeit des dritten Weges explizit mit der Beseitigung oder Vermeidung des Kapitalismus begründet wird und, der marxistischen, nicht der Marxschen Betrachtungsweise entsprechend, der bürgerliche Staat als bloßer Überbau der kapitalistischen Produktionsweise betrachtet wird. Dabei wird dann so getan, als ob Wirtschaftsorganisation und politische Organisation in eins fielen und als ob es - bezogen auf die aktuellen Ereignisse - nicht primär um die Frage der Legitimation der Staatsform und der politischen Herrschaft ginge. Ganz ähnlich verhält es sich, wenn statt der Vermeidung des Kapitalismus von der Erneuerung der DDR im Sinne des Humanismus die Rede ist, als ob jenseits der primären Frage nach dem konkreten Willen des Volkssouveräns und der Verfassung seiner politischen Artikulation die moralisch-ethische Programmatik einer pädagogischen Anstalt oder einer kulturellen Lebenswelt zur Debatte stünde. Beide Reduktionen des Politischen sind in der vulgär-marxistischen Tradition miteinander verknüpft, wenn politische Revolutionen deshalb als nur partielle begriffen werden, weil sie die volle Emanzipation durch die soziale Revolution noch nicht erreichen. Was das über die Herstellung der Autonomie des Politischen als eines geregelten Interessenstreites hinaus sein soll, läuft letztlich auf eine quasi-theologische, fundamentalistische Konzeption des befreiten Menschen hinaus, der als ein interesseloses Wesen in der Diskursgemeinschaft aufgegangen ist, die zur Artikulation eines Gemeinschaftswillens einer Verfassung des Politischen nicht mehr bedarf. An die Stelle des geregelten Interessenstreites tritt die herrschaftsfreie Kommunikation. Wohlgemerkt: Es geht hier nicht um die Denunziation von Utopien als Bedingungen rationaler Praxis, sondern um die Konstitution des Politischen als genau derjenigen Praxis, in der Utopien überhaupt erst eine Chance erhalten können, praxisleitend zu werden.

Geht man von einer Autonomie des Politischen aus, dann ist die Frage, wie denn eine politische Herrschaft, die zugleich die Herrschaft des souveränen Volkes über sich selbst ist, zu legitimieren sei, empirisch, das heißt historisch-konkret nicht mehr zu beantworten, ohne daß die konkrete politische Vergemeinschaftung, also die Nation, nach außen abgrenzbar und nach innen konsensuell integrierbar identifiziert werden kann. In diesem Sinne ist ein nationales Volk natürlich immer mehr als die bloß statistische Gruppierung oder Aggregierung irgendeiner Verwaltungseinheit, und in diesem Sinne ist zu bezweifeln, daß es sich beim »Volk der DDR« um den Träger einer eigenständigen Nation handelt.

Vorweg ist der scheinbare Widerspruch zwischen diesem Zweifel und dem Argument der Nicht-Kritisierbarkeit der Selbstbestimmung der DDR-Bevölkerung über ihre nationale Zugehörigkeit zu klären, die ja zur Eigenstaatlichkeit der DDR führen könnte und als solche respektiert werden müßte. Wie kann diese dann dennoch als historisch falsch mit Gründen angesehen werden? Durch den Nachweis einer historisch-material gegebenen einheitlichen Nation einerseits und den Nachweis einer fehlenden politisch-historischen Legitimation eines zweiten demokratischen deutschen Staates andererseits. Der zweite Nachweis ist bereits geführt worden, der erste steht noch aus. Es mußte aber zunächst gezeigt werden, daß die Ideologie des dritten Weges in der Umgehung der Eigenständigkeit des Politischen die Notwendigkeit zu einem solchen Nachweis von vornherein ausblendet, indem sie den Nationalstaat nicht als eigenständige vernunftfähige Praxis sieht, sondern mit Nationalismus und Chauvinismus gleichsetzt und so diskreditiert.

Für die Bundesrepublik war den Vätern des Grundgesetzes das unlösbare Dilemma bewußt, vor dem sie standen: Wollten sie politisch-praktisch die von den Besatzungsmächten angebotene Teilsouveränität der politischen Selbstverwaltung füllen, so mußten sie sich auf einen Volkssouverän berufen, in dessen Namen sie auch praktisch handeln konnten; das war das Volk der damaligen Bundesländer, der späteren Bundesrepublik, als Teilvolk der deutschen Nation. Damit war praktisch präsupponiert, daß die deutsche Nation als Ganzes aufgegeben wurde. Aber auch an einer bewußten Entscheidung über Ende oder Fortführung der ganzen Nation hätte man jenen anderen Teil, in dessen Namen man praktisch nicht sprechen konnte, beteiligen müssen. Als wesentlich kam hinzu, daß man allein deshalb schon nicht einfach das Ende der Nation im Sinne einer historischen Selbstauflösung dekretieren konnte, weil das bedeutet hätte, die historisch-politische Verantwortung als deutsche Nation für die ungeheuren Verbrechen des Faschismus mit einem einfachen Federstrich ein für alle Male vom neuen Staatsgebilde zu nehmen. Aus diesem Dilemma blieb als logischer Ausweg nur der Vorbehalt der Geltung des Grundgesetzes bis zum Tage der Selbstbestimmung der deutschen Nation und damit die Deklaration des neuen Staates Bundesrepublik als eines Provisoriums. Kehrseite dieses Provisoriums ist die Option der deutschen Einheit, um die es mit Plötzlichkeit und politisch-praktischer Macht wieder geht.

Die negative Konstitution der deutschen Einheit in der Gegenwart

Es ist eigentümlich, daß hinter dem mit dem Traum vom dritten Weg verschränkten Wunsch nach Eigenstaatlichkeit der DDR die Furcht vor einem an das Dritte Reich gemahnenden Groß-Deutschland sich artikuliert und die Protagonisten dieses eigentümlichen Einstellungssyndroms nicht bemerken, daß sie mit dieser moralisierenden Haltung die politische substantielle Bearbeitung der historischen Schuld der deutschen Nation behindern und damit von der politischen Bedeutung ihrer Argumentation her in einen ungewollten Widerspruch zu ihren erklärten moralischen Absichten geraten.

Jenseits der geläufigen, aber nicht genügend spezifisch politischen materialen Gründe für das Fortbestehen der deutschen Nation (Sprache, Kultur, Zusammengehörigkeitsgefühl) bestehen nämlich im Hinblick auf die negative nationalgeschichtliche Vergangenheit Konstitutionsbedingungen der deutschen Einheit auf der spezifisch politischen Ebene. Aus der Logik der Vergangenheitsbewältigung ergibt sich eine gewissermaßen negativ bestimmte historisch-materiale Substanz der deutschen Einheit. (Der Terminus »Vergangenheitsbewältigung« ist insofern unglücklich, als er unterstellt, die Vergangenheit, um die es dabei geht, sei tatsächlich zu bewältigen, wie man etwas als erledigt hinter sich bringen könne. Eben diese außeralltägliche Vergangenheit läßt sich aber nur »bewältigen«, wenn ihre Nicht-Bewältigbarkeit, das heißt die nicht zu tilgende, sondern immer nur neu zu bearbeitende und zu erinnernde historische Schuld unserer Nation politisch-praktisch anerkannt wird.)

Im Hinblick auf die Frage des Fortbestandes der deutschen Nation nach der von ihr verursachten Katastrophe der faschistischen Verbrechen und des Zweiten Weltkrieges kann es strukturlogisch und historisch-material nur zwei Antworten geben. Entweder: Man hält aufgrund der untilgbaren Schuld für diese Katastrophe die deutsche Nation mit dem Dritten Reich für erloschen. Dann hätte das Volk, das als Nation diese Katastrophe zu verantworten hat – und daran kann kein Zweifel bestehen –, als Nationalvolk aufgehört zu existieren, es wäre in der Souveränität anderer Völker aufgegangen. Die Schuld wäre nicht mehr verantwortlich bearbeitet worden, weil das nationalstaatliche, historisch eigentlich verantwortliche Subjekt nicht mehr existierte. Die Tilgung der Schuld wäre gewissermaßen analog zur Todesstrafe mit einem einmaligen Schnitt ohne eine tätige Praxis der Restitution vollzogen worden. Diese Möglichkeit ist zum Beispiel im Morgenthau-Plan erwogen worden. Sie ist historisch konsequent nicht realisierbar, ohne daß auf der Ebene der einzelnen Bürger neues Unrecht entsteht.

Oder: Die Geschichte der deutschen Nation wird als nicht beendete in allen Teilen anerkannt; es gibt weiterhin eine deutsche Nation und ein deutsches Nationalvolk. Dann besteht auch weiterhin ein historisch verantwortliches Subjekt für die nationalsozialistische Katastrophe, das diese Verantwortung politisch – und nicht nur kulturell – praktisch zu tragen hat. Die moralische Verantwortlichkeit für den Faschismus und seine Folgen wird nämlich, weil das dafür *zuständige* Subjekt nicht eine Generation, eine Partei oder eine Bewegung, sondern die deutsche Nation, das deutsche Volk in seiner Nationalstaatlichkeit ist, erst im vollen Umfang übernommen, wenn sie auf der für das Entstehen dieser Schuld relevanten Ebene praktisch folgenreich durchgearbeitet wird: auf der Ebene der politischen Nationalstaatlichkeit. – Die politische Souveränität des deutschen Volkes der Nachkriegszeit war somit immer konstitutiv an die einschränkungslose politisch-praktische Wahrnehmung der Verantwortlichkeit für die nationalsozialistische Katastrophe gebunden. Nur wenn man das historische Geschehen nicht umfassend politisch, sondern eingeschränkt moralisch betrachtet, kann man das Nationalvolk in seiner einheitlichen Verantwortlichkeit auflösen. Eine solche Form der bloß moralischen Vergangenheitsbewältigung reduziert die politische Verantwortlichkeit der Nation auf die moralisch und rechtlich relevante Differenzierung von Graden und Konstellationen individueller Schuld und Verstrickung. Politisch betrachtet ist jedoch entscheidend, daß aus einer brüchigen nationalstaatlichen Demokratie, der Weimarer Republik, ohne Fremdeinwirkung und sogar ohne inneren Putsch, sondern formal legal, die faschistische Herrschaft hervorgegangen ist und erst von außen, nicht von innen beseitigt wurde. Daraus ergibt sich zwingend die nicht stillstellbare und nicht teilbare Verantwortlichkeit der deutschen Nation.

Diese Disjunktion ist im Bewußtsein der Apologeten und der Kritiker der Bundesrepublik wie der DDR beständig unterlaufen worden und sie würde auch dann unterlaufen werden, wenn in der Gleichzeitigkeit von historischem Anspruch auf Vergangenheitsbewältigung und Beharren auf Erlöschen der einheitlichen deutschen politischen Nation die Vergangenheitsbewältigung selbst von der politischen auf die kulturelle Ebene, von der politischen auf die Kulturnation geschoben würde. Unterlaufen worden ist die Disjunktion vor allem aber in der eigentümlichen »Arbeitsteilung« von Vergangenheitsbewältigung und Aneignung des kulturnationalen Erbes, die der faktischen Existenz der beiden deutschen Staaten zugrunde lag. Die DDR versteht sich explizit schon in ihrer Verfassung als antifaschistischer Staat und bringt darin ihr Selbstverständnis zum Ausdruck, daß sie nicht nur mit dem Faschismus der Vergangenheit nichts zu tun hat, sondern aus dem Widerstand gegen ihn hervorgegangen ist. Das stimmt zwar für die von außen gesteuerten ursprünglichen Machthaber, aber nicht für das Staatsvolk in toto. Entsprechend diesem Programm hat allerdings faktisch eine personale Entnazifizierung in der Gesellschaft der DDR viel konsequenter stattgefunden als in der Bundesrepublik. Aus dieser unbestreitbaren Tatsache beziehen nicht nur die Machthaber der SED, sondern bezogen auch die Bewohner der DDR gegenüber der Bundesrepublik ein nicht zu unterschätzendes Selbstbewußtsein und moralisches Überlegenheitsgefühl, gestützt weiterhin durch die selektive Aneignung des kulturnationalen Erbes. Soweit sie sich intellektuell artikulieren, verstehen sich die DDR-Bewohner als Bildungsbürger, für die die Bundesrepublikaner die materiell eingestellten Konsumenten sind. Aus der Distanz der soziologischen Analyse betrachtet bedeutet jedoch diese Arbeitsteilung zugleich auch: daß für die DDR die deutsche Nation politisch entweder als erloschen unterstellt oder aus ihrer Geschichte der Nationalsozialismus als Entgleisung herausgeschnitten wird. Damit hat die DDR zwar inhaltlich die Vergangenheitsbewältigung durchgeführt, aber strukturell, politisch-praktisch vermieden. Das hat sie zu spüren bekommen, als die jüngere Generation in den letzten Jahren bemerkte, daß sie jenseits ritualisierter Deutungen und Formeln konkret über die faschistische Vergangenheit auf dem Gebiet der DDR nicht viel erfahren hatte und nun begann, dagegen aufzubegehren; und als in der DDR in den letzten Jahren Skinheads mit neonazistischen Symbolen ebenso auftauchten wie bei uns.

Die Bundesrepublik wiederum hat zwar strukturell, das heißt als politisches Gebilde, die Nachfolge und Kontinuität der deutschen Nation und ihrer Geschichte anerkannt und damit auch die historische Verantwortlichkeit, aber faktisch-inhaltlich hat sie sich in ihrer Nachkriegsgeschichte in der bekannten Weise schwer getan mit der Verarbeitung der nationalsozialistischen Folgeerscheinungen. Für ersteres stehen die Wiedergutmachung gegenüber Israel, die Anerkennung der Schuld in den internationalen Beziehungen, die Prozesse gegen die KZ-Mörder und die dominante öffentliche Meinung – für letzteres die hohe Zahl ehemaliger Nazis in öffentlichen Ämtern, auch in hohen, die wellenartig wiederkehrenden faschistischen Reaktionen in der Öffentlichkeit: also genau jene Erscheinungen, die uns von vielen Bewohnern der DDR mit Recht angekreidet wurden und werden.

Das Plädoyer für die Eigenstaatlichkeit der DDR in der Sonderweglogik des dritten Weges bedeutet also objektiv, die historisch unerledigte Aufgabe der politischen Nationalstaatlichkeit der Deutschen wiederum vor sich herzuschieben; dieses Mal allerdings paradoxerweise im moralischen Bemühen, den mit politischer Nationalstaatlichkeit verwechselten Nationalismus zu vermeiden, und mit der Folge, die einzig angemessene politische Wahrnehmung der Verantwortlichkeit für die Verbrechen des deutschen Faschismus in der Permanenz der Produktion moralisierender Schuldgefühle zu ersticken.

Entschiede sich die Bevölkerung der DDR frei für eine Eigenstaatlichkeit, dann wäre diese Analyse der Bedeutung der Zweistaatlichkeit dadurch nicht hinfällig. Aber es wäre durch diese freie Entscheidung dennoch einer eigenstaatlichen Entwicklung der DDR eine materiale Legitimation zugewachsen, und zwar in dem Maße, wie die hier analysierte objektive historische Bedeutung dieser Entscheidung antizipatorisch in die öffentliche Auseinandersetzung um ihr Pro und Contra zuvor Eingang gefunden hätte. Die Ablehnung der nationalen Einheit wäre dann in der bewußten Entscheidung gegen diese Argumentation, das heißt ohne moralisierende Ausflüchte, getroffen worden. Die moralisierende Tendenz der Ideologie des dritten Weges zeigt sich unter anderem daran, daß sie sowohl in der DDR wie in der Bundesrepublik die politische Strittigkeit der Frage Einheit oder Zweistaatlichkeit durch eine vorgeblich höherrangige Diskussion um das Gute (und das heißt dritter Weg in der eigenstaatlichen DDR) oder das Böse (gleich Wiedervereinigung) einer fundamentalistischen Entscheidung zu substituieren trachtet und damit die genuin politische Auseinandersetzung um die deutsche Frage unterbindet. Die Intellektuellen der Ideologie des dritten Weges erheben sich zu Gurus des Sonderweges, die, indem sie die zur Entscheidung anstehende Frage der deutschen staatlichen Einheit moralisch denunzieren, objektiv dessen unpolitische Tradition fortsetzen und wiederum den politischen Nationalstaat zur bloßen Kulturnation verbiegen.

Die Asymmetrie zwischen der Zweistaatlichkeitsoption in der DDR und in der Bundesrepublik

Es macht nun einen erheblichen Unterschied, ob man in der DDR für die Zweistaatlichkeit eintritt oder in der Bundesrepublik. Wenn in der DDR die These der Zweistaatlichkeit vertreten wird, dann ändert das zwar grundsätzlich nichts an der eben konstatierten objektiven historischen Bedeutung dieser Option, aber für sie könnte in der politisch aktuellen Auseinandersetzung zunächst verständnisheischend ins Feld geführt werden, man benötige erst einmal genügend Selbständigkeit und Ruhe zur Vorbereitung des Aktes der Selbstbestimmung. In der Bundesrepublik erhoben bedeutet dagegen die Zweistaatlichkeitsoption beziehungsweise die Ablehnung der Einheit entweder die Ablehnung der staatlichen Gemeinschaft mit der Bevölkerung der DDR oder aber diese bevormundend die Empfehlung: »Hütet euch vor uns, ihr werdet von uns einverleibt, wir sind eine kalte, materialistische, konsumgeile Ellenbogengesellschaft ohne innere Werte. Wenn ihr euch mit uns vereint, dann verratet ihr eure moralischen Werte.« Wenn bundesrepublikanische Politiker und Intellektuelle mehr oder weniger offen von dieser Prämisse her argumentieren, dann meinen sie natürlich nicht sich selbst, sondern die von ihnen kritisierte Gesellschaft und deren Staat; und wenn sie so bescheiden betonen, wir könnten so viel von der DDR-Bevölkerung lernen, dann meinen sie natürlich auch nicht sich selbst, sondern ihre moralisch weniger hoch zu stufenden Mitbürger. Sie benutzen also in diesem Denken den der DDR angesonnenen dritten Weg in Wirklichkeit als Hebel zur Realisierung ihrer unpolitischen Illusionen stellvertretend durch andere, ohne daß sie in ihrem eigenen Staat den demokratischen Kampf um die Realisierung bestehen müssen.

Bezeichnenderweise werfen aber gerade jene, die diese Bevormundung objektiv vornehmen, denen, die für die Option der staatlichen Einheit eintreten, beständig eine Bevormundung der DDR-Bevölkerung vor. Diese Verkennung der Bevormundungslogik ergibt sich wiederum aus der Verwechslung von Politischem und Moralischem.

Die Option der Einheit: Forderung oder Angebot?

Der Asymmetrie zwischen der Zweistaatlichkeitsoption einmal aus der Sicht der Bundesrepublik und das andere Mal aus der Sicht der DDR korrespondiert die Asymmetrie zwischen der Option der Einheit und der Option der Zweistaatlichkeit aus der Sicht der Bundesrepublik. Die Option der Einheit ist nämlich gegenüber der DDR-Bevölkerung ein *Angebot* und keine Bevormundung. Sie besagt in Langschrift: »Wenn ihr in der DDR die Eigenstaatlichkeit wollt, dann ist das selbstverständlich euer gutes Recht, wenn ihr aber euch mit uns vereinigen wollt, dann ist uns das herzlich willkommen.«

Dagegen ist die Option der Zweistaatlichkeit in der Bundesrepublik erhoben eine *Forderung* gegenüber der Bevölkerung der DDR, und eine Forderung ist viel eher eine Bevormundung als ein Angebot. Diese Option besagt nämlich in Langschrift: »Wenn ihr eure Eigenstaatlichkeit erhalten wollt, dann tut ihr etwas, was wir für vernünftig halten. Wenn ihr aber euch mit uns vereinigen wollt, dann müssen wir das ablehnen.« Oder vielleicht weniger schroff: »Dann müssen wir uns das noch einmal genau überlegen, denn wir können es eigentlich nicht gutheißen.«

Genau diese Asymmetrien werden aber in den gegenwärtigen Bedenken gegenüber der Einheit verkannt. Deshalb, weil man im Sonderwegdenken primär moralisch denkt, wenn es um politische Fragen geht; theoretisch und philosophisch die Praxis bevormundend und pädagogisierend, wenn es um Entscheidungen der autonomen politischen Praxis des souveränen Volkes geht. Der objektive Bevormundungscharakter der moralischen Argumentation für die Zweistaatlichkeit kaschiert die ängstliche und unpolitische Vermeidung eines nationalpolitischen Wollens und den fundamentalistischen moralischen Vorbehalt gegenüber dem Staat der Bundesrepublik. Diesen Vorbehalt wird man solange aufrechterhalten können, wie man den zweiten deutschen Staat für die Projektion der Illusion des dritten Weges zur Verfügung hat; und solange die nationalgeschichtlich nicht substantiierte Zweistaatlichkeit besteht, wird man den fundamentalistischen Vorbehalt gegenüber dem deutschen Staat, in dem man lebt, aufrechterhalten: solange wird man politische Fragen nicht politisch behandeln, sondern fundamentalistisch moralisch.

Das gilt auch im Hinblick auf die nationale Verantwortlichkeit für die Verbrechen des Nazi-Regimes. Trifft meine Analyse eine reale Habitusformation des Sonderwegdenkens, dann müßte von einer realisierten nationalstaatlichen deutschen Einheit ganz entgegen den Befürchtungen der Vertreter des dritten Weges eine heilsame Wirkung ausgehen und die irreale Arbeitsteilung zwischen DDR und Bundesrepublik bezüglich Moral und Wirtschaft verschwinden. Statt Antifaschismus und kulturnationalem Erbe dort und geschichtslosem Materialismus hier könnte gegenüber der verhängnisvollen nationalen Geschichte ein angemessenes, politisch klares und unvoreingenommenes Verhältnis eingenommen werden; Tabus und Verdrängungswiderstände würden einfach schon deshalb aufgehoben, weil der Aufbau von projektiven, der eigenen Identitätspflege dienenden Popanzen von welcher realitätsausblendenden Gesinnungsposition aus und aus welchen Identitätsängsten heraus auch immer seine Funktion verlöre. Erst dann wären die Zurechnung der historischen Schuld für die faschistischen Verbrechen und die daraus resultierenden politischen Verantwortlichkeiten unmißverständlich geklärt.

Schlußbemerkungen

Ich habe versucht, ein Deutungsmuster und einen Argumentationshabitus herauszupräparieren, die als Strukturierungsgesetzlichkeit hinter dem Syndrom von Bedenken zur Möglichkeit der Wiedervereinigung und von Hoffnungen auf einen dritten Weg in der DDR liegen, einem Syndrom, wie es allenthalben überall dort zum Vorschein kam, wo sich Intellektuelle, Medienfürsten und moralistische Avantgarde in Deutschland-West wie in Deutschland-Ost zur Aktualisierung der deutschen Frage äußerten. Aus dieser Analyse folgt zugleich, daß die der deutschen Sonderwegtradition verhaftete Ideologie des dritten Weges, als deren Protagonisten einmal mehr die Literaten sich erweisen, von der politischen Realität der Möglichkeiten der aktuellen Konstellation weit entfernt ist. Die Intellektuellen sind in ihrer politischen Urteilsfähigkeit von der realen Entwicklung weit mehr überfordert worden als die in Machtpositionen befindlichen Politiker in der Bundesrepublik. Das Zehn-Punkte-Programm der Bundesregierung wird sowohl vom Inhalt als auch vom Timing her der realen politischen Konstellation gerecht, eine dessen sachlichen Kern argumentativ auflösende Kritik vermag ich nicht zu sehen. Das öffentliche Gewicht der verbreiteten Kritik ist eine Funktion des Negativstereotyps, mit dem Kohl belegt worden ist, und des Gesinnungsbonus der Ideologie des dritten Weges.

Natürlich hätte die Analyse empirisch detailliert belegt werden können, etwa am Beispiel der die Ebene politischer Rationalität weit verfehlenden pharisäerhaften Äußerungen von Antje Vollmer und Günter Grass, vor allem am Beispiel der beiden im wesentlichen von Literaten zu verantwortenden Erklärungen »Für unser Land« und »Für eine offene Zweistaatlichkeit«. Aber auch eine eingehende Analyse der spezifischen Differenzen zwischen der Entwicklung in der DDR einerseits und in Polen, Ungarn und der ČSSR andererseits hätte die Diagnose des Sonderwegdenkens belegen können. Was der Opposition in der DDR fehlt, ist eine über das Hantieren mit Gesinnungsflaggen hinausgehende klare, griffige politische Zielsetzung im Hinblick auf die elementaren Problemstellungen: Wie entwindet man dem alten Regime die reale Macht? Wie soll die künftige parlamentarische Demokratie verfaßt sein, und wer entscheidet darüber? Wie soll die Wirtschaftsverfassung aussehen, und wie organisiert man eine freie Gewerkschaft für die zukünftige Tarifautonomie? Wie kanalisiert man die Begeisterung und das Befreiungsgefühl des Volkes in neuen politischen Parteien? Und – ganz wichtig – wie stellt man sich zur Frage von Einheit oder Zweistaatlichkeit?

Die Führer der Oppositionsbewegung bestehen überwiegend aus protestantischen Pfarrern und aus Intellektuellen, aus typischen Vertretern des Sonderwegdenkens also, die statt Politik praktisch zu verantworten eher gewöhnt sind, gesinnungsethisch im Modell von Podiumsdiskussionen auf evangelischen Akademien Politik zu problematisieren. Entsprechend locker ist die Bindung zwischen dem Volk und den oppositionellen Vordenkern. Sie sind als deutsche Intellektuelle nicht die charismatischen zukünftigen Parteiführer des Volkes, die dessen einfache, elementare und wesentliche Interessen und Optionen in griffige Formeln zu prägen vermöchten. Zwischen ihnen und dem Volk steht die Differenz von Theorie und Praxis, von Moral und Politik.

Dennoch wird sich am Ende in der DDR die tägliche politische Erfahrung des Volkes durchsetzen und hinter den Illusionen vom dritten Weg die Option auf die nationalstaatliche Einheit realisieren. Und in der Bundesrepublik? Viele Intellektuelle behindern mit Hilfe der Medien diesen notwendigen Klärungsprozeß, weil sie sich die DDR als Territorium für ihre Illusionen vom dritten Weg erhalten möchten, an dessen Ende unausgesprochen im übrigen die weiterreichende Hoffnung auf eine Assimilierung der ungeliebten Bundesrepublik an den neuen Humanismus der erneuerten DDR steht – also eine Einheitsillusion ganz anderer Art an Stelle der enttäuschten Revolutionsillusionen aus den omnipotenten Zeiten der ApO. Und deshalb wird die übliche Gesinnungsschlacht noch lange toben und dazu beitragen, daß die gegenwärtigen oppositionellen Vordenker in der DDR ihre Positionen behalten, die von charismatischen, im politischen Streit ermittelten Parteiführern besetzt werden müßten; anders als in Polen, Ungarn und der ČSSR würden dann lebendige Beziehungen zwischen dem Volk und den Parteiführern der Zukunft unterbunden: So könnte das sachlich richtige Mißtrauen des Volkes gegenüber den politisierenden Moralisten ein unnötig großes, paradoxerweise aus Vorsicht bestehendes Stimmenpotential der künftigen SED bilden.

Die objektiven, mit der internationalen Konstellation zusammenhängenden Faktoren und Gründe gegen die Vereinigung von DDR und Bundesrepublik brauchten hier nicht behandelt zu werden, weil es auf die Kennzeichnung einer für die deutsche Frage relevanten Bewußtseinsströmung ankam. Über sie als solche sich klarzuwerden ist natürlich auch für die politische Debatte selbst von Belang. Darin ist vordringlich, daß die Deutschen ihre eigenen nationalen Interessen klären. Das trägt zu ihrer politischen Berechenbarkeit in den internationalen Beziehungen mehr bei als die Reproduktion von Gesinnungen und den daraus resultierenden Tabuisierungen.

Daß die anderen am Zweiten Weltkrieg beteiligten Nationen gegenüber einer Vereinigung Bedenken äußern, ist dann erst einmal als Ausdruck ihrer Interessen ganz normal zu verrechnen. Die Denker des dritten Weges allerdings tendieren bezeichnenderweise dazu, aus diesen Interessenartikulationen sogleich moralische Instanzen zu konstruieren, denen man sich, will man weiterhin ein guter Mensch sein, zu unterwerfen hat. – Auch für die europäische Einigung ist die Klärung der deutschen Nationalstaatlichkeit keine Behinderung, sondern eher befördernd, sofern man jedenfalls an einem realistischen Modell orientiert ist, wonach übernationale Vereinigungen in dem Maße stabil sind und Substanz haben, in dem ihre Mitglieder sich zuvor als souveräne, autonome Partner einer freien Kooperation konstituiert haben. Unter diesen Bedingungen ist im übrigen Vielfalt und Verschiedenheit der Nationen eine pluralitätssichernde Vorbedingung. Hingegen wäre, wie im Falle eines weiter gespaltenen Deutschlands, Mehrstaatlichkeit auf der Grundlage nationalgeschichtlicher Einheit nur Pseudo-Pluralität, die sich in unfruchtbarem und störendem Zwang zur künstlichen Differenzierung fortsetzte. Die nächsten Schritte zur europäischen Einigung erfahren gegenwärtig eine über ihr sachliches Eigengewicht hinausgehende außerordentlich positive Einschätzung, weil man dahinter seine Bedenken gegen die Wiedervereinigung verstecken kann. In dieser Verkleidung der Bedenken wird dann – auch das ist für die Ausblendung der Autonomie des Politischen bezeichnend – gerne übersehen, daß diese Schritte: Währungs- und Wirtschaftsunion sowie Sozialcharta, zunächst einmal eine einseitige Stärkung einer technokratischen europäischen Exekutive bedeuten, der gegenüber der Volkssouverän, national oder europäisch, auf der Ebene seiner parlamentarischen Vertretungen erheblich ins Hintertreffen zu geraten droht.

Bleibt schließlich festzuhalten: Sollte jetzt die neuerliche Chance zur Lösung einer seit 1803 und 1806 den Deutschen gestellten Aufgabe der politischen Nationalstaatsbildung wiederum nicht genutzt werden und sich die verhängnisvolle Sonderweglogik, statt aufgelöst zu werden, reproduzieren, dann wäre Deutschland erst jetzt, kraft eigenen politischen Wollens, wirklich gespalten. Es bliebe dann genau aufgrund dieser Verweigerung politischer Autonomie die Kombination von wirtschaftlichem Riesen und politischem Zwerg, die es schon öfter war und aus der seine Unberechenbarkeit nicht zum geringsten Teil resultierte.

Nr. 492, Februar 1990

Ruth Groh / Dieter Groh

Religiöse Wurzeln der ökologischen Krise

Naturteleologie und Geschichtsoptimismus in der frühen Neuzeit

Bis vor wenigen Jahren war die Auffassung allgemein verbreitet, die Geschichte sei ein Weg aus der Beherrschung des Menschen *durch die Natur* zur Beherrschung der Natur *durch den Menschen.* Diese Auffassung las sich so: Unsere Jäger- und Sammler-Vorfahren haben am Rande äußerster Not gelebt, Kultur haben sie nicht entwickeln können, da sie vom Morgengrauen bis zur Dämmerung Tieren nachjagen und Pflanzen sammeln mußten, um zu überleben. Mit der Neolithischen Revolution, mit dem Übergang zu Seßhaftigkeit, Ackerbau und Viehzucht begannen die ersten Kulturleistungen, die in den frühen Hochkulturen und später auch im Abendland in Erscheinung traten. Die Eroberung der Welt durch die Europäer, die Ausbildung internationalen Handels, die naturwissenschaftlichen Entdeckungen, die technischen Erfindungen, der Industriekapitalismus und schließlich der moderne Wohlfahrtsstaat als Korrektiv der negativen Seiten technisch-industriellen Fortschritts haben – zumindest in unserem Kulturkreis – einen Zustand herbeigeführt, in dem das größte Wohl der größten Zahl zwar noch nicht verwirklicht, aber doch auf dem besten Weg zu seiner Realisierung ist. Dieser »Überflußgesellschaft« genannte Zustand konnte nur durch Beherrschung der Natur erreicht werden, durch Befreiung des Menschen von ihren Zwängen sowie durch technische Nutzung ihrer grenzenlosen Ressourcen.

Inzwischen hat sich jedoch eine solche Perspektive als historische Illusion in zweierlei Hinsicht herausgestellt: Die Geschichte unserer Gattung seit den Zeiten unserer Jäger-Sammler-Vorfahren läßt sich nicht mehr am Maßstab von Naturbeherrschung als stetigem Fortschritt, als Siegeszug menschlicher Vernunft beschreiben. Die Ethnologie oder Anthropologie spricht schon seit längerem von den Jägern und Sammlern als »erster Überflußgesellschaft« und betont heute nach Jahrzehnten intensiver Forschung, in welchem Maß es unseren Vorfahren der Spezies Homo sapiens sapiens seit rund 40 000 Jahren als »complex hunter« gelungen sei, sich aufgrund hochelaborierter Strategien mit der Natur zu arrangieren. Die positive Einschätzung dieser Leistung geht so weit, daß einer der führenden amerikanischen Anthropologen, Marshall Sahlins, 1976 schreiben konnte, daß sogenannte primitive Kulturen im Gegensatz zur westlichen Zivilisation »auch Wege« entdeckt haben, »ein Ziel zu erreichen, das wir noch immer nicht erreicht haben: die Beherrschung der gesellschaftlichen Naturbeherrschung durch die Gesellschaft«.[1] Und hätte dieser Siegeszug nicht jedes vernünftige Maß überschritten, gäbe es keine ökologische Krise; dann drohte nicht der Triumph unserer naturwissenschaftlich-technischen Zivilisation, einst empha-

[1] Marshall Sahlins, *Kultur und praktische Vernunft.* Frankfurt: Suhrkamp 1981.

tisch gefeiert als Garant von Freiheit und Glück, das Raumschiff Erde und damit unsere Lebensgrundlagen zu zerstören. Viele meinen heute, der Preis drohender Selbstzerstörung sei zu hoch.

Wie kam es zu jener Illusion? Wie kam es dazu, daß ein blinder Fortschritts- und Wachstumsglaube so lange vorherrschte, ein *allgemeines* Bewußtsein ökologischer Probleme so spät entstand, obwohl seit Jahrzehnten genügend Daten über Umweltzerstörung verfügbar waren? Denn vor der Veröffentlichung der »Grenzen des Wachstums« durch den »Club of Rome« im Jahre 1972, die den Endpunkt einer langen Diskussion bilden, sprachen allenfalls wenige Fachleute von der drohenden oder bereits vorhandenen Umweltkrise. Beruht nicht, abgesehen von anderen Ursachen – ökonomischen und politischen Interessen oder zeithistorischen Umständen – die Zähigkeit jenes Optimismus, die Langlebigkeit einer solchen Mentalität auf der Faszination von uralten Denkweisen, die bereits die wissenschaftliche Revolution seit dem 16. Jahrhundert sowie die Entstehung unserer wissenschaftlich-technischen Zivilisation begleitet und vorangetrieben haben? Wie kam es, das wäre eine weitere, mit der ersten zusammenhängende Frage, zu einem *Weltbild,* in dem Natur derart zum Objekt technischer Verfügbarkeit und Ausbeutung werden konnte, wie es in unserer westlichen Zivilisation geschehen ist?

Wenn wir diesen drei Fragen im Licht der naturphilosophischen Tradition nachgehen, dann stoßen wir auf einige Grundvorstellungen: Natur ist zum *Nutzen* des Menschen da, ihre Ressourcen sind *grenzenlos,* ihre Organisation ist das Werk einer *ordnenden Vernunft.* Eine solche Naturauffassung hat zunächst mit Wissenschaft gar nichts, wohl aber mit Metaphysik, mit philosophischer Theologie und mit säkularisierten religiösen Glaubensinhalten zu tun.

Sind die historischen Wurzeln unserer ökologischen Krise religiöser Art?

In letzter Zeit sind Vertreter verschiedener Wissenschaften, die sich mit Entstehung und Hintergründen unseres allzu sorglosen Umgangs mit Natur beschäftigen, zu der Auffassung gekommen, ohne die christliche Lehre, insbesondere ohne die christliche Schöpfungstheologie und die ihr implizite Naturanschauung wäre der unheilvolle Weg westlicher technisch-wissenschaftlicher »Naturbeherrschung« bis hin zur heutigen ökologischen Krise nie oder zumindest nicht bis an die Schwelle der Katastrophe beschritten worden. Eine solche Auffassung könnte etwa so begründet werden: Die entscheidende Differenz zwischen der Weltanschauung, wie sie die griechische Philosophie prägte, und dem Christentum ist in der christlichen Lehre der *creatio ex nihilo* auszumachen, wie sie bereits im 2. Jahrhundert von den Kirchenvätern formuliert worden war. Die Lehre von der Erschaffung der Welt aus dem Nichts war ein Gegenentwurf zur Aristotelischen Konzeption einer ewigen Welt, einer dynamisch produzierenden, aus sich heraus existierenden Natur, und sie war zugleich Überbietung des von Platon im *Timaios* entworfenen Schöpfungsmythos. Der Platonische Demiurg, der die sinnlich wahrnehmbare Welt nach dem Urbild der Ideen formte, fand die – präexistente – Materie jedoch bereits vor, während der Gott der Genesis seine Allmacht und zugleich seine Überlegenheit gegenüber allen anderen Göttern gerade dadurch bewies, daß er auch noch das Material der Weltbildung selber erschuf. Während bei aller Unterschiedlichkeit der Philosophenschulen der Griechen Götter, Natur und Menschen als Teile eines organischen Ganzen, eines göttlichen Kosmos erschienen, ist nach christlicher Auffassung die Welt der natürlichen Dinge als geschaffene selber nichts Göttliches. Sie wird ausdrücklich dem Lieblingsgeschöpf Gottes, dem Menschen, zur Verfügung gestellt, als *Objekt* seiner Nutzung unterworfen: »Machet euch die Erde untertan!«

In der biblisch legitimierten Vorherrschaft des Menschen wäre also bereits jene Entzweiung von Mensch und Natur angelegt, die in den ersten Jahrhunderten der Neuzeit durch die Entwicklung der modernen Naturwissenschaften manifest wurde als Objektivierung der Natur. Ein mechanistisches Weltbild, so wird gesagt, konnte nur auf dem Boden der christlichen Schöpfungstheologie entstehen. Am Ende stand der Triumph der Mechanik: Die gesamte Natur und schließlich auch der Mensch als Teil dieser Natur waren allein ihren Gesetzen unterworfen, funktionierten also wie eine Räderuhr. Betriebsstörungen konnten nun auf ihre jeweilige physikalische Ursache zurückgeführt werden. Das Ganze – manche sagen: das organische Ganze – geriet im Laufe der *Mechanisierung des Weltbildes* (so der Titel des Buches von Eduard Jan Dijksterhuis) zunehmend aus dem Blick. Aus dem Leben mit der Natur – orientiert am griechischen Ideal des guten und richtigen Lebens – wurde ein Leben gegen die Natur. Erst die moderne Strukturtheorie, die Systemtheorie und die Ökologie haben an solche organischen Vorstellungen, daß nämlich die Teile funktional in ein Ganzes eingebettet sind, wieder angeknüpft und die in unserer Kultur bis vor kurzer Zeit akzeptierte universelle Gültigkeit mechanistischer Naturentwürfe und -erklärungen stark eingeschränkt. Die heute sinnfällig gewordene Zerstörung der Natur, so das Fazit dieser Auffassung, verdankt sich dem aggressiven Potential gegenüber der Natur, das im Christentum angelegt gewesen und von Naturwissenschaft und Technik nur fortgeführt und realisiert worden ist.

Einseitig zugespitzt lautete eine solche Auffassung dann: An den ökologischen Krisen der Gegenwart trägt letztendlich das Christentum die Hauptschuld, weil mit seiner aus der jüdisch-christlichen Tradition stammenden Religion und Botschaft eine »Arroganz gegenüber der Natur« verbunden gewesen sei. Eine solche Haltung gründe erstens in der anthropozentrischen Auffassung, daß die gesamte Schöpfung keinen anderen Zweck habe, als dem Nutzen des Menschen zu dienen, und zweitens in der radikalen Entgöttlichung der Natur durch die christliche Schöpfungslehre, die damit die Möglichkeit einer rücksichtslosen Ausbeutung der Natur eröffnet habe. Im Zusammenwirken beider Momente sah der amerikanische Historiker und Anthropologe Lynn White Jr. 1967 »historical roots of our ecologic crisis«.[2]

---

[2] Lynn White Jr., *Die historischen Ursachen unserer ökologischen Krise.* In: Michael Lohmann (Hrsg.), *Gefährdete Zukunft.* München 1970.

Begreiflicherweise war diese These heftig umstritten. Die intellektuelle Spur von Whites Herausforderung kann man bis in die jüngste Zeit verfolgen. Festzuhalten bleibt von der an seiner Position geäußerten Kritik, daß die Rückführung eines derart komplexen Geschehens wie die moderne Umweltkrise auf eine einzige Ursache schon deshalb verfehlt ist, weil Geschichtsprozesse – ebenso wie Naturprozesse – nicht nach dem Schema linearer Kausalitäten ablaufen. Sie sind vielmehr als Systeme von Relationen und Rückkoppelungen anzusehen, die ohne Annahme oberster oder erster Ursachen hinreichend beschrieben werden können. Auch wer deshalb in den Whiteschen Vorwurf nicht einstimmt, die christliche Religion sei letztlich und alleinig verantwortlich für die Ausplünderung unseres Planeten als Folge wissenschaftlich-technischer Naturbeherrschung, kann wie Wolf Lepenies mit guten Gründen feststellen, daß die »heute unübersehbaren Spätfolgen ... der modernen Wissenschaftsentwicklung dadurch verschärft« worden sind, »daß sie sich mit einer im guten Gewissen betriebenen christlich legitimierbaren Naturausbeutung verbanden« (*Zeit,* 27. Oktober 1989). Denn akzeptabel erscheint Whites Annahme, daß die Auffassung, die Natur sei zum Nutzen des Menschen geschaffen, ihre entscheidende Ausprägung durch das Christentum erfuhr. Allerdings fand dieser Prozeß nicht im Mittelalter statt, sondern zeitgleich und in Wechselwirkung mit der Entstehung der modernen Naturwissenschaften. Seinen Höhepunkt erreichte er im 17. Jahrhundert. Das theologische Implikat dieser Entwicklung war eine Schwächung der Lehre von der Heilsbedürftigkeit des Menschen zugunsten einer Lehre, die die engagierte Zuwendung Gottes in der gesamten, von ihm als *gut* befundenen Schöpfung feierte.

Doch reicht gewiß der Hinweis auf die christliche Schöpfungstheologie wiederum zur alleinigen Haftbarmachung des Christentums nicht aus. Auf welche Weise haben denn konkret bestimmte Implikate des Schöpfungsglaubens die Objektivierung der Natur durch die Wissenschaften gefördert sowie den mit der Entwicklung dieser Wissenschaften einhergehenden Optimismus und Fortschrittsglauben? Überhaupt war doch der Weg der Naturvorstellungen vom Garten Eden zur Weltmaschine keine Einbahnstraße, kreuzungsfrei und mit Sichtblenden auf beiden Seiten. Vielmehr wurde bekanntlich die christliche Naturauffassung von Anbeginn mitgeformt oder überlagert und aufgefüllt von Konzeptionen der griechischen Naturphilosophie.

Die Verbindung von Naturteleologie und Schöpfungstheologie

Beinahe sämtliche Väter wissenschaftlicher Disziplinen zwischem den 16. und dem 18. Jahrhundert waren gläubige Christen. Sie hatten nicht allein im Sinn, neue Bahnen für Himmelskörper zu berechnen, die Gesetze der Mechanik und Optik zu ergründen, die Geschichte unserer Erde zu beschreiben, Tiere und Pflanzen zu klassifizieren, den menschlichen Körper zu erforschen. Zugleich suchten sie durch naturphilosophisch-theologische Interpretation ihrer Erkenntnisse die Einheit von Glauben und Wissen zu bewahren. Diese

Bemühungen sind jedoch von einer Wissenschaftsgeschichte, der es vor allem auf die Modernität dieser Forscher ankam, lange Zeit so betrachtet worden, als seien sie eher beiläufig oder lediglich apologetisch motiviert. Man würde all diesen Männern, die nicht nur Wissenschaftler, sondern oft zugleich ausgebildete Theologen und kirchliche Würdenträger waren, nicht gerecht, vermutete man, ihre frommen Äußerungen seien nur Lippenbekenntnisse, ideologischer Ballast gewesen, den man nur beiseite zu räumen brauche, um ihre wahre Botschaft zu entschlüsseln: ihre wissenschaftlichen Entdeckungen, die in die moderne Welt weisen und für sie konstitutiv geworden sind.

Isaac Newton betrachtete es als ein Ziel seiner wissenschaftlichen Arbeit, Beweisgründe für die Existenz Gottes zu finden. Newton, der die Mechanik Galileis auf die von Kepler beschriebenen Himmelsbewegungen anwandte und das Zusammenwirken der großen Naturgesetze in einem mathematisch-mechanischen Weltsystem von gigantischer Harmonie einsichtig machte, bekannte zugleich, daß sich weder der Ursprung noch die Struktur der Welt auf mechanische Ursachen zurückführen lasse, sondern einen intelligenten Schöpfer, »einen geschickten Mechaniker und Geometer« voraussetze.

In der Schöpfungseuphorie der führenden Köpfe der entstehenden modernen Naturwissenschaft, der New Science, kommt zwar ihre Verankerung in Traditionen, nicht aber ihr Bruch mit Traditionen zum Vorschein, der ihre Modernität zuallererst ausmacht. Nach Platonischer Erkenntnislehre kann die Welt der natürlichen Dinge, da bloßes Abbild des Reichs der Ideen, nicht Gegenstand wahrer Erkenntnis sein. Wahre Erkenntnis leiste allein die auf die göttliche Weltordnung gerichtete philosophische Theorie. In seiner neuplatonisch-christlichen Spätform – etwa bei Augustinus – äußert sich dieser erkenntnistheoretische Vorbehalt als Verdikt einer »krankhaften Neugier«, die dazu verleitet, das Verborgene der Natur zu erforschen, »das zu wissen für nichts gut ist«. Was bei Augustinus aus dem absoluten Vorrang der Heilstheologie vor der Schöpfungs- oder Naturtheologie zu verstehen ist, verfestigte sich bei Luther zum erkenntnisresignativen Grundsatz: »Kein Vernunft kann auch die natürlichen Werk der Schöpfung Gottes begreifen und verstehen«.

Die Vorstellung, der Mensch sei berufen, die Schöpfungsgedanken Gottes nachzuvollziehen, da das Vermögen, in geometrischen Verhältnissen zu denken, aus dem Geist Gottes in den ebenbildlichen Geist des Menschen übergegangen sei, konnte *per analogiam* die Vorstellung einer Herrschaft des Menschen über die Natur aus sich hervortreiben; und vielleicht in brisanterer Weise, als der gutsherrliche Rat an die Verwalter des Gartens Eden, sie sollten sich die Erde untertan machen, es je vermochte. Diese Amtseinsetzung von Adam und Eva wurde seit dem 18. Jahrhundert nicht nur als Rechtfertigung der Unterwerfung der Natur verstanden, sondern auch als Auftrag zum Frieden mit der Natur gedeutet: Gott habe damit die Natur der Fürsorge des Menschen anheimgestellt. Wie der aufgeklärte Fürst der erste Diener seines Staates, so soll der aufgeklärte Adam der erste Diener der Natur sein. Appelle dieser Art, heute so notwendig wie nie zuvor, können allerdings den Blick darauf nicht verstellen, daß die metaphysischen Weihen der »Priester des höchsten Gottes am Buch der Natur« (Kepler) zu den Vorbedingungen der Objektivierung und schließlichen Zerstörung der Natur zählen.

Die Synthese von Naturwissenschaft, religiösem Optimismus und teleologischem Utilitarismus

Im Gegensatz zu Lynn White und den Anhängern seiner These suchen wir »die historischen Wurzeln der ökologischen Krise« nicht in der mittelalterlichen jüdisch-christlichen Tradition und in einer aggressiven Auslegung von Genesis 1,28. Gleichwohl ist die Behauptung, das Christentum sei *conditio sine qua non* für die Entwicklung von Naturwissenschaft und Technik und damit auch für deren Folgen, die ökologischen Dilemmata der Gegenwart, kaum zu widerlegen.

Die Weichenstellung für den Zug zum mechanistischen Weltbild, das sich nach Austreibung des Mechaniker-Gottes schließlich zum Bild einer Welt als bloßem Automaten wandeln konnte, bewirkten folgende Faktoren: die Objektivierung oder Entgöttlichung der Natur durch die Lehre von der *creatio ex nihilo;* die auf der Gottebenbildlichkeit des Menschen (damit seines Geistes) beruhende christlich-idealistische Erkenntnislehre, die den sowohl platonisch (hinsichtlich der Sinnendinge) als auch christlich (Verfallstheorie) begründeten Erkenntnisvorbehalt überwand; die so theologisch legitimierte und zugleich von der Schubkraft der traditionellen Gottesbeweise beförderte Bemühung, durch Erforschung der Zusammenhänge der physikalischen Welt den Weltbauplan Gottes nachzuzeichnen; sowie schließlich die motivational nicht unwichtigen psychologischen Faktoren wie Begeisterung über die kosmischen Harmonien, Genugtuung angesichts der bevorzugten Stellung des Menschen als Nutznießer des Weltbaus, eine Glaubenssicherheit, die sich auf das »Design-Argument« stützte.

Das in der griechischen Naturphilosophie entwickelte »Design-« oder »Bauplan-Argument« begründete die Annahme, die Genese der Welt verdanke sich dem herstellenden und zielgerichteten Handeln einer höheren Instanz. Wie ein Haus auf seinen Baumeister verweist, so verweisen Ordnung, Zweckmäßigkeit und Schönheit des Weltgebäudes auf die Vernunft eines höchsten Architekten. Dieser Analogieschluß (ähnliche Wirkungen – ähnliche Ursachen) ist nach seiner Aneignung durch das Christentum als teleologischer bzw. physikotheologischer Gottesbeweis in die Geschichte eingegangen. Bereits die »heidnische« Stoa hatte das Argument um den anthropozentrischen Gedanken erweitert, die Welt als Ganzes sowie die natürlichen Dinge seien nicht nur *in sich* zweckvoll eingerichtet, sondern zum Nutzen der Menschen geschaffen.

Diese Elemente einer antik-christlichen Naturphilosophie bzw. Naturtheologie sind, wie sich am Beispiel von Kopernikus, Kepler, Galilei und Newton zeigen läßt, in weiten Teilen Europas wissenschaftsgeschichtlich nicht nur insofern wirksam geworden, als sie zu den Vorbedingungen der Entwicklung der New Science zählten und das durch diese Wissenschaften vermittelte Weltbild prägten; sie schufen vielmehr auch die metaphysische Basis für jenen Optimismus und Fortschrittsglauben, der sich in der frühen Neuzeit unauflöslich mit der New Science verband. Diese Grundstimmung überdauerte alle Säkularisierungen – Natur und Vernunft treten an die Stelle Gottes – und wirkte trotz des Darwinschen Schocks bis ins 20. Jahrhundert fort. Gerade weil ihre Herkunft unreflektiert blieb, konnte sie den Glauben an Wissenschaft und Technik bestärken und die Unbedenklichkeit eines partialisierten und rein instrumentellen Zugriffs auf Natur potenzieren. Überdies vollzog sich der Säkularisationsprozeß in den einzelnen Wissenschaften mit unterschiedlichem Tempo. So sah zum Beispiel noch Newton die Naturgesetze als göttliche Gesetze an. Viele Wissenschaften lösten sich erst im 18. Jahrhundert und in der ersten Hälfte des 19. Jahrhunderts aus den alten metaphysischen Bindungen, manche – wie die Biologie – endgültig nicht vor der zweiten Hälfte des 19. Jahrhunderts. Dieser langsame Ablösungsprozeß blieb für unser modernes wissenschaftliches Weltbild nicht ohne Folgen.

Wir haben bisher vor allem auf die Bedeutung der platonisch-christlichen Naturphilosophie hingewiesen. Im katholischen Italien des 15. Jahrhunderts war es die mit der Gründung der Florentiner Akademie einsetzende Platon-Renaissance, die jenes Programm der Harmonisierung von Wissen und Glauben, das uns im Selbstverständnis der führenden Astronomen begegnet, propagiert hatte. Die Schule von Florenz verband die Philosophie Platons mit der des spätantiken Neoplatonismus, der seinerseits bereits Gedanken nahezu aller philosophischen Richtungen der Antike integriert hatte, zu einer einheitlichen Weltsicht, in der insbesondere die Lehren der Stoa sowie Augustins, aber auch hermetische und kabbalistische Vorstellungen wirksam wurden. Ihr Einfluß reichte, vermittelt durch die Cambridger Platonisten bis zu Newton und darüber hinaus. Für die Ausbildung einer Methodologie empirischer Wissenschaften ist jedoch die Schule von Padua mit ihrer starken Orientierung an Aristoteles ungleich wichtiger geworden als der eher spekulative Platonismus der Florentiner. Galilei beispielsweise hat die Methodenlehre der Paduaner explizit aufgegriffen. Während die Entwicklung in Italien zu einer Integration Platonischer und Aristotelischer Auffassungen tendierte, kam es in England, nicht zuletzt aufgrund des Antiaristotelismus von Bacon, zur Vorherrschaft einer platonisch-christlichen Naturauffassung.

Platonische und hermetische Einflüsse sind vor allem bei der reformatorisch-englischen Richtung, die zur New Science führte, wirksam geworden. Die calvinistisch-puritanische Richtung bildete seit dem Ende des 16. Jahrhunderts derart starke Motive für die Entstehung und Entwicklung moderner Naturwissenschaften aus, daß sie sehr bald die Führung vor der katholisch-italienischen Richtung übernahm. Dieser Prozeß war nicht zuletzt ein Resultat exogener Ursachen, primär der Verlagerung des Zentrums der damaligen Weltgeschichte – das heißt der entscheidenden politischen, merkantilen und religiösen Ereignisse und Prozesse – vom Mittelmeerraum in den Atlantik mit dem »Mittelpunkt« England, kurz, der Herausbildung des »modern world-system«. Auch dafür, daß im Streit der Richtungen innerhalb der Reformation mit der Zeit die optimistisch-calvinistisch-puritanische gegen die pessimistisch-lutherische weithin die Oberhand gewann, lassen sich begünstigende zeithistorische Umstände anführen: vor allem die Befreiung der protestantischen Mächte aus der Umklammerung durch die Gegenreformation. Signalisiert wurde dieser Vorgang durch die Vernichtung der spanischen Armada im Jahre 1588, die als Eingriff Gottes in die Geschichte zugunsten der protestantischen und gegen die katholischen Mächte interpretiert wurde. Noch deutlicher wurde die Befreiung empfunden nach Beendigung des dreißigjähren Krieges und mit dem Ende des englischen Bürgerkrieges. Die Glaubensgewißheit des grenzenlosen Wohlwollens eines allmächtigen Schöpfers, das sich in der Organisation der natürlichen Welt ebenso manifestiere wie in der Geschichte, trug zu der Überzeugung bei, daß auch die New Science ihren Platz im göttlichen Weltplan einnehme.

Max Weber und Ernst Troeltsch stellten zu Beginn unseres Jahrhunderts die Theorie auf, der Geist des Kapitalismus habe sich aus dem Geist des Protestantismus entfaltet; Webers Hauptargument bezog sich auf die innerweltliche Bewährung der Gläubigen, die der entscheidende Antrieb für den spezifischen Asketismus, für Arbeit und kapitalistisches Kalkül um ihrer selbst willen gewesen sei. Weber erläuterte sein Argument mit dem bekannten Bibelwort: »Und so Ihr strebet nach dem Reiche Gottes, so wird Euch alles solches zufallen!« (Matthäus 6, 33) Wobei mit »alles solches« irdischer Reichtum und Wohlhabenheit gemeint war.

Es lag nahe, in Analogie zu dieser Theorie auch die Entstehung der modernen Naturwissenschaften, der New Science, aus dem Geist des Protestantismus, insbesondere des Puritanismus, zu erklären. Anmerkungen Webers in seiner Religionssoziologie weisen in eine solche Richtung. Ende der dreißiger Jahre haben dann Robert Merton und andere Soziologen einen solchen zwar bahnbrechenden, aber nicht ganz überzeugenden Erklärungsversuch unternommen. Der Mangel an Überzeugungskraft resultierte einmal aus der Beschränkung auf eine kurze Periode und auf ein schmales Sample und dann aus der Konzentration auf die Erlösungs- oder Heilstheologie. Gleichwohl beginnt mit diesen Untersuchungen die »social history of science«, die in den letzten Jahrzehnten in der angloamerikanischen Wissenschaftsgeschichte weitgehend das Feld beherrscht. Die traditionellen, freilich auch heute noch vertretenen Forschungsrichtungen begriffen die Geschichte der modernen Naturwissenschaften als einen immanenten Entwicklungsprozeß von Entdeckungen und deren Durchsetzung; oder sie stellten sie in den Zusammenhang des Wandels religiöser oder ideologischer Weltbilder; oder sie gingen von einem wie auch immer definierten ökonomischen Determinismus aus. Die Verfahren dieser »klassischen« Forschungsrichtungen lassen sich nach »interner« Rekonstruktion oder »externer« Erklärung unterscheiden.

Die neueren Arbeiten untersuchen dagegen Entstehung und Entwicklung der New Science des 17. und beginnenden 18. Jahrhunderts im Kontext der sozialen, politischen und religiösen Prozesse und Ereignisse mit dem Ziel, die Wechselwirkungen der verschiedenen Faktoren bis in den Kern der Theorien und deren Verbreitungsmechanismen hinein zu erklären. Damit sollen sowohl die »internen« als auch die »externen« älteren Interpretationsversuche überwunden werden. Die Sozialgeschichte der Naturwissenschaft wird auch als kontextualistisch bezeichnet, die den »social uses of science« nachgeht.

Seit der Mitte des 16. Jahrhunderts setzt sich in den von der Reformation erfaßten Ländern, vor allem in England, aber auch in Holland, Deutschland und in der Schweiz die Tendenz durch, das Streben nach wissenschaftlicher Erkenntnis und nach Verbesserung der Lebensverhältnisse durch Anwendung dieser Erkenntnisse mittels Technik in den Rang des höchsten menschlichen Bemühens, des Strebens nach dem Reiche Gottes zu erheben. Wer sich auf solche Weise in der Welt bewährte, der steuerte zum gottgewollten wissenschaftlichen Fortschritt bei und trug als Lohn zwar nicht den prallen Geldsack des Kapitalisten, aber Gott wohlgefälligen Ruhm und oft auch ein gutes Auskommen davon.

Die Forschung hat in den fünfziger und sechziger Jahren die Weber-Merton-These wieder aufgenommen. »Radikale« Positionen, wie etwa die von Christopher Hill, der ähnlich wie Merton seinen sozialgeschichtlichen Ansatz ausschließlich auf die Verbindung von demokratischem Puritanismus und New Science stützen wollte, oder die Gegenthese, es gäbe keinen Zusammenhang zwischen Puritanismus, Kapitalismus, Demokratie und der New Science, sind inzwischen stark in Frage gestellt worden. Im Laufe der Jahrzehnte wurden die Untersuchungsgegenstände erweitert, die Methoden modifiziert und die Hypothesenbildung verfeinert. Es beteiligten sich auch Vertreter von immer mehr Disziplinen an der Diskussion: Soziologen, Wissenschaftshistoriker, Religionshistoriker, Sozialhistoriker, Literaturhistoriker, Kulturhistoriker. Die von dem Weber-Merton-Ansatz her favorisierte Konzentration auf den radikalen Puritanismus der Jahrhundertmitte wurde aufgegeben zugunsten einer Erweiterung zuerst einmal des chronologischen Rahmens bis zum Tod Newtons (1727) und dem Triumph des »Newtonianism« als wissenschaftlicher und politischer Ideologie der liberalen Puritaner und Anglikaner.

Weber, Troeltsch und Merton hatten sich bei der Untersuchung des Einflusses, den die reformatorische Religion auf Wirtschaft und Wissenschaft ausgeübt hat, noch auf die Soteriologie, auf die Erlösungslehre, konzentriert. Die millenaristische Bewegung war aber in erster Linie schöpfungstheologisch und erst in zweiter heilstheologisch inspiriert: Der baldige Anbruch eines Zeitalters, in dem sich wissenschaftliche Erkenntnisse zum Ruhme Gottes und zum Nutzen der Menschen kumulieren würden, war von der göttlichen Vorsehung vorherbestimmt. Das Optimismus-Programm der Aufklärung wurde von diesen millenaristischen Strömungen so tief geprägt, daß es in seinen modernen Formen selbst von den weltgeschichtlichen Katastrophen unseres Jahrhunderts weitgehend unbeeinflußt blieb. Ja, ein säkularisierter Glaube an die Vorsehung und an ein tausendjähriges Reich hat sogar die größte Katastrophe mit ausgelöst.

Neben millenaristischen Strömungen haben Hermetismus, Magie und Alchimie zur wissenschaftlichen Revolution und zur Entstehung der modernen Naturwissenschaften in den anderthalb Jahrhunderten von Korpernikus bis Newton wesentlich beigetragen. Nach anfänglichen Irritationen über diesen Einfluß »irrationaler« Denktraditionen ist die Ansicht unter Wissenschaftshistorikern inzwischen unumstritten, daß Hermetismus und Alchimie experimentelle Methoden förderten, indem sie die Wichtigkeit von Beobachtungen betonten, daß sie die Wissenschaft von überholten Autoritäten zu befreien halfen, daß sie Bedeutung und Wert des Handwerks anerkannten und daß sie schließlich den Nutzen der Ergebnisse von Wissenschaft unterstrichen.

Hieraus ergibt sich auch eine Antwort auf die Frage, wie denn solche Strömungen sich neben rationalen wissenschaftlichen Verfahren behaupten und sogar auf sie einwirken konnten. Die empirischen Praktiken der Alchimie und der Magie zum Beispiel konnten im Kontext rational geplanter Versuchsanordnungen von Physik und Chemie transformiert und so für wissenschaftliche Zwecke eingesetzt werden: »Der Einfluß der aus der Renaissance stammenden Tradition des magischen Naturalismus, die weite Verbreitung von Büchern über Magie, Alchimie und Astrologie, das hohe Prestige der Astrologen und die hermetische Tradition, die bis ins 18. Jahrhundert reicht, ändern nichts an der Tatsache, daß Inhalte der hermetischen Tradition in andere Kontexte eingefügt und anderen Zwecken dienstbar gemacht wurden.«[3]

Den vorherrschenden Sozialtypus der englischen Scientific Community des 17. Jahrhunderts stellte der »Christian Virtuoso« dar. Wissenschaftlich zu forschen und die Ergebnisse zu vermitteln, bedeutete für ihn gesellschaftliche Praxis. Eine solche Lebensform wurde seit der Mitte des Jahrhunderts regelrecht propagiert. Der Christian Virtuoso war Träger der millenaristischen Hoffnungen und glaubte an seine Pionierrolle im anbrechenden Zeitalter, in dem Wissenschaft und Religion ein harmonisches Ganzes bilden sollten, gemäß der Vorsehung Gottes und zum Nutzen des Menschen. Bekannte Vertreter dieses Typus sind der Chemiker und der Physiker Robert Boyle (1627- 1691), der Begründer der modernen Botanik John Ray (1627-1705), vor allem aber Isaac Newton (1642-1727). Boyle hat 1690 ein Buch mit dem Titel *The Christian Virtuoso* veröffentlicht, und er hat die Boyle-Lectures gestiftet. Diese Lectures, über zwei Jahrzehnte lang nach Boyles Tod sonntäglich vorgetragen in St. Martin-in-the-Field, waren Zwitter aus wissenschaftlicher Vorlesung und Predigt. In dieser Stiftung, an deren Lectures sich die berühmtesten Wissenschaftler der Zeit einschließlich Newtons direkt oder indirekt beteiligten, war das Programm der Versöhnung von Wissen und Glauben Institution geworden.

Der ursprünglich millenaristisch inspirierte Optimismus der Jahrhundertwende blieb nicht auf England beschränkt und prägte als Glaube an die Perfektibilität aller Dinge das gesamte Jahrhundert. Er erfaßte auch

---

3 Paolo Rossi, *Hermeticism, Rationality, and the Scientific Revolution.* In: Maria L. Righini Bonelli / William R. Shea (Hrsg.), *Reason, Experiment, and Mysticism in the Scientific Revolution.* London: Macmillan 1975.

Deutschland – hier sprach Leibniz von der »besten aller möglichen Welten« –, bereitete den Weg für die Gründungen von wissenschaftlichen Akademien bis nach Rußland, beeinflußte Frankreich und die französische Aufklärung. Er bildete in seiner säkularisierten Form als Glaube an geschichtlichen Fortschritt im Bereich des Wissens (Kumulierung von wissenschaftlichen Erkenntnissen), des Könnens (Anwendung von technischen Erfindungen) und Handelns (Verbesserung der Politik durch Einführung von Verfassungen und Schaffung besserer Institutionen) die ideologischen Voraussetzungen für die Industrielle Revolution in England und die politische in Frankreich. Selbst das Erdbeben von Lissabon 1755, das den Glauben an den wohlwollenden Gott eine Zeitlang erschütterte, konnte diesen Fortschrittsoptimismus auf Dauer nicht beeinträchtigen.

Die Grundgedanken der Design-Theologie – Harmonie und Zweckmäßigkeit des göttlichen Weltplans, Unerschöpflichkeit der Natur und deren Nützlichkeit für den Menschen sowie die theologische Legitimation wissenschaftlicher Forschung – stellen wohl den wichtigsten Beitrag des Christentums zur Entstehung der modernen wissenschaftlich-technisch-industriellen Welt dar. Als die Naturwissenschaft sich im Zuge der Säkularisationen – Pantheismus, Deismus, Atheismus – aus ihrer Symbiose mit der Schöpfungstheologie löste, ihre Gegenstände nicht mehr als Werk Gottes, sondern als Werk der Natur begriffen wurden, mithin an die Stelle Gottes die Natur trat, blieb der Begriff der Natur gleichwohl mit den tradierten Bestimmungen ausgestattet. Auch wenn deren metaphysische Herkunft allmählich in Vergessenheit geriet, haben sie die moderne Naturauffassung bis in die jüngste Zeit entscheidend geprägt. Der Prozeß der wissenschaftlichen Objektivierung, technischen Beherrschung und schließlich industriellen Ausbeutung der Natur zum Nutzen des Menschen konnte sorglos vorangetrieben werden, solange die metaphysische Rückversicherung den Blick auf seine Kosten und Risiken verstellte.

Die physikotheologische Bewegung

Welche Akzeptanz das Bauplan-Argument bei Philosophen, Theologen und Naturwissenschaftlern gefunden hat, welche Funktionen ihm im Widerspiel von Glauben und Wissen zugeschrieben wurden und welche emotive Wirkung von seiner idealistischen Weltsicht ausgegangen ist, haben wir gesehen. Unterhalb der Ebene der großen Namen wie Platon, Cicero, Augustinus, Thomas von Aquin, Francis Bacon, Kepler, Galilei, Locke, Newton haben unzählige Autoren auf seiner Basis in der natürlichen Welt die »Natur-Leiter« zu Gott erkannt und Schönheit und Nutzen aller natürlichen Dinge gepriesen.

Die physikotheologische *Bewegung,* welche die mit dieser Auffassung verbundene optimistische und fortschrittsgläubige Grundstimmung weiten Kreisen vermittelte, entstand jedoch erst um 1700. Die Begriffsverbindung Physiko-Theologie, aufgekommen in der zweiten Hälfte des 17. Jahrhunderts, erfuhr größere Verbreitung durch William Derhams *Physico-Theology* von 1713. Dieses Werk, nach seinem Untertitel »a demonstration of the being and attributes of God«, enthielt die Ausarbeitung der sechzehn Boyle-Lectures, die Derham gehalten hatte. Neben den Werken von Bernard van Nieuwentyt und John Ray hat Derhams Physikotheologie durch ihre schnelle und breite Rezeption zur Entstehung und Ausbreitung der »Bewegung« in England, Deutschland, der Schweiz, Frankreich, in ganz Europa und darüber hinaus in Neuengland entscheidend beigetragen. Ihre Herkunft aus der Gedankenwelt der Boyle-Lectures kennzeichnet als Hauptmerkmal der physikotheologischen Bewegung die Verbindung von Naturwissenschaft und Religion zum Zwecke der Bekämpfung atheistischer und materialistischer Konsequenzen, die man aus der New Science hätte ableiten können.

Dieses Programm beschäftigte Naturwissenschaftler, Gesellschaftswissenschaftler, Theologen, Mediziner, Juristen, Ratsherren, Schulmeister und Landpfarrer ein ganzes Jahrhundert lang. Was sie von den Wegbereitern und Begründern der New Science gelernt hatten, die naturtheologische Deutung naturwissenschaftlicher Erkenntnisse, stand im Zentrum ihres Interesses. Im Zuge dieser Funktionalisierung der Wissenschaft beschränkten sie sich nicht darauf, die Leistungen der großen Entdecker zu popularisieren, sondern sie begaben sich selbst auf den Weg der Naturforschung. Dabei verlagerte sich das Interesse vom Weltall und den großen Fragen der Physiologie, Chemie und Botanik hin zum Einzelding der natürlichen Umwelt: zu Pflanzen, Tieren, dem Menschen selbst, zu geologischen Daten und zu meteorologischen Vorgängen. Im genauen Sinn des Wortes traten sie aus ihren Studierstuben hinaus in die Welt, um im Buch der Natur zu lesen. Ausgerüstet mit Teleskop und Mikroskop, mit Thermometer und Barometer, mit Botanisiertrommel und Schmetterlingsnetz, mit Seziermesser und Waage gingen sie ans Werk, auf der Suche nach den Spuren Gottes in der Natur. Ihre Methode der systematischen Beobachtung mittels Sammeln, Zählen, Vergleichen war weithin die der alten aristotelischen Naturforschung, wenn auch hier und da einfache Experimente durchgeführt wurden.

Das Streben nach einer vollständigen Inventarisierung der »Wunder der Welt« mit dem Ziel, ihre Ordnung und Zweckmäßigkeit durchgängig nachzuweisen, brachte eine ungeheure Flut von Literatur hervor. Kein natürliches Ding war zu klein oder zu groß, um einer teleologischen Deutung entzogen zu bleiben. Es entstand eine Unzahl von Bindestrich-Theologien: Ichthyo (Fisch)-, Rana (Frosch)-, Locusta (Heuschrecken)-, Litho (Stein)-, Hydro (Wasser)-, Pyro (Feuer)-, Melitto (Bienen)-, Chiono (Schnee)-, Chorot (Gras)-Theologien. Einer der fruchtbarsten Schreiber, Friedrich Christian Lesser, verfaßte zwischen 1735 und 1753 neben anderen Schriften vier Physikotheologien über Steine, Insekten, Schnecken und Muscheln sowie über die Sonne. Der Arzt und Physikotheologe Bernard van Nieuwentyt bewies in seiner Anthropotheologie die Weisheit Gottes aus der Betrachtung der sinnvollen Einrichtung der Venenklappen.

Auch Erbauungsliteratur und Poesie griffen das Thema auf und schlugen aus dem altehrwürdigen und jetzt durch die Wissenschaft erhärteten Design-Argument Kleinmünze für den frommen Hausgebrauch. Das neunbändige Werk des Hamburger Ratsherren Barthold Hinrich Brockes (1680–1747), das ab 1721 erschien, *Irdisches Vergnügen in Gott, bestehend in verschiedenen aus der Natur und Sitten-Lehre hergenommenen Gedichten,* ist die poetische Enzyklopädie der Bewegung.

Das physikotheologische Programm der Harmonisierung von Wissen und Glauben zur Stützung der Religion war nicht ohne Schwierigkeiten zu realisieren. So führte die unbedingte Autorität, die sie der Offenbarung Gottes in der Schrift zuerkannten, die frommen Naturkundler bisweilen in ein Dilemma. Das Vorkommen von Fossilien in weit vom Meer entfernten Gegenden, ja auf hohen Bergen warf zum Beispiel die Frage auf: Wie können Versteinerungen von Meerestieren dorthin gelangen, wenn Gott am dritten Schöpfungstag, noch bevor es Fische und Muscheln gab, Land und Meer getrennt hat? Die These, hier handele es sich um ein Zufallsspiel der Natur, um ein *lusus naturae,* wurde natürlich als ketzerisch verworfen. Vom Zufallsprinzip in der Kosmogonie redeten nur die atheistischen Atomisten. Selber versuchte man sich in den absonderlichsten Erklärungen, von denen schließlich die These, es handele sich um »Überbleibselen der Sündflut«, so Johann Jakob Scheuchzer 1716 in seiner *Natur-Historie des Schweitzer-Lands,* die meisten Anhänger fand: Nach dem zweiten Sündenfall zu Noahs Zeiten habe sich *die* große Erdkatastrophe ereignet, das Meer habe die von Erdbeben zerklüftete Paradieslandschaft überspült und beim Zurückfluten seien die Meerestiere auf dem trockenen Land zurückgeblieben und später versteinert. Diese Erklärung ging auf die spekulative Kosmogonie zurück, die Thomas Burnet in seiner weitverbreiteten *Telluris Theoria Sacra* 1681 entworfen hatte.

Ein Problem völlig anderer Art entstand, als sich mit fortschreitender Einsicht in physikalische Zusammenhänge kausalmechanische Erklärungen von Naturprozessen durchsetzten. Stand nun nicht die physikotheologische Zentralperspektive in Frage? Konnte man etwa weiterhin die Güte Gottes rühmen, der es regnen lasse, damit Pflanzen wachsen und dem Menschen zur Nahrung dienen können, ohne als naiv zu gelten? Denn jetzt sagte man: Es regnet immer dann, wenn die Luftfeuchtigkeit einen bestimmten Sättigungsgrad erreicht hat. Diese Phänomene lassen sich als Gesetz formulieren und mathematisch quantifizieren. Das physikotheologische Deutungsmuster konnte dieser Herausforderung unter Berufung auf den göttlichen Ursprung der Naturgesetze jedoch standhalten.

Weit größeren Argumentationsaufwand erforderte ein anderer Widerspruch zwischen Weltsicht und Realität. Hatten die großen Astronomen bei ihrer Fixierung auf die himmlischen Harmonien den Blick auf die unbestreitbaren Übel dieser Welt noch ausblenden können, so wurde der metaphysische Optimismus der Physikotheologen, die ja von den Dingen der irdischen Welt handelten, in besonders radikaler Weise mit dem Problem der Theodizee konfrontiert. Bereits in der Philosophie von Leibniz hatte sich gezeigt, daß die Rede von der Welt als bestmöglicher nicht ohne Theodizee auskommt. Die Frage, wie sich angesichts der Weltübel die Auffassung von der Weisheit, Güte und Allmacht des Weltschöpfers begründen lasse, wurde akuter denn je. Sprechen die wilde Natur, schroffe und eisige, schreckenerregende Berge, Wüsten, Meeresstürme, Feuersbrünste, Vulkanausbrüche, Erdbeben, Pest- und Seuchenzüge, Kriege, Heuschreckenplagen, Giftschlangen, Tiger, Skorpione, Brennesseln, Disteln und jegliches Unkraut nicht eine andere Sprache? Auf diesem Gebiet bewältigten die Physikotheologen ein riesiges Arbeitspensum, das man schlagwortartig als Positivierung des Negativen[4] bezeichnen kann. Nach der Devise, Gott oder die Natur tue nichts vergeblich, suchte man nach dem metaphysischen – und das hieß damals gleichzeitig auch – praktischen Nutzen alles Schrecklichen. Heuschreckenplagen und Erdbeben etwa waren Geißeln Gottes zur Züchtigung der Menschen, Seuchen und Kriege waren ein wirksames Mittel zur Stabilisierung der Bevölkerungszahl. Um die »Rechtfertigung der Berge aus der Darlegung ihres Nutzens« waren viele physikotheologische Autoren bemüht: Die erhabenen, schrecklich anzusehenden Berge sind nicht nur die großen Wasserwerke der Natur, sie liefern auch Mineralien und Heilquellen, sie sind ein Schutzwall gegen schädliche Winde und ein Bollwerk gegen Feinde. Auch Albrecht von Haller, eine Zeitlang unter dem Einfluß der norddeutschen Physikotheologen, hob in seinem Gedicht *Die Alpen* (1732) hervor: »Der Berge wachsend Eis, der Felsen steile Wände / sind selbst zum Nutzen da und tränken das Gelände«. Größere Bedeutung hatte allerdings für Haller der moralische Nutzen der Berge, ihre repressive Funktion, da sie durch die Kargheit der Lebensbedingungen den Sittenverfall ihrer Bewohner verhindern.

Die physikotheologische Bewegung ist im 18. Jahrhundert entschlossen auf den Zug der Zeit gesprungen, dessen Richtung die Paradigmen der neuzeitlichen Naturwissenschaften bestimmte. Bei ihren wissenschaftlichen Untersuchungen gingen die Physikotheologen gewiß bisweilen dilettantisch vor. Man mag heute auch ihren Eifer und ihre Pedanterie für abwegig halten; aber gerade die massenhaften Versuche, die Naturwissenschaft im Dienste der Religion zu funktionalisieren, haben entscheidend zur Verbreitung wissenschaftlicher Kenntnisse bis auf die Dörfer beigetragen. Ihr Anteil an der Entzauberung der alten, noch magisch bestimmten vormodernen Welt ist unbestreitbar. Frühaufklärer und Physikotheologen waren weitgehend identisch, und die Spätaufklärung seit der Mitte des 18. Jahrhunderts stand, auch wenn sie deistisch oder atheistisch geworden war, auf ihren Schultern. Nicht zuletzt war die enzyklopädische Zusammenschau alles damaligen Wissens, wie sie in der *Encyclopédie* d'Alemberts und Diderots ihre bekannteste Ausformung gefunden hat, auch ein Erbe der Physikotheologie. Trotz des Überdrusses, der gegen Ende des 18. Jahrhunderts an der gebetsmühlenartigen Wiederholung theologischer Nutzanwendung aufkam, kann kein Zweifel daran bestehen, daß die »Bewegung« die optimistische Einstellung weitester Kreise zur Natur in Bewußtsein und Habitus geprägt hat: Die Natur ist zum Nutzen des Menschen geschaffen – auch zu seinem ästheti-

---

4 Zu diesem Positivierungsprogramm in bezug auf die Berge vgl. den Aufsatz der Verfasser in dem von Heinz-Dieter Weber herausgegebenen Band *Vom Wandel des neuzeitlichen Naturbegriffs*. Konstanz: Universitätsverlag 1989.

schen »Nutzen« –, ihre Ressourcen sind grenzenlos, denn sie ist das Werk einer ordnenden Vernunft, die alles zum Besten gelenkt hat und lenken wird.

Protestantische Theologen bezeichnen heute den Versuch einer Harmonisierung von Wissen und Glauben als »fatale Grenzüberschreitung« christlicher Theologen, fatal deshalb, weil auf sie »im Gegenzug der mit naturwissenschaftlichen Argumenten unternommene Versuch (folgte), jeder religiösen Weltdeutung gründlich den Boden zu entziehen«.[5] Einmal abgesehen von der fragwürdigen Applikation des Ursache-Wirkung-Schemas: selbstverständlich waren die Physikotheologen im Irrtum, wenn sie meinten, »empirisch« zu beweisen, was nicht beweisbar ist, aber diesen Irrtum teilten sie mit allen Vertretern des Bauplan-Arguments seit Platon. Die katholische Kirche zählt auch heute noch zu seinen Anhängern. Zwar hatte sie sich der Konsequenzen der *Theologia Naturalis* des Raimund von Sabunde für die Autorität der Kirche zu erwehren gewußt: Das Konzil von Trient verwarf Mitte des 16. Jahrhunderts unter dem Druck der vom Protestantismus drohenden Gefahr seinen Prolog, weil er einer Laientheologie und Vernunftautonomie Vorschub leiste. In der »Eidesformel gegen den Modernismus« von 1910 erkennt jedoch die katholische Kirche die Beweise des Daseins Gottes aus dem Sosein der Welt an, unter Berufung auf Römer 1,20 und auf die *Quinque Viae* des Thomas von Aquin. Es ist nicht unwahrscheinlich, daß die Weigerung der katholischen Kirche, in der gegenwärtigen Situation eine vernünftige Steuerung des Bevölkerungswachstums zuzulassen, unter anderem im grenzenlosen Vertrauen auf die Weisheit des Weltschöpfers ihren Grund hat.

Wissenschaftsgeschichtlich gesehen bildete die physikotheologische Naturauffassung den weltanschaulichen Hintergrund der New Science seit ihren Anfängen. In beiden Traditionen, aus denen die neuen Naturwissenschaften entstanden, wurden seit je naturtheologische Deutungsmuster mitgeführt: sowohl in der klassischen mathematischen Tradition, an der sich Astronomie und Physik orientierten, als auch im Baconismus mit seinen alchimistischen und magischen Wurzeln, der die experimentierenden Wissenschaften wie Chemie, Physiologie, Biologie beeinflußte. Beide blieben im 18. Jahrhundert und in geringerem Umfang auch darüber hinaus weitgehend in das physikotheologische Weltbild *eingebettet.* In manchen Wissenschaften wurde – in den verschiedenen Ländern mehr oder weniger lange – an Finalursachen festgehalten. Englische Naturwissenschaftler konnten zum Beispiel noch in der ersten Hälfte des 19. Jahrhunderts, im Gegensatz etwa zu Frankreich, die Glaubenssätze der »natural theology« mit den neuesten wissenschaftlichen Entdeckungen in Einklang bringen. Aufgrund ihrer Einbettung in den alten Glauben an den göttlichen Ursprung und die göttliche Prägung der Natur in allen ihren Teilen sind die »kopernikanische Wende« und die wissenschaftlichen Innovationen der New Science von den meisten Zeitgenossen wahrscheinlich nicht als die große Revolution wahrgenommen worden, als die sie aus heutiger Perspektive erscheinen: nicht als Verlust der

---

[5] Vgl. den Aufsatz von Alfons Deissler in dem von Jürgen Audretsch und Klaus Mainzer herausgegeben Band *Vom Anfang der Welt.* München: Beck 1989.

»heiligen« Natur, als Beginn der »Entzweiung« von Mensch und Natur durch die »objektiven« Naturwissenschaften. Die überlieferte Vorstellung der Natur als eines Ganzen konnte durch den Schöpfungsglauben noch für eine Weile gerettet werden.

Der entscheidende Modernisierungsschock trat erst durch die Veröffentlichung von Darwins Entdeckungen (1859 und 1871) ein. Dem teleologischen und anthropozentrischen Denken schien der Boden entzogen, der metaphysische Optimismus des modernen Fortschrittsglaubens gebrochen, wenn sich die Evolutionstheorie mit ihren Schlüsselbegriffen Mutation und Selektion sowie ihren Prinzipien der Anpassung und des Überlebens der Art, die sich am stärksten vermehrt, durchsetzte. Nur aus dieser Sicht ist die Heftigkeit des Streits um Darwins Lehren und die Wirkung des Sozialdarwinismus in seiner pessimistischen Variante und anderer kulturpessimistischer Strömungen richtig einzuschätzen. Obwohl seit langem das Faktum der Evolution unbestritten ist, sind teleologisches und anthropozentrisches Denken im Sinne der Design-Theologie heute immer noch wirksam: weiterhin werden ökonomisches und technisches Handeln von dieser Mentalität bestimmt, trotz der möglicherweise katastrophalen Folgen für unsere Gattung. Seit Darwin wissen wir nämlich, daß die Natur alles andere als eine Analogie zu einem gnädigen Gott darstellt, daß sie – metaphorisch gesprochen – gnadenlos ist, in ihr ständig ein Kampf ums Überleben der Gattungen abläuft. Allerdings weiß allein unsere Gattung, wie erfolgreich sie in diesem Kampf war. Aber sie weiß auch: der Mensch muß verhindern, daß die Liste der ausgestorbenen Arten so rasant wie in den letzten Jahrzehnten fortgeschrieben wird, wenn er sich nicht selbst in sie einreihen will.

Der unaufhaltsame Weg von der »Oikonomie der Natur« zur »Weltfabrik«

Die Geschichte des wissenschaftlichen und technisch-industriellen Fortschritts sowie der Durchsetzung des modernen Marktsystems wurde bis vor kurzem fast ausschließlich von den Siegern geschrieben. Warnende Stimmen fanden erst Gehör, als die Folgen eines allzu sorglosen Umgangs mit Natur sich aufdringlich bemerkbar machten. Die Sieger sahen sich angesichts der unkalkulierbaren Zerstörungspotentiale als mögliche Verlierer. Dieser heilsame Schock erschütterte den blinden Optimismus des Fortschrittsdenkens. Man begann, nach Alternativen zu jenem imperialistischen Gestus der Naturbeherrschung zu fragen, dessen Entstehung und metaphysische Selbstrechtfertigung wir beschrieben haben. Namen wie Gilbert White und Henry David Thoreau gerieten ins Blickfeld, die beide für eine Richtung *innerhalb* der Physikotheologie stehen: für die arkadische Tradition. In Thoreau (1817–1862) verehrt die amerikanische Ökologiebewegung bekanntlich ihren Vorläufer. Der englische Landpfarrer Gilbert White hatte bereits im 18. Jahrhundert Maximen verkündet und vorgelebt, die heute zeitgemäß anmuten. Wie andere Physikotheologen glaubte auch White, der Mensch sei von Gott zum Verwalter der Schöpfung eingesetzt und der göttliche Plan sehe vor, daß er in die Schöpfung verbessernd eingreife; aber nur als Hüter und Pfleger der Schöpfung und nicht auf anthropozentrische Weise. Den Gedanken der Herrschaft über die Natur lehnte er zugunsten von Versöhnung, von Koexistenz mit der Natur ab; sein Ziel: »an inner sense of harmony between man and nature through an outer physical reconciliation«. Die arkadische Tradition, die sich bei aller Bindung an den christlichen Glauben stark an antiken Vorbildern wie Vergil orientierte, bot angesichts der geschichtlichen Kräfte, die jene Tradition des »dominium terrae« auf aggressive und imperiale Weise verstärkten, keine objektive Alternative im Geschichtsverlauf. Die nichtimperialistische Naturfrömmigkeit blieb lediglich eine Unterströmung, die sich in der ersten Hälfte des 19. Jahrhunderts in der Romantik, in der zweiten Hälfte in Technikkritik und Fortschrittsfeindschaft artikulierte.

Die fortschritts- und wachstumskritischen Überlegungen des englischen liberalen Ökonomen und Philosophen John Stuart Mill von 1848 schreiben sich ebenfalls in diese Tradition ein. In der zweiten Hälfte des 18. Jahrhunderts begann sich in der ökonomischen Gesellschaftstheorie das Wachstumsparadigma durchzusetzen. Seitdem wurden ihre Vertreter von der Furcht vor einem »stationary state« heimgesucht. Mehrung des Reichtums wurde von nun an identisch mit Ausbeutung der Natur und ihrer Ressourcen zugunsten materiellen Fortschritts, der heute in einen »Selbstvernichtungsfortschritt« überzugehen droht.

Den Schluß, den Adam Smith und andere Ökonomietheoretiker seit der zweiten Hälfte des 18. Jahrhunderts aus einer imperialistischen Sicht der Natur zogen, hat rund hundert Jahre später Thomas Ewbank, ein amerikanischer Unternehmer und Ingenieur, auf eine Formel gebracht, in der die »Oeconomy of Nature« im Sinne Carl von Linnés (1749) und die Ökonomie der Gesellschaft in eine einzige verschmelzen: *The World a Workshop* (1855). Die Natur und ihre Produkte sind ausdrücklich gemacht »für die Ausbildung und Anwendung von Chemie und Mechanik als Grundlage der Weiterentwicklung der Menschheit«. Aus der Einheit der »allgemeinen Weltökonomie« läßt sich ableiten, daß die Erde vom »Großen Ingenieur als Fabrik geplant worden ist«, mit allem ausgestattet, was die Menschen zu ihrer Führung benötigen. Wird aus der »Weltmaschine« eine »Weltfabrik«, dann ist es konsequenterweise die »religiöse Pflicht« des Menschen, die natürlichen Rohstoffe in Maschinen zu seinem *eigenen* Nutzen zu verwandeln und »die Erde mit Vorratshäusern, Werkstätten und Wohnungen, Straßen und Kanälen zu bedecken, ... um so gewissermaßen ein Weltfabrikarbeiter zu werden«.

Erst die Verbindung von Ökonomie der Natur und Ökonomie der Gesellschaft, gestiftet durch die Vorstellung eines wohlmeinenden Gottes, der alles zum Nutzen der Menschen eingerichtet hat, verlieh der wissenschaftlichen Naturbeherrschung jene Sprengkraft, die die Reise mit dem »Raumschiff Erde« heute in eine universale Havarie zu treiben droht.

Nr. 498, August 1990

Axel Honneth

Integrität und Mißachtung

Grundmotive einer Moral der Anerkennung

In seinem Buch *Naturrecht und menschliche Würde* hat Ernst Bloch den Versuch unternommen, an den ganz unterschiedlichen Ansätzen der naturrechtlichen Tradition den Kern einer einzigen moralischen Intuition freizulegen; das Ergebnis, zu dem seine auch heute noch faszinierende Untersuchung ihn gelangen läßt, besteht in der These, daß das Naturrecht im Unterschied zu den eudämonistischen Absichten der Sozialutopien auf den Schutz der menschlichen Würde zielt. In der nüchternen Sprache analytischer Differenzierungen, die jener für Bloch ansonsten typischen Expressivität vollkommen entbehrt, heißt es an einer entscheidenden Stelle des Buches: »Die Sozialutopien gehen überwiegend auf Glück, mindestens auf Abschaffung der Not und der Zustände, die diese erhalten oder produzieren. Die Naturrechttheorien gehen ... überwiegend auf Würde, auf Menschenrechte, auf juristische Garantien der menschlichen Sicherheit oder Freiheit, als Kategorien des humanen Stolzes. Demgemäß richtet sich die Sozialutopie vor allem auf Abschaffung des menschlichen Elends, das Naturrecht vor allem auf Abschaffung der menschlichen Erniedrigung«.[1]

Die negativen Formulierungen, die Bloch in diesem letzten Satz verwendet, geben zwei prinzipielle Erwägungen zu erkennen, die in seine Argumentation als bestimmende Prämissen eingehen: daß sich erstens der Inbegriff all dessen, was moraltheoretisch »menschliche Würde« heißt, nur auf dem indirekten Weg einer Bestimmung von Weisen der persönlichen Erniedrigung und Verletzung ausmachen läßt; und daß es zweitens auch nur solche negativen Erfahrungen der Mißachtung und Beleidigung waren, die die normative Zielsetzung der Sicherung menschlicher Würde im historischen Prozeß zu einer praktischen Triebkraft haben werden lassen; in der ersten Prämisse ist eine moralphilosophische, in der zweiten Prämisse eine moralsoziologische These formuliert. Beide Prämissen verwendet Bloch nun freilich, den hermeneutischen Rahmen seiner Untersuchung wahrend, nur als Folie für eine marxistische Aneignung der naturrechtlichen Tradition; obwohl sie das moraltheoretische Zentrum seiner Argumentation bilden, hat er sie selber nicht mehr zum Gegenstand einer eigenständigen Reflexion gemacht. Dadurch aber ist ihm verborgen geblieben, was philosophisch die eigentliche Pointe seines Buches ausmacht: wenn sich ein Begriff der Würde des Menschen nur approximativ über die Bestimmung von Weisen der persönlichen Beleidigung und Mißachtung gewinnen läßt, dann heißt das umgekehrt, die Integrität menschlicher Personen konstitutiv von der Erfahrung intersubjektiver Anerkennung abhängig sein zu lassen. Blochs Argumenta-

---

[1] Ernst Bloch, *Naturrecht und menschliche Würde.* Frankfurt: Suhrkamp 1961.

tion stützt sich, ohne es recht kenntlich zu machen, auf eine normative Theorie der wechselseitigen Anerkennung; darin wird die Integrität menschlicher Subjekte, weil sie durch Beleidigung und Mißachtung verletzt werden kann, von der Zustimmung und Achtung durch andere Personen in Abhängigkeit gesehen. Der damit umrissene, negativ bestimmte Zusammenhang zwischen Mißachtung und menschlicher Integrität, den Bloch zwar angeregt, aber nicht ausgeführt hat, soll im folgenden ein Stück weiter aufgeklärt werden.

I

In unserem alltäglichen Sprachgebrauch ist noch als ein selbstverständliches Wissen angelegt, daß sich die Integrität des Menschen auf untergründige Weise der Zustimmung oder Anerkennung durch andere Subjekte verdankt; in der Selbstbeschreibung derer, die sich moralisch falsch behandelt sehen, spielen nämlich bis heute solche Kategorien eine dominante Rolle, die wie die der »Beleidigung« oder »Erniedrigung« auf Formen der Mißachtung, der verweigerten Anerkennung also, Bezug nehmen. Mit negativen Begriffen dieser Art wird ein Verhalten bezeichnet, das nicht schon deswegen Unrecht darstellt, weil es die Subjekte in ihrer Handlungsfreiheit beeinträchtigt oder ihnen Schaden zufügt; vielmehr ist jener Aspekt eines schädigenden Verhaltens gemeint, durch den Personen in einem positiven Verständnis ihrer selbst verletzt werden, welches sie auf intersubjektiven Wegen erworben haben. Ohne den impliziten Verweis auf Ansprüche, die ein Subjekt auf die anerkennende Reaktion seiner Mitmenschen stellt, sind jene Begriffe der »Mißachtung« oder »Beleidigung« sinnvoll gar nicht zu verwenden. Unser alltäglicher Sprachgebrauch, an den auch Bloch wie selbstverständlich anschließt, enthält den Hinweis auf ein Konzept von Intersubjektivität, in dem die Unversehrbarkeit und Integrität menschlicher Wesen in Abhängigkeit von der Zustimmung durch Andere gesehen wird.

In der Anerkennungslehre Hegels, vor allem aber in der Sozialpsychologie George Herbert Meads ist dieses intuitive Wissen in den Rahmen einer systematischen Theorie transformiert worden; darin wird die Individuierung des Menschen als ein Prozeß betrachtet, in dem der Einzelne in dem Maße zu einer praktischen Identität gelangen kann, in dem er sich der Anerkennung seiner selbst durch einen wachsenden Kreis von Kommunikationspartnern zu vergewissern vermag.[2] Sprach- und handlungsfähige Subjekte werden als Individuen allein dadurch konstituiert, daß sie sich aus der Perspektive zustimmender Anderer auf sich selbst als Wesen zu beziehen lernen, denen bestimmte Qualitäten und Fähigkeiten positiv zukommen; daher bilden sie mit dem steigenden Bewußtsein ihrer Individualität zugleich auch eine zunehmende Abhängigkeit von den Anerkennungsverhältnissen aus, die ihnen ihre Lebenswelt bietet. Aus dieser internen Verschränkung von Individualisierung und Anerkennung, von der sowohl Hegel als auch Mead ausgegan-

[2] Dieses Konzept habe ich in meiner Habilitationsschrift *Kampf um Anerkennung* (Frankfurt: Suhrkamp 1989) zu rekonstruieren versucht.

gen sind, ergibt sich jene besondere Versehrbarkeit menschlicher Wesen, die mit dem Begriff der »Mißachtung« bezeichnet wird: weil das normative Selbstbild eines jeden Menschen, seines *me,* wie Mead sagen würde, auf die Möglichkeit der steten Rückversicherung im Anderen angewiesen ist, geht mit der Erfahrung von Mißachtung die Gefahr einer Verletzung einher, die die Identität der ganzen Person zum Einsturz bringen kann.

Nun ist es offensichtlich, daß all das, was umgangssprachlich als »Mißachtung« oder »Beleidigung« bezeichnet wird, unterschiedliche Tiefengrade der psychischen Verletzung eines Subjektes zu umfassen scheint: zwischen der handgreiflichen Erniedrigung, die mit der Vorenthaltung elementarer Grundrechte verknüpft ist, und der subtilen Demütigung, die mit der öffentlichen Anspielung auf den Mißerfolg einer Person einhergeht, besteht ein kategorialer Unterschied, der in der Verwendung des einen Ausdrucks verlorenzugehen droht. Auf die internen Differenzen, die zwischen einzelnen Formen der Mißachtung existieren, weist hingegen schon unsere Neigung hin, auch am positiven Gegenbegriff der »Achtung« intuitiv Abstufungen vorzunehmen. Auf Kants moraltheoretische Verwendung dieses Begriffs geht eine bis heute anhaltende Diskussion zurück, in der mit phänomenologischen oder sprachanalytischen Mitteln der Versuch unternommen worden ist, Grade der Achtung einer anderen Person danach zu unterscheiden, welche Persönlichkeitsmerkmale an ihr in welcher Weise zur Anerkennung gelangen.[3] Auf den Verlauf der damit angedeuteten Debatte beziehe ich mich implizit zurück, wenn ich den Versuch unternehme, drei Weisen der »Mißachtung« systematisch voneinander abzuheben; deren Unterschiede sollen sich an dem Grad bemessen, in dem sie die praktische Selbstbeziehung einer Person dadurch erschüttern können, daß sie ihr die Anerkennung bestimmter Identitätsansprüche entziehen.

Wird ein solcher Gesichtspunkt als Vergleichsmaßstab zugrunde gelegt, dann erscheint es sinnvoll, von einem Typ der Mißachtung auszugehen, der die Schicht der leiblichen Integrität einer Person berührt: jene Formen der praktischen Mißhandlung, in denen einem Menschen alle Möglichkeiten der freien Verfügung über seinen Körper gewaltsam entzogen werden, stellen die elementarste Art einer persönlichen Erniedrigung dar. Der Grund dafür ist der, daß jeder gegen den Willen einer Person unternommene Versuch, sich ihres Leibes mit welcher Absicht auch immer zu bemächtigen, einen Grad an Demütigung bewirkt, der tiefer als andere Formen der Mißachtung destruktiv in die praktische Selbstbeziehung eines Menschen eingreift; denn das Besondere an solchen Weisen der physischen Verletzung, wie sie in der Folter oder der Vergewaltigung geschehen, bildet ja nicht der rein körperliche Schmerz, sondern dessen Koppelung mit dem Gefühl, dem Willen eines anderen Subjektes schutzlos bis zum sinnlichen Entzug der Wirklichkeit aus-

3 Exemplarisch Aron Gurewitsch, *Zur Geschichte des Achtungsbegriffs und zur Theorie der sittlichen Gefühle* (Würzburg 1897); Rudolph von Ihering, *Der Zweck im Recht,* 2. Bd. (Leipzig 1905); als moderner sprachanalytischer Versuch Stephen L. Darwall, *Two Kinds of Respect.* In: *Ethics,* No. 1, 1977/78 (Vol. 88).

gesetzt zu sein.[4] Die physische Mißhandlung eines Subjekts stellt einen Typ von Mißachtung dar, der das früherlernte Vertrauen in die Fähigkeit der autonomen Koordinierung des eigenen Körpers nachhaltig verletzt; daher ist die Folge ja auch, gepaart mit einer Art von sozialer Scham, ein Verlust an Selbst- und Weltvertrauen, der bis in die leiblichen Schichten des praktischen Umgangs mit anderen Subjekten hineinreicht. Was also hier der Person durch Mißachtung an Anerkennung entzogen wird, ist die selbstverständliche Respektierung jener autonomen Verfügung über den eigenen Leib, die ihrerseits durch Erfahrungen der emotionalen Zuwendung in der Sozialisation überhaupt erst erworben worden ist; die gelungene Integration von leiblichen und seelischen Verhaltensqualitäten wird gewissermaßen nachträglich von außen aufgebrochen und dadurch die elementarste Form der praktischen Selbstbeziehung, das Vertrauen in sich selber, nachhaltig zerstört.

Von diesem extremen Typ der Mißachtung, der die Kontinuität eines positiven Selbstbildes schon auf der leiblichen Ebene unterbricht, sind jene Formen der Erniedrigung abzugrenzen, die das normative Selbstverständnis einer Person betreffen: damit sind solche Weisen der persönlichen Mißachtung gemeint, die einem Subjekt dadurch zugefügt werden, daß es vom Besitz bestimmter Rechte innerhalb einer Gesellschaft strukturell ausgeschlossen bleibt. Als »Rechte« lassen sich diejenigen individuellen Ansprüche begreifen, auf deren soziale Erfüllung eine Person legitimerweise rechnen kann, weil sie als das vollwertige Mitglied eines Gemeinwesens an deren institutioneller Ordnung gleichberechtigt partizipiert; werden ihr nun gewisse Rechte dieser Art systematisch vorenthalten, dann wird ihr nicht in demselben Maße wie den anderen Gesellschaftsmitgliedern moralische Zurechnungsfähigkeit zugebilligt. Das Besondere an solchen Formen der Mißachtung, wie sie in der Entrechtung oder dem sozialen Ausschluß vorliegen, stellt daher nicht die vergleichsweise Einschränkung der persönlichen Autonomie alleine dar, sondern deren Verknüpfung mit dem Gefühl, nicht den Status vollwertiger, moralisch gleichberechtigter Interaktionspartner zu besitzen; für den Einzelnen bedeutet die Vorenthaltung sozial geltender Rechtsansprüche, in der intersubjektiven Erwartung verletzt zu werden, als ein zur moralischen Urteilsbildung fähiges Subjekt anerkannt zu sein; insofern geht mit der Erfahrung der Entrechtung typischerweise auch ein Verlust an Selbstachtung, der Fähigkeit, sich auf sich selbst als gleichberechtigter Interaktionspartner aller Mitmenschen zu beziehen, einher.[5] Was also hier der Person durch Mißachtung an Anerkennung entzogen wird, ist die kognitive Achtung einer moralischen Zurechnungsfähigkeit, die ihrerseits erst in Prozessen der Sozialisation mühsam erworben worden ist.

---

4 Vgl. Elaine Scarry, *The Body in Pain.* New York: Oxford University Press 1985, vor allem das erste Kapitel.

5 Vgl. Joel Feinberg, *Right, Justice and the Bounds of Liberty.* Princeton: Princeton University Press 1980; differenzierter jetzt: Andreas Wildt, *Recht und Selbstachtung.* Ms. 1990.

Gegenüber diesem zweiten Typ der Mißachtung, der das normative Selbstverständnis eines Subjektes in Mitleidenschaft zieht, läßt sich schließlich noch eine letzte Art der Erniedrigung ausmachen, die sich negativ auf den sozialen Wert von Einzelnen oder Gruppen bezieht: die Herabwürdigung von individuellen oder kollektiven Lebensweisen, also die Formen von Mißachtung, die heute umgangssprachlich vor allem mit Begriffen wie »Beleidigung« oder »Entwürdigung« bezeichnet wird. Als die »Ehre«, die »Würde« oder, modern gesprochen, der »Status« einer Person läßt sich das Maß an sozialer Wertschätzung begreifen, das ihrer Art der Selbstverwirklichung im kulturellen Überlieferungshorizont einer Gesellschaft zukommt;[6] ist nun diese gesellschaftliche Wertehierarchie so beschaffen, daß sie einzelne Lebensformen und Überzeugungsweisen als minderwertig oder mangelhaft herabstuft, dann nimmt sie den davon betroffenen Subjekten jede Möglichkeit, ihren eigenen Fähigkeiten einen sozialen Wert beizumessen. Die evaluative Degradierung von bestimmten Mustern der Selbstverwirklichung hat für deren Träger zur Folge, daß sie sich auf ihren Lebensvollzug nicht als auf etwas beziehen können, dem innerhalb ihres Gemeinwesens eine positive Bedeutung zukommt; für den Einzelnen geht daher mit der Erfahrung einer solchen sozialen Entwertung typischerweise auch ein Verlust an persönlicher Selbstschätzung einher, der Chance also, sich selber als ein in seinen charakteristischen Eigenschaften und Fähigkeiten geschätztes Wesen verstehen zu können. Was also hier der Person durch Mißachtung an Anerkennung entzogen wird, ist die soziale Zustimmung zu einer Form von Selbstverwirklichung, zu der sie selber erst mit Hilfe der Ermutigung durch Gruppensolidaritäten beschwerlich hat finden müssen.

Für die drei Gruppen von Mißachtungserfahrungen, die sich auf diese Weise analytisch voneinander unterscheiden lassen, ist es nun typisch, daß ihre individuellen Konsequenzen stets mit Metaphern beschrieben werden, die sich auf Verfallzustände des menschlichen Körpers beziehen: in den psychologischen Untersuchungen, die den persönlichen Folgelasten des Erlebnisses von Folter oder Vergewaltigung nachgehen, ist häufig vom »psychischen Tod« die Rede; innerhalb des Forschungsbereichs, der sich am Beispiel der Sklaverei mit der kollektiven Verarbeitung von Entrechtung und gesellschaftlicher Ausschließung beschäftigt, hat sich der Begriff des »sozialen Todes« inzwischen eingebürgert; und in Hinblick auf den Typ von Mißachtung, der sich in der kulturellen Herabwürdigung einer Lebensform findet, ist es die Kategorie der »Kränkung«, die bevorzugt Verwendung findet.[7]

---

6 Vgl. Wilhelm Korff, *Ehre, Prestige, Gewissen.* Köln: Verlag J. P. Bachem 1966. Soziologisch interessant: Peter Berger, *On the Obsolescence of the Concept of Honor.* In: *European Journal of Sociology,* 1970 (vol. 11); Hans Speier, *Social Order and the Risks of War.* New York: Basic Books 1952, S. 36ff.

7 Zum »psychischen Tod« vgl. Bruno Bettelheim, *Erziehung zum Überleben.* München: dtv 1982; zum »sozialen Tod« u.a. Orlando Patterson, *Slavery and Social Death* (Cambridge: Harvard University Press 1982) und Claude Meillassoux, *Anthropologie der Sklaverei* (Frankfurt: Campus 1989).

In solchen metaphorischen Anspielungen auf physisches Leiden und Sterben kommt sprachlich zum Ausdruck, daß den verschiedenen Formen von Mißachtung für die psychische Integrität der Menschen dieselbe negative Rolle zukommt, die die organischen Erkrankungen im Zusammenhang der Reproduktion seines Körpers übernehmen: durch die Erfahrung von sozialer Erniedrigung und Demütigung sind menschliche Wesen in ihrer Identität ebenso gefährdet wie in ihrem physischen Leben durch das Erleiden von Krankheiten. Wenn dieser, durch unsere Sprachpraxis angedeutete Zusammenhang nicht vollkommen unplausibel ist, dann müßten sich folglich aus unserem Überblick über die verschiedenen Mißachtungsformen auch Rückschlüsse auf das ziehen lassen, was gleichsam zur psychischen »Gesundheit«, zur Integrität menschlicher Wesen, beiträgt; der vorsorgenden Vermeidung von Krankheiten entspräche, so gesehen, die soziale Garantie von Anerkennungsverhältnissen, welche die Subjekte vor der Erfahrung von Mißachtung weitestgehend zu schützen vermögen.

II

Wenn wir mit Ernst Bloch als das moralische Zentralmotiv, das hinter allen Versionen der Tradition des Naturrechts steht, die Verteidigung der menschlichen Integrität durch Schutz vor Entwürdigung und Beleidigung ansehen, dann lassen sich die damit gesetzten Aufgaben nun ein Stück weit ins Positive wenden; denn die Unterscheidung der drei Mißachtungsformen enthält bereits den indirekten Hinweis auf jene intersubjektiven Anerkennungsbeziehungen, deren Existenz zusammengenommen die Voraussetzung für die Integrität des Menschen bilden. Handlungsfähige Subjekte verdanken, wie Hegel und Mead überzeugend nachgewiesen haben, der Erfahrung der wechselseitigen Anerkennung die Möglichkeit, eine positive Selbstbeziehung auszubilden: Ihr praktisches Ich ist, weil es nur aus der Perspektive der zustimmenden Reaktion von Interaktionspartnern sich selber zu vertrauen und zu achten lernt, auf intersubjektive Beziehungen angewiesen, in denen es Anerkennung zu erfahren vermag. An diesen Beziehungen der reziproken Anerkennung müssen sich nun aber dieselben Unterscheidungen vornehmen lassen, die schon an den verschiedenen Formen der sozialen Mißachtung anzutreffen waren; denn verletzt wurde jeweils ja ein besonderes Verhältnis der positiven Selbstbeziehung, deren Herausbildung sich offenbar ihrerseits wiederum nur der Existenz eines jeweils besonderen Anerkennungsverhältnisses verdanken kann. Insofern gibt die Differenzierung der drei Mißachtungsformen einen Schlüssel an die Hand, um zwischen ebenso vielen Beziehungen der wechselseitigen Anerkennung zu unterscheiden; sie legen die moralische Infrastruktur einer sozialen Lebenswelt fest, in der die Individuen ihre Integrität als menschliche Personen zugleich erwerben als auch erhalten können.

Den Ausgangspunkt unserer Unterscheidungen hatten jene Typen von Mißachtung dargestellt, die in physischen Demütigungen wie der Folter oder der Vergewaltigung vorzufinden sind; sie konnten deswegen als die fundamentalste Art der Entwürdigung des Menschen gelten, weil sie ihn der leibgewordenen Autonomie im Umgang mit sich selber berauben und damit ein Stück elementaren Weltvertrauens zerstören. Das Anerkennungsverhältnis, das dieser Form von Mißachtung korrespondiert, weil es dem Einzelnen überhaupt erst zur Ausbildung eines solchen leibgebundenen Selbstvertrauens verhilft, ist das einer emotionalen Zuwendung, wie es Hegel, der Romantiker, im Begriff der »Liebe« zu fassen versucht hat. Weil Bedürfnisse und Affekte in gewisser Weise überhaupt nur dadurch »Bestätigung« erhalten können, daß sie direkt befriedigt oder erwidert werden, muß die Anerkennung hier selber den Charakter affektiver Zustimmung und Ermutigung besitzen; insofern ist dieses Anerkennungsverhältnis auch an die leibhaftige Existenz konkreter Anderer gebunden, die einander Gefühle besonderer Wertschätzung entgegenbringen. Die positive Einstellung, die der Einzelne gegenüber sich selber einzunehmen vermag, wenn er solche affektive Anerkennung erfährt, ist die des Vertrauens in sich selber; damit ist die Grundschicht einer emotionalen, leibgebundenen Sicherheit in der Äußerung eigener Bedürfnisse und Empfindungen gemeint, die die psychische Voraussetzung für die Entwicklung aller weiteren Einstellungen der Selbstachtung bildet.[8] Über den Kreis von primären Sozialbeziehungen hinaus, wie sie in affektiven Bindungen nach dem Muster von Familien, Freundschaften oder Liebesverhältnissen gegeben sind, ist dieser Modus der reziproken Anerkennung nicht weiter zu verallgemeinern; weil Einstellungen der emotionalen Bejahung an die individuell unverfügbaren Voraussetzungen von Sympathie und Anziehung gebunden sind, lassen sie sich nicht beliebig auf eine größere Anzahl von Interaktionspartnern übertragen. Daher wohnt diesem Anerkennungsverhältnis ein moralischer Partikularismus inne, der durch keinen Versuch der Verallgemeinerung aufzulösen ist.

In der zweiten Form der Mißachtung, der Entrechtung und sozialen Ausschließung, wird ein menschliches Wesen dadurch entwürdigt, daß es innerhalb seines Gemeinwesens nicht die moralische Zurechnungsfähigkeit einer vollwertigen Rechtsperson zugebilligt erhält. Dementsprechend muß diesem Typ von Mißachtung ein Verhältnis der wechselseitigen Anerkennung entsprechen, in dem der Einzelne sich aus dem Blickwinkel seiner Interaktionspartner als ein ihnen gleichberechtigter Träger von Rechten zu begreifen lernt; als den Mechanismus, in dem das geschieht, hat Mead den Prozeß der Übernahme der Perspektive eines »generalisierten Anderen« identifiziert, welcher dem Selbst der praktischen Selbstbeziehung zugleich mit der normativen Auferlegung gewisser Pflichten die Erfüllung bestimmter Ansprüche garantiert. Einem solchen Anerkennungsverhältnis kommt, wie sich daraus ersehen läßt, im Gegensatz zu dem der Intimbeziehungen ein primär kognitiver Charakter zu: Ego und Alter erkennen sich wechselseitig dadurch als Rechtspersonen an, daß sie ein gemeinsames Wissen um diejenigen Nor-

---

8 Vgl. Erik H. Erikson, *Identität und Lebenszyklus.* Frankfurt: Suhrkamp 1974; unter psychoanalytischen Gesichtspunkten: Jessica Benjamin, *The Bonds of Love.* New York: Pantheon Books 1988.

men besitzen, durch die die ihnen gleichermaßen zustehenden Rechte und Pflichten im Rahmen des jeweiligen Gemeinwesens geregelt werden. Die positive Einstellung, die ein Subjekt in der Erfahrung rechtlicher Anerkennung gegenüber sich selbst einnehmen kann, ist die einer elementaren Selbstachtung; es vermag sich als eine Person zu betrachten, die mit allen anderen Mitgliedern seines Gemeinwesens die Eigenschaften eines moralisch zurechnungsfähigen Aktors teilt.[9] Das Rechtsverhältnis erlaubt, im Gegensatz zum Anerkennungsverhältnis der Primärbeziehung, eine Generalisierung des ihm eigenen Anerkennungsmediums in die zwei Richtungen einer sachlichen und einer sozialen Ausweitung von Rechten: im ersten Fall gewinnt das Recht an materialen Gehalten hinzu, durch die zunehmend auch die Unterschiede in den individuellen Chancen zur Realisierung der intersubjektiv garantierten Freiheiten rechtlich Berücksichtigung finden; im zweiten Fall hingegen wird das Rechtsverhältnis in dem Sinn universalisiert, daß einem wachsenden Kreis von bislang ausgeschlossenen oder benachteiligten Gruppen die gleichen Rechte wie allen anderen Mitgliedern des Gemeinwesens zuerkannt werden. Daher wohnt dem Anerkennungsverhältnis des Rechts ein prinzipieller Universalismus inne, der durch historische Kämpfe zur Entfaltung gelangt.

Ein dritter Typ von Mißachtung schließlich hatte sich in der Herabstufung des sozialen Wertes von Formen der Selbstverwirklichung gezeigt; solche Muster der Entwertung von bestimmten Lebensformen haben für die betroffenen Subjekte zur Folge, daß sie sich auf ihre lebensgeschichtlich erworbenen Fähigkeiten nicht positiv im Sinne der sozialen Wertschätzung zurückbeziehen können. Daher entspricht dieser Mißachtungsform als die Anerkennungsbeziehung, die dem Einzelnen zu einer derartigen Selbstschätzung gerade verhelfen kann, ein Verhältnis der solidarischen Zustimmung zu alternativen Lebensweisen; in ihm würden die Subjekte in ihren individuellen Besonderheiten, als lebensgeschichtlich individuierte Personen, die Anerkennung wechselseitiger Ermutigung finden. Mead hat mit Blick auf ein solches Anerkennungsverhältnis folgendermaßen argumentiert: weil sich das Selbst des praktischen Selbstverständnisses seiner nicht nur als ein autonomes, sondern auch als ein individuiertes Wesen zu vergewissern hat, muß es sich noch zusätzlich in die Perspektive eines »generalisierten Anderen« hineinversetzen können, der ihm in seinem Anspruch auf Einzigartigkeit und Unvertretbarkeit intersubjektive Zustimmung verschafft;[10] für die Möglichkeit einer solchen »ethischen« Selbstvergewisserung sorgt ein Verhältnis der wechselseitigen Anerkennung, in dem Ego und Alter sich im Horizont von Werten und Zielen begegnen, die reziprok die unverzichtbare Bedeutung des eigenen Lebens für den jeweils Anderen signalisieren. Insofern diese Anerkennungsform die vitale Erfahrung gemeinsam geteilter Lasten

---

[9] Vgl. in Form einer Mead-Rekonstruktion: Ernst Tugendhat, *Selbstbewußtsein und Selbstbestimmung*. Frankfurt: Suhrkamp 1979, 12. Vorlesung.

[10] Vgl. George Herbert Mead, *Geist, Identität und Gesellschaft*. Frankfurt: Suhrkamp 1973, S. 244 ff.

und Verantwortlichkeiten voraussetzen muß, ist in sie stets über das kognitive Moment eines ethischen Wissens hinaus auch ein affektives Element der solidarischen Anteilnahme miteinbezogen. Die positive Einstellung, die ein Subjekt sich selber gegenüber einnehmen kann, wenn es in einer derartigen Weise anerkannt wird, ist die Schätzung seiner selbst: weil es von seinen Interaktionspartnern als eine lebensgeschichtlich individuierte Person geachtet wird, vermag das Subjekt sich mit seinen besonderen Eigenschaften und Fähigkeiten uneingeschränkt zu identifizieren. Das Besondere an einem solchen sittlichen Anerkennungsverhältnis ist nun auch für Mead der Umstand, daß es intern auf die Möglichkeit einer sukzessiven Öffnung gegenüber den Verwirklichungstendenzen des Selbst angelegt ist: die ethischen Normen, in deren Licht die Individuen einander in ihrer individuellen Besonderheit anerkennen können, stehen für einen Prozeß der Enttraditionalisierung offen, in deren Folge sie durch wachsende Generalisierung ihren hierarchisierenden und präskriptiven Charakter verlieren. Daher wohnt dem Anerkennungsverhältnis der Solidarität oder der Sittlichkeit ein Prinzip der egalitären Differenz inne, das unter dem Druck der individualisierten Subjekte zur Entfaltung gelangen kann.

Mit diesen drei Anerkennungsmustern, der Liebe, dem Recht und der Solidarität, sind diejenigen formalen Bedingungen von Interaktionsverhältnissen festgelegt, in deren Rahmen sich menschliche Wesen ihrer »Würde« oder Integrität sicher sein können. Formal sind die genannten Bestimmungen, weil sie mit Hilfe von Anerkennungstypen nur strukturelle Eigenschaften von Kommunikationsweisen auszeichnen sollen, nicht aber zusätzlich noch deren institutionelle Realisationsformen festzulegen versuchen; mithin sind mit der Aufzählung der drei Anerkennungsmuster die moralischen Infrastrukturen genannt, die zu einer sozialen Lebenswelt gehören müssen, wenn sie ihre Mitglieder soll schützen können. Dementsprechend heißt »Integrität« hier auch nur, daß ein Subjekt sich im ganzen Spektrum seiner praktischen Selbstbeziehung von der Gesellschaft unterstützt wissen kann; wenn es an einer sozialen Lebenswelt partizipiert, in der in welcher Konkretionsform auch immer jene drei Anerkennungsmuster gestaffelt anzutreffen sind, kann es sich auf sich selber in den positiven Modi des Selbstvertrauens, der Selbstachtung und der Selbstschätzung beziehen. Für die moralphilosophische These, die Bloch entwickelt hat, ergibt sich aus diesem Gedankengang jedoch die Möglichkeit einer positiven Umformulierung: die Moral verteidigt, wird sie als eine Einrichtung des Schutzes menschlicher Würde aufgefaßt, die Reziprozität der Liebe, den Universalismus der Rechte und den Egalitarismus der Solidarität gegenüber der Preisgabe an Gewalt und Unterdrückung; ihr wohnt, mit anderen Worten, ein Interesse an der Entfaltung jener Prinzipien inne, die den verschiedenen Anerkennungsformen strukturell zugrunde liegen. Daß einer so verstandenen Moralität nun im historischen Prozeß ein Element der sozialen Wirklichkeit entgegenkommen soll, ist die zweite, moralsoziologische Prämisse der Blochschen Untersuchung gewesen.

III

Bloch hat in *Naturrecht und menschliche Würde* an verschiedenen Stellen auf die moralischen Motivationsquellen sozialer Veränderungen aufmerksam gemacht: ohne die zusätzliche Empfindung verletzter Würde, so heißt es dort, wäre die bloße Erfahrung wirtschaftlicher Not und politischer Abhängigkeit historisch nie zu einer Antriebskraft von praktischen Umsturzbewegungen geworden; der ökonomischen Entbehrung oder der sozialen Unterdrückung hatte stets das Gefühl hinzuzutreten, in dem Anspruch auf die Integrität der eigenen Person mißachtet zu werden, bevor sie zum motivationalen Anlaß von revolutionären Erhebungen werden konnten. Mit Überlegungen solcher Art, für die in seiner Untersuchung freilich kaum historische Belege auszumachen sind, hat Bloch eine moralische Anlage im Menschen auszeichnen wollen, die der von ihm negativ bestimmten Moral des Naturrechts empirisch entgegenkommt: es sind nicht positive Motivationsquellen wie Altruismus oder Achtung, sondern es ist die sich unwillkürlich immer wieder meldende Erfahrung der sozialen Mißachtung, in der die Moral eine praktische Stütze innerhalb der sozialen Wirklichkeit finden kann. In diesem Gedankengang scheint mir der Hinweis auf eine Konstruktion angelegt, mit der sich das motivationstheoretische Defizit der zeitgenössischen Moraltheorie ein Stück weit beheben läßt;[11] sie setzt allerdings voraus, daß die Aufgabenbestimmungen der Moral direkter in den intersubjektiven Ansprüchen leibhaftiger Subjekte verankert werden, als es heute etwa in einer sprachtheoretischen Begründung der Moral der Fall ist.

Menschliche Wesen sind, um ein letztes Mal Hegels und Meads gemeinsame Einsicht zu nennen, auf die intersubjektive Anerkennung ihrer Fähigkeiten und Leistungen angewiesen, um zu einer geglückten Selbstbeziehung gelangen zu können; bleibt eine solche Form der sozialen Zustimmung auf irgendeiner Stufe der Entwicklung aus, so reißt das in der Persönlichkeit gleichsam eine psychische Lücke auf, die in den negativen Gefühlsreaktionen der Scham oder der Wut, der Kränkung oder der Verachtung nach Ausdruck sucht. Daher ist die Erfahrung von Mißachtung stets von affektiven Empfindungen begleitet, die dem Einzelnen prinzipiell offenbaren können, daß ihm bestimmte Formen der Anerkennung sozial vorenthalten werden. Am Beispiel der Scham läßt sich der kognitive Gehalt solcher negativen Gefühlsreaktionen am besten deutlich machen. Unter den moralischen Gefühlen besitzt die Scham, soweit mit ihr nicht nur die anthropologisch offenbar tief verankerte Scheu vor der Bloßstellung des eigenen Körpers gemeint ist, den offensten Charakter; bei ihr ist nicht von vornherein festgelegt, von welcher Interaktionsseite aus die moralische Norm verletzt wird, die dem Subjekt für die routinisierte Fortsetzung seines Handelns gleichsam fehlt. Der Empfindungsgehalt der Scham besteht zunächst, wie psychoanalytische und phänomenologische Ansätze übereinstimmend festhalten, in einer Art von Sen-

---

[11] Vgl. etwa Herbert Schnädelbachs Beitrag in Alfred Schmidt/Norbert Altwicker (Hrsg.), *Max Horkheimer heute: Werk und Wirkung*. Frankfurt: Fischer 1986.

kung des eigenen Selbstwertgefühls; das Subjekt, das sich im Erlebnis des Rückschlags seines Handelns seiner selbst schämt, erfährt sich als von geringerem sozialen Wert, als es vorgängig unterstellt hatte; psychoanalytisch betrachtet heißt das, daß durch die handlungsbremsende Verletzung einer moralischen Norm hier nicht das Überich, sondern die Ichideale eines Subjekts negativ betroffen werden. Eine solche Art von Scham, die nur in der Präsenz realer oder imaginierter Interaktionspartner erlebt wird, denen gewissermaßen die Rolle von Zeugen der verletzten Ichideale zufällt, kann auf Selbstverursachung oder Fremdverschulden zurückgehen: im ersten Fall erlebt das Subjekt sich deswegen als minderwertig, weil es eine moralische Norm verletzt hat, deren Einhaltung einen Grundsatz seiner eigenen Ichideale ausgemacht hatte; im zweiten Fall aber wird das Subjekt deswegen von einer Empfindung mangelnden Selbstwertes niedergedrückt, weil seine Interaktionspartner moralische Normen verletzen, deren Einhaltung es als die Person haben gelten lassen, die es seinen Ichidealen gemäß zu sein wünscht; hier wird die moralische Krise in der Kommunikation also dadurch ausgelöst, daß normative Erwartungen enttäuscht werden, die das tätige Subjekt an die Achtungsbereitschaft seines Gegenübers glaubte stellen zu können. Insofern repräsentiert dieser zweite Typ moralischer Scham die Gefühlserregung, von der ein Subjekt überwältigt wird, wenn es aufgrund der Erfahrung einer Mißachtung seiner Ichansprüche nicht einfachhin weiterzuhandeln vermag; das, was es in einer derartigen Empfindung über sich selber erfährt, ist die konstitutive Abhängigkeit seiner eigenen Person von der Anerkennung durch Andere.

In negativen Gefühlsreaktionen wie der Scham hat daher eine Moral, die die Prinzipien der wechselseitigen Anerkennung gegen Herrschaft und Gewalt zur Geltung zu bringen versucht, einen gewissen empirischen Halt; in ihnen vermag sich nämlich stets wieder aufs neue die kognitive Überzeugung zu Wort zu melden, daß das, was in der Praxis der Mißachtung geschieht, den intersubjektiven Bedingungen der menschlichen Vergesellschaftung Verletzungen zufügt. Nur weil menschliche Subjekte auf soziale Kränkungen, wie sie die physische Mißhandlung, die Entrechtung und die Entwürdigung darstellen, nicht gefühlsneutral reagieren können, haben die Prinzipien einer anerkennungstheoretisch begriffenen Moral innerhalb der sozialen Lebenswelt überhaupt eine gewisse Verwirklichungschance; denn jede negative Gefühlsreaktion, die auf die Erfahrung einer Mißachtung von Anerkennungsansprüchen hin erfolgt, enthält in sich wieder die Möglichkeit, daß sich dem betroffenen Subjekt das ihm zugefügte Unrecht auch kognitiv erschließt.

Insofern enthalten die moralischen Gefühlsbewegungen, mit denen menschliche Wesen auf Beleidigung und Mißachtung reagieren, die Chance eines idealisierenden Vorgriffs auf Verhältnisse gelungener, unverzerrter Anerkennung in sich. Wie schwach freilich dieser praktische Halt der Moral innerhalb der gesellschaftlichen Wirklichkeit ist, zeigt sich daran, daß sich in solchen affektiven Reaktionen das Unrecht der Mißachtung nicht unweigerlich auftun muß, sondern eben nur kann: ob das kognitive Potential, das den

Gefühlen der sozialen Scham und des Gekränktseins innewohnt, zu einer moralischen Überzeugung wird, hängt weitgehend davon ab, wie die politisch-kulturelle Umwelt der betreffenden Subjekte beschaffen ist – es muß, positiv formuliert, das Artikulationsmittel einer sozialen Bewegung vorhanden sein, wenn die Erfahrung von Mißachtung zu einer Motivationsquelle von politischen Widerstandshandlungen werden soll. Hat die in unseren Affekten angelegte Verurteilung von Mißachtung und Beleidigung aber einmal die Form eines sozialen Kampfes angenommen, dann stellt sie ein empirisches Interesse dar, das dem theoretischen Anliegen der Moral entspricht. Daher ist ein anerkennungstheoretisches Moralkonzept auf den Beistand von historischen und soziologischen Untersuchungen angewiesen, die zu zeigen vermögen, daß der moralische Fortschritt das Resultat eines Kampfes um Anerkennung ist.

Nr. 501, Dezember 1990

Jürgen Manthey

Glossa continua (VIII)

Wie der Besitzer eines kleinen Ladens in Siena den Verkauf einer Kachel mit der Erzählung verbindet, was auf der Kachel alles zu sehen ist und was wir ja auch sehen, gesehen haben, weswegen wir sie denn auch kaufen: Es dient dazu, die Transaktion nicht so nackt als bloßen Tausch zwischen Gegenstand und Geld abzuwickeln. Dazu gehört das begleitende, die Aktion einhüllende Gespräch ebenso wie nachher das liebevolle Verpacken (Einhüllen) der Ware, obwohl wir versichert haben, daß diese Mühe nicht nötig sei; es gehört auch dazu das Kleben eines leicht eingerissenen Geldscheins, bevor er uns als Wechselgeld überreicht wird. Wir sind Touristen, die er nie wiedersieht. Er hätte das Ganze also auch umstandsloser, liebloser erledigen können. Aber wer anfängt, sich in diesen Dingen zu teilen, gibt sich als Person der hier beschriebenen Art auf. Nur wer hierbei *immer* der ist, der er ist und sein will, wird es *überhaupt* sein. Menschlichkeit ist nicht einteilbar und abwägbar je nach Gelegenheit. Ich muß daran denken, daß früher Moral und *maniera* zusammengehörten, und die Moral der Italiener ist tatsächlich von ihren Manieren untrennbar, ja, ihre Moral sind ihre Manieren; da an ihnen alles Manieren ist, ist dementsprechend alles Moral – in dem Sinne, wie Luhmann Moral definiert: als Achtung, die man für jemanden (für etwas) aufbringt.

*

In einem Restaurant in Chur ein Deutscher mit vier Schweizern an einem Tisch. Der Deutsche spricht zweieinhalb Stunden ununterbrochen über Zielfernrohre. Eins hat er zur Demonstration dabei in der Hand oder neben seinem Teller liegen. Er redet mit unruhigem Blick, voller Eifer und in ermüdender Einseitigkeit auf die anderen ein. Man muß sich schon anstrengen, wenn man etwas verkaufen will, halte ich ihm zugute. Nein, widerspricht meine Begleiterin, er strengt die anderen an. Die lehnen sich zwischendurch wie erschöpft zurück, schauen sich manchmal verlegen um, blicken lächelnd zu den anderen Gästen, sehnsüchtig, wie's scheint. Er reagiert auf unsere Blicke verunsichert, aber todernst, indem er noch eifriger fortfährt, auf die Vorteile seines Produkts aufmerksam zu machen. Er wird mit Herr Doktor angeredet. Wenn die anderen einmal untereinander sprechen, sitzt er mit einem Gesicht da, das völlige Unbeteiligtheit zeigt, Unfähigkeit, einem Gespräch, das er nicht durch »Sachkompetenz« beherrschen kann, zu folgen. Oder er unterbricht die anderen und sagt: »Entschuldigen Sie, aber ich muß das noch nachtragen«, oder: »Ich muß das noch zu Ende ausführen«. Diese nachdrückliche Einseitigkeit, dieser »Dienst an der Sache«, dieser Mangel an Entspanntheit, diese Unbeweglichkeit, das Thema zu wechseln – *das* sind die Qualitäten der Deutschen, die ihren Erfolg in aller Welt ausmachen. Daneben wirkt selbst eine Gruppe Schweizer sizilianisch.

*

»90 Deutsche des Jahres 1990« stellt der *Stern* (Nr. 1, 1991) in einer Fotogalerie mit knappen Untertexten zur Schau. Darunter auch Christa Wolf. Dazu heißt es: »Das Freiwild. Für ihre leisen Klagen über den SED-Staat wurde Christa Wolf vom West-Feuilleton gelobt. Daß sie nach der Wende nicht lauter wurde, nahmen ihr die Kritiker übel. Obwohl sie sich dabei zur Einheitspartei formierten, bat sich die *Zeit* aber energisch aus, daß *FAZ* und *Zeit* nicht mit dem *Neuen Deutschland* zu vergleichen seien.«

Daran ist alles schief und falsch. Wer warf Christa Wolf denn vor, daß ihre Kritik an der SED nach der Wende nicht lauter wurde? Dazu das Wort »Einheitspartei«, die versteckte Aufnahme des Christa-Wolf-Vorwurfs von der »Kampagne«. Schließlich der Vergleich mit dem Kampagnen-Organ *Neues Deutschland,* und als Krönung die Überschrift »Freiwild«. Da sieht man, wohin es führt, wenn einmal eine literaturkritische Debatte populär wird, so daß alle glauben, sich an ihr beteiligen zu müssen: Wehe für die Sache der Literatur, wenn ein Buch, ein Autor, ein Kritiker zur Meinungssache von jedermann werden. Das Echo im *Stern* bewahrt nicht einmal mehr einen Anflug davon, worum es seinerzeit in den Kritiken an Christa Wolfs Erzählung *Was bleibt* gegangen war. Bezeichnend ist, daß meist »die« Kritiker gescholten werden. Gottfried Forck, evangelischer Bischof von Brandenburg, findet in seinem Leitartikel in der *Zeit* zu Weihnachten Platz, ausführlich dazu Stellung zu nehmen: »Sehr schmerzlich ist auch die Attacke westdeutscher Literaturkritiker auf Schriftsteller empfunden worden, die« usw. Lobend herausgestellt und ausgiebig zitiert wird danach Walter Jens: »Gutgetan hat uns dagegen die Einschätzung von ...« »Schmerzlich« und »gutgetan«, das sind schwerlich Vokabeln, die in einer literaturkritischen Auseinandersetzung zur Klärung beitragen.

Erwähnt seien daher zwei Beiträge, deren Autoren unverdächtig sind, einem der beiden Lager im Streit um das Werk Christa Wolfs Munition zu liefern. Der eine ist ein Vortrag, den die dänische Germanistin Kirsten Søholm schon im November 1989 in Greifswald auf einem Kolloquium gehalten hat, also lange vor Greiner und Schirrmacher. Darin heißt es: »Sie (Christa Wolf) ist damit - auch in ihrer Kritik - in genauester Übereinstimmung mit dem ganzen damaligen DDR-Staat, was ideologisches Bewußtsein, Legitimation des Staates, soziales, pädagogisches, moralisches Wissen usw. anbelangt. Christa Wolf hat also dieser These zufolge, trotz aller Kritik, zur Legitimierung des damaligen DDR-Staates beigetragen«. (*Weimarer Beiträge,* Nr. 9, 1990)

Der andere Beitrag stammt aus *The New York Review of Books* (20. Dezember 1990), in dem der Foreign Editor des *Spectator,* Ian Buruma, sich in sorgfältig abwägender Argumentation zu den Büchern Christa Wolfs äußert. Daraus zwei Zitate: »Christa Wolfs persönliche moralische Kämpfe lösten bei einem mit Propaganda-Brei zwangsernährten Volk ein außerordentliches Echo aus. Doch schwankte sie nie in ihrer politischen Zugehörigkeit. Das machte sie zur idealen Schriftstellerin für ein kommunistisches Regime, denn sie machte es für die Menschen leichter, in einem quasi-totalitären Staat zu leben. Ja, sie bewirkte, daß die persönlichen Opfer und die geistigen Entbehrungen wie Tugenden aussahen. Und das ließ die, die sich entschieden hatten, in den kapitalistischen Westen zu gehen, als schwach erscheinen, sogar als feige.« Buruma vergleicht dann Christa Wolf mit dem zum Katholizismus übergetretenen Graham Greene: »Um beide ist etwas Perverses, etwas von vorsätzlicher Blindheit. Wolfs versteckte Kritik am kommunistischen Staat ist oberflächlich, und welche Schärfe in ihr auch enthalten sein mag, dergleichen wiegt kaum ihre ermüdenden Sermone über das Böse an bourgeoiser Politik, an Amerika, am Kapitalismus usw. auf. Doch während Greene auch noch ein zynischer Engländer ist, sich seiner Verdrehtheit bewußt, ließ Wolf zu, daß der Glaube ihren Blick auf die Realität vernebelte.«

In den Fronten im Streit um Christa Wolf bei uns organisiert sich in meinen Augen ein altes deutsches Schisma, in dem die Bewertungen von vornherein feststehen: Es ist der feindselige Gegensatz zwischen dem Dichter und dem Kritiker (= Journalisten), in dem alle automatisch für den Dichter Partei ergreifen. Man lese nur einmal bei Nietzsche nach, wie er den Journalisten *als Kritiker,* rückwirkend bis zu Sokrates, zum Verräter an einer religiös begründeten Kunst und Literatur stempelt. George Steiner folgt ihm darin in seinem neuen Buch *Von realer Gegenwart* wortreich.

*

Bei Richard Rorty *(Kontingenz, Ironie und Solidarität)* gelesen und als Argument gegen George Steiner notiert, »daß jedes Gedicht viel Inszenierung in der Kultur braucht, aus demselben Grund, aus dem eine sprühende Metapher viel zähes literarisches Gerede als Folie braucht«. Er benützt in dem Zusammenhang auch das Wort »parasitär«: »Kein Leben, das nicht weitgehend parasitär von einer nicht-neugeschriebenen Vergangenheit zehrte und nicht von der Barmherzigkeit noch ungeborener Generationen abhinge« – sprich: künftiger Leser und Schreiber. Nichts ist vollendet und abgeschlossen beim Tod eines Dichters, selbst das größte Werk eines einzelnen bleibe »marginal und parasitär«.

*

Gogol tischt uns in seiner Erzählung *Die Nase* eine höchst unwahrscheinliche und sinnlose Geschichte von einer verlorenen und wiedergefundenen Nase auf. Am Schluß bekennt sich der Autor zu den Ungereimtheiten, aus denen die Geschichte besteht: »Wie kam die Nase in das Brot und wie konnte Iwan Jakowlewitsch ... nein, das begreife ich nicht! Aber das Seltsamste, Unbegreiflichste an der Sache ist, wie es nur Schriftsteller geben kann, die sich solche Gegenstände wählen. Ich muß gestehen, das ist mir das Allerunbegreiflichste ... in der Tat, das geht vollständig über mein Begriffsvermögen! Denn erstens hat das Vaterland nicht den mindesten Nutzen davon, und dann zweitens – aber auch zweitens springt kein Vorteil dabei heraus. Kurz, ich weiß nicht, was das soll.« – Das klingt kokett, aber man kann es als ernsthaftes Eingeständnis lesen, daß Literatur keinen Sinn macht, daß ihre Gegenstände und Spielzüge dem Autor selbst rätselhaft, »kontingent«, sind. Eine moderne Stellungnahme zur Literatur am Ende einer albernen Geschichte, die sich aus allerlei trefflichen Einzelsätzen zusammensetzt. Trefflich, insofern sie etwas gegenüber anderen Sätzen, die man schon einmal gelesen hat, wagen, neu zuspitzen oder imaginieren, auf eine Weise, die uns anspricht. Aber Gogol verhindert selbst am Schluß, daß der Leser daraus irgendwelche Schlußfolgerungen auf die Bedeutung des Ganzen, eines Kunstwerks als Ganzem, zieht. Das mußte Nabokov gefallen und Gogol zu dem von ihm bevorzugten russischen Autor des 19. Jahrhunderts machen.

*

Kants kategorischer Imperativ – ein Versuch, soziales Verhalten in einer bürgerlichen Gesellschaft zu etablieren und zu begründen? Mußte sich dazu unter deutschen Verhältnissen, analog zum Obrigkeitsstaat, der einzelne unter Befehl gesetzt fühlen, die Beachtung des anderen als Pflicht auferlegt bekommen, als Erlaß an den berüchtigten inneren Schweinehund gleichsam? Pragmatische Ableitungen aus dem Tausch und Austausch zählten hier nicht. So war dieses kantische Königsberg ein Dorn der Aufklärung im Fleisch des Orients in seiner mittelasiatischen Variante. Daß der andere überhaupt als Mensch, als gleichberechtigt (das heißt gleich) zu beachten war nach diesem Moralgesetz, das war gegenüber östlicher Gewalt und Willkür ein Vorstoß und eine Abgrenzung, die Errichtung eines westlichen Vorpostens. Freilich mußte in Deutschland ein (zu verinnerlichendes) Gesetz formuliert und von philosophischer Autorität bekräftigt werden. Statt der pragmatischen Ausrichtung am konkreten anderen entsprach es deutschen Bedingungen, daß eine abstrakte Regel aufgestellt, autoritär aufgeladen und der Pflicht anheimgegeben wurde.

Fichte hat auf folgenreiche Weise daraus eine deutsche Ideologie gemacht. Der Deutsche, und er als einziger in der Welt zunächst, sollte gut sein um des Guten willen. Das Verhängnis war, daß schon Fichte sein deutsches Identitätskonzept im Augenblick der Niederlage in einem Krieg entwickelt hat. Das ließ ihn Einheitsvorstellungen aussprechen, die bis tief in die Psyche des einzelnen hinabreichen sollten. So schreibt er in den *Reden an die deutsche Nation:* »Wir sind daher sogar durch die Not gedrungen, innerlich und im Grunde gute Menschen bilden zu wollen, indem nur in solchen die deutsche Nation fortdauern kann, durch schlechte aber notwendig mit dem Auslande zusammenfließt.«

Hat es so etwas woanders jemals gegeben, daß eine Nation sich als ein Zusammenschluß guter Menschen zu definieren suchte? Fichte fährt fort: »Wir müssen daher an die Stelle jener Selbstliebe, an welche nichts Gutes für uns sich länger knüpfen läßt, eine andere Liebe, die unmittelbar auf das Gute, schlechtweg als solches und um sein selbst willen gehe, in den Gemütern aller, die wir zu unserer Nation rechnen wollen, setzen und begründen.« Und er fügt hinzu, damit man ihn nicht mißverstehe: »Die Liebe für das Gute schlechtweg als solches und nicht etwa um seiner Nützlichkeit willen«.

Es gibt den deutschen Sonderweg, und von solchen Forderungen nimmt er seinen Ausgang. Die Ablehnung jeder Form von Pragmatismus brachte die Deutschen in ständige Konflikte mit sich selbst, mit den anderen, isolierte sie, überforderte sie. Das totale Gutsein als deutsche Pflichtübung hatte Ressentiment und Selbstmitleid zur Folge und führte, bei so viel auferlegtem Gutseinmüssen, zum Ausbruch des Bösen in seinen furchtbaren Ausmaßen gerade in dieser Nation. Die Deutschen sollten aus Prinzip, aus philosophischen Gründen gut sein und nicht unter praktischen Umständen *bloß* zivilisiert.

Hierzu der Schlüsselsatz steht ebenfalls in den *Reden an die deutsche Nation,* daß nämlich »der äußerlich zum unschädlichen oder brauchbaren Bürger Gewordene dennoch innerlich ein schlechter Mensch bleibt, denn darin eben besteht die Schlechtigkeit, daß man nur sein sinnliches Wohlsein liebe«. Wie sollte das gutgehen, wenn die äußerliche Verkehrsform, die – wie richtig vermerkt wird – den *Bürger* ausmacht, nicht genügte? Daß vom einzelnen genau das verlangt wurde, und *nicht mehr,* als daß er sich als *unschädlich* und *brauchbar* erweise, hat sich im westlichen »Ausland« bewährt. Was geht die anderen, was geht den Staat an, was einer innerlich mit sich abmacht, was er für Größenphantasien bei sich hegt? Es ist diese Trennung von innerer und äußerer, privater und öffentlicher Sphäre, es ist sein Recht auf *sinnliches Wohlsein,* was den mündigen Bürger eines liberalen demokratischen Gemeinwesens kennzeichnet.

Fichte dagegen fordert die »Erschaffung einer ganz neuen Ordnung der Dinge«, *alles muß einheitlich anders werden.* Dazu ist, und das ist das zentrale Thema seiner *Reden,* eine »neue Erziehung« vonnöten, eine Erziehung, die »bis zur Wurzel der wirklichen Lebensregung und Bewegung durchgreifen« soll, die die »Zöglinge nach Regeln sicher und unfehlbar (!) bilden und bestimmen« muß. Die »neue Erziehung« würde »gerade darin bestehen müssen, daß sie die Freiheit des Willens gänzlich vernichtete«. Ermahnungen erreichen das beim Zögling nicht, »du mußt ihn machen, ihn also machen, daß er gar nicht anders wollen könne als du willst, daß er wolle«.

Kommt uns das denn ganz und gar entlegen vor, will uns das bloß noch historisch erscheinen? Ich zitiere hier übrigens nach einer DDR-Ausgabe der *Reden,* erschienen 1955 in Leipzig. Fichte wendet sich an die »gebildeten Stände«, also an die Intellektuellen, die meisten davon im Staatsdienst, sie sind bei der *neuen* Erziehung die Subjekte, doch Objekt ist »das Volk«: »Wir wollen durch die neue Erziehung die Deutschen zu einer Gesamtheit bilden, die in allen ihren einzelnen Gliedern getrieben und belebt sei durch dieselbe eine Angelegenheit«. Dies ist die »zum Ideal gesteigerte Ordnungsliebe«, und daß die dazu erforderliche »Gesetzgebung einen hohen Grad von Strenge erhalte«, dafür »muß dieses Strafgesetz schlechthin ohne Schonung oder Ausnahme vollzogen werden«.

Wen wundert's, daß die *neue* Erziehung eine »Kunst« genannt wird? Der Zögling »geht zu rechter Zeit als ein festes und unwandelbares Kunstwerk dieser ihrer Kunst hervor, das nicht etwa auch anders gehen könne«. Daß jede menschliche Lebensäußerung staatlicher politischer Erziehung und daß diese den Einheits- und Perfektabilitätsgesichtspunkten des Kunstwerks unterworfen, kurz, daß das Gemeinwesen *verwirklichte Literatur* sein müßte – das hat von Deutschland aus das Unding einer kollektiven Autonomie (die es nicht geben kann, weil das eine das andere aufhebt) in die Welt gesetzt. Daß deutsche Schriftsteller, die sich als Erzieher verstanden – auch das im Einklang mit einer Forderung Fichtes –, diesem Unding in ihren Büchern eine Freistatt gaben, wäre nicht schlimm, hätten sie nicht für sich und ihr Metier übersehen, was Fichte als Bedingung einer auf die Kommune angewandten, vernünftig begründeten Ästhetik anführt: eine Gesetzgebung mit einem hohen Grad von Strenge, als Strafgesetz schlechthin ohne Schonung und Ausnahme vollzogen. Freiwillig will die Kunst nicht hin zum Leben, nur Zwang macht Kunst lebendig (wirklich).

*

Der Lyriker Mircea Dinescu wohnt jetzt in der Villa des früheren Innenministers unter Ceauşescu. So enden Revolutionen, und so wenig Neues fällt Schriftstellern außerhalb ihrer Literatur ein.

*

Alle Attraktivität des Westens ist Überlegenheit der Technologie. Dazu gehört auch die politische, die Auffassung von Politik als Technologie.

*

Ich finde, in der Welt geht es gerecht zu: Niemand interessiert sich für den anderen.

*

Wie unvorbereitet, wie erschrocken wirken manche, die seit Jahren etwas theoretisch bewiesen haben, wenn es ihnen eines Tages von der Praxis bestätigt wird.

Nr. 503, Februar 1991

Kurt Scheel

Die Wahrheit der Legende

John Ford und der Abschied vom Western

Warum ein Western? Weil Amerika *das* Land des Films ist, und der Western ist *das* amerikanische Genre. Warum *Liberty Valance*? Viele Kenner halten *The Searchers* für den bedeutendsten Western, auch er von John Ford, auch hier John Wayne in der Hauptrolle. Und ist nicht *Liberty Valance* in vielerlei Hinsicht gerade untypisch für das Genre? Kein »big country«, nicht die endlose Weite der Landschaft – die meisten Szenen spielen in einem Westernkaff, nachts, häufig im Haus; viel, sehr viel Dialog – kein Beispiel für die schöne Lakonie des Westerner, die wir lieben, weil sie einem Gebot des Kinos überhaupt entspricht: Schweig, damit ich dich sehe. Und schließlich ist der Film auch noch in schwarzweiß – keine »yellow rose of Texas«, kein Blau des Himmels, kein Rot Monument Valleys.

Der Mann, der Liberty Valance erschoß ist der radikalste Western der klassischen Ära. Er ist der Abgesang John Fords auf das Genre, »the western, to end all westerns«. Und, nicht zuletzt, bringt er die beiden großen Stars zusammen, die den Western geprägt haben, John Wayne und James Stewart. In *Liberty Valance* durchbricht Ford die Regeln des Genres in einer Konsequenz, die die Propagandisten des Experimentalfilms, die cineastischen Sehgewohnheitenveränderungsforderer, das mokante Gerede über die Abgelebtheit des »Erzählkinos« usw. als das entlarven, was sie sind: bewußtlos und uninformiert; aber Augen kann man eben nicht kaufen.

Gegen Regeln zu verstoßen, ist das einfachste; und oft stößt es ab, weil die hauptberuflichen Regelverstoßer ihre Verachtung des Publikums nicht einmal notdürftig kaschieren. Man muß, mit anderen Worten, gute Gründe haben, wenn man das Versprechen, das jedes Kunstwerk stillschweigend voraussetzt, bricht: Ich tue dir nichts; und dir wird nichts geschehen. – Ford hat gute Gründe, und der Schmerz, den es ihm bereitet, gegen die Regeln zu verstoßen, ist sichtbar im Film, Teil der Inszenierung. Es tut weh, dem zuzuschauen, und dies mag mit ein Grund sein, warum *Liberty Valance* beim Publikum und bei der Kritik keinen so großen Erfolg hatte. In der Tat, er ist etwas »clumsy«, wie Mr. Halliwell kritisiert, »heavy-spirited«, wie Pauline Kael feststellt.

Helden sind unsterblich; der unsterblichste Held des Kinos ist John Wayne – wenn *Liberty Valance* beginnt, ist John Wayne tot; und nicht einmal eine heroische Leiche, sondern wir müssen ihn uns als eine Art toten Penner vorstellen; er liegt in einem Billigsarg, ohne die Insignien des Westerner: ohne Stiefel, Sporen, ohne seinen Revolver. Als Halbwüchsiger sah ich den Film zum erstenmal, ich erinnere mich gut des Schocks, daß und vor allem wie *Liberty Valance* die Regel des unsterblichen Helden durchbricht. Bei denjenigen, die nicht mit dem klassischen Western, sondern der italienischen Abart aufgewachsen sind, mag dies ein müdes Lächeln hervorrufen, basiert der Italowestern doch gerade auf dem Prinzip, gegen alle Konventionen des Genres zu verstoßen, in möglichst extremer, hergeholter Weise. Nicht bestritten werden soll, daß auch der Italowestern einige anschauenswerte Filme hervorgebracht hat, *Für eine Handvoll Dollar, Django, Leichen pflastern seinen Weg* beispielsweise, daß Regisseure wie Corbucci und Leone ihr Handwerk verstehen.

Aber wie das so ist mit Prinzipien: Sehr schnell sind sie durchschaut, und da jeder Italowestern durch nichts als die Überbietung des Vorläufers sich rechtfertigt, ist man bald gelangweilt. Anders gesagt: Der Italowestern hat kein freundliches, freundschaftliches Verhältnis zu seinem Publikum, sondern ein zynisches. Er hat kein Interesse an seinen Gegenständen als das der Ausbeutung: ex und hopp. Seine besten Ergebnisse erzielte er daher auch, wenn er den Zynismus seines filmischen Verfahrens in eins setzte mit dem Zynismus seiner Protagonisten: der käufliche Söldner in *Mercenario* zum Beispiel, dessen Verhalten im Kapitalismus ziemlich genau unserer Analyse entsprach, freilich ohne unser Revolutionspathos.

Der Italowestern ist parasitär und hier nicht weiter von Interesse. Wenn ich Western sage, meine ich den klassischen amerikanischen. Und statt einer Definition nenne ich lieber Beispiele: *Stagecoach* (1939), *Destry Rides Again* (1939), *Red River* (1948), *She Wore a Yellow Ribbon* (1949), *Wagonmaster* (1950), *Broken Arrow* (1950), *Bend of the River* (1952), *The Naked Spur* (1952), *The Searchers* (1956), *Rio Bravo* (1958), *The Man Who Shot Liberty Valance* (1962).

Drei Regisseure haben das Genre geprägt: John Ford, Howard Hawks, Anthony Mann. Und die beiden Stars, die zum erstenmal gemeinsam auftreten in *Liberty Valance.*

*

Wenn der Film beginnt, ist der Westen nicht mehr der des Western: Einen Zug zeigt die erste Einstellung, und er war es, der den Westen verändert hat; er hat in ein Territorium der Gewalt, der Gesetzlosigkeit, der schrankenlosen Freiheit die Zivilisation gebracht, Recht und Ordnung. Der Zug war es, der den Westerner, den reitenden Helden, anachronistisch werden ließ.

Senator Ransom Stoddard (James Stewart) und seine Frau Hallie (Vera Miles) kehren mit diesem Zug in die kleine Stadt Shinbone zurück, die sie vor dreißig Jahren verlassen haben, und in den Grenzen von Shinbone wird der Film spielen, gefangen sein. Nicht der Raum, die Weite, der ferne Horizont wird den Film prägen, sondern die Dimension der Zeit, ein Spiel zwischen Gegenwart und Vergangenheit, zwischen Ankunft und Abschied: Erinnerung.

Die beiden sind zurückgekommen, um an der Beerdigung eines Freundes teilzunehmen. Tom Doniphon? Der Redakteur des *Shinbone Star,* der den berühmten Politiker interviewt, kennt nicht einmal den Namen des Verstorbenen. Und als der Senator darüber nichts sagen will, insistiert er: »Die Öffentlichkeit hat ein Recht, die Geschichte zu hören.« Nach einem langen Blick zwischen ihm und seiner Frau beginnt der Senator seine Erzählung: »Sie kennen doch die Stadt frühestens, seit es hier eine Eisenbahn gibt. Damals sah es hier anders aus, ganz anders. Als ich das erstemal nach Shinbone kam, bin ich mit der Postkutsche gefahren. Sie sah so ähnlich aus wie die hier. Mal sehen. Es könnte sogar dieselbe sein, das wäre durchaus möglich. ›Overland‹, natürlich, es ist dieselbe. Also hören Sie zu, hören Sie gut zu. Ich war ein junger Kerl. Ich hatte mein Jura-Examen, den Koffer voller Gesetzbücher, vom Vater eine goldene Uhr und 14 Dollar 80 Cent in der Tasche. Ich hatte den Ratschlag Horace Greeleys wörtlich genommen: Nach Westen, junger Mann, nach Westen, dort findest du Ruhm, Glück und Abenteuer ...«

Ein Schuß fällt, und er ist das Signal, daß wir uns nun in der Zeit befinden, als der Westen noch Abenteuer bedeutete, als die Postkutsche statt der Eisenbahn verkehrte: Wir sind in den achtziger Jahren des letzten Jahrhunderts. Es ist dies eine der schönsten Überleitungen in eine Rückblende, die die Filmgeschichte kennt: die raunende Stimme Jimmy Stewarts, die alte Postkutsche (von der Kenner behaupten, es sei dieselbe, die die Titelrolle in *Stagecoach* spielte), der Schuß, der unsanft den träumerischen Übergang von einer Zeit in die andere beendet – jetzt sind wir, nach der siebzehnminütigen Einleitung, in der harten Realität dieser Rückblende gelandet; sie wird neunzig Minuten dauern, und daran wird sich ein fünfminütiger Epilog, wieder in der Erzählzeit spielend, anschließen.

Der Schuß stammt aus der Waffe von Liberty Valance (Lee Marvin), der die Postkutsche mit seinen Kumpanen überfällt. Valance ist kein gewöhnlicher Bandit, er steht im Sold der Viehbarone, die zu verhindern versuchen, daß aus einem freien Territorium, wo das Gesetz des Stärkeren gilt, ein amerikanischer Bundesstaat wird, wo *law and order* herrschen.

Valance schlägt Stoddard nieder und prügelt ihn fast zu Tode, als er dessen Gesetzbücher findet: »Hier bei uns herrschen andere Gesetze, West-Gesetze.« Damit ist das Leitmotiv des Films angeschlagen: West-Gesetze gegen Ost-Gesetze. Die einen bedeuten Gewalt und Tat, die anderen Wort und Vertrag. Daß der Outlaw Liberty Valance den Namen der Freiheit führt, geradezu den Wert *(valence)* der Freiheit verkörpern soll, ist freilich nicht ironisch gemeint. Freiheit ist für Ford ambivalent, sie hat eine böse, dämonische Seite: Liberty Valance; und eine gute, die uns in Gestalt Tom Doniphons (John Wayne) entgegentritt. Er findet den schwerverletzten Anwalt und bringt ihn in die Stadt, zu seiner Braut Hallie, die mit ihren Eltern ein kleines Restaurant führt. Sie wird Stoddard pflegen, und Doniphon, der ihn, nicht zum letztenmal, vor Liberty Valance gerettet hat, wird Hallie an Stoddard verlieren.

Doniphon, der Rancher, und Valance, der Bandit, sind die zwei Seiten einer Medaille. Für beide ist der Westen das Land ohne Grenzen, im wörtlichen Sinne: ohne Zäune oder Stacheldraht, der das weite Land parzellieren und zur »Scholle« der Farmer machen wird. Aber auch im übertragenen Sinn: ohne jene Grenzen, die die Gesellschaft, die Recht und Gesetz dem einzelnen ziehen. Noch gilt, daß nur sein Recht bekommen wird, wer es in die eigenen Hände nimmt. Doniphon, wie Valance, hält nichts von Ost-Gesetzen, was er

Stoddard sagt und womit er dessen Wutanfall hervorruft: »Sie sagen genau, was Liberty Valance mir gesagt hat.«

An vielen Stellen betont Ford diese Verbundenheit zwischen Doniphon und Valance – wer den einen will, muß den anderen in Kauf nehmen; und wer die Freiheit zum Bösen bestreitet, wird die Freiheit zum Guten vernichten.

»Ransom Stoddard – Anwalt der Rechte« steht auf seinem Holzschild, aber er kann es nirgends anbringen: Ohne Geld, ohne Interesse der Bürger von Shinbone an seinen beruflichen Fähigkeiten arbeitet er in Hallies Restaurant als Tellerwäscher, besessen von dem Gedanken, wie er Liberty Valance mit seiner Waffe, dem Gesetzbuch, beikommen kann. Stoddards Macht beruht auf dem Wort, auf Lesen und Schreiben, auf dem Gesetz, das allmächtig ist, wenn es gilt. Aber hier, im Westen, in dieser Zeit des Umbruchs, ist es ohne Wert. »Sie können lesen und schreiben. Und was nützt es? Sie sind ein Tellerwäscher mit Schürze«, wirft Hallie dem Anwalt einmal an den Kopf. Und als Valance ihn im Lokal demütigt, um ihn zum Kampf zu zwingen, muß Doniphon ihn retten, mit dem Colt. Das treibt Stoddard fast zur Raserei: daß hier seine Waffe, das Gesetz, ohne Macht ist und den Schutz des feindlichen Prinzips, des Colts, braucht.

Für die verzweifelte Wut Stoddards gibt es aber noch ein anderes Motiv. Auch wenn er ständig das Gesetz als einzige Instanz beschwört, so ist er nicht bereit, als Märtyrer des Rechts zu sterben. Er ist in seiner Männlichkeit gekränkt, und seinem Retter Doniphon schleudert er entgegen: »Ich kämpfe meine Angelegenheiten allein durch.« Letztlich wird er bei diesem Kampf seine Prinzipien verletzen, die Waffe in die Hand nehmen und sich nicht an das halten, was er predigt.

Das Wort ist das Prinzip der Zivilisation, und Zivilisation ist ein Fortschritt. Dies stellt der Film nicht in Frage, aber er wirft ein Zwielicht darauf. Besonders eindringlich in der Szene, als Stoddard Kindern und Erwachsenen Lesen und Schreiben beizubringen versucht. Auf der Tafel des improvisierten Klassenzimmers steht »Education is the basis of law and order«, und die Kinder singen brav: »So lern ich mein ABC, das macht Spaß und tut nicht weh« – freilich in einer so tristen Weise, daß der Text geradezu dementiert wird: Offenbar tut es sehr weh! In dieser Szene erscheint Stoddard unsympathisch, von oben herab, besserwisserisch; Erziehung ist Indoktrination, mehr ein Akt der Repression als der Aufklärung.

Wenn das Wort herrscht, das weiß auch Liberty Valance, ist seine Zeit abgelaufen. Als der *Shinbone Star* Artikel gegen ihn und seine Auftraggeber veröffentlicht, zerstört er die Druckmaschine und bringt den Herausgeber fast um, ihm die Zeitung in den Mund stopfend: »Friß deine eigenen Worte.« Nun, nachdem der Zeitungsmann, sein Bruder im Geiste (und im Worte) fast für ihre gemeinsame Sache – Recht statt Gewalt – gestorben ist, kann und will sich Stoddard nicht mehr der Auseinandersetzung mit Valance entziehen, und zwar nach dessen Regeln, nach West-Gesetzen: mit dem Colt. Zur Überraschung aller stirbt nicht er, sondern der Outlaw. Stoddard ist »der Mann, der Liberty Valance erschoß«, und damit gewinnt er nicht nur Hallie, sondern auch die Aussicht auf eine Karriere, die, neben der des Journalisten, am stärksten vom öffentlichen Wort lebt: die Karriere des Politikers.

Aber als der Territoriumskonvent ihn zum Abgeordneten für den Kongreß in Washington bestimmen will, läuft Stoddard davon. Auf einen Totschlag will er keine Karriere gründen. Tom Doniphon klärt ihn auf: Auf Bitten von Hallie, Stoddard zu schützen, war er zum Showdown geeilt; er hat Valance erschossen: »Es war glatter Mord, aber ich kann trotzdem schlafen. Denken Sie doch mal an Hallie, die hätte sehr um Sie getrauert ... Hallie gehört jetzt Ihnen.«

Wenn Doniphon dies Stoddard erzählt, zeigt Ford in einer Rückblende (in der Rückblende) aus Doniphons Perspektive, wie er Valance erschießt; aus dem Hinterhalt. Hier schneidet die Radikalität des Films ins Fleisch, bricht Ford nicht nur eine Konvention des Genres, sondern geradezu eine heilige Regel: Der mythische Held des Western, John Wayne, kämpft nicht fair; er wird zum Mörder.

Man hat John Ford als Reaktionär bezeichnet, als Ideologen des amerikanischen Traums, und dieser sei nichts als Hybris. Wer Ford so bezichtigt, sollte freilich nicht übersehen, daß dieser Regisseur, wie kein zweiter, die Legenden, die er schuf, befragt und in seinem Spätwerk zersetzt hat.

Tom Doniphon ist der Mann, der Liberty Valance erschossen hat; und mit dem Outlaw hat er einen Teil von sich selber getötet, seinen Schatten. Was immer er tut, er wird Hallie verlieren: an Stoddard, wenn er ihn vor Valance rettet; an Hallies Trauer, wenn der Anwalt stirbt. Hallie ist die Prämie, die der bekommt, dem der Westen gehören wird. Hallie ist der Westen, sein Symbol, und wie der Westen seine grenzenlose Freiheit, seinen schrankenlosen Individualismus eingetauscht hat gegen Recht und Ordnung, so wird Hallie die Sicherheit, die Stoddard ihr bieten kann, der Leidenschaft Doniphons vorziehen.

Aber »verliert« Doniphon die Frau wirklich an den Anwalt? Es stimmt, Doniphon und Stoddard sind Repräsentanten unterschiedlicher Ordnungen, und »Wörter« sind eine höhere Sozialform als »Gewalt«. Dies ist der Prozeß der Zivilisation, und daher muß der Westerner tragisch scheitern. Freilich nicht in dem Sinne, daß er einem übermächtigen Geschick einfach ausgeliefert sei. *Liberty Valance* ist kein Fordsches Remake einer griechischen Tragödie,[1] Tom Doniphon ist eine Figur der Moderne. Nicht der Wille der Götter bestimmt sein Schicksal, sondern seine Persönlichkeit, sein individualisti-

[1] Der gutwillige Bildungsbürger möchte das Kino zu sich erheben; dies treibt in der Regel merkwürdige Blüten, beispielsweise in der Studie von Nancy Warfield aus dem Jahr 1975: Sie versucht zu zeigen, daß *Liberty Valance* irgendwie eine Auseinandersetzung Fords mit Platon sei. Abgesehen davon, daß sie keine rechten Belege für ihre These beibringen kann, kommt ihr offenbar überhaupt nicht in den Sinn, die Relevanz der Problemstellung zu bedenken. – Wer sich mit dem Western John Fords beschäftigen will, sei auf folgende Titel verwiesen, denen auch diese Überlegungen Anregungen verdanken: Andrew Sarris, *The John Ford Movie Mystery.* London: Secker & Warburg 1976; J.A. Place, *Die Western von John Ford.* München: Goldmann 1984; Tag Gallagher, *John Ford. The Man and His Films.* Berkeley: University of California Press 1986.

scher Eigensinn, den er sich von der Gesellschaft nicht zähmen lassen will. Dieser Individualismus ist es, der ihn innerlich dafür bereitmacht, auf Hallie zu verzichten. Doniphon verkörpert einen Männertypus, den, nach den Regeln des Genres, Einsamkeit umgibt. Weniger freundlich gesagt: Um Doniphon ist auch ein Moment des Asozialen. Aber warum setzt ihn das, der nach dem Tod von Valance keine imposante Figur bleibt und nur noch betrunken auftritt, in unseren Augen nicht herab? Weil wir uns in seinem Unbehagen in der Kultur spiegeln können?

Senator Stoddards Erzählung ist vorbei, die Rückblende ist zu Ende – aber noch nicht der Film. Wir sind wieder in der Erzählzeit und kennen nun, wie der Redakteur des *Shinbone Star,* die Geschichte des Mannes, der Liberty Valance erschoß, und des Mannes, den man dafür hielt und der auf diesen Ruf eine große politische Karriere gründete. Aber der Redakteur wird diese Sensation nicht veröffentlichen: »This is the West, Sir. When the legend becomes fact, print the legend.«

Diese berühmten Sätze aus *Liberty Valance* haben in der Sache einen Vorläufer, in *Fort Apache* (1948) gibt Ford eine ähnliche Einstellung zu erkennen: Henry Fonda spielt einen Offizier, der General Custer nachempfunden ist; einen negativen Helden, dem John Wayne, sein Untergebener, als Widerpart entgegensteht. Doch nachdem Fonda sein Leben und das seiner Soldaten sinnlos aufs Spiel gesetzt und verloren hat, bekräftigt Wayne vor Presseleuten die erwünschte Legende: die schlichte Lüge über einen Mann, der seinem Regiment Ehre gemacht habe. John Ford hat das später kommentiert: »Es ist gut für das Land, Leute zu haben, zu denen es aufblicken kann. So wie Custer. Ein großer Held. Das war er eben gerade nicht.«

Was hier noch als einfacher Widerspruch stehenbleibt, als Rechtfertigung einer Geschichtsklitterung, ist im Fall von *Liberty Valance* in ein dialektisches Verhältnis getreten: Die historische Wahrheit ist eine Fußnote zur Realität. Die Realität des Mythos ist seine Funktion, ob er auf einer »Lüge« aufbaut oder nicht. Dies, diese ganze komplizierte Verschlingung von Wahrheit, Lüge, Legende, Realität zeigt Fords *Liberty Valance* in grandioser Weise.

Hallie und ihr Mann sitzen im Zug, sie verlassen Shinbone. Hallie sagt: »Sieh dir das Land an: Es war einmal eine Wildnis. Jetzt ist es ein Garten. Du kannst stolz darauf sein.« Aber der Senator ist nicht stolz, er fragt zurück: »Hallie, auf Toms Sarg stand eine Kaktusrose, wer hat ihm die gebracht?« »Ich, Ranse.« Der Gegensatz von *Ordnung und Freiheit,* von *Garten und Wildnis* wird mit diesen Sätzen in einen letzten Gegensatz überführt, den von *Wort und Körper.* Als Hallie sich für den Anwalt entschied, für Sicherheit, Ordnung, Gesetz, verzichtete sie auf das, was Tom ihr geboten hätte: Freiheit, Risiko, Leidenschaft.

»When the legend becomes fact, print the legend.« Dieser Satz ist eine Falle, man kann ihn nicht zur Rechtfertigung für nationale Mythenbildung heranziehen, er ist kein Plädoyer für Häuser der Geschichte o.ä. – dieser Satz ist ein höhnisches Orakel: Der Senator, der endlich seine Lebenslüge aufdekken wollte, ist damit gescheitert; er entkommt dieser Lüge nicht, kann sich nicht ehrlich machen. Der letzte Satz des Films gehört dem Zugschaffner, der dem Senator mit den Worten zu Diensten ist: »Nichts ist gut genug für den Mann, der Liberty Valance erschoß.«

*

Liberty Valance ist ein streng durchkomponierter Film. Die Polarität von Wort und Gewalt ist in einer Präzision und Konsequenz thematisiert, daß eine Analyse dieser Struktur fast den Anschein des Penetranten hervorrufen kann. Aber eben nur die Analyse – der Film selber, wie das große amerikanische Kino überhaupt, verbirgt seine Mathematik im Understatement. Dies ist vielleicht der zentrale Unterschied zwischen europäischem und amerikanischem Film: jener liebt es, seinen Kunstcharakter auszustellen; dieser trachtet ihn zu verbergen. Beispielsweise im Genre, denn, nicht wahr, ein Western kann doch wohl keine Kunst sein (mit der Ausnahme von *High Noon,* der gefiel sogar unseren Deutschlehrern, weil er die Einheit von Ort, Zeit, Handlung so schön bewahrte). Oder wollen Sie ernsthaft einen Film, in dem John Wayne mitspielt, mit den Gipfeln der europäischen Filmkunst vergleichen?

»Mein Name ist John Ford. Ich mache Western.« Auch dieser Satz ist eine Falle, alles andere als bescheiden. Der das sagte, wußte, was er kann: auf offener Bühne das Kunststück zeigen; den Trick dabei erklären; und, während wir noch glauben, aufgeklärt zu werden, sitzen wir schon längst nicht mehr im Kinosaal, sondern sind im Bild verschwunden, wie es uns die Legende vom chinesischen Maler und seinem Bild erzählt hat.

John Fords *Liberty Valance* ist Legendenbildung im dreifachen Sinne: die Legende – die unwahre Geschichte – des Ransom Stoddard als des Mannes, der Liberty Valance erschoß – und der Film schildert, daß ihre Aufklärung die Legende nicht zerstören kann: *print the legend.* Er zeigt die Legende – das Heldenlied – des Tom Doniphon als des Mannes, der Liberty Valance erschoß – und damit setzt er dem Westerner, dem Verlierer, ein Denkmal: *print the legend.* Und schließlich ist der Film selber eine Legende – die Geschichte des amerikanischen Westens, und niemand fragt, ob es ihn jemals so gegeben hat, wie die Western, wie John Ford und andere ihn schildern: *print the legend.*

Liberty Valance ist nicht Fords letzter Western, aber doch eigentlich der Abschied vom Genre; er ist darüber hinaus sein Abschied vom amerikanischen Traum, vom Idealismus einer jungen Nation, davon, daß Freiheit und Individualismus mit Recht und Ordnung zusammenpassen könnten. *Liberty Valance* ist ein trauriger Film, auch deshalb, weil Ford keine rückwärtsgewandte Utopie präsentiert, die Vergangenheit nicht einfach verklärt und gegen das schlechte Neue ausspielt. Das Neue löst das Alte ab, und das muß so sein; dies wird bilanziert. Daß Demokratie und Freiheit in einen Gegensatz geraten können, weiß Ford, wie es der Amerikareisende Tocqueville wußte. Fords Konservativismus ist einer, der die Sieger der Geschichte befragt nach dem Preis des Fortschritts; und wer ihn bezahlt. Seine Art, Partei für die Verlierer zu ergreifen, ohne die Gewinner schlicht zu denunzieren, ähnelt einem Verfahren, das Walter Benjamin uns nahelegte: »Kleiner methodischer Vorschlag zur kulturgeschichtlichen Dialektik. Es ist sehr leicht, für jede Epoche auf ihren verschiednen ›Gebieten‹ Zweiteilungen nach bestimmten Gesichtspunkten vorzunehmen, dergestalt daß auf der einen Seite der ›fruchtbare‹, ›zukunftsvolle‹, ›lebendige‹, ›positive‹, auf der andern der vergebliche, rückständige, abgestorbene Teil dieser Epoche liegt. Man wird sogar die Konturen dieses positiven Teils nur deutlich zum Vorschein bringen, wenn man ihn gegen den negativen profiliert. Aber jede Negation hat ihren Wert andererseits nur als Fond für die Umrisse des Lebendigen, Positiven. Daher ist es von entscheidender Wichtigkeit, diesem, vorab ausgeschiednen, negativen Teile von neuem eine Teilung zu applizieren, derart, daß, mit einer Verschiebung des Gesichtswinkels (nicht aber der Maßstäbe!) auch in ihm von neuem ein Positives und ein anderes zu Tage tritt als das vorher bezeichnete. Und so weiter in infinitum«.

Abschied vom Western? Aber hat er nicht gerade ein triumphales Comeback gefeiert, hat *Dances With Wolves* nicht in diesem Jahr sieben Oscars bekommen, höchst erfolgreich bei Publikum und Kritik? Kevin Costners Film ist in der Tat sehenswert, allein schon wegen der eindrucksvollen Landschaftsaufnahmen. Und er ist auch ideologisch wohltuend: Die Indianer sind endlich einmal die Guten, die Weißen - Soldaten auch noch - die sehrsehr Bösen. Statt der amerikanischen Maxime, daß nur ein toter Indianer ein guter Indianer ist, vertritt dieser Film die europäische Ansicht vom edlen Wilden. Und selbst wenn der rote Bruder vielleicht nicht ganz so edel war, wie der Film es uns zeigt, ist dieser Blick doch der weitaus sympathischere und wohl auch der historisch richtigere. *Dances With Wolves* ist ein liebevoll gemachter Film mit schönen Bildern, süffiger Musik, guten Schauspielern und einer moralischen Geschichte. Sein Erfolg ist verständlich: Wer schätzte nicht den Film über einen Mann, der Indianern hilft, Frauen respektiert und seinen Hund beziehungsweise Wolf liebt, wie die *New York Times* etwas spitz kommentierte.

Aber im Ernst: Es geht hier nicht um die Frage, ob *Dances With Wolves* überhaupt ein Western ist oder nicht eher ein Öko-Ethno-Film; sondern darum, daß er und sein Held so erbarmungslos nett, so ungeheuer flach sind. Kevin Costner spielt eine Figur, der jede Dimension von Gebrochenheit fehlt. *Dances With Wolves* ist die monumentale Inszenierung der Frage, warum die anderen nicht so sind wie wir, das heißt gut. Insofern ist der Film das Gegenstück zu *Liberty Valance:* Statt vielfach gebrochener, problematischer Figuren tritt uns ein rundum sympathischer Mann entgegen. Über Büchners Frage, was es sei, was in uns lügt, hurt, stiehlt und mordet, könnte er wohl nur verständnislos den Kopf schütteln: *in uns?* Die Hölle, das sind doch die anderen! *Dances With Wolves* ist zu harmlos, als daß man auf ihn das Genre neu begründen könnte. Er verblaßt vor den Meisterwerken des klassischen Western, und er verschwindet vor der Radikalität und Konsequenz von *Liberty Valance,* John Fords Abschied vom Western, der auch der unsere ist.

Nr. 510/511, Sept./Okt. 1991

Claus Koch

Gegen Identität

Von der Antiquiertheit der Ethik

Anlageberatung »Entfremdung« und »Verdinglichung« gehören schon seit zwei Jahrzehnten zum hoffnungslos versunkenen Begriffsgut der Aufklärung. Wenigstens was die Sphären des Produzierens und des Konsumierens angeht, die Güter, läßt sich damit keine Kritik mehr anstacheln, die unter der Fahne des Authentischen gegen den technischen Fortschritt zu Felde ziehen könnte. Nur noch in einem Nachhutgefecht bewahren sich »Entfremdung« und »Verdinglichung« einstweilen ein Rollenstichwort: bei Leib und Leben, die durch den Instrumentalismus der Biotechnologie um ihr Eigentliches gebracht würden. Was hier mit »Verdinglichung« gemeint ist, scheint jedermann zu verstehen, und deswegen konnte es auch in den gehobenen Sprachschatz von nachdenklichen Medizinern und Wissenschaftsfunktionären eingehen: die Entseelung des geborenen Menschen und der Lebenswelt durch die anonyme Macht der Technik. Für die Bewußtseinsschärfung des längst verlorengegangenen Klassensubjekts nicht mehr vonnöten, feiern »Entfremdung« und »Verdinglichung« in den bioethischen Erbauungsschriften noch einmal Urstand. Diesmal für den Gebrauch einer verwirrten *middle class,* die nach dem Verlust kultureller Herrschaft, nicht zum erstenmal, die Natur moralisiert.

Einige der originellsten Aperçus zur Rhetorik der Entfremdung hat Günther Anders beigesteuert, vor allem in seinem Essay *Über prometheische Scham* im ersten Band der *Antiquiertheit des Menschen* (1956). Ihre Überprüfung könnte zeigen, welche Wegstrecke seitdem – die Doppelhelix war gerade ans Licht gehoben, doch ihre Konsequenzen waren kaum noch erspekuliert – jene beiden Verlustkategorien durchmessen haben.

Die prometheische Scham erklärt Anders als den dialektischen Umschlag der Attitüden des prometheischen Trotzes als einer Weigerung, sich selbst anderen zu schulden, und des prometheischen Stolzes, alles, sogar sich selbst, ausschließlich sich selbst zu verdanken. Der heutige Prometheus, der »Hofzwerg seines eigenen Maschinenparks«, ersetze den Stolz angesichts seines Werkes durch ein Gefühl der Jämmerlichkeit: Wer bin ich denn schon? In seiner Scham, geworden statt gemacht zu sein, sei der Heutige schon zur Gegenseite übergelaufen, zum Gerät, dem er gleichwertig, ebenbürtig sein wolle. Die in den fünfziger Jahren vieldiskutierten Experimente der Belastungsmedizin, die Anders als Physiotechnik oder Human engineering bezeichnet, dienen ihm als Beweis für die strategische Absicht, die Physis ihrer Fatalität zu entkleiden, dem Fatum des Geborenseins das Beschämende zu nehmen. Entfremdung und Verdinglichung sind gemeint; ihre Unentrinnbarkeit wird von Anders durch die damals wie heute unter den Gebildeten beliebte Überzeugung vom »prometheischen Gefälle« verschärft: »Unsere Seelen sind weit hinter dem Metamorphose-Stand unserer Produkte, also unserer Welt, zurückgeblieben.«

Das Vorauseilen der verselbständigten Produkte, die einzuholen und zum Zwecke der Zähmung auf den Begriff zu bringen den hinterdreinjagenden Seelen- und Verstandeskräften nimmermehr gelingen könne, ist ein Lieblingsschema im Selbstbestrafungskatalog der spätbürgerlichen Technikkritik. Schwer anzukommen ist gegen den Willen zur Ohnmacht, der sich in den Stereotypen bekundet, daß die Kluft zwischen ... und ... immer größer werde, daß die Komplexität immer weiter zunehme, daß die unbegriffene Fortschrittsdynamik sich ständig beschleunige etc. Doch die Zauberlehrlingsmetapher ist ziemlich öde geworden, sie kann nur noch zur Lizenz für ein verantwortungsloses Spekulieren herhalten, das die Technik fetischisiert, um vor ihr anständig kapitulieren zu können. Das ist auch der Grundzug in Günther Anders' Antiquiertheiten.

Das Bild vom prometheischen Gefälle setzt voraus, daß neue Technik als Ereignetes vom Homo faber erst aus der Distanz des Nachher und Später verstanden und in ihrer Teleologie theoretisch rekonstruiert werden könne. Dahinter steckt der autoritäre Schöpfungsgedanke, der Techniken als »vom Menschen« vorausgeworfene Geisteskreationen begreift, die ihrerseits »gesellschaftliche Wirkungen« zeitigen. (In banalisierter Form nährt diese Schöpfungslogik die auch durch hundert Fehlschläge nicht auszurottende sozialdemokratische Illusion, man könne durch rechtzeitige Prüfung der Sozialverträglichkeit und durch vorbeugende Kontrolle neue Technik im Entstehungsstadium entschärfen und zum gefahrenlosen Wachstumsfaktor zurechtbiegen.)

An einer Technologie, etwa der Atomenergie, der Informatik und der Biotechnologie, oder gar an »der« Technik entlang die Gesellschaft zu erklären, hat noch nie viel gebracht und mehr Mißverständnisse als Aufhellungen hervorgerufen. Nicht von ungefähr sind alle Technikphilosophien der letzten hundert Jahre so schlecht gealtert, und die von Anders ist heute ebenso démodé wie etwa die von Friedrich Georg Jünger. War Mensch-Maschine für die Aufklärung eine ertragreiche Metapher, insofern es dabei um das Abservieren abgewirtschafteter Ansprüche der Religion ging, so führte ein Jahrhundert darauf die Soziologisierung der Technik zumeist in Sackgassen. Schon Marx hatte mit seiner großen Maschinerie als einer gesellschaftlichen Essenz, einer geronnenen Gesellschaftskraft, nicht viel Glück, als er ihr den Transport der Geschichtsbewegung anvertraute. Er mutete damit der güterproduzierenden Technik viel zuviel zu, ihre Fetischisierung hat die meisten Marxismen noch mehr als ein Jahrhundert lang in Verwirrung gebannt.

Dem Marxschen Technikvertrauen, das nicht nur in der Aufklärungsökonomie ehrbare Väter hatte, sondern bis heute zum ideologischen Fundament der empirischen Sozialwissenschaften gehört, kann man mittlerweile trotz seiner fatalen Irrtümer mehr Nachsicht entgegenbringen als dem Technikessentialismus von Anders, der nicht zuletzt von Heidegger inspiriert ist. Daran ändert nichts, daß Anders mit seinem Katastrophismus viel mehr recht behalten hat als Marx (der ja schließlich auch für eine beträchtliche Strecke

»recht«, dominierende Überzeugungskraft hatte). Eine Kulturkritik vom Andersschen Typ, die mit der Technik als dem Entfremdungsdämon operiert, ist immer schon gegen Irrtümer und Widerlegungen durchs Geschehen der Geschichte immun, sie ist kassandrisch enttäuschungssicher. Auch wenn dann Tschernobyl tatsächlich passiert, wird dadurch die Kritik von Anders nicht besser legitimiert. Er hatte mit der Gesellschaft noch nie anderes im Sinne, er hat sie im Grunde nie gemocht.

Die Kritik an der Technik, genauer an den Technologien, kann heute auf die Kritik der Technik verzichten. Sie kommt, sich längst in der Praxis bewegend und professionell von Ingenieuren und Juristen betrieben, vermutlich besser voran, wenn sie sich jeglicher Theorie enthält. Es hat seinen guten Grund, daß die heutigen Umweltphilosophien, die sich als soziale Theorien verstehen möchten, so langweilig sind, langweiliger jedenfalls als gestern die Technikphilosophien, die wenigstens noch ein weltanschauungsgenährtes Bürgerpublikum vor sich hatten. Jede neue Technologie, heute vor allem die Biotechnologie, reizt zwar dazu, an ihr den Zeitzustand zu klären und die Gesellschaft über sich aufzuklären. Nur, so stellt sich nach einiger Zeit heraus: Es ist nichts dahinter, was der Gesellschaftstheorie bedürftig wäre. Daß Technologien zwar schlagende Metaphern oder Symbolstiftungen hergeben können, aber keine andere als die eigene Dimension besitzen, haben die vielen vergeblichen Versuche erwiesen, den Geist des gegenwärtigen Zeitalters aus der Atomenergie oder der Computertechnik zu destillieren. Es ist kaum mehr herausgekommen als Halbbildungsdämonie für die Angestelltenkultur.

Eine Technikkritik wie die von Anders kann man, weil sie ahistorisch und prophetisch ist, nicht widerlegen. Im Falle der prometheischen Scham verlockt es dann doch, ein paar Jahrzehnte später die Erfahrung ein wenig heranzuziehen. Ein Überlaufen zum Gerät oder zum Heideggerschen Gestell aus Scham ob der eigenen Naturschwäche gegenüber der Produktewelt wird man heute auch den Technikgläubigsten nicht unterstellen (die übrigens feierabends wohl ebenso wie die Technikskeptiker mit der Suche nach ihrer Identität beschäftigt sind). So sehr mittlerweile die Ahnung verbreitet ist, daß wissenschaftliche Naturbeherrschung und Technik etwas zu tun haben mit der Herrschaft übers menschliche Innere, es wird sich schwerlich jemand vor der mächtigsten High-Tech-Organisation klein vorkommen in seiner bloßen Geborenheit. So oder so herum, das Faustische ist unverständlich geworden. Was die große Technik angeht und ihre vermutete Vermehrung an Herrschaftskonzentration, so müssen ihre Profiteure das öffentliche Mißtrauen und die eigenen Zweifel durch ständige Anzeigenkampagnen beruhigen. Wohl ist längst niemandem mehr bei den Sachen. Die prometheische Scham war nur eine verspätete Konstruktion des Ressentiments.

Endlose Geschichte Seit das Epochenparadigma vom Atom ans Gen abgegeben werden mußte, kann das Endzeitszenario auch nicht mehr das sein, was es einmal war. Tschernobyl war eigentlich ein Anachronismus, heute müßte die Apokalypse im übermächtig gewordenen Bios veranstaltet werden. Also nicht mehr Verstrahlung, Weltenbrand und Stimmen von oben, eher Überwucherung und Erstickung durch tonloses grünes Leben, das außer Kontrolle geraten ist, durch ebenso stumme wie rapide Vermehrung von Wenigzellern, durch Gärung. Das aber ist als letztes Bild vor dem Fallen des eisernen Vorhangs schlecht zu imaginieren, kann als Ankündigung des finalen Richtspruchs keinen rechten Eindruck machen – kurz, man muß fürchten, daß es auch mit der altehrwürdigen Apokalypse vorbei ist.

Gleichwohl, es fällt nicht leicht, auf das Katastrophische und seine Plötzlichkeit als einen Fingerzeig zu verzichten. Selbst die Aufklärung war in diesem Punkt nicht ganz sauber. Daß Voltaire das Erdbeben von Lissabon zum Anlaß nehmen mußte, um die Vorsehung und die beste aller denkmöglichen Welten zu denunzieren, hätte für ihn eher peinlich sein müssen, guter Geschmack war es jedenfalls nicht. Er hatte das eigentlich nicht nötig. Schlechter Geschmack ist die Anrufung der Apokalypse auch heute. Wer erst durch die Vorführung von Schreckensgesichten zu besseren Einsichten gebracht werden kann, läßt sich, wo das Aufreißen der Zivilisation allwöchentlich auf dem Kalender steht, ohnehin nicht zur Vernunft oder zum Glauben bringen. Es wäre verlorene Liebesmüh, die apokalyptischen Reiter noch einmal in Bewegung zu setzen. Daß andererseits in unaufhörlicher Lebensvermehrung das endlose Ende, gewissermaßen die Gegenkatastrophe, längst eingetreten sein könnte, ist für die moderne Vorstellungswelt unergiebig, solange selbst noch die Apokalypse »gedacht« werden muß und somit unter dem *krizein,* der Krisis steht. So wird uns noch auf einige Zeit die wohlgemeinte und peinliche Drohung der sachverständigen Warner vor dem Schlußfeuerwerk nicht erspart bleiben. Wird dieses dann, antiquierterweise, doch noch gezündet, wäre es eine völlig ertraglose Veranstaltung.

Nach der Höhlenzeit Wie Wörter verblassen, noch ehe im Halbdunkel der Einbildungskraft verschwindet, was sie einmal bezeichnet haben: der Schoß, Mutterschoß, Erdenschoß, Abrahams Schoß – das alles hat nicht mehr viel Bild- und Bedeutungskraft. Die Metapher vom Schoß zu verwenden, verlangt schon etwas Mut zur hohen Sprache. Es ist, als gehörte das, was sie meint, der Vergangenheit an, als stünde sie im Schatten einer neuen, stärkeren Realität. Ordinär gesagt, was die Metapher schwächt, wird wohl ein Funktionswandel sein.

Das, was den Schatten wirft, liegt noch in einiger Entfernung, ist aber deutlich zu sehen und trägt einen Namen: Ektogenese. Bis der Prozeß von Zeugung, Reifung und Geburt *ex vaso feminae* nicht mehr der eine, zwingende Weg der Fortpflanzung ist, sondern nur noch eine Option darstellt, die eine zweite, technische Option neben sich dulden muß, wird einige Zeit vergehen. Der Arzt Jean Bernard, Präsident der nationalen Ethikkommission Frankreichs, veranschlagt noch etliche Jahrzehnte Forschungsarbeit, bis der ganze Vorgang in künstlichem Gewebe organisiert werden kann. Auch wenn einstweilen ärztliche Deontologien und Gesetzeslagen die direkte Ektogeneseforschung verhindern, weil sie auf Experimentierembryonen angewiesen ist, so ist doch die Sache selbst aus der Spekulation ins Reich der Wahrscheinlichkeit gerückt. Die Ektogenese hat nämlich eine Reihe von Atouts für sich, nicht zuletzt solche, die aus den Mängeln der konventionellen Fortpflanzung stammen. Der schützende Mutterleib, so sagen uns die Perinatologen, ist nicht nur ein etwas unsicherer, sondern auch ein lärm- und schreckenerfüllter Ort. Auch die Mutterliebe zum Sproß im eigenen Leib läßt sich als vorzüglicher und unentbehrlicher Hege- und Wachstumsfaktor schwer bestätigen. Zum andern fördern die Erfolge der pränatalen Diagnostik, die immer weitere Erbrisiken eliminiert, den Sicherheitsanspruch der Person, die der Mensch vom Augenblick der Zeugung an sein muß. Dieser Sicherheitsanspruch wird unterstützt vom Gleichheitsanspruch der Miterzeugerin, die vielleicht Leibmutter als Leihmutter nicht mehr sein will. Das deutsche Unwort »Elternteil« hat ja die Funktionalisierung der gleichhälftigen Leibgebung schon vorweggenommen, auch wenn die soziale Praxis noch nicht danach ist.

Es sind also durchaus legitime Sicherheits- und Emanzipationsbedürfnisse, die den alten Gattungsdrang befördern, unsere Organe zu objektivieren, sie loszuwerden. Michel Serres gebraucht dafür das Wort vom Menschen als dem Tier, das sich seiner Funktionen entäußert. Mit der Ektogenese ist nun die Chance in Sicht, eine weitere Schicht der tierisch-geschlechtlichen Lebensbedingung abzustreifen, sich von der Fesselung an die Organe zu befreien. Das war im Grunde zu erwarten und wäre ganz im Sinne der Evolutionsvernunft – wollte man der Evolution Vernünftiges zugestehen. Der Reproduktionsvorgang in seiner herkömmlichen Form entspricht wirklich nicht mehr dem erreichten Niveau unserer Abstraktionsleistungen und Naturdurchdringungen. Es ist an der Zeit, mit der Ektogenese aus den tierischen Bornierungen auszubrechen, die Vereinigung der Geschlechter »im Freien« stattfinden zu lassen – und damit die Vermählung des Künstlichen mit der Natur. Was sich vorerst noch gegen die Ektogenese sträubt, ist vermutlich nicht so sehr ihr Prothesencharakter als die damit verbundene Aufforderung, eine nicht mehr ganz überzeugende Institution hinter sich zu lassen. Denn Schoß, das war doch einmal der Inbegriff, der schönste Name für Institution.

Ende des Vulkanismus Stellt man sich den Prozeß der Ektogenese vor, so nimmt man unwillkürlich an, daß an seinem guten Ende ein Gleitvorgang steht, in dem ruhig der Übertritt ans Licht der Welt vollzogen wird. Jedenfalls nichts Abruptes. Auch wäre »Übertritt ans Licht der Welt« ein antiquiertes Bild: Transparent, videokameragerecht denkt man sich den gesamten Vorgang, da wäre kein Durchbruch aus dem Dunkel des bergenden Schoßes in die harte Helligkeit der nun erst beginnenden Person. Es gäbe kein Geburtstrauma mehr, und mit ihm manch anderes, dem es gedient haben soll.

Das Geburtstrauma wird bekanntlich nicht »erlebt«, stellt keine eigene Erfahrung dar, mit der man etwas anfangen könnte. Doch wird die Konstruktion auch von denen, die sonst der Psychoanalyse abhold sind, gerne akzeptiert. Aus der Erduldung der Gewaltsamkeit des Geburtsschocks scheint sich, wie schon zuvor aus der Gewaltsamkeit der Zeugung, eine besondere Dignität, eine Notwendigkeit der Existenz zu begründen. Vulkanisch soll es am Anfang zugehen, das Leben soll sich gegen sich selbst wehren, das verleiht nach der Erfüllung seines Bogens dem Tod einen Sinn. Auch verklärt das Geburtstrauma die mütterlichen Schmerzen, unter denen das neue Leben losgelassen und ausgestoßen werden muß, es schafft Mutterbindung. Und auch der Mutterhaß, in den interessanteren Fällen, soll hier beginnen.

Mit dem Mythos des Geburtstraumas, der eine Säkularisierung älterer Mythen darstellt, verspricht die Ektogenese aufzuräumen. Da schon die Kultur sich immer mehr biologisiert hat und nur noch als Entwicklung, nicht mehr als Geschichte begriffen werden kann, ist es auch etwas widersinnig, das Leben mit Explosion und Knall beginnen zu lassen. Man hat einfach kein Verständnis mehr für ein Schöpfungsdiktat, das mit dem plötzlichen Gewaltakt die Finsternis vom Lichte trennen soll. Deswegen wird auch unter dem Verlust des eigenen Geburtstraumas vermutlich niemand leiden – zumal man sich damit ja auch manch andere Verkorkstheiten, die auf dem Weg der Individuation liegen sollen, ersparen kann. Das ganze Ödipus-Kapitel, immer schon eine unappetitliche Angelegenheit, ließe sich streichen.

Der Verzicht auf die leiberlebte Mutterschaft wird freilich, wenn die intrauterinen Pflegebedingungen unnötig geworden sind, mancheiner schwerfallen. Man wird für die geschlechtsabhängige Mütterlichkeit, die sich nicht mehr schmerzensreich bestätigen kann, Surrogate finden müssen. (Die konservativ Kapriziösen könnten sich künstlich zur Laktation stimulieren lassen, um sich durch das Stillerlebnis Bindungswärme zu verschaffen und nebenbei den Ödipus-Kitzel wiederzubeleben.) Doch ist das Mutterschaftserlebnis, das Blut und Schleim und Konvulsion benötigte, nicht mehr zu retten. Das könnte, als angenehme Nebenfolge, auch das notorisch schlechte Gewissen der Zeuger-Väter, die ja immer durch die Schmerzensmutterschaft erpreßt waren, überflüssig machen. Die väterlichen und die mütterlichen Schuldgefühle, die nun nicht mehr geschlechtsbedingt erlebt und geschlechtsgetrennt abgearbeitet und vor dem Abkömmling verantwortet werden müssen, verlieren jedenfalls mit dem Geburtstrauma ein mächtiges Symbol – und werden damit selber obsolet.

Beauty Farming Noch vor drei Generationen war es in bürgerlichen Kreisen nicht selten, daß sich Schwangere an Orte der Kunst führen ließen, mit Vorliebe in Gemäldegalerien und Skulpturensammlungen, um durch die Belebung ihrer Einbildungskraft ihrem Kinde zu größerer Schönheit zu verhelfen. Die seit der Romantik verbreitete Übung, welche die Öffnung der Kunststätten für das Bürgerpublikum voraussetzte, plazierte die werdenden Mütter besonders gerne vor Werke von Giorgione, Raffael oder Lionardo, im 20. Jahrhundert dann von Fra Angelico, wobei es auf die Präsenz vor dem Original ankam. Reproduktionen im heimischen Schlafzimmer galten nur als Behelf. Es versteht sich, daß es zumeist Jünglings- und Knabenbildnisse waren, von denen man sich solche Wirkung versprach. Über den späteren Vergleich mit dem lebendigen Ergebnis wurde dann nicht so gerne gesprochen, man kann sich die schmerzliche Belustigung so mancher Mutter vorstellen.

Sehr bald schon wird man mit dem Mutterwunsch auf geglückte Kindesgestalt handfester umgehen können. Vermutlich schon in zwei Jahrzehnten, wenn nicht früher, wird gentechnisch die Entscheidung für besonders starke Merkmale wie Körpergröße und -umfang möglich gemacht sein. Wenn auch gegen den gentechnischen Eingriff aus ästhetischen Gründen die Kontrollbarrieren wohl noch auf einige Zeit hochgelegt werden können, so wird sich eine Eugenik mit Hilfe selektiver Abtreibung nicht mehr so leicht verhindern lassen. Angehörige von Minderheiten zum Beispiel, denen ihre Hautfarbe beim sozialen Aufstieg im Wege ist, könnten die Pigmentdichte eines Fötus zur entsprechenden Indikation machen, und mit einiger Energie läßt sich eine solche Absicht auch durchsetzen. Mag sie auch nicht aktuell sein, so ist es wahrscheinlich schon zu spät, die ästhetisch motivierte Eugenik ins Reich der Fiktion zu verweisen.

Ist einmal die präkonzeptionelle Geschlechtsbestimmung als eine Praxis akzeptiert, die niemanden schädigt – was hauptsächlich eine Frage der Zeit ist –, wird das Unbehagen an der gentechnischen Schönheitskorrektur am Phänotyp schwächer werden. Wäre es auch heute der ehrgeizig flotte Kleinbürgertyp, der zu einem Make-up seines Nachwuches mit Hilfe gentechnischen Eingriffs versucht sein könnte, um sich im Stellvertreter aus seiner Dutzendgestalt zu erheben, so sollte man doch den Wunsch ein wenig ernster nehmen. Auch die Betäubung durch die schönheitsbrüllenden Fetische der Reklamezivilisation macht nicht das Verlangen illegitim, dem ebenmäßigen Menschenbild Leben zu geben. Was der Urgroßmutter auf der Hochzeitsreise mit dem kunstfrommen Erschauern vor dem Botticelli-Epheben in den Uffizien mißlungen war, muß noch nicht dadurch entwertet sein, daß ihm nun durch gentechnische *bricolage* nachgeholfen werden kann. In dem Wunsch nach dem schönen Kind ist ein Element Wahrheit enthalten, und es ist eher ein rousseauistisches Ressentiment, das sich darüber erhaben weiß und das Naturprodukt nimmt, wie es eben daherkommt, um allein in die Charakterbildung zu investieren. Es stimmt schon, daß unterm Kapitalismus nichts Schönes den dreckigen Fingern des Kalküls entgehen kann, und dem auch die Arbeit an der gefälligen Menschengestalt unterworfen ist, aber es ist noch kein Widerstandsakt, die häßliche Natur so vor sich hinlaufen zu lassen. Bearbeitet werden muß sie allemal.

Das sind freilich müßige Überlegungen für die heutigen und die künftigen Interessenten am gentechnischen Styling ihres Kindes, bei ihnen wird die Bemühung von Sittlichkeitsprinzipien ohnehin nicht verschlagen. Wer meint, ihnen ins Gewissen reden zu müssen, sollte es besser mit dem gesunden Menschenverstand versuchen. Es ist ja die Frage, ob sich solch kostspieliges Unternehmen, das ohnehin nur für gut Betuchte erschwinglich ist, überhaupt lohnt, und ob das begradigte Kind soviel profitiert, wie es sich die Eltern erhoffen. Der geschönte Sprößling, der es einmal besser haben soll, ist, indem man ihm die Prozedur angedeihen ließ, bereits unter einigen Erwartungsdruck gesetzt. Begehrt soll er sein, und mit etwas größerem Erfolg als üblich soll er einholen, was den durchschnittlichen Eltern versagt blieb. Da muß man mit Enttäuschungen rechnen. Auch muß man annehmen, daß man sich, wenn man sich das schöngesunde Kind leistet, damit nicht allein befindet und daß andere gleiches tun. Den schönen jungen Menschen unter Schönen aufwachsen zu lassen, und deren Gesellschaft wird er bevorzugen, könnte sich gar als fatal erweisen. Durchsetzungskraft und Charakterstärke werden dadurch, wenigstens nach verbreitetem Vorurteil, in der Regel gerade nicht begünstigt. Viel eher würde es sich vielleicht auszahlen, könnte man sein Kind mit einer interessanten Abweichung bedenken, die es ebenso auffällig wie zweideutig machte. Die faszinierende Unregelmäßigkeit ist es ja, die schon heute mehr gesucht und erfolgsträchtiger ist als das raffaelische Gleichmaß, und die Werbeindustrie hat das auch begriffen. Darüber, wie sie aussehen solle und wie sie dem Nachkommen anzukonstruieren sei, müßten die investitionswilligen Eltern in beträchtliches Grübeln geraten, weil es als Norm beim Gentechniker ja nicht bestellt werden kann. Über diesem Grübeln könnten sie dann leicht vom ganzen Vorhaben abkommen.

Familienansichten Was es alles gibt:

Das Kind, das sein Leben einer Frau verdankt, die es nicht gebären konnte, aber der Frau, die es geboren hat, nicht danken können soll - oder: die Frau, die das von ihr stammende Kind einer anderen Frau verdanken muß - oder: die anonyme Leihmutter.

Die Frau, die ihrer sterilen Schwester aus deren vom Ehemann in vitro befruchteten Eizellen Zwillinge gebiert - oder: die Zwillinge, die von ihrer Tante geboren, aber nicht gezeugt wurden - oder: der Mann, der seine Schwägerin zur Gebärerin der Kinder seiner Ehefrau macht (Fall Linda Kirkman).

Die Frau, die als Leihmutter ihrer Tochter dient, welcher nach mehrfachem Kindersegen und schließlicher Hysterektomie die weiterhin produzierten Eizellen vom Ehemann befruchtet worden waren, woraufhin die so entstandenen Embryonen der großmütterlichen Leihmutter implantiert wurden, was die Familie um Drillinge bereichert hat - oder: die Drillinge, die nicht biologische Kinder der Frau sind, die sie geboren hat, sondern der Frau, die sie nicht geboren hat, welche ihrerseits jedoch biologisches Kind der Drillingsgebärerin ist - oder: die Frau, deren Mutter auch die Mutter ihrer eigenen Kinder ist, womit die letztere jedoch keinen Anspruch auf die von ihr geborenen Geschwister ihrer leiblichen Tochter hat (Fall Pat Anthony).

Die Frau, die ihre Ovozyten ihrer sterilen Schwester schenkt, damit diese gebären kann - oder: die Frau, die sich von ihrer Schwester Ovozyten schenken läßt und so als nichtbiologische Mutter nur Leihmutter ihres Schwesterkindes werden muß, um schließlich dessen legale Mutter werden zu können - oder: das Kind, das von seinen zwei Müttern nicht die primäre, sondern die sekundäre, die eigentlich nur Leihmutter ist, als die wahre und gesetzliche anerkennen darf (Fall Carol Chan).

Die Ovozytenspenderin und biologische Surrogatmutter, die nach einer In-vitro-Befruchtung den Embryo in den Uterus der Gattin des Samenspenders weitergibt und somit diese, im legalen Eheverhältnis, zur Leihmutter ihres Kindes macht - oder: die Ehefrau, die das von der Surrogatzeugerin gespendete Kind zur Schwangerschaft übernimmt, wobei der Zeuger zuerst in vitro zum natürlichen, das heißt nur biologischen Vater gemacht werden muß, um dann auch zum legalen werden zu können – oder: der Mann, der sein Kind weder mit der einen noch mit der anderen der zwei Mütter in vivo zeugen konnte, um Vater zu werden.

Die Frau, die ihrer Mutter als Leihmutter dient, da diese (in zweiter Ehe) zwar zeugen kann, aber unfähig zur Schwangerschaft ist – oder: der Mann, der seine Stieftochter als Leihmutter für das mit ihrer leiblichen Mutter gezeugte Kind benutzt, was die letztere mit einem Schlag zur Mutter und Großmutter macht – oder: die Großmutter, die ihre Tochter zur Schwester des von dieser selber geborenen Kindes macht.

Was also ist Mutterschaft? Und was Familie? Da offensichtlich das natürliche Ursache-Wirkung-Gesetz, die gesellschaftlichen Konventionen und das Recht bei ihren Antworten immer mehr ins Stottern kommen, sollte man sich vorsorglich darauf einrichten, daß man das vor allem der Entscheidung der Beteiligten überlassen muß. Wenn die Leute schon weiterhin die Familie brauchen, geht das wohl nur, wenn diese zu dem gemacht wird, was sie eben nicht sein sollte: individueller Vertrag auf Zeit, jenseits von Naturzwang und Gesetz. Und damit eines Tages nicht einmal mehr Vertrag, sondern nur Absprache.

Lustgewinn und -verlust Bis zur Mitte des 19. Jahrhunderts konnte die Wissenschaft mit der Sexualität wenig anfangen, ihr keinen rechten Sinn zuweisen. Erst die Evolutionstheorie gab ihr einen Status, nämlich als einer Funktion: Sie wurde zur Herstellung individueller Vielfalt gebraucht, damit die natürliche Selektion wirksam werden konnte, um neue Arten herauszuarbeiten. Zur Hervorbringung eines anderen müssen zwei Nicht-Identische verschmelzen – heute: ihre Programme ineinander werfen – und damit in der Art aufgehen. Die Sexualität wird also, wie François Jacob sagt, »comme une machine à faire du différent« betrachtet.

Diese Maschine beschleunigt. Populationen, die sich mit Hilfe der Sexualität fortpflanzen, erzeugen eine größere Vielfalt von Phänotypen und entwickeln sich daher schneller als Populationen, die ungespalten, eingeschlechtlich weiterkommen müssen. Die Vielzahl verschiedenartiger Individuen kann auch eher für eine rechtzeitige Anpassung an wechselnde Umweltbedingungen und somit für optimalen Arterhalt sorgen.

Was die menschliche Gattung angeht, so hat ihre immer schön tempohaltende und umweltangepaßte Entwicklung erst in den letzten Jahrzehnten den Rang einer sittlich verpflichtenden Notwendigkeit erhalten (wofür die Rassentheorie Vorarbeit leistete, freilich schlechte, denn sie war ja gegen die Vielfalt). Das adelt dann auch die Diversifizierungsmaschine Sexualität. Pure Lust und reiner Luxus, von der Aufklärung durchgesetzt gegen die paulinischen Engführungen, sind nicht mehr ihr vornehmster, ihr humaner Geltungsgrund. Die Nutzbarkeit für die Gattung wird nun zum Gebot versittlicht, die Sexualität in Gang zu halten. Mit Parthenogenese und Hermaphroditismus auch nur spekulativ zu spielen, ist jetzt erst recht verdammenswert.

Und siehe da, hier treffen sich auf einmal die neuen biologischen mit den alten theologischen Ethikern, die Rechtswahrer sind selbstverständlich auch dabei.

Unfair ist es ohnehin, den Trieb, den so lange geschmähten, in die Dienstpflicht für die Gattung zu nehmen – wie es das »Prinzip Verantwortung« praktisch verlangt. Aber es ist auch obsolet. Indem die Biotechnik die Mittel dafür bereitstellt, aus konservierbarem und kaum erschöpfbarem Gametenbestand den Vielfaltsbetrieb für die Selektion in Gang zu halten, kann die Sexualität von ihrem Entwicklungsdienst entpflichtet, kann dieser Dienst zumindest minimiert werden. Die Sexualität wird wieder frei, was für das P. V. schwer zu ertragen ist. Denn es setzt diese Freiheit mit Anarchie gleich.

Das P. V., das die Sexualität fürs Gebot der unbeschränkten Gattungserhaltung und -fortsetzung einspannen, sie also nach wie vor unterwerfen will, gerät nun selber unter Rechtfertigungsdruck. Da die Technik die Bedingungen für eine endlos fortgesetzte Selektion auf eigene Faust in Schwung halten kann – natürlich stochastisch und damit »ziellos reguliert« –, muß das P. V. sich deutlicher erklären, warum es sich auf Entwicklung und Selektion kapriziert hat. (Das ist ja das Schöne an dieser wie an jeder neuen Technik: Sie fordert zu Fragen an eine alte Moral auf und denunziert ihr Zwingungsbedürfnis.) Die (grundsätzlich mögliche) Automatisierung der Entwicklung durch Selektion, die offensichtlich ohne Limit beziehungsweise bis zu ihrem unbekannten Erschöpfungspunkt fortgeführt werden soll, läßt nun härter die Frage an das P. V. stellen: Warum muß Entwicklung sein? Warum darf nicht vielmehr, zum größeren Glück der jetzt Lebenden, Minimal- oder gar Nichtentwicklung sein? Die Antworten auf diese Frage werden, dank der Biotechnik, immer schwerer. Und es sieht so aus, als habe sich das Evolutionsparadigma, als ein hinreichend welterklärendes, nunmehr erschöpft. Die von der Entwicklungsfron zur Anarchie befreite Sexualität darf sich ins Fäustchen lachen.

Kündigung ausgeschlossen Frieden mit der Natur, Solidarität mit der Natur, Vertrag mit der Natur, Versöhnung mit der Natur – moralhaltige Metaphern, die man sich wegen ihres schuldbewußten Wiedergutmachungstons vom Leibe halten möchte. Ihnen liegt meistens der Vorwurf der Vergewaltigung zugrunde, die der Natur, wann immer damit angefangen worden ist, fort und fort angetan werde. Die Versöhnung soll damit beginnen, daß man sie als Subjekt anerkennt (besonders gut passend für die Deutschen, die auch sonst gerne Vergewaltigungen mit Versöhnungsangeboten heilen).

Über die miese Anthropomorphisierung der Natur könnte man hinwegsehen, entspräche ihr nicht die Biologisierung der Friedenssuchenden, welche sich entlasten und die Sache wieder einrenken möchten, indem sie ex post ihren vermeintlichen Herrschaftsanspruch denunzieren. Mit den Bösewichtern Bacon und Descartes, die auf diese Weise in den Bildungshaushalt des naturbewegten Lehrers gelangt sind, hat es angeblich begonnen. Nun heißt es, zurückzustecken und bescheiden zu werden, damit man von gleich zu gleich mit der Natur umgehen kann. Wenn man das Erbe der Natur bewahren, es hegen und pflegen will, muß man nicht nur auf ihre Beherrschung verzichten, man muß sich auch in sie einfügen.

Wie zweifelhaft immer die Partnerschaftserklärungen an die Natur sind, sie verbinden sich doch mit einem Programm, das den meisten ernsthaften Köpfen unerläßlich erscheint: die Konstituierung der Natur als eines Patrimoniums. Die Gesamtheit der Ökosysteme und ihrer Artenvielfalt, gerade einschließlich ihrer einstweilen nicht nutzbaren Elemente, soll zum Menschheitsgut erklärt und dadurch vor dem Zugriff partikularer Interessen geschützt werden. Bleibe nämlich die nicht kultivierte oder noch nicht kultivierbare Natur nach bisheriger Regel eine *res nullius,* so fordere sie die industriellen Aneigner zu einer vorsorglichen Plünderung des Artenbestandes heraus, mit der unvermeidlichen Folge seiner Verminderung. Deswegen richtet sich die Forderung zuerst an Gesetzgeber, Regierungen und Staatengemeinschaften, denen die Treuhandschaft obliegen müsse. Die öffentliche Sphäre, der Staat, soll den Bestand des Naturerbes gegen den kurzsichtigen Verwertungsdrang der Privaten schützen, die ihre eigenen Überlebensbedingungen zu ruinieren drohen.

Diese Bedingungen verlangen die prinzipielle Aufbewahrung aller Materien und Arten, auch solcher, die nicht mit einem Wert versehen sind: die – römische – Rechtsidee des Patrimoniums stützt sich auf die Erhaltung des Überkommenen zur Überlieferung an künftige Generationen. Sie steht jenseits des Güterbegriffs von Nützlichem gegenüber Nutzlosem. Das Patrimonium Natur kennt keine schädlichen Tiere oder Pflanzen.

Gegen die Verwertungslogik, auf der letzten Endes die zivilisierende und integrierende Kraft der modernen Marktgesellschaften beruht, verlangt das Patrimonium Natur weiterreichende Wertbegründungen. Eine häufig zitierte stammt vom US Supreme Court im Fall »Snail darter«, in dem es um die Auslegung eines Artenschutzgesetzes ging: »Der Wert dieses Patrimoniums ist, im Wortsinne, unkalkulierbar ... Es liegt im Menschheitsinteresse, die Verluste an Artenvielfalt zu begrenzen. Der Grund ist einfach: Es liegen darin die Schlüssel zu Rätseln, die zu lösen wir unfähig sind, und sie können Antworten auf Fragen liefern, die zu stellen wir noch nicht gelernt haben. Das einfachste Selbstinteresse befiehlt uns, vorsichtig zu sein. Die Institutionalisierung dieser Vorsicht ist der Kern des Gesetzes über gefährdete Arten.«

Die Staaten wären also Treuhänder allen natürlichen Lebens als einer Ressource, als eines Pools von Qualitäten – im Auftrag einer Menschheit, die als unendliche Generationenkette zu verstehen ist. Es soll alles aufgehoben werden, notfalls in der genkonservierenden Tiefkühltruhe, weil im Prinzip alles einmal gebraucht werden wird. Die humanistische Version des Supreme Court, die den Rätselspender und Erkenntnisborn Natur retten will, wirkt freilich schon etwas altmodisch. Mittlerweile geht es ja ums Ganze: um die Entwicklung, deren Fortgang größtmöglichen Arten- und Formenreichtum verlangt. Die Befähigung zur Fortsetzung durch Selektion und Mutation ist die Hauptbegründung für die späte Rettung des Patrimoniums, das jetzt alle vorfindlichen Qualitäten und Prägungen braucht. Daher darf nichts mehr vorschnell in Güterform geraten und dadurch verschlissen werden.

Wollte man mit dem Patrimonium ernst machen, verlangte das eine naturkonservative Gegenrevolution, deren Konsequenzen sich nicht recht ausdenken lassen. Vor dem Patrimonium Natur als einem Lebensinteresse ungezählter künftiger Generationen geraten denn auch die Rechtssysteme in Verlegenheit, vor allem die angelsächsischen. Ihr Anthropozentrismus kann nur den lebenden Rechtssubjekten gerecht werden, ihre (Eigentums-)Ansprüche anerkennen, nicht die Ansprüche unbekannter Zukünftiger.

Hier wird nun, mit begleitendem Versöhnungs- und Friedenstremolo, der Zwang zur Evolution ins Spiel gebracht (der andrerseits keine Einmischung von Bäh-Produkten wie Klonen oder Schimären erlaubt). Gegen den Appell an die Evolution traut sich kaum jemand aufzumucken. Warum eigentlich?

Diese Ergebenheit in die Evolution erbittert – zumal man den Verdacht nicht los wird, sie habe etwas mit der Unfähigkeit zu tun, die gegenwärtigen Dinge in Ordnung zu bringen. Die Fortsetzung des Lebens an sich bis zum äußersten Punkt in der Zeit – einmal ist sowieso Schluß – als das entscheidende Prinzip für den Friedensschluß stellt jeden Genuß der Natur unter ein schwer erträgliches Diktat. Damit der Mensch zum Menschen werden kann, muß allemal Natur verbraucht werden, und ohne »Gewalt« – man sollte den Begriff für anderes bewahren – geht das nun einmal nicht ab. Der Erhaltung der Chancen künftigen Lebens als bloßen Lebens kann dagegen nicht der Vorrang zugesprochen werden. Ärgerlicherweise kann über Sinn und Zweck der Erhaltung oder der Transformation von Natursubstanz, über das relative Gelingen von Evolution allenfalls ex post entschieden werden.

Die Notwendigkeit der Garantie von Evolution, womit Friedensschluß und Errichtung des Patrimoniums Natur begründet werden, ist eine Legitimation mit Jenseitigem. Gegenüber dieser überirdischen Dienstverpflichtung zur Entwicklung bis ins zigste Glied sind die irdischeren, aus der ökonomischen Vernunft ableitbaren Güterabwägungen zum pfleglichen Umgang mit der Natur dann immer noch sympathischer. Sicherlich ist zu befürchten, daß der Abgang, und zwar aufgrund schlecht kalkulierter Ressourcenverwendung, unnötig verfrüht kommt. Hält man sich aber, um nicht abzurutschen, an der moralischen Instanz Entwicklung fest, wird es nicht nur nicht nützen, sondern es ist auch unreinlich. Die Evolution darf uns nichts angehen.

Kapitalbildung Der Aneigungskampf ums menschliche Genom, der in diesem Jahrzehnt ausgetragen wird, läßt sich als die Umkehrung des Zivilisationsprozesses betrachten: die Rückbildung der Menschheit zur Gattung. Die Offenheit der Zukunft – oder wahlweise der Geschichte – kann nicht mehr besonders interessieren, wenn alles darum geht, wenigstens die Entwicklung der Gattung offenzuhalten. Die Offenheit der Gattungsentwicklung muß garantiert werden durch den noch nicht in Güter verwandelten Bestand an Natur, einschließlich der Menschennatur – gegen die Aneignungsgier von Kapital und Technik, die dem unentbehrlichen Zufallsspiel ein Ende zu bereiten drohen.

Fatalismus liegt über der Szene. Schon die Forderung, die nichtkapitalisierte Natur zum Patrimonium, zum untransformierbaren Erbe zu erklären, zeigt an, daß nur noch an Rettung zu denken ist. Patrimonium heißt allemal Rückwärtswendung, Wiederherstellung vormoderner Sozialbeziehungen. Es kann ja auch niemand eine Vorstellung davon geben, wie der Sieg über den kapitalistischen Verwandlungsdrang aussehen könnte, mit welcher sozialen Gestalt die Rettung des Patrimoniums der Gattung einherzugehen hätte. Der Rückzug von der Menschheit und ihrer Zukunft auf die Gattung und ihre Entwicklung bescheidet sich von vornherein mit hinhaltendem Widerstand gegen den unaufhaltsamen Sog zur Verwertung. Von Aufklärung verlassen, weiß die Bioethik, die den Widerstand gegen die Verwertung der menschlichen Natur organisieren möchte, daß ihre Sache verloren ist. Sie kann allenfalls Termine hinausschieben. Jedenfalls kein erhebender Anblick.

Kommodifizierung nennt die ökonomische Wissenschaft die Verwandlung von unangeeigneter Materie oder sozialer Sphäre in Wirtschaftsgüter, die mit Wert und Austauschbarkeit versehen werden. Dabei ist es mit Besitzergreifung nicht getan. Auch der Begriff der Kommerzialisierung, dem mittlerweile ein Geschmack von kulturbürgerlichem Ressentiment anhaftet, ist zu schwach. Es geht darum, bislang herrenlose Materie zu bearbeiten und neu zu organisieren, was überlegte Investition verlangt. Kommodifizierung ist also nicht nur ein ökonomischer Vorgang, sondern auch ein sozialer Prozeß. Der Erfolg des Kapitalismus lebt nicht zuletzt davon, was er zum Zweck der Kommodifizierung noch ergreifen kann – und was sich nicht nur zum Gut verwandeln, aneignen und tauschen läßt, sondern auch für gesellschaftliche Neuerung ergiebig, fortschrittstreibend ist.

Mag auch der Einfallsreichtum des Kapitalismus bei der Aufspürung von Kommodifizierbarem immer wieder unterschätzt worden sein, heute sind seine Grenzen doch absehbar. Der Kommodifizierung unterworfen worden ist in den letzten Jahrzehnten jede Leistung und jeder Genuß dessen, was als Kultur gilt. Kommodifiziert werden täglich weitere Elemente der zur Umwelt befestigten Natur. Nun geht es an den Kern: Nachdem die Industrialisierung der Organtransplantation sich den menschlichen Organismus zur Kommodifizierung zurechtgelegt hat, steht dies nun dem menschlichen Genom bevor.[1]

Als markierendes Datum hält die Fachwelt den 20. Juni 1991 fest, Termin der Einreichung eines Patentantrages durch den amerikanischen Biologen Craig Venter, einem Mitarbeiter des National Institute of Health. Patentiert werden sollen 337 potentielle »neue menschliche Gene«, die aus einer Sequenz von etwa 250 DNS-Buchstaben hervorgegangen sind. Hatten sich bisher Patentanträge in den USA, Europa und Japan auf Gene bezogen, deren Eigenschaften und diagnostische Funktionen bezeichnet wurden, so ist in diesem Fall darauf verzichtet worden. Craig Venter und das NIH geben in ihrem Antrag nicht an, was ihre »nackten« Gene codieren, welchem Zweck sie dienen könnten. Sie setzen darauf, daß sich in der Gesamtmenge fünf oder

[1] Siehe dazu den Fall Moore in: Claus Koch, *Überleben durch Regression*. In: *Merkur*, Nr. 500, Oktober/November 1990.

sechs finden werden, die sich wissenschaftlich und industriell verwerten lassen. (Von den 50000 bis 100000 Genen, die im menschlichen Genom vermutet werden, sind etwa 1800 entziffert.) Mt dem Patentantrag soll gewissermaßen noch zu entdeckende als noch zu erfindende Natur vorsorglich monopolisiert werden – eine Besetzung zur Sicherung der biotechnologischen Industrie der Vereinigten Staaten.

Die mit dem Patentantrag angezielte Kommodifizierung von unbekannten Teilen des menschlichen Genoms zeigt die amerikanische Patentgesetzgebung in einem Konflikt mit der kontinentaleuropäischen. Letztere besteht auf dem Nachweis der industriellen Nutzbarkeit einer Erfindung, die amerikanische begnügt sich mit ihrer Nützlichkeit. Dies ist offensichtlich auch ein Grund dafür, daß der Antragsteller bewußt Entdeckung und Erfindung in eins wirft und damit eine zentrale patentrechtliche Unterscheidung unterläuft: einerseits Allgemeinbesitz und freie Information im Falle der Entdekkung, andrerseits Schutz und Entgelt für die Erfindung. Mit dem Antrag aus dem NIH spitzt sich auch die innerhalb der USA seit längerem geführte Diskussion, die als eine »ethische« bis ins Weiße Haus reicht und den Präsidenten als Gegner einer Genomkommodifizierung sieht, weiter zu.

Kompromittiert, auf industrielle Interessen reduziert wird mit dem Patentantrag das sogenannte Internationale Genomprojekt im Dienst der prädiktiven Medizin. Die Rechtfertigung für den milliardenteuren Plan, das gesamte menschliche Genom zu kartieren und damit einen gewaltigen Nachfrageschub nach biologischer und medizinischer Vorsorge in Bewegung zu setzen, wird in medizinisch-humanitären Terms geschrieben: über das menschliche Genom Bescheid zu wissen, damit jedes Gen, dessen Veränderung für eine Krankheit verantwortlich ist, identifiziert und analysiert werden kann. Das soll, neben dem physiopathologischen Erkenntnisgewinn, auf den Weg neuer Therapien führen. Vorausgesetzt im Internationalen Genomprojekt, in dem zur Zeit rund ein Dutzend amerikanischer, japanischer und europäischer Forschungsgruppen kooperieren, war bisher der freie und unverzügliche Zugang zu allen gewonnenen Informationen, die in einschlägigen Datenbanken gesammelt werden.

Einer Genomaneignung, wie sie nicht nur von der amerikanischen Patentierungspraxis, sondern auch von Übereinkommen der Europäischen Gemeinschaft zu befürchten ist, will eine Empfehlung des Comité consultatif national d'éthique an den französischen Gesetzgeber vom Dezember '91 vorbeugen. Darin werden zwei Grundsätze festgehalten: Zum ersten darf der menschliche Körper nicht kommerzialisiert werden; zum zweiten gehört die Gesamtheit der Informationen, die im menschlichen Genom enthalten sind, zum gemeinsamen Patrimonium der Menschheit, es darf also dieser Wissensbestand nicht zum Gegenstand einer Monopolisierung werden. DNS-Sequenzen, gleich ob codierend oder nicht, können daher nicht patentiert werden, sie müssen vielmehr der Wissenschaft über jeweilige Datenbanken frei zugänglich sein. Das schließe die Patentierung von Produkten und Verfahren, soweit sie Ergebnis tatsächlicher Erfindertätigkeit (»réelle inventivité«) sind und ihre Anwendungen beschrieben werden können, nicht aus.

Die Prinzipien, die die französische Ethikkommission festschreiben will, werden gewiß im Gesetz ihren Widerhall finden (und durch eine unauffällige Generalklausel, die sich auf die Notwendigkeit einer dienstbaren Wissenschaft beruft, relativiert werden). Das mag, eine internationale Nachahmung vorausgesetzt, die Konkurrenz zwischen den biotechnologischen Industrien ein wenig offener halten, das heißt beleben. An der Verteilung biologischer Privilegierungen aber und an den Zwängen zur Instrumentalisierung des menschlichen Bios wird das kaum etwas ändern. Und wer wäre der Sachwalter des Patrimoniums, das ja, wie aus dem Begriff hervorgeht, eine *res communis* sein müßte, keine *res nullius* sein könnte?

Schließlich: Läßt sich die Errichtung eines Patrimoniums menschlichen Genoms denken, wenn zugleich die Individuen, nicht zuletzt angetrieben durch die Wissensgewinne aus dem Genomprojekt, mehr und mehr dazu geführt werden, sich als Eigentümer ihres eigenen Genoms – und nicht nur als patrimoniale Heger und Pfleger – zu betrachten? Und auch so zu verhalten? Die Kenntnis der eigenen genetischen Faktoren läßt sich auf Dauer weder verhindern noch verweigern. Sie beginnt schon bei der pränatalen Diagnose, bei der Suche nach möglichen Erbkrankheiten, die gentherapeutisch zu bereinigen wären. Dem schließt sich das Interesse der öffentlichen wie der privaten Gesundheitssysteme und ihres Versicherungswesens an, das durch notwendige Vorsorge und kollektive Risikominderung legitimiert ist. Zugleich vermehrt sich, auch dies ein Erfolg der Vorsorgemedizin, die Zahl der Arbeitsplätze und der beruflichen Funktionen, deren Zugänglichkeit bestimmte Prüfungen nach genetischen Kriterien verlangt, lassen sich diese erst fixieren. Mag immer gegen die berechtigte oder unberechtigte Neugier Dritter der persönliche Datenschutz hochgehalten oder gar ausgeweitet werden, er bestätigte doch gerade den Eigentumscharakter am Genom. Hinzu fügt sich am Ende das durchs technische Angebot zunehmend provozierte Bedürfnis, die Ergebnisse der Fortpflanzung aus eigenem Genom nach Maßgabe vorhandener Möglichkeiten zu bestimmen. Gegen Gesetze und Gerichte, welche im Namen des Patrimoniums die Unbestimmtheit der Fortpflanzung gegen deren technische Steuerung verteidigen, läßt sich am besten streiten, wenn man dagegen das Verfügungsrecht über sein Genomeigentum – zu begreifen auch als ein Menschenrecht auf »Gesundheit« – ins Feld führt.

Die strenge Scheidung zwischen Mensch und Sache, welche die französische Bioethik gegen die laxere angelsächsische Rechtspraxis hochhält, wird nicht lange standhalten, wenn die Menschenrechte in der Kategorie und im ständig schrumpfenden Bestand des Nicht-Angeeigneten, des Nicht-Kommodifizierten beheimatet werden. Autonomie, Selbstverfügung gegenüber der Macht der Verwertung kann hieran nicht mehr sinnvoll festgemacht werden. Denn die Individuen können kaum mehr umhin, sich selber als technische Projekte zu begreifen. Das ist nicht so inhuman, wie es sich anhört. Die entschlossene Artifizialität, die sich übers Gattungswesen erheben will, hat gewiß mehr Aussichten als das Mittrotten in der Nachhut der Eigentlichkeiten, die im Nicht-Eigentum zu Hause sein sollen.

Nr. 517, April 1992

SIEGFRIED KOHLHAMMER

Leben wir auf Kosten der Dritten Welt?

Über moralische Erpressung und Edle Seelen

Daß wir auf Kosten der Länder der Dritten Welt leben, daß unser Reichtum auf dem Elend und der Ausbeutung der Dritten Welt beruht, ist ein weitverbreitetes Vorurteil – bei Linken und Grünen aller Art, weltoffenen Christen, Friedensfreunden, Menschen guten Willens von der CDU bis zur RAF, Verfassern schöngeistigen Schrifttums und deren sensibler Leserschaft, kurzum: den *Edlen Seelen.*[1]

»Wir ziehen alle unheimliche Vorteile aus der Dritten Welt«, schreibt *Zeit*-Leser Frank Reif, Göttingen; gemeint ist wohl, in den Worten eines prominenteren Autors, die »verfehlte, ausbeuterische Wirtschaftspolitik des Nordes gegenüber dem Süden« (Horst-Eberhard Richter). Aber »wenn sie (die Armen der Dritten Welt) sagen, sie und ihre Welt seien von uns und unsrer Welt bestohlen worden, antworten wir ihnen: Dann bleibt uns gestohlen« (Christoph Hein). Und Heiner Müller weiß, »daß die Dritte Welt eine Macht ist; daß die, auf deren Kosten man lebt, dem nicht ewig tatenlos zusehen werden«.

Wir sind nicht nur der Indifferenz gegenüber dem Elend angeklagt, sondern dessen aktiver Verursachung: weil wir die Dritte Welt ausbeuten, sind wir so reich und sie so arm. Unterentwicklung und Armut, sterbende Kinder, Epidemien, Flüchtlinge ... sind die Folgen unseres Reichtums. »Genozid« ist derzeit[2] das Höchstgebot im Überbietungswettbewerb der Ankläger in Sachen Dritter gegen Erste Welt. Daß solche Anschuldigungen nicht weiter übelgenommen und, wenngleich zerknirscht, ohne nähere Überprüfung hingenommen werden, sollte erstaunen. Offenbar wird in solchen Fällen das Gehirn derart mit Schuldgefühlen überschwemmt, daß sein normales Funktionieren erheblich beeinträchtigt ist. Nun sind ja Schuldgefühle zunächst eine sozial hochwillkommene Erscheinung: Sie indizieren eine gelungene Internalisierung moralischer Normen, sind eine adäquate Reaktion auf deren Verletzung und bilden eine Grundlage dafür, diese in Zukunft zu unterlassen. Sinnvoll aber sind Schuldgefühle offenbar nur, wenn die Untaten wirk-

---

1 Ich entleihe diesen Namen dankend vom Helden der Dritten Welt, Saddam Hussein; nach Klaus Bittermann (Hrsg.), *Liebesgrüße aus Bagdad. Die »edlen Seelen« der Friedensbewegung und der Krieg am Golf.* Berlin: Edition Tiamat 1991.

2 Und schon seit langem. Vor vielen Jahren erklärte Senghor die Sklaverei zum größten Genozid der Menschheitsgeschichte. (Er meinte die Versklavung der Schwarzen – nicht durch Schwarze und Araber, sondern durch Weiße.) Das scheint mir typisch für den fahrigen und einschüchternden Gebrauch von Begriffen in der Drittwelt-Ideologie; denn was immer man der Sklaverei Schlimmes nachsagen kann, die physische Vernichtung der Sklaven war definitiv nicht das Ziel der Sklavenhändler und -halter. – Angesichts der Bevölkerungsentwicklung in der Dritten Welt muß man den gegenwärtigen Genozidversuch als den wohl erfolglosesten der Menschheitsgeschichte einschätzen.

lich begangen worden sind und so, wie die Anklage behauptet – und wenn sie zu einer Verhaltensänderung führen.[3] Beides ist aber im Fall der Selbstanklage der Ersten Welt nicht der Fall. Wenn es dabei nicht zu der bei Vorwürfen üblichen Widerrede kommt, so wohl auch deshalb, weil der Vorwurf der Ausbeutung der Dritten Welt im Zusammenhang historisch tatsächlich verübter Untaten steht, für die sich der Angeklagte *irgendwie* mitverantwortlich fühlt. In Deutschland wirkt vermutlich auch das Beispiel jener abschrekkend, die die deutsche Schuld am Holocaust oder gar diesen selbst leugnen. Angesichts dessen scheint man moralisch auf Nummer Sicher zu gehen, wenn man auch im Fall der Dritten Welt alles zugibt und noch eins draufsetzt: Genozid, sowieso!

Verstärkt werden die Schuldgefühle – und damit auch der oben angedeutete zerebrale Leistungsabfall – durch eine aggressiv vorgetragene moralische Einschüchterung seitens der Dritten Welt selbst: *Mau-Mauing the First World,*[4] wofür die UNO und ihre Organisationen die beliebtesten Plattformen sind. Die sogenannte strukturalistische Theorie (Prebisch-Singer-These) und die Dependenztheorie waren einmal ernsthafte Versuche, die ökonomischen Probleme der Dritten Welt zu verstehen und lösen zu helfen – mit teilweise katastrophalen Folgen für diejenigen Länder, die sich daran orientierten. Diese Theorien sind in der Entwicklungsforschung längst obsolet geworden, als Schlagetot-Argumente der Drittwelt-Ideologen und moralischen Erpresser sind sie jedoch weiterhin aktuell und folgenreich. Es scheint deshalb nicht überflüssig, sie nochmals zu kritisieren, auch wenn man dabei nicht ein Faktum, nicht ein Argument vorträgt, das nicht bereits bekannt oder jedem Interessierten problemlos zugänglich gewesen wäre.[5]

Armut aufgrund externer Faktoren?

Will man arme und reiche Länder vergleichen und feststellen, wieweit jene zum Reichtum dieser beitragen, muß man eine auf beide anwendbare ge-

---

[3] Andernfalls stellen Schuldgefühle nur holde Drangsale dar. Zu vermuten, daß es eine Schuldlust gibt, wie es zum Beispiel eine Angstlust gibt, ist wohl nicht besonders gewagt.

[4] In Anlehnung an den Titel einer Reportage von Tom Wolfe, der über vergleichbare Einschüchterungsmaßnahmen innerhalb der USA berichtet: *Mau-Mauing the Flak Catchers* (1970).

[5] Die wichtigsten Werke, denen ich Daten und Argumente entnommen habe, sind: Peter Opitz (Hrsg.), *Grundprobleme der Entwicklungsländer.* München: Beck 1991; Michel Vernières, *Economie des Tiers-Mondes.* Paris: Economica 1991; Peter Bauer, *The Development Frontier. Essays in Applied Economics.* London: Harvester Wheatsheaf 1991; Peter H. Lindert, *International Economics.* Boston: Irwin [9]1991; Susan George, *Ill Fares the Land. Essays on Food, Hunger and Power.* Harmondsworth: Penguin Books 1990; Peter F. Drucker, *The New Realities.* London: Mandarin 1990; Philip King (Hrsg.), *International Economics and International Economic Policy. A Reader.* New York: McGraw-Hill 1990; Robert Gilpin, *The Political Economy of International Relations.* Princeton: Princeton University Press 1987; Jeffrey D. Sachs (Hrsg.), *Developing Country Debt and the World Economy.* Chicago: University of Chicago Press 1989; Anthony Sampson, *The Money Lenders* (erweiterte Taschenbuchausgabe). Sevenoaks: Coronet Books 1988. – Vgl. auch die instruktive Aufsatzsammlung von Ulrich Menzel, *Das Elend der Dritten Welt und das Scheitern der großen Theorie.* Frankfurt: Suhrkamp 1992.

meinsame ökonomische Maßeinheit haben; als eine solche Maßeinheit dient im allgemeinen das in irgendeiner Währung (meist US-Dollar) ausgedrückte Bruttosozialprodukt eines Landes. Das ist nicht unproblematisch und auch nicht sehr genau, aber doch auch nicht unmöglich oder willkürlich. So kann man zum Beispiel das Gesamt-Bruttosozialprodukt der Welt berechnen und den Anteil einzelner Länder oder Ländergruppen daran. Die Industrieländer – etwa 25 Prozent der Weltbevölkerung – konsumieren etwa 75 Prozent der Weltproduktion. Aus diesen Zahlen kann man zwar auf eine ungleiche Verteilung des Reichtums auf der Welt schließen, nicht aber auf Ausbeutung, wie das häufig geschieht, wobei unterstellt wird, daß der Anteil an der Weltgesamtproduktion gleichmäßig entsprechend dem Anteil an der Weltbevölkerung verteilt ist, also beispielsweise 25 Prozent Weltbevölkerung = 25 Prozent Weltproduktion. Denn offenbar macht das Argument »Ausbeutung« nur Sinn, wenn irgendein Teil, zum Beispiel die Industrieländer, mehr konsumiert als er produziert. Wenn also die Industrieländer maximal 75 Prozent des Welt-Bruttosozialprodukts konsumieren und dies auf der Ausbeutung der Entwicklungsländer beruht, müssen wir davon ausgehen, daß die Entwicklungsländer mehr als 25 Prozent des Welt-Bruttosozialprodukts produzieren beziehungsweise die Industrieländer weniger als 75 Prozent, damit wir von Ausbeutung der Entwicklungsländer durch die Industrieländer sprechen können. Der Anteil der Entwicklungsländer am Welt-Bruttosozialprodukt beträgt 23 Prozent: Asien 12, Lateinamerika 7, Afrika 4 Prozent. Die Industrieländer produzieren 77 Prozent des Welt-Bruttosozialprodukts, allein die USA, Japan und Deutschland über 40 Prozent. Die sieben südasiatischen Länder (Indien, Pakistan, Bangladesh ...) dagegen, mit einer Bevölkerung von 1,1 Milliarden, fast 20 Prozent der Weltbevölkerung, produzieren nur 2 Prozent des Welt-Bruttosozialprodukts.

Weder die Industrieländer noch die Entwicklungsländer konsumieren ausschließlich das, was sie selber produzieren. Sie tauschen einen Teil ihrer Produktion auf dem Weltmarkt aus. Der Umfang des Welthandels kann ebenfalls nach dem Wert aller Waren, Dienstleistungen etc. in irgendeiner Währung berechnet werden. Falls die Entwicklungsländer einen relevanten Beitrag zum Reichtum der Industrieländer leisten, müssen die Anteile der Entwicklungsländer am Welthandel, genauer: ihre Exporte in die Industrieländer, relevant sein. Nähme man die Edlen Seelen beim Wort, könnte man die Formel aufstellen: je ärmer ein Land, desto größer seine Exporte in die Industrieländer, denn die Armut eines Entwicklungslandes soll ja die direkte Folge seiner Ausbeutung durch die Industrieländer sein. Es gibt keine statistischen Daten, die eine solche abstruse Formel stützen würden. Der Anteil der afrikanischen Länder (der Mehrzahl der ärmsten Entwicklungsländer) am Welthandel beträgt 2,4 Prozent – wobei ein Fünftel aus Südafrika stammt, über dessen Ausbeutung bislang noch keine Klagen laut geworden sind. Erhard Eppler dürfte den Edlen Seelen ein unverdächtiger Zeuge sein: »Ökonomisch ist Afrika in der Tat nicht mehr der Rede wert. Hatte es 1970 noch einen Anteil von 2,4 Prozent am Welthandel, so waren es 1988 noch 1,3 Prozent, und heute dürften es noch weniger sein. Für die deutsche Industrie ist der Anteil Schwarzafrikas an Handel und Investitionen inzwischen unter ein Prozent gesunken ... Europa und Afrika sind ökonomisch nicht interdependent. Afrika hängt ab von Europa, seinen Banken, Konzernen und Regierungen; Europa könnte ökonomisch sehr wohl ohne Afrika auskommen.« (*Zeit* vom 15. November 1991)

Der Anteil der Entwicklungsländer an den Weltexporten beträgt 1989 für Lateinamerika 4,3 Prozent, Süd- und Ostasien (inklusive der »Newly Industrializing Countries« – NICs) 11,3 Prozent, Mittlerer Osten 3,4 Prozent – mit dem Anteil Afrikas von 1,9 Prozent macht das etwa 21 Prozent (Anteil der Entwicklungsländer an den Weltimporten: 19,8 Prozent), wovon ein erheblicher Teil (über ein Drittel) in andere Entwicklungsländer geht. Die Industrieländer bestreiten über 70 Prozent des Welthandels (bei Importen wie Exporten), das heißt Welthandel findet vor allem zwischen den Industrieländern, nicht zwischen Entwicklungsländern und Industrieländern statt.[6] »Es ist nicht sicher«, schreibt Susan George, »ob jeder in den reichen Ländern es merken würde, falls die ärmsten Kontinente von der Landkarte verschwänden ... die größeren Industrieländer erwarten sich nicht mehr viel von der Dritten Welt als Handelspartner oder Quelle billiger Arbeitskräfte.« Es sieht nicht gut aus für das Ausbeutungsargument.

Dessen Verfechter werden jedoch einwenden, die obigen Zahlen verschleierten ja gerade die Ausbeutung der Entwicklungsländer durch zu niedrige und – trotz erheblicher Schwankungen – langfristig fallende Rohstoffpreise und Verschlechterung der *terms of trade.* Unbestritten ist das zeitweise heftige Schwanken der Rohstoffpreise, umstritten jedoch die langfristige Verschlechterung der *terms of trade.* Das Schwanken der Rohstoffpreise und deren langfristiger Verfall betreffen jedoch *alle* Rohstoffproduzenten beziehungsweise -exporteure und können nicht als Beleg für eine systematische Benachteiligung der Entwicklungsländer dienen, zumal diese Preis-Instabilität der Rohstoffe historisch uralt ist und sie auch keineswegs identisch sein muß mit einem Schwanken der Einkommen aus Rohstoffexporten. Der Anteil der westlichen Industrieländer an den Rohstoffexporten der Welt betrug 1986 221,3 Milliarden Dollar (von insgesamt 347,8), der der Entwicklungsländer 100,2. Zwei Drittel der Weltexporte an Nahrungsmitteln stammen aus den Industrieländern. Die USA sind der größte Exporteur von Rohstoffen und

---

6 Nach GATT-Zahlen für 1990 produzieren die 23 Prozent der Weltbevölkerung in den Industrieländern 80 Prozent des Welt-Bruttosozialprodukts; die zehn größten Handelsnationen der Welt (weniger als 20 Prozent der Weltbevölkerung) betreiben untereinander zwei Drittel des Welthandels (nach *Zeit* vom 17. April 1992). Die Industrieländer Nordamerikas, Westeuropas und des Fernen Ostens allein, so Drucker, »produzieren mehr Nahrungsmittel als sie selber konsumieren und fast alle von ihnen benötigten industriellen Rohstoffe. Sie produzieren und konsumieren auch zwei Drittel der Industrieproduktion der Welt.« – Inkonsistenzen in manchen meiner Zahlenangaben resultieren aus den unterschiedlichen Definitionen von Industrieländern und Entwicklungsländern, Berechnungsarten und -zeiten der unterschiedlichen Quellen. Sie beeinträchtigen meine Argumentation nicht. Zum Problem der Definition von »Dritte Welt« siehe Nigel Harris, *The End of the Third World. Newly Industrializing Countries and the Decline of an Ideology.* Harmondsworth: Penguin Books 1986.

Nahrungsmitteln. Deren Preisverfall in den achtziger Jahren war einer der Gründe für das enorme Handelsdefizit der USA. Die landwirtschaftlichen Einkommen fielen in manchen Gebieten der USA um zwei Drittel.

Das Schwanken vieler Rohstoffpreise läßt vermuten, daß sie auf dem Welt*markt* bestimmt werden. Ein »zu niedriger Preis« wäre ein Preis, der nicht höher oder niedriger als die Produktionskosten ist. Dies ist meist, von Dumping abgesehen, ein Zeichen für eine Überproduktion. *Überproduktion* ist denn auch einer der Gründe für den Verfall der Rohstoffpreise der Entwicklungsländer. Der obligate Hinweis auf die vielen Entwicklungsländern durch die Kolonialherrschaft aufgezwungenen Monokulturen ist mittlerweile reichlich abgenützt: 30 und mehr Jahre Unabhängigkeit sind ein ausreichender Zeitraum für Diversifikation. Einen weiteren aktuellen Grund für die negative Preisentwicklung stellt die *verminderte Nachfrage* dar: der Rohstoffverbrauch der Industrieländer sinkt durch den immer geringeren Anteil der Rohstoffe an der industriellen Produktion, den zunehmenden Anteil recycelter Rohstoffe und einen allgemein sparsameren Umgang damit. – Zuweilen ist auch die Forderung nach »gerechten« Rohstoffpreisen für die Entwicklungsländer zu hören (daß die Rohstoffproduzenten der Industrieländer einen »gerechten« Preis erzielen, wird dabei als selbstverständlich unterstellt – auch wenn es sich um dieselben Rohstoffe und Preise handelt); damit ist in der Regel ein relevant über dem Weltmarktpreis liegender Preis gemeint, das heißt es handelt sich nur um eine unorthodoxe Form der Forderung nach mehr Entwicklungshilfegeldern. – Die Vorstellung, daß eine allgemeine Erhöhung der Rohstoffpreise (und sei es auch nur der der Entwicklungsländer) allen Entwicklungsländern zugute käme, ist falsch, wie die zum Teil katastrophalen Folgen der Ölpreiserhöhungen in den siebziger Jahren für viele erdölimportierende Entwicklungsländer zeigen. Die Handelsbilanz der OPEC-Länder verbesserte sich 1974 von 1 Milliarde Dollar (1973) auf 61 Milliarden Dollar – davon kamen knapp 30 Milliarden aus den erdölimportierenden Entwicklungsländern.

Daß die Dritte Welt nur Rohstoffe exportiert und nur Industrieprodukte importiert, gehört zu den mit Inbrunst gehüteten Überzeugungen. Sie ist einfach falsch. Der Anteil der Rohstoffe am Warenexport der lateinamerikanischen Länder betrug 1986 46,6 Prozent (Brasilien, das achtgrößte Industrieland der Welt: 27,4 Prozent, Mexiko – obwohl Ölexporteur – 45,3 Prozent; Mexikos Industrieproduktion ist so groß wie die Spaniens und Portugals zusammengenommen); nur zwei Ländergruppen haben einen Rohstoffanteil von mehr als 50 Prozent am Export: die Golfstaaten 81,1 und die Subsahara-Länder 61 Prozent. Im Fall Asiens sind es 40,7 Prozent, für die NICs 3,1, Indien 24,6 und China 29,6 Prozent. Die Entwicklungsländer exportieren also durchschnittlich mehr Industrieprodukte als Rohstoffe. Es gibt keine systematische (strukturelle oder verschwörerische) Benachteiligung der Entwicklungsländer in bezug auf die Rohstoffpreise; deren Schwanken und Sinken betrifft langfristig alle Rohstoffe – der Entwicklungsländer wie der Industrieländer, Erdöl wie Olivenöl, Kautschuk wie Kohle. Die Industrieländer sind langfristig weder in der Lage, niedrige Preise zu erzwingen noch höhere Preise zu verhindern. Einen Erklärungswert für den Reichtum der Industrieländer oder die Armut der Entwicklungsländer haben die Rohstoffpreise nicht.

Aber die Vertreter der Ausbeutungsthese werden einwenden, hier sei das entscheidende Argument der Verschlechterung der *terms of trade* nicht berücksichtigt worden, die Rohstoffpreise also nicht als relative Rohstoffpreise. Unter *terms of trade* versteht man das Verhältnis Exportwaren(preise) zu Importwaren(preisen); behauptet wird eine stete und systematische Verschlechterung dieses Verhältnisses zuungunsten der Entwicklungsländer, wobei eigentlich immer ein Verhältnis Rohstoffexporte zu Industrieimporten unterstellt ist. Auch beim Problem der *terms of trade* handelt es sich nicht um ein für Entwicklungsländer spezifisches Problem, und es existierte bereits, lange bevor die Dritte Welt erfunden wurde.

Die Berechnung der *terms of trade* ist notorisch schwierig und umstritten. Lindert kommt auf der Grundlage der ihm vorliegenden Daten zu dem Ergebnis, daß die Gesamtveränderung im Zeitraum zwischen 1900 und 1986 klar sei: 1986 waren die relativen Rohstoffpreise ungefähr halb so hoch wie 1900, waren also durchschnittlich 0,8 Prozent pro Jahr gefallen. Er sieht jedoch drei Gegentendenzen wirken: den Fall der Transportkosten, den bei der Berechnung der *terms of trade* oft nicht berücksichtigten Qualitätswechsel der Industrieprodukte (eine Tonne Elektromotoren ist nicht gleich eine Tonne Computer) und die nicht berücksichtigten späteren Preisreduzierungen bei neueingeführten Industrieprodukten. (Es ist daran zu erinnern, daß die Preise von zentral wichtigen Industrieprodukten zum Teil einen Verfall aufweisen, den es bei Rohstoffen selten gegeben hat; die Preise für Waren aus dem Bereich der Informationstechnik fallen seit 20 Jahren um durchschnittlich 15 Prozent pro Jahr.) Ob diese Gegentendenzen den negativen Trend aufwiegen, sei unklar. Es bestehe ein schwacher Grund zur Sorge für Rohstoffproduzenten.

Vernières dagegen sieht das Problem deutlich positiver; er kommt zu dem Schluß, es scheine sich eine langfristige negative Entwicklung der *terms of trade* ebensowenig nachweisen zu lassen wie eine systematische Benachteiligung der Entwicklungsländer. So auch Gilpin: »Das Argument einer systematischen Benachteiligung der Rohstoffexporte läßt sich nicht halten«. Mit Arthur Lewis ist er der Meinung, daß der wichtigste Grund für ungünstige *terms of trade* interner Art sei: das Versäumnis, Überproduktion zu reduzieren und zu diversifizieren. Andererseits hätten die Entwicklungsländer durch die Importe aus den Industrieländern erheblich profitiert, nicht zuletzt durch die damit ermöglichte Partizipation am wissenschaftlichen und technischen Niveau der Industrieländer. Ein extremes Beispiel dafür ist der Handel mit illegal kopierten Produkten, der auf 80 bis 100 Milliarden Dollar geschätzt wird.

Entwicklungsländer ohne Rohstoffexporte sind durchschnittlich ärmer als rohstoffexportierende Entwicklungsländer. Innerhalb der einzelnen Entwicklungsländer sind die Rohstoffproduzenten wiederum oft durchschnittlich wohlhabender als andere Bevölkerungsteile. Die in den letzten Jahren immer populärer werdende These, daß der Anbau von Rohstoffen für den Export auf Kosten des Anbaus von Nahrungsmitteln für die einheimische Bevölkerung der Entwicklungsländer gehe, ist, derart allgemein gefaßt, falsch. Nicht nur gibt es eine Welt-Überproduktion von Nahrungsmitteln, auch jede Ländergruppe der Entwicklungsländer, mit Ausnahme der schwarzafrikanischen, produziert mehr Nahrungsmittel, als sie konsumiert. Das Problem ist eins von Distribution und Sozialpolitik, nicht von Produktion beziehungsweise Anbauflächen. Reinhard Wesel (in Opitz): »Die Exportkulturen beanspruchen nur einen geringen Teil der Anbauflächen in der Dritten Welt. Länder mit sehr hohem Exportanteil sind oft relativ gut in der Lage, ihre Bevölkerung zu versorgen, während in vielen Hungergebieten der reine Exportanbau nicht bedeutsam ist«. Auch für die Subsahara-Staaten konstatiert der Weltbank-Bericht von 1989 eine positive Korrelation von Exportkulturen und Nahrungsmittelproduktion. Kurzum: Rohstoffpreise oder *terms of trade* können nicht als ausreichende Belege für die These von der Ausbeutung der Dritten durch die Erste Welt gelten. Es besteht kein Anlaß, die zitierten Zahlen zum Anteil der Entwicklungsländer am Welt-Bruttosozialprodukt wesentlich zu revidieren. Die Industrieländer konsumieren nicht real mehr als sie produzieren.

Der strukturalistischen (Prebisch-Singer-)These ist es gelungen, auf Jahrzehnte die Aufmerksamkeit aller Menschen guten Willens auf das Problem der Rohstoffpreise und *terms of trade* zu lenken, als handelte es sich dabei um die zentralen Probleme der Entwicklung, als wären darin eben schon strukturell Ausbeutung und Unterentwicklung angelegt. Überdies wurde damit das Dogma von den *externen* Ursachen der Unterentwicklung begründet und deren interne vernachlässigt. Übersehen wurde nicht nur, daß bereits im Zeitalter des Kolonialismus auf der Basis von Rohstoffen und Monokulturen Entwicklung stattfand (und zwar in manchen Ländern erheblich mehr als heute in der Unabhängigkeit), sondern auch, daß einige rohstoffexportierende Länder zu den reichsten der Erde gehören: Australien und Neuseeland (ehemalige Kolonien) zum Beispiel oder Saudi-Arabien und Kuwait. Noch verwunderlicher aber ist, daß es gelang, einen *Vorteil,* über exportierbare Waren und damit Devisen und höhere Kreditwürdigkeit zu verfügen, in einen *Nachteil* zu verwandeln, den man als moralischen Vorwurf an die Weltwirtschaftsordnung und die von ihr profitierenden Industrieländer richtet. Im Namen dieser moribunden Theorien werden weiterhin Schuldgefühle mobilisiert, moralische Einschüchterung und Erpressung versucht.

Ein wichtiges Problem der rohstoffexportierenden Entwicklungsländer ist vielmehr der Protektionismus der Industrieländer,[7] nicht zuletzt deren

---

7 Der Protektionismus der Industrieländer wird oft übertrieben dargestellt. Die Nicht-Rohstoffexporte der Entwicklungsländer (einschließlich Textilien und Bekleidung) wuchsen auch in den achtziger Jahren in zuvor nicht gekanntem Maße. – Laut *Spiegel* vom 20. Januar 1992 geben die 24 westlichen Industrieländer über 300 Milliarden Dollar pro Jahr für ihre Agrarpolitik aus. Jeder deutsche Haushalt zahlt jährlich etwa 1600 DM zur Unterstützung der Landwirtschaft (das heißt der Agrarindustriellen, die über eine gut organisierte Lobby sowie zahlreiche willfährige Politiker verfügen).

Agrarpolitik. Die Folgen dieses kostspieligen Idiotismus aber tragen vor allem die Konsumenten und Steuerzahler der Industrieländer. Von einer Ausplünderung der Dritten Welt kann dabei sicher nicht die Rede sein – kurzfristig können die subventionierten Nahrungsmittelexporte der Industrieländer sogar den Entwicklungsländern nützen, langfristig schaden sie deren Landwirtschaft.

Einen zentralen Platz in der Dämonologie der Edlen Seelen nehmen die multi- oder transnationalen Gesellschaften ein, und hier sind sie auch in der Lage, empirische Belege beizubringen, und seit Jahrzehnten immer dieselben zwei: Nestlé und ITT. Für das intellektuelle Stillkreis-Milieu dürfte das Bild des internationalen Multis (»neokoloniale Penetration«), der *schwarzen stillenden Müttern* in der *Dritten Welt* die unschuldigen *Kinder* von der Brust reißt, um mit Milchpulver zu dealen, das perfekte Horrorszenario darstellen, anders ist die ungebrochene Popularität und Wirkung dieses über 20 Jahre alten Votivbildchens nicht erklärbar, dessen faktische Grundlage darin besteht, daß Nestlé, wie andere Firmen auch, in Drittwelt-Ländern Milchpulver verkauft und dafür Reklame macht.

Der Fall ITT ist klar (es geht um die Beteiligung des US-Multis, zusammen mit dem CIA, am Sturz der Allende-Regierung), und es gibt da nichts zu rechtfertigen. Was fehlt, sind weitere ausreichende Belege für die damit gestützte These, daß die Multis *direkt* politische Macht ausüben und ihnen nicht genehme Regierungen stürzen können. Es gibt jedoch zahlreiche Gegenbeispiele der Entmachtung und Enteignung von Multis, am spektakulärsten wohl die der Ölmultis. Die Multis sind interessiert an langfristig stabilen politischen Verhältnissen, die es ihnen erlauben, Profite zu machen. Das ist einer der vielen Gründe, warum sie in erster Linie in den Industrieländern, nicht etwa in den Entwicklungsländern, investieren. Das Land mit der höchsten Pro-Kopf-Rate ausländischer Investitionen ist nicht ein Entwicklungsland, sondern Kanada. Die Multis mit ihrer oft enormen ökonomischen Macht und ihrem politischen Einfluß (in Entwicklungsländern wie in Industrieländern) zu kontrollieren und ihre Aktivitäten für das jeweilige Land nutzbar zu machen, ist Aufgabe der Politiker. Wo das gelingt, und das gilt für die Mehrzahl der Fälle, tragen multinationale Konzerne zur wirtschaftlichen Entwicklung eines Landes bei. Mit anderen Worten: internationale Investitionen fördern in der Regel die wirtschaftliche Entwicklung eines Entwicklungslandes.

Neuerdings wirft man den Multis auch vor, in vielen Entwicklungsländern *nicht* zu investieren,[8] was eine neue Form des kapitalistischen Imperia-

---

[8] Die Ausweisung der Multis aus vielen Entwicklungsländern in den siebziger Jahren war nicht nur nachteilig für die Entwicklungsländer, sondern auch einer der Gründe für die Schuldenkrise, insofern eine durch Kredite finanzierte importsubstituierende nationale Industrialisierung die internationalen Investitionen der Multis ablösen sollte. Das Ergebnis waren wenig Industrie und viel Schulden. Lindert weist darauf hin, daß der Gewinntransfer aus internationalen Investitionen erheblich geringer gewesen wäre, als es nun die Zahlungen für den Schuldendienst sind.

lismus darstelle. Sampson kolportiert die Äußerung von Drittwelt-Politikern, daß es nur eins gebe, was schlimmer sei, als von Multis ausgebeutet zu werden: nicht von ihnen ausgebeutet zu werden. So übertönt denn auch der Ruf nach Joint-ventures inzwischen in vielen Entwicklungsländern den nach Bakschisch oder mehr Entwicklungshilfe.

Wenn es stimmt, daß die Wirtschaftsbeziehungen der Industrieländer zu den Entwicklungsländern durch Ausbeutung und Ausplünderung bestimmt sind, wie es die Edlen Seelen behaupten, oder wenn die kapitalistisch-imperialistische Weltwirtschaftsordnung ein prinzipielles externes Hindernis der Entwicklung ist, wie es die Dependenztheorie behauptet, dann scheint der Abbruch dieser Beziehungen eine plausible Lösungsmöglichkeit zu sein: »autonome« oder »selbständige« Entwicklung (Dissoziations- oder Abkopplungsthese). Die Mongolei, Tansania, die VR China u.a. haben, zeitweise, diesen Weg einzuschlagen versucht – mit den bekannten Ergebnissen, von Prachtexemplaren wie Albanien oder Myanmar (Burma) ganz zu schweigen. Die Wirtschaftsgeschichte der letzten Jahrzehnte hat vielmehr gezeigt, daß der Wohlstand und die Entwicklung der Nationen generell in dem Maße zunehmen, wie sie in die Weltwirtschaft integriert sind, wie sie *outward-oriented* sind. *Outward orientation* ist – und war schon vor hundert Jahren – die Grundlage so ziemlich aller Erfolgsgeschichten ökonomischer Entwicklung, nicht nur in Ost- und Südostasien; auch unter den armen Ländern Afrikas geht es den *outward-oriented* wirtschaftlich besser als den *inward-oriented.* Die These, daß die Weltwirtschaftsordnung und der Handel zwischen Süd und Nord Armut und Elend verursachen oder deren Abschaffung verhindern, läßt sich nicht aufrechterhalten.

In seltsamem Kontrast zum Barmen um die Armen und die schrillen Schuldvorwürfe an die Adresse der Ersten Welt steht das weitgehende Desinteresse der Edlen Seelen an den Fällen gelungener oder gelingender Entwicklung. Hier wären vor allem Japan zu nennen und die sogenannten NICs: Hongkong, Singapur, Südkorea, Taiwan. Hauptgrund dafür scheint mir zu sein, daß die Entwicklung dieser Länder vielen der Überzeugungen und Meinungen widerspricht, die guten Menschen am Herzen liegen – Hongkong zum Beispiel, eine Kolonie mit einer Wirtschaftspolitik, die dem Konzept staatlich unregulierter liberaler Marktwirtschaft näher kommt als die jedes anderen kapitalistischen Landes, freier Handel, offen für internationale Investitionen, aggressive Konkurrenz, deren Verlierer mit keinen Subventionen rechnen können, ohne Entwicklungshilfe und Kredite von internationalen Organisationen (weil Kolonie), ohne Rohstoffe (selbst das Wasser muß zum Teil importiert werden) – und das alles in einer übervölkerten Stadt mit Flüchtlingsproblemen und nicht gerade beispielhaftem Sozialsystem: das todsichere Rezept für Armut und Elend, Ausbeutung und Unfreiheit. Aber Hongkong ist das zweitreichste Land Asiens, und seine Bewohner genießen erheblich mehr Wohlstand und Freiheitsrechte als die der autonomen Champions der Drittwelt-Ideologen. Auch die für die Entwicklungsstrategien Japans, Südkoreas und Taiwans wichtigen planerischen und staatsinterventionistischen Elemente sind jedoch – soweit überhaupt bekannt – offenbar nicht geeignet, Interesse und Sympathie zu wecken. Japan und die asiatischen NICs haben bewiesen, daß Entwicklung machbar ist unter den Bedingungen der kapitalistischen Weltwirtschaftsordnung und bei enger Integration in sie. Dagegen wird eingewandt, es handele sich nicht um eine »echte«, sondern um eine »abhängige« oder »assoziierte« Entwicklung, die nicht zu wahrer nationaler Unabhängigkeit führe und negative Folgen habe. Führt man diese Argumentation zu Ende, dann sind auch die Industrieländer nicht entwickelt, da sie keine wirtschaftlich autarken und politisch voneinander unabhängigen Nationalstaaten sind.

Das geringe Interesse und die fehlende Sympathie gegenüber den genannten Ländern mag auch auf deren scheinbar immer geringer werdende Differenz zur eigenen Kultur und Gesellschaft zurückzuführen sein: sie sind verwestlicht oder, schlimmer noch, amerikanisiert. Und bei gelungener Entwicklung entfällt der kulturelle Artenschutz. Gegenüber Japan oder Taiwan ist jede Herabsetzung und Verächtlichmachung legitim, einem ökonomischen und politischen Saustall wie Myanmar oder dem Sudan aber gilt es ehrfürchtigen Respekt und Zartgefühl entgegenzubringen.

Es gibt kein Modell der Entwicklung mit Erfolgsgarantie (auch die Entwicklungsstrategien der NICs sind keineswegs identisch), aber es gibt eine große Grabbelkiste, in der die Erfahrungen und Analysen von Jahrhunderten von Entwicklung zu finden sind, die sich zu einem für das jeweilige Entwicklungsland passenden pragmatischen und flexiblen Modell zusammenbasteln lassen. Entwicklung ist heute prinzipiell erheblich einfacher als vor hundert oder zweihundert Jahren, weil diese Erfahrungen vorliegen, etwa in den Arbeiten der Entwicklungsforschung, der Wissenschaften der internationalen Wirtschaft und Politik, der Entwicklungssoziologie usw. Wichtiger noch: zahllose naturwissenschaftliche, medizinische, technische Erkenntnisse und Erfindungen müssen nicht mehr gemacht werden – sie liegen vor in jeder Stadtbibliothek; die Möglichkeiten des Informationsaustausches, des Verkehrs und des Handels sind gewaltig erweitert worden wie auch die, kurzfristige Schwierigkeiten und Katastrophen durch internationale Hilfe zu überwinden. Die zum Teil verblüffenden Wachstumsraten etlicher Entwicklungsländer in den letzten Jahrzehnten liegen deshalb um das zwei-, drei-, vierfache über denen der Entwicklungsländer des 19. Jahrhunderts wie Deutschland, die USA, Japan. »In der Tat hat keine frühere Periode der Wirtschaftsgeschichte soviel wirtschaftliche Entwicklung erlebt«, stellt Drucker für die Jahre 1950 bis 1990 fest, und zwar nicht nur in der Höhe der Zuwachsraten, sondern auch in der Zahl der daran beteiligten Menschen. Diese 40 Jahre »übertreffen selbst die Rekordziffern der letzten Periode schnellen Wachstums, die 40 Jahre zwischen 1875 und 1914«. Allerdings sei diese Entwicklung höchst ungleich verteilt unter den Entwicklungsländern wie auch meist innerhalb der Entwicklungsländer. Das Problem der Entwicklungsländer stellt sich denn auch heute nicht als die Frage »Wie ist Entwicklung möglich?«, sondern als die, warum immer noch in so vielen Entwicklungsländern Entwicklung nur zögernd, gar nicht oder sogar negativ stattfindet.

Daß die These der fünfziger Jahre vom Circulus vitiosus der Unterentwicklung (Ragnar Nurkse: »a country is poor because it is poor«), aus dem allenfalls mit fremder Hilfe auszubrechen sei, nicht stimmen kann, weil sonst Entwicklung überhaupt nicht mehr erklärt werden könnte und wir, wie Bauer es formulierte, noch alle in der Altsteinzeit leben würden, hat sich mittlerweile herumgesprochen. Um ausbleibende oder zögernde Entwicklung in der Dritten Welt zu erklären beziehungsweise zu rationalisieren, wird dann erneut auf das Ausplünderungsargument zurückgegriffen, in folgender Variante: Die Ausplünderung der Kolonien habe den Industrieländern die notwendigen Voraussetzungen für ihre Entwicklung verschafft. Für die Länder der Dritten Welt aber gebe es diese Möglichkeit nicht, ergo ... Diese These ist nicht nur außerstande, den Reichtum der Schweiz oder Finnlands (oder Singapurs, Taiwans ...) zu erklären, sie versagt auch vor der – bis vor kurzem – ziemlich miserablen Situation Spaniens oder Portugals, die ja doch als zwei der Hauptplünderer und Kolonialmächte ökonomisch wie eine Eins dastehen müßten. Geplündert wurde in der Weltgeschichte gern und oft – von den Mongolen wie den Holländern, den osmanischen Türken wie den Spaniern: eine wirtschaftliche Entwicklung, zumal im Sinne der kapitalistischen Industrialisierung, wird dadurch nicht notwendig ausgelöst, sondern viel eher behindert.

Interne Faktoren der Unterentwicklung

Wenn aber die strukturalistische und die Dependenztheorie offenbar fehlerhaft und wissenschaftlich längst ad acta gelegt sind, warum »dominieren sie weiterhin die Diskussion in den Entwicklungsländern und anderswo« (Gilpin), warum werden sie ausgerechnet in der Dritten Welt, die es doch am besten wissen müßte, lautstark und aggressiv vertreten? Beide Theorien erklären Unterentwicklung durch externe Faktoren und haben damit eine Entlastungsfunktion für die herrschenden Eliten der Entwicklungsländer: sie schieben die Verantwortung für die Misere anderen zu. Sie rechtfertigen indirekt die internen politischen und gesellschaftlichen Zustände in den Entwicklungsländern, da es an diesen ja nicht liegt, wenn es nicht besser wird.

Die Identifizierung der Regierung und der herrschenden Schichten der einzelnen Entwicklungsländer mit der übrigen Bevölkerung ist eine der – meist kaum bewußten – Grundannahmen der Edlen Seelen. Daß *alle* Bürger eines Entwicklungslandes das gemeinsame Interesse haben, das Bestehende zum Besseren zu verändern, scheint so evident, daß Zweifel daran nur selten aufkommen. Es sind ja doch gerade die für das Elend verantwortlichen Ausbeuter aus der Ersten Welt, die solche Veränderungen blockieren; allenfalls werden noch einige korrupte Handlanger des Neokolonialismus ausgemacht: Tod den Verrätern! »Daß alle Regierungen (der Entwicklungsländer) die Majorität der Bevölkerung repräsentieren und für sie sorgen, ist offenkundiger Unsinn. Viele Regierungen sorgen sich vor allem um die Bereicherung derer, die sie an der Macht halten.«[9] Die Einkommensunterschiede zwischen reichen und armen Ländern sind extrem groß, aber die Unterschiede zwischen Reichen und Armen in vielen Entwicklungsländern sind es kaum weniger. Sie sind durchschnittlich sehr viel größer als in den Industrieländern. Die Disparität zwischen ländlichen und städtischen Einkommen ist in den heutigen Entwicklungsländern größer als sie es in den Industrieländern zur Zeit ihrer Entwicklung war. Warum sollten Regierungen die enormen Unterschiede in der Verteilung von Land und Reichtum in ihren Ländern ändern, wenn deren Nutznießer ihre Machtgrundlage darstellen?

Vom Zustand der Unterentwicklung kann unter den gegenwärtigen internationalen und nationalen Bedingungen profitiert werden: von Politikern und Bürokraten, durch deren Hände alle offizielle Entwicklungshilfe geht und denen zum Beispiel eine überbewertete Währung und Devisenbewirtschaftung zusätzliche Macht und Einkommen gewähren, von Industriellen, die im Namen autonomer Entwicklung überteuerte Waren miserabler Qualität auf den abgeschirmten Markt schicken, von Polizisten und Militärs, die am – von der UNO oder einzelnen Industrieländern subventionierten – Kampf gegen Drogenanbau und -handel teilnehmen, von Beamten und Offizieren, durch deren Hände die Gelder und Hilfsgüter für Flüchtlinge gehen, von Teilen der städtischen Arbeiterschaft, die über starke Gewerkschaften verfügen und die Weiterführung unsinniger Produktion meist staatlicher Betriebe erzwingen können, von Medizinern und Gesundheitsbeamten, die an der Seuchenbekämpfung teilnehmen, von Großgrundbesitzern, die notwendige Landreformen verhindern usw. usf. Über Armut und Flüchtlinge, Bürgerkrieg und Hungersnot, Drogenproduzenten und Analphabeten, Epidemien und bedrohte Regenwälder zu verfügen, kann ein entscheidendes Druck- und Erpressungsmittel im Konkurrenzkampf um die bi- und multilateralen Hilfs- und Entwicklungsgelder sein. Denn, wie's die Vernunft gebietet, bekommt der mehr Hilfe, der sie dringender braucht. Unterentwicklung in all ihren Formen abzuschaffen, hieße auch, sich von Milliardenbeträgen zu trennen. Mit anderen Worten: es gibt in zahlreichen Entwicklungsländern politisch, wirtschaftlich und militärisch mächtige Eliten, die ein erhebliches Interesse an der Aufrechterhaltung und ausländischen Mitfinanzierung des gegenwärtigen Zustandes der Unterentwicklung haben, ganz unabhängig von ihrer politischen Allianz oder Ideologie. Sie benutzen vor allem die UNO und deren Organisationen, um ihre Drittwelt-Ideologie zu propagieren, die Erste Welt für alles Elend verantwortlich zu machen und schneidig die Einhaltung universaler Werte einzuklagen, die sie in ihren eigenen Ländern *souverän* mißachten.

Es stellt sich hier die Frage nach dem Sinn und den Folgen von Entwicklungshilfe überhaupt.

---

9 So Susan George; ihren Artikel hatte sie im Auftrag der UNO geschrieben; er wurde als »zu polemisch und politisch« abgelehnt, obgleich sie eingewilligt hatte, keine Länder namentlich zu erwähnen. Die UNO als Subsystem der kleptokratischen Drittwelt-Verteilungssysteme – das wäre einer genaueren Untersuchung wert!

Die Edlen Seelen gefallen sich darin, sich als die einzigen verläßlichen Freunde und Verbündeten der Armen in der Dritten Welt darzustellen, indem sie in Permanenz die Erhöhung der Entwicklungshilfe fordern beziehungsweise die existierende als schändlich gering abtun. Daß mehr Entwicklungshilfe mehr Entwicklung bedeutet, scheint evident. Ist aber falsch. Gewiß werden mehr Gelder für Nahrungsmittel und Medikamente mehr Verhungernde und Kranke retten können, soweit sie sie erreichen; aber zu verhindern, daß Menschen massenhaft sterben, wird man nicht als Entwicklung bezeichnen wollen. Die findet aber nicht automatisch statt, sobald viel Geld da ist. Dies Geld muß langfristig produktiv investiert werden können, und da liegt das entscheidende Problem, zum einen, weil oft gar kein Interesse an langfristig produktiven Investitionen seitens der über die Gelder verfügenden Politiker oder Beamten und ihrer Klientel besteht, zum anderen, und noch wichtiger, weil die ökonomischen, politischen, sozialen und kulturellen Bedingungen dafür nicht gegeben sind. Kapital ist nur einer von vielen Faktoren wirtschaftlicher Entwicklung und nicht der wichtigste. Ein Beispiel: In den siebziger Jahren verfügte der Iran infolge des rapiden Ansteigens der Erdölpreise über gewaltige Kapitalsummen. Die Zuwachsraten des Bruttosozialprodukts waren unerhört hoch: 1974/75 zum Beispiel 42 Prozent, mit einem industriellen Wachstum von 15 Prozent pro Jahr. Aber die Zahlen täuschen; die Investitionen waren meist unprofitabel, die Wirtschaft ineffizient - mangelnde Infrastruktur, Mangel an ausgebildeten und technisch kompetenten Arbeitskräften, das allgegenwärtige Problem ineffizienten Managements, Korruption. Dieses Mißverhältnis von verfügbaren Kapitalsummen und wirtschaftlicher Entwicklung läßt sich auch bei den arabischen OPEC-Staaten nachweisen.

Auch sehr hohe Kapitalsummen aus *windfall-profits* oder Krediten (wie sie einige Entwicklungsländer in den siebziger Jahren von den privaten Banken erhielten) führen nicht per se zu Entwicklung. Und mehr Entwicklungshilfegelder führen auch nicht per se zu mehr Entwicklung.[10] Es gibt vielmehr gute Gründe für die Annahme, daß sie ihr oft eher schaden als nützen. Das mag »die absolute Häresie« sein, aber nachteilige Folgen selbst von Nahrungsmittelhilfe (Food aid, Food for work) sind ausreichend dokumentiert. In dem Aufsatz *Foreign Aid: Central Component of World Development?* faßt Bauer seine gewichtigen Einwände gegen Entwicklungshilfe zusammen: Der Begriff »Entwicklungshilfe« ist irreführend; er impliziert, daß Entwicklungs*hilfe* der Bevölkerung in den Empfängerländern zugute kommt, was nicht der Fall ist. Man sollte sie »Regierungsunterstützung« nennen. Der

[10] Vgl. Robert Cassen u.a., *Does Aid Work? Report to an Intergovernmental Task Force.* Oxford: Clarendon Press 1988. Diese umfassende Studie - fast ausschließlich auf der Grundlage von Selbstevaluationen der bi- oder multikulturellen Entwicklungshilfe-Organisationen - beantwortet die Frage, ob Entwicklungshilfe ihre selbstgesteckten Ziele erreicht, *positiv.* Zu der in unserem Zusammenhang interessierenden Frage heißt es, »daß Entwicklungshilfe in enger Beziehung zu wirtschaftlichem Wachstum stehen kann oder auch nicht - je nach Umständen«. Eine *Erhöhung* der Entwicklungshilfe gehört nicht zu den von den Autoren formulierten Desiderata.

Empfänger offizieller Entwicklungshilfe ist immer eine Regierung, nicht die Armen, Notleidenden oder Verhungernden, die die Entwicklungshilfepropaganda zeigt. Die Identifizierung von Regierung und Bevölkerung ist falsch. Der Glaube, daß Entwicklungshilfe zumindest nicht schaden könne, verkennt die politischen, sozialen und kulturellen Folgen dieser Unterstützungsgelder – sie gehen an Regierungen, die eine Politik verfolgen, die geradewegs ökonomischen Fortschritt verhindert und den Interessen ihrer ärmsten Bürger entgegensteht. Entwicklungshilfe ist kontraproduktiv, indem sie die Macht dieser Regierungen vermehrt, zu einer Politisierung des Lebens und Verteilungskämpfen führt und Energien vom ökonomischen Sektor abzieht. (Vernières formuliert das so: Es ist wichtiger, eine gute Position innerhalb dieser generalisierten Korruption des Verteilungssystems zu haben, als einer produktiven Tätigkeit nachzugehen.) Die seit Jahrzehnten betriebene destruktive Politik dieser Regierungen ist nicht wohlmeinenden Irrtümern zuzuschreiben, sondern dient den Interessen der Herrschenden. Entwicklungshilfe nach dem Kriterium des Pro-Kopf-Einkommens belohnt eine Politik der Verarmung. Entwicklungshilfe verstärkt weitverbreitete soziokulturelle Einstellungen und Verhaltensmuster, die der Entwicklung entgegenstehen. Sie ermutigt Regierungen zu Bettelei und Erpressungen statt zur Erforschung der internen Entwicklungspotentiale. Während Entwicklungshilfe ökonomisch allenfalls von zweitrangiger Bedeutung ist, wirkt sie negativ auf primäre politische und kulturelle Determinanten der Entwicklung. Sie erlaubt die Fortführung extrem schädlicher Politik, verschleiert deren Schädlichkeit vor der Bevölkerung, gibt den Regierungen Respektabilität und hält sie an der Macht. – Soweit Peter Bauer, Prof. emerit. der London School of Economics, der sich mehr als ein halbes Jahrhundert lang mit der Untersuchung der Ökonomie der heutigen Entwicklungsländer beschäftigt hat.

Der Hinweis auf die internen politischen, sozialen und kulturellen Hemmnisse der Entwicklung sieht sich mit prompter Zuverlässigkeit des Ethnozentrismus, Rassismus und anderer unappetitlicher Dinge angeklagt. Zu Unrecht. Daß prinzipiell Menschen aller Kulturen zu wirtschaftlicher Entwicklung fähig sind, beweist der Erfolg von Emigranten aus den Entwicklungsländern in den Industrieländern. Auch wenn man das Postulat, daß alle Kulturen den gleichen Wert und gleiches Recht auf Respekt und Anerkennung haben, akzeptiert, so folgt doch daraus nicht, daß alle Kulturen in gleicher Weise wirtschaftliche Entwicklung hemmen oder fördern. Gewiß hat jedes Land das Recht, selber zu bestimmen, ob und wie es sich ökonomisch entwickeln will. Ein Recht darauf, von anderen Ländern ausgehalten zu werden, hat es nicht. Die quasi religiöse und oft vehement nationalistische Verklärung der eigenen Kultur zur unantastbaren »kulturellen Identität« hat eine Menge Schaden angerichtet, und der Hinweis auf die kulturelle Identität und deren Bedrohung durch den »Kulturimperialismus« der Industrieländer ist – neben dem Souveränitätsvorbehalt – eine der beliebtesten Notbremsen, wenn Veränderungen gefordert werden. Unterstellt wird oft fälschlicherweise, die Entwicklung der Industrieländer habe sich gleichsam notwendig und organisch aus deren Kulturen ergeben, ohne wesentliche kulturelle Veränderungen, Krisen und radikale Brüche. Anders aber ist Entwicklung nicht zu haben – auch die künftige der Industrieländer nicht. Der kurrente religiöse und kulturelle Fundamentalismus will das nicht wahrhaben.

»Die Länder des Südens haben nur eine Chance, wenn wir uns ändern, wenn wir partnerschaftsfähig werden.« So beendet Eppler seinen oben zitierten Artikel.[11] Müßte es nicht vielmehr heißen »wenn *sie* sich ändern«?

Lieber gleich arm als ungleich reich?

Die Abschaffung von Armut und Elend in der Dritten Welt stellen sich die Edlen Seelen meist im Bild des *Teilens* vor (St. Martin): Der Reiche gibt dem Armen und stellt so einen Zustand gerechter: gleicher Güterverteilung her. Die Weltwirtschaft wird dabei als ein Nullsummenspiel gesehen: Was der eine kriegt, muß dem anderen genommen werden und umgekehrt. Deshalb scheint auch das Argument der Ausbeutung angesichts der offensichtlichen Ungleichheit des Reichtums so plausibel. Der Human Development Report der UNO (April 1992) berichtet, die armen Länder könnten es nicht hinnehmen, »daß die Industrieländer ein dauerndes Anrecht auf 85 Prozent des Welt-Einkommens haben«, so als ob dieses Welt-Einkommen eine von der Produktion unabhängige, gegebene Größe wäre und das Problem der Entwicklung darin bestünde, von einem immer schon gebackenen Kuchen ein möglichst großes beziehungsweise »gerechtes« Stück zu erkämpfen. (Aber, das sei hier schon verraten, die Weltwirtschaft ist kein Nullsummenspiel.) Anders gesagt: Für die Edlen Seelen ist die Abschaffung von Armut und Elend identisch mit der Herstellung materieller Gleichheit zwischen Erster und Dritter Welt. Beide sind aber nicht notwendig identische Entwicklungen. Man kann sich unschwer vorstellen, daß Gleichheit hergestellt wird – aber auf dem Niveau der armen Länder der Dritten Welt, das heißt mit einer Verallgemeinerung von Hunger und Elend, nicht mit deren Abschaffung. Umgekehrt läßt sich, ohne ins Abstruse zu geraten, annehmen, daß die Dritte Welt das gegenwärtige Niveau der Ersten erreicht, diese aber währenddessen noch reicher geworden ist, die Ungleichheit also erhalten bliebe oder gar noch größer wäre. Es besteht also die Möglichkeit, daß die zwei dem Drittwelt-Diskurs zugrundeliegenden unterschiedlichen Postulate, das der Abschaffung von Armut und Elend und das der gleichen Güterverteilung (bzw. des gleichen wirtschaftlichen Entwicklungsstandes), kollidieren. Und damit besteht auch die Möglichkeit, daß ein Insistieren auf Gleichheit der Realisierung des anderen Ziels, Abschaffung von Armut und Elend, abträglich ist.

---

[11] Dies Zitat ist auch aufschlußreich für die Art der moralischen Einschüchterung im Edle-Seelen-Diskurs: wer wollte schon dieser Forderung widersprechen, ist doch die entrüstete Nachfrage »Sie haben's wohl nicht nötig, sich zu ändern?! Sie glauben wohl, daß Sie vollkommen sind, was!?« schon mitformuliert.

Das Postulat der materiellen Gleichheit aller hat sehr alte mythische Wurzeln (wenngleich die Erweiterung des Kreises der Anspruchsberechtigten auf wildfremde Leute in der ganzen Welt eher neueren Datums ist) und war eine große mobilisierende Kraft vieler millenaristischer, messianistischer und anderer religiöser und politischer Bewegungen. Der heutige Fundamentalismus wird zum Teil ebenfalls davon mitgetragen, wobei die Gleichheitsforderung oft im Zusammenhang mit Ursprungsmythen auftritt: das Urchristentum, die islamische Gesellschaft zu Lebzeiten des Propheten als Ideale der Gleichheit und Gerechtigkeit, die es wiederherzustellen gilt. Da es historisch meist nicht darum ging, unterschiedliche Level von Reichtum gleichzumachen, sondern krasse Differenzen von Armut und Reichtum, konnte das Postulat der Gleichheit leicht mit dem der Abschaffung von Armut identifiziert werden.

Wenn die These von der Ausbeutung der Dritten durch die Erste Welt nicht stimmt, also ein größerer Reichtum der Ersten Welt nicht die Ursache größerer Armut der Dritten Welt ist, dann könnte ein Insistieren auf dem Gleichheitspostulat der Abschaffung von Armut und Elend im Wege stehen. Nach Zahlen der UNCTAD von 1981 bewirkt ein jährliches Wachstum des Bruttosozialprodukts der Industrieländer von 3 Prozent eine entsprechende Wachstumsrate der Entwicklungsländer von 4,5 Prozent, umgekehrt ein Rückgang der Wachstumsraten der Industrieländer von 2 Prozent einen entsprechenden Rückgang in den Entwicklungsländern von 3 Prozent. »Eine Politik der Förderung steten Wachstums in den OECD-Ländern wird die Export- und Wachstumsaussichten der Entwicklungsländer erhöhen ... die Wachstumsraten der Industrieländer und der Entwicklungsländer folgen einander ziemlich genau.«[12] Wenn es andererseits stimmt, daß eine Abkopplung von der Weltwirtschaft keine stärkere Entwicklung nach sich zieht, sondern weniger, dann kann man annehmen, daß eine Zunahme des Reichtums der Industrieländer eine Verringerung der Armut der Entwicklungsländer zur Folge hat. Wer also an einer Verringerung von Armut und Elend in der Dritten Welt interessiert ist, muß deshalb nicht eine Verringerung des Reichtums der Ersten Welt fordern. Eine Verringerung der Armut durch eine Vergrößerung unseres Reichtums mag eine moralisch mißliche Formel sein, ökonomisch macht sie auf alle Fälle mehr Sinn als die von der Verringerung der Armut durch eine Verringerung unseres Reichtums.

Ausbeutung durch Verschuldung

Die *Schuldenkrise* oder *Verschuldung* der Dritten Welt stellt gegenwärtig wohl das populärste Beispiel für die Ausbeutung der Dritten Welt durch die Erste dar; jährliche Nettotransfers von 30 oder 40 Milliarden Dollar aus den armen in die reichen Länder – was könnte Ausbeutung sinnfälliger demonstrieren?

Die weitverbreitete Vorstellung, die Schuldenkrise habe ihren Grund in

12 Nach Robert H. Girling (in King) und dem *World Development Report 1991* der Weltbank.

der Armut der Dritten Welt (also etwa in der Unfähigkeit der ärmsten Länder, Kredite für Nahrungsmittel und andere überlebensnotwendige Güter zurückzuzahlen), ist allenfalls bedingt richtig. Zwar finden sich einige der ärmsten Länder wie die Subsahara-Staaten auf der Liste der hochverschuldeten Länder, aber diese haben doch nur einen Anteil von 12 Prozent an der Gesamtverschuldung (und sie sind nur zu 32 Prozent bei privaten Banken verschuldet, was das Hauptproblem darstellt), erhalten aber über ein Drittel aller Entwicklungshilfe. Auch im Fall der Schuldenkrise zeigt sich, wie wenig sinnvoll der Begriff »Dritte Welt« oder »Süden« ist beziehungsweise wie heterogen die darunter gefaßten Länder sind. Eine Schuldenkrise der Dritten Welt insgesamt gibt es nicht. Die Entwicklungsländer sind nach Höhe, Art und Ursache der Schulden sehr unterschiedlich von dieser Krise betroffen, und gerade einige der reichsten Entwicklungsländer sind am höchsten verschuldet.

Der Anlaß für die Verschuldung waren denn auch nicht Armut und Geldmangel, sondern ein Überfluß an Geld. 1973 gelang es der OPEC, die Ölpreise in die Höhe zu treiben und damit eine der größten Umverteilungen von Reichtum in der Weltgeschichte auszulösen. Diese Petrodollars und die inflationäre Geldpolitik überall auf der Welt ließen in den siebziger Jahren die Geldreserven der großen westlichen Privatbanken anschwellen. Durch die von der Ölkrise ausgelöste Rezession in den Industrieländern fielen die traditionellen Kreditnehmer dieser Banken aus, und zugleich ermunterte das Beispiel der OPEC viele Entwicklungsländer zur Absage an die Multis und ausländische Investoren: autonome, durch Schulden finanzierte Industrialisierung war das Programm. So begannen die Banker der Industrieländer in die Dritte Welt auszuschwärmen, um ihre Gelder profitlich anzulegen – allerdings durchaus nicht in alle Entwicklungsländer, sondern in die kreditwürdigsten, das heißt die relativ entwickeltsten und rohstoffreichsten wie Mexiko und Brasilien, Argentinien und Nigeria (wobei also auch Öl-Exporteure sich verschuldeten!). Immer mehr Banken beteiligten sich, immer mehr Länder galten als kreditwürdig (zum Beispiel Zaire), und die Kredite wurden immer größer und riskanter. Wenn die Frage, warum die Banken derart riskante Kredite vergaben, sich einigermaßen erklären läßt durch die schiere Not, das viele Geld gewinnbringend loszuwerden, Raffgier (je riskanter ein Kredit, desto höher die Zinsen), Lemmingseffekt und historisches Desinteresse (»nations never go bankrupt« erklärte einer der führenden US-Banker), so fällt die Antwort auf die Frage, warum die verschuldeten Länder diese Kredite zurückzuzahlen versuchen oder zumindest so tun, erheblich schwerer. Denn die Schulden der Entwicklungsländer sind zum größten Teil Schulden von Staaten: *sovereign debt.* Es nützt da nichts, die Gerichte zu bemühen oder dem Säumigen zur Mahnung einige rüstige junge Männer ins Haus zu schicken; auch der im 19. Jahrhundert noch erfolgreiche Einsatz von Kanonenbooten verbietet sich heute. Wie Lindert gezeigt hat, gibt es zudem für das Schuldnerland einen Anreiz, seinen Schuldendienst dann einzustellen, wenn die Zahlungen dafür größer werden als die neuen Kredite, die es erhält.

Die Geschichte des Verhältnisses von Banken und Staaten seit der Renaissance ist voller Spannungen; es kam wiederholt zu – auch internationalen – Schuldenkrisen, und etliche Länder haben schon mehrfach den Offenbarungseid geleistet (zum Beispiel Argentinien sechsmal, Guatemala zwölfmal ...). Ein Staat kann also weder zum Schuldendienst gezwungen werden, noch schadet ihm nach bisherigen historischen Erfahrungen eine Insolvenzerklärung langfristig bei späteren Kreditvergaben. Entgegen dem oft entworfenen Bild von den verschuldeten Entwicklungsländern als armen, machtlosen Opfern, die der geballten Macht und den Pressionen von Großbanken, internationalen Organisationen und Regierungen ausgesetzt sind, ist also auf die durchaus nicht so ungünstige Verhandlungsbasis der verschuldeten Länder hinzuweisen. Deren Position ist um so günstiger, je verschuldeter sie sind. Und die abrupte und unverhüllte Insolvenzerklärung eines hochverschuldeten Landes – wie sie Mexiko androhte –, kann eine Weltfinanzkrise auslösen. Gründe genug, zumindest die hochverschuldeten Entwicklungsländer pfleglich zu behandeln. Die These, daß Länder wie Brasilien und Mexiko nicht etwa in die Schuldenkrise geschlittert, sondern planvoll und entschlossen in sie hineinmarschiert seien, ist nicht unplausibel, zumal wenn man bedenkt, daß die Leute, die von den Krediten profitieren, und diejenigen, zu deren Lasten die Rückzahlung dieser Kredite geht, nicht unbedingt dieselben sein müssen.

Bei Ausbruch der Schuldenkrise 1982 betrug die Gesamtverschuldung der Entwicklungsländer 753 Milliarden Dollar, 1987 bereits über eine Billion und gegenwärtig sind es über 1,3 Billionen (inklusive der osteuropäischen Schulden). Darin sind aber auch die Schulden von sogenannten unproblematischen (21 Prozent) und mäßig verschuldeten Ländern (26 Prozent; Zahlen von 1988) enthalten; die Summierung *aller* Entwicklungsländer-Schulden gibt also ein verzerrtes Bild, insofern sie Schulden enthält, die ohne »Schuldenkrise« gar nicht als problematisch wahrgenommen worden wären. Denn Schulden zu haben ist auch für ein Entwicklungsland nicht notwendig ein Problem, soweit die Kredite produktiven Investitionen dienen (statt der Vermeidung notwendiger struktureller Veränderungen) und aus deren Erträgen zurückgezahlt werden können, wie das Beispiel Südkoreas zeigt. – Die Schuldensumme ist auch keineswegs gleichmäßig auf die Entwicklungsländer verteilt, es besteht vielmehr eine deutliche Konzentration auf bestimmte Regionen und bestimmte Länder, vor allem Lateinamerika (fast 40 Prozent aller Entwicklungsländer-Schulden). Die notorischen Hauptschuldnerländer Argentinien, Brasilien und Mexiko brachten es 1985 zusammen mit Chile und Venezuela auf fast ein Drittel der Gesamtschulden aller Entwicklungsländer. Das Zentrum des Schuldenproblems liegt damit bei einigen der reichsten Entwicklungsländer: 1984 betrug das Bruttosozialprodukt pro Kopf in Chile 1700 Dollar, Brasilien 1720, Mexiko 2040, Argentinien 2230 und Venezuela 3410 (Südkorea: 2110). Man vergleiche diese Zahlen mit den entsprechenden für die VR China: 310 Dollar, Indien 260, Bangladesh 130. Die 36 ärmsten Länder Asiens und Afrikas hatten ein Bruttosozialprodukt pro Kopf von durchschnittlich 260 Dollar.

Sowohl vor wie nach der von ihnen ausgelösten Schuldenkrise erhielten die lateinamerikanischen Schuldnerländer den Hauptanteil der privaten Kredite: 1980 betrug der Anteil der Schulden gegenüber privaten Gläubigern 82,3 Prozent, 1989 71,3 Prozent – in beiden Jahren weit über dem Durchschnitt aller anderen Entwicklungsländer. Die Banken nutzten in den siebziger und achtziger Jahren also keineswegs eine Notsituation armer Länder aus, um sie in die »Schuldknechtschaft« zu zwingen: deren Wirtschaften expandierten (3,5 Prozent und mehr pro Jahr), die Exporte boomten, die Rohstoffpreise stiegen bei günstigen *terms of trade,* die Zinssätze waren bis 1978 niedrig, und zu allem Überfluß konnten die fälligen Schuldendienstzahlungen auch noch aus neuen Krediten geleistet werden, so daß bis 1983 keine negativen Nettotransfers stattfanden – und auch danach nicht kontinuierlich. Aber 1982 erklärte Mexiko, daß es den vertraglichen Schuldendienst nicht mehr leisten könne, und das Fest war zu Ende. Die Schuldenkrise begann.

»Die Schuldenkrise 1982 kam ironischerweise am Ende einer Periode, in der die mexikanische Wirtschaft eine außergewöhnliche Chance zu hohem und stabilem Wachstum gehabt hatte. Während der Jahre 1977–82 waren die *terms of trade* sehr günstig für Mexiko, und das Land war durch die Entdeckung enormen Ölreichtums begünstigt. Die Lopez-Portillo-Regierung verspielte diese Vorteile leichtfertig durch eine anhaltende und außergewöhnliche Erhöhung öffentlicher Ausgaben ... Die übermäßig schnelle Ansammlung von Auslandsschulden durch die Lopez-Portillo-Regierung hätte der Wirtschaft keine dauernden Schäden zugefügt, wenn die Gelder zur Finanzierung effizienter Investitionen benutzt worden wären. Das war leider nicht der Fall ... zwischen 38 und 53 Prozent der in dem fraglichen Zeitraum angesammelten Schulden dienten der Finanzierung von Kapitalflucht. Ein erheblicher Teil des Rests diente höherer Konsumtion und Investition im öffentlichen Sektor.«[13] Die beiden Autoren bezweifeln, daß eine wesentliche Erweiterung produktiver Kapazitäten stattgefunden hat. Die Kreditaufnahme von 59,7 Milliarden Dollar der Lopez-Portillo-Jahre habe »bemerkenswert wenig« bewirkt.

Im August 1982 legt Silva Herzog, Mexikos Finanzminister, seinem amerikanischen Kollegen Donald Regan die Situation Mexikos dar. Regans Kommentar: »Sie haben da wirklich ein Problem.« Darauf Silva Herzog: »Nein, Mr. Secretary, *wir* haben da ein Problem.«[14] Regan schloß sich dem Argument seines Kollegen an, und es begann die erste von sehr zahlreichen Umschuldungsverhandlungen in den folgenden Jahren. Bei Sampson findet sich die Maxime, die der brasilianische Wirtschaftswissenschaftler Celso Ming 1980 – wohl auch mit einem Auge auf sein eigenes Land – formuliert hatte: »Wenn ich eine Million Dollar Schulden habe, bin ich verloren. Aber wenn ich 50 Milliarden Dollar Schulden habe, sind die Banker verloren.« Mexiko hatte über 80 Milliarden Schulden, und die Regierung der USA

13 Edward F. Buffie/Allen Sangines Krause (in Sachs).

14 Vgl. Daniel Yergin, *The Prize.* New York: Simon & Schuster 1991.

kümmerte sich darum, daß die Banker nicht verloren waren, was außerdem eine internationale Finanzkrise hätte auslösen können.

Die Umschuldung im Fall Mexikos wurde dann zum Modell für die meisten Umschuldungen (für etwa 50 Länder bis 1990 in über 120 Fällen gegenüber öffentlichen und in etwa derselben Höhe gegenüber privaten Gläubigern). Es ist also keineswegs so, daß die Gläubigerbanken der Ersten Welt »gnadenlos« Zins und Zinseszins einfordern könnten – dazu haben sie eben gar keine ausreichend starke Verhandlungsposition. Der Internationale Währungsfonds (IWF) und die Regierungen der Gläubigerländer (»Paris Club«) agieren dabei wie eine Weltzentralbank und zwingen gleichzeitig die privaten Banken zu erneuten Krediten. Wenn sich die Auslandsschulden der Entwicklungsländer von 1982 bis heute fast verdoppelten, so zeigt das unter anderem, daß auch weiterhin private und öffentliche Kredite in stattlicher Höhe aus der Ersten in die Dritte Welt geflossen sind.

Es ist nicht zu leugnen, daß die Banken besser weggekommen sind, als sie es auf Grund ihrer unbedachten Kreditpolitik verdient hätten: einige derbe Kopfnüsse der unsichtbaren Hand wären sicher angebracht gewesen. Die Banken haben vor allem in den siebziger Jahren sehr gut verdient und sind heute nicht mehr in riskanter Weise exponiert. Die Schulden der Entwicklungsländer bei den privaten Banken verwandeln sich zunehmend in »weiche« Schulden gegenüber multilateralen und anderen öffentlichen Gläubigern: eine Art Sozialisierung der privaten Schulden »auf Kosten« der Industrieländer. Susan George schätzt, daß die Steuerzahler der Ersten Welt 44 bis 50 Milliarden Dollar zur Sicherung der Kredite für die Dritte Welt bereitstellen.[15]

Mit den Begriffen »Ressourcentransfer« oder »negativer Nettotransfer« wird bei der Diskussion der Schuldenkrise vor allem in den Medien ein Sachverhalt als skandalös kritisiert, der zunächst einmal als eher normal zu qualifizieren ist: daß nämlich jemand – oder auch ein Land – seinen bei der Kreditaufnahme eingegangenen vertraglichen Verpflichtungen (Schuldenrückzahlung und Zinsen) nachkommt – zumindest teilweise, denn mehr wird mittlerweile in den meisten Fällen ohnehin nicht erwartet. Den Edlen Seelen freilich ist das nicht geheuer: »Zins und Zinseszins« werden wahlweise »gnadenlos«, »eiskalt« oder »knallhart« von den Banken eingetrieben. Die aus mittelalterlichen Zeiten stammende Ansicht von der Sündhaftigkeit solchen Tuns ist in bäuerlichen und kleinbürgerlichen Kreisen zäh bewahrt worden und spielt heute noch in der populistischen, antisemitischen und Drittwelt-Propaganda eine Rolle.

Die Entwicklungsländer insgesamt haben in den siebziger Jahren und bis 1982 keinen negativen Nettotransfer gehabt, das heißt die neuen Kredite waren immer höher als die Zahlungen für den Schuldendienst. Erst 1983 begannen die negativen Nettotransfers, bis 1991 etwa 40 Milliarden pro Jahr. 1989 war das Jahr mit dem höchsten negativen Nettotransfer von 51 Milliar-

---

15 Susan George, *The Debt Boomerang: How Third World Debt Harms Us All,* zitiert nach *New Statesman & Society* vom 24. Januar 1992.

den; die Gesamtverschuldung betrug damals über eine Billion. Von diesen 51 Milliarden waren aber nur 32 von hochverschuldeten Ländern, die restlichen 9 und 10 von mäßig verschuldeten bzw. unproblematischen Ländern. (»Hochverschuldet sein« ist übrigens nicht identisch mit »Schuldendienstprobleme haben«, wie das Beispiel Indonesiens zeigt.) 1989 erhöhte Mexiko sein Bruttosozialprodukt auf 170 Milliarden Dollar (2010 pro Kopf) von 147 Milliarden (1760 pro Kopf) im Jahr 1988, obwohl es eines der wenigen Länder ist, die einen beträchtlichen Teil der Schulden zurückgezahlt haben. Inzwischen boomt auch die argentinische Wirtschaft, der IWF hat dem Land 1992 einen Kredit über 3,15 Milliarden Dollar zugesagt, die privaten Banken haben 8,05 Milliarden vergeben und vergessen (mit der Aussicht, weitere 15 Milliarden zu erlassen), und es findet bereits wieder ein insgesamt positiver Kapitaltransfer nach Lateinamerika statt. »Es sieht nicht so aus, als ob viele Schuldnerländer in den achtziger Jahren erhebliche Ressourcentransfers an die Gläubigerländer aufrechterhalten hätten«, meint Lindert. »Offenbar haben die meisten nicht viel zurückgezahlt.«

Wer den negativen Nettotransfer beklagt, vergißt meist zu fragen, was eigentlich aus den Hunderten von Milliarden Dollar geworden ist, die vorher als positiver Transfer in die Entwicklungsländer geflossen sind. Ein »grotesker Tatbestand« ist für Hans J. Petersen der oben erwähnte negative Transfer von 51 Milliarden angesichts der »entwicklungspolitischen Grundforderung, den wirtschaftlichen Fortschritt der Dritten Welt ... nachhaltig durch kräftige Finanzhilfen zu unterstützen«.[16] Daß diese kräftigen Finanzhilfen zehn Jahre lang gewährt worden waren, ohne daß es *dadurch* zu nennenswerten wirtschaftlichen Fortschritten in den hochverschuldeten Ländern gekommen ist, macht Petersen nicht irre – Grundforderung ist Grundforderung. Findet also eine Ausplünderung der Dritten Welt durch die negativen Nettotransfers statt? Solange die Tatsache, daß die Erste Welt insgesamt mehr gegeben hat und gibt als sie zurückbekommt, keine Ausplünderung darstellt und Zinszahlungen ebenfalls nicht, kann man die Frage negativ beantworten. »Ausplünderung« charakterisiert den Sachverhalt etwa ebenso erhellend wie die Feststellung, daß Eigentum Diebstahl ist.

Interessant bleibt aber weiterhin die Frage, was eigentlich aus all dem Geld geworden ist, das nun als Schuldenlast von 1,3 Billionen auf die Entwicklungsländer drückt. Ich beschränke mich dabei wieder auf die lateinamerikanischen Länder. Als Hauptgrund der Verschuldung sieht Rudiger Dornbusch »die außergewöhnlich miserable makroökonomische Politik in praktisch jedem lateinamerikanischen Land«.[17] Zu nennen wären etwa die chronischen und hohen Haushaltsdefizite, eine überbewertete Währung, eine export- und vor allem landwirtschaftsfeindliche Wirtschaftspolitik, steigende Inflations- und fallende Sparraten. Die hohen Haushaltsdefizite verweisen auf eines der zentralen Probleme der fraglichen Länder: ihre verfehlte oder gar nicht erst existierende Steuerpolitik. Die Regierungen konnten oder

[16] Hans J. Petersen (in Opitz).
[17] Zitiert nach King.

wollten die wirtschaftlichen Eliten nicht besteuern; oft verhinderten mächtige Gruppen mit hohen Einkommen und Reichtum die notwendigen Steuervorlagen oder -reformen. »Man fragt sich, warum die Regierungen eigentlich alles können außer Steuerreformen.«[18] Die Haltung linker wie rechter bolivianischer Regierungen fassen Morales und Sachs so zusammen: »let the foreigners pay!« So finanzierte ein Großteil der Schulden eine aufgeblähte und nicht sehr effiziente Bürokratie sowie den öffentlichen Sektor insgesamt, wobei die Staatsbetriebe besonders negativ zu Buche schlugen. Soweit die Gelder überhaupt produktiv investiert wurden, gingen sie oft in große Prestigeprojekte, die zudem die beste und bequemste Gelegenheit zur Selbstbedienung für die einheimischen Kleptokraten boten.

Die Ausweitung des *staatlichen* Bereichs in den siebziger Jahren – bei ineffizienter Verwaltung und machtloser Justiz – erfolgte eben in der Verfolgung *privater* Interessen des kleptokratischen Patronagesystems der betreffenden Länder, egal ob unter einer Militärjunta oder einer demokratischen Regierung.[19] Das zeigt auch die Übernahme der privaten Auslandsschulden durch den Staat ab 1982: In einem Land nach dem anderen übernahmen die Regierungen die privaten Schulden oder erleichterten den privaten Firmen die Schuldenzahlungen. »Diese ›Sozialisierung‹ der privaten Schulden führte zu einem erheblichen Anwachsen der öffentlichen Auslandsschulden des jeweiligen Landes.« (In Argentinien betrug 1980 der Anteil des öffentlichen Sektors an den Auslandsschulden etwa 50 Prozent, 1985 aber 82 Prozent.)[20]

Zum Problem der *Kapitalflucht* gibt es unter den Fachleuten keine vollständige Einheit hinsichtlich der sie bedingenden Faktoren, ihrer Mechanismen und Bewertung, Einigkeit aber besteht darin, daß ein großer Teil der eingeflossenen privaten und öffentlichen Kredite Kapitalflucht finanzierte, das heißt wieder im Ausland landete, sei es in der Form von privaten wie staatlichen Bankguthaben, sei es in Immobilien oder Anteilen an westlichen Unternehmen. 1981, ein Jahr vor Ausbruch der Krise, erhielt Mexiko 20 Milliarden Dollar von den Banken – fast die Hälfte davon verschwand noch im selben Jahr im Ausland. Einige Wochen bevor das Land dann seine Zahlungsunfähigkeit erklärte, organisierte Silva Herzog einen Not-Kredit von 900 Millionen – er verschwand innerhalb einer Woche qua Kapitalflucht. Sachs spricht von einer »enormen Kapitalflucht« in den Jahren 1980/81: im Verhältnis zur Neuverschuldung gingen in Argentinien 84 Prozent nach draußen, in Mexiko 44, in Venezuela 167 Prozent. 1987 erklärte Peru sich außerstande, einige Millionen Dollar Schuldendienst zu leisten; die Regierung verfügte zur gleichen Zeit im Ausland über Reserven von etwa 1,5 Milliarden Dollar. Die lateinamerikanischen Guthaben allein in den USA wurden in den achtziger Jahren auf etwa 300 Milliarden Dollar geschätzt, das heißt exklusive derjenigen auf den Cayman-Inseln, in der Schweiz,

18 Miguel Urrutia (in Sachs).

19 Eine ausgezeichnete, knappe Darstellung der vergleichbaren Verschuldung der Philippinen gibt Rolf Hanisch, *Philippinen.* München: Beck 1989.

20 Rudiger Dornbusch/Juan Carlos de Pablo (in Sachs).

Luxemburg ... Die Auslandsguthaben jedweder Form der lateinamerikanischen Länder dürften ihre Auslandsschulden erheblich übertreffen.

Korruption im politischen und öffentlichen Bereich ist wohl ein universelles Phänomen; sie ist weder eine Spezialität der Dritten Welt noch per se Ursache von Armut (sonst müßten die Japaner oder Bayern alle am Bettelstab gehen). Aber Korruption ist generell eine Verschwendung von Ressourcen, und das können sich die Länder der Dritten Welt weniger leisten als die der Ersten. Vor allem jedoch stellt die *strukturelle* Korruption der kleptokratischen Patronagesysteme der Dritten Welt, wobei staatliche Machtpositionen einen *unmittelbaren* Zugriff auf den gesellschaftlichen Reichtum ermöglichen, ein wichtiges Hindernis der Entwicklung dar. Sie analysieren und abschaffen zu helfen ist deshalb eine wichtige Aufgabe von Entwicklungshilfe. Wir aber halten zunächst einmal fest, daß die Annahme, Entwicklungsländer hätten so viele Schulden, weil sie arm sind, ebenso unzureichend ist wie die, Entwicklungsländer seien so arm, weil sie Schulden zurückzahlen müssen.

Der Fehler der Edlen Seelen besteht nicht darin, daß sie moralisch argumentieren, sondern wie sie es tun: durch verbale Drohung und Einschüchterung, zu deren wirksamsten Mitteln die Mobilisierung von Schuldgefühlen gehört. Probleme der Moral sind nicht allein im Verhältnis der Ersten zur Dritten Welt impliziert, sondern – viel wichtiger – in der Frage nach Grundlagen und Widerständen der Entwicklung in den Ländern der Dritten Welt selbst. Für die Edlen Seelen jedoch sind moralische Fragen eine Sache des *Herzens.* »In der Dritten Welt verhungern die Kinder, und *du* redest von Daten/Statistiken/Definitionen ...!« Die Edlen Seelen sind jeder Sachkenntnis und Analyse von vornherein haushoch überlegen, denn ihnen geht es *direkt* um die Menschen, und sie wenden sich *direkt* an die Menschen. Daß solche Unmittelbarkeitshuberei und dummdreiste moralische Arroganz mehr Unheil anrichten können als die brummigste Indifferenz, dafür gibt es zahlreiche Beispiele. Sie stellen aber zugleich auch eine Verletzung individueller Rechte dar: eine moralische Belästigung *(moral harassment).* Da müssen alle Argumente schweigen und alle individuellen Rechte zurückstehen, wo es direkt um den Menschen geht und nur das Herz spricht und die (Schuld-)Gefühle, und da scheint jedes Gegrabsche in die moralische Intimsphäre des anderen erlaubt. Man sollte etwas dagegen tun – rein verbal natürlich: keine Gewalt!

Nr. 522/523, Sept./Okt. 1992

MARTIN SEEL

Vor dem Schein kommt das Erscheinen

Bemerkungen zu einer Ästhetik der Medien

I

Seit Platons Kritik an Malerei und Dichtung wird das Nachdenken über die Kunst von der Alternative zwischen einer Ästhetik des Seins und einer Ästhetik des Scheins beherrscht. Platon hielt diesen Künsten vor, Erscheinendes bloß nachzubilden, anstatt es in seiner Wahrheit zu erfassen; alles, was ein Dichter oder Maler erzeugen könne, sei ein Schein des Erscheinenden, nicht aber das Erscheinende oder das Wesen des Erscheinenden selbst. Damit legte er die Freunde der Kunst auf zwei Möglichkeiten fest. Sie konnten zum einen versuchen, das vernichtende Urteil über die Kunst in eine Auszeichnung zu verwandeln und den ästhetischen Schein zu bejahen – so geschehen bei Kant und erst recht bei Nietzsche. Oder sie konnten versuchen, die ganze Analyse zu revidieren und gegen Platon zu zeigen, daß auch (und vielleicht gerade) die Kunst einen privilegierten Zugang zum Sein und zur Wahrheit unterhält – so geschehen bei Schopenhauer oder Heidegger. Auch wenn sich die Wahrheitsästhetik – etwa bei Hegel und Adorno – selbst der Schein-Terminologie bediente, so konnte diese Kombination dem überlieferten Schema nicht wirklich entkommen; die Rede vom Schein trat in den Dienst einer Ästhetik der Offenbarung des Seins. Die von Platon geprägte Alternative blieb intakt. Die Ästhetik, so scheint es, muß entweder den Begriff des Seins oder den des Scheins zum Grundbegriff wählen.

Es ist dieses Szenario, das in der gegenwärtigen Diskussion zur Ästhetik der neuen Medien in Zweifel gezogen wird. Hierin liegt ihre philosophische Bedeutung. Fast alle nämlich, die sich an dieser Diskussion beteiligen, stimmen darin überein, daß die Alternative zwischen Sein und Schein im Feld der Ästhetik obsolet geworden sei. Wer Ästhetik der elektronischen Medien betreibe, müsse sich der klassischen Wahl zwischen einer Ästhetik des Seins und einer Ästhetik des Scheins entziehen. Spätestens die Realität der neuen Medien zwinge zu einem Verlassen der platonischen Stellung.

Jedoch wird diese folgenreiche Einsicht in der aktuellen Debatte von einem nicht minder folgenreichen Irrtum begleitet. Es herrscht die Meinung vor, die alte Denkordnung sei *deswegen* verkehrt, weil sich die *Opposition* zwischen Sein und Schein als hinfällig erwiesen habe. Die neuen Medien sollen die Haltlosigkeit jedes grundlegenden Unterschieds zwischen Sein und Schein sei es an den Tag gebracht, sei es hervorgebracht haben. Von diesen Gedanken läßt sich die Avantgarde der Medienästhetik derart hypnotisieren, daß sie sich willenlos in eben jene Schematisierungen zurücksinken läßt, die sie überwinden wollte. Auch die *Leugnung* der Differenz zwischen Sein und Schein nämlich bleibt dem klassischen Dualismus verhaftet – nicht zuletzt deshalb, weil sie sich gar nicht sinnvoll leugnen läßt. Nur solange man in der hergebrachten Ordnung des Denkens verweilt, erscheint die Sprengung seiner tragenden Opposition als der einzig mögliche Ausweg.

Dabei liegt ein anderer Ausweg ganz nahe. Man muß nur sehen, daß die Wahl zwischen den Begriffen des Seins und des Scheins nicht eine Unterscheidung zuviel, sondern eine zuwenig bereitstellt. Es gibt nämlich einen dritten Begriff, der in Sachen Ästhetik grundlegender ist als die beiden anderen: den des *Erscheinens.* Bevor das Kunstwerk als Anwalt des Seins oder des Scheins begriffen werden kann, bevor ihm überhaupt ein Sinn oder eine Funktion zugeschrieben werden kann, muß es im Modus seines Erscheinens wahrgenommen werden. Dieses Erscheinen liegt vor jeder Relation auf etwas, das sich in ihm zeigen oder verbergen könnte; es liegt vor den Funktionen der Eröffnung des Seins oder der Evokation eines Scheins. Die einzige Relation, in die Kunstwerke mit Notwendigkeit eintreten, ist die, Objekte einer besonderen Art der Wahrnehmung zu sein. Sie sind Objekte eines besonderen – vollzugsorientierten, sinnengeleiteten und selbstbezüglichen – Wahrgenommenwerdens. Sie sind zu nichts anderem da, als in ihrem komplexen Erscheinen wahrgenommen zu werden.

Es ist entscheidend, dieses Erscheinen des Kunstwerks nicht als ein Erscheinen *von etwas,* sondern als ein Erscheinen *seiner selbst* zu verstehen. Das Erscheinen des Kunstwerks meint hier nicht das Aufscheinen einer übergeordneten Wahrheit, sondern zunächst allein die Art, in der das Kunstwerk sich dem Wahrnehmungsvermögen seiner Betrachter präsentiert. Nicht im Erscheinen eines Wesens oder eines Scheins liegt sein Wesen. Es liegt im Erscheinen für eine Wahrnehmung, die sich in besonderer Weise zu ihm als Erscheinendem verhält. Das Sein des Kunstwerks ist sein Erscheinen.

Solange wir es jedenfalls als Kunstwerk behandeln, werden wir ihm in diesem Zustand begegnen. Wir werden es nicht auf Eigenschaften festlegen, die wir ihm ohne einen Bezug auf die Situation seiner vollzugsorientierten Wahrnehmung zuschreiben können. So gibt die bloße Angabe des Gewichts einer Plastik keinerlei Auskunft über ihre ästhetische Verfassung. Ein ästhetisches Gewicht erhält diese Angabe erst, wenn mit ihr auf den Vorgang der Wahrnehmung dieser Plastik Bezug genommen wird, darauf etwa, ob diese Schwere spürbar ist oder nicht. Und so für jede andere Eigenschaft, die den Kunstcharakter von Kunstwerken ausmacht. Aussagen über die künstlerische Beschaffenheit schließen mit Notwendigkeit Annahmen über ein Wie des Erscheinens dieser Beschaffenheit mit ein. Alle relevanten Qualitäten eines Kunstwerks sind Qualitäten seines Erscheinens für eine Wahrnehmung, der es gleichermaßen um den Akt und das Objekt dieser Wahrnehmung geht.

Dieser Status des Kunstwerks – in seinem Erscheinen für eine auf dieses Erscheinen konzentrierte Wahrnehmung dazusein – ist grundlegender als alle Nähe zum Sein oder zum Schein. Denn dieses Erscheinen kann *entweder* als eine Offenbarung des Seins *oder* als eine Inszenierung von Schein aufgefaßt werden. Nicht selten aber ist es *mehr oder weniger* oder *zugleich* das eine oder das andere. Schließlich kann es auch *keines von beiden* sein (sondern nur ein bloßes Spiel von Erscheinungen). Einer Ästhetik des Erscheinens stehen damit alle die Optionen offen, die von den Ästhetiken des Seins oder des Scheins einander entgegengestellt werden müssen, und weitere dazu. Eine Ästhetik des Erscheinens kann außerdem die Beschränkung auf eine Theorie der Kunst viel leichter überschreiten als die klassische Ästhetik; sie kann ästhetische Aufmerksamkeit generell als vollzugsorientierte Aufmerksamkeit für das Erscheinen des Erscheinenden bestimmen. Von den Objekten dieser Aufmerksamkeit gilt: Vor der Alternative zwischen Sein oder Schein liegt die Insistenz ihres Erscheinens.

II

Das mag plausibel sein oder auch nicht. Ob es plausibel ist, soll hier an einigen Überlegungen zur Ästhetik der elektronischen Medien geprüft werden. Dabei ist es gut, sich daran zu erinnern, daß die Ästhetik der Kunst spätestens seit Hegel immer auch Medienästhetik war. Wo immer sie sich auf die Besonderheit einzelner Künste einließ, mußte sie sich auf die Besonderheit des Mediums (oder der Medien) dieser Kunstformen einlassen. Sie mußte verdeutlichen, wie Stein, Klang, Farbe, Wort, leibliche Bewegung usw. in der Konstellation eines Kunstwerkes *als* Stein, Klang, Farbe usw. hervortreten. Was wir heute abkürzend Medienästhetik nennen, ist also lediglich die Ästhetik einer *besonderen Art* künstlerisch eingesetzter Medien – eben der elektronischen. Der Unterschied zu den traditionellen Künsten aber liegt auf der Hand. Während die einen mit Medien arbeiten, die zugleich sinnliches Material sind oder wenigstens eindeutig auf ein solches Material zugeschnitten sind (wie bei der Notation von Musik), sind Medium und Material in den neuen Kunstformen prinzipiell trennbar. Das erste Medium der neuen Medien ist die Möglichkeit digitaler Speicherung, ihr »immaterieller« Code, der selbst nicht wahrnehmbar ist, vielmehr in unterschiedliche Formen wahrnehmbarer Effekte umgesetzt werden kann.

Während ein traditionelles Bild unverrückbar an dem Bild-Objekt haftet, an dem es sichtbar ist, bleibt das digitale Bild unabhängig von einem bestimmten Bildschirm, auf dem es erscheint. Daher ist jenes auch in einem ganz anderen Sinn »fertig« als dieses. Denn das digitale Bild kann nicht nur (durch neue Eingaben) jederzeit spurlos verändert werden, es kann auch in seinem Erscheinen – etwa durch Veränderung der Farbwerte – jederzeit manipuliert werden und auch zu dieser Manipulation ausdrücklich freigegeben sein. Während das traditionelle Kunstwerk es stets mit sinnlichen Materialien zu tun hat, die Medien seiner Gestaltung sind, steht mit der digitalen Kodierung ein nichtsinnliches Medium zur Verfügung, das keinem bestimmten – sinnlich kenntlichen – Material eingeschrieben ist. Dieselbe Software kann mit unterschiedlicher Hardware realisiert werden; Bilder oder Texte können im Prinzip als Klänge reproduziert werden und umgekehrt; ein und dieselbe Datenkonfiguration läßt phänomenal sehr unterschiedliche Realisierungen zu. Zwar kennen wir das auch von Musik- oder Theaterstükken; aber hier legt erstens die Art der Notierung wenigstens das »Material« der Realisierung fest und zweitens ist die Aufführung eines solches Werks dem Zugriff auf dieses Werk selbst grundsätzlich entzogen. Das Medium eines digital kodierten Werks dagegen ist nicht länger an die sinnliche Präsenz eines bestimmten Materials gebunden und kann (im Prinzip wenigstens) mit jeder Realisierung selbst eine Veränderung erfahren.

Digitale Kodierung allein macht freilich noch keine Medienkunst. Auch der Text des *Faust* läßt sich digital speichern. Mit Medienkunst im engeren Sinn haben wir es erst zu tun, wo die betreffenden Werke (teilweise oder im ganzen) *nicht anders* aufbewahrt werden können. Erst sie haben eine gleichsam digitale Natur. Doch gerade von diesen Objekten gilt, daß die Ablösung ihres Mediums von jedem bestimmten Material niemals vollständig sein kann – jedenfalls solange wir von *ästhetischen* Erzeugnissen reden. Das nicht (wie traditionelle Bilder und Skulpturen) aus der Sphäre des menschlichen Leibes stammende und in seiner Kodierung für die menschlichen Sinne nicht wahrnehmbare Werk muß gleichwohl in die Sphäre des Leibes hineinreichen können. Denn nur dort sind ästhetische Phänomene gegeben. Das Erscheinen in der Sphäre sinnlicher Vernehmbarkeit – als Schrift, Klang, Bild, Bildfolge oder Bildraum – ist die unhintergehbare Voraussetzung dafür, daß etwas überhaupt als ästhetische Konstruktion verstanden werden kann. Auch das digitale Werk bleibt als Kunstwerk auf ein solches Erscheinen bezogen; sein Schicksal entscheidet sich an der »Schnittstelle« zwischen Mensch und Apparatur. Auch diejenigen Datenmengen, mit anderen Worten, die als solche nichts Ästhetisches an sich haben, müssen für bestimmte Arten des Erscheinens wenn nicht entworfen, so doch geeignet sein, wollen sie den Status künstlerischer Erfindungen gewinnen.

Wenn das richtig ist, ist die Medienkunst wie jede andere Kunst nicht primär eine Kunst des Seins oder Scheins, sondern eine Kunst des Erscheinens. Die Besonderheit dieser Kunst muß sich wie bei jeder anderen Kunst am Wie ihres Erscheinens zeigen. Ontologische Überlegungen zur veränderten Identität dieser Werke sind daher letztlich untrennbar von phänomenologischen Betrachtungen zur veränderten Präsenz ihrer Realisation. Ein essentiell digital kodiertes Werk, so ist zu vermuten, hat eine phänomenal andere Verfassung als ein konventionelles Werk. Mit gutem Grund hat Walter Benjamin den Auraverlust am Thema der Reproduzierbarkeit des Kunstwerks diskutiert; denn jeder Umbruch im Sein der Kunst kann sich nur als Revolution ihres Erscheinens vollziehen.

Eine dieser Neuerungen liegt im Gebrauch »interaktiver« Techniken. Der Amerikaner Gary Hill hat auf der letzten Documenta einen Projektionsraum gestaltet, der diese Möglichkeit auf eine zwar technisch eher bescheidene, aber doch schlüssige Weise nutzt. In einem langgestreckten, sehr dunklen und geräuschlosen Raum sind mit schwachem Licht männliche und weibliche Personen (auch Kinder) in unterschiedlicher Größe auf die Wand projiziert. Sie erheben sich aus einer kauernden Stellung, sobald sich ein Betrachter auf sie zubewegt. Sie bewegen sich dann ihrerseits auf den Betrachter zu, machen einige Gesten in seine Richtung (oder in die eines unsichtbaren Gegenübers »hinter« dem Betrachter) und wenden sich nach einer Weile wieder ab. Das Ganze wirkt wie ein nachgestellter Hades – ein lautloses Reich der Schatten, in dem es zu einer Begegnung mit Wesen kommt, mit denen eine wirkliche Begegnung nicht möglich ist, die das lebendige Gegenüber gleichwohl in verschiedene Formen der interpersonalen Begegnung verstrikken. Zum Beispiel verspüren wir diesen Schattenwesen gegenüber eine Scheu, die unbegründet wäre, würde sie uns nicht an eine soziale Scheu erinnern; zugleich aber können wir uns diesen Scheinsubjekten gegenüber einem Voyeurismus der Betrachtung hingeben, der jedem wirklichen Menschen gegenüber vollkommen schamlos wäre. Auch finden wir uns in dem Animismus irritiert, mit dem wir figuralen Darstellungen in der Kunst, insbesondere Skulpturen, häufig begegnen. In einer irregulären Situation personaler Begegnung nehmen wir Möglichkeiten und Unmöglichkeiten zugleich unserer sozialen und ästhetischen Wahrnehmung wahr.

Für die Ästhetiken des Seins und des Scheins sieht das wie ein gefundenes Fressen aus. Denn haben wir es hier nicht mit einem Schein personaler Begegnung zu tun, dem wir uns entweder als einem Schein überlassen können oder den wir als Vergegenwärtigung unseres interpersonalen Seins auffassen müssen? Schon möglich. Die Frage ist nur, was diese Deutungsmöglichkeiten über die Konstitution des Werks sagen. Denn was ist die Basis des (transparenten oder intransparenten) Scheins, auf den sich beide Parteien berufen? Doch jene Situation inmitten der projizierten Gestalten, von denen die Betrachtenden jederzeit wissen, daß es Projektionen sind. Diesen *scheinen* sie nicht gegenüber zu stehen, ihnen *stehen* sie gegenüber. Der Schein kann sich nur auf den Status der projizierten Figuren als eines *Gegenübers* beziehen – daher Reaktionen wie Scheu oder Scham, die jedoch von einem unbefangenen Blick stets wieder abgelöst werden. Hill inszeniert eine Situation, die diesen Schein entstehen und vergehen läßt. Wenn die Betrachter bemerken, daß sie selbst es sind, die durch das Betreten der Kontaktzone die auf sie zukommende Bewegung der Figuren abrufen, treten sie – inmitten der Situation des Werks – aus der Illusion heraus. Die technisch induzierte Interaktion mit dem künstlerischen Objekt erhält Vorrang vor dem Schein einer personalen Interaktion. Die Betrachter reagieren auf die unter dem Einfluß ihres Verhaltens entstehende Präsenz des Werks. Mit einem Wort: Es ist das *mediale Erscheinen* des Werks, das alle Phänomene des (transparenten oder intransparenten) Scheins hervorruft.

Ohne allen Rest-Illusionismus kommt die Installation *Anthro-Socio* von Bruce Nauman aus, die ebenfalls auf der neunten Documenta zu sehen war und die heute in einer anderen Version im Besitz der Hamburger Kunsthalle ist (auf die ich mich im folgenden beziehe). Lange bevor man etwas von der Sache sieht, ist eine Art geordneten Geschreis zu hören, ohne daß die Ordnung darin zu entschlüsseln wäre. Erst wer sich in das Zentrum des Lärms begibt und sein Ohr direkt vor die Lautsprecher jedes einzelnen der vier Fernsehmonitore hält, die in der Mitte des Arrangements stehen, kann hören, was von den durcheinandergehenden Stimmen in endloser Wiederholung ausgerufen wird. Jedoch ist es jeweils dieselbe Stimme, die in einem rhythmischen Sprechgesang verschiedene Kurztexte vorträgt. Da diese Stimme mehrmals zugleich erklingt, wirkt sie ent-individualisiert, von keinem greifbaren Sprecher-Körper getragen. Die drei Texte, die vorgetragen werden, lauten: *Help me / Hurt me / Sociology; Feed me / Eat me / Anthropology; Feed me / Help me / Eat me / Hurt me.* Die ersten beiden Strophen werden aus je einem, die letzte wird aus zwei Lautsprechern übertragen. Der Vortrag der einzelnen Texte ist sehr artikuliert, vor allem das Wort »anthropology« wird geradezu zelebrierend vorgetragen, so daß in dem Lautgemisch immer wieder Momente einer Koloratur zu vernehmen sind; man kann es als ein aus den Fugen geratenes Oratorium hören. Durch die Lautstärke und die scharfe Aussprache der kurzen Imperative haben die Wortfolgen zugleich etwas sehr Expressives, wodurch das Klangfeld andererseits wie aus Schreien der Verzweiflung zusammengesetzt erscheint. Die Akustik des Werks ist somit von außerordentlicher Kreatürlichkeit und Künstlichkeit, Körperlichkeit und Abstraktheit in einem. Der Klangzustand der Installation kann nicht synthetisiert werden; er ist in einem Zug Gesang und Geschrei, ohne etwas Drittes zu sein.

Diese Nicht-Vereinbarkeit des Gleichzeitigen kennzeichnet die Installation im ganzen. Wie es keinen Hörpunkt gibt, von dem aus alles gehört werden könnte, so gibt es keinen Blickpunkt, von dem aus das Werk überschaut werden könnte. In einem größeren, leicht dämmrigen Raum sind vier Farbmonitore – teils zur Wand, teils zum Innenraum hin – so aufgestellt, daß nie alle Bildschirme zugleich wahrgenommen werden können. Alle zeigen den Kopf eines Mannes mit kahlrasiertem Schädel in einer um die vertikale Achse kreisenden Bewegung; ernst, kraftvoll, konzentriert, mit ansonsten starrem und gleichförmigem Ausdruck deklamiert er jeweils einen der Texte. Drei zusätzliche Projektoren werfen das Bild des sich drehenden Kopfes in mehrfach vergrößertem Format auf die weißen Wände des leicht abgedunkelten Raums. Die Mitte des Raums ist frei; in der Mitte stehend, ist nicht mehr, eher weniger zu sehen als von einer Position am Rand. Während auf den Videos eine extrem zentrierte Bewegung zu sehen ist, gibt es für den Betrachter kein Zentrum der Betrachtung. Doch auch das siebenmalige Bild des kreisenden Kopfes – das diesen drei Mal nach unten gerichtet zeigt – ist eigentlich ohne Zentrum. In seiner Bewegung ist der Kopf losgelöst von dem ihn tragenden Körper. Man sieht den Leib nicht, dem sich der Lärm der Stimmlaute entringt; so ist der exklamierende Kopf Zeichen einer extremen Leiblichkeit und Leiblosigkeit zugleich. Die in der Differenz von Geschrei und Gesang liegende Ambiguität wiederholt sich im Geschehen der Bilder. Der sichtbare Kopf zeigt einerseits das Gesicht eines der Aufgabe der Deklamation nahezu lustvoll hingegebenen Menschen; andererseits ein anonymes und verletzliches Haupt in einer zwanghaften und ortlosen Bewegung – ein durchaus auch komischer Kontrast.

Geschrei versus Gesang, Kopf versus Körper, Künstlichkeit versus Naturhaftigkeit – solche Polaritäten machen den Grundcharakter dieses Werks aus. Naumans Verfahren ist das einer paradoxen Reduktion des Menschen auf Kreatürlichkeit und Künstlichkeit zugleich. Er spielt die kontrastiven Grundtatsachen seiner Natur (Fressen und Gefressenwerden) und seiner Kultur (Helfen und Verletzen) ineinander. Er stellt am Künstlichen das Naturhafte und am Naturhaften das Künstliche aus. Der Bild- und Klangraum, der so entsteht, ist der einer höchst künstlichen Wiedergabe des Kreatürlichen, die in ihrer Gewaltsamkeit und Unübersichtlichkeit selbst Züge eines Naturzustands hat.

Von Schein keine Spur. Gewiß könnte man Naumans Werk inhaltlich so verstehen, hier werde eine Irrealisierung zugleich des Natürlichen und des Künstlichen betrieben, was sich dann auch auf den Begriff eines doppelten Scheins bringen ließe, in dem sich das Werk halte. Auch könnte man sagen, hier werde die Natur eines Gesellschaftszustandes offengelegt, der am toten Punkt seiner Naturbeherrschung angelangt sei. Aber diese Deutungen, wie sie von seiten einer Ästhetik des Scheins oder des Seins naheliegen mögen, greifen erneut zu kurz. Denn beide Deutungen müssen von der ästhetischen Polarität des Werks ihren Ausgang nehmen, die selbst vor der Differenz von Sein und Schein liegt, nämlich in ihrem artifiziellen und chaotischen, kalkulierten und aggressiven, leibhaften und leibfernen *Erscheinen.* Dabei trägt die phänomenale Präsenz des Werks die auf Sein oder Schein bezogenen Deutungen nicht in der trivialen Bedeutung, daß etwas Wahrnehmbares da sein muß, damit dieses als Kunst wahrgenommen werden kann. Sie ermöglicht sie vielmehr in der kategorialen Bedeutung, daß aller Sinn des Werks und seiner Wahrnehmung durchweg in der buchstäblichen situativen Erscheinung seiner Materialität verankert ist. Das technische Bild eines Kopfs ohne sichtbaren Leib, der technische Klang einer vervielfachten Stimme zwischen Geschrei und Gesang, das spatiale Arrangement der verstreut aufgestellten und offen verkabelten Monitore, Projektoren und Prozessoren, die mal eben auf den Kartons der Hersteller abgestellt sind: die Gegenwart dieser aus Geräten zusammengestellten, elektrisch betriebenen und elektronisch gesteuerten Anlage setzt erst das frei, was wir diesem Kunstobjekt an seinsbezüglicher und scheinversessener Geste und Leistung zuschreiben können. Vor Sein und Schein kommt das Erscheinen.

III

Ich meine, daß es sich generell so verhält – gerade auch dort, wo wir es mit künstlerischen Verwendungen der neuen Medien zu tun haben. Natürlich können dies zwei Beispiele von Installationen, die mit Video arbeiten, allein nicht belegen. Deswegen seien ein paar Bemerkungen angeschlossen zu jener Kunst, die es heute noch gar nicht gibt, die aber in der Theorie oft so behandelt wird, als gäbe es sie schon – derjenigen, die auf den Möglichkeiten des Cyberspace aufbauen könnte. Cyberspace hat nun gewiß etwas mit Schein zu tun – zumal dann, wenn wir uns diesen Raum als einen in der virtuellen Situation begehbaren Raum denken. Wir bewegen uns dann an Orten, an denen wir uns körperlich nicht befinden. Unsere Wahrnehmung ist auf das Geschehen eines Ortes zentriert, der nicht der Ort unseres leiblichen Aufenthalts ist. Wenn man an Romanelesen oder Kinogehen denkt, klingt das nicht unbedingt neu, doch ist die Lage eine andere. Denn hier befinden wir uns nicht *metaphorisch* in einem imaginären Raum (wie das im Kino oft der Fall ist), sondern *tatsächlich:* Wir befinden uns in einem Raum, dessen Ansicht sich im Zuge unserer körperlichen Bewegung verändert; die Erfahrung des imaginären Raums ist hier an die reale Bewegung unseres Körpers gebunden, welche reale Veränderungen unseres Wahrnehmungsfeldes bewirkt (durch Bewegungen der Hand im Datenhandschuh oder Bewegungen des Cockpits, in dem wir Zugang zum virtuellen Raum haben, oder Bewegungen in dieser Wahrnehmungsstation). Dennoch muß man sagen: Wir nehmen unsere Bewegungen im realen Raum so wahr, *als wären es* Bewegungen in jenem imaginären Raum; was uns aber dort begegnet, ist uns kraft des apparativen Arrangements tatsächlich gegeben und nicht etwa nur ein Produkt unserer Imagination. Wir imaginieren keinen Raum, wir *befinden* uns in einem Raum, der gleichwohl kein realer, sondern ein simulierter Raum ist.

Das mag der Raum einer virtuellen Stadt oder der eines virtuellen Archivgebäudes sein. Das mag aber auch der Raum einer virtuellen Teilnahme an einem aktuellen Geschehen sein, wenn etwa ein real stattfindendes Fußballspiel so übertragen wird, daß wir auf dem virtuell reproduzierten Schauplatz dieses Geschehens herumspazieren können (ohne freilich in die reale Handlung eingreifen zu können – *das* können wir nur imaginieren). In diesem Modus könnten auch Theaterstücke oder Filme rezipiert oder gleich produziert werden. In Situationen dieser Art befänden wir uns – kühne Weiterführung primitiven Hillschen Projektionsraums – mitten unter Personen und mitten in Handlungszusammenhängen, die lediglich ein simuliertes Gegenüber und eine simulierte Aktionsmöglichkeit darstellen würden. Mit Benjamins Ausdruck stünde uns ein »Bildraum« offen, der allerdings, anders als es sich Benjamin in seinem Aufsatz über den *Sürrealismus* dachte, *nicht* mit dem realen Raum identisch wäre und mit ihm auch nicht identisch werden könnte. Denn sich in einem virtuellen Raum zu befinden bedeutet, in einem realen Raum zu sein, der durch seine Apparate Zugang zu einem virtuellen Raum eröffnet. Der für Cyberspace konstitutive Schein läge somit darin, sich in *einem* Raum zu befinden, obwohl man sich (in *einer* Zeitspanne[1]) in *zwei* Räumen befindet: einem realen und einem virtuellen.

Nun dürfen wir nicht vergessen, daß uns eine tragfähige Phänomenologie des virtuellen Raums – das heißt des Sichbefindens in solchen Räumen – noch gänzlich fehlt, weil wir bis jetzt nur Schwundstufen kennen. Es fehlt damit auch jede Möglichkeit, fundiert einzuschätzen, wie reizvoll es jenseits praktischer Zwecke (virtuell begehbarer Datenbanken oder Forschungsstationen) tatsächlich wäre, sich in solchen Räumen aufzuhalten. Wenn wir jedoch von der möglichen Ästhetik solcher Räume sprechen wollen, müssen wir das *bloße* Sichbefinden in ihnen – zu Zwecken der Archivierung oder For-

---

1 Da es eine virtuelle Zeit nicht gibt, ist die Rede von virtueller Realität genaugenommen unzulässig; Virtualität ist ein Phänomen eines Raumbewußtseins, nicht eines Raumzeitbewußtseins eigener Art. Daß der virtuelle Raum eine Realität eigener Art sei, ist eben der Schein. – Zu einigen der Paradoxien, die sich aus der Differenz von realem und imaginärem Raum ergeben, siehe Florian Rötzer, *Ästhetische Herausforderungen von Cyberspace.* In: Jörg Huber / Alois Martin Müller (Hrsg.), *Raum und Verfahren. Interventionen 2.* Basel / Frankfurt: Stroemfeld / Roter Stern 1993.

schung – von seiner *ästhetischen* Wahrnehmung unterscheiden können. Die mögliche *Zugänglichkeit* virtueller Räume und die mögliche künstlerische *Verwendung* dieser Welten ist zweierlei. Wegen der Neuheit virtueller Räume neigen viele Kommentatoren dazu, diesen Unterschied einfach zu übersehen. Nur solange aber die Zugänglichkeit von Cyberspace etwas Neues ist, ist der Aufenthalt in diesem Raum für die meisten Betrachter gleichbedeutend mit seiner selbstzweckhaften Erkundung. So würde es nicht bleiben. Falls Cyberspace zu einer gewöhnlichen Möglichkeit menschlicher Praxis würde (zu einem Nebenraum unserer Büros und Laboratorien), müßte sich zwangsläufig jene Differenz ausbilden, die auch für alle bisherige Wahrnehmung gilt: zwischen einer *pragmatischen* Wahrnehmung, der es primär um die Objekte von Handlung und Erkenntnis geht, und einer *ästhetischen* Wahrnehmung, der es primär um den Zeit-Raum ihres Wahrnehmens selbst geht. Die Technik des Cyberspace ist als solche keine künstlerische Technik. Einen dezidiert ästhetischen und erst recht einen Kunstcharakter könnte der virtuelle Bildraum erst erhalten, wenn sich in ihm eine doppelte Differenz markieren ließe: zum vertrauten Aufenthalt sowohl im realen wie im imaginären Raum. Erst dadurch würde aus dem Aufenthalt in einem imaginären Raum der Aufenthalt in einem *Raum der Imagination:* in einem Raum, der die Möglichkeiten realer und virtueller Existenz so durcheinander spielte, daß Bedingungen der Möglichkeit und Wirklichkeit *beider* Räume zur Anschauung kämen.

Hier könnte dann auch der Gewißheit der *Grenze* zwischen primärer und sekundärer Welt mitgespielt werden. Die Lockerung dieser Gewißheit aber kann nicht am Anfang des Eintritts in virtuelle Räume stehen – sonst wäre sie nichts als eine Welt des Schreckens; sie könnte sich erst im Zuge der Eroberung alternativer Räume ereignen: in der künstlerischen Thematisierung des Wohnens im Realen und Virtuellen zugleich. Gegenstand dieser Kunst wäre die Einheit des realen und des virtuellen Raums. Sie würde den virtuellen Raum im realen und den realen im imaginären zur Erscheinung bringen. Damit stünde sie allemal *diesseits des Scheins,* gerade auch desjenigen, der konstitutiv für den »normalen« Aufenthalt in virtuellen Sphären ist. Denn diese Kunst würde nicht beim Realitätsschein des virtuellen Raums einsetzen, genausowenig aber bei der Gewißheit eines scheinlosen primären Seins, sondern exakt *dazwischen:* bei dem *Erscheinen* des virtuellen Raums für eine sinnliche Orientierung, die sich *zugleich* in einer realen und einer virtuellen Situation erfährt. Sie würde das Erscheinen virtueller Räume zum Gegenstand einer Erfahrung werden lassen, für die die gängige Abgrenzung zwischen primärer und sekundärer Erfahrung bedeutungslos würde. Auch im Reich einer kybernetischen Kunst müßte daher gelten, daß vor Sein und Schein das Erscheinen kommt.

IV

Das mag rein spekulativ erscheinen oder auch nicht. Jedenfalls war bisher nicht von jenem Umsturz des Weltbildes, jener geradezu seinsgeschichtlichen Wende die Rede, die in vielen Beiträgen zu den neuen Medien beschworen wird. Entsprechend wird »Medienästhetik« von den Anführern dieser Disziplin nur am Rande als eine Theorie der Kunst verstanden. Sie erhebt den Anspruch einer Theorie epochaler Wahrnehmungsformen, die sich durch den Einfluß der Medien grundlegend geändert hätten. Entsprechend ist die »Ästhetik«, die die Freunde der neuen Medien im Auge haben, nicht länger die Analyse einer besonderen, von theoretischen oder praktischen Wahrnehmungsleistungen abgehobenen Form der Wahrnehmung, sondern Analyse des für das postmoderne Zeitalter angeblich basalen Typus der Wahrnehmung. Diese Ästhetik tritt nicht selten unter dem stolzen Namen einer »Aisthetik« auf, mit dem Anspruch, als neue Erste Philosophie - oder wenigstens als neue »Leitwissenschaft« - die alte Erkenntnistheorie zu ersetzen. Es könnte also von völliger Blindheit zeugen, die Sache einer Medienästhetik an Beispielen aus dem schmalen Segment der Kunst zu betreiben.

Deshalb möchte ich meine bisherigen Betrachtungen einer Prüfung unterziehen, die man den *Rötzer-Test* nennen könnte. Florian Rötzer hat das Verdienst, in einer Reihe von Publikationen die Diskussion um die neuen Medien einer breiteren Öffentlichkeit vorgestellt zu haben. Ich greife auf die vielleicht bekannteste dieser Publikationen zurück, um zu prüfen, wie falsch es war, Medienästhetik als eine Sache der Ästhetik im tradierten Sinn des Wortes - im Sinn einer Analyse *einer unter anderen* Formen der Wahrnehmung - zu verstehen.[2]

Einige der von Rötzer versammelten Autoren immerhin sehen durch die neuen Medien spezifisch kunsttheoretische Probleme gestellt. So behauptet Peter Weibel, daß angesichts der Techno-Kunst, wie er es nennt, das traditionelle Begriffsgerüst der Ästhetik hinfällig geworden ist. Seine Schlußfolgerung lautet: »Die Transformation der Kunst durch die technischen Medien setzt genau bei den Schlüsselbegriffen dieser Ästhetiken an: Original, Werk, Autor, Schöpfer, Wahrheit, Ding, allgemein, Sein etc. Jeder dieser Begriffe wird in der technischen Medienkunst aufgehoben, negiert und durch einen anderen ersetzt: statt Statik Dynamik, statt Sein Prozeß, statt absolut relativ und statt allgemein partikulär. Statt Original technische Reproduzierbarkeit, Appropriation und Simulation, statt Autor Kollektiv, Maschine, Text, statt Wahrheit Veridiktion und Virtualität, statt Ding Medium, statt Material Immaterialität, statt Realität Fiktion. Statt Sein und Realität nur Zeichen, Fiktion, Simulation.«

In Anlehnung an Foucault verfolgt Weibel das Programm einer ironischen Kunst, die sich enthüllend auf die wirklichkeitsbildenden Machtverhältnisse bezieht, an denen sie selbst partizipiert. »Anstelle einer ontologischen Begründung der Kunst, welche die Machtfrage verbirgt, setzen wir auf eine semiotische Begründung der Kunst, weil sie die Machtfrage stellt.« Weibel sieht die mit neuen technischen Mitteln arbeitende Kunst als eine Instanz, die die Fiktionalität aller Wirklichkeit beharrlich aufdeckt, ohne selbst etwas anderes als fingierte Welten zu bieten. Denn Wirklichkeit sei nun ein-

---

2 Florian Rötzer (Hrsg.), *Digitaler Schein. Ästhetik der elektronischen Medien.* Frankfurt: Suhrkamp 1991.

mal nichts anderes als ein von kontingenten Macht- und Zeichensystemen bewirkter Effekt. Dies ständig – im Widerstand gegen versteinerte und versteinernde Machtformen – bewußt zu halten, ist eine durchaus ideologiekritische Funktion, die Weibel einem dynamisierten, von metaphysischen und geschichtsphilosophischen Lasten befreiten Kunst-Prozeß zuschreibt.

Freilich ist es kunsttheoretisch ziemlich egal, ob man eine Ontologie des Seins oder der Macht vertritt. Die Rolle der Kunst bleibt formal die gleiche: das Aufdecken von etwas, das sich hinter den Erscheinungen verbirgt und vollzieht. Ob dieses Etwas auf den Namen des Seins oder der Macht hört, macht da wenig Unterschied. Weibels semiotische Ästhetik der Macht ist selbst eine Version der Ästhetik des Seins, gegen die sie sich mit subversiver Geste richtet. Noch jede einigermaßen mächtige Begriffsordnung hat ihre bloße Umkehrung mit Glanz überlebt.

Origineller ist das Argument, mit dem Paul Virilio die hergebrachte Ästhetik aus den Angeln heben möchte. Zum Stichwort einer *Ästhetik des Verschwindens* führt er aus: »Bis zur Erfindung der fotografischen Platte durch Niepce gab es für uns eine Ästhetik des Erscheinens. Die Dinge kamen aus dem Sein, sie kamen aus dem Stein der Skulptur, aus der Leinwand der Malerei, aus der architektonischen Konstruktion. Ihr Verschwinden bedeutet ihren Verfall. Bis zur Erfindung der Fotografie hat der Mensch seit Tausenden von Jahren, seit den Höhlenmalereien, sich darum bemüht, Formen erscheinen zu lassen, die Realität auftauchen zu lassen. Und plötzlich kehrt sich alles um: Die Dinge existieren nur durch die Eigenschaft des Verschwindens; nicht durch ihren langsamen Verfall wie bislang, sondern durch ihr unmittelbares Verschwinden, durch ihr einfaches und reines Verschwinden. Die Präsenz in 24 Bildern pro Sekunde vergegenwärtigt uns die Realität viel mehr als die Ästhetik des Erscheinens, als die des Moses von Michelangelo, die sich Stück für Stück in der Materie des Marmors verkörpert. In der Ästhetik des Verschwindens sind die Dinge desto präsenter, je mehr sie uns entgleiten.«

Wieder soll sich plötzlich alles umgekehrt haben. Daß die schon etwas ältere Zeitkunst der Musik nicht ganz in diese Diagnose paßt, sei dem Autor geschenkt. Auch wäre es kleinlich, darauf herumzureiten, daß selbst im Falle »reinen« Verschwindens zunächst etwas da sein oder erscheinen muß, damit es dann (rein oder nicht) verschwinden kann. Auch daß »die« Dinge verschwinden, kann nicht ernst gemeint sein. *Einige* Dinge (projizierte Bilder zum Beispiel) verschwinden, *andere* (Monitor oder Leinwand zum Beispiel) bleiben da. Gäbe es keine vergleichsweise konstanten Erscheinungen, gäbe es auch keine vergleichsweise flüchtigen. Auch eine Ästhetik des Verschwindens, mit anderen Worten, ist immer eine Ästhetik des Erscheinens.

Die Frage ist nur, wie dieses Erscheinen zu verstehen ist. Virilio macht deutlich, wie er es *nicht* verstanden wissen will. Er möchte es nicht im Sinn *jenes* Erscheinens verstanden wissen, das lediglich das Aufscheinen eines unabhängig von diesem Erscheinen Gegebenen wäre. Er möchte den Kontext einer Ästhetik des Seins und *ihrer* Rede von Scheinen und Erscheinen verlassen. Dabei übersieht er den Umstand, daß Erscheinen in ästhetischem Zusammenhang überhaupt nicht als Erscheinen von etwas anderem aufgefaßt werden muß. Es kann in der oben beschriebenen Weise als autonomes Erscheinen wahrgenommen werden. Das ist dann freilich nichts so aufregend Neues. Denn auch Michelangelos Skulptur läßt sich als Objekt eines selbstbezüglichen Erscheinens verstehen, obwohl sie in ihren Erscheinungen erheblich konstanter ist als die Bilder eines Videoclips. (Als ein verletzliches Original ist die Skulptur übrigens auch wieder hinfälliger als diese.) Wenn aber auch die traditionellen Kunstformen bereits dieses nichtmetaphysische Erscheinen zeigen, ist der Schritt zum Film und seinen Folgen nicht länger so furchtbar radikal, wie Virilio es gerne hätte. Dieser Schritt verändert unsere Wirklichkeit in wichtigen Zügen, aber er kehrt nicht auf einmal alles um.

Das aber war die Behauptung. In einer wahrlich harten Konkurrenz kann Vilém Flusser für sich in Anspruch nehmen, diese Behauptung zum Extrem ihrer Kenntlichkeit geführt zu haben. Wenn durch die neuen Medien wirklich alles anders geworden ist, so die unsentimentale Folgerung Flussers in seinem Beitrag zum Sammelband *Digitaler Schein,* müssen wir uns fragen, »ob nicht überhaupt alles, einschließlich uns selbst, als digitaler Schein verstanden werden müßte«. Es muß. »Wir ... müssen jetzt die Gegenstände um uns herum, aber auch unser eigenes Selbst, das früher Geist, Seele oder einfach Identität genannt wurde, als Punktkomputationen durchschauen. Wir können keine Subjekte mehr sein, weil es keine Objekte mehr gibt, deren Subjekte wir sein könnten, und keinen harten Kern, der Subjekt irgendeines Objektes sein könnte. Die subjektive Einstellung und dadurch auch jede subjektive Erkenntnis sind unhaltbar geworden ... Das Abenteuer der Menschwerdung ist mit uns in eine neue Phase getreten. Das zeigt sich am deutlichsten daran, daß wir keinen Unterschied mehr zwischen Wahrheit und Schein oder zwischen Wissenschaft und Kunst machen können.« Das hat zur Folge, »daß wir von jetzt an die Schönheit als das einzig annehmbare Wahrheitskriterium begreifen müssen ... Je schöner der digitale Schein ist, desto wirklicher und wahrer sind die projizierten alternativen Welten. Der Mensch als Projekt, dieser formal denkende Systemanalytiker und -synthetiker, ist ein Künstler.«

Wieder einmal hat der Fortschritt es an sich, größer auszuschauen, als er ist. Daß der Mensch als Künstler Schöpfer seiner Wirklichkeit sei – in Flussers Version klingt dieser neuzeitliche Ohrwurm so: »Insoweit die alternativen Welten als schön empfunden werden, insoweit sind sie auch Realitäten, innerhalb derer wir leben. Der ›digitale Schein‹ ist das Licht, das für uns die Nacht der gähnenden Leere um uns herum und in uns erleuchtet. Wir selbst sind dann die Scheinwerfer, die die alternativen Welten gegen das Nichts und in das Nichts hinein entwerfen.«

Wir sind keine Subjekte mehr, aber doch »Scheinwerfer«, die ins Nichts hinein entwerfen wie nur je ein weltenbildendes Subjekt. Wir können keinen Unterschied zwischen Wahrheit und Schein mehr machen, aber doch weiterhin die Behauptung treffen, es sei nun alles, was uns wirklich scheine, als Komputation zu durchschauen. Wir stehen im kosmischen Nichts, dürfen aber weiter in der Sprache teleologischen Denkens vom »Abenteuer der

Menschwerdung« faseln. Wir können ein Flussersches Elaborat nicht länger von einem Kunstwerk unterscheiden, da sich der Unterschied zwischen Wissenschaft und Kunst aufgelöst hat. Das aber macht weiter nichts, denn über Wirklichkeit entscheidet jetzt ohnehin die Schönheit (wer dabei über Schönheit entscheidet, wird uns leider nicht gesagt). Dürfen wir daraus schließen, was nicht einmal Hegel zu schließen sich traute: daß die Wirklichkeit schön sei? Oder müssen wir folgern, es sei alle Wahrheit in Wahrheit Kitsch?

Ich wäre bereit, dieses fürwahr ästhetische Denken als wissenschaftlichen Humor abzubuchen – wäre dieser höhere Blödsinn nicht längst zur harten Währung eines ganzen Diskurses geworden. Daß die Differenz zwischen Sein und Schein heutzutage hinfällig geworden sei, ist die Losung, auf die die Propheten des Medienzeitalters eingeschworen sind. Florian Rötzer spricht sie in *Digitaler Schein* mit der ihm eigenen Vorsicht aus: »Der Unterschied zwischen Wahrnehmung und Imagination wird weiter eingezogen, die Wahrnehmung irrealisiert, die Imagination realisiert.« Dietmar Kamper merkt im Vorbeigehen an, »daß aber der Unterschied von Realität und Fiktion selbst ein fiktionaler ist« und diagnostiziert folgerichtig einen »Ausfall herkömmlicher Differenzen«. Peter Zec weiß, daß »die Illusion sich nicht mehr von dem, was wirklich ist, unterscheiden läßt«. Holger van den Boom betitelt seinen Aufsatz gleich so: *Digitaler Schein – oder: Der Wirklichkeitsverlust ist kein wirklicher Verlust* und weiß, daß »die Furcht vor dem Schein entsteht, indem die Leute sehen, daß sich vor ihren staunenden Augen mehr und mehr Bestandteile der Wirklichkeit in Software auflösen«. Norbert Bolz schließlich faßt das Credo vom digitalen Schein in den Schlußsätzen seiner *Kurzen Geschichte des Scheins* zusammen: »So führt uns die digitale Ästhetik am Ariadnefaden des Möglichkeitssinns in ein Jenseits von Zeichenbedeutung, Sinn und *sujet.* Doch dieser Ariadnefaden führt uns nicht aus dem Labyrinth des Möglichen heraus, sondern immer tiefer in die Welt des Kombinatorischen, Multiplen und der permutationellen Ereignisse hinein. Kunst unter Computerbedingungen konstruiert ›ästhetische Labyrinthe‹, in denen wir uns spielerisch einüben in die Wirklichkeit des Scheins.«[3]

Sehen wir lieber über den volkspädagogischen Kunstbegriff hinweg, bei dem dieses kühne Denken landet. Schauen wir statt dessen auf den Schluß, der überall am Werk ist, wo die Differenz zwischen Sein und Schein zum Verschwinden gebracht werden soll. Dieser Schluß – wir können ihn den einfachen Nietzsche nennen – lautet: Weil sich alle unsere Erkenntnis auf einen konstruktiven Gebrauch von Erkenntnismedien (Sinne, Sprache, Kamera, Computer etc.) stützt, ist alle Erkenntnis nichts anderes als mediale Konstruktion und folglich alle Wahrheit eigentlich Erfindung und alle Wirklichkeit eigentlich Schein.

Dieser Schluß ist auch dann falsch, wenn man die Prämisse der Konstruktivität und Medialität allen Erkennens akzeptiert. Die Annahme, alles Erkennen habe konstruktive Züge, bietet nämlich keinerlei Basis für die viel stärkere Behauptung, alles Erkennen *sei nichts anderes* als freie Konstruktion.

---

3 Norbert Bolz, *Eine kurze Geschichte des Scheins.* München: Fink 1991.

Daraus, daß Wahrheit eine Eigenschaft unserer Sätze ist (und nicht »da draußen« schon geschrieben steht), folgt mitnichten, alle Wahrheit sei im Grunde Schein, Fiktion oder eine Sache des Geschmacks. Es folgt nur, daß uns Wahrheit nicht anders denn über die Stellungnahme zur Wahrheit von Sätzen zugänglich ist. Es folgt außerdem die Nötigung, eine Explikation von Wahrheit und Wahrheitsbezug zu entwickeln, die abbildtheoretische Annahmen vermeidet. Von dieser Aufgabe aber wollen die aisthetischen Erkenntnistheoretiker nichts wissen. Sie behaupten einfach, die Verabschiedung eines metaphysischen Realismus zwinge zur Annahme der Fiktionalität des Wirklichen. Darin liegt ein negativer Fundamentalismus; denn diesem Zwang kann nur verfallen, wer stillschweigend annimmt, ein metaphysischer Realismus sei die einzige Möglichkeit, sich diesseits des erkenntnistheoretischen Ästhetizismus zu halten. Ein kurzer Blick in die begrifflich und nicht poetisch arbeitende Gegenwartsphilosophie könnte eines Besseren belehren.

Wenn besagter Schluß falsch ist, sind auch die großartigen medientheoretischen Folgerungen verkehrt, die aus ihm herausgepreßt werden. Die Prozesse der Digitalisierung verändern das Verfahren unseres Erkennens und schaffen neue Möglichkeiten der Wahrnehmung, die zu signifikanten Veränderungen in der menschlichen Lebenswelt führen, aber sie stellen nicht die *Begriffe* der Wahrheit und der Wirklichkeit insgesamt auf den Kopf. Natürlich sind einschneidende historische Veränderungen seit jeher ein Anlaß, die tragenden Begriffe des Verständnisses unserer selbst und der Welt neu zu bedenken. Genau das aber ist die Aufgabe, der sich eine wildgewordene Medienästhetik mit großem Aufwand entzieht. Denn hier müßten alle die *Unterscheidungen* neu bedacht werden, die es braucht, um die neuen Wirklichkeiten angemessen zu beschreiben – zwischen Sein und Schein, Wahrheit und Lüge, Fiktion und Nicht-Fiktion, zwischen ästhetischen und erkenntnistheoretischen Kategorien, ästhetischen und nichtästhetischen Dingen, zwischen den Arten der Prozessualität alter und neuer Kunstwerke, zwischen digital und material kodierten Werken – und vielem anderem mehr. Ohne solche Unterscheidungen läßt sich der Zusammenhang von realem und virtuellem Raum sowenig verstehen wie die Verfassung einer Lebenswirklichkeit, die zu ihnen *beiden* einen selbstverständlichen Zugang hätte. Ohne solche Unterscheidungen ließe sich die komplexe Struktur von Werken wie denjenigen Hills oder Naumans weder erkennen noch beschreiben – von den Produkten einer kybernetischen Kunst ganz zu schweigen.

Es besteht damit aller Grund, jenes Kriterium zu verwerfen, dem sich die Mehrheit des Rötzer-Kollegs unterworfen hat: Ästhetik der neuen Medien dürfe nur betreiben, wer die Differenz von Sein und Schein – und mit ihr eine ganze Reihe traditioneller erkenntnis- und kunsttheoretischer Unterscheidungen – entschlossen hinter sich lasse. Manche Tests besteht man besser nicht. Eine Ästhetik des totalen Scheins ist die falsche Antwort auf die Ästhetik des Seins.[4]

Nr. 534/535, Sept./Okt. 1993

---

[4] Für hilfreiche Diskussionen möchte ich Stephan Selle danken.

Günter Metken

Die Kunst des Verschwindens

Unsichtbare Denkmäler – ein Situationsbericht

Pour un tombeau sans nom
Claude Debussy, *Six épigraphes antiques*

Ein berühmtes Foto von Herbert List zeigt die martialische Plastik Josef Thoraks, die den deutschen Pavillon auf der Pariser Weltausstellung 1937 zierte, vor der Enthüllung. Von unten aufgenommen, wirkt das gesichtslose, in Tücher eingewickelte Monstrum in seiner Unförmigkeit noch bedrohlicher als der darunter verborgene Muskelprotz. Das unsichtbare Denkmal erweist sich als Menetekel, weit über die arrogante Figuration hinaus. Andreas Beyer hat allgemein zu diesem Problem angemerkt: »Einer der wenigen Augenblicke, vielleicht der einzige, in dem das Kunstwerk Anspruch auf unbedingte Aufmerksamkeit erheben darf, ist, und in besonderem Maße gilt das für Denkmäler, der seiner Enthüllung. Es ist ein Akt ritueller Initiation, der das ›Hier und Jetzt‹ (Walter Benjamin) des Werkes bestimmt.«[1]

Nun geht es hier um Monumente im weiteren, kunstinventarischen Sinn, noch nicht um die eigentliche Gattung des Denkmals, die Würdeform bedeutet, eine Gestalt herausstellt, meist auch topographische Zeichen setzt. Es sind dies Gesichtspunkte, die nur noch stadtverbundene Individualisten anzugehen scheinen, während Städte sonst angeblich zu austauschbaren Verkehrsknotenpunkten und Kommunikationszentren des Überall und Nirgends mutieren. Daß solche Pauschalisierungen nicht alles abdecken, hat die leidenschaftliche Diskussion um die Verhüllung des Berliner Reichstags durch Christo gezeigt. Außer dem Künstler ging es dabei fast niemandem um das ungeliebte Parlamentsgebäude selbst, das in nicht mehr allzuferner Zukunft den Deutschen Bundestag aufnehmen soll. Eher fürchtete man sich, hinter Formeln vom Symbolwert des Ortes verschanzt, vor der Zäsur, die diese Verpackung bedeutet. Den sperrigen, fast exterritorial in einem Niemandsland gelegenen Reichstag mit dem irrealen de-Chirico-Fähnchen auf einem Eckturm gewahrt man am liebsten, gleichsam bodenlos schwebend, von der S-Bahnkurve aus, nicht aus klotziger Nähe. Es besteht das Risiko, daß die zeitweilige Verhüllung den geheimen Wunsch vieler offenbart, diesen Block ganz wegzudenken, ein Wunschdenken, das auch einige der insgesamt unbefriedigenden Umbaupläne durch namhafte Architekten nicht verhehlen. Oder die Leicht-Form macht den Reichstag endlich akzeptabel, so daß man ihn gar nicht mehr anders haben möchte. Kaiserzeitlicher Barock, durch Christos Unsichtbarkeit zum schwerelosen Denkmal seiner selbst er-

1 In: Michael Diers (Hrsg.), *Mo(nu)mente. Formen und Funktionen ephemerer Denkmäler.* Berlin: Akademie 1993.

löst – eine fast Freudsche Konstruktion uneingestandenen Begehrens, diese Altlast einer verfahrenen Geschichte, die weder der Brandstifter noch die Schlacht um Berlin und die anschließende Sanierung ganz beseitigen konnten, endlich loszuwerden.

Während die Emotionen über den verhüllten Reichstag und die Berliner Neue Wache als Mahnmal für alle Opfer des Dritten Reichs noch hochgehen, haben viele Künstler bereits stillschweigend von der Idee des sichtbaren Denkmals Abschied genommen; Städte geben für ihre Fußgängerzonen die Losung »Skulptur statt Denkmal« aus und denken dabei an temporäre Veranstaltungen. Daß Denkmäler desto weniger erinnert werden, je sichtbarer sie doch offenkundig sind, wissen wir seit Robert Musil, der diesen ketzerischen Gedanken auch noch in einem *Nachlaß zu Lebzeiten,* also einem vorweggenommenen Denkmal seiner selbst, äußerte. Tatsache ist, daß heute am meisten über nicht erkennbare Male gesprochen wird. Das von Jochen Gerz ersonnene, von Studenten der Saarbrücker Kunsthochschule verwirklichte Projekt, 2146 Pflastersteine des Schloßplatzes in Saarbrücken von unten mit den Namen ehemaliger jüdischer Friedhöfe in Deutschland zu beschriften, hat weltweit Resonanz gefunden.[2] Die Lektüre ist nicht eindeutig. Man kann sowohl das Vergessen und Verdrängen der Vergangenheit herauslesen wie auf deren ständige, nicht mehr wegzudenkende Anwesenheit schließen. Jedenfalls fehlt Didaktik, jenes Einhämmern der von den Nationalsozialisten verübten Untaten – die Beispiele reichen von Alfred Hrdlickas eher nachdenklichem *Mahnmal gegen Krieg und Faschismus*[3] auf dem Wiener Albertinaplatz bis zu pathetischen KZ- und Friedhofsdenkmälern, etwa auf dem Père Lachaise in Paris –, das eher abschreckt. Hier wird, gewiß aus gelebter, leidvoller Überzeugung, Anklage erhoben, verurteilt. Doch die Nachkommen der damaligen Täter stehen inzwischen vielleicht auf der »richtigen« Seite, während die inkriminierten Verbrechen weitergehen. Was besagen da Monumente, mit deren Intention man ohnehin einig geht? Zumal wenn die Ausgrenzung des Schreckens Identifikation oder gar Mitleid abweist?

Außer, und hier ist wieder auf Jochen Gerz hinzuweisen, im Fall des von Esther Shalev-Gerz und ihm in Harburg, einem Industrievorort von Hamburg, konzipierten Mahnmals. Mitten im Verkehr wurde 1986 auf dem balkonartig vorkragenden kleinen Platz einer Fußgängerüberführung ein zwölf Meter hoher, verzinkter Eisenpfeiler errichtet. Vier Stahlstifte lagen bereit, um in die mit Blei ummantelten Seitenwände Namen, Bemerkungen und Zeichen einzuritzen. Als Mitautor des Mahnmals verpflichtete man sich laut Gitterinschrift, »wachsam zu sein und zu bleiben«. »Sobald die aus dem Boden ragende und für Menschenhände erreichbare Fläche vollgeschrieben war«, referiert Petra Kipphoff als Augenzeugin in der *Zeit* vom 18. November 1993, »sollte der beschriebene Teil des Pfeilers in den Boden eingelassen

---

2 Vgl. Monika Steinhauser, *Erinnerungsarbeit. Zu Jochen Gerz' Mahnmalen.* In: *Daidalos,* Nr. 49, September 1993.

3 Vgl. Christoph Heinrich, *Strategien des Erinnerns. Der veränderte Denkmalbegriff in der Kunst der achtziger Jahre.* München: Verlag Silke Schreiber 1993.

und so Raum für neue Signaturen verfügbar gemacht werden. Siebenmal in fünf Jahren wurde das Mahnmal in Harburg abgesenkt, nun ist es, mit der Absenkung vom 10. November 1993, unter der Erde verschwunden. Die Oberfläche ist mit einem Deckel geschützt, durch einen Sehschlitz in einer Tür unter der Fußgängerüberführung kann man in einen kleinen, kellerartigen Raum hineinschauen und dort den abgesenkten Pfeiler im Ausschnitt erkennen, die von Wind, Wetter, Menschenhand und Absenkungsverschleiß mehr oder minder verwischten Spuren der Stahlstifte erahnen. Oben auf dem kleinen Platz ist die Tafel am Geländer geblieben, auf der die Aufforderung der Künstler zur Unterschriften-Teilnahme auch post festum zu lesen ist. Die Stelle, wo das Mahnmal stand und über die Jahre hinweg immer weniger sichtbar wurde, ist jetzt leer. Sie muß leer sein. ›Denn nichts kann auf Dauer an unserer Stelle sich gegen das Unrecht erheben.‹ So steht es im letzten Satz auf der Tafel.«

Verweilen wir etwas bei diesem Aspekt des Verschwindens, des Unsichtbarwerdens. Gewiß, Kaiser Wilhelm paßt neuerdings wieder in die Landschaft, ob auf der Kölner Rheinbrücke oder am Deutschen Eck in Koblenz. Aber eben als topographisches Moment, weniger als historische Reminiszenz, obschon auch die von deutschnationalen Nostalgikern mitgedacht sein mag. Was Zerstörung und Nachkrieg an Wilhelminischem stehenließen, rezipiert man entweder archäologisch, wie einst Walter Benjamin die Berliner Siegessäule, oder als Phantasmagorie, ähnlich den Reitern des Risorgimento auf Turins Plätzen in den Bildern von Giorgio de Chirico.

Niemand läßt sich auf Dauer, wie die europaweite Demontage der Lenin-Stalin-Statuen zeigt, eine plastische Ideologie aufdrängen. Auch zur Bewältigung der Vergangenheit, zu demokratischer Mündigkeit möchte man nicht visuell gezwungen sein, sondern selbst nachdenkend fündig werden. Etwa in der Kardinal-Faulhaber-Straße in München, wo die Bildhauerin Erika Maria Lankes den Umriß eines gestürzten Mannes an der Stelle in den Bodenbelag eingelassen hat, wo der erste Ministerpräsident des Freistaats Bayern, Kurt Eisner, am 21. Februar 1919 durch die Kugeln eines rechtsradikalen Wirrkopfs niedergestreckt wurde. Hierauf stoßen, dies selbst entdekken, kann eine wirkliche, nicht programmierte Bewußtmachung auslösen. Wie dies manchmal auch vor den improvisierten Altären der Erinnerung von Christian Boltanski geschieht. Er bringt Fotos von verschollenen oder durch den Krieg verwaisten Kindern, von Glühbirnen und Kerzen gerahmt, an nichtmusealen Orten an. Letzten Winter geschah dies in der von Passanten gern zu einer kurzen Besinnung aufgesuchten Turmkrypta der Kirche Klein-Sankt-Martin in Köln, von der die Luftangriffe sonst nichts übrigließen.

Wenn künftig an die Verbrennung ihnen nicht genehmer Bücher durch die Nationalsozialisten am 10. Mai 1933 erinnert wird, soll dies nach der Vorstellung des israelischen Bildhauers Micha Ullman, der den von der Stadt Berlin ausgeschriebenen Wettbewerb gewann, durch einen unterirdischen *Raum des Schweigens* am Bebelplatz, der Stelle dieser Barbarei »wider den undeutschen Geist«, erfolgen. Durch ein in der Platzmitte eingelassenes Glasquadrat fällt der Blick wie durch eine Lupe auf die leeren Regale einer Bibliothek fünf Meter unter der Erde. Man bemerkt dieses Mahnmal oder bemerkt es nicht und stellt sich je nachdem Fragen. Wie sie auch dem kommen, der im Habichtswald bei Kassel-Wilhelmshöhe spazierengeht und unversehens durch eine Glasplatte im Boden Fußsohlen gewahrt. Es ist das Gelände der von Harry Kramer initiierten Künstler-Nekropole. An dieser Stelle hat Timm Ulrichs den hohlen Abdruck seines Körpers, der später die Asche aufnehmen soll, kopfüber in den Boden versenken lassen, ironische Metapher der Rückkehr zur Erde und umgekehrtes Memento mori zu Lebzeiten, streben Berühmtheiten im allgemeinen doch eher zur erkennbaren Aufrichtung in der Luft.

Jener Grabfigur des ermordeten Kommandeurs, der Don Juan als steinerner Gast beim Festmahl schließlich zur Hölle schickt, antwortet die rächende Statue in Puschkins Gedicht *Der eherne Reiter.* Zarin Katharina II. hatte von dem französischen Bildhauer Falconet an der Newa ein Standbild Peters des Großen errichten lassen. Doch den ehernen Reiter hielt es nicht auf seinem Felsblock, der eigens aus Finnland herbeigeschafft worden war. Bei Puschkin wird ein kleiner Beamter von der Statue im Traum durch die ganze Stadt gejagt, bis er wahnsinnig wird. Kein Wunder, daß man der plastischen Über-Ichs müde war, sogar in Sankt Petersburg, wo laut Joseph Brodsky – *Führung durch eine umbenannte Stadt* – »unermeßlich weite Plätze mit berittenen Statuen früherer Herrscher und mit höheren Triumphsäulen als Nelsons« schon deshalb nicht auffallen, weil der Klassizismus »nie so viel Raum« hatte wie hier. In den Residenzen kleindeutscher Miniaturstaaten dagegen gab es überhaupt keinen Platz, schon gar nicht für die Standbilder von Geistesgrößen, die um 1800 überall die Monarchen und Kriegsherren abzulösen begannen. So daß Jean Paul am 17. Hundsposttag seines *Hesperus* (1795) den Deutschen vorschlägt, die Denkmäler ihrer Großen als eßbare Walhalla zum alsbaldigen Verzehr in Teig zu backen: »Entweder hier auf diesem Pfefferkuchen ist der Tempel des Ruhms und das Bette der Ehren für deutsche Schriftsteller, oder es gibt gar keinen Ruhm. Wann ist es Zeit, sobald es nicht jetzt ist, es von den Deutschen zu erwarten, daß sie die Gesichter ihrer größten Männer nehmen und bossieren in Eßwaren, weil doch der Magen das größte deutsche Glied ist? Wenn der Grieche unter lauter Statuen großer Männer wohnte und dadurch auch einer wurde: so würde der Wiener, wenn er die größten Köpfe immer vor Augen und auf dem Teller hätte, in Enthusiasmus geraten und wetteifern, um sich und sein Gesicht auch auf Pfeffer- und andern Kuchen, Pasteten und Krapfen zu schwingen. Meusels gelehrtes Deutschland wäre in Backwerk nachzudrucken – man könnte große Helden auf Kommißbrot nachbosseln, um die gemeine Soldateska in Feuer zu setzen und in Hunger nach Ruhm – große Dichter würd' ich auf Brautkuchen abreißen in eingelegtem Bildwerk, und Heraldiker von Genie auf Haferbrot – von Autoren für Weiber wären süße Dosenstücke in Zuckerwerk zu entwerfen. – Geschähe das, so würden Köpfe wie Hamann oder Liscow allgemeiner von den Deutschen geschmeckt in solcher Einkleidung; und mancher Gelehrte, der kein Brot zu essen hätte, würde eines doch verzieren; und man hätte außer dem papiernen Adel noch einen gebacknen.«

Humorvoll wird hier das Wetterwendische der Erinnerung und die Schnellebigkeit von Ruhm ins vergängliche Medium übertragen. Liebe geht durch den Magen. Vergessen wir nicht, daß es in der Musik immer schon tönende und damit nur für die Dauer der Aufführung erlebbare Ehrungen als Denkmäler gab, die *tombeaux,* die man zum Andenken an einen verstorbenen Meister komponierte. Maurice Ravel hat diese Form des musikalischen Epitaphs in *Le tombeau de Couperin* als Hommage an ein Vorbild wiederbelebt.

Ein ganz und gar der Wahrnehmung entzogenes Denkmal ist inkommensurabel; das »Unsichtbare« kann also nur ein dehnbarer Hilfsbegriff sein, mit beträchtlicher Nuancierung. 1990 wollte die Stadt Figeac (Lot) mit einem Kunstwerk an ihren vor zweihundert Jahren geborenen Sohn Jean-François Champollion, den Begründer der Ägyptologie, erinnern. Man griff den Vorschlag von Joseph Kosuth auf, der einen mittelalterlichen Hof des alten Städtchens als *Place des Ecritures* herrichtete. Er ließ die Texte des dreisprachigen Steins von Rosette, der Champollion die Entzifferung der Hieroglyphen ermöglicht hatte, unter dem Namen *Ex libris* riesig vergrößert auf einer schwarzen Granitplatte eingravieren. Das zweidimensionale Schrift-Denkmal zum Nachvollziehen liegt in der Logik des Kosuthschen Werkes. Der amerikanische Künstler stand der Londoner Gruppe Art and Language nahe, die sich um 1970, den Werkausstoß einer inflationären Kunstszene vor Augen, für ästhetische Hygiene aussprach und die sprachliche Formulierung von Projekten ihrer Ausführung vorzog.

Die physische Präsenz von Denkmalern braucht, um ein Paradox zu wagen, kein Kriterium für ihre Sichtbarkeit zu sein. Sie können sogar ein beachtliches Volumen aufweisen, Industriedenkmäler im Sinne der fotografisch-plastischen Bestandsaufnahmen von Bernd und Hilla Becher sein, ohne daß das eigentlich Malhafte zunächst aufschiene. Zu denken wäre etwa an ein Vorhaben, das Anne und Patrick Poirier zur Zeit in Turku verfolgen. Dort werden aufgelassene Bauten im Hinblick auf die Pläne der finnischen Metropole, europäische Kulturhauptstadt zu werden, künstlerisch umgewidmet. Dem französischen Paar bot sich ein ausrangierter Gasometer als Auslöser des Erhabenen an. Man wird den kugelförmigen Behälter durch einen unterirdischen Gang betreten und dann, von einem Absatz aus, den leeren Raum auf sich wirken lassen, in der Finsternis allmählich Zeichen entdecken.

Natürlich kommen einem hier Pläne der französischen Revolutionsarchitektur in den Sinn, vor allem jener sphäroide Kenotaph, den Etienne-Louis Boullée zum Gedächtnis Newtons entwarf. Doch in Turku ist weniger an den gestirnten Himmel und die Unendlichkeit des Kosmos gedacht, als daß der Betrachter in der künstlichen Nacht auf sich zurückgeworfen und selbst zum Denk-Mal der Erinnerung wird. So kann sich Reflexion, den Reizungen der Medienwelt entzogen, von innen entfalten. Das Rund des Gasometers wird, die eigene Kopfkalotte ins Riesige vergrößernd, zum Hallraum der Memoria, von deren Wachheit heute vieles abhängt. Aufschlußreich ist, daß der Konkretisierung in Turku mehrere Entwürfe unterirdischer Male vorausgingen, nachdem die Künstler in Orvieto den Pozzo di San Patrizio kennengelernt hatten, einen äußerlich unscheinbaren, aber 68 Meter tiefen Brunnenschacht, den Antonio da Sangallo und Simone Mosca 1528 zur Versorgung der Oberstadt mit Wasser durch den gewachsenen Felsen bis zur Talsohle treiben ließen und mit einer doppelten Wendeltreppe versahen, die verhinderte, daß sich die auf- und absteigenden Wasserträger begegnen.

Eine weitere Spielart des Unsichtbaren ist das Virtuelle; je nachdem, wie es aufgefaßt wird, kommt ein Dialog zustande, erscheint ein Werk als Denkmal oder nicht. Das gilt für eine Reihe von Arbeiten, mit denen Lothar Baumgarten – unter anderem im Deutschen Pavillon der Biennale zu Venedig – an die Indianer Amerikas erinnert hat. Da sie verschwinden mußten, um den aus Europa nachdrängenden Weißen Platz zu machen, findet solche Gedächtnisarbeit bevorzugt in Museen als Aufbewahrungsorten untergegangener Kulturen statt. Zwischen 1985 und 1988 trug Baumgarten die 85 Silbenzeichen des Alphabets der Cherokee-Indianer in ein Glasdach des Carnegie Museum of Arts in Pittsburgh ein. Es überdeckt die klassizistische Skulpturenhalle mit Abgüssen griechisch-römischer Plastik, denen *The Tongue of the Cherokee* symbolisch weichen mußte. 1993 folgte, als Fußnote zu der im Jahr vorher begangenen Entdeckungsfahrt des Christoph Kolumbus, die Arbeit *America Invention* in New York. Auf die spiralförmig nach oben führende Brüstung des Solomon R. Guggenheim Museums schrieb der Künstler die Namen aller Eingeborenengesellschaften Nordamerikas, auf die Wand gegenüber jene der südamerikanischen Indigenen. Da wo sie sich trafen, waren die Worte *abandoned ... baptized ... classified ... decimated* zu lesen, was bedeutet, daß mit dieser Nomenklatur nicht nur eine abgeschlossene Vergangenheit, sondern auch die aus ihr resultierende multikulturelle Gemeinschaft des heutigen Amerika gemeint war.

Virtuell auch jene Schattenlinie, die Dorothee von Windheim 1993 in Hannover nachzog. Von der dortigen Kirche Sankt Aegidien hatten die alliierten Bombenangriffe nur die Umfassungsmauer mit den charakteristischen Spitzgiebeln stehenlassen. Seither dient sie als Mahnmal an den Krieg und seine Opfer. Den dunklen Fußboden durchteilt wie ein Riß eine unregelmäßige Zickzacklinie aus schneeweißen Marmorsteinen. Sie entspricht dem Schatten, wie er an einem Augusttag des Jahres 1992 von den sechs Giebeldreiecken auf das Pflaster fiel. »Der reale Schatten«, schreibt Doris von Drathen, »wird diese Linie umspielen, wird sich ihr nähern, über sie hinwegwandern, wird sie einmal im Jahr, wenn sich das Datum der Messung wiederholt, beinahe erreichen, aber er wird sich nie mit ihr decken. Die Linie ist eine Fiktion, eine Konstruktion«[4] – die man am Boden erst gar nicht begreift, nur von oben ganz überblicken kann. *Untergang Deutschlands* hatte die Künstlerin ursprünglich ihre Arbeit genannt. Der Titel wurde nicht beibehalten. Es bleibt »die scharfgeschnittene Form, um einen dramatischen Moment zu formulieren«.

All dies sind Gedanken-Male, eher innerlich nachzuvollziehen, auch wenn sie einer allgemeinen Geschichte einbeschrieben sind. Wir nähern uns indessen dem Punkt, wo die drei klassischen Einheiten, Ort, Zeit und Handlung,

---

4 In: Dorothee von Windheim, *Schattenlinie.* Darmstadt: Verlag Das Beispiel 1993.

in einem Mal zusammenfallen und durch das Kunstwerk auf den Punkt gebracht werden sollen. Die Arbeit ist zwar sichtbar, aber kein Denkmal, eher eine Darstellung, die diese Idee unterläuft. Auch das Faktum, an das erinnert wird, hat sehr wenig von einem historischen Akt an sich. Gemeint ist die deutsche Kapitulation, die den Zweiten Weltkrieg als bisher mörderischsten aller Konflikte beendete. Sie erfolgte am 8. Mai 1945 zwischen 2 Uhr 34 und 2 Uhr 41 morgens im Collège Roosevelt, einer Realschule in Reims, wo der alliierte Oberbefehlshaber General Eisenhower sein vorgeschobenes Hauptquartier aufgeschlagen hatte. Hierhin wurden die deutschen Bevollmächtigten, angeführt von Generaloberst Jodl, beordert. Ihnen saßen die militärischen Vertreter der vier Siegermächte gegenüber. Der Rahmen war ebenso zufällig wie das Ende selber. Die Signatur fand im Kartenzimmer der Schule statt. An den Wänden hingen aus Meßtischblättern zusammengestückte Generalstabskarten. In den fensterlosen Raum brachte man zwei Teppiche, Aschenbecher sowie Stühle und den großen Konferenztisch aus dem Lehrerzimmer.

Die Teppichläufer und Aschenbecher abgerechnet, hat sich diese Stätte komplett erhalten und wird jährlich von einigen Tausend Neugierigen besucht. Sie erleben einen Ort von seltener Banalität, in keinem Verhältnis zu der hier besiegelten Entscheidung. Durch eine Aktualisierung sollen nun die Nachkommen wieder für diesen Saal des 8. Mai interessiert werden. Man beauftragte einen Künstler, den 38jährigen Christian Lapie, mit der historischen Vermittlung. Diesen interessieren die Vorstellungen, die sich jüngere Generationen aus dem zeitlichen Abstand vom geschichtlichen Ereignis machen. Die Wirklichkeit, hier noch durch Glas abgetrennt, entzieht sich ihnen und kann nur angetippt werden. Der Krieg selbst überlebt ja in diesem Raum verkleinert als Sandkastengeplänkel und Pokerpartie vor vergilbenden Landkarten.

Diese Unwirklichkeit spiegelt das Projekt von Christian Lapie. Er läßt für den Dokumentarraum, der sich an das Kapitulationszimmer anschließt, den großen Tisch und die Stühle identisch nachbauen. Allerdings werden sie, um den Spielcharakter des *war game* zu betonen, in pinkrosa und türkisblau gestrichen. In die Tischplatte sind Vertiefungen in Waffenform eingelassen, Eindrücke von Kinderpistolen und MPs als ironisch verkürztes Arsenal der Kriegführenden. Dazwischen schwarze Stapel, die man als Befestigungen im strategischen Monopoly, aber auch als Spielmarken der um den Sieg pokernden Krieger ansehen kann, die von diesem Showdown aufgesprungen und verschwunden sind – noch stehen und liegen die Stühle unordentlich herum.

Um dieses noch nicht einmal sichtbare Werk ist es zu einem diplomatischen Geplänkel gekommen, nachdem ich das Projekt in der *Süddeutschen Zeitung* im Rahmen der Denkmalsdebatte um die Neue Wache in Berlin vorstellte. Gezeigt werden sollte der ungezwungenere Umgang des Nachbarlandes mit der jüngsten Vergangenheit; heraus kam das Gegenteil. Die Witwe des im Nürnberger Prozeß verurteilten Generals Jodl schrieb an das Elysée in Paris, um den französischen Präsidenten auf das nach ihrer Ansicht des historischen Anlasses unwürdige Vorhaben von Christian Lapie hinzuweisen. Die

Präsidentschaft wandte sich anfragend nach Reims, wo man in Panik geriet und behauptete, nicht unterrichtet zu sein, während der Künstler selbst, dessen Werk am 8. Mai 1994 vorgestellt werden sollte, auf taube Ohren und eine Schweigemauer stieß. Hätte nicht zufällig eine Enquete der Zeitung *Le Monde* über Kunst am Bau den Tatbestand an die Öffentlichkeit gebracht, Christian Lapies Beitrag, gegen den die Vertreter der Kriegsveteranen übrigens nichts Gravierendes einzuwenden hatten, wäre wohl wirklich unsichtbar geblieben.

Nur vorübergehend sichtbar sind Denkmäler, wenn mit dem Ephemeren und Vergehenden, mit organischen Stoffen also, gearbeitet wird. Andy Goldsworthy, 1956 in Cheshire, England, geboren, hat solches Vorgehen parallel zur Natur zu einer Zeichensprache sublimiert, die empfindsam zwischen Preziosität und dem Erhabenen pendelt. Äste, Blätter, Schiefer, Sand, Erde, bevorzugt auch Eis und Schnee sind die Materialien seiner Setzungen auf Zeit, die oft nur per Foto oder Video weiterbestehen. 1989 verbrachte er einen Wintermonat bei den Inuit im arktischen Norden Kanadas, um das Leben in gefrorener Weiße kennenzulernen und sich mit der Konstruktion von Iglus vertraut zu machen. Im April des gleichen Jahres errichtete er am Nordpol die Plastik *Touching North,* vier den Kardinalpunkten zugewandte Riesenräder, die aus tiefgefrorenen Schneebausteinen keilförmig zusammengesetzt waren, ein von niemandem gesehenes, von vornherein vergänglich geplantes Monument, dem er diese Überlegung vorausschickte: »Im Unterschied zum Gipfel eines Berges bietet sich der Nordpol als relativ charakterlose Landschaft dar. Es gibt kein Land, nur Schnee und Eis. Es ist mehr ein Gefühl als eine Gegend. Es gehört niemandem - Gemeindeanger der Erde. Eine sich ständig wandelnde Landschaft, in der alles, was ich mache, rasch verschwinden wird«.[5]

Touching North ist also das Gegenteil des Denkmals als Affirmation. Goldsworthys Werke gehen auf die Natur - und in sie - ein, sie passen sich dem natürlichen Rhythmus und Stoffwechsel an. Oder sie setzen dem Wandel selbst ein Mal. So in Vassivière im Limousin. In dieser mittelfranzösischen Region dient ein riesiger Stausee mit Talsperren zur Stromgewinnung. Mittendrin blieb eine höhergelegene Parzelle als Insel stehen, auf der nach Plänen von Aldo Rossi ein Ausstellungszentrum gebaut wurde. Dahinter schließt sich ein Bereich für Freiplastik mit Lichtungen, jähen Erhebungen und Seebuchten an. Künstler arbeiten hier direkt im Gelände. Früher gab es an dieser Stelle Häuser, Landwirtschaft. Einige der Arbeiten, von Bernard Calet, Kimio Tsuchiya, David Nash erinnern mit Fundstücken, einbezogenem altem Mauerwerk, Verkohlungen an die ehemalige Verwendung des Terrains und an die bei der Aufstauung überfluteten Dörfer. Die schönste Einbindung ist 1992 Andy Goldsworthy gelungen. An der Inselspitze, wo Wald auf Wasser trifft, ließ er zwei Bruchsteinmauern aufführen. Sie ergeben eine vom Uferweg durchtrennte Doppelspirale, deren untere Windung in

---

[5] In: *Hand to Earth. Andy Goldsworthy - Skulpture 1976-1990.* Leeds: W. S. Maney & Son 1990.

den See eintaucht und das Schicksal der versunkenen Orte teilt, während die obere eine Art Pferch bildet, der nun freilich kein Weidevieh, sondern Bäume einschließt. Auch dies ist ein Zeichen für die Metamorphose, die sich in Vassivière vollzieht und von der Goldsworthy sein eigenes, Wind, Wasser und Wurzeln ausgesetztes Werk nicht ausnimmt, das zuwachsen, unsichtbar werden, versinken wird.

Ich breche hier eine Geschichte ab, die möglicherweise erst in den Anfängen steckt. Der französische Ethnologe Marc Augé hat kürzlich in seinem Buch *Orte und Nicht-Orte* das Zeitalter der Ortlosigkeit, der *non-lieux,* eingeläutet. Vielleicht sollte auch die Kunst sich rarer machen, nur hier und da auftauchen. Etwa wie der *Englische Gruß* in Sankt Lorenz zu Nürnberg; seit der Reformation war er in dieser protestantisch gewordenen Kirche mit einem »Sack« verhüllt, der nur für vornehme Besucher abgenommen wurde. So haftete dem Erscheinen des Schnitzwerks von Veit Stoß eine Aura an wie bestimmten, nur zu seltenen Gelegenheiten gezeigten religiösen Kunstwerken und Heiltümern. Oder handelt es sich bei dem Sprung von augenfälligen zu unsichtbaren Denkmälern um jenen Übergang der Theatralität in Selbstgenügsamkeit, den Michael Fried[6] an der französischen Malerei des mittleren 18. Jahrhunderts beobachtet und zur Schwelle der Moderne erklärt hat?

Unter Umständen ändert sich auch die Rolle des Künstlers. Wenn es nach Christian Boltanski ginge – Interview mit *Le Monde* vom 3. März 1994 –, würden sie die bisherigen Museumsstrukturen hinter sich lassen, nichts Abgeschlossenes mehr fertigen, nur noch Punktuelles: Partituren, die vom Publikum in bestimmten Momenten aufgegriffen und mitausgeführt werden. Es kann sich, sagt Boltanski, nach dem Ende der Utopien nicht mehr um Engagement handeln, eher um indirekte Verweise, die einen Kontext durchschauen, ein Unrecht beheben helfen. Für ihn könnte diese Tätigkeit »art public« heißen oder »art appliqué«, angewandte Kunst.

Oder auch »Kunst im öffentlichen Raum«, wie, den Gemeinplatz wörtlich nehmend, Jochen Gerz sagt, von dem dieser Situationsbericht ausging und dank dem er offen bleibt, so unbestimmt wie vieles in der heutigen Kunst. Gerz erhielt 1990 den Rolandpreis der Stadt Bremen zugesprochen. Er ist mit dem Auftrag verbunden, ein Werk für den öffentlichen Raum zu schaffen. Seitdem versucht Gerz öffentlichen Raum, also eine Öffentlichkeit herzustellen. Mit Plastik im Freien ist man saturiert; sie entläßt Künstler und Publikum unbeteiligt. Auf die demokratische Freiheit pochend, verharrt jeder inhaltlich in seiner Anonymität. Deshalb geht für Gerz die Tendenz zum Immateriellen, zur sozialen Plastik, also zur Meinungsbildung in der Öffentlichkeit. Für ihn wäre die Skulptur dieses: ein gemeinsames, nachwirkendes Erlebnis, das Erzählungen und Mythen bildet, die Lust am Diskurs auslöst.

Deshalb brachte Gerz die »Bremer Befragung« in Gang. Von den Studenten seiner Projektgruppe wurden Fragebogen über unterschiedliche Vertei-

---

6 Michael Fried, *Absorption and Theatricality. Painting and Beholder in the Age of Diderot.* Chicago: University of Chicago Press 1988.

ler – Hochschulen, Kunstkreise, Tageszeitung, Fernsehen, eine bekannte Kaffeefirma, eine Strafvollzugsanstalt – unter die Leute gebracht. Drei Fragen wurden gestellt: Welche Themen soll die Bremer Arbeit aufgreifen, kann Kunst solchen Themen gerecht werden, wird man bei der Arbeit mitmachen? Die Antworten spiegeln die Unsicherheit gegenüber Kunst und eine übertriebene Erwartung. Gleich einer Religion soll sie alles, was man der Regierung nicht mehr zutraut, richten: Ökologie, Utopieschwund, Ausländerhaß, Minoritätenproblem.

Der Rücklauf war zögernd. Von rund 25000 Angeschriebenen waren 250 Personen, also genau ein Prozent, zu Auskünften und Mitarbeit bereit. Gerz' Wanderskulptur ist dies Jahr über in vielen Köpfen und Milieus »zu Gast« gewesen. Wie soll sie nun, auch im Sinne des Senats, verankert, wie soll dokumentiert werden, daß ein Prozeß stattgefunden hat, der kein Objekt zur Folge hatte, kein klares Ja oder Nein zeitigte, vielmehr Nachdenken auslöste? Vielleicht durch einen beschreibenden Text, der irgendwo eingelassen oder an den Haltestellen der öffentlichen Verkehrsmittel wie ein Fahrplan beleuchtet wird? Der Künstler, selbst Teil des Vorgangs, wartet noch ab. Jedenfalls, wenn ein Denkmal, dann wird es unsichtbar, nach innen wirkend sein, das Denken gegenüber dem Mal favorisierend.

Nr. 543, Juni 1994

Friedrich Dieckmann

Die Linke und die Nation

Aachener Ansichten

Erfahrungserweiterung

Im deutschen Westen machen es sich viele mit der deutschen Einheit allzu schwer. Sie sind immer noch auf der Suche nach »Sinn und Substanz« dieses sonderbaren Phänomens und waren das schon vor zwei oder drei Jahren; so sehr sie Debatten über deutsche Identität befremden, so wenig kommen sie mit ihrer eigenen Sinnsuche voran. Wenn man erzählt, wie man, um ihnen zu lauschen, von Berlin sieben Stunden nach Westen gefahren sei, ohne eine einzige Paß- oder Zollkontrolle zu durchlaufen, um dann an einem Ort anzukommen, wo alle die gleiche Sprache sprechen wie man selber, – wenn man diese ebenso schlichte wie, im Licht der Vergangenheit, exorbitante Gegebenheit anführt und hinzufügt, daß einem das eigentlich Sinn genug sei für dies seltsam befragte Ding, die deutsche Staatseinheit, so wird man nicht sicher sein können, daß der anhaltend bemühte Sinn- und Substanzsucher dieselbe Frage nicht nach wiederum zwei Jahren mit denselben Worten stellt.

Denn hinter der wohlklingenden Sinnfrage geht unterderhand eine andere Frage um, die Frage: War es denn nötig? Wäre es nicht auch *ohne* Staatsvereinigung gegangen? Die anhaltende Irritation darüber, daß es *nicht* anders ging, umgibt sich dann wohl mit einer Rhetorik, für die es in der alten DDR die zum Stereotyp geronnene Formel gab: »von tiefem Humanismus erfüllt«. Und wie zu DDR-Zeiten vertragen die von der Tiefe und Weite ihres guten Willens, ihrer edlen Absichten durchdrungenen Redner nichts weniger als die kritische Nachfrage an diesem oder jenem Punkt ihres Sinnbedarfs. Wo sie, in aller Bescheidenheit, laut wird, tritt leicht die pure Gereiztheit auf den Plan.

Aufrichtiger nimmt sich die Rede jenes linksrheinischen Skeptikers aus, der im Oktober 1990, als es die deutsche Einheit auch in Aachen zu begehen galt, abwehrend sagte: »Nun werden die rechtsrheinischen Gebiete wieder ein Stück größer!« Mit denen, die ihr wirkliches Empfinden als Ausdruck ihrer Situation, ihrer Erfahrungen, ihrer Interessen äußern, ist debattierend weitaus fruchtbarer umzugehen als mit jenen, die ihre Interessenlage ideologisch drapieren, um die wahren Gründe ihres Meinens unkenntlich zu machen. Sie werden, wenn man sie, und sei es nur punktuell, in Frage stellt, aggressiv und gehörlos reagieren, eben weil Reden und Fühlen, Denken und Empfinden bei ihnen in einem Widerspruch stehen, der, als ein übertünchter, vor sich selbst verborgener, der Aufdeckung allergisch widerstrebt.

Wenn man den Sinn- und Substanzsuchern der deutschen Einheit erklärt, daß ein weiterführender Sinn der gewonnenen Staatseinheit in der wechselseitigen Erfahrungserweiterung liege, mit allen Chancen der Verfremdung, also Prüfung, des jeweils Gewohnten und Eingebürgerten, in einer Erweiterung des Wahrnehmungshorizontes, der für beide Teile, den ökonomisch über- und den ökonomisch unterlegenen, auf keine andere Weise zu gewinnen war, dann begegnet man leicht der Reserve dessen, der vermeint, eine Erweiterung seines Horizonts gar nicht nötig gehabt zu haben, da dieser ohnedies unübertrefflich weit gespannt war. Daß es mit solcher Welthaltigkeit nicht weit her ist, zeigt die Erfahrungssperre, die viele Westbürger den Bewohnern der in die neuen Länder verwandelten DDR gegenüber aufrechterhalten, nur zu deutlich. Auf der östlichen Seite, die ein ganz neues Lebenssystem anzunehmen und zu erlernen hatte, war die Erfahrungserweiterung vorgegeben; aus diesem andersartigen Grund gibt es auch hier Verweigerungs-, ja Blockadehaltungen. So ist das Problem doppelseitig; es erscheint auf der einen Seite als Abwehr eines Übermaßes neuer Erfahrung, auf der andern als ein Sich-Genügen am eigenen Raum, der sich vermittels einer starken Währung allzeit ins Weltläufige zu öffnen schien. Daß wirkliche Erfahrungen auf anderem Wege gemacht werden, ist eine Ahnung, die vielen westlich Wohnenden der neuen Republik allmählich dämmert; andere wußten es von vornherein. Auch sie waren, auf wesentlich komfortablere Weise, in ein Tal der Ahnungslosen gebannt, dessen Nischenreichtum den der östlichen Hemisphäre bedeutend übertraf. Die deutsche Einheit zeigt sich als ein Mittel, solcher Entrücktheit zu entkommen.

Die falsche Rede von der Identität

Die sich dergestalt mit der Suche nach Sinn und Substanz eines schon kenntlich Vorhandenen, der deutschen Staatseinheit, plagen, sehen mit Unbehagen auf die da und dort umgehende Frage nach der deutschen Identität. Sie rufen »Schluß der Debatte!« und geben sich die Miene, als würden sie ihr durch ein Machtwort Einhalt gebieten wollen, wenn sie nur über ein solches verfügten. Ihr Mißvergnügen dient ihnen dazu, sich selbst sehr eingehend mit diesem Wort zu beschäftigen; sie brauchen es, um es abwehren zu können. In diesem Sinn ist es nachgerade ihr Lieblingswort; ihre eigene Identität scheint an ihm zu hängen. Es ging schon bei Berlins Neuer Wache so, die eine alte Wache ist, von 1818, und nun leider keine mehr, sondern die alte und neue Staats-Zentral-Gedenkstätte, nach alter Lesart für die Opfer von Faschismus und Militarismus, nach neuer Lesart für die von Krieg und Gewaltherrschaft. Nicht das eigentlich Anfechtbare, die Fortsetzung einer zentralen Staats-Gedenkstätte unter stark veränderten Umständen, sondern die Ausfüllung der von der DDR übernommenen Bestimmung mit einer besonderen, von vielen als ungeeignet empfundenen Skulptur wurde zum Gegenstand der Erregung; dem Detail opponierend, bestätigte man das Ganze und begnügte sich, bei großem argumentativen Aufwand, damit, im Falschen das Richtige zu suchen. So braucht man auch andernorts auf linker Seite die Vorgaben der regierenden Mächte, um sich polemisch von ihnen abheben zu können, und kommt nicht auf den Gedanken, daß die Ebene, auf die man sich auf dem Weg der Einrede begibt, an sich falsch sein könnte.

Im Fall der deutschen Identität führt das gelegentlich so weit, eine deutsche »Negatividentität« zu statuieren; wenn man nach- und gegenfragt, ob der oder die so Redende als Person mit einer solchen leben könne, so hört man wohl die feurig-freudige Antwort: Ja! Aber das Irrige von Identitätsdebatten ist nicht durch das preziös-absurde Reden von einer nationalen Negatividentität zu beheben. Der Fehler liegt darin, daß das Wort *an sich* unzuständig ist für die damit berufenen Fragen und Anforderungen. Identität – dieser philosophisch-psychologische Terminus, ein Fach- und Fremdwort, gibt für jene nationalstaatsbürgerliche Bewußtseinsbildung, die in der neuen deutschen Republik ansteht, so gut wie gar nichts her. Statt von Identität sollte man von Eigenart reden; statt den Widersprüchen eines falsch gesetzten Identitätsbegriffs nachzuhängen, sollte man nach der Eigenart dessen fragen, was sich über das verbindende Element der deutschen Sprache und die Gegebenheit einer abrupt gewonnenen Rechts- und Verkehrseinheit hinaus vielleicht als deutsch erkennen lasse.

Tut man das, so wird man bald darauf kommen, daß Vielfalt die deutsche Eigenart sei. Vielfalt als Inbegriff dessen, was man sich unter recht verstandener deutscher Einheit vorzustellen habe – man kann das an Kirchen studieren, an denen viele Jahrhunderte mit wechselnden Absichten, Gesinnungen, Haltungen gebaut haben, bedacht auf die Einheit von Zweck und räumlicher Gesamtheit und unbedacht um formale Vereinheitlichung. Es wird besonders sinnfällig an einer der ältesten von ihnen, dem Aachener Dom mit seinem achteckigen Zentralbau, der, als früheste Romanik, eigentlich ein später Ausläufer altrömischer Baukunst ist. Ein hochgotischer Chor von farbig glühender Fensterpracht und mehrere spätgotische Kapellen nehmen das ihnen fremde Oktogon in die Mitte, ohne ihm seine Eigenheit zu bestreiten. Nicht unifizierender Fortschritt herrscht hier im Verhältnis des Neuen zum Alten, sondern souveränes Geltenlassen – das Annehmen dessen, was eine andere, ältere Zeit hinterließ. Anbauend widerspricht ihm das Neue und lehnt sich zugleich an das ältere Zeugnis an; man harmoniert miteinander, ohne sich anzugleichen.

Auch im Verhältnis der gotischen Bauglieder untereinander ist die Vielfalt so weit getrieben, daß sie ins Disparate, in den Individualismus der Teile umschlüge, wäre da nicht ein verbindendes Moment, das nicht als einheitlicher Grundriß, sondern als Timbre und Atmosphäre wirkt, ungefähr so, wie die gemeinsame Sprache divergierende Erfahrungsbereiche der staatlich vereinigten Nation in einer Weise verknüpft, die die Verschiedenheit des einzelnen um so plastischer hervortreten läßt. Was auf *diesem* Feld immer noch fehlt, ist jenes ästhetische Bewußtsein, das den Vorgang ins Positive und Genießbare, ja Lustvolle setzt; an der Kunst wäre es, uns dies *realistisch* beizubringen. Der Anblick des uralten Münsters in seiner phantastischen Unausgeglichenheit lehrt es uns auf seine Weise.

Gefahren des kurzen Blicks

Zu den Hinweisen, mit denen sich die Sinnsucher der deutschen Einheit ihren Weg in die neue Republik mehr als billig erschweren, gehört auch das Wort von der »Unglücksgeschichte der deutschen Nation« (Karl Otto

Conrady). Wer ihm opponiert, gerät auf jene reflexhafte Weise, die der DDR-Bürger nur zu gut aus alten Verhältnissen kennt, in den Verdacht, die Statuierung einer Glücksgeschichte im Sinn zu haben. Worum es bei der Abweisung solcher Pauschalisierungen geht, ist aber das geschichtlich weiträumige Denken. Es geht um einen historischen Blick, der die Vorstellung einer deutschen Nation ablöst von der Fixierung auf die Katastrophen jenes mit Blut und Eisen zusammengeschmiedeten preußisch-kleindeutschen Staates, der nicht einmal achtzig Jahre Bestand hatte. Die deutsche Nation ist, als Wort und Begriff, sehr viel älter.

Das erschrockene Kurzsehen, das sich in solchen Negativ-Fixierungen malt, ist die Kehrseite einer Geschichtspropaganda, die in jungen Jahren auf jene niederging, die dann für Hitler in den Krieg zogen und dachten, es sei für Volk und Vaterland. In einem langwierigen Demokratisierungsprozeß hat sich die Generation der von diesem Krieg Betrogenen und Belehrten die restaurativ formierte westdeutsche Nachkriegsrepublik in den sechziger und siebziger Jahren zu eigen gemacht. Die deutsche Teilung erschien ihnen im Verlauf dieses Prozesses mehr und mehr als eine Schutzvorkehrung der Geschichte; sie übersahen dabei, daß nicht sie, sondern andere die Last der Abriegelung trugen. Viele aus dieser Generation sehen durch die unvermutete Wiederherstellung des Nationalstaats die Früchte ihrer politisch-gesellschaftlichen Lebensarbeit bedroht; das ist der tiefere Grund ihrer Abwehrreaktionen. Doch die defensive Haltung führt nicht ins Freie, und das Schwarz-in-schwarz-Malen der deutschen Geschichte ist nur ein Ausdruck politischer Hilflosigkeit. Auch gegen solch ein historisches Kurzsehen hilft der Blick auf den Aachener Dom, und auch das abwehrende Wort jenes Rheinländers tut es, der, als ein echter Adenauer-Enkel, aber ehrlicher als dieser Ahnherr, in der deutschen Einheit das besorgniserregende Wachstum der rechtsrheinischen Staatsgebiete sah. Man begreift angesichts dieser in älteste Schichten reichenden Krönungskirche, daß die Hohenzollern, von Aachen mit seinem mehr als tausendjährigen Hintergrund aus gesehen, immer nur Reichs-Parvenüs waren; das vielgestaltige Bauwerk ins Auge fassend, das gleichsam die alte, föderale, unpreußische Reichsidee versinnbildlicht, kann man sich diesen Blickpunkt zu eigen machen. Auch und gerade dem östlich Wohnenden wird der Aachener Dom in der anmutigen Divergenz seiner Bauglieder um vieles näher sein als die neubarock prunkende Domkirche Wilhelms II., diese steingewordene Demonstration der allerfalschesten Einheit, der von geistlicher und politischer Macht, von Thron und Altar, Autokratie und Metaphysik.

Das Insistieren auf der »Unglücksgeschichte der deutschen Nation« mochte für eine moralisch sensibilisierte westdeutsche Intelligentsia einen Sinn haben, solange es den fabelhaften Wohlstand zu ertragen galt, zu dem die deutsche Teilung dem erfolgreichen Weststaat die Rückenstütze bot. Um sich nicht *zu* begünstigt fühlen zu müssen, senkte man den Stachel der Kasteiung in ein Bewußtsein, das, ohne ein solches Remedium, ratlos vor der Tatsache stehen mußte, daß die verdiente Niederlage des Deutschen Reichs in den Wohlstandssieg des deutschen Teilstaats umgeschlagen war. Ein Teil dieser lange zurückliegenden Niederlage kommt mit den Kosten und Anforderungen der deutschen Einheit auf ein Westdeutschland zurück, das, gegenüber dem deutschen Arm der DDR, wohl ein deutsches Reich genannt zu werden verdiente. Mit einer in Abwehrreflexen verharrenden Haltung gegenüber der Gegebenheit eines nationalstaatlichen Verantwortungsraums würde die deutsche Linke gegen ihre eigene Emanzipationsmoralität verstoßen; sie würde abermals den Kräften in die Hände arbeiten, als deren Widerpart sie sich versteht.

Lastesel der Nationalgeschichte

Wer nach dem Sinn der deutschen Einheit fragt und sich an dem Hinweis auf das freie Fahren und Erfahren in einem fabelhaft erweiterten Land nicht genügt, wird dem Hinweis nicht entgehen können, daß die Bewohner der DDR und davor der Sowjetischen Besatzungszone die Last der neueren deutschen Geschichte ganz anders getragen, auch abgetragen haben als die der Westzonen und der Westrepublik. Sie haben sie zu einem großen Teil für diese mitgetragen, die schöne und fruchtbringende Westbindung des Weststaates durch eine ihnen von *allen* Seiten, auch vom Westen, auferlegte Ostbindung begleichend. Daß hier nach langen Jahrzehnten jener Ausgleich nottat, den der Büchnerpreisträger Hans Magnus Enzensberger schon 1963 eingefordert hatte, ein Ausgleich, den nur die realisierte Staatseinheit schaffen konnte, zeigt sich als eine kenntliche Sinnstufe deutscher Einheit.

Dabei erweist sich, daß die Lasten, die dieser Ausgleich mit sich bringt, trotz eines Milliarden-Transfers, dessen Ende nicht abzusehen ist, für den Westen immer noch um vieles leichter zu tragen sind als für den Osten selbst, der abermals als der Lastesel der deutschen Nationalgeschichte dasteht. Immerhin: hier wird, mit Opfern auf beiden Seiten, auf den Ausgleich einer Entwicklungsdifferenz hingearbeitet, die zwei Teile eines Volkes mit sehr unterschiedlichen Rechten, Möglichkeiten, Lebensbedingungen ausgestattet hatte. Der Vorgang, so ambivalent seine Folgen sich darstellen, könnte alle die, welche die Nation und das Nationale für »rechte«, reaktionäre Parolen halten, darüber belehren, daß beide wesentlich linke Kategorien sind, auf sozialen Ausgleich und realisierte Emanzipation in einem größeren Staatsverein zielend.

In diesem Sinn erscholl im Dezember 1989 in Leipzig und Dresden jener Ruf nach dem »einig Vaterland«, den die Bechersche Hymne 1949 und danach vergeblich angestimmt hatte. »Links« und »rechts« sind, je nachdem, ob man sie sozial oder intellektuell, als geistige Haltung oder als gesellschaftlichen Standort faßt, doppeldeutige Vokabeln. »Links« als Synonym für ein kritisch einsprechendes, Normen und Konventionen in Frage stellendes Denkverhalten und »links« als Kennwort einer Haltung, die die Belange der gesellschaftlich Benachteiligten vertritt; »rechts« dagegen einerseits als Synonym für ein apologetisch-affirmatives, gegebene Normative bekräftigendes und verinnerlichendes Denken und andererseits als Name für eine Position, die althergebrachte Besitzstände gegen die Ansprüche der Zurückgesetzten und Entrechteten verteidigt. Daß diese beiden Bedeutungen insofern koinzidieren, als sozialer Protest und intellektuelle Kritik im Verhältnis von Basis und Überbau stehen, kann nicht darüber hinwegtäuschen, daß es sich um verschiedene Bedeutungen handelt, die oft ihre eigenen Wege gehen; dann bleibt die soziale Pression ohne geistige Entgegnung oder die intellektuelle Kritik ohne soziale Basis.

Wie beide Seiten dieses dualen Codes nach beiden Dimensionen dem Bedeutungswandel unterworfen sind, zeigt sich, wenn eine linke Partei – also eine, die nicht die Interessen der alten Besitzeliten vertritt – politische Macht gewinnt; es zeigt sich erst recht, wenn eine radikale Linke die Alleinherrschaft über Staat, Wirtschaft, Kultur an sich reißt, sich als ein Megakonzern formierend, der alle Vorstellungen von Monopolkapitalismus in den Schatten stellt. Dann wird aus links rechts und aus rechts links; Ernst Jandl hat das vor Zeiten auf lyrische Weise bekundet. Das Changierende des Wortgebrauchs war schon im 19. Jahrhundert im Schwange, als in Frankreich die der Regierung opponierende Partei immer für »links« galt, ganz gleich, ob sie das »linke« oder »rechte«, und das hieß damals: das liberale oder das konservative Lager der bürgerlichen Gesellschaft vertrat.

Das Spiel mit der nationalen Karte

Der Begriff der Nation und des Nationalen in seiner neueren Bedeutung entspringt dem revolutionären Frankreich von 1789; er trat als ein »linker« Begriff ans Licht der Geschichte, insofern er sich im Klassen-Kampf gegen die feudale Ständegesellschaft bildete. Zu deren Sturz vereinigten sich die Gleichheitsansprüche des dritten und des vierten Standes; als sich herausstellte, daß die von beiden Gruppen erkämpfte rechtliche Gleichheit keineswegs zu sozialer Gleichheit führte, trennten sich ihre politischen Wege ebenso wie ihre Vorstellung von der Nation. Während die bürgerliche Seite unter Nation kaum mehr als die emotionale Überhöhung des vereinigten Markts unter dem Aspekt seiner Expansion verstand, zielte die plebejische Vorstellung von Nation auf sozialen Ausgleich in einem weiten Raum kultureller Bezogenheit und Verflechtung.

In einem Deutschland, das sich Österreich, das Haupt des Deutschen Bundes, noch selbstverständlich zurechnete, zeigten sich Koalition und Divergenz der Interessen in der Revolution von 1848/49. Als es im Frühjahr 1849 den vom Paulskirchenparlament verkündeten nationalen Verfassungsstaat gegen die längst wieder erstarkten monarchisch-feudalen Kräfte zu verteidigen galt, schlug sich das Groß- und Besitzbürgertum auf die Seite der alten partikularen Obrigkeiten, die ihm seine Besitzstände garantierten. Beide Gruppen sahen ihre Machtpositionen durch die Herstellung staatlicher Einheit »von unten« gefährdet; in dem Ruf nach dem demokratischen Nationalstaat mit allgemeiner staatsbürgerlicher Gleichberechtigung erkannten sie eine linke Forderung. Das deutsche Besitzbürgertum begnügte sich mit der ökonomischen Liberalisierung; hinter dem Nationalstaat erblickte es das Gespenst einer Machtverlagerung in jene Richtung, wo sich drohend die soziale Frage erhob.

Was das deutsche Bürgertum 1849 zu schwach, zu zag und – gegenüber einem linken Bundesgenossen – zu besorgt gewesen war, um es sich von den alten Gewalten zu nehmen, der Nationalstaat, wurde ihm 1871 von diesen Gewalten geschenkt; der preußische Absolutismus zog die nationale Karte, um im Bündnis mit dem liberalen Großbürgertum seine historisch überholten Machtpositionen sicherzustellen. Bismarcks politischem Genie gelang es, den monarchischen Zentralismus des alten Preußens mit der demokratischen Institution des Reichstags zu kaschieren und dergestalt die Interessen der absolutistischen Mitte mit denen der liberalen Mitte zu verbinden. Ein national geführter Krieg half, das innenpolitische Konfliktpotential emotional zu überspielen; es hob ein Reich aus der Feuertaufe, dessen Konstruktion die von der Niederschlagung der Revolution hinterlassenen Probleme nicht löste, sondern kunstreich verschleppte.

Daß man die nationale Idee denen entwindet, denen sie ursprünglich zugehört, um sich vor ihren Ansprüchen sicherzustellen, war von da an das Rezept der deutschen Eliten, über 1914 hinaus, als die höfische Kamarilla in Berlin auf Krieg setzte, um sich dem innenpolitischen Reformdruck zu entziehen, bis zum Jahre 1933, als Medienzaren und Generäle, ostelbische Großgrundbesitzer und rheinische Industrielle sich gegen den der sozialen Misere entspringenden Links-Druck verbanden, um den Führer einer jäh aufgeschossenen Massenbewegung in den Sattel zu heben, der sich dafür verbürgte, die sozialen Veränderungspotentiale durch rassistische Demagogie und chauvinistische Machtpolitik ab- und umzulenken. Die Detonation dieses Rechts-Links-Gemischs mit der revanchistisch-imperialistischen Zündschnur hatte so katastrophale Folgen, daß die alten Eliten sich nach dem Krieg, auf dem Trümmerfeld ihrer Politik, wieder auf die Positionen von 1849 zurückzogen, mit den drei westlichen Besatzungsmächten als militärischen Garanten; es galt gegenüber dem aus der Niederlage erwachsenden Veränderungsdruck die Sicherung von Positionen, Apparaten, Besitzständen durch die als vorübergehend gedachte und dann zwei Generationen währende Aufgabe des Nationalstaats. Die Kräfte, die unter den Besatzungsbedingungen der Nachkriegszeit auf dessen Erhaltung drangen, waren, bei aller Differenz untereinander, linke Kräfte, solche der Arbeiterschaft und des linksliberalen Bürgertums. Wie stark das von der Nazifurie befreite Europa nach links tendierte, zeigte in Deutschland das Gründungsprogramm der CDU von 1945; es war so sozialistisch ausgerichtetet wie das gleichzeitige KPD-Programm demokratisch. Die Entzweiung der Sieger bot beiden die Möglichkeit, wieder sie selbst zu sein.

Neue Lage

Die Teilung Deutschlands ermöglichte es den alten Gewalten in Staat, Wirtschaft, Kirche, Militär, ihre durch den Zusammenbruch des Hitler-Staats in den Grundfesten erschütterte Macht zu konservieren; so waren ihre Bekenntnisse zur deutschen Einheit bestenfalls Lippenbekenntnisse, schlimmstenfalls der Bestandteil eines unverhohlenen Grenzrevisionismus. Das hieß zugleich: der Nationalstaat war in dem Jahrzehnt nach 1945 als politische Forderung wieder dort angelangt, wo er hergekommen war, bei der Linken; die westdeutsche Sozialdemokratie war, mit Verbündeten in allen, wie immer sonst differierenden Lagern, auch in der SED, sein wesentlicher politischer Protagonist. In der DDR-Revolution von 1989/90 erneuerten und verkehrten sich diese Verhältnisse auf ungeahnte Weise. Die Vaterlandsparole, die die Leipziger Demonstranten im Dezember 1989 ausgaben, war eine linke Losung insofern, als sie in jenem gesamtdeutschen Rahmen, den die westdeutsche Republik legaliter und verbaliter aufrechterhalten hatte, auf den Ausgleich der Lebensverhältnisse drängte. Doch die dem einigen Vaterland zugewandte Bewegung war auch insofern links, als sie auf dem Weg der Staatsvereinigung die irreversible Entmachtung jener Gewalten betrieb, die als linke Kräfte eine Macht in Besitz genommen hatten, welche als gewaltsam behauptete und monopolistisch ausgebaute zu einer »rechten« Institution geworden war.

Nach beiden Seiten: gegenüber der zum Megakonzern auskristallisierten Monopolpartei SED und gegenüber dem von der deutschen Teilung eklatant begünstigten deutschen Westen war die Vaterlandslosung von 1989/90 eine linke, auf Emanzipation und sozialen Ausgleich gerichtete Parole. Daß die westdeutsche Sozialdemokratie und die mit ihr verbundene Intelligentsia dies zu einem nicht unbeträchtlichen Teil entweder verkannte oder so gut erkannte, daß sie, in ihren eigenen Besitzständen verunsichert, die nationale Forderung vielfach als reaktionär abstempelte, war nicht nur ein folgenreicher politischer Fehler, sondern zugleich ein Indiz dafür, daß sie den Begriff der Nation und des Nationalen nicht mehr aus sich selbst faßte, sondern sich ihn von der Gegenseite diktieren ließ. So konnten die westdeutschen Regierungsparteien die von der DDR-Revolution in einem zwiefach emanzipatorischen Sinn – Emanzipation von der eigenen herrschenden Klasse und Emanzipation von der übermächtigen Westwährung – vorgetragene nationale Losung zur Stabilisierung ihrer Positionen benutzen; zwei Wahlsiege, der der Ost-CDU bei den Volkskammerwahlen im März 1990 und der der Bundes-CDU im Dezember des gleichen Jahres, bildeten die Voraussetzung dafür. Im Bund mit einer mitgezogenen SPD schrieb die Bonner Regierung einen Eigentumsrevisionismus fest, der den des konterrevolutionären Frankreichs der reinthronisierten Bourbonen qualitativ und quantitativ übertraf. Die von dem zuständigen FDP-Minister durchgesetzte Rückgaberegelung zugunsten der alten Besitzer führte zu einer so gravierenden Hemmung des wirtschaftlichen Aufbaus in den der Westrepublik neuen Ländern, daß sie auf eine Subventionierung privaten Besitzes aus Steuergeldern hinauslief.

Abwehr und Abwürgen der Verfassungsdiskussion vor und nach Herstellung der deutschen Staatseinheit war ein weiteres Element dieser Situation. Konnte man sich dabei 1990 noch auf die Anforderungen der außenpolitischen Konstellation berufen, die rasches Handeln erforderten, so wurde in der Folge deutlich, daß eine dem Volk vorzulegende und plebiszitäre Möglichkeiten nicht ausschließende Verfassung den herrschenden Mächten grundsätzlich als Bedrohung erschien, mit höchst fragwürdiger historischer Argumentation. Denn nicht an Volksentscheiden und Volksentscheidungen ist die erste deutsche Republik zugrunde gegangen, sondern an der dem Reichspräsidenten von der Verfassung eingeräumten Möglichkeit, eine mit Notstandsverordnungen operierende Minderheitsregierung zu berufen. Der alte Mann, der dies am 30. Januar 1933 tat, stand unter dringendem Korruptionsverdacht; der ostelbische Grundbesitz hatte den erfolgreichen Versuch gemacht, ihn vor den Karren seiner Interessen zu spannen. So kam es zu dem Tag von Potsdam; die alten Eliten hatten die Flucht nach vorn angetreten.

Die nationale Parole als ein Mittel, um linke Intentionen den Interessen der Besitz-Eliten dienstbar zu machen, ist seit Bismarck das Rezept deutscher Rechts-Politik. Daß es anschlägt, setzt voraus, daß die Linke sich in der Vernachlässigung, Abwehr und Mißdeutung der wesentlich linken Kategorie des Nationalen gefällt; nur dann kann sie mit der nationalen Parole beiseite gedrängt werden. Auch diese Kurzsichtigkeit ist deutsches Erbe; ob es gelingt, ihm zu wehren, ist eine Frage von politischer Tragweite. Sie entscheidet zuletzt auch über die Zukunft der europäischen Vereinigung. Wie diese bei den meisten Nachbarn aus der Präsenz eines lebendigen nationalstaatsbürgerlichen Bewußtseins hervorgeht, wird sie auch in Deutschland dieses Anhalts bedürfen – nicht nach jenem zentralistischen Maß, das seit den Zeiten der großen Revolution das französische ist (die DDR hat es auf nichtbürgerlicher Grundlage kopiert), sondern nach dem föderalen Maß, das das ursprünglich deutsche und in der Bundesrepublik seit Jahrzehnten bewährte ist. Die auch und gerade in der westdeutschen Sozialdemokratie beliebte Vorstellung, mit Zurücklassung eines unter sowjetischer Vorherrschaft hoffnungslos zurückgebliebenen Ost-Mitteleuropa das nationalstaatliche Element in einem vereinigten Westeuropa aufgehen zu lassen, war das Gegenteil eines linken Konzepts; es war eins der Bewahrung und des Ausbaus gegebener Macht- und Vorteilsverhältnisse. Die Geschichte hat es als haltlos erwiesen, und schon ist auch innenpolitisch alles anders geworden; die Kurzsichtigkeit der Regierungspolitik in den östlichen Gebieten hat dazu geführt, daß die »Partei der Besserverdienenden« namens FDP gegen eine Partei der schlechter oder gar nicht Verdienenden namens PDS im bundesdeutschen Kräftespiel gleichsam ausgetauscht erscheint. Das mag sich in mehr als einer Hinsicht als Täuschung erweisen; der Prozentsatz der Nicht-Wähler stellt das wesentlich stärkere Krisenindiz in fünfeinhalb Ländern dar, in denen die Geburtenrate seit 1989 um mehr als die Hälfte gefallen ist. Nicht aus der ihr immer wieder naheliegenden Position des Ressentiments und der Defensive, sondern einzig mit realpolitischer Kühle wird die deutsche Sozialdemokratie eine wesentlich neue Lage bestehen können.

Nr. 546/547, Sept./Okt. 1994

Ralf Dahrendorf

Warum EUropa?

Nachdenkliche Anmerkungen eines skeptischen Europäers

Vorweg-Bekenntnis

Das schlimmste an der Europäischen Union ist die gähnende Langeweile, die die meisten ihrer Themen umhüllt. Neulich, im Ständigen Ausschuß des House of Lords für Europafragen, lagen uns wie üblich ein Dutzend Brüsseler Dokumente zur Begutachtung vor: eine Badewasser-Direktive, die Genehmigung einer Kreditlinie für Peru bei der Europäischen Investitionsbank, ein erklärender Antwortbrief der Kommission an den Rechnungshof zu Fragen der Übertragbarkeit von Haushaltstiteln, irgend etwas zur Netzweite der Hochseefischer, und so weiter. Das sind gewiß keine unwichtigen Dinge. Für jedes Thema gibt es tüchtige Techniker und vor allem eine wortstarke Lobby. (Brüssel ist ein Paradies für Lobbyisten; es übertrifft darin sogar Washington.) Aber die gerne zitierten Bürger kann das alles auch dann nicht begeistern, wenn die Kommission erneut 40 Millionen ECU für eine Propagandakampagne ausgibt, die ohnehin vor allem die Lobby der Glanzpapierhersteller befriedigt. Nicht einmal die Minister in den Räten gucken die Vorlagen an, die in der Regel als A-Punkte der Tagesordnung unerörtert passieren.

Indes, *cave canem!*, hüten wir uns vor dem Eurozynismus, dem Negativismus der »hundeartigen« Kyniker, die (Wilhelm Windelbands *Lehrbuch der Geschichte der Philosophie* zufolge) »ein charakteristisches Zeichen der Zeit« sind, »Denkmal einer Gesinnung, welche der Europäischen Union wenn nicht feindlich, so doch gleichgültig gegenübersteht und alles Verständnis für ihre idealen Güter verloren hat« (bei Windelband heißt es allerdings »der Gesellschaft« und nicht »der Europäischen Union«). Nein, ich bin kein Eurozyniker, nicht einmal ein Euroskeptiker, sondern nur ein skeptischer Europäer, den die Kluft zwischen europäischen Absichten und Realitäten beunruhigt und der diese schließen will. Darum geht es in den folgenden Anmerkungen.

Es ist daher nützlich, mit zwei klaren Aussagen zu beginnen, die fast einem Bekenntnis gleichkommen:
Die immer engere Union der europäischen Nationen ist ein erstrebenswertes Ziel, das allerdings dringend genauerer Definition bedarf.
Auf dem Weg zu diesem Ziel ist die real existierende Europäische Union der Ausgangspunkt.

EMUs Schwächen (1): Irrelevanz

Von den ersten Grundsätzen wird noch zu reden sein; doch empfiehlt es sich, mit der Realität zu beginnen. Zu dieser gehört die EU, so wie sie ist, die politische Problematik der Zeit und das europäische Programm, darunter vor allem die Währungsunion. (Ich kann es nicht lassen, diese mit dem englischen EMU zu bezeichnen, dem Akronym für European Monetary Union, aber auch dem Namen des straußähnlichen Vogels *dromiceius novaehollandiae,* einem zum Fliegen unfähigen Dreizeher und beliebten Kreuzworträtselobjekt. Dabei wird mir plötzlich klar, daß Europa und seine Währungsunion in Deutschland keine Themen sind, die auf die leichte Schulter genommen, gar mit sanftem Humor abgehandelt werden dürfen: Da muß ich mich dann auf die unernste englische Art berufen.) EMU ist ein eindringliches Beispiel für die Kluft zwischen europäischen Absichten und Realitäten, wie ich in drei Beweisgängen zu zeigen versuchen will.

Hier sind ein halbes Dutzend der Hauptthemen auf der Tagesordnung der Europäischen Union in diesem Jahr 1996: EMU; Entscheidungsmechanismen in den EU-Institutionen, insbesondere Mehrheitsabstimmungen (»Maastricht 2«); Vorbereitung der Verhandlungsmandate für die Erweiterung der EU nach Osten und Süden; Vorbereitung der Neuverhandlungen des EU-Haushalts, vor allem der Eigeneinnahmen (»Edinburgh 2«); Ausbau der zwischenstaatlichen Zusammenarbeit im Bereich der Innen- und Rechtspolitik (»dritte Säule«); Ausbau der zwischenstaatlichen Zusammenarbeit im Bereich der Außen- und Sicherheitspolitik (GASP).

Hier sind andererseits ein halbes Dutzend Themen, die den Bürgern Europas (und nicht nur Europas) auf den Nägeln brennen und die zunehmend die Tagesordnung der Politik bestimmen: Arbeitslosigkeit (und die verwandte Thematik des sozialen Ausschlusses, der »Unterklasse«); wirtschaftliche Wettbewerbsfähigkeit; notwendige Reformen des Sozialstaates und ihre Kosten für den einzelnen; Recht und Ordnung; Desillusionierung mit Parteien und Institutionen, mit der Demokratie überhaupt; neue, einstweilen diffuse Bedrohungen: Rußland? Islam? Nukleare Proliferation? Einwanderung?

Die beiden Listen haben auf den ersten Blick wenig gemeinsam. In der Tat kann man verstehen, warum viele in aller Welt sich fragen, was eigentlich in die EU gefahren ist, daß sie es sich leisten kann, ihre Nabelschau fortzusetzen, während es um Kopf und Kragen geht. Es gibt zwar zu allen großen Themen EU-Papiere, aber der einzige wirklich bedeutende Europäer dieser Zeit, Jacques Delors, hat schon in dem unter seiner Ägide veröffentlichten Weißbuch über »Wachstum, Wettbewerbsfähigkeit und Beschäftigung« Zweifel angemeldet, ob die EU da viel beizutragen hat.

Hier sollen Allgemeinheiten nach Möglichkeit vermieden werden. Die Frage ist vor allem, ob EMU einen Beitrag zur Lösung der realen Probleme der europäischen Staaten und ihrer Bürger leistet. Die Antwort ist auch bei viel gutem Willen nicht sehr ermutigend. Gehen wir die einzelnen Punkte durch.

Erstens: Arbeitslosigkeit. Manche argumentieren, daß die Einhaltung der Konvergenzkriterien als Voraussetzung für EMU zur Verschlimmerung der Arbeitslosigkeit beiträgt. Sicher ist, daß diese Kriterien keynesianische Maßnahmen zur Bekämpfung der Arbeitslosigkeit erschweren. Der Präsident der Bundesbank, Hans Tietmeyer, ist gnädiger und sagt nur, EMU habe mit der Arbeitslosigkeit wenig bis nichts zu tun.

Zweitens: Wettbewerbsfähigkeit. Es gibt mittlere Unternehmen vor allem im Dienstleistungssektor, die sich von EMU eine Senkung der Transaktionskosten versprechen. Solche Unternehmen sind jedoch eine kleine Minderheit. Für Großunternehmen spielt EMU keine Rolle. Generell sind die Erfordernisse der Wettbewerbsfähigkeit strukturell, nicht monetär.

Drittens: Reform des Sozialstaates. Regierungen benutzen heute die Konvergenzkriterien, um ohnehin notwendige Reformen, das heißt Kürzungen der öffentlichen Ausgaben (damit der Verschuldung) zu begründen. Das mag taktisch nützlich sein, hat jedoch mit der Aufgabe selbst wenig zu tun.

Viertens: Recht und Ordnung. Damit hat EMU nichts zu tun.

Fünftens: Desillusionierung. Kurzfristig zumindest wird EMU diese verstärken. Das ist in der Tat, wie man durch die Flucht aus der D-Mark in den Schweizer Franken sieht, schon jetzt der Fall. Langfristig bleibt gewiß das Prinzip Hoffnung.

Sechstens: Neue Bedrohungen. Ob EMU hilft, diesen zu begegnen, hängt von den politischen Implikationen der Währungsunion ab. Von diesen wird noch zu reden sein.

Mit anderen Worten, für die großen politischen Themen der Zeit ist EMU nahezu irrelevant. Was immer der Nutzen der Währungsunion sein mag, diese trägt wenig oder nichts dazu bei, die Fragen zu beantworten, die alle Europäer – und nicht nur sie – beantworten müssen. Mehr noch, das EMU-Thema lenkt ab von diesen Fragen. Es nimmt die Zeit und Energie derer in Anspruch, die sich mit Wichtigerem beschäftigen sollten. Es ist daher nötig, das Thema niedriger zu hängen. EMU verdient die Priorität nicht, die manche ihr geben.

EMUs Schwächen (2): Desintegration

Die Europäische Union hat gegenwärtig fünfzehn Mitglieder. Heute ist klar, daß nicht alle fünfzehn im ersten Anlauf Teilnehmer an der EMU werden können. Die vier südeuropäischen Mitglieder der EU – Griechenland, Italien, Spanien, Portugal – werden wahrscheinlich keines der Konvergenzkriterien bis zum Frühjahr 1998 erfüllen. Man – will sagen: Bonn und Paris – wird Belgien und Irland ihr Versagen, vor allem bei der Staatsverschuldung, verzeihen, nicht jedoch dem Süden. Überdies werden Großbritannien und Dänemark wahrscheinlich von ihren *opt out*-Rechten Gebrauch machen. Und Schweden? Es bleiben also mit einiger Sicherheit nur sechs oder sieben Mitglieder von EMU. EMU wird in jedem Fall eine partielle Währungsunion sein.

Eine partielle Währungsunion aber trägt zur Desintegration, nicht zur Integration Europas bei. Sie vereint nicht, sondern sie spaltet. Das gilt trotz der wiederholten Versicherung, daß die *outs* der ersten Stunde, also die Draußenbleibenden, ja bald zu *ins* werden können. Selbst wenn das in der Absicht der ersten Mitglieder liegen sollte (worüber es auch Zweifel gibt), bleiben doch eine Reihe von wichtigen Bedenken: Mindestens eine starke europäische Währung, der Schweizer Franken, wird EMU ohnehin nicht angehören (das gilt auch für die norwegische Krone). Die *ins* werden den *outs,* die sich als zukünftige Mitglieder verstehen, ein Wechselkurssystem aufzuzwingen versuchen, das diesen die Anpassung im Hinblick auf spätere Teilnahme erschwert, weil es ihnen das wichtige Instrument der Abwertung nimmt. Zumindest in informellen Kontakten, wenn nicht gar im Hinblick auf die Praxis des Gemeinsamen Marktes, werden die *ins* ihren eigenen Weg gehen, der die *outs* ausschließt. Der Instabilitätsverdacht, der den Euro anfangs unweigerlich umgibt, weil er eine Währung ohne Geschichte ist, wird die *ins* zu eher stärkerer Abschließung gegenüber den *outs* veranlassen. Die Erstmitglieder werden in ständigem Streit mit den übrigen EU-Staaten darüber liegen, in welchem Maße die Eigenmittel der Union für regionale Umverteilungsprozesse verwendet werden sollen. Und schließlich werden mögliche neue Mitglieder der EU noch länger als ohnehin auf volle Mitgliedschaft warten müssen.

Ob eine partielle Währungsunion für die daran Beteiligten nützlich ist, läßt sich diskutieren. Es steht hier nicht zur Debatte. Für Europa aber bedeutet sie jedenfalls Spaltung, nicht Einigung. Sie schafft neue Probleme, wo die alten schon schwer genug wiegen. Die partielle Währungsunion ist nicht nur ein Instrument der europäischen Desintegration, sondern ein Akt der Abgrenzung des »Kerns« gegenüber der »Peripherie«. Die Beispiele liegen auf der Hand.

Großbritannien: Vor allem Deutsche versichern gerne, wie wichtig ihnen die britische Mitgliedschaft in der Union ist. Das kann aber nicht heißen, daß Großbritannien um jeden Preis die deutsche Europa-Konzeption akzeptieren muß. Im Gegenteil sollte es heißen, daß Deutschland die britische Stimme berücksichtigt, also das Land nicht zu einer Entscheidung zwingt, die die Hälfte seiner Bürger gar nicht und die andere nur gequält akzeptiert.

Italien: Das Land war von Anfang an Teil der europäischen Konstruktion. Seine Bürger wollen Europa. Es ist überdies wirtschaftlich eines der erfolgreichsten Länder der Union. Deutsche, die eher auf Regierungen als auf Bürgergesellschaften blicken, haben wahrscheinlich nicht bemerkt, daß Italien die nötigen wirtschaftlichen Anpassungsprozesse effektiver vollzogen hat als Deutschland. Es ist absurd, Italien aus dem europäischen Integrationsprozeß auszuschließen.

Spanien; Polen: Es gab eine Zeit, zu der die Europäische Union die Sicherung der europäischen Demokratien hoch auf ihrer Tagesordnung hatte. Wenn EMU ein Land, in dem der demokratische Übergang gelungen ist, nämlich Spanien, ausschließt und ein anderes, nämlich Polen, gar nicht erst hereinläßt, wird die Union zum Schutzwall der Privilegierten. Schlimmer noch, sie beginnt, demokratische Entwicklungen in ihrer Nachbarschaft zu destabilisieren.

Wenn Frankreich und Deutschland unbedingt miteinander ins Bett gehen wollen, dann sollen sie das tun. Der Euro ist dann die Frankmark. Möglicherweise muß der österreichische Schilling folgen. Der belgische Franken wird es gerne tun, und der niederländische Gulden mit Zähneknirschen. Eines aber ist unverzeihlich: Daß die *ins,* der »harte Kern«, das eigene Interesse als europäisches Interesse ausgeben. Der Euro hat mit Europa wenig zu tun. Für Europa wird es wichtig sein, andere Projekte in den Vordergrund zu rücken, die auf gemeinsamen Interessen beruhen.

Das ist – um eine Fußnote anzufügen – übrigens auch von Vorteil für die Beteiligten, denn die Wahrscheinlichkeit ist groß, daß das waghalsige Experiment scheitert. Das geschieht spätestens dann, wenn die absehbaren Verpflichtungen der Mitglieder des »harten Kerns« vor allem im Rentenbereich ihre Staatshaushalte überkommen. Den »Stabilitätspakt« wird es ja nur in der Theorie geben. Scheitert indes der Euro, dann sollten seine Erfinder für den Scherbenhaufen aufkommen und nicht Europa.

EMUs Schwächen (3): Politische Union?

Hier wird, wohlgemerkt, nicht gegen die deutsch-französische Währungsunion argumentiert, sondern nur gegen die Verwechslung des Projekts mit der Europäischen Union. Eben darum ist ein Wort nötig zu dem Thema, in dem sich merkwürdigerweise EMUs Freunde und Feinde einig sind, nämlich der politischen Union. Beide sind der Monnet-Hallstein-Illusion verfallen, daß man Politik durch die Hintertür betreiben und Europas politische Einheit herstellen kann, ohne daß die Bürger es merken. Die Europäische Wirtschaftsgemeinschaft war der erste Schritt auf diesem Wege, dem nun die Europäische Währungsgemeinschaft folgen soll. Der Präsident der Bundesbank ist der eindeutigste Vertreter der Position, daß Währungsunion politische Union heißt. Damit nimmt er nicht Stellung, sondern weist nur alle Beteiligten auf die Tragweite ihrer Entscheidung hin.

Bis zu einem gewissen Grade ist die These begründet. Wer sich der Währungshoheit begibt, kann bestimmte wirtschaftspolitische Entscheidungen nicht mehr national treffen. Das gilt vor allem für Wechselkurse und Zinssätze. Kurioserweise sind die letzteren auf dem europäischen Kontinent längst nicht so wichtig wie in Großbritannien, wo Hypotheken und private Ersparnisse weitgehend an wechselnde Zinssätze gebunden sind und Investitionen auf zum Tageszins geliehenen Kapital beruhen. (Unterschiede der Wirtschaftskultur sind ohnehin ein Hauptgrund für die unterschiedliche Bereitschaft von Ländern, einer Währungsunion beizutreten.) Richtig ist auch, daß mit der Europäischen Zentralbank eine Institution entstehen würde, die weit unabhängiger ist als die Bundesbank oder die Federal Reserve Bank in den USA: beide sind ja eingebunden in den politischen Prozeß ihrer Länder; Bundesbankpräsidenten werden zu Kabinettssitzungen geladen, Federal Reserve-Präsidenten erscheinen vor dem Bankenausschuß des Senats. Zudem gibt es die schwierige Frage der Zentralbank-Reserven und ihrer Rolle in der Haushaltspolitik.

Die Liste läßt sich verlängern. Sie führt indes dennoch nicht ganz zur politischen Union. Würde der Euro Frankreich an weiteren Nukleartests im Südpazifik hindern? Würde der Euro Deutschlands Vertrag mit der Tschechischen Republik erleichtern? Würde der Euro die völlige Auflösung des belgischen Staates in zwei Staaten verhindern? Es gibt weit harmlosere Fragen der Steuersätze, der Regionalpolitik, der Sozialhilfe, auf die die Antwort immer die gleiche wäre: mit EMU hat das alles herzlich wenig zu tun.

An Erfahrungen fehlt es ja nicht, die dieses Urteil begründen. Belgien und Luxemburg haben seit siebzig Jahren eine Währung, sind aber zwei Staaten, von denen der eine die Konvergenzkriterien mühelos erfüllt, der andere ihnen aber vergebens nachläuft. Die Deutschen, die ihr Geld nach Luxemburg tragen, würden es nie und nimmer nach Brüssel oder auch nur nach Arlon in der belgischen Provinz Luxembourg bringen. Nicht einmal Frieden ist garantiert zwischen Partnern einer Währungsunion. Großbritannien und Irland hatten während all der schrecklichen Jahrzehnte, nämlich bis zu ihrem EWS-Beitritt 1988, eine gemeinsame Währung. Jetzt, da Pound Sterling und Punt sich getrennt haben, ist der Frieden näher denn je.

Es ist also keineswegs evident, daß Währungsunion politische Union bedeutet, so wenig die Rede vom »unwiderruflichen« Charakter von EMU einleuchtet. Im letzten Jahrzehnt sind jedenfalls mehr Währungsunionen zerfallen als neue entstanden. Der Rubel ist ein Beispiel, die tschechoslowakische Krone und der jugoslawische Dinar sind andere. Überall drängt der Schluß sich auf, daß große politische Entscheidungen eben nicht durch die Hintertür zu erzielen sind. Die deutsche Einheit war nicht etwa ein Resultat der Währungsunion, sondern umgekehrt, die Währungsunion wurde möglich – und stabil – wegen der politischen Grundentscheidung zur Einheit. Hallsteins »Sachlogik« ist tatsächlich der große Irrtum an der Wiege des Projekts der europäischen Integration. »Alle Politik ist eine Einheit«, sagte Hallstein und folgerte daraus, daß Integration, die an einem Zipfel dieser Einheit beginnt, am Ende die ganze Bettdecke umfaßt. Die »nie versagende Sachlogik der Wirtschaftsgemeinschaft« führt zur Währungsunion und weiter bis ein Zustand erreicht wird, »der sich allenfalls noch formal von bundesstaatlicher Regierungsform unterscheidet«. Helmut Kohl hofft es, John Major befürchtet es, und beide sind gleichermaßen im Irrtum.

Verdächtige Metaphern

Der Schluß, zu dem diese Anmerkungen bisher führen, ist zugegebenermaßen negativ. EMU führt nicht weiter auf dem Weg zur Europäischen Union. Die Währungsunion lenkt ab von den ernsten Problemen der Zeit, spaltet die bisherige Union und eignet sich nicht als Hebel der politischen Einheit. Es ist dringend nötig, sie niedriger zu hängen in der Galerie der europäischen Ziele. Wer EMU will, soll sie haben, aber nicht dafür in Anspruch nehmen, Europa zu fördern. Europa braucht andere Ziele.

Bevor von diesen die Rede ist, wollen wir zwei vor allem in Deutschland verbreitete Euro-Metaphern unter die Lupe nehmen. Die eine ist die des Geleitzuges. Wenn nicht alle (so heißt es) gleich schnell zur Europäischen Union fortschreiten wollen, dann müssen eben einige voraneilen. »Das langsamste Schiff kann nicht das Tempo des Geleitzuges bestimmen.« Die unselige Metapher hat vor allem in England Erinnerungen an deutsche U-Boote wachgerufen und auch an den Sinn von Geleitzügen. Warum gibt es sie überhaupt? Natürlich um das langsamste Schiff zu schützen. Eine Herrenrasse mag ihren Weg gehen und die Schwachen ihrem Schicksal überlassen, wenn sie diese nicht gleich ausrottet, aber im Geleitzug gilt, daß die Starken die Schwachen schützen, indem sie sich mit ihnen zu einer Einheit verbinden. Das war vielleicht nie die Grundabsicht der Europäischen Union, doch haben manche der Schwachen – Portugal etwa und auch Irland – immerhin von dem Geleitzug profitiert. Sollen sie jetzt ihrem eigenen Schicksal überlassen werden?

Da stellt sich dann die andere Metapher ein. Die Europäische Union, so heißt es, darf nicht stehenbleiben. Sie ist wie ein Radfahrer, der bei Stillstand umfällt. Also auf ins Pedal, gleichviel wohin die Reise geht? Auch dieses Bild ist verräterisch und absurd. Hat je jemand es auf die NATO angewendet? Gewiß nicht. Die NATO braucht nicht in die Pedalen zu treten; sie soll uns in vorhersehbaren und vor allem in unvorhersehbaren Situationen gegen Bedrohungen schützen. Müssen Nationalstaaten ständig in die Pedalen treten, um nicht umzufallen? Diejenigen, die Europa das Radfahren empfehlen, zeichnen sich übrigens zu Hause oft nicht durch besondere Visionen aus. Das ist auch nicht immer nötig. Staaten sollen ihre Aufgaben, die sich von Fall zu Fall ergeben und auch verändern, mit Anstand und Erfolg erfüllen. Sie sollen dabei den Bürgern zuhören und sich nicht hinter irgendeiner Sachlogik verstecken.

Nein, die Europäische Union ist kein Fahrrad. Sie mag noch kein Gefährt von der Stabilität eines Nationalstaates sein, aber sie hat immerhin drei Zehen wie der Emu, oder vielmehr drei Räder, so daß sie eher bei zu schneller Kurvenfahrt umfällt, als wenn sie einmal stehenbleibt. Die EU soll nicht irgendwelchen phantastischen Zielen nachlaufen, sondern die Probleme lösen, für die sie geschaffen ist. Das sind Probleme der Zeit, der politischen Lebenswelt, nicht solche von Regierungskonferenzen oder durch Verträge erfundene Schimären. Erst wenn die EU zum normalen Element der politischen Strukturen Europas wird, hat sie den Platz gefunden, der ihr zukommt.

Wo bleibt das Positive?

Noch immer habe ich die großen Fundamentalfragen von Nationalstaat und Supermacht Europa, auch vom Sinn und Zweck der Union vermieden, und das aus gutem Grund. Pragmatische Politik läßt sich eben nicht aus dem Himmel der Theorie deduzieren. Die Europhantasten haben uns keinen guten Dienst erwiesen, und sie tun es noch immer nicht, wenn sie die Gemeinsame Agrarpolitik unter Hinweis auf Krieg und Frieden verteidigen. Hoffnungen, die durch Realitäten nicht gedeckt werden, sind Illusionen. Hier liegt eine große Gefahr vor allem der deutschen Europapolitik, die immerfort hehre Ideale beschwört und sich für die Brüsseler Realität erst interessiert, wenn es wirklich ans Magere geht. (In keinem anderen Land hat die mit Abstand stärkste Regierungspartei so wenig Wert darauf gelegt, einen Kommissar in Brüssel zu haben.) Vor diesem Hintergrund will ich versuchen, die

Erich-Kästner-Frage zu beantworten, wo denn das Positive der hier skizzierten Europapolitik bleibt.

Erstens: Gemeinhin gilt der *acqui communautaire,* also das, was an Europäischer Union existiert, als sakrosankt. Das ist ein Fehler. Tabus sind Zeichen der Schwäche. Der Haushalt der EU ist ebenso kritisch zu prüfen wie der aller Mitgliedstaaten. Er muß endlich zum Teil des demokratischen Prozesses werden. Das heißt, wie in allen Staaten, Straffung. Der enorme Prozentsatz betrügerisch ausgegebener Mittel (zehn Prozent? zwanzig Prozent?) muß auf ein erträgliches Maß zurückgeführt werden. Die Agrarpolitik hat ihre sozialpolitische Aufgabe erfüllt und ist allmählich abzubauen (was bis zu einem gewissen Grade schon geschieht). Auch in der EU ist investiven Ausgaben der Vorrang vor palliativen zu geben.

Zweitens: Der Gemeinsame Markt als grundsätzlich offener Bestandteil des freien Welthandels bleibt wichtig. Er ist nach wie vor unvollkommen und immer wieder bedroht. Hier vor allem hat die Kommission ihre Aufgabe als Wächter des Erreichten und Motor des Fortschritts wahrzunehmen.

Drittens: Die baldige Aufnahme einiger ostmitteleuropäischer Staaten, insbesondere Polens, ist nicht Erweiterung im Unterschied zu Vertiefung, sondern ist selbst Vertiefung der Union. Sie bekräftigt die politische Grundabsicht der Integration weit mehr als eine partielle Währungsunion. Dabei sollten keine willkürlichen geopolitischen Grenzen gezogen werden; jedoch ist Polen – das Spanien Ostmitteleuropas – der Testfall für andere. Daß es »technische« Probleme bei einer Aufnahme Polens in die heutige EU gibt, ist sicher wahr, aber nur dann ein Hindernis, wenn die EU eben eine technische Veranstaltung zum Schutz der bereits profitierenden Interessenten ist. Als im strengen Sinn politische Union wird die EU manche ihrer Regeln an polnische Erfordernisse anpassen müssen und nicht in jeder Hinsicht das Umgekehrte verlangen dürfen.

Viertens: Es wäre immerhin denkbar, daß die EU versucht, einen kurzen Katalog von Regeln zu ersinnen, der die Wettbewerbsfähigkeit ihrer Unternehmen im Weltmarkt mit den sozialen Interessen ihrer Bürger verbindet. Das ist das Delors-Thema. Viel kann die EU in diesem Bereich nicht tun, aber sie kann so etwas wie einen europäischen Weg in die Zukunft skizzieren, eine Charta, die weder die angelsächsische Unternehmerpolitik noch die kontinentaleuropäische Gewerkschaftspolitik unbesehen hinnimmt.

Fünftens: Es macht mir seit langem Sorgen, daß die Europäische Union und ihr Gerichtshof keines meiner Grundrechte zu verteidigen imstande sind. Auch in dieser Hinsicht ist die vielbeschworene Rechtsgemeinschaft immer eine *Wirtschafts*gemeinschaft geblieben. Die Rede von Bürgerrechten auf Gipfelkonferenzen gilt eben nicht den Grundrechten der Unverletzlichkeit der Person, der Meinungs- und Versammlungsfreiheit, selbst der Gleichheit vor dem Gesetz. Das alles wird bisher (mit der Ausnahme der gleichen Rechte von Mann und Frau am Arbeitsplatz und im Pensionsalter) von der Europäischen Menschenrechtskonvention und also im Straßburger Europarat wahrgenommen. Statt Zeit an die mögliche Verquickung von WEU (der verteidigungsorientierten Westeuropäischen Union) und EU zu vergeuden, sollte ein Weg gefunden werden, um die Menschenrechtskonvention zum Bestandteil der EU-Verträge zu machen (und sie bei dieser Gelegenheit etwas zu modernisieren).

Sechstens: Die Rolle der EU in der Welt stellt wichtige Fragen. Nirgends ist die EU so sehr Fata Morgana wie in der Weltpolitik. Irgendwie will der Rest der Welt einen europäischen Block; der Wunsch wird auf Brüssel, seine Kommissare und manchmal auch Ministerräte projiziert; aber dann stellt sich heraus, daß der Kaiser keine Kleider hat, auch wenn er als »Troika« erscheint. Das kann nicht so weitergehen. Europa als Gespött der Welt schadet seinen Bürgern. Das Thema ist zu groß für diese Anmerkungen. Im Kern aber meine ich: Europa muß bescheidener werden, sich auf wenige außenpolitische Themen (die Mittelmeeranrainer, die frühere Sowjetunion) konzentrieren und aufhören, die übertriebenen Erwartungen anderer durch pompös veranstaltete Gipfelkonferenzen und Vertragsverhandlungen zu unterstützen.

Das sind, so werden viele sagen, keine sehr eindrucksvollen *agenda.* Sei's drum, sie haben den Vorteil, realistisch zu sein. Daß der Kollektion von sechs Aufgaben eine Vision fehlt, mag ja sein, aber substanzlose Visionen zerstören mehr als sie zustande bringen. Im übrigen ist der Katalog natürlich nicht komplett. Kernthese meines Ansatzes ist es vielmehr, daß Europa – die Europäische Union – endlich lernen muß, Themen aufzunehmen, die die EU nicht erfindet, sondern die sich aus realen Entwicklungen ergeben. Es ist schlicht dummes Zeug, daß jede Präsidentschaft ein Programm für ihre sechs Monate aufstellen soll. Das erste Land, das seine Präsidentschaft mit dem Programm beginnt, nur das zu tun, was nötig ist, wird den Weg zu den Bürgern leichter finden als alle gequälten Visionäre zusammen.

Unter diesem Gesichtspunkt – und ich sage das nicht aus Spaß am *épater les Européens* – ist die gegenwärtige Regierungskonferenz so überflüssig wie ein Kropf. Wenn es Probleme des Entscheidungsprozesses gibt, können die bestehenden Institutionen sie lösen. Die abstrakte Diskussion möglicher Probleme aber macht die EU nur lächerlich, oder schlimmer noch, sie bedeutet (in der Sprache Washingtons), daß die Union und ihre Kopfschmerzen »auf dem Bildschirm der wichtigen Ereignisse überhaupt nicht erscheinen«.

Britische Zweifel

Das reale Europa ist das Europa seiner Mitglieder, also der einzelnen Staaten, ihrer Kulturen und Interessen. Für diese gibt es so wenig wechselseitiges Verständnis, daß es der Argumentation helfen mag, britische Zweifel und deutsche Gründe etwas genauer zu untersuchen. Das ist vor allem dann wichtig, wenn man den Schluß von Timothy Garton Ash (in dem von der Stiftung Niedersachsen im Dezember 1995 herausgegebenen informativen Bändchen über *England – Öffnung und Abgrenzung*) teilt: »Die britische EU-Idee ist ein bißchen zu wenig, die deutsche Europa-Idee ist des Guten zuviel. Also die richtige Antwort liegt wohl ›somewhere in between‹, irgendwo dazwischen.«

Am 12. Dezember 1995 fand im britischen Oberhaus eine Debatte über die Regierungskonferenz statt, die inzwischen in Turin feierlich eröffnet worden ist. Schon früh in dieser Debatte vertrat ein liberaler Kollege, Lord Hooson, die auf dem Kontinent vertraute proeuropäische Position. Wir vergeuden zuviel Zeit an die Mittel und vergessen darüber die Ziele, sagte er. »Wir sollten die Gelegenheit ergreifen, um unsere Sicherheit zu erhöhen, die Interessen unserer Bürger zu schützen und wirtschaftlichen Wohlstand auf eine verläßliche Grundlage zu stellen.« Der nächste Redner, Lord Tebbit, Thatcher-Freund, früherer Minister und Parteivorsitzender der Konservativen, entgegnete sogleich mit schwerem Geschütz: Er werde in Zukunft die Rede des *noble Lord* bei sich tragen, um damit gegenüber allen, die ihn fragen, zu begründen, warum der Nationalismus in Europa Wiederauferstehung feiere. Der Grund sei nämlich eben jener gedankenlose *federalism,* den manche Europäer vertreten. Der nächste Redner, Lord Stoddart, ein Labour-Peer, ging noch weiter: »Ich glaube, daß Mitgliedschaft in der Europäischen Union den wohlverstandenen Interessen Britanniens widerspricht. Unsere Geschichte, unsere Erfahrung, unsere Wirtschaft und unser Platz im Commonwealth verlangen, daß Britanniens Ort der einer Weltmacht ist, die sich nicht auf eine untergeordnete Rolle in einem regionalen und zunehmend moribunden Block beschränkt, der nur etwa sechs bis sieben Prozent der Weltbevölkerung vertritt.«

Es fehlte in der Debatte nicht an besonnenen Stimmen wie der des früheren Spitzenbeamten Lord Hunt: »Meine Haltung zu Europa und zur Regierungskonferenz ist, daß ich stark befürworte, daß wir eine aktive und positive Rolle in der Gemeinschaft spielen, während ich zugleich einer Reihe ihrer gegenwärtigen Erscheinungsformen äußerst kritisch gegenüberstehe.«

Vielleicht teilte eine Mehrheit des Hauses diese Meinung, zumal wenn daran erinnert wird (wie Lord Kingsland, der frühere konservative Europa-Abgeordnete Christopher Prout, das tat), daß die EU-Mitgliedschaft Britannien schließlich nicht aufgezwungen worden ist. Jedoch brachte die Debatte immer wieder auch schrillere Töne hervor. »Ich befürchte, daß wir auch weiterhin schlafwandeln werden, hinein in die sinkende, sozialistische Festungswirtschaft, die Europa heißt.« (Lord Pearson) Wenn man ein Haus am Rande eines Abgrunds hat, dann holt man nicht einen Innenarchitekten, sondern einen Versicherungsvertreter, um so viel wie möglich für einen Neubau herauszuschinden. »Die EU ist in dieser Lage. Sie ist in der Krise. Sie ist am Rande des Verschwindens in absehbarer Zeit als Ergebnis ihrer eigenen Arroganz, ihres Versagens und der ursprünglichen Unmöglichkeit der Konzeption, die sie inspiriert hat.« (Lord Beloff) Und immer wieder kam die Rede auf Helmut Kohl, der gerade seine Krieg-und-Frieden-Rede in Löwen gehalten hatte.

Der für seine flammenden Reden bekannte und auch beliebte Labour-Peer (und frühere Europa-Abgeordnete) Lord Bruce drückte die Meinung mancher besonders plastisch aus. Herrn Kohls Sprache hätte ihn beunruhigt: »Ich mag keine Arroganz, von wem sie auch kommt, und besonders nicht, wenn sie sich auf mein Land bezieht, und darin, so nehme ich an, bin ich mit

Euren Lordschaften einig. Da kommt dieser Mann daher und wagt es, die Möglichkeit der Rückkehr zu einer Situation der Gewalt zu erwähnen. Das war die Art von Sprache, die wir von jenseits des Kanals hörten, als Deutschland und Vichy-Frankreich im Krieg vereint waren. Es ist nicht die Sprache des Friedens; es ist nicht die Sprache der Demokratie.«

Der Eindruck einer mehrheitlich euroskeptischen Debatte wäre irreführend. Nicht nur gab es auch die Stimme eines »bekennenden europäischen Föderalisten« (Lord Elis-Thomas, Walliser auf den Querbänken), sondern die Sprecher der *front benches,* also die Fraktionsführungen, waren sich weitgehend einig in einer Position, die die vom ganzen Haus anerkannte Staatsministerin im Foreign Office, Baroness Chalker, am Ende der Debatte formulierte: »Britannien hat eine eigene, spezifische Stimme in Europa. Dafür brauchen wir uns nicht zu entschuldigen. Wir haben eine lange und einzigartige Geschichte auf dieser Seite des Kanals. Es ist keine Überraschung, wenn wir mit der politischen Richtung nicht übereinstimmen, die manche einschlagen möchten, aber die große Überraschung ist, wie oft vergessen wird, in welchem Maße die Staaten der Europäischen Union übereinstimmen. Diese Übereinstimmung nimmt zu ... Für sie zu wirken ist der Sinn der konstruktiven Arbeit an Europa. Darum ist unsere volle und aktive Mitgliedschaft in der Europäischen Union so wichtig. Der Kampf für die eigenen, spezifischen Ideen und Interessen der britischen Menschen innerhalb der Europäischen Union ist es, was wir verfolgen.«

Noch diese Aussage unterscheidet sich in mehr als Nuancen von dem, was die meisten EU-Regierungen in ihren Parlamenten erklären. In der Tat sind solche Mehr-als-Nuancen der Grund für die ausführlichen Zitate aus einer an sich nicht sehr belangreichen Oberhaus-Debatte. Wo liegt der Unterschied zu anderen Europäern? Was sagt die »eigene, spezifische Stimme« Britanniens? Imperiale Nostalgie, wird mancher meinen; Spuren davon sind unverkennbar. Insulares Unverständnis nachbarschaftlicher Erfordernisse kann man entdecken; auch davon gibt es genug. Das Gefühl, »der Krieg, das sind die anderen«, trotz der Beteiligung an zwei Weltkriegen und enormen Verlusten in diesen, auch das wird spürbar. Wenn vom Frieden die Rede ist, der seit 1945 in großen Teilen Europas herrscht, dann denken Briten überdies nicht an die EU und die EG, sondern an die NATO und die Garantien der Vereinigten Staaten.

Wichtiger als all diese historischen Sentiments und Ressentiments ist jedoch eine andere Quelle britischer Europaskepsis, die es mit Demokratie zu tun hat. Viele Mitglieder der britischen politischen Klasse vermissen nicht nur in Brüssel, sondern überhaupt in Europa das, was man auf der Insel unter parlamentarischer Demokratie versteht. Das gilt in der täglichen Praxis. Mit der ihm eigenen schnoddrigen Art hat Premierminister Major einmal bemerkt: »Manche meiner Kollegen in Europa brauchen einen Fremdenführer, um ihr Parlament zu finden.« Ganz unrecht hat er nicht. Er jedenfalls steht im Unterhaus zweimal in der Woche Auge in Auge (nicht vom hohen Roß einer Rednertribüne) dem Oppositionsführer gegenüber. Ernster ist der britische Souveränitätsbegriff, *the sovereignty of the Queen in Parliament,* also Souveränität als parlamentarische, nicht als nationale Kategorie. Souveränität wird dann verletzt, wenn dem Parlament Rechte genommen werden, zum Beispiel durch eine unabhängige Zentralbank, von Brüsseler Ministerräten ganz zu schweigen. Einer der führenden Verfassungsexperten des Landes, Lord St. John of Fawsley, hat das (in dem erwähnten Band der Stiftung Niedersachsen) mit der ihm eigenen Eleganz gesagt. Parlamentarische Regierung ist Britanniens Morgengabe für die zivilisierte Welt. Dabei geht es nicht eigentlich um parlamentarische *Regierung.* Regiert wird von der Exekutive. »Die Funktion des Parlaments ist eine andere, und sie ist höchst relevant für die heutige europäische Situation. Ihres ist es, die Exekutive gewissen Beschränkungen und Kontrollen zu unterwerfen; die Freiheiten des einzelnen Bürgers gegen willkürliche Machtausübung zu schützen; den Sinn der Nation auf die großen Themen des Tages zu konzentrieren durch die Aufrechterhaltung ständigen Dialogs und ständiger Diskussion; und dem ganzen politischen System das aufzuprägen, was ich parlamentarische Sitten und Gebräuche nennen möchte.«

Es ist leicht, in Britannien selbst Belege für die Verletzung dieser traditionellen Grundsätze zu finden. Auch gibt es manche, die bereit wären, den kontinentalen Weg zu gehen, also mehr und mehr Entscheidungen der parlamentarischen Diskussion zu entziehen. Im Kern jedoch wird die britische Haltung nach wie vor durch die Überzeugung von der im gewählten Parlament verankerten Souveränität bestimmt. Noch die Skepsis gegenüber dem Europäischen Gerichtshof in Luxemburg erklärt sich aus dieser Haltung. Aus ihr erklärt sich auch eine gewisse – manche würden sagen: arrogante – Verachtung kontinentaler Gewohnheiten (mit Ausnahmen, etwa der Niederlande) und vor allem der tiefsitzende Widerstand dagegen, den Weg zum Bundesstaat Europa zu beschreiten.

Und der Nationalstaat?

Die etwas ausführlich geratene Anmerkung zur britischen Europaskepsis dient nicht nur dem Verständnis europäischer Schwierigkeiten, sondern auch dem meiner eigenen Position. Zwar bin ich kein gebürtiger Brite, und auf meine Hamburger (und durch die Großeltern dänische) Herkunft kann ich mich schwerlich berufen. Aber seit langem schon gilt für mich, daß Europa eine Kopfgeburt, nicht eine Herzenssache ist. Ich träume nicht von einer europäischen Supermacht, die mit den USA und China und wem immer am Tisch sitzt und die Welt unter großen Blöcken aufteilt. Das ist übrigens im Kern ein nationalistischer Traum, der nur Europa an die Stelle des Nationalstaates setzt. Im träume auch nicht von einem Europa, in dem die Pizza und das Labskaus, die Maß Bier und das Viertele Wein, und natürlich die Kondome und die Wasserhähne von Aberdeen bis Palermo dieselben sind. Ich will dagegen ein Europa, in dem es leicht ist, von Aberdeen nach Palermo zu reisen, in dem das Diplom der Universität Aberdeen auch in Palermo anerkannt wird, in dem ich mühelos meine schottischen Pfunde in sizilianische Lire umtauschen kann, ein Europa der Konvertibilität. Konvertibilität ist immer eine Sache des Kopfes, Einheit dagegen (was immer sie im Fall Europas bedeutet) eine Sache des Herzens.

Wofür schlägt dann das Herz? Man erinnert sich an den Bundespräsidenten Heinemann, der gefragt wurde, ob er denn nicht sein Land – sein Vaterland vermutlich – liebe: »Ich liebe meine Frau, nicht mein Land.« Mit dem Herzen soll man vorsichtig sein, wenn es nicht um bestimmte andere Menschen, sondern um Abstraktes, einschließlich von Verfassungen geht. Immerhin gibt es drei solcher Abstraktionen, drei konstitutionelle Räume, für die ein besonderes Engagement begründbar ist: die Bürgergesellschaft, die Weltordnung (»Weltbürgergesellschaft«) und den Nationalstaat.

Die Bürgergesellschaft ist das Lebenselixier der Freiheit. Sie ist die Welt der Assoziationen, die unter liberalen Bedingungen den Staat nur zur Garantie weniger Regeln brauchen (und unter illiberalen Bedingungen Quelle des Widerstandes werden), und in denen das tägliche Leben sich zwanglos abspielt. Europa hat stärker bürgergesellschaftlich (Britannien, Italien, die Schweiz) und stärker staatsgesellschaftlich (Deutschland, Frankreich) geprägte Länder. Es wäre ein Jammer, wenn es ganz in die Hände der Staatsgesellschaften fiele.

Die Weltordnung, so wird mancher einwenden, ist nun wirklich ein Traum, an dem gemessen die Europäische Union wie volle Realität erscheint. Insoweit es um die konkrete Ordnung, also ein sanktioniertes Regelwerk für die ganze Menschenwelt geht, hat der Einwand ohne Zweifel seine Berechtigung. Indes kann man das Thema auch wie Kant sehen – wie der Kant der Kleinen Schriften *Zum ewigen Frieden* und *Idee zu einer allgemeinen Geschichte in weltbürgerlicher Absicht* – und also gerade nicht einer Utopie anhängen. Weltordnung ist dann ein Maßstab, an dem Realitäten gemessen werden. Menschen- und Bürgerrechte müssen als universell gedacht werden. Solange sie nicht universell sind, sind sie nirgends vollkommen. (Die ebenso offenbare wie nicht zu rechtfertigende Notwendigkeit, den Zuzug von Fremden zu rationieren, zeigt das nur allzu deutlich.) Heute gilt der Zwang zur Globalität auch für andere Regeln, zum Beispiel die der Finanzmärkte oder der Informationsgesellschaft. Er gilt offenkundig für die Schaffung und Erhaltung gewaltloser Beziehungen zwischen und immer häufiger auch innerhalb von Staaten.

Zu sagen, daß Weltordnung in diesem Sinne ein Maßstab ist, hat unmittelbare Folgen für die EU. In wichtigen Wirkungsbereichen ist die EU nur dann akzeptabel, wenn sie sich als nützlicher Schritt auf dem Weg zur Weltordnung versteht. Ist sie also ein grundsätzlich protektionistischer Block oder ein Beitrag zur Schaffung von weltweitem Freihandel? Dient sie dem Schutz ihrer Mitglieder oder setzt sie ein Beispiel für übernationale, grundsätzlich weltweit angelegte Kooperation? Ist sie Zwischenstufe oder Endvision? Zwischenstufen, wie Übergänge, können lange währen. Das entwertet sie nicht; es bestimmt jedoch ihr Selbstverständnis und damit ihr Verhalten nach außen wie auch nach innen. Ich gestehe, daß meine größte Sorge hinsichtlich der real existierenden EU darin liegt, daß sie von ihren Mitgliedern für Zwecke des Protektionismus im weitesten, nicht nur wirtschaftlichen Sinne des Wortes mißbraucht wird. Es ist ja so leicht, die EU die Drecksarbeit tun zu lassen, bei der man zu Hause nicht ertappt werden will.

Die Bürgergesellschaft als Lebenselixier, die Weltordnung als Maßstab – das sind zwei Ziele, für die zu streiten sich lohnt. Bleibt der Nationalstaat, der oft schon totgesagte. Hier ist prinzipiell vom heterogenen Nationalstaat die Rede, der also Menschen unterschiedlicher Kultur, Religion, Rasse in gemeinsamer Staatsbürgerschaft verbindet. Die Vereinigten Staaten von Amerika sind das Modell. (Oder muß man schon sagen, sie *waren* es?) Frankreich, Großbritannien, die Niederlande, Schweden, Spanien, Italien, Polen, Deutschland sind andere Beispiele, nicht alle gleich heterogen, manche alt und andere verspätet, aber alle real existierend und überdies Bausteine der Europäischen Union. Übrigens sind es sämtlich noch immer Gebilde, für die Menschen bereit sind, ihr Leben aufs Spiel zu setzen, also mehr als Kopfgeburten.

In diesen Anmerkungen geht es um Europa, genauer um EUropa, nicht um »die Zukunft des Nationalstaates« als solche (wozu ich mich im *Merkur,* Nr. 546/547, September/Oktober 1994 geäußert habe). Die These bleibt indes relevant, daß der Nationalstaat zwar nicht das Ende der Geschichte ist, aber doch eine beträchtliche Errungenschaft der Zivilisation, der politische Raum für Gefühle der Zugehörigkeit, der Rahmen individueller Rechte und die Aktionseinheit der internationalen Beziehungen. Er ist auch der Ort, in dem die institutionellen Voraussetzungen bestehen, um die großen Themen der Zeit anzupacken. Sehen wir uns noch einmal die Liste an, mit der diese Anmerkungen begannen:

Erstens: Arbeitslosigkeit. Keine politische Instanz kann die neue Arbeitslosigkeit bewältigen. Keynessche Rezepte wirkten wahrscheinlich nur einmal; Wirtschaften werden gegen sie immun wie Viren gegen bestimmte Medikamente. Aber was sich überhaupt tun läßt, von der Finanzierung der Arbeitslosen über die Regeln der Beschäftigung (»Flexibilität des Arbeitsmarktes«) bis zur Ermutigung von Arbeitgebern und der effektiven Einbeziehung von Arbeitnehmern liegt zumindest zum Teil in der Hand von nationalen Regierungen.

Zweitens: Wettbewerbsfähigkeit. Hier gilt dasselbe, wenngleich für die Öffnung von Märkten die EU eine wichtige Rolle spielt.

Drittens: Reform des Sozialstaates. Gerade an diesem entscheidenden Punkt zeigt sich, wie leichtfertig die Rede vom Ende des Nationalstaates ist. Sozialstaaten sind überall national geprägt. Jedes Land braucht seine eigenen Reformen. Jedes Land hat zum Beispiel seine eigenen heiligen Kühe, ob das Karenztage sind oder staatlich finanzierte Kindergärten oder Kuraufenthalte. Es mag ähnliche Erfordernisse und gemeinsame Grundsätze für die europäischen Länder geben, aber die konkreten Aufgaben und die Instrumente zu ihrer Bewältigung bleiben einstweilen national.

Viertens: Recht und Ordnung. Hier hat die innenpolitische »Säule« des Maastricht-Vertrages gewiß ihre Bedeutung. Sie ist aber aus gutem Grunde »zwischenstaatlich«. Noch die Praxis der Polizei unterscheidet sich fundamental in den europäischen Ländern, vom Zustand der Gefängnisse und den

Eigenheiten der Rechtsprechung ganz zu schweigen. Recht und Ordnung verlangen viel internationale Kooperation, aber nicht übernationale Zentralisierung.

Fünftens: Desillusionierung. Kann man sich ein Brüssel denken, das die deutsche Politikverdrossenheit beseitigt? Eines, das die italienischen Verwirrungen auflöst? Die Wahrheit ist, daß die europäischen Institutionen den Unwillen vieler Bürger über Parteien, Parlamente und Regierungen eher verstärkt haben. Wo die Antwort liegt, ist nicht sicher. Doch werden viele eher auf ihre Nationalstaaten als auf ferne Instanzen blicken.

Sechstens: Neue Bedrohungen. Hier klafft eine große und folgenschwere Lücke in unseren Ordnungen. Europäische Nationalstaaten sind zu klein, zu schwach, auch wohl zu wenig selbstbewußt, um Antworten zu geben. (Noch immer sind die USA der einzige Staat, der dazu in aller Welt bereit und in der Lage ist.) Europa aber ist weit davon entfernt, an die Stelle der alten Nationalstaaten zu treten.

Hier wird also nicht ein naives Loblied des Nationalstaates gesungen. Dessen Schwächen sind nur allzu deutlich. Doch bleibt der heterogene Nationalstaat das beste institutionelle Gefüge, das wir haben. Es lohnt sich, ihn zu verteidigen, und zwar nicht in erster Linie gegen die Auswanderung von Problemen in globalere Räume, sondern vor allem gegen die schlimme Tendenz zur Schaffung kleinerer, angeblich homogener Einheiten. Nicht Europa oder die Weltbank sind die Gefahr, sondern die Lega Nord und die schottischen Nationalisten. Um noch eine kontroverse Bemerkung in die Debatte zu werfen: Die schlimmste Aussicht ist das sogenannte Europa der Regionen, in dem homogene und daher intolerante subnationale Einheiten sich mit einem phrasenhaften und schwachen supranationalen Gebilde vereinen. Gegen diese Perspektive ist der heterogene Nationalstaat die einzige Bastion.

Was bleibt in einem solchen Weltbild für Europa? Genug; es ist an vielen Stellen dieser Anmerkungen zur Sprache gekommen. Fürs Herz allerdings bleibt nicht viel. Timothy Garton Ash ist zitiert worden mit seinem Plädoyer für ein Europa »irgendwo dazwischen«, nämlich zwischen britischem Minimalismus und deutschem Idealismus. »Das ist vielleicht eine britische Antwort«, fügt er hinzu. »Aber wenn wir diesen Mittelweg finden, und ich glaube, es ist der richtige, dann gibt es sehr viel, was zwischen Deutschland und Britannien mit den anderen EU-Partnern und NATO-Partnern gemeinsam zu machen ist. Davon bin ich überzeugt.«

Deutsche Gründe

Das ist allerdings nicht die Sprache, in der gemeinhin in Deutschland von Europa geredet wird. Deutschlands Eurosprache ist vielmehr durch Ungenauigkeit im Detail und wolkige Formeln im großen und ganzen gekennzeichnet. Weh dem, der Deutschland daran erinnert, daß das Bezahlen von Rechnungen nicht die einzige Verpflichtung der Mitgliedschaft in der EU ist! Tausendmal weh aber dem, der den Luftballon der Formeln anpiekt! Europa in der deutschen Diskussion kommt einem Tabu so nahe wie nur irgendein Thema der Politik. Das ist verdächtig; es kann auch auf die Dauer nicht gutgehen. Der Verdacht, den Tabus wachrufen, ist ja, daß, werden sie gebrochen, ein diametral anderes Verhalten zum Vorschein kommt. Als höflicher Mensch will ich denn das Tabu auch nicht brechen, sondern nur ein bißchen an ihm kratzen.

Die Frage, auf die eine Antwort zu geben ist, ist die des Titels dieser Anmerkungen: Warum brauchen wir eigentlich EUropa, also die immer engere Union der europäischen Länder? Ein paar vornehmlich praktische Antworten sind hier gegeben worden, vor allem in dem Abschnitt über das Positive. Aber reicht das? Muß man nicht doch tiefer graben? In der Zeit des Kalten Krieges stellte sich die Frage nicht so scharf. Alles paßte in der russischen Puppe: die deutsche Nachkriegsdemokratie fügte sich in die deutsch-französische Freundschaft, diese in die Europäische Gemeinschaft, die wiederum in das atlantische Bündnis eingebunden war. Aber heute? Wo liegt der Grund für die Europäische Union?

Stellt man diese Frage im außerdeutschen Europa, so gibt es mancherlei Antworten, die jedoch meistens zu einem Kern intensiver Motive zurückführen: EUropa ist nötig, um Deutschland einzubinden. Was genau damit gemeint ist, wird oft nicht näher erläutert. Eine latente Angst vor dem nun wieder sehr groß gewordenen Deutschland ist indes unverkennbar. Es ist die Angst, von Deutschland erdrückt oder zumindest beherrscht zu werden. Es ist auch die Sorge, daß Deutschland einmal mehr auf Abwege geraten könnte. Das mögen innere Abwege sein, also die Abkehr von Demokratie und Rechtsstaat. Häufiger ist wohl von geopolitischen Abwegen die Rede, einer Abwendung von der Westorientierung der Nachkriegszeit, einer neuerlichen Hinwendung zum Osten, vor allem nach Rußland. Dagegen hilft nur – so meinen nicht wenige – die enge Einbindung in die EU, möglichst eine »irreversible« Einbindung, wie manche sie sich von EMU erhoffen.

Wer meint das? Man geht wohl nicht fehl in der Annahme, daß das Motiv der deutschen Einbindung einen sehr hohen Rang in der französischen Europapolitik einnimmt. Es ist vielleicht sogar das bestimmende Motiv dieser Politik. In Italien hört man von nachdenklichen Mitgliedern der politischen Klasse ähnliche Töne. Gelegentlich, schon seltener, sind sie auch in Großbritannien zu vernehmen. In wichtigen kleineren Staaten wie den Niederlanden ist das Motiv ebenfalls ausgeprägt. Doch fällt vor allem auf, daß auch führende deutsche Politiker in der Einbindung Deutschlands den wichtigsten Grund für die immer engere Union sehen. Helmut Schmidt spricht ausdrücklich von der Notwendigkeit der »Selbsteinbindung«. Konrad Adenauer hat schon früh seine Sorge über die Verläßlichkeit von Deutschlands Westbindung und die daraus folgende Notwendigkeit (west)europäischer Integration kundgemacht. Bei seinem »Enkel« Helmut Kohl hört man immer häufiger ähnliche Töne.

Nun ist es gewiß ein Anspruch der Europäischen Union, daß sie auf der demokratischen Ordnung ihrer Mitglieder besteht, diese überdies nicht nur voraussetzt, sondern bewußt fördert und darum prekären Demokratien zu einem stabilisierenden Anker verhilft. Für Spanien und Portugal galt das sicherlich, für Griechenland hoffentlich auch; es ist das Grundmotiv für jene Erweiterung als Vertiefung, der hier im Hinblick auf die postkommunistischen Länder das Wort geredet worden ist. Dennoch bleiben Fragen, generell wie im Hinblick auf Deutschland.

Eine generelle Frage ist, was die EU wohl tun würde, wenn sich ein Mitglied auf demokratische Abwege begäbe. So einfach ist es ja nicht mit internationalen Sanktionen. Da sind die Verträge im Weg, und auch die Einstimmigkeit im Rat ist zu bedenken. Ich erinnere mich gut an die dramatischen Sitzungen im Europarat 1970, in denen es um den Ausschluß Griechenlands nach der Machtergreifung der Obristen ging. Selbst in dieser auf die Menschenrechtskonvention gegründeten Organisation wäre möglicherweise keine Entscheidung zustande gekommen, wenn der vor der Tür wartende Außenminister Pipinelis nicht von sich aus (natürlich im Namen seiner Militärregierung) Griechenlands Rückzug erklärt hätte. Auch in der EU ist der mögliche Ausschluß wohl eher eine präventive als eine praktische Sanktion.

Schwerer noch wiegt eine andere Erwägung. Vom stabilisierenden Anker für Demokratien war die Rede; aber wenn ein Land unbedingt will, kann es die Ankerkette auch kappen. Anders gesagt, letzten Endes liegt die Garantie für eine demokratische Verfassungspolitik und eine europafreundliche Außenpolitik in den inneren Strukturen von Ländern und in den Haltungen ihrer Bürger. Gesellschaft und Demokratie sind wichtiger als Europa und Demokratie. Es gibt viele Gründe anzunehmen, daß die innere Verankerung von Demokratie und Westbindung in Deutschland so stark geworden ist, daß sich die Frage nicht stellt, für die besorgte Gemüter in Europa eine Antwort suchen.

Doch geschieht gleichsam unterhalb dieser Diskussion etwas ganz anderes, von vielen nur halb Bemerktes, das mit der gelegentlich gestellten Frage »europäisches Deutschland oder deutsches Europa?« zu tun hat. Vor allem in Deutschland hat die Europadiskussion einen merkwürdigen Weg genommen. Immer wieder wird von führenden Deutschen versichert, der Nationalstaat sei am Ende; die Europäische Union müsse an seine Stelle treten. Manche gehen so weit zu sagen, daß es deutsche Nationalinteressen eigentlich nicht mehr gebe; alle deutschen Interessen seien europäisch geworden. Damit wird zum Beispiel die Zustimmung zu Maastricht, insbesondere zu den Konvergenzkriterien für EMU begründet, aber auch die Osterweiterung, der Wunsch nach der gemeinsamen Außenpolitik (GASP) und die Bereitschaft, Mehrheitsentscheidungen zu akzeptieren.

Außerhalb der deutschen Grenzen sehen nicht alle diese These von dem in Europa gleichsam zergehenden deutschen Nationalstaat nur mit Erleichterung. Könnte es nicht sein, daß »Europa« in deutschem Munde tatsächlich das Codewort für den neuen deutschen Nationalismus ist? Kommt dieser Euro-Nationalismus also nicht etwa von der extremen Rechten (oder auch Linken), sondern mitten aus dem Herzen der deutschen Politik, der großen Europa-Koalition der alten Bundestagsparteien? Ist das EMU-GASP-Europa also am Ende doch ein sehr deutsches Europa, ein durch die Europäische Union verwirklichtes deutsches Nationalinteresse?

Das sind ernstere Fragen als man in Deutschland selber begreift. Unlängst lud der deutsche Außenminister eine Gruppe von deutschsprachigen Europäern auf ein Schloß im Hunsrück (das Schloß des »deutschen Michel« übrigens), um mit ihnen über Europa zu sprechen. Da waren Gäste aus Frankreich und Italien, der Schweiz und Dänemark, Belgien und Großbritannien, auch Polen – nur eine Qualifikation mußten sie haben, sie mußten deutsch sprechen. Das machte das Gespräch sicherlich einfacher, ganz ohne Dolmetschergemurmel in rasch aufgestellten Kabinen hinten im Saal. Doch brachte es die Zweideutigkeit meiner eigenen Position mit sich, daß ich Kommentare hörte, die dem deutschen Außenminister sicher nicht zu Ohren gekommen sind. Nun auch noch das von der deutschen Sprache dominierte Europa! Wer nicht deutsch kann, darf nicht mitreden! (Ein Belgier und ein Italiener taten es dennoch auf englisch; ich hoffe, die Deutsch-Deutschen haben ihnen sorgfältig zugehört.) Das deutsche Europa ist jedenfalls zum Problem geworden.

Die Lösung des Problems ist übrigens nicht sehr kompliziert. Deutschland braucht nur seine nationalen Interessen offen und deutlich zu formulieren. Dann wüßte man, wo europäische Entscheidungen ganz, halb oder gar nicht mit deutschen Interessen übereinstimmen. Im britischen Fall weiß man das immer. Das mögen die anderen, die Deutschen zumal, vielleicht nicht, aber es schafft doch klare Verhältnisse. Es wird wirklich höchste Zeit, auch im Interesse Europas, daß Deutschland sich als Nation – als heterogener Nationalstaat, versteht sich – wiederentdeckt.

Die letzte Krise

Doch genug der Untiefen Europas. Daß es an ihnen nicht mangelt, spricht vielleicht eher für die Europäische Union, führt aber hier und heute nicht weiter. Es ist, unter Voraussetzung der hier angebotenen Analyse, ohnehin nicht leicht zu sehen, was denn weiterführt. Die Sackgasse von Maastricht ist tief, eng und dunkel, und noch sind Zeichen der Umkehr nicht zu erkennen. Vielmehr treibt jeder Europäische Rat die Union tiefer in die Sackgasse, so daß schon jetzt der Blick auf Alternativen verstellt ist. In dieser Lage sehe ich für Europa zwei Möglichkeiten, ein Erfordernis und einen (schwachen) Trost.

Die eine Möglichkeit ist, daß die Voraussetzung der hier angebotenen Analyse eben nicht zutrifft. Die Währungsunion kommt, zwar nicht gleich für alle, aber doch für viele und mit Offenheit für die anderen. Der EMU-Euro ist ein Erfolg. Die gemeinsame Außen- und Innenpolitik macht Fortschritte. Ein neuer europäischer Frühling bricht an. Das ist möglich. Wenn es wirklich wird, habe ich mich geirrt. Ich wäre übrigens nicht traurig, mich in diesen Fragen geirrt zu haben. Es gibt ja Prognosen, mit denen man ungern Recht behält. In diesem Fall bitte ich diejenigen, die ich mit meinen Zweifeln in die Irre geführt habe, um Nachsicht und wünsche dem europäischen Geleitzug eine sichere Fahrt.

Die andere Möglichkeit ist, daß die Sackgasse sich als solche erweist. Dann wird es einen Moment der Krise geben. Manche sehen ihn schon dann, wenn

1997 oder 1998 eine Verschiebung des EMU-Startdatums beschlossen wird. Viel wird davon abhängen, für wie lange und unter welchen Bedingungen das Anfangsdatum verschoben wird. Sichtbarer wäre die Krise, wenn in einem wichtigen Mitgliedsstaat das Parlament oder gar der Souverän gegen die Entscheidung der Regierung auf Verschiebung, gar *ad calendas graecas,* besteht. Das ist nicht auszuschließen, insbesondere wenn die Konvergenzkriterien am Ende allzu großzügig ausgelegt werden. Die zumindest was EMU betrifft gravierendste Krise indes träte dann ein, wenn zwar am 1. 1. 1999 der erste Schritt in das EMU-Land getan würde, aber das Unternehmen vor dem Zeitpunkt der allgemeinen Einführung der Euro-Währung an weltweiten Währungsturbulenzen zu Fall käme. Das wäre eine Wiederholung der Erfahrung von 1971–73 auf höherem Niveau und mit nachhaltigeren Wirkungen.

Die Krise tritt in solchen Fällen nur darum ein, weil die EMU zum nahezu ausschließlichen Ziel und Zweck der Union geworden ist. Wäre sie nur ein Ziel unter mehreren, gar ein deutsch-französisches Sonderprojekt (»Frankmark«), dann bliebe EUropa unbehelligt. Das hat etwas mit dem Erfordernis zu tun, von dem ich sprechen wollte. Die EU-Institutionen sind von EMU besessen. Von ihnen ist also keine Hilfe zu erwarten. Andere aber, europafreundliche Intellektuelle sogar, müssen über EUropa ohne EMU nachdenken. Angenommen, EMU kommt nicht, was ist dann das europäische Programm für das nächste Jahrzehnt? Darauf Antworten zu suchen, war der Hauptzweck dieser Anmerkungen. Da Brüssel-finanzierte Institutionen zu befangen und zumeist zu abhängig sind, um über Alternativen nachzudenken, werden unabhängige Gruppen und Institute das tun müssen. Hier, gerade hier, kann *ex occidente lux,* nämlich aus London manche Erleuchtung kommen.

Und dann der (schwache) Trost. In meine Kommissionszeit fiel ein Ereignis – es hatte, glaube ich, mit dem deutschen Grenzausgleich für Agrarprodukte zu tun –, das einen Kabinettschef zu dem verängstigten Ausruf gegenüber dem langjährigen Agrarkommissar und dann kurzfristigen Kommissionspräsidenten Sicco Mansholt bewegte: »Wenn das nicht beschlossen wird, dann kommt die Krise.« »Junger Mann«, entgegnete Mansholt, »seien Sie nicht so aufgeregt. Solange Europa noch eine Krise herbeiführen kann, ist es wenigstens nicht unwichtig.« Er hatte Recht. Kann man sich eine von der Außenwelt wahrgenommene Krise der WEU oder selbst des Europarates vorstellen? EUropa hat noch eine Krise bei seinen Bürgern gut. Hoffen wir, daß sie vernünftig genutzt wird.

Nr. 568, Juli 1996

Autoren

Hans Paeschke (1911-1991), Gründer des *Merkur* und sein Herausgeber von 1947 bis 1978.

Gottfried Benn (1886-1956), Schriftsteller.

Theodor W. Adorno (1903-1969), Philosoph. *Der Artist als Statthalter* und *Wozu noch Philosophie?* aus *Gesammelte Schriften.* © Suhrkamp Verlag Frankfurt.

Margret Boveri (1900-1975), Publizistin.

Hans Magnus Enzensberger (geb. 1929), Schriftsteller. *Vergebliche Brandung der Ferne* und *Die Aporien der Avantgarde* aus *Einzelheiten.* © Suhrkamp Verlag Frankfurt 1962.

Ernst Bloch (1885-1977), Philosoph. Aus *Gesamtausgabe.* © Suhrkamp Verlag Frankfurt.

Helmuth Plessner (1892-1985), Philosoph. Aus *Gesammelte Schriften I.* © Suhrkamp Verlag Frankfurt 1980.

Hannah Arendt (1906-1975), Politologin. *Adolf Eichmann* aus *Adolf Eichmann, Reflexionen über die Gewalt* aus *Macht und Gewalt.* © R. Piper & Co. Verlag München 1964, 1970.

Arnold Gehlen (1904-1976), Soziologe. © Vittorio Klostermann GmbH, Frankfurt 1975.

Jean Améry (1912-1978), Schriftsteller. *Die Tortur* aus *Jenseits von Schuld und Sühne, Wider den Strukturalismus* aus *Weiterleben – aber wie?* © Klett-Cotta, Stuttgart 1977, 1982.

Hans Schwab-Felisch (1918-1989), Publizist, Herausgeber des *Merkur* von 1979 bis 1983.

Karl Heinz Bohrer (geb. 1932), Professor für Neuere deutsche Literaturgeschichte an der Universität Bielefeld, seit 1984 Herausgeber des *Merkur.*

Peter Bender (geb. 1923), Publizist.

Jürgen Habermas (geb. 1929), Philosoph. *Was heißt heute Krise?* aus *Zur Rekonstruktion des Historischen Materialismus, Die Neue Unübersichtlichkeit* aus *Die Neue Unübersichtlichkeit.* © Suhrkamp Verlag Frankfurt 1973, 1985.

Jörg Drews (geb. 1938), Professor für Literatur und Literaturkritik des 20. Jahrhunderts an der Universität Bielefeld.

Michael Rutschky (geb. 1943), Autor.

Manfred Schneider (geb. 1944), Professor für Neuere deutsche Literatur an der Universität Essen.

Jean-François Lyotard (geb. 1924), Philosoph.

Martin Broszat (1926-1989), Historiker.

Norbert Elias (1897-1990), Soziologe. © Suhrkamp Verlag Frankfurt.

Ralf Dahrendorf (geb. 1929), Soziologe, Warden des St. Antony's College, Oxford.

KATHARINA RUTSCHKY (geb. 1941), Autorin.

ULRICH OEVERMANN (geb. 1940), Professor für Soziologie an der Universität Frankfurt.

RUTH GROH (geb. 1934), Kulturhistorikerin; DIETER GROH (geb. 1932), Professor für Neuere Geschichte an der Universität Konstanz.

AXEL HONNETH (geb. 1949), Professor für Philosophie an der Universität Frankfurt.

JÜRGEN MANTHEY (geb. 1932), Professor für Allgemeine und Vergleichende Literaturwissenschaft an der Universität Essen.

KURT SCHEEL (geb. 1948), seit 1991 Herausgeber des *Merkur.*

CLAUS KOCH (geb. 1929), Journalist.

SIEGFRIED KOHLHAMMER (geb. 1944), Lektor an der Staatlichen Universität Yokohama.

MARTIN SEEL (geb. 1954), Professor für Philosophie an der Universität Gießen.

GÜNTER METKEN (geb. 1928), Essayist.

FRIEDRICH DIECKMANN (geb. 1937), Schriftsteller. Aus *Temperatursprung.* © Suhrkamp Verlag Frankfurt 1995.

Jean Améry bei Klett-Cotta

Charles Bovary, Landarzt
Porträt eines einfachen Mannes
162 Seiten, Leinen. ISBN 3-12-900131-X

Jenseits von Schuld und Sühne
Bewältigungsversuche eines Überwältigten
Mit einem Vorwort des Autors zur Neuausgabe
156 Seiten, Leinen. ISBN 3-12-900790-3

Hand an sich legen
Diskurs über den Freitod
155 Seiten, Pappband. ISBN 3-608-95226-8

Lefeu oder Der Abbruch
Roman-Essay
194 Seiten, Leinen. ISBN 3-12-900170-0

Unmeisterliche Wanderjahre
Aufsätze
147 Seiten, Leinen. ISBN 3-608-95334-5

Cinéma
Texte zum Film
119 Seiten, Pappband. ISBN 3-608-93669-6

Örtlichkeiten
143 Seiten, Leinen. ISBN 3-12-900171-9

Weiterleben – aber wie?
Essays 1968–1978
317 Seiten, Leinen. ISBN 3-608-95075-3

Der integrale Humanismus
Zwischen Philosophie und Literatur.
Aufsätze und Kritiken eines Lesers 1966–1978
280 Seiten, gebunden. ISBN 3-608-95386-8